引凤归

之知 著

有高台，引凤来栖

……好，你不是菟丝花，

……是我心中的勇者。

酷威文化

图书 影视

引风归

上·册

之知 · 著

江苏凤凰文艺出版社
JIANGSU PHOENIX LITERATURE AND
ART PUBLISHING

目录

阿好，你不是菟丝花，

你是我心中的鸢鸟。

第一章

经年如梦

今年冬日这场雪下得格外大，院中积雪已深，下人们清扫不及，刚清出一条供人行走的小路，不消片刻又铺上了一层茫茫细雪，幸而书房离得不远，沈妤没带丫鬟，一人沿着回廊缓缓而行，才穿过拱门，就听见廊壁后传来丫鬟闲聊的声音。

"少爷总算是把林小姐找回来了，只可惜两人原本天作之合，如今她却只能给少爷做个妾室。"

"可少夫人……"

丫鬟语带讥讽道："她一个罪臣之女，也好意思占着正室夫人的位置不放。"

"话可不能这样说，少夫人挺好的，而且她父亲和哥哥都战死了，也算是……"

"算是什么？要不是她爹误判军情，我大周十万将士也不至于全都死在边关。"

"也就咱们少爷是个老好人，当年沈家都落魄成那样了，少爷还把她一个病秧子娶进门。"

廊外风雪依旧，寒意却乍似穿透华服与躯体，搅着劲地往她骨头缝里钻。沈妤只觉得心里更冷，她苦笑了一下，原来连下人们都早就知道江敛之要纳妾，可笑的是她这个正室夫人竟是今早才得知。京中早有传言，礼部侍郎江敛之与其恩师之女林清漓自幼青梅竹马，佳偶天成，只因四年前林大人涉及一桩贪墨案，林大人按律被斩，女眷悉数流放。

如今，在江敛之的运作下，林家得以平反，他便马不停蹄地将林清漓接了回来。她曾自婆母和丫鬟口中听过无数次，江敛之青梅竹马的姑娘如何蕙质兰心，若不是自己插足其间，二人本应是一对令人称羡的神仙眷侣。她们说江敛之对林清漓用情至深，娶她沈家女，不过是为全一场仁义而已。

原来所有的一切并不是无迹可寻。怪不得近来下人们看她的眼神满是闪躲，怪不得江敛之近日总在回避她，推托说公务过多，已经十来日未曾回过主屋了，算起来，林清漓入京也差不多就是十日前。

沈妤没继续听下去，她今日过来，本就是为了向江敛之要一个答案而已。

沈妤绕过廊廓，几名丫鬟见了她顿时脸色一白。

"少……少夫人。"

可她们刚跪下，还未来得及告饶，华丽的衣摆已拂过几人的指尖，朝着书房而去。

江敛之素不喜人贴身伺候，书房里只有他一人，似是察觉到沈妤进门，江敛之抬起头来，对她一笑："这么大的雪跑过来，冷着了吗？"

看见他脸上的笑容，沈妤只觉胸口一阵发闷，眼前的男人在沈家落难时将她娶进门来，细心呵护，有求必应，将丈夫的情分做到了极致，所以事到如今，她竟连恨也恨不起来。他似乎没做错什么，不过就是将一颗心系在了另一个女人身上而已，可那不是她出现之前就有的事实吗？

她只是很想要问一问江敛之，这三年来，嘘寒问暖你装得累吗？这些年和我同床共枕，你可曾觉得委屈了自己？压下心中的涩意，沈妤冲他弯出一抹淡笑："听说你将林小姐找回来了。"

江敛之刚勾到唇边的笑意滞了一瞬，眸底的温度渐渐散去，片刻后才道："谁又在同你嚼舌根了？"

沈妤装作未曾看见他方才的表情，径直走到书桌前："既然找回来了，那你准备如何安置她？"

江敛之避开她的视线："我要纳她为妾。"

沈妤注意到了他的用词，不是想，而是要，根本没有给她任何商量的余地，只是在通知她而已。

见她面色不好，江敛之沉默片刻，温声解释道："清漓流落在外许久，我想给她一个安身立命之所，她性子温婉，不会影响你江家主母的位置。"

哪怕早有准备，沈妤还是被他的答案狠狠刺了一下。她幼年丧母，十七岁时父亲和哥哥死在边关，沈家除了她便只剩继母和妹妹，出嫁前继母曾反复告诫她，江家位列四大世家，于沈家有恩，加之女子嫁人之后不比从前，如今无人替她撑腰，遇事当忍则忍。

将门出虎女，她也曾策马扬鞭，也曾挥剑杀敌，只是自成婚以来，她一直极力忍让，都快忘记本来的自己是什么样了——这偌大一座江府，就快要将她缚死在里头了。

沈妤只觉得胸口烦闷异常，她深深地吸了口气，问道："若是我不同意呢？"

江敛之愣了一下，似是完全没料到她会拒绝，在江敛之眼中，她惯常温和，无论何事总是低眉称好，还是头一次这样坚决地向他表示反对。

他叹了口气："阿妤，你并不是不讲道理的人，且江家没有不能纳妾的规矩，我需要——"

"好，我知道了。"沈妤打断他的话，缓缓点了点头，掩在袖口下的双手不自觉握紧。

她知道他需要什么，他需要替陛下分忧，所以娶了战死边关的沈将军之女以慰将士，而江家需要传宗接代，但能诞下江家子嗣的人，又绝对不可能是自己，因此自成婚次年起，她便发现她的饭食和点心里都添加了使人不能受孕的麝香。愣怔间，江敛之已站在了她的面前，替她拢了拢雪白的披风领口。

"我让人送你回去，这么冷的天，别往外跑了，当心冻着。"他温柔地说。

沈妤抬眸，视线从他脸上扫过。江敛之长了一张极好的脸，眉眼俊美，温润脱俗。

也正是这样一张极具欺骗性的脸，才让她傻了这么多年，他装得真好啊，极力扮演着一个完美的丈夫，对她嘘寒问暖关怀备至。人在最脆弱的时候，总会错把当时朝她伸出的手当成是一生所依，她曾屈从于他带来的温暖，可现在一切都让她觉得讽刺。

"不用了，也就几步路而已。"

沈妤朝他笑了笑，待转身一刹，一滴眼泪落了下来，莹光一闪，转瞬便没入了她雪白的狐裘中——这世间无人可依，到底，还是只剩她自己。原本半盏茶的路程，却叫她走得这样漫长，漫长到仿佛一眼便能望尽她的一生。她仰头看去，那方寸的天竟被雪染得这样刺眼，茫茫雪色间透着满目的凄清和疮痍。

今年的冬天怎的这样冷，比燕凉关的风雪还要冻人。若是她一身武功没有被废，奔宵也还在的话，她便能骑上它直奔燕凉关，去往那个父兄的葬身地吧，也不会似如今，徒留她一人在这世间，连个说话的人也没有。

可现在，"咳咳……"沈妤抬手，握拳抵在唇上咳嗽了几声。

她的这副身躯，莫说上阵杀敌，如今连剑都提不起来。

"姐姐。"

脚步声接近，沈妤转过头，一名女子已立在她身侧，身后还跟着两个丫鬟。女子面容娇美，细眉下一双清凌凌的眼睛，眉目流转间，端的是我见犹怜。

沈妤从没见过林清漓，可看见女子的瞬间，直觉便告诉她眼前的人就是。她叫自己姐姐，可她分明和江敛之同岁，比沈妤还要大上一些。流放之地的风沙没有带给她苍老，她面颊红润，想来就算是流放，也有江敛之护她周全，没吃过什么苦头。

女子唇边笑意潋滟："姐姐，我是林清漓，不知道姐姐有没有听过我？"

沈妤点了点头，沿着回廊径直往前走去，客气道："林小姐有事吗？"

林清漓抬步跟上："我知道姐姐对敛之纳我进门一事颇有意见，但这已经是我做出的最大的让步了。"

"你？让步？"沈妤微微一笑，语气略带嘲讽。

她在心里冷哼，瞧，这就是江敛之口中性情温婉的林清漓，果真是情人眼里出西施。

"没错，"林清漓微微抬着下巴，脸上有几分傲气，"我父亲含冤而死，如今沉冤昭雪，陛下为了安抚林家，原本准备赐婚，你应当知道既是赐婚，我便不可能为妾。"

沈妤笑容如常："江敛之已有正妻，你也当知道既是赐婚，便不可能赐给江敛之。"

林清漓脸色霎时发白，眼见沈妤越走越远，她小跑几步跟上去。

"你父兄在燕凉关葬送十万大周将士，你可知你能活着已是万幸，你嫁给敛之只会拖累他，让他沦为朝中笑柄。"

沈妤厉声道："我父兄之事未有定论，陛下都没说什么，还轮不到你在这里指手画脚！"

她对林清漓本无敌意，同是失去至亲，林清漓的苦她能感同身受，但她若辱及自家父兄便不能再忍。

她步子大，林清漓几乎要小跑着才能赶上她的脚步："那是陛下仁义，给你父兄留一点颜面罢了，罪臣就是罪臣！他们两条命根本不够偿我十万将士。"

沈妤蓦地停下脚步，她缓缓侧头，凌厉的目光看得林清漓呼吸一紧，不自觉往后退了一小步。

她嗫嚅道："你想干什么？"

沈妤冷冷地看着她，随着她的一步步靠近，林清漓被她身上的气势逼得连连后退。

怎么会？她明明听府中下人说过，江少夫人性子最是和善，起初她还不信，这几日偷偷看过沈妤几回，她确实待人宽和，连下人在背后嚼舌根她都置若罔闻。林清漓一直以为她软弱可欺，怎么如今那眼神，却似能将人生吞活剥了似的？

"你，你用这样的眼神看我做什么？"林清漓结结巴巴地说，"整个盛京的人都知道，你爹冒进，还有传言你爹和西厥人勾结，结果反被——"

啪——随着一声脆响，林清漓偏过头去。

"小姐！"两声惊呼从两个丫鬟口中同时响起。

林清漓始料未及，捂着脸，难以置信地看着眼前的沈妤，早知她在军中长大，不似一般女子，却是没想到她会直接动手："你竟敢打——"

沈妤一把掐住她的脖子抵在墙上，将她剩下的话卡在喉咙。沈妤冷冷地看着她："是不是我太过隐忍，所以让你们一个个的都已经忘了我是谁？

"我是骠骑大将军沈仲安之女，是云麾将军沈昭之妹。

"我上过战场，杀过敌，砍过西厥人的头颅。

"再让我听见你诋毁我父兄一句，我便拔了你的舌头，所以，你最好，管住自己的嘴！"

随着她说出口的每一句，林清漓眼中的恐惧便加深一分，她已经被掐得说不出话来，脸颊涨红，两名丫鬟在旁边干着急却也不敢上前。

沈妤猛地松开她，垂眸看了一眼捂着脖子剧烈喘息的林清漓："你大可去江敛之那里告状，莫说你如今还未进门，就算是进了门，当家主母教训妾室也是天经地义。"她抖了抖袖子往前走去，右手诚然已使不上劲，单是这样抢下来已让她袖口下的手微微发颤。

三年了，她从未有一刻觉得做回自己竟是如此畅快。风雪似乎又大了些，水榭连廊下，风裹挟着雪粒子在结冰的湖面打着旋儿。

林清漓捂着脖子，双眼死死盯着沈妤的背影，眼里的恨意几乎要喷涌而出。凭什么？明明是自己的位子，这个女人却鸠占鹊巢，如今竟敢顶着主母的头衔在自己面前耀武扬威。

下一刻，身后响起了急促的脚步声，沈妤还没来得及回头看上一眼，便感觉一股大力把她往连廊外撞去。身体被撞出去的瞬间，她下意识伸手一抓，右手捞了个空，左手似乎抓住了一人的手臂。两人同时翻出水榭外，砸在冰面上滑动了一段距离才停了下来。沈妤仰面躺在冰面上，方才剧烈的撞击让她肩胛骨一阵发疼，身侧的女人在痛呼着，岸上两名丫鬟在一声声地喊着小姐。

林清漓翻了个身，爬起来便想往岸边跑，可随着她的动作，沈妤清晰地听见了身下冰面裂开的咔嚓声，裂纹在她身下肆意铺开。

"别动！"沈妤只来得及喊出一声，身下骤然一空，紧接着一阵刺骨的寒意席卷全身，冰冷刺骨的湖水如利刃般劈入身体，一张嘴，湖水便灌入口鼻，让人无法呼吸。

"救命，林小姐落水了！"

沈妤不会游泳，想抓到一个借力点，刚抓住破损的冰面，便被胡乱扑腾的林清漓当胸踹了一脚。自武功被废之后，她便特别畏寒，冬日里衣衫厚重，她身上更是裹着加厚的披风，吸了水之后身上便越来越沉。都说人在归于沉寂之时，最后丧失的五感是听觉，沈妤听见岸上的呼救声，没有一声为她而来；也听见湖水翻滚的声音，叫嚣着要将她拖进黑暗里。

她似乎看见江敛之朝着这边飞奔而来，跳下水后朝着这边游来。她朝着他伸出手，却见那只替她绾过发、描过眉的手，拉住了在她旁边扑腾的林清漓——他没有选她……沈妤绝望地看着两人的身影渐渐远去，手还保持着往前伸的姿势。

肆虐的风雪似乎停了下来，岸上响起了欢呼声，她看见江敛之看向林清漓时慌乱的眉眼，也看见他回头望向自己时的漠然。她忽然意识到，或许落水并不是偶然，她若早亡，林清漓便能被扶正，这一刻，她陡然生出满腹不甘。

不行！她不能让他们如愿！可早已脱力的身体渐渐让她沉入黑暗，她满腔的不甘、怒火，也被冰冷的湖水彻底掩盖。在她意识溃散之时，黑暗中仿佛传来一声叹息。

"切记，莫再踏上这销魂毁骨路……"

"嘎吱——"有人轻手轻脚地推开了房门，步履声平缓，当是个练家子。

榻上躺着一名十六七岁的少女，眉目如画，只是此刻少女眉心紧蹙，呼吸急促，胸口也剧烈起伏着，应该是做了什么噩梦。丫鬟朝着床榻上的人探出手，还没碰到人，榻上的人忽然一个翻身，出手快如闪电，须臾间，丫鬟已经被掐着脖子按在了榻上。

"小，咳咳……小姐……"丫鬟震惊地睁大眼，面色因呼吸受阻而涨红。

熟悉的声音使沈妤猛然从梦魇的窒息中惊醒，湖水灌入口鼻心肺的刺痛感犹未散去。待看清丫鬟的面容，沈妤猛地松开手，不太确定地出声："绿药？"

真实得可怕的梦境，瞬间点燃了她身体里深埋的恐惧。沈妤看着从小跟随她的绿药，联想起梦中绿药随她去往前线为父兄收敛尸骨，却遭遇匪徒，以身相救，最后死在她面前的模样。她惊疑不定地看着绿药脖颈上的伤痕，后知后觉地涌出一身冷汗——究竟方才是梦，还是如今是梦？

沈妤恍恍惚惚，梦中经年，犹在眼前。

唤作绿药的丫鬟揉了揉脖子："小姐，你做噩梦了吗？"

"大约是吧，真是一个漫长又可怕的梦……"沈妤仍在猛烈喘息着，涔涔冷汗几乎将后背浸湿，就在方才，她似乎仍能感受到湖中彻骨的寒意和窒息。

"我这是怎么了？"

绿药将净面的帕子拧好替她擦了擦汗："小姐都昏睡三日了，总算是退烧了，连宫里的太医都请来瞧过了。"

　　沈妤怔怔地环顾一周，好似还没从噩梦中脱离出来。这里是她的闺房，从小到大，虽没正经住过多少时日，但这里的一草一木每一件陈设和布局，都是哥哥亲自安排。靠窗的位置摆着一个妆奁，沈妤拂开绿药伸来的手，扑到镜子前。

　　镜中的少女明眸皓齿，眉眼间带了几分寻常女子没有的英气，脸上没有梦中在江家时的病气，眸中也没有偶尔露出的颓然。看着镜子里的自己，沈妤只觉恍若隔世，她抚上自己的脸，呆愣了片刻，然后笑了起来。她曾不信神佛，但她愿信，老天开眼；也愿信梦中的那个她，有多绝望。既让她预知最坏的结果，那她便不会允许自己再次陷入险境！

　　绿药还在，那父亲和哥哥……

　　沈妤一把抓住绿药："如今是何年何月了？"

　　绿药被她问得摸不着头脑，愣愣地答道："啊？今日是同绪十七年，九月初六呀。"

　　同绪十七年，九月初六，沈妤在心中默念了一遍日期。按照预兆梦所示，父亲和哥哥出征时，正是同绪十七年的九月初十。她记得非常清楚，她本想跟着去，但因到了适合议亲的年龄，外祖母原定于九月上旬出发来上京与继母一同替她相看，于是任她如何撒泼打滚，那次父亲都没同意她随行。谁知不过月余，接到的却是外祖母，还有父兄战死在燕凉关的消息。

　　如今父兄尚在。太好了！一切都还来得及。

　　"那我爹和我哥呢？"沈妤慌忙披上外衣。

　　绿药面上勾出一抹打趣的笑："将军和公子都在前厅见客呢，江家上门提亲了。"

　　沈妤只听得前半句便已经往外走，听到后头那句忽然停下脚步，诧然回头："你说谁？哪个江家？"

　　"还能是哪个江家，"绿药笑着说，"就是小姐上次回京，在京郊红枫山碰见的那位江侍郎。"

　　沈妤的心口蓦地缩了一下，眼前闪过江敛之在湖中拉住林清漓离开的画面，仿佛方才还置身于冬日冰湖，身体也止不住地颤抖了一下。

　　绿药见状，连忙扶住她，探手去摸她的额头："没发烧啊，小姐是还有哪里不舒服？"

　　"没事，已经大好了。"沈妤缓过神淡定地说。说罢便往前厅去，一边想着她与江敛之的第一次见面确实是在京郊红枫山，只是当时江敛之并没有看见她。

　　翩翩少年郎行止间清雅绝尘，与她在边关时见到的五大三粗的汉子天差地别，那是她年少时的第一次心动。梦中，在沈家落魄时，少年更是向她伸出了援手，谁知那双手后来会将她拽入深渊。

　　"小姐是不是很开心？"绿药跟在身后问。

　　"没有。"

　　"可小姐前几日不是还在提想要见一见江侍郎吗？"

　　沈妤肃然道："不过是一时兴起罢了，此事往后休要再提。"

　　绿药缩了缩脖子不敢说话了，沈妤向来好说话，可方才那一声听上去竟带了几分威严。

靠近前厅，父亲熟悉的声音传来。

"江大人家历来出文官，小女自幼随我在马背上长大，性格顽劣，成日里就喜欢舞刀弄枪的。"

沈仲安啜了口茶，接着道："她自称是草原上的马儿，深宅大院怕是关不住那个野丫头，难管哪。"

听似贬低，实则言语间隐约透出藏不住的骄傲。

透过窗棂，再次见到厅中的父亲和哥哥，沈妤眼眶顿时一热，她母亲去得早，沈仲安和沈昭都很疼她，舍不得将她一个人留在盛京，便带着还在襁褓中的她上边关，虽说沈仲安后来娶了继室，但想着子女受继室苛待的不在少数，也不放心，所以就一直将她带在身边，战时便送她去浔阳的外祖母家。

厅上的妇人被柱子挡了大半，倒也看不见是谁，但她一开口，沈妤便听出是江敛之母亲的声音。

江夫人道："沈将军说笑了，犬子自上次与沈小姐在大昭寺偶然一见，便与我说娶妻当娶沈小姐这样巾帼不让须眉的女子，于是今日我便亲自上门提亲。"

一番话下来，说得是真切不已，但凡没有梦中那般遭遇，沈妤怕是也被打动了。

但细节对不上。

沈妤眉头紧锁，有些不解。她和江敛之应会由皇上赐婚，江夫人不该上门提亲，况且她根本没去过什么大昭寺，简直就是胡扯。梦中江敛之对林清漓是情根深种，娶她不过是皇命难违，怎么会主动让他母亲上门来提亲？难不成大梦初醒，一切都乱了套了不成？

厅中的对话还在继续。

沈仲安道："江夫人如此直白，那我便不绕弯子，小女如今十七，虽然已经到了议亲的年龄，但她是个停不住的，性子也倔，恐怕……"

江夫人笑道："我明白将军的意思，只是定亲是一码事，可待沈小姐年满十八后再择个吉日成婚，我看不妨先将二人亲事定下，两不耽误。"

江夫人这样说，倒让沈仲安有些犹豫。他长居边关，在盛京停留时日不多，但对京中的一些事也略有耳闻。江敛之如今位居正三品礼部侍郎之位，可谓前途不可限量，若不是其恩师在去年涉及一桩贪墨案，他也受到了 点牵连，恐怕升迁速度能惊掉京中众人的下巴。官居几品他倒是不甚在意，但他与江敛之同朝为官，曾见过几面，江敛之一表人才，待人接物谦逊有礼，倒是个不错的少年郎。

沈仲安想着，他家阿妤配江敛之倒也不算委屈。

见沈仲安仍有疑虑，江夫人微微一笑，架子端得十足："我一个妇道人家，虽说不是出身将门，但为人父母思虑也大致相同，我家老爷也说过，若是男孩，定望他文能安邦武能卫国，不过女孩儿倒是希望她平安顺遂就好。"

沈仲安一时间心下怅然若失，亡妻生前也曾和他说过类似的话。

厅上一时静默。

沈妤看沈仲安的表情就知道他有些松口了。她扶着窗想，她如今还有更重要的事要做，对婚嫁没有半点意思，尤其是嫁给江敛之。看来得想个办法完全打消父亲的念头才行。

江夫人看着事情已经成了一半，心下也欢喜，准备再添上一把火。若说她有多喜欢沈妤，倒也不是，只是林大人被斩，六岁以上男女眷悉数流放，林清漓也在此列，这原是两年前的事了，如今江敛之已过二十，每次提及议亲便是严词拒绝。她怕就怕江敛之一颗心拴在那林清漓身上，正愁得发慌时，江敛之却主动提出想娶沈大小姐，虽不是她心目中儿媳妇的万全人选，倒也比没有的好。况且沈将军如今正是如日中天，据说其子沈昭今后是要尚公主的。按家世来说，倒也算是旗鼓相当。

"我看不如就这么定下来吧？"江夫人道。

沈仲安犹豫不定，刚想开口，一旁静默半晌的沈昭接话道："父亲，我以为此事还是先问过阿妤的意思再说。"

沈仲安想到那个女儿就头疼，若是真一声不响就定下来，怕是这家里会被她闹得鸡飞狗跳的。

"婚事当遵父母之命媒妁之言，"江夫人笑了笑，一副胸有成竹的模样，"不过问一问倒也无妨，不如将军将沈小姐叫出来，正好我也见一见。"

京中多少姑娘想要嫁给江敛之，谅她沈妤也不会拒绝。

沈仲安以为此举可行，郑重道："只是小女这几日身体欠佳，晌午还烧着，怕是……"

"爹。"门口陡然传来一道清亮的声音。众人顺着声音的方向望去。

甫一打照面，江夫人顿时愣了一愣。

门口的女子一袭青碧色长裙，裙摆上细细密密绣着流云暗纹，头上簪着一支样式简单的白玉簪，不显简单，反倒是把她面容衬得愈发清丽。沈妤自幼离京，甚少在京中露面，偶尔回来，那些个娇滴滴的贵女也和她玩不到一起，京中贵女闲谈间都说她貌若无盐，成日混迹军中，是个行为粗鄙的女子，未承想相貌竟然这样出挑。

怪不得呢，江夫人心想，怪不得两日前江敛之出门一趟，回来后便催促着她上门提亲。

"爹，大哥。"沈妤又喊了一声。

"不喊头疼了？"沈仲安笑着冲她招手，向江夫人介绍，"这便是小女沈妤。"

沈妤站在门口向江夫人略一福身："夫人好。"

"好，好。"江夫人上下打量着沈妤，越看越欢喜。江敛之本就生得好，再加上一个沈妤，以后两人生出来的孩子不知道得好看成什么样。

"我和江夫人方才正说起你的婚事。"沈仲安道。

沈妤点了点头，抬脚刚往里走了两步，江夫人脸上的表情便僵住了，抖着手指过去："这，这是……"

沈妤一跛一跛地走近，天真道："战场上落下的病根了，瘸了一条腿。"

沈仲安胡子抖了抖："胡——"

"闹"字还没蹦出来，便被身旁的沈昭扯了扯袖子，沈昭脸上憋着笑，冲沈仲安摇了摇头。

江夫人已经震惊得说不出话来，心想方才幸好没直接定下来，这瘸了一条腿，以后带出去丢的可是她江家的人，怪不得沈仲安不让她出来见客呢，原来是个瘸子。

沈妤刻意跛着脚走到江夫人面前，好让她能看得更清楚些："我走路慢，方才在外头碰巧听到夫人和我爹提起我的婚事，我现在就能给答案。"

江夫人连忙道："倒……倒也不急。"

她捏了捏手中的帕子，面上笑容尴尬："听沈将军方才的意思倒是不舍得你这么早嫁人，我能理解。"

"夫人万万不可听父亲的，"沈妤走过去，亲昵地挽着江夫人的臂弯说，"我父亲是想留我在家管着我，我都十七了，江公子大我三岁，我觉得正好。"

江夫人心想，好什么好！这也太恨嫁了！京中小姐哪个不是提及婚事便一脸娇羞，如今沈妤这样，简直就是莽夫，不，莽女！白瞎了那么漂亮的一张脸，边关的风沙果真养不出像样的高门贵女，倒是比那小门小户的姑娘还不如。不行不行，这桩婚事一定不能成。

江夫人忽然抬手抚了抚额，皱着眉道："今日外头风大，恐怕是吹了风，我这头怎么忽然就疼起来了呢。"

身后丫鬟会意，刚准备上前。

"我来，"沈妤怎会让她如愿，将袖子一撩，"夫人您别看我腿瘸，但是我按摩的功夫可好了，奔宵头疼就是我治的。"

"奔宵是谁？"江夫人随口一问。

沈昭握拳抵在鼻下咳嗽了两声，强忍着笑意接话："奔宵是舍妹的爱马。"

江夫人眉毛抽搐了下，差点没给她气死，居然拿马来和她比。

沈仲安好歹混迹官场多年，若是连江夫人这点神色变化都看不出来，那也白活了。他知沈妤此举是想试出江夫人的态度，但是装瘸子也太过了些。

唯恐沈妤再闹下去不好收场，沈仲安试探着问："那江夫人，咱们今天还议吗？"

江夫人连忙接话："不急不急，待我身子爽快些再议也可。"

说完，见沈仲安点了头，江夫人连忙带上丫鬟离开。

沈妤见状，夸张地大喊："夫人别急着走啊，我还没表演才艺呢？我拎大缸的功夫可好了。"

江夫人生怕被她拉住，连仪态都不顾了，不仅走得飞快，还急促地说："不用了，留步。"

结果经过一道门槛时直接绊得扑在地上，旁边丫鬟一左一右扶起她，几乎是将江夫人架着逃难似的跑。待到出了将军府的大门，江夫人感觉已经没了半条命。

看着人走远，沈妤渐渐收了笑容。父亲和哥哥出征是在九月初十，算起来也没几日了，她无论如何都要阻止他们，不能让他们再去边关。便是这几日了，得想个法子才行。

沈妤边想边往回走，刚到门口，便看见沈仲安猛地一拍桌子，桌上的茶盏都跟着跳了一下。

"简直胡闹！"

若是在以往，这种场面沈妤定是吓破了胆，但是如今，她觉得连盛怒中的父亲也是十分亲切。

沈仲安指着她骂道："你知不知道她要是将瘸腿的事传出去，以后谁还敢上门提亲？我看你以后别别嫁人了，当个老姑娘算了。"

"不嫁最好。"沈妤小声地说，"我就想在爹身边当个老姑娘。"

练武之人耳力好，这句话没能逃过沈仲安的耳朵。这话让沈仲安骂都无从下手，四下张望了一圈，随手抄起个东西佯装要揍她。

沈妤连忙躲到沈昭身后，探出个脑袋说："大哥，爹要揍我。"

沈昭笑着说："奉劝你赶紧认错。"

"爹，我错啦。"

猛地被人抱住，沈仲安后面的话卡在了喉咙。沈妤抱着沈仲安，只觉得此时能听到父亲骂她真好，能有哥哥护着真好。自沈妤十二岁之后，便不太与他亲近了，如今她忽然这样，沈仲安只觉得心口发软，深深叹了口气说："以后不能再这样了。"

沈妤用力点头，抬起眼皮看见了旁边的哥哥沈昭，松开父亲又上前抱住哥哥的胳膊。

沈昭低眉敛眸，摸了摸她的脑袋，打趣道："上哪儿学的这么一招？将自己立于不败之地。"

沈妤抬起头眨了眨眼道："无师自通。"

正厅与偏厅间隔着黑漆葵纹隔扇，门廊上还装了珠帘。沈夫人从头到尾看完了厅上的一切，铁着脸离开，行至抄手游廊才道："看见了吧，咱们母女俩就是外人，他们才是正正经经的一家三口。"

沈仲安原配是洛州商户陆氏的嫡女，说是商户，却也不是普通商户能比的，陆氏商户遍及大周。而她是沈仲安的继室，沈仲安原配早亡，诚安侯为了拉拢他，便将诚安侯夫人的一个远房表妹嫁给了沈仲安，便是现在的沈夫人。虽然沈仲安待她也算相敬如宾，但半路夫妻哪有一路扶持过来的情意，只能说凑合着过吧。一年半载也见不到一面，不过担着将军夫人这个名头，难免心生怨念。

沈嫣垂着头跟在她身后不说话，沈夫人回头看了一眼，不咸不淡地说："你好歹在你爹面前露个脸，否则他沈仲安怕是已经忘了这个家还有一个女儿。"

沈嫣咬了咬下唇说："父亲没忘，昨日还同我说了好些话。"

沈夫人嗤笑道："你没瞧见她沈妤在你爹面前那模样，你在你爹面前畏畏缩缩，就你这样靠什么和沈妤争？"

沈夫人说得沈嫣心烦，她难得出声反驳："我不和姐姐争，姐姐待我好，但凡有好东西都紧着我。"

"紧着你？"沈夫人摆手让下人退开，"她不要的当然给你，哪次洛州送东西过来不是她先挑？挑剩了再给你？"

"那是姐姐的外祖母，不是我的，送来的东西原本就没我的份。"

沈夫人气不打一处来，若不是端着将军夫人的架子，就差指着沈嫣的鼻子骂了，看着院子里还有不少下人，只好一甩袖子走了。

"小姐，我们回吗？"丫鬟问道。

沈嫣在原地站了片刻，望着正厅的方向，眸中有些许黯然："回吧。"

江夫人出门时高高兴兴，归来时悲悲戚戚。

进门便问："敛之回来了吗？"

门房回话："回夫人，少爷回了有一阵了，还让小的见夫人回来便差人去通报一声。"

江夫人面色阴沉："不用通报了，我亲自去找他。"

江敛之喜静，书房设在江府那一汪静湖的北边。江夫人找到人时，江敛之正立在湖边望着湖水，目光有些深远。已是深秋，他身上只穿了件单薄的青色长衫，迎着风平添了几分萧瑟之意，江夫人原本准备兴师问罪的想法也歇了，招了小厮去替他拿披风。

听见身后的脚步，江敛之转过身："母亲，今日——"

"我知道你要问什么，"江夫人打断他，"我与你直说了，那沈妤不能进我江家门。"

江敛之眉心一蹙："为何？"

江夫人想起来就一肚子气，不由地质问道："你让我上门之前怎么没提过她是个残废的事？"

江敛之脑中"轰"的一声："残废？不可能。"

"怎么不可能？"江夫人不忿地说，"她一条腿是瘸的，据说是在战场上受的伤，我就说好好一个大小姐成日里舞刀弄枪的像什么话。"

江夫人看向他："该不会你也不知道吧？那定是给那丫头骗了。

"那个沈妤恨不能明日就嫁过来，瘸了一条腿还将我撺到了大门口，害我摔了一跤。

"盛京不乏才貌双全的小姐，你也莫急，回头我好好给你瞧上一瞧。"

江夫人自顾自说了半天，这才注意到江敛之已经走神。

"敛之？"

江敛之收回目光："我知道了。"

江夫人看他的反应，略放下心，将披风递给他，又数落了一番江敛之的小厮才走，转过月洞门，回头瞧见江敛之还立在湖边。

江夫人摇了摇头，边走边嘀咕："你说他这是怎么了？这几日总站在那里，这湖都看了几十年了，有什么好看的。"

盛京繁华，这个时节没有宵禁，月上中天街道上还有不少叫卖的小贩和行人。看着倒是个太平年，谁能想到两日后西厥大军会来进犯。城东全是青砖绿瓦的高门大户，将军府身在其中却算不得豪华，二更的梆子声刚刚敲过，一辆马车停在将军府后门。

车辆刚停稳，沈妤准备下车，就听车夫说了声"小姐稍等"，然后冲着那暗处喊了一句，"谁在那里？"

沈妤撩开帘子望去，后门院墙下停着一辆马车，也不知在那儿停了多久，马儿不耐烦地在原地打着响咪。车沿上坐着两人，稍矮些的那个下车，站在车旁朝这边一拱手说："车上可是沈将军家的小姐？"

后门光线昏暗，檐下挂着的两个灯笼被风吹得晃来晃去。

"正是，"沈妤道，"找我何事？"

"沈小姐稍待。"

小厮说着回身打帘子，一个身形高挑的青年从马车上下来，那人的身形，沈妤太熟悉了。

没想到那场梦刚醒过来第三天，她就见到了江敛之。她内心狂跳，手不自觉地探向软靴中的匕首。

"小姐，你在干吗？"绿药一脸震惊地看着沈妤的动作。

沈妤一惊，连忙缩回手，就这一会儿工夫，江敛之已经走了过来。她下意识想躲开这个人，因她不能确定自己会不会一个不小心就拿刀抹了江敛之的脖子，杀害朝廷命官可是大罪。况且如今的江敛之还没做那些事，她不能显露太多。

江敛之行至车旁："沈小姐。"

绿药冲着沈妤挤眉弄眼："小姐，是江——"

沈妤一把捂住绿药的嘴将她塞进车厢里，装作不认识眼前的人："你是谁？"

江敛之没有说话，只是直勾勾地看着她，一双通红的眼隐在昏暗的灯光下面。

他终于，见到她了。

一场梦，把江敛之困住。每当午夜梦回，他就会亲眼看着沈妤死在自己面前。他记得，梦里的他有多么后悔，那种痛苦如心脏剥离般的感受到现在依旧没能减轻。曾以为长明的小院，自此一片黑暗，缘是那个每日提着灯笼站在那儿等他归家的人不在了。

想到这里，他想如梦中一般，叫她一声阿妤，可是他不能。好在如今一切都还早不是吗？他还有机会。

见她还在看着自己，江敛之望着她浅笑："沈小姐，我姓江名寂，字……"

"喔。"沈妤长长地应了一声道，"名妓啊，幸会幸会。"

江敛之身后的侍从面色肃然："我家大人——"

"无妨，"江敛之抬手打断，"家母两日前曾上门提亲，沈小姐想必知道此事。"

沈妤淡然道："当然知道，当时江夫人可是逃出的将军府，可见对上门提亲一事非常后悔。"

江敛之抬眸望去，门口灯光昏黄，只看清沈妤半边侧颜，美人在灯下总能平添上三分颜色，让原本就姿容出众的她看上去更加娇艳。他从没见过她这般模样，连扬在风里的头发丝都透着朝气，只是她眉眼间似乎有些许敌意。

江敛之蹙眉，是了，这两日京中有传言，说沈将军府上的大小姐一条腿瘸了，这消息多半是他母亲传出去的，她对自己有敌意也正常，是该好好给她道个歉的。

"京中关于沈小姐的传言，我在这里代我母亲向你致歉。"

沈妤客套道："江大人言重了，我没有将此事放在心上。"

江敛之眉心一松："你可以唤我敛之。"

"抱歉，不熟，大人还有别的事吗？"

江敛之颔首："我今日来是想告诉你，不论我父母怎么看，我想娶你。"

沈妤心中微动，忽然想起他当初要纳妾时也是这般坚决。

"哪怕我是个瘸子你也娶？"她问。

江敛之不动声色地又往前迈了一步，那张俊脸已经在灯下显现出来，他目不转睛地看着沈妤的脸，肯定地说："哪怕你是个瘸子，我也娶你。"

沈妤与他对视，脸还是那张脸，风度翩翩，品貌非凡，只是如今这个人和这张脸已再难在她心中掀起波澜："那你那位青梅竹马的林小姐呢？"

江敛之愣了一下，当即道："我与她——"

沈妤先一步打断："我可是听说当初林家家眷发配往冲州的时候，江大人曾策马送出几十里。"

江敛之的表情有些难看。

沈妤弯腰钻出马车，江敛之下意识伸手扶她，她已经避他的手跳了下来，落地平稳轻盈，哪有半分行动不便的样子。

江敛之何等聪明，一下就猜到瘸腿多半是她装出来的。

沈妤扬声道："我也有句话要同大人说。"

"我不会嫁给你。"她认真重复了一遍，"哪怕我是个瘸子。"

眼看她就要跨入将军府的后门，江敛之喊住她："为什么？"

沈妤一只脚已迈进门，闻言脚步一顿，门口略高几级台阶，她居高临下地看着他。

"因为我已经有喜欢的人了，这个理由够不够？"

"谁？"江敛之逼近，没有要放弃的意思。

沈妤哪有什么喜欢的人，她只要犹豫一分就会露馅。

"揽月公子。"说罢"砰"一声关上了门。

那摔门声让小厮抖了一下："这沈小姐脾气可真不小，我看她也不瘸嘛，走得还挺快的。"

江敛之望着紧闭的大门，半晌，勾了勾唇。她哪认识什么揽月公子，只怕是从旁人口中听过而已，便敢拿出来胡乱搪塞他，那也得看他信不信。侍从看着江敛之的神色，也不知道自家大人望着灯笼在笑个什么劲，怕不是傻了吧，被拒绝还笑得这么开心。

"大人，沈小姐若是不嫁的话……"侍从声音越来越小。

"她会嫁的，"江敛之转身往巷口走去，笃定地说，"她一定会嫁给我，只能嫁给我。"

家里几位主子常年都在边关，将军府丫鬟和杂役本来就不算多，这个时辰，下人们大都已经歇下了。沈妤和绿药挑了条人少的小路，熟门熟路地往院子里摸，一路进来畅通无阻。

绿药已经小声在路上念叨了一路："小姐你见过揽月公子吗？是不是比江侍郎还俊？

"我听说揽月公子清风霁月，是不是真的？

"小姐，小姐？"

沈妤沉声："闭嘴！"

绿药："……"

北临世子谢昀，字停舟，揽月公子这个称呼也不知怎么传出来的，据说取自"停舟欲揽月，山晚望晴空"。她没亲眼见过谢昀，只知那位谢世子十四岁便横刀立马征战沙场，将北戎人赶出了数百里，成为边郡敌军闻风丧胆的杀神。可惜后来在战场上受了伤武功尽失，倒和自己的境遇有几分相似，后来皇权更迭，新帝忌惮北临，设计将其诛杀于承天门外。

一代英杰就此陨落，如何不令人唏嘘。

"小姐别闷着，你说句话啊。"绿药急得不行。

沈妤回过神来，小声说："你用你的脑瓜子想一想，他要是清风霁月，上战场的时候靠什么？用男色蛊惑敌方吗？"

绿药恍然大悟："对喔，不过我还真听过这样的传言，说有敌军在战场上看见北临王世子就愣住了，连刀都忘了拔。"

沈妤是上过战场的，战场上生死都在瞬息之间，谁能走神到连命都不要了，这样的传言谁爱信谁信，反正她肯定不信："说是被谢昀给吓傻的还勉强能有几分说服力。"

"可传言也不会全是假的吧，他如今不是不上战场了吗？"绿药道。

沈妤思忖片刻："说得也有道理，他早些年是在战场上受了重伤，据说是箭上淬了毒，之后便再也没出征过，但别的就不清楚了。"

院子里的灯都熄得差不多了，两人是偷偷溜出去的，进门后沈妤轻轻喊了一声："红翘。"

红翘已经在床上装小姐装了一晚上，听见沈妤的声音，连忙翻身下床，掀开帘子走出来。

"你们可算回来了，之前大少爷来了一次，被我给搪塞过去了。"

"没露馅吧？"

红翘说："没有。"

沈妤取下簪钗环佩一股脑丢在妆奁上，又从袖袋里摸出一小包药粉，坐在妆台前陷入了沉思。

江敛之不知道吃错了药还是给雷劈傻了，居然主动求娶她，只是不知道父亲和哥哥上战场这件事会不会照原路走。若她记得没错的话，西厥大军进犯的急报将在九月初九呈交兵部，内阁商议好了带兵的将领，初十一早父亲和哥哥进宫，当日离京去往燕凉关，但只要她阻止父亲和哥哥进宫，内阁自然会商议另择将领，战事来得急，陛下自不会拖延时间，只要朱批一落，父亲和哥哥也就安全了。

　　第二日正是九九重阳节，原本要登高祭祖赏菊，可将军府闭门谢客，只在京中最大的医馆请了两名大夫上门。也不知这一家子吃了什么，沈府一下子倒了三个：沈将军，沈小将军，还有沈家那位传言瘸了腿的大小姐。病来如山倒，三个人都病得起不来床，沈妤躺在床上，这一日已经吐了五六回，浑身瘫软无力，只觉得命都去了一半，想必父亲和哥哥也没好到哪里去。

　　"小姐快醒醒，出事了。"

　　沈妤迷迷糊糊睁眼，只觉浑身无力，瞧这症状竟是比昨日还严重了些："怎么了？"

　　红翘蹲在榻边拿帕子替她擦脖颈间的汗，脸色焦急："将军进宫了。"

　　"什么？！"

　　沈妤一下从床上爬起来："父亲不是病了不能上朝吗？昨日他都走不动路了。"

　　绿药皱着眉接话："宫里又来人了，这次还派了太医，也不知道那边发生了什么，听着吵闹了一阵，然后将军就走了。"

　　沈妤赶忙掀开被子下床，刚落地双腿一软："走了多久了？"

　　绿药扶着她的胳膊说："刚走一盏茶的时间。"

　　"应该还能追上，"沈妤吩咐，"红翘你先骑马去拦住他，就说是我说的，再给我备一辆马车。"

　　是她大意了，原本以为只要不让父亲进宫，这事就有回旋的余地，朝廷并非派不出将领，只要让别的将领领下皇命，他们便有更多的时间来查探线索。可她还是小瞧了沈仲安，沈家世代从军，却并无爵位在身，沈仲安是在战场上拼杀下来的军功，在尸海中一步步爬到了将军这个位置，对边关的感情比盛京要深得多，战事一来，别说起不来床，就是爬他也要爬到边关去。

　　天刚破晓，马车一路疾驰，追到宫门前，没看见沈仲安，只见到之前派来追人的红翘焦急地等在那里。

　　"没追上？"沈妤掀着车帘问。

　　红翘面颊发红，一路策马疾奔过来跑出了一身的汗："追是追上了，该说的也说了，但是根本拦不住。"

　　沈妤心头一沉，还没想出办法，旁边忽然响起一阵马蹄声。

　　江敛之刚下马车就看见宫门前的沈妤，昨日就听说她病了，送了几味药材上门都被退回来，没想到竟在这里见到了她："沈小姐。"

　　沈妤顺着声音的方向望去，江敛之一身孔雀补子官服，正下了马车朝她这边走来。

　　"江大人。"

　　江敛之打量着她的脸色，看样子确实是病得不轻，一张小脸苍白得没有颜色，一下让他想起了梦中她缠绵病榻的样子。

"沈小姐来这里做什么？"他问。

沈妤没说话。

江敛之略一思考就清楚了，问道："沈将军已经进宫了？"

昨夜传来的急报，户部官员连夜筹算军费和粮草辎重，他也是熬了一宿，天亮时才回府换了官服上朝。昨日听说两人病重，他还怀疑过二人不知从哪儿得到的消息称病避战，如今看来应当不是。

沈妤点了点头，依旧是没开口。

见她神色凝重，江敛之思忖片刻道："不用担心，沈将军片刻就回。"

是啊，片刻就回，只是回家就又要马不停蹄地赶往边关，再回来时已经是一具尸体，沈妤仿佛已经看到了噩梦重演。

离上朝时间已经不久，江敛之往宫门看了一眼，再看她的表情，一时有些不忍："有没有我能代劳的地方？"

沈妤心下一转，如今看来天命难违，只能死马当活马医，只是有些话不便为外人道，出口即有可能被人拿捏住把柄，她咬了咬牙："劳烦江大人传句话，就说我已经不行了。"

依沈仲安对她的宠爱，这个理由多少能拖住他。

江敛之上下打量她一遍，眼中尽是疑惑。

"江大人这样传话便是。"沈妤说。

"为何？"

"因为我不能让我爹在这个时候去燕凉关。"

江敛之蓦地心头一震："为什么？"

沈妤摇头："不为什么，江大人这样转告便是。"

江敛之松了口气，袖口下紧握的拳头渐渐松开，朝她微微笑了一下："你放心，我定当转告。"

天彻底亮了起来，日头往当空又挪了一寸。厚重的宫门压着低沉的声音渐渐敞开，朝官陆陆续续从里面走出来，沈仲安身体欠佳，步履稍缓走在后面，身侧除了几位同僚，还跟着江敛之。沈妤望过去，江敛之正好朝她看来，冲着她微微摇了摇头，她已经料到了会是这样的结果。

回将军府的路上，父女俩共乘一车，从始至终沈仲安都没说过一句话，一进府便将沈妤带进了祠堂。

祠堂里香火缭绕，摆着数十个牌位。

沈仲安视线一一掠过，沉声问道："那药是不是你下的？"

原本他就觉得这事蹊跷，今晨听过红翘转达的话，大致有些怀疑。

沈妤嘴唇动了动，轻轻地"嗯"了一声。

"为什么？"

"不想让你和哥哥出征。"

"跪下！"沈仲安忽然厉声喝道。

沈昭来到祠堂，看见的就是沈妤脸色苍白一下跪倒在地的场景，那膝盖磕在地面"扑通"一声，听着都疼。

"爹。"沈昭刚一开口，沈仲安便抬手制止，对着沈妤道："你看着列祖列宗的牌位再说一遍。"

沈妤咬牙，抬起头正色道："我不想让你和哥哥出征，所以在你们的饭菜里下了药。"

"阿妤，"沈昭震惊地看着她，"不对，爹，这里面恐怕有误会，急报昨夜才传进来，阿妤不可能未卜先知提前下药。"

沈仲安说："你让她自己说。"

"我怕爹和哥哥这一战回不来，所以提前在饭菜里下药。"她脸色苍白，双眼却通红，瞳仁周围布满了血丝。

沈仲安又问："那你又是为什么连你自己也没放过？"

沈妤道："如果只有你们两人病倒，我怕有人疑心你们称病避战，若是多个人就不一样了。"

沈仲安冷哼："你倒是想得周全，还大张旗鼓请了几名回春堂的大夫，仅仅因为你的一个梦……"

"那不仅仅是梦！"沈妤跪着转过身，仰头看着沈仲安，"爹，你们别去行吗？阿妤没求过你，这一次我求你们别去，你们别丢下我一个人。"

"行啊，"沈仲安问，"那你告诉我边关的百姓该怎么办？"

沈妤道："爹不去，自然会有别的将领顶替上。"时间根本没有放慢脚步来等她想出办法，她如今别无他法。

沈仲安笑着摇了摇头，看着她的眼神里略带失望："沈家从没出过贪生怕死之辈，别的将领难道就没有妻儿？再说了，你告诉我谁能顶上？"

他继续说："萧家军守在赤河，冲州边境常有漠北人滋扰，远南府沿线上的将领已经三年没归过家，你告诉我谁来顶？燕凉关外的西厥人谁去挡？你当真以为哪里都像盛京一样歌舞升平？那是将士们的铁血换来的！"

不是不怕死，而是放不下一方百姓，身为将士，骨血早就和大周的土地融在了一起。便是刀争饮血又如何？便是马革裹尸又怎样？每一位将领在出征前，就早已做好了一去不返的准备。沈妤眼眶里兜着泪，正因为她知道父亲是怎样的想法，所以她说不出口，便是说了，他也会义无反顾地奔赴前线。父兄战死沙场，却落得个身败名裂的下场，她单是想想，心口便疼得难以自持。

沈仲安低头看着她，这是他为之骄傲的女儿，天生练武的料子，根骨比沈昭还强上几分，只可惜是个女孩儿，若是男孩儿，沈家定能再出个将军，比他还要出色的将军，只可惜大周从没有过女将的先例。他叹了口气，抬手抚上她的头顶："阿妤，就算是你所言为真，爹也退不了，你随我上过战场，比盛京的好多男儿都强，你见过战事的惨烈，刚才的那些话，本不该从你嘴里说出来。"

沈妤顿时泪流满面。若是在此之前，她一定不会说那样的话，可她太害怕噩梦成真，所以不求别的，她只想让他们好好活着，就算用自己的命来换也行。

沈仲安尚在病中，站了一阵也觉得有些吃力，但他没有倒，望着那一干牌位。

"你在这里跪着好好想想，没我的命令不准起来。"

沈昭留在原地，等沈仲安的背影消失在门口，才在沈妤面前蹲了下来，掏出一方帕子替她擦了擦眼泪。

"还哭鼻子呢？"

沈妤垂着头："爹一定对我很失望。"

"丫头，看着我。"

沈妤抬起头，听他郑重道："他永远不会对你失望，你是他的骄傲，也是我的骄傲。"

沈妤眼眶一阵发酸，紧盯着沈昭不放。

沈昭看着她，从她的眼里读懂了不舍，他安慰道："不会有事的，你哥我战无不胜，来，笑一个。"

沈妤抿嘴，用力扯了扯嘴角，却只挤出个比哭还难看的笑容。

"算了别笑了，丑死了，"沈昭伸手去拉她，"你跪一会儿就起来，反正爹也不知道。"

沈妤摇头，挣开他的手臂继续跪着："什么时候出发？"

"过两日吧，"沈昭笑着说，"谁让你下药了，我现在都还腿软，还怎么骑马？"

沈妤吸了吸鼻子："你这么虚，怪不得到现在都没讨到媳妇。"

"喷。"沈昭作势要打她，却只掐了掐她的脸，"是我找不到吗？我那是忙得没工夫找。"

"胡说，"沈妤拉开他的手，"俞太傅家的三姑娘喜欢你，我知道。"

沈昭斥道："你别败坏人家姑娘名声。"

沈妤挪了挪膝盖，这地板硬，又没有蒲团，跪得还真有些疼："本来就是，别以为我不知道，她让人送点心来你直接给人退回去了，回头又跑去偷看人家，你别扭不别扭。"

"你不懂。"

沈昭说着干脆席地而坐，顺手把她拉坐到地上："你看像爹这样一年回不来一次，你以为母亲没有怨言吗？我也不想耽误别人家的姑娘。"

"说不定她乐意被你耽误呢。"

沈妤侧头看着他，也说不清这会儿是什么感受，只觉得心眼子都被什么东西给堵得严严实实的，没处透气。她记得俞太傅家的三姑娘叫俞晚秋，梦里她出嫁时俞晚秋曾来给她添过妆，还在她的婚宴上流过泪，她们心照不宣，彼此不多一言，却都明白那泪为谁而流。

至少在梦里她坠湖之前，俞晚秋都没有出嫁，算起来她还要比沈妤大上一岁。

"俞小姐人特别好，我想让她做我嫂嫂。"

"我知道。"沈昭说。

沈妤抓住沈昭的手："这次我们一起出征，一起回来，然后你就去找她。"

沈昭眸色微动，转头注视着她，唇角勾起一个温柔的笑容："好。"

沈昭起身离开。

沈妤："哥。"

沈昭回首："怎么了？"

沈妤鼓起勇气："你相信人能提前梦到自己完整的一生吗？"

沈昭皱了皱眉："这叫什么，未卜先知？"

"嗯，"沈妤点头，"就是感觉自己好似真实地活过了一遭，大梦醒来，种种遗憾都还来得及弥补。"

沈昭走过来在她跟前蹲下，摸了摸她的额头："你前几日烧傻了吧？说什么胡话呢？"

"你不信吗？"沈妤满怀期待。

"信，"沈昭笑着说，"怎么不信呢，行了行了别胡思乱想。"

沈妤的心沉了下去，果然，没有人会相信这样匪夷所思的事，沈昭嘴上说信，但是眼神已经说明了一切。

沈妤一直跪到日头西沉，霞光渐渐被掩去，丫鬟才进来点灯，然后又把饭食送进来，拿了小几在她面前摆开。

"将军说夜里乌漆麻黑的，即使小姐跪了，祖宗估计也看不见，可以不用跪了，不过明天白日里还是要跪的。"

这确实是沈仲安能说出来的话，明明是担心她夜里凉跪出毛病来，偏要找点驴唇不对马嘴的借口。

沈妤坐在地上，慢慢伸直了腿，一股麻痒和刺痛从膝盖扩散开来，让她半天都不敢动一下："我爹和我哥好些了吗？"

丫鬟应声："好是好些了，只不过还得休养两日才行。"

沈妤点了点头，接过筷子吃饭。当晚就在祠堂将就了一宿，第二日跪到天黑才把她放出来。绿药和红翘来接她，沈妤根本站不起来，腿都打不直了，两人一左一右把她架回去，煮了药汤替她热敷。

"我爹他们定的是明早出发吧？"

"是后天。"红翘说。

沈妤纳闷："这么晚？"

红翘接过绿药递来的热帕子："皇上又拨了两万精骑，将军已让大军拔营先行，他们后面再追上去也来得及。"

沈妤龇牙咧嘴地点了点："这倒也是。"

敷完腿，沈妤支使着两人替她收衣服，自己则靠在榻上睡着了，两个小丫头替她张罗着，轻手轻脚地收完东西才出去。

走出房门，绿药压着嗓子说："方才我一句话都没敢说，生怕说漏嘴，小姐要是知道了会不会打死我？"

绿药性子直来直去，一撒谎就结巴。

红翘道："先拖着，你要是敢告诉她，回来将军先打死你。"

绿药缩脖子："那我还是保命要紧。"

沈妤在床上躺了一天，次日下午才勉强能下床走动，明日便要离京，她现在腿脚不便不能拖他们后腿，得起来活动恢复恢复。正在屋子里走着，忽听得院外一阵喧哗。沈妤扶墙过去打开门，便见沈嫣站在院门处，身旁的贴身丫鬟手中拎着一个食盒。

"我要见我长姐也不行吗？"

红翘道："二小姐见谅，将军吩咐了这几日不管谁来见都不能放人。"

沈嫣面色不豫，余光忽然瞧见沈妤打开了门。

"长姐。"

沈妤冲她招手："进来呀。"

沈嫣目光在拦人的红翘和绿药面上扫过，想来还是有些忌惮。

"不用管她们，"沈妤轻松道，"她俩要是再敢拦你，我就让她们一会儿去刷马厩。"

没了阻拦，沈嫣笑着走过去扶着沈妤的胳膊坐下，问："长姐的腿好些了吗？"

"还能凑合着用。"

沈嫣招呼丫鬟把食盒放下，将里面的东西一一拿出来，都是些小巧精致的点心，布置好就让她退了出去，顺便带上了门，屋子里只剩下沈妤和沈嫣。

两人虽然是亲姐妹，但是论起感情，倒是和沈昭差了太多。毕竟不是从小一块儿长大的，一个琴棋书画样样精通，一个刀枪剑戟一样不落，完全没有共同语言，不论是从前还是如今，沈妤和这个同父异母的妹妹都聊不上几句，只能随便找些无聊的话题："你今日这发饰好看。"

沈嫣伸手在鬓角压了压说："这是你送我的。"

"啊？是吗？"沈妤有点呆。

沈嫣点头，又伸出手，腕上一只翠色的镯子看上去就价值不菲："这也是长姐送的，你送我的东西太多，也不能都记得，而我用的也没几样不是你送的，所以记得很清楚。"

将军府虽不像那些世家动辄上千仆役，但是面子还是要撑住的。家里主子虽少，但仆从少说也有上百，沈仲安每次的军功封赏都交由沈夫人保管，不掌中馈不知油盐贵，也只能维持着表面的繁荣罢了，单靠那点店铺地契的租子，私下里沈嫣一年也置不了几件像样的首饰。但沈妤不一样，她母亲早逝，陆老太太统共就她这么一个外孙女，疼得跟眼珠子似的，金银首饰绫罗绸缎但凡好东西都往她跟前送。可她不爱打扮，总觉得那些环佩叮珰影响她练武，稍使几招发饰都能飞出去。

两人硬扯着闲聊了两句沈妤就不知道该如何接话了，一个劲往嘴里塞着点心："这点心不错，你上哪儿买的？"

沈嫣眸光动了动，轻声说："是江大人送上门，让我转送给你的。"

沈妤一口点心卡在嗓子眼，登时就想把刚才吃进去的全吐出来。沈妤没了胃口，把手里的半块点心丢在桌上，捻了捻手指上的细屑说："我叮嘱过门房不要收他的任何东西，你以后还是不要替他转递了。"

沈嫣拿余光偷瞥她一眼，斟酌道："长姐是对他无意吗？"

沈妤道："我不喜欢他，所以不需要他再浪费时间。"

沈嫣抿唇："我知道了。"

两人再顾无言，见气氛尴尬，沈嫣起身准备离开，行至门口时停住，犹豫了片刻才说："父亲和大哥其实已经离开两日了。"

沈妤震惊地看去。

沈嫣接着道："父亲叮嘱不要告诉你，你那天被罚跪一个时辰后他们便出发了。"

"你为什么告诉我？"

"因为我知道长姐想去。"

边关战事吃紧，沈仲安父子都是歇不下来的，知子莫若父，沈仲安知道她定然要跟着，于是向来心疼女儿的他破天荒让人跪了两日，就是要把沈妤困在家里。战事一开，少则数月多则一两年，沈妤到了年纪，到底是个女孩儿，不能把年华耗在边关。

待沈嫣一走，沈妤将两个丫头叫进来。绿药推门而入，进门就看见桌上放着一个包袱，那是她昨日替沈妤收的，红翘一看这阵势就不对，怯生生喊了声："小姐。"

沈妤抬眼看去："父亲可有说何时出发？"

红翘："……明日。"

"几时？"

"卯时。"

"啪——"沈妤一巴掌拍在桌上，"明日卯时是你出发还是我出发？父亲都走了三日了，你将我瞒到现在。"

绿药看了眼红翘，腿一软先跪了，跪下后又拽了拽红翘的袖子，两人一同跪在门口。

沈妤看得心烦："去牵我的马来。"

绿药起身想去，又被红翘拽了回去。红翘抬起头道："将军有话给小姐。"

"说！"

绿药懵懂开口："将军说了，'那死丫头指定要跟来，若是拦不住就告诉她给我好好待在盛京，这是军令！'小姐，这是将军的原话。"

连死丫头这样的字眼都出来了，沈妤还能不知道是原话？

绿药模仿沈仲安的语气把她气笑了，沈妤冷声："我未入军籍，军令管不住我，爹不在这里我最大，谁去给我牵马我带谁。"

红翘："小……"

绿药："好嘞。"

红翘话还没说完，绿药已经一溜烟跑了。

寒风簌簌，望楼上正当风，守夜的士兵打着哈欠，仔细地注意着周围的风吹草动。他搓了搓手说："这天可真冷啊，我看是要下雪了吧。"

"应该是，"另一个士兵已经疲惫得不行，蹲着半个身子躲风，"你一个人看会儿，仔细点儿，咱俩换班。"

士兵趴伏在望楼的围栏上，目不转睛地盯着营地外："行，一个时辰，一会儿我，等等那是——"

蹲下的士兵一听语气不对，连忙起身："哪儿呢？"

先前那个士兵揉了揉眼再次看去，却没看见任何东西："兴许是我看错了，有个黑影，我还以为是人呢，闪了一下就没了，人绝对没那么快。"

夜晚天暗，能挑出来上望楼的士兵，不论目力还是耳力都是极好的，士兵给他这一惊，人精神了，也趴在望楼上仔细瞧着。沈妤趴伏在墙垛后，静等了一炷香的时间，才趁着夜色偷偷摸进营里。夜里有士兵在营地巡逻，她在营帐旁背风的地方歇了一晚，早晨趁着士兵晨练混了进去。

十万大军扎营在黑雀山南侧，往后不足百里便是燕凉关。沈仲安率领的大军如一道盾牌，横切了西厥人和关内百姓的中间。沈妤跟在队伍后面，一群人行至临时的点兵校场，在一处宽阔的地方站定，沈妤个子高挑，放在女子中间极为出挑，但是在军营里一群男人面前就不那么显眼了。前面的人高出她小半个头，那人回头看她一眼，过了一会儿又再次回过头来，沈妤摸了摸脸，她混进来时已经刻意涂黑了脸，眉毛也描粗，好让自己看起来粗犷一些。

前面的人第三次回头，沈妤垂在身侧的手已经做好了起势，这里人多，他若是一喊沈妤就会暴露，只要男人一动手或是开口，她就只能立即把他敲晕。男人皱着眉看了她半晌，食指指着她："你叫……你是那个山炮儿吧？"

沈妤心想你才是山炮，你全家都山炮！可嘴上却笑着说："是，是我。"

"你被分派到我们这里了？"

沈妤点头。

"你咋站这儿呢？上前边来。"男人拉了她一把，将她推到前面，自己站了沈妤刚才的位置。

军营里来来往往人数众多，年年都有人战死，年年都在征兵，每一场战役过后都会重新编队，将伤亡的重新补上。有的人刚打个照面，第二天就没了，所以记不清人也是常有的事。前两日刚和西厥人交锋过一次，死伤数千，西厥军死伤还要更严重，沈仲安下令追击十里后，在原地扎营。再没有血性的汉子，经此一役之后也会斗志昂扬。

校场吼声震天，士兵列队清点人数，点到杨邦时，身后的男人发出一声："到！"

这一声振聋发聩，差点没把沈妤耳膜穿透。她揉了揉耳朵，看见一人骑在高头大马上，马蹄不疾不徐地在各方阵间踱步，马上沈昭凌厉的视线缓缓从万军之中扫过。这个距离看沈昭是模糊的，明知道他看不见自己，沈妤还是下意识低头躲了一下，若是被沈昭逮到，肯定会把她绑了送回盛京。

只见沈昭停在高台上，侧头对身旁的副将说了什么，副将颔首，随即沈昭策马下了高台。

沈妤的视线一直追随着沈昭，连队列动了都没发现，身后的男人推了她一把，低声道："赶紧的，动起来。"

他又嘀咕了一句："你这身板咋这么单薄，风一吹就倒了吧，咋想起来从军呢？"

沈妤随着队列移动，心不在焉地回他："家里吃不上饭，不从军就饿死了。"

杨邦道："那和我差不多，我家里人都死光了，所以就觉着还不如上战场杀几个西厥人，也算为国效力了。"

就这说话间的工夫，沈妤一恍神就没了沈昭的踪影。

沈昭一路策马跑到主帐前翻身下马，提着马鞭进了帐篷，青天白日，帐内还是点了灯。

沈昭坐下道："怕是要下雪了。"

沈仲安问："粮草辎重晚了有十日了吧？"

"十一天了。"沈昭喝了口热茶，这是军中仅剩的老梗茶了，味道着实好不到哪儿去，但能提神。

他眉心皱得很紧："辎重队那帮人不知道干什么吃的，我早上点过数，剩下的粮草还够撑两天。"所谓三军未动，粮草先行，早在从盛京出发前户部便已着手调配粮草辎重，可是除却第一批粮草准时到达外，后续迟迟没有消息。

沈仲安愁眉不展："怕是在路上出了事，若是这雪下下来，粮马道更不好走，你派一队兵去接，再派个斥候出去探探。"

沈昭把马鞭扔在一边，说："我又向甘州府借了一批粮，明日应当能运到，只不过这是最后一批了，今年不是个丰收年，他们仓库存粮也不多，还要考虑明年春耕留种，所借的粮食最多也只够让我们多撑五天。"

甘州府就在燕凉关内，是临近关内最大的城，州府粮库存粮都不多的话，普通人家更是难。

沈仲安叹了口气："希望辎重队能尽快赶到吧。"

沈昭这两日心里总不踏实，他说："将军，咱们得做两手准备，七日内如果不能让西厥退兵，粮草不到的话我们将十分被动。"

两人虽是父子，但在军营时还是以职位相称。

"你有什么想法？"沈仲安问。

今日操练不多，主要是清点人数，全军休整，队列一散，杨邦勾着沈妤的肩膀往帐篷走："咱们帐子人少，前两天又折了两个兄弟，现在加你就七个人。"说罢撩开帘子，帐子里已经坐了四五个人，得亏是冬日，大家冻得没脱鞋。

沈妤曾在三伏天进过营帐，里头士兵一个个打着赤膊光着脚，那味道简直直冲鼻子，能让人当场飙泪。

杨邦一一介绍："这是尤大嘴，这是阿虎，这是……"

介绍完毕，又拍了拍沈妤的肩膀："这是山炮儿。"

"谁给你起这个诨名？"尤大嘴问。尤大嘴人如其名，那张嘴大得能吞人。

沈妤也很想知道，杨邦记谁不好非把她记成山炮儿。

"你东西呢？"杨邦问道。

沈妤那包袱还藏在主帐旁边的帐子下，都是些日常用物，拿过来也不方便，况且她也不会在这里待很久，五日后等预兆中那场大战一过，她就撤："我没什么东西。"

阿虎上下打量着她："你瘦成这样，能扛得起刀吗？"

沈妤看看他："扛你也没问题。"

尤大嘴听着就笑了，一笑那张嘴就更大，三十二颗牙都能见光，大有吞天之势。

杨邦一指："你别笑了，仔细把新来的吓坏了。"杨邦是个热心人，还去帮沈妤领了床被子和一身衣服。

入夜后，帐子里响起了此起彼伏的鼾声，沈妤睡不着，反复在心里推敲着即将发生的事情。

预兆梦里，传回盛京的急递是这样的。

十月廿七，沈昭率兵突袭西厥大营被困，沈仲安率领余下士兵前去营救，监军劝说未果，沈仲安冒进追击中计，将十万大军全部葬身关外。

军报上写得很模糊，具体前线到底发生了什么，没有人知道，因为整整十万人，只剩几人生还。一切都太过蹊跷，她了解自己的父亲，他性子最为稳妥，冒进二字放在他身上着实不大恰当——只有一种可能，这一战里，恐怕是有内鬼。那是活生生的十万将士啊，总要有人为那一仗背负罪名，不论其中有没有疑点，沈仲安都成了罪人的最佳人选。

沈妤白日里主动揽了个在各帐间替人送东西的活，趁机把营地的布局摸了个透，除了粮草处派有重兵把守外，其他地方暂时没察觉出任何异常。单从目前形势来看，她根本找不到任何战败的端倪。目前燕凉关的形势让她像只无头的苍蝇一样乱撞，撞上哪儿就顺便看看能不能留一手有备无患，中间又偷偷溜出营，去城里见了几个人。

入夜，气温骤降，又来了股北风，风里都夹着刀子，吹得人面颊发疼。一匹骏马飞速接近营地，斥候策马狂奔，近营地大门时举起手中令牌："急报！"守门士兵查过令牌放人进入，斥候马都没下，直奔至主帐前。

"将军！急报！"

沈仲安睡得不踏实，听声音翻身而起："进来。"

斥候进门后单膝跪地："禀将军，前去接粮的队伍全军覆没，没看到辎重队的影子。"

沈仲安面色沉然，随手捞起大氅披在身上，说："让沈昭到我帐中来一趟。"

沈昭也是刚从床上爬起来，去叫他的人什么都没敢说，进帐后才听沈仲安说起此事。

沈仲安道："接粮的队伍人不多，看样子像是被山贼劫杀。"

沈昭摇头："接粮的队伍什么都没有带，山贼不会干这种吃力不讨好的事，恐怕是有人栽赃。"

两人对视一眼，都从对方眼中看到了危险的信号。

沈昭用力搓了把脸提神，说："在余粮耗尽前必须速战速决，恐怕要用第二个方案了。"

沈仲安点了点头，连夜召集将领入帐商议。

傍晚，杨邦缩回帐子里。

"这风刮身上跟刀子似的，还不如直接落雪。"

尤大嘴接话："落雪那是不成的咯，那边在调兵，估计是要干个什么事儿。"

沈妤一直注意着军营的动向，竟一直没发现出兵的迹象，并且今天才二十五，那不是比预兆早了两天吗？

她一把抓住尤大嘴："你说什么？你怎么知道？"

尤大嘴吓了一跳："嘘，别往外说，我有个同乡在前锋营，之前碰到他的时候说的。"

沈妤没再问，一撩帐子出了门。

尤大嘴在后面喊："你可别说出去啊。"

沈妤在风里静了一会儿，被风吹得清醒了些，她知道这样下去不行，不论事情会不会按原有的路线发展，她也得提前警醒沈昭。

沈昭从主帐出来就往自己的帐子走，路上想着此战的布局，接近帐前，他目光随意一瞥，抬腿走了两步之后，整个人忽然僵住，难以置信地看向一个方向。

天色渐暗，五米之外根本看不清人。沈昭从门口取了火把，朝着那边的人走去，越是靠近脸色越黑，等走到那人面前时，脸上已经黑如锅底。沈昭胸口起伏了几下，按在刀上的手抬起来，朝着人点了两下："你给我滚进来！"

沈妤低着头，灰溜溜地跟在沈昭后头进了帐。

沈昭一进帐就把佩刀往桌案上一丢，转过身看着沈妤："你好能耐啊，军装都穿上了，上哪儿偷的？"

"逃兵身上扒下来的。"沈妤小声说。

沈昭大步跨过去，用袖口擦着她脸上的黑污，训斥道："你瞧你把自己弄成个什么样？！"

沈妤面颊被揩得发疼，拨开他的手，面色肃然道："哥，你先别急着骂我，现在我有更重要的事情要说。"

沈昭再了解她不过，知道她虽然是个浑性子，但是在大事上从不乱来："什么事？"

"你今夜是不是要突袭西厥营地？"

沈昭目光骤然一沉，盯了她半晌才问："你从哪儿知道的？"

"我现在没工夫和你解释，"沈妤道，"但是今晚不行。"

沈昭回身坐在案上想了想，片刻后摇头："时不待我，我们已经没有时间再和西厥人耗了，马上就要下雪，我们的战马不耐寒，西厥人在雪中作战比我们更胜一筹，况且……"

他没继续说下去。

沈妤走近："是粮草撑不下去了吗？"

沈昭抬头，沈妤忽略他眼中的疑惑，继续说："我进营有几日了，一直注意着营里的动向，后续辎重没跟上。"

沈昭沉重地道："除了第一批，后面的粮草都是问甘州府借的，城内已经没有余粮了。"

沈妤点了点头问："粮草还能撑多久？"

"两日。"

沈妤道："甘州内还有几座小城，再往南是长都府，我们可以从那边运粮过来。"

"你说得轻松，"沈昭往火炉上的壶里添了些水，"粮从何来？甘州府的粮还是我打欠条借的，他们懂得唇亡齿寒的道理，不借也不行，但是换座城人家未必会卖我们面子，况且长都府境内根本没有粮仓，支撑不起这么大的开支。"

"我们不跟衙门借，"沈妤一双眸子被火光映得晶亮，"陆氏商行遍布大周，其中不乏米粮店，我们可以问洛州的外祖母借。"

沈昭眼眸亮了一下，却又很快黯淡下去，他摇了摇头说："来不及，就算现在马不停蹄赶往洛州，也至少要十来天，再加上征调粮食，至少需要半月以上，我们根本撑不了那么久。"

"五日，只需要再撑五日，"沈妤道，"我在数日前就已经让绿药出发去洛州，骑着我的奔宵，想来不出四五日就能到了。"

"红翘我也有安排，她已经带着我的信物提前赶往长都府，令那边着手开始备粮，只要长都府的粮一到就够我们多撑几日，后续洛州过来的粮草就能续上。"

从她说出已派绿药出发去洛州时，沈昭的脸上就现出了惊疑的神色。

"你如何提前得知这些？"

在沈昭面前，沈妤没必要藏着掖着，这是她在世上最信任的人之一。

"我也是到了军营之后才得知辎重出现问题，只能另寻他法，我记得之前曾和你说过我做了一个梦。"

沈昭颔首。

沈妤继续道："不论你信不信，我都将它当成一个警醒。"

"你梦到了什么？"沈昭问。

沈妤说："你用一万轻骑突袭西厥南营中计被困，父亲举兵营救未果，燕凉关一战大周大败，甘州城破后百姓被屠。"

沈昭倒吸了一口凉气，因为他确实在今日点了一万轻骑，只等入夜便出发，若说是无稽之谈，未免也太过巧合。炉上的水壶片刻就沸腾了，汩汩水声一直响个不停，沈昭喘了口气，仍是有些难以置信。

"在你梦里，我和爹……"

"战至最后一刻。"沈妤艰难地说，喉间有些哽咽。

沈昭没说话，盯着响动的水壶思索着，又听沈妤道："快下雪了。"

沈昭这才拎起水壶，将倒扣在桌上的杯子翻过来，倒了杯热水递给沈妤："燕凉关以西气候更冷，往年西厥人不会在冬日进犯，他们雪前就会退兵，再扛些日子应该快了。"

沈妤摇头："他们不会退兵。"

"为何这么说？"沈昭疑惑道。

沈妤捧着水，感觉手上热了些，她说："因为今年西厥遭受的旱灾，他们是指望着进关内抢夺这个冬日的口粮，否则这个冬日就得宰杀牛羊和战马过活，太伤根本了。"

沈昭苦笑了下："他们哪里知道就连前线都快吃不上粮了，哪还有粮给他们抢。"

"不过……"沈昭话锋一转，"前日已经探到一批西厥士兵在后撤，约莫两三万人的样子，由博达带兵。"

沈妤在脑中搜寻着关于那一战仅存的记忆——博达根本没有退兵，因为据记载屠城时还有他的身影，那他一定是躲在什么地方蓄势待发。

"舆图呢？"她忽然问。

沈昭放下杯子，拿出一张舆图摊开，指着说："西厥如今在这里扎营，博达从这里后撤。"

沈妤指间敲着舆图："恐怕博达根本没走。"

营内暮鼓敲响了第一轮，沈昭侧耳听着，忽然说："原定戌时出发。"

沈妤道："我有一计，但也是兵行险着，并没有十足的把握。"

沈昭："你说。"

第二轮暮鼓敲响，沈昭从主帐中出来，带上一万轻骑趁着夜色出发。不是去往原计划的西厥南营，而是径直北上，绕过石马河，石马河从黑雀山劈山而过。

"他们果然在这里扎营了。"沈昭沉着脸说。

西厥人将战线拉得很长，此处绕过黑雀山，便能直达燕凉关北面，看样子博达是想带着两万士兵去突袭燕凉关的侧后方。应该是准备前后夹击，在前线酣战时突袭后方。天还没亮，正是士兵最困的时候，营内安静得很，哨兵裹着棉衣在望楼上打瞌睡，偶尔才睁眼扫上一圈，见没任何动静又眯起了眼，夜风呼啸如狼嗥，将干枯的草地上摩擦的动静全都掩去。

沈妤趴伏在地上，整个人贴近地面，旁边趴着同样与夜色融为一体的孔青。孔青是沈昭的副将，进营前沈昭再三交代，沈妤活着他便能活着。沈昭的一万大军停在五里外，他在后方压阵，沈妤仅以两百精兵潜入万人大营，就算能以一当百，一旦被发现就是有去无回的事，但沈昭拦不住她，让她跟个狗皮膏药似的一路跟到了这里。

两人对视一眼，孔青冲身后打了个手势。

巡夜的士兵在帐子的背风处躲风，什么都没察觉就被人捂着嘴一刀抹了脖子，甚至都没察觉出痛，只觉得脖子上凉了一下人已经归西，各处如法炮制，撒尿的士兵裤子都没提起来就栽进了自己的尿里。

沈妤嘴里哈着白气，手上被鲜血染得通红，她随手在裤腿上抹了抹，低声问："粮草在哪个方向？"

孔青打了个手势，指了指来路："你去营地外等我，半刻钟的时间，信号一亮，你就等将军的人来。"

沈妤不接话，一个闪身又往粮草库摸过去，孔青无可奈何，沈昭都拿捏不住她，他就更不行了，只能硬着头皮跟上去。摸到一处，沈妤抬手示意停下，身子一拧躲到帐后。孔青不明所以，伏在原地等她。

沈妤侧耳细听了一会儿，忽然低声道："这里不对劲，太安静了。"

经她这么一提醒，孔青也察觉出来了，营帐里本当鼾声如雷，此刻却只剩下风声。西厥北大营是空的！那两万士兵又去了哪儿？

沈妤迅速分析局势，博达的两万士兵只有两条路可走。其一，趁夜突袭燕凉关北门；其二，回防西厥南营，集中兵力主攻正门。

沈妤越想越是心惊，因为不论这两种可能的哪一种，都需得有一个先决条件，那就是西厥人知道今晚的突袭。如果沈昭带兵突袭南营，那定然是落入圈套有去无回，并且西厥人还可以趁机突袭燕凉关北门，来个前后夹击，就看沈仲安是选择去救自己的儿子，还是回防燕凉关，不论做何选择都十分被动，而且会元气大伤。

孔青也霎时想明白了，沉重地吐出几个字："我们营中有细作。"

沈妤点头："职位还不低。"说话间，沈妤已经往反方向走去。

孔青一把抓住她："你干什么去？"

"搞清楚他们到底去哪儿，才好进行下一步计划，你在这儿等着。"

这大小姐不按套路出牌，孔青已经被她搅得脑仁儿疼。

沈妤一路摸出营帐外，半刻钟后，又按原路摸了回来。

十月底的天冷得很，可沈妤头上已经冒出了薄汗，她语速飞快："往北的马道上马粪都是新鲜的，他们多半是绕后想来个前后夹击，我留在此处，留二十人给我，你带剩下的人去断了他们回程的马道，让他们没办法回防。"

正说着，风里忽然传来一声尖厉的哨音，紧接着又是两声短促的鸟叫。

沈妤眼睛一亮："我哥也发现问题所在了。"

"我去烧了他们的粮！你去断路，事成之后给我打声招呼，烽火一燃，他们必定回防，我哥正好趁机杀个回马枪。"

孔青暗自心惊，大小姐脑子转得太快了，要不是夜风催人清醒，很难跟上她的节奏。

孔青起身后又蹲了回去："要不我留下吧，你去断路，我看这西营里还有两千余人，太危险了。"

"赶紧去！"沈妤推了他一把，"大男人婆婆妈妈的干什么？"

等人一走，沈妤靠在暗处休息，脑中豁然开朗，这次必定不会噩梦重演，十万将士在，父亲和哥哥也都还在，关内的百姓也能安居乐业。半个时辰后，哨音又从风里传来，沈妤活动了下手脚，打了手势带着剩下的十余人朝粮草库摸去。天色依旧很暗，暴风雪来临之前，浓密的云层压得极低，连天上的星子也看不见一颗，沈昭举目眺望，西厥营中狼烟迟迟不起，他等得有些焦躁，压在刀柄上的拇指无意识地拨弄着。

"再等半刻，再不起烟也直接进攻。"

时间一息一息走着，前方斥候打马而来："燃烟了！"

"攻！"一万精骑闻风而动，向着西厥北营进发。

营内厮杀声阵阵，沈昭赶到时，正看见沈妤抽刀而出，刀刃带出一连串的血珠。

沈妤也看见了他，挥刀砍死一个西厥士兵，说："哥，营里只剩两千人，你带人去南营抄他们后背。"

营中火光大盛，沈昭拉弓射死一个："我留两千人给你。"

沈妤："一千！"

"我说两千就两千。"沈昭不等她反驳已经下令，留下两千人后带兵走了。

营地里充斥着血腥气，精骑清点人数，俘虏西厥士兵三百。沈昭赶到南营时天刚蒙蒙亮，他带八千士兵从西厥右后侧包抄，沈仲安带兵压在正面，从被包围阵势转为包围。虽然上次西厥死伤不少，但西厥军的人数比他们想象中还要多，哪怕是如今包抄的阵势，也依然没占太多上风，西厥军也没讨到什么便宜。

沈仲安把手伸在风里，朔风从指间穿过，他皱着眉望着战场，斟酌一番后下令："撤！"

大军后撤，半途中鹅毛大雪就落了下来，幸亏走得早。

副将策马在沈仲安身侧兴奋地说："好久没打过这么爽的仗了，西厥以为我们要突袭南营，结果听说北营被烧即刻回援，嘿嘿，头一回把西厥人当傻子遛。"

沈仲安道："下雪了，这一仗不容易，西厥人这一战死伤不多，还没伤及根本，整兵后还能再攻，不可掉以轻心。"

副将连声称是。

沈昭愁眉不展，一进营便问："还有一队人回来了吗？"

守营的士兵道："没有。"

沈昭望着北方，眉心紧蹙。

西厥北营只有两千余人，沈妤不至于被绊住这么久，除非……除非马道没断，去突袭的西厥人及时回防将她堵在了那里！沈昭越想越心惊，对刚回营休整还未散去的士兵道："传我令，即刻点兵三万，随我去西厥北营。"

沈仲安还没回帐就听见他喊了这么一声，急忙回身问："你干什么去？！"

沈昭喉咙哽着，策马过去停在沈仲安边，脸色发白："阿妤……阿妤只带了两千人留在西厥北大营，现在还没有回来。"

"什么！她什么时候来的？！"沈仲安一口气险些没提上去，拎着马鞭子指着沈昭，半天说不出话来。

他率先翻身上马，鞭子在马臀上一抽，奔至大门时，却又停了下来。

大雪纷飞，片刻就将天地融入一片茫茫雪色。沈仲安立在雪中，一头是亲生女儿，一头是大义。如若在此刻出兵，那很有可能在暴雪中遭遇被西厥人前后夹击的状况。他不仅仅是一位父亲，还是一名身系万千将士性命的将领，要做抉择是何等艰难。

"传我的令，全军休整。"

"将军！"沈昭失声。

沈仲安抬手制止他继续说下去，他何尝忍心，但他不能因为一己之私便拿万人的性命去赌。沈昭知道他在想什么，沉默须臾，忽然一扬马鞭便往营外奔。

父亲可以放弃阿妤，但是他不可以，他是她的哥哥啊，阿妤从牙牙学语便跟在他屁股后头转悠，那会儿人还没有刀高呢，就嚷嚷着要和哥哥习武。沈昭双目赤红，他一定得去救她，哪怕孤身一人。

"给我拦住他！"沈仲安大喝。

前方重栅关闭，士兵推着鹿砦将营门口挡得严严实实。

"给我闪开，否则我连你一起斩。"沈昭指着门口的士兵说。

沈仲安怫然道："你好能耐啊，竟敢拿刀指着自己人，来人！给我卸了他的甲！"

两方正僵持着，望楼山的士兵忽然打了个哨，喊道："有队伍接近。"

风雪肆虐，雪片子被风刮得横飞，望楼上视线受阻，离得近了才看清是自己人。沈妤眼前一片白，双腿冻得几乎失去知觉，车轮轧在雪地上嚓嚓作响，长约两百米的队伍离大营越来越近。

"是我们的精骑！"士兵在望楼上喊。

"开门！"沈昭不等士兵动手已亲自去开重栅，刚开出一条缝隙便从中间挤了过去，他在雪地里狂奔，终于看到雪中的那个身影。

沈妤疲惫不堪，策马走近，低头对着他一笑："哥，我给你带了好东西回来。"

沈昭双目通红，她小时候就是这样，有什么好东西都要献宝似的捧到他面前来。沈昭伸手接住她，只觉得她浑身冻得像个冰凌子，连忙解开大氅将她裹了进去，紧紧地抱住她不敢言语。是后怕呀，怕她回不来，怕她孤身陷入死斗。

沈妤进营，后方紧跟着数十辆粮车，由西厥战俘推车，精骑在两侧护送。沈妤裹着大氅在主帐内烤火，手捧着热茶也没多少知觉，身上的雪被火烤化了更显湿冷，沈仲安一言不发地望着她，几次想要开口，可看到她那可怜样又骂不出口了。

沈昭和孔青跪在帐内。

"你起来吧。"沈仲安对着孔青说。

孔青看了眼沈昭，主将还跪着，他没敢起身。

沈仲安的副将劝说道："这次总算是有惊无险，打了西厥人个措手不及不说，还运回了北营大半粮草，算是功过相抵吧。"

沈仲安看着沈昭："你自己说。"

沈妤抢先一步道："是我自己跟来的，去北营也是我的主意。"

"你闭嘴！"沈仲安呵斥。

沈妤抿了抿嘴，捧着茶留给沈昭一个自求多福的眼神。

"曹固你去清点一下，我有话要跟他们两兄妹说。"沈仲安对副将道。

　　副将知道剩下的就是家事了，他也掺和不了，领命后掀帘走了。方一出去，就有士兵在帐外说水烧好了，已经放在沈昭帐中。

　　沈妤自进营就没好好洗过澡，只能趁大家睡了偷偷擦一擦，如今她浴血归来，血糊在身上干了难受得紧，她眼巴巴地望着沈仲安，就等他开口。

　　沈仲安撇开脸摆了摆手说："昭儿带你妹妹去你的帐子吧，洗完过来我有话讲。"

　　出了帐子，沈妤绕到沈昭的营帐后，蹲在帐子下面掏了半天，掏出个包袱来拍了拍："幸好还在。"

　　沈昭笑着，无奈又无语地摇头，她这习惯还没改，跟个小耗子似的喜欢藏东西，小时候藏吃的，现在也不知道藏了什么。

　　沈妤扬了扬包袱："我的衣服还有银票都在里边。"

　　沈昭陪她走到帐门口，说："你进去洗吧，我替你守着，先用温水泡一泡脚再洗。"才走了这么一段路，两人头上肩上都盖了层白雪。

　　沈昭站在帐子前，士兵替他找了把伞来撑着。军营里条件比不得家里，能冲洗冲洗就不错了，士兵还是替她找来了个不大的木桶，人挤一挤能勉强缩进去。发凉的脚泡进水里，舒坦得沈妤忍不住发出满足的喟叹，洗了快半个时辰，水都快凉了沈妤才爬起来，整理完只觉浑身清爽。脸上抹黑的都洗掉了，瓷白的一张小脸拢在大氅里，头发还没烤干，半湿的头发束在头顶。

　　沈昭看了她好几眼，这模样总算是顺眼了："瘦了。"

　　"能不瘦吗？"她边走边抱怨，"你们不带我，我走得急又没路引，这一路上都没法进城，都是在树上和破庙里睡的，啃了好多顿干粮。"

　　沈昭撑着伞，两人并行去主帐，帐内沙盘周围已经围满了人，几名副将熬得双目通红。

　　沈仲安吩咐完才让众人散去，大马金刀一坐，说："阿妤，你将西厥北大营发生的事情细细讲来。"

　　沈妤把发生的事说了一遍。

　　"我见吹的是北风，便在粮库南侧点火，风把火引向营帐，火势看着大其实没烧掉多少粮草，能带的都运回来了，带不了的就一把火点了。

　　"孔青在后方断了他们的马道，他们追不上来，粮车太沉，加上风雪天路难行，所以才回来得晚了些。"

　　沈仲安像对待儿子那样拍了拍她的肩膀，这是一种无声的赞许。沈仲安不免又想道，怎么就不是个男孩儿呢？若是男孩儿跟着他在战场上拼杀，他也不至于这样心疼。

　　"适才曹固清点过粮草，加上你运回来的，最多只能撑两日，长都的粮草何时才能运来？"

　　"怕是还需四五日。"沈妤说。

　　沈仲安沉吟不语。

　　沈昭道："军中有细作，昨夜突袭的事，军中几位将领都知道，暂时还无法判断出是谁。怕是西厥人知道我们粮草不足，只等三日后断粮便会发起总攻。"

沈仲安点了点头："我连发了三封军报上报粮草的消息，盛京迟迟没有回应，这样干等下去不行，我方才也和众将商量过了，明日一早拔营，退守燕凉关内，须得把断粮这几日熬过去。"

沈妤先出帐，等沈昭回帐，没瞧见她的身影。

"她人呢？"沈昭掀了帘子出来。

士兵答话："说是先回去歇息了，说将军如果有事就派人去帐中叫她。"

沈昭走了好一会儿才找到沈妤的帐子，刚走到门口，一个壮汉掀帘出来，看见沈昭立刻行礼："将军。"

沈昭颔首，张了张嘴，却不知道沈妤在军中的化名，只好说："她呢？"

杨邦问："谁呀？"

"你们帐的新兵。"

"喔。"杨邦恍然大悟，"您说山炮儿啊，刚进去睡了。"

沈昭眉毛抽了抽，好样的，山炮儿！他直接进帐，看见通铺角落里窝着的人，眉毛止不住又要跳了。

"山炮儿。"沈昭咬牙切齿地喊了声，可通铺角落里的人没动静。

帐中数人大气都不敢喘，只有尤大嘴接话："他早晨才回来，说是去其他队帮忙去了，刚睡下。"

沈昭冷不丁转头望去，被那张大嘴吓了一跳，直接上前将沈妤从通铺拉起来："山炮儿，跟我走。"

沈妤迷迷糊糊跟在后面，听着沈昭在前一直数落。

"你好歹是一……是一姑娘，"他放轻了声音，"和一群男人滚个大通铺像什么样？"

沈妤半睁着眼："我睡在角落里，而且盖的自己的被子，事急从权，我现在就差不多是个男人。"

沈昭在她头上薅了一把，带着她回到自己帐内，在帐中拉了张布帘子隔开："今日起你就在这里歇着。"

第二章
忠魂埋骨

关外这场雪下得格外大，远在千里之外的盛京也下起了鹅毛大雪。

江敛之从户部离开，马车沿着中保街而行。雪天路滑，街上行人众多，马车跑不起来，走着走着，竟完全停住了。随侍高进掀起帘子说："大人，恐怕要堵上一阵了，正好三味楼就在旁边，您看您要不要先上去歇一歇？"

江敛之探头望去，不知谁家的马儿横在路中间，冻得麻木了，任鞭子怎么抽打也不肯走，来往的车辆便把路给堵死了，江敛之干脆下了车，踏进三味楼时正巧碰见小二往一桌上菜，那托盘里有一小碟凤梨酥，江敛之步子稍顿，在小二的引路下上楼入座。

"方才的凤梨酥可还有新鲜的？"

小二笑着说："官爷可巧了，都是刚出锅的，正新鲜着呢，给您上一份儿？"

江敛之道："用食盒仔细装了，若有桂花糖蒸栗粉糕、松子百合酥之类的也装上一些送来。"

小二忙点头应下了，不一会儿便拎来一个精巧的木质食盒。

江敛之掀开盖子，默不作声地看着食盒内的点心。梦中沈妤常年服药，最喜甜食，家中常备着她爱吃的几样点心，江敛之从食盒里捏了一块尝了一口，只觉得甜得发腻，他不喜甜食，大抵那时的阿妤是吃过太多的苦才想要这样的甜吧，也不知现在的她会不会喜欢。

"你脚程快，将食盒送到将军府上去。"

高进知道他是送给谁，心里不痛快，却还是麻溜上路。三天两头往将军府送吃的穿的，那沈大小姐也不出来见上一面，每次都是沈二小姐来传话，架子端得倒是够大。

高进送完东西回来，路也通了，江敛之上了马车问："今日还是二小姐出来接的？有说她身子好些了吗？"

"是，"高进道，"二小姐说大小姐的病已好多了，只是不爱出门，不过今日二小姐给大小姐带了话。"

江敛之抬眸："什么话？"

高进说："说是东西别再送了，想问大人打听个事，有没有燕凉关的消息？"

江敛之蹙眉，明日就是十月廿七了，沈仲安会在这一日战败，几日后沈妤将去替父兄收殓尸骨，她就是在那途中出的事。得拦住她才行，至少得让她有个健康的身体，因为他还想陪上她好多年。

关外风雪肆虐，昨夜竟压垮了几个帐篷，幸亏下面的人没事。早晨起来，大军已经开始拔营往关内撤。

沈妤重新抹黑了脸和眉毛，跟在沈昭身旁，便见一名士兵急匆匆跑来："将军，监军梁大人不见了。"

沈昭神色凛然："怎么回事？"

士兵道："营门守卫说天刚见亮，梁大人就带着他自己的人马往燕凉关的方向去了。"

沈昭摆了摆手："去追，看看能不能追回来。"

监军等同于盛京放在军中的招子，那梁建方自进营后就什么也不干，成日窝在帐子里让人给他上好酒好菜，这几日军粮紧，已经抱怨过好几次了，这样的贪生怕死之辈，留在军中也是个废人。此处离燕凉关百余里，雪中行军一日至多五十里，剩下的口粮只能撑到燕凉关内，后续的还没有着落，恐怕要饿上几天肚子才能扛过去这一役。

第二日傍晚，雪终于停了。燕凉关外一马平川，遥遥就能望见褐色城墙伫立在雪地中，沈妤松了口气，大军总算能在日落前入关，今晚三军休整，大家都可以睡个好觉，只是挨饿的日子还在后头。

两名探路的斥候策马从燕凉关的方向奔来，翻身下马单膝跪地道："将军，燕凉关大门紧闭，我已亮出信物，城守不肯开门。"

沈仲安握紧了缰绳，冲沈昭抬了抬下巴，两人带了一队兵前行。

沈妤心里十分不踏实。明明已经成功避开了那场死战，这样心中无端的慌乱是没来由的。又行进了二里地，前方传报原地扎营，此处离城门不足五里。都只剩五里了，却不进城，军中都开始纷纷猜测起来，沈妤打马跟上，近了便听见沈仲安正在骂人。

"叫梁建方开门！"

梁建方站在城楼上朗声说："沈将军，不是我不开门，只是出兵前陛下有令此战必胜，如今两方胶着，我军岂有退缩的道理。"

沈仲安勃然大怒，还没开口旁边的副将已经破口大骂："后续辎重跟不上，让老子在前线打屁的仗，你们这些刀都提不动的窝囊废倒是龟缩在城里吃香的喝辣的。

"你这是要逼死我们，如今粮草已经没有了，西厥如果这个时候来袭只有死路一条，咱们前线要是破了，你个狗贼，以为你躲在城里就能躲过去？"

"大胆！"梁建方站在城楼上呵斥道，"我身为监军，你在此妖言惑众我就能即刻将你拿下。"

"你倒是下来拿我啊。"副将曹固吼道，"你不出来你就是孙子。"

城门口骂声不停，可大门依旧纹丝不动。天色渐暗，营地内亮起了一堆堆篝火，沈仲安站在一个小土包上，遥望能看见燕凉关城门上火把光微弱的光。第一日，军中断粮，城门未开；第二日，军中士兵已因饥饿露出了憔悴之色，大家休养生息，只能尽可能减少活动保存体力；第三日，城门依旧未开……

沈昭掀帘出帐，在那座土包上找到了呆坐的沈妤。

"梁建方到底打的什么主意？"沈妤等他坐下后问。

沈昭薅开雪扯了根枯草："逼死我们的主意，京中几股势力缠斗，我们很有可能成为他们内斗的消耗品，要么梁建方就是西厥的内鬼。"

沈妤刚想再问，沈昭"嘘"了一声，从衣襟里掏出一个纸包摊开，献宝似的递给她："饿了吧？"

沈妤愣愣地盯着那个玉米馍馍，沈昭又往前递了递："吃啊。"

沈妤接过掰成两半，沈昭不接。

"你不吃我也不吃。"她说。

沈昭勾起唇笑了笑，拿起玉米馍馍咬了一口，沈妤这才开始吃。味道并不好，又冷又硬，甚至还有些干，吞下的时候还能感觉到粗糙的质感从喉咙刮过，两人就着夜色和寒风吃完了馍馍。

"明日我派一小队人给你，让孔青跟着你，你们一路往北方走，去北临王的封地，然后绕道回京。"

沈妤默不作声，她听得出来，这等同于在交代后事了。不行，她明明那么努力了，为什么还是不能阻止惨剧的发生？

经过这两日，他们都发现了一个不得不承认的事实——此战若败，不是天灾，而是人祸，早在他们从盛京出发，这便是一个死局。有人要他们死，要他们败，可她终究只是个凡人，她能想办法避开那场死战，却挡不住在他们身后捅刀子的手，因为她根本判断不了那些人下一刀会捅在哪里。

沈妤侧开脸："我不走。"

"听哥的话。"沈昭劝说道。

沈妤坚决道："我们明日攻城，城内守备军不足一万，拿下燕凉关不成问题。"

沈昭苦笑："向自己人举刀吗？"

"那根本不是自己人！他们要我们死！"

"可百姓不是，"沈昭目光说不上地清凉，他说，"一旦攻城，我们就成了叛军。"

"那我们就带大军绕后。"沈妤如今根本考虑不了那么多了，脑子里有什么念头都一股脑往外说。

沈昭道："你也说了城内守备军不足一万，我们绕后西厥人就能直奔燕凉关，关内的数十万百姓怎么办？"

身后雪地被踩得嚓嚓作响，两人同时回头，见沈仲安踩着雪深一脚浅一脚地走来。

"你们俩窝在这里干吗？"

"分馍吃呢。"沈妤说。

沈仲安会心一笑，从胸口摸了个馍出来递给她。粮食紧缺，一名将领就一碗稀粥和一个馍，父亲和哥哥都想把好的留给她。沈妤终于有点憋不住了，红着眼说："刚吃饱，吃不下了。"

军中已经断粮，能垫垫肚子就不错了，哪能吃得饱。

沈仲安踢了沈昭一脚，沈昭让开了些，他在两人中间坐下，将馍塞进沈妤手里说："吃吧，明日宰马，让众将士都吃顿饱的，才能打起精神再战。"

宰马，已经是没有退路的最终决定了，那是万万儿郎的断头饭。谁都没有开口，任寒风凛凛呼啸越过山岗，又向着更远的地方吹去。

沈仲安展臂揽住两个孩子，遥望远方说："越过黑雀山，便是关内的土地了，大周在这里伫立了数百年，咱们脚下的这片土地，不知曾埋过多少英雄的枯骨。

"我从前就想过，若是哪一日我马革裹尸埋骨他乡，你娘该怎么办？后来她去得那样早，她让我将她葬在了黑雀山内最平坦的土地上，她说若有那一日，我沿河而下便能与她相聚了。"

沈妤眼眶酸涩，她感觉骨髓、灵魂都在作痛。梦里的她没有来到边关，更没有听父亲说过这样的离别之言，她从盛京千里奔袭而来，将父亲和哥哥残破的尸骨殓了，葬在了沈家的祖坟里。她不怕死，她只是恨。英雄应堂堂正正战死在沙场，而不是被前后夹击，窝囊地困死在这里。

沈仲安面色坦然，在他们俩的肩上拍了拍，站起身往回走。

沈妤："爹……"

沈仲安知道她要说什么，抬起手摆了摆，风里挟着他沉重的嗓音："文死谏，武死战，这本该……本该是一个军人的宿命。"

关外的冬这样冷，沈仲安仰头望天，他走不了啊……他们一走西厥人便能直取燕凉关，关内百姓数十万，需要用他们尸体铸就的城墙来挡，所以这一战许败，但不许退，可他的女儿不是军人，她还有很长的路要走，他不能让她年轻的躯体葬送在这里，由着西厥的战马将她踏成肉泥。

两人目送着沈仲安离开，沈昭解下腰间的囊袋递给她，沈妤接过来闻了闻，笑了："是烧刀子。"

"喝一点暖暖身子，别喝多了。"沈昭叮嘱道。

沈妤喝了一口，烈酒烧过喉咙，整个身体都暖了些，她递还给他，沈昭摇了摇头，望着营地的方向说："替我传句话给她。"

"谁？"沈妤侧头。

沈昭目光温软地望着盛京的方向："告诉她别等我。"

沈妤明白"她"指的是谁，眼睛瞬间红了："这话我传不了，你自己回去告诉她吧。"

沈昭笑了："算了，什么也别对她说，就这样最好，时间一长也就忘了。"

沈妤摇了摇头，怎么会忘呢，曾经刻进骨子里的人怎么能轻易就忘，俞小姐可是到她死都没有嫁过人。

她侧头看着沈昭的脸，目光渐渐有些难以聚拢，她摇了摇脑袋，视线更加涣散："你……你在酒里……"

沈昭没等她把话说完，拨着她的脑袋按到自己肩上："阿妤啊，这仇你别报，你只管往前走，只管过自己的日子，哥哥和爹娘都看着你呢。"

　　他说完低头看她，少女已经伏在他肩上睡去，他将她背到背上，朝着营地南面默默走着，一如他曾背着她走过的路。嚓嚓，嚓嚓……阿妤，以后的路，就要你一个人去走了。

　　营地南下三里，一小队士兵列队在此，沈仲安一马当先，在沈昭走近时翻身下马，将昏睡的沈妤接了过来。大雪早就停了，雪地映着月色发出莹白的光，他们无声道别，谁都没有开口，除了脚步声与胄甲摩擦声，便只剩马儿的喘息。

　　安顿好沈妤，两人翻身上马，沈昭马鞭一扬，指着一个方向对孔青说："一直朝着这个方向走，便能去北临王的封地。"

　　孔青跪在地上："将军——"

　　"我将她交给你了。"沈昭认真道，"保护好她，这是我对你下的最后一道军令。"

　　孔青面色凛然，眼底猩红一片："是！末将领命！"

　　"走吧。"沈仲安催促道，他掉转马头，走得很慢，听见身后小队的马蹄声簌簌远去，他想再看一眼他的女儿，可到底没舍得回头。

　　罢了，看与不看，结局都是一样，聚散终有时，再见亦有期。

　　马蹄声响在耳边，身体渐渐在颠簸中苏醒过来，沈妤缓缓睁开眼，眼前一片漆黑，身体还是半瘫软的状态，她试着动了动手臂，身前的人似乎察觉到她已经醒来，一把掀开了罩在她头顶的大氅。

　　"姑娘。"

　　她听出是孔青的声音，刺目的光线令她瞬间闭上眼："我在哪儿？"

　　孔青目视前方："北上百里了，再跑上半日就能渡河，再绕过……"

　　"放我下去！"沈妤道，她此刻已经看清了周围的一切，两列队伍大约十来个人随行，她和孔青共乘一骑，大约是怕她在昏迷中摔下去，孔青将她绑在了自己背上。

　　马匹还在朝着北方行进，孔青没有掉转马头，沈妤试着挣扎了一下，发现全身筋脉竟被制住。

　　察觉她的意图，孔青道："姑娘，我奉将军之令护送您回盛京。"

　　沈妤厉声道："我不回京，我爹和哥哥还在燕凉关外，你让我抛下他们自己逃？"

　　孔青不发一言。

　　"孔青，你这是要当逃兵？"

　　"我们不是逃兵！"

　　"既不是逃兵，那就随我杀回去。"

　　孔青忽然勒马，下马立在一侧："姑娘，不能回，梁建方封死了城，关内的粮食运不出来，关外的士兵也回不去，这是个死局。"

　　"死局又如何？"沈妤凛然道，"你是宁愿苟活然后一辈子生活在愧疚之中，还是杀几个西厥人再光荣地死去？"

　　孔青无言，可面上的不甘已经出卖了他的想法。

沈妤继续道："只解沙场为国死，何须马革裹尸还，这是我父亲教会我的第一句诗，我不退，便是葬在那里也要看着后来人将西厥人击退。"

孔青目眦欲裂，抬起头道："我们不退。"

"那你替我把穴道解开。"

孔青盯着她的脸，面上挣扎万分，半晌，他摇了摇头："我一日是将军的兵，便一日受他调令，送姑娘回京后，我自会赶来与他们相聚。"

沈妤气急："好，你不解是吧。"

孔青困惑地看着她，片刻之后，忽然明白她想要做什么："姑娘不可！"话音刚落，沈妤唇角已沁出血丝。

"你解不解？"她威胁道。

调动内息强行冲破穴道，是极伤身的行为，严重者甚至会武功尽失，孔青犹如被一把无形的刀架在脖子上，只得利落地替她解了穴道。

下一瞬沈妤已抓住缰绳掉转马头："我得回去，这是一条不归路，你们可以选择自行离开，也可以选择和我杀回去。"

士兵握紧缰绳："我们和姑娘共进退。"

"我也是！"

"好歹杀几个西厥人再说！"

孔青沉了口气，抓住缰绳攀上了另一匹马。

燕凉关杀声震天，马蹄声、嘶吼声、哀号声破碎地混杂在一起，几乎冲破云霄，四方皆兵，处处都是尸骨，饿了几日的大周士兵在用他们仅剩的力量，拔出战刀去抵抗西厥人的铁蹄和屠刀——这不是战争，而是一场里应外合的围剿和屠杀。沈妤带着一队人马从边缘杀入，劈手夺下西厥人手中的一把长刀，横刀砍倒对方，听见身后孔青大喊道："姑娘切记小心，我们去找将军。"

沈妤眼中通红一片，已经杀出了血雾，长刀砍豁了口，她便丢掉再换一把，双臂本能地挥动着，已经不知道砍下了多少个西厥人的头颅。

敌强我弱，敌众我寡，大周士兵愈发显出颓势，边战边往燕凉关退。沈妤踢中一名西厥士兵胸口，借力翻上马背，凌空时刀在手中转了一圈，利落地抹掉马上西厥士兵的脖子，这一系列动作都只发生在瞬息之间，刀背在马臀上一拍，马儿前蹄高高抬起，往人群里冲，她匍匐在马背上，不时收割掉一个人头。她奋力拼杀着，可大周仍旧节节败退，身后不足一里便是燕凉关巍峨的城墙，可那里城门紧闭，根本不是他们的退路。

越接近死亡，人类的恐惧便开始占据上风，有士兵奔向燕凉关，发了疯地拍打撞击着厚重的城门，请求放他们进去，城门却未能撼动分毫。西厥人在不停地收缩战线，大周残兵不足两万，被困在这片土地上，迎接他们的是最后的绞杀，胆小的人已经忍不住开始呜咽出声，这声音被寒风一卷，听上去越发苍凉。

沈妤甩掉长刀上的血珠，趁着空隙四下张望，却仍旧没有看到父亲和哥哥的身影。

西厥人发起总攻，成片的西厥人鸦棕色的铁甲朝着城门口乌泱泱地压过来，似是能在顷刻间踏平这片土地，所有人都在对方眼中看到了绝望，也看到孤注一掷的决心。

"再杀他几个西厥人。"

"我们死得其所，快哉快哉！"

"杀——！"

沈妤感觉自己已经挥不动刀了，一刀下去不再能直接砍断对方的头颅。她浑身脱力，一刀砍掉一人的手臂后，刀尖一拄杵在地上，已经不知道砍坏了多少把刀，不记得杀过多少个人，虎口被撕出了口子，又被她用布条将刀绑在手上。如今满脑子想着的都是，父亲在哪里？哥哥在哪里？不该是这样的，梦里的那声叹息那样熟悉，他绝不是为了让她将痛苦再经历一遍，绝对不是。

可是，谁能来帮帮我，拉我一把就好，我只想让他们活着。她再也提不起力，单膝跪了下去，膝盖碰到地面的瞬间，大地仿佛顷刻间震颤起来，沈妤一手撑着地面，手掌陷入血泥中，仍能感受到手下的震动，并且越来越明显。

"援军！"

"是援军！"

她抬眼望去，铺天盖地的黑甲从南边奔袭而来，在天幕下如浪潮般汹涌而至，卷起的雪浪一层高过一层，天地在震颤，黑甲队伍奔袭而至，张开两翼，将西厥人纳入了包围之中。

一人忽然高声喊道："是北临的青云卫！"

"轰隆——"久闭的城门终于发出了一声沉闷的声响，无数的黑甲军从大开的城门冲出来，形成了三面包围之势，形势骤然逆转。

对，还没有到认命的时候。沈妤不知从哪儿来的力气，借着刀站起来。她缓缓解开缠在手上的布条，在一个西厥人偷袭时抽刀一提，西厥人面上一道血痕，高大的身躯"轰隆"一下倒地。沈妤丢下刀，足尖回身一踢，长刀横飞出去瞬间没入了一个西厥人的胸口，她随手捡起一把刀，再次杀了进去。

城门高耸入云，鸦青色战旗立在顶端迎着长风猎猎翻飞，上面缀着一朵淡青色的云。谢停舟望着城下，被风吹得微眯了眼睛，越发衬得眉眼疏冷。副将立在身侧一言不发，可面色已经沉得可以拧出水，真狠啊，十万大军被堵在关外，饿着肚子成为西厥人刀下待宰的羔羊，西厥人把大周的士兵当牲口杀，那可是随着沈仲安上过刀山的军士。

"咦？"副将常衡撑着女墙伸长了脖子，定睛看了一会儿，忽然一声，"嚯，好小子，沈仲安军中竟有这样的人，这刀用得好啊。"

谢停舟顺着他的目光看去，这里占据高地，战场动向一目了然，没太花工夫便看见了那个人，实在是万军之中那人太过抢眼，抽刀必见血，三步杀一人，所到之处西厥人横尸脚下，如一把利刃，势如破竹地避开了敌军。那人立在乱军之中，左右手各执一刀，敌军长刀劈下，他左手格挡，右手反手一抹，瞬间割掉了一人的脖子，鲜血喷溅而出，那人浑身浴血，犹如在地狱的血池里浸过一遭，长刀砍得卷了刃，他便换上一把，却从不曾停下。

谢停舟帐下也有功夫好的，但是没这人这么不要命。

西厥军在青云卫的攻势下节节败退，博达见大势已去，一声令下，带着残兵往关外退去。

常衡抱拳道："殿下，是否要乘胜追击？"

谢停舟望着西厥人撤退的方向，平淡道："令季武追击三十里，先将他们逼过石马河。"

常衡领命下了城墙。很快，城墙上又响起了脚步声，谢停舟微微侧头，见近卫兮风一手压着腰间的剑，气势汹汹地上了城墙。

"殿下。"兮风单膝跪地。

谢停舟低头拢了拢袖子，问道："梁建方人呢？"

兮风道："西厥人打过来他就带着人先跑了，刚追回来关在囚车里。"

"带上来。"梁建方被带上城墙，连同他的两个侍卫一起，城墙上风很大，梁建方被谢停舟的近卫按倒在地，眼前是墨色的袍摆，上面缀着暗色云纹，在风里悠悠地荡着。

梁建方身子抖得跟筛糠似的，颤抖着想要伸手去抓谢停舟的衣摆，还没碰到，就被他身边的近卫一踹，顿时跌了个狗吃屎，脸在地面磕得鲜血直流。他瑟缩道："世，世子殿下，我，我乃朝廷命官。"

"朝廷命官？"

谢停舟手臂轻抬，往城墙外一指，说："让他自己看看。"

近卫拖着梁建方，将他按在女墙的垛口上，半个身子都悬在城墙外。战线早已远离，留下的是鲜血浸透的土地，血水汇聚成溪流在雪地上勾勒出一道道纹路，成千上万的尸体混乱地堆叠在一起，一直延伸至远方——太惨烈了！若是在梦醒时分看见这样的场景，都会怀疑自己是不是到了阿鼻地狱，可这是现实，是他梁建方闭门不开造就的人间炼狱！那底下死不瞑目的尸体睁眼对视着他，似乎想要向他索命。

"啊啊啊——"梁建方喉咙里发出恐惧的嘶吼，脑袋晃动着不想再看，却被侍卫从身后死死抓住了头发。

谢停舟缓缓抬手，修长无瑕的手指从袖口露出来。

——长剑出鞘的声音。

谢停舟用剑锋抵住梁建方的下巴，迫使他望向远方。他低声说："别低头，给我看仔细了，这一片人间炼狱，可都是你这个朝廷命官的手笔。"

梁建方哭求："不是我，不是我，世子饶命啊世子。"

谢停舟轻笑了一声，目光转到跪在一边的梁建方的侍卫身上，那眼神太过凌厉，看得侍卫直冒汗："殿，殿下，我们不过是听命行事，我家中还有一家老小，我——"

侍卫猛地睁大了眼，视线里映出自己跪在原地的尸体，头颅咕噜噜在城墙上滚动了几圈，终于停了下来。风里除了血腥味，竟飘着一股淡淡的尿臊味，侍卫一松手，梁建方便软成了一摊烂泥。

谢停舟嫌恶地瞥了梁建方一眼："你猜，我敢不敢当场斩了你？"

他把剑丢给兮风，身侧近卫递上一方干净的帕子："殿下。"

谢停舟接过来，敛眸擦着手指吩咐："看好他，盛京多的是人想要他的命。"

沈妤在尸山血海里翻找着，一具一具尸体翻找着，每一刻都是煎熬，生怕下一瞬就看见父亲或是哥哥的脸。她在尸体里看到了曾经见过的人，有送饭的小哥，有巡夜的士兵，还有和她一同突袭过西厥北营的将士。

燕凉关外依旧寒风呼啸，她咬着牙忍住眼泪，指甲已经流血不止，她仍旧没有停止翻找，终于，在她将一具插满箭矢的尸体翻过来之后，再也没能抑制住喉咙里的呜咽。

"爹……"她紧紧搂住尸体，可尸体背上插满了箭矢，甚至连下手的地方都没留下一寸，她的父亲，她心里那座巍峨的高山再一次倒塌了，这一次塌在她的面前。

"啊——"沈妤死死地抱着沈仲安的尸体，尸体是凉的，心也是凉的，她很想要抱一抱父亲宽厚的肩膀，可他背上全是箭，变成了一只人形的刺猬，尸体已经没有血可以流了，拔出箭时只剩下一个一个的血窟窿。最后一支箭拔掉，沈妤用力地拥住了沈仲安的尸体，那些曾经的委屈和不甘突然之间全部迸发，劈头盖脸地翻滚着将她淹没。

他们这些人拿命去搏，却有人视他们如蝼蚁；他们冲锋陷阵，出生入死，到头来却连顿饱饭都没吃上，就被自己人送上了西厥人的刑场；奸佞当道，残害忠良，这大周朝的内里，早就烂透了！大仇未报，愤怒、仇恨、不甘化作了扯不断的线将她紧紧束缚住，只有一声一声的呜咽传进了风里。

士兵在打扫战场，将没断气的伤员带回去救治，甘州校场人来人往，不时有伤员被抬进来，也有撑不住断气的被抬出去。谢停舟站在营帐前，侧耳听着身旁的将领汇报战况："我们按殿下的命令追击了三十里，途中西厥人死伤数千，越过石马河就是西厥的土地了，我们在河畔守了几个时辰，确定西厥人不会回头便让大军后撤了。"

将领韩季武刚刚从战场上回来，一身甲胄都还没来得及卸，一路策马归来，身上还冒着腥气，韩季武没敢离谢停舟太近，世子有点洁癖，这是军中人人都知道的事实。

"甘州的守备军都是些废物，从前全靠沈仲安守住石马河沿岸，如今沈仲安几乎全军覆没，咱们青云卫要是撤走，甘州怕是……"

谢停舟望着来往的士兵，道："西厥元气大伤，短时间内恐怕也难以重整旗鼓，这个冬日不会再发起进攻，我们给盛京争取了时间，够他们重新建起防线了。"

想到此战的惨烈，韩季武忍不住唾骂了一声："那些杀千刀的，根本不把将士当人看。"

谢停舟没接话，又有伤兵被陆陆续续抬进来。

"哎，等会儿等会儿。"说话的人嗓门忒大，是谢停舟的副将常衡，他拦住两名抬担架的士兵，弯腰瞧了瞧担架上的人，又用手指探了探鼻息。

"要断气啊，怎么回事这是？这人伤得很重？"

抬担架的士兵回话："回将军，伤倒是不重，貌似是给冻的。"说话间，谢停舟和韩季武已经走了过来。

"殿下。"常衡抱拳行礼。

谢停舟略一颔首，看着担架上的人问："你认识的？"担架上的人一身血污，根本看不出面容，连睫毛都被粘在了一起。

常衡道："不算认识，这人就是之前在女墙上看见的那个杀得特别凶的家伙，功夫很不错。"

韩季武极少听到常衡夸人，也来了兴致，端详了担架上的沈妤两眼，摇头道："太瘦了，体格看上去不怎么样。"

"你是没看到当时的场面，"常衡说起来就兴奋，"这人用的还是双刀。"

他伸手摁在沈妤颈侧，问道："怎么冻成了这样？"

士兵回话："这人好像是在战场上找了一晚上的人，今早我们去清点战场，看见他抱着一具尸体不撒手，差点和尸体冻在一起了，费了些劲才把人拉开。"

常衡听得直摇头，听上去就够惨的了："估计是好兄弟吧，倒是个重情重义的。"

"是沈将军的遗体。"士兵肃然道。

常衡和韩季武同时看向谢停舟，韩季武开口问："沈将军的遗体呢？"

士兵同旁边的人说了什么，不消片刻，另一张担架抬过来，不同的是这次上面搭了一层白布，常衡准备伸手去掀，被谢停舟一拦，立刻不好意思地挠了挠脑袋："没有不尊重沈将军的意思，我就是确认一下。"

谢停舟面色冷肃："替沈将军收拾间营帐出来。"

这是国之栋梁，满门忠烈应有的对待，哪怕是死，也不能随意供他人观瞻。

清早的气氛都被压抑在风里，谁的脸色都没有好到哪里去。常衡招呼士兵："抬进去好好治，这小子我看上了，等他好了收进我营里。"

士兵连忙应下，抬着担架准备将人送去医治，下一刻，众人都震惊地立在了原地——只见担架上那只满是血污的手，此刻正挂在谢停舟的袖口上，而世子平素喜洁，这哪受得了啊。

常衡惜才，生怕谢停舟抽刀就砍了那只手，连忙伸手去拉，一边劝说道："殿下，这是个练武的好苗子，砍了可惜。"

谢停舟："……"

常衡扯着沈妤的手，也是怪了，都晕过去的人了，劲儿还那么大，抓着袖子硬是不撒手。

"愣着干什么？"常衡说，"赶紧来把他拉开呀。"

士兵赶紧上前帮忙，一人握住沈妤的手，将手指一根根往外掰。

"啧，这么细的手指仔细掰断了，以后还怎么拿刀。"士兵里外不是人，硬掰也不是，不掰也不是。

担架上的人忽然动了一下，却是把袖子抓得更紧，干裂的嘴唇动了动，吐出了一声轻不可闻的："爹……"

众人呆若木鸡，常衡睁大眼："殿下，这小子喊你爹。"

谢停舟扫了常衡一眼："我听得见。"

常衡和韩季武憋着不敢笑，世子还没娶妻呢，就提前当上爹了，还是这么大一个好大儿，这小子可真会挑，一挑就挑上他家世子。

谢停舟垂眸看去，那只抓在他袖口的手十分用力，指尖已压出了一圈青白，那人躺在担架上，头无力地向一侧偏着，脖颈细到一只手轻轻用力就能拧断。

"别……走……"沈妤又发出了一声呓语。

谢停舟皱了皱眉，眉间显出几分不耐。

常衡一看不对："殿——"

"呲啦"一声，袖口应声断成两截，谢停舟还刀入鞘，眼皮微抬："殿什么？"

"没，没什么。"常衡心有余悸地摸了摸胸口，心道幸亏砍的不是手。

沈妤烧得神志不清，梦里一时是预兆中的种种，一时是父亲被射成了刺猬的尸体。哥哥呢？沈昭在哪儿？孔青在哪儿？他找到沈昭了吗？燕凉关的风似乎没那么冷了，只是天色很暗，像暗红的血从天际沉下来。沈妤深一脚浅一脚地在雪地里走着，每踏出一步，都感觉有一股力量在拉扯着她下沉，她低头一看，地上全是血，还有无数只手在血液里挣扎着，她好像走不动了。

远处风里忽然传来一道熟悉的声音："别低头，往前看。"

"爹！"沈妤喊了一声，冲着声音的方向蹒跚前行。

远方的身影越来越近，那高高的城墙上，沈仲安立在风里，他朝她伸出手："上来看看，看见什么了吗？"

沈妤举目远眺："是尸海。"

沈仲安摇头："丫头啊，你看错了方向，回头——"

沈妤转过身，朝着城内望去。

"丫头，你大梦归来不是为了救我，是为了救关内成千上万的百姓。

"你看，你改变了原有的轨迹，为我们拖住了时间，燕凉关没破，甘州城没有被屠，这便是你存在的意义。"

沈妤拼命摇头："可我只想救你和大哥，我想让你们都活着。"

沈仲安笑了："你娘等着我呢，她等得太久了。"

"那你们等着找，我也来。"

沈仲安摇头道："你还有更重要的事情要做，阿妤，你能救更多的人，你明白吗？"

身影渐渐淡去，沈妤拼了命地往前，却抓不住一片衣摆。

"爹！"

沈妤颤抖着醒过来，每一次呼吸都感觉像是小刀在胸腔里割，眼皮很沉，她没有睁开，感觉屋子里还有其他人，有什么东西凑到了唇边，温温热热的，带着一股浓烈的药味。沈妤睁眼看去，喂药的药童立刻被吓了一跳。药碗哐啷一声打翻在地，药童看着床上的沈妤，惊喜道："你醒啦。"

沈妤转过头，看见药童已经起身，不一会儿帐子里就进来一名年纪颇大的大夫，大夫一进门就拉住她的手把脉，然后吩咐药童再去重新盛一碗煎好的药进来。伤者太多，军医根本忙不过来，大夫都是从城里临时征招过来的，这人得了常将军的特殊照顾，得把命给他保下来，原本药都已经喂不进去，没承想竟自己醒过来了。

"这是哪儿？"沈妤一开口，才发现自己声如蚊蝇，喉咙干哑得厉害。

"是伤兵营，"老大夫说，"你被人从战场上抬下来的。"

沈妤静了静，想要翻身起来，刚离开床面又倒了下去。

"别动。"

沈妤喘着气："我……不，沈将军，的遗体呢？"

大夫道："这你不用担心，世子殿下专门给沈将军设了灵，如今就停在帐子里呢。"

沈妤松了口气，此刻才发现掌中触感有些不对。手里是一条缀着云纹的断帛，一侧断面相当整齐，像是被利刃斩断。

"这是什么？"她问。

药童刚巧端着药进来，说："我们也不知道，你被送进来的时候就握着呢，我们怎么扯都扯不动。"

那一战后第五天，经过这几日的医治，沈妤终于能够下床。据闻这一战伤兵三千，有许多撑不下去的，日日都有尸体被抬出伤兵营。

药童没能拦住沈妤，让她溜出了帐子。她找遍整个伤兵营，也没有找到沈昭和孔青，她知道最大的可能便是人已经没了，或许被埋在尸体下面，或许已经被砍得没了人形，但她根本不敢往这方面想，只要一日没找到尸首，她就当沈昭还活着。这一找也不是全无收获，她在伤兵营里见到了受伤的尤大嘴和杨邦，尤大嘴轻伤，杨邦伤重一些，身上挨了好几刀，算是捡回来一条命。

"狗博达，"尤大嘴唾骂道，"北临世子就该杀过去，烧他们的土地，杀光他们。"

"管好你这张大嘴，"杨邦躺在床上虚弱不已，"你这条命都是世子捡回来的，就别指挥别人该怎么做事了。"

沈妤垂下头，整个人都提不起劲："大军不继续进攻是对的，再往西作战更难。"

大家都没有说话，不一会儿，军帐里响起了低低的啜泣声，尤大嘴抹了把脸说："阿虎他们都没了，我眼睁睁看着西厥人把他的脑袋砍下来，呜呜——"

他这一声像是个引子，不一会儿帐子里便响起了此起彼伏的哭声，都是七尺热血男儿，在战场上面对生死没哭，却在这样的惨烈中忍不住落泪。

沈妤撑着腿缓缓站起来，这几日她觉得压抑得厉害，无数次怀疑自己，无数次从噩梦中醒来。父亲和哥哥的仇还没有报，始作俑者还躲在背后逍遥快活，他们怎能瞑目？她不能再继续听这些丧气的话，否则她怕自己会疯，她很希望有一个人能像梦里的父亲一样拉她一把，替她指明前进的路。

从伤兵营里出来，天色已经暗了，她漫无目的地走着，等停下来才发觉自己走到了父亲停尸的营帐外。燕凉关的冬日太冷了，尸体停灵多日也不会坏。她想，比起回到盛京，不如按父亲的心愿将他葬在关外，沿着石马河顺流而下，这样爹和娘便能团聚了。

　　营帐前守着士兵，她进不去，于是一撩衣摆，在帐前跪了下来："爹，我替您守灵。"她在心里轻声说。

　　虎帐的灯光一直亮到第二声暮鼓声响起，几名副将在谢停舟帐中谈完事，陆陆续续走出来，常衡等在最后，道："盛京那群孬货，打仗的时候人不知道去了哪里，现如今打完了八百里加急倒是来了。"

　　谢停舟两指压了压眉心："洛州陆氏的动向如何？"

　　兮风回道："陆氏之前送粮来被梁建方押在城外不让进，如今粮草都已进城，陆氏当家人没来，但是他们主事的说想要见一见殿下。"

　　常衡道："殿下哪能是区区商户说见就见的？"

　　谢停舟横眉看去："若不是梁建方封城，你口中的区区商户能救下数万将士。"

　　常衡自知失言，埋着头不敢说话了。

　　帐门口帘子忽然掀开，韩季武探了个头进来："老常，外面有人找你。"

　　常衡对谢停舟行礼退出去，帐外的声音隐隐传来。

　　"将军，您让我们照看的那个人，他实在不是个消停的，这才刚能下地呢，白日里就在伤兵营里转悠了一圈，这么冷的天又跪在那里，肯定得跪出病来了。"

　　常衡说话间嘴里哈着气："那小子有病是不是？他没事跪什么跪？"

　　大夫解释道："他是沈将军的兵，跪的是沈将军的灵帐。"

　　"这么忠心，至少得是个亲兵吧？"

　　"那您看……"帐帘再次掀开，兮风托着帘子，谢停舟从里面走出来，径直朝沈仲安停灵的帐子走去。

　　常衡赶紧跟上："这事属下去解决就好，怎能劳殿下亲自去。"

　　谢停舟淡淡道："此战疑点太多，若是沈仲安的亲兵，应当知道一些东西。"

　　帐前点着火把，火星子被风吹得乱溅，那个单薄的身影跪在地上，面朝营帐的方向一动不动。

　　谢停舟走过去，敛了眸子看地上的人："你叫什么？"

　　沈妤抬起头，第一次看见了谢停舟的脸。

　　那是怎样的一张脸啊？泼墨的底缀上眉眼的艳，却又被眼角那一尾弧度硬生生压出了冷淡，多一分则太艳，少一分则太冷。可以入画的皮囊下藏着的，怕是醉人的艳骨，谢停舟果真如传闻那般绝艳，可沈妤此刻没有工夫去欣赏他的脸。

　　看到谢停舟的同时，她忽然想通了一些关节，她得站到权力的中心去，否则以她自己的力量就是螳臂当车，而眼前这个人，无疑是目前最方便的一条路子。

　　"时雨。"她说，"我叫时雨。"她早年以女子之身在军中行走不便，便化名时雨。

　　"时，雨。"谢停舟重复了一遍，那两个字从他的薄唇间吐出来，竟平添了几分迤逦。

　　他看向营帐："你为何要跪他？"

　　沈妤咬了咬牙："我是沈将军的兵，理应替他送终。"

"是他的亲兵?"

沈妤斟酌着这个问题应该如何作答,沈仲安的亲兵都造过册,没她这么年轻的亲兵,可如若只是个普通的小兵,她便失去了价值:"我是少将军沈昭的亲兵。"

谢停舟微微颔首,吩咐道:"带他过来,我有话要问他。"

城墙外的北方,夜空被火光映得通红,风里依稀传来烧焦的味道。谢停舟身后跟着一名近卫,接着是两名穿着软甲的将领,沈妤听说过北临世子谢停舟身边有两名很是厉害的副将,想必就是那两位了。沈妤被带入营帐,两名副将没有跟进来,帐子里只有谢停舟和一名近卫。

"抬起头来!"谢停舟声线冷淡。

沈妤缓缓抬头,目光和谢停舟对上,那目光如有实质,像是能将人剖析开来,但沈妤没躲,视线专注地回视,因为她清楚一旦露怯,她之后所说的话听在谢停舟耳中都会大打折扣。

谢停舟打量着她,个子不高,骨架和脸都非常小,皮肤有些偏黑,但生了一双非常漂亮的眼,这人脱了甲胄,看上去比他想象中要纤弱得多,想到此处,谢停舟不禁微怔了一下,他竟会用纤弱这个词去形容一个一刀就能砍下西厥人头颅的兵,这还叫纤弱的话,那军中也找不出几个英勇的人了。

他收回思绪,问道:"十月二十五,沈仲安出兵偷袭西厥北营,西厥南营回援不及,你们为什么没有乘胜追击?"

"因为下雪了,大周士兵不擅长雪中作战,只能先退回营地。"沈妤说道。谢停舟落座,手臂支在扶手上,继续问:"沈仲安没有发现军中有奸细?"

"发现了,"沈妤说,"所以二十五日出兵前临时更改了计划,原计划是突袭西厥南营。"

"你也在其中?"

"我随少将军偷袭北营,烧了他们的粮草,歼敌后少将军赶去南营支援老将军,我和两千轻骑一起负责运回部分粮草。"

谢停舟缓缓点了点头,这和他所了解的情况一致。问这些问题不过是事先验证,为了确认这个叫时雨的家伙吐出的话能有几分真。

"你认为谁是内奸?"

沈妤摇头:"我不确定,或者说我不确定内奸是不是只有梁建方一个。"

谢停舟视线微垂,落在她垂在身侧的手上,攥紧的拳头骨节绷得发白:"梁建方已被我收押,待甘州事了押入京中候审,你还有什么要上报的?"

沈妤垂眸盯着地面:"沈将军曾向盛京发了数封急递,但没有收到任何回音。"

她不能把话说太全,因为不确定眼前的人是敌是友。

谢停舟道:"此事牵连太广,急递到没到盛京是一码事,若是到了兵部是谁压下来又是另一码事。"

修长的手指上卡了一枚黑玉扳指,衬得他肤色如玉,他转动了两下扳指,缓缓俯身，灯光下的影子瞬间将沈妤笼罩在内。

"你不信任我。"他看着她缓缓说，不是疑问。

是的，他说对了，她如今确实不信任他，或者可以这样说：她不知道如今谁才是值得信任的人。

谢停舟到得太及时了，从北临封地带兵西行，哪怕是轻装状态下的急行军，也需要提前十日出发，才能在最后那一刻赶到。可按照预示，谢停舟带着青云卫赶到时，已经是在西厥破城、甘州被屠的数日后。问题是，这一次他又是如何能未卜先知？除非他也梦到了，否则，他会不会也是其中的一环？谢停舟的眼神如鹰隼般，他具有超强的洞察力，和这样的人对峙，最不明智的行为就是自以为聪明地周旋。

"殿下，"沈妤淡然道，"我没有盟友，所以我不敢轻信任何人。"

谢停舟靠了回去，唇角弧度淡薄："显然我的筹码比你更多，而你可以失去的东西比我少了太多。"

沈妤抿了抿唇，是啊，还有什么不能失去的？

她险些就要被他这句话给蛊惑了。谢停舟像是一只散漫的鹰，将猎物逼至角落后却不发动猛攻。

"在甘州事了之前，你还有很多时间考虑，时、雨。"

出口的那声名字让沈妤心口震了震，方才她真的感觉自己成了他手底下的猎物，他并不急着收网，而是看着她一步步心甘情愿地走进去。

"下去吧。"谢停舟没等她说话便开口。

沈妤起身往外走，视线不经意扫过帐内的一个翘头衣架时，她脚下步子一缓。那衣架上搭着一件墨色的外袍，袍摆绣了暗色云纹，而这件外袍，正好缺了一截袖子，她不动声色地捏了捏自己的袖口，那块布原来是谢停舟的衣袖吗？可是又怎么会到了她的手里？

谢停舟抬眼看去，唇边一笑："你是想问为何衣裳缺了一截袖子？不过我倒想问你为何会管我叫爹。"

她叫他爹？什么时候？沈妤震惊地朝他看去，正好撞见谢停舟脸上的笑。他笑起来的时候，整个人柔和了许多，明明那么凌厉冷淡的一个人，带笑时竟有几分浪荡和不羁。

沈妤出太了，谢停舟脸上的笑容渐收："派人跟着他，他应该有一些内幕消息。"

兮风领命："是，殿下。"

帐外燃着两丛篝火，几名将士围坐在四周吃着烤土豆，见沈妤出来，常衡冲她招手："过来过来。"

沈妤走过去，常衡抛了个滚烫的土豆给她，她连忙接住，用袖子包了拿在手里。

常衡上下打量着她："你小子这一身功夫在哪儿学的？"

"跟在少将军身边学的。"沈妤说。

"过来坐，"常衡啃了口土豆，烫得他直呼噜，"你小子的命算是我救的，好了之后到我那里报到。"

旁边将士打趣："常将军这么早就开始抢人了？"

"你懂什么？"常衡推了那人一把，"我这是惜才懂不懂？"

他扭头看了一眼沈妤，忽然伸手揽住她的肩膀拍了拍："啧啧，太瘦了，得多补补，要不要给你烤点肉吃？"

沈妤一整个僵住，不动声色地往旁边移了半步："常将军若是还吃得下烤肉就自己吃，我是吃不下的。"

她这么一说，所有人都没了胃口。太多的尸体需要处理，否则冬日一过，天气暖起来的话，很容易引发疫病，部分就地掩埋，埋不完的便烧，有的士兵和西厥人冻在了一块儿，也只能一同烧了，大火烧了几日还没熄，这几日风里时时都飘着一股烧焦的肉味。

篝火映得人面颊发红，沈妤啃完了土豆后起身，重新走到了虎帐前。

士兵通报："殿下，时雨有事求见。"

谢停舟正准备宽衣，闻言把刚系好的腰带又系了回去："什么事？"

沈妤在帐外道："沈将军子女不在身边，我想要替沈将军守灵。"

"准了。"

为了保存尸体，停灵的帐内没有点炭盆，帐子里冻得跟冰窖似的。泪早就流干了，她哭不出来，在帐子里跪了一夜，早晨天还没亮，便偷偷溜出了帐子。

燕凉关的雪停了几日又开始下，几日前还是一片肃杀，如今街上又恢复了战前的模样。暗卫紧跟在沈妤身后，看她在巷子里左弯右绕，始终隔着不远不近的距离，行至一处岔路口，不过一闪身的工夫就没了人影。沈妤又在街上走了好一会儿，才足尖一点，闪身翻进了一户人家的后院，屋子里早有人等着，看见沈妤，红翘和绿药齐齐跪在她面前。

"小姐，奴婢有负小姐所托，请小姐责罚。"红翘和绿药兵分两路，一个去往洛州报信，一个去甘州府筹粮，只是终究还是晚了一步。

沈妤目光含泪："你们已经做得很好了。"

红翘哭着说："如果我能再快一点把粮食送过来，将军他们……"

沈妤心知这是不可能的事："不论再早，他们也不会放你们进城。"

红翘擦了擦眼泪："如今小姐准备怎么办？"

沈妤道："这一战疑点太多，绝对不是区区一个监军能左右的事，梁建方背后一定还有别人，我一定要把他抓出来。"她眼里杀意浓厚，叫人看得发怵。

"我们跟着小姐。"两人齐声说。

沈妤摇头道："我如今在北临世子谢停舟军中，不日他会押解梁建方上京，我得想办法留在他身边。"

"那小姐有什么吩咐？"红翘问。

沈妤道："哥哥向甘州城借了粮，你们替我去还了。"

红翘不忿："凭什么要还？将军和少爷在前线拼杀为的就是守住燕凉关保住关内

百姓，可他们呢，闭城不开，硬生生把人逼死。"

沈妤何尝不明白这个道理，可是她不愿让沈昭背着债上路，就算要走，也要走得清清白白干干净净。

"我想让他干干净净地走。"

这话一出，红翘和绿药都红了眼眶，少将军那么芝兰玉树的一个人，竟落得个尸骨无存的下场。

沈妤是偷溜出来的，能待的时间不长，交代完事情之后便折返回去。连日来的阴郁压在军营的每个人心头，可城内又是另一番景象，老百姓只管自己眼前的方寸天地，家中不乱，饿不死人，哪管什么家国，街上行人匆匆，嚷嚷的叫卖，处处都是生活的气息，茶摊上坐满了人，都在讨论几日前燕凉关那一战。

一老汉道："真惨哪，你们是没瞧见那阵仗，尸体都铺到天边去了。"

"听说监军还有州府大人都已经被北临世子给拿下了。"

老汉道："还叫什么大人，都是脑袋都拴不稳的人咯。"

沈妤走近，要了碗茶，趁众人闲聊时插了句话："甘州府不是还有个守备吗？那守备也是闭门不开，他怎么就没事？"

"这你就不知道了吧？"老汉打量他两眼，"你是外乡人吧？"

沈妤道："是，来替我父亲和大哥殓尸。"

众人看她的眼神都带了同情，老汉端着茶碗坐到他旁边，低声道："这甘州城的守备可不是一般人，他姐姐嫁给了北临王的堂兄，这里头，可攀着亲呢，你说世子怎么可能会动他？人家那是自己人。"

沈妤紧捏着茶碗："老丈知道的消息不少。"

老汉摇头道："我就是个卖菜的，平日给州府衙门供菜，听到点小道消息罢了，不过甘州守备是北临王亲戚这事可不是我听来的，是守备大人自己在花楼里说的，甘州城早就传遍了。"

天色渐暗，营地内又亮起了篝火。暗卫向谢停舟报完跟丢人的情况，就有侍卫来报："殿下，甘州守备来请。"

谢停舟放下手上的东西："正好，他不来请我，我也要去找他。"

一行人入城，两列护卫骑马在侧，护着中间一辆马车，在一处小院停了下来，侍卫撩开帘子："殿下，到了。"

谢停舟出了马车看去——这处小院位置偏僻，围墙也建得不高，就是普通人家的住所。他笑，倒真是够简陋，这胡兴旺为了请他还专门找了个院子装清官，也真够不容易。侍卫纷纷低头，因为跟在谢停舟身边够久，知道他这么笑就是有人要遭殃了。

小院里亮着灯，但大门紧闭，侍卫去叫门，敲了半晌也没有动静，风里依稀飘来一股淡淡的血腥味。

"不对！"

兮风立刻吩咐："破门！"

院门被踹开，侍卫训练有素地冲进去，院子一共东西两侧四间房，侍卫进去搜了一圈，很快出来。

"殿下，人还有气。"

西侧厢房里，胡兴旺被人绑在凳子上。

谢停舟只看了一眼，便嫌恶地错开了眼："有人坏我的事。"

兮风道："人应该还没走远，我即刻派人去追。"

"不用了。"谢停舟制止，"追不上的。"

"咕噜"一声，胡兴旺吐了一口血水，嘴唇张了张像是想要说话。

谢停舟没搭理他："守备军都交接好了吗？"

兮风道："已经好了。"

"那不用救了。"谢停舟道，这意思就是不救也不杀，让胡兴旺吊着最后一口气，活活疼死。

"殿下，这里有一份画了押的证供。"

那证供就摆在桌子上，用一把带血的匕首压着，侍卫呈上来给谢停舟，谢停舟没接，目光飞快地在上面扫了一遍。是胡兴旺的供词，供词上坦言他如何受梁建方要挟，在战时闭城不开，顺便交代了这些年贪污受贿金额以及所敛之财的去处。

谢停舟看完后说："收起来，上京后用得上。"

侍卫又在院子四周找到了几具尸体，想来是胡兴旺留在附近保护的侍卫。

回程路上，兮风骑马跟在一侧："殿下，那人身手了得，胡兴旺的人几乎都是一刀毙命，不是一般人。"

谢停舟靠着车壁闭眼假寐："不是敌人就是盟友，手段是过激了一点，但好歹还知道留后手。"人得杀，供词也要留，看来这人倒是个长脑子的。

兮风肃然道："会不会是哪路江湖侠士？"

谢停舟半睁开眼笑了一声："江湖侠士路子可没这么野。"

兮风点了点头："这倒是。"

谢停舟道："胡兴旺浑身上下没留下块好皮，若不是有什么仇怨，恐怕下不了这样的手。"如果是仇怨，那这范围太大，还真不好确认目标。

晨起时侍卫来报，昨夜又死了人，甘州通判的尸首被人挂在城墙上，又有一张供词。

谢停舟还没起身，撑着头听汇报："我记得除了胡兴旺，其他人都收押了。"

兮风道："是，胡兴旺是因守备军需要交接所以暂未收押，但此事牵连甚广，牵涉其中的人不少，通判这种并未涉及机密的是关押在州府衙门的大牢内。"

谢停舟神色浮动："这人功夫很好，州府大牢管理虽然松懈，但要运一个大活人出来也不是容易的事。"

座下常衡忍不住插话："殿下怎知是活着运出来，不是死了再带走？死了再运出来方便多了。"

谢停舟扫他一眼："既有供词，他能在大牢内严刑逼供？"

常衡露出恍然大悟的神情："不过既然留有供词，那就不是同党来灭口。"

"看好梁建方，这人至关重要，无论如何不能出事，只要留下他，盛京有的是人夜不能寐。"

谢停舟起身，接过兮风递来的氅衣，视线落在了翘头衣架上那件缺了袖子的外袍上。

他动作稍顿，侧头问："时雨呢？"

"时雨？"兮风愣了一下才反应过来时雨是谁，不是至关重要的人，兮风哪有关注，只叫暗卫盯着，现下赶紧让人去问。

少顷暗卫来报："还在沈将军的灵帐里。"

"没离开过？"

"没有，"暗卫说，"除了昨日进城跟丢，不过两个时辰便回来了，其他时间除了如厕之外没有再离开灵帐。"

谢停舟若有所思，常衡问道："殿下怀疑是他？"

谢停舟不言，披好大氅走出营帐，朝着停灵的营帐径直走去。帐前卫兵见他来，老远就准备行礼，谢停舟一摆手制止，走到灵帐前停顿了片刻，掀开帘子进去了。

沈妤跪在棺椁前，听见脚步声回头："殿下。"帐内为了保温没有燃火盆，寒气逼人，比外头还要冷上几分。

谢停舟从兮风手里接过一炷香，对着棺椁拜了一拜，这才看向沈妤。

"既然替沈将军守灵，那你也来上一炷香吧。"

沈妤抬头看了一眼，她不是什么人物，自然轮不到谢停舟的近卫来伺候她。跪得太久不过血，她撑着地面，费了些力才挪动了腿，脸上顿时显出些许痛苦的神色，敬完香，她又跪了回去。

谢停舟垂眸盯着她看了一会儿，离开前停在门口："常衡惜才，念你功夫不错想收入麾下，大夫花费不少心力才将你救回来，莫要负了他一番好意。"

沈妤不抬头，盯着他的靴子："谢殿下挂念。"

目送谢停舟出帐，沈妤才一屁股坐在地上。不知为何，谢停舟此人总会给她一种压迫感，那双冷淡的眸子锁住一个人的时候，总觉得能轻易将人看穿。

兮风跟在谢停舟后面出去，待走得远了才开口。

"殿下，看来这人没什么可疑。"

所谓上香，不过都是为了看时雨的反应，她的所有行动都很合理，跪坐太久后行动不便，还有舒展时面上露出的神色。

谢停舟勾唇淡笑："你难道没注意到他的鞋？"

"鞋？"兮风还真没注意到。

谢停舟脚步不停："他脚底沾了些不属于大营里的东西。"

兮风这会儿很想再退回去重新仔细瞧瞧，不属于大营的东西，到底是个什么样。

次日，侍卫来报，陆氏的人昨日归还了沈昭向甘州借的粮草，已经打道回府了，原本之前提过想要见北临世子一面，如今却悄声无息地走了。尸体不能久放，沈妤在灵前守了几日后，谢停舟便安排了一队人马扶灵上京，葬在边关是沈仲安的遗愿，但她现在拦不住也不能拦。军中前几日清点过，逃兵约莫上万，沈仲安的尸体必须运回盛京，因为死要见尸，否则就会被人质疑被人诟病，牺牲在边关的将士，不能背上逃兵的骂名。

日头高升，又到了午间领饭食的时间，常衡没安排沈妤的去留，所以她又回到了伤兵营，和几名士兵一起负责替伤兵营领饭食。军中艰苦，难得吃上一顿肉，今日这顿据说还是世子殿下自掏腰包犒劳军中将士的。沈妤和尤大嘴去得不早不晚，已经有不少营排队分领饭食，眼看就要排到他们，几名身形健壮的士兵走过来，在她肩膀上重重地撞了一下，然后心安理得地将他们往后挤了挤。

沈妤刚准备开口，有士兵抓住她的手臂制止，低声说："这几个是常将军帐下的。"

沈妤抬眼看去，前面那个人正好回头，甩给她一个蔑视的眼神。

"你小子看什么？"那人上下打量着沈妤，参军的三教九流都有，军营里兵痞子多，沈妤也见过不少，于是没搭理他。

那人干脆转过身来，环抱着胳膊问："老子问你看什么？你聋了吗？"

那人的朋友打量了沈妤一番，说："伤兵营的，估计是打仗把耳朵打聋了。"

众人当即大笑。

男人嗤笑了一声，嘴里吐出几个字来。

沈妤抬起头，平静道："你再说一遍。"

男人抬着头傲慢道："小子，别逞能，吃了败仗就老老实实地夹起尾巴做人。"

"你再说一遍。"沈妤一字一顿道。

男人笑了："老子说你们沈家军都是些废物，还要我们大老远从北临赶过来救，不是废物是——"

话音未落，男人便捂着鼻子后退了两步，鼻血已经从指缝中流了出来。

沈妤收回拳头，平静道："管好你的嘴。"

男人朝地上呸了口血沫："你敢打老子。"说着直接拔出了腰间的刀，场面顷刻间就混乱起来。

那人鼻血横流，正在气头上，举起刀就朝着沈妤劈过去。

沈妤一把推开身后的尤大嘴，身体一斜躲开，男人又攻了上来。

伙头兵管事一看情况不对，想要上前劝说，又畏于那凌厉的刀光，只敢站远了喊："大家别激动，有话好说有话好说嘛。"

之前和男人说话那人连忙架住他的刀："屠四！不能动刀。"

屠四动作稍滞，还想再上，已有人趁着他停顿的工夫抱住他，同他耳语了几句什么，屠四听着脸色一变再变，脸上的愤怒稍稍收敛，再听下去，表情已从愤怒转变为恶意，他看着沈妤道："你今日打了我，跪下给爷爷磕个响头，爷爷就当这事没发生过。"

屠四个头很高，沈妤微抬着下巴看他："要不你给我磕个响头，我也当你那几句话没说过。"

她面带挑衅，屠四刚压下的火气眼看又要卷土重来，被身旁的人一提醒，终究还是忍了下来。

"小子，军营里可不是你这种瘦田鸡混饭吃的地方，要拿功夫说话。"

尤大嘴在沈妤身后伸着脖子喊道："他在战场上杀了几百个西厥人，你行吗？"

屠四听说过他，但那都是传言。他是山匪出身，当初军中还传他那山上有几千号兄弟呢，其实压根没那么多，可见传言容易夸大其词，也不可尽信。况且再看眼前的瘦胳膊瘦腿，怎么看都不是能在战场上砍几百个人的体格，被几百个人追着砍还差不多。

屠四把刀收回鞘中，居高临下地看着沈妤："吹牛谁不会，军中得拿实力说话，你敢和我比一场吗？"

"有何不敢？"沈妤目光如炬，没有丝毫退缩的意思。

屠四嘲讽道："好，我也不欺负你，让你吃饱饭再比，未时正，咱们校场见。"

屠四带着几人乌泱泱地走了，连原本该领的饭食都没拿。

领完饭食回去分发，忙活了近半个时辰才吃上饭，肉饼都已经冷了。

几人围坐在帐子里，尤大嘴把自己的肉饼递给沈妤，小声说："你多吃点儿吧，下午还要比武。"

杨邦靠着墙喝肉汤，闻言问道："比什么武？"

尤大嘴把事情简要说了一遍。"我就不该接那句话，"尤大嘴悔恨万分，"不然他也不会想起来找你比试。"

"那你接什么？"杨邦问。

尤大嘴说："我那是想着先威慑他一下，让他知难而退，哪知道他不接受威慑。"

尤大嘴也是听的传言，没亲眼见过沈妤砍人，但是他横看竖看都觉得那个连砍三百人的肯定不是沈妤。瞧这细胳膊细腿的，那脸小得一拳就能捶烂似的，他后悔了，要不是自己逞能说那一句，屠四估计也不会找山炮儿比武，自己这是给他揽了个瓷器活啊。

"那个屠四胳膊都比你大腿粗了，我看要不还是别比了吧？"尤大嘴说。

杨邦道："你这是长他人志气灭自己威风，我相信山炮儿。"

沈妤一时都没反应过来山炮儿是谁。

尤大嘴苦着脸："若是到时候扛不住，你就直接认输，输了不丢人，还是命比较重要。"

"你这是说的什么话？"杨邦不以为然，"咱们山炮儿差哪儿了？"

说完打量一番沈妤，不太确定地补了句："除了……略显瘦弱。"

沈妤："……"

时间接近未时正，沈妤姗姗来迟，尤大嘴跟在沈妤身后，非要来给他打气，就连杨邦都挂着拐一瘸一拐地跟来。校场上已经围了不少人，在擂台四周围了里三层外三层。沈妤一脸淡定，倒是尤大嘴在背后小声说："我明明没声张啊，怎么来了这么多人？"

"你没声张对方就不声张吗？"杨邦呛声。

比试还没开始，屠四就已经料定了自己会赢，这种长威风的事自然是越多人知道越好，一个中午就传遍了军营。待他们走近，擂台下的人群自动让开一条道，尤大嘴和杨邦跟在沈妤后面走进去，两侧人群个个身材魁梧，压迫感十足。

尤大嘴忍不住咽了咽口水，说："北临世子平日里都给这些人吃的什么？怎么一个个都长得这么……壮实。"

沈妤平静道："北临王御下甚严，对从军要求本就高，能进入谢……世子麾下的都是军中佼佼者。"

说话间，沈妤已经停在了擂台前。

屠四站在擂台上，垂着眼蔑视地看着她，嘲讽道："这么晚，还以为你吓得不敢来了呢。"

"怎会？"沈妤道，"无须热身，自然不用早来。"

屠四脸色一变，意思是他来这么早是热身来了？他冷哼一声："找死！你再怎么临时抱佛脚也没用，若是你现在跪下磕头认输，我等会儿可以稍微放放水，不让你输得太难看。"

沈妤低头缠着臂缚，说道："我打架前没有先骂阵的习惯。"意思是你啰唆个啥，直接上就是。

人群中不禁响起一阵压抑的哄笑。

屠四："……"

好在绝大多数人都来自北临青云卫，原本就是来看热闹的，总不能不给自己人面子，笑声很快就收了。

"直接开始吧，你想怎么比？"沈妤抬起头看去。

屠四道："要是我来定，怕是有人会觉得我欺负你，我不占你这便宜，你来说。"

沈妤抬步上前，袖子忽然被人抓住，她回过头，看见杨邦一手挂拐一手拉着她，压低声音道："要不还是别比了。"

沈妤诧异："不是你说的莫长他人志气灭自己威风吗？"

杨邦看了一眼屠四说："我之前不知道你要和这样的人比，你看看他这体格，太阳穴微鼓，是个老练家子。"

"我也是啊。"沈妤道。

杨邦在她身上瞟了一圈，表情和眼神已经表达得很明显了。

沈妤在他肩上拍了拍："放心，丢不了人。"

她走上前，表情安闲自得，扫视了一圈兵器架，说道："刀枪剑戟，斧钺钩叉，闲棍槊棒，鞭锏锤抓我都略有涉猎，你选吧？"

人群嗡地一响，顿时议论纷纷，不少人喝起了倒彩，这话太大了，便是谢停舟身边武艺最高的近卫，也不敢讲这样的大话。屠四听到这句就忍不住哂笑："小子，大话说太早，丢人的可是你自己。"

尤大嘴摸了摸自个儿的脸说："我咋觉得站在台上的是她，丢人的是我呢？"

"那说明你和山炮儿荣辱与共了。"杨邦说。

尤大嘴说："荣可以，辱的话……还是别了吧。"

但其实沈妤确实没说大话，说略有涉猎那是真的仅仅略有涉猎而已，她自幼跟在沈仲安身边，军中武将个个所擅武器皆有不同，她又是个停不住的性子，什么都想要试试，从前沈仲安说她性子不定，她还振振有词地说不挨个儿试试看怎么能知道到底什么武器才适合自己。

常衡和韩季武正在虎帐中同谢停舟商讨要事，帐内燃着火炉烤得人昏昏欲睡，但帐内气氛却肃然得可以，只因昨日盛京的圣旨传到燕凉关，陛下对北临青云卫好一番褒奖，命世子谢停舟速押解要犯上京。

韩季武面色沉重："老皇帝定然已经起了疑心，此番召殿下进京，恐怕等着我们的不是好事。"

谢停舟靠在椅子里，陷入沉思："先是铲除沈仲安，然后再把北临拖下水，能布这样的局的人，必定位高权重，如今盛京握在四大世家手中，左右不过就是那些人。"

树大招风，物极必反，古来帝王最怕各地封王拥兵自重，五年前谢停舟那一战让帝王看到了北临的强大，可北临太强了，它让坐在皇位上的李氏惶惶不安。所以那时谢停舟选择激流勇退，这几年让北临韬光养晦，隐忍不发，才能和盛京达成了某种相对的平衡。

但是这样的平衡在燕凉关被打破了。彼时燕凉关危在旦夕，放在谢停舟面前的只有两个选择：要么放弃燕凉关继续隐藏实力求一个安稳，要么出兵救下燕凉关。最终谢停舟的选择无须多想，他选择了救万万百姓，但是却将北临推入了一个危险的境地。

常衡沉吟道："会不会和沈家有关？"

"应该不会，"韩季武摇头，"沈仲安从头到尾都没向北临发过求救。"

"但是他岳丈家大张旗鼓地筹粮，我们想要不知道都难，这不是等同于用另一种方式告诉我们燕凉关有难？况且最终的结果放在这里，咱们就是来了。"

两人争执不下，谢停舟说了句："最终结果是沈仲安战死，他也是局中人。"

帐外有人求见，是找常衡的，常衡出去了片刻进来，就要和谢停舟告假："殿下，校场那边出了点事，我得去看看。"

"怎么了？"谢停舟问。

常衡道："我营里那个屠四和时雨两个人叫上板了，在校场比武，我得过去看看，免得屠四下手太重伤了人，时雨那小子我还挺喜欢的。"

谢停舟淡笑："你该去提醒时雨下手不要太重。"

常衡不以为然。屠四是他手底下的得力干将，放战场上也能以一当百那种，时雨强归强，倒还不至于能在屠四手底下讨到便宜。

谢停舟哼道："不信？"

他放下茶盏起身："看看去。"

擂台上，屠四已选好了兵器，他原本擅使刀，是军中使刀一等一的好手，但拿自己最擅长的赢了也不见得有多光彩，就要用其他兵器赢了才愈显厉害。屠四压根没把瘦弱的时雨放在眼里，手中长枪一转，空中划出一道银光，枪把"咚"一声杵在地上。台下顿时叫好声一片，单看这个起手势就不简单，屠四心中略显得意，长枪是他第二拿手的兵器，还怕拿不下区区一个时雨？

"选好了吗？"屠四问，"你的兵器呢？"

沈妤扫视了一圈，缓步走到兵器架前，指尖划过兵器架停在一根白蜡杆子上。

"就这个吧。"她随手抽出白蜡杆子。

屠四脸色难看，台下议论纷纷，白蜡杆子是白蜡木制成，通体洁白如玉，坚而不硬柔而不折，是做长枪的好料，他选了长枪，这小子却选了根光秃秃没带枪头的白蜡杆子，这不是在羞辱他是什么？

"你确定你选好了？"屠四沉声，"刀剑无眼，到时可不要怪我下手太重。"

"这话我原封不动还给你。"话音刚落，沈妤握住白蜡杆一抖，一阵风声传来，白蜡杆在空中划出一道残影。

这一招起势刚猛，屠四不敢硬接，连忙往斜刺里撤了一步，白蜡杆眼看就要拍在地上，少年却一个近身，手掌虚握从枪尾滑到枪头，反手一个枪花。屠四瞳孔微缩，脑中闪过几个字：轻敌了。长枪和白蜡杆在空中一撞，顿时震得屠四手臂发麻。他人高马大，手下力道不会比时雨小，按理说这一击时雨指定也没好到哪里去，但他错了，因为他看见兵器相撞的同时，少年手中的白蜡杆脱手了，没有力道的控制，那一撞让白蜡杆冲天而起，在空中翻滚几圈后已经卸掉了力道。

少年劈手接住白蜡杆，足尖轻点一个旋身又一击，台下响起了冲天的叫好声。屠四还没从方才的震麻中缓过神来，第二下接踵而至，屠四这次不敢硬接，侧身避开时用长枪直刺而去。两人出招都很快，一个刚猛一个灵活。

尤大嘴那张嘴从比武开始就没合拢过，他目瞪口呆地看着场上的时雨，虽然看不懂招式，但是他能看出时雨明显占了上风，步法灵活，身躯灵动，长枪和白蜡杆相击的声音噼啪作响。

"你掐我一下。"尤大嘴说。

杨邦看得正入神没搭理他，尤大嘴伸手在他手臂上掐了一下。

"啊——"杨邦惊呼一声，"你掐我做什么？"

"我没做梦啊。"尤大嘴傻眼了，"这真是山炮儿？"

"这真是山炮儿？！"尤大嘴又问了一遍，激动地揽住杨邦的肩，"真是咱们认识的那个山炮儿！"

谢停舟和常衡几人站在校场边的高台上，几人目视能力都不错，擂台上一招一式都看得非常清楚。少年身若游龙，扎、刺、挞、抨、挑、点、拨，招招都在压着屠四打。

常衡撑着栏杆眺望，口中赞叹不已："我就说这小子功夫不错，不亏我费尽心力把他这条小命捡回来。"

韩季武目不转睛地看着，还不忘呛他："刚才是谁说他打不过屠四的？"

常衡死活不认："我说了吗？我说了吗？我没说啊，我就说让屠四下手不要太重，都是自己人嘛，你看看你看看，这就是我手下的两员大将。"

"还不是你手下的兵。"韩季武说，"时雨现在还是伤兵营的。"

"早晚都是我的。"常衡得意地说。

场上屠四已经面颊涨红，每次都是堪堪抵挡住攻击，他知道对方在等他自己认输。军中男儿可以战死但不可退缩，输了不重要，但是先低头认输那就是连仅剩的一点血性都没了。几人看了一会儿，面色却渐渐变得凝重。因为旁人不可能看不出来，明明有无数次机会将屠四拿下，时雨却一直在与屠四周旋，逗着人玩。

谢停舟道："年轻人血气方刚，但性子还要好好收一收。"

他顿了顿，转头问常衡："你收得下来？"

"殿下小看我了不是？就没我收不下来的兵。"常衡一拍栏杆说。

谢停舟望着台下，九十五招，九十六招……九十九招，刚好一百。

擂台上，沈妤在一声惊呼中挑掉了屠四的枪，白蜡杆子抵在屠四喉咙，堪堪只离了一寸的距离。

场上响起了喝彩，夹杂着一句嘹亮的："好样的，山炮儿！"

沈妤："……"山炮儿你大爷，我谢谢你。

少年迎着风，发丝飞舞。屠四剧烈喘息，看着时雨收回白蜡杆，随手一丢，白蜡杆子冲天而起，落下时正好放入了武器架中。屠四抱拳，刚想说自己输了，时雨已经开口："这就是你们青云卫的水平？"

她轻飘飘地笑了一声："也不过如此嘛。"

她嗓音清亮，带着一股少年感，把这句话清晰地传入每个人的耳中，场上一时落针可闻，所有人都虎视眈眈地看着台上的人。不过赢了一场，就敢轻视青云卫，他哪儿来的胆子？人家刚千里奔袭来救了人，结果转头就说你们青云卫水平不行，将士们岂能忍？

尤大嘴小心翼翼地拉了拉杨邦问："他这是要干吗啊？这不是找打吗？"

杨邦面色微沉："不知道。"虽然认识的时间不长，但是杨邦和尤大嘴看得出他其实是个低调内敛的人，否则也不会过了这么长时间大家才知道他武艺居然这么好。但是今日的所作所为又恰好背离了他往日的行事作风，是赢了一场便得意忘形？还是他在谋划什么？

"我来会一会你！"一名猿臂狼腰的壮汉撑着擂台一下跳了上去。落地时步伐稳健，甚至激起了地上的灰，看得出下盘相当地稳。

台下众将士顿时一阵叫好。屠四性子急躁，在军中惹过不少人，但这一刻，青云卫同仇敌忾，一致把枪口对准了时雨，这是青云卫的荣誉，岂能容旁人随意践踏！大汉上台后径直拔出自己腰间的刀，右腿在身前划了一道弧线站定："出招吧！"

沈妤负手而立："那就，得罪了！"

她右腿向后一踢，武器架剧烈震颤，一把长刀飞出架子被她劈手接住，刀锋一横便朝着大汉袭去。这次她不再如之前那般耐着性子和对方拖，她面目沉静，眸子里闪着光彩，一招一式都相当狠戾，招招致命，不到一炷香的时间，长刀已架在了大汉脖子上。

"承让。"沈妤利落收刀，望向台下，"还有人吗？"

众人虎视眈眈，又一将士提着长枪上台。不远处高台上的常衡"嘿"了一声，说："那是你帐下的，我看他能在这小子手里撑多久。"

又是一番刀剑相击的声音，不出所料，又一人败下阵来。时雨将武器放回兵器架，转身看到台上又多了个人，双目如鹰隼般盯着她："这次你选什么武器？"

"我不选了，"沈妤拍了拍手上的灰，平淡道，"今日真是令我大失所望，不如你们推选出几个厉害一点的再来？我随时奉陪。"她挑衅的语气直接把众人给激怒了，人群中甚至听见了抽刀的声音。

沈妤望着台下一笑："不至于这么输不起吧？"

都是血性的汉子，哪能容她这般挑衅还无动于衷，眼看一场械斗就要一触即发，高台上忽然响起了厉喝声："都杵在那儿干什么？还不快去训练！"

下头的士兵看到了高台上说话的常衡，立刻喊道："殿下，将军，这小子太狂妄了，辱我青云卫将士。"

常衡没开口。

谢停舟目光如炬，越过重重人群看着台上的少年："荣誉和折辱都是自己挣的，技不如人便老实挨打。"

他这么一说，将士们只得把怒火憋回去，但离开时纷纷向台上的时雨投去警告的眼神。人群四散开来，只剩下来替沈妤加油打气的尤大嘴和杨邦。她走下来，杨邦立刻挂着拐上前，问："你这是什么意思？据说青云卫的常将军想收你进营，你如今把人都得罪了个遍，以后进去还怎么混？"

尤大嘴脑子一根筋，只觉得这一场擂台看得他气血上涌心潮澎湃，哪里听得出这里头的门道。

"那就打服他们！"尤大嘴说。

沈妤抬眸往高台看去，那里还站着三人未曾离开，"我不进青云卫。"她望着高台轻声说。

"什么意思？"杨邦问。

与此同时，刚准备走下高台的常衡问："他说什么？"

距离太远，只看见少年望着这边嘴唇微动，却完全听不见说了什么。

谢停舟道："你能收服他？"

常衡想起方才少年望过来的那一眼，那一瞬间，他似乎从少年的眼中看到了一团燃烧的烈焰。有着那样眼神的人，似乎天生就不能被任何人驯服，常衡的胜负欲被激起来了，摩拳擦掌跃跃欲试："我非得收服这小子，不把他压住我不姓常。"

"你不行。"谢停舟淡淡道，抬步迈下台阶。

韩季武笑道："算了吧你，连殿下都说你不行。"

常衡不服："你等着瞧我行不行。"

"你没这个机会了，"谢停舟道，"他不入青云卫。"

"为什么？"常衡顿了一下，连忙跟上去，"难道是因为他杀了咱们将士们的锐气？殿下，时雨虽然狂妄，但是多少进咱青云卫的兵刚开始不是这样的？这种时候咱们就该大度一点。"

谢停舟懒得同他们解释，目光淡淡扫过他的面颊："叫时雨来见我。"

沈妤刚回到伤兵营，就被侍卫叫走，她走之前特意叮嘱尤大嘴，今天比试的事不要在伤兵营里传。这不是沈妤第一次进虎帐了，但这一次见谢停舟尤为关键，因为关系着她能不能留在谢停舟身边。跟着常衡是能进青云卫，但是谢停舟不日将会进京，青云卫如果跟着进京去，随便安个逼宫的罪名都够谢停舟喝一壶了，所以青云卫多半会回北临去，如果不跟在谢停舟身边，她就没办法查清楚这次大战惨败的真相。父亲和哥哥，还有十万将士不能白死，她要让幕后操纵者血债血偿。

进帐前，她深吸了口气，掀开帘子走了进去。

"殿下。"沈妤抱拳行礼。

谢停舟在擦刀，闻声道："坐。"

沈妤挑了张不近不远的椅子坐下，看着谢停舟擦刀。那刀本就锃亮，刀刃闪着寒光，也不知他到底在擦什么，鹿皮缓缓抹过刀刃，那刀的颜色很奇特，色泽发红，像被血浇透了一般。

谢停舟擦完了，把鹿皮丢在桌上，目光掠过刀刃，问道："你觉得这把刀怎么样？"他把刀丢给沈妤，沈妤连忙接住，这刀入手轻巧，她上下打量了一番，发自内心地赞叹："好刀。"

工欲善其事必先利其器，她自小好武，自然对武器比较感兴趣，她见过不少好东西，但这把刀叫她挪不开眼。

"这就是'一惊霜'吗？"沈妤问。

谢停舟轻挑了下眉梢："你也知道一惊霜？"

沈妤点头："自然知道，听说书的说过，刀过不见血。"

谢停舟轻笑了下："夸张，一惊霜其实是一把剑。"

沈妤诧异了，传言北临世子谢停舟的武器名为"一惊霜"，是把杀人不见血的凶器，但也仅存于传说中，因为自他在战场上受伤之后，便封刀了。沈妤觉得有些可惜，还没见过传说中一惊霜的风采。她捧着刀置于案上，正色道："世子殿下找我来有什么事？"

谢停舟看着她："我以为你应该很清楚。"

沈妤心里咯噔了一下："我不懂殿下什么意思。"

谢停舟把刀插入刀鞘，继续说："你想跟在我身边，我成全你。"

沈妤手指收紧，又缓缓松开："殿下何出此言？"

"别在我面前装傻，"谢停舟盯着她的眼睛，"时雨，我喜欢聪明人。"

那种感觉又来了，被人看穿的感觉。原本想好的托词卡在了沈妤的喉咙里，她微微笑了笑，放弃挣扎："殿下果真是明察秋毫，那时雨就多谢殿下成全了。"

谢停舟手指交叉搁在身前："你不妨告诉我，你费尽心机想要留在我身边，到底想得到什么？我给你。"用这样一张脸说出这样的话，是勾人的蛊惑，是挠人的勾引，仿佛在说，你想要什么？你说啊，我都给你，沈妤注视着他，心想，果真是个妖孽。

她镇定道："自然是想要奔一个前程，在常将军手底下，总不如跟在殿下身边好。"

谢停舟注视她半晌，扬声喊人："兮风。"

兮风掀帘进来："殿下。"

"今日起将时雨拨入近卫。"谢停舟说。

兮风看了沈妤一眼，不敢多问："是。"

兮风带沈妤走了，没出一日，消息就传遍了大营。听到消息的常衡前来抱怨："明明是我先看上的，殿下怎能来跟我抢人呢？这可是仗势欺人，我记得殿下曾告诫我们这种事不能做。"

谢停舟笑道："他没看上你，我有什么办法？"

平日里只要不涉及正事，谢停舟对待下属都颇为随和，心情好的时候甚至会开开玩笑，比如现在。

常衡道："他没看上我？我又不是银子，需要他看上我什么？"

谢停舟难得心情颇好，耐着性子提点："他今日把青云卫得罪了个干净，如果把他放在里面会是什么后果？"

常衡想了想："如同水泼入油。"这也是他想了很久都无法解决的问题，擂台那一战，少年表现得狂妄自大，将青云卫的荣耀践踏，这样的梁子一旦结下，就很难解开。

谢停舟颔首："你对他多有关照，他不可能不知道你想将他收入青云卫，所以他干脆将青云卫得罪个干净，你便不能再将他放进去。"

常衡恍然大悟："这小子果真没看上我？凭什么？我常衡差哪儿了？"

兮风笑着接话："你方才不是还一脸自信？"

常衡看了看谢停舟："那他就是想跟在殿下身边，输给殿下我心服口服，不过这样的人必有所求，殿下还是小心为上。"

谢停舟从不担心有阴谋，因为他本就是在阴谋中长大，那些尔虞我诈造就了他。他喜欢挑战喜欢驯服，这几年韬光养晦，日子过得太过平淡了，忽然出现这么一个有趣的人，这一趟燕凉关没有白来，把人放在自己眼皮子底下，才越发有趣，想到这里，谢停舟抬眸看了看天色，问："长留他们到哪儿了？"

兮风回道："刚过绥州，日夜兼程应该五日内能到盛京。"

谢停舟笑道："他玩性大，怕是月底都到不了。"

京中连发了两封诏书，刚刚走马上任的甘州新任州府带着最后一封诏书来到燕凉关时，这边的一切事宜才刚刚安排完毕。

时间迈入同绪十七年十二月，谢停舟才带着与燕凉关一案相关的几名要犯上京。

青云卫的大军回撤北临，只留下两千军士护送上京。队伍浩浩荡荡排了一条长龙，作为近卫，沈妤骑马跟在谢停舟的马车旁，还有不到一个月就是除夕，谢停舟好似一点也不急，队伍行得很慢，走了三日才不到百里，照这个速度下去，怕是要两个月才能到达盛京。

马车在官道走得很平稳，车内几乎感觉不到行驶时的震动，连车轮踩在雪上的声音也很轻，谢停舟斜靠在榻上同自己下棋，两指间夹着一枚白子，那修长的手指莹白如玉，色泽不逊色棋子半分，正当要落子，车外倏然响起一阵由远及近的马蹄声。因路上走得慢，马儿踏地的声音也很缓，那马蹄阵阵落在地面，踏得比其他马匹都要响，突兀得很。

谢停舟敛眸，把那枚白子收入掌中，这不是谢停舟第一次听到这个声音了。这几日来，每隔半个时辰，那马蹄声就会渐渐远去，还夹杂着策马的声音，然而不过一盏茶的时间，那声音又会跑回来，堪比报时。

谢停舟缓了一会儿，到底还是没忍住，扬声喊道："兮风。"

兮风本坐在马车前室，闻声掀帘进来："殿下。"

谢停舟面色不豫："他这几日到底在跑什么？"

兮风一听就知道他是在问谁，回道："前面押送着梁建方及一干要犯，时雨似乎是不放心，不时前去查看。"

"喊他进来。"谢停舟烦躁地将棋子丢回篓里，查看归查看，但未免也太频繁了点。

沈妤听说谢停舟叫她，还惊讶了一阵。她成为谢停舟近卫的这段日子里，除了平日轮值，其实没见过谢停舟几次面，他也没刻意召见过她，并且从观察中她发现，自己的轮值比其他近卫要少，不知道是兮风故意安排，还是谢停舟授意，看来今天是太阳打西边出来了。

她哪里知道，谢停舟是真的被她给烦透了。

比如他想好好下个棋，那声音来来回回，比如想假寐休息一会儿，那声音还是来来回回。

沈妤上了马车，听见车厢内谢停舟出声，她才掀开帘子走了进去。

马车纵横约莫六七尺，相当于一间小屋那么大，外观丹楹刻桷，富丽堂皇，等掀开帘子进去才发现里头别有洞天。

马车内供了暖炉，地上铺着毾㲪，里面温暖异常。

谢停舟只着件月白单衣靠在榻上，恣意又风流，沈妤进去时仅看了一眼便低下了头，跪坐在了桌案前。

"殿下唤我来，有何吩咐？"

谢停舟看着眼前的人："你这几日来来回回跑了几十趟了吧？"

沈妤抬起头，疑惑地看向他。她时刻关注要犯的安危，谢停舟连责备都不能，但是，那马蹄一天到晚跑来跑去真是太扰人了。

谢停舟端起茶杯沉吟须臾，斟酌道："犯人有青云卫押送，你是我的近卫，别的事你无需操心。"

沈妤听出他言语间有些说她僭越的意思，低头应声："是，属下知道了。"

说完还是没忍住提醒："殿下，此次押解梁建方等人上京，恐怕不会很顺利。"

谢停舟示意她继续说。

沈妤道："梁建方活着一日，盛京必定有人夜不能寐，如果有人想要灭口，多半会在路上动手。"

谢停舟手指沿着茶盏拨了拨："那依你之见呢？"

沈妤犹豫了片刻，见案上有一个茶壶，略倒了一些在桌上，用手指蘸了几下勾勒出一张简略的地图。

"这里是燕凉关，从燕凉关至京途中，有几处地方，分别是平渡峡……"她边画边讲解，将几处适合设伏的地点都标了出来，她从小在边关长大，从燕凉关回京的这条路不知跑了多少遍，早就烂熟于心。

谢停舟默默听着，他这几日没歇好，白天好几次想要入睡都被时雨的马蹄声给吵醒，他半合着眼看着面前的少年，已不知神游到了哪里。

"殿下？"沈妤抬眸看去。

谢停舟回神："我知道了，你下去吧。"

沈妤眉心不经意蹙了一下，刚站起身，就听谢停舟道："会下棋吗？"

"啊？"

"你，会下棋吗？"谢停舟又问了一遍。

沈妤看向榻上的棋盘："会一点，但下得不好。"

"无妨。"谢停舟手指微微抬了抬，示意她坐。

沈妤执白，谢停舟执黑。谢停舟下棋下得极好，每次沈妤落子，他几乎不用考虑就紧随其后。

车厢内暖意靡靡，加上嘀嗒嘀嗒的落子声，哄得人昏昏欲睡。沈妤全神贯注，每次谢停舟看似随意地落子，都把她逼得进退维谷。起先还好，后来下得越来越慢，谢停舟落子后，她捏着白子半天没动，目不转睛地盯着棋盘，想从上面找到生路。

半晌，她抬起头："我认输。"话说出口，才发现谢停舟已靠着软枕闭上了眼。

他鼻梁很挺，眉眼英挺而疏冷，发丝散落在月白的袍子上，黑白相间如同浸染了水墨，看上去毫无防备，好似只要一伸手就能立刻了结了他的性命。沈妤看了一会儿，轻轻放下手中的棋子。

等她出去，谢停舟睁开了眼，眼底毫无疲色："我闭眼假寐，他没有对我出手。"谢停舟对刚进来的兮风说。

兮风表情严肃："殿下不该这样以身犯险。"

谢停舟斜睨他一眼："你不会和其他人一样以为我武功尽失吧？"

兮风说："属下不敢。"

"此人身份仍旧存疑，不知道是哪一派派来的。"

兮风道："不过我看他的刀法，像是师承君松先生一脉。

"但又不完全像，用枪倒是有些石家一脉的影子，像是糅合了几家的功夫，学得太杂。"

谢停舟也纳闷了，君松先生轻易不出山，既能成为他门下弟子，那就不可能再去学石家的枪法。有趣，谢停舟似勾了笑意。这几年他在北临纸醉金迷，已经许久没有碰到过这么有趣的人了，让人想把他身上一层一层的皮给扒开，看看里头到底藏了什么。

谢停舟本以为经他提点，时雨肯定会消停了，谁知又准时地听到了车外的马蹄声。谢停舟掀开帘子问兮风："都说前面押送的任务不在他职责范围内，他还在来回跑什么？"

兮风无辜地接受谢停舟的怒气，说："他不知和谁换了巡防的任务，所以……"

所以她来回跑得更欢实了，人家巡防两个时辰巡一次，她半个时辰已经在队伍里跑了个来回，兮风自认没见过时雨这么勤快的兵，勤快得都有点烦人了。谢停舟甩下帘子，兮风从那扔帘子的力道就看出自家主子心情不大好。过了片刻，就听马车内的谢停舟沉声吩咐："叫他进来。"

沈妤巡防时骑马经过马车，又被兮风叫住。她就纳闷儿了，她如今已经没有再管前面的押送，难不成又做了什么惹谢停舟厌烦的事？近卫中本就设了巡防一职，她这也不算僭越吧。

沈妤翻身下马，一脚刚跨上马车，又扶着门低声问："殿下找我有什么事？"

兮风道："你进去就知道了。"

车厢内温暖如春，谢停舟还是只着一件单衣，不过换成了沉青色，衬得他肤色愈发白。车内飘着一股淡淡的药味，桌案上的碗底还沉着些许药渣。沈妤想起了那个传闻，传闻战场上杀神般的谢停舟之所以成了世人口中的揽月公子，是因他自那次战场上受伤中毒之后，武功尽废。

她明白那种痛苦，练功等同堆高楼，没有捷径，都是夏练三伏，冬练三九，用苦功夫堆出来的，砌了那么多年的高楼忽然之间倒塌，对谁都是灭顶之灾，更何况谢停舟这样的。沈妤看着谢停舟，不自觉就露出了同情的神色。

谢停舟觉得他看自己的眼神怪怪的："你每日来回跑什么？"

沈妤认真回道："我换了巡防任务。"

"我记得巡防是两个时辰一次？"谢停舟问。

沈妤抬眸瞟了一眼，发现谢停舟正在看着自己，于是立刻垂下头来："我……我比较勤勉。"

勤勉？谢停舟险些气笑了，他方才喝了药正准备睡觉，就听见外面人骑着马来来回回地跑，不用想都知道是谁："你倒是勤勉了，你那匹马怕是后悔跟错了人。"

沈妤也不知自己脸到底红没红，总觉得有点发烫。其实她不是勤勉，就是这一路走得太慢了，一日才三十里，负重行军也差不多这个速度，这样太无聊了，天气又冷，她坐在马上都想打瞌睡，干脆来回跑着还清醒点。她从前回京，哪次不是策马扬鞭，快意得很，还要和沈昭争一个高下，那时候她和沈昭在前面跑，沈仲安就在后头跟着，不时还能听到父亲爽朗的笑声。想到这里，沈妤只觉得心下疼痛难忍，沈嫣还有母亲在，可她从此就是一个人了。

谢停舟说完就看着他，却发现他紧咬牙关，眼眶憋得通红，像是要哭了的样子。他也没说什么吧？到底还是年纪小，皮薄成这样，才说他一句就要哭了，谢停舟看得一阵烦躁，敢跟他甩脸子的人还没出生。

"殿下叫我来，是又要人陪着下棋吗？"沈妤忽然抬头问。

谢停舟顿了片刻，想着如今午睡被他给搅了，确实是睡不着，那便下棋打发打发时间也行。

唤人进来收拾干净，两人净了手下棋。车厢内很安静，只余落子声，两人下了半个时辰，谢停舟不经意一扫，才发现对面坐着的时雨满头大汗。

"你很紧张？"

沈妤："……"我这是给热的！你倒是只穿一件单衣，我这一身棉袄都在冬日把我捂中暑了。

"殿下马车上的暖炉烧得很足。"沈妤旁敲侧击。

谢停舟这才注意到他还是一身薄袄："那你脱了吧。"

傻子才会跟自己身体过不去，沈妤麻利地脱掉外甲和袄子放到一边，脱到中衣时，已经捏住绑绳却放开了手。她里面裹了束胸，留得太少怕是能看出来。看起来本就瘦小的人，脱了棉袄便更小了，那体格带了几分女气，倒不像是个练武的人，谢停舟看了两眼，也没管，两人自顾自下棋。

若论武艺，沈妤倒是可以和谁都拼上一拼，但是术业有专攻，她在琴棋书画上没什么造诣，只能说摸到个边角，但谢停舟似乎并不嫌弃她，自那日下棋过后，频频邀她去他车上对弈。沈妤怀疑他其实棋艺也不怎么样，只是喜欢虐菜而已。而心情好的时候，谢停舟会指点一二。还别说，名师出高徒，几日下来，沈妤发觉自己的棋艺似乎精进了不少，她也从下棋中找到不少乐趣，至少不用在外面吹冷风。

午后照旧去和谢停舟下棋，沈妤已经轻车熟路，和兮风打过招呼，进了马车就开始自顾自脱衣服，一直脱到只剩下里衣和中衣，"今日我定能撑过一个时辰。"沈妤说道。

谢停舟倒了茶，说："你要是落一子就要想一盏茶的时间，那撑上两个时辰也不是不行。"

沈妤听出他在讽刺自己棋艺不精，但她素来要强，他越是这样说，她就越是在心里下决心有一日一定要胜过他，学得也越发上心，偶尔有疑惑还会向谢停舟求教，但这祖宗脾气古怪，讲不讲全凭他心情。

马车又行了一会子工夫，兮风在车外汇报，说是往前一个县城还有十多里路，照如今这个速度怕是要半夜才能进城落脚。谢停舟这才注意到天已经快要黑了，若是今夜赶不到，就要宿在这寒风里了，沈妤知道照谢停舟这一路以来的奢靡程度，他决计不会委屈自己，果然就听见他吩咐。

"先进城再说吧。"

064

　　巡防前去队伍前头通报，行进速度立刻就快了起来，兮风也改为骑马跟在马车一侧。沈妤一直想着适才兮风提到的怀唐县，往前再去七八里就是龙景峰，那里有一处地势险峻的地方，一边是山坳一边是河流，非常适合伏击。前些年曾出过一批山匪，如果京中的人想要灭口，选择这个地方埋伏再好不过。她一直走神，捏着棋子半天没落子。

　　"叩叩——"

　　谢停舟两指敲了敲棋盘提醒："凝神。"

　　"殿下，"沈妤干脆放下了棋子，"前面龙景峰适合埋伏，得提醒一下前面的人保险一些。"她点到即止。

　　谢停舟看了他须臾，掀开车窗上的帘子，立刻有人策马走近，此刻速度不慢，处处都是马蹄声，谢停舟声音很低，沈妤没能听清，只看见他简短地吩咐了几句便放下了帘子。

　　"继续。"他对沈妤说。

　　官道一侧是覆着皑皑白雪的密林，一边是湍急的河水，道上只有密集的马蹄声和车轮倾轧发出的轧轧声，忽然，林中一道不大明显的惊鸟振翅声响起。

　　"吁。"兮风谨慎地勒马，抬手示意队伍停下。

　　往来南北，遇到打家劫舍是常有的事，只是这样滴水成冰的天气，官道上往往一日都见不着几个人影，若是有劫匪在这里守株待兔，怕是没等到肥羊，小命都得先送出去。更何况这么大的阵仗，哪个普通山匪敢劫朝廷的兵？自兮风一抬手，众人便将马车围在中心，一边警觉地留意着周遭的动静，马儿不安地在原地踱步，似乎是察觉到了危险。

　　山林深处，一人躲在高大的岩石背后："好像被发现了，怎么办？"还能怎么办？部署这么久，若不一试，等谢停舟回京后更难下手。

　　身侧一蒙面男子目露凶光："越往南走地势越平坦，此处不下手怕是再找不到这么好的机会了，等他们再往前走一点再动手。"一阵风吹过，掀起面巾下缘，露出男子右脸至下巴一道触目惊心的疤痕。

　　除了方才的惊鸟振翅声，四周又没了动静。

　　兮风扫视四周，回头道："或许是只飞鸟，走吧，仔细点。"队伍继续前进，眼看着前头的押送已经拐过了弯。

　　山顶上，刀疤脸咬咬牙，一抬手："动手！"

　　"轰隆——"震耳欲聋的爆炸声响起。

　　沈妤掀着帘子，蓦地抬起头，积雪夹着碎石从山上轰然倾落，铺天盖地的箭雨也跟着落下来，她听见兮风厉喝一声："保护世子！"

　　"殿下坐稳了。"沈妤头也不回地掀开了门帘。

　　谢停舟本已握上了垫子下的剑，闻言松开手，又听时雨在前面说："你先把衣服穿好。"

他眉梢挑了下，很好，连殿下都不喊了。马车的速度骤然快了起来，车帘晃动间，谢停舟看见原本的车夫不知道去了哪里，赶车的人换成了时雨。沈妤挥刀砍落射来的几支羽箭，听见后面密密麻麻的"笃笃"声，回头只见马车已经被射成了刺猬。

又是震天一声响，一块更大的巨石从山上滚落下来，眨眼间就封住了去路。拉着马车的是四匹骏马，速度很快，沈妤用力勒住缰绳，只觉得骨头都要被缰绳勒得裂开，骏马终于长嘶一声急转方向，马车倏地朝悬崖边甩出去，往下就是激流，两只后轮悬在半空划过，又猛地落回地面。

谢停舟在车厢里被狠狠甩了一下，撞到车壁，刚稳住身形，马车又骤然疾驰而去，又将他甩到了后面，他扶住车窗，若不是他定力好，恐怕已经气得一脚将时雨给踹下去，他就没见过驾车技术这么差的近卫，还自告奋勇地要带着他逃命，谢停舟算是服了。

外面厮杀声震天，谢停舟掀帘看了看，山上冲下来许多蒙面歹徒，从身手上来看，绝不是普通的山匪这么简单，对方应该是下了血本，人数众多，胆子倒还真不小，除了灭口梁建方，竟还想要他的命。谢停舟冷笑出声，走出马车到沈妤身旁："我来驾车。"主要是时雨的车技简直一言难尽，再颠下去，恐怕他连午饭都要吐出来了。

"不用，外面危险，你先进去。"沈妤说，然后一边驾车一边挥刀架住一个刺客。这批人身手都很不错，几人围在马车周围将她缠住。

沈妤想了想，把缰绳丢给没有离开的谢停舟，这下终于能放开来打了，她挥舞着长刀，很快就逼退了袭近的两人。刀兵相接，长刀竟被砍出一道豁口。

谢停舟好似一点也不紧张，一边驾车还能时不时朝她看上一眼："车里垫子下有把刀。"

沈妤将破刀掷出逼退一人，快速滚入车内从垫子下抽出一把刀来，还没来得及看是什么刀，便抽刀一个抢劈，"锵"的一声，对方手里的剑顿时断成了两半。

对方愣住了，沈妤也愣住了，一看才发现是那日谢停舟擦拭的那把色泽发红的薄刀。

刀薄成这样，还这么锋利，果然是好刀。兵器之于武者，乃手足之延伸，拿到一把好兵刃好比如虎添翼，沈妤杀得痛快，越杀越勇，已经击退了十几人。又一个不要命的冲上来，沈妤挥刀与对方接连数招，忽而眼睛一亮，找到对方的一个漏洞。薄刀从空中划过，不留一点风声，刀剑已经要划破对方的喉咙，那人绝望地睁大了眼，眼前一切如同慢放，清楚地知道瞬息后自己就会身首异处，可是，那刀竟忽然远离了，连带着拿刀的人。

沈妤比那人还要震惊，只觉得马车猛地抖了一下向着一侧倒去，她那一刀没砍中人，反倒自己差点栽下车去。她猝然回头，才发现整个马车已经斜出了山道，四只轮子几乎都悬在外面，只有几匹马还在奋力拖动着马车，想要将马车拖回原地。她终于在泰然自若的谢停舟脸上看到了别的表情，他微皱着眉，似乎有些苦恼，扬起鞭子在马臀上挥打了一下，骏马吃疼越发卖力，后蹄猛蹬。

眼看着就要将马车拖上去，谁知前面的马忽然发出一声痛苦的嘶鸣倒在地上，脖子上赫然一条刀口。少了一匹马的拉力，马车顿时又向后滑了一截，不能再指望马车了，沈妤心想，只要足尖一点，她就能借力攀上去。

她朝着谢停舟伸出手："殿下，拉住我的手，我带你上去。"

谢停舟一愣，看了一眼她伸出的那只手，这么小的一只手，瘦瘦弱弱的，还想拉自己？他丢掉马鞭，准备自己上去。眼看车已经撑不住了，沈妤见他还不慌不忙，足下一点，准备抱住他将他掳上去。谁知就在她动作的同时，谢停舟也动了，他踩着车辕一跃，两人顿时撞到了一起，在两人震惊的对望中，同时朝着激流落下去。

沈妤脑子里只有两个字——完了！"扑通"一声，两人同时落入水中，刺骨的寒意袭来，也带来了那些午夜也不想梦回的画面。

沈妤似乎又看见了，大雪、冰湖、江敛之、林清漓，还有岸上的呼救和欢呼……她的身体似乎动不了了，被走马灯一样的画面死死困住，濒死的恐惧感原来从未远离，只是沉寂在她身体的最深处，那过分真实又窒息的感觉又将她罩住了，她只能放任自己在寒冷的水中下沉。忽然，下沉停止了，有人抓住了她的手腕，带着她往上浮去，她不知道自己在干什么，全然由人任意摆布。

谢停舟拖着时雨如同拖一具尸体，两人在水里被湍急的河水冲向下游，也不知漂了多久，直到一个地势落差小一些的水流平缓地带，他才拖着人上了岸，然后把人放在地上，自己也倒在了河岸上。

谢停舟在水中一直拉着她，还要在急流中稳住身形，以免被水流冲撞到石头上。战场上没死，要是死在河里，还是被人给撞下去的，那丢人可丢大了，估计再过一百年都还有他们的传说。谢停舟偏头看了看身侧的人，他平躺着，浑身上下被水浸透，冻得脸色发白嘴唇发紫，但显然还是有意识的，闭着的眼皮下眼珠子不停地动着。谢停舟休息了一会儿，撑起身，在他脸上拍了拍："时雨，时雨。"

"咳咳——"沈妤猛地偏头吐出了一口水，不巧，她偏向谢停舟这边，正好吐在他身上。

沈妤睁眼看见的就是谢停舟的冷脸，一副要杀了她的眼神。她眼珠子转了转，意识到自己刚才干了什么。没事，她安慰自己，不就是北临王世子吗？不就是能号令十几万将士的人吗？不就是吐他身上了吗？

她慢慢坐起来，拍了拍自己吐到的地方发现拍不干净，她说："浸进去了。"

谢停舟："……"

沈妤看他表情不善，急忙解释："我吐的都是河里的水，和你身上的水一样，不脏。

"要不你再下水淌一淌，淌一淌就好了。"她心虚道。

谢停舟第一次无语成这样。他站起来抖了抖衣服，在河水里随便冲了冲被沈妤吐过的衣袖，然后挽起了另一只衣袖，小臂上斜着一道刀伤，伤口约莫两寸长，不深，已经没流血了，但是刀口边缘被河水泡得发白胀起，看起来很是狰狞。

"殿下是什么时候受的伤？"沈妤明明记得他好端端坐在马车上，只负责赶车，她一把刀挥得虎虎生风，把周遭的人都给清干净了，将他护得密不透风。她敢断定当时连一只蚊子都别想飞过来，那他的伤又是从哪儿来的呢？

自她问出这个问题，就看到谢停舟无语的表情更甚了一些，谢停舟瞥了一眼她的右手，那里握着一路被冲下来她都没舍得丢的刀。握就握吧，但她整个人跟尸体似的随着河水颠簸，这刀伤就是在水里被刀不小心划到的，他没在水里被她砍死算他命大。沈妤低头看了看自己手中的刀，有些不确定地问："难道……是我砍的吗？"

"不是，是我在水里自己非把手臂凑到你刀上去的。"谢停舟沉着脸，撕下一块衣摆，慢慢缠在伤口上，只是怎么单手打结成了难题。

沈妤哪听不出他那句是反话，多少有些内疚，慢慢磨蹭过去："我，我来吧。"

谢停舟没拒绝，等她把布捆好后起身："得找个落脚的地方。"

夜风很冷，湿衣服贴在身上，沈妤忍不住打着寒战。

四面都是雪地，被月光照得发亮，两人借着月色往前走，沈妤在谢停舟身后默默跟着，四下只剩雪地里嚓嚓的脚步声，四周不见人家，这样的夜晚太寂静了。谢停舟走了一会儿，就觉得脑袋发昏，脚下的步子也越来越沉，他知道这是什么征兆。那年的毒没能夺走他的性命，但到底还是在他的身体里埋下了隐患。余毒拔不干净，在他的身体里蛰伏着伺机而动，只等他松懈之际便出来为非作歹。前几日病了，今天吃了最后一剂药，眼看着快要好了，又落了水。

高热烧得他有些神志不清，但他知道自己不能晕，否则万一歹徒追来，时雨一个人拖着尸体一般的他恐怕不能应对。并且还有另一种可能，时雨为了逃命直接扔下他，虽然他知道这种可能微乎其微，他也不知道这样的笃定从哪儿来，他似乎对时雨有一种莫名的信任。

"你怕水？"谢停舟忽然开口，不找点事来提提神，他真怕自己撑不住。落水时他就发现了，这人一遇水就跟被抽掉了魂一样。

身后的脚步声忽然停了，谢停舟转过身，看见时雨仅仅停顿了片刻又跟了上来。

沈妤眼睛盯着地面："从前落过水，也是在这样冷的冬日，所以一遇到水就有些害怕。"

谢停舟问："那怎么不学泅水？"

"没来得及。"她没说谎，以前是用不上，醒来后是没来得及学。这个回答听在谢停舟耳中就是敷衍。燕凉关开战还是九月的事，她说这样冷的冬日很显然最近也得是去年，这么多个月可以学，她偏偏说没来得及，每个人都有自己不为人知的事，谢停舟不愿去窥探别人的隐私。

"北临封地有一汪静湖，离王府不远，我幼时在那里学泅水……"他忽然顿住，因为不知道自己跟他说这些干什么。或许是在病中，所以连同防备也降低了。

他补了一句："夏季在盛京学吧，我府中封阳善水，可以让他教你。"

夏季，沈妤把这两个字在口中咀嚼了一番。所以他的意思夏季他还不能回到封地，难道是燕凉关一案在夏季还不能结束？沈妤问出了自己的疑惑。

谢停舟强打着精神道："燕凉关一案会速速结案，你信不信？不论背后的人是谁，他们都巴不得早日拖一个人出来扛，以免越挖越深。"

沈妤忽然想起梁建方，不知道有没有被灭口，若是梁建方死了，那这事就难办了。沈妤望着走在前面的谢停舟高大挺拔的背影，脑中忽然灵光一闪："殿下，"她加快了几步，和谢停舟并行，"我们回京的队伍中——"话音戛然而止，因为谢停舟忽然咳嗽了一下，唇边呛出了一抹血色。

谢停舟抬手抹了一下唇角，侧头瞥了她一眼："怕我死在路上？"

他唇上的血色衬得苍白的面容十分艳丽，有一种破碎的美感。沈妤相信他能揽月了，长成这样，月亮也会自己来揽他。

"怕，"沈妤盯着他看，认真道，"我怕没人能让燕凉关战败背后的真相大白于天下。"她不能让所有人都以为是沈仲安贪功冒进害苦了十万将士和甘州百姓。

谢停舟唇角竟勾出了一抹慑人的笑，他缓缓靠近，目光逼在咫尺："那你就别让我死。"

沈妤还没理解这句话的含义，那具身体却猛地朝着她倒过来。她手忙脚乱地扶住，触手便感觉谢停舟浑身滚烫，险些被他的重量压倒在地，扭头就看见苍白的脸颊趴在她的肩上，双眸紧闭，呼吸灼得发烫。沈妤叹了口气，这人方才是在向她施展美人计吗？为了不让自己趁他晕倒丢下他？恐怕最不想让他死的人就是自己了，因为她还等着他替父兄陈情呢。

幸好她自小练武，力气比寻常女子大了许多。但背着谢停舟在雪地里走了那么久，她也已经快要撑不住。腿冻得麻木，只能凭感觉摆动，踩到一处不平，她一个没稳住就连同谢停舟一起摔倒在地，那股劲一旦卸掉，就再难提起来。

她拉着谢停舟的手臂绕过肩膀，试了几次也没能把人背起来。幸好是在野外，别的没有，草木最多，她用削铁如泥的刀砍了几根树干，再把衣裳下摆撕成布条做了个担架，拖着他深一脚浅一脚地在雪地里前行。她不敢沿着河边走，怕那伙刺客循着下游找过来，只能朝着一个方向一直走，不知过了多久，天色渐渐亮了起来。

风里传来一声鸡鸣，那是一个小村庄，有着几户农舍，沈妤把刀藏进担架里，拖着谢停舟前去叫门，屋主是一位老丈，听说了他们的遭遇后好心让他们进了屋。沈妤当然没说实话，只说他们兄弟俩上京寻亲的途中遇到了一伙山匪，情急之中跳下水躲避，结果被冲到了下游，走了一夜才到这里。

农舍只有三间小屋和一间灶房。老人把两人安排在了其中一间，又找来了两身自己的衣裳。沈妤把谢停舟放在简陋的木板床上，木板上垫着干草，上面铺了一层薄薄的褥子。谢停舟身上的衣服早就被他身上的热气给蒸干，然后又被汗浸湿。沈妤自幼在军营里长大，营帐里汗臭的大通铺都睡过，男女有别的想法在生死攸关面前全是屁话，谢停舟几乎被她扒了个干净，脱下最后一层里衣时，她感受到了一点阻力，把谢停舟翻过来，沈妤倒吸了一口气。

之前夜色太暗看不清，现在才发现他背上的衣服已经和凝固的血肉粘在了一起，背部附着一层薄肌，肌肉紧致，流畅顺滑，只是有一道血肉模糊的伤口破坏了这样的美感，背上还散落着一些瘀青，像是……像是在水中撞到尖利的石头所致。这人可真能忍，都伤成这样了，还能保持一路上面不改色，只在最后关头才跟她说了那句"那你就别让我死"。

　　农舍条件简陋，只能简单包扎伤口。

　　沈妤时睡时醒，每次醒来都摸一摸谢停舟的额头，直到他烧退了才放任自己睡过去。

第
三
章

逆水同舟

　　暮色四合，谢停舟渐渐从昏睡中醒过来，傍晚的霞光穿透门缝，正好打在了他的脸上。他睁眼盯着屋顶的房梁，思绪渐渐回笼，扯了扯身上盖着的棉被，准备爬起来时才察觉到不对劲。棉被滑落，露出一张花里胡哨的脸，脸上一块黑一块白，贴着他睡得正香，谢停舟僵了僵，这是他头一回和一个男人同榻而眠。

　　只是这男人……他低下头仔细看了看，这男人其实生得不错，睫毛密如鸦羽，五官精致，只是这肤色……正想着，那人就睁开了眼。

　　沈妤刚醒来是蒙的，一睁眼就看见了近在咫尺的谢停舟的脸。房间里就这么一张窄窄的木板床，她实在是困极，只能和他挤在一起睡。她眨了眨眼，猛地从床上爬起来。谢停舟鼻梁蓦地一痛，被他的脑袋撞了一下，疼得他整个人都清醒了。

　　"抱歉。"沈妤看着捂住鼻梁一脸怨气的谢停舟，亏心地说，"你好些了吗？"

　　谢停舟憋着一股气闭了闭眼，不想回答她。他如今算是明白了，他和时雨简直就是八字相冲，先是落水，落水后又被他砍了一刀，如今鼻梁怕是也保不住。

　　"这是哪里？"

　　沈妤下床去给他倒水，老实回答："一户农家，爷爷收留了我们。"

　　谢停舟道："刚认识就已经攀上亲了？"

　　沈妤把水递给他，小声嘀咕："那是我讨人喜欢。"

　　谢停舟："……"并没有。

　　屋外响起了狗吠声。沈妤跑过去开门，站在门口看见老人踩着霞光回来，手里拎着两只野鸭子。

　　"爷爷你回来啦。"

　　老人看见她就笑了："睡醒啦小雨，我打了两只鸭子，晚上给你哥哥补补身子。"

　　沈妤笑着点头："谢谢爷爷。"准备跑去帮忙，才想起屋子里还有个祖宗，回头看见谢停舟正看着自己，拿着碗的手搭在膝头上，一只手撑着床板懒洋洋地坐着，简陋得离谱的农舍竟也叫他衬成了世外之地。

　　"哥哥？"谢停舟挑了挑眉。

　　沈妤说："无奈之举，不然不好解释。"

　　"我倒是没什么，"谢停舟转了下手里的碗说，"只不过当我的哥哥和弟弟都没有好下场，因为……"

他看向时雨："他们都死了，没死的也残了。"

沈妤听过一些传言，北临王子嗣不丰，原本有四个儿子，死得只剩谢停舟一根独苗，对外声称不是意外就是病死，但是沈妤知道这里头多半是有点问题，寻常人家有个几亩地或是三两店面还要争一争家产，更别提谢停舟这样的王侯之家。就拿当今的同绪皇帝来说，皇子是生了十好几个，如今活下来的不过六七个而已，但这不是沈妤该关心的事。

她淡定地指了指床上的衣服："你身量太高穿不了爷爷的衣服，我把你的里衣烤干了，破的地方是……是我给你缝的，你只能先将就一下。"

"我先去帮忙了。"沈妤转身离开。

"等等。"谢停舟道。

"嗯？"

"把你的脸洗干净。"

沈妤身体一僵，不会是被他发现了吧？下意识就要解释："我是因为在军中总被说娘娘腔，看起来不够英武，所以……"

"不够英武是把脸涂黑就行的？"谢停舟上下打量他一番，"多吃饭，再长高点。"

沈妤："……"

谢停舟不再看她，拿起衣服却顿住，衣裳的破口子缝得七歪八扭，线也不是同色的，如同一只蜈蚣爬在衣裳上。怪不得时雨方才说的时候有些不好意思，讲究惯了的谢停舟一时想不定是穿还是冷着。

半晌才吐了口气，把衣服穿上。出门时看见他正和老人有说有笑，老人做饭他坐在灶台后面烧火。之前不知道他脸上涂了些什么，黑不溜秋的，如今已经洗干净了，五官还是之前的五官，白皙的肤色衬得他面容秀美，带着几分英气。

村子里一共有七八户人家，这里靠着村边，旁边有一棵大树。谢停舟站在门前，一只苍鹰从天边飞过，晚霞正盛，一缕缕炊烟和霞光融汇在一起，谢停舟竟在这一刻品出一丝难得的静谧，可他从出生起便身处高位，这辈子注定不能像其他人一样平平淡淡地过一生。

"吃饭了。"老人笑着冲他招了招手。

谢停舟颔首走过去，他已经一天一夜没吃东西了，肚子空得反酸有些难受。

大雪的冬日里青菜稀罕，饭桌上都是些腌菜土豆，两只红鸡蛋，还有一碗热腾腾的野鸭汤，算是非常丰盛了。沈妤很感激，萍水相逢，老人就拿出自己的所有来招待他们，可惜她现在身无分文。她想着老人年纪大了肯定是舍不得离家的，等回去之后就派人来，给爷爷修葺下茅屋，再给些银两，这样就能确保他晚年无忧，爷爷也不用拖着年迈的身体上山去打猎了。

谢停舟的举手投足间都是矜贵，一看就不是出自寻常人家，老人也不敢和他搭话，倒是和沈妤聊得十分投机。

"村头那家刚生了个大胖小子，我打了只野鸡送去，这红鸡蛋就是他们给的。"老人把红鸡蛋推到两人面前，他去送东西的时候没说自家有客，所以人家只给了两个。

沈妤推拒，笑着说："我不爱吃鸡蛋，爷爷您吃吧。"

老人把两颗鸡蛋都放在谢停舟面前，小心翼翼地说："你吃吧，正好补补身体。"

谢停舟看着鸡蛋没说话，红鸡蛋让他陷入了一段不太好的回忆。手臂冷不丁被人碰了一下，筷子把碗里的米饭都挑了一坨出去，他侧头看向身旁的时雨，用眼神问他碰自己干什么。时雨冲他使眼色，见他不明白，压低了声音道："你随和一些。"

谢停舟抿了抿唇，第一次听到这样的要求，转头就看见老人拿着碗，心疼地把他刚才弄掉的米饭拨到自己碗里。谢停舟心中动容，看了一眼碗中还没动过的米饭，往老人碗中拨了一些，老人见状想要推拒，又碍于他的脸色不敢动，拿着筷子干着急，一直说够了够了。

"老丈家中几口人？"饭吃到一半，谢停舟主动开口。

老丈说："原先好几口，有老伴儿还有两个儿子。"

"那他们人呢？"沈妤问完发现谢停舟看了自己一眼。

"如今就只剩我一个咯，"老丈看着桌面说，"两个儿子都从了军，上了前线就没再回来，儿媳妇就跑了，剩下个半大的孙子病了没能拉扯大，老伴儿伤心难过，后来也跟着去了，现在就大黄陪着我咯。"

沈妤知道谢停舟那一眼是什么意思了，她忽然觉得心里很难受。她和老丈可不就是一样吗？亲人都在战场上死光了，只剩下自己。她还好些，好歹还有远在洛州疼她到骨子里的外祖母，还有虽然不亲近但是有血缘的妹妹沈嫣，但老丈是真的只剩下他一个人了。

谢停舟看见他的眼又红了。

沈妤注意到他的目光，忽然笑起来："爷爷您要是不嫌弃，以后就把我当孙子看，我得空了就来看您。"

老人连忙摆手："使不得使不得，你们一看就是贵人，哪能认我一个老汉当爷爷，说出去叫人笑话，使不得的。"

"我没见过我爷爷，"沈妤说，"见到您就亲，都喊了那么多次爷爷了，您不认也不行。"

沈妤的爷爷也是死在战场上的，那时沈仲安还没成亲，扛着刀就上了战场。哪有高门舍得将自己的女儿嫁给常年镇守边关的将领？况且那时候沈仲安还没杀出名堂，但在某次回京述职的途中偶遇了洛州陆氏的嫡女，两人结伴上京，才有了后来的沈昭和沈妤。

吃完饭，天色已经黑透了，老人早早就歇了，谢停舟和沈妤都是睡了一整日，这会儿毫无睡意。沈妤趴在桌上，说："这里离县城还远，我听爷爷说不远的镇子上有个医馆，明日我去拿点伤药回来，再探听一下消息，殿下就留在此处歇息。"

谢停舟背上的伤口虽然做过简单的包扎，也敷了些老丈自己捣的草药，但效果不佳。他如今其实伤口很疼，但面上看不出一丝不适："现在叫我殿下了？之前不是直呼你？"

沈妤瞥他一眼："非常时刻，称呼什么的也不甚重要……吧？"她越说越不确定，有时候看谢停舟宽容大度，有时候又睚眦必报，全凭他心情。

谢停舟拨弄了一下茶碗："去镇上你有银子吗？"

沈妤看向他腰间的玉佩，又看了看他手上的扳指，好像在考虑先当哪个。

"你如果不想死得太快的话，最好不要打这些东西的主意。"谢停舟提醒。

沈妤一下把头埋在手臂上，暗叹了声："小气。"

谢停舟听得清清楚楚，原本不想要解释，不知怎么改了主意："这些东西若是被人发现，就有人能循迹找来，你怎么确定找来的是自己人而不是刺客？"

"噢。"沈妤想了想也是，谢停舟身上的定非凡品，拿出去太扎眼了，可自己身上也无值钱东西，之前的包裹早就弄丢了。

她想了一下："那我也有别的办法。"

昨夜谢停舟睡得晚，醒来时天已经大亮了。今日日头好，照得雪地白得发光。

谢停舟没看见时雨。老丈坐在屋檐下逗大黄，一只竹编球丢出去，大黄又去把球给衔回来，老丈一看见谢停舟就撑着腿站起来，笑呵呵地说："锅里还热着饭呢，我去给你端。"

"不麻烦了，等中午一起吃就好。"谢停舟说。

老丈已经背过身往灶房走，一边絮絮叨叨地说："要的，一定要好好吃饭，年轻的时候……"

老丈忽然不说话了，意识到自己竟把他当自己的孩子一般唠叨。

谢停舟看上去比昨日随和，他是个慢热的人："没事，您说吧。"

老丈道："年轻的时候不注意，老来病痛缠身，是要吃苦头的。"

谢停舟点了点头，其实他已经病痛缠身多年未愈，疼痛几乎已经成了他身体的一部分，早就习惯了。

他看向外面："他人呢？"

老丈知道他在问谁，说："你说小雨啊，天刚擦亮他就出去了，说是去镇子上有事。"

"哎呀对了，"老丈一拍脑袋，"瞧我这记性，他让我跟你说来着，天黑前一定回来。"

日升日暮，太阳跃过山头，天色逐渐暗了下去，时雨还没回来。老丈不放心，说想沿路去找找，担心时雨迷路，又怕他一个人在路上出事，被谢停舟劝说去睡了。月上中天，大黄在柴堆里竖起了耳朵，听了一阵后朝着院门口跑去。谢停舟听见了声音，他推开门，看见一个瘦小的身影踩着月色而来，月亮在他脚下落了一团小小的影子。

大黄已经兴奋地跑过去，摇着尾巴，蹭着时雨的腿和他并行："你怎么还没睡呀？"时雨问大黄，"专门等我吗？"大黄兴奋地摇起了尾巴，撒丫子围着他转了一圈。

谢停舟唇角勾起一抹笑容，看样子真如他所说，不仅讨人喜欢，连狗都喜欢他。

不像谢停舟，大黄每次见了他都夹着尾巴动也不敢动，在某些方面，狗比人要敏感得多，他确实不是什么好人。

沈妤走到院门口才发现屋檐下站了个人，她惊讶道："你怎么也没睡？"

"怎么这么晚？"谢停舟问，回到房间点上了油灯。

"事情有点多，所以晚了一点。"沈妤把包袱放在桌上摊开，里面除了伤药和草药，还有一套衣服。

沈妤说："这衣服料子粗糙，只能先将就一下。"谢停舟满身雍容华贵，太扎眼了，毕竟是在村里，还有不少户人家，容易暴露。

谢停舟接过来，一不小心指尖相碰，触手都是冰凉："你哪来的钱？"

沈妤微微得意："说了我有办法，反正不是偷的。"

谢停舟看了他一眼："老丈在锅里给你留了饭。"

沈妤正饿着，赶忙往灶房跑，还不忘说一句："你等我回来给你上药。"

谢停舟闻言，拿起了伤药又放下了。沈妤吃完饭进来，谢停舟还坐在桌边，她顺手掩上房门，走过去给他上药，先是后背，然后是手臂。屋里没有点炉子，门缝里窜进来一阵风，沈妤看着谢停舟手臂上冒起来的鸡皮疙瘩，忙说道："很快，很快就好了。"谢停舟垂眸，看见他眼睫微动，又平淡地移开了目光。

屋子里太静，沈妤找着话题："你是不是觉得我这么晚回来是自己偷偷跑了？或者投敌去给他们通风报信？"

事实上，方才谢停舟脑中确实闪过这样的念头，但那只是一种习惯。他所在的位置注定了他不能轻信任何人，因为太多的人想要他的命，但对时雨……他思忖片刻，又低头看了看时雨的脸，似乎有一丝说不清道不明的信任，但身体的本能又在排斥这种信任。

沈妤没听见他的回答，一边上药，兀自解释道："我到镇子上的时候已经下午了，买完东西又去探听了些消息，所以才回来得这么晚。"

"什么消息？"谢停舟问。

沈妤说："有从怀唐县回来的人说怀唐县令如今大张旗鼓地在找人，我听描述应当是在找殿下，我们明日就能先去县城，再由怀唐县令派人护送上京。"

谢停舟沉默着，思考了少顷，这才道："不能去。"

"为什么？"沈妤正好包扎完，抬起头问。

谢停舟道："此次来灭口的人少说三百，怀唐不是大城，这样一大批人从县里过，县令不可能不知道。"

沈妤被他点醒："所以你怀疑怀唐县令是对方的人。"

谢停舟低头看了看手臂，不再是之前撕下来的破布条，这次换成了纱布，包扎得很好："怀唐县山匪横行，官府出面围剿了数次，却还没剿干净，为什么？"他顿了顿，继续说，"每次围剿都象征性地抓几个山匪，动摇不了根基，山匪和县衙分赃，县衙睁一只眼闭一只眼，这样的人，有利益就能推动。"

沈妤点了点头："那我们怎么办？"

谢停舟望着从窗口落进来的月光，沉吟片刻说："休息两日就出发吧，绕道平潭。"

沈妤想了想："从平潭县绕道，那要绕上百里路，如今又没有代步工具，你身体受得了吗？你的伤口……"刚才换药的时候，那伤口看着都吓人，真不知道他是怎么忍下来的。

"无妨，"谢停舟起身，"睡吧。"

谢停舟已经清醒了，沈妤还记着他是北临世子，不敢在他清醒的时候和他提我和你睡行不行。谢停舟自然不会主动邀请说你来跟我睡呀，所以昨夜沈妤在桌上趴了一晚。白天谢停舟和老丈说了几句，老丈找来块木板把床拼宽了一些。

沈妤看到床就明白了："我今晚和你一起睡吗？"

谢停舟本在脱衣服的手停了下来，侧头道："你若是想继续趴桌上睡也可以。"沈妤累了一天了，当然不会和自己过不去，麻溜地出去洗漱。

等她进门，谢停舟已躺在了床铺外侧。里边还空出了很大一块地方，但问题是，她要上床就得从谢停舟身上跨过去，沈妤踟蹰了片刻，吹灭了油灯，光线骤然一暗，她还没适应眼前的黑暗，只能轻手轻脚地往床边摸去。估摸着应该到了床边，她伸长了手，想越过谢停舟撑在床板上翻过去，刚一落手她就心道：完了！

果然，下一瞬就听见谢停舟一声闷哼，冷声质问："你在干什么？！"紧接着沈妤的手被他扯开。

"我，我上床，太黑了看不见。"沈妤结结巴巴地解释。

因为适才她感觉到自己按在了谢停舟的身上，但是不知道具体按在了哪个位置。黑暗里传来一阵窸窣声，谢停舟从床上起身，声音冰冷："进去。"

沈妤赶忙摸索着爬上床，和衣躺下，脑中回想着方才的触感，越想越觉得不对劲。隔着被子感受虽然模糊一些，但是她敢确定之前按到的不是谢停舟的胸口，那会是哪里？昨晚没睡好，现在困劲和疲乏一起袭来，沈妤想着想着就睡了过去。

谢停舟是被吵醒的，外面妇人的嗓门特别大。不知道为什么，这两晚他睡得特别好，已经很久没睡过这样的踏实觉了。

沈妤背对着床铺坐在桌子旁，一只手臂搭在桌上不知道在倒腾什么，不时传来轻轻的吸气声。

"你在干什么？"谢停舟起身问。

沈妤倏然回头，像受惊的小鹿一般看向他，那眸子水汪汪的，像是盛了一汪清泉，那是带了一点脆弱的眼神。谢停舟的心忽然莫名地颤了一下，还没来得及探究那一丝陌生的感觉到底是什么，时雨已经飞快地转过头去。谢停舟披上外袍走过去，总算看清他在做什么了。几道伤口狰狞地分布在他的手臂上，从伤口上来看应该是野兽所致。

"你昨日在路上遇到了野兽？"谢停舟问。

药粉撒在伤口上，沈妤这会儿疼得说不出话来。以前受伤她都哼哼唧唧地喊疼，向父亲和哥哥撒娇，可自从父亲和哥哥走后，她学会了再苦再难都自己咬牙忍着。缓了好一会儿，沈妤才开口："是只豹子，我本来不会受伤的，可是蹲它蹲太久了，天冷反应慢了一点，不过最后好歹把它斩了。"

"你去打猎了？"

沈妤疼得在伤口上轻轻地吹了好几口气："昨日问了爷爷，山上是有猛兽的，我今天运气好，豹子皮值钱，否则换不了这么多银子。"

谢停舟看着自己身上的衣服，心中不知是何感受。他双唇微启，刚想开口，就听见门外那妇人闲聊间忽然问了一句。"郑大爷，我听赵顺家的说你家来客人啦？"

两人同时停下动作，默契地对视了一眼。沈妤已经闪身过去摸出了床板下藏着的刀，谢停舟按住他的肩膀，冲他摇了摇头，侧头看向房门，就听外头老丈说："是我的远房亲戚，年关了，过来探亲的。"

两人同时松了一口气，谢停舟扫了一眼时雨手里的刀，淡声道："你方才是想灭口？"

"怎么可能？"沈妤一脸莫名地看着他，"我是准备跑路。"

"那你拿刀干什么？"

沈妤爱惜地摸了摸刀："这么好的刀，丢了可惜了。"在水里快淹死都没舍得扔，这里更不能落下了。

屋外，妇人手里抓着一把南瓜子嗑着，探头探脑地往里看："你给叫出来认认啊，赵顺家的昨天路过你家，回去念了一天，说是你家的亲戚生得可俊了，她活那么大岁数就没见过生得这么好看的人，让她当时都走不动道了。"

郑大爷笑着推辞："他们认生，而且还没起呢。"

妇人倚着竹架子说："我就是好奇，得长成什么样才能让人看了就走不动道，听赵顺家的说是像那庙里的菩萨哩。"

沈妤想起庙里菩萨方头阔耳的模样，再看谢停舟英俊的脸，实在是没法把这两者给联系起来。谢停舟注意到时雨要笑不笑，警告地看了他一眼，一撩衣摆在旁边坐下来。

"手。"

沈妤看出他是要给自己包扎伤口，也没拒绝，手臂搁在桌上，把纱布递给他。那双手骨节分明，手指修长，像是精心雕刻过一般，做起事来不疾不徐，纱布在他手中仿佛也不是纱布，变成了能值百金的上等鲛纱，那身粗布麻衣完全不能盖住他身上的矜贵之气。

沈妤看着，不由在心中感叹，王侯之家养出来的就是不一样，两个字：有钱！再看看自己，她好歹也是洛州陆氏首富家用珍珠玉石养出来的，现在看起来反倒像个乞丐。包扎完毕，外面的闲聊还没结束，那妇人好像不准备走了，一个劲说着："你侄子婚配了没？

"家中还有几口人？有几亩田地啊？"

郑大爷被她问得烦了，倒还是耐着性子周旋。外面的人一直不走，沈妤双手摩挲着，坐立难安，在狭小的房间里走来走去。

谢停舟烦了，抬眸看他："你干什么？"

沈妤艰难道:"我想……如厕。"

谢停舟说:"你去吧。"

"我还能再忍忍。"沈妤抿唇说,出去肯定会被那妇人看见,无疑增加了暴露的可能。

谢停舟不说话了,过了半晌,看了看时雨憋得快要变形的脸,戏谑道:"你还能忍?"

沈妤不敢开口,她攒着一股劲就怕一开口就泄气,只能严肃地摇了摇头。

谢停舟轻笑:"还不快去。"

沈妤如蒙大赦,风一般地开门跑了。妇人正使出浑身解数,势必要说服郑大爷把侄子喊出来见见,她也想看看活着的菩萨到底长什么样:"郑大爷你也忒小气了,看看又不会少二两,哎——"

妇人站直了身体,指着从房里冲出来的沈妤说:"那就是你侄子吧?哎哟哟,果真生得好看,是像菩萨。"

我谢谢你。沈妤内急,没工夫说话,连忙跑向了屋后的茅房。妇人一脸兴奋,人影都不见了还在探头张望:"你这侄子娶妻了没有?"说罢又摇头,"不成不成,长得比我家秀娘还漂亮,还是……"

妇人忽然张大了嘴,目瞪口呆地看着随后从房间里出来的人,手里的南瓜子稀稀拉拉落了一地。

"这这这……"妇人话都说不清了,"这是神仙吧。"

谢停舟立在门口,凌厉冰冷的视线一扫过去,妇人登时觉得腿脚一软。

沈妤如厕回来,就看见妇人看着四十来岁,扶着篱笆望着谢停舟的方向呆呆地站着,脸上渐渐浮起了红晕。很好,沈妤心想,这是看上谢停舟了,可她怕是比谢停舟的母亲北临王妃的年纪还大。谢停舟表情淡然无波,平静地收回视线离开,沈妤忍不住咋舌,揽月公子真不是浪得虚名,面对爱慕者,也面不改色。

可沈妤显然想错了。

午饭还没用完,院外就响起了一阵喧闹声。郑大爷放下筷子出去看,只见一群女人已经叽叽喳喳地走到门口,为首的那个是赵顺家媳妇,径直打开了篱笆院半人高的矮门,人不请自来,都进来了,要拦是来不及的。郑大爷气得跺脚,扭头看了一眼谢停舟和沈妤,紧张道:"这这这这……"

郑大爷平日里自己一个人住,鲜少有人串门,这辈子都没和这么多女人打过交道,一时间连话都说不清。

"哟,郑大爷,你们还在吃饭呢?"赵顺家的媳妇走在前面先开口。

"是啊,正吃饭呢。"郑大爷只盼着她们快些离开,"你们是有事啊?"

赵顺媳妇按了下鬓角的粉色绢花,说:"就随便来串个门看看你。"

赵顺媳妇嘴上不承认,眼睛已经黏在了谢停舟脸上,看见旁边的沈妤眼睛又是一亮,她昨日来时只见到谢停舟,没想到郑大爷命这么好,儿子没了,又多出来两个生得这么俊的侄子。这村子偏僻,一年半载都见不到个外乡人,又是两个英俊的男子,自然稀奇。有的单纯是来看热闹，有的打扮得花枝招展，把过年穿的袄子翻出来了，就连村尾的刘老太太也拄着拐杖跟在后面。村子里就是这样，一有什么风吹草动，不消一顿饭的时间就传得尽人皆知。

郑大爷拦在门口不让进，一群妇人探着头往里瞧。北临王府规矩森严，万万没人敢这么盯着谢停舟吃饭的，丫鬟小厮进出时须得垂首，眼睛也不能乱看，更别提盯着他吃饭了，谢停舟放下筷子起身。回房需得出堂屋右转，可门口被人堵死了。清路这种事情，哪轮得到主子自己做，自然是她这个侍卫的事。沈妤连忙三两下把碗中的饭刨掉，几步冲到他前面去，招呼着门口的众人："劳驾，劳驾诸位让一让，我家兄长要回去歇息了。"

"天儿还早啊，"人群里有人说，"先坐下歇歇呗，公子从哪里来啊？"

门口被人堵得风都进不来，沈妤不能动手，更不能让这位北临王世子在这里让人当猴戏看，都是邻里，往后大爷住在这里还要指望着乡亲们多照顾。

"改日吧，改日。"沈妤难得耐起性子，先把人哄走再说，"改日备上瓜果，大家坐下再聊。"

郑大爷没好气地说："就是，你们堵我门口，不知道的还以为是来讨债的。"

昨日那个妇人没能挤到前面，在后面扯着嗓门说："就是就是，别让人家说我们村妇不懂规矩。"

见众人有些动摇，沈妤再添一把火："今日天气不好，我见村头那棵树不错，不如改日傍晚在那里摆上瓜果茶点，与夕阳共饮，多风雅啊。"

村妇哪懂什么风雅，但看两个都是神仙般的人物，自然是和她们这些人不同的。众人把门口让开一条一人宽的路，有人嘴上还在说："那就明天吧，我备壶好茶。"

"你家能有什么好茶？我家那口子明天要去镇子上，我让他捎些点心回来。"众人已经开始分派任务，谁负责准备什么。

沈妤回头看了谢停舟一眼，示意他赶紧跟上。可人群后不知谁推搡了一下，前面的人被人一推，就要朝经过的沈妤扑过去。单是扑一下倒也没什么，但偏偏就是受伤的那一侧。眼看就要抓到沈妤受伤的手臂，谢停舟猝然伸手一拦，妇人一下扑在谢停舟的胳膊上，喜色还没在脸上铺开，抬眼看见谢停舟的面色，脸上顿时一僵。

谢停舟微看着她，一字一句道："站，稳，了。"

目光对上，妇人登时打了个寒战，她分明从那凌厉的眼神里看到了杀意。

谢停舟和沈妤进房关门，沈妤长舒一口气。听着院中那群妇人走远，沈妤才拎着桌上的水壶出门，片刻后，又拎着壶回来。沈妤倒了一碗茶，双手捧着递给谢停舟："殿下请喝茶。"

谢停舟伸手接过茶碗，空气里飘着淡淡的茶香，虽不是什么好茶，但也足够了。

"哪来的茶？"谢停舟啜了一口，口感的确不怎么样。

沈妤说："我昨日在镇子上买的。"

谢停舟又喝了一口，说："买茶做什么？你钱多？"

沈妤见他碗中快见底，忙殷勤地又给他添上："因为殿下每次喝水时其实都会稍稍蹙下眉心，想来是喝不惯这里的水。"

谢停舟盯着他看了几息，他表情似笑非笑，看得沈妤浑身不自在。

"殿下笑什么？"沈妤问。

谢停舟轻晃着茶碗，茶汤色泽暗淡，这是他至今为止喝过最劣质的茶叶。他淡笑着说："不过是帮你挡了个人，便一口一个殿下喊个不停，往日都是胆大地直呼'你'。"

就跟院子里的大黄似的，谁对他好就对着谁摇尾巴，倒有些可爱得紧，谢停舟倾身靠近："你这么容易收买的吗？"

沈妤被他盯着，身体不自觉后倾，理直气壮地说："那是因为有外人在，自然不能暴露殿下的身份。"

"是吗？"谢停舟放下茶碗，"那昨夜只有你我二人时，是谁对我说'你睡过来一点'？"

沈妤尴尬住了："有，有吗？"

她仔细想了想，好像是有这么一回事，她半夜觉得冷得很，无意识地往谢停舟身边挤，他便往外退，后来都快掉下床了，当时谢停舟在黑暗里叹了口气，她似乎是有说这么一句让他躺进来些，但是，她是决计不会承认的。

"殿下莫不是睡蒙了，记错了吧？"沈妤死皮赖脸的不打算承认。

谢停舟不和他计较，话锋一转说："明日的茶话会，你自己去。"

沈妤这才想起来还有个大麻烦，她当时心直口快张口就来，只为了先把人劝走，谁知道那群妇人也不是好糊弄的，直接给她定下了日期。

"我不去。"沈妤说。

看着他皱成一团的脸，谢停舟默了默："难不成我去？"

让堂堂北临世子去陪一群女人开茶话会？啧啧，那画面，沈妤连想都不敢想。

沈妤将院子里的积雪清扫得干干净净，午后还陪老丈上山去打猎。她一只手受伤使不上劲，没打回什么好东西，但老丈很开心，说从前他儿子也会陪他上山打猎，就算空手而归他也是开心的。用过晚饭，沈妤拿着竹编球在院子里逗大黄，一人一狗的影子在地上拉得老长，谢停舟和老丈坐在屋檐下闲聊。

这几日接触下来，两人渐渐熟了，谢停舟不似外表看上去那般冷淡，老丈也不再怕他。

"大黄，跑起来！"沈妤手一扬，竹编球飞了出去，大黄撒开腿跑起来，回来把球丢在沈妤脚下，两条前腿搭在沈妤膝盖上疯狂地摇着尾巴。

沈妤摸了摸大黄的头夸它："我们大黄真棒！"

"哟，都在呢。"

几人转头望去，一个妇人站在院子外，一手扶着篱笆，一手挎了只篮子。老丈一看，顿时黑了脸，偏过头同谢停舟说："这是村里的刘寡妇，她……哎。"

老丈不是个喜欢搬弄是非的人，有些话不好开口说。

沈妤没听明白："爷爷，她怎么了？"

谢停舟了然，他比时雨长上几岁，听老丈那声哎他便明白过来。老丈一脸尴尬，他一辈子面朝黄土背朝天，没学问不知道该怎么委婉地表达："这，就是，就是……我回头再跟你说。"

话听了一半，沈妤抓心挠肝的，再看谢停舟了然的神色，她就更难受了，这院子里怕是只有她和大黄没听懂了。沈妤坐在小板凳上一脸困惑地盯着谢停舟，大黄在她腿上蹭了蹭，见她不搭理自己，也往地上一坐，盯着谢停舟。一人一狗乖乖并排坐着，这画面让谢停舟不禁想笑。他淡定地移开眼，手握成拳抵在鼻下轻咳一声，说："她于男女交际一事上颇有心得。"

老丈不禁感叹，果然有学问就是不一样。

沈妤愣怔了几秒，恍然大悟。一个寡妇，家中没个顶梁柱，自然容易被人乘虚而入，再看刘寡妇的神情和打扮，看样子不像是个本分人。刘寡妇见几人自顾自闲聊不搭理自己，于是扬声道："郑大爷，听说你家里来了客人，我想着你家里肯定没有什么招待客人的东西，就给你做了一些送过来。"

说着推开了矮门，扭腰摆臀地走了进来。沈妤呆了，她头一回见到人能扭成水蛇一般，那腰不会断吗？

刘寡妇见这少年郎一直盯着自己看，朝他抛个媚眼，郑大爷简直没眼看，挪开了板凳对着院子里一棵光秃秃的树抽起了土烟。刘寡妇径直走到谢停舟面前，揭开篮子露出里面的一只烧鸡说："公子，这是奴家亲自烧的呢。"

那寡妇眼波流转，一副恨不得把谢停舟当场扑倒的样子。沈妤一阵腹诽，却没开口制止。这妇人风韵犹存，谁知道谢停舟乐意不乐意呢，毕竟她多少也听过些传言，自谢停舟下了战场之后，便成了北临各地花楼的常客，成日醉生梦死。那些官员富绅投其所好，各处搜罗美人来孝敬他，他虽不是照单全收，但挑挑拣拣也能留下几个，看得出是有标准的。

谢停舟站起身，一下比刘寡妇高出好长一截，他接过烧鸡："那就多谢了。"

刘寡妇见他收了，强压住喜色，轻声说："公子，奴家家中无人，前些日子下雨，那房子有些漏了，公子今晚能不能随我去看看？"

沈妤轻嗤了一声，天都要黑了，大晚上的修什么房顶，也不怕踩空了摔死。谢停舟听见了那声嗤笑，转头看了时雨一眼，他默然片刻，忽然道："抱歉，我自幼身体虚弱，爬梁上房这种事情怕是不能做。"

沈妤又嗤了一声，还自幼虚弱，他谢停舟怕是忘了在战场上挥剑斩敌的日子吧。

刘寡妇急了，忙说："不用上房不用上房。"要不是还有人在，她指定直接说，上榻就行了。

谢停舟若有所思地颔首："这样啊，"他看向时雨，"不过我这位弟弟，不论是上梁还是上别的，他都颇为擅长。"

沈妤无辜中枪，屁股下的板凳险些翻倒，她不过就是发自内心地轻嗤了一声，不，两声，有必要这么睚眦必报吗？刘寡妇还想说什么，惧于谢停舟的气势不敢开口，只能退而求其次看着沈妤。其实这个也不错了，虽然不如另一个高大挺拔，瘦是瘦了点，但这张脸还是很俊的，放眼整个镇子也找不出来这么俊的。

刘寡妇心下一定，转而堆起笑脸微侧着身子看向沈妤，拖长了声音说："公子——"

"别，"沈妤毫不客气地打断她，一脸沉痛道，"不瞒你说，我是有心无力。"

谢停舟猛地呛了一下，也不知道是被风呛的还是被这句话呛的。话题太敏感，老丈已经拿着烟斗进屋去了。刘寡妇惊得嘴都合不拢，又看向谢停舟，仿佛是在向他求证。谢停舟忍着笑说："那就没办法了，请回吧。"

刘寡妇讪讪走出几步，又回头看了眼谢停舟手里的篓子，人没搭上，倒是丢了只鸡，亏大发了！等刘寡妇走出院子，谢停舟看向沈妤："有心无力？"

沈妤闷声不说话，还不是他惹的，亏得她还给他买药买茶又是买衣服，大难临头就把自己推出去当挡箭牌，良心给狗吃了。她表情愤愤然，谢停舟看着有趣，又生了些逗弄之心："你护主有功，等上京后我定为你寻一位圣手，再赐你几房姬妾。"

"大可不必，"沈妤咬牙切齿，"不如给我点别的。"

"什么？"

"那把刀。"

谢停舟微笑着看他："喜欢那把刀？"

沈妤连忙点头。

谢停舟："想都不要想。"

不给我？那你问什么？早知道扔河里了，沈妤心想。谢停舟递过手中的篮子，沈妤掀开上面的布，一阵肉香飘来。她馋死了，上一次吃上烧鸡还是几个月前在盛京的时候，刚拿起一只鸡腿准备啃，就见谢停舟直勾勾地看着自己。

"你也想吃啊？"沈妤递给他，"那先给你吃。"

谢停舟不接，淡淡道："什么东西都敢入口，你身为近卫的警惕心呢？"

沈妤缩回来，这些日子过得难得轻松，总在心里惦记着回京后有一场硬仗要打，如今这样轻松的日子不多了，人也跟着松懈下来："那不能吃吗？"

谢停舟："你若是不怕她在里面下药，那你就吃。"

"什么药？"沈妤问，可看见谢停舟的表情，顿时明白过来，她一个寡妇，能下什么药？沈妤想想还是作罢，她怕吃完自己化身猛虎，辱了谢停舟清誉，到时候他定会派几十上百个暗卫来追杀自己！

想远了，沈妤回神，但鸡是不敢再吃了，问："那就扔了吗？"

谢停舟下巴一指："给它吃吧。"

沈妤脱口而出："你好歹毒的心，那大黄吃了怎么办？"

这人的胆子是越来越大了，竟然敢说他歹毒。谢停舟转身便走，走了几步回头道："它的相好在村头。"

沈妤惊讶："你怎么知道？"

"老丈说的。"谢停舟头也不回地走了，看脸色有点生气。

沈妤撇嘴，看着鸡不能吃，馋得直流口水，低头看着频频摇尾的大黄说："好吧，既然你有相好，那就给你吃。"

谢停舟一晚上没和沈妤说话。第二日一早，大黄摇着尾巴屁颠屁颠地回来了，看样子十分惬意。看来那鸡肉确实有问题，幸好没吃，否则今日贞操不保的是谢停舟，小命不保的就成了自己了。

午后老丈出门转了一圈，回来时一脸凝重。吃过晚饭，天色渐渐暗了。老丈出门转了一圈，把那个什么茶话会给推了，回来坐在屋檐下沉默地抽了好几卷土烟才进屋。天还没亮，谢停舟被一阵敲门声吵醒，谢停舟打开门，见老丈站在门口，手里拎个粗布包袱。老丈自顾自进门，叫醒床上睡得正香的时雨，说："我送你们走，有什么路上再问。"

沈妤一下清醒了，他们没带行李，片刻就收拾妥当。院外一架牛车，老丈坐在车上，等二人坐上来，他便赶着牛车出发。夜里风大，好在月色铺地，勉强能看得见路，老丈叹了口气说："昨日我去村里串门，从镇上回来的人说怀唐县令找人已经找到了镇子上，这里已经不安全了。"

谢停舟和沈妤同时一惊。

"爷爷。"沈妤失声道，"您怎么知道是在找我们？"

老丈眯着眼笑了笑，拍了拍身侧的位置："小雨，你坐过来。"

两人坐在一起，倒真像是祖孙。老丈缓缓道："你们气度不凡，不似一般人，况且，哪有普通人穿那样的料子，还带刀的？"

沈妤哽住："您都知道，您不怕我们是坏人吗？"

"知道，"老丈笑着，"给你们加宽床那日发现的，别看老头子我眼神不好，但我心里明亮着，你们俩都是好孩子，特别是你。"

老丈拍了拍沈妤的肩："讨我老头子喜欢，我认下你这个孙子了。"

许是离别在即，沈妤觉得心里有些难受。

老丈道："从这条路一直走就是渡口，过河之后再走上十里路就能上官道。"

"后面那个包袱里有我给你们烙的几张饼，你们留着路上吃，老头子我没钱，只能给你们这些了。"

谢停舟摸了摸包袱，还是热的，应该是老丈连夜烙的饼。他打开来，看见饼子下还有一包东西，谢停舟拍了拍前面的沈妤，沈妤回头，他将包袱递过去。沈妤一看就忍不住要掉眼泪，饼子下面那包，是用菜叶子裹着的一只鸡，已经煮好了，热腾腾的冒着香气，定是那日她想吃鸡肉被爷爷看见了。

"您哪儿来的鸡呀？"沈妤忍着泪问。

"借的。"老丈乐呵呵地说，"来年开春我再养上一窝鸡崽，到时候还一只，剩下的都给你留着。"

沈妤眼窝子浅，一下子没兜住落下泪，急忙侧开脸，这一别不知道什么时候才再见了。

车轮子蹍在雪地里嘎吱声阵阵，像是怕来不及把话说完，老丈自顾自念叨着："我原来想啊，家里就剩下我自己了，随便哪天死了就死了，乡亲们把我埋在老伴儿和儿子旁边就行，但是现在不一样咯。"

老丈声音轻快："我有孙子了，就有了念想。"

天色渐渐亮起来，牛车停在了渡口。老丈一吆喝，渡口那头的船夫摇着船过来。沈妤两眼通红，她想带爷爷一起走，但此去路途艰险，说不定就会碰到前来刺杀的人，她不能让爷爷跟着冒险。

"您一定要注意身体，等我回去以后我就派人来接您，我一定会好好孝敬您的。"

老丈摸着她的头："好孩子，他们都埋在这儿呢，我得在这里守着他们。"

"那我给您捎信来。"沈妤说。

老丈点了点头说："去吧。"

船夫靠岸，沈妤和谢停舟朝着船走去，刚上船就见老丈挥着手喊："船家，等一下。"

老丈手上抱着一个包裹，那是沈妤偷偷留在牛车上的那只鸡。老丈蹒跚跑来，气喘吁吁地把鸡塞进沈妤手里："爷爷给你们的，留着吃。"

渡船晃悠着离岸，太阳渐渐升起，日光中还有一只盘旋的苍鹰，老丈什么也没说，只是笑着挥了挥手，刚探出头的日光落在他满是褶子的脸上。

一队人行在官道上，前后各是几匹骏马，马上之人均携带着刀剑之类的武器。中间赶着几辆镖车，其中是一辆外观简朴的马车，马上一装扮英武的女子看了眼天色，打马至马车旁，先是整理了一下仪容，随后才开口："时公子——"

刚一开口，后方就传来一阵哄笑，有人学她捏着喉咙说："时公子——"

女子扭头瞪了一眼，拔刀指着对方警告，回头时又换了副面孔，轻声细语道："时公子，此处离下一城还有很长一段路程，我们今夜准备在此休整，明早再上路，一会儿我烧些热水给两位洗漱。"

车内，沈妤一脸痛心疾首，清了清嗓子说："贺姑娘，劳烦了。"

"不麻烦不麻烦。"

贺雪卉说完，打马跑到后面，拎着鞭子就往学她那人的马上狠狠一抽。

谢停舟靠在软垫上撑着头笑，听着马蹄声走远了，缓缓道："这位贺姑娘倒是很有眼光。"

沈妤默默转身背对着谢停舟，也不知那贺雪卉是不是眼瞎，他谢停舟这么一个惊才绝艳的人摆在这里看不见，这两日反倒是频频对自己献殷勤。

这事还得从和老丈分别那日说起。那日过河后，谢停舟身体欠佳，脚程快不起来，十来里路从清早走到了中午，不过两人运气好，上了官道后碰上了一个镖队。镖队将他们捎带进了平潭县后便和他们分开。走镖人挣的本就是血汗钱，捎带他们一程已是仁至义尽。当晚他们原本宿在平潭县最差的一个客栈，入夜后沈妤待谢停舟熟睡后悄悄出了门，等清晨起来，那镖局已经等在了客栈门口，说是他们本就要押镖去盛京，正好捎带他们一程。仅一夜时间就改了主意，且看那殷勤的态度，沈妤说没付钱？谢停舟都不信，可银子从哪来的倒是个疑问。

马车在背风处停了下来，外头天寒地冻，两人便没下车，谢停舟两指拨开帘子往外看去，余光瞥见时雨从包袱里拨了两个烧饼出来，递给他一只："你吃吗？"

谢停舟一松手，帘子就搭回了窗上，沈妤见他不接，自顾自吃了起来。谢停舟默然看着，干脆斜卧着看他啃饼。饼子生硬，嚼起来如同吃糠。谢停舟等着他把最后一口吃进嘴里，突然开了口："既有那么多银子，何必过这苦日子。"

"咳咳——"沈妤忽然被那口干饼噎住，用力捶打胸口。

谢停舟看了须臾，猛地在他背上拍了一巴掌，那口饼终于吞了下去。

沈妤狡辩："我哪来的银子？"

谢停舟撑着头："那就要问你自己了，这个问题我也很好奇。"

其实那晚时雨一起身他就醒了，但他没作声，看着他偷偷出门又偷偷回来，次日一早镖局就来了，这是没有银子万万办不成的事。他目光笃定，看得沈妤无所遁形。谢停舟不是好糊弄的人，一般的借口定然骗不过他，沈妤想了想，单纯的谎言容易被拆穿，最不容易被拆穿的是真假参半的谎言。

"我那晚偷偷出门了。"

"嗯，我知道。"谢停舟道。

沈妤不由心惊，他可真沉得住气啊，和镖局上路都三日了他才开口问，又暗自庆幸，幸亏刚才没撒谎，否则立刻就会被他拆穿。她看了一眼谢停舟，他侧靠于软垫上，手指在屈起的膝上轻敲着，仿佛在等一个答案。

"我出门后，去了城中一富商家中，"沈妤顿了顿，一边打量着他的脸色，接着说，"去借了点银子。"

谢停舟："借？"

沈妤道："我偷偷借的。"

谢停舟挤出一丝轻笑："偷就是偷，还偷偷借的。"

沈妤心中不服："劫富济贫嘛，正好我们如今都是一贫如洗。"

不然这马车哪来的？镖局哪来的？没银子你能在这里安逸地靠着吗？您那金尊玉贵的身体受得了吗？

"以后做了坏事别这么盯着人看，"谢停舟道，"你那双眼睛藏不住事。"

最近似乎养成了习惯，哪日不逗一逗时雨总觉得缺点什么。

沈妤倏地收回视线："确实是偷的，但是享受的不是殿……不是你吗？那这银子也算是你欠的。"

谢停舟是发现了，这人惯会蹬鼻子上脸，原来在军中对他恭恭敬敬，自这段日子相处下来，越发没规没矩了，谢停舟看着他便觉得好笑，问："那你偷……借了多少？"

沈妤差点"扑哧"一声笑出来，从胸口摸出一沓银票，谢停舟接过来翻了翻，银票上还带着温度，他微微颔首："还真不少，很会'借'。"

沈妤抿了抿唇："你还是别夸了吧。"

她伸手去接，谢停舟却把手一扬不给他。

"这是我的银子。"沈妤正色道。

谢停舟慢条斯理地点着银票,漫不经心道:"你不是说算我欠的?既是我欠的,那本金原也应当落在我手里,你说呢?"

沈妤算是服了。既是天生辩才,何苦在这里为难人,你怎么不去清谈呢?

谢停舟逗够了,把银票丢他怀里,笑了笑说:"收好了,这么大一笔钱,当心被人杀人越货。"

沈妤把银票收入怀中,小声说:"要死也是一起死,不过你放心,黄泉路上我给你当侍卫。"

谢停舟笑容不变,但眼里的温度渐渐冷了下来。他记得那个女人趴在地上朝他嘶吼,她说谢昀你不得好死,你这样的人活该一生孤子,死后坠入阿鼻地狱永世不得超生。谢停舟静静地看着时雨,若是那人还活着,他定要叫她来看看:你瞧,有人愿意在黄泉路上和我做伴呢,你说的都不对。

沈妤没注意到他的表情,兀自收好银票,掀开帘子下了马车,车帘放下,她回头盯着马车静静看了片刻,她松了口气,总算是把谢停舟给蒙骗过去。

天色已黑,不远处燃着一堆篝火,沈妤在篝火旁坐下,拿了根棍子在火里掏了掏,一边思索着。那晚她偷偷出门后,便去了陆氏在城中开的铺子。往年她不是在边关就是在洛州外祖母家,曾帮她管着一段时间的账目,她身上带着陆氏的印信,只要是大周陆氏的铺子,她都能提到银子。但她不能让谢停舟知晓,一旦身份暴露,她能不能继续跟在谢停舟身边是个大问题。

绿药和红翘当日从燕凉关离开时,沈妤曾给二人各自安排了差事,她分别写了两封信,红翘负责去往洛州,将信交给外祖母,而绿药则是回京将另一封信交给沈嬷,向她交代后续家中的安排,还有父亲和哥哥的丧事如何操持,如今她耽搁在路上,也不知她俩到底把事情办妥没有,算起来,如今父亲的葬礼应该已经结束了吧。

不知为何,她总觉得心里不踏实,像是有什么事正在朝着她不能控制的方向扭曲。

已近年关,远在千里外的盛京一派热闹祥和,不少大户人家已开始张灯结彩,檐下早早挂起了红灯笼。

江敛之木然地望着画中人,总觉得像又不像,如今的阿妤似乎比画中人更精神些,眸子里的神采也要更亮一些。是了,他画的是梦中的她,这一次他比预期中更早认识她,看到的她自是有所不同。他提笔在画上略添了几笔,后退再看,果然,和那晚在沈府后门见到的她更神似了,他唇边漾开一抹笑,满意地放下笔,一如前几日那般怔怔地凝视着。

小厮高进在外叩了叩门:"少爷,沈二小姐来了。"

他侧耳附于门上,没听见里头有任何动静,于是又敲了一遍:"少爷?"

书房内,一直睁眼望着墙上的画的江敛之终于动了,他侧过头,哑声问:"何事?"

高进小心翼翼道:"沈二小姐来了,夫人让我来知会您一声。"

江敛之默了默:"她来干什么?"

"说是来向少爷道歉，还带了些……"高进顿了顿，那个名字如今已成了江敛之的禁忌。

"她还带了些沈大小姐的遗物。"

江敛之手握成拳，微微颤抖着，须臾后松开："让她在偏厅等。"

沈嫣一身素服，头上还别着一朵白绢，频频朝门口张望，过了许久才听见一阵脚步声，她立刻起身，手中的手绢搅在一起，见江敛之提袍跨过门槛，福身行了一礼："江大人。"

江敛之颔首落座："小姐深夜前来何事？"

沈嫣当即红了眼，也不落座，说："今日是专程来向大人道歉的，我知道大人怪我，可是我骗大人阿姐还在家也是情非得已。

"阿姐孤身跑去边关，又临近议亲，若是此事被人知晓，定会污了她的名节，名节于女子而言有多重要，想必大人也清楚。"

那段日子江敛之少则一日多则三日必上门送礼，都是些女儿家的小物。送了月余，直到边关战报传来，他心知沈妤此刻定然伤心欲绝，他怕她哭，什么礼节全然顾不得了，只想看看她是否安好。直到发现她根本不在家中，沈嫣才向他和盘托出，说沈妤早就去了边关，而这些日子收下他东西的都是沈嫣。他亲自去前线找人，只是人还没到燕凉关，沈家又传来了消息，沈将军遗体护送回京，一同回来的还有沈妤的遗体。

等他回来时，尸首已经入殓了。

江敛之神色不变："沈二小姐请坐，此事不必多言，我并未因此怪罪过你。"

不因此事怪她，那就是别的事了？沈嫣哽咽道："她是我阿姐，打我记事起便受她疼爱，但凡她有的东西从不吝于给我，我是这个世界上最希望她能活着的人。"

偏厅一阵沉默。许久，江敛之才开口："她走前可有留什么话？"

"没有，"沈嫣摇头，"她是偷偷走的，我们府中所有人都不知晓。"

江敛之打量着她的神色，似乎想要从中找出些端倪。但是没有，沈嫣注视着他，眼神未有半分闪躲，面上的悲戚是装不出来的。沈嫣偏过头，用手绢擦了擦眼角，说："大人送给阿姐的东西我一样都没动，除了坏掉的糕点，其他都带过来了，大人对阿姐的心意我知晓，所以今日还带来些阿姐的遗物，给大人留个念想，我听江夫人说大人近日茶饭不思，姐姐若是泉下有知，定然不希望大人如此。"

江敛之眼睫微微眨了眨，忽然笑了，他喃喃道："她才不会管我，她怕是恨死我了吧。"

沈嫣没听清："大人说什么？"

"没什么，"江敛之看向她，"她的东西呢？"

沈嫣侧头，身后的丫鬟呈上一个精美的匣子。江敛之打开，匣子里摆放着几样东西，一根簪子，一柄木梳，还有一把小木剑。他拿起木剑问："这是什么？"

"是姐姐幼时缠着大哥给她做的木剑，她很喜欢，后来不玩了也一直没舍得扔。"

沈嫣说着又哽咽了："我原想自己留着，但将军府中姐姐处处都踏足过，处处都是她的影子，想来大人比我更需要它。"

江敛之垂眸摩挲着木剑，说："多谢沈二小姐。"

沈嫣起身告辞："那我就先走了，大人，保重。"

江敛之颔首："高进，去送一送。"

"沈二小姐，这边请。"高进送沈嫣出门。

江敛之放回木剑，抱起匣子，跨出门槛时望了眼天色，随口问门口的小厮："沈二小姐为何这么晚才来？"

赶来劝慰他的江夫人正好听见这话，说："还能为什么，沈家一下战死三个，听着是满门忠烈，但到底是后继无人，只剩下个继夫人和小姐，垮了谁都想去踩一脚。

"也不知哪个缺心肝的传出去的流言，说沈夫人不喜欢原配的孩子，硬是把沈大小姐也送去送死，如今她们出门便被人指指点点，日子过得很是艰难，只能趁天黑人少才出门。"

江敛之沉默着往书房去。

江夫人几日没见过江敛之了，近来他脾性越发难测，平日不敢去他院中打扰，今日总算找着机会。

"敛之啊。"江夫人跟随在一旁。

自收到沈大小姐身故的消息，江敛之发了好一阵疯，后来又茶饭不思，人眼见着瘦了一圈，脾性也越发阴鸷，如今阖府上下待他都小心翼翼。

"如今沈小姐已经去了，人死不能复生，你的婚事总这样拖着也不是办法，如今我退一步也不逼你着急相看，我院里的翠云是我看着长大的，你也熟，她脾性好又会照顾人，我想着先给你收个通房，等你娶了正妻之后再抬成妾，你看怎么样？"

翠云满脸娇羞，悄悄拿眼偷看江敛之。江敛之看也没看她一眼，脖颈上青筋凸起，但他还记得百善孝为先，强忍着没有发火。院门就在眼前，他步子加快，进院后转身道："母亲，夜已深，儿子改日再去同母亲请安。"

江夫人眼睁睁看着院门在她面前关上，转头问翠云："我说错什么了吗？他看着好生生气的样子。"

翠云道："少爷应当是还没能从悲痛中走出来吧。"

江敛之关上书房门，靠着门深呼吸，她才刚死，他们这些人就劝着他纳妾娶妻，一如梦魇重现。想到此处，江敛之心中一痛。她怎么会死呢？她怎么可能就这么死了？明明她不会去边关，到底是哪里出了错？他坚信自己梦到一切，是天可怜见，想让他不留遗憾，所以他一定会加倍对她好，决不会纳妾，这辈子只要她一个。可她怎么能，她怎么敢就这样抛下自己？

江敛之呼吸急促，缓缓走到桌案前，"哐啷"一声，桌案上的东西被他挥在地上，门外的小厮瑟缩了几下，紧接着房内又是几声巨响。屋内被砸得一片狼藉，江敛之站在废墟之中喘着粗气，她不可能死！他不信她就这么死了！

"高进！"江敛之拉开门喊。

高进刚进院门就听见江敛之喊他，急忙跑过去："大人吩咐。"

江敛之低声道："你去查……"

高进边听边颔首记下，连夜办事去了。

越往南走积雪越少，紧赶慢赶又是一日，镖队总算在关城门前到了沂安。沂安是座大城，地处灵州中心，与定州相接，穿过定州便能直达盛京，沈妤从前曾来过此地，见过那软红十丈的盛世繁华。他们入城时已是戌时三刻，街上行人仍旧络绎不绝，河上画舫尾尾相接，欢声笑语，笙歌弹唱，好不热闹，沈妤掀着帘子东张西望，回头问："这里比起你们北临如何？"

谢停舟随意扫了两眼："稍逊一筹。"

沈妤问："逊色在哪里了？"

谢停舟一拂袖，望着画舫上秀绢轻摇的揽客女子，淡淡道："不如北临的美。"

狗男人！沈妤"喊"了一声，帘子一扔出去了。

谢停舟笑了笑。

马车停在一家客栈门前。小二见偌大一群人，知道生意来了，忙不迭地上前迎客。沈妤先下车，抬头看了眼招牌，回身伸出手，谢停舟刚要下车，垂眸看见横在面前的一只手臂，车辕高不过两尺，他还真当自己柔弱不能自理了？沈妤等了半晌，才见谢停舟缓缓将手搭在她的胳膊上下了马车。她身上的银子就算包下城中最好的客栈也绰绰有余，但财不露白，谁也不能保证在银子面前，镖局的人不会生出歹心，此去上京快则五日慢则十来日，还是稳妥一点比较好。

镖局的人只给他们二人安排了一间房，不过两人一路同住惯了，倒也不觉得有什么不妥。沈妤在马车上蜷了多日，蜷得浑身骨头都疼，轻车熟路地爬到床榻里侧倒头就睡，谢停舟吹灭了灯，在黑暗中坐着，一反常态没有上床。梆子一慢三快响了四次，风里突然传来几声短促的鸟鸣。谢停舟走到床前，床上的人睡得正香，已经从床榻内侧滚到了中央，他太熟悉了，不出一个时辰，这人就能霸占完整张床。

窗子开了又合，一个墨色人影眨眼便消失在了窗口，一只巨大的苍鹰在空中飞过，朝着一处民居飞去。腾跃间衣袍翻飞，谢停舟足尖一点，悄无声息地落在了一处院中，空中雪白的苍鹰俯冲而下，翅膀一收落在了屋檐上，这是万鹰之神海东青之中最为珍贵的品种——玉爪。

"殿下。"兮风垂首，"属下来晚了。"

谢停舟眼眸微垂："情况如何？"

兮风正色道："殿下果真料得不错，那日的山峭里夹着上百名死士，我们活捉了几个，但他们在牙中藏毒，没能留下活口，请殿下责罚。"

谢停舟微一抬手，玉爪扑腾着翅膀落在他手臂上："上百名死士，他们真舍得下血本，看来已经把他们逼上了绝路，想要殊死一搏。"

"正是，"兮风肃然道，"落下的大石将囚车里的替身压得粉身碎骨，于是他们便以为梁建方已死，但又不确定殿下是否已经拿到了梁建方的供词，所以自殿下失踪后，他们分了几批人，一直四处搜寻殿下的下落。"

"总算把人钓出来了，"谢停舟摸着玉爪，轻缓地说，"那倒不枉我费心设局，将自己都搭进去陪他们玩这一遭。"

原本设计好的戏码，谁知半路杀出个时雨搞成了假戏真做。

兮风道："如今已将人钓出来了，属下这就护送殿下回京。"

谢停舟忽然沉默了，他侧头朝一个方向望了几息，说："不急。"

兮风不敢问缘由，殿下自有他的安排，只道："时雨此行一路护送殿下，可还尽心？"

"他呀，"谢停舟轻笑了一声，"他胆子可是大得很。"

时雨是谢停舟分派给兮风的，谢停舟的近卫由兮风统领，下属护主不力，兮风理当一同受罚。

兮风垂首，涩声道："是属下管教不力。"

"你管不了他。"

兮风没能听懂这话的含义，谢停舟已转了话题："京中如今如何？"

"一切安好，"兮风一一汇报，"梁建方已秘密关入王府地牢，无人察觉，长留带着苍也已经安顿在了盛京的王府。"

谢停舟微微颔首，又同兮风交代了一些事情，一切事毕，他在玉爪头上轻拍了两下，低声道："别跟得太紧。"而后手臂一扬，玉爪振翅飞了出去。

谢停舟原路返回，刚关上窗户，转身就见床上坐着个人影——沈妤刚醒，揉着眼睛迷糊道："你大半夜去了哪里？怎么不带我？"

她刚睡醒，嗓子带了些许沙哑，又有几分不设防的软。谢停舟忽而生出一种错觉，像是半夜出门偷腥的丈夫，回来被自家夫人抓个正着。他不语，径直走到桌边倒了杯茶一饮而尽，这才问："带你干什么？"

"我保护你啊，"沈妤清醒了些，盯着他看了半晌，忽然道，"哦，我明白了。"

谢停舟放下茶杯，侧头问："你明白什么了？"

沈妤往床榻里侧靠了些，闭着眼说："看破不说破，我得给你留些面子。"

谢停舟笑了，坐到床上倾身看他："不必给我留面子，你倒是说说，你明白什么了？"

沈妤睁开眼："真的要我说？"

"说！"谢停舟垂眸睨他，不怒自威。

沈妤拥着被子坐起来，低声道："听说沂安画舫上的楚馆尤为出名，环肥燕瘦多姿多彩，殿下一路委屈，到了沂安消遣一番也是自然。"

谢停舟眯了眯眼："你倒是会分析。"

"殿下过誉，"沈妤笑着说，"属下只是对殿下略有那么一点了解。"

谢停舟："今夜一口一个殿下喊得勤，又是做了什么亏心事？"

"当然没有，"沈妤正色道，"不过妄加揣测殿下私事，嘴上自然是要规矩些的好。"

谢停舟哼笑了一声，和衣躺下，闭上眼，沈妤跟着躺下，过了片刻，忍不住问："殿下，沂安的楚馆是否真如传言中那般，什么国色天香都有？"

谢停舟反问："你觉得呢？"

沈妤想了想，外头梆子声正好敲到五更，她灵光一闪："那应当是不怎么样吧，否则殿下也不会才五更就回来，这才过了多久？若是美女如云自然是要宿到天亮才——"

被子将她的脸整个盖住，沈妤慢吞吞地把被子拉下来，不敢说话了，怕身边这位脾气阴晴不定且身体柔弱不能自理的世子爷忽然翻脸。

沈妤手臂上的伤口已经结痂，谢停舟背上的伤要更严重一些，还需调养些时日。晨起照常换药，镖局的人来叫两人起床，吃完早点就要出发上路。走到门口，刚准备敲门，就听见房内传来一声轻呼："嘶——轻一点。"

"疼吗？这样呢？"

"有点紧，你放松一点。"沈妤把绷带放松一些，在谢停舟看不见的地方撇了撇嘴，这位世子爷一路风餐露宿的，怎么还越来越娇贵了？刚受伤的时候血肉模糊仍能保持面不改色，如今都结痂了还哼哼唧唧喊疼。

沈妤转念一想，忽然道："谁叫你昨夜太过放纵——"

"闭嘴。"谢停舟冷声道。

镖局的人在外面听得目瞪口呆，想想还是没打扰二人。沈妤替谢停舟包扎好伤口后下了楼，镖局众人正在楼下用饭，两人落座后，总觉得氛围似乎不大对，有几个镖师频频偷看二人，等沈妤看过去，对方又急忙躲开了目光。用饭后上了马车，沈妤压好帘子，低声道："有些不对劲，今日得警惕些，我怀疑他们已经发现我很有钱，想要谋财害命。"

谢停舟无言以对地看了时雨一眼，他也觉得很是奇怪，难道是昨夜他出门时被人发现了？但他很快打消了这个念头。单看那些镖师的神色，不像是有害人之心的样子，倒更像是好奇，他们在好奇什么呢？

镖队继续朝着盛京行进，路上又走了一日，歇在一处客栈里。今晚歇脚的是座小城，客栈远不如沂安条件好，连客房里的水壶都是空的。谢停舟看着已经睡着的时雨，真不知他一天哪来那么多觉要睡？明明是他的侍卫，如今倒像是他在给他守夜一般。谢停舟拿起水壶下楼，刚出门，"睡着"的沈妤就睁开了眼，昨夜没能抓住他到底去了哪儿，今晚一定不能错过。

沈妤悄悄起身跟上去，开门关门都十分小心，她左右张望了一番，朝谢停舟离开的方向摸去。刚拐过弯，差点和迎面而来的一人相撞。谢停舟垂眸睨他："装睡装得很像。"

沈妤被抓个现行，打马虎眼说："不是为了防你。"

谢停舟不放过他："那是为了防谁？"

"当然是镖局的人。"

"呵，真理直气壮。"话音刚落，嘴忽然被捂住，谢停舟目瞪口呆，还从没有人有过这样大的胆子，敢捂他的嘴。

时雨捂着他的嘴一边侧耳倾听，有几人的脚步声往这边传来。谢停舟一时忘了反应，脚步凌乱，被时雨捂着嘴推进后面的柴房里。

那群人停在隔壁的厨房："嘶，冷死了，这破客栈连热水都要我自己烧。"

"别废话了，先烧吧，大小姐还等着呢。"是那群镖师的声音。

一人突然道："我觉得那两人的关系不简单。"

沈妤松开手和谢停舟对视，两人从对方眼中读到了相同的想法。说的是他们，难道身份暴露了？

接着有人接话："对对对，你说大小姐成日在时公子身边献殷勤，可人家根本看都不看她一眼，天天就知道围着身边的那位打转。"

一人激动道："我早感觉不对劲了，尤其那个高的长得那么妖孽，常人把持不住也算合理。"

什么？沈妤张嘴就想骂，话还没出口就被谢停舟反过来捂住。

报复！这绝对是在报复她刚才捂他的嘴。沈妤伸手去想要掰他的手，没想到柔弱不能自理的谢停舟手劲居然那么大，竟然纹丝不动。她不敢使太大劲，怕他手指给掰折了，只能任由他捂着，用眼神瞪他。碰巧谢停舟垂眸，两人的视线撞在一起。谢停舟眼底忽然闪过一抹坏笑，生起一股戏弄他的心思："我也很好奇，你把持得住吗？"

沈妤很不爽，都是八卦的主角，凭什么他还能来调侃自己，何况她可没在怕的，自己可是女儿身。不是掰不动？沈妤作势去舔他的手心。

"你！"谢停舟动作极快，在她达成目的前猛地收手。他蹙着眉看向沈妤，温热触感在他掌心久久不能褪去。

沈妤笑得狡猾："实不相瞒，这些日子我忍得很是有些辛苦，若不是我这一身强大的自制力，怕是早已对你霸王硬上弓。"

谢停舟眉梢抽了一下，真是人不要脸则天下无敌，对比时雨，他输了脸皮上。

沈妤再接再厉："不日便要上京，往后怕是没机会了，不如今夜我们……"话还没说完，谢停舟便甩手转身，也不管隔壁的人会不会发现，头也不回地拉开门走了出去。

沈妤忍着笑跟上，这也太不禁逗了。

厨房几个镖局的人听到隔壁开门的声音，出来查看，正好看见两人一前一后从隔壁柴房出来，前边那个面色沉沉，后头那个一脸笑意。

镖师一脸尴尬："都被他们听见了吧。"

"应当是。"

镖队又走了七日，终于在除夕前一日到达盛京。只是天色已晚，城门紧闭，只能等明早再进城，还有不少人同样被挡在城外，城外那片地已经篝火通明。镖队寻了一块地方露宿，熟练地搭起了帐篷和柴堆，篝火燃得噼啪作响，夜风一过，火星子如烟雨般飞溅。

沈妤坐在火堆旁沉思，几月前她醒来时，是满心的欢喜，以为自己能救下父亲和哥哥，如今才知这个想法有多天真，她改变不了他们的命运，幕后有一只巨大黑手在搅弄风云。城门在望，一旦跨入盛京，如今一切的轻松和安逸都会止步，即将面对的是生死之战。她可以如哥哥所说，不要报仇，好好生活，有母亲留下的嫁妆和陆氏在，任她这辈子如何挥霍都能衣食无忧。但她不能，父亲和哥哥的血债，必须得有人拿命来还。

身侧枯草一动，谢停舟在她旁边坐了下来："从前来过盛京吗？"

沈妤拿棍子掏火："从前每次都是和少将军一起来的。"

谢停舟听出他言语间的怅然，思索片刻道："你若是想回将军府，我放你去。"

沈妤摇头："我不去，沈将军和少将军都走了，我没能护好他们，也没脸再见沈家人。"

谢停舟默然盯着篝火。

"殿……你是想赶我走吗？"沈妤忽然侧头问。

谢停舟转头看他一眼，眼眸深沉，他严肃道："明日进了那道门，一切都会不同，盛京不是个好地方。"

那是一座牢笼，从他决定出兵那日起，他就已经被关在了里面。多疑的同绪帝不会放任藩王崛起，那一战救下了成千上万的百姓，却向盛京展现了北临是多么强大。同绪帝三复诏令宣他进京，不过是想将他作为质子留在盛京，用以牵制北临王。沈妤的脸被篝火烘得发烫，她想起身去散散热，刚站起来手就被谢停舟拉住。

"时雨，"谢停舟望着篝火，"一路相伴，所以我给你一次机会，你留在我身边的目的到底是什么？"

沈妤张了张嘴："我说了你便信吗？"

谢停舟松开手，看向远处黑压压的巍峨城墙："你现在说，我信，进了那道门，我谁也不信。"

沈妤心下微微动摇，她坐回原位，梳理了片刻思绪道："沈将军和少将军于我而言是亲人，是这世界上最亲最亲的人，如今沈家只剩下夫人和小姐，所以他们的仇必须我来报。"

谢停舟盯着他的眼睛。

沈妤目光坚定地直视他："你是我如今能接触到的，最接近权力顶端的人，你可以说我在利用你达成目的，不如说我心甘情愿地把自己给你利用，只要能让那些人血债血偿，我的命，就是你的。"

那眼底火光闪动，浸着不加掩饰的刻骨仇恨，淬着势不可挡的决心。他把一切展示在那双会说话的眼里，这一刻，谢停舟觉得自己似乎能看透他了。他缓缓吐了口气："盛京波诡云谲，稍有不慎就会死在阴谋里，开弓没有回头箭，这是你轻松的最后一晚了。"

听他的意思，谢停舟是确定会留下自己了。沈妤还有许多疑问，关于青云卫是如何得知燕凉关告急，还有梁建方如今又在哪里。她不信以谢停舟心思缜密的程度，会放任梁建方被杀。

沈妤："梁建——"话题戛然而止，听见脚步声，两人同时回头。

贺雪卉连连摆手："我没想偷听，就是想找时公子说说话。"

"说什么？"沈妤问。

不知是不是被火光映照，贺雪卉的脸色有些发红，她捏着裙子扭捏道："能不能借一步说话？"

沈妤看向谢停舟："你自己可以吗？"已经到了盛京，不得不提高警惕。

谢停舟颔首："你去吧。"

沈妤跟在贺雪卉后面，贺雪卉一直走，扭捏不安不知如何开口。已经走出几十米远，此处已经没有人烟，沈妤不敢走得太远，以免意外发生，那帮镖师虽是行走江湖多年，但一旦对上刺客，起不了多大作用，所以她不能离谢停舟太远。

"贺姑娘，"沈妤停下脚步，"此处无人，有什么就在这里说吧。"

贺雪卉转过身，两只手绞在一起："明日就能进盛京了。"

"是啊，"沈妤微笑着说，"一路多谢镖局的诸位，余款明日我会和你们结清。"

贺雪卉皱眉道："我不是想说这个。"

沈妤不是小丫头了，贺雪卉一脸春心萌动的模样，一看就知道是怎么回事。但她又不好直说，只能等贺雪卉自己开口。贺雪卉欲言又止，片刻才说："时公子娶妻了吗？"

来了，沈妤在心里叹了口气，说："尚未娶妻。"

贺雪卉浅浅一笑，侧过身："那，那你觉得我怎么样？"

"贺姑娘活泼可爱，蕙质兰心。"

听到时雨的夸赞，贺雪卉心中一喜，掏出一样东西递过去："我亲自绣的，女红不好，时公子还请不要介意。"贺雪卉本是个大大咧咧的性子，如今故作闺秀情态，还真有些难为她。

沈妤垂眸一看，借着月色隐约看出那是一个香囊："这我不能收。"

贺雪卉脸顿时一垮："为什么？"

沈妤委婉道："贺姑娘很好，但男儿当建功立业，我目前并没有成家的想法。"

"我可以等你呀，"贺雪卉燃起了希望，"我年纪还轻，我们可以先定亲，过几年再成亲就是。"

沈妤无奈，委婉不行，那就只能直接一些了。

她拱手道："不瞒小姐，感情讲求两情相悦，我对贺姑娘并没有那方面的意思。"

贺雪卉一呆，眼看着就要哭出来："你是不是喜欢那些娇滴滴的小姐？嫌弃我这种舞刀弄枪的。"

沈妤一个头两个大，她自己就是个舞刀弄枪的，又怎么会嫌弃她？她不善哄人，稍后回去别让人误以为自己欺负了她："你别哭啊，我该怎么跟你说呢。"

总不能跟她说自己是个女的。

贺雪卉忍着泪："我知道了。"

你知道什么了？

贺雪卉继续道："我听他们说你和他，你们俩……"

"……"沈妤张着嘴愣了几息，艰难开口，"……是。"

贺雪卉一把将香囊砸在沈妤胸口："我不相信。"

她不哭沈妤都快要哭了："那你怎么才能相信？"

"你发誓！"贺雪卉趾高气扬地说。

沈妤想了想，她断然不能发誓自己和谢停舟是一对，但也不是完全没有办法。

她举起手："我发誓，我只喜欢男人。"

贺雪卉目瞪口呆地看着他，半晌，捂着脸羞愤而逃。沈妤松了口气，慢悠悠走回去，却没在篝火旁看见谢停舟的身影。

"他人呢？"她拉住一个镖师问。

镖师道："好像去马车上休息了吧。"

沈妤果然在马车旁看到了谢停舟的身影，他只是淡淡扫了她一眼，掀开帘子进去了，沈妤觉得那一眼不太寻常，却没吃透到底是什么意思。

子夜了，兴许是近乡情怯，抑或是风雨来临前的紧张，沈妤睡不着。守夜的镖师在火堆里烤了红薯叫她过去吃，三人围坐在篝火旁，四下是此起彼伏的鼾声。风里忽然传来一声低沉的声响，像是厚重的城门被打开的声音。

沈妤侧头一听，立刻侧耳贴在地面，地面微微震颤，马蹄声越来越近，听上去人数还不少。远处的火把延绵成一条火龙，正迅速朝着这个方向奔来。沈妤立刻翻上马车，刀刚一抽出来，就被谢停舟拦住。

"是兮风。"谢停舟说。

沈妤松了口气，走出马车，那群人转眼间已经到了近前。

"殿下呢？"兮风问。

沈妤头朝车厢一偏："里面。"

说罢跳下马车离开，留下他们主仆，既要提前走，她得去把账先结清。那群镖师早就被惊得目瞪口呆，一直推拒说不要钱，沈妤坚持付清余款，回来时谢停舟已坐在了马上。

"好了？"

"好了。"沈妤点头，翻身上马，一群人策马朝着城门而去。

"等一等！"众人勒马，看着两匹马一前一后跑来。

贺雪卉在近前停下："时雨，我有些话同你说。"

时雨看了谢停舟一眼，众人都在等她，总不能耽搁太久："就在这里说吧。"

贺雪卉没了之前硬装的小女儿情态，说话十分爽朗："时公子，虽然你对我无意，但是我还是有些话要对你说，你们这条路难走，遇上他，这条路更难走。"

她气鼓鼓地看向谢停舟，赶来拦截她的镖师急得一直拽她的袖子。贺雪卉甩开他，对谢停舟道："你虽身份尊贵，但你万不可对时雨始乱终弃。"

沈妤现在只想捂住她的嘴，谁知道贺雪卉胆子这么大，竟敢当众对谢停舟说出这样的话。她忙向贺雪卉打着手势："贺姑娘，这个成语可不能乱用。"

"是吗？"贺雪卉愣了一下，"那就是你千万不要对他始乱终弃，否则——"

"殿下！"沈妤连忙打断，尴尬道："我们还是速速进城吧。"

除了兮风，一干近卫都垂下头，感觉知道了什么不得了的事情。谢停舟竟笑出了声，他微垂着眸子，马缰一拉绕着贺雪卉转了一圈，说："若我对他始乱终弃，你待如何？"

贺雪卉气鼓鼓的："我……我就带他走，让你再也见不到他，我再给他娶上几房媳妇。"

您快闭嘴吧！若不是大仇未报，沈妤现在只想挥剑自刎，她这辈子都没丢过这样的人。

谢停舟掉转马头，淡淡道："时雨是我的人，娶不娶媳妇自然由我安排，不用你操这份心。"

说罢一夹马腹，后面近卫也跟着离开。

沈妤朝贺雪卉拱了拱手："贺姑娘，这话真不能乱说。"

"我知道，"贺雪卉道，"我不会外传的。"

谢停舟："时雨！"

"来了来了。"沈妤连忙策马跟上去。

　　一行人去往坐落在盛京东市的北临王府，老远就看见王府门前站了一群人。谢停舟在门前勒马，立刻有侍卫上前牵了缰绳。

　　"殿下！"长留激动地从台阶上跑下来，似是抱怨，"殿下走了好些日子，你看我都瘦了。"

　　谢停舟瞥他一眼，平淡道："我不在，你吃胖不少。"

　　长留撇了撇嘴，待看见谢停舟身后的人时目光一亮，问："你就是时雨？"

　　沈妤不认识他，但从他和谢停舟的熟稔程度来看，应当不是普通的侍卫，他看上去还很小，年纪和沈妤差不多。

　　"是。"沈妤回道。

　　长留上下打量他一番，见谢停舟要走，连忙跟上去。

　　"苍已经在殿下院中等了好久了，殿下走的这些日子，它一直茶饭不思，瞧着都瘦了。"

　　谢停舟哼笑一声问："同你一般瘦？"

　　"是真瘦了！"长留道，"怎么劝都不吃，门也不出，我说带它上山去打猎它动也不想动。"

　　"知道了。"谢停舟淡声道。

　　沈妤跟在后面听着，不知道苍是什么人，听名字应当是个男的，再看谢停舟的脸色，应当是他非常看重的人。

　　北临王府很大，沈妤从前曾打马从此经过，觉得王府的高墙一眼望不到头，打马经过都要些时间。坐北朝南，占地几十亩，大了原来的将军府十来倍不止。那时的王府人丁稀少，只留下些打理的仆役，虽有碧瓦朱檐的豪华，却又萧条落寞得紧，如今真正走起来，才觉得王府大得有些离谱。她微微回头问身后的侍卫："每次进出门都要走这么久吗？"

　　走在前面的长留听到了他的疑问，放慢脚步。长留一退，兮风立刻顶上前去。长留与沈妤并行，得意道："你没见识过吧？这算什么，咱们在北临的王府才叫大呢，不过平日进出可以乘小轿，有些院子骑马进去也是行的，比如殿下住的青朴居。"

　　"长留。"谢停舟在前出声警告。

长留捂了捂嘴跟上去。

从正门到青朴居走了有一刻钟，兮风跟在谢停舟身后，汇报的都是些京中琐事。几人先后迈入青朴居，沈妤抬脚要跟，长留忽然拦住门，说："苍不喜欢外人，所以殿下的院子平日里是不让旁人进的。"

沈妤望向谢停舟的背影，她是谢停舟的近卫，隶属兮风管辖，只要谢停舟和兮风没开口，旁人说什么都不行。谢停舟正好回头，看了一眼沈妤，略微思忖一番说："你下去休息吧。"

意思就是院子果真不让旁人进，这个苍到底是何许人也，竟这么大的派头，他在就不让旁人进。难不成谢停舟金屋藏娇？沈妤收回脚，见兮风略她这里瞟了一眼，跟在谢停舟身边说着话。兮风已压低声音，但练武之人耳力好，沈妤隐约听到几个字眼，信，梁建方，兵部，户部……离得越远越是听不清，最后听到一声什么大人，每一个词都和燕凉关一案相关，她迫切地想要知道，但是从兮风回头那防备的一眼就能看出，他并不信任自己。

连日奔波，谢停舟仿佛从这些日子的艰苦中品味到了一丝从前驰骋疆场的意味。他收敛锋芒多年，把自己泡在纸醉金迷里，这身骨头似乎已经被泡软了。谢停舟浸入池中，身体渐渐在池水中舒缓，他搭着双臂靠在池边，将兮风的汇报在脑中梳理了一遍。丫鬟捧着寝衣放在屏风后，又悄悄退了出去。泡了许久，谢停舟起身穿上衣裳。回到卧房，谢停舟推开窗看了一眼，外面还是黑黢黢的一片，已经是半夜了，关上窗转过身，忽然又想起什么。

"兮风。"谢停舟推窗喊道。

兮风走到窗前，就听谢停舟问："时雨呢？"

"连日奔波，我已经让他去休息了。"

谢停舟微微颔首，忽而问："你将他安排在哪里？"

兮风道："侍卫休息的宿房。"

谢停舟眉峰稍微蹙了一下："给他找个院子。"

兮风想起在城外发生的事，试探着问："栖子堂离殿下这里最近，要不——"

"不必，"谢停舟打断他，"离这里最远的是哪个院子？"

"王府西侧有个院子，就在从前是给进京送报的弟兄们歇脚用的院子隔壁。"

谢停舟想了想："我依稀记得靠近东门有个院子。"

兮风飞快地偷瞥了谢停舟一眼："是，鹿鸣轩是给客人用的。"

"就那儿吧。"谢停舟拍板钉钉。

兮风垂首："是，我这就去。"

兮风刚跨出门槛，谢停舟又是一声："回来。明日再去，夜深了。"

兮风绕过廊下，正好碰到等在那里的长留："你还不睡？"

长留神秘兮兮："那个时雨到底是什么人啊？我方才问了侍卫哥哥，他们说是殿下在战场上捡来的。"

兮风道："确切地说是常将军捡的。"

长留不解："那常将军怎的不带他去北临？倒是让他跟着殿下来了盛京。"

兮风也不知该怎么跟他讲这事，缘由来去复杂，一时半会儿也讲不清楚，况且严格来讲还是谢停舟跟常衡抢的人，为此常衡还念叨了好几日："他功夫不错，跟在殿下身边当个近卫。"

"你唬我呢吧？"长留一开口才觉得自己声太响，连忙压低了声音说，"哥哥你不老实，若只是个近卫，殿下怎会单独给他分个院子？还让你不要吵醒他。"

兮风纠正："没说不要吵醒他，只说夜深了。"

"那不一个意思吗。"长留摊了摊手。

"你怎知殿下不是担心我辛苦。"

长留哼哼了一声："你自己心里没个数吗？你还要值夜呢，殿下怎么不说让你去歇息。"

兮风抿了抿唇。

长留疑惑道："不过奇怪了，为何单独给他个院子，却又偏要挑离得最远的地方？"

兮风也百思不得其解，不免又想起在城外时那女人说的话，该不会……兮风立刻摇了摇头，把这个念头从脑子里除去。

长留看到他的表情，探着头问："你想到啥了，怎么一脸怪异？"

兮风忽然正色道："他这一路跟随殿下出生入死，立了大功，分他个院子也不算过分。"

"可咱们几个才住一个院子呢，你跟随殿下出生入死这么多年，殿下怎么没分给你？"

真是哪壶不开提哪壶，兮风不想再同他说一个字，转身走了。

沈妤第二日晨起时，才被侍卫告知谢停舟给她安排了个院子。

"就我一个人住这里？"沈妤惊讶地问，搞不清谢停舟是什么想法，怎么忽然给她安排了个这么好的院子。

侍卫道："侍卫长是这么交代的，屋内物品一应俱全，你放心住。"

沈妤心想，这里位于王府东门，离谢停舟的院子那样远，自己该不会是被他放逐了吧？一回来就把她能有多远扔多远。还没想明白，侍卫就准备离开。

"等等，"沈妤喊住他，摆起笑脸，"这位大哥，不知我的轮值是如何安排的？"

侍卫道："这我倒是不清楚，近卫长与殿下一同进宫去了，你不如歇一歇，等他们回来之后再说。"

沈妤点了点头："多谢大哥。"

侍卫离开，沈妤陷入沉思，谢停舟进京，定然是要进宫面圣，而他进宫定然会提及燕凉关一案。

同绪帝刚下朝，在宣辉殿召见了谢停舟，同来的还有几名内阁大臣。

"坐吧，"同绪帝说，"几年没见到停舟了，上一次见面还是你重伤初愈的时候吧?"

"是。"谢停舟道。

那年他在战场上身受重伤,同绪帝从京中派了太医前去北临给他医治,太医回京后如实汇报,可同绪帝生性多疑,硬是把重伤未愈的谢停舟召入京中,美其名曰是京中名医众多方便医治,实则是想自己亲自看一眼确认。

"精神看上去似乎比那一年好了些。"同绪帝道。

谢停舟恭敬道:"这几年遍寻名医,捡回一条命罢了。"

同绪帝年迈,面上布满皱纹,唯有那一双眼还十分精神,看人时饱含上位者的威严。

"可惜了,朕还记得你十三岁那年同你父亲进京,正好遇上春蒐,你那一手了得的箭法,可是将朕的一干将军都比下去了。"回忆起从前,同绪帝似是有些欢快。

谢停舟深知掩在平静的寒暄下的试探,正好转移话题:"陛下过誉,那是我运气好,正好碰到沈将军不在京中,否则彩头也轮不到我头上。"

提及沈仲安,众人不免想到燕凉关一案,气氛顿时沉寂了下来。这是今日本就要上报的事,否则同绪帝也不会将几位内阁大臣一同召来。同绪帝沉声开口:"你救援燕凉关有功,理当重赏,只是这事我们容后再议,你将燕凉关所见原封不动讲来。"

谢停舟讲完,同绪帝已经气得拍桌子。

"诸位爱卿都听见了吧?给我查!梁建方他一个小小监军,哪来那么大的胆子,背后定然有人指使,我倒要看看是谁有如此大的胆子!"

同绪帝直喘气,几位内阁大臣连呼陛下保重身体。德福忙端了一盏茶,替同绪帝顺着背,同绪帝喝口茶缓了缓:"诸位怎么说?"

兵部尚书文宏远凝重道:"只是如今梁建方已死,又该从何处入手?"

内阁次辅柳丞道:"依我看,不如从梁建方之死查起,世子拥兵十万,明知梁建方是要犯,为何只派区区两千人上京,且这一路缓行,不是把梁建方的人头摆着给人取是什么?"

谢停舟心中冷笑,听这话的意思,就是暗示他和燕凉关一案背后之人是一伙的,放着梁建方给他们杀。

他若私自带兵超过三千人进京,等着他的恐怕就不是此刻的热茶,而是枷锁了。

宣辉殿一时寂静。

君心难测,几位大臣拿不准同绪帝的意思,哪怕觉得这话有失偏颇,也没有即刻出言反驳。谢停舟打量着殿中众人的神色,缓缓道:"停舟身无官职,有诸位大人在本不该开口,但如今我牵涉其中,倒不得不说几句了,入手的方向有很多,比如户部筹集的粮饷到底去了何处?又比如沈将军发回的三封急报去了哪里?"

"等等。"兵部尚书文宏远严肃道,"殿下说沈将军曾三发急报,可有证据?"

谢停舟淡淡道:"自然是有人证。"

文宏远严肃道:"兵部并未收到急报,到底是哪个环节出了问题?"

"那巧了,"谢停舟一笑,"看来文大人也同我一样被牵涉其中。"

文宏远撩袍跪下："陛下，臣绝无异心，请陛下彻查，还臣一个公道。"

同绪帝垂着眼皮盯着下首，面色暗沉。单单几句就将兵户两部还有内阁首辅统统牵涉其中，但谢停舟没说错，这确实是要严查的问题。同绪帝看向右侧上首的位置："元青，你怎么说？"

迟迟没有开口的首辅江元青缓缓道："臣不敢妄言，江寂身居户部侍郎，算起来也有牵扯，臣理当避嫌。"

江寂，字敛之，正是江元青的嫡孙。

同绪帝冷哼一声，看向之前妄自开口的柳丞："如此看来，竟没有人能说出个所以然了？"

柳丞满头大汗，原本只是想攀扯上谢停舟，没想到他几句话竟把诸多重臣都牵扯在内，他这下算是得罪了人了。照谢停舟所说，这样一番查下去，六部没一个摘得干净，朝廷还不得闹个天翻地覆。

谢停舟淡定道："倒也不然，方才我还没把话说完。"

他看向殿中诸人："还有个最简单的方式，那就是撬开梁建方的嘴。"

同绪帝道："一个死人，还能让他爬起来指认不成？"

"死人不能说话，但活人可以。"

江元青坐直了身体："听殿下的意思……"

"没错，"谢停舟看向他，"梁建方还活着。"

殿中顷刻间哗然。

同绪帝道："梁建方如今在何处？"

谢停舟道："在我府中，陛下可随时派人去王府提人。"

同绪帝靠回去，听文宏远问道："传入京中的邸报不是说人已经被砸死吗？"

谢停舟微微垂首："若不这样，梁建方是没法进京了，事急从权，还望陛下见谅。"

同绪帝挥手："此事不提，德福。"

德福躬身："奴才在。"

"传朕旨意，着大理寺、刑部及都察院三司会审，锦衣卫辅查。"

锦衣卫直属同绪帝，是同绪帝的刀，作不得假。但兹事体大，同绪帝不信任任何人。

宣辉殿的这一场议事足足持续了一上午。今日除夕，同绪帝念及谢停舟刚入京中，留谢停舟，谢停舟婉拒，道昨日刚入京，王府还有许多事没有打理。走出宣辉殿，兮风即刻跟了上来，看到谢停舟的脸色没有开口，待上了马车才道："柳丞这样针对殿下，急着将黑锅甩到您头上，怕不是要狗急跳墙了。"

谢停舟撑着头："你可记得春蒐那一年，我将他儿子踹下马的事？"

兮风认真想了想："好像是有这么回事，他那个老来子摔断了腿，在榻上躺了好几个月，殿下的意思是他在公报私仇？"

谢停舟摇了摇头："他做得如此明显，反倒是让人看不清他是在公报私仇，还是在借由私仇掩盖真正的目的。"

兮风讨厌盛京，这里的每一个人都像是披了一层皮，让人看不清皮囊下藏的究竟是人是鬼。

沈妤今日没有轮值，在院子中转了一圈便出门，她没有翻墙，而是直接大摇大摆地从东门而出。王府下人都知道世子将他安排在往日待客的鹿鸣轩，一时拿不准他是何身份，是以没敢拦。她沿路走到沈府附近，沈府大门紧闭，门口连一只红灯笼都没挂，冷清得紧。官邸附近是不能摆摊的，沈妤走了几条街，绕到宝善街找了个茶楼，落座后点了壶茶和一些小点。这茶楼她从前来过，每次来都是爆满，不知今日怎么如此冷清。茶楼是小道消息汇集地，原本想来探听点消息，看来是不成了。

"小二哥。"

小二闲来无事倚在柜台边打着哈欠，闻言走过去："客官有什么吩咐？"

沈妤道："今日店中怎么如此冷清？"

小二满不在乎道："年年除夕是这样，谁大过年的还往外跑啊。"

这一路奔波忘了时间，原来今日竟然是除夕了，往年都同父兄一起过，如今……沈妤定了定神，笑道："那就可惜了，我刚来京中，还想着听一听京中的趣事，看来是不成了。"

"你找我呀，"小二来了精神，"若说盛京的趣事，没人能比我更清楚了，我成日在这里跑堂，什么事都逃不过我的耳朵。"

"小二哥坐下说。"沈妤顺手替他倒了杯茶，"怎么称呼？"

眼前的公子一身衣料虽不是上等，但也不是普通人能穿得起的，跑堂的小二那是下等人，难得受到如此优待，乐呵呵坐下来："喊我四喜就成，公子想听什么？"

沈妤往嘴里扔了粒花生米："随意，挑近些日子的说吧。"

小二想了想："说起来上个月倒是发生个好笑的事，内阁柳大人家的公子，好多年前曾被北临世子踹下马，哦，北临世子就是如今世人口中的揽月公子，公子听说过吧？"

沈妤笑着点头，心道岂止听过，我还和他睡过。

"那柳裕上月听说北临世子要进京，曾在琼花楼放话说要给他点颜色，结果你猜怎么着？"小二喝了口茶，继续说，"结果当晚喝了酒从楼上摔下来断了腿，巧了，断的还是从前那只。"

沈妤笑了笑："还真够倒霉的。"

"可不是吗，"小二说，"还有，再早几个月江侍郎去将军府提亲，结果竟被拒了，你说沈将军家的小姐莫不是瞎了眼？竟连江侍郎都没看上，那眼光得高到什么程度？我是见过江侍郎的，那风姿在盛京找不出第二个。"

沈妤干笑，吃瓜竟吃到了自己头上。我眼瞎没瞎不知道，但是你再这么说话，你得哑！

"哎哟，瞧我这张嘴，"小二拍了自己一巴掌，"沈将军家满门忠烈，不该这样说沈小姐。"

"沈家惨哪，一下死了三个，你说——"

"你说什么，"沈妤猛然打断他，"死了三个？"

小二愣了下："你不知道吗？老将军少将军还有沈小姐，全死啦！"

沈妤攥紧拳："哪个沈小姐？"

"肯定是沈大小姐咯，她常年出入边关，据说是一同战死沙场，唉。"小二长叹了口气。

沈妤面色微沉："消息可真？"

"那当然了，"小二一脸理所当然，"沈家出殡那日，我还去看了呢，三口棺材，不过据说少将军的尸骨还没找到，只立了衣冠冢。"

沈妤脑中思绪纷乱。不对！她在给沈嫣的信中明明告知她写明了给父亲火葬，待三年孝期结束，她便将父亲的骨灰带到边关，让他如愿沿河而下和母亲相聚，可如今发生的事，完全偏离了她设定的路线。自己莫名其妙被发丧，沈妤如今在世上竟成了一个死人，为什么会这样？是绿药没将信送到，还是这中间出了什么问题？

沈妤将一锭银子压在桌上，问："小二哥想不想赚点外快？"

小二看着那银子直了眼，搓着手笑呵呵地说："公子开什么玩笑，谁会不喜欢钱呢？只是……这事儿它难不难，您知道的，我一个店小二，除了跑堂也不会别的。"

"要的就是你跑堂。"沈妤将银子丢进他怀里。

小二接了放嘴里一咬，顿时乐开了花："公子请吩咐。"

沈妤道："我要你将这双耳朵竖直了，别漏掉什么消息，也要你管好自己的嘴。"

"那我要是听到什么消息，要怎么转告给公子？"

沈妤现在手下无人可用，但也不能盲目信任小二，于是道："我需要找你的时候自然会来，你不用找我。"

小二笑着点头。

沈妤站起身，侧身时故意将披风一掀，露出腰间一把刀，笑着说："小二哥，再会。"

小二分明是看见了那把刀，笑容尽收，嘴里念叨着："别漏消息，管好嘴。"

出了茶楼，沈妤在街上转悠，逛了几家铺子，然后进了一家成衣店："掌柜的，可有什么时兴的款式？"

掌柜抬起头，脸色变了瞬息，当即笑着说："公子想看什么样式？"

谢停舟午后才从宫中回来。王府内处处张灯结彩，已挂上了红灯笼，下人们行走间悄无声息，生怕打扰到府中的主子。谢停舟径直走入书房，还有几封各地传来的密信要看。几封信看完，谢停舟点燃烛台将信燃了，忽然问："时雨呢？"

兮风道："已经将他安排在鹿鸣轩。"

谢停舟抬眸，兮风顿时明白过来："属下这就去找他。"

一刻钟后，兮风回来说沈妤不在院中，东门的门房说他一早就出去了，到现在还没回来。谢停舟没说什么，指尖敲了敲桌子说："今日除夕，厨房那边你吩咐下去，大家过个年。"

兮风试探道:"那是摆在哪个院?"

"你们自己安排。"谢停舟说着垂下头,"时雨回来让他来我这里一趟。"

兮风明白了,他之所以故意问摆在哪个院,就是想看看谢停舟会不会和他们一起过。得到的回答也在他的意料之中,自从那个人死后,谢停舟每年除夕都是一个人过,就连王爷王妃也喊不动他。

"是。"兮风退下。

沈妤天黑才回来,进门就听说谢停舟在找自己,她一路被领到谢停舟的青朴居门口,侍卫没往里走,让她一个人进去,告诉她临着竹林的就是谢停舟的书房。书房的位置很好认,沈妤敲了敲门:"殿下,是我,时雨。"

"进来吧。"谢停舟淡声道。

屋子里点了炉子,沈妤进门就是一股热浪扑来。她发现了,谢停舟似乎很怕冷,他喜欢暖和的地方,不论是之前的马车还是如今的书房。

"殿下找我有事吗?"沈妤停在桌案前。

谢停舟盯着手中的书问:"听说你出去了。"

"是,"沈妤老实说,"还没有排上我的轮值,正好没事就出去转了一圈。"

"买了什么?"

"都是些日常用品,几身日常的衣服,还有冬日的靴子。"

她语气平缓,一五一十交代,听得谢停舟轻蹙眉尖,进京这近一个月以来,他认识的时雨可不是这么乖巧的人,他还记得在客栈柴房逗他,结果反被他调戏时那双狡黠的眼。

"有事要和你说。"谢停舟抬起头,看到他的脸时微微一怔。他似乎已经很久没在眼前的少年脸上看到过这样的神色了,上一次还是在他给沈仲安守灵的时候。

见他半天不开口,沈妤问道:"殿下要和我说什么?"

谢停舟没说话,今日在宣辉殿中,谢停舟提了个人证,这个人证就是时雨。梁建方和一干犯人已被锦衣卫提走,如今三法司忙着提审梁建方,但一旦审到那三封急报,势必会提审时雨。原想着先和他细谈一下此事,但看他如今的情绪,又觉得倒也不必那么急。

"外院设了宴,你去和他们一起过年吧。"

"我吃过了,"沈妤反问,"殿下怎么不去?"

谢停舟忽而生出一股莫名的烦躁,他收回目光:"我的事你也要管?"

沈妤抿了抿唇:"属下不敢,殿下若无事,那属下告退。"

她走出去,离开时观察了一遍四周,除了书房,其他房间都黑漆漆的,并没有看到大家口中神秘的苍。听着门开了又关,谢停舟胸中的那股烦躁没能压下去,反倒被那一口一个"殿下属下"浇得越发旺盛了,他起身走到窗边推开窗,冷风袭来似乎好了些许,但那股烦躁仍挥之不去:"来人。"

近卫在檐下应声:"殿下。"

"跟他的人呢，让他进来。"

在甘州城时谢停舟曾让人盯紧时雨，昨夜回来之后兮风曾请示他还用不用再跟，他的回答是继续。不是信不过时雨，至少上京这一路过来，他时刻在保护他，谢停舟能看出他对自己无害，否则时雨有上百次杀他的机会。京中不比外面，时雨又是证人，派人跟着也是为了保护他。

跟随时雨的暗卫很快赶来，谢停舟问："他今日都去了哪些地方？"

暗卫道："先是去沈府门前站了片刻，后来就上了茶楼，茶楼出来逛了几家铺子。"

暗卫尽量说个大概，见谢停舟脸上没有不耐的神色，才继续道："后来他又去了一家香烛店，买了香烛纸钱，去沈将军的坟前跪了一下午。"

怪不得了，谢停舟了然，怪不得方才是那样的脸色，原来是上坟脸。

暗卫想了想："但有一事颇为奇怪。"

谢停舟："说。"

暗卫道："沈家墓地新添了三座坟冢，除了两位将军的墓，还有一个是沈家大小姐沈妤的，属下后来打听，听说沈大小姐常年随父出征边关，此次也在列，一同战死了。"

谢停舟在记忆中搜寻，似乎听过沈妤这个名字，但是在何处听到的却一时没能想起来。他是从燕凉关回来的，没有人比他更清楚那里发生了什么，尸骸成山，很多尸体被马蹄踏得不成人形。连沈昭的尸身都没能找到，在边关甚至没人提过沈妤这个人，所以更不会有人专门去寻找她的尸骨。若真是这样，花一样的年纪，就这样埋骨他乡，或许是被就地掩埋，或许是和那些尸首一同烧了，连点灰都不剩。

"行了，出去吧，不用盯他了，你也去过个年。"当暗卫是最辛苦的，谢停舟体恤下属，这些暗卫都是随他从北临过来的。

暗卫一离开，青朴居又静了。

谢停舟披上外袍，沿着长廊而行。兮风和长留的院子离他不远，那边喧嚣声阵阵，热闹非凡，长留是个爱热闹的，应当是叫上了许多近卫一起。喧嚣声吵得谢停舟心烦，他渐渐越走越远，等到发现时，离鹿鸣轩已经近了。

谢停舟转身要走，就听见"嘎吱"一声开门声，紧接着有人迈着步子朝这边走来。那是时雨的脚步声，谢停舟不知道自己怎么一下就听出来了，鬼使神差站在原地没走。

脚步声停了："咦？你怎么会在这里？"

谢停舟转过身："随意走走，你住在这里？"

沈妤点头："是，兮风将我安排在了鹿鸣轩。"

不知为何，谢停舟莫名觉得舒爽，他看向他手里的灯笼："去哪儿？"

"屋子里有点冷，我想去厨房找些炭。"沈妤说，"殿下快回吧。"

那种怪异感又来了，谢停舟猛然警觉，他似乎有些不喜欢时雨称呼他殿下。或许是被时雨一路上的阴阳怪气养成了习惯，一旦称呼他殿下定然是做了什么亏心事，就会觉得他估计是在憋什么阴招。

一定是这样的，想到这里，谢停舟说："你随意些，一口一个殿下，会让我以为你又干了什么坏事。"

沈妤否认："当然不是，这一路没有其他人无所谓，如今在京中需谨言慎行。"

谢停舟："往后无人的时候，该怎么喊还是怎么喊。"

沈妤点头："那我去找炭了。"

"嗯。"谢停舟看着他走远，灯笼的光亮渐渐暗了，他转身往回走，走了一阵，又听见熟悉的脚步声朝这边走来。

他站在路中间没动，等着那人走近了问："你不是去找炭？"

沈妤被黑暗中忽然开口的谢停舟吓了一跳："你怎么会在这里？"

谢停舟薄唇微抿，这句话他今晚已经问了两遍了。

"我倒想问你，去找炭怎么跑到这里来了？"

沈妤尴尬道："我还没找到厨房，王府太大了。"

她转过身走了几步又回头，带着两分讨好地问："殿下，你知道厨房在哪儿吗？"

谢停舟有些想笑，要人帮忙，这声"殿下"他倒是受得："走吧。"

沈妤赶紧跟上，在一旁替他打着灯笼。夜里太静了，只有两人的脚步声。

"你为什么不去和他们一起过年？"

谢停舟侧头扫他一眼："你又为什么不去和他们过年？"

沈妤："不熟。"

谢停舟："不想。"

沈妤一笑，立刻收了："端架子是吧？"

"只是不想，我一个人惯了。"

沈妤惊诧地看着他。

两人并行，似乎还是和之前一样，偶尔闲聊上那么一两句，谢停舟心情好就回他，不想回就不说。走了一阵，沈妤问："怎么厨房还没到？"

谢停舟也愣了，他们似乎已经走了挺久。沈妤停下脚步，一脸无语地问："你不会也找不到吧？"

谢停舟："……忘了。"

沈妤无语了片刻："那你不早说。"

"忘了。"居然忘了，要是换成别人，估计已经被沈妤当场踹死了。

从小到大，谢停舟在盛京待的时间加起来也没有一年，别说厨房，能记得自己院子在何处已经不错了。谢停舟默了片刻，最终叹了口气说："来个人。"

你当你在叫土地公公呢，一喊就来，沈妤腹诽。下一刻，一个黑乎乎的人影从树上落下来，单膝跪地："主子。"

谢停舟丝毫不觉在自家院中迷路的尴尬，淡然道："去厨房，带路。"

有暗卫带路，片刻就到了厨房，今日是除夕，整个王府就一个主子，还是个不过年的主，厨子和打杂的人做完晚饭便散了。厨房漆黑一片，沈妤打着灯笼找到烛台点燃，转身才发现谢停舟和那名暗卫还没走。沈妤道："殿下先回吧，我自己找一找炭。"

谢停舟抬手一指，厨房角落堆着一箩筐的炭，就这么大刺刺摆在那里。

"哦，好。"沈妤走过去，找了个小篓子开始捡。

谢停舟微垂着眸子看他，沈妤开始还慢条斯理捡着炭，后面竟开始挑起来了，形状不好看的扔一边，声儿不够脆的扔一边。谢停舟看着，实在是没忍住："你准备捡到明年去？"

沈妤瞥他一眼，拿起一根木炭掂了掂："我慢慢捡，殿下可以先离开。"

身后暗卫感受到了谢停舟释放的压力，即刻单膝跪地。谢停舟吐了口气："你能找到回去的路？"

沈妤错愕，竟忘了这回事，问："要不殿下把暗卫哥哥留给我？我捡完炭就回去。"

谢停舟没应他，走到他身旁问："你不是来找炭的吧。"

沈妤抬头看他，小声道："我……其实……没吃晚饭。"

岂止晚饭，午饭也没吃，今日打探到的消息实在让她食不下咽，但身体到底还是诚实的，饿起来只能满地找吃的。像是为了证明自己没撒谎，沈妤的肚子还很合时宜地叫了一声。

谢停舟哭笑不得："所以你来厨房偷吃？"

沈妤老实点头："我还在长身体。"

"确实，"谢停舟垂眸看他，"是该再长长个子。"

谢停舟摆了摆手，身后的暗卫眨眼间就不见了。沈妤看得目瞪口呆，犯起了老毛病："他轻功很好吧，我能不能跟他学学？"

"一般。"

沈妤"喊"了一声。论轻功，暗卫还真不如谢停舟，但他没说，毕竟在时雨眼中，他还是个肩不能挑手不能提，柔弱不能自理的北临王世子。沈妤已经饿急，也懒得装了，起身问："你是不是也没吃？我准备煮碗面条，你要吃吗？"

暗卫一走，她也不再喊殿下，她自己喊着也觉得别扭的。也不管谢停舟并没有回答她，沈妤自顾自洗了那一手的黑炭开始烧火。厨房鸡飞狗跳，乒乒乓乓响了一阵，闹得隔壁厨房轮值的人也跑来查看，被暗卫挡了回去。谢停舟瞧着他东一下西一下，锅碗瓢盆被他弄得刺耳，忍不住道："你到底会不会？不会让厨子来。"

沈妤头也不回："光吃不做的别说话。"

说完便愣住，刚才那一瞬，她还以为是沈昭呢，沈昭不会下厨，从前两个人也在半夜偷偷摸摸去厨房煮过面。

"煳了。"

沈妤回神，锅里的煎蛋一面都已经黑了。忙活了半晌总算出锅了两碗面条，简单的葱香面，青菜打底，上面卧着一个鸡蛋，这就是两人的年夜饭了。谢停舟端着碗，眉目低垂，他不知道自己为什么没走，或许是寂寞了这么多年，忽然觉得冷清了，抑或是他真的饿了。

"再不吃就坨了。"沈妤饿得往嘴里塞了好几口才催促。

谢停舟尝了一口，面条比较劲道，汤味浓郁，青菜的清香中还夹着葱香味。沈妤饿得不想说话，只想把肚子填满。

两人沉默着吃完了面条。

"放着吧，有人会收拾。"谢停舟喊住准备洗碗的沈妤，先出了门。

这样的夜晚对于除夕来说，还是太安静了。沈妤对谢停舟这个人很好奇，谢停舟也同样，他想起暗卫今日上报的话，忽然问："你认识沈妤吗？"

哪怕沈妤刻意控制，仍旧没能控制住下意识放缓的脚步。谢停舟回过头："嗯？认识吗？"

"认识。"沈妤控制着呼吸，那一刻，沈妤似乎觉得他已经知晓了自己的底细。

谢停舟借着灯笼的光亮打量着他："燕凉关一战，她是否在军中？"

沈妤咽了咽口水，说："在。"

谢停舟步步紧逼："你为何只字未提？她既是沈家人，为何你从未提过寻找她的尸首？"

沈妤心中狂跳，若不是沈家脱离了她的计划，也不会出现如今这样的局面。那家成衣铺子是陆氏的产业，她已向掌柜问明情况。绿药确实在多日前已经回京，并向掌柜表明做完沈妤交给她的差事后她还要去边关找她。只是后来绿药就失去了行踪，既没有在陆氏任意一家铺子出现，沈妤在边关也没有接到她的任何消息。不过还好，今日探听到消息后，她就料到沈家战死三人这样的消息一定会传到谢停舟的耳中，因而早就想好了对策。

"因为不敢说。"沈妤道。

谢停舟缓缓走到他面前，微垂下头："因何不敢？"

沈妤在他凌厉的目光中单膝跪地："因为沈大小姐根本没死。"

谢停舟悚然一惊："什么意思？"

沈妤道："将军不舍她一起死在边关，于是在大战前夜派人送走了她。"

"她如今人在何处？"

"不知道。"

"为何京中却说她已战死。"

"不知道。"

"你不知道？"谢停舟语气带了几分警告。

沈妤抬起头让他看到自己的眼，因为他曾说过这是双会说话的眼。

"我不知道，此事我也在奇怪，但当夜沈小姐确实已经离开，护送之人是少将军的亲兵孔青。"

谢停舟眯眼打量了一会儿："你是笃定此战没剩下多少活口，所以不怕我查是吧？"

沈妤不躲不让："没剩下多少活口也是剩下了不是吗？若真要查，那几千伤兵还有追回的逃兵，总能问到答案不是吗？"

谢停舟目光凉薄："我会查，但是时雨，一路同生共死的交情可经不起你这么作贱。"

沈妤道："在没查出我说的话是否属实之前，殿下就已经先入为主断定我是在作贱，又和我谈什么同生共死的交情。"

方才两人还窝在厨房同吃一锅面，此刻转眼却是剑拔弩张。暗卫不敢打搅，偷偷缩回了阴暗里。

谢停舟被他将了一军，忽然笑了："牙尖嘴利，没规没矩。"

沈妤咬着牙不说话，满脸倔强。

谢停舟看了他片刻说："起来吧。"

沈妤跪着不动。

谢停舟垂眸："还来脾气了？"

沈妤自己也不知哪来的脾气，想着方才还吃她的面条，转头就质问她，要是谢停舟在吃之前问，她喂狗也不给他吃。谢停舟俯身看他，好似心情颇好："你如今是在后悔煮面给我吃，还是后悔没在里面下毒？"

沈妤惊于他的洞察力，下意识反驳："我才没那么歹毒。"

谢停舟直起身，颔首道："那就是后悔煮给我吃了，要不我吐给你？"

沈妤瞥他一眼，嫌弃道："你恶不恶心？"

黑夜里传来谢停舟压在喉间的笑声，他转身便走，暗卫连忙从暗处走出，低声问："那他……"

谢停舟："他愿意跪就接着跪，如果他找得到回去的路的话。"

片刻后，听到身后多出的脚步声，谢停舟轻轻勾了勾唇。

元正给假七日，官员不用上朝，但近卫和官员不同，一年三百六十五日除了轮休，谈不上假期。沈妤初六当值，当日谢停舟正好不在府中，兮风也不在，没点沈妤随同，她只好和几名近卫一起守着那座空院子。午时轮流去用饭，沈妤回来时正好看见兮风回来取东西。

一名近卫在旁低声道："方才送来了几封信，事关燕凉关一案，是否立刻呈交给殿下？"

"给我吧，"兮风接过信，"殿下和苍去打猎了，一时半会儿回不来，放他书桌上等他回来看。"

兮风拿着信进了书房，片刻后又出来，经过沈妤身旁时问了一句："当值还习惯吗？"

"还行，"沈妤轻快地说，"和在燕凉关差不多，不过比燕凉关好，没那边冷。"

兮风点了点头走了。

戌时换班，侍卫下值，夜色中一个人影悄无声息地匍匐在屋檐上。谢停舟院中只点了几盏灯笼，窗户纸漆黑，檐下还站着两名近卫。沈妤趴在屋檐上与夜色融为一体，指尖一弹，一角的树叶窸窸窣窣抖了一声。

王府戒备森严，比之大内怕是也不逊色，这几日轮值来回，她已经把路摸了个透，一路避开暗卫要些工夫，但也不算是太难，趁侍卫查看的工夫，她悄无声息地摸进了书房，之前来过书房，知晓这里的布局，窗户纸上透进来的月色勉强能看清书桌上果然放着几沓书信。书信分门别类，她不敢点烛，只能蹲在桌下，掏出一颗夜明珠凑近了看，一沓看火漆似乎是北临的军机密函，一沓是幕僚书信，还有最少的一沓，看着似乎和中午近卫递给兮风的差不多。

四周静得可怕，书房里只剩纸摩擦的声音。刚抽出一封信还没来得及看，沈妤周身寒毛忽然竖起，那是身体遇到危险时的一种本能反应。沈妤倏然回头，瞥见黑影的同时身体往旁边一滚。那黑影的速度却异常的快，两只淡金色的眼珠在黑暗中闪着妖异的磷光。

这是什么东西？！身体慢了一瞬，仅仅是一瞬的迟缓，却足够徘徊于生死，那东西瞬间将她扑倒在地，两只强健有力的前腿压在她肩膀上，居高临下地俯视着她。夜明珠滚落在地，撞上桌脚又滚回她旁边，沈妤终于看清，那是一只通体纯黑的豹子。

她躺在地上一动不敢动，感受到黑豹的鼻息喷在她颈侧，夹杂着淡淡的血腥味，她毫不怀疑，只要她稍有动作，黑豹便会毫不犹豫地咬断她的脖子，沈妤尽量放轻呼吸，还是免不了身体泛起的恐惧感。手缓缓挪动，想去探腰间的匕首，黑豹却离她更近，似乎已经察觉到她的异动，那双浅金色的豹眼虎视眈眈地盯着她，喉咙里发出警告般的低吼，沈妤不受控制地瑟缩了一下，用力地闭了闭眼。

忽然，书架动了，在黑暗里响起轻微的摩擦声。沈妤一动也不敢动，移动视线看去，墙上的书架移开，出现了一道小门，小门内依稀有昏黄的光亮。那光亮越来越亮，然后沈妤听到了脚步声。她哭笑不得，只叹自己太倒霉，也不知是直接被黑豹咬死好一点，还是落到谢停舟手里好一点。她看着谢停舟慢慢走近，走出暗门时甚至没给地上的她一个眼神。他应该是刚沐浴过，身上还冒着热气，一袭月白的广袖袍子，松散地披在他身上，抬手点烛间袖口下滑，露出一截冷白的手臂。

谢停舟摇熄了火折子，不疾不徐地走到她身前蹲下看她。沈妤秉持着敌不动我不动，敌若动我乱动的原则，等着谢停舟先开口。

"想偷什么？"谢停舟问。

"没想偷什么。"沈妤毫无底气。

谢停舟眼底暗藏凌厉："我警告过你的，时雨。"

沈妤紧张道："我只是想看一看关于燕凉关一案的信件。"

谢停舟视线一扫，两摞军务和幕僚书信没动，地上散落着兮风中午放进来的信，其中一封已经抽出来还没来得及展开看。

"想知道？"修长的两指掂起书信，谢停舟一目十行地扫过，缓缓俯身，影子压在沈妤身上，如有实质，"我念给你听啊。"

半湿的头发从肩上滑落，一滴水珠正中沈妤眉心，她被那一抹冰凉刺激得抖了一下，换来黑豹喉咙里发出的低沉警告。谢停舟指尖在她眉心一抹，声音轻得近乎喟叹："真叫人失望。"

他的手没有离开，反倒在她眉心点了两下。

"苍。"谢停舟喊了一声，黑豹立即收回前爪退后了几步，仍旧是弓背防御姿态。

沈妤没敢起来，仍是这般躺在地上望着他。

"看看吧。"谢停舟说。

那页纸轻飘飘落在她脸上，她拿着坐起来在灯下看。伴随着谢停舟的声音："在平潭县偷了那么大一笔银子，却没人报官，让我来猜猜，是平潭县的商人富甲天下，几千两银子对他们来说只是九牛一毛。"

"还是说，"他稍顿，"你根本就是在撒谎？！"

沈妤正好看完了信，这根本不是关于燕凉关一案的信件，而是他派人调查她的回信，信中所说的正是那件事。沈妤抿唇，不敢看谢停舟。

谢停舟在书桌后的椅子坐下："你还有话说吗？"

半晌，沈妤终于开口："有。"

她抬起头看去："我从未想过害你，也从未想过做任何对你不利的事，只是一路相伴对于我们这样的人来说，谈信任终究是太早了，你我都一样，也不必说什么失望。"

不知为何，她心里有些难过，她不知道是因为没看到自己想看的东西，还是为他设了这样一个局而感到难过。

谢停舟抿紧了唇线，闭了闭眼："来人。"

门外灯光骤亮，兮风和长留出现在门口。

谢停舟闭眼靠向椅子："带下去。"

侍卫立刻进来想要将她从地上拉起来。

"我自己走。"沈妤说着起身，跟着侍卫往外走。

今夜的青朴居上空仿佛布上了一层密云，压抑得厉害，苍似乎感受到了主人的情绪，趴在书房的角落里一动不动，檐下的玉爪梳理了一下自己的翅膀，也歇在那儿不动了。将人押入地牢，兮风和长留回来复命。

"殿下，"兮风站在门口说，"已将时雨押入地牢。"

谢停舟盯着桌上的信件，确实如时雨所说，他只在乎燕凉关一案，军机密函的重要性比燕凉关一案要高，但他没有动过。

"他反抗了吗？"谢停舟问。

兮风如实汇报："没有，没上镣也没有上枷，他自己走进的地牢。"

谢停舟吐了口气，以时雨的功夫，虽不能全身而退，但奋力一搏逃脱是有可能的，但他没有跑。他是笃定了自己不会杀他，还是……

长留听里边没了声音，指了指外面，让兮风跟着他过去。两人走到离书房稍远的地方，长留问："你说殿下是什么意思？我听说除夕那夜，他和时雨在厨房吃了面条，是时雨做的，后来殿下还送他回鹿鸣轩。"

兮风靠了会儿墙，觉得凉又改为靠着柱子："我怎么知道？"

"那你不是跟殿下的时间长吗？"

"你不长？"兮风反问。

"我比你晚两年好吗？"长留自言自语，"我总觉得他待时雨有些特别，但是我看殿下也不像是轻易动情的人。"

兮风靠着柱子猛地一滑。长留看出了端倪，小心翼翼地问："不会吧？发生了什么我不知道的事？"

兮风这些日子憋得难受，他又看不清谢停舟到底什么想法，干脆说出来让长留一起出主意。长留听完，震惊得半晌没开口，过了好一会儿才说："完了完了，那北临王府岂不是要绝后了？哎！你打我干什么？"

兮风在他后脑勺拍了一巴掌："空穴来风的事，你胡扯什么？"

长留揉着脑袋："当时殿下否认了吗？"

兮风："没有。"

"那不就得了？"长留转了几圈，"咱们来打个赌，我赌过不了几天殿下就会放他出来，你就赌不放。"

"我也赌会放。"

长留翻了个白眼："刚才是谁跟我说空穴来风？"

兮风："……"

北临王府这日来了客人——是当今圣上的第九子李霁风。谢停舟在北临有不少酒肉朋友，在盛京却不多，李霁风算头号人物，两人在那年春蒐结识。敌人的敌人就是朋友，李霁风十分厌烦内阁次辅柳丞家的公子柳裕，奈何皇家管束太严，他虽身为皇子，却找不到机会整治那个泼皮。可谢停舟就不一样了，身为北临世子，就连皇家也要给三分薄面。自从那年谢停舟一脚将柳裕踹下马摔断了腿，李霁风简直将他奉为知己，谢停舟在京中的时候他就跟牛皮糖似的黏着。

暖阁内温暖如春，窗外假山流水淙淙，李霁风热得要死，脱了外袍倚在榻上和谢停舟下棋。今日谢停舟的棋路大开大合杀气四溢，杀得李霁风节节败退，李霁风抓耳挠腮地落了一子，眼见谢停舟要落子，他连忙挡住："别这么狠啊，我不过晚来了几日你就郁闷成这样，搞得我跟那负心汉似的，你不知我这几日有多忙，我……"

"撒手。"谢停舟冷冷道。

李霁风"啧"了一声松开："大过年的，你怎么杀气如此重？"

谢停舟不理他，将黑子压在棋盘上，李霁风低头看了半天："你真是一口气也不给我剩啊。"

他招了招手，站在一旁的小太监熟练地从袖中掏出一张银票，恭恭敬敬放在榻上，那里已经叠了一小沓银票，均是千两的面额。

谢停舟看也没看，掂着手里的棋子问："还下？"

李霁风看向小太监，太监摊开手摆了个哭丧的脸，表示已经没钱了。

"不下了，"李霁风将子一拂，"你也忒小气了，咱们什么交情？那是为同一个人摔断腿而拍过手的交情，和我下棋你还要收钱！"

谢停舟把子丢在篓中："旁人拿银子请我下我也不下。"

丫鬟上前麻利地收走棋盘，重新摆上茶点。李霁风扫了几个丫鬟两眼，问："我去年给你送去的那几个美人你怎么没带过来？"

"送人了。"谢停舟淡淡道。

"送人了？！"李霁风抬高声音，"最美的那个也送了？"

"送了。"

李霁风捂着胸口，痛心疾首道："谢昀！那丫头我自己都没舍得疼爱，专程留着给你送去，你就这么送人了？！你不要你给我还回来呀。"

谢停舟端起茶盏撇了撇沫："以为你不要才送给我。"

李霁风想起来就是一阵心疼，就像自己都没舍得吃的点心偷偷留着送人，结果人家直接扔了。

"苍呢？"

"隔壁院子。"

"你放它出来，"李霁风挽着袖子一副要大干一场的样子，"你让它出来咬死我算了，我一腔真心付诸流水，你这个——"

"兮风。"谢停舟打断他。

"别别别，"李霁风连忙笑着摁住谢停舟的手臂，"我开玩笑的，别放别放，那家伙每次看到我都一副要吃了我的样子。"他随手拣了一块点心放进嘴里，视线一扫发现谢停舟正盯着他手里的点心看。

那目光有些奇怪，像是有些烦扰，李霁风自己看了一眼，嚼着点心说："你不会这么小气吧？一块凤梨酥而已。"

谢停舟目光不移，看得李霁风一阵发怵，哆哆嗦嗦将手里剩下的半块凤梨酥放回碟中。

"还你。"

谢停舟没吭声，盯着桌上的点心看，他怎么会想起时雨来？他记得回京途中两人下棋，起初他规规矩矩，后来和镖局上京路上无聊，他闲得无聊买了副棋。时雨安排得倒是妥当，又是热茶又是点心的，他记得其中一样时雨特别喜欢，就是凤梨酥，往往一局还没下完，一碟凤梨酥就没了。

谢停舟忽然一阵烦躁，他抬起手指，用力压了压眉心。

李霁风觉得这次见到的谢停舟有些不一样。算起来两人分别也没多久，也就是前年的事，两人偶有书信往来，他倒是没见过如此深沉困扰的谢停舟，李霁风想不出能有什么事让谢停舟烦成这样，看他样子倒是有些像他六哥发现刚娶进门的姑娘，其实喜欢的是他七哥一般，那时他六哥约莫也是这副表情。

"你莫不是……"李霁风围着他转了一圈，"莫不是你喜欢的姑娘其实喜欢别人？"

谢停舟看白痴一般看了他一眼："吃饱了吗？吃饱了就滚。"

李霁风就喝了几口热茶，连一块凤梨酥都没吃完，哪来的饱？但他觉得要是再不走，谢昀那家伙还真有可能放苍出来咬他。

李霁风气呼呼地走出去。长留立刻上前来带路，安抚道："九殿下别生气，世子就是这几日遇到点烦心事，过几日就好了。"

李霁风来了精神："什么烦心事？"

长留道："也不是什么大事，就是牢里关了个近卫。"

"他谢昀是不是有病？关了个近卫他烦什么？那近卫捅他了？"李霁风好奇道。

长留心想当止是捅，那捅的可是心窝子，随即笑道："我也不清楚，九殿下这边请。"

李霁风一想，忽然停下脚步："你带本王去看看，我倒要看看是何方神圣。"

"那可不成。"长留当即拒绝。

李霁风勾着长留的脖子："你怕什么，我就看一眼，万一我看了之后想到办法劝他呢？"

长留心想似乎也行，不过是看看而已，谢停舟也没交代过不让见人。

地牢昏暗，墙上竖着火把，李霁风去的时候沈妤正在睡觉。她侧卧在草席上，身上的被子有些薄，挡不住地牢里的寒气，她蜷成了一团。李霁风抓着栏杆往里看，黑乎乎的被子下掩着一张白皙的小脸，清清秀秀看着好生可怜。

"他是男的？"李霁风问。

长留理所当然道："近卫还能是女的？"

李霁风想了想，又盯着沈妤看了好一阵，摇了摇头："完了，他谢停舟完了啊。"

"九殿下什么意思？"长留疑惑道。

李霁风大步往外走："男生女相，似男非女，朝夕相处，日久生情，哎——长留！"

李霁风回头："你有没有发现本王的文采变好了些，方才竟连着说了四个成语。"

长留一脸无语："……"

谢停舟怎么会交了这样一个朋友？北临佣兵十万，原本皇子与北临世子交往是大忌，但李霁风不一样。他李霁风是同绪帝第九子，出了名的不学无术，就算结交谢停舟也无人干涉，因为所有人都认定了他是扶不上墙的烂泥。幸亏是命好生在了帝王家，一辈子吃穿不愁。

长留干笑道："确实，九殿下出口成章文采斐然。"

"我也这么觉得。"李霁风乐呵呵地问，"方才我说到哪里了？"

长留接话："日久生情。"

李霁风："对！日久生情，他谢停舟完了呀。"

"九殿下，您走反了。"看着激动得走错路的李霁风，长留适时提醒。

"我得先验证一件事。"李霁风昂首阔步朝着谢停舟的院子走，"本王的挚交好友正经历人生一大难题，我怎能在此刻弃他于不顾！"

醉云楼是盛京城中最大的花楼，虽已入夜，但醉云楼仍是一片热闹欢腾，来者非富即贵，个个都是能一掷千金的主。李霁风在王府磨了半日，总算把谢停舟给拖出来。李霁风是这里的常客了，平日都乔装过来，老鸨一见到他就热情地迎上去："风公子有些日子没来了，今儿个什么风把您给吹来了？"

　　这里头个个都是人精，老鸨是聪明人，从不探听客人身份，只要出得起钱的都是爷，哪管他是谁。这大冬日的李霁风也不嫌冷，风流倜傥地摇着一把折扇："今儿是带我哥哥来，瞧着，这位才是今日的贵客。"

　　他往侧旁让开，待看到他身后的谢停舟，老鸨一下子呆住。李霁风折扇一合："看什么呢？还不快把人给迎进去？"

　　老鸨回神，连忙将人往里请："几位公子正在房中等着您二位呢，瞧我，一时看呆了，公子这相貌，想来揽月公子也不过如此吧。"

　　李霁风乐了："那肯定的，定然是不相上下。"说起来揽月公子这个骚包的称呼，最先还是李霁风给传出去的。

　　谢停舟斜睨了李霁风一眼，他今日之所以来，是因为他不能继续在王府里这样待下去了。一是内心烦躁，二是这几年为了让同绪帝放松警惕，他在北临塑造的是浪荡公子的形象，进京数日还没进过一次花楼和酒楼，同绪帝定然会起疑。老鸨亲自将两人带进最好的房间，李霁风和谢停舟一进门，那群东倒西歪的公子哥立刻起身，都是常年混迹声色场所的主，默契地没以身份相称，只是笑着拱了拱手。

　　李霁风招呼："叫几个姑娘进来，要顶尖漂亮的，我这兄弟挑剔得很。"

　　"那是自然，定然将咱们醉云楼最漂亮的姑娘给公子送过去。"老鸨热情地说，心想便是醉云楼最漂亮的姑娘，也觉得委屈了这公子，还真不知道是谁捡了便宜。

　　老鸨喜滋滋地走了，那几个公子哥才开始寒暄。

　　"九殿下，世子殿下。"

　　在座的几位公子俱是出身高门，都知道北临谢家权势滔天，北临王原就是马上征天下，后来出了个承其衣钵的世子谢停舟。谢停舟少年成名，谁知却在战场上出了事，兴许是受了打击，自此开始花天酒地，若比浪荡，这些个公子哥再浪荡也浪不过他。

　　谢停舟颔首招呼。

　　"还得是九殿下才能请得动世子大驾，我前面递了好些帖子都没有回音。"

　　"那可不，"李霁风得意得不行，"我和他什么关系？"

　　不消片刻，打扮得花枝招展的姑娘鱼贯而入，有人抱琴，有人执扇。见到房中新来的公子，姑娘们赞叹之余心中皆暗自一喜。丝竹声绵绵，李霁风手中折扇随着琴声打拍子，几个公子哥搂着美人闲聊。谢停舟斜倚着，手中把玩着酒杯。一杯喝完，跪坐在旁的女子执壶要给他再倒一杯，他手往旁边一让，女子够不着，倾身时一下不稳倒在他身上。

　　"哈哈哈，"李霁风大笑，"是个懂行的姐儿。"

　　女子投怀送抱的行为当场被人拆穿，羞得红了脸欲语还休，轻声细语喊了声："公子。"

　　谢停舟垂眸看着，没什么表情，捡起桌上李霁风的折扇，挑起姑娘的下巴端详。姑娘望着眼前这张脸，仙人般的眉眼落入凡尘，在这样的烟花之地，眼中却没沾上半点红尘气。她陡然生出一种自惭形秽的感觉，唯恐自己的身份和姿色会污了仙人的眼。谢停舟索然无味地将折扇丢回桌上，那姑娘面色顿时一白，因为从公子的脸上看到了无趣。

李霁风喝着酒，不时打量着谢停舟的表情。谢停舟知道李霁风在看自己，样子还是要做的。

"你，"他指着那个弹琴的女子，"过来。"琴声骤停，女子袅娜行至他身边，屈膝在地上跪下来。

他却只是看了两眼："斟酒。"

李霁风若有所思："怎的？这里的姑娘不如北临的美，不合你口味？"

谢停舟轻轻笑了笑："腻了。"

李霁风想起牢中的那个人，眼珠子咕噜一转，计上心来。

忽然问其中一个公子："朝恒，你新接进府的那个新宠如何？"富人家养宠侍在大周早不是稀奇事。

朝恒看了一眼谢停舟，见他没有厌恶的神色，这才开口："嫩是嫩，就是娇气得很，胆子又大，我去我小妾院子一趟就跟我闹脾气，我还是第一次哄人。"

旁边一男子名为薛晋，其母是当今圣上的胞妹，他问："那你怎么哄的？"

朝恒笑道："还能怎么哄，喊着小名榻上走一遭，回头再送些稀奇玩意儿就行。"

谢停舟莫名想起了时雨，他记得他的小名是叫山炮儿，那次擂台比武，至少下面的人就是这么叫他的。

李霁风一直留意着他，见他拈着杯子唇角勾起薄笑，凑过去问道："想什么呢？"

谢停舟一怔，他怎会想起时雨来？时雨哪轮得到谁喊他小名哄？况且，谁要是抱着他说山炮儿乖别闹，怕是当场就能把人给气炸了吧。从刚才的谈话来看，谢停舟对此并不反感，并且当时还微微走神。李霁风仿佛发现了什么稀奇事儿，一晚上都兴奋不已，不遗余力地给谢停舟灌了好些酒，晚上就宿在了醉云楼顶楼的雅间里。

天边泛起鱼肚白，谢停舟猛地从梦中惊醒。他屈起腿，掌心撑在额头上，那一身燥热的余韵未消，汗涔涔的后背仿佛还贴着两只柔软的手掌。他做梦了，梦到了一个完全没想到会梦见的人，或者说，他想过，但是内心拒绝承认。梦里的画面还没散去，那人的长发铺散在榻上，脸颊泛着绯色，手指蜷起揪着被褥，帐幔随波晃荡。

谢停舟闭着眼，狠狠吐了口气，掀开被子下床："来人。"

兮风抱剑在门口守了一夜，闻声推开门，看见谢停舟坐在床榻上，垂着头手臂撑着腿，整个人身上透着一股山雨欲来的戾气。谢停舟没有抬头，说："备水沐浴，再叫几个姑娘进来。"

兮风眼中露出一丝诧异，但他很快按捺住了，随即垂首道："是。"

雅间设了左右两个耳房，丫鬟鱼贯而入在耳房备水，原想要伺候洗漱，被谢停舟打发出去。沐浴完，谢停舟从耳房里出来。小厅中站了几个姑娘，姿色都非常挑，薄纱披肩，春色若隐若现。她们得了妈妈的吩咐，知道这里住的是贵人，听见脚步声也不敢抬头。

房间里充斥着一股脂粉气，谢停舟坐到椅子上往后靠着，目光在几人身上巡过，淡声道："抬起头来。"

姑娘们纷纷抬头，惊艳于眼前人谪仙般的面容和气韵，却不敢与他对视。站在最前的是昨晚弹琴后来一直替他斟酒的姑娘，她大着胆子袅娜上前，拿起一旁的帕子，轻声道："公子，奴家为您拭发。"

谢停舟没有拒绝。

她抖着手，压下心中的喜悦，但还没碰到头发，便听到冷冷一声："出去！"

那姑娘动作一僵，急忙跪下来："奴家可是做了什么让公子不高兴？"

谢停舟微垂下眼："你站在这里，就让我非常不高兴。"

姑娘脸色一白，放下帕子后退。

谢停舟："全都出去。"

房门关上，那股脂粉气却没有散去，谢停舟心生烦躁，再回想那个梦，只觉得心里有一团火在烧。他怎会，他竟然对时雨起了那样的心思？谢停舟不敢信，也不想信。

李霁风一觉睡到晌午，听小禄子说谢停舟天刚亮便走了，叫了几个姑娘进房，不过片刻又把人赶了出去，走的时候黑着脸。李霁风一边穿衣，听得兴起，笑说："我那个朋友啊，恐怕是自己都还没弄明白是怎么回事。"

小禄子说："奴才不懂。"

李霁风瞥他一眼："你一个阉人，你自然不懂。"

自那日回了王府，谢停舟便将自己关在房里，夕风闭口不言，长留急得嘴角都起了火泡。

第三日，谢停舟总算出了房门，第一件事就是让人把时雨带到书房。时雨在地牢里住了好几日，她知道自己还有用，谢停舟暂时不会杀她，毕竟三法司还要提审。沈妤走进书房，夕风立刻在她身后关上门，她回头看了一眼，慢慢走到书桌前跪下。这是第一次，谢停舟的房中没有点炉子，地上很凉，他写字的手指骨节冻得泛红。

谢停舟没抬起头，还在批注北临快马送来的公文："你可知错？"

沈妤垂着头，身上的衣裳还是进地牢那身夜行衣。

"时雨知错了。"这是她从前被沈仲安和沈昭训多了，慢慢总结出来的，对方在气头上的时候，就乖乖认错，狡辩和倔强只会火上浇油。

最后一笔写完，谢停舟放下笔，这才挪眼看去："错在哪儿？"

沈妤没有从谢停舟的言语间听出强烈的情绪，放下心来："错在想知道消息应该直接问殿下，不该自己来偷看。"

谢停舟薄唇抿紧："仅此而已？"

沈妤乖乖回答："不该撒谎骗人，银子是我在陆氏的店里支的。"

乖得有些过分了，谢停舟心想，嘴上问："他们会支给你？"

他不信。

"给的，"沈妤说，"将军给了我陆氏的印信。"

谢停舟起身走到他跟前："你一个近卫，他为何会给你？"

沈妤咬着下唇不说话，她算是明白了，在谢停舟面前，谎言或许当时能蒙混过关，但用不了多久就会被他拆穿。他这样手握生杀大权的人，不会轻易被人左右，与其撒一个终究会被拆穿的谎言，倒不如不说，他内心自有定论。

谢停舟垂下眼，夜行衣领口露出一截秀气的后颈，那样白，那样细。让他像梦里一样软弱地向他求饶，在颤抖中抱紧他的背。

"殿下？"沈妤抬起头。

对上时雨茫然的视线，谢停舟猛地回神，难以置信地挪开眼，他转身走到窗前，袖子下的手紧握成拳。疯了！他方才在想什么？！谢停舟闭了闭眼，睁开时掩盖了情绪："念在你救过我一次，死罪可免活罪难逃，自己去找兮风领鞭子。"

时雨一走，谢停舟立刻让人备马，长留一溜烟跑了。兮风听说时雨来找他领鞭子，却没说到底领多少，只能去找谢停舟请示，正好在门口追上刚上马的谢停舟。兮风说明来意，谢停舟执鞭坐在马上问："按例该领多少？按规矩办。"

兮风："这……"

"怎么？你办不了？"谢停舟语气微冷。

长留就在谢停舟身后，也骑着马，接话道："殿下，按例已经斩了。"

谢停舟："……"

长留年纪还小，单纯不过脑子。兮风赶紧给台阶："轻则鞭笞二十，重则……"

"那就二十。"谢停舟说完便打马离开。

长留想跟上又有话想跟兮风说，经过他身旁时丢了一句："你看，我就说他不一样。"

谢停舟一路策马去了醉云楼，下马后将马鞭一扔。

老鸨急匆匆来迎接，赔着笑脸说："风公子有长期预留的雅间，我带您上去。"

"不用特意找他。"谢停舟往楼上走，目光扫过楼间行走的花娘，又道，"也不用叫人来。"

老鸨本想推荐推荐，看贵人兴趣浅浅，便识趣地拿绢掩着唇笑："自然都听公子吩咐。"

还是之前顶楼的那间房，老鸨备好吃食便转身退了出去。

谢停舟坐在椅子里，一言不发。几天前，他在这里做过荒唐的梦，也在这里落荒而逃，此刻无人打扰，只有门外的乐声跌宕起伏，或轻柔或婉转，仿佛化作实物，在他的心海湖面上激起层层涟漪，于是明明没有饮酒，谢停舟却像醉了。

他看到了很多不同模样的时雨。在擂台对战时，那人迎着风，发丝飞舞肆意张扬；在农家小屋，像小鹿一样暗自舔舐伤口，隐忍不发；还有，在谢停舟沉沦的梦里——那样的迤逦光景。

铮——拨弦声停了。

他多日苦思烦闷，想要求证的真相，或许早已经明了。

李霁风是从老鸨处听说谢停舟来了醉云楼，便火速御马前来关心兄弟的状况。谁知刚上楼，就看到谢停舟跟变脸似的，上一刻脸色阴沉，下一瞬雨后晴空。若不是怕被揍，他真想拍手叫绝，好一招变脸。

察觉来者，谢停舟抬眸，见是他，问："你来干什么？"

"自然是关心你，"李霁风拖着椅子靠近些，"怕你钻牛角尖，你牢里那个人对你来说很不一般吧？"

李霁风嘿嘿一笑，摇着折扇走到谢停舟对面坐下："我也好奇，你挑来挑去，到底喜欢什么样的？"

谢停舟出神，自思绪不再纷乱，时雨的模样也清晰地映现在脑海。

见他不说话，李霁风道："这普天之下的人非男即女，你都不喜欢，就喜欢成日和那些畜生混在一起。"

谢停舟目光凉淡，一眼看去，李霁风连忙改口。

"别误会别误会，我是指苍和白羽，一个天上飞的一个地上跑的都不喜欢我。"

谢停舟没接话。

李霁风靠着椅子，自顾自说："你看看我，身为皇子，除了在文采上有点造诣以外，其他一窍不通。"

谢停舟被他的自夸逗得笑了一声："你是在享乐上有造诣吧。"

李霁风假装没听见："人活一世不就图个乐吗？你谢停舟身为北临世子，算起来比我这个不受宠的皇子还高贵两分，可你活得快活吗？"

谢停舟默然地盯着窗台，生平第一次自问：你快活吗？他已经很久没有快活过了。他见过阴谋，见过生死，见过将军马革裹尸，见过灾民食不果腹，这还不够，如今还要如同一具行尸走肉一般身不由己地困在这座皇城里。可这些他全都不在乎，他只是凭着本能在做事，不论征战还是权谋都不是他想要的，只是怕不做的话，他这个人就会在阴暗里慢慢发霉发烂，他需要站在阳光里。

李霁风似乎也想到了，原本浪荡的表情一收："其实我也不快活，我也想安邦定国，可你看我，那些人在背后说我烂泥扶不上墙我都知道，但是他们说得没错，我就是烂泥，什么也干不了。"

李霁风的声音低下去："停舟，你以为我想成日享乐成日混迹勾栏吗？但是如果我不是烂泥，我那些兄弟，个个都会想要我的命。"

不具威胁，才能保全性命，都是身居高位却身不由己的人，谁也没好到哪里去。

"所以啊，"李霁风给他倒了杯茶，"及时行乐吧。"

及时行乐，谢停舟懂，可他接受不了这样的自己。

气氛太过沉闷，这是李霁风最受不了的，一杯茶下肚，他仍旧是那个浪荡的九皇子："我看过那人身板了，你指定是轻松拿下。"

谢停舟嫌弃地看了他一眼，起身便走。

李霁风连忙丢了杯子追出门："我跟你说真的，再烈的马也怕缠郎……救命——"

看见谢停舟拔出长留腰间的刀，李霁风拔腿就跑。

沈妤挨过揍，也受过伤，只是没想到挨鞭子竟然这样疼，整个后背都火辣辣的，只有束胸的那一截布料厚些，替她挡了一点，让她少吃了些苦头。不敢叫大夫，沈妤只能自己上药，后背不方便，她便照着镜子大概撒了点药，纯粹是看哪道伤口运气好，多接点药。

沈妤疼得龇牙咧嘴，问候多少遍谢停舟的祖宗也难解心头之恨。她在疼痛里昏睡过去，醒来时口干舌燥，身上也没力气："有人吗？"她张口喊了一声，才发现喉咙哑得厉害。门外没有回音，她强撑着下床，灌了几口壶里的冷茶后又趴回了床上。

谢停舟到底还是没走，直接在醉云楼留宿。

兮风一步三级楼梯跨上楼，看见门口站着的长留，问："殿下呢？"

长留下巴一扬："屋子里呢。"

又在兮风经过时拉住他，小声提醒："殿下今日心情不好。"

兮风点头，进屋后站在一边没开口。

谢停舟斜靠在榻上翻过书页："杵着干什么？"

兮风表情严肃："来回禀殿下一声，时雨的鞭子已经领了。"

"领了就领了，此事无须回禀我。"谢停舟平稳道。

兮风留意着谢停舟的神色，倒不见有什么变化，只是手中的书半晌都没有翻页。

过了片刻，兮风大着胆子问："我给他停了三日的轮值，之后……"

他住了口，因谢停舟看了过来。

谢停舟不咸不淡道："是不是你们所有人，都觉得我待他不同？"

答案是肯定的，但兮风不敢回答。

谢停舟已经从他的沉默中知晓了答案，原来，他早就不可控了，大家都看出来了，独他自己当局者迷。

谢停舟垂眸继续看着书，淡淡道："不用他轮值了，以后别让他再出现在我面前。"

兮风震惊地抬头看去，又连忙垂首："那燕凉关一案结束后如何安排？"

"随他去，他想走也好，想留也罢，若是他想留，在京中给他找个差事。"

谢停舟头也不抬，兮风出去了很久，他才转头望向窗外："拿壶酒来。"

情不知因何而起，亦不知何而终。

兴许瞧不见人，念想便断了吧，总会习惯的，只因他早已习惯了割舍。

寅时五刻，晨钟声响，天还没亮，盛京四方十二城门大开。几匹骏马奔入城内，直奔东市的北临王府而去，来人在王府门口下马，被侍卫带着去往谢停舟的书房。一路夜奔，跑出了一身薄汗，为首的侍卫抹着脑门上的汗珠，步子迈得很大。

"这才五更，恐怕会扰了殿下休息，我等殿下醒了再行禀报便是。"

领路的侍卫道："殿下一直醒着。"

那人没听懂，刚想问，侍卫又说："刚从醉云楼回来，酒都还没醒呢。"

"是京中出了什么大事？"

侍卫摇了摇头："到了，你自己进去吧。"

　　青朴居压抑得很，没人喜欢往跟前儿凑，唯恐差事出什么差错。听到近卫通报时，谢停舟正斜靠在榻上，额角发疼，手里把玩着一瓶上等的金创药，晦暗的目光不知在想些什么。他在醉云楼泡了两日，明明已经微醺，脑中却清晰得很，喝得越多，越发明白自己想要什么。

　　他望了一眼窗外，问："什么时辰了？"

　　"寅时六刻。"近卫说。

　　谢停舟揉了揉眉心："让他进来。"

　　侍卫进门禀告，这趟差事没有办好，他一边讲述来龙去脉，一边留意着谢停舟的脸色，心一直悬着："我们赶到的时候为时已晚，其他村民没有伤亡，只是老丈他……

　　"当时大爷还吊着一口气，让我转告几句话……"

　　侍卫想起当时的画面，老丈躺在血泊里，撑着一口气说："你告诉他们，莫要自责，老汉我……一个人过了这么多年，已经很久没有……没有这么热闹过了，我早就想……想下去见老伴和，和孩子了，我如今走得……很开心，只是……有一事放，放心不下。"

　　前日刚下了雪，窗外那一片金镶玉竹被细雪压弯了腰。谢停舟走到窗前，喉间呼吸略滞，他没想到那几日的轻松安逸竟会成为老丈的夺命刀。

　　"还有吗？"他平声问。

　　侍卫道："大爷让我转告小雨一句话，属下不知谁是小雨。"

　　谢停舟："你说吧。"

　　"大爷说他那所房子虽然不怎么样，但也是个遮风挡雨的地方，他留给小雨，让他若是哪一日无处可去了，就去那里住，然后大爷将狗托付给了我，请我寻一处妥帖的人家。"

　　侍卫终于转达完了大爷的话。

　　谢停舟问："狗呢？"

　　侍卫没敢抬头："属下按老丈的要求将他葬在了亲人的墓旁，那条狗不知殿下准备如何处置，于是擅自作主将狗带了回来。"

　　谢停舟伸指拨弄了一下窗台上的雪，想了想道："你做得很好。"

　　"那，狗如何处置？"侍卫大着胆子问。

　　"带过来。"

　　侍卫领命离开，刚走到门口。

　　"等等。"谢停舟改了主意，思索片刻说，"把狗交给兮风，让他送去时雨那里吧。"

　　他院子里养着苍，大黄进来不出一个时辰估计就成了它的腹中餐，况且那狗怕他得很，见着他就夹尾巴，倒是每次见了时雨就十分欢快。

　　曙光初露，给雪色添了一层金。谢停舟临了一幅字，却仍旧没能静下心来。当初从村里离开的时候时雨就红了眼，如今听说老丈突然离世，还不知会难过成什么样，他骗不了自己，他不放心。

　　又是一个时辰过去，书房的门忽然开了。谢停舟大步往外走，说："不必跟了。"

兮风停下脚步，檐下的白羽振翅而起，在空中盘旋了一圈后朝着谢停舟俯冲而下，落在路边的树枝上。树枝被它一踩，扑簌簌往下落着碎雪。去鹿鸣轩的路很静，有仆役正在洒扫，见了他立刻跪了一地。越靠近鹿鸣轩，狗叫声越发清晰，间或还有爪子刨门的声音，谢停舟目色一凛，加快了脚步，推开院门，大黄直接从门内扑出来。狗的记性好，大黄还认识他，在他身边转了一圈，跑到一间房门口，又是一阵狂吠，十分急迫的样子。

谢停舟发现了不对劲，大黄叫得这样厉害，时雨却没有出来。房门半掩，只留了大黄挤出来的一条缝，他一下推开门，光线透入，落在榻上的人身上，谢停舟的目光忽地凝滞了。来时这一路他想了很多，要如何面对时雨，如何面对自己生出的龌龊心思。

他克制过，却仍想占有。只是没想到看到的却是这样的画面——时雨趴在床上，面颊通红，发白的嘴唇已经干裂起了口子。谢停舟摸他的额头，烫得厉害，轻声唤道："时雨，时雨？"

沈妤烧得浑身都疼，背上更疼，有人在叫她，但她睁不开眼。谢停舟见他唇动了动，俯身附耳过去，却没听到他说话，只有呼在耳畔发烫的喘息声。床边搁了个茶壶，想给他倒杯水，他提起来里边却空空如也。

"来人。"谢停舟扬声喊道。

门外半天无人回应，谢停舟怒气渐生，疾步走到院门口："来人！"

洒扫的丫鬟连忙把扫帚丢弃在一边，快步行至院门："殿下。"

谢停舟心里压着团火："鹿鸣轩伺候的人呢？"

丫鬟战战兢兢道："从前殿下不在京中，所以鹿鸣轩一直没有安排伺候的下人。"

谢停舟默了片刻："传大夫，再打壶水，叫兮风和长留过来。"

他回到室内，大黄异常乖巧，怏怏地趴在床边，听见脚步声抬头看了看，又趴了下去。时雨呼吸得更急促了，额头滚烫，却没有出汗。外伤一旦处理不好，便很容易感染发烧，受鞭笞到现在，不知道他一个人在这里躺了多久。谢停舟呆呆地望着他，第一次开始后悔自己做下的决定，那二十个鞭子怎么会将他打成了这样？

他伸出手，捏住他的领口，半晌才似下定了决心，小心翼翼地拉开。他的肩膀比寻常男子要窄，要薄，还更白，衣衫缓缓褪至腰间，背上的伤痕也完全展露出来，皮开肉绽的鞭痕纵横交错地分布在背上，但中间却断开了巴掌长的距离。

谢停舟疑惑地凑近，目光扫过背脊，却忽然愣在了那里。那匍匐着的纤细身躯下，胸口两侧被挤压出了漂亮的弧度，谢停舟的脑子如惊雷般轰然炸开，脑中那一根弦忽然断了。目光从那处移到时雨脸上，一路同床共枕，他竟然没察觉她是个女儿身！

那他这些日子的痛苦与挣扎，又算什么？只能算笑话吧。

叩叩——

"殿下，奴婢打水来了。"

谢停舟如梦初醒，扬声道："放门口，再打盆温水，毛巾。"

"是。"

丫鬟的脚步声远去，谢停舟开门拎水壶，兮风和长留恰好在此时走进院子。谢停舟扫过两人，一个字没说，反手关上了房门。那眼神阴恻恻的，兮风和长留面面相觑，一人一边立在门口。

长留小声问："咋回事？"

兮风板着脸："不知道。"

长留想了想说："怕不是打了人自己又后悔了吧？"

两人对视，都认为分析得颇有些道理。

"完了，"长留说，"鞭子是你打的吧？"

兮风面不改色："不是我亲自执行的。"

"那也是你下的令。"

"是殿下下的令。"

长留摇头说："你怎么不懂呢？殿下怎么能有错呢？错肯定在咱们身上。"

兮风没说话，好似已经认可了。

"那……跪吗？"长留问。

兮风没接话，但身体很诚实，一撩袍子直挺挺地跪下了。

谢停舟倒了半杯水，轻轻吹了吹，放在旁边凉着。

丫鬟打水过来，看见门口一左一右跪着的两人吓了一跳："殿下，水来了。"

谢停舟抬手放下床帐："进来。"

丫鬟端着水进去，垂着头不敢多看，端着水走到床榻前，帐子垂着，里头什么也瞧不见。

谢停舟坐在床沿："叫大夫了吗？"

"叫了。"

"嗯，出去吧。"

丫鬟退了出去，外面兮风和长留见她一个人出来，对视的眼神中充满震惊。长留膝行了几步，过去和兮风并排跪在一起，侧过头低声问："只有殿下和时雨在里边儿，你说到底是谁伺候谁？"

兮风瞪了他一眼："别乱猜。"

"你就不好奇？"

兮风目视前方，抿着唇想，好奇也不能开门进去看。

门内谢停舟拧了帕子，轻轻替她清理伤口周围，清理完伤口重新上了药，原想用纱布给她敷上，犹豫之下还是作罢，仍旧给她保留了原样。谢停舟将她扶起靠在自己肩上，又喂了几口水，大夫也来了。

大冬天的，大夫一路小跑过来，竟跑出了一身的汗。

"她背上有鞭伤，伤口已经处理过了。"谢停舟道。

大夫把完脉又看了看脸色，说："殿下，应当是受了伤没好生处理，前日下雪又受了寒，两相一撞就严重了，我给开几服药，烧退了就好了。"

谢停舟颔首，垂眸望着时雨。脸就巴掌大，胳膊细得好似一捏就断，这样的身体，到底是什么力量撑着她在战场拼杀，又一路走到了现在？谢停舟没办法否认，一股陌生的感觉在心中涌动。

床上的沈妤动了动，她好难受，恍惚中，她又看到了沈仲安的脸。燕凉关尸骸成山，战火连天，那密麻麻的箭矢插在他的背上，他仍旧在拿着长枪厮杀，一个西厥人从他背后悄悄接近。

"小心背后！"沈妤失声喊道。

沈仲安回过头，冲她大声叫着："跑啊！快跑！阿妤快跑！"

"呜……"沈妤唇边挤出一声呜咽。

谢停舟低头查看，只见她咬紧牙关，紧皱着眉，一滴眼泪偷偷从眼角滑了出来。手指抹过她的眼角，谢停舟长长地吐了口气。

长留在门口跪得膝盖都麻了，揉着腿小声嘀咕："早知道殿下要待这么久，我就不陪你跪了，我本就没错。"

话音刚落，门开了，长留连忙跪得笔挺。谢停舟随手掩上房门，冷声问兮风："你送狗过来的时候，就没有发现任何异常？"

兮风不敢抬头，脖颈间倏地冒起冷汗："我送来的时候天刚亮，时雨在房内应声，我以为他没睡醒，便将狗放在院内了。"

谢停舟沉了口气，问："忠伯还有多久到？"

兮风回道："年后才从北临出发，估计还有小半月。"

忠伯是北临王府的管家，此次谢停舟进京，定然不能如从前一般数月便回。同绪帝要留他在京中做质子，归期不定。如今谢停舟长居盛京，原先的仆役自然不够，这些日子各家都在想着往王府里塞人，但人还是自己的可靠，忠伯和下人都是直接从北临过来。

谢停舟皱了皱眉："如今王府内务是谁在管？"

"是原本留守的管家，不过往常只负责安排清扫维护，殿下回京后，起居是长留在安排。"

"是我是我。"长留接话道。

谢停舟问："鹿鸣轩住了人，为何没有安排丫鬟？"

长留呆住，好一会儿才反应过来："可是……可是他是个近卫啊，从来没有给近卫安排丫鬟的道理。"

兮风手肘撞了一下，长留一个不注意险些被他撞得倒过去。

谢停舟垂眸看了两人一眼，抬脚就走。

长留不明所以："我没说错啊。"

兮风起身拍了拍裤子："殿下问你，不是想知道为什么，而是提醒你该做什么。"

长留茅塞顿开，一骨碌爬起来："我这就去安排！"

刚一瘸一拐跑出院子，差点和折返回来的谢停舟相撞，谢停舟不目斜视地越过他，走到房前打开门唤了声："大黄。"

大黄抬头看他一眼，又趴了下去。谢停舟走过去弯下腰，说："跟我走，别吵着她。"

大黄似乎听懂了他的话，跟着谢停舟走了。一人一狗行至院中，空中陡然发出一声尖啸，白羽俯冲而来擦身而过，风带起了谢停舟的头发，吓得大黄缩在谢停舟的腿边一动不动。

白羽落在院墙上，昂首垂眸盯着大黄，谢停舟低头看了大黄一眼，又看向白羽，轻声道："别吵，这个你不能动。"

谢停舟有他自己的考虑，如今她尚在病中，大悲大喜于康复无益，既然兮风送大黄来的时候时雨并不知道，不如就缓一缓，等她好了再告诉她老丈身故的消息。

沈妤一觉醒来时，身边多了个小丫头，看上去也就十来岁的年纪："你是谁？"

小丫头眨了眨眼："我叫二丫，专门来照顾你的，你想喝水吗？"

沈妤喜欢她的眼睛，眼珠子干干净净又透又亮，不带任何心计。

"嗯。"沈妤撑着从床上坐起来，一不小心扯到后背，疼得"嘶"了一声。

小丫头端着水连忙跑过来："你别乱动，大夫来看过了，说你要好好休息。"

"大夫？"沈妤吓了一跳，下意识掩了掩自己的领口。

"是呀，"小丫头天真地说，"扫地的发现你烧得好厉害，告诉了兮风，大夫来给你把了脉，说吃几天药就好。"

沈妤警惕地问："除了把脉还有其他的吗？"

小丫头想了想说："没有，把完脉给你开了药大夫就走了，后面一直是我。"

小丫头叫二丫，来之前得了谢停舟的叮嘱，都是按他说的转述。

沈妤松了口气，和二丫闲聊了两句又乏了，趴在床上想事，眼看已经初十了，除夕那日她在成衣店托掌柜给沈嬷带信，约她私下见一面，不知道沈嬷给了回音没有，等她再好些，还是要抽时间出去一趟。原本长留想要将功补过，大张旗鼓地找了七八个丫鬟，准备安排进时雨的院子，谁知一说就被谢停舟驳了。二丫还是谢停舟亲自挑的，年纪小心思单纯，不会让人不自在，负责时雨日常起居已经足够。

青朴居内白羽站在窗台上紧盯着房中的大黄，大黄聪明得很，知道跟在谢停舟身边寸步不离。谢停舟跟前站着两个直挺挺的近卫，一个兮风一个长留，大黄就蹲在他脚边，倒颇有些狗仗人势的意思。

"鹿鸣轩如何了？"

这哪是问鹿鸣轩啊，分明就是问鹿鸣轩内住着的那位，也忒含蓄了。

长留冲着兮风挤眉弄眼，回禀道："好些了，胃口也好了，和二丫相处得挺好的。"

谢停舟端着茶盏，指尖在杯沿滑动。当然好，她似乎和谁都能处得来，一路上京，从没与人闹过矛盾，连店小二见了她也会多带三分笑脸，她似乎天生就是个讨人喜欢的人。

谢停舟思索着，时雨，沈妤。这两个名字差别如此之小，沈妤在边关失踪，时雨出现在他身边，让他不得不产生联想，他放下茶盏，说："去查一查沈妤这个人。"

兮风说了声："是"。

长留看了一眼，试探着说："我倒是知道一些关于沈大小姐的事。"

谢停舟抬眸："你怎么知道？"

长留道："我到盛京比你们早啊，没事的时候就去街上闲逛，倒是听说了不少事，那沈家小姐是个瘸子。"

"瘸子？"谢停舟眉心轻蹙。

长留点头，接着说："是啊，据说她是在战场受了伤，去年首辅家曾上门为江侍郎提亲，要不是江夫人发现她是个瘸子，这门婚事怕是已经成了。"

"你确定？"

"确定！"长留笃定道，"这事几乎全京城的人都知道，随便拉一个问定然也知晓，不过后来又传出消息，江侍郎亲自澄清并非嫌弃沈小姐，而是沈小姐自己拒了这门婚事，还说若是沈小姐点头，他可以随时娶她进门，世子您不知道，这事可敲碎了多少女子的芳心呢。"

谢停舟转了转杯盏，难道是他想错了？不是她？那她到底是谁？

而李霁风十分牵挂他这位挚友，一得了闲便往王府跑。

"还是你这儿舒服。"李霁风惬意地靠在软榻里，手里拿着块点心掰成小块扔给大黄吃。

谢停舟提笔批公文，头也不抬道："能有醉云楼舒服？"

"那自然是不能比，"李霁风又扔给大黄一块，"醉云楼都是身娇体软的姐儿，哎，你这狗哪儿来的？长得也忒丑了，赶明儿我给你找个品相好的送来。"

大黄"呜"了一声，点心也不吃了，跑回谢停舟身边蹭了蹭他的腿。谢停舟低头看了一眼，笑了。物以类聚，怪不得喜欢时雨，这脾性，倒还真和时雨有几分相像。

"它听得懂。"谢停舟说。

"听得懂又怎么了？它本来就丑啊，"李霁风满不在乎，"一个畜生而已。"

谢停舟不接话，批完又换了一封公文。

李霁风不知想到什么，盯着他看了半晌，忽然道："我发现你心情很好啊，怎么和前些日子要死要活借酒浇愁不一样了？"

说罢没等谢停舟回答，自己眼睛先是一亮："你是想通了？还是得手了？"

谢停舟警告地看了他一眼，李霁风嘿嘿直坏笑："长留啊。"

长留本就在门口守着，探了个头进来："九殿下。"

李霁风问："牢里那个呢？"

长留偷偷看了谢停舟一眼，发现他没有不快，于是说："已经放出来了。"

李霁风笑得意味深长："那你把他叫过来我看看，那日没看清。"

谢停舟搁笔看他："你看她做什么？"

"放心，我不跟你抢。"李霁风阴阳怪气地说。

长留说："九殿下，这恐怕不行。"

"怎么，他谢昀要金屋藏娇？我还看都看不得了？"

"不是不是，"长留摆手，"是他如今还下不来床。"

李霁风如同被雷劈中，招呼长留下去，然后僵硬地转过头看向谢停舟。

"真是人不可貌相啊谢昀，困兽出笼就是厉害。"

谢停舟一听就知道不对："并非你想的那样。"

李霁风下了榻，趿鞋过去冲他眨了眨眼："那是哪样啊？"

谢停舟将笔一丢，靠在椅子里说："鞭子抽的，你想试试？"

李霁风目瞪口呆，指着谢停舟说："我是你兄弟，你竟想着用鞭子抽我，真没想到你竟是这样的人，口味也忒重了。"

谢停舟已经懒得同他解释了，扬声喊人："长留，把他给我扔出去。"

沈妤在床上躺了两日，这位大夫医术高明，金创药很不错，退烧后背上的伤口愈合得很快。她挨了鞭子这事全府上下都知道，出东门时门房还笑呵呵地关心她好些了没有，她前脚刚一出门，门房后脚就去青朴居报信去了。

沈妤照旧在街上逛了一圈，又进了陆氏开的那家成衣店，掌柜的一见了她便将她请到里间，关上门便道："小姐可算来了，我等了好些天。"

沈妤落座："是沈嬷给我回信了吗？"

陆氏的掌柜多是陆家下人的家生子，从小培养而后派到各地，一是图人好用，二是其家人都在陆氏，更好掌控。陆掌柜摇头道："二小姐那里我初三便上门送信，只是迟迟没有回音，倒是洛州有消息，是老夫人还有红翘姑娘的来信。"

"快给我。"沈妤伸出手。

陆老太太也是个传奇女子，当年陆氏虽富甲一方，但远没有如今的盛况，是陆老太太凭一己之力将陆氏撑到了今天。老太太膝下无子，唯有一个女儿还远嫁，后来老太太从族中过继了个儿子，想着有个帮扶，如今过继过来那舅舅的儿子，比沈妤还大好几岁。陆氏家财万贯，便是分出去一些也无妨，老太太曾说大头都给沈妤和沈昭留着。

陆掌柜拿出信件，沈妤循着字迹打开外祖母那一封安静看着，陆掌柜也不打扰，在一旁等她。

外祖母在信中说很想她，担心她的囹圄太苦了撑不过去，说知道她想要干什么，外祖母虽只盼她平安喜乐，但她想做什么外祖母都在背后支持她。只有一点，叮嘱她切记保重身体，千万不能冒险，若是撑不住了就回洛州，还有外祖母在呢。看完外祖母的来信，沈妤扁嘴想哭，吸了吸鼻子才忍下来，又拆开了红翘那一封。

红翘到洛州已经很久了，一直在给沈妤搜集各地消息，顺便给陆老太太当帮手。她在信中说近些日子老太太身体不好了，但又不让人告诉沈妤，怕自己打乱她的计划，拖她的后腿。看到这里，沈妤终究是没忍住，掉了眼泪，陆掌柜见状识趣地退了出去。

沈妤不知道如今自己的选择到底对还是不对，是该放弃仇恨珍惜身边活着的人，还是沿着这条更难走的路走下去，她在房中想了很久也没能找到答案。离开前给陆掌柜留下分别给外祖母和红翘的信，又让陆掌柜再去给沈嬷传信。

谢停舟外出归来，还没走到青朴居门口，便看见一个身影笔直地立在门口。他步伐稍稍缓了一息，而后如常地走过去，垂眸看着她："今日不是你当值，来这里做什么？"

沈妤颔首："不是，我是来向殿下道谢的。"

谢停舟跨入院中，沈妤自觉跟上："殿下今日去了何处？我在此等了好久。"

主子的行踪，本不是她一个近卫应该探知的事，但谢停舟没指责，跟在后面的兮风自然也不会提醒。

谢停舟从她口中听出点抱怨："老太傅生辰，去了一趟。"

说起太傅，沈妤想起了俞晚秋，俞氏一门先后出了两任太傅，一个是俞晚秋的祖父，一个是她父亲。哥哥战死的消息想必俞晚秋早就知道，不知道她现在怎么样了，心念一动，沈妤试探着问："听说俞太傅家的小姐长得国色天香，殿下见到她了吗？"

谢停舟忽然站定，转过身："怎么，你对俞小姐有意？"

"当然不是，"沈妤干笑，"就是想看看国色天香到底是什么样？"

谢停舟："一般。"

等进了房，丫鬟上了茶，谢停舟这才问："何事需要道谢？"

沈妤道："谢殿下不杀之恩。"

"你这是在讽刺我？"谢停舟端起茶盏。一顿鞭子将人抽得下不来床，回头还来说我谢你不杀之恩，不是讽刺是什么？

沈妤一脸不解，又道："也谢谢殿下找大夫给我治伤，还替我安排了丫头。"

谢停舟稍抿唇线："不是我，要谢你就谢兮风。"

兮风站在门口，抬手指了指自己，一脸疑惑。沈妤回头看了一眼兮风："兮风没有殿下的命令不会擅自做主。"

谢停舟轻笑："他还不至于连这点权力都没有。"

兮风站在后面痛心疾首，在沈妤第二次回头时，满脸沉重道："确实……是我。"

且不管时雨信不信，当面自然不能驳了世子殿下的面子。该背锅的时候，他这个近卫首领要挺身而出。

兮风也搞不懂，明明是好事儿，殿下怎么往他身上推。

沈妤目光在两人身上游来游去，然后走到兮风面前："你哪日轮休？"

兮风硬着头皮答："明日。"

沈妤颔首："那刚好，明日我请你吃饭，在城中的食悦阁。"

兮风瞟了一眼世子殿下，谢停舟正靠在椅子里懒懒地看着他。

"请客吃饭就不必了，"兮风背脊发凉，"都是……"

"吃饭？谁请吃饭？"长留蹦跶进来，"怎么不叫我呀？"

沈妤笑着说："你也一起，叫上明日不轮值的弟兄们都来。"

长留不知道方才发生了何事，笑嘻嘻地说："那……请不请我们殿下呢？"

沈妤看了眼谢停舟："若是殿下愿意屈尊的话，时雨自然是欢迎之至。"

谢停舟微微颔首，没说去也没说不去。沈妤朝着门口走了两步，忽然又停了。她很想找人聊一聊，从前是父亲，兄长，而今谁也没有了，放眼整个盛京，这辈子和她相处最多的人，竟然是谢停舟。

看出她的迟疑，谢停舟放下茶盏："还有事？"

沈妤吸了口气，鼓起勇气转身，眼睛往兮风和长留身上瞥了一眼。谢停舟会意，摆了摆手，兮风和长留退下，顺便还带上了门。

"坐。"谢停舟道。

沈妤也不和他客气，在他对面落座。两人相处时，总能唤起一路上的回忆，没有侍卫没有丫鬟在，他就好像还是那个柔弱不能自理，什么都要她出马的谢停舟。可是每当有人在的时候，他又成了那个高高在上的，强大的，坚不可摧的北临世子。谢停舟知道她有话要说，并没有催她，而是随手拣了一本书看着。

"殿下说没有旁人的时候随意些便好，可是当真？"

谢停舟斜睨她一眼："我倒要看看你能有多随意。"

"哦，"沈妤过了许久才开口，"我今日，出去了一趟。"她知道自己出门逃不过谢停舟的眼线，所以干脆自己承认。

"嗯。"谢停舟轻声回应，并不去追问她出去干什么见了谁。

沈妤盯着桌面："我开始怀疑自己了。"

谢停舟这才从书里抬起头："为何？"

沈妤情绪有些低落，垂着头说："其实我还有许多事要做，我怕做了这件事，其他的就来不及了，所以我不知道我现在做的到底是对还是错。"

怕来不及陪外祖母，更怕两件事都没有做好。谢停舟注视着她，长睫在她眼下晕开一小块阴影。

他问："以你的标准，何为对，何为错？"

沈妤摇头："我不知道。"

"你怀疑自己，是因为你怕错，"谢停舟顿了片刻，"既然不知道，那你做了之后又如何给它下定义，说它是错的呢？"

沈妤一时间被他问住，抬起头看他。谢停舟避开她期待的眼神，平心静气道："莫问今生对错，不言红尘是非。"

谢停舟望向窗外："况且，很多事情没有对错之分，但求问心无愧。"

"问心无愧。"沈妤默念了一遍。

是啊，梦中的她每日都生活在愧疚之中，父亲和哥哥战死边关却背上骂名，她每日每夜都在煎熬，煎熬自己为什么什么也做不了。如今上天给了她一个机会，她虽救不了他们，但是她可以让他们干干净净地走，还可以让那些害他们的人用命来偿。

"我明白了。"沈妤忽然笑了起来，"但求问心无愧。"

眉间阴郁不再，那笑容一瞬间有些晃眼，谢停舟侧开了脸。

沈妤大手笔，第二天在食悦阁包下了一整层。谢停舟既没说不行，那就是首肯了，王府里去了不少人，沈妤把二丫也带上了。从燕凉关回来，难得这么轻松，不少人都喝得不省人事。沈妤身体还没痊愈，有兮风叮嘱着，大家也不敢给她劝酒。兮风自己也没敢多喝，把不省人事的长留背回去，还要去向谢停舟复命。

谢停舟在隔壁院子，一个人坐在檐下，撕肉喂着白羽，脚边趴着大黄。大黄不吃生肉，丢给它还不吃，白羽骄傲得很，看也不看它一眼。自大黄来了以后，苍被关进了笼子，这两日怨念正深。

听见脚步声，谢停舟没有回头，问："都回来了？"

"回了。"兮风道，"几个兄弟喝多了，长留也喝多了，时雨我拦着没喝多少。"

谢停舟往空中丢了一块肉，白羽振翅而起，在肉落地前衔了回来，站在栏杆上把肉吞进肚里。

兮风又道："同绪帝召殿下明日在上朝时进宫，恐怕不是什么好兆头。"

兮风拿起一旁托盘中的帕子奉上，谢停舟接过，不紧不慢地擦拭着手指："他还能干什么？十五了，他再不出手，就没有理由将我继续留在盛京，明日，不过是重新找一个合理的理由罢了。"

奉天殿巍峨高耸，檐上两条金龙似欲腾飞，朱漆巨柱支撑殿顶，每一根柱上都有巨龙盘绕。谢停舟奉召入宫，第一次在上朝时分与一众大臣一起站在奉天殿中。同绪帝坐于銮椅之上："北临世子救护燕凉关居功至伟，救下一方百姓，理该重赏。"

谢停舟垂首道："陛下谬赞，驱除鞑虏乃臣之责，不敢居功。"

同绪帝在笑，眼含锋利："当赏则赏，北临富庶，单单赏赐些金银器物太轻，朕与内阁多次商议，最终决定给你安个闲职，你看如何？"

殿内落针可闻。谢停舟根本没有选择的余地，他不能是谢停舟，他此刻必须是众人眼中的那个不具威胁的浪荡子。谢停舟抬起头，忽然笑起来："陛下，容臣问一句，都指挥金事是几品官啊？"

本是出言无状，但同绪帝眼中的冰却瞬间消了，指着谢停舟爽朗一笑："这小子，净惦记着官居几品了，怎么，官职低了你还不乐意？"

谢停舟视线转了一圈，落在殿中一人身上："品阶比起他如何？"

江敛之抬步而出："臣户部侍郎，官居三品，都指挥金事与臣同级。"

谢停舟微微颔首，似乎勉强满意："那就谢陛下抬爱，盛京繁华让人流连忘返，家父已发家书催我回北临，我正愁找不到理由回绝，陛下算是给臣解了燃眉之急。"

同绪帝哈哈一笑："正好，传旨吧。"

退朝后从奉天殿出来，各路官员纷纷表示祝贺。一人道："往后同朝为官，不知该继续称世子，还是都指挥谢金事。"

谢停舟笑着与人周旋："不过是个名号，诸位同僚随意就好。"

北临太强了，同绪帝心生畏惧，想要将藩王之子留在京中做质子，不过是一道圣旨的事。若无官职，同绪帝将他强留在京中便不合情理。绕了这么大一个圈子给他安个闲职，无非是同绪帝想要树立自己是个明君的形象。奉天殿在谢停舟身后拉远，他一步步踩过青石板，脚下越来越沉，他烦透了这个地方。

"世子大人留步！"

谢停舟驻足于此，回头见一人匆匆而来，一身孔雀补子官服，叫他穿出了满身风华。

"江大人有事？"

江敛之走到他身旁："有些事想请教殿下。"

"公事还是私事？"

"私事。"

"我与江大人能有什么私事？"谢停舟抬脚就走。

江敛之追上去："世子从燕凉关回来，我想问世子可有在战场上看到一名女子？是沈将军之女沈妤。"

又是沈妤，谢停舟脚步稍缓，侧头看了江敛之一眼。

江敛之接着说："不瞒世子，沈将军之女正是敛之爱慕之人，听说她去了战场，却生不见人死不见尸，我……"

"江大人，"谢停舟站定，"你知道为什么死不见尸吗？"

江敛之面露不解："愿闻其详。"

谢停舟微眯了眼："因为尸体太多了，一眼望到头全是将士的尸体，有的被冻在了一起，有的被马踏得不成人形，所以你说，为什么会找不到呢？不过是认不出来罢了，全都堆在一起烧了。"

江敛之的脸一瞬间变得煞白，谢停舟已拂袖而去。

哐哐哐——长留用力砸着院门，二丫急匆匆跑来，刚一开门，长留就挤了进去，问："时雨呢？"

二丫仰着头看他："在屋子里呢。"

长留跑进房，见了趴在榻上翻书的沈妤，抓了她的手臂就往外拖："跟我走。"

"去哪儿？"沈妤被他拖得站起来。

"青朴居。"

沈妤说："我今日又不当值。"

长留着急上火，硬拖着她往外走："当值当值！兮风刚刚点你名儿呢。"

"那你等一下。"沈妤挣脱他，回身取了桌上的刀，这才跟着长留出了门。

兮风站在青朴居门口，还有一干近卫，个个苦大仇深，活似夫人跟人跑了的模样。

"这是发生了什么？"

兮风面色肃然："殿下自昨日从宫里出来，至今滴水未进。"

沈妤脑子一转："一日也饿不死吧，然后呢？"

兮风抿唇道："我们进去都被赶出来了。"

"那叫我来干什么？"沈妤下意识问。

兮风往他手里塞了个食盒："你去送。"

"为什么叫我去送？"沈妤抬高了声音。

"不为什么。"兮风生硬地说。

长留已打开了院门，两人配合默契，兮风一把将时雨推进去，他便麻溜地关上了门。沈妤堪堪站稳，门就在身后合上。她转身盯着门看了一会儿，看来前日那顿酒肉没让她交上朋友，遇到难事他们还是毫不犹豫推她出去顶缸。权当喂狗了吧，沈妤叹了口气，认命地拎着食盒朝书房走去。

书房无人，她又去往谢停舟的卧房，卧房轩窗半开，门也没合拢，沈妤从门缝往里看了一眼，谢停舟歪在平日歇息的矮榻上，手搭在眉间，也不知睡是没睡。沈妤抬手敲门，在门外候了片刻，屋内未见声响，于是又敲了两声。

"谁准你进来的？"

"出去！"

接连两声冰冷的呵斥，沈妤悻悻然应了声："哦。"

房内，谢停舟缓缓睁开了眼。沈妤拎着食盒朝着门口走去，她倒是不急，饿的又不是自己。还没走出几步，身后的门开了，沈妤回头，见谢停舟墨发披散，两手扶着门站在门口。

"去哪儿？"他问。

沈妤折返回来："长留让我来送饭，你既然已经醒了，就把饭吃了吧，外面的人都急坏了。"

她倒是不急，那么大一个人，饿几顿又饿不死，在燕凉关的时候，将士们谁不是饿了几天，然后又饿着肚子走的呢？沈妤进门，兀自将饭菜摆上桌，谢停舟还立在原地。

"来吃啊，一会儿凉了。"沈妤说。

谢停舟走过去落座，都是北临的菜式，但他如今提不起胃口。沈妤觉得谢停舟幼时一定被管教得非常严格，用饭讲求食不言寝不语，只沉默着用了半碗便放了筷子。

卧房的炉子无人添炭，早就燃尽了，屋内外一样冷，谢停舟白玉般的指骨冻得发红，他是个惯能忍的，沈妤知晓。谢停舟在一旁看着她忙活，找炭点炉子。她见过世面，出手大方，手上的薄茧都是练武造成的，点炭的手法很生涩，不是做过粗活的人，她的出身应该非常好，不是出自小门小户，可她到底是谁呢？谢停舟想着。

"你坐过来些。"沈妤招呼。

谢停舟没动，今日的他像一具无悲无喜的空壳，往后一年，三年，五年，甚至十年，他都有可能就被圈在这座皇城里了。沈妤趴在桌上看他，轻声道："我懂你的感受，过几日就好了。"

谢停舟颇为意外："你懂什么？"

"我当然懂。"沈妤了然地颔首，一脸大彻大悟，"这就跟坐牢一样，刚进去那几天都会不适应，日子久了就习惯了。"

是啊，可不就是坐牢吗，不过是圈禁他的牢大一些，是整座盛京，还有个看似风光无限、实则只是枷锁的虚职，谢停舟盯着她瞧："你可真会比喻。"

沈妤权当他在夸自己："还好吧。"

谢停舟倏地笑了下："我没坐过牢，想来昭狱的饭食没这般丰盛。"

沈妤幽幽道："我也没吃过，不过过些日子等我吃了回来再告诉你味道如何。"

谢停舟想起来，燕凉关的案子如今在审，过了不多久就会审到她头上来。

"过几日刑部会来拿你问话，想清楚如何应对了吗？"

"自然是实话实说，"沈妤现在背上的鞭子还疼呢，她摸了摸肩膀，开玩笑，"我一定如实相告，怎么同你说的，就怎么和他们讲，争取不让他们动刑，挨鞭子可疼了。"

知道她意有所指，谢停舟抿了抿唇："那顿打你没白挨。"

又补了句："放心，刑部没人会动你。"话到此处，房中又静下来。

沈妤想了想，垂眸看着腰间的刀。这还是遇险时从谢停舟马车里拿的那把，她是爱刀之人，所以这么久一直没舍得还，还给它找了把刀鞘，谢停舟不催她，她就装不知道，反正拿了刀护的还是他谢停舟。

片刻的犹豫之后，她摘下了腰间的刀。谢停舟看着她将刀放于桌上，轻轻地朝他这边推过来。

"干什么？"

沈妤没说话，身子侧了侧，只留给谢停舟一个侧脸。谢停舟蹙了蹙眉，她分明是舍不得的，推过来之前他还看见她伸手在刀上抚了抚。那她……谢停舟望着她微微别扭的侧脸，那一瞬，一个模糊的念头陡然浮现出来。她是在……哄他？她看见他心情不好，所以在哄他。

她一定没哄过人，所以只会像小孩拿着糖果一样，笨拙地把自己最喜欢的东西捧到他面前。之前舍不得还的刀，因为他不开心，所以如今她愿意给了。

谢停舟心里忽然泛起一抹柔软，他指尖抚过刀鞘，轻声道："我收了。"

沈妤偷瞥他一眼，别扭道："这本就是你的。"

几日后大理寺来提人。

大理寺的人到王府门口亮了牌子，王府侍卫将人迎进厅里："诸位大人先喝口茶稍待，这就去请殿下过来。"

大理寺办差的领头人叫左宗，前年升任大理寺少卿。他手一摆："茶就不必了，我们直接拿了人就走，烦请带路。"

大理寺要来王府拿人，表面功夫还是要做足的，于是派了大理寺少卿左宗前来。

侍卫道："这恐怕不行，大人要提的人如今是殿下的近卫，殿下不点头，谁也不能在王府拿人。"

大理寺几人对视了几眼，知道这一遭流程是免不了了。论爵位他是北临世子，是将来的北临王，论官职谢停舟如今是都指挥佥事，官大一级压死人，不论从哪个角度都不是好得罪的人。况且这位爷的脾气大家都拿不准，虽只是传言，但总之不是个省油的灯。

左宗一番思量："怎能劳烦世子大人前来见我们，自然是下官去拜见世子，你带路吧。"

侍卫将人带去了青朴居，请示一番后才放人进去。左宗跨入院中，一个黑影从树上一跃而下，身姿矫健，待看清那是什么，左宗当即后退了两步，拇指压着刀柄抵出寸余，时刻准备拔刀。

谢停舟闲立于檐下，出声道："诸位不用紧张，家养的宠物罢了。"

谁家养的宠物是只豹子？左宗背脊上冒出了冷汗。苍迈着步子，绕着众人缓缓转了一周，浅金色的眼珠子打量着众人，充满了危险气息。

"世子大人，"左宗冷硬道，"下官左宗，此次前来，是来提——"

"咕噜咕噜——"苍躬起背，忽然叫了一声，那是豹子独有的咆哮。

左宗被打断，当即往后跃了一步，唰的一下拔出了刀。几名来拿人的狱丞照做，院中王府侍卫也齐刷刷拔刀。场面似乎一下就变得难以收拾。谢停舟将手中喂白羽的盘子递给旁人，眯了眯眼说："左宗，你这是要在我王府里动刀？"

左宗那个冤哪，可前有黑豹盯着，他连收刀都不敢。

"世子大人误会了，殿下的宠物甚是威猛。"左宗冷汗湿了背，被一人一豹身上的气势压得几乎抬不起头来。

谢停舟笑了："苍。"黑豹盯着几人又看了几息，才转身回到谢停舟身边。

谢停舟问："诸位还没说来此所为何事。"

左宗本是皇命在身，来办正事的，却硬生生被压低了气势，现在想提也提不上来。"三司会审燕凉关一案，如今需提世子大人的近卫去大理寺问话。"

"哦，公事啊，"谢停舟颔首，"那文书呢？"

左宗被他问得一蒙，缓了缓才道："时雨并非犯人，是以没有下批捕文书。"

谢停舟道："左大人带了这么些人来，我还以为是来抓什么朝廷要犯。"

左宗被他将了一军，脸色难看："我们只是按差办事，还望世子莫要为难。"

"少给我扣帽子！"谢停舟声色俱寒，"既是办差便出具文书，你不按章办事，倒想着在我这里讨个方便，你哪儿来的胆子？！"

左宗咬着牙，他好歹是大理寺少卿，从三品的官职，还没被人指着鼻子这样骂过，况且还是在下属的捕头面前："若我回去拿文书，殿下能否放人？"

"那是自然。"左宗抱拳，一甩袖子走了。

过了个把时辰再次上门，这次倒是带了文书。谢停舟看完文书一笑，忽然变得好说话了："左大人早这么办不就好了吗？"

他侧头："去叫时雨过来。"

左宗拱手："不必麻烦，直接带我们过去就好。"

谢停舟没搭理他，侍卫连步子也没缓上一缓，径直走了。左宗又一次下不来台，不一会儿，沈妤随着侍卫来了。谢停舟站在檐下看她，说："大理寺的大人来传你去问话，你跟他们走一趟。"

沈妤点头："是。"

谢停舟又道："无事，明日天黑之前我亲自去接你。"

沈妤望向他，谢停舟对她点了点头。左宗一听，当即道："如今已是晌午，证词未录完……"

"我说的……"谢停舟往前迈了一步，"难道还不够明白？"

左宗脸色铁青，他哪能不懂谢停舟的意思，意思就是问话可以，不能用刑，他亲自来接人，定是要一个完好无损的人。

大理寺众人带着时雨气哄哄地走了。

院门已闭，谢停舟转身进屋，兮风跟上去："时雨我派人去接就行了，不用您来回跑一趟。"

谢停舟淡淡道："你接不回一个完好无损的时雨。"

大理寺是什么样的地方，一旦涉及案子，不死也掉层皮，否则他也不会故意说他亲自去接。

兮风懂了，点了点头道："今日一事是与左宗结了梁子了。"

"我要让他成为我的狗。"谢停舟道。

兮风不解："可他是柳丞的人，殿下若想拉拢他，为何今日反倒处处与他为难？"

谢停舟坐在椅子上："左宗是条喂不熟的狗，柳丞这么多年都没能将他喂熟，这种人只看利益，见谁咬谁，不如让他知道谁不能惹，他是聪明人，今日不过是给他个下马威而已。"

谢停舟这番解释，兮风还是不明白。

"恕属下愚钝，可现如今他若是脑子还没转过弯，会不会公报私仇，把气撒在时雨身上。"

谢停舟端起茶盏："否则我为什么说亲自去接？"

沈妤去了大理寺，左宗没给她上镣铐，但一路上脸色都非常难看。狱丞跟在他身后，替左宗愤愤不平："如今同朝为官，他与大人同级，凭什么跟大人甩脸子。"

左宗的脸色更难看了，没理那狱丞。

狱丞又谄媚道："他不过是仗着出身混了个官职，哪能和大人一步步爬上来的相比。"

左宗蓦地停下脚步，转身一脚就踹在狱丞身上："我是用爬的，他北临世子合该天生就坐在高台上，你在我跟前这样拱火，是盼着我和他撕破脸，还是想让我去将他砍了？！"

狱丞捂着胸口赶忙跪在地上："大人冤枉小的了，小的不过是替大人鸣不平罢了。"

左宗一甩袖子走了。

大理寺拘回来的人通常都是关在大牢，时雨身份未明，只能充作证人。大理寺大牢光线昏暗，墙上挂着各式沾血的刑具，意志力稍稍薄弱一点的，往往在开审前便能在心理上被撕开防线。

"你说沈仲安曾给盛京发了三封急报，证据呢？"

沈妤镇定道："沿路驿站定有信使上京的送报记录，源头断在何处，一查便知。"

录事落笔飞快，在案宗上记录。左宗道："你一个身无官职的小兵，如何能知道急报的事？"

"大人有所不知,"沈妤一五一十道,"燕凉关一战之前自然是不知道的,但梁建方闭门不开意图困死万军,沈将军发第三封时已是穷途末路,军中不少人都知晓,生死关头急报已不是什么秘密,而是将士们生的希望。"

左宗警惕地看着他,眼前的少年看上去不过十六七岁,眼中带着几分散漫和凌厉,但从头到尾都思路清晰、冷静异常,倒是个不容小觑的,既然谢昀如此看中他,竟要亲自来接,那他一定有什么过人之处。

这场审问一直从午后持续到深夜。大理寺没有专门给证人的房间,左宗只能将她安排在大理寺狱。大理寺主管要案重案,能送到这里来的不是穷凶极恶之徒就是一朝落马的高官,这牢房条件也分高低,像那种有望翻身的待审官员,牢房自然是不一样的。燕凉关是要案,沈妤身为证人,左宗虽在谢停舟那里吃了一肚子气,也不能公报私仇将她安排在最次的牢房。

夜深人静,梆子声敲到第四轮,巡逻的狱丞最后一遍巡完牢房,之后便会换作一个时辰一轮,狱丞往时雨的牢里看了一眼,见他侧卧在床上背对着牢门,轻鼾声阵阵,似乎睡得正香。狱丞的脚步声远去,又过了一炷香的时间,沈妤忽然睁开了眼,左侧的牢房空着,右侧牢房里的人呼噜声震天。沈妤轻手轻脚地走到牢门口观察了片刻,掏出靴子里一根细长的铁丝开始开锁,她半蹲着身子,铁丝在锁眼里捣鼓了几下,只听得十分轻微的"咔嗒"一声,锁开了。

门上缠着铁链,稍稍一动铁链便会发出声响,她脱下外衣包裹着铁链,缓缓开门,朝过道两侧张望一番后,朝着大理寺狱的更深处走去。

梁建方正在睡觉,他这一路从燕凉关回来便被关入了大理寺狱,可他并不害怕,照样能吃能喝。沈妤站在木板床前,垂头望着熟睡的梁建方,就是这个人,闭门害死十万大军,害死父兄。仇人尽在眼前,内心无时无刻不在叫嚣着将此人扒皮抽筋碎尸万段,却只能压抑着心中几近爆发的仇恨。理智告诉她,这还不够,他一人的性命怎能抵那十万将士的性命,他背后的黑手也还没浮出水面。

沈妤抬脚踢了踢木板床上的梁建方。梁建方早就习惯半夜被狱卒喊醒,趁着他困倦不已,意志力最为薄弱的时候审他。以为又是狱卒,梁建方慢慢爬起来,看见面前的人衣着并非狱卒,吓得就要喊。

沈妤在他张口时把一块破布塞进他嘴里,低声道:"出声你就没命了,你说是狱卒跑得快,还是我取你性命更快?"

梁建方睁大双眼,明明没有绑他的手,他却不敢将嘴里的布摘下来。

沈妤冷冷注视着他:"我问你,燕凉关一案,你受谁指使?"

面前的人背着光,梁建方看不清眼前的人。

沈妤掏出匕首在手里转了几下:"我数三声,若是还没想好怎么回答,我不介意提醒你一下,一……"

梁建方是个怕死的,没等到第二声便主动拿下口中的帕子:"我说,我说。"

沈妤抬了抬下巴。

"是……"梁建方咽了下口水,"是首辅江大人。"

沈妤皱眉："首辅？江元青？"

梁建方重重地点头："你莫要杀我，冤有头债有主，我只是个办事的，主意都是上头的大人们出的。"

沈妤想了想道："你招的时候也是这么说的？"

"是。"

沈妤冷笑："那你说说，江元青指使你这么做的目的是什么？"

梁建方瑟瑟道："江大人和沈将军有过节，至于什么过节，我不清楚。"

"你不清楚，那我来告诉你，"沈妤拿起匕首抵在梁建方的脖子上，凑近了缓缓道，"那就是……没有过节。"

离得近了，梁建方忽然看清了他的脸，这人他在沈仲安军中见过，就跟在沈昭身边！沈妤没错过梁建方被拆穿时眼中瞬间的闪躲，那是谎言被拆穿时在下意识寻找办法。沈妤匕首微挑，梁建方被迫抬起下巴："再给你一次机会重新回答，我要听真话。"

梁建方一动也不敢动："真，真没撒谎。"

"回答错误。"沈妤一笑。

梁建方从他的笑容里读出了危险，瞳孔一缩，还没来得及反应就被点了穴，那布被重新塞入口中。紧接着腿上蓦地一痛，梁建方瞬间瞪大了眼，嘴里发出呜呜的低吼。

沈妤道："值吗？你背后的人想让你死，你却替他们挡着，还妄图替他们攀咬他人。"

梁建方张口就攀咬江元青，要不是梦里沈妤曾嫁给了江敛之，对江元青有所了解，说不定还真的会相信。江元青是江家为数不多的好人之一，父兄被冤时，江元青也是第一个站出来力保沈仲安，说他绝不是那等贪功冒进之人。可以说同绪帝最终没有下旨降罪于沈家，其中很大一部分原因是江元青的力保。而后来嫁入江家，江元青也曾找她谈过话，让她安心在江家住下，江家不会让忠臣之后寒心，只可惜她最终还是因江敛之寒了心。

沈妤冷冷道："你可知为何押送你回盛京不走近道，反倒绕了那么远？"

梁建方疼得脑子发晕，却集中精神听着她的话。

"因为你想保的人，无时无刻不在想着杀你灭口！"

梁建方有片刻的动摇，忍着痛，咬紧牙关不开口。

沈妤道："你的替身由青云卫按原路押送进京，你知道他现在怎么样了吗？"

梁建方紧盯着她。

"他都没能活着到沂安，在怀唐县的龙景峰就被石头压成了肉饼，对方动用了上百名死士呢，"沈妤顿了顿，"你说，你的主子是有多急着让你死？"

梁建方目眦欲裂，沈妤扯掉他口中的布。

"不，不可能！"梁建方不信。

"你不信？"沈妤道，"难道你被关在王府时，没有人告诉过你此事？"

从梁建方的表情中，沈妤看明白了，有人告诉过他，但他一定是没信，以为谢停舟只是为了诈他。可如今，同样的话从不同的人口中说出来，成效是不同的，她能看出梁建方的动摇，但她知道梁建方现在不会信。沈妤道："你信不信，不出三日，就会有人来取你的性命？"

她后退两步，幽幽道："你现在当然不会相信我，不如我们来打个赌，如果三日后你还活着的话，我给你一次生的机会，前提是我要知道真相。"

沈妤退出去，梁建方想了片刻，忽然开始捶门："来人哪！来人！"

守夜的狱卒半夜被吵醒，不耐烦地过来："大半夜的吼什么？"

"有人潜进来了，"梁建方惴惴不安道，"方才砍了我一刀。"

狱卒一直守在门口，根本没见人进出，闻言笑了笑："那人呢？"

"跑了。"

"伤呢？"

梁建方翻看着自己的袍子："腿，腿上……咦？"之前明明看到那人在他腿上划了一刀，腿上也狠狠痛了一阵，现在还火辣辣地疼，可腿上哪有半点伤口？

狱卒权当他发梦话："姓梁的，装疯卖傻可逃不了死罪。"

梁建方最怕一个死字，他之所以咬死不把背后的人供出来，不过是对方答应他不会死，至多流放，而流放具体怎么流，也是那人说了算，梁建方道："我没装疯卖傻，那人我在沈仲安军中见过，似乎是沈昭的近卫。"

狱卒的瞌睡瞬间醒了，急忙跑向关着时雨的那一间。见牢中的人仍在打呼噜，狱卒又检查了一番门上的锁，锁还好好的，根本无人动过。

深夜，一个身材高大的人影从大理寺狱潜出，几经绕道后来到东市某位大人府上。

第二日傍晚，沈妤从大理寺出来。大理寺门口停着一辆马车，还有几顶前来办事的大人的轿子。沈妤走下台阶，长留立刻从车辕上跳下来："时雨。"

沈妤笑着走过去："还劳烦你来接，我自己回去就行。"

长留笑嘻嘻的："劳烦的可不是我。"

沈妤听出深意，上车掀开帘子钻进去。里面的规制吓了她一跳，她如今倒没有重要到这个地步吧，这车外面看着还好，里面也忒奢侈了。她又掀了帘子出来，那车辆里头铺了一层白软的毛皮，她昨日在狱中住了一晚，都怕把那皮子给蹭脏了。

"你怎么出来了？"长留问。

"命贱，"沈妤和长留一起坐在车辕上，"这么好的马车我不敢坐，觉得像是要送我走。"

长留笑了。

"走吧。"沈妤道。

"不急，"长留道，"殿下还没出来呢。"

沈妤诧异："殿下也来了？"她以为谢停舟只是随口警告大理寺的人，没想到他真的来接她了。

"可不是吗，"长留抬手一指，"来时碰到了都察院的大人，请他进去喝盏茶。"

大理寺紧挨着都察院，谢停舟如今初到京中，他和李霁风身份不同，想要在这里安稳地活下来，绝不是只当一个草包就可以，有大人同他示好，还是不能直接甩了人脸子，有机会搭上的线还是要收的。

谢停舟在都察院稍坐片刻，一盏茶结束，他起身告辞。

"世子殿下这么着急走？"副都御史万瑞贤起身相送。

万瑞贤从前曾从盛京下派到地方为监察御史，当时得罪了某位贪官，贪官狗急跳墙，竟和山匪勾结绑架了万瑞贤，那地方邻近北临，后来还是北临王出面将人救下来的。后来万瑞贤一路官路亨通，如今坐到了左副都御史的位置，这里头也有些北临的手笔。

谢停舟望了眼外头："天色不早，接了人便走。"

万瑞贤一路并行出门："我倒是想瞧瞧，什么人还得世子亲自来接？"

"府中的一个孩子罢了，"谢停舟笑着，"见笑，半大不小的，总要多操心些，大人留步。"

跨出了都察院门口，万瑞贤便没再接着送，站在门口远远看着。只见谢停舟还没走近，那马车便行驶而来，车辕上一名面容清秀的少年跳下车站在他面前。

"这顿牢没白坐。"沈妤笑着说。两人对视一眼，谢停舟读懂了她的话，说："回去再谈。"

沈妤点了点头："不过我知道答案了，牢饭难吃死了。"

万瑞贤不知少年同谢停舟说了什么，远远见着谢停舟面容如常，眼中常年未消的冰雪却忽然化开了些。两人相继上了马车，钻进了车厢里，车辕上的小少年笑着扬鞭，马车朝着光华门驶去。

盛京分内城和外城，皇宫、官署等皆属内城，府邸、街巷等便属外城。

光华门前，一名内侍拦住了马车的去路。

"请问车内可是世子大人？"

长留勒住缰绳："正是，公公有事？"

内侍行了几步，对着马车道："世子大人，小的是来传令的，皇上听说世子来了，天儿这样晚，特命奴才来请世子顺道进宫用饭。"

谢停舟挑开了车帘，见来人是司礼监掌印德福的干儿子，况且众目睽睽，这话应作不得假。

他侧头对沈妤道："你和长留先回去。"

沈妤问："那你呢？"

"长留送你回去再来接我，他知道如何安排。"

还要折腾长留来回跑，沈妤过意不去："不如我自己回去，让长留跟着你吧。"

谢停舟看她一眼："王府你说了算还是我说了算？"

沈妤撇了撇嘴，转过头不看他。谢停舟下了马车，站在车旁同长留交代。江敛之刚从户部出来，刚好在光华门看到内侍拦住了谢停舟的马车。他和谢停舟不熟，经过时只是拱手招呼。

车帘子又掀开了点，沈妤小声问谢停舟："殿下若是回来得晚，我还等你吗？"

"不会晚，"谢停舟道，"在青朴居等我。"

沈妤昨夜发现了些事，今日还要与他相商。旁人根本听不出这里头的关节，这话让内侍想到了什么，垂着头看也不敢看上一眼。

车帘放下了，长留驾车离去。

江敛之皱眉看着那辆马车，忽然开口："世子殿下，敢问车上何人？"

谢停舟言简意赅："我的人。"言罢便抬脚离开。

内侍掩着嘴笑了，低声对江敛之道："江大人莫要问得如此清楚，有些事不好摆到明面上来讲。"

内侍跟着谢停舟走了。

身后的高进低声道："近来京中有传言，谢停舟身边还有个得宠的少年，估计就是……"

"没有根据的事不要乱说。"江敛之厉声喝止。

高进垂头道:"是,大人。"

马车越走越远,出光华门驶上了永宁街。江敛之望着马车消失的方向有些失神,方才他从掀起的帘子下看到了半张侧脸,和阿妤有七八分相似,可听到的却是个少年的声音。

谢停舟果真早去早回,不到戌时就回来了,进院没看见时雨,他问:"他人呢?"

兮风知道他问谁:"还在用饭。"

"怎么这么晚?"

兮风一脸无语:"时雨嫌牢里晦气,让长留给他找火盆,长留也是个人来疯,又是跨火盆又是找艾叶来熏,两个人在院子里折腾了许久,把二丫熏得直掉眼泪,跑我这里告状来了。"

谢停舟听了并没有要责罚的意思,唇角反倒勾起个轻浅的笑来,长留今年还不到十六,时雨十七,正是该玩的年纪。

"由他们闹吧。"谢停舟道,"一会儿让时雨过来。"

沈妤吃完饭过来,谢停舟早洗漱完等在书房里。沈妤走进书房,又想起那晚那只黑豹:"苍是殿下的宠物吗?"

"不是。"谢停舟道。

"那你是怎么驯服了它?"

"不是驯服。"

谢停舟想了想,说:"那年秋狝猎了一头黑豹,后来才知道那是只生产不久的母豹,苍就是她的幼崽,还有一只没能养活,没有驯服,不过是从小养大的罢了。

"所以你问我苍是不是我的宠物,不是,应该说我是它的仇人。"

沈妤默了默:"说正事吧,殿下追到那个人没有?"

这是二人提前就商量好的计划。梁建方被关押在大理寺狱,他背后那个人有两条路可以走,其一是在梁建方吐出他之前继续想办法灭口,其二是如果梁建方口风够紧,可以继续为他所用,就攀咬上其他人。

很显然梁建方和那个人都选择了第二条路。

谢停舟:"没有。"

"没有?"沈妤抬高嗓音,"我冒了那么大的险你竟然没有追上人?"

谢停舟抬眼看她:"我还没说完,没追上他,不过发现他进了柳丞的府邸。"

沈妤白他一眼,这不是一样的意思吗?他们要的本就是这样的效果。那个人既能压下燕凉关的粮草,也能在他们回京途中制造各种困难,必定是个手眼通天的人。所以大理寺不可能没有他的线人。昨夜沈妤夜探梁建方,想必梁建方定然开始动摇了,就算他不动摇,他后面的那个人也不会完全相信。加上大理寺已经找过时雨问话,这些人怕是要坐不住了,因为他们根本不知道时雨到底知道多少,而梁建方又和他说了多少。

"柳丞会派人灭口吗？"沈妤问。

谢停舟撑着头："总觉得这事不会这么简单。"

"我也觉得，"沈妤严肃道，"但首先得钓个人出来。"

谢停舟道："如果三日内柳丞不杀梁建方，你准备如何？"

"那就要劳烦你了，"沈妤道，"那你介不介意借两个暗卫给我？吓唬吓唬梁建方就行。"

谢停舟懒懒道："若是我不借呢？"

"那我大不了亲自去。"

谢停舟抿唇，片刻后道："大理寺狱中，我已经安排好了。"

沈妤故作谄媚："殿下果真厉害，竟连大理寺也有殿下的人。"

谢停舟："我还有更厉害的。"

"什么？"沈妤条件反射地问。

谢停舟盯着她的脸看了片刻，忽然转开了脸，不自然道："大理寺已经打点好了，如今的问题是，三日后你还要去大理寺狱一趟，届时你扮成狱卒进去。"

自那晚沈妤说过那些话，梁建方如今觉都睡不好，整日担惊受怕，半夜稍有响动，就以为是有人来杀自己。

从前都是饭菜一来他就开吃，现如今又担心有人在饭菜中下毒。每顿饭送到后，他都不会先吃，而是拨一点放在角落里，等着老鼠吃了之后发现安全这才开始吃饭。前两日挨过去，到了第三天清晨，梁建方醒来后看见昨夜狱卒忘记收的碗边躺了只死老鼠，而昨夜碗中的剩饭不知所终，梁建方心中大骇，看来真被那少年说准了，大人果真是要杀他。看来对方是看他每日吃饭都很谨慎，所以将毒下在饭菜的最下层，幸好昨晚他胃口不好所以少用了一些，否则现在躺在地上的就变成自己了。梁建方觉得不能再等下去了，第三天一整天都没吃饭，连口水都不敢喝，急切地盼着夜晚的到来。那个人说只要他说实话，就会保他一命，如今大人已抛弃了他这颗弃子，他只剩下那一条路可以走了。

梁建方一咬牙，既然你们待我不仁，就别怪我无义了，想让我死，就算我死也要拉着你们下地狱。

夕阳西下，大理寺狱逐渐被拢进夜幕里，梁建方不敢睡，坐在角落里靠着墙，一直盯着牢门的方向。

脚步声渐渐近了，停在牢前，少年的声音响起："三日期至，你想好了吗？"

梁建方看去，门口的人拨弄了一下牢门上的锁，跨入牢中。沈妤今日穿着狱卒的衣裳，梁建方差点没认出来，等看清楚来人，急忙从床上扑下来。

"想好了，想好了！"自早晨见了那只死老鼠，梁建方这一日不敢吃也不敢睡，总算等到了人。

沈妤垂下眼盯着他："说吧。"

"说来话长，"梁建方眼珠子一转，"敢问这位小哥有什么办法能让我保命？"

梁建方这样的滑头，开口前一定得拿到保命符。

"你现在还有的选吗？"沈妤冷笑了一声，"那条路你已经走死了，你熬过了今日，熬得过明日吗？相信我你还能有一线生机。"

梁建方被他将了一军，却也知道他的话不假，思索片刻后道："这事还要从西厥人来犯说起……"

去岁九月，西厥来犯，梁建方身为文官，被同绪帝指派为监军，为临时差遣之职，置于军中，监督出征将帅。上头给他下了死令，沈仲安和沈昭只能有去无回，不论他用什么办法。

"所以你便将军事布防图偷给了西厥人？为了杀死他们，你竟然通敌。"沈妤咬紧牙关，才能控制住自己不去剐了眼前的人。

梁建方被他眼中的恨意震慑，急忙道："图不是我偷的，这么大的事，怎么可能只放我一枚棋子，军中定然还安排了其他人。"

沈妤将信将疑："既不是你偷的，那你如何能保证此战必输，你又如何能完成任务？"

"你有所不知，"梁建方走到门口四下看了一眼，这才低声，"因为粮草。"

"粮草？"

梁建方道："粮草永远都到不了。"

沈妤大骇："你是说，你离京前就知道这一战没有粮草？"

梁建方颔首。几个事件迅速在沈妤脑中串联。沈仲安收到消息说粮草已经在路上，后来粮草迟迟不到，后续的消息都说是就快到了，这分明是在拖延时间，不让他们想办法从其他途径筹集粮草。若是早就知道，从其他州府急调也是来得及的，然而从一开始，就根本没有粮草这一说！

沈妤定下心神，继续问："粮草由户部统筹，再从各地粮仓调派，他如何能保证粮草到不了？"

"这我就不清楚了，"梁建方说，"我负责的不是那个环节。"

沈妤："继续说！"

梁建方吓得瑟缩了一下："后来，后来你也知道了，我躲进城内，后来沈仲安不知道从哪儿弄来了一批粮草，如果粮草进城，那这一战就输不了了啊，出发前京中下了死令，不是沈仲安死就是我死，我只能，只能下令关城门。"

沈妤再也忍不了了，唰一下抽出刀，横在梁建方的脖子上："那是整整十万人！"

那是……那是我爹啊，是我的哥哥……她的手在颤抖，梁建方已经感觉到脖子一阵刺痛。

他惊恐地往后仰着，结结巴巴道："我我我我还有用，别杀我。"

沈妤死死地握着刀，缓缓收回来，从腰后摸出一样东西丢在梁建方面前："写！把你刚才说的全部写下来！"

梁建方看着地上的纸和笔，手撑在地上往后缩，他知道一旦写下来，有了供词，他就没有存在的意义了。

"你放心，"沈妤冷冷道，"我还要你亲自去指认他，但是如果你不写，我现在就能杀了你。"

梁建方捡起纸笔，在笔上舔了舔，抖着手落笔。

"把字写好了。"沈妤警告道。

夜里光华门紧闭，不能进出，要到寅时一刻内城才开门，到了卯时，正是各部换值的时候。沈妤拿着腰牌和另一名狱卒出了光华门，过了永宁街，两人对视一眼，就此分道扬镳。她站在原地没走，明明已经知道了一些细节，也知道谁是幕后黑手，可她的心里却更难过了。因为她忽然发现就算知道了一切，就算抓住了凶手，她的父兄也永远都回不来了。她眼前恍惚浮现出那日的场景，天那么冷，雪那么厚，她在尸堆里翻找着，翻开每一具尸体前都会在心中祈祷一遍，千万不要是他们，可她最终还是失望了。

一辆马车停在她跟前，兮风看着垂头不语的时雨没有说话，而是掀开了帘子。

谢停舟垂眸，轻声道："上来吧，回去了。"

沈妤上了马车，偏头靠在窗棂上发呆，谢停舟默默看了她两眼，却并没有开口，而是静静待在一旁，给她留了沉默的空间。片刻，沈妤从袖中掏出两张纸递给他，谢停舟接过："梁建方的认罪书？"

沈妤轻轻颔首。

谢停舟一目十行，看完后眉心紧蹙，捏着认罪书的手也在微微发抖，这样荒唐的事，简直闻所未闻。

谢停舟折起纸张，扬声道："兮风，去都察院。"

谢停舟官居三品，需每日上朝。但他本就是北临王世子，同绪帝给他赐官也只是做做样子，因而免了他每日上朝。

奉天殿门大开，皇子及大臣分列两侧。自谢停舟进殿起，便引来众人诧异的目光，这么些日子了，还是第一次见他来上朝。殿中突然哗然四起，都察院左副都御史万瑞贤绯袍加身跨入殿中。都察院总理纲纪宪律，有纠察之责，哪怕是一名小小的监察御史，也可无视品级弹劾一品大员。绯袍加身便是一个开端，意为今日万瑞贤要弹劾一名官员。

时辰一到，同绪帝进殿，一眼就看见了众人之中那一身绯色。

同绪帝表情肃然："万卿，你今日要弹劾谁？"

万瑞贤呈上奏疏，肃然道："启奏陛下，燕凉关一案由三法司会审，臣左副都御史万瑞贤，今日呈报燕凉关一案，弹劾户部尚书葛良吉，勾结奸臣陷害忠良，致使燕凉关一战惨败！"

殿中哗然一片。同绪帝迅速看完了奏章，已心中有数，沉声道："奏。"

"是。"万瑞贤跨出一步，"去岁九月……"

谢停舟走出大殿，只觉得这朝堂，这大周，都已经烂透了。他立在原地没动，因为不知道要如何同她交代，一场奔波竟是这样一个结果。

沈妤一夜没睡，兮风一直劝她回去等，她不听，一直在永宁街外等着。朝官陆陆续续散去，又过了许久，谢停舟才出现在光华门。谢停舟向来不露声色，可沈妤从他的表情看出，今日的事不顺。

谢停舟走近："怎么没回去？"

"不放心。"沈妤说。

谢停舟颔首："上车说吧。"

"我将梁建方的认罪书交给万瑞贤，由他出面弹劾户部尚书葛良吉勾结梁建方致使燕凉关一战大败。"

沈妤注视着谢停舟的脸色："是不是出了什么岔子？"

谢停舟看向她，半晌才道："梁建方死了。"

"什么？"沈妤满目震惊。

谢停舟冷然道："同绪帝听了弹劾，准备当场提审梁建方，去提人的来报梁建方在狱中畏罪自尽。"

"简直胡扯！"沈妤愤怒道，"梁建方那么怕死，说他畏罪自尽，谁信？"

"自有人信，"谢停舟俊眉轻蹙，"最重要的是，在他死之前，又留下了另一封认罪书，与你交与我的那封内容截然不同。"

沈妤脑子"轰"的一声炸开，急切道："有人逼迫他写下认罪书，然后杀了他伪装成畏罪自尽。"

谢停舟道："两份证词同出一人，却截然相反，同绪帝焦头烂额，只能将两批人马一同收押，再行审查。"

两封出自同一人的证词，采纳任何一封都说不过去，看样子认罪书已经不能作为证据，只能另寻出路。她前脚从大理寺狱离开，后脚就有人杀了梁建方，看来大理寺中有人时刻紧盯着，说不定她的动向也被人看在眼里。沈妤沉吟片刻，忽然道："我要去一趟陆氏的成衣铺子。"

见谢停舟盯着她看，沈妤问："你看我做什么？"

"没什么。"谢停舟移开视线。

沈妤却偏着头看他，近来这位世子爷似乎有些不对劲，照之前在路上的时候，怎么也要和她斗两句，近来似乎沉稳多了。马车停在成衣铺子前，沈妤下马车前，又回头道："殿下和兮风先回吧，我自己回王府。"

谢停舟没下车，看着沈妤步入店内。兮风往后靠着，微侧着头说："他如今不避着殿下了，想来是开始有了信任。"

谢停舟食指挑起一点帘子，从那缝中看见掌柜将时雨迎进了内室。

沈妤问："有绿药的消息吗？"

掌柜沉重地摇了摇头，走到桌边拉开抽屉："不过有封洛州的来信，今早刚送来。"

沈妤点了点头，打开信边看边问："沈府可有音信？"

"这……"掌柜欲言又止。

"说吧。"

"是，"掌柜道，"信是我亲自送的，顺便提醒了二小姐一句，她说……"

掌柜小心翼翼道："她说沈家大小姐已经死在燕凉关了，哪里来的宵小竟敢冒充沈大小姐，莫不是想来骗钱的。"

沈妤看完，拿信的手垂在膝上。

"如今可要再送一封？"掌柜试探着问。

"不必，"沈妤道，"我亲自去找她。"

走出店外，谢停舟和兮风竟还没走，并且将马车停在了一侧，免得挡着进店的客人。沈妤上了马车，她是个聪明人，不会让人尴尬的问题，总不能问他你怎么还没走，然后等着他说一句我等你。

马车行驶在嘈杂的街道上。

沈妤想起红翘的来信，于是问谢停舟："那批粮草，说是运粮官死在了路上，那批粮草不知所终。"

谢停舟"嗯"了一声："据说粮草被齐昌府境内的山匪劫了。"

这几年大周的情况越发不好了，贪官横行，民不聊生，有的庄稼户辛辛苦苦种上一年，交完公粮还不够吃饱饭的。灾民越来越多，不少吃不上饭的干脆落草为寇，好歹能混上顿饭吃，这也导致如今大周境内盗匪横生。

"哪个山匪敢劫前线的粮草？"沈妤冷哼了一声。

"所以我说是据说，"谢停舟慢条斯理道，"如今朝廷缺人，一个剿匪至今都没能理出个章程。"

"不能让各地藩王去剿匪吗？"

谢停舟摇了摇头："同绪帝生性多疑，他敢让藩王带兵离境吗？"

"这倒也是。"若说人选，现成的不就有一个吗，谢停舟押送时都只敢带两千青云卫，且在离京五十里便掉头回北临，就是怕让同绪帝揪着小辫子。

沈妤想着，脑中灵光乍现："齐昌，齐昌。"

"怎么了？"谢停舟问。

沈妤忽然一把抓住他的手，激动道："齐昌府的位置！为什么粮草偏偏在齐昌丢了？"

谢停舟没说话，直愣愣地盯着抓在他手上的那只手，心上仿佛被什么轻轻拂了一下。她的手怎么看上去这样小？这么小的手，是怎么挥动的那么长的刀？他看了太久，令沈妤瞬间察觉出异样，连忙缩回手，说："殿下，冒犯了。"

见那手缩了回去，谢停舟心里浮起一层淡淡的失落："无妨。"

兮风在车外陡然听到句冒犯，却不知时雨是怎么冒犯到了殿下。

"你方才说什么？"谢停舟凝神。

沈妤道："若是我记得没错的话，齐昌府的位置很特殊。"

谢停舟想了想颔首："齐昌府与两藩相邻，另一边的官道直通盛京。"

"对，"沈妤有些激动，"这样的地方，东西丢了三方都不好出兵，所以才迟迟没能拟出个章程，粮草是从哪个州调派？为何偏偏就在齐昌府丢了呢？"

谢停舟沉默片刻："这就要问户部了。"

沈妤想起了江敛之，此案定与户部脱不了干系，那身为户部侍郎的江敛之，又有没有参与其中呢？

看着她若有所思的表情，谢停舟问："你在想什么？"

"我在想江敛之。"沈妤下意识回道。

谢停舟掀起眼帘看她一眼，抿直了唇线别开头去。沈妤如今已能勉强摸到些谢停舟的脾性了，看样子是不高兴，但是为什么不高兴，她却想不出来。想了想多半是因为那句江敛之，难不成他俩是政敌？

"我的意思是，"沈妤斟酌了下用词，"他是户部侍郎，我在想这件事和他有没有牵扯。"

"无须向我解释。"谢停舟淡淡道，而后靠着车壁闭上眼假寐。

沈妤看着他沉默的脸，怎么忽然觉得，他像是在闹别扭呢？

沈妤想了许久也没想明白谢停舟到底在闹什么别扭，总之一直到进王府，他也没同她再说上一句话。

莫名就这样冰封住了。

到了午后，长留发觉出了不对劲，站在屋檐下勾了兮风的脖子。长留还没长开，过几个月才十六，个子比兮风的肩膀高不了多少，兮风被他勾得弯下了腰，压低嗓音吼道："你干什么？"

长留凑到他耳边问："殿下这是怎么了？之前回来的时候时雨跟在他后头说话呢，他都没理人。"

"不清楚。"

长留打量着他："骗人，定是发生了什么。"

他这样一提醒，兮风忽然想起来，之前在马车上，他似乎听到了那么一句。

长留一看他的表情就知道有门儿，立刻问："咋啦？"

兮风朝窗户里头看了一眼，轻声道："殿下他……似乎是被时雨非礼了，因而有些气恼吧。"

"我的妈呀！"长留大吼了一声，兮风都没来得及捂他的嘴。

屋内的谢停舟正在与自己对弈，本就静不下心来，此刻又被打扰，问："你是我捡来的，你哪来的妈？"

长留跑过去扒拉着窗棂，嘿嘿笑着："殿下您就是我的亲爹，您什么时候替我找一个亲娘？"

谢停舟头也不抬，指尖一弹，一粒棋子从窗口飞出去。

长留忙抬手一抓，立刻疼得甩了甩手抱怨："殿下下手也太狠了。"

兮风笑道："殿下也没让你硬接，你躲开不就是了？"

长留"哼"了一声，抛着棋子跑了。他一路朝着鹿鸣轩去，走到院子门口就闻到一阵香味。

"烤什么呢？"长留跨进门。

二丫蹲在火堆旁："我们烤红薯呢。"

二丫到底还是个小丫头，不定心性，加上沈妤为人好说话，不是个难伺候的主子，二丫胆子越发地大。

今日沈妤回来时，她捧着几个红薯一声一声地叫哥哥，让陪她烤红薯。

"分我一个。"长留也蹲过去。

二丫掏出来一个给他，长留抱怨太小，二丫说还要留着给时雨哥哥，沈妤在一声声哥哥中勉强认下了这个妹妹，又在一声声哥哥中怀疑自己是不是扮男人扮得太久，导致她如今越来越像男人了，于是进屋照了一会儿镜子。出来时看见俩小孩蹲在院子里啃烤红薯。长留见时雨出来，朝她抛出去一个东西。

沈妤凌空一抓，摊开手一看，是一粒棋子，问："殿下找我下棋？"

算起来，谢停舟是有好些日子没叫她下棋了。长留嘴里吃着红薯中含糊糊地点头。沈妤想着今日谢停舟脾气不大好，耽搁不得，立刻就往院外走。

二丫追在后面："哥哥，你的烤红薯还没吃呢。"

"有人吃，"长留一把抢过来，"这不还有个哥哥吗，哥哥今天全给你吃完。"

两人追追打打，鹿鸣轩难得这样热闹，另一头的青朴居却出奇地安静。

沈妤来时不见兮风，廊下站着两名近卫，还有一只玉爪站在窗棱上。

沈妤走进书房，谢停舟还在同自己下棋。见她进来，谢停舟抬眸看了一眼又垂下去，问："何事？"

"来陪殿下下下棋。"沈妤径直走到他对面坐下来，开始收捡棋盘上的棋子。

谢停舟捻棋子的手顿了顿，然后轻轻将棋子放回了篓子里，可惜了，这样一局残局，原本已经要破了。从前叫时雨下棋不过是图个清静，起先她确实挺安静，后来回京途中不知道怎么坏毛病又出来了，总爱嘀嘀咕咕的，时间长了谢停舟也就习惯了。

"如今梁建方死在了大理寺，大理寺定然会狠做一番清查，殿下之前在牢中做的那番部署——"

"你担心什么，"谢停舟打断她的话，看着棋盘道，"我做了什么部署？"

沈妤看他一眼："大理寺戒备森严，你不是买通了人给他下毒吗？"

谢停舟眉眼半抬："谁说我让人给他下毒了？"

沈妤惊诧地看着他，若不是谢停舟找人下毒，那又是谁想要毒死梁建方？

谢停舟云淡风轻道："无数双眼睛都在盯着三司，大理寺警惕，饭食都由专人送，梁建方的饭食里根本就没毒，我不过是找人扔了只死老鼠进去吓唬他罢了。"

"没下毒？"

"没有。"谢停舟落下一子。

沈妤思索片刻，直想鼓掌，这样好的计策，其实她不过是那晚给梁建方下了个引子，他就是自己吓唬自己，最后被一只死老鼠活生生吓破了防线，所以这事不论如何攀扯，也扯不到谢停舟头上。她做事向来简单粗暴，相比之下，谢停舟更善于玩弄人心，先是大理寺少卿左宗，然后是梁建方，不费一兵一卒就将人拿捏住，她这样的要是真和谢停舟斗起来，估计怎么死的都不知道。

"又在想什么坏主意？"谢停舟捏着棋子问。

沈妤道："我在想一定不能成为殿下的敌人。"

谢停舟看向她："那你想做什么？"

"盟友啊，"沈妤理所当然道，"相互扶持的盟友。"

谢停舟轻笑一声，手肘支着桌沿倾身靠近："我本不是什么心怀天下的人，这一案也与我无关，说到底如今是我在帮你，你呢？又能拿出什么诚意来？"

"不见得吧？"沈妤道，"若不是心怀天下，青云卫又怎会救下燕凉关？"

不论有没有那个梦，沈妤心中都笃定谢停舟心怀民生，因为不论如何他都去了燕凉关救人，只不过如今更早而已，暴露锋芒对他来说原本就是不利的事。谢停舟眼含凌厉，棋局下了一半，他丢了子说："你今日说在想江敛之是否有牵扯其中，我来告诉你，他有。"

这棋看来是下不下去了。

沈妤心中大震，讶异道："可有证据？"

原本稀松平常的疑问，落在谢停舟耳中却觉得莫名有些刺耳。她这是在质疑他？还是她更相信江敛之？

"殿下？"

谢停舟压下那抹不快，淡淡道："我在北临时，曾收到一封密信，信中提及燕凉关一战有问题，让我前去支援。"

沈妤皱眉道："可你之前说之所以援救燕凉关，是因为发现陆氏在大肆运粮。"

原先只是以为有人设计想让谢停舟动兵，一旦他擅自动兵，那就成了同绪帝手中的把柄，是以只是派人去查探了一番。

"不错，"谢停舟道，"直到发现陆氏运粮，我才相信那封信不假。"

沈妤略一思索："殿下的意思是，那封信出自江敛之。"

谢停舟起身走到书桌旁，从抽屉里取出一封信。沈妤走过去，接过信来看，内容和谢停舟方才所说无二，只是……

"这并不是江敛之的笔迹。"两人梦中好歹做过几年夫妻，江敛之的笔迹她还是能认出来的。

谢停舟的目光扫向时雨，眼中疑惑渐深，但他并没有当场责问，而是道："江敛之一路平步青云走到如今这个位置，并非偶然，他为人谨慎，自然不会轻易露出马脚，我的人查了三个月才查到他头上。"

沈妤此刻只觉得脑子里一团乱麻，若是江敛之与燕凉关一案有牵扯，他为何要写那封信提醒谢停舟？若是与他无关，他又怎能得知燕凉关一案有问题？

这个案子越往深了查，似乎越发扑朔迷离，像是一团浓雾将人笼罩其中。

盛京仁安侯家设宴，给京中不少大人府上都发了帖子。沈将军府一下去了三个，剩下的继夫人和二小姐又被传言相困，眼看着是要垮了，却也收到了仁安侯家的请帖。

沈嫣到得晚，厅中早就坐满了各家名媛淑女，只剩下席末端还留了个位子。

她一到，不少小姐便开始交头接耳，窃窃私语。

厅中不知谁轻哼了一声："她怎么来了？"

"谁知道呢，你看她头上还戴着孝，一副悲痛欲绝的脸做给谁看呢？心里怕是早就乐开花了吧？"

"就是，她长姐可是洛州陆氏的外孙小姐，家里不知道多少家产，这下全便宜了她们母女了。"

那些话一句句钻进沈嫣耳中，她早就料到会是这样的局面，平静地在靠近门口的地方坐下来。

仁安侯的嫡女颇得太后喜爱，得了瑞敏郡主的封号，在一众小姐中，是要高出一头来的，瑞敏郡主原本在同旁人说话，一见了沈嫣，立刻道："沈二姑娘总算是来了，我还担心你不来呢。"

沈嫣垂首行礼："郡主看得起沈嫣，沈嫣不敢不来。"

见她坐在最末，瑞敏郡主招呼丫鬟："将沈二小姐的席位挪到我身边来。"

沈嫣和瑞敏郡主并无交情，她如今这般热情，倒叫人心生害怕。重新落座，瑞敏郡主拉着沈嫣的手安慰道："你莫要在意旁人的那些瞎话，你父兄和长姐走了，你才是最难的那个。"

沈嫣眼中盈盈含泪，哽咽道："多谢郡主。"

瑞敏郡主同她小声道："我今日设宴请她们来，就是要告诉大家，你是我瑞敏郡主要罩着的人，谅她们今后也不敢再给你脸色。"

"郡主为何……"

"沈小姐有所不知，"一旁沏茶的丫鬟接话，"我家郡主仰慕沈大小姐已久，原想找机会结交一番，只可惜沈大小姐常年不在京中，也不参加京中贵女的宴席。"

"是啊，"瑞敏郡主捧着下巴道，"我自小在想，女子为何就不能同男儿一般行走江湖，沈大小姐同是女子，她照样能上阵杀敌。"

沈嫣的眼睛更红了，手指紧紧攥着裙面："阿姐不是普通女子。"

"可惜没能一睹她的风采。"郡主一把拉住沈嫣的手，"你跟我说说她的事吧。"

"长姐她……"沈嫣为难道，"她常年不在京中，我们能相处的时间不多，不过她是个分外直率的人。"

郡主面露遗憾之色："若是能和她交朋友，应是一大快事。"

沈嫣抿唇，艰难地笑了笑："我也遗憾没能和长姐多相处些时日。"

两人相谈的画面落入其他小姐眼中，有人事不关己高高挂起，有人却觉得分外刺眼。

"我可是听说江家曾上沈将军府上为江侍郎提亲，只是被拒了，京中众说纷纭，有的说是向沈大小姐提亲，有的又说是沈二姑娘，今日碰巧沈二姑娘也在，不如为大家解解惑吧？"

说话的是翰林院罗大人家的嫡小姐，她看着沈嫣，脸上带着几分傲气，自古文武不两立，某些文官是有些瞧不上带兵的武夫的，厅中众人纷纷朝沈嫣投来探究的目光，就连瑞敏郡主也在看她。

沈嫣微垂下眼："沈嫣蒲柳之姿，自觉配不上侍郎大人。"

此话一出，厅中的气氛顿时热了起来。这话模棱两可，虽没有明说江侍郎是向她提亲，但听上去那意思可不就是因为觉得自己配不上江侍郎才拒婚？众人一时间心思各异。

一翠色衣衫的小姐问道："不过我听说，江侍郎曾放言，只要沈小姐点头，江侍郎随时可以上门求娶，既得江大人如此倾心，想必沈小姐定有什么过人之处吧？"

沈嫣低声道："如今我还在孝期，并没有这样的想法。"事实上，大周女子孝期与男子不同，女儿家若是同男子一般守孝三年，怕是会错过议亲，因而各地也有所不同，孝期长则一年，短则三月。

一人冷笑了一声："既没有那个意思，不如说明白，也省得耽误了别人的时间不是。"

厅中立刻有人笑了，拈酸道："你怕是想自己顶上去吧。"

沈嫣与众小姐一番周旋下来，已觉得心力交瘁。今时不同往日，往日沈仲安和沈昭还在，京中小姐都要给些面子，以后能不能在贵女中立足，只能靠她自己周旋了。沈嫣回到将军府，如今和从前并没有什么不同，主子还是她母女二人，只是总觉得变了。

她抬脚往里走，院子里一个下人也没有。

丫鬟喊了句："小姐回来了，人都去哪儿了？小姐不在你们就偷闲。"丫鬟连忙走到前面，替沈嫣推开门，两人跨入房中，看到椅子上坐着的人，同时一愣。

"大，大小姐！"丫鬟哆哆嗦着喊了出来。

沈妤高坐于上首，正对着门口，与沈嫣四目相对。沈嫣的眼中只震惊和害怕，却没有半分欣喜——沈嫣不想她回来。这明明是她已经料到的答案，却仍旧忍不住让人心里发寒，都是沈家人，却离了心，或者说，从来就没有同过心。

在沈妤的注视下，沈嫣不由自主地攥紧了手指，尽量保持嗓音平稳："梓翠，你下去吧。"

"不必。"沈妤下巴朝着耳房一指。

耳房中两名丫鬟战战兢兢地跪在那里，一声也不敢吭，丫鬟梓翠走过去并排着跪下。

沈嫣吸了口气，提起裙摆扑通一声跪了下来，哽咽着开口："……阿姐。"

沈妤目不转睛地盯着她，像是要把这个从前没能看透的妹妹重新看上一遍。半晌，她才开口："我还以为，我这个长姐已经进不了沈家门了。"

"阿姐在怪我。"沈嫣道。

"我因何怪你？"

沈嫣哽咽道："陆掌柜给我送了信，我没有去见你。"

沈妤冷笑了一声："原来你还知道我还活着啊？"

"陆掌柜第一次送信时，我以为是有人冒充，因而没信，"沈嫣顿了顿继续道，"第二次我才勉强相信，却不敢来见长姐。"

"一派胡言！"沈妤冷声说，"我分明在绿药给你的信中说明了缘由。"

沈嫣震惊地抬头："长姐在说什么啊？绿药从没给过我什么信，自她和你离京后，我就再也没有见过她。"

沈妤心里猛地一跳，难道绿药失踪是在交付信件之前？还是说沈嫣骗人的技术已经到达了炉火纯青的地步？她仔细打量着沈嫣的脸，从她的表情看不出任何一丝撒谎的端倪。

沈嫣继续道："我在家中接到父亲和兄长战死的消息，四处打听长姐的下落也没有任何结果，于是——"

"于是你擅自作主将我发丧，"沈妤打断她，"从此这世上便再无沈妤，沈家便只剩你沈嫣一位小姐。"

"长姐怎能如此想我，"沈嫣膝行了几步，流着泪说，"长姐去了边关音信全无，连父亲和兄长都不在了，你定然不会独活。"

"你的意思是让我去死？"沈妤目光锐利。

沈嫣吓了一跳，立刻解释："我不是这个意思，若不发丧，我该怎么同旁人解释你为何没有出席父亲和兄长的葬礼，旁人又会怎么揣测？况且燕凉关的惨状我在京中也有耳闻，死了那么多人，我根本没想到长姐还能活着回来，我当时只是在想，就算长姐要走，我也想给长姐留个美名。"

沈妤在心中冷笑："这么说，你是为了我好了？"

沈嫣道："平心而论，如果长姐真的没能活着回来，我这样的处理方式不是最好的吗？"

沈妤俯身，冷冷睨着地上的沈嫣："对你来说这确实是最好的结果，只是很可惜，我回来了。"

养在闺中的娇小姐，和在战场上杀出来的铁骨怎能相比，她身上带着煞气，俯身下来的瞬间，似乎能让人闻到战场上的血腥，沈嫣第一次威慑于这样的气势，她是第一次发现，原来从前看似温和的沈妤身上竟带着这样凌人的气势。沈嫣想要起身，却觉得整个后背都绷紧了，根本动弹不了。

"阿姐，你真的错怪我了，"沈嫣哭道，"我还不到十六岁啊。"

"是啊，"沈妤失望地看着她，"我也很想知道，才十六岁的你是哪来的这么深的心计。"

那场梦中，她困于江府，沈嫣还未出阁，每过十来日便会上门来看她，同她说说话，为此，她是十分感激的，所以当继母请求她帮沈嫣寻个好夫婿时，她操办起来也特别尽心，现在看来，沈嫣频频往江府跑难道就不是有利可图吗？那时沈家已经垮了，江家还如日中天，她沈嫣不攀附江家，又能攀附谁呢？

可笑沈妤历经诸多，才学会用心去看人。

沈嫣提了口气想要说什么，却又放轻了声音："长姐要误会我便误会吧，阿嫣百口莫辩。"

"沈嫣，"沈妤语气中带着失望，"别在我面前表现出这副姿态，我不吃这套，我也没工夫陪你在这里演一出姐妹情深的戏码。"

沈嫣被她说得咬紧了下唇，既然怎么解释沈妤都不信，那她又何必在这里做姿态？都是沈府的嫡小姐，凭什么她要在这里跪她沈妤？不如撕破脸，她也装得累了。沈嫣默了片刻，忽然笑了，身子一歪软软地跪坐在地上，她仰起头看向沈妤："你怎么这么聪明呢？有时候我都在想，为什么大家提起你时都说是沈大小姐，提到我就只能是沈二姑娘，明明我也是将军府的嫡女啊。"

"称呼重要吗？"沈妤问。

"重要！"沈嫣恨恨地盯着她，"名不正则言不顺，你自幼得父亲和兄长疼爱，怎么会懂我的感受？"

"父亲是个清官，他的俸禄和赏赐能有多少？母亲她空有将军夫人的称号，却在将军府过得连外头的一个富商的小妾都不如，而你呢？！"

沈妤道："那是我外祖母疼我。"

"是啊，"沈嫣边哭边笑，"我每次拿到你给我的'恩赐'，我也是这么安慰我自己！若你没有那样的外祖母该有多好？那样我也不会一次又一次看到我们的不同。"

沈妤失望地摇头："你总在责怪别人，为何不从自己身上找原因呢？"

"我找了！"沈嫣大吼，"所以我发现机会来了，只要让你沈妤死在边关，这里的一切都是我的，这世上再没有沈妤，大家提到沈家小姐，也只知道是我沈嫣！"

沈妤站起身，沈嫣立刻撑着身子惊恐后退："你想干什么？！"

一旁的丫鬟终于也忍不住了，跪着爬过来想要挡在沈嫣面前，被沈妤一脚踢开。

沈妤垂眸看她："我问你，绿药呢？"

沈嫣梗着脖子："我已经说过了，我根本没有见过她，你要是不信，将军府你熟，这府上随便你搜。"

沈妤早已经搜过了，确实没找到人，她的丫头也矢口否认见过绿药。她一步步朝着沈嫣走近，想要逼破她的心理防线，到门口时，沈妤停下脚步："别以为——"她的声音倏然顿住，目光落在门外右侧的一块地砖上，那地砖和院中的其他地砖一样，并无特别，若硬要说出不同之处，那就是那块砖的颜色比其他砖更新一些。

一个可怕的念头划过脑海，沈妤垂眸紧盯着沈嫣问："你门口的那块砖为什么换了？"

沈嫣的表情顿时一僵："换块砖你也要管？"

她的表情让沈妤确认了猜想，她蹲下身，出手快如闪电，一下卡住了沈嫣的脖子："我再问你一遍，绿药呢？"

沈嫣被掐得呼吸不过来，用力掰着她的手："不……不知道。"

几名丫鬟冲过来，被沈妤三两下踹倒在地。

"别……别叫人。"见丫鬟准备出去喊人，沈嫣艰难地道。

沈妤一下将她掼倒在地："去我院子看过吗？门口那块砖上画满了图案，绿药喜欢没事的时候坐在门口的地上画画，别告诉我，你的丫鬟也有这样的爱好。"

绿药一定来找过沈嬷，并且将信交给了她，但沈嬷还是一意孤行地给她发了丧。那绿药呢？现如今绿药在哪里？会不会……沈妤不敢继续往下想。绿药会功夫，沈嬷身边的丫鬟一定不是她的对手，就怕趁她放松警惕给她下药。

"你想要银子，要身份，这些我都不在乎，都可以给你，但你不该算计我，也不该动我的人。"

"我给你一个期限，三日之内我要见到绿药，这是我给你的最后一次机会，只因你仍是我父亲留在这世上的血脉，三日后我要是还见不到她，到时候你会知道我是什么样的人。"

脚步声渐渐走远，沈嬷忽然从地上爬起来，踉跄着追出去："你就不怕我揭穿你？！"

"好啊。"沈妤停下脚步，回头看去，"别忘了你擅自替我发丧，欺君也有你一份，诛九族而已，你沈嬷难道不在九族之列？正好一起下去向父亲请罪。"

沈嬷的脸色霎时变得煞白，他们如今算是相互捏着对方的把柄，她不该怕沈妤，但是沈嬷清楚自己斗不过她。

沈妤从沈府出来，天上已无明月，飘着薄薄的细雨，她回头看了一眼，萧瑟的夜风卷着门上的灯笼晃啊晃，连带着人影也跟着被雨帘映得不清晰起来，这个地方已经不能被称为家了。她叹了口气，转过身缓缓往回走，不过须臾，屋檐上闪过一道黑影，转眼就消失在了黑暗里。鹿鸣轩紧邻着王府东门，进门后只需要走上片刻就到了，小道的尽头忽然响起一声狗吠。

"汪——"

沈妤抬眼看去，一只狗从鹿鸣轩门口兴奋地朝她奔来。

"大黄！"沈妤开心地跑了两步，蹲下身让大黄扑过来，大黄蹭着她的腿，尾巴都快摇断了。

"你怎么在这里呀？"沈妤揉着大黄的脑袋，听它汪汪叫了两声。

门口还站着一个人。她抬眼看向谢停舟，两人对视一眼，都从彼此眼中读懂了含义。沈妤垂下头，抱紧了大黄，不相信地再次确认："爷爷他……"

"进屋吧。"谢停舟说。

天色已晚，二丫坐在廊下打瞌睡，见二人进门，揉了揉眼睛起来端茶倒水。沈妤垂着头，好像自始至终，她一直和不同的人做着告别，先是父亲，哥哥，然后爷爷……她不知道，这算不算是惩罚，为什么仅有的温情都要离她而去？大黄感受到她情绪的低落，趴在地上紧紧贴着她的腿。

谢停舟站在门口，她比他想象中要坚强，原以为她会掉眼泪："老丈把那几间茅屋留给你了，让你无处可去之时能有个安身之所。"

沈妤抬起头问："他走得痛苦吗？"

谢停舟在她期待的目光中，撒了一个谎："不痛苦。"

沈妤点了点头，哪怕是安慰，她此刻也很需要。

谢停舟抿紧唇线，目光落在她搭在腿上的手上，微微皱了皱眉："手怎么了？"

沈妤这才看见，两只手背上有数道血痕，应该是掐沈嫣脖子的时候被她抓的。

"被狗挠了。"她说，

大黄竖起头，"汪"了一声。

"不是你，"她摸了摸大黄，"是一条疯狗，我还以为她和你一般温顺呢。"

谢停舟听出她意有所指，问："药呢？"

"什么药？"沈妤问。

谢停舟静静地看着她："金创药。"

"哦，"沈妤说，"用完了，不知道大夫还有没有。"

谢停舟无言以对："那么大一瓶药，你都用完了？"

沈妤点头："是啊，背上的伤口不少呢，你没看过当然不知道。"

谢停舟别开脸，他怎么没看过？看得不能再清楚，如今只要一闭上眼，还能想起当时的画面。谢停舟侧头向门外唤了一声，一名暗卫从房顶跃下来，落地无声。暗卫来无影去无踪，片刻后奉上一瓶金创药后又消失了。

谢停舟手一抬将药丢给她。沈妤接过看了一眼："不是上次那种。"那药价值千金，他倒不是心疼银子，最主要是出自神医松石大师之手，药材难求，这世间拢共就只有几瓶。

"你没那么金贵。"谢停舟道。

沈妤"喊"了一声，唤二丫端水来净了手才往手背上抹，那药涂得乱七八糟，谢停舟看了一会儿看不下去，上前夺了她的药。

"手。"

两人之前在路上相互上了好一段时间的药，早已习惯。说来也巧，那一路两人都伤在手臂上，若是伤在别处还能自己处理。谢停舟的手指如青竹般修长，骨节微微凸起，这样一双手不论做什么都赏心悦目。

沈妤盯着他的手看了片刻，视线上移，落在谢停舟的脸上，这张脸清绝出尘，宛若天上人，山水为眉，星月作眼，带笑时勾人，清冷时诛心。沈妤的心口忽然不正常地跳动了一下，手指也跟着蜷了蜷，望着他的脸莫名出了一会儿神。

待鹿鸣轩的灯灭了，谢停舟仍没有离开，片刻之后，他足下一点轻轻掠上了房顶。屋内传来轻轻的啜泣声，原以为她已经越来越坚强，其实不过是把伤口留着自己舔舐而已。谢停舟轻提衣摆，轻轻地坐在了房顶上，望着无边的夜微微出神。

第二日沈妤当值，晨起时那双眼睛肿得跟核桃似的，她听二丫的话用鸡蛋滚了半响才稍稍缓解。这几日天气渐暖，前些日子那场雪想来应该是今冬的最后一场了。沈妤站在檐下，又将案子的来龙去脉重新理了一遍。户部尚书葛良吉扯上这个案子是没跑的，那么江敛之偷偷联系谢停舟，很可能有两种原因，要么是他发现问题出于善意想让谢停舟前去营救，要么就是他知道点苗头想要借此扳倒葛良吉。

可这里头还有一个巨大的破绽，他既然知道有问题，为何不直接呈报圣上，而是要用这样一种迂回的方式呢？

江府，首辅江元青书房内，祖孙二人面色肃然。

江元青道："葛良吉与燕凉关案是脱不开干系了，如今就看陛下如何断，燕凉关一战败了，这罪总要有人来背。"

江敛之心中了然，就如梦中，同绪帝在明知不是他二人的问题的情况下，找不出一个合理的理由向百姓交代，便只能放任流言，最终让沈仲安和沈昭背了这个罪名。

江元青默了片刻，继续道："葛良吉一落马，户部势必要拿一名官员撑事，你身为户部侍郎是首选，只是……"

他顿了顿，低头饮了口茶，继续道："这个年纪便坐上户部侍郎的位置，已是大周开朝以来第一人，太早升迁也不是好事，你如何看？"

江敛之沉默了一下，回了句："敛之并无升迁之意。"

江元青颔首，捋了捋长须道："如此这般，我便先将此事往后压一压，不过也应当是你以户部侍郎之位暂代尚书之职。"

"如果江敛之够聪明，就会避开锋芒，不会在这个时候坐上尚书之位。"沈妤边下棋边说。

谢停舟看了她一眼，听她继续道："他的资历到底还是浅了些，本就是刚当上户部侍郎……"

"啪嗒——"谢停舟将手中的子丢回棋笥里。

沈妤被打断，抬起头问："这才刚开始，殿下这就不下了吗？"

谢停舟下巴朝棋盘一指："还有的下吗？"

沈妤盯着棋盘看了半晌，皱眉道："怎么结束得这么快？这不是我的水平，我往常至少能撑半个时辰的。"

谢停舟看她一眼："脑子够用吗？就敢下棋的时候想旁的事。"

长留坐在树杈上笑，被沈妤狠狠瞪了一眼，沈妤把棋子归位，不服输道："再来一局。"

"再来一局也是一样的结果，"长留笑道，"风哥哥，咱们来打个赌怎么样？"

兮风被他那一声风哥哥喊得满身恶寒，瞥他一眼道："你恶不恶心。"

"打个赌嘛，"长留从树上跳下来，勾住兮风的脖子，"我赌殿下赢，你赌时雨赢，怎么样？"

"你可真会挑，"兮风冷笑，"你怎么不赌时雨赢？"

沈妤在一旁看着："我在这儿坐着呢，你们在侮辱谁？"

长留打了个哈哈："抱歉抱歉，那不如这样，咱们就赌时雨能在殿下手里撑多久，我就赌半个时辰。"

沈妤撑着下巴问："我能参加吗？"

"不行！怕你作弊。"长留严词拒绝，又同兮风说，"赌注就是，有了，就赌两个月的俸禄。"

兮风道："我赢了只能赢到我一个月的俸禄，你赢了能赢你四个月的俸禄，公平吗？"

长留掰着指头算了算，忽然说："殿下，兮风的为啥比我多那么多？"

"因为你吃得多。"沈妤笑着接话。

谢停舟不紧不慢地挑拣着棋子，唇角像是勾了一抹笑。

长留哼了一声，双手合十冲着谢停舟拜了拜："殿下，赢不赢就要靠你了。"

兮风想了想说："那我就赌一个时辰吧。"

又一局棋开始，两人你来我往，不到半个时辰，沈妤落子便露出疲态。谢停舟指尖掂着一枚棋子看她。她眉心皱得打了结，快要落子却收了回来，感觉往哪儿下都不对。

"别拖延时间啊。"长留提醒。

沈妤看了长留一眼，好不容易落下一子，谢停舟想也不想便伸出手去。

"等等，"沈妤拦住刚要落子的谢停舟，"我下错了，这不能算。"

那段途中朝夕相处的日子，她算是把脸皮子给练出来了，发现不论是传说中战场上的杀神，还是后来温润如玉的揽月公子，他们都不是真实的谢停舟，至少在她看来，谢停舟的脾气是极好，只不过，除了有时候阴晴不定，莫名其妙就生气了。正好她天生就喜欢顺杆儿爬，喜欢试探别人的底线，在发现谢停舟很难发火后，便越发胆大。

她在谢停舟无言的目光里把自己的子重新挪了个位置，然后淡定地看向谢停舟："该你了殿下。"

只要我脸皮厚，我就是无敌状态，这局我必赢。

还没有人敢在谢停舟面前悔棋，檐下的近卫："……"

等着死吧，时雨。大家眼观鼻鼻观心，都等着看他们的世子殿下怎么把时雨的脑袋拧下来。兮风往前迈了两步，想着要不还是劝一劝，时雨前月护送殿下上京，回来又挨了顿鞭子，瞧着人都瘦了……不，胖了一圈。哎不对？怎的还胖了一圈？兮风正想着，忘了劝架，就见谢停舟捏着一枚黑子淡定地问："这次不改了？"

兮风顿时下巴都快掉了，树上的近卫晃了一下，险些从上面栽下来。不是，这还是他们家殿下？该不会是回京途中被人调包了吧？这不是无声的默许是什么？就这般纵容他？谢停舟不问还好，这一问沈妤就不大确定了，认真地盯着棋盘看了半晌，实在是没找出问题。

"不改了。"她说。

谢停舟的目光没离开过她的脸，手中的子缓缓压在一处，满意地看见她伸长了脖子，把眉毛皱成了一坨。他唇角微微牵了下，说："没机会改了。"

沈妤抬眸看他一眼，手里的棋子都快被她给捏碎了，最后直接扔在棋盘上："不玩了。"

谢停舟脸上的笑容终于散开了，像和煦的春风。他耐心地从棋盘上捡起最后落下的几手，修长的手指点着一处："看见了吗？"

沈妤点了点头："我这里下错了。"

谢停舟摊开手，手中几粒白子，这是给她机会，要让她从刚才那个地方继续下的意思。

"怎能这样！"长留怒吼，"唔唔唔——"后半句还没出口，就被兮风捂住了嘴拖往廊下，眼神示意他看着。长留定睛一瞧，殿下脸色难得地温和放松，瞧着竟有几分纵容的姿态。

完了，长留委屈地小声抱怨："殿下这般放水，这局我必输。"

"岂止。"兮风抱剑站在一旁，淡定道，"我们都赢不了。"

沈妤艰难地压下翘起的嘴角，从谢停舟掌心里把白子抓起来，指尖轻轻地划过掌心，麻痒的感觉一直蔓延至整条手臂。谢停舟眸光微微闪了一下，目光从自己掌心扫过，缓慢地握成拳放在桌上。

院外忽然传来一阵吵闹，谢停舟头也不抬，吩咐道："去看看。"

兮风抬脚便走，片刻后，李霁风人未到声先至："我前几日吃坏了肚子，你也不说去看看我，忒让人寒心了。"

沈妤回头看了一眼，谢停舟敲了敲桌面提醒她："凝神。"

沈妤："哦。"

李霁风"哼"了一声："本皇子来看你，不迎接便罢了，竟连把椅子都没有。"

沈妤刚知道他是皇子，想要起身行礼，刚一动作就听谢停舟头也不抬地说："坐着便是。"

他又说道："他排行第九。"

沈妤点头招呼："见过九殿下。"

"免礼免礼。"李霁风手随意一摆，不由转头问，"这是哪位大师？"

言下之意竟能让谢停舟这般，若不是大师，何须他谢停舟如此认真。

长留捂着嘴笑："是咱们时雨大师。"

李霁风一听，立时来了精神，绕到谢停舟身旁盯着时雨看，说起来，李霁风是见过时雨的，只是当时牢中光线太暗看得不够清楚，如今一看，还真是生得唇红齿白眉清目秀。想到此处，李霁风在丫鬟搬来的椅子上坐下来。李霁风："停舟啊……"

"观棋不语。"谢停舟提醒道。

李霁风难受地闭上了嘴，他本就不好这些风雅事，觉得无趣至极，于是跷着腿唤了丫鬟上茶点，在一旁边吃边看，这一看不得了，看得他眼珠子都快要掉了。

往常观人下棋，不过是你来我往，而今看谢停舟下棋才真真颠覆了他从前对棋道的刻板印象，这下个棋，还能下得跟调情似的？时雨落一子，觉得不对再把子偷偷捡回来，或是在落子时小拇指轻轻一勾，将谢停舟的子偷回去，而谢停舟明明看见了，却好似瞎了一般，由着时雨胡来。

李霁风目瞪口呆地转头看向长留，无声地问："这是什么情况？"

长留沉重点头，又无声回应："一直是这样。"

李霁风不由得多看了时雨几眼，这人能把谢停舟这块石头给磨圆润了，可真是不简单。正打量得入神，一个冰凉的东西冷不丁砸在他的眼皮上。

"啊——"李霁风痛呼一声，赶忙捂住眼睛，低头一看是一枚黑子，谢停舟的手都还没来得及收回去。

"谢昀你作甚？本皇子眼睛瞎了你赔吗？"

谢停舟轻抬下巴指向沈妤，说："让她给，她有钱。"

沈妤诧异道："又不是我打的，凭什么让我给？"

谢停舟目光似有深意："不是喜欢劫富济贫吗？"

沈妤听出他的讽刺来了，就是那次在路上时沈妤说她劫富济贫，这人竟记上心了。

"你又不贫。"她小声道。

李霁风越看越觉得两人的相处模式不寻常，一个默默纵容，一个心安理得。

不由暗叹他谢停舟也有今日。

午后沈妤同近卫换过班后出了门，今日正好是沈妤上次去沈府后的第三日，她得去找沈嬷要人。

东门外的墙根处站了个人，原地搓着手很是着急的样子。来人是成衣铺子的伙计，见了沈妤就凑上来，沈妤递给他一个眼神，两人绕过了街口。伙计这才道："小的等了好久了，掌柜的说有要事找您。"

"什么事？"

"早上沈府的小厮来送了一封信。"

多半是和绿药的下落有关，沈妤心想，于是和伙计加快了脚步赶往成衣铺子。刚走到一家客栈门口，便有个锦衣公子打马从长街那头冲过来，那马一路横冲直撞，路上行人纷纷避让，马匹还是连番撞翻了好几个摊位和行人。那人还在马上喝喊："给老子闪开。"

沈妤皱了皱眉，正准备上前，却被成衣铺子的伙计一把拉住，伙计压低了嗓音道："这是窦家公子窦庆，出了名的霸王，上头有人，小的多一句嘴，公子还是别插手了。"

眼见窦庆越奔越近，就要撞上路中间躲避不及的孩童，沈妤立刻往前一掠，在与马儿错身时摘下腰间的佩刀横劈过去。马蹄被狠狠一绊，前蹄一屈跪倒在地，窦庆顿时被甩了出去，在地上翻滚了一周后，爬起来往脸上一抹，脸上擦伤的地方已流出了血。

窦庆怒吼道："吃了熊心豹子胆了？敢拦老子的路！"

沈妤扶起吓倒的孩童，转头看向窦庆："并非拦路，不过是救人而已。"

孩童的母亲赶忙上前，从沈妤手中抱走孩子，不敢惹这个霸王，忙往围观的人群里躲。

窦庆看了一眼跪倒在地上的马，甩了甩马鞭道："我管你是干什么，拦了小爷的路，砍了小爷的马，摔伤了小爷，你就不能见着明儿的太阳。"

沈妤嗤笑了一声，仿若听到了什么笑话一般，转身便走。窦庆恼羞成怒，一鞭子甩过去，却被沈妤反手抓住鞭尾，在腕上缠了两圈后用力一拉。窦庆没料到这看似瘦弱的少年竟有这般力气，差一点被他拽倒，赶忙松开手。

沈妤夺过马鞭丢在地上，正这时，原本被窦庆甩在后面的家丁也跟了上来，看人数竟有十来人之多，将沈妤团团围在中间。客栈斜对门是盛京一家颇大的酒楼，此刻街上喧嚣不止，酒楼二楼正对街上的雅室支起了窗户。一年轻的公子伸着脖子往下看了片刻，回头说："又是那个窦草包在当街闹事，仗着他表兄的势力为所欲为。"

房中男人饮了口茶说："随他闹，闹得越大越好，江家这些年是走得太顺了，不能为我所用，那就麻烦越多越好。"

年轻公子趴在窗户上看了片刻，又揉了揉眼，忽然说："咦？窦草包欺负的那人我怎么觉得有些眼熟呢。"

楼下，窦庆指着沈妤，咬牙切齿道："你现在给爷爷我跪下，自己砍掉一条胳膊，爷就饶你一命。"

沈妤站在客栈门前的台阶上，居高临下地看着窦庆，淡淡道："可不巧，这胳膊我挺稀罕的，还想留着自己用，不如你说点别的解决方式。"

见她如此倨傲，窦庆先是一愣，上下打量她一番后，发觉她容貌竟不输他那位君子端方的表兄，顿时心中恶念一生，笑道："不如这样，你跟我走一趟，去我窦府商量商量怎么解决，怎么样？"

伙计轻轻拽了拽沈妤的袖子，极轻地说了句："这窦庆声名低劣，手段狠辣，不能去。"

沈妤怎能看不明白，若不是大庭广众，她早已把他剁了，沈妤道："我拍的马腿，只是轻伤，这马我赔你，至于你受的伤，药费我也出了，这事儿就算过了。"

若不是怕事情闹大，她绝不可能做这样的让步，原本不该出手，只是让她见死不救却是万万不可能。窦庆偏着头，忽然转身从一名家丁身上抽出刀砍向马脖子，血"滋"一下飙出来，马儿倒在地上抽搐了几下，不动了。窦庆转过头，抬着下巴挑衅地看着眼前的人："现在马死了，小爷不缺银子，你看看是主动跟我回去，还是小爷绑你回去。"

面对窦庆的挑衅，沈妤牙根紧了紧。上过战场的人都知道，马儿是战士的朋友，不到万不得已不会斩马，而窦庆就这样在大庭广众之下斩了自己的马。自窦庆挥刀斩马伊始，沈妤脸上便没了笑容，她微微垂眸，淡淡的视线在手中的刀上掠过，眼中闪过一阵杀意。家丁见状迅速围在她周围，拔刀相向，围观人群生怕被误伤，都往后退开老远，在街心留出一片空地。

"去顺天府给老子叫人。"窦庆对一家丁道，他拿刀杵在地上，昂起头颅，"你知不知道小爷我是谁？我表兄在朝中做大官，他一跺脚，整个大周都得抖上三抖，我看你也不是普通人，只是你今儿个运气不好落到我手上，再给你一次机会，乖乖跟我走，小爷我既往不咎。"

沈妤冷笑，盛京是京都，落下一块砖能砸到三个京官，敢在天子脚下说自己亲戚一跺脚盛京都要抖上三抖的蠢货，怕是除了窦庆再找不出第二个来，不知道他那位做大官的表兄听到这样的话，会不会想要直接抹了他的脖子。

沈妤笑道："那你又知不知道我是谁？"

窦庆警惕地打量了一番，京都公子哥不少，看这少年的气势，倒像是个有背景的。"那你是谁啊？"

沈妤："我是你爹！"她这话一出，众人都愣了愣，围观人群中还有不少人笑出了声。

窦庆气得目眦欲裂："给脸不要脸，我表哥是户部三品大员，我要让他抄你的家，诛你九族，再把你囚禁起来折磨至死。"

户部的三品大员，沈妤心里"咯噔"一声，该不会真有那么巧吧？沈妤皱了皱眉："可是户部那位江侍郎？"

窦庆得意道："正是，怕了吧。"

见沈妤瞬间变了脸色，窦庆不由得扬扬自得："怕了那就跟小爷我走吧。"

沈妤抿了抿唇，确实是够倒霉的，这会儿脑子也反应过来，她仔细看了一番窦庆，想起来了。

她其实见过窦庆，还和他有些渊源，不过是在梦中。

窦庆又名窦明达，是江敛之的表兄，旁人喊他明达。她见到窦庆时，窦庆要比现在胖得多，因而一直没认出来，此刻细看窦庆的脸，依稀能找出那个胖子的影子来。窦庆是个游手好闲不务正业的纨绔，成日里除了拈花惹草便是吃喝嫖赌，没少闹出事。奈何江敛之的母亲是个耳根子软的，每回哭哭啼啼去找江敛之，一哭二闹三上吊地让江敛之替他收拾烂摊子。

窦庆去江府时，沈妤曾在花园中碰见过他对府中一名婢女出手，沈妤出面阻拦，却被他反咬一口说她勾引他，那名婢女也不是个好东西，说不定本就是欲拒还迎，竟口口声声诬赖说沈妤与窦庆在花园幽会被她撞上。所幸江敛之知道窦庆是个什么东西，没有相信他，但是她婆母却说苍蝇不叮无缝的蛋，罚她抄写了十遍《女诫》。

真是冤家路窄，想到这里，沈妤心里冒起了一股火。若是现在和窦庆硬碰硬，就会把事情闹大，届时若是江敛之出面，恐怕不好收场。窦庆是个爱财的，看来只剩舍财免灾了。

"你的马和你的伤，我赔你五百两银子。"沈妤开口。

窦庆呆愣片刻，嗤笑道："你以为小爷我缺银子？"

"一千。"

"两千。"

"五千。"

人群中响起嗡嗡的议论声，这可真是好大一笔银子，够寻常人家一辈子过上衣食无忧的日子了。但沈妤出自洛州陆氏，全大周上下也没人敢说自己比陆氏有钱，这些银子对于她来说就是九牛一毛。拿了她的银子也要看窦庆有没有命花，回头多的都让他吐出来。

沈妤："一万！"

窦庆也呆了，他虽出生于望族，自幼锦衣玉食，但还真是没见过一万两银子，但是看这少年的架势，这价钱应该是还能往上涨涨。

"五万两！"窦庆梗着脖子狮子大开口。

沈妤冷哼一声："你怎么不去抢？"

楼上的公子看到这里终于确认了，一拊掌说："嘿，我还真见过他。"

五万似乎确实太多，窦庆想了想说："我也不和你磨蹭，给个两万两，这事就算了。"

忽然，一道不冷不淡的声音被风送来："当真是好大的手笔。"

沈妤乍一听见这声音，心里顿时一惊，他今日不是进宫去了吗？怎么会在这里？人群散开让出一条道，官兵开道，一辆马车缓缓驶到门前。那马车外观看着就很一般，应该不是个大官，最多就是个五六品。

窦庆根本不放在眼里，轻蔑地扫了一眼："你谁啊？"

马车上的兮风仿佛没听见一般，下车撩开了帘子，马车内的谢停舟一身青衫常服，脸色也有些苍白，斜斜地靠着车壁，看向沈妤的目色里带着淡淡的凉意。沈妤犹豫了半晌，才低声道："殿下。"

窦庆一惊，结结巴巴道："哪……哪个殿下？"

京中皇子十好几个，窦庆大多都没见过，真保不准就碰到了哪个皇亲贵胄。

谢停舟微微侧目道："绑了他。"

沈妤一惊。

下一刻，就看见窦庆被人将双手反剪在身后捆了。

"哎，这位兄台，你绑错人了，哎呀疼疼疼……"窦庆号着，如同杀猪一般。

谢停舟抬手压了压眉心："把嘴堵上。"

差役一通操作，很快就只剩下窦庆的呜咽声。谢停舟原本已经进宫，只是宴上感觉不适，只能先行回王府，路上刚好碰到顺天府的差役接到报官说有人闹事前来处理，此处是谢停舟回府必经之路，没想到闹事的人竟是时雨。衙役早就看清楚此人和北临世子相识，一名衙役走到沈妤跟前："还请这位公子跟我们回衙门一趟，把这事儿说清楚。"

沈妤感觉到谢停舟落在她身上针刺般的视线，缓缓伸出手准备给差役绑："劳烦差役大哥了。"

谢停舟目色深寒，抿唇道："上车。"

沈妤犹豫不决。

"要我用请的？"嗓音越发冷然，说完谢停舟便侧头轻咳了两声。

今日的谢停舟脸色看上去很苍白，沈妤生怕将他给气死了，连忙爬上了马车，坐在门口的地方不敢看谢停舟，车帘放下，光线顿时暗了几分，车内空间很大，中间置了张小几，几下一个小小的暖炉往外透着热气。兮风扬鞭，马车轻轻晃动起来，车内静得不像话，沈妤只好撩开窗帘一角，假意看着窗外。

"几万两银子张口就来，又去哪儿劫富济贫了？"谢停舟问。

沈妤放下帘子坐正，讪讪道："你明知道银子怎么来的。"

入耳是谢停舟的一声轻哼，听着像是不太高兴的样子呢，也不知道谁又惹着他了。

谢停舟没有说话，只是淡淡地看着她，片刻后问："听说你想当江敛之的舅舅？"

沈妤看向谢停舟，一脸的不解："什么？"

谢停舟道："窦庆的爹是江敛之的舅舅，你想做他爹，不就是江敛之的舅舅？"

沈妤："……我要是他爹，早晚给他气死。"

谢停舟眸中毫无笑意："为何你一听说他表兄是江敛之，便改了态度。"

沈妤没想到他来得这样早，竟连这部分都听进去了，她脑中转了一圈，说："他表兄是三品大员，我一个平头百姓，自然是民不与官争了。"

谢停舟微微眯了眯眼，面色森森然，嘴唇抿成了一条直线，她还真是大胆，胆敢在他面前胡诌，算准了他不会直接拆穿她是不是？

谢停舟只觉得头疼，闭上眼说："滚下去。"

"好嘞。"沈妤掀开帘子才发现已经到了京师衙门。

既牵扯上事，公堂还是要过的。沈妤和谢停舟到得堂上，窦庆已让人松了绑，甚至还看了座，跷着腿坐在公堂一侧喝茶。堂上是个头发花白的清瘦老人，一身官服洗得发白，看上去倒像是清官那么回事儿，可单冲着他给窦庆又是解绑又是看茶，这水怕是有点浑。

堂上刘抚见了谢停舟，赶忙迎了下来，冲谢停舟作了一揖："拜见世子，还请世子上坐。"

谢停舟婉拒："刘大人审便是，本世子不过是旁听罢了。"说完便看向窦庆，看得窦庆连忙搁了茶起身。

窦庆方才听到刘大人称他为世子，这京中生成这般模样的世子，除了谢停舟哪还能找出第二个？今日怕是要完，他连忙对站在门口的小厮使个眼色，让人赶紧去搬救兵。

刘抚走回堂上坐下，惊堂木一拍："堂下何人？"

沈妤抬眼觑了觑谢停舟，拱手道："拜见大人，草民时雨。"

窦庆对上谢停舟冷冷的目光，忙道："姓窦名庆。"

一未击鼓，二无诉状，一个是侍郎大人的表兄，一个似乎是世子的人。两个都不好惹，因而刘抚并未按照寻常流程，直言相问："你二人所为何事？"

窦庆当即怒斥："小爷……我好好在街上走，他冲上来便砍死了我的马，害我受伤不说，还对我拔刀相向，大人，这样嚣张的人，定不能轻饶。"

沈妤目不斜视："回大人，事实并非如此，他纵马在街上狂奔，险些伤及无辜，我也是为了救人才出此下策，况且，也只是打伤了他的马腿，马是他自己砍死的，街上多人可以作证。"

窦庆窃笑，平头百姓谁敢跟他对着干，就算把人喊来，怕是也不敢说实话，他正欲狡辩，听得"嗒"的一声脆响，谢停舟将撇茶的杯盖丢回杯子上，简单的动作却让他的腿不免也跟着抖了三抖。

谢停舟看向窦庆，方才他在客栈门前便扫视过那匹马，腿上确实有伤，而且角度和力道用得很有水平，不至于断其骨骼，而脖颈上那一刀便不一样了，刀口歪斜，上深下浅，很明显力道不足后期卸了力，若是沈妤出手，那刀口定然干净又漂亮。

窦庆不敢在谢停舟面前狡辩，梗着脖子道："我那是看爱马太痛苦才给它个痛快，况且我怎么就伤及无辜了，你见到有人受伤了？"

"并未。"沈妤答道。

窦庆指着她："大人你听听，无人受伤他便伤了我的爱马，简直无法无天了。"

沈妤道："若不伤马，伤的便是旁人。"

窦庆嗤笑："这事发生了吗？没发生的事说出来谁信？"

沈妤虽知窦庆的无赖，可是此刻还是很想要给他两个大耳刮子。

"大人可传人证，街上随便抓一个都能证明。"沈妤咬了咬牙说。

她最烦这样你一句我一句的争执了，有什么是打一架解决不了的吗？非要在这里废话。

窦庆道："那你倒是传啊？不论我伤没伤人，你伤了我的马，害我摔了这是抵赖不了的事实吧。"

事情前因后果倒也简单，刘抚看了一眼那尊面无表情的菩萨，谢停舟撇了撇茶叶："刘大人无须看我，按律法办事即可。"

既然谢停舟这么说，刘抚有了些许底气，他咳嗽一声，道："本官方才已将前因后果听明白，不过是当街起了摩擦而已，依本官看，伤及路人尚未有定论，不过时……"

"时雨。"沈妤提醒道。

刘抚继续道："不过时雨虽是救人，但伤马导致窦庆受伤已成事实，对方的药费也得由你出，你二人可认同本官的判法？"

沈妤自然无异议，比之前她开的一万两银子私了的价钱还省下不少："时雨认同。"

窦庆仍旧愤愤不平，惧于谢停舟在场也不能把他那套二世祖的"风范"给摆出来，不满地回了句："认同。"

刘抚颔首："既然这样，窦庆，你便把伤药费一同报给他。"

窦庆心想，既不能惩治他，便狠狠敲上他一笔好了，张口便是："三万两！"

刘抚惊堂木都被窦庆的狮子大开口吓落在地，沈妤险些让窦庆气笑了，开什么玩笑，三万两，买他窦庆的命都够了。窦庆心里正乐和着，强装痛苦道："我身上的伤倒是无所谓，但那马儿的品种可不一般，况且跟随我多年。"

若说之前沈妤开出那个价格是为了舍财免灾，如今都已经被提到堂上来，断然没有赔了夫人又折兵的道理，银子她多的是，但也不会便宜了这个混蛋。沈妤冷笑："你还不如去抢劫呢，三十两，多了没有，你好歹出身官宦人家，怎么跟个地痞流氓似的？当堂便敢敲诈勒索。"

"你说什么？"窦庆怒不可遏，伸手便拽上沈妤的领子。

沈妤猝不及防被他一拉，半边雪白的肩膀露了出来，她抬手便是一掌，将窦庆打倒在地。原想砍了他的手，一摸腰间才想起佩刀在上堂前已经卸下。窦庆倒在地上眼睛都直了，还愣在原地，方才那惊鸿一瞥的风光犹在眼前。

"据我所知。"

沈妤和窦庆闻声，同时望向开口的谢停舟。谢停舟衣袍上偌大一片水渍却瞬间吸引了她的视线，这位世子大人可真是，喝个茶都能洒这么多，指尖甚至尚在滴水。谢停舟先是看了她一眼，森然的目光移到窦庆脸上，冷冷道："你那匹马是匹普通的马驹，年不过两岁，尚且还算是匹幼马。"

窦庆下巴张了又合，一口气憋在胸口，半天挤不出一句话来，江敛之迟迟不到，他怎么斗得过北临世子，窦庆只能打碎了牙齿和血吞，三十两银子交付，窦庆一甩袖子气冲冲地准备走。

"慢着。"

窦庆回头，不明所以："世子爷还有何事吩咐？"

谢停舟放下茶盏："敢问刘大人，当街纵马伤人是什么罪名？"

刘抚一听，谢停舟这是要秋后算账的意思。当街纵马说大不大说小不小，无人追究那就是小事，一旦追究起来，那也是有律可循的，可窦庆哪懂什么律法，纵马而已，好多人不都这样吗，于是他无甚在意地说："纵就纵了，又没死人。"

刘抚摸了摸额头，心想果然没这么便宜的事。当街纵马按律答二十，若是造成伤亡轻则拘役重则流放，之前谢停舟让按律法办，他还以为谢停舟想给江家一个面子，谁知道那不过是个开始而已，早就算好了不让窦庆好过，刘抚不禁多看了堂下的时雨两眼，心道这谢停舟还真够护短的。

刘抚硬着头皮道："按律纵马二十杖。"

今日府尹大人不在，他只是个府丞，这下没在谢停舟这儿讨着好，还会得罪江侍郎，他真是两头不讨好。

窦庆一听答二十，这还得了？窦家到他这一代，就他这么一个男子，家里疼他疼得跟眼珠子似的，别说挨板子了，就连重话都没听过几句。此案本已断完，可谢停舟却丝毫没有离开的意思，看样子是要观刑。

衙役即刻拖了凳子上来，两名衙役一人一边架住窦庆的肩膀将他压在凳上。

"等等！"窦庆挣扎着，声嘶力竭地叫着，"我表兄还没来，等我表兄来了再说。"

刘抚看向谢停舟，谢停舟对时雨道："站过来，看清楚当街纵马是何结果。"

沈妤抿着唇忍笑，站到他身侧，谢停舟可真够腹黑的，三十两换窦庆挨了顿板子，不亏！

事情一了，刘抚恭恭敬敬地把谢停舟送到门口，走出衙门，一马车刚好停在了衙门口。车辕上坐着高进，那马车内一定是江敛之，沈妤脚步一顿，急忙背过身去。这里只有一条路，要怎么才能避开江敛之？

谢停舟侧头看她一眼，目光上移，江敛之掀开帘子下了马车。谢停舟目光深了，问她："怎么不走了？"

沈妤知道他是故意的，抬眸看着他，目光中有请求之意。脚步声越来越近，沈妤的心提到了嗓子眼儿。

"世子。"江敛之拱手道。

谢停舟缓缓道："判决已下，刑也已经行过，江大人恐怕来晚了。"

江敛之本就是故意来晚，好让窦庆吃点苦头。

"不晚，相信顺天府会秉公断案。"说罢，目光略微顿了顿，又看向谢停舟身旁背对他站着的人。

沈妤如芒在背，压低了嗓音道："殿下，我想起佩刀忘在了堂上，我……"

"佩刀？"谢停舟显然不打算轻易放过她，"兮风已经替你拿了。"

沈妤欲哭无泪，听见江敛之的脚步声再次接近。

"这位便是在路上救下孩童的人？"江敛之问道。

刘抚听了衙门口的差役来报，已经迎了出来，正好接上话："回大人，正是世子大人的近卫。"

意思就是这是你俩的仇，千万别找上我。这人的背影给了江敛之一种熟悉感，江敛之又往前行了两步，每一步都踏在沈妤的嗓子眼上。

"你，转过身来。"江敛之目不转睛地盯着谢停舟身旁的人。

沈妤心底冰凉一片。江敛之眉心一皱，朝他伸出手，眼看就要碰上，正这时，沈妤手臂忽然被人一带，谢停舟大氅一掀，兜头将她罩在里面。谢停舟低头凑在她耳边低声说了句："我等你回去向我好好解释，沈妤。"

沈妤整个人蓦地一僵，他是什么时候发现的？谢停舟将她的头按在自己胸口，低头看着她笑道："不过是脸上蹭破点皮，有何不好见人的，还同往常一样好看。"

沈妤不知道谢停舟是故意说笑还是为了打消江敛之的疑虑，但她只能攥紧了谢停舟的衣襟，生怕他一个不高兴又将她推出去。谢停舟见她不语，看向江敛之，目光转眼冰凉："她脸皮薄，让江大人见笑了。"

此刻江敛之脑中有一根弦绷得要断不断，总觉得他似乎错过了什么，却又不甚清晰。江敛之努力在脑中搜寻，他错过的到底是什么，而谢停舟已揽着沈妤朝外走去。

"等等！"窦庆被两名小厮架着，一瘸一拐地从衙门里出来，"表兄，不要放他走。"

江敛之脑中那根弦被窦庆这一声号叫彻底绷断了，想要再抓却抓不到任何苗头。江敛之心中烦闷，冷冷扫了窦庆一眼："你还嫌不够丢人？！"又对小厮道，"送他回去，禁足一个月，告诉舅舅，就说是我说的。"窦庆边哭边号着被人带走了。

江敛之再次回身时，谢停舟的马车已经走远。

高进收回目光："那少年应当就是谢停舟那颇为受宠的近卫，看来所言不虚。"

刘抚摇头感叹："世风日下啊，成何……呃，江大人可要进去坐坐？"

"不麻烦了。"江敛之略一颔首走了。

高进跟在一侧，低声说："将窦庆禁足一个月，恐怕回头舅夫人又要上门来哭诉。"

江敛之冷声道："他以为这顿板子就是结束？谢停舟怎会轻易放过他，他若不想被禁足，大可出门看看是断手还是断腿。"

马车轻晃，沈妤一路低着头，白皙纤细的脖颈在领后露出一截。她还没想明白自己从哪里开始暴露了，也没想清楚现在该怎么办？

"想好了吗？"谢停舟问。

沈妤垂头说："还……没。"

谢停舟不慌不忙道："不急，你慢慢想，看看还能编出什么谎言来，编好一点。"

说罢淡淡地从矮几下的抽屉里抽出一本书来翻看，看样子是准备和她打持久战的意思了。沈妤抿了抿唇不说话了，她确实想编来着。谢停舟衣袍上的水渍还没干透，被马车上的暖炉烘烤出淡淡的茶香，察觉到她的目光，谢停舟抬了抬手，放下时宽大的袖子正好遮住被茶水浸湿的地方。

马车从侧门进入王府，一直到青朴居才停下来，沈妤先下了马车，习惯性地转身伸出手。谢停舟站在车辕垂眸看她一眼，转而从另一侧搭好的马凳上下了车，沈妤一步一步跟在谢停舟身后。

长留觉得此刻时雨的模样就和自己做错事时一模一样，拉着兮风问道："他咋了？"

兮风沉着脸道："当街和人打架，将江侍郎的表兄撂下马了。"

"这么厉害！"长留感叹着跟上去。

走出一段，谢停舟身体忽然晃了一下。

兮风如临大敌："殿下！"

谢停舟摆了摆手："无事。"

谢停舟进了卧房，沈妤刚准备跟上，就听谢停舟淡淡一句："你先回去吧。"

兮风和长留相继进屋，掩上了房门。

沈妤准备离开，忽听屋内传来一阵压抑的咳嗽声。沈妤退出院子，却没急着离开，一盏茶的工夫，府上的大夫拎着药箱急匆匆赶来，她似乎一直忽视了谢停舟其实身体不太好这回事，因为谢停舟太能忍了。今日入宫前明明还好好的，回来时便脸色苍白，他到底在宫里经历了什么？

大夫进门后，青朴居的门彻底闭上了。近卫和暗卫将青朴居守得如铁桶一般，怕是连只麻雀也飞不进去，却能从院外隐约听见里头人来人往忙碌的声音。沈妤走了一段又折返回来，抱着刀和近卫一同靠在檐下。她今日不当值，可不知为何离得远了就心里发慌，站在这里倒是踏实许多。

天渐渐黑了，二丫带着大黄出来找她，二丫说："今晚大黄不知道怎么了，一直叫个不停。"

沈妤蹲下揉了揉大黄的脑袋，喃喃道："你也知道他不好了吗？"

狗是有灵性的，有时候比人的直觉还要准，一人一狗就这样蹲在屋檐下等着，希望里边能传来好消息。

到了半夜，青朴居的门终于开了，却是一名侍卫疾行而出。沈妤探头张望，只看见院内灯火通明，丫鬟和仆役来来往往，如同热锅上的蚂蚁。紧接着院门再次紧闭，半个时辰后，宫里来了两名太医。

谢停舟这一病凶险，到早晨才缓下来，趋于平稳，入睡前，他闭眼问了一声："她呢？"

兮风和长留对这个"她"心照不宣。

"早就回去了。"长留不太满意地说，殿下对时雨那么好，他却说走就走，连问都不问一声，简直就是白眼狼。

谢停舟呼吸沉缓了下来，慢慢睡了过去，这一觉一直睡到下午。

李霁风听说谢停舟病了，着急忙慌地从宫里赶来，他这人正如大家所说，是个扶不上墙的烂泥，大臣们瞧不上他，连那些世家公子除了约他玩乐，其实更愿意去巴结着他的那些弟兄们，因为任凭哪一个上位的可能性都比他大，李霁风以后就算是封王，那也只是个没有实权的闲散王爷。

谢停舟对他来说是不同的，他是北临世子，成为未来的北临王是铁打的事实，多少世家公子哥想往他身边靠，但他是真把李霁风当兄弟。李霁风一只脚踏进青朴居，又顿了顿，朝门口的沈妤看了一眼后走了。

李霁风人未至声先到，跨进院子就号了一嗓子："兄弟！"

谢停舟刚睡醒，精神不佳，正坐在桌边用粥，本就没什么胃口，被他这一嗓子号得彻底吃不下饭了。

李霁风进门时正好看见他搁了筷子，问："你还好吧？"

"你不来我会更好。"谢停舟道。

李霁风早已习惯了他这张嘴，径自坐下，他成日大鱼大肉，正好想吃点清淡的，看着桌面上菜色还行，让人添了双筷子："我午后才听说你昨夜叫了太医，怎么了？"

"老毛病罢了。"谢停舟淡淡道。

李霁风担忧地问："余毒还未消？"

谢停舟没应声，端起茶盏喝了一口，立刻皱眉，他要用药，下人把茶都撤走了，茶盏中盛的是白水。

李霁风用了几口，想起门口站着的人，不由得摇头道："这才几日啊，就把人赶院子外头去了？"

谢停舟不明所以："什么？"

"你那个细皮嫩肉的相好啊，"李霁风下巴一指，"搁院门口站岗呢，不是你罚的吗？"

谢停舟默了默："长留。"

"长留！"李霁风扬声传话。

长留正候在门口，急忙进屋："主子，什么吩咐？"

屋子里两个都是殿下叫起来不好区分，长留干脆喊主子。

谢停舟看他一眼，问："从这里到院门口一共多少步？"

长留一愣："这……我没数过呀。"

谢停舟："那便去数。"

长留满腹狐疑地挠了挠后脑勺，从门口开始边走边数。

"一百三十五，一百三十……哎，你什么时候来的？"长留看着院门口的时雨。

沈妤道："我一直在啊，怎么了？"

长留脑袋瓜子一转，小跑回去，直接在门口跪了下来："主子。"

谢停舟："多少步？"

长留嗫嚅道："一百三十六，我错了。"

从看见时雨站在门口，他便明白了谢停舟让他数多少步的用意。不过百十来步的距离，他未曾确认便信口回答，这是身为近卫不该犯的错误。

"让她回去。"谢停舟说。

"是。"长留麻溜地出门通知时雨。

不一会儿，他又跑了回来："主子，他说他不走。"

"瞧瞧，"李霁风咋舌，"多么重情重义，大冷天的情郎见也见不着，还这般守在外头，你这个薄情郎。"

谢停舟抬起眼皮觑他一眼："吃饱了吗？"

李霁风："还没，你怎么……"

一块糕点塞进他嘴里，噎得李霁风干呕了一下，好不容易才把糕点抠出来，指着他说："你这是谋害皇嗣！"

谢停舟佯装听不见，对长留说："让她进来。"

今日风大，院外很冷，要不是沈妤常年习武，这身子骨怕是早就撑不住了。谢停舟看着她快步走进来，脚边还跟着大黄。屋子里只有他一个人，李霁风被他赶去了偏厅，沈妤还记得谢停舟畏寒，进门便把房门掩上，视线在他身上兜了一圈，又落回他脸上。他的脸色比平日里要苍白一些，唇色却艳得发红。

"怎么不回去？"谢停舟问。

大黄进屋后就自顾自嗅了一圈，沈妤看它一眼，说："殿下不是让我好好想想怎么解释吗？我想好了。"

谢停舟眸色深沉，其实答案略做推想便能得知。沈妤吸了口气，缓缓吐出来，这是她第一次向人坦言自己的难处："我——"

"不用说了。"刚开一口就被谢停舟打断。

沈妤怔了怔。

谢停舟抬起眸子，缓缓地道："会让你难过的事情，不要再去想第二遍。"

沈妤震惊地看向他，似乎都被这句话轻轻地安抚着，她第一次觉得自己原来竟这么委屈。有时人就是这般，无人过问时觉得一切都能扛，可一旦有人问你累不累，你便觉得浑身的骨头都快累得散架了。沈妤垂头不语，她不能容忍自己变得软弱，可在谢停舟这两句轻飘飘的话面前，她确确实实软弱了。

谢停舟看她一眼，说："此案已拖了许久，再拖就要起民愤，三法司会尽快结案，无论什么结果，你先做好准备。"

沈妤抬起头看他："殿下什么意思？"

谢停舟别头望向窗外："此案会判，但未必会全如你心意。"

沈妤蹙眉思索，她所求不过是让与此案有关的人得到应有的惩罚，难不成这也不行？

"只是猜测罢了，你先不用多想。"谢停舟缓和了语气。

沈妤点了点头，看着他问："你好些了吗？"

谢停舟目光在她脸上停了两息："不碍事。"

沈妤知道谢停舟意志有多坚定，估计只要还有一口气在，对他来说都是不碍事。

"回去吧。"谢停舟又说。

沈妤走到门口，想了想又回头说："我想出去一趟，就去陆氏的铺子，有些事想要确认一下。"

她不知道为什么要告诉他，只是觉得似乎应该说这么一句。

谢停舟颔首："去吧。"

沈妤出去掩上房门，四下张望了一圈，在转角处看见了与近卫说话的兮风。隐约听见兮风在同近卫讲什么稀有药材，应当是为谢停舟寻的。沈妤走过去，兮风知道她有事要问，摆手让近卫离开，问："何事？"

"是不是在给殿下找药材？"

兮风谨慎地看她一眼，点了点头："殿下余毒未清，一直缺几味药材。"

沈妤道："不知都缺些什么，我和陆氏有些交情，看看他们能不能寻到。"

兮风从袖中拿出一张纸，上面药方所缺药材用朱笔圈过，缺了三四样。

沈妤默记下来，看了眼不远处的房门，低声问："他进宫时还好好的，回来就这样，是不是宫里发生了什么事？"

兮风沉声："这不是你该问的事，你如果想知道，大可直接问殿下。"

沈妤失望而归，往院外走，走出不远，身后响起一阵急匆匆的脚步声。

"哎那个……那个谁，"李霁风在后面喊，"那个什么雨的，你站住。"

沈妤停下脚步，朝着李霁风行了一礼："九殿下。"

李霁风上前拉着沈妤走到假山后，跟做贼似的说："你方才问谢昀怎么回事，问错人了啊，你怎么不问我？"

沈妤道："殿下请讲。"

李霁风提起袍子坐在石凳上，折扇一开："这个说来话长。"

沈妤抿了抿嘴，她对李霁风略有耳闻，总结为三个字：不靠谱。

李霁风侃侃而谈："这还得从二十三年前说起，话说那一年北临王妃被诊出怀有身孕，北临王自是喜不自胜，王妃十月怀胎诞下一子，起名谢昀……"

沈妤听得打瞌睡，心道传言果真不虚，真就是一个不靠谱，怎么不直接从盘古开天辟地讲起呢？天色已经不早，昨日沈妤便要去铺子里，奈何被窦庆那个脓包给搅和起了，今日再不去，只怕夜长梦多。

"谢昀自幼聪慧过人，于是——"

"九殿下，"沈妤忍不住打断他，照这个速度，估计讲到明日天明谢停舟都还没成年。"

沈妤揖了揖说："时雨还有差事在身，不如改日再来听殿下说书，哦不是，听殿下解惑。"

李霁风性子直来直去，不以为意道："行，去吧去吧，不过本殿下可不是随时都有心情替人解惑，你以后只能碰运气了。"

这运气不要也罢，谁爱要谁要去。沈妤笑着说："那是，殿下日理万机，时雨不敢耽搁殿下时间。"

李霁风扬起下巴，摇着扇子走了。

沈妤到陆氏的铺子时刚好天黑，掌柜便关了门。

"昨日小姐没来，听来顺说在路上被窦家的小子耽搁了，小姐没事吧？"

"没事，"沈妤说，"沈府来消息了吗？"

掌柜说："昨日沈二姑娘亲自来了店里，只留了个口信，说小姐想找的去那里便行，地址是在上滁的一个尼姑庵。"

沈妤皱眉，沈嫣将绿药藏进了尼姑庵，并且藏得这样远："陆伯。"

陆掌柜连忙躬身："小姐折煞老朽了。"

沈妤道："劳烦陆伯明日去一趟万通镖局，找万通镖局的大小姐贺雪卉，请她带人去一趟上滁，人越多越好，价钱好说，就告诉他们是个大单子。"

陆掌柜思索片刻，点了点头："小姐这方法稳妥。"

京城有四大镖局，万通镖局就是其中之一，陆氏商行遍布大周，平日南来北往运送货物，遇到十分重要的货物也会找镖局，因而曾和万通有过几次合作。要想镖局做得好，得是黑白两道通吃，不但要在朝廷中打通关节，还得有着不俗的实力。沈嫣养在闺阁，就算动了什么歪心思应当也兴不起什么大浪，一个万通镖局足够了。

"找到绿药，不论什么结果，都将她带回来。"沈妤又说。

"是，老朽记下了。"

"陆伯。"

陆掌柜道："小姐请说。"

沈妤犹豫片刻道："我想寻些药材。"

"具体是什么药材？"

沈妤道："千灵参、血蟒枝、天山雪莲，还有一味黑节草。"

陆掌柜捋了捋胡须说："这千灵参倒是有现成的。"

"当真？"沈妤惊喜地问。

陆掌柜道："前两年陆氏的药材铺曾找到过一支，只因太稀有，所以并未售卖，而今应当是放在洛州府上的库房中，只不过别的几味怕是难寻了，特别是血蟒枝，老朽孤陋寡闻，真真是闻所未闻。"

沈妤知道这些药材难寻，否则以谢停舟的势力也不至于至今还没找到，没想到今日竟有意外之喜，能找到一样已经很不错了。

"我明日回沈府开库，"沈妤说，"不论价钱多少，之后药材的事劳烦陆伯替我多盯着些。"

陆掌柜道："陆氏就是小姐的，小姐这是说的哪里话，有事直接吩咐老朽办便是。"

沈妤留了一封手信传往洛州问千灵参的事，又从袖子里掏出一方手帕。

陆掌柜一看，立刻笑了："小姐还真替老太太绣了一个香囊。"

那是去年的事了，沈妤问陆老夫人今年礼物想要什么？老夫人知道她不擅长女红，故意逗她说想要她绣的香囊，没想到沈妤真绣了。沈妤摩挲着绣得坑坑洼洼的香囊，低声道："我绣了几个，这个是绣得最好的了。"

陆掌柜说："不论绣得如何，老夫人收到定然会欣喜。"

离开铺子回府已是戌时，天已经黑透了，前院喧声阵阵，沈妤问二丫："那边怎么了？"

"不知道怎么回事呢，"二丫说，"王府来了好多好多人，有漂亮的丫鬟姐姐，还有漂亮的夫人姐姐。"

沈妤："夫人姐姐是什么？"

二丫天真道："夫人姐姐就是穿得不像丫鬟，像夫人一样，很年轻的姐姐，好漂亮好漂亮的，好像就安排在我们隔壁的院子呢。"

到了第二日，沈妤终于知道二丫口中的"夫人姐姐"是什么了。

青朴居内一个个噤若寒蝉，只有一名老者立于厅中义正词严地说话。

"虽说最终结果是好的，但世子实不该以身犯险，世子一人之身关乎整个北临，遇事当三思而后行。"

长留蹑手蹑脚地挪到门口，悄悄问兮风："说到哪儿了？"

兮风目不斜视："替身被杀。"

"啊……"长留叹了口气说，"那还早着呢，这一桩桩一件件挨个儿说，他老人家得说到什么时候去？"

屋内老者的声音还在继续："王爷在北临思念世子心切，老奴来时王爷吩咐……"

沈妤踩着平稳的步子走来，看见门前站得跟青松似的长留和兮风，问："你们俩立着干吗？"

兮风和长留同时递给她一个眼神：你完了。

屋内老者说话声被打断，皱了皱眉，厉声问："何人在外面喧哗？"

沈妤愣了愣，问："谁呀？"

长留小声提醒："王府管家，忠伯。"

沈妤"哦"了一声，上前道："殿下，我今日当值。"

又对忠伯拱了拱手："忠伯好。"

忠伯上下打量了一番时雨，问："你就是殿下在战场上捡来的孩子？"

什么叫捡来的孩子？不知道的还以为谢停舟是她义父呢。沈妤看了谢停舟一眼，不确定地说："应当是我吧。"

言罢，准备在一旁的椅子上坐下来。可屁股还没挨着椅子，就听忠伯一声呵斥："殿下尚未发话，岂容你放肆！"

沈妤被这一声吼得进也不是退也不是，弯着腰愣了片刻才站直了身体，她平日里在谢停舟面前就是这般，落座时也无人说她不对，早就习惯了。

忠伯肃然道："王府不能缺人管理，近卫本是兮风的职责，原不该老奴僭越，只是如今看来兮风也未曾管好。"

兮风在檐下应声称是，心里想的却是从一开始殿下就告诫过他这人他管不住，况且有殿下护着，他怎么管？谢停舟掩唇轻咳了两声，说："忠伯一路劳累，府中的事休养几日再行处理也不迟。"

忠伯立刻道："殿下如今身体欠安，老奴就不打扰了，先去处理别的事宜。"

谢停舟微微颔首。

"你们，都跟我退下吧。"忠伯说。

沈妤寻思着这"你们"里头到底有没有包括她，见屋内众人都往外退，也跟着出门。

"时雨留下。"谢停舟忽然开口，忠伯看了时雨一眼，未置可否。

屋内只剩下谢停舟和沈妤两人，谢停舟今日精神看上去比昨日好了些，想来在慢慢恢复。

"忠伯是北临王府的老人，"谢停舟缓缓道，"专程从北临赶来，以后会留在王府管事，他为人稍显刻板，但心地善良，兮风和长留是孤儿，都是他带大的。"

谢停舟没说的是，算起来，他也是忠伯带大的，那是不能为外人道的王府秘辛。

沈妤点了点头："我说过我讨人喜欢的，不出三日他肯定喜欢我。"

谢停舟轻轻勾了下唇，他没提忠伯还说了什么，任她再讨人喜欢，只是这次忠伯对她恐怕是无论如何也喜欢不起来。

沈妤想起什么，忽然问："那些'夫人姐姐'也是忠伯带来的吗？"

"夫人姐姐？"谢停舟不明所以。

"哦，"沈妤说，"是二丫起的名字，那些姑娘就在我隔壁院子，我看穿着打扮似乎不像是丫鬟。"

谢停舟脸色微微一僵："忠伯将她们安排在你隔壁了？"

"是啊。"沈妤又问，"她们是谁啊？"

谢停舟默了默："无关紧要的人罢了，无须在意。"

沈妤总觉得谢停舟的眼神不那么诚恳，怕是没说实话，和谢停舟说完出了房门，又拉住长留问了一遍。

长留跟竹筒倒豆子似的一股脑说了："那些啊，那些是王爷给殿下送来的侍妾。"

沈妤："侍妾？！"

"是啊，侍妾，"长留理所当然道，"殿下都二十有二了，在从前的北临王府自然有侍妾。"

沈妤如同当头被人敲了一记闷棍，半天没缓过神来。是啊，二十二岁的王公贵族，哪个不是妻妾成群，有几个侍妾不是也正常吗？

长留打量她一番："你不会不知道侍妾是干什么的吧？你比我大不了多少，想来还不懂这些。"

沈妤心里涌出陌生的感觉，有些发酸发苦，她静想了片刻，似乎在梦中江敛之说要纳妾时，她也隐约有过一丝相同的感受，不过没有此刻浓烈罢了，沈妤心中顿时警铃大作，她对谢停舟，该不会是……

长留凑过来，有些委屈地说："其实我也不太懂，殿下之前曾送我一个，我看见那姐姐就害怕，她上来就扒拉我，我就把人赶走了。"

沈妤在青朴居当值，王府前头却来了客人，那人没指名道姓，只是对着下人比画了半天，下人便知道来人是找时雨。沈妤去到前厅时，听着忠伯正在厅内恭敬说话。

"不知是不是时雨何处得罪了小侯爷？"

裴淳礼道："这倒没有，只不过我与她是旧识。"

沈妤想着她什么时候认识了个小侯爷，她自己怎么不知道？探头朝厅内一看，裴淳礼正从茶盏间抬起头，两人目光正好对上。裴淳礼眼中顿时一亮："兄弟！"

沈妤当真不知自己何时有了这么一个兄弟，忙进门行礼："小侯爷。"

裴淳礼搁了茶盏，起身围着沈妤转了一圈，忽然道："这都一年了，你怎么不长个儿啊？"

忠伯在一旁打量着两人。

裴淳礼见她一脸疑惑，比画着解释道："你忘了？去年春我们在一个……一个房间里相识，当时我躺在榻上，你在我上面……呜呜呜……"

沈妤急忙捂住裴淳礼的嘴，生怕他再说出什么匪夷所思的话来，再看忠伯，只见他脸上露出了嫌弃的神色。沈妤捂着裴淳礼将他拖到外面，隐约还听见忠伯在后面大声呵斥这不成体统。

她想起来是怎么一回事了，去年春她刚十六，正是什么事都好奇的年纪，听说城中花魁竞价，觉得新鲜，便带着绿药去了花楼。那日的花魁被一名公子哥给拍了下来，沈妤嫌得不够清楚，便偷偷溜进了那公子的房间，趴在房梁上想偷看。谁知那公子一进门就往小榻上一倒，正好和房梁上的沈妤看了个正对眼，两人都是爱玩的性子，一来二去竟聊到了一起。花魁给二人唱了大半夜的小曲，嗓子都唱哑了。

那公子正是眼前的裴淳礼。沈妤当时留名自己是沈将军家的少爷，后来裴淳礼上门找过一次，可沈家少爷沈昭和他相识的那个人大相径庭，因而以为不过是借个名头吹牛罢了。没承想过了近一年，那日竟在酒楼看见他在街上和窦庆起了争执，原想出手相助，谁知让谢停舟抢先了一步。

对裴淳礼来说，去年春至今不过一年。但对于沈妤来讲，诸多变故之后，她对除了复仇以外的其他记忆都不大深刻了。

沈妤压低了声音道："你怎么找到这里来了？"

"我想你啊。"裴淳礼说，"我可想你了，后来谁陪我玩都没劲，还是那一夜痛快。"

沈妤抿了抿唇："你想我也不行，我不想你，小侯爷你赶紧走吧。"

"你简直无情，"裴淳礼指着她说，"说好的往后一起吃喝玩乐的，你怎么能出尔反尔呢？"

沈妤哭笑不得，过了这么长时间，裴淳礼还跟个孩童似的，李霁风不过是不学无术，其实人精着呢，而裴淳礼则是实打实地蠢。

沈妤语重心长道："不是我不想，问题是如今我有职务在身，不如从前自由。"从前无忧无虑，发生任何事都有父亲和哥哥给她兜着，有沈家，有陆氏，她此生只需要吃喝玩乐就足够了，嫁不嫁人也无所谓，但如今不一样了，她没有时间去浪费，还有很多事情等着她去做。

"意思就是你也想了，那多简单的事，"裴淳礼一拍手说，"我问世子把你要过来不就行了？往后你就跟在我身边，陪小侯爷我吃喝玩乐就行了。"

谢停舟立在廊下，抬手制止正准备出声的兮风。听到小侯爷上门找人，原以为以她的性子，估计是闯了什么祸事，还想着赶来，好，好得很。裴淳礼说干就干的性子，拉着沈妤就走，绕过假山，正好撞见了谢停舟。

"咦，世子爷，我正找你呢。"

谢停舟的目光扫过沈妤的手腕，嗓音微寒："找我什么事？"

沈妤见谢停舟表情就知道不对劲，连忙扯了扯裴淳礼，示意他别说了。可她忘了裴淳礼是个蠢的，将她的动作理解成了催促。

"别急，"裴淳礼拍了拍她的手安抚道，"我这就跟他要了你。"

这孩子挺好，可惜长了张嘴。沈妤发觉自己跳进黄河也洗不清了。谢停舟沉了口气，抬步朝着正厅走去。裴淳礼连忙拉着沈妤跟上，沈妤将手从他手中抽出来，到了厅中，谢停舟和裴淳礼先后落座，沈妤站在了厅中央。

裴淳礼那蠢材拍了拍自己身边的椅子："来，你坐我这儿来。"

谢停舟目色微凉，问沈妤："坐啊，怎么不坐？"

沈妤从他的语气中听出了言外之意，那意思大致是：你敢坐一个试试。她里外不是人，心里莫名一阵发虚。丫鬟上了茶，谢停舟端起茶盏揭盖看了一眼，茶盏里头是白水，复又搁了回去。

裴淳礼喝了口茶问："世子考虑好了吗？"

谢停舟反问："考虑什么？"

"考虑将他给我呀。"裴淳礼一脸理所当然。

谢停舟两颊紧了紧："她在我这里一直是自由之身，不如你问她自己，愿不愿意跟你走。"

裴淳礼大喜："他自然是愿意的，当然，我也不能让世子吃亏，回头我就让人送几名美人到府上。"

说起美人，沈妤忽又想起长留的话来。鹿鸣轩的隔壁莺莺燕燕好不热闹，她早晨去看过，一个个貌若芙蓉，身若扶柳，他谢停舟好福气。

沈妤看向谢停舟，说："如今我是殿下的近卫，自然是殿下说了算。"

谢停舟看出了她眼中的挑衅，两人对视的眼中差点撞出了火。裴淳礼根本没看出这里头的问题，还在傻笑："那这不就好办了吗？世子已经同意了，那你就跟我走吧。"

说着就起身准备去拉人，沈妤一动不动，大有裴淳礼若是拉她走她便真要跟他走的意思。看着裴淳礼一步步走近，谢停舟也跟着攥紧了拳头。

"喔——"裴淳礼眼看就要拉到沈妤，只听得桌子响了一声，扭头去看时，谢停舟已大步走来，拉了沈妤的手就走。

裴淳礼愣在原地，他谢停舟不是已经答应了吗？当着他的面出尔反尔？等他回过神看去，只看见衣袍翻飞了两下，人已经消失在了门口。裴淳礼看得发蒙，忠伯却看得一脸痛心疾首。

谢停舟拉着沈妤疾步而行，沿路下人见了，自觉避开跪在一旁。他人高腿长步子大，沈妤几乎是小跑才能跟上他的脚步。

谢停舟不知道自己要走去哪里，因为他刚刚才意识到，他对她的想法，远比自己以为的要更多。他明白如今他只是她达成目的的一条路，事情总归有一天会了结，她会离开，变回沈妤也好，去做她的首富也罢，唯独一点不可能，那就是继续做他的近卫。他以为若是到了那一天自己可以放手，原来仅仅是以为而已。他方才是在试探她，试探裴淳礼，而最终试探出的只有他自己。

谢停舟心中的郁气都在此刻化作了烈火，一路烧到了喉头。

"殿下，殿下。"

"谢停舟！"沈妤忍不住直呼其名。

谢停舟倏然转身，目如鹰隼般地盯着她，他每往前走一步，她便退上一步，直到退无可退，后背抵到了柱子上。有时候他真想，真想撕了她，撕开她看看她到底有什么特别。可他又不想，因为这张脸笑起来的时候，这张嘴叽叽喳喳的时候，会让他觉得沉寂多年的心似乎有了蠢蠢欲动的趋势。

谢停舟是这样为难，他敛下眉眼："我记得，你说过你这条命，是我的。"

他身上有淡淡的松木香，萦绕在她鼻息之间，从前沈妤并未觉得有何问题，如今却觉得这味道容易叫人消沉，放松自己的意志力，她转开头说："待我事了，殿下想要便拿去。"

谢停舟轻哼了一声："方才不是还直呼谢停舟？胆子不小。"

沈妤蹙了蹙眉，语带抱怨："若是我一开始喊你便答应，哪用得着喊你姓名。"

廊下响起了急促的脚步声，谢停舟往连廊尽头带过一眼，忠伯正拖着年迈的身体追过来，身后还跟着两名生怕他摔了的小厮。谢停舟稍稍退开一步，说："我不干涉你交友，但你最好不要和裴淳礼走得太近。"

沈妤抬起头，疑惑道："为什么？"

"他爹是宣平侯，"谢停舟缓缓道，"宣平侯是太子党，如今同绪帝已近风烛，你应当明白其中的关节。"

沈妤想了片刻，半知半解地点了点头。

谢停舟又说："同绪帝眼看快要不行了，朝堂上明争暗斗，如今群王割据，那么多皇子，难道就没有一两个抱有取而代之的想法吗？"

忠伯带着人匆匆赶来，刚走近就听到这么一句事关朝堂的要紧话，吓得腿都软了。这话能说吗？那是要杀头的呀。忠伯急忙带着人转身就走，一边叮嘱下人把嘴闭紧，幸好都是从北临带过来的人，信得过。谢停舟视线越过沈妤头顶，看见忠伯已带着人离开，他轻描淡写道："如今各方人马都在作壁上观，站队太早就意味着风险。"

"那殿下站在谁的一边？"沈妤忽然问，"殿下身后是北临，是十万青云卫，应该有不少人想要拉拢吧。"

谢停舟眯着眼收回目光："若我说，我站在我自己这一边呢？"

沈妤一怔，蓦然瞪大了眼看他。谢停舟忽然转头笑了一下："逗你而已，这朝堂早已破烂不堪，这样的烂摊子谁愿意——"

沈妤一把捂住他的嘴，四下谨慎地张望了一番，沉声道："你疯了，这也能张口就来。"

她的手掌微微温热，掌心有常年握刀磨出的细小的茧子，其他地方却非常软。

谢停舟启唇，温声道："这里只有你能听见。"

说话间薄唇在她掌心滑动，温软的热气正好落在掌心，沈妤猛地缩回手，背在身后搓了搓，只觉得怎么手心这样痒，一路痒进了心里，莫不是他谢停舟的嘴有毒。

谢停舟看见她的动作，低下头道："你要和裴淳礼结交我不管，但是别把北临王府拖下水。"

多沉的一个帽子啊，这样直接扣她脑门儿上，她还敢动吗？简直就比孙悟空的紧箍咒还要有用。

沈妤哼了一声道："这罪名我可当不起。"

一阵风来，谢停舟掩唇轻轻咳嗽了两声。沈妤往风来的方向一站，忍不住抱怨说："你怎么这么柔弱？"

她下意识的动作让谢停舟心下忽地一软，他喉间逸出一声轻笑："你若是再长高些，兴许还能替我挡挡风。"

这不是变相说她矮吗，沈妤："你——"

"回去吧。"谢停舟温声道。

他早看见忠伯在远处站了许久，像是有话要说。沈妤顺着望去，收到了忠伯远远送来的一记眼刀，她哭丧了脸说："忠伯好像更不喜欢我了。"

这次讨人喜欢战无不胜攻无不克的沈妤总算在忠伯这里碰到了铁板，沈妤与忠伯擦身而过，经过时忠伯还狠狠瞪了她一眼，像是恨不得剐了她，她也不知道哪儿得罪了忠伯，似乎从进府开始忠伯对她就颇有微词。

忠伯走近，规劝道："院中风大，殿下伤病未愈，还是回屋歇息吧。"

谢停舟颔首，忠伯跟着他回到青朴居，左思右想后，觉得还是应该进言。

"殿下。"忠伯恭敬道，"那时雨不堪信任，与那小侯爷不清不楚。"

谢停舟轻抬眼眸："如何不清不楚？"

忠伯为人循规蹈矩，恪守本分，本不该在背后说人闲话，但临行前王爷的叮嘱犹在耳边。

老王爷说："北临能堪大任的就停舟一个，他若是走了那条绝后的路子，我愧对祖宗，还不如死了算了。"

彼时王爷还象征性地抹了抹眼泪，虽然忠伯看到他眼角都是干的，却也没有拆穿。

老王爷还说："你就将此情转述于他，告诉他那几个侍妾他不要也得要，若是敢给我退回来，我就亲自上京去找他。"

"还有还有，"临行前王爷又拉着忠伯说，"他身边那个近卫，你想办法给他弄走。"

忠伯自幼待在王府，一路从小厮做到了总管的位置，如今受此重任，定当竭尽全力，才不负王爷委以他的重任。思及此，忠伯顿时来了精神，义正词严道："他与那小侯爷暗通款曲，我听见，听见小侯爷自己说当年二人共处一室，他们他们……唉，老朽实在是难以启口。"

"你来说，要一字不漏。"忠伯指了个人，正是方才在厅中的丫鬟。

小丫鬟战战兢兢地跪下，可叹自己怎么就卷入了这场风波里。

合府上下都知道殿下对时雨有多纵容，平日里进出随意且不提，还专门给他分了个院子，配了丫鬟。并且据传殿下为了避免时雨与丫鬟日久生情，竟给他配了个十来岁的小丫头。这是将苗头直接扼杀在摇篮里呀，可见殿下严防死守得有多谨慎，如今忽然冒出来了个小侯爷，殿下该不会恼羞成怒，杀了他们这些听到的人吧？早知道还不如聋了。小丫鬟瑟瑟发抖地说："奴婢听见小侯爷说，他们，他们在一个房间，小、小侯爷在榻上躺着，时雨在他，在他上面。"

忠伯看了眼谢停舟的脸色，担心他怒急攻心，赶忙倒了一杯水。

"殿下万不可过于激动，如今知晓时雨是什么样的人也好，便能早日醒悟，快刀斩乱麻。"

谢停舟虽不知两个在榻上一上一下能做什么，但以他对沈妤的了解，她没在上面摁着裴淳礼揍就不错了，定然生不出任何旖旎的情愫。但想起来总归不爽，那蠢货竟比他还早认识沈妤。

忠伯满怀期待，就等着殿下一声令下，将那小子逐出府去，他也算不辱使命。

谢停舟接了茶盏，云淡风轻道："起来吧。"

丫鬟看了一眼，缓缓起身，想起忠伯叮嘱的一字不漏，小声说："还，还有一句忘说了。"

谢停舟示意她开口。

丫鬟道："时雨到前厅之前，小侯爷说两人早已私定终身。"

嗒——茶盏轻落在桌案上，谢停舟脸色阴沉。

丫鬟吓得腿一软，又跪了下去。

谢停舟半眯着眼："他当真如此说？"

"千真万确，"丫鬟叩头，"厅内好几个人都听见了。"

忠伯趁机在一旁劝阻："殿下，俗话说得好，宁拆十座庙，不毁一桩婚，他二人既已私定终身，不如我们便成人之美，备上一份薄礼，祝他二人百年好合。"

谢停舟冷冷道："祝他们百年好合？他裴淳礼配吗？"

忠伯汗颜，老天爷呀，看来如今世子殿下不但不收手，甚至还要玩一出强取豪夺，拆人姻缘这缺德事。

原想再说几句，奈何谢停舟已伸手抚了额头："行了，都下去吧。"

忠伯只好闭了嘴："那就不打扰殿下休息了。"

出了房门，忠伯长叹了口气，原想老王爷安排下来的任务应该简单，谁知竟这么难办，任重而道远啊，从殿下这边不好入手，那估计得从时雨那边下手才行。

天一黑，沈妤带着人去了将军府。沈嫣和沈夫人已经歇下了，听说来人直奔库房，两人都未来得及装扮，急匆匆穿了衣服就赶过去。库房门大开，十来个人正往外搬着东西，沈夫人一见，倒吸了一口凉气，连滚带爬地冲上去拦在前面："你们这是在干什么？！"

她转身看着沈妤，恶狠狠道："你到底想干什么？"

库房门口摆了把椅子，沈妤不动如山，淡定道："来拿回我自己的东西。"

沈妤微抬下颌："继续搬。"

陆掌柜在一旁拿着册子点数，招呼着说："公子说继续搬，动作麻利点。"

"这是将军府的东西，"沈夫人气得发抖，"沈妤，你别欺人太甚！"

"是谁欺人太甚？"沈妤从椅子里站起来，"是谁趁着我父兄亡故，擅自替我发丧企图侵吞家产？"

沈嫣比沈夫人到得稍晚，来时刚好听到这一句，她站在廊下没再往前走，表情有些呆滞地看着来来往往搬东西的人，似乎一时没反应过来。

沈妤刚好看见了她，轻嗤一眼："你们是不是以为这样就能如愿了？"

沈夫人指着沈妤，气得说话都在抖："我，我要报官！你擅闯民宅带人行窃。"

"你报啊，"沈妤站在台阶上垂眸道，"现在就派人去，不敢吗？要不要我替你报？"

沈夫人进退两难。她不敢报，因为一旦报官就暴露了沈妤还活着的事实，他们私下发丧便暴露无遗，说轻了是争夺家产，说重了就是欺君，她们以为拿捏住了沈妤，何尝不是沈妤拿捏住了她们。府中有家丁，可她不能叫，因为知道内幕的人少之又少，多一个人知道就多一分危险，只能眼睁睁看着一件件金银玉器被搬走。沈夫人慌乱间终于看到了沈嫣，冲上去拉住她："你快想想办法啊。"

沈嫣抿了抿唇说："让她搬吧。"

"什么？"沈夫人大惊失色，"这是我们的东西，怎能让她带走？"

沈妤冷笑："你们的东西？搬的都是我母亲的陪嫁，这种话你也好意思说出口。"

沈夫人胸口起伏，忽然恶向胆边生，沈嫣一看不对劲，拦都没来得及就看她拔出头上的簪子就往沈妤身上刺去。沈夫人哪里是沈妤的对手，沈妤抓住沈夫人的手腕一推，沈夫人顿时摔倒在地，披散着头发好不狼狈。

"娘！"沈嫣赶忙冲过去。

沈妤居高临下地看着两人："你名义上依然是沈夫人，父亲留下的东西，我只要他的那副铠甲，其他的都留给你们，我娘的东西，我要原封不动地带走。"

沈夫人拨开头发："若是沈仲安看见你如今的样子——"

"您先想想若是他看见您如今的样子，"沈妤扬声打断她，"会不会后悔娶了您了呢？"

沈夫人心上如同挨了一记重击，一下怔在原地，片刻后，忽然大笑起来。她从前不是这样的。她待字闺中时听说要嫁给沈仲安做续弦，当时是拒绝的，觉得一个常年征战，五大三粗的汉子，定是满身臭汗，哪懂什么风花雪月。后来在沈仲安回京时，她曾偷偷去看过一回，原来他并非她想象中那般，大将军面容英俊，坐在高头大马上接受百姓的欢迎，是何等潇洒和风光。她那时便动了心，后来打听到沈仲安对先夫人关怀备至体贴入微，是个会疼人的，她更是盼着早早地嫁进沈府。

可后来的一切，生生打碎了她的幻想，她还记得新婚之夜沈仲安对她说的话，他说："娶你非我本意，但既然娶了你，你今后便是沈家人。"

听听，在他眼中，她不过只是沈家人而已。哪儿来的什么关怀备至？他对她不过是相敬如宾。同在一个屋檐下，却陌生得如同路人，他心里念着的始终是他的亡妻。

后来她才知道，是诚安侯逼迫着他娶她，那时还是十几年前，沈仲安根基远不如之后深，是以被迫娶了她。他那一双儿女从不假他人之手，总是带在身边，她空背着"母亲"的名号却不担教养之责。后来她有了身孕，欢喜之时心中却很难不生出怨念。每次她抱怨时沈仲安都是闭口不言，说得多了，他回府的次数也渐渐少了，后来更是一两年才回一次。他在边关驰骋疆场，她在京中守着活寡，那满腹的怨念无处纾解，最终硬生生将她变成了怨妇，将军府也渐渐成了后来的模样。

看沈夫人目光呆滞时而笑时而哭，似陷入了回忆，沈嫣抱紧她轻唤。

"娘，你怎么了？

"你别吓我啊。"

沈夫人终于被沈嫣的呼唤拽回了现实，她仰头看着沈妤，喃喃道："你不是思念亡妻，想和她葬在一起吗？我偏不让你如愿。"

沈妤脸色一变，又见沈夫人笑道："我就要将你葬在盛京，让你和你心心念念的亡妻死生不复见，哈哈哈哈哈哈，你不想见到我，等我死了我就和你埋在一起，让你日日都只能看见我这张脸，哈哈哈哈哈哈……"

她看着沈妤，好像在看沈仲安一般。

沈嫣变了脸色，抱着沈夫人摇晃："娘，娘你怎么了？"

沈夫人转头，看她的眼神有些怪异："秋蕊呀，我和沈将军的婚期还有多久？"

秋蕊是她出嫁前的婢女，早就嫁人离开了。看样子，她怕是疯了。

沈嫣呆愣在原地，身子往后一坐，哭喊道："娘！我是嫣儿啊。"

沈妤别开脸，沈夫人这样就疯了，是她没料想到的，看得出她对沈仲安不是没有感情，无爱不生恨，否则她怎会生出这么多的怨念。估计是自边关噩耗传来，心中便结了气，如今想到了痛处，一时急火攻心，便神志不清了。

沈嫣哭了一会儿，忽然转头看向沈妤："我都说了让你搬走了，你还要怎么样？！"

沈妤失望地摇了摇头："我只是拿回我自己的东西，到底是你们在逼我，还是我在逼你们？"

沈嫣张了张嘴，一时没想到反驳的话，只能抱着沈夫人哭。

"沈嫣，"沈妤叹了口气说，"爹曾跟我说，他说他陪伴你的时间太少，他不想让你母亲教导你，因为他知道她教不出来什么好姑娘，原本想带你一同去边关，是你母亲以死相逼不让父亲带你走，是你自己说受不了边关的苦寒。"

"爹同我说你是妹妹，都是女孩子更好亲近，他让我多关心你，所以我外祖母送来的东西，我总是先挑最好的给你送去，并非我挑剩下的不要的才给你。"

说到这里，沈妤别开脸，哽咽了一声继续道："我本就不在意这些金银器物，我在意的是家人，这些东西只要你开口，我可以拱手送给你，我把你当妹妹的，我信任你所以给你写信，可是你呢……是你们一直在逼我！"

沈嫣垂头落泪。

沈妤仰起头，将涌到眼角的泪水憋了回去："我这个人，从来都是别人对我一分好我能还上三分，对我的坏也一样，我记仇，所以我们做不成姐妹了，从今往后，你不犯我，我不犯你。"

她咬牙转头问："都搬完了吗？"

"搬完了，"陆掌柜拿着册子走过来，"不过还有些对不上，库房中没有。"

怎么可能都有呢，怕是早就挥霍掉了一部分。

"差了多少？"

陆掌柜道："大概一到两成。"

沈妤看向沈嫣："罢了，剩下的就算了，让你们补也补不起，父亲留下的已经够你们母女好好过日子了，只是以后别再来惹我。"

后门停着一连串满载的马车。

陆掌柜点了数，却没看见沈妤，于是拉着一名伙计问："公子呢？"

伙计说："公子说她去一趟自己的院子，很快便来。"

院子似乎很久没打扫过了，院子里的花草被冬雪压死，如今雪化了只剩一片枯败的景象。沈妤推开卧房门，桌椅上已积了厚厚的一层灰，她一路摸过去，人在妆台前停下来，妆台下有个抽屉，里面装着些她心爱的物件，沈妤拉开抽屉翻看着，每一样都是一个回忆，她找了个匣子将东西一一装进去，发现里面少了一样东西，是一把小时候哥哥给她做的小木剑，不知道被收到了哪里。

陆掌柜在后门等了片刻，看到沈妤抱着一个匣子走来。

"公子。"

沈妤："走吧。"

陆掌柜迟疑道："公子，有个问题，成衣铺子只有几名伙计，这些东西……"

沈妤从陆掌柜的未尽之言听懂了意思，成衣铺子只有几名伙计，若是被人盯上，那么大一批财宝只靠几名伙计怕是守不住。

"我记得京中还有钱庄吧？"沈妤问。

"有是有，"陆掌柜为难道，"不过钱庄的库房放不下这么多东西。"

沈妤想了想，脑中忽然灵光一闪："送去王府吧，我那院子大，还搁得下。"

她如今和谢停舟已经摊牌了，倒不存在什么暴露不暴露。

陆掌柜一听，当即一拍手说："这办法好，想来也无人敢去王府行窃。"

一说就干，长长一列马车没直接去王府，先是去陆氏的铺子转了一圈，伪装成送东西进府的样子，然后才去了北临王府。沈妤让马车在府外候着，要先去青朴居向谢停舟请示，毕竟是人家府上，不能太随意。

沈妤去到青朴居，院内外都有人值守，近卫都知道时雨来，几乎都是不用通传的，青朴居她想进便进，因而没拦着，还替她开了门。沈妤走近了才发现书房和卧房的灯都已经灭了，拉了一名近卫，小声问："殿下歇了吗？"

近卫道："已经歇了。"

谢停舟需要静养，大夫在他的药中下了一味安神药，喝下便早早地歇下了。

沈妤点了点头："那我明日再来。"

檐下的白羽还没睡，听见声音看了片刻，忽然振翅而起，檐下吊着的铁马被它的翅膀刮到，顿时一阵叮当作响，房中床榻上，谢停舟睁开了眼。谢停舟并未熟睡，听见铁马的声音从床上起身，推开窗看了一眼，正好看到沈妤离开的背影。

"她来干什么？"

檐下值夜的近卫回话："没细问，他一听说殿下睡了便走了，说明日再来。"

谢停舟自问对沈妤有所了解，不是要紧事她应当不会来。思索片刻，谢停舟披上了外袍打开门。

近卫见他准备出门的样子，连忙拿上了披风："殿下，夜里风大。"

谢停舟没有拒绝，披上披风才出了院子。用过药后身体略显疲乏，他觉得从青朴居到鹿鸣轩似乎有些远了，而最初安排的人就是他自己。那时他其实对她已初有意动，所以才刻意将她放在了更远的地方，思索间到了鹿鸣轩门口。

"人呢？"谢停舟问。

一名暗卫开口："在东门外。"

只闻其声不见其人，不知道的人大半夜估计会被吓破胆。大半夜不回来，跑去东门做什么？

东门外，沈妤正苦恼着这么大一堆东西要往哪儿放，有时候太过富有原来也是一种烦恼。

陆掌柜说："离天明也没几个时辰了，不如我们便原地歇息，等世子醒了再行——"

话音戛然而止。陆掌柜正对着门，一眼便望见跨出大门的谢停舟，陆掌柜虽然没有亲眼见过谢停舟，但单凭那一身风华便知应当就是他了。

"世子殿下。"陆掌柜提起衣摆跪了下去，接着门口跟着跪了一地。

沈妤回头，语气略带惊讶："殿下。"

谢停舟垂眸看她，问："大半夜找我有事？"

沈妤小跑过去，低声道："我有些日常用品想要带进王府，要先征得殿下的同意。"

"日常用品？"谢停舟看了眼巷子里一眼望不到头的马车。

这是日常用品？便是公主日常出行也用不了这么多，他对马车里装的东西表示怀疑。

"行吗？"沈妤小心翼翼地问。

门口的灯笼光线昏黄，映得她一双眸子越发晶亮，隐隐带着期盼。

谢停舟吩咐："叫人出来帮忙搬东西。"

门房忙应声跑去叫人。马车一掀，一样样物件搬下来，有花瓶有玉器珊瑚，都是些能压箱底的宝贝。

谢停舟忽地无言，侧头看向沈妤："你日常用的都是这些？"

沈妤眨了眨眼，硬着头皮说："日常赏玩。"

"如此阵仗，那当初进京途中倒是委屈你了。"

"也不算很委屈。"沈妤颇为不要脸地说。

谢停舟低笑了一声，问："回去了一趟？"

沈妤闷闷地"嗯"了一声。

谢停舟听出她些许不快："库房搬空了？"

"没有，"沈妤道，"搬走的都是我母亲的嫁妆，非我手足，不能便宜了别人。"

两人抬脚迈入，走到鹿鸣轩门口，院子里摆了一地，下人们等着吩咐往哪儿放。若是全摆出来，怕是那金碧辉煌能闪瞎人的眼，谢停舟想了想："让忠伯明日腾一间库房出来，专门放你的东西。"

"这样行吗？"沈妤问，"忠伯好像不是很喜欢我。"

谢停舟垂眸看她，并不是"不是很喜欢你"，而是"很是不喜欢你"。

早先还信誓旦旦说自己人见人爱，现在遭受到毒打，知晓自己的深浅了。

也是，才十七岁，和长留一样还是个半大的孩子。

第二日忠伯去时，谢停舟在书房批公文。

忠伯道："听说殿下让我腾一间库房出来给时雨。"

谢停舟头也不抬地"嗯"了一声："给她放东西用。"

忠伯怎么看时雨怎么不顺眼，内心已经将绝后的大罪安在了时雨身上，不由冷哼道："他一个近卫能有多少东西？还得专门腾一间库房。"

谢停舟搁了笔，似笑非笑地说："你自己去看看不就知道了。"

忠伯一边吩咐人腾库房，自己则去了鹿鸣轩。长留凑热闹非要跟，进门前，忠伯满不在乎道："他一个近卫，就算有东西，多半也不是什么值钱的物件，若是个牛车驴车之类的放在库房，像什么话。"

说着边推开了门："我就说……哎呀呀。"

看清院内的景象，忠伯吓得险些栽倒在地，被跟着来看热闹的长留眼疾手快地扶住。两人如木桩似的呆愣在院门口，忠伯是北临王府的管家，怎么说也见过大世面，也被这样的场面给震惊得半晌说不出话来，这阵势，都快赶上北临王府库房的一半了，院中几排博古架摆得跟迷宫似的，架上摆放着各式各样的珍品，一看就价值连城。

长留下巴都要掉了，往前走了几步，伸手想摸，被忠伯拍了个巴掌："摔坏了你赔得起吗？"

长留搓了搓手，惊叹道："这些都是真的吗？真好看。"

沈妤正好从里屋出来，闻言大方道："你挑一个喜欢的，我送你。"

"真的？"长留眼睛一亮。

刚想跑过去挑，被忠伯一把拽了回来："无功不受禄，这东西你拿得安心吗？"

"安心啊。"长留天真地说，"时雨送我的又不是我抢的，我为什么不安心？"

忠伯被他气了个趔趄。

沈妤已穿过博古架走上前来，冲着忠伯鞠了一躬："忠伯，劳烦您了。"

忠伯"哼"了一声，也没忘了殿下吩咐的差事，转身将袖子一甩说："你找人一同清点，两边都对个数，否则搬运途中丢了说不清楚。"

沈妤应声，又恭恭敬敬地将忠伯送出了门。

忠伯出了鹿鸣轩，心中百思而不得其解，时雨区区近卫，哪来的那么多的金银财宝？听说殿下是在战场上捡的人，莫不是时雨以前是个草寇之流，打家劫舍抢来的财宝。近些年灾民四起，落草为寇者众，其实未尝没有这个可能。长留发家致富的机会被忠伯硬生生断了，正是黯然神伤的时候，冷不丁被忠伯一拽。

"又干吗？"长留没精打采地问。

忠伯眉间的皱纹深得能夹死蚊子，他问："这时雨到底是个什么来头？莫不是个打家劫舍的草寇吧。"

长留觉得时雨人挺好的，好看又好相处，他不喜欢忠伯这样在背后议论人。于是不高兴地说："人家时雨是故去的沈少将军的近卫，在战场上可威武了，听说一口气杀了三百多人。"

忠伯捋了捋胡子，不信道："他那个身板，能杀三百多人？"

"太能了。"长留用力点头，"连常将军都看上他了，还和世子抢人呢。"

忠伯默了片刻，心想如果真能连杀三百多人的话，那确实和殿下不分上下了。

两人边走边聊，忠伯摇了摇头说："可他这些东西又是从何处得来的呢？而且搬到王府来做什么？"

长留脑子灵活一转，兴奋道："我知道了！"

"你知道什么？"忠伯问。

长留一本正经地说："男女嫁娶的时候，不都要送聘礼和嫁妆吗？我看估计就是这么个意思，而且据说聘礼是要先下的，那时雨就是来下聘的，为的是娶咱们家——"

话还没说完就被忠伯拍了一巴掌。

"胡说八道！"忠伯气得吹胡子瞪眼，"不论如何咱们殿下也是娶，怎么能是嫁呢？"

长留似懂非懂："那就是……时雨入赘！"

"是这么个道理。"忠伯说。

完了一愣，赶忙补救："不不不，绝对不可能！我们殿下和时雨没有任何关系，往后也是各自嫁娶。"

闲话间二人到了青朴居。谢停舟见两人去而复返，抬头问了一句："都安排妥当了？"

忠伯和长留两人脸色都不大好。忠伯恭敬回道："都安排了，时雨找人和库房的人一同点数，免得后面出什么差池。"

"嗯。"谢停舟合上一封文书,又换了一封,抬眼时见两人还立在原地。

"还有事?"

忠伯想了想,这时候谢停舟定然是听不进去话的,需要徐徐而图之,于是说:"无事。"

"他又怎么了?"谢停舟朝着没精打采的长留一指。

长留头抵着门,活像丢了银子,委屈道:"我看上时雨博古架上的一个缸子,他说要给我的,可忠伯不让我拿。"

谢停舟搁了笔:"不拿是对的,你要缸子做什么?"

长留眨眼:"我想从池子里捞两只乌龟来养。"

忠伯一脸恨铁不成钢:"殿下养鹰养豹,你竟想养乌龟。"

长留脖子一缩。

谢停舟道:"让忠伯陪着给你找个缸子。"

长留捏着袖子嗫嚅道:"没时雨的好看,我喜欢粉色的。"

谢停舟一时无言。

东西搬走,院子又空了出来,大黄终于不用被关在屋子里,可以撒丫子跑了。

年前就立了春,到昨日才开始飘了春雨,大黄在院子里欢实地跑了一下午,在角落刨了个坑滚了一身的泥,玩够了就被二丫烧了水带着去洗澡。沈妤一人在屋内小憩,刚闭眼,窗外传来轻巧的脚步声,沈妤屏息细听——是几名女子。

这边二丫刚给大黄洗完澡,记着时雨叮嘱的不能玩太久,就带着大黄准备回屋,刚进院子,就听到房内有人扯开嗓子喊道:"救命啊!非礼了……时公子非礼殿下的侍妾了。"

外院打扫的下人一下冲过来几个,都是来看热闹的,还有人报信去了。

鹿鸣轩院门大敞,谢停舟到的时候院子里站满了人,见了他乌泱泱跪了一片。还没走近便听到一名女子的哭声,还有人在安慰。沈妤坐在厅中正对门的椅子上,二丫叉着腰怒气冲冲地拦在她前面。大黄不知道出了什么事,反正跟着凶就对了,对着地上瘫坐哭泣的女子时不时叫上两声。

谢停舟跨进门,沈妤立刻起身让座。去报信的人也不清楚具体发生了什么,不敢信口胡说,只能说鹿鸣轩出事了,因而谢停舟也不知究竟怎么回事。谢停舟落座,看着哭得抱成一团的几个女子问:"发生了何事?"

"等等。"沈妤说,"二丫你先带大黄出去玩。"

二丫还小,她怕这些脏事把她教坏了。

二丫和大黄一走,住在隔壁院子,从北临来的那几位侍妾之一春芙立刻哭着说:"殿下可要为我们做主啊,时雨他竟意图对秋云行不轨之事,若不是秋云奋力呼救,我们及时赶到,恐怕……恐怕……"

春芙捏着手绢又是一顿呜呜乱哭。沈妤立在一旁镇定自若,幸好谢停舟知道她是女子,否则还真不好说清。谢停舟差点笑了,不轨之事?她能怎么个不轨法?

"谁是秋云？"

秋云哭得梨花带雨："殿下，是奴婢。"

谢停舟倚着椅子："你仔细说说，她怎么对你行的不轨之事？"

秋云左右看了两眼，想掏手绢捂脸哭诉，却半天没摸着，一时尴尬，低头道："殿下叫奴婢怎么说得出口。"

"既说不出口，那何来证据？"谢停舟厉声问。

吓得秋云身子一抖，她娇软无力地靠着春芙说："我们和时公子比邻而居，近日做了点心想让他也尝尝，结果见鹿鸣轩大门未闭，院内无人，奴婢以为发生了什么事，前去查看，谁知时雨公子见我孤身一人，便将我拉进房间，对我动手动脚，我是殿下的人，怎能委身于他人，于是我奋力反抗，奈何……"

她抽噎了几声，继续说："奈何他力气大，我一个手无缚鸡之力的弱女子，就这样就被他……呜呜……被他按在了榻上。"

谢停舟若有所思地颔首："生米煮成熟饭了？既是这样，不如我将你送给她。"

沈妤不满地斜了谢停舟一眼，谢停舟装作没看见。

"万万不可。"秋云跪着往前爬了几步，想要去扯谢停舟的袍子，近卫错身一拦，她立刻不敢再动。

"事实上并未煮成熟饭，奴婢，"秋云略带娇羞，"奴婢仍是完璧之身。"

沈妤翻了个白眼，谢停舟清晰地听见了她的嗤笑声。

谢停舟忍着笑意，问："可有人证？"

"当然。"春芙抢着说，"我和春杏都是人证，我们亲耳听见秋云呼救，也是我们亲眼见到秋云在他房中衣衫不整，你说是不是？春杏？"

春杏抬眼看了谢停舟一眼，她在谢停舟开口时早就止住了哭声，此刻谨慎道："奴婢是听见了秋云呼救，只是未曾看见时公子动手。"

春芙震惊不已，用力推了春杏一下："胡说八道，难道是秋云自己扒开的衣服吗？"

春杏跪着移到一边，小声回复："奴婢确实未曾看见，只听见了呼救，姐姐，对不起，我不能对殿下撒谎。"

秋云哭诉："不论春杏有没有看见，她也听见了我的呼救，时雨他对我图谋不轨是事实。"

"是事实吗？"谢停舟抬眸看向沈妤。

沈妤："不是。"

谢停舟摩挲着手上的扳指，漫不经心道："听见了？她说不是，那就不是。"

"他撒谎！"秋云忽然激动起来，"殿下可不能因为他是您的近卫就偏袒他。"

谢停舟停下动作，缓缓问："若我就是要偏袒她呢？"

沈妤刚想开口，被谢停舟抬手制止，谢停舟目光如炬，看着秋云问："我偏袒她又如何？"

秋云被他看得心口一缩，瑟瑟说道："殿下黑白不分，往后要如何服众？若是传出去一个近卫都能随意调戏殿下的侍妾，那殿下的脸往哪儿搁？"她故意把事情扯到谢停舟身上，就是想让事情闹大。

谢停舟冷笑："不过是几名婢女，也敢自称侍妾。"

秋云和春芙同时变了脸色，她们在北临王府空担着侍妾的名头，却从未服侍过谢停舟。

秋云哭着说："就算不是侍妾，哪怕只是个婢女，奴婢也不能让人随意糟践，还不如死了算了。"

说着就要往柱子上撞，侍卫用刀柄轻轻一拦，将人推回到了地上。春杏抬头看了一眼世子殿下和他身侧的时雨，定下心来，她的选择果然没错，方才自世子殿下进门，时雨未有半分害怕，这不合常理，说明他对此事有十足的把握，况且殿下言语间摆明了想要护着时雨，可笑这两个蠢货还在唱双簧演戏，春杏暗自庆幸，幸亏她倒戈得早，没和那两个蠢货沆瀣一气，尚且能够抽身。

谢停舟侧头问沈妤，"看来她们不服，你说怎么办？"

沈妤事不关己："我怎么知道。"

谢停舟无奈一笑："不自辩？"

沈妤抿了抿唇说："她们见我休憩，透过窗子吹了药，但她们不知习武之人有内力护体，我本想拆穿，可看她们行踪鬼祟，便将计就计看看她们到底想干什么。"

"你胡说。"秋云怒视道，"我好心来送点心，怎会给你下药，如若殿下不信我，可以派人搜身，甚至去我房内搜查。"

秋云胸有成竹，因为作案工具早被她们埋在了院子里，而点心也本就无毒。

沈妤轻笑了一声，从袖子里掏出一团手帕，丢在几人面前，带着云纹的手帕在地上散开，上面还沾染了些许黄色粉末。

待看清地上的东西，春芙秋云还有一旁的春杏不禁大惊失色，那是秋云的手绢！

沈妤泰然道："不妨叫大夫来查验这手帕上的药粉。"

秋云想急辩却不打自招："是叶公子轻薄我时拿走的！"现下足以证实手绢是秋云的。侍卫刚要拾起手帕。

"大黄！大黄你怎么了？"院子里忽然传来二丫担忧的声音。

沈妤没管地上的几人，率先出了门，看见大黄焦躁地在院子里跑来跑去，沈妤招呼它过来它也不听。

"它怎么了？"

二丫红着眼说："我也不知道。"

"你不是在和大黄玩吗？"沈妤问。

二丫怯生生地说："我在门头偷听，一会儿没注意到它，它就这样了。"

谢停舟也出来了，看了眼东窜西窜的大黄，吩咐侍卫将它抓住。几名侍卫将大黄抓住，其中一位侍卫观察了片刻，低声道："殿下，它似乎是……发情了。"正常情况下，狗子再发情也不会疯成这样。

又一名侍卫跑来，手里拿着一根被大黄当磨牙棒，咬得坑坑洼洼的细管："殿下，那边花坛里有狗刨过的痕迹，我们在里面发现了这个东西。"正是她们埋下的作案工具。

沈妤看了看谢停舟，试探着问："你将它的相好一起带回来了没有？"

谢停舟无语凝噎："我像是能替它考虑得那么周到的人吗？"

"那王府还有没有别的狗？"

"没有。"

沈妤皱了皱眉："那现在怎么办？再在京中给大黄重新找一个相好的吗？"

"交给长留吧，"谢停舟道，"他知道想办法。"

沈妤立刻控诉："长留还那么小！他怎么懂。"

谢停舟半笑不笑："他已经知道给他养的乌龟找相好了。"

一场闹剧到后面竟变成了喜剧，终究又是大黄独自承受了所有。事情结束，忠伯才匆匆赶来，询问谢停舟几人要如何处置。

谢停舟淡淡道："既是爹送的人，也不能处理太过，直接发卖吧。"

忠伯抹着额上的汗珠："会不会——"

谢停舟截住他的话头："你若是嫌处置太轻，可以直接杖毙。"

忠伯顿时不敢再接话。春芙三人被小厮绑了带走，春杏趁小厮不注意挣脱，冲过去扑在谢停舟面前，哭道："殿下，奴婢没有参与，之前奴婢也说没有看到他们二人在床榻上，我只是听到了秋云的呼喊而已，求殿下饶我一命。"

春杏双手被绑在身后，用额头点地磕头，她万万没想到时雨会有那一手，直接打乱了她的计划。谢停舟微微俯身看她，竟笑出了声，那声音那样低沉轻缓，却叫人听得背脊发寒。

他说："你以为我会在乎你有没有参与吗？"

春杏顿时心里一阵发凉，慌乱间，她望向一旁的忠伯："忠伯救我！是您让我们这么做的呀！"

满院哗然，忠伯的脸唰一下惨白，思索片刻，提起衣摆就跪下："殿下。"

兮风恳切地看向谢停舟，他和长留都是忠伯带大的，虽无血亲但胜似亲人。

谢停舟淡淡道："起身回话，可有话说？"

忠伯被兮风搀扶着起身，涩声说："老奴确有说过想赶走时雨，但这计谋却不是老奴所想。"

谢停舟垂眸看了眼春杏，春杏急忙解释："我们也是想为忠伯分忧。"

忠伯是王府管家，若是替他分忧那便等于是搭上了忠伯这条线，说不定能在谢停舟面前露露脸。

"她三人行不端言不正，该怎么处理便怎么处理吧。"谢停舟说罢抬脚离开。

若只是行不端，发卖出去便可，可言不正那就说明她们就算出了府也未必能管住自己这张嘴，富贵人家通常都有几种处理方式，要么毒哑了再发卖，一劳永逸便是直接杖毙。谢停舟生病，无法带苍去打猎，这个差事便落在了长留身上，长留办完了差事回来向谢停舟复命，看见忠伯在院子里跪着，顿时大惊失色。

"爷爷！"长留小跑过去，"爷爷您跪着干什么？"

忠伯汗颜摇头，他年纪大了，跪了一阵已经脑袋发昏。长留着急扯他也不起，急忙跑去找谢停舟，还没跑进屋子便被兮风吼住："回来！"

长留焦急地跺脚："爷爷还跪着呢，到底怎么了呀？"

兮风将长留拉到一边，大致说明今日之事的来龙去脉。忠伯身为王府管家，谢停舟没当众数落他已是留有余地，不让忠伯在人前失了威信。忠伯的"忠"字取自老王爷，当年曾为老王爷挡过一刀，一只手险些废了，后来老王爷为他赐姓谢名忠，忠伯自认配不上家主的姓氏，自称阿忠，后来大家都叫他忠伯。这个"忠"字没有取错，他是忠仆，这么多年来对主子忠心耿耿，鞠躬尽力，绝对不会擅自做主，谢停舟猜都能猜到他是受了老王爷所托。

跪是忠伯自己要跪的，虽不是他主导，但事情因他而起，他身为王府管家当讷言敏行，那种话本不该出自他口。谢停舟越是不罚他，他心里越是难受。

长留着急得鼻子都皱了起来，刚开春，地上还凉着呢，忠伯年纪大了哪受得了："这可怎么办啊？"

兮风也着急，却毫无办法："你平日鬼机灵鬼机灵的，你说呢？"

长留思索片刻说："我去找殿下。"

谢停舟刚喝完药，搁着碗看向一进门就"扑通"一声跪在地上的长留。他慢悠悠地问："跪难道还会传染？"

长留扁着嘴，一副要哭的样子："殿下，我替忠伯挨罚行不行？"

谢停舟取了帕子擦手："我并未罚他。"

"可他比被罚了还难受呢。"长留喏嚅着说。

门口兮风一听，还以为长留能想出什么好法子，没想到就这。他大步跨进门，一把将长留从地上扯起来，训斥道："你这是在用自己来逼殿下，殿下能做什么？本就没罚忠伯，难不成让殿下去向忠伯低头？"

长留一下被他给点醒了，连忙解释道："我没这个意思，我就是着急。"

谢停舟沉默半晌，开口道："告诉忠伯，他对我并未有任何亏欠。"

长留摸不着头脑，兮风到底比他年纪大，却一下明白过来，拖着长留出了门。兮风向忠伯转述了殿下的话，忠伯垂头沉思了片刻，撑着地艰难起身。长留急忙上前搀扶，忠伯靠着长留稳住了身体，有气无力道："扶我去鹿鸣轩。"

殿下那句话他听明白了，殿下不罚是因为他对殿下未有亏欠，忠伯虽不喜欢时雨，但他这一生自诩行得端坐得正，万万不会在背后设局构陷他人。

天快黑了，才安静不久的鹿鸣轩大门再次被敲开，二丫前来开门，看见是忠伯，赶忙跑去叫时雨。忠伯挣开长留的搀扶，笔直地立在院中。

沈妤刚跨出门槛，就看见忠伯朝着她的方向拱手深深一揖，沈妤一惊，闪身过去，在忠伯揖第二下时托住了老人的手臂："这是做什么？"

忠伯道："老朽于你有愧，这几下是我当愧还你的。"

说着又要往下揖，沈妤纹丝不动地托着忠伯，说："此话恕时雨不敢苟同，常言道'祸不及妻儿，罪不及父母'，至亲尚且不连诛，更何况你与她们毫无干系，此事自然与你无关。"

忠伯："可是……"

"你可有与她们共谋？"

忠伯一脸凛然："并未。"

"可有刻意暗示她们？"

"从无。"

"可有想过用阴谋或手段赶我出府？"

忠伯梗着脖子："我不是那种人，我原想与你好生相谈一番，感化于你让你自行离开。"

"那就对了，"沈妤笑了笑，"我也听兮风对长留说过你干脆撑死算了，不过若长留真撑死了，那也与兮风无关。"

长留委屈地说："你怎能想着我死呢，你就不能换个比方打吗？"

沈妤笑着松开忠伯的手，退了一步说："不过一句戏言而已，一码归一码，我不会因一句戏言而迁怒你，却也不是个以德报怨的人，你不喜欢我，我自然也不喜欢你。"

"不过。"沈妤顿了顿，"方才受你一拜万不敢当，时雨在此回礼了。"沈妤深深一揖作为回礼。

忠伯在王府也算德高望重，常受小辈的礼，却是第一次受人礼时竟觉得能让自己腰杆板正。少年的一揖诚心实意，替他挽回了尊严。忠伯眼眶微微红了红，又端回了之前那副样子："今日虽受你一礼，但我还是不同意你留在王府，之后还是要抽时间同你谈一谈。"

三人离开鹿鸣轩，忠伯心中感慨万千。少年从头到尾不卑不亢，进退有度，言行间颇有大家风范，应当家风极正，却不知怎么小小年纪便流落在外。

忠伯心想，时雨若是与殿下没那些事，他也不至于想将他赶出王府，那么小的孩子，离开王府又能去哪儿呢？他此刻完全忘了时雨还有那一库房的宝贝。

长留问："爷爷你是不是忽然发现时雨挺好的啊？挺讨人喜欢吧？"

话音刚落，鹿鸣轩的院门"嘎吱"一声又开了。

"方才忘了说了。"沈妤探出个头来，"我想说谈一谈就不必了，我这个人性子倔强，赶是赶不走的，你还是别白费力气了。"

忠伯抖着袖子一指，人已经缩了回去，门也"哐"一声关上了，忠伯气得吹胡子瞪眼："好个头，一点也不讨人喜欢！"

长留和兮风却笑了起来。

沈妤是个坐不住的人，不当值便去街上闲逛，打听些消息。京城的赌坊鱼龙混杂，三教九流都有，更是消息的汇集地，为了不引人注意，沈妤去时只赌小的，从不涉及大笔银子。裴淳礼是准备回府的，窝在马车里本昏昏欲睡，也不知哪根筋搭错了，忽然福至心灵，掀开帘子就看见了刚从赌坊出来的时雨。

裴淳礼一高兴，赶忙下了马车就追上去："兄弟，兄弟！"

裴淳礼连喊了好几声，又追出好一段路才赶上，拦在面前气喘吁吁道："你躲我干什么？"

"我没躲你，没听见罢了。"

沈妤确实听见一个人在大街上喊兄弟，谁能想到那吼得都破了嗓的竟然是裴淳礼，身后还跟着两名随行的小厮。

裴淳礼撑着腿喘气："可算是逮到你了。"

"你找我有事？"

裴淳礼缓了口气："没事就不能找你吗？"

沈妤"哦"了一声："没事的话那我先走了。"

"别啊。"裴淳礼一把拉住她，"我还没用过饭，前头就是食悦阁了。"

他撞了一下她的肩膀："小侯爷请你吃饭如何？"

"可惜我不饿。"

沈妤谨记谢停舟的话，裴淳礼的父亲是太子党。

"我不管。"裴淳礼死皮赖脸道，"北临王府闭门谢客，害我不能去找你。"

他抱怨道："还有，他李霁风为何就能上门？难不成他谢停舟谢的就我一个客吗？"

提起谢停舟，沈妤忽然想起一事，前日长留忽然问她是不是和裴淳礼私定终身，当时谢停舟也在场。

沈妤站定，抱着胳膊问："你来解释解释，我什么时候和你私定终身了？"

裴淳礼理直气壮："去年我们在花楼私下确定往后终身吃喝玩乐，简而言之不就是私定终身吗？"

沈妤差点扶墙，正待甩了裴淳礼离开，余光扫到一辆马车行驶而来，那驾车的人正是沈府的车夫。沈妤不动声色地侧了侧身，大半身子正好被裴淳礼挡住。自那日在沈府开库，她原以为沈嫣会消停些日子，今日在赌坊倒是听到些消息。

据传言沈家二姑娘这几日，日日都往沈将军的墓地跑，又在城中大肆收购药材和粮食，据说是要送去给今年闹雪荒的丹州，在京中博个好名。若是在从前，沈妤还会相信沈嫣是发自内心的善良，如今只会思考她是不是又想出了什么幺蛾子。

人与人之间的信任一旦崩塌，便很难再建立起来。

沈府的马车停在了一家药材铺子前，看来所言非虚，沈妤略一思索，抬脚便上了斜对门的一家茶楼。丫鬟先下了马车，回身扶着沈嫣下来。

沈仲安生得俊秀，几个孩子都肖似他，相貌出众，沈妤在肖似沈仲安之余，又生了一双和她母亲一样灿若星辰的眼睛，带着几分英气。沈嫣却不同，她长相柔和，看上去似乎瘦发些，衬得越发娇弱。沈妤在窗前站了片刻，直到看着两人进了药材铺，一回头，差点撞上裴淳礼的下巴。

"你跟上来干什么？"沈妤没好气地问。

裴淳礼捏着下巴若有所思："你该不会是喜欢这样的姑娘吧。"

沈妤直想翻白眼，这蠢货的脑回路向来与旁人不一样。

"我无意于这样的姑娘。"

裴淳礼学着他环着胳膊，觉得这姿势看上去挺风流倜傥的，往后可以多做几次。

"既然你不喜欢，那我也不喜欢。"

沈妤白了他一眼："你就不能有点主见吗？"

"不能。"裴淳礼理直气壮，目光一转时忽然话锋也跟着一转，"出来了。"

沈妤一看，沈嫣和那丫头果然已经从药材铺里出来，药材铺掌柜乐呵呵地将人送出门。

"沈二姑娘慢走，明日便能将您定下的药材送到府上。"

那掌柜的估计不知道一声二姑娘是沈嫣的禁忌，沈嫣表情却没任何变化，比之前倒是要沉得住气许多。

她微微笑了笑说："那就劳烦掌柜了。"

沈妤蹙眉深思，看样子，买药材属实是不假，之前沈嫣和沈夫人风评不佳，如今靠着赈灾得到了巨大改善，但是如今的沈府并非家财万贯，沈嫣早不赈灾晚不赈灾，偏偏挑在这个时候又是图什么呢？思索间就看见沈嫣由丫鬟扶着走向马车，两人交头接耳片刻，沈嫣抬脚踩上车辕，下一刻，人却似脱了力一般，一下从马车上栽了下来，倒在丫鬟怀里顿时不省人事。

"小姐！"丫鬟惊呼，"小姐你怎么了？"

丫鬟摇晃了沈嫣几下，沈嫣却依然毫无反应，丫鬟大惊失色："来人哪，救命！"

药材铺的掌柜和伙计都跑了出来，周围人群也开始围了上来。

裴淳礼抱着胳膊感叹："真是娇弱无力啊。"

沈妤横了他一眼："不如你下去来个英雄救美？"

药铺门口乱作一团，药铺不同于医馆，虽有药，但也不是每家都有坐堂的大夫，这家刚巧就没有。

有妇人上前帮忙，又是捏鼻子又是掐人中。

丫鬟抱着沈嫣急得直掉眼泪。药铺掌柜道："不如先将沈二姑娘抬进马车，附近就有医馆，送去看看。"

围观群众越来越多，将一条街都堵死了，江敛之的马车也被堵在了路上。

"去看看前面发生了什么事。"江敛之说。

小厮很快挤进人群，跑回来复命："是沈二姑娘在药材铺门口晕倒了。"

江敛之皱了皱眉，阿妤这么疼爱这个妹子，若是他袖手旁观不管不顾的话，她应当会怪他吧。

"去看看。"江敛之说。

围观人群中有人认出了江敛之，顺带想起了京中的传言，据说这位侍郎大人曾上门求娶过，这不正是个英雄救美的好时机吗？于是纷纷让开了一条路。楼上位置好，沈妤将街上的情景尽收眼底，不可谓不巧，这家药材铺虽不是盛京最大的，但此处是江敛之下朝回府的必经之路。地方找得巧，晕倒的时机竟也这样巧，让沈妤不得不怀疑起了沈嫣的动机。她探手从桌上的小碟中抓了几颗花生米，抛了一颗进嘴里。

楼下江敛之已经在沈嫣身旁蹲下身，男女授受不亲，他没上手，只是在一旁查看。

丫鬟哭得上气不接下气："大人，这可怎么办啊，夫人一病不起，如今就只剩下小姐孤身一人。"

围观人群交头接耳，不胜唏嘘。江敛之沉吟道："先送回沈府，高进，派人去请大夫，直接去沈府。"

"扶你家小姐起来。"江敛之对丫鬟说。

丫鬟试着抬了抬，没能把人给扶起来，边哭边自责："奴婢没用，早知道就劝着小姐，不让小姐日日都去将军的墓地了。"

江敛之问："去沈将军的墓地做什么？"

丫鬟说："之前常有人前去悼念，因而小姐不常去将军墓地，只是现如今去的人少了，又有多少人还记得呢，小姐说怕他们孤单，于是日日都去陪他们说说话。"

丫鬟说得声泪俱下，感人肺腑，人群中有的眼窝子浅的已经在抹眼泪。

丫鬟又加了一句："小姐说大小姐最爱热闹了。"

江敛之被那句大小姐爱热闹牵出了思绪。梦中的沈妤刚进江府时要活泼一些，偶尔也会和下人玩闹，后来他母亲成日训斥，渐渐地她就安静了，他以为她喜静，如今看来，她原本就是爱热闹的。江敛之越想越心疼，喉咙狠狠滚了一下，他不相信她就这么死了，可是她到底在哪里？

沈妤确实爱热闹，此刻正趴在窗台看着，要不是沈嫣攀扯上了自己，她都要感叹沈嫣这一招用得妙了。既当众洗脱了之前的骂名，博了个好名声，又能在江敛之这里博得好感，一箭双雕。看样子沈嫣是费尽心机想要挤进江府，殊不知江府哪是什么好归宿，莫说有个恶毒的婆母，往后还有个和江敛之青梅竹马的林清漓呢。

人还在地上躺着，江敛之思索片刻，吩咐高进："将沈小姐送上马车。"

高进应声，挽了袖子就要来抱沈嫣。丫鬟赶忙一拦："大人，这样不好吧，他毕竟是个下人，还是名男子。"

大周男女之间不设大防，女子上街行走不用掩面，吃饭也可同席，只是大庭广众之下让一名下人近身接近搂抱，还是不妥。沈妤笑了，下人抱就不妥，难不成江敛之抱就妥了吗？这丫头打的好主意，当众一抱，顺便讹上江敛之。沈妤抛着手里的花生米，琢磨着要不要顺势让他们凑成一对。

可沈嫣如今居然还敢拿她做筏子，想来是记性还没长够，有句话说得好，知道你过得顺心，那我就要不顺心，她偏不让沈嫣如愿。沈妤又抛了一粒花生米进嘴里，手里留了一颗，没再迟疑，屈指一弹，一粒花生米疾射而去，正中沈嫣腰腹。沈嫣痛得闷哼了一声，一下子弹了起来。

人群顿时炸了："咦，醒了醒了。"

"醒过来就好。"

沈嫣强忍痛意，不知道江敛之发现没有，视线在江敛之身上一触即离，不敢与他对视。

江敛之起身："沈二姑娘既然醒了，便自行回府吧。"

丫鬟扶起沈嫣，沈嫣掩袖咳嗽了两声："方才不知怎么了，一下就脑袋发昏。"

丫鬟忙替她遮掩："小姐这几日茶饭不思，瞧着人都瘦了一圈，早晨也没用饭，不晕倒才怪呢，往后小姐可要好好用饭啊。"

"知道了。"沈嫣轻声说，又对江敛之福了福，"多谢大人搭救。"

江敛之淡淡道："沈二姑娘既身体不适，还是早些回府。"

他看着地上那一粒不起眼的花生米，又抬头望向斜对面的茶楼，二楼临街的位置轩窗半开，江敛之抬脚朝着茶楼走去，身后跟着高进，径直上了楼。小二忙跟上："客官要喝什么茶？我们还有雅间。"

江敛之置若罔闻，在走廊上走着，算准位置停在一扇门前，指了指门："我要这间。"

小二道："可不巧，这间已经有客人了，不如您重新选一间？"

"我就要这间。"说着江敛之抬手推开了房门。

小二来不及拦，只好缩在了门边。江敛之扫视一圈，这并不算是盛京上好的茶楼，雅间内装饰简单一目了然，只有一名男子立在窗前。窗前立着的人回头，手里还端着一盏茶，语气不快："干什么？没看见你小侯爷在这儿喝茶呢？"

小二连声道歉："抱歉抱歉，我这就带这位客人出去。"

"不必。"裴淳礼抬手制止，扫了眼江敛之说，"这位可是咱们大名鼎鼎的侍郎大人，江大人要不要留下喝杯茶？"

江敛之一笑："原来是小侯爷，小侯爷怎么有兴致一个人在此喝茶？"

裴淳礼吊儿郎当道："本来不准备喝茶，看到街上晕了个人，独自上来看看热闹，江大人英雄救美可真让我羡慕不已。"

江敛之敛眸："那就不打扰小侯爷看热闹了，江某告辞。"

小二掩上房门，跟着江敛之下楼。行到楼梯口，江敛之忽然停下脚步，问："方才那个雅间只有他一个人？"

小二回话："回大人，就小侯爷一个呢，来时急匆匆说要找个最佳位置，小的就将他领到了那一间。"

江敛之略一颔首走了。

"大人怀疑是裴小侯爷？"高进问。

江敛之道："如若那间房内只有他一人，应当是他没错了。"

高进不解："可那屋子里没有花生。"

江敛之侧头道："你回头看看店内。"

高进回头看去，这里是茶楼一楼，大堂摆满了桌子，只要有客人的桌子上都摆了一碟花生。

高进顿时明白过来，很多茶楼都会上这样的免费小点，如果没有反倒显得刻意。

"不论是谁，说明那人对我们并无恶意，甚至是好心提醒。"江敛之又抬头望了一眼。

"但如果只有裴淳礼一人，说明他平日藏得太深。"

雅间内，裴淳礼拍了拍胸口，小声道："一个人喝茶好无聊啊。"

无人回应，他又抬高了声音："一个人喝茶好无聊啊。"

还是无人回应。

裴淳礼在屋子里蹐了一圈，忽然扯起嗓子吼道："一个人喝茶好无聊啊。"

门外小二叩了叩门说："小侯爷，无聊的话，要不要小的给您找个唱曲儿的？"

话音刚落，一人从窗口翻了进来。裴淳礼对着门口说："起开，我自己发牢骚呢，没你什么事儿。"

回头小声道："你怎么现在才来，我都喊了三遍暗号了，你再不来人家都要以为我有病了。"

沈妤没搭理他，在窗口看见楼下的人群早就散了，江敛之的马车也已经离去，回过头，不经意扫过桌面，沈妤忽然问："花生呢？"

"你还要吃？"裴淳礼得意道，"我怕被江寂发现，所以收起来了，你就谢我吧，你办事也太不小心了，这么重要的东西都忘了收。"

沈妤："……我谢谢你。"

"不用客气。"裴淳礼问，"走吗？上酒楼去啊。"

沈妤道："你先走，江敛之为人谨慎，我怕他留了人盯梢，我一会儿去找你。"

刚才江敛之明显是有所怀疑，所以才上来查探，不得不说裴淳礼是不大聪明，但为人单纯，关键时刻还是能派上用场。裴淳礼先走后又过了片刻，茶楼斜对门，一名男子钻进了巷子里，向站在角落里的人汇报。

"只有小侯爷一人离开，没有人跟他一起，还盯吗？"

高进想了想说："不用了。"

裴淳礼离开后，沈妤叫了小二进来，丢给他一锭银子："你办得不错。"

小二将银子收起来，乐呵呵地说："能为公子办事是我的福气。"

这家店正是除夕那日沈妤来的那家，小二正是专门替她打探消息的那个四喜。

"话说我又听到件稀奇事儿。"小二说。

沈妤："什么事？"

小二走近了些，压低了声音谨慎道："这消息是我从别处听来的，我哥在同福客栈做工，前几日来了几位客人，操的是齐昌府那边的口音，我哥不小心听到点东西，那几人说是进京来告御状的。"

沈妤疑惑："告御状？"

"听到是这样说的。"小二接着说，"不过问题不在这里，年年都有人上京告御状，不是什么稀罕事儿，问题是第二日那几个人离开客栈就不见了。"

"走了吗？"

小二摇头："包袱都还在，人却不见了，过了好几日也没回来，后来客栈报了官，官府说不值钱的东西走的时候不要了也正常，根本没有要管的意思。"

沈妤若有所思。如今天下不太平，一年不如一年，只要不是大事，官府能揭过便揭过，谁也懒得找事。

小二说："我大哥不敢和官差提偷听到的事，只偷偷告诉了我，还有他偷看过那几人的包袱，路引都还在呢，怎么可能说走就走了？更稀奇的是，报官第二日半夜客栈就出现了贼人。"

"丢了什么东西？"沈妤问。

"什么也没丢。"小二说，"但是那几人的包袱被翻得乱七八糟，这就是奇怪的地方。"

这确实算是个稀奇事，可让沈妤沉思的却是那几人的来处。

"你确认他们是从齐昌府过来的？"沈妤问。

小二说："确认，我大哥九岁就在客栈做工，专接南来北往的客人，什么口音从哪儿来一听便知。"

齐昌府。这个地方这段时间已经在沈妤脑中过了无数遍。粮草就是在齐昌府丢的，这两件事无论有没有联系，齐昌府这个地方对沈妤来说都是一个禁忌。派去齐昌的人到现在还没有消息，一是消息传递实在太慢，二是探听也要些时间。

"我知道了，"沈妤颔首，这次将一张银票压在桌子上。

小二看得眼睛都直了，搓着手说："公子还有什么吩咐？"

沈妤平静道："那几位客人的东西如今在哪儿？"

"不是什么值钱的东西，要么在客栈，要么就是被人扔了。"小二人机灵，问，"公子是想看一看？"

沈妤颔首。

小二想了想说："不如这样，我先去问问，打听到了就来告知公子。"

沈妤看了一眼天色："如果确认了消息，一个时辰后到食悦阁找我。"

裴淳礼还在食悦阁等沈妤，饿得前胸都贴上后背了，沈妤才姗姗来迟。来时裴淳礼已经思考过了好几遍，见了人就一股脑把问题抛出来："你不是帮了江寂吗？你躲他干吗？"

沈妤敷衍道："我和他有仇不行吗？"

"行！当然行了。"裴淳礼说，"既然这样，那江寂以后也是我裴淳礼的仇人了。"

他用肩撞了一下沈妤："怎么样？够义气吧，是不是感动得一塌糊涂？"

沈妤："……"

盛京的另一头，沈家的马车停在将军府门前，梓翠先下了马车，回身去扶沈嫣。沈嫣站在车辕上看了她一眼，才将手搭在她手臂上下了马车。进了将军府，沈嫣一路疾行，哪还有之前虚弱的模样，走进卧房，沈嫣突然停下脚步。梓翠紧张地站在她身后，这一路沈嫣都没说过一句话，但脸色却黑得厉害。好不容易抓住一次这样的机会，眼见着就要成功了，却不知被什么人搅了局。

梓翠想了想，上前安慰："小姐，这次不行咱们还有——"

"啪——"

一个巴掌甩在梓翠脸上，沈嫣怒吼："谁让你提沈妤了？"

梓翠捂着脸，"扑通"一声跪下："小姐，我是，我是看江大人还有迟疑，想要添上一把火。"

沈嫣手一挥，桌上的东西碎了一地。

"一定是沈妤！"沈嫣恶狠狠地说，"一定是她！她见不得我好，想要坏我好事。"

梓翠膝行几步，抓住沈嫣的裙摆，号哭着说："小姐莫气，气坏了身体不值当，奴婢，奴婢还有办法。"

"你有什么办法？"

梓翠低声说了几句，沈嫣眼中迟疑："这能行？"

梓翠说："奴婢觉得可以一试。"

沈嫣低头看着梓翠，抬手摸上她的头发："梓翠啊，你也别怪小姐我打你，你知道我生平最不喜欢自作主张的人。"

"奴婢知道。"梓翠连忙点头。

沈嫣拨下自己手上的镯子塞给梓翠："拿着，我说过有我一分好定然也有你一分。"

吃完饭，沈妤算着时间与裴淳礼散了场。走出食悦阁，名叫四喜的小二从旁边的小巷中钻出来，看样子东西还在。天色已经黑透了，街上行人少了许多，幸亏没有宵禁，行动倒也自如。

四喜的哥哥叫三福，在京中一家不起眼的客栈，这样的客栈颇受南来北往进京的人欢迎，价钱合适，位置也不错。到了客栈，三福带着二人去了后院的一间房。

"这里头放的都是些客人住店时落下的东西，"三福介绍，"有时候客人会回来拿，有时候不来就丢在这里，到了时间还没人取就扔了。"

绕过架子，三福指着其中一排说："喏，这就是他们的东西，全在这儿呢。"

沈妤拿起匕首轻轻挑开一只包袱，接着是第二只，第三只……很快发现了不对劲的地方。

沈妤转过身，看着三福问："那几人看上去是什么样的人？"

三福回忆了一下，说："一共四个人，有三个看上去三十来岁，有一个老一些，但几个人的个子都很高，有这么高。"

说着在自己身上比画了一下，那高度大约高出三福大半个头。

"那体格壮实得很，像……"

沈妤道："像练家子？"

"对！"三福笃定地说，"一个个凶神恶煞的，看上去就不好惹，说话也粗俗得很，对伙计们呼来喊去的。"

沈妤蹙眉，这就怪了，几个人听着就不像是好欺负的，竟会进京告御状？按常理说应当是别人告他们才对。沈妤心念一转："听说之前有人前来行窃？"

三福曾从弟弟四喜口中听过这位出手阔绰的公子，心里想着这好事今日终于轮到了自己头上。

于是连忙回道："是遭过贼。"

"只有这几个包袱被翻动过？"

"是，就这几个。"

"丢东西了吗？"

四喜刚想插话，就被沈妤一个眼神挡了回去。

"没有。"三福回道。

沈妤问："为什么这么肯定？"

"公子有所不知。"三福微微弯着腰说，"这些东西放进来之前我都事先检查过，我敢肯定没丢东西。"

"你确定？"

"确定！"

沈妤盯着三福的眼睛："可这里头，分明是少了物件。"

三福眉毛跳了跳："公子，公子这是什么意思？"

沈妤用匕首挑起包袱里一样东西，丢在三福身上。

三福慌乱一接，疑惑道："这是什么？"

"臂缚。"沈妤道，"虽然不是用精铁打造，但也不是普通的物件，寻常人不知道看走了眼也属正常。"

"这……"三福捧着臂缚问，"可这和丢没丢东西又有什么干系？"

沈妤眼神锐利："你仔细看看那臂缚，上面有深浅不一的刀痕，还有从皮绳的磨损程度看，这个臂缚已经用了很长时间，你说他们看着是练家子，这一点正好符合。"

三福看着臂缚，果然能对上号，皮绳磨损得已经快断了。四喜听得云里雾里："那到底和丢东西有什么关系呢？"

沈妤转着手里的匕首："既是习武之人，身上应该会带着刀剑。"

三福脸色唰一下白了。

沈妤扫过他的脸："没错吧？"

三福紧张道："确实是带着刀的，不过第二天走的时候都带走了。"

"是吗？"沈妤一笑，"谁去告御状会带着刀去？"

"兴许那日出门不是去告御状呢。"三福背脊冒起了冷汗。

沈妤："也有这种可能。"

三福心口勉强一松，紧接着又听到面前的公子问。

"不过既然带了刀，那为什么又把臂缚给忘了？"

四喜陡然明白过来，他这个哥哥有偷鸡摸狗的毛病，多半是见人客人没回来，便偷了人家包袱里的东西，这种事显然已经不是第一回了。四喜拍了三福一巴掌，有些着急："公子面前你撒什么谎，到底怎么回事？"

三福紧张地看了沈妤一眼："我……"

"你放心。"沈妤慢悠悠道,"你若是说实话,我不会抓你去官府,但只要有一个字的假话被我发现,当心你这条舌头,我这人不爱听假话。"

三福咽了咽口水,走到门口看了一圈,确认无人才回来,压低了声音说:"他们走的时候确实没带刀,刀是我偷的。"

沈妤猜到了,多半是三福不识货,没看出那臂缚也能卖点银子。

"刀呢?"

"卖……卖了。"三福结巴道。

沈妤冷声问:"你既说他们一个个凶神恶煞,看着就不好惹,还敢偷卖他们的东西,你就不怕他们回头找上门来?"

三福紧张得不知如何开口。沈妤步步逼近:"因为你确认他们一定不会回来,所以才敢肆无忌惮,你杀了他们?"

三福大喊:"我没有!"

四喜连忙一把捂住他的嘴:"你小声点,快说!怎么回事?"

沈妤出手大方,短短月余就能让四喜赚上几年都赚不到的银子,四喜已经在心里将他认作了主子,跟着公子,何愁没有银子花。想起他见到的那些情形,三福腿脚发软,扶着架子坐在了角落里。嘴里喃喃道:"不是我,太……太可怕了。"

"公子,我在门口盯梢。"四喜说着就走到了门边,透过门缝紧盯着外面的动静。

沈妤在三福跟前蹲下:"说吧,从头到尾,一字不漏。"

三福抬起头望着房梁,喉咙里挤出几句含糊不清的话来:"那天晚上……"

有一部分三福没撒谎,那几个人确实是进京来告御状的,不过他并没有把话说完。三福此人喜欢偷鸡摸狗,但他不贪心,哪怕摸到了客人的钱袋子,也只是偷一点碎银子,这样不容易被发现。那晚三福在隔壁躲懒,听见几人说要告御状,还说要去找某位大人,据说那位大人有门路。第二日一早,那四人就出了门。

"其实他们回来过。"三福说。

沈妤问:"什么时候?"

三福回忆着之前发生的事,浑身都开始发抖:"半……半夜回来的,晚上来敲门,我,我偷懒磨了半天才跑去开门。"

三福没直接打开,而是透过门缝往外瞧了瞧,正好看到了极为恐怖的一幕。一群黑衣人围上来,将几人团团围住,但是当时并没有立刻打起来,那几人看见黑衣人反倒是有些高兴。

沈妤沉声:"因为他们认识。"

"应……应该是。"三福战战兢兢,"我当时害怕,就没开门,接着就,就看见黑衣人走近后,趁他们几个放松警惕,就直接砍了他们的脖子。"

那几人没带武器,根本不是对手,况且是认识的人,显然没有防备。

"那你为什么没有报官?"

"我害怕呀。"三福惊恐地说,"他们打扫了血迹,还换上衣服假装成投宿的客人来敲门确认,幸好我脑子灵光假装刚起来,说晚上不接客人,他们才走了。"也就是说那晚的情景只有三福一人看见，这也就能解释后来报官后为什么都说那几人是早晨离开后就没回来，三福怕被人报复，所以也不敢说出实情。

"后来我去城外的乱葬岗看过，看到了那几个人的尸体。"

沈妤皱眉："你去乱葬岗干什么？"

"一是好奇，二是我得确认他们是不是真的死了，他们的刀……看上去就挺值钱的。"

沈妤不知道自己为什么如此在意这个案子，或许是因为和齐昌府有关，或许冥冥之中有什么在指引着她去调查这件事。总之，直觉告诉她这件事不单单是几个告御状的人莫名其妙地死了这么简单。

沈妤将匕首插回后腰，拍了拍手起身说："走，带我去乱葬岗。"

三福吓坏了，连忙摆手说："大半夜去乱葬岗，不不不行，大晚上的，明天白天再去不行吗？"

四喜接话说："去乱葬岗吗？这个时候出城，一定来不及在城门关闭前赶回来，那就只能在城外过夜了。"

沈妤从前也不是没宿在野外过，这倒不算什么问题，问题是没提前告知谢停舟，万一他以为她失踪或是出了什么事就不好了。沈妤思索片刻问："乱葬岗离哪个门近？"

四喜说："就是崇安门。"

"你们去崇安门外等我，我还有点事，戌时三刻在门口附近会合。"

沈妤走到门口，又回头指了指三福："别想着偷跑，我知道你在哪里做工家住哪里，你跑不掉的。"

开春后白天暖和了些，夜里的风却还是又薄又冷。三福和四喜出了崇安门，躲在背风的地方等人。

"你说他出手大方，只要安心办事就少不得好处，结果呢，忙活了一晚上怎么也没见给点辛苦费？"三福搓着手抱怨。

四喜从胸口拿出个东西，迎风扬了扬。三福眼尖："这是……银票？！给我摸摸。"

他活这么大，还没见过银票呢，平日里能过手的都是些碎银子。四喜"嘘"了一声，将银票揣好，四下看了看，低声说："我什么时候骗过你？"

"可他怎么不给我呢？"

"看你不老实呗。"四喜说。

说话间，城门口响起了一阵马蹄声，两人探头看去，只看见十来个人骑着马，将一辆宽大的马车围在中间，厚重的城门在队伍后面缓缓合上。

四喜有些心急："城门都关了，公子该不会不出来了吧。"

"我就觉得他不靠谱，有谁大半夜去乱葬岗的……"

风里忽然传来一声尖啸。两人同时抬头，只见一只巨大的鹰隼从天上飞过，翅膀遮住了半边月亮。

"娘欸！"三福喊了声，"好大的鸟！"

"那是鹰。"

沈妤策马奔来，在两人跟前勒马，马蹄高高扬起又落下，后面的近卫也策马跟上来。沈妤居高临下地看着二人："你们带路，去乱葬岗。"

乱葬岗离崇安门有几里地，在一处山坳里，三面环山，夜风在山坳里打着呼哨吹过，听着尤为瘆人。车内点着香炉，也挡不住那股尸体的腐臭味。之前沈妤回去知会谢停舟一声，谁知谢停舟听之后也要来。谢停舟麾下能人异士不少，封阳就是其中之一，仵作出身，封阳递给沈妤一个瓶子："这个给主子闻一闻，去味的。"

沈妤还没说你怎么不自己给，封阳已经转身走了，去给其他近卫分发布条。将蒜和姜捣碎再混着醋浸在布上蒙住口鼻，虽不好闻，但可以抵御尸臭和疫病。沈妤只好自己上了马车，她脸上蒙着用香料浸过的面巾，只剩下一双清凌凌的眼睛露在外面。谢停舟闻过瓶子，顿时什么味道都闻不到了。

沈妤说："夜里风大，你还没痊愈，就不要下去了。"

"你也别去。"谢停舟盖上上盖子，"一堆尸体没什么好看的。"

"我还是想去看看，说不定能有什么发现。"

谢停舟知道拦不住，略一思索颔首道："让封阳去，你不要动手。"

沈妤点了下头，推开马车门准备下车。

谢停舟："回来。"

沈妤回头，凌空接住谢停舟扔来的东西。

"闻一闻。"谢停舟说，"会好受些。"

侍卫一人一个火把，将乱葬坑照得亮如白昼。开春前扔的尸体冻在雪里，天一暖化了雪就开始腐烂发臭，加上最近扔的那些尸体，偌大一个尸坑都快被填平了，那场面看得人心里发怵。沈妤望着尸坑，脑中又浮现起燕凉关的尸山血海。

三福抱着一棵树狂吐。四喜鼻子里塞了两块布，问他："你不是来过一次吗？"

"上次也这么吐的，呕——"三福趁着吐的空当说，"马上，吐完就好了。"

那药珍贵，上千两银子的药材才能配出这么一瓶，封阳才舍不得给他们用。

"过来认一认，你见到的人是哪几个？"沈妤沉声说。

三福抹了把嘴，上前察看。尸体堆叠在一起，最下面的已经成了白骨，最上面的还能看出人形。三福随便看了几眼就指着说："就青布衣服挨着的那几个。"

"你确定？"沈妤侧头问，担心他这一指太过随意。

"确定。"三福说，"衣服都还是那身呢。"

幸亏才过了几日，盛京也不是每天都有死不完的人，除了最上面一具新的尸体，下面就是三福说的那几个人。封阳招呼着近卫："把人抬上来。"

近卫一个个训练有素，面不改色地将尸体小心抬出来一字摆开。

沈妤看着地上的尸体皱眉："怎么只有三具？还有一具呢？"

"咦？"三福也愣住了，又围着乱葬坑看了一圈，说，"没看见那个老头。"

沈妤警告道："看仔细了，若是看不仔细我就踹你下去一个一个翻。"

三福听着都害怕，赶忙躲到四喜背后伸长脖子说："看仔细了，绝对看仔细了。"

封阳冲沈妤点头确认："其他的腐烂程度和时间对不上，也没有被野狗啃咬的痕迹。"

沈妤问："你不是说四个都死了吗？你还亲自来确认过。"

三福都快吓哭了："我看到那些黑衣人动手了，想着肯定都死了啊，怎么还会少一个呢？"

沈妤眉心紧蹙，其实还有一种可能。三福是没细看，看到杀人就以为全都毙命，看到尸体就以为都在这里。可是，如果那个人根本没有死呢？或者说，如果那个人，根本就是和那群黑衣人一伙的呢？封阳已经打开了他的工具箱。白绫，布袋，手套，竹秕，还有皮褡裢上整齐排列着各种精铁打制的小刀、小锤、小锥子等，用于解剖尸体胸腹。一旦开始验尸，封阳周身的气息都变了，一改方才的吊儿郎当，变得极为谨慎。

万籁俱静，所有人都屏息凝神，生怕打扰到封阳。沈妤在一具尸体跟前蹲下身，看着尸体的腿出神。封阳注意到她的动作，也过来查看。

沈妤指着尸体问："正常的尸体会胀成这样吗？"

"这具尸体的腿明显比其他两具的更肿大一些，只是尸体暴露程度也会影响尸体的腐坏，得上手才知道怎么回事。"

封阳话音刚落，背后却响起了谢停舟的声音："你看出什么来了？"

沈妤回头看他一眼："我不太确定。"

谢停舟："你尽管说。"

沈妤道："不知道你有没有听过三绝腿？"

谢停舟微微颔首："三绝腿出自鬼家，又称鬼家三绝腿，只是后来鬼家卷入了一桩案子之后没落了，三绝腿也就失传了。"

他顿了顿："听说鬼家因不满朝廷判决选择落草为寇，不过传言而已，也不可尽信。"

沈妤点头："三绝腿并没有失传，洛州陆氏就有一名护卫出自鬼家，并且传言鬼家落草为寇也是真的。"

谢停舟并不知道这几人的来路，因而也不解其中的联系。

沈妤起身说："这几人的腿似乎和常人不同。"

她抬手　指："三绝腿绑腿的绑法也和其他路数不同，但肿胀得太厉害绑腿已经看不太出来了。"

"你怎么知道得这么详细？"封阳头也不抬地问。

沈妤不接话，封阳便明白了有难言之处，并不追问。封阳已经开始验尸，谢停舟抓住她的胳膊，拉着她站稍远了些。沈妤只顾着思考，并没有注意到。她说："若是能早几天发现就好了，就能看出是不是鬼家的三绝腿，练三绝腿者下盘稳固，腿与寻常练武之人有所不同。"

封阳手指压过小腿，全神贯注道："更为健硕，小腿鼓如腰菱。"

"没错。"沈妤道,"还有膝盖,也会因常练腿法而变形。"

她自幼喜爱武术,什么都想试试,但三绝腿她碰都不碰,原因就是练三绝腿太丑,下盘壮得跟牛似的,她一个姑娘家,骨子里还是爱美的。谢停舟看着她的侧脸,她的瞳仁里映着烈烈火把,她认真起来的时候,整个人身上都散发着一层耀眼的光。

封阳拉开尸体的衣物,谢停舟一眼扫过,侧移了一步正好挡在沈妤面前,沈妤一下回过神,抬头望向他的脸,四目相接之间,有什么在心头轻抚了一下,令她瞬间不自在地别开了脸。这时封阳道:"三人尸身躯体完好,胸腹后背不见伤痕,只有脖颈处伤口长约三寸,深可见骨,若无意外三人的死因都是一刀封喉,但还需剖尸才能确认,二位还是去马车上等吧,验出结果我再禀报。"

"不用剖了。"沈妤说。

谢停舟侧头:"你大晚上跑来乱葬岗,不想知道他们的死因?"

沈妤思索片刻:"我大晚上来只是来确认这几人的身份而已,至于他们怎么死的我并不关心。"

"那就回吧。"

尸体重新扔回乱葬坑中,一行人打道回府。谢停舟踏上车辕,进马车时忽然回头,对沈妤说:"上来。"

来时沈妤是骑马,她猜到谢停舟应该还有诸多疑问,于是将马缰丢给其他近卫,利落地上了马车。

马车摇摇晃晃往盛京城驶去。沈妤靠着车壁,将自己所知信息一一同谢停舟说了一遍。

"怀唐县山匪横行,这些年围剿了数次也没能清除,齐昌府和怀唐县一样,不是什么富庶的地方,落草为寇的山匪定然也不少,可这些年来却相安无事,从未听过齐昌府闹过匪患。

"其中有两种可能,一是官府与其勾结隐匿不报,二是他们是义匪。"

匪者分二,一种是烧杀抢掠无恶不作,只为敛财。还有一种是走投无路虽沦为山匪,却并未泯灭良知,劫掠是不得已而为之,因而多半挑些为非作歹的恶霸和富绅下手,偶尔还会接济周边的穷苦百姓。早些年便出过这么一群山匪,官府念其虽落草为寇却心存善念,因而将其招安,一部分充入军中,一部分分田留守。

"你怀疑他们是义匪?"谢停舟撑着头问。

沈妤不知该如何解释,她总觉得粮草在齐昌府被盗有些奇怪。一群名不见经传,连朝廷都没有想要剿的山匪,忽然之间就敢劫朝廷的粮草了,完全没有一个循序渐进的过程。沈妤忽然掀开帘子问:"三福呢?带他过来。"

三福被近卫带过来,他二人不会骑马,来时和回程都是近卫骑马一人带一个。近卫将三福放下来,沈妤跳下马车,"唰"一下从一名近卫腰间抽出刀。三福吓得拔腿就跑,又被近卫揪着领子扔在地上。

三福倒在地上瑟瑟发抖,嘴里一直念叨着:"公子饶命,公子饶命。"

四喜连忙跟着跪地求饶："公子，我哥是做错了什么？"

沈妤扶刀而立，刀尖插进地里，她紧盯着三福说："我说过我不听假话，你人不老实，我就割了你的舌头。"

三福额头一下下磕在地上："天地良心，我说的都是真的。"

"你说几人凶神恶煞，粗鄙得很，对你们对伙计也是呼来喝去。"

三福顿时噤声，谁能想到随口说的几句话她竟然记得这么清楚，他连忙磕头："公子饶命啊，我那就是随口一说而已。"

沈妤微眯起眼："给你一次机会重新说。"

三福的心思不难猜，故意把人说得坏一些，最好是罪大恶极，这样就更不会有人为他们抱不平，也不会去追究他偷窃别人的刀剑。他匍匐在地上不敢起来："他们虽然看着凶神恶煞的，但是为人其实还挺和善，并……并没有对我们的伙计呼来喝去。"

"还有什么漏掉的东西？"

三福绞尽脑汁想了想，此刻恨不得把自己的脑袋挖开来翻。

"我想起来了。"三福忽然爬起来，"那几个人叫那个老头'脏叔'，我也不知道是哪个脏，其他的真没了，我们店来往的客人多，我也不能一直只盯着他们几个。"

沈妤看着三福，忽然提刀一砍。凌厉的刀风刮过面颊，三福吓得气都忘了喘，看着几缕头发簌簌落下来。

沈妤冷声道："回去之后管好你的嘴，管不好我就来替你管，学学你弟弟。"

沈妤把刀插回近卫的刀鞘里，返回马车，同谢停舟继续之前的话题："三福说他们是进京来告御状的，面露凶相却为人和善，说不定真的是义匪。"

谢停舟眉头顿蹙："你的意思是，你怀疑三绝腿鬼家人落草为寇说不定就是去了齐昌，而现在鬼家人出现在京城要告御状。"

沈妤思绪纷乱，脑中有许多条看似毫无联系的事件被她联系在一起，搅作一团，明明快要连成一条线，却始终觉得哪里有漏洞。谢停舟望着桌案上晃动的一星灯火，幽幽地说："我们不妨假设你的猜测是正确的，你何时听过山匪劫了粮草后竟敢进京告御状？鬼家人身为山匪却敢豁出命进京，为什么？"

谢停舟的声音倏地停了，他猛然看向沈妤，沉声道："因为他们已经听说了年后朝廷要派兵剿匪，可若是他们根本没有劫过粮草呢？"

沈妤脑中一道惊雷劈过，浑身的汗毛都竖了起来，这样的话，一切就看似合理了。

齐昌府境内的山匪并未抢劫朝廷的粮草，在听说朝廷派兵剿匪后冒险进京告御状，却在搭上某位大人的一条线之后被人灭口。灭口之人与他们相识，说明那位大人牵涉了粮草案，才想要杀人灭口。一旦剿匪成功，齐昌府的山匪到死都得替人背上这个罪名，届时真正牵涉粮草案的人就可以高枕无忧。

齐昌山匪没有劫粮草，那粮草呢？到底去了何处？

谢停舟见她满目骇然，倒了杯茶递过去："多想无益，先派人去打探一番。"

沈妤自然地接过茶喝了一口："可是出了正月，剿匪就会被提上日程，不论谁去，齐昌府的山匪都没有活路，届时证据消失，真相就会被掩盖了。"

他听出了她的失落，眸光深了几许："若一切真相大白，大仇得报，你之后还有什么想做的事吗？"

杯盏刚好捧到嘴边，沈妤端着茶愣住。她没有想过这个问题，自梦醒后，她的一切轨迹都在被命运牵着走，先是想救下父亲和兄长，之后是想替他们报仇。若是真的报了仇，支撑她走到现在的支柱似乎就没有了，那她又该何去何从呢？

"或许。"她吐了口气，"或许我会去往洛州吧，去陪外祖母，之后也许会浪迹江湖。"

她摇了摇头："现在我也不知道。"

谢停舟深深地看着她的脸，见她忽然看过来。

"你呢？"沈妤问，"你以后想要干什么？"

谢停舟默了片刻，敛眸盯着灯火，忽然笑了："我能干什么？在京中继续做一个质子吧。"

夜里寂静又凄凉，唯有马蹄踏过干草，发出窸窸窣窣的响声，沈妤忽然从他的笑容里看到了莫大的悲哀。

"别用那样的眼神看我。"谢停舟没抬眼，却依旧能感受到她落在自己身上的目光。

他一手支额，一手转着手中的茶盏，眼中那种邪气似乎又涌上来了："质子有什么不好？我身后是北临大军，他们忌惮我却不敢动我，还要恭恭敬敬地称我为世子。"

沈妤清楚地记得，上一次见到他这样的眼神，还是在他们上京途中遇险，他晕倒在她肩上之前，眼里也是闪着同样疯狂的光。

"可你被困住了。"

谢停舟转茶盏的动作顿住，他将杯子放回桌面，忽然倾身，盯着她的眼睛问："你不知道自己想干什么？那要不要和我一起困在这里？"

他们第一次离得那么近，两张脸相距不到一拃，沈妤的心跳忽然加快，仿佛挣扎着要跳出嗓子眼。她平复着呼吸，在他凌厉的目光中败下阵来："谁都不该被困在这里，你应该像白羽一样，翱翔在天空里。"

谢停舟靠了回去，脸上挂起一个漫不经心的笑，仿佛方才的一切都只是玩笑。

"谁说白羽不是被困住了呢。"他说。

沈妤道："困住它的是它自己，它甘愿留在你身边。"

此刻的她不会想到，有一天这句话竟然会在她自己身上应验。

"主子。"马车外忽然响起了近卫的声音，"已经到城门附近。"

谢停舟轻飘飘地"嗯"了一声，掀开帘子朝外望去。

这里并不是上次进京时在城外休息的地方，近卫刻意找了个安静的林子附近露宿。不消吩咐，近卫就自顾自忙活起来，很快就找来干柴点起了火堆，又烧了热茶送上马车。

三福和四喜龟缩在火堆旁，他们知道马车内的那位不是一般人。之前在乱葬岗两人曾偷偷看过那位的样貌，生得惊为天人，举手投足间都是与生俱来的贵气，是他们这些人一辈子踮着脚都摸不着一丁点儿衣角的人物。四喜提醒道："今天公子削了你的发就是提醒，旁的事咱们也不要过问，只管拿钱为公子办事就好。"

他压低了声音："今日这阵仗你也看见了，哪里是一般人的排场，你可千万要管好自己，咱们一家六口的身家性命都系在裤腰带上呢。"

三福早被之前那一遭吓得没了心气，只敢点头说好。

沈妤在马车里觉得憋闷，更重要的是，她如今觉得和谢停舟待在一起很危险。他似乎有着一种特殊的力量，会在无形间消磨掉人的意志，让她觉得就这样吧，这样也很好。可她还有大仇未报，仍须砥砺前行。

"我下去透透气。"沈妤没敢看他，出了马车又把车门轻轻掩上。

近卫围坐在马车四周，篝火也被围在中间。沈妤扫了一圈，找了个离人群较远的空位坐下，开始一步步整理起自己的思绪。如今能确认的只有两点，那就是死者是鬼家人，鬼家人也确实落草为寇，这是她从前在洛州就知道的消息。适才和谢停舟的所有推测和分析，都没有实质性的证据，但如今人已经死了，并没有任何证据能表明他们进京告御状事关粮草被劫一事。但也并不是全无办法，不是还有个活口，那个叫脏叔的老头吗？

身旁忽然落下个人影，打断了沈妤的思绪。封阳坐下后问："你怎么下来了？殿下身边得留个人伺候。"

沈妤看他："不如你去？"

"我可不行。"封阳摇头说，"我这双手摸过多少死人，我连殿下的杯子都不敢碰。"

仵作乃贱役，是下九流都看不上的路子，寻常人谁喜欢和死人打交道。幸亏是跟在谢停舟身边，自无人敢轻贱于他。沈妤在火光里翻看着自己的手，喃喃道："你摸过的死人，应该没有我摸过的多吧。"

封阳不信："你摸过多少？"

"几千？"沈妤想了想，又说，"或许上万吧。"

封阳惊呆了："你没事摸那么多死人干什么？"

"在战场上找人。"

封阳这才想起来，他听说过，沈将军的遗体是时雨在尸海里翻找了一天一夜才找出来的，可见那是多么壮烈的一战。林子里忽然安静极了，只剩下木柴烧得噼里啪啦的声音。封阳提起了不愉快的事，眼睛都不知道往哪儿放，目光不经意一转，落在时雨的那双手上。他定定地盯着那双手看了片刻，眼里闪出疑惑，又看向时雨的脸，忽然问："我能摸一下你的手吗？"

沈妤一怔："什么？"

封阳一咬牙，不等她反应就一把抓住了她的手，捏了两下后，瞳仁瞬间变大，竟然一时没了反应握着忘了松。

"你们在干什么？"

两人应声回头，封阳看了眼自己的手，忽然倏地一下跳了起来："主子。"

谢停舟脸色低沉地扫过二人，只见沈妤一脸莫名，封阳眼神慌乱不已。他气压瞬间拉低，见状，周边近卫也都识趣地退下。谢停舟看向封阳："摸出什么来了？"

封阳头也不敢抬，嗫嚅道："摸出她是个女子。"

沈妤难以置信地睁大眼，她扮男子这么多年，仅凭摸一下手就被断定是女子还是头一遭。

"明白了？"谢停舟这才看向她，"既要扮男子，就该谨慎一点，怎可随意把手给人乱摸？"

沈妤："我没随意。"

封阳："我没乱摸。"

两人齐声反驳。封阳辩解完就觉得自己怕是要完。之前还说自己这双摸死人的手连殿下的杯子都不敢碰，结果转头就摸了殿下的人，还被殿下抓个正着。

天要亡我矣。

沈妤好奇道："仵作这么厉害吗？光摸一下手就能知道。"

面对这样的夸赞，封阳难免有些得意，若不是谢停舟就在身边，他尾巴已经翘起来了。

"其实光凭摸手通常是不能完全确认的，只是你的手摸起来小且软，我便……"他话未道完，瞥见谢停舟微抬了下眉梢，似是不爽，不妙！

"属下现在就滚。"说着没等谢停舟发话，他便踩着枯叶一溜烟跑了。亦无须谢停舟提醒，封阳会管好自己的嘴。

谢停舟半垂着眸子睨她，沈妤被他看得极不自在，原想和他硬刚，却不由自主地侧开脸。"怎么一副做了亏心事的表情？"谢停舟见状，不由得问道。

沈妤回头看他："我哪里亏心了？月色独好，我偏过去看看不行吗？"

谢停舟唇角微微一勾："跟我来。"

今夜的月色确实好，两人的影子一前一后落在满是枯枝败叶的林间。越走越远，沈妤也忘了提醒，望着谢停舟挺阔的背影入神，这样世间少有的男子，不知以后会娶一位什么样的姑娘。应当也是举世无双、琴棋书画样样精通的小姐，才能与之相配吧。穿过树林，忽然传来流水淙淙的声音。

"到了。"谢停舟语气微微放松，"原来我没记错。"

溪水不宽，约莫丈余，水面波光粼粼，月影被风碎成了无数片，清凌凌的碎月浮动在水面上。

"你从前来过吗？"沈妤走到溪水边。

"来过。"

"什么时候？"

谢停舟垂眸望着水面，眸色渐渐加深："很多很多年以前。"

沈妤并未发现他语气中的异常，蹲下身把双手泡在水里。溪水很凉，冰凉的触感穿过指缝间。

"有鱼！"沈妤忽然抬起头。

"嘴馋了吗？"谢停舟问。

沈妤点了点头，掏出腰间的匕首目不转睛地盯着水面。

"天还太凉，别下水。"谢停舟在她身后说。

她被这句若有若无的关心闪了神，一条鱼从水底偷溜了过去。那月色美则美矣，可不知为何，晃得人看不清东西，只觉得满目都是碎月，也不知道晃的是眼还是心。她片刻就失落地收了匕首："算了，晚上看不清。"

谢停舟略微思索了片刻，然后抬手打了个哨。片刻之后，一声尖啸冲天而起，白羽在夜幕中俯冲下来。

从谢停舟身边"唰"一下擦过，旋了个圈后绕回来落在他的手臂上。谢停舟摸了摸它的羽毛，说："今晚有没有的吃，就靠你了。"

白羽似乎听懂了他的意思，忽地振翅而起。它在空中飞了半圈，眼神锐利地盯着水面看了须臾，突然间俯冲下来，飞行在水面上空，向水下俯冲，那动作快如闪电，扑扑棱棱，离水时爪子上已经抓了一条鱼。白羽脚不落地，鱼落在岸边的草地上，转头又飞去了河上。

沈妤上前抓起那条还在扑腾的鱼："你看。"

那鱼尾摆动间拍了她一脸的水珠，她皱着鼻子别开脸躲，眼角笑成了一弯月。谢停舟盯着她的笑脸，揉碎的月光落在她脸上，有一瞬间，他竟被这样的笑容刺伤了眼，心中生出了苦恼。笑得这么好看，怎么才能让她一直这样笑着呢？

河边点起了火堆，火堆上架着四条巴掌大的鱼，熏烤间飘出了香味。沈妤盯着鱼翻烤，一边说："这样的鱼没有调料也能烤得很香，若是再用豆腐煮上一碗鱼汤就好了。"

她说完抬眸，原以为会看见赏月或是观火的谢停舟，没承想却正好撞上了他的眼。谢停舟坐在她对面，他在看她。那双沉黑的眸子里映着火光，燃烧在瞳仁的最深处，像能将人燎成灰烬一般。沈妤赶忙收回了目光，盯着鱼发呆，她今夜失神的次数实在是有些多了，为什么？

"再不翻就煳了。"谢停舟开口提醒。

沈妤赶紧将鱼翻了个面，找句话说："那只黑豹呢？好久没有看见它了。"

谢停舟收回目光，往火堆里添了根柴，说："苍和白羽不同，还保留了一些野兽的习性，院子里进出的人太多，担心它攻击人。"

"哦。"他忽然笑了下，"要是放它出来，它第一个攻击你那条狗。"

黑豹的领地意识非常强，往往会利用自己的气味来划分区域，一旦出现其他动物的气味，就容易引发攻击性。沈妤点了点头，看着其中一条鱼已经烤好了，拿起来递给谢停舟。

谢停舟顿了一息，伸手接过了那条树枝穿着的烤鱼。似乎和她一起，他就在不停地降低自己的底线，住过从没住过的茅草屋，穿过从未穿过的粗布麻衣，啃过最硬的馒头，如今又吃上了连盐都没有的烤鱼。

谢停舟自嘲地笑了下，用手撕下一块鱼肉放进嘴里。

"怎么样？很香吧？"

谢停舟望着她亮晶晶的眸子，缓缓点了点头。

四条烤鱼，一条谢停舟吃了，剩下三条落入了沈妤腹中。白羽也在一旁收拾完了两条鱼，爪子和鹰喙上都沾了血迹，谢停舟掏出一张帕子在水里拧了，给白羽擦鹰喙和爪子。

沈妤在一边看着，问："我能摸摸它吗？"

谢停舟朝她伸手："手给我。"

沈妤小心翼翼地将手放进他掌心里，入手的一瞬，谢停舟想起了封阳那句话，她的手又细又软，只是掌心和虎口都有薄茧，那是常年握刀留下的痕迹。谢停舟失神片刻，手指移动到她的手腕上，带着她接近白羽，手慢慢接近，白羽立时看过来，一双鹰目凛凛，冷如霜雪。

沈妤下意识往后一缩，谢停舟掌心微微用力，握住不放，带着她的手覆在白羽的羽毛上。它背上的毛很厚实，层层叠叠排列如鱼鳞，手感很好。沈妤第一次摸到海东青，眼里满是欣喜："我常看你摸它的头和前胸，为什么我是摸它的背？"

问题问出口，原以为他不会回答，却听谢停舟温声道："架鹰人摸它的头顶、前胸帮它梳理羽毛，是在增进鹰对人的信任感和感情，如今只是成了习惯罢了。"

沈妤点了点头，手轻轻往回抽，感觉到谢停舟也轻轻松开了手，离开了他的桎梏，才觉得手腕被他抓过的地方烫得那样厉害。沈妤把手背在身后揉了揉，觉得那一块仿佛要烧起来一般，于是她蹲下去，将两只手都浸泡在冰冷的溪水里，温度降了下来，她撑着水下的鹅卵石一动不动，在水面上隐约看见谢停舟扬起了手，白羽在他臂间展翅。沈妤动了动，波光让画面顷刻间乱了。

他蹲了下来，就在她的身边，也朝着水中伸出了手，两人的小指就这样在水中猝不及防地相遇了。说不清是有意还是无意，谢停舟的小拇指就这样轻轻地压在了她的小拇指上面，但两个人都没有动，水面渐渐平静了下来。

他们在倒影中看到了对方的脸。那种令人消沉、让人浑身放松的感觉又来了，沈妤抿了抿干涩的嘴唇，咬了咬牙，忽然站了起来，手上的水滴滴答答落在岸边，她不自然地说："我有点困了。"

听着她的脚步渐渐走远，谢停舟才缓缓起身，招呼着天上的白羽往回飞。

沈妤两日一出府，雷打不动，谢停舟知她心急，也不管她，总归她是个有分寸的人。

下午暗卫来报。刚一说完，谢停舟诧异地回头："她去了诗会？"

负责跟踪保护沈妤的暗卫道："确实是春日诗会，和小侯爷一起去的。"

世家公子口中所谓的诗会，不过是聚众玩乐的一个借口，一堆纨绔聚在一起饮酒作乐，还有美人相陪。

暗卫见谢停舟脸色沉了沉，忙又补了一句："并非世家开办的诗会，而是在岑山书院。"

这下谢停舟更为诧异了，岑山书院乃百年前崔丞相所开，是一所义塾，里面多是付不起束脩但资质上佳的寒门子弟。裴淳礼一个成日吃喝玩乐的高门贵子，去岑山书院干什么？他能听懂吗？谢停舟沉思，若不是裴淳礼想去，那就是沈妤想去了。或许是书院有她的旧友，谢停舟如此猜测，可暗卫下一句便推翻了这种可能。

"已经连着去过第三次了，殿下说过若无特殊无须通报，是以今日才来汇报。"

谢停舟指背抚了抚白羽："你说她到底想干什么呢？"

声音极低，像是在同白羽耳语。

"下次再出现这样的情况，可要拦下？"暗卫试探着问。

谢停舟淡淡道："不用了，若非性命攸关，你们不必出手，若连小事她都解决不了，那她也不是……"

不是沈妤了。

过了正月，草长莺飞，白羽从鹿鸣轩飞回来，落在了窗棱上。谢停舟从文书里抬眸看了一眼，问它："又和大黄吵架了？赢了吗？"

白羽鹰目圆睁，脑袋微微歪了歪。

"那就是没赢。"谢停舟笑了笑。

自那晚回来后，白羽肯让沈妤摸了，有时会从谢停舟的青朴居飞到沈妤的鹿鸣轩，然后和大黄吵上一架再回去。之所以说是吵，是因为大黄偶尔进出青朴轩，在知道白羽不会攻击自己之后，如今胆子越来越大了，白羽一进鹿鸣轩，它就冲着白羽狂吠。白羽无数次想将它抓起来再从空中扔下去摔死，奈何它主人看着不太好惹，而自己的主人似乎是个胳膊肘往外拐的。

谢停舟合上文书放在一旁，起身走到窗前，端起备好的肉准备喂白羽。正在这时，一名侍卫急匆匆穿过院子，走到窗前来报："殿下，那人又来了。"

谢停舟动作顿了顿，将快要喂到白羽嘴边的肉丢回钵中："白养你了，竟不知通报。"

"殿下是要过去看看吗？"侍卫问。

谢停舟思索片刻道："正好有件事情要知会她。"

谢停舟净了手，抬步往鹿鸣轩去。

侍卫赶忙跟上，说："他趴在院墙上，属下们也不敢推搡，怕把人摔了。"

"摔了就摔了。"谢停舟随意道，"摔断了腿有我顶着，你怕什么。"

侍卫垂首应声："是。"

谢停舟到的时候，裴淳礼正趴在围墙上和沈妤说谢停舟坏话。

"你瞧瞧我，为了见你做了多大的牺牲，如今京中都在传说我成日爬王府墙角，他谢停舟不让我进来，难道我就没有别的办法了吗？这围墙外面总归不是他谢停舟的地盘吧，我这叫红杏入墙。"

沈妤心道你可真会比喻，望着挂得跟猴似的裴淳礼笑："你这样你爹也不管你吗？"

"他不管我才好呢。"裴淳礼庆幸地说，"近日他不知道在忙些什么，一天到晚都见不着人，否则指定打断我的腿。"

沈妤若有所思，宣平侯应当是在忙着替太子稳固根基吧。梦中同绪帝死在秋后，之后是太子继位，若一切按照原来的轨迹走，同绪帝如今只剩下不到半年时间。裴淳礼嘴上不停："你明日休息吧？明早我来接你，带你去个好玩的地方。"

沈妤回过神看着裴淳礼，突然想起李霁风曾说——这盛京他最羡慕的不是太子，而是裴淳礼，宣平侯独子被宠得无法无天。他这三天两头在王府门口张望，百姓之间传了不知道多少闲话，也不怪谢停舟不让裴淳礼进门。裴淳礼是不管不顾，仍旧我行我素。

谢停舟则是："只要他再出现在门口，直接把苍放出去。"

裴淳礼被苍追过一次，那黑黢黢的大黑豹也忒吓人了，于是转而爬起了墙头。

裴淳礼踩着的梯子晃了晃，下头的近侍冷汗都快将后背浸透了，呵斥道："扶稳当了啊，摔到咱小侯爷，咱们几个脑袋都不够砍的。"

裴淳礼换了个姿势，斜倚着围墙说："这盛京真是无聊透了，狗都不待的地方。"

院墙内大黄吠了两声，表示赞同，盛京有白羽，它不喜欢。沈妤道："你先走吧，明日的事明日再说，我今天出不去。"

"要不你还是去我那儿吧。"裴淳礼对挖墙脚一事乐此不疲，"跟着我你又不用当值，吃香的喝辣的，你说你又没有签卖身契，到底为什么就是不走？"

侍卫天天面对裴淳礼挖墙脚，耳朵都听起了茧子，但又怕谢停舟听了发火，于是张口欲斥。谢停舟抬手，无声地阻止，他也想听听看她会怎么说。沈妤抛起手中的果子又接住："你管我，我乐意。"

谢停舟挑了挑眉，虽不是他想要听到的回答，但到底还算满意。

裴淳礼"哼"了一声："罢了，我也不劝你，我这几日趴得腰疼，今日就不久留了。"

"走吧走吧。"沈妤摆手。

裴淳礼慢慢悠悠往下爬，忽然想起来一件重要的事，又从围墙上探出头来，费力地将一个包袱放在院墙上，喘了口气说："对了，我今日给你带了好东西。"

沈妤不解："这么大一袋东西，都是什么？"

裴淳礼回以邪笑："别说兄弟我不想着你，这些孤本别人想借我都没借呢。"

沈妤没想到裴淳礼竟是个饱读诗书的："我没那么多时间看……"

不容她拒绝，下一刻——"接着！"

从天而降的大包袱，饶是沈妤瞬间将果子咬在嘴里，腾出双手才接下。见投送到位，裴淳礼冲她眨了眨眼："留着慢慢看，可都是宝贝呢。"说完，便从围墙缩了下去。

沈妤抱着包袱放在石桌上，从里面翻出一本，刚打开一页，她便如同看到什么可怕的东西一般瞬间合上，裴淳礼这个狗东西，竟给她带了整整一包污秽之书。沈妤当场有给他一把火点了的冲动，可想到裴淳礼那般宝贝，又忍了下来，将包袱捆好抱着转过身，顿时吓了一跳。

谢停舟不知什么时候已站在了她的身后。

"你什么时候来的？"沈妤想说这句话，刚一开口，嘴里咬着的果子便掉了下去。

谢停舟眼疾手快伸手一接，目光落在她手中的包袱上。

"他只是给我带了几本书而已。"沈妤不自然地说。

"我没问。"谢停舟看了一眼手中的果子，上面两排整齐的牙印，问她，"还吃吗？"

沈妤摇头。

谢停舟丢给大黄，拿出帕子擦了擦手，沈妤分明在他掌心看见了水光，只有一种可能，是她的口水。脑中不知为何浮现出刚才书上一闪而逝的画面，只觉得面颊如同被火点燃了一般。谢停舟扫过她发红的耳朵尖，以他所了解的她脸皮厚的程度，脸红这种事不应该轻易发生在她的身上。沈妤不自在地侧了侧身，抱紧了怀里的包袱往书房跑去。

鹿鸣轩原是用于接待客人的院子，因而配备齐全，书房浴房小厅偏厅应有尽有，沈妤进门左右看了看，想着这么一大包东西该藏在何处，书房是最好的地方，二丫打扫时也不敢随意翻动。她略一思索，拆开包袱将那些不正经的书夹在了正经书中间，从外观上完全看不出来，这才拍了拍手出门。

谢停舟并未离开，而是留在院中逗狗。沈妤在门口站了片刻，像是有感应一般，谢停舟回过头。

"殿下特意过来是有事吗？"沈妤走过去。

自那晚回来后，两人都没提过那晚的暧昧与旖旎，仿佛谁都没有发现那不经意的触碰。二丫端了茶来，谢停舟摆了摆手，等二丫走远了才说："燕凉关一案已经拖了太久，国子监的学生们已经坐不住了，今日一早跪请在承天门外，宫门口也跪着寒门子弟，到现在还未曾散去。"

"同绪帝迫于压力，定然会命三司速判，但具体如何判，还是看同绪帝的意思，应当就是这几日了。"

沈妤若有所思道："此案本就不宜再拖，否则十万英灵如何安息。"

谢停舟目光加深，忽然抬眸望向沈妤："是你做的吧。"他几乎是用了肯定的语气。

沈妤佯装不知："殿下什么意思？"

谢停舟薄唇微启，刚想说话，又吐了口气，起身道："跟我来。"

两人走到鹿鸣轩的书房，沈妤自觉地闭上了房门，轻呼出一口气，站在门口没动。这个地方，谢停舟已是多年未曾踏足过，他扫视过墙上的画。

"身为帝王，最不能容许的就是有人自以为聪明，凌驾于皇权之上，皇帝怎能允许自己被人牵着鼻子走。"

沈妤默了默，这一刻，她忽然不想辩驳。

谢停舟转身看她："不说话了？不是安排得很漂亮吗？先是去崟山书院参加春日诗会，挑动寒门子弟，寒门子弟一旦起事，国子监的岂能坐得住？"

"你打得好算盘。"他目色微凉，一步一步走近她，"我该说你聪明还是该说你笨？你让他们去当出头鸟，逼得皇帝下不来台，你以为同绪帝看不出来是有人在挑事吗？"

"你……什么时候看出来的？"沈妤涩声问。

"今日。"谢停舟之前就觉得奇怪，她接连去了三次崟山书院，他原以为书院里有她的旧友，直到今日寒士和国子监的学生齐齐动作，他才猜测她在中间起了至关重要的作用。

他当真是小看她了，知人善用，仅凭一己之力就能掀起如此大的动静。谢停舟已经站到她面前，微敛的眸子里暗藏锋芒。他问："一旦查到你身上，你又该如何应对？"

沈妤被他困在逼仄的空间里，一仰头就是他的气息。她转开脸说："我很谨慎，不会查到我身上，就算真查到我身上了，我也不会连累你，到时候你把我推出去，就说受我蒙蔽。"

谢停舟的呼吸蓦地重了，下颌紧绷，被她这句话气得太阳穴突突地疼，她以为他在乎的是会不会被连累吗？

"沈妤。"他捏着她的脸转过来，与他四目相对。

"你以为我怕受你连累？这事就算是我做的，同绪帝岂敢动我，可他会动你！"他忽地扬声。

沈妤的双眼突然被他眼中的东西给灼痛了。她的手掌贴着身后的门，手指蜷缩起来，指甲在门上刮出轻微的响声。

"你在紧张。"谢停舟步步紧逼，"你紧张什么？"

那晚月下的滴旋，他们心照不宣，彼此不多一言，只是今日忽然就有点失控了。

沈妤咽了咽口水："我紧张既能被你发现，那别人也有可能发现。"

谢停舟放开她："现在知道怕了？"

他捻了捻袖下的指尖，细腻柔滑的触感经久不散。

沈妤抿了抿唇："我是怕连累你。"

"巧言令色。"谢停舟嘴上训斥，眼神却一下软了下来，"只知前路却不知善后，还要人来替你擦……"

"擦屁股。"沈妤接上他没说完的话。

谢停舟垂眸看着她，个子刚过他肩膀，还是个没完全长开的小姑娘："善后的事已替你做了，只是你接连去峇山书院，那里的人定然已经认识你，短期内少出门走动，谨防被人盯上。"

沈妤乖巧应声，走近了说："我还有一事想问。"

谢停舟："何事？"

"今日这事闹得大，那些寒士没事吧？"她虽把那些寒士拉进这一环，但她到底不是冷情之人，心里多少有些担心他们的安危。

"你说呢？"谢停舟侧头斜睥她一眼，"皇帝岂是那么好拿捏的？上千寒士逼迫他下令，哪个帝王咽得下这口气。"

"可是……"沈妤皱眉道，"皇帝一旦下令责罚，必会引起民愤。"

谢停舟不禁多打量了她两眼，可见她并非瞻头不顾尾，是经过一番思量的："我倒是没能看出来，你竟能说动朝臣和寒士一同请愿。"

沈妤怔了一瞬："还有朝臣？"

谢停舟已从她意外的表情中看出她似乎对朝臣请愿一事并不知情。两人飞快地对视了一眼，沈妤刚想开口，谢停舟似已知晓她想说什么，先一步颔首："没错。"

恐怕是有人比他们更加着急，急着让这个案子早些了结，而那些朝臣便是对方借机给同绪帝施加的压力。

"你到底同那些寒士说了什么？"谢停舟问，"他们受到威逼也没退。"

沈妤说："说来你可能不信，我并没有说任何煽动性的言语，不过是把我在边关的所见所闻略讲了一些罢了。"

并非煽动，而是那些寒士心中，本就抱着一颗正义之心。文人虽不能上阵杀敌，但文人的笔如同武者的刀，有时甚至比刀更为锋利，国难当头，身为大周子民岂能坐视不理？

谢停舟赞同颔首："成大事者，若是因于一些琐碎与小节，只会止步不前。"

"可我能成什么大事呢？"

沈妤苦恼地轻"啧"了一声，趴在桌上说："你说奇不奇怪，我爹总在梦里说我能救下更多的人，可我不知道我还能救谁。"

谢停舟道："巧了，一位高僧也曾和我说过同样的话。"

"真的？"沈妤惊奇道，"那你救下了吗？"

谢停舟斜她一眼："你说我救了你多少次？"

沈妤撇嘴："殿下的大恩大德，沈妤无以为报。"

谢停舟轻哼了一声："无以为报，便不准备报了？"他缓步踱至书架前，指尖从书架上一一划过，那手指修长如玉，指间有薄薄的笔茧，一看就是养尊处优惯了。

"并非不报。"沈妤从他手上收回目光，想了想说，"只是你什么都不缺，而我拥有的却不多，不知道能给你什么。"

谢停舟划动的手指停住，他侧头看过去："你怎知你有的就不是我想要的？"

"是吗？"

"是。"谢停舟目不转睛地盯着她的眼。民间常言无以为报便以身相许，她若是以身相许，倒是觉得占了谢停舟便宜。

沈妤瞳仁轻轻转了转，思索片刻后，重重点头："我明白了。"

"你明白什么了？"

沈妤有些不好意思地说："但我现在还不能给你。"

谢停舟呼吸一下轻了，心里有些许紧张，解释道："我并非挟恩图报，逼迫于你。"

"我明白的。"沈妤说，"只是我如今带在身上的银票不多，小钱殿下定然看不上，盛京的铺子也不便支取大笔的银子，待我修书一封送往——"

"沈妤！"谢停舟出声警告。

沈妤一头雾水："怎么了？"

谢停舟冷笑："你准备用多少银子来酬谢我？"

沈妤正色道："殿下的大恩大德，再多的银子也无以为报，我准备拿一百万两当作酬谢，你若是嫌少的话，还可以往上涨涨。"

"沈小姐出手就是百万，这么大的手笔，我怎敢嫌少。"

百万是多少？大周在开平年间一年的税银为一千五百万两至两千万两，那是大周的鼎盛时期，已是两百年前的盛况。如今一朝不如一朝，去岁整年的税收还不到五百万两，国库亏空巨大。她张口就是百万两银子，一百万两能养活边境多少将士了，可见洛州陆氏已经富裕到了何种程度。沈妤又不傻，听得出他这句话的好赖，赔笑说："就是薄有家产而已。"

谢停舟抬手压了压眉心。

"你又头疼了吗？"沈妤连忙问。

是，头疼，给她气的。谢停舟觉得自己需要缓一缓，明明如此聪慧的人，怎么现如今却如木头一般。

"要不要叫大夫？"

谢停舟："不必。"

沈妤见谢停舟并没有脸色不佳，倒瞧着还有些好，放下心来："我外祖母也时常头疼，大夫说人年纪大了就是这样。"

谢停舟放下手："你到底是在安慰我还是在讽刺我年纪大？"

沈妤连忙解释："我没那个意思。"

谢停舟吐了口气望向窗外，这几日盛京频频下雨，窗户的明瓦上都结了潮气。他又抬手摸了摸书架，随手从里面抽出一本来。沈妤抬起眼皮扫了一眼，垂下眼帘时忽然想起不对，她放的那些书还夹在里面，谁知道谢停舟抽到的是哪一本？

"别——翻——"沈妤大声喊道。眼前的一切仿佛都放慢了速度，她看到谢停舟修长如玉的手指已经捻开了书页，然后薄冷的眼皮徐徐掀起，朝着她看过来。

谢停舟刚一翻开书，只见一个人影撑着书桌从上面一跃而来。谢停舟下意识觉得不对，在沈妤伸手来夺书时手一抬："干什么？"

沈妤慌张地抬头看着她够不着的书："这书不好。"

谢停舟半笑不笑："这书怎么个不好法？"

"这书潮了，没晒过，回头我晒干了再给你看。"

沈妤想抢，谢停舟却把书藏到了身后，她往左，他便往右藏，她往右他便往左。谢停舟直觉这书没那么简单，举起来随意翻开一页，垂眸笑睨着她。沈妤头也不敢抬，心道丢人丢大了，就听谢停舟问："担心我笑你看话本子？"

沈妤暮地抬起头，愣了一瞬后点头："是啊，怕你笑我不务正业。"

谢停舟随意翻了两页，书一合，放回了书架上。沈妤松了口气，担心谢停舟继续翻，赶忙从桌上倒了杯茶递过去："殿下喝茶。"

谢停舟接过来，扫了一眼茶盏："无事献殷勤非奸即盗，是下了毒还是有事相求？"

"就没别的可能？"

谢停舟眼皮一抬："还有什么可能？"

"比如……"沈妤拉长了调子，"比如茶已经冷了，意味着我在赶客了。"

那石青色的身影一转，转眼就消失在了门口，只见他端着茶碗，喉间逸出笑来。

"没规没矩。"

寅时五刻，天还没亮，朝官开始陆陆续续上朝。宫门三重，朝官应在第一道门前下马。

首辅江元青年事已高，同绪帝特许他可乘马车进宫，但江元青为人一丝不苟，视礼法如命，从不享优待，日日都同其他朝官一起步行至宣辉殿。江敛之扶着江元青下了马车，江元青抬眸望去，宫门前跪了黑压压的一片。这些寒士从昨日上朝跪到现在，有些撑不住倒下的，已由人换了下去，中间留下些稀稀拉拉的空隙。昨日下朝时江元青便有过规劝，奈何他们不听，江元青摇了摇头，挣开江敛之扶他的手，背脊挺直地走向宫门。

"首辅大人！"人群中忽然传来一声呼喊，江元青回头，抬手制止准备开口的江敛之，扫过众人时目光沉稳且威严。一人从地上爬起来，跪得太久双腿麻木，跟跟跄跄地走过去，在离江元青三丈远的地方提起袍子重新跪了下来。

"首辅大人。"那名寒士背脊挺直，抬首道，"大周屹立数百年，出过无数位英雄将领，他们血洒边关，以骨血铸起了大周的铜墙铁壁。

"燕凉关战败数月，十万英魂无法安息，学生们受他们庇佑，奸佞一日不清，学生们夜不能寐。

"而今学生们在此跪请，请圣上给十万英魂一个公道。"

江元清沉声道："陛下必会彻查此案，你们如今在这里，是在逼迫圣上。"

寒士昂起头："既是彻查，奸佞入狱月余，为何迟迟没有动静？"

江元青沉默了，此事他在内阁议事时提过，陛下并未给出回应，君心难测，同绪帝如何想的连他们这些跟随多年的老臣也摸不透。寒士愤然道："也请世人都睁开眼，看看这大周摇摇欲坠的江山。"

"慎言！"江元青怒斥。

"奸佞当道，如不严惩，国法何存？！"

身后学生义愤填膺："国法何存！"

江元青冷声呵斥："你可知妄图左右圣上决议是何罪名？"

"学生知晓！"

江元青皱着眉，见那寒士缓缓起身，心中陡然觉得不对。

"武死战，沈将军先驱在前，文死谏，学生愿以血肉，唤醒沉睡的万千百姓！"

江元青怒目圆睁："拦住他！"

天色渐亮，青朴居外急匆匆奔来一人。

"殿下醒了吗？"来人张口就问。

近卫跟着他一道进门，边说："殿下昨夜睡得晚，不知醒了没有。"

行到院中，檐下的兮风和来人对视了一眼，转身轻叩门扉。

"殿下，宫里来消息了。"

屋内传来谢停舟疏懒的声音："进来吧。"

谢停舟刚醒，还未起身，拢着外袍坐在床沿。暗卫也分岗，有的负责保护安全，有的负责搜集情报，来人正是负责情报的暗卫。暗卫单膝跪地："那些学子昨夜一夜未散，今晨上朝时，一名寒门学子在宫门外叫住首辅江元青，一番慷慨陈词后，一头撞死在了宫门外。"

谢停舟捏眉的手倏然顿住："然后呢？"

暗卫继续说："进二重门时，又有一名国子监的学生撞死。"

谢停舟呼吸沉了沉，半晌没说话。

暗卫说："陛下被气得倒下了，宣了太医，罢了今日早朝，又下令明日早朝时殿审。"

殿审，意为把案子拉到奉天殿来审，皇帝和所有朝官一同听审——意味着同绪帝向数千士子妥协。

院中响起几人说话的声音，谢停舟听见其中一个声音，蹙了蹙眉说："让她进来。"

沈妤跨进门，谢停舟已起身，拢着衣襟从屏风后走出来："明日早朝殿审。"

沈妤睁大了眼："皇帝就这样妥协了？发生了什么事？"

谢停舟看着她："两名学生死谏，血洒承天门。"

沈妤愣了愣，眼睫缓缓垂了下来。谢停舟盯着她的脸，摆了摆手，兮风和暗卫立刻退了下去。

谢停舟悠悠道："你也不用因此而自责，大周数百年的根基，早已经烂透了，贪官横行，各地流民成千上万，你以为学生不清楚吗？燕凉关一案不过是个引子，那些学生死谏的并非仅仅是燕凉关，他们谏的是忠义。"

沈妤侧头看向谢停舟，其实她比自己想象中更为冷静。

"案子拖到现在，到底是查不清还是不能查？或是查出的结果不能公之于世？"

谢停舟眸光动了动，回头看向她，两人从彼此眼中看到了心照不宣。

沈妤走过去，仰头说："同绪帝既然下令明日殿审，那就是案子已经出了结果，可是，为什么拖到了现在呢？究竟是什么结果让他扛着众议也拖到了如今？"

"明日就能知道结果。"谢停舟安慰道，"如今猜再多也是徒劳。"

沈妤点了点头，思绪平静了一些，又想起那两名死谏的学子来："我想给那两名学子的家人一些补偿。"

"我说过，他们死谏是他们的选择，你无须自责。"谢停舟说。

沈妤摇头说："我不自责，人各有志，我不过是讲了边关实见，并没有做半分渲染，他们愿以仁心报国，我心中敬佩，所以我也愿出一分力，替他们照料家属。"

谢停舟缓缓点了点头，走到窗前望着那满院的苍翠，疾风籁籁卷过林间，带着一股肃杀之气。

"你看着吧。"谢停舟目色沉缓，"今日死谏只是一个开始，大周的遮羞布，就快要被撕开了。"

同绪一十八年二月初十，这是继同绪元年以来的首次殿审。

太阳才刚刚露脸，文武百官点卯上朝。谢停舟立在殿上，回头看了一眼。原户部尚书葛良吉被押上宣辉殿，狱中的日子已将他折磨得不成人形，重枷加身，进殿时他却挣开了架着他的狱丞，依旧挺直了背脊自己迈了进来。这是葛良吉此生最后一次进宣辉殿，他自己很清楚这一点。

殿审开始，殿中百官在大理寺卿一桩桩诉罪中骇然失色。

"前户部尚书葛良吉，勾结奸佞梁建方，残害忠良，致使燕凉关战败，你认是不认？"

葛良吉叩首点地："认。"

"同绪一十七年九月初十，骠骑将军沈仲安及云麾将军沈昭率兵出征燕凉关，你收买梁建方，让他务必令此战必败，于是勾结西厥，透露我方军报及布阵图，可有此事？"

殿中无人应声，所有人都朝着葛良吉看去。

"可有此事？！"大理寺卿的声音在殿中回响。

葛良吉缓缓抬头，皲裂的嘴唇微启，坚定道："没有。"

满堂哗然，连大理寺卿于宏义也大惊失色，没想到葛良吉竟敢当庭翻供，不由得转了转头，想向大殿上方的銮座上看去，但他忍住了，仅仅只是微微侧了侧头，又看向葛良吉。所有人的目光都放在当庭翻供的葛良吉身上，没人注意到他这个动作，除了谢停舟。谢停舟看向銮座上的同绪帝，年迈的同绪帝双唇抿紧，他怒视着跪在下面的葛良吉，眼中释放出无形的压力，就如同殿中的其他人一般。

谢停舟垂下眼帘，掩住了眸中的情绪。

葛良吉抬起头望向銮座，忽而扬声道："陛下，罪人葛良吉留有罪己书一封，望陛下允我自陈。"

同绪帝道："准。"

葛良吉道："同绪一十七年九月初十，骠骑将军沈仲安及云麾将军沈昭率兵出征燕凉关，我与沈仲安父子结仇多年，认为此次是除掉他的好机会，于是联合梁建方一起，设了一计。"

于宏义问："你与沈将军所结何仇？"

葛良吉道："所结何仇已在罪己书中详示，便不在殿上浪费陛下与诸位大人的时间了，但我并没有勾结西厥人，我只是让梁建方在粮草上下药，谁知粮草在路上出了问题，迟迟不到，导致此计划失败，于是梁建方自作主张勾结西厥人，此计也被识破，最终只能闭门。

"原本此战一败，只需算在西厥人头上，梁建方只需说闭城锁门是为了保关内百姓，此计定然万无一失，谁知北临世子带着青云卫赶到了。

"我担心事情败露，便在上京途中设伏，原以为已经灭了梁建方的口，谁知梁建方早就被世子从另一条路送进了京中。"

一番陈词与事件紧密相连，毫无漏洞，加上梁建方已死，似乎找不到任何可以反驳他的理由。

大理寺卿于宏义沉声问："你可有其他同党？"

葛梁吉默了片刻，仅仅这片刻里，大殿里落针可闻，众人连呼吸都轻了。

"没有，此案系我与梁建方二人合谋，没有其他同党。"

谢停舟似乎听见了殿中有人吐气的声音。不知何时，殿外下起了雨，巍峨高耸的楼阁挡住了雨，谢停舟却仿佛看见殿内的污浊浸入地底，将宣辉阁的梁柱泡出了腐色，这座大厦的底已经烂了，它要倾了吗？为何它仍苟延残喘地高耸着？

春雨渐渐化作急雨，殿审也进入尾声。官员的随侍不能进来，退朝后不少官员由小黄门送出承天门，也有不着急的，站在宣辉殿外望着这一场急雨。江敛之扶着江元青上了马车："祖父您先回。"

江元青似有话说，却只是叹了口气，将所有未尽之言都融进了那一口气里。祖孙二人无需多言，都明白其中之意。江敛之回头望着宫门高墙，在急雨如注里看到一人从承天门走出来，身后跟着一名撑伞的侍卫。

那人着一身鸦青色弁服，隔着雨帘望来时眼中说不出的疏冷。谢停舟是北临世子，规制不同，侍从能随他进宫。看见江敛之，谢停舟脚步微顿，而后径直走到了江敛之面前："江大人看上去似乎颇为困扰。"

江敛之转头望着宫门，客气道："琐事罢了，劳世子挂心。"

谢停舟打量着他："看来江大人今日有所不满。"

"怎敢。"江敛之看向他，"陛下圣裁，为人臣子怎敢有不满。"

谢停舟笑了笑，又往前走了几步，擦肩而过时，他悠悠说了句："我的意思是，江大人对我赶到燕凉关时晚了一步，难道没有任何不满吗？"

江敛之瞳孔剧缩，猛地回头望去，谢停舟已笑着离开，只留下雨帘中散漫疏淡的背影。江敛之心绪难宁，他沉沉地望着谢停舟的背影，沉声说："他知道发往北临的那封信出自我手。"

高进道："不知他是刚刚知晓，还是早就知晓直到如今才说？"

江敛之目色沉了沉："他应当早就知道，不过是引而不发，今日，他看出来了。"

今日的判决对江敛之来说，是有利的，前户部尚书一倒台，户部主事就只剩他，但他脸上没有任何喜色，眼中愁云密布。所以或许谢停舟只是在试探，因为他也弄不清江敛之那封信的目的到底是什么。

高进扶着江敛之上了马车："大人，我多嘴一句，既然大人要写那封信提醒，为何当初不干脆直接言明或是呈到御前呢？"

江敛之没有回答，车帘垂了下来，他靠着晃动的车壁想着，为什么呢？因为啊，因为他太贪心了，既想如那场梦的预兆一般，让阿妤顺利嫁给他，又怕她太难过，怕自己问心有愧。

所以这是挣扎之后的结果，他努力过了，江敛之这般告诉自己。

这雨一下，同绪帝的痹证又犯了，太医来了又去，也只能扎针暂时缓解痛苦。

"老了啊。"同绪帝靠着引枕说。

德福忙说："陛下如今正是如日中天的时候，这天下还得靠您撑着呢。"

同绪帝摇了摇头，怅然道："撑不住了，先帝将大周托付给我时，已经是一个烂摊子，撑不住，撑不住了。"

这话德福不敢接，捧了参茶递过去："陛下先润润喉。"

同绪帝接了，杯盏递到唇边，又放了下去："如今这个结果，算是安抚下来了，只是天下人未必肯买这个账。"

德福道："依奴婢看，陛下甭管这天下人买不买账，要所有人买账是不可能的，找些文人带带风向，自然就平息了。"

同绪帝端起茶盏喝了一口："还是要给沈家些恩典，现如今沈家还有些什么人？"

"也是惨，如今只剩下沈夫人和沈二姑娘了，据说那沈夫人前些日子莫名其妙疯了。"

同绪帝叹道："只剩下孤儿寡母，也不能给个官职，请封诰命，又是个疯了的，难办。"

"这事儿不难办，"德福笑着说，"奴婢愿为陛下分忧。"

"说吧。"同绪帝放下茶盏。

德福说："女子还是要嫁得好才算是好，陛下给她指一桩婚不就得了？"

同绪帝点了点头："倒有些道理，只是……"

"陛下是不是在烦指婚什么样的门第才算合适？"

"指低了，定要说我亏待了忠烈之后，指高了人家又未必肯娶。"

再怎么给恩典，沈家是已经败了。母族无人，对夫家没有任何帮助，门第高的多半会有怨言。德福笑道："眼下就有人能替陛下分忧，陛下长居禁中，应当没听过外界的传言，去岁九月，沈将军出征前，江夫人曾上门替户部侍郎江大人提亲，结果被拒了。"

"还有人会拒他江寂？"同绪帝转头诧异地看了德福一眼。

德福点头："江大人可是个重情重义的人呢，沈家出了这样的事，江大人还曾放话说，只要沈小姐愿嫁，他随时可以娶她进门。"

"有这事？"

德福点头："瑞敏郡主上回进宫，还同太后说起过这事，说是沈小姐自觉配不上江大人才拒婚，言谈间其实颇有爱慕之情，若是陛下开口，也算成了一桩美事。"

同绪帝茅塞顿开，江家势大，若给江敛之配一个门第高的小姐，他倒会担心两家强强联合，待他宾天之后，太子怕是压不住。

窗外雨打竹林，唰唰作响，谢停舟脱下朝服，换了常服，撑着伞走到鹿鸣轩。二丫搬着小板凳，和大黄坐在檐下看雨。

"时雨呢？"谢停舟问。

二丫站起来，理了理衣服，时雨总说她成日同大黄玩，都快玩得像个小叫花子了："时雨哥天刚亮就出门了，还没回来呢。"

谢停舟默了默，她应当是着急知道今日的殿审结果如何，所以早早去等着。殿审一结束，同绪帝便颁布了诏书，梁建方勾结西厥，虽死不能解其恨，诛其九族以儆效尤。葛良吉斩立决，尚书府抄家，官眷充为官奴，除三岁以下孩童，其余葛家上下千余口悉数流放。判罚说重不重说轻不轻，想必葛良吉当堂翻供也是为求这样一个结果，将勾结西厥的罪名推到一个死人身上，死人难道能起来翻案不成？

"她回来了让她去青朴居一趟。"谢停舟说罢，转身走了。

天色渐渐暗了下来，丫鬟进来点灯。

谢停舟问："她还没回来吗？"

丫鬟屈身回复："奴婢不清楚，这就去叫人进来。"

"没呢没呢。"长留人未到声先至，"我都跑了四五次鹿鸣轩了，时雨他一直都没回来。"

谢停舟侧头望了一眼窗外，这场春雨像是无休止一般，从早晨下到现在仍旧没有停歇的意思。她对今日这样的结果应当是既无言，又无力吧。

直到天色黑透，沈妤也没有回来。街上的青石板路都积了水，成衣铺子的伙计听到敲门声，从床上爬起来去开门。他手里拎着油灯，从门缝里看见外头停着一辆马车，还有几名骑马的护卫随侍两侧。伙计去北临王府送过东西，认识那是北临王府的马车，急忙开了门，就见门口立着个头戴斗笠的高个男子。

兮风问："你家公子可在？"

伙计道："公子不在，今日就没来过。"

兮风颔首，折回马车旁对着窗户回禀了。一行人在门口没动，等着主子下令，伙计也不敢关门。

过了一会儿才听见车内人说："出城。"

伙计忍不住说了句："这会儿城门都关了，怕是出不去。"

车上的人没回他，马车驶过店门前，那马车的帘子忽然掀了起来。

"若是她来了，让她回家等我。"

伙计忙点头，盯着那张如若神祇的脸半天没回过神来。马蹄踏在雨里，近卫身披蓑衣，却也被急雨浇透了身。还没到城门口，城门守卫厉声呵斥："站住！城门已闭，任何人不得通行！"

队伍停下，兮风一夹马腹又往前走几步，摘下腰牌扔过去："北临世子要出城，速开城门。"

守卫面露狐疑，接过腰牌一看，确实是北临王府的人没错。守卫对着马车拱手道："世子殿下恕罪，不见鱼符不能开门。"

"是吗？"隔着春雨，马车内的声音也不清晰，"你过来。"

守卫抬步上前，刚靠近马车，便觉颈上一凉，颈上的刀泛着冷光。

"现在能开了吗？"谢停舟问。

守卫一动不敢动，思索片刻后缓缓抬手，咬牙道："开门。"

一行人从大开的城门疾驰而去，守卫立刻翻身上马："闭门，我去向校尉大人禀报。"

沈妤沿着山路往下走，雨渐渐小了，她的伞早不知被吹到了哪里。雨兜头浇得满脸，她抹了把脸，继续往山下走。拐过松林，她倏然顿住脚步，看见了小路上的一行人。火把被雨浇得要灭不灭，中间簇拥着的那个人撑着伞，抬眼间，也停下了脚步。

沈妤望着他，半晌，她勾了勾唇问："你怎么来了？"

谢停舟温声道："下雨了，我来接你。"

霎时，内心的急雨都化作春雨连绵，沈妤嘴唇抖了抖，眼角一酸，忽然想落泪。谢停舟上前，把伞递给她，解开身上的披风披在她肩上，又从她手中拿回伞，抓住她的手腕，牵着她往山下走去，动作那样自然。沈妤垂眸看去，他的袖子很大，盖住了两人的手，那袖下交握的地方，如同钻入了一根丝线，沿着她的血脉一路蔓延，不知捆到了哪里。

马车停在山脚，上车后谢停舟才仔细瞧她的脸。她整个人像是刚从水里捞起来一般，头发湿湿缕缕地贴在脸上，唇色泛白。已经入了春，马车内早就不备暖炉了，一路赶来找她，桌上的茶也凉了。

"下雨怎么不知道打伞？"谢停舟问。

"打了，被风吹走了。"语气听着有些委屈。

同绪帝刚发了诏书，衙门就贴了布告，沈妤知道了判决。葛良吉和梁建方是燕凉关战败中的一环这一点毋庸置疑，虽然这个案子没有往深了挖，总算是迈出了至关重要的一步。他们受到了惩罚，沈妤想把这个消息告诉父亲和哥哥，就自己出城上了山。后来山风吹走了伞，她就在树下躲雨，谁知越等雨越大。山路崎岖，雨天无月，天黑路难行，一个不注意踩空就有可能摔下山崖，直到之前雨小了些，她才往山下走。

城门早就关了，她原想着下山找个破庙歇一宿，但没想到谢停舟会来接她。谢停舟打开坐榻下的柜子，从里面拿出一件自己的袍子。有时出门会友或是见客，车上常备了袍子，以防洒了酒水或是什么好换洗。

"你将外面的湿衣服脱了，穿这个吧。"谢停舟说着，自顾自闭上了眼。

沈妤浑身发冷，湿透的衣裳贴在身上如同裹了一层湿冷的水草，难受得紧。她淋了一天的雨，身上一直暖不起来，天黑后更冷，头也昏沉。她看着谢停舟，他挺直了背脊，双目紧闭，双手搭在膝上，俨然一副已然入定的模样。她常说江湖儿女不拘小节，若介怀这些，倒显得她小人之心了，况且实在没必要同自己的身体过不去。沈妤褪下披风，背过身去，将湿透贴在身上的衣服脱下来，留了最里头的中衣，外面再穿上谢停舟的衣服。中衣单薄，应该用不了多久就会被体温烘干。

"好了。"

谢停舟又过了片刻才睁开眼，见她正襟危坐，身上裹着他宽大的袍子，像偷穿了大人的衣服，倒是有几分俏皮。

沈妤问："城门都关了这么久了，殿下怎么出的城？"

谢停舟不回，反而问道："殿审结果已经知道了吧？"

"知道了，"沈妤点头说，"虽不算圆满，但这样的结果其实也是我预想过的，世事哪能尽如人意，不过幸好还有其他线索，还能从其他地方查。"

谢停舟拿起披风丢在她身上："你能想通便好。"

谢停舟原以为她对这样的结果不满，或许会跑去父兄的坟前哭，或许会一时冲动干出什么难以收场的事，没想到她已经自己说服了自己。这才几个月的时间，她成长得太快了，一边让人欣慰，一边又令人心疼。成长是一个不断被塑造的过程，她一直在自我塑造。沈妤裹紧了披风，在披风下抱着膝盖缩成一团："案子结得太潦草了，一定有人在从中作梗，不想牵出更多的人。"

谢停舟没说他在殿上所见，问道："依你之见呢？"

沈妤想了想，说："粮草被劫案与此案看似没什么关联，其实应当并作一案来查，他们刻意将其分开，未必不是怕拔出萝卜带出泥，此案既是殿审，不论是谁在掩饰，同绪帝都已经默许了这个结果。"

"你认为同绪帝也牵涉其中？"谢停舟问。

桌上灯烛摇晃，她的脸也跟着忽明忽暗，脸上似有红晕。沈妤道："这种可能我今日想了很久，若是他牵涉其中，事件串联起来与之有悖。"

谢停舟示意："你大胆说。"

沈妤皱眉道："天下太平帝王才会害怕功高震主，才会考虑卸磨杀驴，如今天下乱成这样，藩王又势大……"

如今藩王中势最大的就是北临了。她顿了顿，补了一句："我不是针对你啊。"

"沈家军是同绪帝手里最锋利的刀了，这把刀若是没了，最应该感到唇亡齿寒的反倒是同绪帝自己。"

谢停舟颔首赞同，如今朝中困局重重，燕凉关守备军不够，同绪帝不敢把燕凉关交给北临，只能从各地调兵去补。牵一发动全身，导致如今想要剿匪都难挪出兵力来，一直拖到了开春。

身体渐渐暖和起来，沈妤的脑袋却开始发沉。她定了定心神，继续说："同绪帝怎会拿自己的江山去冒险，况且就算他想要卸磨杀驴，也不会用这样儿戏的方式拿十万将士陪葬，他定然会布局稳妥，有上百种方式能去将留兵。"

谢停舟道："这件事虽不是同绪帝主导，但他默许了。"

有什么是连身为帝王的他都不敢，或者说不想去触碰的禁忌，抑或是一旦揭开就会引起朝廷的剧烈动荡。沈妤喃喃道："他在包庇某个人，或者说他想要拼命按住大周的遮羞布。"

谢停舟透过烛火望着她昏昏欲睡的脸，不准备再继续接话了。又见她用力睁了睁眼想要清醒："葛良吉判了斩立决，都不用等秋后，恐怕就是担心夜长梦多，想把源头断在这里。"

终究是抵挡不住困意，她声音越来越小，渐渐地，把头垂在了膝盖上。过了一会儿，谢停舟估计她已经睡熟，才伸手去替她拢散开的披风。谁知轻轻一扯，她却整个人朝着他倒了过来，谢停舟赶忙伸手一捞，习武之人五感较常人更灵敏，这么大的动静她居然没醒。

谢停舟让她靠在自己腿上，低头喊她："时雨，醒醒？"

见沈妤毫无反应，又摸上她的额头，触手滚烫得如同烧红的炭一般。

谢停舟眉心皱在了一起，掀开车帘问："还有多久能进城？"

"大约半个时辰。"兮风骑在马上侧头看了眼。

只见马车内，时雨整个人伏在谢停舟腿上，谢停舟一手拢着他的背，几乎就是半抱的姿势。这画面让兮风顿时转过头，一眼都不敢再看了。

谢停舟吩咐："加快速度。"说罢放下了车帘。

兮风吩咐下去，马车陡然快了起来，摇摇晃晃不太稳当，沈妤也从他腿上往下滑。

谢停舟叹了口气，搂着她往上挪了些许，又拿了引枕塞在她腰后。她的头发还是湿的，谢停舟解开她的头发，用宽大的袖子一点一点浸着上面的水。

城门火光大盛，门口分列两队守卫。

城门校尉任勇毅在门前走了无数个来回，无数次地抬头张望，他是在媳妇被窝里被喊起来的，听说谢停舟半夜出城，吓得直奔城门。谢停舟在京中是个什么地位大家心照不宣，北临世子怠慢不得，但得留在京中才稳妥。任勇毅不敢上报，怕闹出乌龙，又怕谢停舟真跑回北临，那他家里十几口脑袋都不够砍的。

"头儿，来了！"城门上的守卫激动地喊道。

任勇毅抬头张望，果真见着一队人策马奔来，像是有些急。

兮风和两名近卫跑在前头，在城门前勒马："校尉大人，世子要进城，还望开门行个方便。"

他说话客气，任勇毅不好为难，却也不敢玩忽职守。任勇毅抱拳："世子要进城自然是没问题，但是得先确定马车内是不是世子本人。"

兮风一皱眉，刚想开口，就听马车内谢停舟道："进城要紧。"

任勇毅走到马车前，先说："世子殿下，得罪了。"

而后伸手掀开了帘子，这一看，把任勇毅吓了一跳，马车内谢停舟斜倚着，怀里抱了个人，那人被披风裹得严严实实的，只有头发披散在外面，披风一角露出一只纤细的手。任勇毅还没来得及细看，谢停舟的目光已从怀里的人脸上移了过来："任校尉确认好了吗？"

明明唇角隐隐带笑，任勇毅却看得心头一怵，急忙放下帘子。任勇毅等在此原本就不是为了为难谢停舟，此时更乐意卖他个面子。

"开门！"

门一开，一名近卫马鞭一扬，如离弦的箭一般冲了出去，提前去王府报信。王府开了侧门，马车直达府内，接近青朴居才停。大夫已守在青朴居，忠伯也大半夜从被窝里爬起来，原以为是谢停舟旧疾复发，谁知帘子一掀，他竟抱了个人下来。谢停舟抱着沈妤疾行，进门后放了自己的榻上，手一挥放下了帘子，命大夫进来诊脉。

一路上沈妤越烧越厉害，唇上都干起了口子。忠伯不敢擅自往里进，拉了兮风问："谁呀？殿下抱回来的是谁？"

兮风实话实说："时雨。"

忠伯原就有心理准备，还是被气了个趔趄，一跺脚说："这，这像什么话嘛！作孽哟。"

屋内，大夫诊完脉说："从脉象上看应是积郁已久，此人身体并不见得有多强健，全靠毅力在撑，压得多了堆积在体内的郁气便如关闸堵河，精神一松懈，河堤一朝溃散便来势汹汹，烧起来其实是好事。"

谢停舟知道是什么事，她一直挂心这个案子，如今一判下来，人也松懈了。他望着沈妤的脸，冷声问："已经烧得人事不知了，便让她一直这么烧着？"

大夫忙道："殿下莫急，其实烧起来是好事，此症宜疏不宜堵，体内的心火散了就好，否则积郁太深恐成沉疴。"

谢停舟心中烦躁，脸色沉得厉害。

大夫道："我开两帖药，一服内服一服外用，外用的熬成汤药浸浴。"说着走到桌旁，提笔写下两帖药后出门交给兮风，又叮嘱了一番如何用药。

谢停舟拿起帕子擦了擦沈妤额上的汗，思索片刻后，扬声道："忠伯。"

忠伯此刻才是郁气难消，琢磨着自己这么憋闷下去，哪日是不是也得烧成时雨那样。听见殿下喊自己，忠伯忙整理好表情进门："殿下。"

谢停舟淡淡吩咐："找两名婢女，要从北临带过来的可靠些的老人。"

忠伯问："敢问殿下，人作何用处？"

谢停舟撩开床帐，说："照顾她。"

忠伯转头看去，床上躺着的，那不是个姑娘吗？仔细一瞧，咋和时雨长得那么像呢？忠伯险些栽倒："这是……时雨？"

谢停舟"嗯"了一声。

忠伯一时忘记了思考："她她她，她是……"

谢停舟微微颔首，见忠伯还呆立在原地，他问："有问题？"

"没有！"忠伯声如洪钟，"绝对没有，老忠我这就去安排！"

忠伯出了门，抬头看了眼天色，黑漆漆的啥也看不见，老天爷咋就那么准，把馅儿饼砸到自己头上，砸到了北临王府上了呢。原先在北临时世子就不近女色，外间说他流连花楼那都是装出来的，回来沐浴都得换三遍水。老王爷当时担心，等世子进京又担心他不声不响就变了喜好，老王爷曾说："玩一玩倒是不要紧，问题是可别绝了后啊。"

如今呢，看这样子，世子殿下不声不响，连未来世子妃都选好了。原先还想着世子这般出色，定要找个配得上的大家闺秀，如今嘛，能是个女的就谢天谢地了。忠伯喜滋滋地安排人手，不一会儿就把人带过来，一下子带了四个，未来的世子妃，两名丫鬟也太怠慢了。

"殿下，人已经带到了。"

谢停舟从里间走出来，看了眼几名丫鬟，吩咐道："备浴桶，伺候她沐浴，看到什么听到什么都不要外传，管好自己。"

忠伯忙说："殿下放心，来时我已经嘱咐过了，但是……"

"怎么？"谢停舟一眼扫过去。

忠伯略有些不好意思，老脸豁出去了，低声问："但是，沐浴这种事，殿下不亲自来吗？"

谢停舟："……"

忠伯被他一眼扫得老脸有些挂不住，清了清嗓子道："老朽有些操之过急了，见笑，见笑了。"

泡完澡天已经亮了，几名丫鬟退了下去。谢停舟坐回床沿，一摸她额头果然烧退了些许。

她刚沐过浴，身上换了干净的衣裳，头发也被丫鬟仔细擦干，铺散在床上。不过没一会儿，她额上又开始浸出了汗珠，清爽干净的衣服也开始浸出了汗湿的潮气。大夫说过，心火烧出来就好了，发热出汗是正常的。

她躺得似乎很难受，呼吸一声比一声重，眉头也紧紧锁在了一起。谢停舟将她从被子里捞起来，靠在自己身上，用帕子一点一点擦着她额头上的汗珠。他这辈子从没照顾过人，就连在北临王跟前侍疾也不过是端个药倒个水，其他自有丫鬟去做。但他如今照顾起她来，却觉得好似就应该这般，好似这本就是他该做的事。不知过了多久，谢停舟放她躺回床上，收回手时，指背似是不经意刮过她的脸颊，床上的沈妤忽然动了动。谢停舟俯身，凑近问："醒了吗？"

沈妤只是难耐地转了转头，很难受的样子。

"会不舒服，但得忍一忍。"谢停舟低声安慰。

刚想起身，却发现袖子被她拽住，她的眼睛却没睁。

"爹……"

谢停舟盯着自己的袖子叹了口气，真不知道她一病就喊爹的毛病是怎么养成的。

他已经给她当过两次爹了。

这毛病还得从沈妤小时候说起。夫人去得早，两个孩子都还小，沈仲安不放心把孩子交给下人带，是又当爹又当妈，病了摔了都是他亲自照顾。沈妤幼时身体不好，起初让她练武也是为了强身健体，没想到她悟性和根骨都极佳。练功是相当辛苦的，沈仲安心疼她，说练不下去就不练了，可她性子倔强又要强，非要练，于是就这么一直练了下来，每次练完，沈妤都爱和沈仲安撒娇喊疼。

谢停舟握住她的手，轻轻放回被子里，又听她喃喃了一声："哥哥。"

哥哥，这一声听起来倒是顺耳许多，他年长她几岁，这一声哥哥倒不为过，虽然他知道她叫的是沈昭。

沈妤断断续续烧了一日，到第二日傍晚，总算平稳了下来。沈妤醒来时是清晨，她仰面躺在床上，望着床顶的帐幔有些发蒙，这不是她的床，她的床幔是白色的，而这个床幔是暗青色，她记得自己当时在马车上和谢停舟说话，后来呢？沈妤撩开床幔看去，屋子很大，屋内陈设简洁却不失风雅，一看就是谢停舟的屋子。她想不出有什么情况会让自己躺在谢停舟的床上。

正想着，中间那道屏风隔断上映出个朦胧的身影，人影正缓缓朝这边走来。沈妤一下闭上眼，保持着睡觉的姿势，只听得脚步声越来越近，停在了床榻前。她听见帘子被掀开，然后一只微凉的手覆在她额头上，沈妤费了好些力气才让自己稳住。那手离开后，半晌却不见谢停舟有任何动作，谢停舟含笑盯了她一会儿，就想看她能装到几时："别装了，醒了就起来吃点东西。"

沈妤睁眼看他，这人当真一点面子也不给人留，直接将她拆穿。谢停舟扶着她坐起来，往她背后塞了个枕头，她低头看了眼身上的衣裳是自己的，应该是去鹿鸣轩取的。这动作落在谢停舟眼里，他打趣道："是担心我对你图谋不轨？"

沈妤拥着被子："是担心我自己借病发疯对你图谋不轨。"

谢停舟："说不定你担心的反倒是我所求的呢。"

沈妤愣了片刻才反应过来这句话的含义，谢停舟已转身去唤人，她分不清那随口的一句到底是玩笑还是有几分认真。

丫鬟端着托盘鱼贯而入。沈妤刚要下床，谢停舟已从屏风后转了进来，吩咐道："摆榻上。"

丫鬟应声："是。"

他应是刚净完手，拿着一方帕子擦手上的水珠，看着丫鬟将一张小几摆放在榻上，又将吃食一一摆在桌案上。

"下去吧。"谢停舟吩咐。

沈妤还是第一次在榻上用饭，但看丫鬟的熟练程度，这样做应当不是第一次，想必他有时缠绵病榻，估计是虚弱到连床都下不去的。想到这里，沈妤心里突然觉得有些憋闷。

谢停舟侧坐在榻上，扫了一眼菜色后，撩起袖子亲自盛粥。病中人通常都没有胃口，可沈妤却觉得她如今饿得能吃下一头大象："我睡了多久？"

谢停舟将粥碗放在她面前，说："两日。"

"两日！"沈妤大惊失色。

她想起判决，葛良吉三日后就要处斩，如今已过了两日，沈妤接过谢停舟递来的筷子，问："明日午时葛良吉就要处斩了吧？"

谢停舟轻飘飘地"嗯"了一声，问她："小菜吃吗？"

"吃。"沈妤说，"但是——"

谢停舟打断她："咸菜要不要？开胃的。"

"要。"沈妤随口一回，自顾自说着，"那晚我其实有些话还没……"

谢停舟："肉饼要吗？"

"要！"沈妤急了，"我……"

谢停舟："算了，你如今病着，肉饼不易克化。"

一个着急上火，一个云淡风轻。沈妤如今的心思根本不在吃食上，一摆手说："算了随便，吃什么都行，我想了很久……"

"都行……"谢停舟忽然抬眸看来，"那要我吗？"

"要！"沈妤点头，接着说，"我想过了，葛良吉既一力将事情揽下来，想必已然和某个人达成了共识，这个人……"

她越说越慢，声音也越来越小，从谢停舟意味深长的眼神中，渐渐回想起方才他问了什么，她又答了什么。她的心跳逐渐加快，仿佛要不受控地从胸口跳出来，沈妤蓦地按住了胸口。

"难受？"谢停舟问。

沈妤摇了摇头，谢停舟垂下眼，看见她指尖在筷子上捏得泛白，伸手将筷子拿了过来，往她手里塞了一个勺子。她紧张成这样，谢停舟已不准备再说什么了。

他淡淡道："葛良吉的事情暂且放在一边，先填饱肚子，回头我让你见个人。"

沈妤点了点头，那样子难得乖巧，垂着头舀了一大勺粥，正准备往嘴里塞，谢停舟一把抓住了她的手："烫。"

这一顿饭到底吃了些什么，味道如何，沈妤完全记不清楚，只知道一股脑往嘴里塞。

用完饭，丫鬟进来收拾。沈妤还记得谢停舟说的让她见个人，准备起身穿衣。

"不用，随意些就行了。"谢停舟侧头对门外的人说，"让她进来。"

话音刚落，就见一个人影蹦蹦跶跶着跳进门，绕过屏风朝着沈妤扑了过来，那人穿着一身花布衣裳，头上还包了个布巾，沈妤差点没认出是谁。眼见着人就要往床榻上的沈妤身上扑，谢停舟一个眼风扫过去，那人顿时停下了脚步，站在床边不敢动了，沈妤终于看清了来人是谁："绿药！"

绿药"哇"的一声就哭了出来："小……小公子。"

谢停舟说："镖局的人昨日将她送到了王府，已在你昏睡时来看过你一次了。"

有谢停舟在，绿药哭都不敢大声，只敢偷偷地抹眼泪。绿药黑了又瘦了，沈妤看得心疼，伸手招她过来，绿药走过去，拉着沈妤的手跪在了脚踏上，抽抽噎噎地开始说起了这几月发生的事。

去年绿药从燕凉关离开后，她和红翘分头行动，她脑子没红翘转得快，于是负责跑腿的活，而红翘则去洛州给陆老太太帮忙，顺便搜集消息。其实绿药知道小姐让她来送信，而不是红翘来的原因，红翘喜欢大少爷很久了，大少爷尸骨无存，小姐担心红翘难受，所以才让她先去洛州。绿药到盛京将信送到沈嫣手里，原想等着沈嫣回信或是留个口信也行。可等了好几日也不见沈嫣给回音，沈嫣反倒是搪塞她，说忙着办丧事，让她先等等。绿药说得义愤填膺："她让我等着，我原以为是好心，结果让我偷听到夫人和她说要给小姐下葬，我质问她为什么，她骗我说信里就是这么写的。"

那信封了火漆，沈嫣以为绿药没看过，实则沈妤担心绿药玩心大，怕她路上将信弄丢了，因而早就交代过。绿药跪累了，干脆一屁股坐在脚踏上，吸了吸鼻子说："我……少爷你也知道我不那么聪明，不懂什么叫按兵不动，我当场就发飙了。"

"你怎么发的？"沈妤问。

绿药咬牙切齿地说："我就说我要去燕凉关找你，让你回来收拾他们。"

"然后呢？"

"然后她们就怕了啊，一直认错还请我喝茶。"

"再然后呢？"沈妤又问。

绿药眨了眨眼："然后我就晕过去了呀。"

沈妤哭笑不得，真不知该说这孩子单纯还是傻。

"你头上包张布巾干什么？"

沈妤伸手就掀，绿药伸手按都没来得及，"哇"的一声哭了出来。布巾下是一头短发，有多短呢？大概还不到一寸，沈妤目瞪口呆，连忙把布巾给她按回去，一边安慰："没事没事，长长就起来了。"

"她们，她们太过分了。"绿药涕泪交加，"把我送到尼姑庵不说，那些老太婆还将我头发剃了，一个月要剃两次，两次啊，呜……"

谢停舟看着沈妤一边安慰一边忍笑，提醒道："别憋坏了。"

沈妤瞪他一眼，谢停舟笑着撇开了脸："我先出去。"

沈嫣送绿药去的那尼姑庵就一道山门，除了跳崖根本就下不了山，绿药跑了好多次都没能跑掉，直到贺雪卉带着人去接她才得以逃脱。等谢停舟出了门，绿药擦了擦眼泪接着说："我听到夫人和二小姐吵架，好像二小姐原本是不同意的，是夫人一直撺掇。"

"不重要了。"沈妤摇头说。不论一开始沈嫣抱的什么样的想法，最终她也做出了选择，不过是意志不坚的人选错了一条路罢了，结果如何都由她自己承担。

一场春雨一场暖，今日雨停了，太阳落下来，天暖了不少，谢停舟立在檐下，身侧站着兮风和长留。

长留往屋子里瞧了一眼，什么也没瞧见："时雨的丫头怎么土成了那副样子？那花布我在村里头都没见过呢。"

谢停舟斜睨了他一眼，长留缩了缩脖子。

兮风笑道："那丫头会功夫，你也不怕被揍。"

长留说："我也会功夫，而且我有殿下撑腰，我还怕她一个丫头不成？"

兮风："她也有时雨撑腰。"

长留想了想，乖觉地望向谢停舟："殿下……"

"管不了。"谢停舟说罢，垂了袖子转身进屋。

忠伯正好从门口迈进来，身后跟着端着托盘的丫鬟，上面摆了好几碟点心。路过时长留顺手牵羊，被忠伯一巴掌拍在手上："这是给时雨的。"

长留呆住："爷爷您不是最讨厌时雨吗？"

忠伯凛然道："那是从前，现在不同了。"

"怎么不同？"

忠伯瞥他一眼，心道自然是雌雄阴阳皆不同。

长留还是个半大的孩子，王府谁都让着他一些，平时忠伯也更疼他。真是一朝天翻地覆，他往柱子下一蹲，撇嘴要哭不哭地说："我如今失宠了。"

忠伯训斥道："你一个男人争什么宠？"

长留不满："时雨也是男人，凭什么不行？"

"时雨她……她……"忠伯噎了噎，半天没找到理由。

"她就是行！"说完一甩袖子，带着丫鬟进了门。

忠伯嘘寒问暖，好不热情。好不容易等忠伯离开，沈妤终于喘了口气："忠伯是不是知道了？"

谢停舟颔首说："要安排丫鬟，得经忠伯的手，他知道也好。"

"其实不用安排丫鬟的。"她身为近卫，还要让丫鬟伺候，天底下哪有这样的道理。

谢停舟："……"

见谢停舟表情不对，沈妤疑惑道："怎么了？"

谢停舟似笑非笑："忠伯也说不用丫鬟，你觉得他说得有道理？"

沈妤不明所以地点头："有啊。"

谢停舟道："那我知道了，下次替你沐浴，定然不再叫丫鬟动手，本世子往后……"

他顿了顿，盯着她的脸倾身靠近，说："亲自服侍你。"

感受到扑上面颊的呼吸，沈妤把头往后仰了些许，盯着他的眼睛问："你今日怎么了？"

谢停舟一愣，沈妤已抬手盖上他的额头，又摸了摸自己的脑门，喃喃道："怎么好像烧的是我，坏的是你的脑子？"

谢停舟："……"

他往后退开了些，侧耳听了片刻，外间有长留和大夫说话的声音。他扬声道："让大夫进来诊脉。"

床帐重新垂了下来，沈妤从纱帐下伸出手让大夫诊脉，纱帐半透，她望着帐上谢停舟的人影出神。其实方才，她有过片刻的心跳不能自控，费了好些劲才让自己冷静下来。他自出生便站在高位，世子殿下有的是时间和精力来打发他的一时兴起，可她还有太多事要做。

"内火烧出来了就好，如今从脉象上看是好些了，只是后面仍要注意，这几日受不得风，以免风邪入体卷土重来，可还有身体不适的地方？"

沈妤被大夫的话拉回神，说："没有，只是觉得筋骨有些疲乏。"

"不应该啊，"大夫蹙眉想了片刻说，"这症状倒是有些奇怪。"

"不奇怪。"谢停舟不咸不淡地说，"她停不住，一日不蹦跶筋骨就疲乏。"

隔着帐子，沈妤狠狠瞪了他一眼，也不知谢停舟到底有没有发现。

大夫也随之笑了笑，起身说："方才病愈，还是要循序渐进，我再开几服药调养着。"

大夫一走，沈妤就说要回鹿鸣轩，她占着谢停舟的床铺，都不敢问这几日他睡在哪里。谢停舟也不留她，只是让她洗漱好之后去他的书房一趟。沈妤换了衣裳，重新束高了发，看着精神了些，但脸色还是不太好。走出谢停舟卧房，看见长留在树下掏蚂蚁，沈妤招了招手，让长留过来。

"干吗？"长留抬起头，满脸的怨气，像是个没人疼的孩子。

沈妤走过去蹲在他身边，把特意拿出来的一盘点心递给他。长留看了看，咽了咽口水，没接。

"这不是你最喜欢吃的吗？

"你是不是有什么阴谋？"长留问。

沈妤摸了摸他的脑袋说："谁说你失宠了，大家都疼你呢，我也疼你。"

长留这才一撇嘴接过来，看着沈妤起身离开的背影，忽然反应过来，时雨也就比自己大两岁而已，怎么把自己当小孩，于是扬声在后面喊了句："时雨你占我便宜。"

沈妤迈入谢停舟的书房，这里她来过很多次，并不陌生。谢停舟立在桌案后，闻声抬眸看了她一眼，又垂下眼去："你过来看看。"

沈妤走过去，案上是一幅人像，倒过来看不清楚，她又绕到谢停舟身旁："这是谁？"

谢停舟看着画像说："三福口中的那个老头，这是经三福描述，找画师画的。"

之前从齐昌府来的四人中死了三个，只剩下一个老头不知所终，那个老头一定有问题，说不定能成为突破口。沈妤盯着画像看了半晌，摇头道："没见过，不过可以让陆氏铺子的伙计都认认。"

谢停舟颔首，陆氏的铺子遍布大周，到处都是她的眼睛，倒是方便了很多。

沈妤要搬回鹿鸣轩，反对声最大的竟然是忠伯，一顿好说歹说无果后，硬要给她塞几名丫鬟。沈妤一个没要，如今绿药回来了，有绿药和二丫两个人已经足够，况且人多反而不方便行事。

日暮西沉，天色渐渐黑了下来，绿药和二丫都去睡了。等第三次梆子声响起，沈妤从床上起身，从柜子最里头翻出一身夜行衣穿上。腰间和靴子里都藏了短匕，荷包中的迷药以备不时之需，打点好一切，确认没落下东西，沈妤推开窗，足下一点一跃上了房檐。

王府里哪里会有人值守、何时会换值她早已摸得熟透了。一身夜行衣融进夜色中，形如鬼魅，几下就避开值夜的人，翻出了王府。

"殿下猜得太准了，时雨果然是从这里出来。"

沈妤正越过围墙，忽然听见这么一句，落地时差点没站稳，她扶着墙望着黑漆漆的巷子，那里人影绰绰，接着亮起了光，近卫一字排开，有十好几号人，一个个面色凛然，看着倒像是来抓贼的。谢停舟立在中间，一身绀青色袍子，袍边的云纹被灯笼映得泛着流光，当真称得上绝世而独立。

可沈妤此刻无心欣赏，她想自己怎么就这么倒霉被谢停舟抓了个现行，又想着王府那么大，他怎么就猜到了她要从这里出来。

难不成他是她肚子里的蛔虫吗？

谢停舟目不转睛地盯着她，半晌，他往前迈出一步。沈妤如临大敌，在他开口前先发制人："你不用劝我，葛良吉明日就要处斩，这一趟我非去不可，若我用全力，这些兄弟未必能拦得住我。"

谢停舟面色不豫："你以为葛良吉会开口吗？他既在殿审上就一口咬死，又怎会轻易开口。"

"总要试一试的，"沈妤严肃道，"试一试才不会后悔。"

她就是不撞南墙不回头的性子，谢停舟知晓，去了就算葛良吉不开口，她也尽力了，可若是不去，她心里就总惦记着。就像他曾告诉过她的话，但求问心无愧。

谢停舟轻叹了口气，走到她面前才停了下来。

"你准备如何去？"他语气微沉，"夜闯大理寺，你知道葛良吉如今关在那里，大理寺为此增派了多少人手？"

沈妤道："姑且一试，我有办法全身而退。"

谢停舟下颌紧绷："什么办法？"

沈妤不言。

谢停舟沉了口气，声音低了下来："你到底……何时才能学会相信我？"

沈妤蓦地抬头，他背光而立，沈妤看不清他的表情，但她听出他非常生气，甚至有无奈，还有失落。

沈妤咬了咬下唇，到底脑子还是冷静的："时间不早了，我得早些去，我们……我们回来再说好吗？"

她到底是服了软，央着他和他商量。

谢停舟垂眸睨她一眼，黑暗中一马车哒哒行来。谢停舟先上了马车，弯腰进去时又直起了身子，回头道："既说时间不早，还不上来。"

沈妤硬着头皮跟上，钻进马车，只见谢停舟手一扬，一套衣服朝她兜头扔了过来，沈妤连忙接住，看清手中的东西霎时一惊，立刻抬头看向他的脸。谢停舟微侧着脸朝向另一边，只留给沈妤一个冷淡的侧脸。她看着手里狱卒的衣服，总算知道他那句"你何时才能学会相信我"是从何而来了，他不是来拦她的，他早就替她打点好了一切，铺好一条更为安全更为平坦的路。

谢停舟说不清此刻是什么感受，他原以为经过了这么久，她已经在试着相信他了，可是她还是选择了单打独斗。

沈妤用手指摩挲着狱卒的衣裳，从粗糙的料子品到了谢停舟内心的柔软。一路相伴，他帮了她太多太多，万般感激难融进一个谢字里，她张了张嘴，忽然不知道该说什么了。过了片刻，谢停舟开口："先换上，大理寺快到了。"

沈妤回过神，她身体瘦小，直接将狱卒的衣服套在外面，看上去身材倒魁梧了许多。

马车太张扬，还没到大理寺就停了下来。谢停舟淡声道："我在原地等你，早些出来。"

沈妤："好，一个半时辰，哦不，最多一个时辰我就出来。"

谢停舟略一颔首，在她准备掀开帘子出去时，忽然一把抓住了她的手。

沈妤猝然回头，看了看自己的手腕："怎么了？"

"等你回来，我们谈谈。"谢停舟温声说。

沈妤不知道他要谈些什么，但心已经止不住地开始紧张起来。

谢停舟在她手腕上轻捏了一下："别害怕，里面都已经打点好了，你跟着他们进去就行。"

沈妤点了点头，钻出马车后再次回头："那……我走了。"

谢停舟唇边勾起一个笑："嗯，去吧。"

往前就是光华门附近，沈妤跟着来接头的狱卒，在衙门前亮了腰牌，沈妤却忍不住回头望向宫巷，望向那片黑暗。马车已经看不见了，可她觉得似乎有一双眼睛，一直在默默地注视着自己。自大梦醒来，谢停舟便一直是个变数，可现今他坚定地站在了自己身后，她第一次觉得心里如此有底气。

此时正是狱卒轮岗的时间，门口的守卫查了腰牌便放人进去，大理寺果真增派了人手，三步一人五步一岗，将大理寺守得固若金汤，若是她今夜决定夜探，恐怕很难不惊动守卫就见到葛良吉。进到大理寺狱，里面的值守就松懈了许多，估计是想着外面守成那样，谅它一只苍蝇也飞不进来。

狱丞把沈妤带到一间牢门口，低声道："兄弟见谅，只能到这里了，牢门的钥匙在我们大人手里。"

沈妤点了点头说："劳烦了。"

葛良吉并没有睡，明日午时就是他人头落地之时，他靠墙想着，自己这一生倒不算过得太糟，只是临了临了还翻了车。听见门口说话的声音，葛良吉问："都这个时候了，还有谁想要取我性命？"

沈妤看着牢中人："我不是来取你性命的。"

葛良吉扯了扯衣摆："那就是来问真相的了。"

"也不是。"

"那是什么？"葛良吉奇怪道。

"你看了我就知道了。"

葛良吉朝着牢门看了一眼，光线昏暗，他看不清人，只见那人从墙上取了火把，缓缓靠近，那张脸终于在光里显了出来。葛良吉揉了揉眼睛，脸色陡然一变："你，你是沈妤！可是你不是已经……"

"你就当我已经死了吧。"她和葛良吉其实没有见过几次，只是在他和沈仲安见面时打过两三次照面，算不上熟悉。沈妤又把火把放了回去，"我今日来，是为我爹和哥哥要一个答案，我想替他问一问你，为什么要这么做？"

葛良吉垂首不言。

沈妤道："我爹他是一个地地道道的武将，性格直爽不会虚与委蛇，他认作的朋友就是交心的，显然他交了心，而你并没有。"

葛良吉垂首不言。

沈妤又道："我不能让他们白死。"

葛良吉忽然抬起头来，低声道："阿妤，我记得你爹是这么喊你吧，人之将死其言也善，你听我说，这个案子你不要再查了，往下查下去就是杀身之祸。"

"我本就是死过一次的人了。"沈妤淡然道，"死没有那么可怕，良心不安才可怕。"

"你怎么和你爹一样倔。"葛良吉摇了摇头说，"好好活着不好吗？"

沈妤说："我也想问你，不清不白地死去能瞑目吗？"

葛良吉苍老了不少，明明才五十来岁的年纪，看上去却像七八十："没有别人，我在罪己书中说过了，所有一切都是我做的。"

"你觉得我会信吗？"沈妤问，"你觉得我爹会信吗？其实我在梁建方死前见过他，他告诉我军中还有其他奸细，他们相互之间并不相识，而你却说勾结西厥人是他做的，你分明是在撒谎。"

"你告诉我吧，葛叔。"沈妤抓着牢门，"我求你告诉我。"

葛良吉看着她，表情有片刻动容，不知想到了什么，还是摇了摇头："我不能说太多，或者说，我知道的也没有你想象中多。

"一共三计，一为勾结西厥，二为粮草，没想到前两计都被你们化解，闭城门是最后一招，因为沈仲安一旦回京，他拥兵十万，这件事不查得天翻地覆是不可能收手的，而他们不能让他查。"

沈妤抓紧了木栏："到底是什么样的仇，能让他们下这样的狠手？"

葛良吉摇了摇头："或许你一开始的方向就错了呢？或许一开始杀沈仲安的原因就不是别的，而是有的人为了自保呢。"

沈妤愣住，但她没过多时间思考，葛良吉已继续说："我用一条命和一个秘密保下葛家千余口人的性命，也算值当，再多我已不能言，去到地下，我再向你父亲请罪。"

"可你如何保证在你死了之后，对方不会出尔反尔？"

葛良吉忽然笑了："我给孩子留下了保命符，哪怕我死了，只要保命符还在，他们就不敢妄动。"

沈妤还想再问，牢那头忽然传来狱丞的声音——

"困哪，这时候要是有口烧刀子就好了。"

沈妤眉心一皱，这是狱丞事先说好的暗号，表示情况有变。

没有时间了。

"我得走了。"沈妤压低了声音。

"丫头。"葛良吉忽然开口，严肃地看着她，"听我一句话，别再查了，你若是也折在这上头，让我如何向你爹交代。"

沈妤深深看了他一眼，一个字也没说，朝着昏暗的监牢尽头走去。她刚在门口站稳，便有一群人急匆匆走来，前边带路的是大理寺的人，后边是身着飞鱼服的锦衣卫。幸亏在前门带人的不是大理寺少卿左宗，否则她一定会被认出来。沈妤还没来得及细想，领头的人已经走到了跟前，看见狱丞一愣："怎么你也在？"

狱丞道："寺丞大人，没办法，明日就处斩了，唯恐今晚生变，我过来盯着点。"

寺丞点了点头，将腰牌一亮，说："我奉于大人之命协助锦衣卫来提人。"

沈妤如今是走不了了，只能跟着狱卒一起进去，一边思索着若是此刻暴露，这巷道有好处也有坏处。好处是巷战施展不开，他们不能群起而攻之，只能轮番上，但也就意味着对方一旦守住出口，她就无法出去。狱卒开了门，监牢内葛良吉抬眼看见沈妤去而复返，愣了一愣，但他很快调整了表情，说："锦衣卫啊，是陛下要见我吧。"

锦衣卫历来由帝王直辖，除了同绪帝，无人能调动。沈妤心中思索着，葛良吉一定会在明日午时被处斩以平民愤，但同绪帝大半夜提人去是要干什么？葛良吉被提出大牢，这牢就不再重要，寺丞将手里的钥匙随手一扔，说："锁上。"

他扔来的方向正是沈妤这边，沈妤一把接住，入手心就是一沉，沉甸甸的一串钥匙，她根本分不清哪一把是锁监牢的门，她握着钥匙，想着多少做做样子，至于到底锁没锁上，应该无人会查。好在狱丞聪明，一把抢过沈妤手中的钥匙，不耐烦道："笨手笨脚的，我来。"

沈妤等他锁了门，一同走到门口，寺丞送走了锦衣卫的人，回头时正好见着两人走来。他的目光落在沈妤身上，脸上忽然闪过一丝狐疑。沈妤一看不对，连忙道："锦衣卫将人提走也好，提走了咱们也能松口气，不必再提心吊胆了。"

寺丞眸光转了一下，心想也对，人既然已经顺利提走，说明大理寺内没出问题，这一班就算是交了。

狱丞道："寺丞大人，人既已提走了，那咱们还是按照从前的安排来吧，下面的人这几日提心吊胆，已经累得狠了。"

寺丞点头说："该交班的交班，大家都回去吧。"

狱丞伸了个懒腰，笑着说："我带兄弟们去喝点儿小酒，这些日子可把弟兄们给累坏了。"

说着拍了拍沈妤的肩膀："走，陪老哥我喝一杯去。"

沈妤跟在狱丞后面，狱丞带着她出了大理寺，这才松了口气，他刚想说话，沈妤比了一个噤声的手势，望向宫巷那一头，锦衣卫的人还没走远，装葛良吉的囚车压着石板路嘎嘎作响。沈妤侧头低声道："我先不回去了，你告诉他一声，最迟明日中午回去。"

狱丞"哎"了一声，还没来得及拦，就见人影拔地而起，掠上墙头，几个翻腾便消失在了黑暗里。

"好俊的功夫！"狱丞不禁夸赞道。

锦衣卫的囚车走在宫巷里，沈妤在房檐上急奔，边跑边脱掉身上大理寺狱卒的衣服，只剩下一身夜行衣，很快就超过了一行人。锦衣卫都是一等一的好手，她不敢离得太近，奔出一段后才悄无声息地掠下墙头，匍匐在地面伺机而动。囚车越走越近，她捏紧随手捡来的石子儿，盯准位置一扔，石子打在屋檐上，瓦片碎了。

"什么人？！"锦衣卫驻足而立。

瓦片哗啦哗啦往下掉，沈妤趁他们不注意的工夫，一个翻滚滚到了囚车下，紧贴在囚车底部，随着囚车进了宫。囚车似驶过了很长一段路，直到停在一座宫殿前。同绪帝靠在榻上，等葛良吉近了，他定睛看了看，忽然说："老葛啊，你怎么成了这副样子？"

葛良吉往前走了两步，手脚上的铁镣哗啦啦作响："陛下也一样。"

"老咯。"同绪帝摇头道，"咱们都老了，当初……罢了，坐下喝口茶吧，也算是咱们君臣一场，朕替你送别。"

葛良吉在案后落座，端起茶饮了一口，赞道："好茶。"

"品得出是什么茶吗？"

葛良吉摇头。

同绪帝像是只是随口问一句一般，岔开了话题："朕身边，已经无人可信，也无人可以畅所欲言了。"

葛良吉道："陛下是想着罪臣已然是个死人，能将秘密带到地底下，所以今夜才让罪臣来是吗？"

同绪帝叹了口气："老葛啊，你从前是户部尚书，站在你那个位置上应该看得最清楚不过，朕的江山，都已经被这帮蛀虫给掏空了啊。"

葛良吉笑道："陛下口中的蛀虫，其实罪臣也占一个。"

同绪帝愣了愣："也是。"

沈妤伏在房顶仔细听着，房顶的瓦被她掏开一小块，正好能看见下面的一切。这还是她第一次见到同绪帝，与她想象中皇帝的样子大相径庭，看上去和普通的老人并无区别，甚至更为疲惫和沧桑。

下面的对话还在继续。

"朕这个皇帝，做得憋屈。"同绪帝喝了口酽茶提神，"朕虽为皇帝，但同你一样身不由己，有时并非朕想要这般，而是局势推着朕不得不这样做。"

"朕从先帝手中接过大周江山时已是千疮百孔，朕也曾意气风发想过有一番作为，可操劳一生，也不过只解决了五大恶患中的其一而已。"

骨肉相残，宦官争权，奸佞横行，内有党争，外有强敌为五大恶患。同绪帝解决掉了宦官，实则已是了不起的功绩。同绪帝眼眶含泪："朕的儿子们在骨肉相残中走了六个，六个啊。

"如今只剩下他们几个了，霁风就这样便好，朕羡慕他，他是活得最自在的皇子，昭年仁德，帝王太过仁德是好事也是坏事，若是生在太平年，定能成为一个好皇帝，可他生错了时候，这破败的江山需要一个有魄力的皇帝。太子是有魄力，也有能力，可是……罢了。"

葛良吉道："那也比罪臣好。"

两人一直聊到天快亮，不过是如老友般促膝长谈，并未再提什么关键的信息。除了同绪帝那声"罢了"。那声无可奈何的"罢了"中，到底隐藏了什么？与燕凉关一案究竟有没有关联？

天边已隐隐泛起光亮，沈妤知道自己不能再待下去了，禁宫的屋顶都是明黄色的琉璃瓦，她一身夜行衣在黑暗中还能藏，只要天一亮就明显了，她望了一眼宫门的方向，一跃而下，落地时悄无声息，隐匿在一根柱子后面，等待着巡逻的禁卫散开才偷偷摸出来。

"什么人？！"

沈妤大惊，回头一看，暗叫不好。人算不如天算，谁能想到一列禁卫中有一人竟掉了队，一出来正好撞上。

"有刺客！"刀兵之声骤然响起，禁卫立刻拔刀相向。

沈妤今夜没带刀，只从腰间摸出一把短匕，架住一人后一把夺过了对方的刀。她没下死手，挥刀击退几人后转头一看，黑压压的禁卫从四面八方涌来，无数支火把照亮了将明未明的天。沈妤心下一沉，禁卫太多了，就算是车轮战她也绝计坚持不到最后。为今之计，只能退不能战。打定主意，沈妤挟持着一个禁卫挡在身前往后退，又迅速从荷包里掏出药粉，一把推开那禁卫的同时凌空一撒。禁卫们忙掩住口鼻，不小心吸到的顿时栽倒在地，不过一恍神的工夫，沈妤已经掠上高墙，眨眼就消失了。

禁卫道："不好，刺客往东宫的方向去了。"

天色渐渐亮了起来，到了辰时，官员下朝。谢停舟一夜未眠，在马车中闭目养神。

清晨狱丞来报，谢停舟猜测她是跟着锦衣卫进了宫，想从中探听到消息。她胆子真是越发大了，禁宫是什么样的地方，她仗着自己一身功夫了得，竟也敢闯。马车一路驶入禁宫，下了马车，兮风当即上前，在谢停舟身侧低声道："早晨宫里闹了刺客，锦衣卫看见往东宫的方向去了，将东宫翻了个底朝天也没能找到人。"

谢停舟道："既没找到说明她如今还安全，只是没法混出宫而已，我们去东宫。"

"可是他此刻必定已不在东宫，我们去……"

谢停舟望着长长的宫巷："只是去告诉她，我来接她了而已，一旦她知道我来了，应该能想办法回东宫。"

最安全的地方就是最危险的地方，搜查时她离开东宫，之后她一定会想要回到东宫，借此避开其他地方的搜查。谢停舟走到崇明门前，跨入东宫时脚步微顿，望向宫道的那一边。东宫主事的刘奉前来迎人，顺着他的视线望去，宫道上几名身材纤细的宫女越行越远。

"那是出宫采买的宫女。"刘奉说，"世子殿下里面请，太子和太子妃已等了许久了。"

沈妤身上这身宫女的衣服略小，是她从一名宫女身上扒下来的，勒得她有些难受。她其实一直待在东宫就没离开过，搜宫时她换上宫女的衣服扮作宫女，在敲晕了一名宫女后大喊了一声有刺客，然后自己跟着一倒，就被人抬了出去。东宫搜了个遍，竟也没人想到男刺客竟会扮作宫女。

沈妤垂着头跟在后面，生怕一开口就露了馅儿，转过宫墙。

"站住。"

刘奉的调子拖得老长："你们几个，上哪儿去？"

沈妤偷偷抬眼扫了一下，太监的袍子上绣着孔雀，应当是一名主事。为首的宫女行了礼："回公公的话，奴婢几个奉太子妃之命出宫采买。"

"出宫采买用这么多人？"刘奉问。

宫女连忙往太监手里塞了样东西，笑着说："刘公公，您是明白人。"

刘奉掂了一下手里的银子，重量还算满意，他也清楚，寻常宫女几年出不去一次宫，但凡有出宫采买的活，都是挤破头想去，有时也会多带两个人。

"去吧。"刘奉摆了摆手。

沈妤跟在后面，经过太监身旁时，侧脸那惊鸿一瞥，让刘奉看直了眼。

"等会儿。"刘奉上前两步，停在沈妤面前，手中的拂尘一抬，挑起了沈妤的下巴。

带路的宫女急得身上直冒冷汗，生怕露馅儿，沈妤给她下了药，若无解药必死无疑。沈妤的手已经捏紧了袖子里的匕首，正待动手，便听那太监"啧啧"赞了两声，她不动声色地将匕首又塞了回去。

刘奉围着她转了半圈，捏着嗓子说："如此相貌，单做个采买的宫女可惜了。"

沈妤不接话。

刘奉拖着调子说："进了这禁宫就得认一个命，你若不往上爬，有的是人踩着你往上走。"

他拉起沈妤的手，沈妤赶忙握紧了拳头，生怕被他发现手上的茧。刘奉只当她不乐意，捏着她的手拍了拍，说："咱家瞧你这小模样就是有福气的，要不要咱家给你换个差事？"刘奉打量着她的脸，只觉得越看越好看，这样的模样竟没被宫里的主子们发现，倒是给他这个便宜。

沈妤曾听说过宫中的太监和宫女会找对食，没想到这死太监竟敢把主意打在她身上。沈妤看着抚在自己手背上的那只手，若不是她如今被困于此，早就将这色胆包天的太监给砍了。沈妤垂头道："奴婢还急着出宫采买。"

刘奉见她如此不识抬举，一把丢了她的手，阴阳怪气道："哼，给你的恩典你不要，别到时候说咱家不提携你。"

宫巷里突然传来一个声音："一个阉人，竟然也敢口出狂言给人恩典！"

刘奉一听，当即腿一软，一下跪在了地上："四殿下。"

宫女顿时跪了一地，沈妤只好跟着跪下。她今早还听到过四皇子的名字，李昭年，在同绪帝的口中，他当得上仁义二字。

"你不妨说说，你能给什么恩典？"李昭年道。

刘奉惶然失色："奴才不过是同她们开个玩笑罢了，恩典自然是主子们来赏赐，奴才就是一条狗，哪轮得到奴才来给恩典。"

李昭年冷哼一声："我方才听到的，可不是如此。"

刘奉当即扇了自己一巴掌："瞧奴才这嘴，不会说话，求殿下恕罪。"

宫中的太监都是看人下菜碟的人，前脚有多趾高气扬，后脚就能有多卑躬屈膝。

李昭年斥了一声："滚下去！"

刘奉赶紧跪到一旁。

沈妤垂着头，视线里只能看到蟒袍下的一双如意纹朝靴，还有他身侧的人，朝服下是一双云头履。

"你，抬起头来。"李昭年道。

沈妤根本不知他指的是谁，手臂冷不丁被人拐了一下，宫女在旁低声说："殿下叫你呢。"

沈妤咬了咬牙，缓缓抬起头来。李昭年望着那一张素如莲花的脸，确实生得美，正待开口，却见她望着他身侧的人，脸色骤然一变。李昭年转过头，他身侧的人也是同样一脸震惊。

李昭年疑惑道："敛之，你们认识？"

江敛之藏在袖下的手微微颤抖，难以控制内心的狂喜。他找了她这么久，都快找得绝望了，她竟然会以这样一种方式出现在他的面前，他喉结滚了滚，涩声道："认识。"

沈妤握紧了手里的匕首，撑在地上的另一只手已经开始蓄力。若是能劫下他们中的任意一人作为人质，应当也能逃出去。但那是下下策，一旦劫持人质，她就不能继续待在王府，否则就会拖累谢停舟。想到这里，她心中竟生出了一丝不舍。

李昭年面露讶异，他还是第一次见到江敛之如此失态："你们如何认识的？"

沈妤死死盯着江敛舟，江敛之定了定心神，缓缓道："不知殿下可否记得我恩师？"

李昭年若有所思地颔首，说："林绍因贪墨而获罪，我曾听闻你与他女儿青梅竹马。"

江敛之急忙去看沈妤的脸，生怕从她脸上看到一丝不豫，可看到她面无表情的脸后，心中又隐隐觉得失落："恩师虽已伏诛，但一日为师终身为父，我与恩师之女谈不上青梅竹马。"

李昭年道："那与眼前这人又有何关系？"

江敛之道："她是远亲，老师获罪她们家受到牵连，不知为何入了宫。"

李昭年若有所思："前年宫里是进了一批人，想来是那个时候进来的，对吗？"

沈妤在心中已经把江敛之家的祖坟都刨了，他可真会扯谎，他扯谎居然扯到了林家头上，算起来，林清漓梦中曾推她下水，他若不提，她忙得差点忘了还有林清漓这个人。可既然他提了，那等她有时间，定要好好"照顾照顾"林清漓这个人，以免让她日子过得太舒坦。

沈妤："回殿下，没错。"

李昭年颔首："都别跪着了，起来吧。"

继而对江敛之道："昨夜皇兄受惊，还是先去东宫探望吧。"

江敛之默了默，看了一眼沈妤，随即提袍跪了下来。

李昭年大惊，再看沈妤便明了过来："可是为了这宫女？"

江敛之道："既见了便不能袖手旁观，还望殿下成全。"

成全你爷爷！沈妤已经亲切问候过江敛之的祖宗十八代，要不是他横插一脚，她便能和宫女借采买之由顺利出宫，用得着你来操这份闲心？左右不过只是为了一个宫女，对李昭年来说就是张张嘴的事。

"敛之先起来。"李昭年亲自扶了他起身，说道，"一个宫女本也不是难事，只是昨夜才出了刺客，如今刺客还没能找到，不如缓上两日……"

见江敛之一脸凝重："罢了，刺客也不可能是她，人你带走，若出了事由我来担着。"

江敛之起身，揖手道谢："谢殿下成全。"

他知道如今沈妤在宫中多留一刻便多一分危险，可他还要先去东宫。正思索着如何安排，便见一小黄门沿着宫巷小跑过来。

"四殿下，江大人。"小黄门行礼道，"太子殿下听说二位要来，让奴才转达，东宫正在迎客，唯恐人多招待不周，回头太子殿下再亲自设宴款待。"

"有人竟比我们还快。"李昭年笑了笑，"无妨，我们改日再来就是。"

江敛之顺势道："既如此，那我们便改日再来探望太子殿下。"

李昭年看了沈妤一眼，了然一笑，对江敛之说："难得见你这么心急的时候。"

江敛之赧然："殿下说笑。"

"你脸皮薄，就不拿你打趣了。"李昭年说，"你带人走吧。"

"多谢殿下，臣告退。"江敛之走到沈妤面前，低声道，"跟我走。"

沈妤默不作声地跟上，心想等出宫后再敲晕他也是一样。袖子冷不丁被人拽了一下，采买的宫女跟上来，低声问："那你，就不同我们出宫采买了吗？"

沈妤当然知道她是什么意思，之前挟持她时假装对她们下了药，她是担心没有解药。她塞了一张纸条在宫女手里，那张纸条上只有两个字——无毒。昨夜本是去大理寺而已，谁会想到随身带要人命的毒药，不过是吓她罢了，否则宫女怎么肯乖乖带她出宫。

宫墙高耸，宫巷幽深，沈妤跟在江敛之身后，小黄门同李昭年说话的声音顺着宫巷传了过来。

"皇兄今日在接待哪位贵客？"

"是北临世子殿下。"

沈妤脚步蓦地一停，察觉出异样，江敛之回过头来，眼神中带着淡淡的疑惑。

沈妤垂下眼。宫门三重，禁宫外便能乘坐马车，只是沿路还有两道门的盘查。沈妤坐在靠近车辕子的地方，撩开帘子往外看了一眼。今日的值守增加了一倍，盘查也严了许多，方才江敛之也是以四殿下赏赐为由才带她出来。江敛之看着她的侧脸，低声问："宫里的刺客是不是你？"

沈妤仍旧望着窗外："江大人说什么我怎么听不懂，我是东宫的宫女，你不是也看见了吗？"

江敛之抿唇："都说你死了，这是怎么一回事？"

"看来江大人也盼着我死呢。"沈妤回头说。

江敛之脸色一变，就见她淡然一笑："开个玩笑而已，那就得问我那个好妹妹了，我也很好奇我怎么就莫名其妙地死了。"

刹那间江敛之便想通了关键，他沉吟片刻说："如今你有什么打算？我可以向陛下奏明，说明其中的误会，还你身份。"

"大可不必。"沈妤拒绝道，"我的事我自有打算，就不劳江大人操这个心了。"

"什么打算？！"江敛之斥责道，"像今日这样以身犯险吗？"

沈妤道："那你又以什么身份来质问我？"

江敛之怔了一下，说："我救了你。"

沈妤冷哼一声："你怎知你不是坏了我的计划？"

江敛之默了片刻："阿妤——"

"大人。"沈妤打断他，"我不知京中那些传言从何而来，也不知大人的一往情深又是从何而起，总之你我交集甚少，今日出了宫，你我桥归桥路归路，往后还是不要来往的好。"

江敛之定定地望着她的脸："你为何对我敌意这么深？"

沈妤愣住，她不知不觉间便将梦中的情绪带了进来，但现今她并没有嫁给江敛之，一切都还没发生，江敛之甚至还帮过她，她别开脸，不知从何解释。和他梦中相比，她变了太多，哪怕身着下等的宫女衣服，也难掩她身上散发的光芒。

江敛之看了片刻，敛下眉眼，目色难辨："你是不是，在追查你父亲的案子？"

沈妤审视着他，没接话。

江敛之继续说："你如今行走在外不安全，我可以帮你，沈将军的案子由我来查。"

沈妤控制好情绪："大人的美意我心领了，不过用不着。"

江敛之忽然抬高了声音："我不行，他谢停舟就可以吗？"

沈妤震惊地看着江敛之，他是怎么知道的？

江敛之侧头望着帘子："算起来，之前我见过你两次，只不过刚刚才确认罢了。"

一次是在大理寺门口，他看见了些许侧脸，那一次他问谢停舟马车内的人是谁，谢停舟回他"我的人"。

另一次是在京师衙门，她背对着不敢见自己，谢停舟拥她入怀。若不是适才在宫里她听到谢停舟在东宫时顿的那一步，他还不能完全联系起来，想到这里，江敛之心中涌起一股深深的怒意。他垂下眼，盯着案上的茶水看了片刻，抬手斟了一杯递给她。

沈妤行走江湖多年，对于不熟悉的人，警惕心很重，因而接过后并没有喝，而是放在了桌上。

江敛之拿过杯子自己喝了一口，示意无毒。

"你不用如此警惕，我不会害你。"

沈妤道："我性子比较急躁，方才言语间多有得罪，还望见谅。"

"无妨。"江敛之自嘲地笑了笑，"去年沈将军出征前，当日在宫中未能拦住他，我心中也颇为内疚。"

"知道你还活着就好，你以后若是遇到什么困难，可以到江府找我。"

车厢里空气沉闷，沈妤微微掀开了一条缝。江敛之见状，从桌下取出一支香炉点燃，那炉子里不知燃的什么香，清幽怡人，闻着清新提神。沈妤想了想说："确实有大人帮得上忙的地方。"

"你大可直言。"

"我听闻大人曾在兵败前向北临发过一封信，请北临世子出兵燕凉关，可有此事？"

江敛之心中震惊，面上却不显山露水，看来谢停舟对她毫无隐瞒，已将所有事情都告知她。

"是，我没能拦住令尊，加上你在宫门前对我说的那番话，我担心燕凉关出事，所以才写了那封信。"

沈妤不动声色地打量着他，这话有理有据，让人无从反驳，但她不信，不信江敛之会因为她的几句话便决定写信给北临。

江敛之又道："你不相信是吗？"

沈妤默然。

江敛之忽然一笑："你真是撒不来谎，便是不信，也应当假装相信，然后再伺机找证据来拆穿。"

沈妤摇头道："正如你所说，你救了我，所以我不想跟你耍这些心机。"

江敛之脸上的笑容一滞，忽然问："若是，我跟你玩把戏，你会生气吗？"

"什么意思？"沈妤眉心一蹙，刚准备再问，却觉得身体开始发软，眼前也是一阵模糊。

沈妤顿时发觉不对，她明明没喝茶……对了！是香炉。可是明明江敛之也同在马车里，为什么他没有中毒？来不及细思，沈妤拔出匕首猛地朝江敛之扑过去，将匕首抵在他的脖子上："解药呢？"

江敛之不为所惧，凝望着她的脸，紧接着伸出双臂，将栽倒的沈妤拥入怀里。他单手搂着她靠在自己身上，从她手中抽出匕首随手扔在地上，而后端起桌上的茶水泼进香炉里。

香炉里是迷香，解药在茶水里。

东宫昨夜进了刺客，太子一夜未眠。夜路走多了总会见鬼，他做下的亏心事不少，自然担心是有人来寻仇。太子李晋承强打精神设宴款待谢停舟，李晋承知道谢停舟与李霁风交好，但李霁风就是个扶不上墙的烂泥，对他毫无威胁。北临势大，若是谢停舟能为他所用，那将是一股强大的助力。

日头高照，窗外的树影在地上落成了圆。谢停舟起身告辞，推辞了李晋承留他用饭的好意，出了东宫，兮风立刻跟上来："宫里没找到人，但是有一个疑点。"

谢停舟："说。"

兮风道："早晨一个阉人在东宫外对一名宫女动手动脚，被四皇子和江侍郎撞见，四皇子把人送给了江侍郎。"

"江寂要了吗？"若是没要，那就只是个无关紧要的插曲，若是江敛之要了，那就说明……

谢停舟还没想完，兮风就道："要了，说起来还是江侍郎自己开口要的人。"

谢停舟脚下步子乱了。

"去江府。"他下颌紧绷了几许，"要人。"

江府，江敛之的院子院门紧闭。

下人们行走间放轻了声音，因为少爷抱着人回来时，脸色十分难看。江敛之把沈妤放在床上，盯着她的脸，手颤抖着抚上去，还没碰到却停住，她说她不知他的一往情深从何而起，该从何处说起呢？是真实得像上天赐予的梦中，上千个日日夜夜的相伴；是他娶了遍体鳞伤的她，但没有好好珍惜；是直到她离去后，他才从丫鬟口中得知，他不说爱，却有人会对她说不爱。有水滴落在被面上，洇开了几块湿漉漉的点子。他自始至终从未想过害她，她身体受损无法受孕，世人只知麝香能使人不孕，殊不知麝香还能调节睡眠，强心护体。他救下林清漓，只因从头到尾都无人告诉他落水的还有她，否则他怎会舍得弃她而去？

江敛之握住她的手，喃喃道："我欠你的，今后加倍还你，可好，阿妤？"

出宫时，兮风卸了马车。谢停舟翻身上马，直接策马回了王府，进门就问时雨回来了没有。王府各方有好几道门，便是回来了，也不知她从哪个门进，下人确认了一遍才来回他，说时雨根本没回来。

谢停舟的心沉了下去，在回来的路上他还想过，她功夫好，只要出了宫定能顺利回来。若是没回来只有两个原因，不是被囚便是她自愿跟随江敛之回去，这两种可能不论哪一种，都是谢停舟无法接受的。

谢停舟冷声道："你即刻调人，把江府给我团团围住，一只苍蝇也别想飞出去。"说罢再次翻身上马。

兮风大骇，上前几步劝说："江府是首辅江元青的府邸，我们如今这样直接上门去要人，实在不妥。"

谢停舟哪管什么妥不妥，掉转马头，兮风赶忙上前一把攥住缰绳。

谢停舟勒马："让开！"

兮风拦在前面稳若泰山："殿下三思，为了一个近卫大张旗鼓地围了江府，这事这么闹得闹到圣上跟前去。"

忠伯听说前院闹起来，急匆匆赶来，一听来龙去脉，比谢停舟还急。

"那可不行，必须得接她回来，咱们上江府去，翻它个底朝天。"

兮风头疼，原以为忠伯能来劝说劝说，结果来了个拱火的："您老别跟着掺和了行不行？"

"不行。"忠伯对谢停舟说，"殿下您看哪，咱们今日就闹到江府去，江家不是出了个首辅还出了个侍郎吗，我听说江家的旁支也有不少在朝为官，那是家大势大，可咱们北临王府岂是吃素的？"

"咱们这么一闹，陛下肯定会介入，届时一问什么原因，殿下大胆放言便是，直说江侍郎抢了咱们的人，殿下您看如何。"

谢停舟手中的缰绳松了松，兮风终于松了口气，忠伯还是只老狐狸，这招反其道而行之用得可谓精妙。

兮风靠近说："殿下，届时时雨夜闯禁宫的事恐怕也捂不住了。"

谢停舟沉了口气，他在"心爱"二字下乱了方寸，只要想到她在江敛之手里，便什么也顾不得了。

兮风见他有所缓和，趁机劝说："此事还需从长计议。"

从长计议？他谢停舟偏不吃这套。把沈妤留在江敛之身边，他一刻也不放心，若连自己心爱的人都接不回来，他这个世子也白当了。他平静道："去调人，把大黄也带上。"

兮风心一沉，看来是劝不住了。

谢停舟忽然侧头道："你们忘了？ 盛京的人只知我这几年在北临是个彻头彻尾的纨绔，还没真正见识过，今日就让他们瞧一瞧，何为真正的纨绔。"

兮风和忠伯还没反应过来，谢停舟已扬鞭一挥，一马当先地冲了出去。他抬手打了个呼哨，回应他的是一声鹰隼的清唳，一只海东青呼啸着振翅跟了上去。兮风急得头大，忠伯却望着谢停舟的背影笑了起来："这才是咱们北临的雄鹰，盛京的城墙，哪困得住他呀。"

院子静了一个时辰，院外突然传来一阵拍门声。高进去看过敲门的人，听了片刻面色一凛，又匆匆赶回来："公子，出事了。"

江敛之侧头问："什么事？"

高进在外头说："北临世子谢停舟带着人把咱们府给围了，老太爷在养病没敢惊动，现在夫人和老爷在前厅接人。"

江敛之万万没想到谢停舟真敢直接带兵上门来要人，他原想谢停舟应当对江家有所忌惮，要人只会在暗地里，不会放到明面上来。谢停舟如今将事情闹得这样大，就不怕把沈妤置于险境吗？江敛之掖好被角，又放下了帘子，走出房间吩咐道："派人守好，别让任何人进去，否则提头来见。"

江敛之急匆匆来到前厅，江夫人和江老爷对着上位那尊菩萨正一筹莫展。见江敛之跨进门，江夫人急忙上前："敛……"一声名字还没喊完，江夫人就注意到了他脖子上的血迹，随即大惊失色，"你脖子怎么流血了？"

江敛之并未发觉异常，抬手摸了摸脖子，颈间有些许刺痛，应当是在马车上沈妤用匕首割破的，他当时注意力不在自己身上，所以没发现。看来她对他一丝情意也没有，真下得去手。

"没事，不小心碰的。"江敛之看向上座的谢停舟，"不知世子大驾光临，有何贵干？"

谢停舟扫了他脖颈一眼，出了不少血，看样子是利器所伤，应该是沈妤和他动过手，却没能走掉。谢停舟心里更急，却又笑了笑："江侍郎这样就没意思了，我来做什么，你不是最清楚不过吗？"

江敛之道："不清楚，还请世子明示。"

谢停舟既然豁出去了上门要人，说明沈妤在他心里很重要，沈妤是他上午才从宫里接回来的，他赌谢停舟不敢直言。谁知谢停舟转了转手上的扳指："我来要人。"

江敛之脸色一变，谢停舟已起身朝他走来："前些日子我在醉云楼得了个可心的人儿，听说被江侍郎带回了府上，若是寻常人也就罢了，送你便是。"

他停在江敛之面前："可不巧，那人是我的心头好，偏巧又付过银子赎了身，不过是寄养在醉云楼而已，你夺人所爱，不好吧。"

这种情况在京中并不少见，豢养个知心人不好带回府，便寄养在花楼里，谁出钱是谁的人，旁的人不让碰。江老爷一听，忙上前劝说道："世子殿下，这中间恐怕有误会，犬子我最了解不过，他无心风月。"

"是吗？"谢停舟半笑不笑地扫了江老爷一眼，随即看向江敛之说，"既无心，那便把人还我。"

江敛之低估他了，没想到谢停舟会用这么一招。谢停舟风评也就那样，什么事都干得出来。

"我府上没有世子口中的人，恐怕消息有误，世子还是上别处找吧。"

谢停舟垂下手："来都来了，哪有空着手回去的道理，我得亲自看看才知道。"

他往前迈了一步，江敛之错身拦在他面前，沉声说："这里是江府，不是你的北临王府。"

谢停舟眸中含着刀，他微微倾身，在江敛之耳边道："若是我的北临王府，你以为你还能站在这里同我说话吗？"他直起身，看江敛之的眼神如同在看一堆垃圾。江敛之的肩猛地被撞了一下，谢停舟已大步出了门。谢停舟仰头望天，白羽从空中俯冲下来，落在他肩上，只停留了须臾，又振翅起飞，在空中接连发出了几声尖唳。

果然在府里，谢停舟抬脚就走。

江敛之厉声道："拦住他。"府上家丁立刻上前拦住。

唰——

谢停舟的人马按着腰间的刀，拇指已将刀抵出了刀鞘，寻常家丁哪里是近卫的对手，单在气势上已落了下乘。

江夫人一看这阵仗，急忙上前劝说："有话好说，你二人同朝为官，何必闹成这个样子呢？"

她面色不豫地看向谢停舟："你虽贵为世子，但这里是江府，就算要搜府，也得拿出文书来。"

"谁说我要搜府了？我找人。"谢停舟回首，意有所指，"不是你的，占着也没意思，你何必呢？"

江敛之道："不是我的，难道就是你的吗？"

"那不如叫她出来问一问，看她自己说她是谁的人。"

两人一来一回，除了兮风和近卫，其他人一个也听不懂。

江敛之沉声道："今日若让你搜了府，我江家颜面何存？"

谢停舟说："我说了我不搜府，我只在你院中找人，如果没有找到我要找的人，本世子在京中大摆三日宴席，给江府赔罪，如何？"

江老爷已憋了一肚子气，江家最没出息的就是他自己，奈何他生了个最有出息的儿子，他扬声道："那便让他搜！我倒要看看他能不能搜得出来！"

江敛之握紧了拳头，并不应声。江夫人见状，心道不好："敛之，你……你到底有没有……"江夫人没把话说下去，因为她已经从江敛之的脸上得到了答案。

江敛之默了半晌，对谢停舟说："你说的，只在我院中找人。"

谢停舟心中咯噔了一下，难道江敛之没有把人带回来？不对，刚才白羽来报信，分明是白羽和大黄已经找到了沈妤，那江敛之又是哪来的胆子敢让他搜？多思无益，谢停舟抬脚就走，江府小厮在前面带路。

江敛之走在一旁，目光不动声色地扫过院子里的一名小厮。那小厮轻轻点了下头，放慢脚步朝着另一条路走去，避开人，他越走越快。"铛"的一声，一把长刀插入墙壁，小厮急刹住脚步，那刀正好横在他脖子前，刀身还在不停抖动着。小厮被定在原地，冷汗唰一下冒出来。如果他走得再快半步，他如今多半已经身首异处。

谢停舟什么也没说，回给江敛之一个眼神。还没到地方，便听到一阵狗叫声，伴随着白羽尖厉的叫声，走近一看，几人牵着一张网，大黄被兜在网里直叫唤，白羽灵活，不时疾冲而下或抓或啄，弄得几人手忙脚乱。

"兮风！"谢停舟冷喝一声。

兮风上前，"唰"的一声，抽刀和还刀入鞘都在瞬息之间，那张网瞬间被砍成了碎片。大黄甩了甩头，跑过来对着谢停舟汪汪叫了两声，又对着院门狂叫。兮风一脚踹开了院门，近卫一拥而入。谢停舟径直走向卧房，帐帘垂落，隐约看见床榻上躺着一个人。谢停舟心跳加速，抓住帐帘轻轻拉开。

床上的人忽然睁开了眼："啊——你是谁？"

谢停舟怔住，手一松，往后退了一步。怎么会这样？床上的人掀开帘子下床，她一身宫女的装扮，看了一眼谢停舟身后的江敛之，娇滴滴喊了一声："江大人。"

江敛之上前："世子爷看见了，我房中只此一人，我到现在也不知世子在找谁，这是四皇子赏赐的宫女，世子若是喜欢，送你也行。"

卧房被翻了个遍，连柜子也没有放过，还是没找到人。谢停舟踏出房门，江敛之笑了笑："届时世子设宴，我定会带全家前往。"

走到院中，谢停舟停下脚步，他回头看向那间卧房，他就是有一种直觉，沈妤就在那个房间里，就在离他不远的地方。大黄杵在门口不肯走，冲着谢停舟直叫唤。谢停舟目色一凝，疾步冲了回去。

江敛之脸色一变，手中拳头攥紧。

"怎么办？"高进低声问。

江敛之："他找不——"

后面的话卡在了喉咙，谢停舟已经站在门口，怀里的人被披风罩得严严实实，连一根手指头都没露出来。

"江侍郎，"谢停舟盯着江敛之，声色俱寒，"今日的账，咱们回头再算。"

不知为何，江敛之下意识地让开了两步，看着人与他擦肩而过。

马车轻晃，沈妤靠在谢停舟怀里，她人并不清醒。那张床有机关，床板下还有一层，她听见了白羽和大黄的叫声，也听见了谢停舟近在咫尺的声音才强撑着醒过来，睁眼时便是床板，她浑身无力，只能用手指抠着木板，低声地喊他的名字，却没人能听见她的声音，听到谢停舟渐渐走远，那一刻她都快绝望了。

谢停舟让她靠坐在怀里，下巴在她额头上安抚地碰了碰，是克制隐忍的一触即离。

"没事了，安心睡吧。"

沈妤仍旧稍仰着头，不大清明的视线固执地落在他脸上。她不确定地喊："谢，停舟。"

低沉而嘶哑的声音响在她耳畔："嗯，我在。"

半合的双眸几番挣扎，卷翘的长睫抖动了几回，仍旧在坚持着不睡。

"谢停舟。"她又唤他，仍旧是不放心。

谢停舟知道她意志力素来强大，到现在快要失去意识都还在强迫自己。他轻轻叹了口气，拥着她往上提了些许，为她找了个更舒适的位置。低头看她的脸，低声哄道："睡吧，到家了叫你。"

"好。"她声若蚊蝇。

谢停舟的心像是被人割了无数刀，他抬手轻轻划过她的眉眼，低下头，将薄唇印在了额间。看着她渐渐睡沉，谢停舟才缓缓抬头。

"兮风。"

"在。"兮风立刻下马上了马车，犹豫片刻才掀开车帘。

兮风入眼便是谢停舟发红的双眸，登时毛骨悚然。

"殿下……"话卡在嘴边，他从未见过谢停舟如此失态。

谢停舟目光越过他看向虚空："安排一名暗卫从宫里逃脱。"

兮风立刻明白过来，如今宫里在查刺客，若是一直找不到人，恐怕会怀疑到出宫的这些人头上来，届时便能顺藤摸瓜查到时雨身上。

"是，我这就去安排。"

谢停舟重新垂眸看向怀里的人，半晌，他才轻声道："你下去吧。"

谢停舟昨夜便一夜未眠，白日都是强打起精神，紧绷的神经一旦松懈下来，困意便铺天盖地地袭来。回府后靠在榻上，怀里抱着沈妤，迷迷糊糊地就睡了过去。更漏声不知响了几回，窗户上映着婆娑的树影。沈妤迷迷糊糊睁开眼，只见榻边摆了张椅子，谢停舟坐在里头，正垂眸盯着她的脸。

"醒了？"

沈妤半是清醒半是懵懂地睁着眼，缓缓点了点头，一句话也不想说，她这一觉睡得极好，似乎很久未曾睡过这么踏实的觉了，她翻了个身，懒懒地趴在榻上，不怎么想动："什么时辰了？"

谢停舟倾身，替她拉好下滑的被子："刚过丑时。"

他在未时接她回来，陪她睡了两个时辰便醒了，她却一直睡到了半夜，再过一个时辰，天就要亮了。沈妤抬眼，她在马车里闭眼时，并非一下就昏睡过去，那抚在脸上的手指，还有额头上柔软的触碰她都知道。她目不转睛地注视着谢停舟，觉得那像是一场梦，又比梦里更加清晰而旖旎。

谢停舟突然问："看着我做什么？"

沈妤当即闭上眼："那不看了。"

谢停舟倾身靠近，勾着她的下颌："沈妤，看着我。"

沈妤听到他轻浅的呼吸，整个人如同被笼在一阵淡淡的松木香里，分不清是来自他的床榻，还是来自他身上。她不敢睁眼："一会儿让看一会儿不让看，你到底要——"

沈妤怔住了，额上骤然贴上一片柔软。

这一次比上一次要清晰太多，沈妤睁开眼，只能看见他的下颌，鼻尖离他的喉结不到三寸的距离，他的喉结在滚动，近得能听见彼此的心跳声。松木香的味道更浓了，似乎比江敛之的迷香还要厉害，让人沉溺其中，连攥着被子的手指都没了力气。

谢停舟缓缓退开，重重地闭了下眼："现在，能看我吗？"

沈妤尚未从这一吻中回过神，愣愣地看着他的脸。

"傻了？"谢停舟抓住她的手，掰开她的手捏在掌心。

"傻姑娘。"他低声道，"若有人这么轻薄你，你应该当场给他一巴掌，或是拿刀划开他的脖子，不能由着人这么欺负的。"

掌心微痒，沈妤任由他的拇指抚过那一排被指甲压出的月牙痕："我，我才不会被人欺负。"

"那为什么不打我？嗯？"谢停舟又问。

他知道她坚韧却又固执，引导着想让她自己给自己一个答案。沈妤的心乱了，她咬着下唇闭口不言，来京的路上明明张口就能调戏到谢停舟哑口无言，真到了关键时刻，却一个字也说不出来了。

谢停舟叹了口气，唯恐逼她太过反倒让她退缩。他起身走到桌边将半杯冷掉的茶喝掉，手指搭在桌上敲了几下似在思考什么事，转而又另拿杯子倒了杯热的给她。

沈妤拥着被子从床上坐起来，接过茶抿了一口，问："你又是一夜没睡吗？"

"睡了。"

"怎么睡的？"

谢停舟半笑不笑，看得沈妤心里一阵似一阵地发慌。

"榻上睡的。"

沈妤的心跳乱了一拍，转念又想，进京一路上两个人都不知睡过多少次了，一起睡一觉又有什么，于是定下神来："昨夜我打听到一些事。"

谢停舟看着她："打听到什么？"

那迷香让她昏睡了大半日，她仔细梳理了一遍，说："我在大理寺时锦衣卫刚好来提人，同绪帝大半夜提葛良吉进宫一定有问题，于是我就跟着囚车进了宫。"

"太冒险了。"谢停舟沉声道。

"我下次注意。"沈妤心虚道。

谢停舟抬眼："线索可以慢慢查，但不能拿自己去冒险。"

沈妤开口想说话，却又闭上了嘴，面上似羞愤又似恼怒，半晌，她捶了下床沿："你能不能好好说话！"

谢停舟愣了一下："我怎么没好好说话了？"

"你就是……"沈妤顿了顿，"谈事就谈事，你讲那么多有的没的干吗？"

谢停舟怔了片刻，陡然失笑："好，我好好说。"

沈妤又觉得不对劲了，好好说就好好说，偏要用那么宠溺的语气是想干吗？

"又有问题？"见她表情有异，谢停舟问。

沈妤别开脸："没有，现在我们好好谈。"

谢停舟颔首，唇角笑意不减，觉得她这模样可爱得紧："先喝口茶。"

沈妤把杯子里的茶一饮而尽，准备放在旁边的小几上时被谢停舟接了去。

谢停舟："说吧。"

沈妤想了想，把在大理寺狱中从葛良吉口中得知的消息，还有同绪帝和葛良吉的对话说了一遍，

谢停舟沉吟半晌："葛良吉给他的子女留下的保命符，一定是对方忌惮的东西，说不定就是能取对方性命的证据。"

沈妤点头："我也是这么想，后来在宫里，葛良吉说蛀虫里他也占一个，说明他确实与此事有关，但还有其他主谋。同绪帝明显也知道那些人是谁，但是他不想动或者是不敢动。"

谢停舟食指敲着空杯，沈妤见他在思考，不想扰乱他的思绪，安静地等着。过了许久，敲击的手指一停，谢停舟把杯子搁在一旁的矮几上。

"同绪帝最在意的是什么？"

沈妤怔了怔，不确定地说："应当是……大周的江山吧。"

"没错。"谢停舟道，"燕凉关一役已伤了大周的根基，可在同绪帝眼中，有什么比拔除这些毒瘤更为可怕的？"

沈妤想起了同绪帝说的五大恶患，还有他对几名皇子的评价。宦官争权已解，奸佞想除却不敢除，内有党争……她脑中灵光一闪，喃喃道："骨肉相残。"

谢停舟道："能排在奸佞之上的，唯有骨肉相残了，他明显知道自己撑不了多久了，几位皇子里堪当大任的不多。"

"我想起来了。"沈妤说，"葛良吉曾对我说过一句话，他说或许一开始我的方向就错了，他们杀我爹的原因不是怕功高盖主也不是仇杀，而是为了自保。"

皇子，继位，争权，自保，沈妤将这些词一个一个联系起来。皇位之争，胜者黄袍加身，败者粉身碎骨，而沈仲安拥兵十万，定是诸皇子争相拉拢的对象。什么样的情况下才能称作自保呢？那便是知道沈仲安已经成了对方登上皇位的一大阻力，不得不除。沈妤越想越心惊，抓着被子的手都在颤抖。

谢停舟握住她的手："沈妤，看着我。"

沈妤抬眸看着谢停舟，眼中冒出了血丝："他们太丧心病狂了，为了一个皇位，他们……"

谢停舟安抚道:"皇家本就是这样,多少皇子死于皇位之争,连自己的父母和亲兄弟都能杀,又有谁是不能舍弃的呢?"

他声音渐渐低了,忽然苦笑了一下:"别说皇家,王侯将相也是一样。"

沈妤注意到他这句话中的失落,定定地看着他的脸。谢停舟半边脸隐在烛光里,侧脸冷硬,眉间渐渐涌上了阴郁。他盯着虚空的地方看了半晌,目光一转正好撞上沈妤担忧的脸。那激荡在胸中的阴郁,因她这一眼,悄声无息地退了下去。

"担心我?"他问。

沈妤默了须臾,诚实地点了点头:"你是不是,有什么难过的事?"

"嗯。"谢停舟说,"但是你这么看着我,我忽然就不难过了。"

他的声音很低很沉,又很好听,充满着蛊惑的意味。谢停舟喉结滚了下,目色深了些:"你……抱一抱我。"

"好不好?"他眸色很深,却不染欲念,强大而温柔的谢停舟,第一次流露出这样类似脆弱的表情。沈妤心软了,也心疼了,她缓缓伸手,手指划过他的手臂,然后是肩……还没来得及拥抱他,她已被他强而有力的双臂箍进了怀里。

外头梆子声密而急,已经是尾更了。外间点起了灯,屏风半透,谢停舟更衣的影子落在屏风上,沈妤侧卧在床榻上,盯着屏风上谢停舟的轮廓。穿好衣服,谢停舟又绕了进来,沈妤看见了他身上的朝服,坐了起来:"你要去上朝吗?"

谢停舟领了个有名无权的闲职,平日里是不需要上朝的。谢停舟"嗯"了一声:"昨日葛良吉已被处斩,宫里又出了事,去看看。"

沈妤点头道:"那我回鹿鸣轩去。"

"别急。"谢停舟拦住她,"早上大夫要来给你诊脉,不知道昨日的迷香对你的身体有没有损伤,你再睡会儿,时辰还早,我先走了。"

走到门口时,他回过头,她一身寝衣坐在榻沿,见他回头,冲他笑了笑。谢停舟心里忽然生出一种感觉,像是寻常夫妻,早起的丈夫和送别的妻子。出门时她送他,归家时她等他。他回了一个笑,转身出了门,若每日都是这样,这盛京,似乎也不那么无趣了。

沈妤睡了一日,根本就睡不着,榻上的味道让她安心,躺到辰时,她才起床洗漱。大夫来诊过脉,说她脉象正常,那迷香对人无害,有安神的作用,只是剂量用得重了一点。丫鬟进来摆早膳,沈妤吃着,抬眼时看见长留在门口探了个头进来:"杵那儿干吗?进来呀。"

长留背着手进来,看看沈妤又探头看了看里间,疑惑道:"你昨夜,是和咱们殿下一道睡的吗?"

沈妤正喝着粥,被他这么一问,一口粥险些喷出来,好不容易憋回去,呛得她直咳嗽。长留吓了一跳,赶忙给倒了杯水:"你可别害我,殿下让我别吵你,你咳死了殿下要罚我。"

"岂止是罚你。"忠伯走进来,一边把东西放下,说,"殿下得扒了你的皮。"

长留摸了摸自己的脖子，上下打量着沈妤："你到底给殿下和爷爷灌了什么迷魂汤，从前他们可是最疼我的。"

沈妤干笑道："如今依然是。"

忠伯揭开盖子，把一盅红枣燕窝摆在沈妤面前："趁热喝了，往后每日都得喝一盅，滋阴补肾，于身体有好处。"

沈妤听到那句滋阴补肾就头大，幸亏长留没听出来，赶忙说："不用了吧。"

"用的，赶紧喝。"

长留探头看了看，他爱吃甜食，红枣燕窝甜腻的香气让他直咽口水："于身体有好处怎么不给我吃？"

"你小孩子家家的吃什么吃！"

长留指了指沈妤："他。"

又指向自己："比我，大了才不到两岁呢，他就不是小孩子家家了？"

"那就再长两年，等你比她大了再说吧。"忠伯敷衍了句，又摆起笑脸看向沈妤，"怎么样，味道如何？若是不喜欢我让厨房调整配方。"

长留唰一下，背过身，坐在椅子上生起闷气来。

"挺好，挺好的。"沈妤干笑道。

"那就好。"忠伯说完，偷瞄了沈妤一眼，忽然沉了脸叹了口气。

沈妤："忠伯有事吗？"

忠伯严肃道："今日殿下进宫，也不知是吉是凶。"

沈妤放下勺子："发生了什么事？"

"殿下不是不让说吗？"长留转过身问。

"你闭嘴。"忠伯往长留嘴里塞了块点心，转而对沈妤肃然道，"你有所不知，殿下昨日为了救你回来，带兵围了江府，江府是什么地方？那可是四大世家之首，祖上曾出过一位太傅、两位首辅、三位尚书，其他官职数不胜数啊。"

忠伯尽量往严重了说。

沈妤暗自心惊，她只知谢停舟救她回来，却忘了问他用了什么方式，没想到竟闹得这样大。

忠伯道："咱们家殿下哪儿都好，就是喜欢自苦，报喜不报忧。"

沈妤吃不下了，怪不得一大早谢停舟就要进宫去。

"会有事吗？"

"这就不知道了。"忠伯说，"不过你若是去宫门外等着，肯定能第一时间知道消息。"

长留刚想开口，却见忠伯对他眨了眨眼。

卯时上朝。谢停舟刚踏入承天门，李霁风便急匆匆跑来。他压低了声音说："你如今正在风口浪尖上，怎么竟跑到朝上来了，你知道昨日闹得有多大吗？"

"知道。"谢停舟道，"所以我来了。"

李霁风原想着把他给劝回去，谁知人家是自己乐意往枪口上撞。他跺了跺脚，跟着谢停舟往宣辉殿走："你跟我说到底怎么回事，江家在朝堂的势力盘根错节，一会儿殿上若是有人对你发难，我也好帮个腔，你是我兄弟，不能叫人欺负了去啊。"

谢停舟瞥他一眼："江寂抢了我的人。"

"还真抢了你的相好？"李霁风也听说了怎么回事，但他觉得那不是谢停舟的作风，要么就是那人天姿绝色，连谢停舟和江寂这样的都无法抵抗。

殿外百官俱在，两人一到，其中一群人便看了过来。

"你看。"李霁风低声说，"这些肯定是他们的党羽。"

谢停舟笑了笑，不退反进，走到离江敛之三步的地方停住："昨日江大人还红光满面，这才一日，怎么憔悴得如此厉害？"

"这你就不懂了吧。"李霁风趁机唱双簧，"小孩都知道哭着要糖吃，何况是大人呢。"

言下之意是说江敛之装腔作势，故意装成这模样来博同情。站于江敛之身后的大臣憋着满脸怒气不好发作，刚想为江敛之抱不平，江敛之抬手制止。

"世子莫要欺人太甚。"

"欺人太甚？"谢停舟施施然抖了抖袖子，"那江大人也别觊觎不属于自己的才好。"

李霁风帮腔："对！别觊觎！"

谢停舟无语，侧头看了他一眼。李霁风一脸茫然："你看我干什么？"

谢停舟抬脚就走，低声对李霁风说了句："一会儿在殿上不管他们如何发难，你都不要开口。"

"为什么？"李霁风问。

鸿胪寺静鞭响了三下，百官肃静，"唱"奏之后依次进殿。昨日葛良吉刚被处斩，估计不少人都松了口气。奏报之后，一位大臣站了出来："臣有本启奏。"

来了！谢停舟回头看了一眼，是右副都御史张怀兴。

同绪帝："准。"

张怀兴行了礼，开口道："臣今日弹劾北临世子兼都指挥佥事谢昀，招募私兵，带兵围困首辅大人的府邸，简直罔顾律法，罔顾国体，视纲常如无物，臣请陛下严办。"

谢停舟泰然自若，听得殿中几声"臣附议"，他甚至轻飘飘地笑了下。

"张大人，你说我招募私兵，这罪名从何而来啊？"

张怀兴道："世子竟还敢狡辩，昨日围困江府的那些人，可是不少人都看见了，你还想抵赖吗？"

"那你数过吗？一共多少？"

张怀兴气愤道："那么多人，臣怎能一个一个数？"

谢停舟道："既然没数过，又如何认定我超了规制呢？"

张怀兴说："按律亲王三十六守卫，二十贴身护卫，世子总不会比亲王规制还高吧？"

"那自然是比不得亲王了。"谢停舟看向同绪帝，"臣进京时，陛下特许臣藩王规制，领三护卫营，按理说昨日所有的加起来，也不到一个护卫营的一半吧。"

张怀兴："这……"

同绪帝颔首："确有这么回事。"

张怀兴哪会知道同绪帝和北临私下达成的条件，一时下不来台。

"即便如此，那擅自围了首辅大人的府邸又作何解释？"

谢停舟觑了江敛之一眼："不如你问问江大人怎么回事。"

"銮殿上岂容你推三阻四！"

谢停舟冷冷一笑："何时又轮得到你来质问本世子？"

左副都御史万瑞贤刚准备出列，却见谢停舟不露声色地扫过众人，视线在他身上多停留了片刻。他瞬间明白过来，背上冒出了薄汗，幸亏方才他没替谢停舟说话，同绪帝忌惮北临，若是知道在朝中还有谢停舟的人，又会做何反应？如今越没人替谢停舟说话，同绪帝就越是放心，反倒不会如何处置。

"江大人。"谢停舟看也没看江敛之，"今日在殿上，不如把事情都说清楚了。"

江敛之被逼出列："臣与世子小有摩擦。"

谢停舟悠悠道："这事说起来呢，其实不好放在殿上来说，不过张大人既参了我一本，那还是要说清楚的，我平日流连秦楼楚馆，实不相瞒，有个心爱的相好之人。"

此言一出，殿中哗然，这等不入流的事情，怎能拿到朝堂上来说，简直有失体统。谢停舟继续道："说来也巧，连江大人这样洁身自好的人，竟也和臣看上了同一个，偷偷将人掳到了府上，若是寻常的也就罢了，但心爱之人岂能拱手相让。"

"一派胡言！仗着自己是北临世子便诬赖朝廷命官。"

"简直胡扯！江侍郎风霜高洁，岂会行此不轨之事？"

谢停舟看向江敛之："江大人，如何？"

江敛之握紧了拳头。如果直言，便会将沈妤搭进去，谢停舟是算准了他不敢，还是说沈妤在他谢停舟心里根本没那么重要？江敛之提袍跪下："确有此事，臣有失体统，还望陛下恕罪。"

这便是默认了，方才那些一口一个风霜高洁的已哑口无言。张怀兴满头大汗，富贵人家的家宅中多少有些见不得光的事，只是他没想到江敛之竟也是这样的人。今日若不是他当殿弹劾谢停舟，又如何会将江敛之后宅的事公之于众。谢停舟笑了笑："陛下知道我什么德行，我混账惯了，若连找个知心人也不行，那在这盛京待着也忒没意思了。"

盛京没意思，哪里才有意思？不就是北临吗？同绪帝又岂会放虎归山。说到底，不过是两个世家子弟为了个下九流之人争风吃醋，拿到朝堂上来说实属不该。但谢停舟昨日围了江府是事实，若是不给江府一个交代，单是文武百官面前就说不过去。往后世家子争相效仿，今日你带家丁围我，明日我带小厮围你，那不得乱了套了。

同绪帝沉吟片刻，说："你二人为了这个争风吃醋，确实有失体统，便罚谢昀禁足一月吧。"

"一个月啊。"谢停舟叹了口气。

李霁风一听，一个月，那还得了啊，他之前被皇帝禁足半个月都要命了。

他上前一步："父皇，明明是江侍郎抢夺在先，怎么只罚停舟一个？"

"你闭嘴。"同绪帝沉声道，"户部如今由江寂代为主事，暂不禁足，罚俸三月代之，可有异议？"

"臣领旨。""臣领旨。"

谢停舟、江敛之二人同声。

"不过……"谢停舟拖长了调子，"陛下，我看江侍郎后院无人，竟沦落到和我一样流连楚馆，实在有损江侍郎高风亮节的形象。江侍郎和我不同，他可是国之栋梁。"

同绪帝听出了谢停舟的言外之意，江寂已过弱冠，如今还未娶亲，是该把赐婚提上日程来了。

散了朝，谢停舟抬脚出了宣辉殿。李霁风被同绪帝留了一会儿，追到承天门才把他追上："你走慢点啊，着急回去抱你那相好？"

谢停舟回头看他一眼，这话对了一半，确实是着急回去看人，但是让不让抱还是个问题。

李霁风好不容易跟上来，清了清嗓子，偏过头低声问："我刚才帅不帅？"

谢停舟看他一眼："你爹那声'闭嘴'比较帅。"

"你怎能这样？"李霁风不满道，"我可是在为你说话。"

"你跟着我干吗？"

李霁风道："你不是被禁足嘛，我担心你太无聊去你府上陪你，啊对了，你如今移情别恋喜欢上了他人，我住在你府上这些日子，那你把时雨给我吧。"

谢停舟蓦地停了脚步，看着李霁风眯了眯眼："你说什么？"

李霁风丝毫没有察觉，自顾自道："时雨啊，你不是不喜欢了吗？"

"你看上她了？"

"是啊……等等。"李霁风警惕地往后退了一步，谢停舟脸上的杀意有点重。他顿时反应过来，以谢停舟的骄傲自负，有的人就算他谢停舟不要了，那也轮不到别人。

"不是不是。"李霁风赶忙解释，"你别这么盯着我啊，怪吓人的，咱边走边说，边走边说行吗？"

谢停舟抬脚就走，李霁风在一旁道："我是看上了，但不是看上他的人，而是看上了他下棋的技术。"

谢停舟眉头微皱："你看上她下棋的技术？"

就沈妤那落三子便偷他一子的技术，竟还有人看上，莫不是瞎了吧？

李霁风道："我同谁下棋都没意思，他们要么故意让我赢，要么便如你一般杀得我毫无还手之力。

"可你知道我是个爱棋之人，生平一大愿望就是与人在棋盘上杀得有来有回，我觉得时雨与我水平相当，如何？将他借我吧。"

谢停舟："不借。"

李霁风追问："为什么？不过是下个棋而已。"

"因为……"谢停舟顿住了，因为已经看见宫门外自家王府的马车。忠伯和长留来了，该不会是王府出了什么事吧？谢停舟加快了脚步，忠伯远远看见他，赶忙迎上去："殿下。"

谢停舟："什么事？"

"殿下莫急。"忠伯道，"是这样的，昨日围江府的事不知怎么就让时雨知道了，她担心殿下被圣上斥责，在家坐立难安，实在是不放心，非要到宫门口来接您。"

忠伯说完，目光一转瞧见长留目瞪口呆的表情，不动声色地抬手将长留的下巴给合上。

谢停舟望向马车，问："她在里面？"

"用过早膳就来了，一直等着呢。"忠伯说。

谢停舟思绪万千，快步走过去上了马车。李霁风就这么给晾在了一旁，反应过来才追上去。

忠伯在他上马车时开口："九殿下，这马车太小，不如我……"

李霁风挥挥手："没事，挤一挤就行。"

宫门口，江敛之望着马车离开的方向长久驻足。

"谢停舟实在是欺人太甚。"江敛之收回目光，"他用阿妤来拿捏我，难道我就不能用阿妤来拿捏他了吗？"

马车驶上长街，忠伯嫌马车大了两人离得太远，今日特意换了个小些的马车，谢停舟望着对面李霁风这个不速之客，面色不豫。沈妤等了一早上，现如今看谢停舟毫发无伤地出来，确实松了口气。

"这事不小，到底是怎么解决的？"

谢停舟看着她说："禁足一个月。"

沈妤颔首："只是禁足一个月的话，那还好。"

谢停舟眸光动了两下，忽然叹了口气。

"怎么了？"沈妤急忙问。

谢停舟叹道："同绪帝在朝堂上狠狠斥责了我一通，大意是不像话，让我往后谨言慎行。"

李霁风呆若木鸡，他谢停舟分明在朝堂上单凭一张嘴杀得文武百官片甲不留，连同绪帝都拿他没办法，重话都没对他说上一句，他现在倒是跟受了天大的委屈似的。李霁风抬手一指谢停舟："你分明……"

沈妤："分明什么？"

"还是要谨言慎行才是。"谢停舟目色幽幽地看着李霁风，喃喃重复了一句。

李霁风又不蠢，哪能听不出谢停舟的警告之意，吸了口气说："分明是被骂得头都抬不起来，如今你却如此轻飘飘地将你在殿上所受的委屈一笔带过，做兄弟的，心疼你啊！"

李霁风还煞有其事地捶了捶胸口，谢停舟看他一眼，这戏会不会太过了？但看沈妤望着他的眼神，好像效果还不错。他算是发现了，沈妤看似刚强，其实是嘴硬心软，吃软不吃硬，昨夜他示弱了那么一回，她就抱着他安慰了好一会儿，若此刻没有李霁风这煞风景的玩意儿在，又当是怎样一番光景？

沈妤垂下眼，满心内疚，她若不是一意孤行进宫探听消息，就不会落入江敛之手中，也就不会有谢停舟围江府、被禁足、被斥责一事了。谢停舟心里"咯噔"一声，完了，戏太过了，他本意不是让她内疚，只不过示个弱而已。他在桌下碰了碰桌下她的手，安慰道："无妨，不过说两句而已，我没听进去。"

李霁风看着对面的两人，心想这谢停舟竟还在装，做兄弟的今日必须得替他撑好这场子！

他调整好语气，感叹道："当庭斥责，那可是尊严哪，尊——"

谢停舟抬脚。

"啊——"

李霁风疼得大叫了一声，捂着自己的膝盖："你踹我干吗？"

谢停舟阴恻恻地问："你方才说，尊什么？"

李霁风咬了咬牙不吭声，心想你真牛，你哄人，我挨踹，天理何在？沈妤"扑哧"笑了一声，她没想到李霁风竟是这样的性子，更没想到这样的性子，竟能和谢停舟投缘。

马车走了一段便不动了。

"殿下。"兮风在外头说，"衙门在张榜贴告示，围观百姓把路堵住了，咱们绕行吧。"

谢停舟还没发话，李霁风便扯了嗓门说："绕路？凭什么绕路？这马车里一个皇子一个世子，还有一个……"

李霁风看了眼沈妤："你就算了。"

沈妤："……"

谢停舟挑开帘子看去，宫里出了刺客，今日刚下了宵禁的令，衙门又贴出了告示，老百姓堵在路上争相观望。

"绕路吧。"谢停舟当机立断。

马车好不容易掉过头，车外百姓谈论的声音传来。

"那么多大内高手都没把刺客抓住，还让他从皇宫里逃脱，可见这个刺客功夫不一般哪。"

"是啊，不过现在盛京封城了，谅他也逃不出去。"

"赏银百两呢。"

"你就别指望这赏银了，要真看到刺客，命都没了，哪还有机会拿什么赏银。"

沈妤看向谢停舟："刺客……"

谢停舟从容自若地看她一眼："刺客已逃，看来禁足也不是没有好处。"

只这一眼沈妤就知道谢停舟已十拿九稳，沈妤默了片刻，忽然掀开帘子跳了出去。

张榜处围了一大群百姓，把路挤得水泄不通。

"劳驾，借过。"沈妤边说边往里挤。身侧忽然伸出来一只手，将她和其他人隔开，沈妤一回头，便看见了谢停舟的脸。

谢停舟抬了抬下颔："去看吧。"

沈妤点了下头，随着谢停舟挤到前面，只一眼，她就愣住了。通缉令画像上的人，正是谢停舟给她看过的那幅画像，也就是三福口中的那个老头，通缉令上写着，此人穷凶极恶，在宫中连杀数名宫女太监，若有线索者，赏银百两。

两人都清楚真正的"刺客"是谁，退出人群，沈妤压低嗓音道："想必是有人栽赃在此人身上。"

谢停舟颔首："他们在找人，却不敢大张旗鼓地找，正好宫里出了刺客，借此机会便能将盛京翻个底朝天。"

"那是谁在找他呢？"沈妤抬头看着谢停舟。

"四个人只有三具尸体，说明他已成功脱逃，找他是为了杀人灭口。"

沈妤道："我们得赶在他被灭口前把人找出来，对方如此紧张，想必他一定是一个关键人物，若他真来自齐昌，说不定知道关于粮草的事。"

谢停舟面色凝重："如今我被禁足，许多事多有掣肘。"

"没关系，我自己可以。"沈妤想了想说，"我想先去找三福四喜，然后再回沈家一趟。"

"回沈家干什么？"谢停舟问。

沈妤四下看了两眼，确认无人后说："我后来又仔细想了想同绪帝和葛良吉说的那些话，皇子之争才导致燕凉关大败，我爹是他们拉拢的对象，燕凉关战败必然是起了矛盾，要么是拉拢不成，要么就是……要么就是我爹已经选择了站队，我想去他书房找找看有没有线索。"

谢停舟看着她："你万事小心，今日起有宵禁，亥时前必须回来。"

"好。"沈妤看向马车，"九皇子在喊你了，你回吧。"

她刚要离开，谢停舟却一把拉住了她的手腕，沈妤愣了一下。

"别让人为你担心。"谢停舟说。

沈妤咽了咽口水，感受到谢停舟在她腕上捏了一下，在他松手时心里竟生出一阵没来由的空落。

"那个……"

谢停舟回头："怎么了？"

沈妤抿唇道："我，我戌时就回来。"

"好。"谢停舟笑了笑。

这一笑像是把春色捕获进了眼里，顺道把春水装进了沈妤心里，导致她去找三福的途中仍觉得心口晃荡不已。三福今日就在客栈，见了沈妤忙把她带了进去。

"公子可算来了。"三福急道，"公子看见张贴的通缉令没？"

"看了。"

三福道："衙门让有消息的前去通报，他来过咱们客栈，伙计们都去的话，我一个人不去岂不是有问题。"

"你倒还不傻。"沈妤拿腿勾了把椅子坐下，"有人去官府上报，必然会有人来客栈盘问始末，只不过什么该说什么不该说你应该知晓。"

三福连连点头："就说是来投宿时见过，但是那晚发生的事不说，乱葬岗的事也不能说，但是……"

"但是什么？"

三福嘿嘿笑了笑："公子你看，我最近手头……"

沈妤冷哼了一声："你想用这两件事到我这里来讨便宜，是吧？"

"没有没有。"三福紧张地搓了搓手。

"没有最好。"沈妤慢条斯理道，"你大可把客栈门口杀人和乱葬岗的尸体一并上报衙门，看看你这条命还能不能摘出来。"

三福吓得连忙跪下："三福哪有这个胆子，公子说什么就是什么。"

沈妤手一抛，银光闪过，三福连忙伸手去接。看见是一锭银子，三福乐开了花，笑嘻嘻地说："公子放心，我近日都盯着呢，如果有消息，一定第一时间向公子汇报。"

离开客栈，沈妤又回了一趟沈府，但她是偷偷潜进去的，并没惊动沈嬷，如果让沈嬷知道她在找东西，恐怕会惹出麻烦，正如她同谢停舟说的那样，回到北临王府时还是戌时。她有些事要同谢停舟讲，去到青朴居，李霁风竟还没走，两人坐在院中品茗。

"回来了？"谢停舟见了沈妤说，"过来坐。"

院子里打了灯笼，明月初升，微风习习，倒是个适合赏月的夜晚。沈妤落座，有李霁风在，很多事不方便讲，谢停舟看出她有事要说，手中的杯子不经意一倾，倒在了衣服上。

谢停舟起身，李霁风当即问："你干吗去？"

"换身衣裳。"谢停舟问，"怎么，你要来伺候？"

李霁风赶忙摆手："婉拒，你虽姿容无双，但兄弟就是兄弟，我们还是需要保持一些距离的。"

谢停舟笑了笑，看向沈妤："你随我来。"

换衣服自然是回卧房，谢停舟进屋掩上房门："说吧。"

他伸手解开腰带，两人共处一室宽衣解带，总觉得氛围有那么一丝奇怪。沈妤不自在道："你干吗非得泼身上？"

谢停舟脱下外袍："李霁风酷爱八卦，不泼身上，怎么避开他？"

沈妤嘟囔："那也不用泼自己身上。"

谢停舟丢衣服的动作一顿："那泼他身上？"

他顿了片刻似在思索："倒是个好办法。"

沈妤笑了笑，两人不能在屋子里待太久，她抓紧时间说："我在我爹的书房中找过，没有找到可疑的东西，有几封书信也没有写什么重要的东西。"

这是谢停舟早就预想到的结果，昨日从沈妤口中听到那些消息后，他曾猜测沈仲安恐怕是在夺嫡中站了队，才引来杀身之祸，但他并没有说，因为他不能开这个口，一是尚无证据，二是不能在她面前诋毁她敬重的父亲。但沈妤太聪明了，她自己已经想到了这一层。

谢停舟随手把衣服丢在椅子上："就算是有重要的来往信件，也不可能放在可以随意找到的地方，要么藏得深，要么已经销毁了。"

沈妤点头："可惜我不能大张旗鼓地找，府内进出都有人，动静大了不行。"

"说不定过段时间就方便了。"

沈妤听了这话："为什么？"

谢停舟淡笑："同绪帝看似有给沈家赐婚的想法，沈嫣出嫁，不就好找了吗？"

"赐婚？"沈妤问，"和哪一家？"

谢停舟捞了件干净的外袍："或许是江家，不过不确定，届时圣旨下来就知道了。"

沈妤微微蹙了蹙眉，喃喃说了句："江家。"

她跑了，就换成了沈嫣了吗？

谢停舟垂眸看着她的脸，眸光微动："有问题？"

"没有。"

谢停舟披上外袍，走到她面前："怎么？沈嫣嫁给江敛之，你不高兴？"

沈妤不知从何解释，老实说："有那么一点。"

谢停舟下颌紧了紧，侧开脸："敢情昨日将你带回来，竟是我多管闲事了。"

沈妤愣了一愣："你说什么呢？"

谢停舟回眸看她："你为什么不高兴？"

"我这人记仇，特别记仇。"沈妤气鼓鼓地说，"我从小就对沈嫣那么好，结果一腔真心喂了狗，能不生气吗？嫁给江敛之岂不如了她的意？"

谢停舟神色一松："那你想让她嫁给谁？"

"我……"沈妤倒是没想过这样的问题，"窦庆那样的就不错。"

谢停舟唇角噙着笑，看得沈妤心里发慌。她眨了眨眼："我是不是太恶毒了？"

"不会。"谢停舟低头说，"正合我意。"

两人从卧房里出来，李霁风已喝得趴在了石桌上。倒没醉死过去，听见声音还回头看了一眼："你们怎么这么快？"

沈妤："快吗？"

"我不是说你快。"李霁风醉醺醺地一指谢停舟，"我是说他快。"

沈妤不明所以，却见谢停舟拿了块点心塞进李霁风嘴里："少说多吃。"

李霁风噎了一下，拿出点心捧着看了片刻，对谢停舟深情款款道："果然是我兄弟，还是你疼我。"

说罢咬了一口递给谢停舟："我也疼你，咱们一人一半，祝此生友谊长存。"

"别此生了。"谢停舟嫌弃地看了眼，吩咐道，"来人，九殿下醉了，带他下去休息。"

"我不。"李霁风死死攀着桌沿，抬头时正好看到时雨。他定睛看了片刻，忽然问谢停舟："你在醉云楼的那个可心的相好呢？带出来给我瞧瞧。"

谢停舟看了沈妤一眼，问李霁风："我哪来的相好？"

"装吧你就。"李霁风歪在石桌上，和沈妤攀谈起来，"我跟你说啊，他从前可不是这样的，我们从前在楚馆，他还和我抢过花姐儿呢，那花姐儿叫啥来着？我想想。"

"喔，月卿，是不是听起来就挺美的？"

沈妤点头说："嗯，是挺美。"

"李霁风。"谢停舟出声警告。

如果没喝这么多酒倒罢了，李霁风一定听得出来，但今日偏巧就喝醉了。

他一挥手："你别打岔，我还没说完呢。"

"我告诉你啊。"李霁风嫉妒道，"那姐儿就是看他这张脸生得比我好，我放出身份说我乃当朝皇子，她看都不看我一眼，那双眼睛就跟长在了他身上似的。"

"后来呢？"沈妤撑着下巴问。

谢停舟："没后来。"

"有！"李霁风大声道，"当然是花前月下、春宵苦短、你侬我侬咯。"

李霁风忽然抓住沈妤的手："你看本皇子是不是文采斐然？"

谢停舟看不下去了，揪起李霁风的后领子扔给近卫："扶他下去休息。"

李霁风奋力挣扎："我不，我就在这儿不走。"

李霁风被侍卫拖着，骂骂咧咧地走了。

院子里安静了下来，谢停舟垂眸看着沈妤："你别听他胡说。"

沈妤点头："我听到的可不少。"

"都听到些什么？"

沈妤随手给自己倒了一杯酒："那可就多了，比如世子在北临有七七四十九房姬妾，处处花楼都是常客。"

"你信吗？"谢停舟深深地看着她。

"我信啊。"沈妤喝了一口，低声道，"大家都是这么说的。"

话虽如此，谢停舟却没从她语气里听出一丝恼意。

"那月卿……我跟她没什么。"他说。

沈妤捏紧了手，他这样说是什么意思？她又没问。

"我……"沈妤顿住，一个念头从脑中闪过，她忽然抬起头看向他，"月卿月卿，揽月公子这个称呼，莫不就是从此处得来的吧？"

谢停舟心里慌乱了起来："那是李霁风胡编的。"

沈妤："倒还算个典故了，往后旁人提起这个称呼，倒是一桩花前月下的美谈，比'停舟欲揽月，山晚望晴空'这样的有情调多了。"

谢停舟想要解释，心念一动，唇角却勾起一抹笑来："阿妤，你吃味了。"

阿妤……这是他第一次喊她小名，沈妤定定地看着他的脸，心上的弦如同被人不轻不重地拨弄了一下，久久未能平息。手中的酒杯倾了，泼洒在手上，又流到了腿上。谢停舟在她跟前蹲下，拿掉她手中的酒杯，又拿出一方帕子小心地擦掉她手上的酒渍。沈妤心跳加速，任由他握着，一根一根手指仔细地擦干，这段日子以来，她并不是丝毫没有感觉。

　　谢停舟如温水煮青蛙一般丝丝渗透，总在不经意间流露出温暖。在她去大理寺之前，他曾说过等她回来有事要讲，可惜后来被事情岔开了，其实她也在刻意回避，她深知这一路走来有多艰难，这个案子越往深查一分，就越多一分危险。如今牵连上了皇子夺嫡，更是前路未知，他们早就羁绊在了一起，可是，她如今却不想拖他下水了。沈妤下意识把手往回一缩，这次却没能成功，谢停舟的手如同铁钳一般将她死死握住。

　　他抬起头，月色流淌在他眉眼间："阿妤……"

　　沈妤撑不住了，皱眉道："你别叫我阿妤。"

　　"叫阿妤怎么了？"谢停舟仰起脸看着她，"你不喜欢我这么叫你？那谁叫你阿妤才可以？江敛之吗？"

　　"你怎么老提江敛之？"沈妤看不得他这样的表情，别开脸说，"他不配。"

　　谢停舟耐心问："你不让我叫，是我也不配吗？"

　　"你……"沈妤蓦地回头，她不知要怎么说他才好。

　　"我怎么？"谢停舟显然是和她杠上了。

　　沈妤从他眼中看出了几分逗趣，再一次抽手没能成功，干脆并掌朝他袭去。谢停舟下意识伸手格挡了一下，心思一转却陡然松了手，任由她那一掌拍在身上。这一次他终于松开她，朝后倒了下去。

　　沈妤蒙了，赶忙上前扶住他："你怎么样？"

　　谢停舟抬眸偷瞥她一眼，捂住胸口轻咳了两声："我……我没事。"

　　说罢又咳了两声，沈妤知道自己那一掌分明没有使力，却不知从前横刀立马的谢停舟如今竟脆弱成了这样，连这样一掌都受不住。

　　"你……扶我一下。"谢停舟虚弱道。

　　沈妤扶起他，谢停舟趁势将手臂搭在她肩上，半个身子都倚了上去。他步履虚浮，浑身似无力，沈妤抓着他的手臂，一手揽着他的腰才将他弄上床。谢停舟看着她忙前忙后，倒茶打水，拧了帕子给他擦脸。

　　"你好些了吗？"

　　谢停舟捧着茶，定定地看着她的脸，摇头道："我没事。"

　　"你想不想吃点什么？"沈妤紧张地问。

　　谢停舟失笑："你当我这是最后一顿吗？吃点儿好的。"

　　"你别胡说。"沈妤冷斥，拿了帕子重新去拧了。

　　水声哗啦哗啦，沈妤看着杂乱的水波："你的身体到底是怎么回事？"

　　"中毒。"谢停舟这次倒没有说假话。

　　沈妤拧了帕子转身："除了千灵参、血蟒枝那几味药材，当真就没有解药吗？"

　　"你怎么知道？"

“你别管我怎么知道的。”

“没有。”谢停舟笑了笑，“对方下毒本就是冲着要我的命来，又怎么会准备解药呢。”

沈妤垂下眼。

“没事。”谢停舟拉过她的手说，“性命暂且无碍。”

见沈妤还闷闷不乐，谢停舟微偏过头，打趣道：“你一直避开，难道是怕我短命，让你当个寡妇？”

沈妤怒视他：“谢停舟！”

这一声严肃且愤怒，谢停舟温声道：“不过不能再使剑罢了，我定能活到百岁。”

沈妤神色缓和了些，见天色已经很晚了，对谢停舟说：“你休息吧，我回去了。”

“我送你。”谢停舟要起身。

“不用，你休息，我和大黄自己回。”

大黄自那日被人用网捕捉，看到白羽奋起扑救之后，或许是被白羽的威猛所折服，就成了白羽的狗腿子。每日只要得了空，就屁颠屁颠跑来青朴居瞻仰它的英姿，若不是它是只公的，估计跨种族都拦不住它，恨不得以身相许。白羽蔑视这个小弟，时常对大黄爱答不理。谢停舟靠坐在床榻上，听着一人一狗渐渐远去的脚步，唇边荡开一抹温柔的笑意来。

过了一阵，他掀开被子起身，毫无半分之前虚弱的模样，推开窗问：“李霁风呢？”

守夜的近卫回话：“回殿下，不在偏房，应该是回去休息了。”

“回去？回哪儿？”谢停舟问。

近卫也愣了一愣，谢停舟默了片刻，捞起外袍就出了门。还没走到鹿鸣轩，就听见李霁风边跑边号的声音，还伴随着一阵狗吠。李霁风拼命跑着，跑出院子后看到自己的侍卫，拔出侍卫腰间的刀就要砍。

暗卫唰一下从屋檐上跳下来，伸手一拦：“九殿下不可。”

李霁风望着凭空冒出来的暗卫：“你从哪儿来的？”

暗卫指了指屋檐，李霁风顿时炸了：“本皇子被狗追的时候你不出来，要杀狗你倒是跳出来了，难道本皇子还不如一条狗吗？”

这话暗卫接也不是，不接也不是。

“怎么回事？”谢停舟走近了问。

暗卫道：“九殿下进了时雨的卧房，被大黄追赶一路。”

李霁风看见提着风灯的谢停舟，加快了脚步跑到他身后躲着，大黄跑到面前，冲着谢停舟汪汪叫了几声，仿佛在告状。

“你还敢告状！”李霁风道，“分明是你先咬我。”

大黄又叫了两声，李霁风眉毛一竖：“放屁！是你恶狗先告状。”

“你听得懂它说话？”谢停舟语带调侃。

李霁风愣了：“对啊，我怎么听懂了？”

侍卫憋着不敢笑，暗卫唰一下跳上房檐偷笑去了。李霁风原是被谢停舟的近卫带去偏房睡的，但他觉得那床怎么睡都不得劲，躺了一会儿酒醒了些就往他从前留宿时住的鹿鸣轩去，谁知进门就被大黄给赶了出来。大黄当他是贼，追了他一路。

谢停舟道："这院子有人住了，你重新挑个地方。"

李霁风哼哼了两声："时雨是吧，你竟把我从前休息的院子给了他，我早就看清你是个重色轻友的人。"

谢停舟半侧了身："那明日就给她换个院子。"

李霁风感动坏了："我就知道，咱们还是有兄弟情的。"

"不是。"谢停舟笑着看他一眼，"才想起来你住过，脏了。"

"你！"李霁风气得直拍胸口，"算了算了，走，挑院子去。"

说罢抖了抖袖子，带着侍卫走了。

谢停舟收回目光，弯下腰摸了摸大黄的脑袋："你做得很好，我不在的时候，你替我保护她。"

他直起身，却见沈妤立在院门口，一脸凝重地盯着李霁风离开的方向。

"怎么了？"谢停舟问。

沈妤收回视线，斟酌了片刻后问："你能进来一下吗？"

谢停舟径直走过去，进了鹿鸣轩。沈妤左右转了两圈，谢停舟耐心地等着。沈妤忽然停下脚步，问："你所了解的李霁风是什么样的人？"

谢停舟默了一瞬，不答反问："你觉得他有问题？"

沈妤严肃道："我知道他是你挚交好友，我没有想要挑拨离间，但是……"

"李霁风有一点说得很对。"

"什么？"

谢停舟温声道："他说我重色轻友，所以有什么事，你说吧。"

沈妤如今满心满眼都是正事："李霁风会武吗？"

谢停舟想了想："我记得不会。"

沈妤表情更加凝重了："他进门的时候并没有出声，所以我以为来了贼，就朝门口打了个东西。"

她指间夹着一粒小小的石子，手一抬石子便朝着一棵树疾射而去，石子"欻"一下陷入树干。

沈妤走过去，一边说："我不知道来人虚实，想留活口，所以只用了五成力。"

谢停舟看着嵌入树干半寸的石子，力道不小，普通人没法躲开。

"我没听见他痛呼，但是后来我也没有找到我扔出的石子，那么石子应该就是被他接住了。"沈妤说。

谢停舟盯着石子若有所思，沈妤武艺精湛，能徒手接住她的暗器，那功夫应该不一般，片刻后他陡然开口："来人。"

暗卫从暗处出现，沈妤顷刻间就明白了谢停舟的用意，一粒石子朝着暗卫疾射而去，同样是用了五成力道。暗卫抬手一接，走过来摊开在谢停舟面前。谢停舟提起风灯细看，那掌心躺着一粒石子，石子下有一处淡淡的红痕，是为石子击打所致。

"没有冒犯的意思。"沈妤问，"这位兄弟的功夫如何？"

暗卫认真道："比兮风稍逊一筹。"

沈妤点了点头说："他既能徒手接下暗器，那从手上颜色的深浅便能看出他功夫的强弱，若是手上没有任何痕迹，那功夫估计不在兮风之下。"

有功夫并不可怕，可怕的是如果李霁风真会武，那这个人心机得有多深，才能在人前伪装成扶不上墙的烂泥而不被发现？这才是可怕之处。谢停舟眉目黯然："你先休息。"

沈妤突然拉住他的衣袖："你要去找他吗？万一他……"

"放心。"谢停舟拍了拍她的手，"我带人过去。"

沈妤松了下心："那你，千万小心。"

李霁风新挑的院子离谢停舟的青朴居不远，谢停舟去时没带人，一手拎了个酒壶独自前去，还没进门便听见李霁风鬼哭狼嚎的鬼叫声："嘶——轻点轻点，疼疼疼疼疼……"

谢停舟停了片刻，推开门跨入房中。李霁风衣衫半解，见谢停舟前来颇为讶异："你怎么来了？"

谢停舟扬了扬手里的酒壶："睡不着，来找你喝酒。"

"没问题。"李霁风道，"喝酒上花楼这种事兄弟我可从来不拒绝，不过你得等会儿。"

说罢招了内侍过来："继续继续。"

内侍手上抹了药酒，替李霁风按揉着肩上的一块青紫。

谢停舟眸光微动："怎么弄的？"

李霁风疼得龇牙咧嘴："还能怎么弄的，我不过是不知道那屋子里住了人，嘶——轻点儿，时雨下手也忒狠了，进门就给我一下，喏——"

李霁风将一块小石子扔在桌上："就这个。"

谢停舟捏起石子看了看，装作无意地问："她用这个打你？"

"是啊。"李霁风委屈道，"知道你重色轻友，要不是你护着他，你信不信我赏他三十大板？"

谢停舟不动声色地打量着李霁风肩上的伤，伤处呈圆形扩散，外圈泛青内圈泛紫。

李霁风摆了摆手让内侍退下，随意理了理衣裳。

"不是我说你。"李霁风话锋一转，"这么凶的人你真消受得住啊，哪有醉云楼的姐儿身娇体软。"

谢停舟懒得听他满嘴胡言，倒了杯酒给他。李霁风右手搭在腿上，左手接过酒杯。

"你手什么了？"谢停舟问。

李霁风道："你自己近卫功夫怎么样你不知道吗？打得我手都抬不起来。"

"我看看。"谢停舟握住他的手。

"不用不用。"李霁风摆手道。

谢停舟抓住他的手，一手握住他的肩捏了两下，目光装作不经意地扫过李霁风的掌心，松开手说："没事，没有伤及骨头。"

他端起酒杯和李霁风碰了一下："我代她给你赔礼。"

李霁风哪能拿乔，嘿嘿笑了两声："光口头赔礼没意思吧，那月卿……"

"这都几年了。"谢停舟道，"还念着月卿。"

李霁风说："没体会的总惦记着不是？我堂堂皇子都请不来的花魁，还得由你出面。"

"九皇子的面子都不给？"

"强扭的瓜不甜。"

"行。"谢停舟颔首道，"改日把人给你找来。"

李霁风之前本就喝得多，闹那一场清醒了点，如今两壶酒下肚，醉意又上来了。李霁风趴在桌上，还在吆喝："你可别……嗝……忘了答应我的事，那月卿……嗝……"

谢停舟也已微醺，兮风来接人，扶着谢停舟走了。内侍跨进门，低声道："主子，世子殿下走了。"

李霁风睁开眼，眸中的晦暗一闪而逝，他慢悠悠地坐起来："本皇子还没喝够呢……嗝……人怎么就……嗝……走了？"

内侍低头道："主子，看样子他已经开始怀疑了。"

"可不吗？"李霁风吊儿郎当地歪着身子，"他可是谢停舟啊。"

"不过……"李霁风自言自语，"他居然把那个近卫放了鹿鸣轩，我还当他只是做给外人看的。"

内侍静立在一旁："如今怎么办？"

李霁风忽然道："不怎么办，兵来将挡水来土掩，他们别来坏我事就好。"

回廊很长，转过弯，方才还醉意阑珊的谢停舟直起了身，哪还有半分醉得不省人事的样子。沈妤一直没睡，一时担心谢停舟和李霁风撕破脸出什么事，一时又担心是不是自己太过敏感。谢停舟进入院中，沈妤即刻上前："怎么样？"

谢停舟道："进去说。"

谢停舟并非毫无醉意，他酒量说好不好，说差也不差，一壶酒下肚，思绪仍旧清明，只是脸上和眸中已染了几许醉意。他撑着头靠在桌上，沈妤赶紧给他倒了杯茶，回头吩咐道："绿药，煮一碗醒酒汤来。"

等她掩上房门，谢停舟抬起眼皮看她："李霁风右肩上有伤，和石子能对得上，我查看过他的手，手上没有伤痕。"

沈妤有些意外地问："是我打在他肩上了吗？"

谢停舟皱眉想了想："你确定没有听见他叫吗？"

沈妤认真回忆了一下，眼中忽然一亮："我想起来了，当时他没有叫，我以为他躲开了，过了一会儿他又叫了，大约隔了一息的时间，我还以为是大黄咬他了。"

她垂下眼："如果是这样的话，或许是我多虑了，我如今看谁都不正常，杯弓蛇影。"

真正能让谢停舟称之为朋友的人并不多，她还让他怀疑自己的挚友，心里有些过意不去。

谢停舟淡淡道："不用自责，警惕是好事。"

不知想到了什么，他眸子深了去："亲兄弟尚且如此，何况是旁人，最容易捅人刀子的，往往是最近的人，这世上谁都得防。"

沈妤听出些深意："你是指……"

"随口一说罢了。"

沈妤颔首，肃然道："我找机会再去试一试他。"

"不用去了。"谢停舟指尖抵在眉心，闭上眼皱了皱眉，他今日喝得是有些多了，来时又吹了风，这会子头有些泛晕。

"如果李霁风有问题，过了今夜，他对你一定有提防之心，你是试不出来的，我换其他人去。"

"好。"沈妤坐下问，"你不舒服吗？"

谢停舟睁眼看她，他本就生得好，稍有醉意时一双眸子云遮雾罩，看上去分外惑人："阿妤……"

沈妤打断他，转移话题："如果李霁风真的是装出来的，那心思得深到什么程度？"

谢停舟眼里沉静："太生硬了。"

"什么？"沈妤不明所以。

"话题转得太生硬了，叫一声阿妤就让你紧张成这样。"

沈妤当场被拆穿，也没觉得脸上无光，反倒说："那你知道还叫。"

这声责怪带了几分嗔意，听得谢停舟浑身舒坦。

沈妤又道："你还没说，如果李霁风真的是装的，那他的目的又是什么？"

谢停舟无言，真就没见过如沈妤这般不解风情的人，满脑子除了查案就是报仇。

"其实很简单。"谢停舟耐心解释，"他生来就是皇子，站在那个位置上，离龙椅一步之遥，谁不想冒险一试呢，如果他真是装的。"

谢停舟顿了顿，"所求不过是那个至高无上的位置罢了。"

沈妤正准备开口，就听绿药在外敲门。

"公子，醒酒汤好了。"

沈妤去开门，端了汤对绿药道："你先去睡吧，今夜没事了。"

醒酒汤还有些烫，沈妤拿勺子慢慢搅动着散热，能感受到谢停舟落在自己身上的目光，那样深那样沉。

沈妤干脆迎上他灼灼的目光，把碗往他面前一放："喝吧。"

谢停舟端起来，撇开勺子慢慢喝着，一碗见底，他撑着头靠在桌上。沈妤纳闷道："你喝的是解酒汤，又不是酒，怎么还晕上了？"

谢停舟半抬起眼皮："你喝过解酒汤吗？"

"没有。"沈妤摇头。

谢停舟道："它只是解酒汤，不是吃了立马能让人生龙活虎的灵丹妙药。"

沈妤撇了撇嘴："好吧。"

房中残灯朱幌，两人都没有说话，安静得很。沈妤脑子里东西太多，李霁风就算是有问题，求的也是皇位，和她如今的目标不矛盾，暂且可以先放在一旁。而当务首先要解决的是两件事，一是从齐昌府来的那个老头，二是同绪帝会派谁带兵去齐昌府剿匪，恐怕她还得亲自跑一趟齐昌府。

想到这里，沈妤脑子里又冒出几个问题。

"我……"她收了声，静静地看着谢停舟映在灯下的脸。

他的脸上一点瑕疵也没有，睡颜安静又坦然，呼吸沉稳平缓。沈妤知道他眼睫下藏着的是怎样一双眼，初见时那双眸子里含着清冷的肃杀之意，可渐渐地，当他朝她望来时，只剩下清润和温柔，所有都那么完美，可惜出现得不是时候。沈妤叹了口气，打开门，绿药竟靠在门槛上打瞌睡，沈妤摇醒她。

"不是让你去睡吗？兮风呢？"

绿药睡眼惺忪地坐起来，揉了揉眼说："兮风让我告诉你他先回去休息了，我就一直等着跟你说呢。"

"起来。"沈妤提起她的胳膊，"他走了里头那个怎么办？"

绿药探头看了一眼，说："兮风还说你也是近卫，让你自己安排。"

"他倒真是会忙里偷闲。"沈妤嘟囔了句，拍了拍绿药，"行了，你去睡吧。"

绿药打着哈欠走了，沈妤走到院中："有人吗？"

除了夜风带过树叶的沙沙声，无人回应，她又朝房檐上和树上看了几眼："暗卫大哥在不在？"

等了半天也没人出现，沈妤叹了口气，看来一个个都挺会躲懒的，关键时刻不见人影。她走回房间，拍了拍趴在桌上的谢停舟："醒一醒，我送你回去。谢停舟。"

谢停舟终于睁开眼，眸中除了茫然，就是泛着困意的红血丝，他定睛看了她片刻，握住她的手，重新闭上眼。把谢停舟弄上床，沈妤低头看床上的人，他睡得很沉，卸下了全身的防备。

"你抢我的床。"沈妤道。

心里又有个声音在说："前几日你也抢了他的床。"

她又不满地说："你乱我心。"

可谁又没乱呢？他不是把自己摊开给她看了吗。沈妤看着他，心里一阵似一阵地烦乱，最终重重地叹了口气："谁怕谁呢，又不是没睡过。"

说完掀开被子上了床，把谢停舟往里推了推。她一挥袖，房中的灯灭了，月色从窗户的缝隙偷偷钻进来。屋子里很静，被窝里被他睡过的地方很暖，沈妤在这黑暗里渐渐呼吸平缓。

黑暗中，谢停舟缓缓睁开了眼，侧着身，手指理了理她微乱的头发，目光落在她脸上便没再移开。

翌日天刚亮,谢停舟就醒了过来。宿醉容易头疼,醒来便睡不着了,但他没起身,因为身上攀着个人,腿大剌剌地搭在他身上,手也搭在他腰间。

昨夜他是什么时候睡着的已经不记得了,谢停舟侧头看她,她睡得正香,下巴紧紧贴着他的身体,导致嘴巴微微噘起。谢停舟微微勾了勾唇,抬起手忽然想要戳一戳她。又不知躺了多久,沈妤没有一点要醒来的迹象,谢停舟忽然意味不明地转头看向窗外。他轻手轻脚地挪开她的手脚,坐在床沿缓了片刻,才起身去开门。

门一开,绿药就呆住,这模样,怎么像昨晚两人睡一起了呢?谢停舟肩上随意披着大氅,里面是一尘不染的白色里衣,只可惜睡皱了。他回身走了进去,端着托盘的长留立刻跟了进去,把托盘放在桌上替谢停舟更衣。

长留低声道:"东门的门房来报,说有个叫四喜的店小二一大早就来找时雨,说是有急事。"

谢停舟问:"人呢?"

长留说:"我们没敢吵,还让他在门房待着呢。"

两人说话声都很轻,唯恐吵到屋子里的人。谢停舟往里屋看了眼,系好腰带后进去了。长留故意走得很慢,竖起耳朵听见里面谢停舟低声喊了声"阿雨"。

"什么时辰了?"沈妤懒懒地问。

"快巳时了。"

"怎么这么晚了。"

"嗯,别睡了,起来把早饭用了。"

长留第一次听见谢停舟用这么温柔的声音说话,跨出房门时,他脑中一个激灵。里头好像不是时雨的声音啊,怎么听起来是个女的?可惜他没来得及细想就被打断思路,门口的绿药就拉住了他。

"世子他,他他他和我们小公子睡在一起的?"

长留见怪不怪:"是啊,又不是第一次了。"

绿药满脸骇然,半晌才喃喃说了句:"小公子厉害,终究是让她如了意啊。"

长留听出点苗头,脑子一转,问:"你的意思是,时雨对咱们殿下蓄谋已久?"

绿药赶忙摆手:"没有没有。"

长留学着谢停舟眯起眼:"没有?"

绿药往后退了两步,想了想其实也不是不能说,于是道:"我家公子曾说她的心仪之人就是揽月公子,还是对江侍郎说的呢。"

长留一脸凝重,听见屋内谢停舟说:"去把那个小二带进来。"

四喜是一早来的,昨夜三福在客栈守夜,今日一早回来就和他说出事了。之前公子曾告诉他有急事到王府东门找时雨,于是他才急匆匆赶来。王府戒备森严,几步一岗,四喜从没见过这样大的阵仗,他活到现在进过最豪华的就是刘员外家的府邸了。四喜被侍卫带进门,跪在地上头也不敢抬,只闻到房中有淡淡的饭菜香。

沈妤道:"起来说吧。"

"哎好。"四喜起身偷偷抬眸，桌旁坐着两个人，他不敢细看就垂下眼，"昨夜我哥在客栈守夜，早上回来说昨晚客栈出事了。"

沈妤没问，等着四喜继续说。

四喜道："昨晚客栈着火了，着火的是客栈放东西的那间屋子，不过还好发现得及时，没燃开，只烧掉了一点东西。"

沈妤还没抓住他这件事的重点，四喜已取下肩上的包袱摊在地上。

四喜继续说："有人说看见一个人影，是有人故意纵火，可怎么偏偏就烧了那间屋子？先是有人去翻包袱，后来又是着火，我就想是不是有人找东西没找着，故意回来放的火。"

见沈妤赞同地点了点头，四喜心中一喜。从那晚去乱葬岗他就看出，公子不是一般人，他想要长久地跟在公子身边做事，那就得让公子发现他是个有用的人。探听消息谁都会，但聪明的脑子可不是谁都有的。

"于是今早我就让三福把那几人的包袱偷了出来，看看还能不能找到什么线索。"

沈妤道："你做得很好。"

她看了绿药一眼，绿药会意，上前打赏。那几个包袱沈妤上次就翻看过，并没发现什么特别的东西，不过正如四喜所说，有人故意纵火，说明他们要找的东西没找到，要么在包袱里，要么就在那个老头身上。

沈妤刚想起身去查看包袱，又被谢停舟拉了回来："先把饭用了，东西就在那里，不急。"

沈妤重新坐下用饭，问："还有别的事吗？"

"有。"四喜有些犹豫，"可是……"

沈妤："没什么可是，说吧。"

"哎，好。"四喜道："是这样的，城外有个怪事，是今早从菜市口那边的菜农那儿传出来的，城外的木棉村离乱葬岗最近，昨夜大家都闻到一股奇怪的味道，还看到乱葬岗那边火光冲天。"

四喜越说越激动："今早有胆大的人跑去看，那乱葬坑里的尸体被烧了，还是泼了火油烧的，路边就有好几个火油桶，昨夜村民闻到的味道就是烧尸体的……"

沈妤慢慢放下了筷子。

四喜不明所以："……味道。"

"出去！"谢停舟突然冷声。

四喜不知道自己哪句话出了问题，这就触怒了两位主子，吓得赶忙磕头道："小的错了，公子饶命。"

沈妤转头看向谢停舟，他一脸愠怒地看着四喜，大有山雨欲来的态势。

"行了。"沈妤说，"你先下去吧。"

他们都在燕凉关闻过尸体燃烧的味道，听四喜那么一说，那股腐臭和焦臭混合在一起的味道仿佛还没散去。沈妤重新拿起筷子，却迟迟没有动筷，谢停舟拿下她手里的东西，让丫鬟进来收拾。

"吃不下就不吃了，一会儿让人给你做些点心备着，想吃什么？"

"暂时没什么胃口。"沈妤走过去看地上的包袱。

这包袱她上次已经检查过，并没有发现什么异常，但对方显然很在意某一样东西，所以才会一次又一次地查探，在找不到的情况下甚至想到了纵火。沈妤捏了捏衣料，拿出匕首挑开线头，冬衣很厚，可撕开里面却什么也没有。

"绿药。"沈妤侧头喊了声，把包袱团起来往外一扔，"全都给我撕开看看，找仔细点。"

绿药接住，放在地上开始撕衣裳，长留看着好玩，也上前帮忙。

沈妤对谢停舟道："过了这么多天，尸体早就腐烂了，他们何必多此一举再烧一次？"

谢停舟略微沉吟，摇了摇头说："这一点我目前也没有想通。"

沈妤正想开口，忽听院中绿药吼了一句："大黄，不能咬。"

回头看见大黄叼着个护腿往院子里跑，绿药刚到王府不久，和大黄不熟，大黄根本不听，一个在后面追一个在前面跑。

"大黄。"沈妤扬声喊了声，大黄叼着护腿屁颠屁颠地跑过来。沈妤从它口中拿下护腿，护腿外的那层布已经破了，露出里面的铁。只可惜，撕开后除了打制好的铁，并没有任何发现。

"这么热闹。"

沈妤回头一看，李霁风迈进院子，经过绿药和长留身旁时低头看了一眼。

"你们这是在做什么，拿衣裳撕着玩？"

沈妤抿了抿嘴，还没想要怎么回答，谢停舟已从房内出来："昨夜那一下还没挨够？又往这里来。"

李霁风心有余悸地揉了揉肩："小子，你那一下可忒狠了，本皇子现在都还疼。"

他看了谢停舟一眼，对沈妤道："你给本皇子揉一揉，本皇子就放你一马。"

谢停舟冷哼了一声："要不要我替你揉一揉？"

"开个玩笑而已嘛。"李霁风笑呵呵地说，"就知道你舍不得。"

"这么早来有什么事？"谢停舟开门见山。

"喔。"李霁风这下想起来了，"今晚宫里设宴，你我同去。"

谢停舟看他一眼："我如今可是在禁足。"

李霁风说："那都是虚的，你知道我父皇这人吧，要面子，最怕被人诟病，虽禁了你的足，但皇宫设宴你堂堂北临世子居然被禁足在家，还指不定旁人怎么说呢，定会说他忌惮北临针对你，他可不会让这样的事发生。"

院内丫鬟侍卫都垂下了头，若不是李霁风是个皇子，这话就是实打实的大不敬。其实李霁风说出口的话大家都心照不宣，只是没人会如此直白地说出来，看着倒像是说话真没过脑子。李霁风恍若没察觉，抬手扔给谢停舟一样东西："宫里传来的，我就说吧，我父皇肯定得让你去。"

李霁风没待一会儿就走了，谢停舟拿着邀帖在掌心拍了几下，侧头问："你觉得我要去吗？"

　　沈妤拿过帖子看了看，就是张寻常的帖子，又把问题扔回给他："你想去吗？"

　　谢停舟淡笑了一下："去，既然同绪帝这么害怕被人诟病，我当然得成全他给他个面子，说不定还能有好戏看。"

　　"什么好戏？"

　　她比谢停舟矮些，抬眼看他时眼睛睁得格外大，让人忍不住想刮下她的鼻子："回来再告诉你。"

第九章

春火燎原

　　同绪帝是个最会做表面功夫的人。去岁出了燕凉关那样大的事，腊月八日宫中的百官宴也取消了，除夕宫宴也从简，美其名曰省下银子抚恤已故将士家属，为同绪帝博得了美名。

　　这是同绪十八年宫中第一次设宴，光禄寺打起了精神，又不能铺张，又得替皇帝撑足面子。

　　同绪帝坐在上首，左右分别是皇后与贵妃，接下来便是皇子王侯和文武百官。谢停舟背后是整个北临，席位自然不低，落座后李霁风猫着腰挤到他这边来，又被同绪帝斥责了回去，说他哪有半分皇子的样子。

　　光禄寺传膳，正式开席。宫里难得这么热闹，大家都很高兴，太后年事已高身体欠佳，草草坐了片刻便走了。同绪帝感叹道："总算又迈过去了一年，这一杯敬我大周的十万将士。"

　　太子李晋承立刻拱手道："父皇切莫伤神，父皇明察秋毫，揪出奸佞，也算能让诸位将士瞑目了。"

　　李霁风翻了个白眼，小声唾了句"马屁精"，又同谢停舟使了个眼色。

　　同绪帝颔首道："说起来，保下燕凉关停舟功不可没。"

　　谢停舟端着酒："陛下已给过臣赏赐了，这都指挥佥事，臣当得甚是自在。"

　　殿中交头接耳，能不自在嘛，上任后都没去过几次，也没上过几次朝。

　　同绪帝笑了笑："停舟如今已二十有二了吧。"

　　"快了。"谢停舟说，"劳陛下挂心。"

　　"朕当年二十一时已有了子嗣，你如今还没成婚，北临王他也不急吗？"

　　"急着呢。"谢停舟笑了笑，"这不是还没找到合适的吗，陛下是想给臣赐婚？"

　　"这小子。"同绪帝笑着指了指，"你可有心仪之人？"

　　江敛之目不转睛地盯着谢停舟，看见谢停舟转头朝他看来，那一眼十分刻意，带着点挑衅。

　　谢停舟："这倒没有。"

　　江敛之握拳的手松了松，心中泛起一丝冷笑，不过如此。又听谢停舟道："不过听说兵部尚书文大人，还有俞太傅的女儿都是才貌双全，臣不挑，一个两个都行，陛下若给臣赐婚，臣自是喜不自胜。"这话听起来，竟有些想享齐人之福的意思，谁不知他谢停舟前日才因个楚馆的相好闹得不可开交。

"真是胡来！"殿内响起一声低喝。

同绪帝面色僵了一瞬，复又笑道："你的婚事自然是由北临王做主，朕的手也不能伸得太长啊。"

谢停舟感叹："那可真是可惜了。"

他喝了杯酒，看向斜对面的江敛之。一切都在他的预料中，同绪帝怎么可能会给他赐婚，门第高了同绪帝怕给他长势，低了又怕人说他苛待北临。

同绪帝顺着他的目光看向江敛之："话说江爱卿也还没有成婚。"

江敛之握了握手里的酒杯，起身道："陛下——"

同绪帝打断："我听说你钟情于沈家女，曾上门提亲，可有这回事？"

"是，微臣曾请家母上门求娶。"

同绪帝略微颔首："可惜啊，沈爱卿已经不在了。"

在场人无不惋惜。

同绪帝话头一转："这沈家如今还有些什么人？"

一旁内侍德福赶忙接话："如今沈夫人在病中，沈将军膝下还有一女。"

江敛之心里"咯噔"一声，就听同绪帝说："沈家为国捐躯，不能让忠臣寒了心，江爱卿既钟情于沈家女，那朕今日当着文武百官的面为你和沈家次女赐婚，择个黄道吉日完婚。"

江敛之的心一沉，对上了谢停舟戏谑的视线，显然谢停舟早就知道今日会有这样的插曲，而他自己还被蒙在鼓里。

"这是天大的喜事。"德福捏着嗓子祝贺，"侍郎大人还不快领旨谢恩。"

江敛之拱手道："这里头恐怕有些误会，臣心仪之人实则乃沈家大小姐沈妤。"

殿中一片哗然，那沈大小姐不是死了吗？就连同绪帝都愣了一愣，侧头看向德福。德福脖颈冒汗，可传言不是这般啊，到底哪儿错了？

同绪帝一时下不来台："沈仲安长女已死在了燕凉关，斯人已逝，爱卿当往前看才是，你既心仪沈家长女，如今沈家只剩下次女，与你也算缘分。"

江敛之咬了咬牙，行至殿中撩袍跪下，口中却是拒绝："陛下，臣，不愿。"

"敛之。"江元青出声警告。

江敛之看了眼谢停舟，谢停舟对上他的目光，一股不祥的预感涌了上来。江敛之抬起头望向同绪帝："臣心仪沈大小姐，非她不娶，愿迎娶沈大小姐沈妤的牌位进门，许以正妻之位，此生绝不二娶。"

啪——江元青猛地拍了下桌子："混账！"

谢停舟捏碎杯子的声音被隐没在拍桌声里，他目光扫过众人，落在江敛之身上，腮帮子隐隐动了动。

所有人的目光都集中在江敛之身上，唯独有一个人，望着谢停舟若有所思。江元青自上次士子跪请后就在病中，告了几日假，今日稍好了些才来赴宴，此刻已被他气得不轻。有人在一旁劝说："首辅大人息怒，江侍郎倒是个重情重义之人。"

江元青的目光紧锁住江敛之，娶牌位进门在民间称为冥婚，民间尚且少见，这种上不得台面的东西他竟敢拿到宫宴上来说。江敛之在众人的目光中垂下眼，却并没有妥协的意思。

同绪帝被他架着下不来台，满腔怒火却不好发作。

啪啪啪——

百官循声望去，便见谢停舟懒散地支着腿，拊掌而笑："啧啧，江侍郎的深情可真是感人肺腑，不过……"谢停舟转头看向同绪帝，"陛下，我倒是听说江大人上门求娶，是被拒了的。"

这传言大家都听过，为此当时京中还很是热闹了一阵。同绪帝目光微动，有人给递台阶，先下来了再说："朕也略有耳闻。"

谢停舟道："那沈小姐拒婚在先，战死在后，如今江大人当殿逼婚，是算准了沈小姐不能再次拒婚吗？江大人这么做，恐怕有点……"

殿上都是人精，也都知道谢停舟和江敛之早有矛盾，借机发作，把求娶说成逼婚，这事一下就严重了。

"沈小姐也是个可怜人。"谢停舟叹道，"不如江侍郎先问问沈小姐愿不愿嫁，否则强取豪夺就不好了。"

人都不在了，怎么问？这不是开玩笑嘛。这时，四皇子李昭年起身道："父皇，那沈小姐已去，想来侍郎大人是问不到结果了，儿臣看赐婚一事便作罢吧。"

"罢了罢了。"同绪帝一摆手，"如今的少年郎一个比一个有主意，朕也不乐意做那老迈昏聩的皇帝。"

百官又是一阵山呼"陛下圣明"，宫宴才重新开始。这宴席结束得稍微早了点，同绪帝身子不济先行离宴，百官也陆陆续续离开。李霁风留到了最后，招呼内侍将谢停舟扶去歇息，他走到谢停舟那张桌前蹲了下来。

打扫的宫女跪坐在一旁："九殿下。"

觚棱上有几块碎裂的杯盏，堆在桌案下的一角，李霁风捏起一块看了看，边角有一点血迹。看来他当时看到的没错，谢停舟确实捏碎了一个杯子，江寂要个牌位进门虽然确实是匪夷所思，但也不至于能让谢停舟失态成这样。一个江寂，一个谢停舟，还有素未谋面却贯穿其中的死人沈妤，这里头，到底有什么问题呢？李霁风蓦地起身往外走，谢停舟还在宫里，去看看再说。

出了门，一小黄门急匆匆跑来。

"九殿下，您吩咐奴才送世子殿下去休息，可世子殿下非嚷嚷着要回王府，这会儿已经让侍卫接走了。"

"看来他没醉啊。"李霁风喃喃道。

谢停舟是真醉了，今夜来敬酒的不少，他照单全收，比昨夜喝得还要多一些。

马车停下，兮风和近卫一人一边扶他下车。

"殿下，慢着点儿。"

"小心小心。"

谢停舟半倚在兮风身上，脚步凌乱地走了几步，不经意抬眸，看见了王府门口站着的人。沈妤一直没睡，担心他像上次一样进宫赴宴回来就大病一场。兮风正准备将他背进去，却被他一手抚开。谢停舟朝着门口笑了笑："阿妤……"

他挣脱近卫，蹒跚地朝着她走来。沈妤见他步子不稳，往前迈了几步，伸手准备扶他，他却整个栽了过来，将脑袋埋进她颈窝里。酒气很浓，看来真的是醉得不轻，否则也不会将全身的重量都压在她身上。幸亏沈妤习武，要是寻常女子早给他压趴下了，沈妤搂着他的腰，承受着他压在身上的重量。脖颈间喷洒着的浑浊的酒气让她偏了头，看向兮风："怎么喝成了这样？"

兮风道："没在近前伺候，不清楚，不过殿下只有心情不好时才会喝成这样。"

沈妤皱了皱眉，听见谢停舟抵着她的脖子又喊了一声"阿妤"。

谢停舟醉了是真的磨人，谁也不要只要她扶。沈妤半拖半抱把他往青朴居带，他就窝在她身上一声一声地喊着她的小名。沈妤被他喊得心烦意乱，冷冷骂了声："你闭嘴。"

兮风与一干近卫眼观鼻鼻观心，装作没听见，殿下都没发话，他们又能说什么呢？

将烂醉的谢停舟带回青朴居，沈妤在春日里竟然也出了一身薄汗。丫鬟井然有序，烧茶的烧茶备水的备水。

"浴房备好了水，就麻烦时侍卫了。"丫鬟说完便退了出去。

沈妤望着床上烂醉如泥的谢停舟，只觉得头大。她推了推榻上的人，倒还不算醉得太死。谢停舟缓缓睁开了眼，涣散的目光落在她脸上，半晌才凝聚起来："阿妤……"

"你要不要沐浴？"沈妤问。

"沐浴。"谢停舟喃喃说了一句，刚撑起身子又软倒了下去。

沈妤托着他的背："醉成这样，今日就不要沐浴了吧。"

微醺的目光在她脸上停留了半晌，这才说了句："好，都听你的。"

酒醉后的谢停舟与平常判若两人，身上那股与生俱来的贵气与压迫感消失不见，取而代之的是能触人心弦的柔软。沈妤俯身替他盖好被子，起身时后颈却突然一紧，她的后颈被人拿捏住，固执地不肯放她离开，两人的双眼隔了不到巴掌的距离。谢停舟紧紧锁住她的眼，指背在她脸颊上轻轻抚过，带来一阵微不可察的战栗。

沈妤握紧了手，在那一双含情的眼中败下阵来。沈妤就这样看着他，撑在他上方，仿佛下一刻就要亲吻上去。他醉了。她这样同自己说，那他明日，应该就不记得了吧。

脖颈后的力道重了，拖拽着她的身体往下沉。费心铸就的防线一旦溃散，便再难抵挡住那双手臂的力量。距离越来越近，鼻尖已经触碰到了彼此，她甚至屏住了呼吸。沈妤的睫毛颤动了两下，仿佛认命般用力地闭了闭眼，然后手指小心翼翼地抚过他的眉眼。天旋地转就是在这一刻发生的，谢停舟猛地翻身压在她身上，撑在两侧的手背跳出了青筋，眼里的猩红逐渐开始蔓延。

"我醉了。"他如是说，一语双关，醉在她卸下的防备里，然后俯身吻了上去。

或许是醉了的缘故，这个吻没有任何克制，一触上就成了肆意的索取，这吻炙热而浓烈，堵住唇夺走了她的呼吸，谢停舟放松自己，身体贴了下来。她分明已退无可退，他却还是一手扣住她的后脑不容她躲闪，肆意掠夺着她的唇舌，像一团长驱直入的火，直直地烧进她心里。

太烫了，这吻，春日的夜仿佛都被烧了起来。

烈酒释放了压在身体里的东西，谢停舟钳着她的下巴，浅尝不够，他克制隐忍，拇指抵着她的下颌拨弄得她侧了头，在她脖颈间重重地一吮。沈妤脑中顿时一片空白，抓紧的手将被子揪出了一个个山丘，谢停舟抵开她的指缝，强行将五指扣了进去。烛火在烫人的春夜里燃尽了，四下寂寥无声。

沈妤腰间环着他的手臂，睁眼躺在床上，盯着漆黑的床顶发呆。他到底没做出更为过分的举动，在溃败前理智回笼了几分，揽着她入睡了。

她就这样一直睁眼直到天明。

晨光隐隐落在窗户上时，沈妤起了身。谢停舟的手动了动，抓到绵软的被子时，眉梢刚刚聚起的些许不悦散开了，呼吸再一次变得平缓。沈妤驻足在床前，听见白羽在檐下走动的声音，她才转身出了房门。

她几乎一夜没睡，回鹿鸣轩便睡了过去。也不知睡了多久，沈妤被一阵拍门声吵醒，打开门，绿药紧张地跑了进来，手里拿着一张叠好的纸。

绿药紧张道："公子昨日在找的东西是不是这个？"

沈妤接过，那纸缺了一块，上头还有被狗啃咬过的印子："哪来的？"

绿药把一个绑腿扔在桌上："早上我去喂大黄，在它窝里发现的。"

沈妤快速将那半页纸上的内容扫了一遍，又去检查绑腿。绑腿两头的布已经被咬烂了，里边的铁露了出来，中间是空心的，表面有一条条被啃咬的纹路。沈妤凑近，用指甲刮了一下，手指捻了捻，说："原来如此。"

做这个东西的是个聪明人，绑腿中空，用来藏东西，再以铁粉混合蜡油封住外层，外观上一点都看不出来，若不是被大黄叼去磨牙玩，还真发现不了。缝隙里还有两张纸，沈妤掏出来看了一遍，问绿药："这上面的内容你看过吗？"

绿药摇头："我看见就急着来找你，没来得及看呢。"

沈妤严肃地颔首："发现这个东西的事，不要告诉任何人。"

"包括世子殿下吗？"绿药下意识问。

沈妤愣了一下，昨夜的风光旖旎再次涌入脑海，她默了许久，这才道："不，不包括，我会自己告诉他。"

绿药似懂非懂地点头，听见外面二丫脆生生地喊了声"世子殿下"。

沈妤赶忙把纸叠起来藏好，左看右看，又将被掏空的绑腿扔在了床下。做完这些，谢停舟刚好跨入房中。他盯着沈妤，却是对绿药说："你出去吧。"

绿药退出去，关上房门时还冲沈妤竖了个大拇指。

沈妤瞪了她一眼，收回目光时对上谢停舟那双薄冷的眼："找我有事吗？"

谢停舟："昨夜我喝醉了。"

沈妤觉得这话听起来挺像那不想负责的负心汉吃干抹净后找的借口，但放在谢停舟身上的意思就不太一样，沈妤不明所以地看着他。谢停舟的侧脸笼在明瓦透入的柔光里，那脸是真生得好，轮廓流畅又漂亮，凌厉中带着柔和，多一分少一分都不行。

谢停舟盯着她，往前迈了几步："醉了，所以有些事记得不那么清楚。"

这是沈妤预料中的事，她笑了笑："既然忘了就是天意，想它做什么。"

谢停舟仿佛没听到一般，自顾自地说："但我不想稀里糊涂就过去了，所以我想再求证一遍。"

"求证什么？"

谢停舟已捧着她的脸吻了下来，昨夜是醉酒后的半推半就，今日是清醒的巧取。沈妤愣住了，直到谢停舟退开低头看她，她还是惊愕的状态。谢停舟拇指抹过她沾着水光的唇，回答她方才的问题。

"求证是不是如昨夜一样美好，答案是，更甚。"谢停舟专注于她的眉眼，"前几日才教过你的，怎么忘了？别让人欺负了去，哪怕是我也不行，万一我醒来真忘了呢，你便由着我这么欺负吗？"

"忘了就忘了。"沈妤装作不冷不热地说，"行走江湖，这才多大点事？值得你拿出来说吗。"

谢停舟眉间闪过不豫，很快被他压了下去："那你是准备就这么拍拍屁股就算了？"

他眼尾往上提了一下："真薄情。"

昨夜分明是他轻薄于她，怎么如今他倒像是受了委屈的样子，沈妤抬起下巴说："你别恶人先告状。"

谢停舟笑了："那怎么办呢？你可得对我负责。"

沈妤怒道："你——"

"好了。"谢停舟温声安抚，拇指指腹抚过她颈上的红痕，忽然正色道，"我认定一个人，便不在乎什么三媒六聘，我碰了就是我的人，迟早都要娶进门，先后与我而言并无差别，昨夜没继续下去，是因为……"

谢停舟顿了顿，目光灼热而隐忍："是因为我醉了，我怕我记不清，阿妤。"

沈妤心坎上的嫩肉像是被人重重掐了一下，又酸又软，如今醉的好像成了她自己。

抱他啊，吻他啊。有个声音在这么对她说。她一点点挪动手指，抓住他的手腕，在他郑重的目光中渐渐冷静下来："我现在还不行。"

"我知道。"谢停舟回答她。

沈妤心思浮动："我，我可能还需要一段时间，等我完成现在的事，我……你愿意等我吗？"

谢停舟眉眼舒展开来："嗯，等你。"

"嗯。"沈妤用力点了下头，在喜欢的人面前，总是容易让人手足无措。沈妤觉得都有些不像自己了，她有些无措地看着他，说话也断断续续的："我应该，用不了太久，如果实在是太久了，那你就……"

"就什么？"谢停舟带着笑意反问，"如果我等不了的话怎么办？让我娶旁人？"

沈妤昂起脖子："你娶一个试试？到时候我就去观礼。"

"那指定成不了了。"谢停舟玩笑道。

"嗯？"

"你去了，我肯定就跟你走了，你放心。"谢停舟抚过她的发说，"我总是会等你的。"

直到谢停舟离开，房中似乎还冒着粉色的泡泡，可一旦下定了主意，倒不会如之前那般进退维谷了。

沈妤定了定心神，关上门，把之前那几张纸在桌上一一摊开。一共三张，一张信，另外两张应该是从某个账本上撕下来的，一侧带着锯齿。信她能看明白，应该是朝中某位官员写给在齐昌为寇的鬼家人的信，落款没有名字，时间已经是三年前了。信中让对方注意这几日有雨，雨大一定要记得带伞，万不要淋雨伤身。

沈妤把这封残信反复看了好几遍，看上去像是写给亲友的信。账本倒有些异常，记录的方式也和寻常不太一样。一定有问题，只是这一时半会儿，沈妤还没能想出来，如果能找到那个老头，兴许就能够得到答案。沈妤拉开门："绿药。"

绿药蹦跶着过来："公子。"

沈妤吩咐道："你去一趟陆掌柜那里，看看有没有洛州来的信，顺便一问我要的东西找得怎么样了。"

绿药听完就跑。

"回来。"沈妤道，"我还没说完，让他知会各个铺子，多留意一下那个人的动向。"

"哪个人？"绿药呆了一下，恍然大悟，"喔，我明白了。"

沈妤拉上门，冲大黄打了个响指，大黄屁颠屁颠地跑过来，尾巴摇得跟抢大锤的似的。

"公子是要去青朴居吗？"绿药见她要出门问道。

沈妤回头扫她一眼："有问题？"

"没问题没问题。"绿药乐呵呵地摆手，"可是人家世子殿下早上才走呢，这才中午你就追过去，你是不是不懂什么叫矜持？"

"我觉得你说得很对。"沈妤停下脚步，招了招手说，"你过来。"

绿药笑眯眯地走过去："公……"

"公什么公？"沈妤揪着她的耳朵，"本小，小爷的事你也敢拿来打趣，信不信我扯掉你的耳朵？"

绿药捂着耳朵，其实压根不疼："我错了，错了。"

沈妤松开她，轻哼了一声："大黄，走，去青朴居。"

大黄最近喜欢找白羽玩，一听要去青朴居，一路跑得飞快。沈妤落后一步，到青朴居时大黄正冲着院子叫。门口两名侍卫目不斜视，正好沈妤在门口站定时，紧闭的院门开了，兮风走了出来。

兮风道："殿下正在休息，昨夜宿醉还没完全清醒，你晚些过来吧。"

"好的。"沈妤想了想，早晨见他时，不是挺清醒的嘛。

"走吧大黄。"沈妤吆喝着大黄，刚走出去没多远，忠伯追了过来。

"等等，你等等。"

沈妤转身，见忠伯步履迟缓，干脆折返回去："忠伯。"

"哎。"忠伯应了一声说，"殿下不在府内，太久没带苍去打猎，于是早上回来就带着苍和白羽进山了。"

沈妤："可他不是在禁足吗？"

忠伯笑了笑："所以兮风才和你说他在休息，罚禁足就是个态度，也没人守着，只要不做得太过就行了。"

"那就好。"沈妤说完，见忠伯上下打量着自己，眼中含笑，一脸慈爱，看得她好不自在。

忠伯乐滋滋地咂嘴："前几日我已经去信北临王府了，同老王爷说这个天大的喜事，想来过不了几日王爷应该就能收到来信了，北临王府太久没出过喜事了。"

沈妤尴尬地笑了笑："那既然殿下不在，我就先回去了。"

忠伯笑眯眯地说："去吧去吧。"

沈妤原路折返，心里想着忠伯可真是个沉不住气的，几日前她和谢停舟八字那一撇都还没画明白呢，忠伯就已经把信写出去了。不过也算巧，等北临王收到信，应该……

不对！沈妤脑中一个念头忽地闪过，之前那封信有问题。沈妤飞快地回去，关上门重新打开了信件。

只两眼，她放下信，终于确定其中有大问题。信是三年前写的，落款时间是同绪十五年六月一十八，信中说的却是六月二十三日后几日齐昌鹬子山一带有雨。齐昌与北临距离相近，忠伯送的信这么长时间都还没到，那从盛京送去齐昌的信又怎么可能短短几日就到呢。从盛京到齐昌府遥遥千里，专程写信叮嘱对方下雨要多带伞，等信到了，怕是雨都已经下过了。

所以……

沈妤看着信件，所以这封信，或许并非出自京中，可为何却非要在最后写在京中遥盼平安呢。这几张纸在护腿中被封得那般好，对方几次三番寻找，已能说明这信件的重要性，这里头到底藏了什么信息？沈妤又扫了一遍，目光停在那两个日期上。专程将下雨的日期写得那么清楚，这一定就是重点。

沈妤走到书房，将两个日期和地点誊抄了下来，收好信件扬声喊："绿药。"

绿药应声："公子。"

"替我找一份历本，要三年前的。"

绿药不明所以，但小姐吩咐的一定是重要的，她一溜烟跑了又一溜烟回来，将过去十年的历本一股脑放在桌上："我找忠伯要的，忠伯可热情了。"

沈妤没应声，翻开历本，单凭个日期却看不出个所以然来。正苦恼着，二丫端了茶进屋，放在桌上后伸着脖子看了一眼说："这个我认识。"

"你认识？"沈妤惊讶道。

二丫乖巧地点头："认识啊。"

她指着上头的字说："什么年陆月什么日，我识字呢，这几个字我都认识。"

沈妤险些摔倒，摸了摸二丫的头说："是陆月贰拾叁日，往后让绿药教你识字。"

二丫高兴地点头，又指着另外几个字问："这几个呢？"

反正也摸不着苗头，沈妤索性坐下来，教二丫识字："同绪一十五年六月。"

二丫想了想，脸色慢慢垮了下来。

"怎么了？"沈妤偏着头问。

二丫垂头道："我记得这个日子，我爹娘就是同绪十五年六月底死的。"

沈妤爱怜地摸了摸二丫的头发，二丫抹了抹眼泪说："原本说六月底来赈灾呢，我和爹娘都盼了好久。"

绿药也坐下来，趴在桌上问："不是有赈灾吗？那你爹娘都是饿死的呀？"

问完发现自己在揭人伤疤，赶忙捂住嘴："我随口问的，你也不用回答。"

二丫却边点头边掉眼泪说："赈灾是有的，就是给的吃的不够，一家三口才一碗粥，还不够一个人吃，我爹娘都给我吃了，然后他们就……"

二丫扁了嘴想哭，绿药戳到了二丫的痛处，赶忙拿了块点心给她："你看你现在什么都不缺，主子对你也好，你爹娘知道了肯定很开心。"

二丫接了点心，点了点头。

"那后来呢？"绿药撑着下巴问。

"后来做买卖的陆氏来赈灾了，给了好些吃的。"

绿药和沈妤对视了一眼，二丫继续说："我听人说盛京可好了，所有人都可以吃饱，我就跟着流民上京了，我太小了没人买，讨不到饭吃，不过我运气好，管家看我可怜将我收进来了。"

三年前二丫才八岁，孤身上京求生，也是可怜。

"是真可怜啊。"绿药感叹道，看向沈妤，"是吧公子？"

沈妤皱眉沉思，喃喃道："陆氏赈灾……"

她忽然问："你家乡是不是在永安？"

二丫眼睛一亮："公子你怎么知道？"

沈妤当然知道，当年永安闹了旱，颗粒无收，出了好些流民，朝廷赈灾的粮饷杯水车薪，许多地方都开始易子而食。

永安永安，多讽刺的名字。沈妤那时在边关也听到了消息，陆氏之所以做得这般大，一部分原因是它有个好名声，年年都在接济贫民，年年都在布施，同绪十五年也是一样。沈妤记得那年她还写信央求外祖母，将她的零花钱扣了买粮食给灾民。"永安"，沈妤在纸上落下二字，就在齐昌二字的旁边。看着并排的两个地名，沈妤眉心忽然皱了皱："绿药，拿舆图来。"

绿药应声而动，书房就有舆图，翻出来铺在桌上。

片刻，沈妤将舆图一卷，拿起那张记着日期和地名的纸条吩咐道："我出去一趟，若有人问起就说我出去有事，宵禁之前回来。"

裴淳礼沾了宣平侯的光，在朝中谋了个闲职。也不知道那谢停舟对裴淳礼他爹告了什么恶状，他这些日子被拘在宣平侯府门都不能出，连宫宴都没同意他去，裴淳礼今日刚解了禁，一身官袍看起来倒是有模有样，像那么回事儿。轿子进了光华门，却不是去他任职的镇抚司，而是径直朝着户部去。

进了户部，裴淳礼大马金刀地坐下，说："你们侍郎呢？"

小吏忙给上了茶："小侯爷，眼下江大人还没回来，您找咱们大人有事？"

裴淳礼斜他一眼："自然是有事，不然你以为本小侯爷没茶喝到你户部来蹭茶吃？"

小吏忙笑呵呵地打了个揖："小侯爷说笑了，户部的茶粗鄙，哪值得小侯爷亲自跑一趟，不过江大人回来应当还要一阵，您……"

"不碍事。"裴淳礼心想，要的就是江敛之不在，否则还怎么成事呢。

"我在这儿等着就行，你给我上盘瓜子，没瓜子就花生，喔对了，还有我这两个随从，你找个地儿给他们歇一歇。"

小吏拱手道："这是自然，两位随我来。"

小侯爷亲自叮嘱，小吏不敢怠慢，将两名随从带进小吏自己休息的内室，让人上了茶水便走了。

窗户纸被人戳了个洞，沈妤一身随从的打扮，贴在窗上观察外面的情况。方才进来时她就仔细观察过，东南侧还有一扇门通往内衙，户部各官员办差的房间和值房应该都在里面。趁屋外没人，她闪身出去，轻轻一攀就上了房顶，东南侧的门有人值守，正路走不了就只能从天上走。干了几次翻墙揭瓦的事，门路都让她摸得差不多，她驾轻就熟地混进内堂，只是找到库房还是花了些时间。

江敛之进宫议事，回来刚跨进衙门，便有小吏来报，说宣平侯府上的小侯爷找他有事。

"来了多久？"江敛之淡声问道。

小吏回道："时间倒是不太久，不过茶已喝了五盏，瓜子嗑了三盘，眼看着是等不到大人就不准备走的意思了。"

江敛之摆手让小吏退下，进门时裴淳礼跷着腿，整个人仰躺在椅子里睡得昏天黑地。地上瓜子壳撒了一地，裴淳礼手里还兜着一把。小吏准备叫人，江敛之抬手制止，走出门才问："他独自前来？"

小吏道："这倒不是，还有两名随从，我给安排在了……"

没等他说完，江敛之已大步离开，抬脚就将门踹开，里头的随从吓了一跳。江敛之立在门口："还有个人呢？"

随从道："回大人，如厕去了。"

江敛之冷笑了一声，果然如他猜想的一样。他和裴淳礼并无交集，一个只知道吃喝玩乐的小侯爷突然到户部找他，非奸即盗。

"让人把好各门，一个人也不要放出去。"江敛之边走边吩咐，抬脚进了内衙。

沈妤进了库房就觉得，这一趟多半是白来了。库房内书架一眼望不到头，架高三米，一架十余层，光一个架子的书册倒下来，都能将人砸死。要在这一片汪洋大海中找线索，太难了。书架以天干地支做了标记，而不是按分类和年份，恐怕就是为了防止有人进来翻阅。本着来都来了的想法，沈妤随意找了个架子，抽出一本翻开看了眼又塞了回去。

事实上，多看几本就能发现端倪，书册并不是杂乱无章而是分了品类，这样的话，挨个找下去总能找到，只是需要时间。希望裴淳礼能警醒一点，如果江敛之回来后能将他拖住一段时间就好了。时间在流逝，沈妤捧着一本册子翻看着，这一本是她好不容易找到的，时间刚好是同绪十五年。

沈妤翻看了一遍，没有找到她要的信息，正准备去拿下一本，身后响起了熟悉的声音。

"你找不到的。"

沈妤的寒毛唰一下竖了起来，江敛之！他是什么时候来的？为什么她毫无察觉？沈妤没动，听见脚步声缓缓靠近。

江敛之一边走近一边说："不妨告诉你，葛良吉任户部尚书时，户部账本就分真假两册，一册是给人看的，一册是给鬼看的，何为真何为假，你这么聪明，应该清楚吧。"

脚步声停在身后，看样子，江敛之已经知道她是谁了。沈妤咬了咬牙，以一个刁钻的角度出手。

江敛之后背砸在书架上，发出"哐"的一声。门外值守询问："大人，是不是——"

"无事，东西翻了。"江敛之朗声说。

言罢看向沈妤："你看，我不会害你。"

沈妤手指一收，江敛之顿时呼吸困难，却眉也不皱："你想……找什么？有关燕……燕凉关的东西？"

沈妤蹙眉，手上的力道又重了几分，江敛之终于痛苦地闭了闭眼，却没有半分反抗之意。他自幼被称作神童，心智自是非常人能比。上次在茶楼他就觉得裴淳礼有问题，裴淳礼爬北临王府墙角的事他略有耳闻，加上沈妤在北临王府，他很快就将整条线联系了起来，所以才直奔库房。

"你说的真假账册在哪儿？"沈妤冷声问，手上稍松了些许。

江敛之终于喘了口气："你先告诉我，你隐姓埋名到底想干什么？"

沈妤没有回答。

江敛之自顾自地道："你不说我也知道，你想查清真相，给你父亲报仇对不对？"

他拿起方才沈妤拿过的那本账册看了一眼道："同绪十五年六月……看来你已经摸到了一点门道。"

听他的意思，似乎知情。沈妤一把夺过账本："你是知情人。"

江敛之摇头："我不是，说出来不怕你笑话，葛良吉把户部管得固若金汤，我在户部任职三年才算摸到一点东西。"

沈妤不信他，江敛之自己也知晓："我知道你不相信我，但是不会害你这一点，你总该相信，你跟在谢停舟身边是为了利用他查明真相吧。"

江敛之注视着她："我也可以，你想查账本，我是最近的途径，只要你——"

一声细小声响，江敛之的下巴上抵上了一把锋利的匕首。

"用别的方式，我照样能让你开口。"沈妤冷声说。

江敛之被迫仰起头，闻言轻轻笑了一声："不如我们做个交易。"

"我不做交易。"

"那我就只能下饵了，咬不咬钩你自己说了算。"

沈妤皱眉，收回匕首："说。"

江敛之抹了下下巴，指尖上有些许血迹："你先告诉我你查到了哪里。"

见沈妤不开口，江敛之略微颔首："那还是我说吧，葛良吉已伏诛，我接手了户部，你知道为什么区区一个剿匪拖到了现在吗？"

他肃然道："因为户部是个烂到不能再烂的烂摊子，行军需要粮饷，国库亏空，户部拨不出银子，自然是一拖再拖。"

沈妤沉声道："葛良吉贪了那么多银子，抄家之后充入国库难道还不够？"

"五百八十万四千两。"江敛之道，"这是账面上葛良吉贪下的银子，你猜抄家抄了多少出来？"

江敛之没等她说就自顾自地道："不到十万两。"

沈妤眉心立刻皱了起来，这里头出入太大了。

江敛之道："就算是挥霍无度，也不会相差如此多，那你再来猜一猜，余下的五百多万两银子都去了哪儿？"

沈妤握紧了手里的账册。

江敛之看了一眼她手里的账册，仿佛是真的在给沈妤下饵，他又抛出一个问题："同绪十五年，永安各郡旱灾，户部拨银三十万两及粮食八万石往永安赈灾，而后灾情被控制，前往赈灾的官员被提拔，如今任宣政司参议。"

江敛之回身看着她："我知道的远比谢停舟要多，这样的饵，你咬不咬？"

沈妤的视线落在江敛之脸上，片刻，她笑了下："留着你的假账本吧，这破饵我懒得咬。"

江敛之瞳孔一缩，面不改色道："你怎么知道，我手里就没有真的账本？"

沈妤将手里的册子扔在架子上，说："不用试探我，既然没有，那告辞了江大人。"

"你觉得你走得掉吗？"江敛之不动声色地拦在她面前。

沈妤微抬着下巴："你应该问问你自己，你拦得住我吗？"

江敛之目光下垂，看到了她脖颈上的红痕。他是男人，哪能不明白那是什么。滔天的怒意和妒忌涌了上来，江敛之眯了眯眼，盯着她的脖子看了片刻。

"我确实拦不住你，外面的守卫多半也不是你的对手，所以走吧，我送你出去。"

沈妤面露怀疑之色，上次就着了江敛之的道，谁知道这次他又有没有什么阴谋诡计。江敛之却侧开了脸，半边脸掩在暗处，沉冷而阴郁。

"等等。"沈妤叫住他。

江敛之转过身，刚准备开口，只见什么东西在眼前一闪，飞入口中从他喉咙里滑了进去。

江敛之捂住喉咙："你给我吃了什么？"

"确保你不使诈罢了，江侍郎心计了得，上一次着了你的道，这一次总得先下手为强，你放心，出了光华门，自会将解药奉上。"

闻言，江敛之眉眼一松："我说过不会害你，上次是在我能控制的范围内，现如今在户部，你不必如此警惕。"

他转身要走，又停了下来："不如我们来打个赌，看谁先找到账本，如何？"

"对我有什么好处？"

江敛之道："好处就是若是我找到了账本，你可以用东西来交换。"

沈妤嗤笑了一声，并不接这话茬："带路吧，江大人。"

二人一前一后出了门，门口守卫愣了一下，似乎是没见旁人进去，却不敢直言，担心是自己玩忽职守看漏了。

沈妤回了前堂，裴淳礼半躺在椅子上睡得呼声震天。

"小侯爷，小侯爷，该回了。"

裴淳礼用呼噜声回应了她。沈妤无言了会儿，抬脚在他腿上踢了踢，裴淳礼被惊，啪的一声摔到地上，压得地上瓜子壳乱响。裴淳礼坐在地上迷迷糊糊抹了抹嘴，抬眼看见沈妤："这，已经好了？"

沈妤点了下头，小吏搀扶着裴淳礼起身："小侯爷怎么睡着了？"

"这不等得无聊嘛，你们大人呢？"

小吏答道："大人在外边儿吩咐事呢，嘱咐卑职把小侯爷送出去。"

裴淳礼起身抖了抖衣裳，装模作样地对沈妤道："走吧，送本小侯爷回府。"

一行人出了门，江敛之就在户部门口，裴淳礼与他一番装腔作势地寒暄，罢了又上了轿子。

沈妤在门前回头，没等她说话，江敛之便开口："该不会和上一次给别人吃的一样，无毒吧？"

沈妤抿了抿嘴："当然不同，可调理肠胃。"

药不死人，但是拉他个三五天是不成问题的。沈妤转身，跟在轿子旁走，出了光华门，裴淳礼掀开帘子探出头来："他说什么无毒？"

沈妤："你喝的茶、嗑的瓜子无毒。"

裴淳礼是个好糊弄的，说什么都信，点了点头后趴在轿窗上同沈妤唠起嗑来："怎么样？我办事是不是特别靠谱？光靠睡觉就拖住了江敛之。"

沈妤横了他一眼，都懒得说他了。

越是暖和，天就黑得越晚，同裴淳礼吃喝完才刚刚天黑。今日裴淳礼带她去了趟花楼，喝酒听曲儿，付账的是沈妤，总不能让人给她打一下午白工。檐下白羽一动不动，估计是今日飞累了，只在人进院时看上一眼。

"殿下回来了吗？"沈妤跨入院中。

近卫道："回来了，不过……"

沈妤没听到那声不过，径直走向卧房，抬手敲了敲房门："殿下，是我。"

屋子里半晌没有动静，正待再敲一次，侧门"嘎吱"一声开了。沈妤转头看去，那房间没点灯，谢停舟立在门口，两手刚巧从门上垂下来。

"回来了？"

沈妤点了点头，高兴地说："今日小有收获。"

她没看清谢停舟的脸，却似乎听见他极轻地笑了声："过来。"

沈妤走过去，距离离近，才逐渐看清了谢停舟。他应该是刚沐浴完，抑或是沐浴中途被搅，身上只披了件宽大的袍子，腰带松垮垮地系着，衣衫半敞，露出一小片结实的胸膛。

沈妤蓦地停了脚步："要不我——"

"过来。"谢停舟打断她。

她咬了一下唇，缓缓走过去，在门口停住："我等下再过来吧。"

话音刚落，谢停舟已握住她的手腕，一把将她拽了进去。门"哐当"一声关上，沈妤后背紧贴着门扉，生怕往前一毫厘就贴上他的身体。谢停舟缓缓垂头，一点一点接近，鼻尖擦过她的脸颊问："在外面喝酒了？"

沈妤轻轻地"嗯"了一声，老实巴交道："找裴淳礼帮忙，所以请他喝了几盏。"

"怎么不请我？"

"你又不在。"

谢停舟身上带着潮气，还有水珠顺着脖颈往下滑，沈妤别开了眼，又被他捏着下巴拨了回来："现在请也来得及。"

他嘴唇贴上去，舌尖挑开贝齿探入，并不像昨日那么狠，只是浅尝辄止。退开后似乎还意犹未尽地轻哂了下嘴："是若下春。"

沈妤抬起头，惊讶道："你这也能尝出来？"

谢停舟眼里划过一丝狡黠的笑意，直起身往屏风后走去："今日的收获是什么？"

他早已沐浴完，不过被打搅的是另一件未完成的事，但如今她在，他也不可能再继续。

沈妤找了火折子点灯："今日我去了一趟户部。"

谢停舟穿衣的动作一顿，侧头问："你让裴淳礼带你混去的？"

"嗯。"

"你也太胡闹了！"谢停舟斥了一声，看着屏风上映出的人影说，"万一被人发现，或者江敛之直接下令捉拿你，你又该怎么办？"

沈妤知道自己上一次进宫就闹出了麻烦，害谢停舟被斥责还被禁足。其实今日出门前她就想过，左右户部也没什么高手，抓不住她，而且她对江敛之有了提防，不会像上次那样轻易着了他的道。

"这次我有把握，而且我这不是好好回来了吗？"沈妤说。

谢停舟在屏风后半晌没说话，也不见人出来。沈妤试探道："你生气了。"

"我不该生气吗？"谢停舟反问，"但凡你有一点把自己的安危放在心上，也不会做出如此冒险的事。"

"我本来就是这样。"沈妤也不高兴了，"若像你说的非得要十足的把握才能行动，那我一开始就不会走上这条路。"

屏风后又静了，静得惹人心烦。沈妤咬着下唇等了片刻，转身就往门口走。身后响起了脚步声，沈妤刚拉开门，门上就压上了一只大手，"啪"一声又把门关了回去。沈妤又一拉，还是被谢停舟推了回去。

"转过来。"谢停舟说。

沈妤充耳不闻，心想方才还又是搂搂抱抱，又是亲亲，转头他就开始训斥人，就觉得心里不痛快。

谢停舟叹了口气，低头贴在她耳边说："怎么这么大气性？"

沈妤觉得应当好好同他理论一番，唰一下转过身，谢停舟往后仰了一下，险些被她撞到鼻子。

沈妤看着他气愤道："若你当我是你的近卫，那你随便你训。"

谢停舟似乎明白她在不高兴什么了，低声问："那你觉得我应该当你是我的什么人？"

沈妤张口欲言，又觉得羞于启齿，恨恨地盯着他不眨眼。见她憋着不说，谢停舟唯恐将人气坏了，把她往怀里一揽，贴在她耳边说："我当你是如珠如玉的宝贝，平日护着都生怕磕着碰了，你却毫不在意，拿自己去冒险，总是往我心肝上戳刀子。"

他迁就着她的个子，微微低着身子。沈妤的下巴就贴在他肩上，一时不知该做何反应。脑子里想着怎么发火的是他，如今委屈的也成了他了？谢停舟抚着她的发，温声道："阿妤，我此生第一次动情，不知该如何应对，若你觉得不好，你教我。"

沈妤软了下来，将他前后几句话品了一下忽觉得不对。她仰起头说："我此生也是第一回，我怎么教你？"

梦中那一简直烂透了，她忘记都来不及，更不想去回想。耳畔响起谢停舟的笑声："那该怎么办？"

"嗯……不如我先去找人学习学习再回来教你？"沈妤故意气他。

"你敢！"谢停舟说完，又觉得自己语气太过强硬，忽而又道，"你又故意气我，罢了，左右我是逃不出你的手心，只能由着你这么欺负了。"

沈妤笑出来："你少装可怜，你先放开我。"

谢停舟松开了些，却没完全放她："还得再抱一会儿，今日苍在院子里，你身上沾上我的味道它才不会伤人。"

"你当我傻吗？"沈妤说，"那你院中的侍卫，还有兮风和长留，都是你这么抱着留的味？"

谢停舟愣了下，接着笑倒在她颈窝里，笑得双肩轻耸："我没有那种癖好，你就不能不要拆穿，给我留些颜面？要找个理由抱你有多不容易。"

沈妤也弯了唇笑了，手捏了捏，试探着环住他的后背："那，那只能抱一会儿，我还有重要的事情要和你说说。"

浴房凉了就开始有潮气，两人回了卧房，谢停舟唤人上了吃食，他回来得晚，还没来得及用晚饭。沈妤晚上吃得挺饱，拿着筷子浅尝了点小菜："江敛之说户部有真假两册账本，假账多半不在他手里，我想起葛良吉曾说他给孩子留下了保命符，那保命符，应该就是账本了吧。"

谢停舟挑着菜："应当是，手里捏着许多人的命脉，等闲不会动他们。"

沈妤道："葛良吉一共七个子女，为正夫人和三名妾室所生，我查过了，女眷已经充作教坊司官奴，其余关在刑部，只等三月流放。

"只是不知账本到底在谁手里，想必这也是葛良吉早就算计好的。"

她皱起眉："这样的保命符，他们不会轻易拿出来，得想个办法才行。"

"先别急。"谢停舟往她碗里挑了片笋，这季节的笋又嫩又香，谢停舟已见她动了好几筷子。

"官奴倒是好办一些，改日去一趟教坊司摸一下。"

沈妤筷子上的笋落了，眼皮一抬："你想去教坊司摸谁？"

谢停舟无奈道："摸虚实。"

沈妤干脆放下了筷子："你如今和从前不同了。"

谢停舟含笑问："怎么不同？"

沈妤抿了抿唇："就是……你不能如从前那般随意出入秦楼楚馆，当，当洁身自好，还有教坊司那样的地方，没事也不能去。"

隔着烛火幢幢，谢停舟弯了眉眼："好。"

他这样干脆，倒让沈妤有些不好意思，她侧了侧身说："我也不是不讲道理的人，若是公事，自然是——"

"阿妤。"谢停舟打断她，隔着桌子握住她的手，"还有没有别的要求？"

沈妤愣了愣，好半晌才说："没有。"

"我有一个。"谢停舟温声说。

"什么？"

"搬过来住。"

沈妤的脸唰一下红了，有点慌乱，这也太快了，昨日两人才捅破那层窗户纸，今日就让她搬过来。她行走江湖多年，倒没有深闺中的小姐那般扭捏和守礼，但是再快也不能快成这样。

谢停舟单看她的表情就知道她多半是误解了，解释道："青朴居院子够大，十几间屋子，你随便挑。"

"我考虑考虑。"沈妤红着脸说。

沈妤暂时还没从鹿鸣轩搬出来。只因忠伯把这事看得比天大，原以为是和世子同住一屋，谁知是分开住，忠伯只好叫了人手把另几间空闲的屋子修葺一番，又挑了好些家具和摆件，张罗着这几日弄好，好让未来的世子妃搬过来。

春雨贵如油，这几日接连下了几场雨，各地都要开始准备春耕事宜。早晨谢停舟破天荒去了趟值房，回来后进门就把沈妤叫进了屋子里："剿匪的事已经落实了，应当这两日就会下旨。"

"派谁去？"沈妤问。

谢停舟道："文乐生，兵部尚书文宏远的侄子。"

这名字很熟悉，但是从哪儿听过的一时半会儿想不起来。沈妤蹙眉想了片刻，问："他是什么官职？"

谢停舟道："是个废物，倚仗着文弘远在五城兵马司混了个指挥使。"

那声"废物"让沈妤想起来了，文乐生不就是跟江敛之的表弟窦庆成日混在一起的那个废物嘛，也是盛京出了名的纨绔。世家屹立百年，一人得道鸡犬升天，什么猫猫狗狗都能在朝中混个官职，寒门再难出贵子，世家却一代不如一代。

"怎么会让他去？"沈妤百思不得其解。

谢停舟手在壶上一碰，侧头喊人："换热茶来。"

丫鬟推门而入，端走了冷茶。谢停舟这才道："兵部拨了五千人，又从端庆王处借了五千兵马。"

"从潞州借？"沈妤惊讶道。

谢停舟"嗯"了一声："一万兵马，鹞子山才多少山匪？"说罢笑了一声。

沈妤听出些嘲讽的意味，也是，齐昌府鹞子山上草寇至多也不过两千人吧，这般声势浩大地去剿匪，把山刨了也够了。白送一个挣功名的机会，文宏远又怎么会让这样的肥差落到旁人手里，自然是给自己的侄子。据说文宏远膝下无子，连抬了几房小妾生的都是女儿，后来好不容易生了个儿子，先天却有些问题，不到半岁就夭折了。也是邪门，后来又从文氏旁支抱养了个男孩，也是养了不到半年就没了，自此文宏远认定自己没有子嗣的缘分，否则也不会提携那不成器的侄子。

沈妤问："户部不是没银子了吗？"

丫鬟进来沏茶，第一杯奉给谢停舟，他两指一并，抵着茶盏推到沈妤跟前。

"小心烫。"谢停舟接着说，"瘦死的骆驼比马大，户部挤一挤还是能挤出来的，听说户部提前向商户征了两年的税银。"

"两年。"沈妤冷笑了一声，"怨声载道吧。"

谢停舟手肘撑着案几倾身过去，打趣道："咱们的首富沈大小姐还拿不出这点银子？"

沈妤道："我们倒是拿得出来，小商户还怎么过日子？田税都已经征到了同绪二十一年，你觉得他能活到……"

她截住话头："去年我去燕凉关的路上途经青州，才九月老百姓就已经无粮可吃了，一年忙活到头，交了田税还要饿上好几个月的肚子，那边地都没人种了，就是因为赋税苛重。"

谢停舟保持着这个姿势，看着她的目光愈渐深远。谢停舟没见过活着的沈仲安，但是他现在十分好奇，到底是什么样一个人，才能教养出这样一个聪慧仁善的姑娘。

寻常人只顾着自己的一亩三分地，这么小一个身板，忧心得太多了。沈妤喝了口茶，落盏时发现他还望着自己："你盯着我干吗？"

"看你啊。"谢停舟说，"你怎么就生成了女儿身？"

沈妤白他一眼："我是男子那你怎么办？"

"那我便做女子。"谢停舟勾了唇，"倘若你是男子，应当能干一番大事业。"

"女子怎么了？"沈妤反问，"女子就不能干一番事业了？"

"这倒也是。"谢停舟沉吟片刻，"你是母仪天下的料，你说……我要不要为你争个皇帝来当一当？"

沈妤吓了一跳，忙不迭伸手捂住他的嘴，严肃道："这话说不得。"

同绪帝本就忌惮北临，这话要是传出去，盛京的天就要乱了。谢停舟的唇贴着她的掌心，抬起眼皮盯着她的脸："你想要吗？想要我就给你抢过来。"

他的眼神带着蛊惑的意味，薄唇摩擦着掌心，还有他吐出的烫人的气息，灼得她手心麻痒。

"不要。"沈妤斩钉截铁地说，"我只想赶紧做完现在的事，然后就去做我想做的事。"

见她想缩回手，谢停舟一把握住："你想做的事，包括我吗？"

沈妤对视上他的眼："如果我想要浪迹天涯，那你——"

谢停舟打断："我陪你浪迹天涯。"

没什么比这更动人的话了，沈妤心跳加速，想了好些事才把心跳给压下来。

"方才的话还没说完。"

"嗯。"

沈妤问："什么时候出发？"

谢停舟坐直了身子："和春蒐同一天。"

"三月春蒐是惯例，那没几日了。"沈妤的表情凝重起来，"还没有找到那个老头，如果鹞子山真被剿了，那后面的线索就断了。"

谢停舟道："不是还有一条线吗？葛良吉的账本。"

"要想拿到难如登天。"沈妤说，"谁会把自己的保命符交给旁人，况且账本毕竟牵涉太广，只有粮草被劫才与燕凉关有直接联系。"

沈妤默了默，抬眸瞥了眼谢停舟。谁知谢停舟也正在看她，视线一撞，他问："想说什么？"

沈妤在椅子上挪了挪，小心翼翼道："我们不能让证据被埋葬，也不能让真相被掩埋，更不能让十万将士无法安息对不对？"

谢停舟微眯起眼："有话直说。"

"我想去齐昌。"

谢停舟："我不同意。"

沈妤咬了咬下唇："我必须得赶在文乐生带兵剿匪之前赶过去。"

"然后呢？"谢停舟沉声反问。

"如今正是他们风声鹤唳草木皆兵的时刻，你用什么身份同他们交涉？普通人，他们信吗？沈将军的遗孤，他们只当你是来报仇的。落草为寇混进去，没等你取得他们的信任，鹞子山就已经被剿得只剩尸骨了。"

他几句话就将沈妤的路给堵死了，沈妤直愣愣地看着他说不出话来。不得不说他的话很有道理，去齐昌确实不是个好选择，说不定还将自己给搭进去："那怎么办嘛？"

那尾音拖得有些长，像是撒娇，谢停舟软了语气："我明日要去一趟教坊司谈事，先去……"

"你要去教坊？"沈妤抬起眉毛，教坊司虽听着正经，早期也确实是制作诗歌等雅乐的高雅场所，可如今不过是披了一层官皮的花楼罢了，给王公贵族们打发时间用。

"听我说完。"谢停舟笑了起来，"琼亲王府的小郡王邀我去，葛良吉的女眷不是都在教坊司吗？正好去看看。"

琼亲王是当今圣上的胞弟，先帝的第七子，小郡王也就是同绪帝的亲侄子。

"你还在禁足。"

"不是也出去了几回？"

沈妤抿唇："那我也要去。"

"你不放心我？"谢停舟笑了起来。

沈妤道："你去谈事，我去找葛良吉的女儿。"

"不行。"

谢停舟不放心也不是没有道理，教坊司人多眼杂，难保没有人盯着葛良吉的女眷，届时万一牵扯出沈妤，他怕自己保不住她。

沈妤气恼道："我明日不当值，是我自己的时间，你不能管我。"

"你想硬闯教坊司？还是夜探？再或者……"他声音沉了，"又去找裴淳礼带你进去是吧。"

沈妤刚想开口，谢停舟直接将她的路堵死："他敢再带你去冒险，我就打断他的腿。"

"他可是小侯爷。"沈妤抬高了声音。

"小侯爷怎么了？"谢停舟眼皮微微一抬，"皇帝的儿子也照打不误。"

沈妤食指指着他："你真是……你真是无法无天！"

谢停舟笑了，握住她的指尖："冒险的事不行，其他事都依你。"

沈妤倏地收回来，觉得这态度仍不够，又侧了侧身子留给他一个侧脸："你也太霸道了。"

"总之这事交给我。"谢停舟又给她倒了盏茶，"有些事急不来，稳妥为妙。"

看样子他是打定了主意不让她去了，沈妤拿眼偷瞟他，想了一会儿，又坐正了，捧了茶喝着，眼皮抬起望着他："可是我想去，你带上我不就稳妥了吗？我男装，把脸涂黑，或者涂上疤也行。"

谢停舟看她一眼，那眼神可怜巴巴的，跟受了多大委屈似的。他吃这套，却不是这时候吃。

想是无言以对，谢停舟张了嘴又合上，避开她的眼神："总之这事没得商量。"

沈妤噌一下站起来，哪还有方才可怜巴巴的模样。

"干什么去？"谢停舟问。

"回去睡觉！"说罢沈妤抬脚就出了门。

走得老远还能听见她故意踩重的步子，谢停舟听着声音渐渐消失，无奈地笑着摇了摇头。

长留坐在树下玩他的乌龟，闻声看去正好瞧见个气冲冲的背影，张着嘴无声问兮风："吵架啦？"

兮风扫他一眼，听见屋子里谢停舟喊了声他的名字，赶忙进门："殿下。"

"明日时雨不当值，你给她换一换。"

兮风应下，又听谢停舟道："找人盯好她，明日别让她踏出王府半步。"

谢停舟目光一转，瞧见个趴在窗户上的脑袋："滚进来。"

长留嘿嘿笑了一声，推开窗直接跳了进来："殿下。"

"就你了。"谢停舟道，"明日她要是出了门，就停你半年零用钱。"

长留如遭晴天霹雳："没了零用钱我还怎么给我的小乌龟买好吃的？"

"那你就看好她，别让她离开你的视线半步。"谢停舟道。

长留功夫不怎么样，轻功却好，追人和逃命一流，缠人的功夫也不错。

长留哭丧了脸，委屈道："遵命。"

盛京宵禁未解，夜里不容人在街上行走。可盛京的秦楼楚馆，还有教坊司却仍旧热闹非凡，丝竹声能隐隐传出半条街。一个黑影在屋顶一闪而过，转眼就消失在了黑夜里。跳进房中，沈妤轻轻掩上了窗户，屋子里灯火通明，却不见半个人影，教坊司便是如此，哪怕空无一人的空房也得点灯，营造出热火朝天的景象。今夜她来晚了，长留着实缠人，一哭二闹三上吊地缠她，说她要出门小乌龟就得饿死，乌龟饿死了他也得死，他要是死了兮风和忠伯都得心疼死，给她扣了个高帽子说五条性命握在她手里，问她忍不忍心。

最终还是让她跑出来，两块点心药倒了事，简单粗暴且好用。房间外来来往往都是人影，教坊司不比寻常花楼，来去客人都是熟脸，她一个陌生面孔定然会被人发现。但女子就不同了，新充人一批官奴，怕是脸都还没认熟。片刻之后，沈妤叉腰看着自己一身装束有些犯难，太久没穿女装了，况且还是一身薄纱，就怕动作稍大就得撕烂，沈妤咬了咬牙，打开了房门，收小了步子迈了出去。

教坊司分前后院，后院临着水榭，是整个教坊司最高贵的地界儿，等闲人进不来。

屋子里丝竹绵绵，间或笑声阵阵。谢停舟倚靠在软枕上，手肘斜支着，一手拿着折扇打着拍子，真就是一副浪荡公子哥的模样。舞姬跪坐在氍毹上，脚上鞋袜未着，只挂了串铃铛。

"殿下，奴家替您添酒。"

谢停舟缓缓睁开眼，举杯欲饮，眸子却微抬起望了眼舞姬。像是来了兴致，谢停舟搁了杯子，折扇轻挑，抬起舞姬下巴："新来的？"

小郡王名李昶，见状了然一笑："知道你挑剔，今儿要的自然都是新来的。"

"叫什么？"

舞姬抬眸只扫了一眼便敛下眸子，只觉那眉目多看一眼都是亵渎。

"奴家叫扶萦。"她软声细语答道。

"扶萦……"谢停舟念了一遍，"听着就是个风情名儿，原先呢？叫什么？"

扶萦软声道："奴家忘了。"

谢停舟诧异地瞥了一眼。

扶萦解释道："既换了地方就是新生，飞鸟落入凡尘，前尘往事尽逝，奴家已忘了。"

李昶抚掌而笑："这发配下来的官眷就是不一样，这才情哪是寻常女子可比。"

谢停舟笑了下，若有所思道："新来的，官眷，是因燕凉关一事获罪吧。"

扶萦当即垂下了眼，谢停舟放下扇子："葛良吉倒是生了个如花似玉的女儿。"

"停舟若是喜欢，"李昶笑着说，"不如就做第一个摘花人吧。"

谢停舟但笑不语。

沈妤在主楼绕了一圈，女装的好处便是可以在教坊司内畅通无阻，且她蒙着面纱也不显怪异，旁人只当是风情。沈妤提前打听过葛良吉的两个女儿，进了教坊司后都更了名，一个叫扶萦，一个叫扶窈。

只是教坊司颇大，来往丫鬟舞姬加起来少说数百，这人还真不好找。沈妤上了二楼，拉住一个路过的丫鬟问："扶萦去哪儿了，她让我给她送个东西过来，怎么不见人影呢？"

丫鬟愣了一下："扶萦去流杯亭伺候贵人去了，姐姐你问的是扶窈吧。"

"啊对。"沈妤赶忙改口，"她们姐妹刚来没多久，名字这么相似，我总记错。"

"都一样，好多人都记错，扶窈就在那个房间。"丫鬟笑着指了指长廊那头。

沈妤谢过丫鬟，沿着长廊往另一头走。

教坊司热闹非凡，丝竹管弦声不绝于耳，圆厅正中有舞姬站于鼓上起舞，长廊有数个房间，方才丫鬟指的角落里也有三间并排。走到第一间，碰巧有丫鬟出来，沈妤往里边扫了一眼，房中几名女子倚着贵人巧笑倩兮。她并没见过葛良吉的女儿，但她立刻就确定了这里头没有扶窈。刚获罪的女眷，都是从贵女落入泥潭，身上那点清傲尚未被消磨掉，没在教坊司吃过几年苦头的，是做不出这样的做派的。

到了第二间，里面喧闹声就更大了。

"过两日文兄就要点兵去剿匪了吧，这一来一回就是平步青云，往后回来可不要忘了咱们这几个好友。"

"好说，好说，都是为天子办差，什么青云不青云的。"

沈妤听了几句，心道这应该就是兵部尚书文宏远的侄子文乐生了。

廊上人来人往，她不便在此久站，闪身进了隔壁的空房。隔壁对话还在继续，她还从里面听到了窦庆的声音，她今日本就是奔着文乐生而来，眼下这么多人倒是不太好下手。隔壁几人对文乐生一阵歌功颂德的吹捧，说话舌头一个比一个大。听着谈话内容就知都是些不学无术的，蛇鼠一窝臭味相投，谁也不嫌弃谁没学识。

沈妤还没确认扶窈在何处，等得有些心急，却不知隔壁发生了什么，忽然就吵了起来。

"你算个什么东西？仗着你有个当侍郎的表兄就和我们称兄道弟，是兄弟们看得起你，就别蹬鼻子上脸了。"

窦庆涨红了脸："你好意思说我，你就不是攀着你大伯的裤腿往上蹭？"

旁人赶忙上来劝："好好的日子来图个乐，你们俩都消消气，吵什么吵呢？"

文乐生倒比窦庆要沉得住气，尖酸刻薄道："那有什么办法，我就姓文啊，可你姓江吗？你瞧瞧这里是哪儿？你身无官职，今日让你来喝酒是看得起你，别真当自己是根葱了。"

他一下戳到了窦庆的痛处，他母亲三番五次上江府，想让江敛之替他在朝中谋个官职，明明张张嘴就解决的事，江敛之硬是不答应。屋子里这几个都是从小玩到大的，眼看着其他人陆陆续续吃上了皇粮，唯独他没有，平白矮了人一大截。窦庆怒从中来，也顾不得什么了，开始口无遮拦起来："那我自然是比不了你文少爷，谁让你出生时挑得好呢，专就挑着从文二夫人的肚子里头钻出来。"

文宏远生不了儿子，生来也养不活，对这个侄子寄予厚望，传言文宏远为了留种其实是借腹生子，文二夫人生的其实是文大爷的儿子。窦庆火气上来真是什么都敢说，这话只能背地里偷着聊，他居然敢当着文乐生的面说，也是喝多酒上了头了。

只听一阵掀翻桌椅的声音，文乐生唰一下抽出刀来，旁人赶忙按住。

"使不得使不得，动不得刀子啊，没得伤了兄弟感情。"

"谁跟他是兄弟！"文乐生和窦庆异口同声。

窦庆叉腰挺着脖子："你让他来，我倒要看看他这个软骨头敢不敢砍了我。"

文乐生看了眼手里的刀，却也怕闹出人命，随手一丢，赤手空拳朝着窦庆扑了过去，两人顿时扭打成一团，其间除了劝架声还有女人的尖叫声。文乐生习过武，窦庆这样的花架子哪是他的对手，被文乐生按在地上挨了数下。其他人唤了小厮进来，好不容易才将两人给拉扯开，分头劝说了好一会儿。

文乐生打了人舒坦了，窦庆被揍却窝着一肚子火。

"窦兄莫气，好不容易来一趟，你方才进门时不是还说扶窈姑娘好看嘛，来，扶窈，你扶窦少爷去隔壁休息，给他擦擦药。"

沈妤庆幸自己没着急走，扶窈果然就在隔壁。窦庆应是喝了不少，脚步声跟跄而至。沈妤赶紧往床帐后一躲，贴着墙隔着重重纱帐隐约能看见进房的两人。窦庆进门就往矮榻上一坐，架起腿："给爷脱了。"

扶窈跪地，安静地替他脱了鞋，起身去拿药，又被窦庆一把拽了回来："别跑啊美人儿。"

扶窈一下摔在他腿上，惊慌中一阵乱推："窦公子，别，别这样。"

扶窈挣脱他的手，忙往桌后避开。窦庆方才被揍的地方被她推疼了，邪火又冒了出来，看见扶窈避他如蛇蝎，恶狠狠道："连你也看不起老子？"

"不伺候老子，你想去伺候谁？"

说着一下抽出腰后随身携带的马鞭，啪一下就是一鞭。第一下扶窈躲过了，第二下就没那么幸运了，直直抽在手臂上。

"啊——"那轻纱下顿时冒出了血珠。窦庆行事本就低劣，听见尖叫声更为兴奋，他抹了把脸，接着又是一鞭。沈妤在纱帐后攥紧了手，内心在救或不救，暴露或不暴露之间摇摆不定。扶窈本是个养在深闺的娇小姐，生平受过最大的伤恐怕就是刺绣时扎伤了手，几鞭子下来就被逼在了角落里。

这边的尖叫声隔壁也清晰可闻，文乐生听得嗤笑了一声，扬声说："这越是不成器的男人啊，就越爱拿女人撒气，你们说，这是什么道理啊？"

沈妤灵光一闪，心中陡然生出一计。她的目标是文乐生，但也并非只有那一个办法，来一招隔山打牛，效果说不定更好。窦庆此刻兴奋得眼睛充血，根本不想管隔壁的嘲讽，一下扔了鞭子，边扯衣带边朝着扶窈走过去。扶窈起身便跑，冲到门口却发现外面上了锁。

教坊司的黑暗非常人能想，任凭你从前如何高高在上，入了教坊司后就只剩这身皮肉可取。貌美又有才情的还好，会专门去伺候水榭更为尊贵的客人，可像扶窈这样相貌不算多出众，才情也不算出挑的人，便是死了也是说病死草草埋了，谁也不会为了她去得罪客人。

扶窈后背紧紧抵着门，抽出簪子对准了窦庆，哭喊道："你不要过来，求你了，啊——"

窦庆扑过去，她赶忙往旁边躲开，两人一追一赶，窦庆竟从中得了趣儿。扶窈拿着簪子连连后退，窦庆挂着笑步步逼近。

沈妤目光越来越冷，她不是神仙，无法评判一个人有罪无罪，但窦庆这样的人，留在世上也只是祸患。下定决心，沈妤抬起手，扯下珠链上的一粒，找准时机曲指一弹。

窦庆只觉腿弯一痛，一个趔趄，一下就扑在了扶窈身上。"扑哧"一声闷响，簪子戳入身体，扶窈猛地推开了窦庆。窦庆恍若没有察觉，摇摇晃晃退了几步，才一下栽倒在地上。窦庆并没有完全失去意识，低头看了眼胸口的簪子，看着血迹在胸口慢慢浸开。扶窈整个呆住，她张嘴欲呼，却被人从身后捂住了嘴。

"别出声，也别回头看。"沈妤贴在她耳边问，"你想活命吗？"

扶窈用力点头，眼泪从眼眶里滚落下来，若不是想活命，她早在父亲获罪时就自裁了，何至于沦落至此。

"想活命的话就照我说的做。"沈妤一挥袖，屋子里的灯灭了，"继续叫，继续跑，别停下来。"

扶窈愣神了片刻，一下心定，她看不见对方是谁，但直觉知道她是在想办法救自己。

尖叫声和桌椅碰撞声此起彼伏，隔壁文乐生用力拍了拍桌子："吵死了！姓窦的你能不能安静点？"

沈妤在这声音中上前查看窦庆，他并没有死，留着一口气。

刚才呆愣了片刻，此刻看着一个人离自己越来越近，忍不住捂着胸口喊起来："来，来人。"

"文乐生不是习武吗？"

"对。"醉酒和失血让窦庆头脑不清醒，这句话仿佛让他抓到了一根救命稻草。

"文……文兄，救命——"

"杀人啦！"主楼在这一声惊呼里炸开了锅。那尖叫声像是会传染一般，很快就蔓延到了走廊上。

"啊——杀人啦！死人了！"

所有人都往主楼涌，却有一个纤细的人影与大家背道而驰，跃出窗户后灵巧地在房顶上几个腾跃，朝着反方向而去。主楼后湖畔的水榭像是与喧嚣隔绝开来，流杯亭外的守卫听着那头的吵闹声，一人问："那边怎么回事？"

"管他呢，咱们做好咱自己的事就行。"

长夜无风，树影却忽然动了动。护卫警醒："什么东西？"

"估计是飞鸟或者猫儿吧。"

"都是命啊，主子们在里头喝酒听曲儿抱美人，咱们在这里吹风。"

"谁让你投胎没投成北临世子或是小郡王呢。"

离围墙一步之遥的沈妤蓦地停了下来，原本一跃就能逃出此地，再回去假装一下，保管谢停舟不知道她来过。但是听了这几句，她却忽然不准备走了。

沈妤竖耳一听，里面欢声笑语，她似乎还听到谢停舟笑了两声。前头眼下乱得不可开交，她已经安全，如今她倒是想看看，谢停舟来教坊司摸虚实到底是怎么个摸法。护卫抱着手守在门口，却见一个蒙着面纱的窈窕美人朝着这边走来。只是那步态倒和教坊司其他人不同，气势活像来捉奸的正室。

沈妤还没走到门口，守在廊下的护卫抬手一拦："这里不缺伺候的人了，不能进。"

沈妤拿捏着腔调，不满地问："怎么就不能进了？"

护卫上下打量着她，还当她是想要攀龙附凤的花姐儿，压低了声音调笑道："不是掌事派来的都不能进，里头的人物可不是你能攀上的，姐儿要是不嫌弃，跟了咱们兄弟两个也是一样。"

沈妤抬手就是一巴掌，扇了护卫个措手不及。沈妤冷笑："就凭你，也配？"

护卫"唰"一下想要拔刀，被旁边的另一名护卫按住，警告地看他一眼。

沈妤回头看了一眼，已经有一名宦官从连廊尽头跑了过来，想来是通报来了。

沈妤一不做二不休，厉声道："我家世子在里面，你让他出来。"

两名护卫对视一眼，盛京的达官贵人，今日搂的和明日搂的都不一定是同一个女子，看样子多半是往常点过她，如今腻味了，却又不甘心："方才已经说过了，掌事没安排就不能进，赶紧走。"

"你跟她那么多废话干什么？"

两人说话间，沈妤趁其不备猛地朝两人中间的缝隙穿过去。她用了些巧劲，看似无力却将人撞到了一边。沈妤抬脚就踹开了厢房的门，屋内的欢声笑语和丝竹声戛然而止，纷纷朝门口望过来。

"你们怎么守的门？"李昶厉声呵斥。

护卫忙说："这女子过来就往里冲，还打了小的一巴掌，非要往里进。"

李昶目光一转又看向门口的姑娘，立时呆了一瞬，眼中闪过惊艳，虽然看不到面纱下的面容，但光看那双眼就知生得极美。他笑道："这里的掌事也太不懂规矩了，这样的美人，竟然藏到现在才拿出来。"

谢停舟本对这些事本毫无兴趣，随意抬眸一扫，霎时愣在了那里。他第一次见她穿女装，一身烟罗轻纱披帛，青丝只以一根木簪竖起，面纱下的脸庞若隐若现，露出来的眉眼却英气凌厉，隐隐有几分不高兴在里头。

谢停舟心想这模样还真是赶来捉奸的。

沈妤冷冷望着，谢停舟身边跪坐着一名女子，拎着酒壶朝她看过来。教坊司掌事已赶了过来，看了一眼门口的沈妤，问："你是谁？怎么在这里？"

李昶疑惑道："她不是你们教坊司的人？"

掌事太监仔细看了两眼，教坊司人太多他也记不清："你把面纱拿下来咱家看看。"

沈妤不动如山，掌事伸手要摘，一个杯子砸在身上，落在地上一声脆响，顿时吓了一跳。谢停舟慢条斯理地收回手，淡声道："敢用你的脏手碰她，本世子不介意亲自剁了你的手。"

掌事连忙后退了几步，说："不敢不敢，既是世子殿下看上的，奴才哪儿有这个胆子。"

谢停舟看着沈妤："既然已经找到这里来了，还不进来？"

沈妤提着裙摆，大步迈入房中，又觉得步态实在是太过英武，赶忙收势，款款走到谢停舟身边。

谢停舟斜倚着引枕，抬起头瞧她："不高兴了？"

沈妤看着他，这不是很明显吗？这话让人怎么接？谢停舟握住她的手，笑道："不过是出来喝个酒，什么也没干，怎么就气得话都不说了？"

他抹了抹她的手指，目光落在那一抹擦不掉的红上，忽然用力一拽，沈妤猝不及防地跌坐进他怀里。

一屋子人都目瞪口呆，不是说谢停舟前些日子刚从江府抢回自己的相好吗？今日在教坊司也不过多看了两眼扶萦，说让他做第一个摘花人他也无动于衷，怎么突然转了性了？

谢停舟贴在她耳边道："我来演戏，你上了我这戏台，可就下不去了，配合些。"

戏已被他演到了这里，沈妤一咬牙，拿捏着腔调轻哼了一声，飞快入戏："你明明跟我说是见朋友，如今呢？见朋友非要上这里来见，别的地方就谈不了事了吗？"

她纤手一指："还有她是怎么回事？"

扶萦被她一指，吓得往后缩了些许。

谢停舟饶有兴致地打量着她，真不知这是已经演上了还真吃味了？他一时片刻还分不出来。谢停舟握住沈妤的手，哄着说："她不过就是个倒酒的，手都没摸过，这就吃上味了。"

沈妤挣了挣，故意在他怀里做作地扭了扭身子："倒酒需要靠得那么近吗？都快贴你身上了。"

"我这就让她走行不行？"谢停舟哄道，摆了摆手让扶萦退一边去。

又对房中的李昶道："子瑜见笑了。"

子瑜是李昶的小字，盛京的王公贵子里头，他是算得上号的。见谢停舟一副惧内的样子，李昶举杯至唇边，哈哈笑了两声："我原想世子是个不食人间烟火的谪仙，想不到也是性情中人。"

"温香软玉在怀，谁也不能免俗。"谢停舟将沈妤拢进怀里，拿起一张帕子给她擦手，声音不大不小，"生气了让下人动手就是，怎么还自己动起手来了？打了手疼不疼？"

小郡王接了句："我那两个护卫不懂事，对世子的人冒犯了，回头一定重重责罚。"

沈妤也不知他是在演还是作真，内心却止不住地狂跳，谢停舟这样的手段，问世间能有几个女人能抵挡得住。沈妤缩了缩手，谢停舟握住不松，侧头在她耳边低声道："别动，手上有血。"

沈妤这才看见，小指指缝和指甲边缘还有血迹没有擦掉，已经凝固了。谢停舟一边替她擦手，一边同她咬耳朵："干什么去了？"

沈妤伏在他肩上，目色一冷说："杀了个人。"这句话说得太淡定了，就跟说吃了顿饭一样平静。

谢停舟动作一顿，微微侧头看她一眼，又自顾自低头替她擦起手来："是来找我替你擦屁股。"

沈妤脸颊一红，纠正道："这只是擦手，我本来就能走掉的，用不着你帮忙。"

谢停舟反问："那为什么没走？"

"我来'捉奸'呀。"

沈妤靠着他的肩，她背对着众人，其他人看不见她的脸。两人离得近，说话声音又轻，其他人权当两人在调情，一时间眼珠子都不知该往哪儿放。

"嗯？"谢停舟抚了下她的背，只觉穿得太过单薄，薄纱半透，那些偷瞟过来的目光都让他不豫。

"拿披风来。"谢停舟招手。

扶萦忙取了披风送上前，谢停舟接过披风一展，将怀里的人罩了个严严实实。

这是瞧都舍不得让人瞧上一眼了。

李昶笑了笑，看向门口急得搓手的掌事，问："何事？"

掌事忙说："回小郡王，前头死了个人。"

不过死个人而已，李昶根本没放在眼里，有的客人出手大方下手狠，今儿死个姐儿，明儿死个丫鬟的，都是常有的事。

"谁啊？"李昶不慌不忙地问。

掌事急道："是窦家的公子，窦庆！"

"什么？"李昶手中的酒都洒了。

窦庆倒不是什么人物，只是和江家的关系京城无人不知，窦家就窦庆一根独苗，重要的是他还是江敛之的表弟。掌事急道："小郡爷，这还不止呢，那杀人的是兵部尚书文大人的侄子文乐生！"

李昶一下推开怀里的女人，冷声问："你再说一遍，杀人的是谁？！"

"是文乐生杀了窦庆。"掌事说，"窦家公子的家丁已经去报官了，顺天府的人马上就到，可怎么办才好？"

李昶起身，朝着谢停舟一拱手："世子殿下失陪，如今楼里出了事，扫了世子殿下的兴致，还望世子莫怪，世子先歇息，我去前头看看，定不让人打扰。"

谢停舟揽着沈妤："子瑜既有事，我也不便久留，家里这个闹起来没完没了。"

沈妤用手肘击了下他，低声提醒："演过头了。"

谢停舟笑了笑："子瑜先去吧，我们自行离开。"

屋子里的人一下走了个干净，沈妤这才撑着手从谢停舟怀里退开。谢停舟只觉得怀里一空，连带着屋子里都凉了三分："你胆子不小。"

沈妤抱怨："谁让你不带我。"

谢停舟就吃这套，那嗔怪之意听得他身心舒畅："文乐生杀了人，怎么回事？"

"回去再说。"

"走吧。"谢停舟起身说。

沈妤起身，披风也跟着滑在了地上，她整理衣裳，刚才两人搂搂抱抱，衣裳都乱了。谢停舟上下打量一番："衣服从哪来的？"

沈妤一边整理一边自然地说："一个舞姬的柜子里翻的，我自己的扔后面灶房的灶里烧了。"

"好看吗？"她在他跟前转了一圈。

谢停舟又看了两眼，喉结微动侧开了脸说："粗制滥造，还是男装配你。"

沈妤横他一眼，谢停舟在她准备出门时一把抓住她的手腕，又捡起披风将她围得密不透风不说，还把兜帽也一并盖上了。出了房门，沈妤的手还被他抓在手里，她刚一抽，手上的力道反而更紧。

谢停舟："躲什么。"

沈妤停止了挣扎，由他牵着去往前门。

教坊司内外都是顺天府的人，估计是将所有衙门里能调的人手都调来了，里三层外三层，将教坊司围得如铁桶一般。谢停舟带着沈妤出门，顺天府尹刘抚见他不敢拦，忙让人让开条道，亲自护送着谢停舟上马车。

"慢着！"马蹄声渐渐逼近，江敛之一马当先，他收到消息赶过来，就见谢停舟带着人要走。

一看见谢停舟，他就觉得此事与他有关，毕竟窦庆曾因沈妤与他结过怨。

谢停舟脚步微顿，转过头问："江大人有事？"

江敛之扫过那个身披斗篷的人，看向谢停舟："真是巧啊，世子在何处，何处就有事情发生。"

谢停舟笑道："我也觉得甚巧，每次都能碰到江大人，江大人如此急匆匆赶来替你表弟收尸，感情实在是令人触动。"

江敛之不为所动，盯着他身旁的人："你身边这人，为何戴着斗篷，难不成见不得人？"

谢停舟将沈妤往自己身后轻轻一拨："她不是见不得人，而是不是什么人都配见她。"

两人剑拔弩张，刘抚一个都得罪不起，连忙出面调和："二位有话好说，有话好说嘛，都是同僚，低头不见抬头见的。"

江敛之才懒得听他的，谢停舟越是不让他看，就越是有问题，他双眼一眯："来人！"

护卫上前两步，谢停舟的近卫们已经齐刷刷拔刀。

"娘欸。"刘抚吓得不轻，"使不得使不得呀，咱们是来办案的，不是来结仇的。"

双方谁也不退让，眼看这样僵持下去不行，沈妤拉了拉谢停舟的袖子。

"殿下。"

谢停舟回头安慰："无事，你去马车上等我。"

江敛之却因那声"殿下"而定住了，若他听得没错，那女子的声音是沈妤。

"你……"他往前迈出一步，又立刻收了脚步。

他知道沈妤如今人在北临王府，却没想到谢停舟竟然将她带到这样的烟花之地。

"殿下，若真就这么走了，旁人还以为我们有鬼。"沈妤说罢平静地掀开了兜帽。

人群中几声轻轻的吸气声，都说灯下看美人颇有意趣，这铺天的火把下看美人，特别是看不清的美人，这意趣就更加浓厚了。刘抚记着谢停舟那句有些人不配看，只略略扫了一眼作罢："自然，自然不会，嫌犯业已落网，就……"

衙役押着文乐生出来，刘抚话头一转："就在此处了。"

文乐生目光呆滞，身后的几名衙役也押送着几人出来，有两名太监，还有一人正是扶窈，还有几名公子哥也跟在身后。刘抚上前道："几位公子是证人，还需一道去一趟衙门。"

死的是户部侍郎的表弟，凶手是兵部尚书的侄子，这样大的事，他们几个一同喝酒的哪敢推拒。

谢停舟扶着沈妤上了马车，一个瘦弱的身影忽然从教坊司内冲出来，直直朝着马车而去。

近卫上前一拦，那女子顿时跪倒在地："殿下，殿下救命。"

谢停舟还未进入马车，回身看了一眼，是方才在流杯亭内伺候的女子。教坊司掌事追出来，捏着半阴不阳的嗓音训斥道："还不快把她给我绑了，你这种下贱货色也配求殿下。"

这里杵着几位了不得的人物，没得令岂敢擅自行动。

扶萦害怕地膝行了几步："殿下，我妹妹不可能杀人，请殿下救救她。"

她如今无人可求，只在谢停舟面前算混个脸熟罢了。谢停舟默了片刻，转头看向刘抚。

刘抚当即道："是这样的，这窦庆呢死在她房中，所以要带回去审问一番。"

谢停舟对扶萦道："既是这样，刘大人自会秉公办理。"

刘抚汗颜："殿下说的是。"

都这样说了，扶萦还是一味固执地磕头哭诉："求殿下救救她，奴婢愿给殿下做牛做马。"

谢停舟转瞬便明白了，这个案子看似简单，但里头的黑水深了去。窦庆死在她房中，窦家不会放过她，杀人的是文乐生，文家也会想办法找人替罪，那这个女子夹在中间无疑是最好的选择了。

"刘府尹。"谢停舟吊儿郎当地说，"这美人都求到我跟前来了，你说这事我是管还是不管呢？"

刘抚知道他这态度其实就是准备管了，只是没有明说。到底混迹官场多年，和稀泥的功夫练就得不错，于是刘抚说："下官岂能左右殿下的决定，不过殿下和小郡王都在，还有侍郎大人也在，几位在此做见证，下官定然秉公办理。"

这样一想，刘抚定下心来，文家定然会给他施压，但他如今把这三位扯进来，就算是有个保障。谢停舟掀帘入内，马车内光线昏暗，看不清沈妤的脸，但谢停舟直觉气氛不对。

沈妤抱着胳膊，要笑不笑地说："殿下英雄救美，好生威风啊。"

谢停舟看她表情就知道她没生气，笑着在她身旁坐下："我这难道不是为你考虑？那人要是死了，你要的东西上哪儿去找，况且卖个人情，扶萦便会放低戒备心，届时你也更容易行事。"

谢停舟看了她须臾，见她没应声，忽然一把掀了帘子："忘了说了。"

教坊司门前的众人纷纷看来，谢停舟看了扶萦一眼，转而望向江敛之，说："做牛做马倒是不用，救你非我本意，不过内子心地善良，见不得不平之事，本世子出手也只为哄内子开心罢了。"

刘抚震惊了："内，内子？"

李昶讶异道："停舟何时成的亲？难不成方才那位……"

"正是。"谢停舟的衣裳被人从后扯了一下，他不动声色地握紧了那只手，却只看着江敛之说，"子瑜难道不知，除了媒妁之言，还有私定终身？"

江敛之倏地握紧了拳头，牙齿咬得嘎吱作响，目光凌厉地回视。

李昶笑道："不愧是你。"

这种事李昶见得多了，喜欢的时候心肝儿宝贝儿内子，厌倦之时弃若敝屣，他只笑笑作罢。

"我也是没办法。"谢停舟侧头，"如今身在盛京，行事多有不便，只能从权，就怕你弟妹招人惦记。"

说罢，他笑了下，放下了帘子。光线一暗，谢停舟只见一个人影朝他扑来，还没来得及反应，就被沈妤扑倒在马车内的矮榻上。车外众人只听得马车内"咚"的一声，接着是谢停舟倒吸了一口气的声音。

"这……"李昶哭笑不得，"弟妹着实强悍。"

"就是。"谢停舟被沈妤压着，躺在矮榻上，眨眼无辜道，"内子着实强悍。"

车夫扬鞭，马车走起来。沈妤跨坐在谢停舟身上，恶狠狠地说："你故意的。"

谢停舟挑眉："世子妃聪慧，这不是很明显吗？自然是故意的。"

沈妤因那声"世子妃"霎时红了脸："你方才乱说什么？谁答应和你私定终身了？"

"你和裴淳礼都能私定终身，和我就不行了？"

"那不一样。"

谢停舟扶着她的腰："你是怕让江敛之听见了误会吧。"

"我哪有？"沈妤怒视他，"我才没那个闲工夫管他。"

这话听得谢停舟颇为受用，他笑了起来："我怎么觉得，方才看到江敛之的表情，比从前赢了一仗还要开心呢？"

沈妤睨他一眼："你真无聊！"

马车车轮蹍过一粒石子，沈妤和谢停舟随着马车重重地抖了一下。这姿势太过暧昧，沈妤愣了愣，盯着谢停舟的脸，看着他的眸色逐渐变深、变暗。她幡然醒悟，手掌撑着他的胸膛想要下去，却一巴掌撑在了他的肋骨边上。谢停舟闷哼了一声，沈妤手下一滑就栽在他身上。刚想起身，发现腰间的手重了。

"别再动了。"谢停舟喑哑着嗓音，一手扶着她的腰，一手揽着她的背。

沈妤紧绷着身体，感觉自己僵成了一根烧火棍，一动也不敢动。谢停舟下巴贴着她的鬓角，沉重的呼吸声响彻耳畔，他闭上眼，心想幸好。幸好她穿着旁人的衣裳，那一身脂粉味不是她平日身上那种熟悉的味道，这才将他的理智拉回几分。人一尴尬就会突然变得很忙，沈妤身子不敢动，但眼珠没闲着，她连忙往外瞥了一眼，磕巴道："快……快到王府了！"

谢停舟被她的反应逗乐了，笑得耸了耸肩："是吗，但你还是先想想你这副打扮怎么瞒吧。"

经他这么一提醒，沈妤有些懊恼，这还真是个难题。

"要不然……"谢停舟拖长了调子，"你脱了，我将外袍脱给你？"

"那怎么行？"沈妤瞪他一眼，小声说，"兄弟们应该没认出我吧？"

近卫们又没看见她的脸，只当谢停舟从教坊司带了个女人回来，哪会联想到沈妤身上。不过兮风长留就不一样了，他俩没看住沈妤，看到回来的是个女人，多半会往她身上猜。

"殿下，到了。"

马车停在王府门口，车帘紧闭，半晌都没有反应。近卫们还当世子在里面睡着了，却见下一刻谢停舟怀里抱着个被包裹得严严实实的人，从车上跳下来。

青朴居今夜挺热闹的，长留凭一己之力吵得兮风头疼。长留没能看住人，被两块点心药倒，醒来后就回来找兮风哭诉。兮风抱剑站在廊下听他抱怨："时雨简直太坏了，居然给我下药，我先前知道他的秘密都没有对任何人泄露，我生气了！"

兮风打断他："什么秘密？"

"就是……"话刚起了头就被他一收，"我决定了，这个秘密我要亲自告诉殿下，他太坏了，我的小乌龟都快要饿死了。"

兮风拆台："你不是刚喂过吗？能被饿死了？"

长留坚定地说："那是吃了上顿没下顿。"

说着扭头瞪了兮风一眼："哥哥你胳膊肘往外拐。"

兮风冤得很："我不过是问了句实话罢了。"

脚步声接近，一人跨入院中。长留抹了把眼泪，唰一下从门槛上站起来："殿下，我……"

跑近了才看见谢停舟怀里抱着一个人，只是披风盖得太严实了，瞧不清模样。

"这是谁呀？"

谢停舟抱着人往前走："你主子的人。"

长留想了想，世子去了一趟教坊司就带个人回来，那时雨岂不是失宠了？这么一想，长留又开始同情起时雨来，方才想告的状也说不出口了。兮风看了一眼长留，继续拆台："你不是说你知道一个时雨的秘密？"

谢停舟警惕地停下脚步："什么秘密？"

长留犹豫片刻，心一横说："其实时雨早就对殿下蓄谋已久，绿药说他去年九月就已经情根深种了，他心思可深了，今夜还将我药倒，自己跑了，现在还不知道——哎？"

长留困惑地挠了挠后脑勺，围着谢停舟转了一圈，忽然道："原来殿下你抱着的是时雨呀，他这么大个人怎么不自己走？"

谢停舟脖颈上环着的手臂紧了一下，他说："不是。"

"你们都欺负我小，来骗我。"长留说，"这分明就是时雨，他给我下过药，化成灰我也认得出来。"

说完就要伸手去拽人："你下来，这么大个人怎能让世子抱，你羞不羞？"

谢停舟抱着人说："你怎么说？"

那语气分明是在对怀里的人说。

"啊行了行了。"沈妤认命。

沈妤将兜帽拨开了一点，只露出一张脸，又扯下面纱说："是我，你怎么认出我来的？"

"你的鞋啊。"长留眼珠滴溜溜地转，"你将我药倒的时候定然没扶我，让我摔地上了，我做梦满脑子都是你这双鞋的样子。"

那是长留晕过去前的最后一个画面，记得特别清楚。棋差一着，换了身衣裳忘了换鞋。

沈妤干笑了下："我那是没来得及扶，你晕得太快了，原以为要吃三块才晕的，谁知道你这么不经药。"

长留哼了一声："那你下来，今晚的事我还没有和你说道清楚。"

兮风闭了闭眼，这孩子是教不好了，成日里横冲直撞，都是年纪小让人给宠坏了。睁眼时就见长留朝着时雨伸手："你裹这么严实干吗？难不成你里头没穿衣服？"

兮风还没来得及阻拦，只见长留拽了下时雨的披风。

"啊——"然后尖叫着冲他跑过来，一下躲到兮风背后。

沈妤叹了口气，让这孩子看见就没办法了，她拍了拍谢停舟的肩："你放我下来。"

长留好似见了什么了不得的东西，躲在兮风背后瑟瑟发抖。兮风偷偷问："真没穿？"

长留直愣愣地摇头。

兮风："摇头的意思到底是穿了还是没穿？"

"你们俩在嘀咕什么？"沈妤朝着两人走来，顺手扯开披风的系绳，将披风一扯扔给了谢停舟。

兮风正好将视线从长留身上移过去，看见眼前的人，他倚着柱子的肩猛地一滑。长留赶忙在身后扶住他："知道我为什么这个反应了吧？时雨竟然穿女装，变态竟在我身边，简直不要太可怕了。"

沈妤险些没站稳，原以为长留是看见她是女儿身才如此惊讶，没想到竟是以为她有什么怪癖。兮风到底要比长留稳重，更不会如长留那般不经事，仅看了一眼就垂下视线，又扯了下身后的长留。

沈妤向谢停舟求助："他骂我变态。"

他在望着长留笑，目光转向她时又柔了几分："那你打回去。"

沈妤走到长留面前："你看看清楚，我哪儿像男人？"

长留把眼睛睁开条缝隙，上下扫了一圈："咦？你真是女子？"

谢停舟抬脚跨入房中："都进来吧。"

两人落座，长留在门口扭扭捏捏不进来。兮风拎着他的领子把他拎进门："你不是说要找时雨算账吗？去。"

长留扒拉着门："也，也没什么要算的。"

"真不算？"沈妤逗他，"要赔偿的话过了这村可就没这店了。"

长留看了眼谢停舟，清了清嗓子对沈妤说："你虽然是女子，但是也不能磨灭给我下药的事实，账还是要算的。"

谢停舟扫他一眼："那如果是世子妃这个身份呢？"

沈妤还没来得及反驳，长留就哭丧了脸："你们这叫仗势欺人，我要写信给王爷告你们！"

"你别逗他了。"沈妤说，"你不是想要一个缸子吗？去库房挑。"

长留眼睛一亮："你可真是个大好人，我明儿还让你药我，我现在就去。"

兮风恨铁不成钢地摇头，看着长留一蹦一跳出了门。他刚想开口，就见长留又跑了回来。

"还有什么事？"

长留不好意思地说："你穿女装的时候，能不能不要用男人的声音说话，这样兮风以后会害怕女人的，就娶不着媳妇儿了。

兮风被他硬推出去，生硬道："我不会。"

"那就是我会。"长留小声说，"这样会让我以为女人都是如你这般貌若天仙、声如洪钟。"

沈妤："……"

"兮风。"谢停舟适时开口，"拎出去，把他这张嘴给我堵了。"

咿咿呀呀闹了这么一阵，房间里终于静了下来。长留缠人的功夫有目共睹，沈妤总算能喘口气，给自己倒了杯凉茶灌下去。

"窦庆是我杀的，也不完全算是我杀的，你不是想知道怎么一回事吗？事情是这样的……"

与此同时，顺天府衙正在连夜审问。文乐生身负官职，犯的事也不是顺天府能管的事，却也不能完全甩手不管。只能在将人移交到大理寺和刑部之前，将一干供词和卷宗整理出来，这样的烫手山芋，刘抚巴不得早些扔。这事马虎不得，刘抚刻意将几名证人分隔开来录供词，以免有人串供。

"窦庆死的时候，你在哪里？"

扶窈跪在地上，泣声道："我和窦庆同在一间房中。"

"你可有看到事发经过？"

扶窈不知想到什么事，身体瑟缩了一下，她点了点头说："有一位公子闯了进来，他嫌弃我们这边太吵，进门时骂骂咧咧，我当时躲在角落里，就看到那位文少爷握着刀插在窦公子身上。"

刘抚皱眉道："你说文乐生嫌你们这边吵，为何会吵？"

扶窈咬了咬唇说："因为，因为窦公子之前和文少爷闹了不愉快，拿鞭子抽我发泄怒气。"

说着慢慢卷起了衣袖，白嫩的手臂上红痕交错，有的地方还在渗血，打得着实不轻。刘抚和推官，还有记录案件的师爷看了都避开眼，心想那窦庆着实不是个东西，死得该。

"你说他们闹了不愉快？"刘抚抓到了重点。

扶窈说："是，我原是在隔壁伺候的，当时窦公子和文少爷吵了起来，他们——"

"因何而吵？"

"因为……"扶窈犹豫着，"我不敢说。"

刘抚冷哼一声："事关人命，岂能容你支支吾吾，难不成非要上刑你才能痛快交代？"

扶窈吓得抖了一下，脑中回想起房中那人对她说的话。

"你不能交代得太痛快，也不能什么都不说，否则会惹人怀疑，最好是他们戳你一步你走一步，一旦有人用性命要挟，你便不要再隐瞒，一定要表现得非常惜命非常害怕。"

扶窈泣声道："因为文公子说窦公子没出息，窦公子就说文少爷出身挑得好，专挑从文二夫人肚子里钻出来。"

师爷落笔一抖，溅了滴墨在案宗上："大人，这……还记吗？"

刘抚思索片刻，说："记！如果证据确凿，这就是文乐生杀人的动机。"

房中灯火如豆，谢停舟微蹙着眉："你就不担心他们如果严刑逼供，扶窈扛不住把你招供出来？"

"她不敢。"沈妤笃定道，"你别忘了，第一下可是她亲手把簪子刺入窦庆胸口的，但凡她有一点犹疑，要的可是她自己的命。"

"万一她栽赃在你身上呢？"谢停舟问。

"她都没看清我长什么样，也没人见我出现在房中，旁人只当她杀了人随意编造个人来嫁祸，又有谁会信她？她如果敢这么做，就要做好这条命不要了的准备。"

谢停舟疑惑道："可我还是没弄明白，从文乐生被带走时的情况来看，他显然也认定自己杀了人，你是如何让他以为自己杀了人呢？"

顺天府衙内。

"不对。"刘抚寒声道，"你之前说烛台在你和窦庆的追逐中被打灭，那房中应该很暗才对，你又如何确定是文乐生杀了人呢？"

扶窈道："大人刚正不阿，恐怕没去过教坊司这样的地方。"

刘抚清了清嗓子，表情肃然地抚了抚自己的胡须："教坊司这样的地方有何不同？"

"教坊司内夜晚都是烛火通明，文少爷推门进来，外面的烛火便透进来了，自然能看清，文少爷杀了人之后其他几位公子也进来了，他们都有看见，绝不是我一人之言。"

刘抚凝重道:"其他几人的证词可都录好了?"

小吏呈上供词:"录好了,都签字画了押。"

刘抚翻看了一遍,几人供词一致,直指几人进门时正好看见文乐生将刀插入窦庆胸口,紧接着窦庆扑倒在文乐生身上,刀透胸而出。

但其中一人却有两份供词,刘抚不由问道:"这是怎么一回事?"

小吏说:"这人起先说太暗了没看清,估计是想保下文乐生,后来我们一诈,他就招了。"

刘抚看着证词思索了片刻说:"既如此,那前一份证词就作废,明日刑部来提人就将这几份证词一并呈上,还有这女子的,让她签字画押吧。

"对了,那文乐生呢?招了吗?"

"没有。"小吏说,"他估计是喝多了,前言不搭后语,一会儿说自己杀了人一会儿又说没杀。"

"就这样?"谢停舟抬了下眉。

"是啊。"沈妤说,"听上去简单,实际可没那么好操作,先前簪子的伤口如果不处理好,仵作就能看出来,不过好在簪子的伤口太小,只要确保文乐生的刀刺中的位置和先前的伤口完全一致,透胸而出无论深度还是大小都大于之前的伤口,就能被完全掩盖。"

沈妤留了一口气给窦庆呼救,文乐生被隔壁的吵闹声搞得厌烦不已,又听见窦庆叫自己名字,只当他还在辱骂自己。但之前的对骂文乐生就没拔刀,他不会轻易动手,不过是用来吓唬窦庆罢了。能让他拔刀的原因是他得判定自己遇到了危险,如何让他认为自己遇到了危险,那就是沈妤的事了。

谢停舟撑着头:"你偷袭他,然后拿窦庆挡刀。"

沈妤点头:"我和窦庆在纱帐后,文乐生看不清。"

"你如何能保证正好刺中原来的伤口?"

"别急。"沈妤说,"我有后招呢,一刀不中,大不了多扎几刀就是。"

谢停舟目光似有深意,盯着她看了片刻:"你故意栽赃在文乐生身上,是因为他即将去剿匪,你想拖住他。"

"也不完全是,他还骂我爹了。"她原先的计划是让文乐生受个小伤,耽搁他去齐昌的行程,但后来文乐生那番话让她改变了主意,她陷害文乐生是因为他活该,后面的一切都只是顺水推舟,也算是一石二鸟了。当时沈妤在隔壁,文乐生他们那一屋在闲谈间互相吹捧,提及沈仲安时,文乐生说了一句活该。

谢停舟目光看向别处:"那个扶窈你准备怎么办?"

"她只要能平安出来,对我的信任就会加深几分,不过我猜账本多半不在她手里,从今夜来看她不像是个聪明人,我要是葛良吉,就不会选择把账本托付给她。"

谢停舟默了默,吐出两个字:"扶窈。"

"嗯，扶窃平安扶萦自然也会感激你，届时扶萦那边就交给你了。"沈妤冲谢停舟眨了眨眼。

谢停舟冷哼了一声："你就这样将我推出去了？"

"她又不会拿你怎么样，又不要世子你以身相许。"

谢停舟觑她一眼："可惜有些人以身相许还要嫌弃。"

沈妤装没听见，起身打了个哈欠说："好困啊，我得回去睡了。"

谢停舟被她拙劣的演技给气笑了："急什么，还有事没说完。"

沈妤转身："重要吗？不重要就明天再说。"

"很重要。"那眸子很清，却深不见底，以至于谢停舟缓缓朝她走近时，沈妤情不自禁地往后退了退。

"听说你对我蓄谋已久？"

谢停舟迈了一步："听说你早就心悦于我？"

沈妤后背被他压在了窗户上，身体微微后仰着："我那是为了打消江敛之的念头才这么说的。"

嘎吱一声，沈妤的后背顶开了窗，在檐下睡觉的白羽直起了头，睁着眼看了眼，许是嫌两人吵，跳了几步挪开了去。

"是吗？"谢停舟说，"那我就更开心了。"

沈妤也不知他怎么就非要和江敛之较劲，刚想开口，谢停舟已凑近，呼吸落在唇角，两人却同时顿住，飞快地交换了一个眼神。白羽在檐下倏然睁开了眼，猛地振翅而起。与此同时，沈妤已反应敏捷地一把推开了谢停舟，像一条鱼一般从窗户滑了出去，五指成爪直取暗处的人。

那人一身夜行衣，顷刻间两人便过了几招。房顶上已有黑衣人和兮风打了起来，另有几人牵制住了暗卫。

"接住。"

一道银光闪过，沈妤伸手一接，没工夫赞叹这把好剑，屈臂而伸，剑尖直取对方。月如白鸿，剑如霜雪。她的剑很快，无数道银光仿佛交织成了一张网，将黑衣人网得密不透风。又有两名黑衣人加入战局，围攻沈妤。

"苍。"谢停舟平淡地喊了一声，便见一个黑影敏捷地从院中那棵大树上一跃而下，金瞳在黑夜里泛着光。

"不好！退！"黑衣人低声呵斥。

谢停舟身披大氅立于檐下，眉目间隐有肃杀之意。"咚"的一声，那人被沈妤当胸一脚踹倒在地，苍立刻扑上去，前爪按住那人的双肩，喉咙里发出警告的咆哮声。

"谨防他自尽！"檐上的兮风大喊了一声。

沈妤立刻上前卡住对方的下颌，可惜已经来不及了，那人的身体已经开始抽搐。沈妤扯下黑衣人的面巾，蹲在地上看了眼："来不及了，他牙中藏毒，是死士。"

兮风和暗卫"啪"一下将两具尸体扔在地上，说："一样，剩下的跑了，那人轻功极好，长留要是没睡估计能追上。"

沈妤今日才知道，王府上下轻功最好的竟然是长留。

"这几个人身手都不差，是奔着取你性命而来。"沈妤起身看向谢停舟。

谢停舟目色淡然："想取我性命的人多了去了。"

"但不包括同绪帝，他巴不得你好好活着。"沈妤随手从黑衣人身上划下一块布，小心擦拭着剑身。

谢停舟笑了："死了的谢昀可不能用来牵制北临。"

"这是你的佩剑——惊霜。"她赞叹着，方才出剑时隐有白霜，她算是知道这个名字从何而来了，她还是第一次见到谢停舟的佩剑。

兮风与暗卫已经检查完了几名死士。

"都是生面孔，这几人身上没带什么东西，只有一人面部有烧伤的痕迹。"

谢停舟上前，兮风取了风灯凑近。

"这个位置……"谢停舟说，"像是黥刑的位置。"

黥刑即为在犯人脸上刺字，然后涂上墨炭以示犯罪的标志，以后再也擦洗不掉，只能用烫伤或烧伤来掩盖。

"去查一下，"谢停舟侧头吩咐，"此人是否曾经入狱，因何被捕，释放后又去了何处。"

兮风领命，暗卫很快将院中清扫干净，他出了院门，又很快折返回来。

"何事？"谢停舟抬眸看去。

兮风不自然道："没什么大事，忘了同时雨说一声，往后的轮值你不用排了。"

言罢朝着谢停舟抱拳，转身几步就走了。

沈妤回身："看吧，这就是我不想暴露的理由。"只因她是女儿身，竟连轮值都给她省了。

"那不是更自由？"

"那月例照发吗？"沈妤问。

谢停舟仿佛以为自己听错了："你稀罕那点月例？"

"那是当然了。"沈妤认真道，"那是我自己靠本事挣的钱，和别的银子不一样，特、别、香。"

谢停舟冲沈妤笑起来："发！发双倍，行吗？"

空中一声清唳，白羽俯冲而下，收翅落在谢停舟肩头，爪子里抓着的不是老鼠，而是一根迎春花的枝条。谢停舟眸光动了动，抬臂架住白羽，取下迎春花思索了片刻，说："跟着白羽，看看它去了何处。"

他一振臂，白羽冲天而起，立时有暗卫随着它消失在夜色里。一切事毕，苍又跃回了树上，悄声而来无声而去，那冷然淡漠的性子，倒和平常的谢停舟有些相似。

沈妤惊叹道："你怎么驯出来的这两个宝贝？"

"耐心。"谢停舟打趣道，"就如同我对你一样，熬一熬，总能熬出来。"

沈妤听着他语带委屈，知道他又开始演上了，不由撇了下嘴，跟随他进屋。暗卫少了一个，兮风也不在，担心刺客卷土重来，沈妤在谢停舟房中歇下了。今夜太不平静了，一桩事接着一桩。沈妤躺在床上睡不着，外间点着灯，谢停舟伏案处理公务的身影映在屏风上。

一个时辰后，暗卫和白羽一同回来了。谢停舟开门出去，沈妤竖起耳朵听了半天也听不见两人在说什么。片刻后，谢停舟回来，继续处理公文。又是一阵过去，听着卧房内辗转反侧的声音，谢停舟搁下笔，喝了半盏酽茶。

"不用想了，我来告诉你。"

沈妤一骨碌从榻上爬起来，趿拉着鞋便绕出了屏风："你快说。"

谢停舟扫了她一眼："去把大氅披上我再说。"

沈妤飞快地跑了个来回，坐在他对面洗耳恭听。她今夜有些问题一直想不明白，自谢停舟进京以来一直相安无事，说句不那么谦虚的话，谢停舟无恙则北临无恙，能保暂时的太平，可对方为什么偏偏挑在这个时刻对谢停舟动手？谢停舟道："在我开口之前，你得先答应我一个条件。"

"什么条件？"

"后日春蒐，你待在王府不能随行。"

"为什么？"沈妤当即抬高了声音表示不满。

谢停舟扫她一眼："不为什么，答应还是不答应？"

沈妤眼睛转了一转，稍稍点了下头。

谢停舟平淡地吐出一个名字："暗卫跟到了宣平侯府。"

"裴淳礼他爹？"沈妤震惊道，"宣平侯为何要刺杀你？"

谢停舟抬眸："你不觉得追查到的一切都太过巧合了吗？"

沈妤皱了皱眉，似乎也品出那么一丝不对劲来。死士被抓时便已服毒自尽，就是怕被顺藤摸瓜追查到策划之人身上，如今线索却直指宣平侯。

"你的意思是，"沈妤说，"刺客说不定已经发现了被白羽跟踪，于是将计就计，嫁祸给宣平侯？"

谢停舟道："猜想罢了，届时再看吧。"

相处这么长时间，沈妤对谢停舟的性子也有些许了解，他不是个信口开河的人，通常说出口时便已确认了八分。

灯烛燃得炸了一下。沈妤若有所思地伸手去端那盏酽茶，被谢停舟盖住了手："喝了更难入睡，去睡吧。"

沈妤被他支使着去睡了，谢停舟盯着那一星灯火面色发沉。有人赶在这个时候刺杀一定有理由，近日唯一能称得上大事的，只有春蒐。

今年的春蒐，怕是平静不了了。

天色将明未明，两名黑衣人踩在第一缕晨光之前进到一处宅院内。

窗前立着一锦袍男子，听闻脚步声并未回头："怎么回来得这么晚？"

黑衣人单膝跪地："他那只海东青太敏锐了，一路跟着不放，属下按殿下的吩咐藏身于宣平侯府后院中，确认安全才回来。"

锦袍男子道："办得不错，重要的是得手了吗？"

"属下无能。"黑衣人紧张道，"未能，未能伤他分毫。"

"不是说你们十人也算高手？竟连伤他一分一毫都做不到。"

"他院内外高手如云，单是暗卫都有四名，况且他身边还有一名女子，功夫异常了得。"

"女子？"锦袍男子回头，"你确定？"

黑衣人道："确定，我看得很清楚，虽没有直接和她交手，但她功夫极高，和她缠斗的人一个都没能跑掉。"

锦袍男子指尖敲了敲窗棂，半晌，他说："那就可惜了，原想让他置身事外，不要卷入到春蒐这场风波中来，看来他不领情。"

黑衣人谨慎道："属下愚钝，为何要保下他，能一网打尽岂不是更好？"

锦袍男子轻笑了一声："留下谢停舟确实是一大祸患，但是如果他在此刻出了事，内忧尚未解决，又得去应付北临这外患了，况且，他要是去了白山猎场，那我那个傻弟弟岂不是有了靠山，罢了，李霁风那个废物不足为惧。"

白山猎场在盛京西面，离盛京不过一日路程。同绪帝老了，深感自己时日无多，也知这恐怕是自己最后一次春蒐了，于是拖着病体出席。

一行人马从盛京出发，抽调了大批禁军，加半个太医院伴驾。随行世家公子无不打马前行，唯有谢停舟乘了马车，远远落在了那群世家公子后头。李霁风本也是个恣意快活的主，这次马也不骑了，非要跟着谢停舟挤在他的马车里。

帝王銮驾在前，谢停舟也不好用他那架跟屋子一般大的马车，因而马车较小。车内矮榻小几，再加上两个大男人之后便显得颇为拥挤。谢停舟斜倚在榻上，懒洋洋地说："你宁愿挤在我这儿，也不愿意出去同他们风光快活。"

李霁风屈尊缩在一边的角落里，半点皇子气度也无，当真砢碜得紧："我又不蠢，春蒐忒没劲了，哪一年不是为了博个彩头争得你死我活，如同恶狗扑食。"

谢停舟淡淡道："他们抢的可不是彩头。"

一场春蒐，实则是皇子间的比试，谁都想在同绪帝和文武百官眼前拔得头筹。

"我知道，"李霁风吊儿郎当地说，"他们打打杀杀争名夺利，他们争他们的，我才不凑到跟前去，万一我被误伤了怎么办？"

谢停舟说："还早，你怕什么，他们再傻也不会在路上动手，猎场内出事才好全身而退。"

李霁风还是不肯出去："不怕一万就怕万一，我得跟着你，哪里都不如你这里安全。"

谢停舟端详李霁风半晌，看得李霁风又往角落里缩了缩："你怎么用这种眼神看我？"

"怎么？"

李霁风："活像对我有些意思。"

李霁风话锋一转："对了，我听说你与一女子私定终身，骗人的吧？"

"没骗。"

"那时雨怎么办？"李霁风掀开帘子看了一圈，"咦？时雨呢？你怎么没带他一起？他功夫好，可以跟在我身边保护我。"

"你怎么知道她功夫好？"

"嘿嘿。"李霁风道，"你那群近卫，哪个功夫不好？"

北临王府一下走掉了大批人马，王府一下冷清了不少。沈妤早晨送走了谢停舟，回鹿鸣轩换了身衣裳，又装好了包袱。她不知谢停舟故意留她在盛京是为了什么，但直觉告诉她今年的春蒐不简单，况且为了这次春蒐，她已准备了很久。刚准备出门，门房来报说宣平侯府的小侯爷来找，说是有天大的要紧事，因谢停舟交代过不让进府，如今他还在东门外等着。

裴淳礼高坐在马上，一身骑装，见沈妤出来松了口气，连忙翻身下马。

"幸好你没去！"

"有什么急事？"沈妤走近，"你怎么穿这一身？"

裴淳礼支支吾吾，沈妤还是第一次在他脸上见到如此凝重的表情。

沈妤脑子一转："春蒐你怎么没去？"

此话问出，裴淳礼脸上的表情更为凝重了："就……就不想去咯，专程留下来找你玩。"

"你撒谎。"沈妤道，"你方才看见我的表情，分明不知道我就在府中，你以为我去了白山猎场？"

裴淳礼急得直挠头，沈妤盯着他看了片刻，拉着他一跃进了王府后院："说吧。"

裴淳礼吓得腿软，还没站稳，沈妤就问："到底什么事？"

裴淳礼焦躁地在原地打转，仿佛不知从何处说起。转了半天，他停下脚步："我觉得白山猎场要出事。"

沈妤眼眸微缩："理由？"

裴淳礼紧张道："每年春蒐世家公子铁定会随行，我从十二岁开始便没缺席过，今日一早我爹却一反常态让我在家读书，不让我去参加春蒐。"

沈妤盯着裴淳礼的眼睛，裴淳礼目光微微躲闪。

"你没说实话。"沈妤道。

裴淳礼没想到连着两个谎言都被拆穿，急得跺了下脚："我就知道我撒不来谎，我爹跟我说要出事，所以不让我去，这下总行了吧。

"我就想起来万一你跟着谢停舟去了怎么办？所以来通知你一声，幸好你没去。"裴淳礼如竹筒倒豆般说了一通。

沈妤心中一凝，宣平侯是太子党，他把自己的独子留在盛京，说明他笃定此行凶险。

"你先回去。"沈妤说，"既然你爹让你不要去你就别去。"

"那你呢？"裴淳礼问。

沈妤笑着说："我自然是待在府中。"

裴淳礼静静地看着她："不对，你是不是要去找谢停舟？你不能去！或者，或者我跟你一起去。"

"你去干什么？"

"我想去救我爹，万一他出事的话，我……"裴淳礼说着已经要哭出来。

沈妤道："你别去给他添乱最好。"

裴淳礼拦住她："你都可以去救谢停舟，那是我爹，我要是贪生怕死就是枉为人子。"

沈妤沉默无言，盯着裴淳礼："你可以去，但你得按我说的做。"

一行人到达白山猎场时已是傍晚。

谢停舟入了帐，听见白羽落于帐顶，咕咕叫了两声，他掀帘而出，从白羽腿上摘下一个小竹筒。看过之后，谢停舟揉了纸塞入袖中，丢下一句"不必跟"，一脸铁青地朝着一个方向去。一刻钟过后，兮风正担心会出什么事，却见谢停舟折返回来，身后跟着一个个子小小的公子。那小公子垂着头，脖子都快缩进身体里，和兮风擦肩而过时，冲他眨了眨眼。进了帐，谢停舟倏然转身，冷声道："我们怎么说的？你答应如果我告诉你，你便不来春蒐。"

方才在外围沈妤就已经被他训过一回了，没想到现在还来！

"你凶也凶够了，先别急着骂我。"沈妤充耳不闻，直言道，"明日一早你就称病回京，这里要出事。"

谢停舟："你怎么知道？"

沈妤压低了声音道："裴淳礼一早到王府找我，宣平侯知道这次春蒐凶险，将他留在了京中，他告诉我不要来。"

谢停舟眸光深了深："他对你倒是情深义重。"

"现在根本不是讨论这个的时候，你——"沈妤骤然收声，一瞬不瞬地盯着谢停舟。片刻之后，她道，"你也早知道会出事，所以和宣平侯一样，将我留在盛京，你以为我傻吗？"

谢停舟知道她聪慧，只要给她一丝线索她便能抽丝剥茧。

"我派人连夜送你回去。"谢停舟朝帐外走。

沈妤一把拉住他："我不会走的。"

谢停舟顿了脚步："你走了我才没有后顾之忧。"

沈妤绕到他面前，蹙眉道："明知山有虎偏向虎山行，你在谋划什么？"

谢停舟敛了眸："等回去我再告诉你。"

"我不会走的。"沈妤坚决地看着他。

谢停舟闭了闭眼，仍旧坚决道："不行，此行凶险，有可能会没命。"

"那我就更不能走，我得留下来保护你。"沈妤急道。

"你不怕？"

"不怕。"沈妤说。

谢停舟的心一下软了，他深深看着她的脸："若我死了呢？"

这种可能单是想想就让人心中一痛，沈妤想了少顷，说："若是我死了，你不许娶别人；你若是死了，我就给你报仇，然后带你去洛州，让你死了也看着我吃香的喝辣的。"

谢停舟眸中触动："你知道这是什么意思吗？"

沈妤点了点头。

谢停舟的坚定终于溃败，他笑了起来："记住你今夜的话。"

沈妤："嗯。"

谢停舟摘下她头上挂着的树叶，温声道："这几日跟着我，寸步不离，我在你在，我亡……"

他眸中骤然一寒："我们谁都不会死。"

夜已深，谢停舟没有睡，他坐在榻沿，在孤灯下看着沈妤的脸。沈妤坚定而温暖，总能给人带来鼓舞人心的力量，她从不在绝境中退缩，不战至最后一刻绝不放弃。自出兵燕凉关起，谢停舟便预料到了结局，许是一生被囚于牢笼，永远也回不去故土。他无所事事，所以一直陪她查案，也曾问过自己以后会如何。

他准备认命的，曾想过一辈子戴着面具，做一个醉生梦死的世子或是王爷。可那日长留对他说了一句话，他说我想家了，想北临春日的草野，时雨一定没见过吧。谢停舟那一刻醍醐灌顶，顷刻间便悟了，一生为囚是他的宿命，但不应该是她的。她应当是一个裘马轻狂、胜过男儿的姑娘，岂能为他被困于一方天地。可要他放手，他却万万做不到，唯一能做的便是为自己、为她，博出一条新的出路来。

因为，他已经等不及想娶她了。

次日清晨，春蒐正式开始。

同绪帝年迈，自不可能上场，大部分文官也不善骑射，于是陪同同绪帝坐镇主场。同绪帝的儿子们随行亲卫各十二人，出发之前纷纷检查着马匹和装备。谢停舟肩上停着白羽，生人太多，它一副蓄势待发的模样，仿佛下一刻就要飞去啄瞎那些窥探者的眼睛。

沈妤今日穿了一身英气勃发的骑装，骑马立在谢停舟身旁。

"出发后，我们往南走。"谢停舟道。

今日日头正好，沈妤眯眼眺望，白山猎场占地颇大，一眼望去密林延绵不绝。

"南边树林更密，白羽恐怕没法警戒。"

谢停舟淡薄的目光从众人脸上一掠而过："它有办法。"

"可——"沈妤目光稍一动，腰间的刀随之而出，将一支迎面射向谢停舟的箭拦腰斩断。

沈妤皱眉望去。太子李晋承正收了弓，笑着说："我就说停舟身边高手如云，果真不假。"

谢停舟迎着日光半眯了眼："听说太子殿下箭术了得，果真不假。"

同绪帝已被这边的插曲惊扰，沉声道："刀剑无眼，岂能儿戏。"

李晋承赶忙说："父皇别担心，闹一闹罢了，那箭没有箭尖，伤不了人。"

沈妤低头一看，那箭果真没有箭尖。

"他在试探你。"沈妤不动声色地说，"到如今还不相信你武功尽废。"

谢停舟看她一眼，又默默收回了视线。

李晋承是太子，率先带着人打马进林。谢停舟执缰的手指敲了敲，忽然一夹马腹追了上去。

"太子。"李晋承应声回头，瞳孔却猛地一缩。只听"铮"的一声拉弦声，一支利箭朝着他直射而来。

李晋承在震惊中忘了躲。他要我死！李晋承这样想着。

那箭却出乎意料，在离李晋承还有两三米的距离时，疲软地戳在了地上。谢停舟放下弓，"啧"了一声："你说巧不巧，太子的箭无尖，我的箭无力，都伤不了人。"

李晋承惊魂未定，刚才那一瞬仿佛是他此生最接近死亡的一次。他忽然间萌生出一个想法，谢停舟哪怕是废了，那也是一头惹不起的狼。李晋承死死盯着谢停舟打马离开的方向，手中的缰绳攥出了汗。他是未来的天子，怎能被他谢停舟一支疲软无力的箭吓破了胆？

"大哥莫生气。"又一阵马蹄哒哒声，李延昌骑着马从林子后缓缓走出来，"普天之下莫非王土，待他日大哥继位，削藩势在必行，届时整个北临都是你的盘中餐，他区区一个谢停舟又算得了什么。"

李晋承怒容稍减，并不接这话茬，反而沉声问："老七，你说他武功未失，都是装出来的，如今呢？"

"大哥是试过了。"李延昌不慌不忙地说，"但他既然是装的，又怎会当众露馅。"

李晋承道："若不是你如此笃定他是装的，我又岂会刻意想要在人前揭穿他！"

"还是他身边那个近卫坏了事，若没有那一刀，他恐怕就得自己出手了。"李延昌说。

李晋承打马走了，亲卫随即跟上去。

李延昌问："确认了吗？"

"确认。"一护卫上前说，"谢停舟身边那个近卫，确实是那晚我见到的女人，虽然做过乔装外貌看上去并不相似，但她出刀那一招我认得，刚柔并济杂糅百家，寻常人做不到这样融会贯通。"

李延昌眯着眼，眼中闪过一抹阴鸷："藏了个高手啊。"

又一队人准备从猎场另一侧入林，李霁风和谢停舟打马并行，转头望见这头的李延昌，脸上当即笑开了花。

"七哥。"李霁风马鞭一扬跑过去。

李延昌收了表情，和煦道："你和谢停舟一起入林？"

"是啊。"李霁风问，"七哥你准备去哪边？"

李延昌并未回答，李霁风笑嘻嘻地说："你怕什么，就我和停舟两个，我们又不争头筹，不会和你抢猎物，就去南边混几只野兔了事，运气好再猎只鹿子，就没那么难看了。"

说罢晃了晃马鞭："走了七哥。"

那一队人正等在林子外沿，待李霁风追上去，众人消失在了密林里。

李延昌哼笑了一声："你说他废吧，他还真会找靠山，说他不废吧，他又什么都不会。"

白山猎场是近百年的皇家猎场，林场外围伐出了很大一块空地作草场，是历来的扎营地。

第一日臣子不能与皇子同猎，但王孙公子可以。待众皇子和世家子弟陆续进了林，草场上又开始了骑术和箭术等比试。同绪帝看了一会儿，说道："你猜他们几个谁能拔得头筹？"

李昭年并未入林，他今晨上马时扭伤了脚，于是在同绪帝身边伴驾："自然是大哥。"

"为何？"同绪帝问。

李昭年温声道："因为大哥是太子，拔得头筹的必须是他。"

同绪帝看着李昭年，这是他最为喜欢的孩子之一了，君子端方，温润如玉。只可惜啊，可惜他生不逢时，生在了这样一个乱世。乱世要枭雄，要魄力，唯独不需要的就是这般端方君子。

"你可有喜欢的字？"同绪帝突然问。

李昭年愣了一下，没明白其中的意思，思索片刻后说："若非要挑一个喜欢的字，那就'渺'字吧。"

"为何？"

李昭年含笑道："庄公在秋水边曾说过：计中国之在海内，不似稊米之在太仓乎？儿臣以为吾之渺小，难撼宇宙之分毫。"

同绪帝赞同颔首，他如今也有这样的疲力之感。是啊，大周的腐朽已经烂到了根子里，他以九五至尊之躯，尚且未能将这破败的江山修补回来，他所投入的精力，便似落入大周粮仓的一粒粟米，了无生息。

他殚精竭虑十余载才勘破的道理，他的儿子却早就明白了。

"唉……"同绪帝长叹了口气，"渺字不合适，秦、晋、齐、楚这几个字里头，可有你喜欢的字？"

李昭年猛地抬头朝着同绪帝看过去："父皇……"

同绪帝摆了摆手："你回头挑一个吧。"

李昭年又垂下了头，他知道这是什么意思。历代皇子成年便能封王，但到了同绪帝这一代，一直拖到了现在，如今准备封王，大约是感叹自己时日无多了。

同绪帝举目眺望："那是阿南吧？"

李昭年跟着看去，远处宣平侯正在训斥裴淳礼，一个垂着头拿鞋尖踢草，脸上一副桀骜不驯的样子，一个横眉怒视，仿佛下一刻就要炸起来。

同绪帝哈哈一笑："看来阿南又把他爹气得不轻，喊他过来吧。"

内侍赶忙去请人，不一会儿裴淳礼就蹦跶着跑来，身后跟着一脸铁青的宣平侯。

裴淳礼："姑父！"

宣平侯呵斥道："在圣上面前没大没小！还不快跪下！"

裴淳礼大名裴南，取字之前家中亲人都喊他阿南。当年宣平侯的姐姐嫁给了还是皇子的同绪帝为皇妃，生下皇子李晋承，因而裴淳礼叫同绪帝一声姑父，而李晋承则是裴淳礼的表兄。

"无妨。"同绪帝摆了摆手，"昨日随驾没看见你便问了一句，宣平侯说你身体不适就不来了，怎么今日又来了？"

宣平侯一脸紧张，似乎生怕裴淳礼说错话。裴淳礼看了父亲一眼，说："他骗您的，我爹将我拘在家中背书，那书这——么厚。"

裴淳礼两臂一展比了个夸张的厚度："我自己偷偷跑来的，他方才正训我呢，陛下您给我求求情。"

裴淳礼自幼就是个开心果，同绪帝哈哈一笑："既然来都来了，怎么又不去打猎？"

裴淳礼想起沈妤的告诫，去白山猎场可以，但是必须远离林场。

"表哥都进去了，我一个人去也没意思，明日再去。"

草场上传来一阵喝彩，许是哪位武将或大臣家的公子在比试中赢了彩头，不少大臣都前去观望，裴淳礼也跟着凑热闹去了。同绪帝拢了拢袖子："爱卿似有话要说。"

兵部尚书文宏远等候已久，一直没机会插上话，见此刻同绪帝心情甚佳，想替自己的侄子文乐生求个情。还没开口，同绪帝便问："是文乐生杀人一事吧？"

文宏远："老臣今日见后生可畏，亦感欣喜，相信不出五年，定能给朝廷培养出一批良将，只是如今剿匪一事迫在眉睫，却苦于无人带兵，老臣想着文乐生在押，不如让他前去剿匪戴罪立功。"

"养不教，父之过。"同绪帝说，"朕自然不会因此事对你这个做叔叔的心生嫌隙。"

文宏远连忙提袍跪下，面上感激涕零，心中却是一紧："老臣谢陛下隆恩。"

同绪帝这是在暗示他，这个做叔叔的当明哲保身，不要掺和到这个案子中去。

去年冬日的大雪肥沃了土地，白山猎场草木繁茂，林中遍布鸟兽。外围通常都是些小猎物，猎场南侧草木深盛，更大的猎物在密林深处，其他皇子已经往野兽出没频繁的南边去了。李霁风策马跟在一边："猎几只野兔做做样子便罢了，我已让人备了猎物，到时候就说是咱们自己猎的。"

谢停舟充耳不闻，转头时看见沈妤眉心紧蹙："怎么了？"

沈妤捏着缰绳，一手捂着肚子："肚子有些不舒服。"

"是……"谢停舟收了话，这里人多，他没好继续说下去。

沈妤一下就明白过来，他是指女儿家每月的那几日，于是解释说："不是，早上的牛乳有点凉了，不过没事，继续走吧。"

李霁风揉了揉肚子，回头道："好像我也有一点，那就是吃坏肚子了呗。"

一行人继续向前，偶有野兔和狐狸受惊奔跑，李霁风眯着一只眼，举着的箭还没瞄准，猎物便中箭倒地。然后亲卫拎着猎物回来一顿乱夸："殿下好箭法！"

李霁风淡定从容地收了还没射出去的箭，清了清嗓子说："好说，好说，下次我直接射它眼。"

谢停舟忍俊不禁，又看了一眼沈妤，只见她脸色越来越白。

谢停舟勒马："身体不适便回去吧，不猎了。"

沈妤尴尬地凑近，与他耳语了一句。谢停舟点了点头："去吧，不要走太远。"

见沈妤掉转马头往另一边去，李霁风问道："他干吗去？"

谢停舟吐出两个字："如厕。"

"那正好。"李霁风说，"我也想如厕，我去和他做个伴儿。"

李霁风刚一动，忽觉脖子一紧，被谢停舟的马鞭给缠上了。

"咳咳——你干什么？"李霁风扯下马鞭问。

"如厕想要个伴儿？不如我陪你？"

李霁风赶忙笑着婉拒："你我兄弟不必如此客气，还是我自己去吧，我怕你拿刀砍我屁股。"

李霁风往另一边去了，谢停舟吩咐道："去四个人跟着他。"

李霁风回头："我如厕！"

"正好。"谢停舟道，"四面给你挡风。"

林中野兽遍地，主要是担心会遇到危险。李霁风是和谢停舟一起进来的，必须得和他一起平安出林，否则谋害皇子意图谋反的罪名往谢停舟头上一扣，北临也奈何不得。李霁风拉得不大痛快，自他三岁之后，如厕便不要内侍陪同了。如今四面都有亲卫在，虽然都是背对着，但活像当众表演拉屎一般。

李霁风提好裤子回去，看了眼说："时雨怎么还没回来？不会拉晕过去了吧？"

谢停舟横了他一眼，李霁风当即说："去个人看看。"

"慢着。"谢停舟道，"我去。"

谢停舟一路喊着名字寻了近百米，除了飞鸟被惊散，并没有听见任何回应，倒是李霁风被山林间回荡的声音引了过来。谢停舟正蹲地查看，苔藓上有踩踏过的痕迹，他翻身上马，严肃道："没有打斗过的痕迹。"

李霁风接话说："也没有屎的痕迹。"

众亲卫："……"

我家殿下这诗对得不错。

谢停舟打了个哨，海东青在空中回了一声唳鸣，但林子太密，它不好下来。忽然，林子那边传来一阵马蹄声，却是由近及远。谢停舟脸色一变，马鞭一扬便冲了出去。林子茂盛，四处都是横插出来的枝条，稍有不慎就能在面颊上刮擦出血痕。李霁风策马艰难地跟在后面，跑得气喘吁吁，一边说："别追，别追，我都说了没有屎了，你

322

这么聪明竟然不懂。"

谢停舟猛地勒马，马蹄高高扬起，落地时踩踏出两只深深的蹄印。

李霁风总算赶上来："这下明白了吧，他说他肚子疼，却根本不是来如厕的，我才是真的，不信你倒回去看。"

后面那句吊儿郎当的话，正好掩盖他的聪慧，他就还是那个只知道吃喝拉撒的废物。

谢停舟蹙着眉："她故意引我去往北边。"

李霁风说："那你去不去？我那群吃人的哥哥们可都在南边呢，北边更安全，你这个近卫可真是为你操碎了心哪。"

谢停舟沉默半晌，南，还是北？往南意味着冒险加入战局，往北意味着明哲保身。

她用自己来让他做出选择。谢停舟下颌紧绷，他完全可以依旧往南，从今日起他便是李霁风的刀，和李霁风拴在了一条绳子上。刀尖行走谋的是自由，败则粉身碎骨，可李霁风一旦继位，他便能带着她回北临。北边虽无披着人皮的豺狼，但密林中却有真正的虎豹。

"啪——"

鞭子抽在马臀上。到底是不放心她孤身一人，谢停舟朝着北边追了出去。厚重的马蹄声渐渐远去了，空中盘旋的鸟儿重新落回了林梢。一个灵巧的人影从树上滑了下来，轻巧地落在了地面上。

沈妤回头往北望了一眼，难掩眸中不舍。他原本是逍遥自在的北临世子，将来的北临王，却因燕凉关一案被传召入京。昨夜她睡前曾问过他，他在谋划什么？他说他只是想带她回北临。那般情深几许，她无以为报，她不想让他置身于更危险的境地。片刻之后，沈妤的眼神逐渐坚定，然后头也不回地朝着反方向疾行而去。

她不想藏于他的羽翼之下，她要与之比肩。

时已近天黑，白山的草场中心燃起了篝火，众人围火喝酒吃肉。皇子陆陆续续从林中出来，可太子李晋承、李延昌及李霁风却迟迟不见踪影。

谈笑间有人说："看来今年猎场的猎物丰盛，几位殿下都玩得乐不思蜀了。"

可眼见着有些人却越来越焦躁，其中包括同绪帝和宣平侯父子。又过了半个时辰，李霁风和谢停舟才从北边林场出来。李霁风落地时腿都站不稳，两名亲卫一人架着他的一只胳膊，听他哎呀呀叫唤。

同绪帝看着归来的李霁风，肃声问："出了什么事？霁风受了伤？"

李霁风这么大了还撒娇："父皇，儿臣受伤了。"

"嘶——慢点慢点。"李霁风被扶着坐下来。

同绪帝一愣："怎么伤的？伤在何处？"

"大腿根儿破了，骑马骑太久磨的，累死我了。"

李霁风一说，众人顿时大笑，又有人附和着一顿乱夸，说九殿下勤奋英武。

同绪帝无言以对。

"父皇，儿臣猎了只鹿，正好给您烤鹿肉吃。"李霁风招手让人把鹿抬上来。

谢停舟背对着喧嚣，大步朝着营帐走去。营帐门口守营的侍卫掀起帘子，谢停舟却没往里进："时雨还没有回来？"

侍卫道："没有。"

谢停舟的脸色更沉了，白山林场很大，林中一进一出便是半日，没追上她原想她自己回来了，没想到却至今未归。

"兮风，召集人手和我重新进山。"谢停舟翻身上马。

忽然，草场另一边传来一阵喧闹声。

"太子，太子殿下受伤了！快！"

"太医——"

谢停舟眉头紧锁，南边果然有问题。太子在猎场受伤，恐怕今日进了南边猎场的一个也跑不掉，就看他们如何洗脱嫌疑了。可他现在最担心的是沈妤，眼下她在深山之中，夜里更加危险。正准备离开，就听见李霁风大喊了一声："是时雨，时雨也一起回来了。"

谢停舟即刻打马，转眼即至，他翻身下来，看见李晋承被一群人簇拥着进帐，而她孤零零地跟在后面，浑身浴血，整个人身上都透着狼狈。谢停舟没有动，远远地看着，只觉得呼吸都快要停了。

像是忽然想起了什么，她抬眼在人群中寻找，最终将目光定在了他的身上，久久不移。谢停舟终于抬脚上前，却没有开口。

"我没事。"沈妤声音疲惫，"都是别人的血。"

谢停舟眸中的担忧一扫而光，冷清的眸子毫无波澜："你去了南猎场。"

沈妤没有说话，谢停舟又道："你将我引到北猎场，自己却去了南猎场，为了什么？"

沈妤还未想好如何作答。

一名内侍遥遥宣唱："宣——时雨觐见。"

沈妤看了谢停舟一眼，她朝着他走去，擦身而过时，飞快地捏了捏他的手，低声道："你相信我。"

沈妤随着内侍进了御帐，帐中人数众多，沈妤没敢细看，垂首屈膝跪在了地上。

帐中鸦雀无声，似乎所有人都在屏息凝神。

沈妤跪了半晌，才听到同绪帝的声音："你叫时雨？"

这是同绪帝从李晋承口中知晓的名字，同绪帝的嗓音带着三分疲惫，却无人敢轻视，或许这便是久居上位者的威严。

沈妤："回陛下，是。"

"你是何人？"同绪帝问。

"我知道。"李霁风插话说，"他是停舟的近卫。"

同绪帝道："既是北临世子的近卫，应当跟随在谢昀身边，为何会和太子在一起？"

李霁风："我知道——"

"你闭嘴。"同绪帝打断，看着沈妤说，"你将事件始末细细讲来。"

"是。"沈妤道，"我在途中忽感身体不适，于是找地方如厕，之后和九殿下还有世子殿下走散，我记得进山前九殿下同七殿下说我们此行去南边猎场，于是我便往南去追，却没能找到两位殿下，反倒是遇到了被刺客围攻的太子殿下。"

"当时太子殿下的护卫已经死伤过半，不是刺客的对手，于是我便加入了战局，但他们人太多了，太子殿下的护卫也在打斗中逐渐减少，我只能丢下其他人，之后独自带着太子殿下躲开刺客的追杀。"

同绪帝默了片刻，忽然问李霁风："我记得你们是从北边出来的吧，你们原本准备往南，为何却临时改了主意？"

沈妤内心紧张，微微抬了抬头，看见李霁风一扫之前那副浪荡的模样，表情严肃。

他说："南边的猎场树林太茂密了，停舟那只海东青都下不来，还怎么给我们找猎物，只能往北去了，幸好啊，幸好没去南边。"

李霁风一副心有余悸的模样，却似乎并未能完全打消同绪帝的疑虑。

"让谢昀进来。"同绪帝说。

谢停舟进了御帐，同绪帝赐座，却并未叫沈妤起身。

沈妤抬眼便和在李霁风身旁落座的谢停舟撞上了视线，她飞快地看了他一眼："殿下。"

谢停舟淡淡地"嗯"了一声，不再看她了。沈妤这才看见，帐中坐了好些人，裴淳礼、宣平侯、江敛之，还有其他皇子，内阁重臣中除了江元青，其他都在。

同绪帝道："太子在猎场遇刺，朕已下令封山，停舟啊。"

谢停舟道："臣在。"

"你们为何忽然改变路径去了北方？"同绪帝又问了一遍相同的问题。同绪帝自己就是在众皇子的厮杀中坐上的这个位置，九五至尊这个称谓太具诱惑性了，皇家可以相信利益，最不能相信的却是兄弟情。

谢停舟语气平缓："南边猎场猛兽出没，臣一个病秧子，再带上九皇子，不能保证全身而退，倒不如去北边更安全。"

同绪帝缓缓颔首，似乎这个理由更能令他信服。谢停舟问："太子殿下现在如何了？"

同绪帝抬手一指："太医正在里面医治。"

皇帝的行幄占地不小，御帐内也分了几个隔间，太子正是在皇帝就寝的房中。谢停舟在帐中扫视了一圈，指尖在膝上敲了敲说："怎么不见七皇子？"

此话一出，众人都反应过来，方才因太子负伤而乱作一团，竟忘了还有一位皇子未归。

同绪帝眉心一皱："来人，派人进山去找，势必要将老七带回来。"

御帐中的众人面色各异，各怀心思。沈妤不敢往谢停舟那里看，却发现有一双眼正在注视着自己。

她回视过去，看着她的正是四皇子李昭年。沈妤心里"咯噔"一声，李昭年在宫中见过她，但她心里早有准备，眼神平静地冲李昭年颔首行礼。李昭年似乎愣了一下，随即和煦地笑了笑。

珠帘声轻响，李晋承从寝居出来，胳膊上缚了纱布吊在脖子上，脸上也有一些擦伤。

"父皇。"李晋承要跪地，被同绪帝摆手制止。

"你受了伤，坐吧。"

李晋承并不落座，看了沈好一眼，说："父皇，此人一路拼杀救下儿臣，一路奔波劳累，还请父皇免了他的跪。"

同绪帝之所以之前没叫沈好起身，只因其中仍有疑点，既然李晋承这样说，那便说明这个人是没有问题的。事件始末，李晋承所描述的与沈好所说并无二致，只是在刺客上未免添油加醋一番。李晋承说："那些刺客都不是一般人，普通民间刺客绝不可能会如此训练有素，儿臣也不知自己是与何人结仇或是挡了何人的道，要让对方如此痛下杀手。"

这话的意思在场众人都听得明白，不就是把矛头指向了诸皇子吗？如今可是还有一个七皇子李延昌还没回来呢，他嫌疑也是最大。李霁风一副事不关己的模样，他此刻十分感激时雨。若不是他将他们引到了北边，今日这一把火就要烧到自己头上来，谢停舟也难逃嫌疑。如果真是某位皇子动的手，皇家秘辛自不能公开，届时谢停舟就是最好的替罪羊，北临就算没有反心，也能硬给他扣一个上去。

李霁风有一种劫后余生的感觉，他的手肘碰了下谢停舟，低声道："你这个近卫是个福星啊。"

谢停舟并不言语，垂眸盯着氍毹心思游离。

李晋承趁热打铁："若不是有时雨在，父皇能不能看见儿臣的尸首都难说了。"

同绪帝的脸色更加难看了。

这时，禁军急匆匆来报，说是七皇子李延昌回来了。

"让他进来。"

待李延昌一进来，帐内所有人都愣住了，包括方才还满腔怒火等着质问的李晋承。

同绪帝倏地起身，又跌坐了回去："这是怎么一回事？太医，太医呢？"

李延昌由两名护卫扶着，冠也掉了，一头长发胡乱披散在身后，看上去比李晋承更加狼狈。

"父皇……"李延昌喘了口气，"请父皇赶快派人搜山，山上有刺客。"

寝房内刚送出个李晋承，如今又迎来了李延昌。同绪帝"啪"一下拍了扶手，抬手直指白山的方向："再去抽调人手！给朕把白山翻过来也要找出刺客，朕倒要看看，是谁敢接连刺杀朕的皇子！"

兄弟们关起门来打架他这个父亲管不住，却不能让外人欺负了去。同绪帝急喘了几下，德福替他抚背，同绪帝摊开手招了招，德福愣了一下才会意，赶忙拿出瓶子倒出一粒药丸，又端了茶给同绪帝送服。

众人见此情形，彼此心照不宣，同绪帝时日无多了。李晋承的眉心自李延昌进来便没松开过，他心中困惑，李延昌也遇到了刺客，难不成这事不是他一手策划？这就怪了，到底是谁在这背后布了这个局想将他们一网打尽？

李霁风看着谢停舟，也觉得诧异。过了一阵，李延昌也出来了，他身上负伤两处，一处在背上，一处在肩上。

同绪帝撑着头，面上的疲乏在灯下更显深重。

"老七。"同绪帝问，"将你遇袭经过讲来。"

李延昌大致说了一遍。刺客在林中准备了绊马绳，一名亲卫在前先摔下马，他见势不对便带着其他亲卫逃离，却还是中了埋伏，好不容易才逃脱出来。

李延昌说完，又看向李晋承："大哥又是如何逃脱的？"

李晋承沉重道："我运气好，遇到了世子的近卫，是他将我救出来的，其余亲卫不知所终。"

"真是无巧不成书。"李延昌说，"我怎么就没遇到如此高手，竟能凭一己之力带大哥回来。"

"难不成我回来让你很不高兴？"

李延昌脸色一变。

"够了。"同绪帝见惯了兄弟之间这样的针锋相对，而今只觉得疲惫不堪。

"时雨护驾有功，赏……"同绪帝顿住，一时半刻竟没想出要赏些什么，便说，"就赏金百两吧。"

"姑父好生抠门。"裴淳礼干坐了一晚，这时才开口，"世子又不是抠门的人，他的近卫自然不缺金银。"

宣平侯呵斥了一声："小孩子胡乱插什么嘴。"

同绪帝道："那你说该赏什么？"

"他原本就是在军中挣功名的，赏他个一官半职啊。"裴淳礼理所当然道，"授人以鱼不如授人以渔嘛。"

说完偷偷瞟了谢停舟一眼，正好看见谢停舟在看着自己。谢停舟唇角似乎带着点笑，但那笑容有些邪气，衬着眉眼间的疏冷，只让人觉得背脊生寒。裴淳礼心想时雨啊时雨，你给我安排了这么一个差事不是在害我吧，我都快被谢停舟的眼神给盯死了。

李晋承想了想，他如果顺水推舟，提拔谢停舟的人，也算卖谢停舟一个人情，加上他感激时雨的救命之恩，于是说："阿南你平日吊儿郎当，今日倒说了些人话。"

"表哥这是什么话？"裴淳礼起了个头，如今骑虎难下，只能硬着头皮说，"时雨功夫了得，朝廷如今不是正缺这样的人才吗？"

李晋承道："确实，父皇这两日正在为剿匪一事烦忧。"

这句话点醒了同绪帝，自文乐生杀人被捕，朝中各党派为了剿匪这个肥差吵得不可开交，都想让自己的人顶上去。

帝王之术之一乃是制衡，同绪帝想了少顷，沉声喊了声时雨的名字："便赐你中郎将一职，命你前去齐昌荡平匪患，你可有异议？"

沈妤叩谢："臣无异议。"

"臣有异议。"江敛之忽然起身。

同绪帝看了他一眼，知道之前谢停舟带人围江府的事，两人定然已结下梁子，江敛之欲打压也在情理之中。

"依爱卿之见，有何不妥？"

江敛之正色道："未通过武举考试便官居六品中郎将，何以服人？"

沈妤道："臣追随沈将军多年，在边关杀敌少说数百，不知是否足以服人？"

江敛之一噎，一时竟未找到理由反驳。武将看的就是军功，不少良将就是从军中提拔而来。

李延昌睨着眼皮说："原来是沈将军麾下的人，又怎么会成了世子的近卫？"

"七弟莫不是健忘。"太子李晋承道，"是世子千里奔袭救援燕凉关。"

谢停舟面上没有半分显山露水，手却握紧了椅子扶手，扶手已被他捏得隐隐嘎吱作响。李霁风离得近，听见声响拍了拍他："你怎么了？"

众人闻声看过来，谢停舟一下卸了力，闲闲地看向沈妤，笑着说："人往高处走，北临王府是你屈就了。"

沈妤抿唇不言。

"听这意思，世子似乎对父皇的安排颇有不满。"李延昌看着谢停舟，意有所指。

谢停舟还未开口，李霁风已驳了回去："今日七哥好生暴躁，怎么逮谁咬谁呢？"

李晋承说："父皇已经下旨，此事便不容置喙，若是七弟因他救了本宫而心生不满，尽管来找我便是，就不必在此挑刺了吧。"

这么大一顶帽子扣在李延昌头上，他哪还敢再揪着此事不放。李延昌憋着一口气说："臣弟就事论事罢了，大哥排除异己也不用这么着急给我扣帽子。"

李晋承讥讽："那你还是多多将精力放在抓刺客上吧。"

几兄弟针锋相对，听得同绪帝头疼。同绪帝"唔"一声，微合的双目抬了起来："既是仲安培养出来的人才，那就这么定了，时雨明日一早回京领差，谪令你三日内出发，都散了吧。"

一锤定音，其余人皆先后散去。裴淳礼跑得最快，他感觉自己要是跑慢了便要人头不保。

营帐中七弯八绕，裴淳礼伸着脖子往后看去，幸好谢停舟没跟上来。他庆幸地拍了拍胸口，回头刚准备走，却猛地往后退了一步。他脖子上架着一把刀，刀柄握在谢停舟手里。

"别别别，世子别这样。"裴淳礼想打马虎眼蒙混过去，"大家都是朋友嘛，对不对？这是假刀吧？"

谢停舟看着他："你试试？"

裴淳礼咽了咽口水，扯了一小撮头发试探着在刀上一碰，顿时"哇"的一声。

"真是吹毛断发的好刀啊，不过世子，你我往日无冤，近日……近日之仇也不必这么着急报，大晚上的。"

裴淳礼迎着谢停舟沉甸甸的注视，脑袋往后仰了又仰，依旧躲不开脖子上架着的那把刀："你看……要不咱把刀收一收好好谈？"

方才在御帐中挂着的薄笑消失了，谢停舟眼神阴戾："你在帮她的时候，就应该料想到现在的结果。"

裴淳礼垂眼盯着脖颈上的刀，艰难地说："我，我就说了两句，他们也帮腔了，你怎么不找他们去？"

谢停舟把刀往前送了些，裴淳礼当即大叫："阿雨！阿雨救命——"

谢停舟微眯了眼。

沈妤闪身而至，将裴淳礼往身后一拽，迎着刀自己挡在身后。她知道今夜谢停舟势必会生气，原本不想在这个时候火上浇油的，但她看见谢停舟眼中真的有杀意，怕他真一个控制不住误伤了裴淳礼。

"你先走。"沈妤对裴淳礼说。

裴淳礼如蒙大赦，兔子一般一溜烟跑了。沈妤盯着谢停舟："是我让他这么做的，你有什么怒气冲着我发，我今日的一切都有缘由，我可以一一向你说清楚。"

谢停舟垂下刀，插进了地里。她身上的血迹早已干涸，有的凝固在脸颊上，他伸手抚了抚，只碰下一块干涸的血块。

"去洗漱吧，"谢停舟转身说，"帐子里备了热水。"

帐子以屏风做了隔断，里间用于就寝，外间用于起居。

谢停舟坐在桌边，手中是一盏酽茶。里间传来一阵窸窣声，他搁了盏，侧头问："身上有伤吗？"

沈妤钻进浴桶，望着他被灯火映照在屏风上的侧影。明明什么都看不清，可她似乎从影子就看出了他的愤怒和不高兴。

"没有。"她乖巧地说，"我没让自己受伤。"

谢停舟并不领情："仔细检查，你若检查不好便由我亲自来检查。"

沈妤道："真没有。"

外间安静了须臾。

"把衣服全扔出来。"谢停舟说，"全部。"

沈妤想了想，伸手捡起地上的衣服往屏风上扔过去，手里还捏着两样，揉成一团说："最，最里面的……便不用了吧？"

片刻之后，谢停舟生硬道："不用。"

血迹哪怕已经干了，还是留有一股浓浓的铁腥味。

谢停舟将带血的衣裳一件件摊开，仔细检查了一遍，骑装上有两处破口，也有被刮破的痕迹，但里衣上没有刀口，说明她确实没有受伤。

沈妤将自己沉进水里，水漫过了口鼻，只露了一双眼睛看着屏风上的人影。谢停舟在那儿坐了一阵，等提壶再倒不出一滴茶，他起身出去了。

沈妤觉得今夜谢停舟有些过分好说话了，竟没有追问事情的来龙去脉，也没有骂她，给她一种暴风雨之前的宁静的感觉。

这让她心里有些发慌。

月明星稀，万籁俱寂。

"大意了。"李晋承道，"原以为能在春蒐中将李昭年解决掉，谁知他竟扭伤了脚，躲过一劫。"

一旁的宣平侯并不言语，李晋承原本与宣平侯谋划在春蒐中除掉四皇子李昭年，这是李晋承自认为最大的对手。朝中不少大臣不喜他行事方式，更偏向于性情豁达仁德的李昭年，而同绪帝对李昭年的偏爱也让他心生警惕。

没想到谋划了许久，却落了个空。

"舅舅，你说他是运气好？还是早有预感？"李晋承亲自给宣平侯倒了茶。

宣平侯接了茶，说："太子，如今不是考虑这个的时候，今日若不是那时雨，恐怕咱们已经栽了。"

李晋承颔首："螳螂捕蝉黄雀在后，是我大意了，没想到竟然还有一批人，这批人到底是谁安排的呢？"

他喃喃分析："老四是最聪明的，扭伤脚不进山未必不是为了让自己置身事外，还有老九，老九都蠢了二十多年了，总不会一夕之间就变聪明，知道谋划了吧？"

宣平侯摇了摇头："也不一定，太子殿下不要忘了，他身边可是有个谢停舟，当年谢停舟横刀立马，一举将北戎人赶出了数百里，那是何等少年无双。虽然武功是废了，但脑子可没废，这样的人物即便是废了也小觑不得，否则陛下又怎会在这个当口将他拘在京中。"

"父皇知道自己不行了。"李晋承沉重地道，"他担心哪一日他走了我压不住北临，所以把谢停舟扣在这里，是在给我铺路。"

"这样的一个人，未必教不好一个傻子，所以咱们还是警惕些好。"宣平侯说完，喝了口茶。

李晋承冷哼一声："今日之事，老七也不是没可能。"

宣平侯眸光一动："此话怎讲？他不是也遇到了刺客？"

"谁知道他是不是为了洗脱嫌疑才故意受伤？如果是这样的话，对自己都能下得去狠手的人，可是什么都豁得出去的。"

李晋承又道："我这些兄弟可没一个简单的，皇权更迭之际，什么妖魔鬼怪都该浮出水面了。"

夜谈完毕，宣平侯出了帐子，披上披风朝着自己的帐子走去。

李延昌独自坐在帐中，有人掀帘进来。

李延昌眼皮抬起："怎么才来？"

"走不开。"来人一身黑衣，坐下后道，"我们长话短说，你今日怎么回事？"

"就差一点，只差那么一点就要成功了，谁知竟然冒出个时雨，让他李晋承逃过一劫。"李延昌脸上闪过一丝阴郁。

黑衣人道："你反应倒快，给自己来了两刀，不过下手也太狠了。"

"都不是要害。"李延昌不甚在意地说，"做样子自然要做得真一些，不然谁会相信。"

他话锋一转:"裴淳礼似乎和那时雨交情不浅,不过看样子他可能不知道她是个女人。"

"女人?"黑衣人惊道。

"没错。"

"你既知道她是女人,为何不当场揭发她?"

李延昌不慌不忙道:"放长线钓大鱼,现在揭穿她能起什么作用?只能说明她以女子之身上战场可敬可佩,我若揪着她不放,李晋承正好可以借此说我对她的敌意源自她救下了太子。可待她剿匪归来就不同了,在朝为官,若是再来个升迁,届时治她个欺君岂不更好?还能以居心叵测之罪拉谢停舟下水。"

"况且……"李延昌拿杯盖撇了撇浮沫,"齐昌的事已经拖得太久了,难免夜长梦多,她此去替我们毁灭证据正好。"

黑衣人的斗篷一直覆到了眼下,只露出了鼻子和下巴,他沉思片刻:"不是自己人去,到底还是不放心,万一她察觉出什么……"

"你未免谨慎过头了,"李延昌自负地笑了笑,"葛良吉已经带着秘密死了,如今父皇是巴不得这事到此为止,况且谁又会想到粮草上去?"

"还是谨慎为好。"黑衣人严肃地说,"我派人去齐昌,一旦发现有问题,就不要让时雨活着回京。"

丫鬟进来换了两回水,沈妤才将这一身的血腥气给洗净。沈妤在帐中等了好一会儿,打好了腹稿却迟迟不见谢停舟回来。走出帐子,门口守夜的护卫立刻行礼:"大人。"

沈妤愣了一下,才反应过来如今自己也算是朝廷命官了。护卫问:"大人是不是在找世子殿下?"

沈妤颔首:"对,他人呢?"

两名护卫对视一眼:"世子身体不适,已禀明陛下连夜回京了。"

沈妤顿时怔在了原地,他之前还好好的,哪有什么不适,不过是回京的借口罢了。在帐中那句她在北临王府屈就了,是认真的吗?他不凶她也不斥责她,连解释都不想再听她多说一句,连夜匆匆离去,是要同她划清界限的意思吗?

沈妤喉头哽了哽,掀帘进了帐内。两护卫正准备偷偷闲聊两句,却见门帘再次掀开,她手里多出了一根马鞭。沈妤咬着牙,她不会稀里糊涂地让事情这样过去,就算要划清界限,她也要当面同他问清楚。

李延昌送走了黑衣人,站在帐前吹风醒神。

"咦?"他凝神一看,扬声喊道,"时雨。"

沈妤牵着马,她是准备连夜回京去找谢停舟的。她侧头看去:"七殿下。"

李延昌的伤都在上半身,腿脚还算利索,他往前走了几步:"或者以后应该喊时大人了。"

沈妤平淡道："为陛下办事罢了，若七殿下没事，时雨还有要事在身，就——"

"哎——"李延昌拖长了调子，打断她说，"不过几句话的事而已，何必如此心急？"

沈妤抿了抿唇："七殿下有事请直说。"

李延昌阴柔的脸上浮起一丝笑："不如你靠近些，本殿觉得有些事还是要悄悄说才好。"

沈妤眉心一皱，但她毫无畏惧，李延昌的功夫完全不是她的对手。

她牵着马走近："说吧。"

"快人快语。"李延昌拊掌，"不过是向时大人表达一下钦佩之情，毕竟以女儿身驰骋疆场可不是谁都能做到的事。"

沈妤眸子猛地一缩，拇指已经将腰间的刀抵出了半寸。

李延昌看清她眼中的警告，看了一眼她握在刀上的手，笑了笑说："你误会了，如果要拆穿你，在殿上早就拆穿了，何须如今与你对峙，说出来你可能不信，我并没有恶意。"

沈妤道："你有什么要求？"

"没有要求。"李延昌说，"朝中有人好办事，若哪一日北临世子靠不住了，你可以跟着我。"

沈妤翻身上马，垂眼看着他，勾了勾唇，然后什么话也没说。马蹄声哒哒而起，那飒爽的背影穿梭在营帐间，转眼便消失了。

"这人太没有规矩了。"

李延昌头也不回地道："瞿啊，从她身上能看到满身的傲气，这脾气可真对我胃口，方才细看，那五官生得可真漂亮，特别是那双眼，只可惜涂得也太黑了，不知道换作女装又是何种模样。"

护卫想了片刻，说："那晚月下舞剑，的确很美。"

李延昌侧头："让你去办事，你还有工夫观美人。"

护卫赶忙一跪："属下当时只是惊鸿一瞥，记忆犹新罢了。"

沈妤一路披霜带露，快马加鞭，竟也没能追上谢停舟。赶在辰时，她终于到了王府，青朴居院门紧闭，近卫守在院门口，显然是谢停舟已经回来了。沈妤要往里进，近卫往旁挪了挪挡住了门。

长留坐在屋檐上，抱着胳膊说："殿下赶了一夜的路呢，刚睡着，你晚些时候再来呗。"

沈妤想想也是，不如先去兵部领差职，回来之后再来找他。长留看着她离去的背影，忍不住嘟囔了句："自己惹的人，也不知道来哄一哄，说走就走，就不知道脸皮厚一点死缠烂打吗。"

沈妤去了兵部，兵部那群人都是看尚书文宏远的脸色行事。文宏远的侄子文乐生刚犯了杀人罪，丢了这肥差不说，说不定连命都保不住，如今来了个顶职的，兵部的人自然是磨磨蹭蹭好一番刁难。

归时已是傍晚，青朴居还是早晨的那番模样。近卫再次拦人："殿下歇息了。"

沈妤看了眼天色，天都还没黑，歇息不过是借口，再歇也不用歇一整日吧。

沈妤同近卫商量道："大家一起共事这么长时间，行个方便吧。"

近卫四下看了眼，确认檐上无人，压低了声音提醒："殿下早晨回来便闭门，谁也不见，兴许你明早来，他气就消了呢。"

他也没办法，院子里下了令，任何人不得来打扰。如今近卫都知道时雨是女儿身，与殿下的关系自然是不同，但这条令里的任何人，摆明了指向时雨，谁也不敢拿谢停舟的命令不当回事。沈妤等不到明早了，今日在兵部就接了令，剿匪宜早不宜迟，兵是在文乐生出事前就已经点好的，让她明日一早便出发。

沈妤想了想："那我不为难你。"

说罢脚下一点翻进了院中，近卫没想到她会硬闯，没来得及拦，接着便听到了院内的打斗声。

暗卫飞掠而来，人是要拦的，却不敢拔刀，只能徒手相迎。沈妤出拳极快，暗卫只觉得挟裹着一道劲风，手臂相撞时暗卫吃了一惊。他没和时雨交过手，但那晚她用剑是看过的，灵活飘逸，却没想到她一个女子，拳法走势竟如此刚猛。暗卫一脚滑出一个弧度："自己人用不着动手吧？"

"那便不要拦我！"沈妤第二招接踵而至，凌空一脚落空，旋身又是一踢。

暗卫硬接一脚，算准了她落地的位置接着一个扫堂腿。这边打得不可开交，檐下兮风抱着胳膊观望，长留坐在石阶上，两手平放在腿上看着。他朝房中看了眼，悄悄地问："外面这么大动静，里边怎么一点动静也没有？"

兮风看得正入神，只见暗卫抓到机会抓住了时雨的手臂，他臂力不小，用力一提。沈妤双脚离地，被他往上一带，身体借势腾空而起，她倏地飞起，脚下在树上借力一蹬，返身又朝着暗卫袭去。

长留扯了扯兮风的袍子："白山猎场到底发生了什么事？世子和时雨怎么就决裂了？"

"别动不动就用决裂这个词。"兮风说，"大人的世界小孩子不懂。"

长留"哼"了一声，撑着下巴看了一会儿·"她的打法好乱好杂啊，我都看不出是出自哪一派。"

"看似杂乱，实则融会贯通。"兮风羡慕道，"天生的练武奇才，功夫可以靠苦练，但融会贯通是天赋。"

"那不就是说我吗？"长留抬起头得意地说，"师傅也是这么夸我的。"

兮风瞥他一眼，打击道："你看看人家的身手，那是集天赋与苦练为一身，哪像你，日日偷懒，就一个轻功还练得不错。"

"轻功怎么了？逃命的时候最管用了。"长留又看了片刻，总结道，"她轻功没我好，我别的没她好，所以扯平，我们势均力敌。"

兮风回了他一声嗤笑："自己心里有点数吗？"

长留又问："你说她厉害，可她怎么这么半天还赢不了？"

"哥哥教你。"兮风说，"她留手了，根本不是为了赢，只是为了试探。"

"试探暗卫哥哥功夫的深浅吗？"

兮风摇头，头一偏指了指屋里那位："这么大动静都不出来，她也明白殿下是什么态度了。"

果然，下一刻沈妤便收了手，并没有再进攻。她看了一眼亮着灯却紧闭的房门，眼眶忽然有些酸了，她往檐下昏暗的地方退了半步，朝着暗卫抱拳。

"得罪了。"

暗卫抱拳回应："承蒙手下留情。"

沈妤没再说什么。

长留似乎看见她冲自己扯了一抹笑，却笑得很难看，然后转过身，一步，一步，打开院门走了出去。

长留起身拍了拍手："没戏看了。"

转身之际，却看见书房的窗户开着一条巴掌宽的缝，谢停舟正从院门收回目光，垂眸盯着桌上的一星灯火，微微出神。

次日天一亮，暗卫又迎来了沈妤。这一次她还是翻墙进来的，却没直接动手，只是在院中站了片刻，然后对他说："我不让你为难，说几句话就走。"

不知为何，她的眼神让人觉得有些落寞，暗卫识趣地缩进了树荫里。沈妤往前走了几步，停在了台阶下。不过三级台阶，那是她跨不过的鸿沟。她知道他为何生气，她自作主张，从嫁祸文乐生就开始筹谋昨日的局了，事情一如她料想的在走，没出任何差池。

唯一没有算准的，不过是一个他罢了。

她肩上的担子很重，路很长很险，可若他要的只是长久的陪伴，她做不到。沈妤弯腰放下一个小小的盒子，她想了想，其实有好多话想说，又觉得万般言语也无法完全表达内心的感受。

她清楚地知道自己喜欢他，却不能逼他为自己妥协。

"我……"沈妤停了片刻，仰头将眼泪憋了回去。

"对不起，我做不了菟丝花。"她说完这句便转身。

这一次她走得很快，步履决绝，不似昨夜那般步缓，好似在等着人叫住她。谢停舟的目光落在门上，他看不见她，但能听见她的脚步，听见她在门前放下东西，听见她的哽咽。也听见了那声：对不起，我做不了菟丝花。

谢停舟不知自己坐了多久，才去打开门。地上是一只锦盒，盒子里是一枚荷包，一枚针脚很差的荷包。看得出她已经绣得很仔细了，可是针脚还是很差，有的地方被她拆开重绣过，针孔都被撑得大了几分。

谢停舟仿佛看见那个英姿飒爽的姑娘，在夜灯下垂着头，默默地做着她并不擅长的女红。

她的脖子很纤细，在灯下弯出了一抹漂亮的弧度，像一轮天上月。

沈妤持诏出京，五千兵马随行。老百姓哪里懂，看见官兵就觉得又要打仗了，一打仗便是民不聊生。

马蹄卷起了尘烟，沈妤打马在前，这是沈妤第一次独自带兵，她终究还是，走上了父亲和兄长走过的那条路，她朝着埋葬二人的山丘望去，晨雾缭绕在山间，碧空澄净，白云浮沉间是难掩的萧索。

天际忽然传来一声海东青的清唳，沈妤回头望去，只见海东青展翅于碧空，呼啸而至，盘旋于头顶，引得不少士兵抬头张望。

是白羽！沈妤笑起来："你是来送我的吗？"

她问完这一句，心中陡然生出一丝不敢触碰的欣喜。沈妤愣了愣，然后猝然掉转马头，丢下一句继续前进，朝着反方向疾驰而去。劲风扑面，她打马很快，奔出了三里地之后，她速度越来越慢，最终慢慢停了下来。来路空空荡荡，杳无人烟。

她自嘲地笑了笑，终究是她多想了，原以为他至少会来送别。沈妤咽下喉间的失落，掉转过马头，沿着方才走过的那条路返回。来时满心欢喜，去时寥落黯然。

哒哒——哒哒——远处似有马蹄声。

沈妤没敢回头，只怕又是一场空欢喜。白羽又是一声清唳，像是提醒一般。

沈妤缓缓回头。

谢停舟策马扬鞭，迎着猎猎长风，从古道尽头打马而来，身后映着她此生见过最美的朝日春晖。沈妤一直望着他越来越近，身上忽然一重，她被他的披风兜头盖住了。

谢停舟跟着钻了进来，倾身扣住她的腰，低头吻了上去。他追了她五十里，明知只要一直追下去便能追上她，可他还是心慌，仿佛慢了一步她就要多难受一分。

直到重新将她拥进怀里才感受到了踏实。沈妤感觉自己手里被塞入什么东西，略微有些沉，她想要看，谢停舟却紧紧抓住了她的手腕不许她看。披风似乎将外界的一切都隔绝开来，她在里面闻到了他身上的气息。

谢停舟移开了唇，抵着她的额头，温声道："心有高台，引凤来栖，阿妤，你不是菟丝花，你是我心中的鸾鸟。"

原来他一直都想错了，总觉得将她护在自己的羽翼之下才算心安。他气她总想出去，气她总是不能为他停下来，直到昨晚，他忽然发现他困不住她了。那个孤身一人，前路迷茫，一路摸索着走来的坚韧的姑娘，竟能独当一面设下这样一个绝妙的局。

他忽然发现她似乎不再需要他了，也从未有过如此失控的感觉。像是她要飞，但他抓不住了，护不住了，他第一次感觉到如此无力。他不知道自己在气什么，慌什么，他明明抓得那么紧了，对她那么好了，为何她还要飞？

如今他想通了。鸾鸟岂能藏于鹰羽？他应当放她高飞，与她一起高飞。谢停舟给沈妤系好披风，目光在她脸上流连了片刻，温声道："我在盛京等你回家，早归。"

他没有多言，在马臀上轻抽了下，看着马儿向前走了几步。

沈妤想回头再看他一眼。

"别回头。"谢停舟说,"我看着你走,回来时我来接你。"

沈妤含泪笑了笑,用力点了点头:"嗯。"

那郑重其事的样子十分可爱,谢停舟笑了起来。马儿慢慢地走起来,沈妤低头看了一眼他方才塞给她的东西。那是一把刀,是她爱不释手却为了哄他,还给他的那把刀。他曾说这把刀没有名字,因为他还没有想好,而今刀身上刻着两个字。

引凤。

沈妤一下哭了出来。她是他心中的鸾鸟,这把刀叫引凤,是要指引着她回家。她没有家了,但他为她筑了一个,告诉她鸾鸟也要记得归巢。她在晨光中策马慢行,在泪眼中目光坚定。

渐渐地,马蹄声越来越密,越来越快。

啪——他心爱的姑娘策马扬鞭,飞驰了起来。

谢停舟骑马伫立在山岗上。

那个人影早就不见了,可他还是遥遥地望着。

盛京长风依旧,可终究是,少了那一个人。

上册完

下·册

之知 · 著

江苏凤凰文艺出版社
JIANGSU PHOENIX LITERATURE AND
ART PUBLISHING

目录

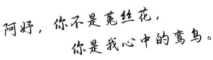

阿好，你不是菟丝花，
你是我心中的鸢鸟。

一路南下，路上便走了二十来日。南方四月多雨，官道上泥泞不堪，特别是进入齐昌府之后，后面几日的路就更难行了。齐昌府很穷，应该说这一带都很穷，包括临近的潞州。

天色已晚，大军在距鹞子山三十里处扎营。

"大人，齐昌知州派人送来了一封信。"

"呈上来。"

萧川将信递给她，他是兵部派遣随行的副将，出自萧家，却没入萧家军，而是在京中任职。这人原本对时雨带兵颇有意见，一路上尥蹶子的事干了几次。沈妤也不同他多话，直说你瞧不上我，那咱们来比一比，我输了这中郎将换你来当，要是你输了以后就别跟我扯些有的没的。那一架打完，萧川已被他收服得妥妥帖帖。

沈妤看完信，萧川问："要回信吗？"

"不用。"沈妤将信随手一扔，"齐昌知府刘松麟邀我进城赴宴，不必理会。"

沈妤已自顾自摊开了舆图，抱臂不语。

萧川道："大人是准备休整一日再攻，还是趁热打铁？"

"今日是四月初八了吧？"

萧川被问得愣了一下："呃，是。"

"再等几日。"沈妤说，"还要再等一个人。"

"谁？"

沈妤卖了个关子："关键的人，说不定能替我们省下好多事。"

齐昌地处西南，入夜潮气有些重，沈妤躺在简易的行军床上，枕着谢停舟的披风无法入眠。她觉得自己有些迷恋谢停舟身上的味道。离京近一月，她一直都是这么睡的，那披风被她或枕或抱，夜夜都同她一起，谢停舟的味道早就散没了，但她能闻到，不用鼻子，用心。

沈妤躺了一会儿，从床上起身，重新点了灯，在桌上铺上了纸笔。提笔时又不知要写些什么，说想他吗？说不习惯他不在身边？那样有些肉麻了。第一篇写得不满意，沈妤撕了一张，又重新铺上了纸，这是她离京以来写给他的第二封信。

四月，海棠花香满园。谢停舟在灯下读着她的来信。

停舟：

谢停舟盯着那两个字反复看了一遍又一遍，仿佛能从那两个他最为熟悉的字眼里看见她喊他的模样。她从来都是喊他殿下，不高兴的时候便直呼他谢停舟。谢停舟喝了口茶，继续看信。

> 一路南下，今日已是三月廿五，我率兵到了青州，此行一路平安，我与军中副将略有不和，但如今都已解决了。
> 青州的百姓太苦了，去年冬饿死了不少人，田间地头更是触目惊心，饿殍遍野，被遗弃的孩子随处可见。
> 在巨大的灾难面前，我才发现他们的抗击显得那么微不足道，才发现我能做的竟这样少。
> 你说奇怪不奇怪，我时常梦到父亲，却从未梦见过哥哥一次。
> 爹总在梦里说我能救更多的人，可我不知我还能做些什么，要如何才能救更多的人。
> 今夜又梦见我爹了，醒来怅然无法入眠，遂披衣而起，提笔此书。
> 另，盼君入梦来。
>
> ——阿好

谢停舟含着茶，在思念中将她的字字句句品了数遍。路远迢迢，书信很慢，三月路途中的信直到四月海棠花开遍了野，才到了他的手里。算起来，此时她应该已经到齐昌境内了吧。

谢停舟铺开纸，提笔写下。

阿好吾妻，见字如晤。

他想象着她看见"吾妻"二字时的反应，应当会捏着信纸来回踱步，烦扰且娇俏地抱怨："都还没成亲呢，怎么叫吾妻呢？"可他自送出那把引凤，便已经将她当作此生唯一的妻了。

> 京中一切安好，大黄思念你吃不下饭，我将大黄接到了青朴居，它性子颇像你，起初害怕苍，如今不过二十余日，已能骑到苍头上去了。

谢停舟顿了笔，想起初见时那个浴血奋战的背影，又想起她扯着袖子喊自己爹，再到她跪于营帐之中说这条命是他的。如今她也骑到他头上来了。

他继续落笔。

　　扶窃已出狱，这段日子我去了两次教坊司，长留借此要挟要转告你，只为了给他的乌龟再要一个粉色的缸子，于是我将他发配到了军中与士兵同练。

　　与其让人挑拨，不如我自行坦白，去教坊司全因公事，但未醉酒也未碰任何人，实则看一眼都没有，吾妻尽可放心。

　　别庄的石榴花快要开了，我亦思念你吃不下饭，盼早归。

　　字字句句都是家中琐事，却字字句句都是相思。她的信中全是忧思，他回她的却全是欢喜，只盼她在行军途中能得到片刻安慰，闻到些许家的气息。

　　鹞子山下驻留三日，终于等来了沈妤要等的人。来人是个三十五六的汉子，虎背熊腰，观其下盘极其稳固，武功不弱。其余人等都被清出帐外，只剩下沈妤和来人。

　　"山叔。"沈妤笑着打了声招呼。

　　齐山当即单膝跪地，想张口喊一声"小姐"，却因身在军中不便开口。

　　沈妤抬他手臂起身："不用多礼，在军中称我时雨或大人便好。"

　　齐山正是鹞子山落草为寇的鬼家人，当年他不满父亲做下的决定，父子二人离心，他一路漂泊，最终在洛州陆氏找到了一份护院的差事，化名齐山。陆家待他不错，他在洛州安了家，娶了妻，如今家中小儿也已经三岁了。沈妤幼时在基本功上曾得他指点，所以称呼他一声山叔。

　　"我外祖母可还好？"沈妤问道。

　　"好，身子骨还硬朗着，"齐山笑着边说边打开了包袱，"老太太的信，让我顺道带过来。"

　　沈妤接过信，急忙打开，细读了一遍后，脸上有了笑容。祖母说她收到了北临王送去的东西，她也送了回礼，已经在路上了。沈妤收起信，正色道："想必你也知道此行的目的了。"

　　齐山脸上的表情霎时凝重："大约知道，我在洛州就一直听说京中要派兵剿匪，没想到最后带兵前来的竟然是你。"

　　沈妤道："这里面的缘由很复杂，不多向你解释，朝廷要我来剿匪，但我想给他们一次机会。"

　　齐山想了想，说："你是想让我去劝降？"

　　"无须你劝降。"沈妤看着他说，"我想让你明日进山，让你父亲下山来见我一面。"

　　齐山为难道："我爹生性固执，当年我离家时他便让我走了就永远不要回来，这些年我写去的信一次也没有回复，送去的东西也全被退回。"

　　他说着有些怅然："我去劝说未必有用，但我尽力一试。"

　　沈妤将信塞入袖子中："他会来的，因为他已经走投无路了，你只需要告诉他，进京的那几人已经没了，我是他最后的机会。"

齐山抬起头想问，又觉得这不是自己应该过问的事，点了点头应下："我明日一早就出发。"

沈妤道："明日午时鹞子山往东十里处，我不带兵，他得孤身前来，如若不然，后日我便带兵进山。"

齐昌府内鹞子山的山匪并不出名，不像铁洞三十六寨那般自立山头，算半个武林门派，规模能和州府衙门较劲。或许这也是这些年一直相安无事的原因。齐山沿着熟悉的山道上山，近二十年了，他终于又回到了这里。离家时还是少年，归来时却已近不惑之年。许是近乡情怯，才走到半山腰，齐山便停住了，遥望着山巅。

簌簌——

细小的声音，如同树梢被风吹过。齐山眸子忽然动了动，有埋伏。他右脚在地面划了个半弧，这是鬼家三绝腿的起势。林中领头的人抬手制止其他人动手，盯着齐山的面容看了片刻，忽然大喊了一声："是鬼山！"

齐山坐在了寨子里，门口数名小孩探着头好奇地张望。

"都是糙茶。"鬼四端了茶进来往桌上一放，不客气地说，"你在陆氏的金窝窝里住惯了，恐怕不习惯我们这样的地方吧。"

齐山不接他的酸话，问："爹呢？"

鬼四提起一只脚踩在椅子上："喊了，他来不来见你是他的事。"

齐山看了眼天色，有些心急："我今日必须得见到爹。"

"你先说你来干什么？"鬼四说，"你也看见了，剿匪的那帮兵已经来了，说不定什么时候就会攻上来，怎么原来不愿意和我们同流合污，现在来是愿意同生共死了？"

齐山道："我没工夫和你斗嘴，我是来救人的，晚了就真没机会了。"

"你？"鬼四上下打量了他几眼，"看来你在外面混得很好嘛，是练就了什么绝世神功，能以一当万？"

"鬼四！"齐山怒斥道，"你们进京告御状的人已经死了！你再不去喊爹出来，我们明日都得死在这里。"

鬼四唰一下从椅子上起身："你说什么？你怎么知道？"

他眸光动了动："你等着！"说完大步离开。

日头渐渐升上了头顶，鹞子山往东十里处一棵孤零零的道旁树下，沈妤坐在树荫下的椅子上，悠闲地喝着茶。她只带了两人，是谢停舟分派给她的近卫。她原本准备孤身前来，这两名近卫不让，嘴里只会说一句话："殿下吩咐过。"

此处是一块平坦的地，四周不能设伏，这也是沈妤选择这里的缘由。如果说带兵到齐昌这一仗她已经赢了五分，那齐山上山，她就有了八分把握。马蹄声越来越近，沈妤没有起身。

齐山和父亲鬼雄两人策马奔来，翻身下马。齐山经沈妤交代，并没有说出她的真实身份，只说是原先沈仲安军中的人。

鬼雄四下看了看，开门见山地问："你说你能救我们，怎么救？"

沈妤反问："粮草呢？"

鬼雄已年近六十，鬓发斑白，但身材魁梧背脊挺直。他警惕地看着眼前的少年，看着不过十几岁，可行事和言语沉稳持重，让人不得不感叹一声英雄出少年。

鬼雄冷笑一声："哪来的粮草？"

沈妤冷冷地看着他："燕凉关激战，粮草迟迟不到，被劫于鹞子山，这是全天下都知道的事。"

"知道的事不一定是事实。"鬼雄义正词严道，"没拿过的东西就是没拿过，你再怎么问也是没拿。"

鬼雄越说越愤慨："我鬼雄虽时运不济落草为寇，但也没丧心病狂到士兵在前线打仗，我在后方偷粮的地步，你今日叫我来如果是为了羞辱于我，那我回山上等着你来剿匪！"

他言罢转身要走。

"我信你。"沈妤放下茶盏，"但你总得告诉我，没有粮草，那粮草去哪儿了？辎重队可是进了齐昌境内，在鹞子山才丢的。"

"根本没有什么粮草！"鬼雄愤慨道，"西南粮仓早就空了，进齐昌的全是大石压着的空车！"

沈妤眸光猛地一缩，一下从椅子上站起来，颤声问："没有粮草？"

"没有！"鬼雄肯定地说。

沈妤腿一软，往后退了一步。

没有粮草，怎么会没有粮草呢？所以从大军出发时，就意味着这一仗根本没有任何的后备辎重。她陡然想起了葛良吉在狱中对她说的那句话："或许你一开始的方向就错了呢？或许一开始杀沈仲安的原因就不是别的，而是有的人为了保命呢。"

鬼雄缓缓重复着那句话："根本没有什么粮，西南粮仓早就空了，全被贪官拿去倒卖。

"一开始是粮仓里的粮食开始发霉，西南潮气重，这是无法避免的事情，报上去了，上面也不予追究，下面的人发现了路子，开始小批运出去倒卖，年年都是这样。"

鬼雄叹了口气，在地上蹲下来。

"爹。"齐山喊了一声。

鬼雄摆了摆手，继续说："一开始是小批倒卖，后来胆子越来越大，那粮仓啊，就这么被搬空了。"

沈妤一言不发，一路走来，她满目皆是大周的疮痍，却没想到已经烂到了这样的程度。

"你想知道我为什么这么清楚是吧？"鬼雄抬起头笑了笑，黝黑的脸上满是皱纹。

"因为……"他说话的声音开始颤抖了起来，"因为我也有罪啊！"

沈妤猛地朝他看去，鬼雄的脸上已布满了泪痕。

"他们运出来粮食，我们就帮忙运去各地，交给崔氏的铺子倒卖，起初我们并不知道运的是什么东西，我只知道运了这些东西，可以让山上的人吃上饭。

"后来发现了，晚啦，晚啦，上了这条贼船就下不去了，那些人站得太高了，户部尚书、齐昌知州，还有皇子，我拿什么和他们斗？

"我就是靠着和他们同流合污，养活了山上的五百多口人，如今山上一千三百二十六口人，都喝过百姓和战士的血，可我们只是想活命而已。"

鬼雄双目通红："我有罪，但山上的老弱妇孺，还有没有参与过此事的人他们无罪，这条老命你要就拿去。

"还请大人饶过我山上的老弱妇孺们。"

鬼雄双膝跪地，额头重重地磕在了这块贫瘠的土地上。

沈妤望着天边的浮云，她感觉自己像是落叶被卷入了命运的涡流，浮浮又沉沉，却离岸越来越远。这世道何其苍凉，她凭着一个"韧"字走到了如今，可何为正何为邪？她分不清了。

过了许久，又像是只过了一瞬息。沈妤缓缓开口："我不要你的命，我要你和我一同进京。"

"去做什么？"

"去掀开这乱世的最后一层皮。"

沈妤带着鬼雄回到驻地，但如何安排成了难题，正思索着，萧川在帐外求见。

沈妤思索片刻，说："进来吧。"

萧川掀起帘子进帐。见帐中不止沈妤一人，还有两名近卫，以及鬼雄父子。萧川的目光只略微在鬼雄父子身上停留了片刻，就对沈妤道："属下有错。"

"什么错？"沈妤坐在案后看着萧川。

萧川单膝往地上一跪："属下违抗大人的命令，担心大人安危，于是擅自跟去了鹞子山东十里处。"

帐内鸦雀无声。沈妤看着萧川，不是担心安危，是不信任她这个人才对吧。萧川垂头不言，沈妤看了他半晌，忽然夸赞道："你匿息的功夫了得。"

那地方四面都是平坝，难以藏匿，她和近卫竟都没发现他。萧川道："属下从前在萧家军中做斥候。"

"怪不得。"沈妤微微颔首，"可你不去赤河上前线，反倒在京中领差，这是为什么？"

斥候听目力超群，还需要深入敌后搜集情报，隐蔽、脱身、伪装等技能不在话下，要培养出一个优秀的斥候十分难得。萧川沉默了很久才抬起头来："我……我早些年在军中犯了事。"

"什么事？"

"我曾放走了两名南倭人。"

萧川说完忙抬起头："是两名妇孺，我实在是不忍心。"

军纪就是军纪，不论放走的什么人，该如何处置便如何处置，萧家已手下留情了，怪不得这些年将他放在了京中，只混了七品的五城兵马副指挥。

"大人是不是在忧心要怎么安排他们？"

沈妤并不意外，既然他追去偷听到了，那应该也大致知道了是怎么一回事。

萧川接着说："我知道大人并不信任我，这也正常，但有些话我要讲，我萧家军也是把脑袋系在裤腰带上卖命过来的，最烦朝廷党争，那些文官们斗来斗去，却把老子们当牺牲品。"

萧川说得愤慨，压根没注意到自己带了些平日的口头语。沈妤在军中待了那么些年，早就听习惯了："起来，坐下说。"

萧川起身道："我刚才想过了，咱们这一趟凶多吉少。"

"什么意思？"沈妤目光一凝。

萧川大马金刀一坐："那些偷粮的肯定没想到西厥人会突然来袭，没有粮食才这么干，栽赃在土匪身上，剿完了就一了百了，都觉得这是个肥差，其实是个泥潭。"

他略微一点，沈妤茅塞顿开："若是剿匪成功，却没能剿回东西，他们便能给我扣上一个中饱私囊的罪名。"

那么大一批粮草，谁会相信什么也没剿到呢。沈妤思索着，这样看来兵部尚书或许也不是他们的人，却是对方想要拉拢的人，文乐生剿匪成功，把柄就被他们捏在了手里，好一招连环计。

萧川点了点头说："如此一来，军中说不定混入了他们的人。"

"不是说不定，而是一定。"沈妤说。

所以这才是她所担心的如何安排鬼家人的问题。山寨里凡涉及运粮的要犯，她通通要带回去，谢停舟带要犯进京那一招偷梁换柱已经行不通了，对方栽了那么大一个跟头，这次怎么会毫无防备。那就只能跟着大军走了。

"我有个办法不知道能不能行得通。"萧川说，"按理嫌犯应该单独关押，他们功夫都不错，我建议关在一起或者分两批关押，这样抱团的话就算有人来灭口，恐怕也没那么容易让人得手，我们只需要在饭食上提防有人下毒就行了。"

这是没有办法中的办法，沈妤想了想说："先这么办吧，剩下的人一到，我明日便启程回京。"

"报——"帐外士兵通报。

"进来。"

士兵进帐递上一个帖子："齐昌知州亲自来拜访。"

"来得好快啊。"沈妤冷笑起来，"来都来了，请进来吧。"

鬼家父子回避，知州被士兵请入帐中。沈妤让人奉了茶，开门见山道："知州大人官居五品，应该是下官去拜会才是。"

刘松麟一笑道："时大人乃陛下钦点，身负要职等闲走不开，谁跑一趟都一样。"

见时雨但笑不语，刘松麟问："我见时大人驻留在此已有四日，却迟迟不上山剿匪，于是来问一问，可是有什么难处，需要我们衙门协助？"

说得委婉，不过是为了催促她赶快去灭口而已。

沈妤道："这倒没有，实不相瞒，我已将鹁子山上的山匪招安，准备明日启程回京向皇上复命。"

立在一旁的萧川看了沈妤一眼，欲言又止。

"这是为何？"刘松麟大惊失色，"时大人有所不知，这鹁子山上的山匪何其猖狂，平日在境内烧杀抢掠不说，甚至连拨给前线的粮草都不放过，此等丧心病狂之流，就应就地绞杀，听说时大人出身沈将军军中，应是能理解本官的愤慨之心。"

沈妤皮笑肉不笑道："刘大人的消息好灵通啊。"

刘松麟面上掠过一丝尴尬，端起茶啜了一口，说："本官是为民生操心罢了，具体怎么办还是要看大人的意思。"

沈妤垂眸在他腰间扫了一眼，不接他的话，反而将身体往前倾了倾："刘大人这块白玉好生不错，靠下官如今的俸禄，攒到告老还乡，不知道能不能攒得够。"

刘松麟脸色一变，伸手将玉佩扯了下来，笑说："不过赝品罢了，大人喜欢就拿去。"

沈妤推拒："我可受不起，我们武官舞刀弄枪的，摔坏了就可惜了。"

刘松麟脸上的笑容更浓了，拍了拍手，进来一名小厮，刘松麟拿过一个木匣放在桌上，手指在上面点了点。

"齐昌特产，大人要回京怎能不带点特产回去？这东西，不容易摔。"

沈妤打开盒子一看，厚厚的一沓银票，面额均是千两，看上去应该有万两之多，她如今身为六品中郎将，年俸也不过六十两银子而已。沈妤回刘松麟一个了然的笑容，合上了盒子。

送走了刘松麟，沈妤发现萧川还在帐中没走，看向自己时一脸愤慨。

"大人怎能……"

沈妤扫他一眼："有话直说。"

萧川按压着愤怒："大人将我们的行程告诉他，还收了他的银子，这是准备站在他们那一边？"

沈妤看了眼萧川按在刀上的手，看样子只要她说是，他就准备将她就地诛杀了。

"劝你别动手，你不是我的对手。"沈妤漫不经心地说。

萧川按着刀沉声说："不是也要试一试。"

沈妤打开盒子，拿出银票数了数，说："一万二千两呢，我得不吃不喝两百年才能攒到这个数。"

她放回盒中，抽了纸笔弯腰写字。萧川正准备动手，却不小心扫到了纸条上的字：四月十二齐昌知州贿银一万二千两。

沈妤写完，将纸条放入盒中，回头看了萧川一眼："把刀收起来吧。"

萧川还没反应过来："这……大人什么意思？"

"拿好了，这可是刘松麟贪贿的证据。"沈妤将盒子丢给他。

萧川连忙接住，他虽生于世家，从小衣食无忧，但这双拿刀的手还没经手过这么大一笔银子，又是证物，捧在手上跟烫手山芋似的。

"大人是想借此让他们放松警惕。"萧川这才明白过来，不好意思地挠了挠头说，"属下直来直去惯了，没想到还能这样。"

"这银子拿了，我就算是与他们同流合污，是半个他们的人了，原本担心回京不顺，他送上门的梯子，不爬就太浪费了。"沈妤转身靠着桌子，不紧不慢地说。

萧川垂头道："属下方才对大人多有得罪，还望大人见谅。"

四月的风一吹，日头都落得晚了。一个单薄的身影微微佝偻着，边走边谨慎地东张西望，走到北临王府东门停了下来。

"小哥。"三福说，"我来找时雨时公子。"

"叫什么名字？"门房问。

"我叫三福。"

门房得过叮嘱，三福和四喜找来通常是有要事，通报给世子殿下就行了。

门房说："时大人不在京中，殿下——"

"那可怎么办？我有急事。"三福打断了门房。

"你着什么急，我还没说完呢。"门房道，"时大人离京前吩咐过，他不在的时候一切事情报给世子殿下就行了。"

"那，那赶快带我去见世子殿下吧。"

"世子也不在，要不你在这儿等一等，今日燕王设宴，世子殿下一时半会儿回不来。"

三福这样的市井小民，一辈子都没想过能搭上北临世子这样的人物。他今日得到的消息可是个大消息，说不定能得到世子殿下的奖赏，万一给他个什么小官做做，那就是祖上冒青烟了。

三福在东门内来回踱步，等得焦急万分。门房被他晃得眼都花了，想偷偷打个盹儿都不行，不禁道："世子殿下要回也是从王府正门回，你要等不如去那里等。"

三福一想很有道理，去正门能第一时间见到世子，赶忙出了东门，沿着王府的高墙往正门去。他来的时候天还没擦黑，等了这么长时间，天已经整个黑下来了。

想到这大消息一报上去，宏运就要当头落下来了，三福脚步越发轻快。走着走着，他的脚步轻了下来，似乎听见了窸窣声，仿佛有什么东西悄悄地跟在他身后。三福越想越怕，头也不敢回，拔腿就跑。

今夜的醉云楼格外热闹，盛京城的宵禁刚解，丹凤街一带灯火通明，连夜市也都摆上了。

李霁风今日设宴，将整个醉云楼都给包下来了。霓裳阑珊，笙歌艳舞，舞姬在厅中的独木上起舞，看得李霁风连连拍手叫好。前几日盛京出了件轰轰烈烈的大事，众皇子封王了。太子还是太子，四皇子李昭年获封秦王，七皇子李延昌为齐王，九皇子李霁风为燕王。

李霁风今日请了好些人，将秦王李昭年也请来了。李昭年从不涉欢场，只坐在一旁静听乐曲，和醉云楼的纸醉金迷显得格格不入。

"四哥你成日和庄子那个老头子神交，有什么意思？"李霁风斜卧着，手在膝上打着拍子，还有丫鬟跪着替他揉肩。

李昭年说："庄公博大高远，我等凡人哪敢自称神交。"

李霁风道："我就想做个闲王，快快活活过完下半辈子就得了，前提是父皇别硬给我塞个王妃。"

李昭年笑了："你这个心愿恐怕是实现不了了，我听说父皇已经在替你物色了。"

李昭年二十有七，已经有了一名正妃及一名侧妃，李霁风只比谢停舟小上几个月，府上侍妾倒是不少，可都是从勾栏抬回去的，没一个正经的。

李霁风羡慕起了谢停舟："停舟，你老爹他不催你吗？"

"不催。"谢停舟饮着酒，"已经找好了。"

李霁风"嘁"了一声："别也是从勾栏抬回去的吧？老王爷别被你给气坏了，话说你要是成亲，那时雨可怎么办呢？"

李昭年抬眸看向谢停舟，问："是在白山猎场的那位中郎将吧？"

"可不就是嘛。"李霁风挤眉弄眼，"那可是他的小心肝儿，仅次于他在教坊司的那个新欢。"

李昭年不知想到了什么，眸光动了动，看着谢停舟微微笑了笑，端起酒杯饮了一口。

李霁风问谢停舟："你近日趁着时雨不在总往教坊司跑，是为了那个扶萦吧。"

谢停舟斜了他一眼，笑说："你当谁都和你一样？"

"你就别推托了。"李霁风说，"京城里谁不知道咱们俩时常混在一块儿，都当咱们是一路货色。"

谢停舟并不反驳，但笑不语。又谈笑了一阵，李霁风知道他四哥什么性子。他俩一个不学无术一个学富五车，聊也聊不到一块儿去，硬把李昭年请来他在这儿待着也是受罪。

"时间不早了。"李霁风摆手让按摩的丫鬟让开，起身说，"我送四哥出去吧，免得回头四嫂跟你生气。"

李昭年笑了笑，起身对谢停舟说："那我便先走了。"

两人并排走出了醉云楼，秦王府的车驾早就等在了门口。李昭年上了车，忽然想起一事，掀开了帘子："你的封号是你自己选的字？"

李霁风一笑："那怎么可能，我能想出这么正经的字吗？"

李昭年跟着笑了笑，放下帘子走了。

望着车驾渐渐远去，李霁风收了笑容，轻悠悠道："我选的可是一个'变'字，这天下，不变一变是不行了。"

李霁风回身，却见谢停舟不知何时已站在了他身后不远处，也不知方才那句话他听没听见。谢停舟背光而立，面容隐在灰暗里，李霁风只觉那双目已将他看穿一般。

"你何时来的？"

"刚到。"谢停舟说，"不早了，我也回了。"

或许是因为方才那个小插曲，李霁风没有留他，看着马车消失在长街尽头，才返回了醉云楼。

这头谢停舟回了王府。兮风在门口滞留了片刻，跟上前去："东门的门房说有个叫三福的来找时雨，在东门等了一阵后说去正门等，可是正门却说没看到人。"

"去找找。"谢停舟说。

兮风道："已派人沿路看过了，没有人，那家伙兴许是懒得等自己回去了，我派人去客栈和他家中问一问。"

不多时，派去的人已跑了个来回，三福家人说他自早晨出门便没回过家，以为他还在客栈。而客栈的伙计说他天还没黑就走了，以为他回家去了，可双方都没见到人。三福来找时雨定是有要事，而他所能接触到的要事，无外乎与之前在客栈投宿的那几名齐昌来的鬼家人有关。

翌日清晨，兮风披着一身霜露从外归府。他昨夜带人在外寻了一夜也没找到三福，直到今早才有了消息。

"找到人了？"谢停舟昨夜饮了些许酒，今日起得稍有些晚。

"找到了。"兮风沉重道，"死了。"

谢停舟摆了摆手，两名伺候更衣的丫鬟退了下去。

兮风道："太乙河上画舫的船工早晨起来捞到具尸体，报了官，四喜已经去认过尸了，是三福没错，死因是溺水身亡。"

"太乙河离王府这么远，三福会大老远跑去投河？"谢停舟笑了笑，"看来有人已经盯上了王府，咱们已经从暗处被人拉到明处来了。"

"那怎么办？"

谢停舟淡淡道："四喜一家已经不安全了，你派人将他一家送到别庄去。"

兮风应下，换在从前，这样的事情殿下决计不会管他们的死活，老王爷就曾经说过，世子哪都好，就是有些冷情了。

"时雨是个软心肠。"兮风说。

谢停舟唇角勾了一下，隐隐有些骄傲："她看遍了世态炎凉，可偏就见不得人间疾苦。"

他话锋一转，说："再有三日，她就该回来了吧。"

兮风当然知道是谁，说："殿下要准备去接人吗？"

"不去。"谢停舟绕过屏风，"她这次押解要犯回京，刑部要同她接洽，会派人出城去接犯人。"

像是在说服自己，他又说了句："我去了不方便。"

沈妤回京此行押送要犯一共一十四人，均是在鹬子山涉及替贪官运送粮食的山匪。夜浓如墨，离京还有六十里地，明日刑部的人会在盛京外三十里处的第一个驿馆相迎。

"最后一晚了，都打起点精神来！"

萧川安排好值夜，往火堆旁一坐，嫌烤得慌又往后退了退。五月了，夜里也不冷。

"没想到此行如此顺利。"萧川说。

火光映得沈妤瞳孔发红，这一路太顺利了，顺利到她反倒觉得有问题。

"你不觉得顺利得有些过分了吗？"

萧川道："这不是大人的功劳吗？假意投靠，他们才会以为咱们是站在他们那一边的，自然就放松警惕。"

"不对劲。"沈妤摇头说，"就今晚了，看看他们今晚会不会动手。"

沈妤从火堆旁起身，走到了囚车边，对齐山说："明日进京，你明天一早就走。"

齐山守在鬼雄的囚车旁，他早年离家，没涉及运粮案，按理不用陪同进京。可他放不下老父亲，这案子太大了，说不定这一分离就是永别。

"我想在京中多待几日。"齐山说。

"你待在京中起不了任何作用。"沈妤知道齐山想要干什么，无非是想等着看如何判决。

"走吧。"鬼雄忽然开口，"最好今晚就走，少在老子面前碍眼，十几岁的时候说走就走，现在才来假惺惺的干什么？"

齐山背靠着囚车红了眼："爹，你别激我，我知道你是怕我受牵连，儿子不孝，早年离家没在身边尽孝，随你去路上孝敬也成。"

"一派胡言！"鬼雄呵斥道，"我没想到你活了三十几年，还是这样随心所欲，你死了你家大妞和虎娃怎么办？"

齐山怔住了，他目光动了几下，忽然释然般笑了起来："每年我送去的东西你都不收，送的信也不收，是怕连累到我吧。"

鬼雄道："我是瞧不上。"

齐山哽咽道："那你怎么知道大妞和虎娃的小名？"

鬼雄没接话，别开了脸。

"前年过年大妞说她在院子外头碰见个爷爷，爷爷问她家里好不好，和她聊了好些话，还给了她糖吃，是您吧？"

"我早该猜到的。"齐山泪流满面，自顾自说道，"大过年的您在外面干什么呢？谁陪您吃年夜饭。"

沈妤想起了沈仲安，眼眶一阵发酸。她默默往后退去，将时间留给他们父子。

鬼雄终于开了口："我运粮路过，不成吗？"

"爹！"齐山转身跪在地上，双手死死抓住囚车，"儿子……儿子不孝。"

鬼雄盯着齐山，仿佛想要把这个儿子的样貌记进心里，可看着看着，双眼就模糊了。他抬起头仰望着夜空，哽咽道："山儿啊，你走得好，要是你不走，咱们家就绝后了，虎娃三岁了吧，等他大一些，你教他三绝腿。"

齐山伸出了手，想要握住老父亲的手，但他够不着。那双手执拗地伸着，终于，镣铐叮叮当当响了响，鬼雄握住了他的手。

"别和大妞虎娃提起我这个爷爷，爷爷走错了路，回不去了，后面的路都是我当走的。"

一夜太平,晨风掠过山岗,大军继续上路。齐山看着队伍远去,明明连囚车在哪儿都分不清了,他却似乎能看到父亲的那双眼,遥遥地望着他舍不得挪开,像是要看清他的模样。

京郊三十里处,刑部的人早早就等在这里,移交完要犯之后再次上路。

盛京在望,离开时尚是初春,而今已是石榴花开满枝头的五月了。城门前等着不少人,五城兵马,京畿衙门,还有不少围观的百姓。剿匪的大军还没回京时,中郎将时雨兵不血刃,收服山匪的消息就早已传遍了京城。京中百姓已在夸赞,不愧是沈将军军中出来的人。

大军进城前已回校场,沈妤打马在前,在人群中寻找着那个人的身影。她在回京途中收到了他的第一封信,每日睡前都要看上一遍,如今那信纸已经被她捏得卷了边。没看到最想见到的那个人,沈妤有些失望地收回目光。说好了要来接她,该不会这两个月在京中玩得乐不思蜀,将她忘了吧?

谢停舟伫立在山岗上,他还是来了,他答应过要来接她回家的。他看着她在马上东张西望,然后不耐地甩了甩马鞭,没找着人就开始生气了。谢停舟不禁笑了下,喃喃道:"孩子气。"

"我在这儿!在这儿!"裴淳礼在人群中跳了跳,"借过,借过。"

他挤到前面去:"你是不是在找我?"

萧川拱手道:"小侯爷。"

沈妤没接话。

裴淳礼对萧川摆了摆手:"免礼。"

又自顾自说道:"我哪知道这么多人,马车都过不来了,我徒步过来的呢。"

"你来干什么?"沈妤问。

"来接你啊。"裴淳礼跟在一旁,"你在京中都没有几个朋友,我是你最好的朋友,自然是要来接你的。"

沈妤又想起了谢停舟,明明说好要来接她,该不会他又病了吧?想到这里,沈妤有些心急,打马也快了些,想要尽快进宫复命,好回去看看他。裴淳礼跟不上了,找萧川要了匹马追上沈妤。

"你可算回来了。"裴淳礼说,"这是你离京后我第一次出门。"

"你窝在侯府干什么?"沈妤问,"苦读吗?"

"我怕啊。"裴淳礼理所当然道,"你领完官职就跑那么远,我怕我出门谢停舟打断我的腿。"

沈妤笑了笑:"他没那么吓人。"

"可吓人了,他的名字在边塞可止小儿夜啼,这不是重点,重点是你不在京城我一个人也没意思,于是我这一个多月在家苦读,我爹高兴得饭都要多吃一碗。"

裴淳礼说完又想了想:"不过他好像有些积食了,这半月来每天都吃不下饭。"

沈妤拿鞭子在他肩上轻敲了一下："我先进宫复命，明日再约。"

她丞丞打马，萧川带着一小队人策马跟上。裴淳礼的小厮好不容易才追上来，又着腰气喘吁吁："爷，您要是跑丢了，回去侯爷不得打死我。"

裴淳礼还在探头张望，等看不见人影了，学着沈妤的动作拿马鞭在小厮肩上敲了敲。

"怕什么，这就回府。"

沈妤进宫复命。同绪帝正在午休，沈妤在含章殿外候了片刻，才被召入殿中。

沈妤进殿后一跪："参见陛下，臣不负所托，回京复命。"

同绪帝没说话，沈妤便没抬头。

半晌才听同绪帝说："我已看过你急报送来的奏章。"

沈妤伏低了头，不知道这话该如何接，也不懂同绪帝其意。葛良吉一案中，她确信同绪帝偏袒了背后之人，所以她找不准此次是否还会得到同样的结果。

"你在奏报中说劫粮草一事子虚乌有，但他们帮朝中大臣运送粮草倒卖到各地，此事为真？"

"千真万确。"沈妤道，"齐昌山匪招安后，我曾带人上山查探过，山上的口粮只够他们食用一月不到，山上一千三百二十六口人中，半数是老弱妇孺，若说他们有能力劫粮草，简直是天方夜谭。"

殿中静了片刻，同绪帝才说："起来吧。"

"谢陛下。"沈妤起身，这才看清了同绪帝。

他身上虽穿着龙袍，却已压不住身上的暮年之气，比之离京前，似又苍老了些许。

同绪帝的目光落到沈妤身上："你还有事要报？"

"是。"沈妤呈上一张供状，"这是此次押解进京的十二名山匪的供状，一份已交由刑部，一份呈报陛下。"

同绪帝看了看，反手将供状往桌上一拍："朕的江山都被他们这帮蛀虫给掏空了！"

内侍德福在一旁不敢接话，只默默地给同绪帝倒了杯茶。同绪帝撑着头，只感深深的无力。

沈妤："陛下，臣有一言。"

同绪帝抬起头："何事？"

沈妤明白君臣之道，有些事本不该她僭越，但她记得那晚伏在夜色里听见过的同绪帝和葛良吉的谈话。或许同绪帝并非昏聩，但他无能为力。

沈妤单膝跪了下去："陛下未必是圣主。"

单这一句，德福的心就提到了嗓子眼，差点就喊出一声大胆。

"但陛下是明君。"沈妤又说。

同绪帝脸上的表情晦涩难辨，过了须臾才问："何为圣主，又何为明君？"

沈妤正色道："圣主唯才是举，不问其他，用人只求其能不求其德，创业有余而守成不足；明君鞠躬尽瘁死而后已，亲贤臣但未必远小人，守成有余而创业不足，可与民共甘苦，但……"

她顿了顿，双目灼灼地注视着同绪帝："但不能果决决策国家之大事，有雄心壮志，却无杀伐决断之魄力。"

"大胆时雨！"德福高声呵斥，"竟敢妄议圣上。"

沈妤伏低，却没有告错。

同绪帝冷声问道："时雨，你可知罪？"

沈妤垂眸道："陛下广开言路，臣不知何罪。"

含章殿内肃然无声，德福连忙跟着跪下。半晌，殿中突然响起了同绪帝苍老的笑声。

"没想到啊，朕真是没想到。"同绪帝笑得咳嗽了两声，他喘了口气，继续说，"最了解朕的人，竟然是你这样一个十几岁的少年郎。"

同绪帝又笑了起来，笑着笑着，脸上的笑容渐渐被颓然覆盖。

"你说了这么多，无非是提醒朕，是该决断的时候了吧。"

"你说得对。"同绪帝摆手让她起身，"朕守成有余而创业不足，这江山朕守了十八年，这是第十九个年头了，是该……是该搏一搏了。"

他接过这个腐烂的朝堂守了整整十八年，从未想过要掀开看一看，他不敢哪，怕一掀开就是动乱，怕大周的江山就此葬送在自己手里，让他成为千古罪人。将死之人，若不看着那些腐朽被掀开，被剥除，他怎能甘心！

沈妤走出含章殿，抬头望了望天，乌云似乎快要被撕开了，她步子轻快了起来。现在她只想早些见到谢停舟，告诉他这个好消息。

"时大人留步——"

德福带着两名太监匆匆追来，终于赶在时雨出宫前把人截下来。德福近了，手持明黄圣旨："时大人，接旨吧。"

沈妤拜下。

德福展开圣旨朗声宣读。

"奉天承运皇帝诏曰。中郎将时雨剿匪有功，擢升为五品殿前司殿前都虞候……"

沈妤愣住了。

德福宣完了圣旨，立刻笑着扶沈妤起身："恭喜时大人，方才在殿上对时大人多有得罪，还望大人见谅。"

沈妤挤了个笑容，捧着圣旨心绪不宁。两月内连跳数级，这样的升迁速度除了江敛之，她怕是大周第一人了，可她笑不出来。殿前司所属皇宫近卫，随侍皇帝左右。这样一个要职，皇帝通常只会用自己信得过的人，等同于将身家性命交付，同绪帝用她这样一个初出茅庐的人，到底是什么用意？

德福回到含章殿。同绪帝正在撑着病体批阅内阁呈上的票拟，见他进殿，头也不抬地问了句："办妥了？"

"办妥了。"德福喜上眉梢。

"她什么反应？"

德福想了想道："时大人似乎很是费解，并没有表现出十分惊喜。"

"这就对了。"同绪帝说。

德福道："时大人如今跟在北临世子身边，敌我难分，奴才愚钝，不知道陛下做这样的安排是何用意。"

同绪帝正好累了，搁了笔，靠在龙椅上，缓缓道："那可是沈仲安的女儿啊。"

德福一惊，看了眼同绪帝，没敢接话。沈仲安两个女儿，一个死在了战场上，一个待字闺中，可时雨怎么都不像是待字闺中的那个，难不成是死了的那个？

"她当朕老眼昏花不知道，可她不知道她爹在朕面前提了她多少次。"同绪帝似乎陷入了回忆。

"朕见过她，朕一直想看看沈仲安口中那个引以为傲的女儿到底是什么样，所以朕其实早就见过她，在白山的第一眼，朕就认出她来了。"

德福没想到竟有这一茬，更没想到那般少年竟是个女儿身。不过想想也是，将门虎女，她是沈仲安的女儿，这样也不那么难以理解了。

"可是陛下。"德福谨慎地说，"殿前司身系陛下安危，这样一个重担落在时大人身上，她又和北临世子关系匪浅，是否有些……"

"你是想说朕这样太冒险了吧？"

"奴才不敢。"

同绪帝道："朕相信仲安教出来的女儿不一样，如果朕没看错，算是给朝廷留下了一个可用之人，如果朕看走了眼，那就是肃清北临的一个契机。"

德福听得冷汗涔涔："陛下如此岂不是以身犯险？"

"不入虎穴，焉得虎子啊。"同绪帝喃喃道，"鞠躬尽瘁死而后已，朕，时日无多了。"

承天门外停着一辆马车，车辕上坐着一名少年，嘴里叼了根草，望着宫门的方向。过了一会儿，少年眼睛一亮，回头说："殿下，时雨出来了。"

谢停舟从马车里出来，看见沈妤走出承天门，几名士兵顿时围了上去。几人闲说了几句之后，她朝着谢停舟的方向看过来，却没有要过来的意思。谢停舟垂袖而立，扬声问："走了近两个月，这就不认识了？"

"是不认识。"沈妤走近，"不知道和离开之前同我说话的还是不是同一个人。"

谢停舟突然笑了，说了句："听上去怨念似乎有些重。"

沈妤抿了抿唇。她想说不知道是谁说的等她回来去接她，可若是说出口，又显得有些小气了。

谢停舟："怪我没去接你？"

沈妤吸了口气，还没开口，长留就抢话了。

"去了去了，我们在山头上看着你进城呢，然后就一直在这儿等着了。"

谢停舟但笑不语，觉得她别扭起来的样子十分可爱。

沈妤移开视线看向长留："晒黑了不少。"

长留顿时哭丧了脸。

"他喜欢白净。"谢停舟说，"成日念叨着一白遮百丑。"

萧川和几名士兵同在宫门口。看了半天，一士兵偷偷问："萧指挥使，俺怎么看时大人有点……嘶……"

士兵没读过书，抓耳挠腮半天没想起来用什么词来形容。

"娇，羞。"萧川面无表情地吐出两个字。

"对！对！"士兵兴奋地说，"就是娇羞，你看你看，世子还扶了时大人的腰，时大人的功夫一下能蹦一丈高，上个马车哪用人扶咧。"

沈妤站在车辕上回头向萧川遥遥打了个招呼，钻进马车前将手里的圣旨丢到了长留手中。谢停舟刚在马车里坐稳，便听车外长留一声尖叫，招呼都没打一声，就将脑袋从帘子缝里挤了进来。

"殿下，时雨升官了。"

谢停舟一个眼风扫过去，长留心虚地将帘子又扯了一点，只露出一双眼睛。迎着谢停舟冷淡的视线，长留小声说："是殿前司虞候呢。"

谢停舟脸色一变，问："圣旨呢？"

长留把圣旨递进去，唰一下拉上了帘子，掩得严严实实。他家世子看样子要发火了，生怕将里面的怒气泄出来。长留竖耳等了片刻，只听车厢内"咚"的一声，不由缩了缩脖子。

谢停舟冷声问："你接旨了？"

沈妤起身将被谢停舟扔在一角的圣旨捡回来。

"难道我还能抗旨不成？"

谢停舟紧绷着下颌。他料到同绪帝会给沈妤升迁，可千算万算都没算到是这样一个位置。同绪帝把她召入宫中，放在自己跟前是为了什么？

难道……

一个念头从脑中闪过。

难道同绪帝已经知道了两人的关系，是借用沈妤来牵制自己？谢停舟觉得手背上一暖，垂眸看见她覆在自己手背上的手。

"不会有事的。"沈妤安慰道，"同绪帝都不怕引狼入室，我有什么好怕的，而且我在御前也有好处，许多事都逃不过我的眼睛。"

谢停舟的眉头轻轻地皱在一起，反手握住她的手，拇指在手背上摩挲了几下。他心知她说的有道理，离京前曾说放她高飞，可一旦遇到不明的境地，却还是不放心。

"宫中比外面要危险得多，一步行差踏错，就有可能引来杀身之祸。"

"不是有你护着我吗？他们不敢。"沈妤轻快道。

谢停舟看着她的脸："你若是北临的世子妃，他们更加不敢。"

今日北临王府喜庆得很。忠伯、绿药等人原本早早就等在门口，府中设了宴席，就等着迎接凯旋的沈妤。哪知人一到，就被谢停舟拉着往青朴居去。

"大家都入席去吧。"忠伯招呼众人。

忠伯见两人的袖子缠在一起，乐得合不拢嘴，张罗着让厨房将晚饭送到房里去，都差点说成了送入洞房。

"我给他们带了礼物。"沈妤随着谢停舟跨入房中。

谢停舟反手关上门，垂眸看着她问："我的呢？"

沈妤抿唇笑了笑："明日让萧川一起送过来。"

"不喜欢。"

沈妤抬起眼："你都还没看见我送什么，就说不喜欢。"

谢停舟撑着门，将她圈在身前，盯着她眼也不眨："我喜欢的，你已经替我带回来了。"

他伸手抚上她的脸，轻声道："就是瘦了些。"

青朴居安静了下来，连近卫都不知躲去了哪里。

房中有如春蚕食桑般的细碎声音。谢停舟吻着她，夺走她喘息的机会，他胸膛里仿佛燃了一把火。整整五十一日的分别，他太思念怀里的这个人了。手腕上忽然凉了一下，像是被套上了什么东西，沈妤刚抬起手就被谢停舟扣住，五指交缠。他微退开了些许，抵着她的额头呢喃道："嫁给我，阿妤。"

沈妤的心口仿佛被这五个字烫出了一个窟窿，她在雾气迷蒙的眼中看见了他眸中的殷切，还有被他压抑着的火。

谢停舟凝视着沈妤，问："嫁不嫁？"

"你这语气哪是在求亲，活像是逼婚。"沈妤弯了下唇。

谢停舟闷笑："那就算逼婚吧，你不嫁也得嫁。"

沈妤眼睛一转，佯装考虑地低眸，看见手腕上的镯子，这是谢停舟方才给她戴上的。

她抬起手问："这是什么？"

谢停舟握着她的手抬起。

"这是我母亲留下的东西。"

沈妤无意冒犯，单纯是不解，只因手腕上的镯子，这是她从出生到现在都没碰过的东西，大街上随处可见，一两银子可以买十只这样的镯子。这样差的镯子，不该是北临王妃的东西。

"你想说成色很差对吗？"

谢停舟半敛着眸子，晦暗渐渐从眼底浮了上来："我不是北临王妃所生，她……她巴不得让我死。"

说起来，那是老一辈人的爱恨情仇。谢停舟的生母是谁，他并没有见过。他曾让老王爷画一画，王爷提笔思虑良久，却也只落下了一名村姑的背影罢了。

谢停舟问北临王为何只有背影，那时北临王说，时间太久，他也忘了。

他的母亲只是个边塞的寻常村妇，那年北临王带兵路过，涨水过不去河，只好滞留在了那里。一如话本子中的将军与孤女，爱情来得那般突然，不过是惊鸿一瞥，或是刚好在路途中遇到些温暖。相伴不过三日，北临王带兵离开，许诺带兵回去之后就去接她。

可战争来得那般突然，一场仗就打了一年。等北临王再去接她，却得知她已难产而死，只留下了襁褓中的儿子由邻居抚养。身无长物的母亲，能留给孩子的不过是一束自己的头发，和一只并不起眼的镯子罢了。并不是所有的人都能做到从一而终，也不是所有的爱情都能刻骨铭心。

这样寥寥几句，却是那个女人匆匆的一生。那名女子用短暂的三日，在北临王心中画下了淡淡的一笔，淡到数年以后，他已记不清她的模样。那时其实北临王早已有了王妃，北临王将他带回去养在王妃身边。王妃生育困难，成亲八年仍旧膝下无子，将他视若己出。

可一切都结束在了他四岁那年。王妃有孕了，她有了自己的孩子。

"我那时不懂，王妃总让我让着弟弟，我以为是因为弟弟小，母亲疼他一些也是应该。"

谢停舟陷入回忆，眼中浮动着隐约的疯狂。

"那时的北临远不如现在太平，北戎人屡次来袭，我爹时常征战，后来的那些年，我几乎都是忠伯带大的。

"我从小苦练，书画和功夫一样不落下，总想着再努力一些，再优秀一些，母亲应该就会喜欢我一点，可每次得到的都只是敷衍，我便想，是不是我做的还不够。"

沈妤凑近环住他的腰，将头埋在他的胸口："都过去了。"

她心疼死了，幼时那么长的年岁，他是怎么过来的？感觉到被母亲抛弃，他又是如何自己偷偷地舔舐着伤口？

"还没有结束。"谢停舟收紧了扣在她腰间的手，"后来她终于出手了。"

沈妤没听懂，又听他继续说了下去。

他是谢昀啊，他那般耀眼，已经跟着北临王征战，十四岁一战成名，令边境的北戎人闻风丧胆。他归来时以为这一次终于能得到夸赞，可得到的是北临王妃怪异和警惕的眼神。

王妃的孩子长大了，她开始害怕这个名义上的嫡子抢走她儿子的王位。她开始给谢停舟送点心，只要他在家时便日日都送，哪怕他出征在外，她也会做一些让他带着上路，满脸慈爱地对他说远征艰难，万万要保重好身体。

他对这"迟来的母爱"万分珍惜，家信一封接着一封，每次捎来的除了回信，还有母亲亲自做的点心。原以为是迟来的母爱，没想到却是穿肠的毒药。后来他在一战中受了伤，北戎人在箭上淬了毒。他到那时才发现，原来他早就身中慢性剧毒。命运有时候就是那样离奇，无解的毒和他常年服用的慢性剧毒中和在一起，竟然保下了他的命。

沈妤闭上眼，心疼得浑身发抖。

谢停舟低头在她鬓角亲了一下，安抚地轻抚着她的后背。他抬起头望着窗外，说：

"她当我生性温和，却不知我睚眦必报。"

哪有什么生性温和，那是他留给"母亲"的温柔。小心翼翼地捧着一颗真心，最终得到的却是穿肠的毒药，他怎能甘心。

北临王妃见他仍旧活着，以为自己药量下得不够，于是加了一剂猛药。那是他、北临王妃，还有她的儿子最后的一次同桌用饭。他赌她对自己还有些许母子之情，在她的眼皮子底下偷偷将酒换给了她的亲生儿子。结果是她自食恶果，眼睁睁看着自己的亲生儿子口吐鲜血地死在自己面前。

"我到那时，才知道她不是我的生母，她说我不得好死，说我该一生孤子、永堕地狱。"

谢停舟静静地凝视她："她说得对吗？"

"当然不对。"沈妤抬头看着他，"你现在有我了，不会一生孤子，我们会活很多很多年，然后有几个孩子，死后也要葬在一起。"

谢停舟勾了唇，他毫无保留地撕开了自己的伤疤，她回馈了他想要的答案，用自己去抚平他幼时的伤痕。

"那就是答应了。"他说。

沈妤没反应过来："什么？"

谢停舟捏起她戴着手镯的手："你说要和我生几个孩子。"

沈妤眨了眨眼，后知后觉有些不好意思，将头埋进他胸口："我还没同我爹说呢。"

"明日。"谢停舟微笑道，"明日我陪你去见他。"

沈妤点了点头，忽然想起一件事来，从他怀里挣脱出来："我外祖母说北临王往洛州送了东西。"

"我让送的。"谢停舟偏头朝窗外喊人，"备饭。"

院中的灯笼点起来，丫鬟鱼贯而入布置餐食。谢停舟给沈妤盛汤，端过碗吹凉了才放到她面前。

"明日去见了岳父，回来搬家，搬到青朴居来住。"

这是他早就提过的事，只是因春蒐和剿匪耽搁了。只是沈妤有件事还忘了跟他说，她刚接了殿前司的差，往后怕是要时常待在宫里。况且以她如今殿前司虞候的身份，要是和谢停舟走太近了也不好，一定会有人借此做文章。

"我以后……可能不能住在王府了。"沈妤吞吞吐吐地说。

谢停舟也想到了。他垂了眸子，想了少顷，难得邪气地眯了眯眼，说："宅子照买，我让兮风去办，做做样子，你晚上回来住。"

沈妤想了想，不对劲道："怎么听起来有点像……"

"像偷情？"谢停舟眉梢一挑，眼神惑人得紧，"是啊，明的不行就只有偷着来，否则那怎么办？或是我晚上去找你？"

真是越说越暧昧了。沈妤推了下他的胸口："到时候再看。"

谢停舟这才打住。两人对坐用饭，沈妤讲述了从齐昌得到的消息。之前路上担心信件丢失，因而只说顺利，并未提及拿到证物一事，不过谢停舟早就猜到了。

沈妤凝重道："这一路回京太顺利了，顺利到……"

"顺利到好像有人在故意等着他们进京。"谢停舟接上她的话。

沈妤颔首说："我以为昨夜他们会动手，可是没有。"

谢停舟百思不解："教坊司我去了几次，账本不在扶萦手上。"

沈妤皱了皱眉："可是按理说葛良吉把账本交给她们才是最安全的，如果交给他流放的儿子，死在路上都没人知道。"

"你也说是'她们'了。"

"你是指扶窃？"沈妤侧眸，"她的性子看上去似乎不太可靠。"

谢停舟说："都这么想，那葛良吉就没有挑错人。"

沈妤被谢停舟点醒了，看上去越是不可靠的人，越是不容易引人怀疑，看来她得找机会去一趟教坊司。

"今日我已经和同绪帝呈报了粮草的事，他已下令严查，我担心他重拿轻放，于是只交了一半的证物，留了一半账本。"

"同绪帝还是太优柔寡断了。"谢停舟说，"人老了容易心软，他对自己的儿子下不去狠手。"

"那就逼着他下。"

谢停舟看着她："如果他这次不严办，你还是准备煽动国子监的学生逼迫他？"

"不。"沈妤放下筷子，眼中精光乍现，"我杀了他。"

谢停舟看了她半晌，忽然笑了，激滟了满室光彩。

"我的世子妃，好生强悍呢。"

沈仲安埋骨的地方，是个风水不错的山头，坟前有一株长了几十年的垂柳。

"有人来过。"沈妤还没走近，就看见了坟前烧过的纸钱。

谢停舟提着竹篮，篮子里都是香烛纸钱，还有一壶沈仲安爱喝的若下春。沈妤上前，看见坟前还有一壶相同的酒，酒壶上沾了些泥点。昨夜落了雨，墓碑上贴着一些柳叶，沈妤在沈仲安的墓前蹲下身，轻轻将那些柳叶拂掉。

她轻声说："爹，我来看您了。"

亲人的离世，不论过去多久，一望那一方矮小的坟茔，都还是让人心酸不已。谢停舟沉默地摆好了祭祀用品，点燃了香烛，然后提起袍子跪了下去。

沈妤一惊，刚想开口，谢停舟握住了她的手。

谢停舟看着沈仲安的墓碑，说："久闻沈将军大名，却无缘相见，今日停舟在此跪请，请沈将军将阿妤交给我，我一定爱她疼她，此生不负。"

沈妤哽咽着说："我已经答应他了，你若是同意，就让柳条动一动吧。"

一阵清风拂过山岗，柳条在风里一摇曳就拂过了坟头。

沈妤泪流满面："那我就当你答应了啊。"

她倒了三杯酒，一杯一杯洒在坟前。谢停舟站到了远处，看着她坐在坟前唠唠叨叨说了好些话。最后沈妤起身，拍了拍衣服："爹，我走了，等我办完这件事，就来起灵，带您去黑雀山找娘，让你们团聚。"

谢停舟牵起她的手："嘀嘀咕咕说了什么？"

"告状呢。"沈妤说，"我说你总欺负我。"

谢停舟挑了下眉，看她微红的鼻头，在她面前蹲下身去："上来。"

"干吗？"沈妤看着他。

谢停舟保持着姿势回头："想在岳父大人面前表现表现，请世子妃成全。"

沈妤大笑了起来，往他背上一扑。

"那便，准了！"

回到王府刚好正午。进门就听说府中来了人，找时雨。

偏厅是一个穿堂，沈嫣已经在这里等了很久，见沈妤进门，她放下茶盏起身，张了张嘴，一声阿姐卡在了喉咙里。沈妤走到上座坐下："有什么事，直说吧。"

两人早已撕破了脸，沈嫣找上门来，自然不可能是同她叙旧。

沈嫣缓缓坐了回去："我要带我娘离开京城了。"

沈妤心中诧异，却并没在脸上表现出来。

沈嫣接着说："你不要觉得我又想了什么阴谋诡计，我只是想活命罢了。"

她讽刺道："时大人平步青云，飞得越高摔得越快，你这么做，迟早把沈家的所有人都搭进去，我不跑还能干什么呢？"

"沈家人？"沈妤反问道，"沈家除了我，还有其他人吗？"

沈嫣道："不论你认不认，我娘是我爹明媒正娶的夫人，我是正正经经的嫡女。"

"那你们下黄泉去看爹他认不认。"

这话说得狠，沈嫣气冲冲地起身："你不要太过分。"

沈妤冷笑："你今日来找我，该不会是为了道别吧，还是为了自讨没趣？"

"我要卖掉沈宅。"沈嫣道。

沈妤目光一凝。

"想必你已知我来此的目的，你舍不得让沈宅落入旁人手里，你也出得起这个价钱。"

沈妤并未接这话头，反倒问了句："你去给爹扫墓了？"

她在坟前看见了那壶若下春，猜想是沈嫣。

沈嫣眸光动了动，别开了脸："你不会连我去扫墓也要管吧，时大人。"

"沈府我要，你开个价吧。"沈妤说。

沈嫣没想到她这么痛快，开口说："三万两，这个价格对你来说就是九牛一毛。"

"牛毛也不是乱给的。"

沈嫣急了："若放到市面上去卖，沈宅卖四万两。"

沈妤手肘压着扶手倾身："你也说市面上卖四万两，别忘了沈宅有我一份，两万两，一两银子我都不会多给，你要是敢卖给旁人，你大可一试，我可是什么都做得出来。"

沈嫣只觉她气势迫人，咬牙沉默了半晌，指甲都在掌心掐出了痕。

"明日。"她咬牙说，"明日带银子来，一手交银子一手交房契。"

"明日我会派人上门，你最好别耍什么花样。"沈妤说。

如今沈妤入朝为官，若是被揭穿，她和母亲都要受到牵连，如今只能跑多远是多远。

沈嫣哼了一声，仓促离开，出门时还被门槛绊了一下，站稳后抬眼，看见伫立在院中的北临世子。仙人如玉，怕就是眼前这样的景。听见声响，谢停舟侧头淡淡看去，目光没在沈嫣身上做任何停留，落在她身后的沈妤身上柔和了两分。

他温声问："谈完了？"

"嗯。"沈妤朝谢停舟走去，"怎么了？"

"等你用饭。"谢停舟牵起她的手。

沈嫣指尖微微发抖，看着沈妤背影的目光几乎要将沈妤刺穿。凭什么？她沈妤何德何能？为什么父亲、兄长、江敛之，还有眼前的北临世子，所有人都喜欢她爱护她？她试过了，试过将沈妤踩入谷底，可沈妤又以另一种更具攻击性的姿态出现在她的面前。她斗不过，这是她吃一堑之后得到的答案。

沈嫣几乎是落荒而逃，她跌跌跄跄地奔到门口，却忽然停住了脚步。

沈嫣扶着门框回头："世子殿下。"

谢停舟侧眸看去，并未应声。

沈嫣脸上的笑容带着恶意："有件事世子殿下恐怕还不知道吧，我姐姐情窦初开的对象，是那位户部的江大人，她可是对我说过，江大人玉树临风令人倾心。"

沈妤只想撕烂她的嘴，刚往前迈了一步就被谢停舟揽住。

"那可怎么办呢？"谢停舟眼皮一抬。

他唇角噙起一抹淡笑，悠悠地说："她将我迷得神魂颠倒，别说她只是情窦初开，就算她嫁过人，我也要把她抢过来。"

沈嫣整个人都愣住了，呆呆地立在门口："你……"

谢停舟搂着沈妤淡定地转身："送客。"

回青朴居的途中，谢停舟越走越快，最后干脆放开了沈妤，大步朝前走去。沈妤紧跟在他身后，不知道他到底怎么了，快到青朴居门口，才忍不住问了句。

"你怎么了？"

"怎么了？"谢停舟蓦地转身。

沈妤反应不及险些撞上。

谢停舟眯起眼："你情窦初开？"

"没有没有。"沈妤连忙否认。

原以为刚才他那样说是不在意了，没想到还有这一茬等着她。

谢停舟逼近："他玉树临风？"

沈妤摇头："没有，你才是才貌双绝。"

谢停舟冷哼了一声："什么时候的事？"

"什么？"

"你和沈嬷说你倾心江敛之是什么时候的事？"

"我忘了。"沈妤赶忙转了话锋，"我没说过。"

谢停舟一看她的眼神就知道怎么回事，他还生着气，捏着她的下巴，低声说："说不说？不说在这儿亲你。"

沈妤四下瞟了几眼，附近还有来往的丫鬟和院中扫地的小厮，她脸皮没厚到这种程度，但她相信谢停舟一气之下真干得出来。

"我说，我是真的忘了，好像，好像是说过玉树临风，但是肯定没有说我倾心于他。"

她看了眼四周，见没人注意这边，踮起脚同谢停舟耳语了一句："我如今倾心于你。"

谢停舟炸起的毛瞬间被这句话给抚平了，垂眸看着她说："往后上朝，你离他远一点。"

沈妤煞有其事地说："我离他老远，我离他十万八千里。"

中午谢停舟让长留给忠伯传了话，将沈妤在鹿鸣轩的东西尽数搬过来。用过午饭沈妤回去看，已搬得差不多了，不过书房的东西没敢动。沈妤和谢停舟跨入鹿鸣轩的书房，就听说李霁风上门来了。丫鬟前脚出了书房，李霁风后脚便跨了进来。

"我来给你通风报信。"李霁风扫了一圈，"茶呢？"

"什么事？"谢停舟让丫鬟上茶。

李霁风看了沈妤一眼，没打定主意到底要不要开口。

"说吧。"谢停舟道，"什么事都不必瞒她。"

李霁风点头："我刚从宫里出来，在承天门前碰到个人，你猜是谁？"

"既然是急事，就别卖关子。"谢停舟不紧不慢地说。

"无趣。"李霁风吐槽了一句，接着说，"是宣平侯。"

沈妤道："宣平侯进宫没什么稀奇的吧。"

李霁风道："是不稀奇，但他身边带的那个人就稀奇了，你是不是在找一个老头？"

谢停舟目光精锐。

李霁风连忙说："别误会啊，我在书房瞟过一张画像，虽然我记性不大好，但是他脸上那痦子我可记得太清楚了，宣平侯朝刑部那边去了，身边就跟着那个脸上长痦子的老头，你说，他去刑部干什么呢？"

沈妤不动声色地瞧了谢停舟一眼，谢停舟没吱声。

李霁风又道："你不是在找那痦子老头吗？快去刑部啊。"

谢停舟稍侧了头："谁跟你说我在找那个老头了？"

"不把我当自己人不是？"李霁风用手指点着他，"都看见画像了。"

"那画像是我找人画的。"沈妤接话，"之前府中遭了贼，我与盗贼打了个照面，后来找了一段时间，没找到就算了，你不说我们还想不起这人来。"

摸不清虚实的情况下，李霁风还不能信任，几名皇子，任何一个都有可能。李霁风也不知是信还是没信，拖着调子"噢"了一声，绕开了话题："你们这院子乒乒乓乓的是在干什么？"

"搬家。"谢停舟不咸不淡地说。

李霁风问："真搬去你那院子啊？"

"我去盯着。"沈妤给谢停舟递了个眼神，出了书房之后，步子飞快，"备马！"

沈妤一路疾驰，到了五城兵马司，下马后一个字没说，在门口亮了腰牌。大家都听说过这位朝中新贵，同绪帝跟前儿的红人，一看都虞候的牌子，忙不迭将人请进门。

"虞候请。"

沈妤问："萧川呢？"

"萧大人在里头呢，这就给您通传一声。"

"不用了。"沈妤摆手，径直进了门。

萧川正同两名吏目交代事情，闻声看去，见到来人愣了一愣。

"时大人。"

"我有事找你。"沈妤表情严肃。

萧川一听便知有问题，让吏目下去，掩上房门问："什么事？"

沈妤"唰"一下展开一张画像，在桌上一点："鬼家人，九皇子出宫时看见了他，宣平侯带着人去往刑部了。"

萧川一路跟着她走来，沈妤对他不说百分百信任，那也至少是有个七八分的，不知他站队如何，但绝不是"那些人"的走狗。萧川看了眼，皱着眉说："这人样子有些熟悉。"

沈妤道："当然熟悉，你忘了，你们五城兵马司两月前可是通缉过这个人。"

"你的意思……"萧川眸光一动，"我明白了，我即刻去调人，不过刑部那帮人向来瞧不起我们五城兵马司，上门查证恐怕不行。"

沈妤说："你在外头等着便是，我赌宣平侯还会将人带出来。"

刑部大牢戒备森严，如今关押着从齐昌押送回来的十二名山匪。大牢昏暗潮湿，鬼雄盯着气孔射下的一束光发呆，听得一阵脚步声，他抬起头来，老眼昏花，却没看清牢门前站着的是谁。

"大当家！"

鬼雄定睛一看："仇，仇万？"

"大当家，是我。"仇万说。

鬼雄拖着脚镣扑过去，抓着栏杆仔细看了看："你们，你们不是死了吗？"

仇万瞪大眼："谁跟大当家说我们死了？"

"那，那鬼七他们呢？"鬼雄面上显露出怀疑。

仇万左右看了两眼，压低了声音道："他们如今正在那位的府上，不方便出门，今日那人让我来和大当家通个气，你们定是被人给骗了，让你们上京指认，这是个陷阱。"

鬼雄思索片刻后道:"你们既然还活着,那为什么没有告御状?"

仇万早有准备,说:"是因为我们发现了其中有误会,并非那人派人去剿匪,他已从中拖延了数月,应当是有人想要陷害,好让我们窝里反。"

鬼雄看着仇万:"那你今日来是什么意思?"

"他让我来提醒一句,切莫被人挑唆。"

鬼雄颔首:"我交给鬼七的一半账本,他如今也交给他了吧?"

"交了。"仇万说,"只是账本不齐,还有一半应该还在你手里吧?"

鬼雄抓着栏杆的手垂落了下去,他看着仇万,缓缓退了几步:"我果然是信错了人。"

仇万一惊,不知道哪个环节出了问题:"你什么意思?"

"什么意思?"鬼雄冷笑,"我根本就没有交给鬼七账本,出发前故意在你们几人面前说而已。"

仇万脸色一沉,叹了口气:"大当家,不是我想这样。"

"你杀了他们!"鬼雄咬牙切齿。

"不是我!"仇万抓着栏杆说,"既然如此我也不瞒你了,他们三个已经死了,我在京中躲了两个月,还是被抓住,我也不想这样,但我想活命。"

他躲过了通缉,没想到还是被人抓住,宣平侯给了他活命的机会,他不想死,所以得抓住这个机会。

鬼雄冲他呸了口唾沫:"贪生怕死。"

仇万对他的辱骂充耳不闻:"我今日只是来传话而已,你也别怪我,谁不想活呢?你们要是不是为了想活,当初就不会铤而走险干那样的勾当。

"那一位也说了,你们这十二个人死罪是跑不了了,不如多替活着的人想一想,那鹞子山上,可是还有一千多条人命呢,老老小小的,大当家不多为他们想一想吗?"

"你!"鬼雄目眦欲裂,"卑鄙小人。"

仇万说:"那你好好想想吧,我先走了。"

走出刑部大牢,仇万左右看了看,看见停在巷子口的马车,连忙走过去,贴着窗边说话。

"都照侯爷的意思跟他说了,不过没想到他那么警惕,已经发现了我在骗他,我只好按侯爷的吩咐将鹞子山上的人搬出来了,看能不能压得住他。"

宣平侯在车厢内壁轻叩了两下,说:"你办得很好,稍后我们分开走,你和甘巩一起离开。"

仇万点头哈腰:"是,是。"

他原还担心没能说服鬼雄,将成为弃子,这下松了口气。

马车行驶起来。车内宣平侯低声说:"这人没用了,记得收拾干净。"

护卫点头应下。宣平侯的马车刚离开,便被人拦住了去路。萧川拦了马车,赶忙迎上去:"侯爷。"

宣平侯掀开帘子看了眼："喔，是萧川啊。"

"正是。"萧川笑着说，"我爹前几日来信，同我问起侯爷，今儿正巧碰上，南粤昨日捎了些荔枝来，知道阿南爱吃，刚给捎了些去。"

宣平侯表情放松："你有心了。"

萧川说："那就不耽误侯爷时间了。"

马车离开，萧川的脸色顿时沉了下来："车上没其他人。"

"该不会是把人留在刑部了吧。"一旁的副指挥猜测。

萧川凝重道："再等等。"

沈妤在永宁街找了个最近的茶楼，一等就是两个多时辰。

喔当——萧川进了包厢掩上房门："总算逮着了。"

沈妤给他倒茶："这么久。"

"宣平侯还真是狡诈。"萧川卸了刀放在桌上，仰头灌了杯茶，仍觉得口渴，又倒了一杯。

"宣平侯先离开，我等了两个时辰，要是没点耐心就让他跑了。"

"人呢？"沈妤问。

"带回兵马司了。"萧川说，"我故意没在门口下手，悄悄跟了一路，在他们准备灭口的时候才动手，你猜怎么着？"

萧川说得有些兴奋："那老头还没回兵马司就招了，今日宣平侯让他去刑部给鬼雄施压，拿山上那些人的命来要挟，幸好你早就料到，将人全部转移走了，否则鬼雄肩上扛着那么多条人命，还真指不定会反水。"

沈妤沉吟片刻："宣平侯跑不掉了。"

萧川说："他涉及了粮草案，应该会并作一案，相信不久刑部就会去我们五城兵马司提人。"

沈妤看了眼天色后起身："今日的事多谢，他日有什么帮得上忙的地方尽管提。"

离开茶楼，沈妤回到王府。

搬家事毕，沈妤的东西都已经搬入了青朴居中，两人的卧房不过隔了一堵墙。听说谢停舟在书房，沈妤直接去找他。

"萧川已经把那个老头押在了五城兵马司。"沈妤进门便说，"他愿意指认宣平侯。"

谢停舟看向她。沈妤没注意到他的眼神，说："宣平侯是太子的舅舅，这件事和太子脱不了干系。"

谢停舟放下手中的书："你后悔救下太子了？"

"不后悔。"沈妤说，"他做了什么样的事就该受什么样的惩罚，若是正义不到，我不介意亲手杀了他替我爹报仇。"

谢停舟说："方向有了，缺少证据，粮草案的证据只能指向宣平侯，没有切切实实的证据证明太子才是背后的主谋，同绪帝怎么会轻易动太子。"

沈妤眼神定在一个地方："你是说，宣平侯若是将一切罪责自行揽下来，那就动不了太子。"

谢停舟颔首:"而且如今一切都是我们的推论,哪怕知道宣平侯有大问题,也要等刑部审查之后才能下结论。"

他走到沈妤面前停住,两指按在她眉心揉了揉。

"不用想了,无非两种结果,宣平侯指认太子,太子论罪当诛,宣平侯不指认,你亲自诛杀。"

沈妤茅塞顿开,有了方向,背后的人无论如何都要死。

"现在,我们来说说其他的事。"

"说什么?"沈妤抬起头。

书桌上摆了厚厚的一摞书,谢停舟取下最上面一本,看了眼封面问:"《三字经》,你看过吗?"

"当然看过,怎么了?"

谢停舟又取下一本:"《尚书》呢?"

沈妤一脸莫名:"看过一部分吧,怎么了?"

谢停舟招手让她过来,拉着她从身后将她圈进怀里,把书摊开在她面前。

"那你告诉我,它好看吗?"

直白的图画展露在她眼中,沈妤整个人僵住,半天忘记了反应。谢停舟贴在她耳边,又翻了一页,语气柔和地问:"嗯?好看吗?"

沈妤咽了咽口水,想将书从他手中抽出来:"还,还行。"

"还行啊。"谢停舟慢条斯理地说,"那你看过更好的?"

沈妤:"没有。"

几个月前裴淳礼翻墙来找她,给她扔了一包袱的"好东西",沈妤没地方藏,干脆将它混在了书房的书架中,结果时间一长,她就把这事给忘了。今日搬家,她实在是没想到会被翻出来。

"是裴淳礼给我的,我放在书房就忘了。"

谢停舟揽着她的腰:"你不是说看过?"

沈妤解释:"我看的那是正经的《三字经》和《尚书》,哪是这种挂羊头卖狗肉的货色!我明日就让人给裴淳礼还回去。"

"不用还了。"谢停舟说,"少了两本。"

"嗯?"沈妤侧头看他。

"李霁风拿走了两本。"谢停舟道,"你知道李霁风从书架上翻出这些,是什么反应吗?"

他握着她的腰转过来,看着她说:"他问我是否有所涉猎。"

沈妤的脸唰一下就红了。

谢停舟屈指从她耳下脖颈处划过,俯身说:"留着,总有机会的。"

立夏之后,天亮得越来越早。卯时上朝,天已大亮。文武百官在奉天殿外等待,都对檐下那位盛京新贵充满了好奇。沈妤站在奉天殿檐下，望着殿外的文武百官，第一次觉得自己与大周的权力中心如此接近。百官不敢高声喧哗，一部分事不关己，一部分窃窃私语。

江敛之望着沈妤。她身着青色蟒袍，衣身有织锦云肩，不同于文武百官的宽袖，她的袖口收得干净利落，腰带将她的腰身束得十分漂亮，腰间的佩刀在晨光下分外晃眼。江敛之恍惚了一下。如今的她，与梦中那个沈妤已全然不同了。

忽然，百官之中响起一阵不大的喧哗声。江敛之转头望去，只见谢停舟一身红色的官服，舒缓行来，行至殿前忽然抬头望了一眼，看的正是沈妤的位置。百官都知道，这位陛下御笔钦点的都虞候时雨，可是三易其主，前一任主子就是眼前的这位北临世子。到底是北临世子在同绪帝身边顺利安插进了人，还是时雨背主另投，大家都颇为好奇。

谢停舟一直看着她，而时雨却并没有什么反应，只在谢停舟第一眼看来时微微瞟了一眼便移开了视线。眉眼间淡漠非常，那匆匆掠过的一眼极其嚣张，隐隐有些蔑视的意思。

百官看在眼里，心照不宣地交换视线。

除了谢停舟，谁都不知道那一眼究竟是为何。昨夜两人同榻而眠，什么事情都没发生，但在她起床时谢停舟还是没忍住，抱着她吻得双颊绯红，险些让她误了时辰。谢停舟收回目光，嘴角忍不住轻翘了一下，竟格外喜欢她这般嚣张轻狂的模样。众人正对两人之间微妙的氛围加以揣测，众皇子便从奉天殿一侧走来。

李霁风眼尖，一眼就看见了谢停舟，跑上前去。

"太阳打西边儿出来了，你怎么今日想起来上朝了？"

谢停舟收回落在沈妤身上的目光："那你又为什么来上朝？"

"这你就不知道了吧。"李霁风说，"自打我封了王之后，我父皇逼迫我每日都必须来上朝，我已连续上朝好长时间了，只是你不知道而已。"

谢停舟笑道："难得你听进去了。"

"我又不傻，父皇这是想日日都看看我呢，看一眼少一眼呗。"李霁风脑中灵光一闪，"喔，我知道了。"

"知道什么？"

李霁风笑嘻嘻地凑过去，小声说："你也是来看时雨的吧。"

谢停舟看他一眼，不置可否，余光看见齐王李延昌朝着宣平侯走去。

李延昌道："这清晨并不炎热，怎么宣平侯出了这么多汗？"

宣平侯抬袖擦汗："齐王说笑了，年纪大了，火气略重。"

"噢。"李延昌拖长了调子说，"我还以为宣平侯是紧张出来的，倒是我多虑了。"

宣平侯面色沉如姜色，朝刑部尚书那边看了一眼，没接话。

倒是太子李晋承上前来："七弟似乎是在指桑骂槐？"

"有吗？"李延昌抬了下眉梢，"大哥太敏感了吧，我还什么都没说呢。"

李晋承板着脸："最好是没有。"

李延昌笑嘻嘻："宣平侯。"

他下巴一抬，指向刑部尚书徐义山的方向："我见你看了徐尚书好几眼，像是有什么事呢，有什么话不如上前去聊。"

宣平侯背脊一寒，面不改色道："齐王什么意思，我听不懂。"

"本王只听过不懂装懂，倒是第一次听说懂装不懂，不过，总能听懂的。"李延昌笑了笑，抖了下袖子站到阶上去了。

许多官员看着这一插曲，都预想着稍后殿中恐怕有好一番风雨。齐昌一案许多人都略有耳闻，却不知案件审理到了什么阶段，如今听齐王的意思，倒像是和宣平侯脱不了干系。宣平侯是太子的舅舅，岂不是将太子也拉入了这一案子中？

静鞭三响，文武百官依次进殿。谢停舟身为北临世子，又官居正三品都指挥佥事，仅次于内阁之后。他走在靠沈妤的一侧，经过时袖子似是不经意地抚了一下。沈妤只感觉鼻间萦绕着熟悉的味道，织金的衣料从她的手背上拂过，引来一阵麻痒。那人只管撩不管下文。沈妤忍住去挠手背的想法，按在刀上的手紧了又紧，紧随其后进入奉天殿，绕过百官，端正地立在了龙椅下首。

百官站定，同绪帝才来，坐进龙椅时似是看了沈妤一眼。

各部奏报就花了约莫半个时辰。正当大家以为今日的朝会就此结束，不少人松了口气时——

同绪帝一手扶着龙椅开口了："齐昌山匪已押送进京，刑部可有奏报？"

刑部尚书徐义山出列："回禀陛下，此案几名重要证人刑部已审理完毕，案宗也整理完，只是事关皇亲，臣不好直下决断，须先禀明圣听。"

此言一出，殿中哗然一片。联想适才殿外的插曲，不少官员心中均有了计较。宣平侯额间细汗就没停过，只听同绪帝说："报。"

"是。"徐义山一揖，"去岁燕凉关起战事，粮草迟迟不到，后为山匪所劫，事实上，西南粮仓早就空了，运往燕凉关的粮草不过是一堆废石而已。"

"十二名要犯中为首的鬼雄，也就是齐昌的山匪头子，他指出六七年间宣平侯与朝中官员勾结，倒卖西南粮仓的粮草，导致西南粮仓空虚，无粮可供，因而才出了燕凉关一事。"

宣平侯开始腿软。紧接着，徐义山看向宣平侯："山匪头子指认的人，正是宣平侯！"

"胡说！"宣平侯斥道，"陛下，老臣根本不认识什么山匪头子，徐义山当庭污蔑老臣，我看是他结党营私，借机扫清障碍排除异己！"

徐义山一听，连忙提袍一跪："臣若是没有实质证据，万不可能信口开河。"

"证据呢？"宣平侯扯着脖子说，"我看你分明就是信口开河！"

徐义山不理会他的叫嚣，自刑部侍郎曹弘手中取出一份证词，德福下阶取了证词，呈给同绪帝过目。

"陛下。"徐义山道，"此乃齐山十二名山匪的供词，其中牵涉出一连串人，刑部连日连夜摸排，其中一人便是宣平侯的亲信，其供状也在其中。"

那十二人的供词同绪帝早就看过，粗略扫了一眼，看完其余供词，同绪帝沉声问："宣平侯，你可有话说？"

"臣……"宣平侯跪地，"此案有疑，真要是我做的，怎么就让他们这么轻松就查到了？"

徐义山义愤填膺："容易？宣平侯说得倒是简单，要不是都虞候剿匪时为了减轻损失才冒险招安，哪会有今日！剿匪一旦成功，人证物证俱失，你宣平侯打得好算盘。"

"污蔑！纯粹是污蔑！我行得端坐得正，你说我掏空了粮仓，那我掏空粮仓干什么去？银子它总要有个出处。"

"出处就要你宣平侯上都察院，上大理寺讲述清楚了。"

"好啊！"宣平侯笑道，"陛下都还没下令，你刑部尚书就已经预计好三司会审了。"

李晋承的目光在争论不休的两人身上移来移去，心中惊疑不定。思虑再三后，出列道："父皇，舅舅时常教导儿臣要勤政爱民，我看此案疑点重重，他应该不是这样的人。"

瞬息之间，殿上落针可闻。李晋承垂着头，保持着刚才的姿势，他看不见同绪帝，只觉得有一束锐利的目光落于自己头顶。

他后悔了，他不该开这个口。众人皆知宣平侯是他的舅舅，宣平侯出事就等同于他失势。他的冷汗冒出来了，洇湿了背。

同绪帝猝然开口："大殿之上，只有君臣没有父子，更遑论什么舅舅。"

"来人。"同绪帝不紧不慢地说，"将宣平侯收押查证。"

殿前司上前押住宣平侯。

"陛下！"宣平侯奋力一挣，"当初是谁鼎力扶持，才让您坐上今日之位，您不能卸磨杀驴呀！"

同绪帝抓着扶手倾身，那一刻，他是真的起了杀心。他在位十九年，宣平侯府荣宠倍盛，就是因着当初扶他上位之故，如今宣平侯竟能说出卸磨杀驴这样的话来。

"陛下！陛下！"

宣平侯吼叫着被人拖出了奉天殿。李晋承心中不禁生出了唇亡齿寒之感。宣平侯是扶持他的一人助力，朝中不少偏向李昭年一派的大臣对他颇有微词，这些年没少上另立储君的折子，要是宣平侯没了，他该怎么办？怎么去压住那一帮老东西？

如今最大的问题是，万一攀扯上他该怎么办？

夜色渐渐黑了，沈妤刚接了虞候的差事，许多事宜还不熟悉，后面连着几日都需得待在宫中。太医进了宣辉殿，半个时辰后才出来，一个个皆是满头大汗。

沈妤立在檐下，想着今日殿上众人的反应。惶恐不安的太子，幸灾乐祸的李延昌，淡然处之的李昭年，还有看热闹的李霁风。而同绪帝的态度，她至今仍看不清，他到底有没有想要包庇太子的意思。她又想起了谢停舟，从始至终，他似乎都游离在这之外，只是不时将温软的目光从她身上掠过。

此时，一名太监走来，对沈妤行了大礼："虞候。"

沈妤轻点了下头："何事？"

太监说："奴才是来传话的，那位让您晚上切莫熬夜，回值房歇息。"

"你叫什么名字？"

"奴才顺寿。"太监说。

禁宫之中，妖魔鬼怪太多了，沈妤谁都不敢信。

"那位是谁？"

顺寿笑了，呈上一样东西："那位说，您看了就知道了。"

沈妤接过来一看，是谢停舟从前系在腰间的那块玉佩。见她信了七分，顺寿笑着说："爷说您平日对吃食太随意，叮嘱奴才备了吃食，大人下了值便去值房歇息，有事就喊值房外的太监一声。"

沈妤颔首应下，又过了一阵才回去值房休息。桌案上备了菜，屉笼下用炭盆温着，到这个时候都没凉。沈妤一揭开盖子，便落了张纸条出来。

　　　无毒，放心吃。

是谢停舟的字迹。沈妤放下心来，捧着碗吃得有些撑，便在值房外溜达了一阵。正准备回去歇下，便听见一阵喊杀声。

"有刺客！"

"捉刺客！保护陛下！"

声音是从宣辉殿那边传来。沈妤一惊，返身拿上刀便冲了出去。值房本就离宣辉殿不远，越是靠近打斗声越重。

宣辉殿外火把齐明，无数的禁卫军朝着宣辉殿涌来。刺客不过三人，个个身手矫健，见势不对拼力搏杀，在禁军薄弱之处撕开了一条口子。所有的人手都赶往了宣辉殿，禁军值房这边反倒是安静异常。

"走！"

领头的刺客黑布覆面，只留了一双狭长精锐的眸子。他力道颇大，一刀下去一名禁军的手臂便齐肩而断。他一脚踹开一人，转身便往宫墙上掠，去往的正是禁军值房的方向。三名黑衣刺客在屋顶狂奔，无数箭矢如雨般铺天而来。一阵叮叮当当的响声，近身的箭矢全被击落。

"往西北方向走，那边人手更少。"为首的刺客显然对皇宫的布防非常熟悉。

在房顶上目标太大，容易被人看出逃走的方向，进而追来，于是跃下房檐，悄声行走在宫巷里。刚转过弯，一束月下寒芒疾闪。走在最前面的刺客赶忙用刀一挡。

铛——

刺客后退一步，手被震得发麻，手中的刀也险些脱手，惊愕地看着来人。刺客看了眼手中的刀，已经被刚才那一击砍开了一道豁口。若不是深陷险境，他真想赞叹一声好刀！好功夫！大内果然不缺高手。他握紧了手中的刀，不动声色地往后退了一步，身后脚步声越来越近，是他的同伴追上来了。如果只有他一人，今日怕是有来无回，但好在还有同伴。

另两名刺客追了上来："怎么不走？"

说完才看见阴影中站着一人，那人刀尖抵在地上，两手交叠扶着刀柄。她站在阴影里，月色从墙头翻出来，在她的身影和刀之间划开了一道割裂的光影。只有那把刀在月下寒煞逼人。

"来都来了，总得留下点什么。"沈妤说着，缓缓提起了刀。

"你们先走，我断后！"

刺客头子一手挥开身前的两人，提刀便攻击了上去。沈妤硬接一刀，才发现这刺客的功夫真心不弱，至少是与她相当，甚至是更胜一筹。沈妤不敢托大，无暇顾及另两名黑衣人，专心与眼前人交手。当当一阵兵刃相接之声响起，宫道上寒芒如飞雪四溅。

宫道那头已经有重重禁军追赶而至。兵刃相接之间，沈妤后撤了一步，刺客趁此空当一跃上了墙头。沈妤在刺客身后紧追不舍，两人双双跃上房顶。刺客返身一招浮光掠影，沈妤抽刀格击，却在出招一半时硬生生止住，收了去势。

那招式，那熟悉的招式！沈妤盯着刺客，一脸难以置信，心脏险些从胸腔中跳了出来。交手时一愣神便是生死之间，刀锋已经到了眼前。

沈妤向后一仰，腰身弯到了一个不可思议的程度，脚下往斜后方一撤。这身法分外精妙，若不是年久失修的宫檐，她便能完完全全躲过去。只可惜她移步的那一下，耳边清晰地响起了琉璃瓦碎裂的声音。她脚下紧跟着一滑，失去了平衡，朝着屋檐下重重地摔落下去。所有的动作皆出本能。她伸手想要攀住宫檐，手腕上却蓦地一紧，身体下坠的势头停住了。

沈妤抬起头望去，刺客一手撑着屋檐，一手紧紧地抓住她，抓着她的那一只手异常瘦削。他背对着月，叫她看不清他的脸，只觉得有一双眼深深地看着自己。

沈妤颤声："你……"

琉璃瓦落在地面碎裂。

"在那边！"禁卫闻声追赶过来。

"你快走。"沈妤说。

刺客抓住她猛地往上一提，沈妤落在屋檐上。刺客不多看一眼，返身便走。

"等等。"沈妤低声，飞快地说，"别往西北去，走西南方，禁宫换了布防。"

刺客毫无停留，似乎对她的话没有丝毫怀疑，径直朝着西南方奔去。没时间思考了，沈妤望着紧追而来的禁军，抬手就在自己的手臂上划了一刀，她咬牙忍着疼痛，故意朝着屋檐摔倒下去。

"嘭"的一声。

落地的同时，禁军也赶到了。

"是都虞候！"

听见声响，刺客脚步微微顿了顿，还是朝着西南方向而去。

"咳咳——"沈妤趴在地上，撑着身体起身，抬手指着相反的方向，说，"刺客，刺客往那边去了。"

尽管她落地时找好了角度，却还是摔得浑身都疼，特别是手臂上那一刀。禁卫将她扶起，留下两人，其余人皆朝着西北方追去。

"不用管我。"沈妤挣脱禁卫的搀扶，"你们去帮忙。"

宫里出了这样大的事，都指挥使蒋安从宫外赶来。到值房时，沈妤正自己包扎手臂上的伤口，听闻脚步声，她重新解开缠了一半的纱布。蒋安进门后，一眼便看见了搭在桌上的胳膊，伤口不小，伤得不轻。

"怎么伤成了这样？"蒋安说。

"指挥使。"沈妤将纱布胡乱一缠，放下袖子起身，方才那一眼，已足够给自己洗清嫌疑了。

蒋安在她对面坐下，问："那几人身手如何？"

"很不一般。"沈妤抬了下胳膊，"指挥使也看见了，若只有一人我还勉强能敌，三个人实在是没办法。"

"唉——"蒋安道，"你切莫多心，只是了解一下，能看出刺客用的哪路功法吗？"

沈妤敛下眸子，装作思考了一番，摇了摇头，说："看不出，有些像九宫剑，但又使的是刀，实在是分不清。"

"这也正常。"蒋安说，"既然想要进宫行刺，那肯定会掩人耳目，又怎么会随意露出马脚。"

沈妤道："没抓到刺客，我已去向陛下请过罪。"

蒋安一听就知道同绪帝这是没有责罚的意思了，果然如今是同绪帝面前的红人。蒋安也乐得做个顺水人情："今夜你辛苦了，包扎完伤口便回去休息吧。"

沈妤道："只是皮肉伤而已。"

"别仗着年轻就消耗身体。"蒋安说，"等到了我们这个年纪，身体的毛病就开始冒出头了，还是回去吧。"

见沈妤面露难色，蒋安问："怎么了？有难处？"

沈妤苦笑了下："不瞒指挥使，宫外的宅子还没有安置好，我如今……暂时没有落脚的地方。"

蒋安一愣："那北临王府……呃，我的意思是……"

北临世子之前去哪儿都带着这个近卫，因而宫内宫外早就传开，北临世子与如今这位都虞候，私下里有些首尾。

"我明白。"沈妤说，"我与世子闹翻了，至于缘由，想必指挥使也能猜出来。"

蒋安略一思索，可早上上朝的时候，谢停舟看时雨的眼神，可实在算不得清白。

沈妤见他尚有疑虑，说道："若有别的路，谁又愿意受制于人呢。"

蒋安这下听明白了，北临世子纵情欢场，时雨一个做近卫的，根本没有自己选择的权利。而今做上了都虞候，前途无量，谁还愿意以色侍人呢。蒋安有心收服此人，于是说："既没有住的地方，不如去我府上，想住多久都行，随你住。"

沈妤目不转睛地看着蒋安，直到看得他恍然大悟。

"你千万别误会，我家中尚有妻儿，绝对没有那个意思，你安心住就是了。"蒋安解释说。

沈妤垂下眼："大人说笑了，我已经托人在置办了，在宫里将就几日就好。"

出了方才那一场误会，蒋安也不好多劝，免得让人以为他图谋不轨。

"咱们殿前司也配了大夫，等下让大夫来替你处理。"

"不用了。"沈妤说，"我不太喜欢与人亲近。"

蒋安也不强求："那你先歇着，我去看巡防。"

沈妤起身相送："指挥使慢走。"

待蒋安离开，顺寿走来，身后还跟着个捧着托盘的宫女。

"虞候大人。"顺寿说，"这是珑翠，是自己人，还请虞候大人将袖子撩开，让珑翠替您包扎。"

顺寿说完便出去掩上了房门。

沈妤掀开袖子，方才没包扎好，血又浸了出来。

珑翠倒吸了一口凉气："大人，这伤口不小，恐怕得缝合才行。"

"你缝吧。"沈妤说。

珑翠不敢动手："奴婢不会缝伤口。"

"缝衣服总会吧？"

"女红是会。"珑翠看着那伤口，"要不还是通知……"

"不可。"

这两字平平淡淡，但落地有声，珑翠在那威严下不敢说话。

"让你缝你就缝。"沈妤淡淡道。

但凡有点权势的，谁不往宫里放几个眼线，珑翠就是北临王府放在宫中的人。珑翠之前只远远看过一眼虞候，当时只觉身板不那么魁梧，但通身都是气势。这和宫里当差的那些太监是完全不同的。哪怕是到了德福那样的掌印位置，见了主子却还是不得不佝偻着背，这是当了一辈子的奴才，已经直不起腰了。

"大人，已包扎好了，"珑翠满头大汗。

这虞候果然不是一般人能当的，这般缝合伤口，却没吭过一声。珑翠叮嘱道："大人近日不要沾水，也不要用力，以免伤口再次开裂。"

沈妤微微颔首："让顺寿进来。"

顺寿进了值房："虞候有什么吩咐尽管提，爷说了，见您如见他。"

"今夜我受伤的事，不要向他透露一个字。"

顺寿有些为难："这……爷吩咐过……"

"我的吩咐就不是吩咐了？"沈妤眼皮一掀看去。

顺寿只觉那一眼和世子爷还真是像，眼神里都是无形的威势。

沈妤说："别去告状，你传个话，就说宫里出了刺客，这几日我就不回去了。"

顺寿正为难，又听她问了句："都听明白了吗？"

"明白，明白了。"顺寿赶忙点头，带着珑翠出去了。

　　房中静了下来。沈妤这才有时间回顾今夜发生的事。从头到尾，她没有看见过刺客的脸，只是那一招浮光掠影，走势太像沈昭的打法了。还有她要摔下去时，那人抓住了她，更加加深了她的怀疑。若不是相识之人，又怎会在紧要关头出手相助，耽误那片刻，已足以让他跑得更远，他却选择了拉住她。

　　沈妤打开门走出去："有刺客的消息吗？"

　　值夜的禁军回答："还没有。"

　　沈妤点了点头，没有就好。她现在不能出宫，一是不想让谢停舟发现她受了伤，二是她想留在宫里，好第一时间得知刺客的消息。

　　如果真的是哥哥——

　　沈妤心中狂跳，如果真的是，那就太好了。

月亮不知什么时候躲到了云层后，夜黑得没有边际。

三名黑衣人在暗巷里分开，个子最为高大的那一人站在那里没动，回首望了眼宫墙的方向，才慢慢踱进了夜色里。巷中七弯八绕，尽头临江处有一座不起眼的房子，三间小屋一个小院。

黑衣人走到门口，却蓦地停下了脚步，房中亮着灯！他站在门口立了半晌，鼓足了勇气，这才推开了院门。原以为会看见门窗上映着的身影，却看见檐下坐了个人，那人已倚靠着柱子睡着了。他愣愣地看了半晌，才缓缓扯下面巾，露出一张英挺不凡的脸。

他缓缓走近，蹲在那人身前看着她的脸，温柔地喊她："晚秋。"

俞晚秋只是困极了小憩，闻声睁开了眼，见他一身夜行衣，她默契地并没有问缘由，只是说："你回来了，沈昭，你，你没受伤吧？"

"没有。"

沈昭没有错过她眼中闪过的欣喜和庆幸，问她："怎么睡在这里？不凉吗？"

"不凉，我给你带了吃的。"俞晚秋笑了起来，起身时腿一麻，被沈昭伸手扶住。

"出来一趟不容易吧？"

"我买通了后门的下人，天亮前回去就行了。"俞晚秋说。

沈昭握着她的手臂不想松开，嘴上却说："不用总往我这里跑，我这里什么都不缺。"

俞晚秋仿佛没听见他口中的拒绝，自顾自说道："你也不同我说你爱吃什么，都是我瞎做的。"

"你亲自做的？"

"嗯。"俞晚秋说，"你尝尝，要是不喜欢，下次我再换几样做。"

沈昭喉咙酸疼得厉害。她那样娇贵，十指不沾阳春水的千金小姐，却亲自为他下厨，她的心意还有什么不明白的？

沈昭松开手，一言不发地进屋。俞晚秋摸了下碗，发现已经凉了："我去热一热，半夜吃凉的不好。"

"不用。"沈昭在她手臂上轻按了一下，埋头吃起来。俞晚秋静静地看着他，面上笑容温和，仿佛只要这样静静地看着他就能满足。沈昭将桌上的饭菜一扫而光。他从前在军营里饭量就大，不像阿妤，吃饭跟喂鸟食似的，他从前还总嘲笑她吃得少，这样长不高。

"我今天……"沈昭放下碗筷，低声说，"我看见阿妤了。"

俞晚秋问："她还好吧？"

沈昭眉心紧蹙："我和她交了手，她功夫又精进了。"

"精进了是好事。"俞晚秋说。

沈昭侧眸看她一眼，却没能说出口。该如何告诉她，功夫不仅仅是靠苦练那么简单，是要在实战和厮杀里求生，才能突破。他不知这些日子阿妤到底吃了多少苦，才能蜕变成如今的样子。做哥哥的，没能保护好她，他好心疼。

"她做了都虞候。"沈昭低落地说，"只听说有个时雨的都虞候，我原本还不确定是她。"

俞晚秋手指蜷了蜷，鼓足了勇气握上他的手，安慰道："你不要担心，阿妤从小就和别的姑娘不一样，她能走到如今，自然是有自己的打算。"

沈昭能感觉到俞晚秋的手在微微发抖，她怕他推开她、拒绝她，可他怎么舍得？

他如今什么也给不了。

大仇未报，每日都如在刀尖行走，又怎么舍得把干干净净的她拉进乱局之中。沈昭看着她纤细的手背，没有反握，却也没舍得抽开手。

他和俞晚秋的再次相遇，还要从一个多月前说起。燕凉关一战，他战至了最后一刻，倒下时他想，此生不负大周，可终究是大周负了他。闭眼前他有三愿，一愿阿妤此生平安，二愿来生不做大周人，三愿来世与卿常相伴。

可他没死，他被近卫孔青从尸体堆里带走了。他在鬼门关里来来回回，终于被强行拉了回来，才听说父亲和阿妤都死了。他恨啊，为什么留下的偏偏就是自己？他无数次想要轻生，却又被那股彻骨的恨意支撑着活了下来。大仇未报，他有什么资格下去见父亲和阿妤？

沈昭养了数月的伤，一个多月前才启程进京，回京路上碰巧遇到了被流民围困的俞晚秋。他这才知晓，燕凉关战败后，俞晚秋便从盛京启程去往燕凉关。她不相信他已经死了，在边关找他数月。后来希望落空，她大病一场，养好了病三月底才从边关出发回京。

沈昭只知道，此生欠下的又多了她一人。

"别太担心了。"俞晚秋出声拉回了他的思绪。

"我不得不担心。"沈昭道，"她从小就性子要强，她这样铤而走险进宫，无非是想要报仇，沈家还没死绝，还有我这个做兄长的在，就轮不到她去冒险。"

晨光在天边铺开了一道白线，天色半明。宫中昨晚闹了一夜，沈妤也熬了一夜，早晨听说没抓到刺客，提在喉咙的那口气才松懈下来。

奉天殿外每日上朝都是老样子。原本沈妤昨夜受了伤，指挥使蒋安让她不用当值，她担心若是她不出现，谢停舟定然会发现异常。只是今日谢停舟来得格外早，兴许是听说宫中出了事。谢停舟抬眸朝阶上看了一眼，沈妤照旧立于檐下，没和文武百官共列。

他抬脚走上前："时大人。"

沈妤的目光在他脸上停了片刻，随即移开："世子殿下找下官何事？"

谢停舟上下将她扫了个遍，没见她有任何异常。

"你好歹做了我那么长时间的近卫，如今一朝高升就翻脸不认人了。"他叹了口气说，"时雨，你好无情啊。"

沈妤抿唇，没想到他在奉天殿外就如此孟浪。

"世子说笑了，都是为陛下办差，怎么能叫翻脸不认人呢？平素见了世子，下官还是要照常行礼的。"

谢停舟环住胳膊："那择日不如撞日，不如今日下朝之后，邀你府上一叙？"

沈妤说："抱歉，今日当值。"

谢停舟笑了笑，扯着腔调说："这就是你的不对了，你看我诚意满满，你却拒绝得如此干脆，好伤我心啊。"

这样的话再配上那样一张脸，真让人觉得自己多少有些不知好歹了。可这话让人如何接？

蒋安原本站在沈妤对面四五米远的地方，闻言上前道："世子，可是我这位下属惹您不快了？"

"是挺不快的。"谢停舟目光不移，"时大人不给赏脸呢，请都请不来。"

他这般行为放在百官眼中，众人心思各异。

李延昌站在李昭年身侧，问："四哥，他两人如今这闹翻了的模样，你看是真还是假？"

李昭年事不关己："真真假假，与我又何干？"

李延昌嗤笑了一声，也懒得搭话了。

蒋安见沈妤百般推托，谢停舟却百般刁难。他有心维护时雨，说："昨夜宫里出了事，这几日禁卫和殿前司都走不开。不如这样，回头得了空，我来做东，让你们二位冰释前嫌，你看如何？"

谢停舟斜了一眼："那自然好，只是不知都虞候给不给这个面子。"

沈妤很想说你够了啊。她盯着谢停舟的眼："殿下的面子，下官自然是要给的，不知道我的面子，又值几个钱？"

看那眼神，谢停舟就知道不能逗了，再逗就该恼了。

"自然是无价。"谢停舟说。

今日戏也做得足了，他见好就收，正好李霁风姗姗来迟，便走到一边同李霁风说话去了。

待谢停舟走远，蒋安唾了句："他谢停舟这样纠缠也太过了，怪不得连日都来上朝，你切莫理会他，放心，在我手底下办事，我自会护着你。"

他权当时雨甩不掉谢停舟，对她便更加同情。

沈妤笑了笑："多谢指挥使大人。"

"都是小事。"

下了朝，同绪帝又回了含章殿。沈妤见他步子虚浮，这是内里已经空了，全靠药物和毅力强撑，也不知哪一日那根弦绷着绷着就绷断了，届时药石罔效，便是归天之时。

同绪帝批完一沓奏章，德福立刻捧了热茶，同绪帝喝了一口，看向门口的沈妤。

"今日才听说，你于昨夜受了伤，也没见你提。"

沈妤垂首道："此等小事，微臣以为无须上达天听。"

同绪帝搁了茶，又问："阿南还在外面跪着呢？"

沈妤说："是。"

"你去。"同绪帝说，"让他回去吧，朕，不见他。"

沈妤走出含章殿，看见裴淳礼直挺挺地跪在台阶下。

五月艳阳高照，此刻正是未时，太阳最毒辣的时候。裴淳礼已经从早晨下朝跪到了现在，晒得面颊通红，满头大汗，隐隐有要中暑的迹象。沈妤招手让内侍拿了伞，走下台阶。裴淳礼自幼金尊玉贵，哪吃过这样的苦，他呆呆地跪着，视野里出现了一双鞋，和一块蟒袍的下摆。

他缓缓抬头，看见来人，顿时哭了出来："阿雨……"

"回去吧。"沈妤将伞撑在他头顶，"陛下不见你。"

裴淳礼嘴唇干裂，刚刚那一开口，嘴唇便撕裂了口子。他抓住沈妤的衣摆："你帮我去和姑父说一说好不好？你如今是他身边的红人，我只要一炷香的时间，不，一盏茶的时间就行，好不好？"

自重逢以来，裴淳礼给她提供过很多次帮助，他第一次求她帮忙，却是因为宣平侯。宣平侯掏空了西南粮仓，导致燕凉关一战后备空虚，梁建方和葛良吉虽已伏诛，但能和宣平侯撇清关系吗？

不能。眼前的这个人，是她的仇人之子，也是除谢停舟和外祖母之外待她最好的人。

沈妤别开了脸："抱歉，我不能。"

裴淳礼呆呆注视着她："为什么？你不帮我吗？"

"我不能帮你。"沈妤说。

两滴硕大的眼泪啪嗒啪嗒从裴淳礼眼眶滚落出来，沈妤是真从那眼泪里看到了失望和伤心。

"我明白了。"裴淳礼缓缓点头，"我明白了。"

"树倒猢狲散，墙倒众人推。"他喃喃道，"我求了好多人，平日里踩破了门槛想要上门的那些人，如今我连见都见不着，他们说没了我爹，我就是盛京最大的废物，如今……连你也不理我了。"

沈妤喉间一酸："裴淳礼，你听我一句，就算你见了陛下，又能改变什么呢？是非自有公论，我若帮了你，就对不起那些枉死的人。"

"还没判呢！"裴淳礼大吼。

"还没查出来，我爹不是那样的人，他让我好好做人，他说我可以做一辈子纨绔，但不能脏了自己，他都让我不要脏了自己，他又怎么会做那样的人？！"

沈妤在他面前蹲下来："阿南。"

裴淳礼第一次听她叫自己小名，呆呆地看着她："你要帮我对不对？"

他还抱着期望。

沈妤劝说："有些东西，并不是你表面看到的那样，回去吧，你该学着长大了。"

她就是这样过来的呀，她自己也是在父亲离世的一夕之间长大的。当身边谁也不剩，便只能学会坚强起来。这样的成长，是那样叫人痛不欲生。

"我不走。"裴淳礼又哭起来，他说，"可我不在这里，我该去哪里呢？我不知道啊。"

沈妤一阵心酸："回去睡一觉，一觉睡醒，再去想该去哪儿。"

她抬手在裴淳礼后颈一敲，把晕过去的裴淳礼交给内侍。

她吩咐道："送小侯爷回府，谁要是敢趁侯府失势而欺辱于他，让他们先来问过我的刀。"

内侍道："是，虞候。"

目送内侍送裴淳礼离开，沈妤回去向同绪帝复命。待到傍晚下了值，她驱车到陆氏的铺子去见陆掌柜。

"正巧想找小姐，小姐便上门了。"陆掌柜说，"洛州又送了东西来，昨日刚到，是小姐上次让人寻的药材。"

桌上两个锦盒，陆掌柜指着锦盒说："这是千灵参，本就在洛州老宅的库房中，这黑节草是从西厥以西的蛮族手中所购，没见过也不知道真假，小姐一会儿一并带走吧。"

"不用了。"沈妤道，"你亲自送去王府，别说我今日来过，就说我早就吩咐过收到了便送到王府。"

陆掌柜并不多问："好。"

"还有一事。"沈妤眉心微蹙，"我似乎见到我哥了。"

陆掌柜一惊："大少爷？大少爷不是已经……"

沈妤道："不能完全确定，七八成的把握吧，可是我想不通如果是我哥，他为什么不来找我。"

"兴许是大少爷有旁的事呢。"陆掌柜说。

沈妤摸了摸盒子："你替我打听打听，一定要做得隐秘。"

"老奴知道，小姐请放心。"

"若是找到了他，告诉他我想见他。"

她想起了父亲坟前的那壶酒，原以为是沈嫣去扫墓了，现在回想起来，沈嫣当时的反应的确有些异常，只是彼时她没往哥哥身上想。沈妤又偷偷回了趟沈府。房契两清，府中下人遣散了不少，进出方便许多。沈妤失望而归，她其实心里知道哥哥不会回沈府，但是还是想来碰一碰运气。

她赶在宫门落钥前回了宫，还是去值房那边歇息。

"虞候。"

禁卫纷纷行礼。

沈妤点头打了招呼，进屋后关上房门。闭门的瞬间，她便察觉出了不对，刚准备出手，却又在那熟悉的气息中静了下来。黑暗中一个人影贴近，那股淡淡的松木香又浓了几分。

"如此不警惕。"谢停舟上前说，"万一是坏人怎么办？"

"你不坏吗？"沈妤抬头看他，屋子里太黑了，又没有点灯，唯有那灼灼的目光如有实质一般落在她脸上。

"世子爷对你还不够好？真贪心。"谢停舟数落着她，将她困在门边，"你怎么知道是我？"

"我闻着味儿了。"

谢停舟笑了笑："狗鼻子。"

沈妤问道："你怎么来了？"

"我还想问你呢。"谢停舟道，"我等了你一个时辰，你跑哪儿去了？"

沈妤没有直接回答，说："御前当值，差事多着呢。"

谢停舟觉得这屋子里太暗了，让他看不清她的脸，他谢停舟的人，就得时时刻刻放在身边才叫舒坦，不能放在身边，退而求其次总也想时不时能看上几眼。

"别点灯。"沈妤察觉了他的意图，喊住了他，"有影子，外面会看见。"

谢停舟就着这个姿势，抵着她的额头："如今要见你一面真难，若我不上朝，三五日怕是都见不了一回。"

他贴得太近，沈妤不动声色地将受伤的左臂往旁移了些。说到上朝，沈妤不甚满意："你今日在朝上实在太孟浪了。"

"那能怎么办？"谢停舟的目光有些危险，"你想在人前和我划清界限，越是不相往来，他们越是不会相信，不得把戏先做足了吗？况且我谢停舟在他们眼中本就是个浪荡子，送到同绪帝御前弹劾我的折子只多不少，怕什么？"

沈妤说："往常的弹劾都只是说你不务正业，行为狂悖，若真弹劾你结党营私，问题就大了。"

"我不在乎。"谢停舟看着她，"真要有那一日，不如我就把罪名坐实。"

沈妤立刻捂住他的嘴："别说了。"

"听你的。"

沈妤在他胸口轻推了一下："你离我远一些。"

"怎么了？"谢停舟没动。

"太热了。"

谢停舟也觉得热，夏日衣衫更为单薄，掌下的腰身不盈一握，让人舍不得放手。

"你今夜怎么进来的？"沈妤问。

谢停舟放开她："大摇大摆进来的，你看谁敢拦我？"

"你……"沈妤真不知该怎么说他才好，只能去倒了杯冷茶喝下。

"太安静了可不行。"谢停舟说。

言罢，他忽然握住她的腰一转，将她提上桌。"哐当"一声，桌上的茶盏被他扫落在地，在夜晚格外明显。沈妤无声地瞪他，听着脚步声靠近。

禁卫在外叩了叩门："虞候，可是有事？"

"滚！"谢停舟侧头对着门说。

他转而凝视着沈妤，低声道："他们都看见我进来等你，若太久没有动静，外面的人该以为你本就无意反抗，那早上的戏可就白演了。"

这理由着实正经，但若不是在黑暗里都能看清他眼中闪着十成兴奋的话，她或许会信。上次偷情，这回演戏，没想到谢停舟竟然好这一口。她抬脚一蹬，被谢停舟一把握住往后一拉，扣在了自己腰后。

房中响起噼里啪啦的打斗声。院门口的禁卫听见动静，相视一笑："好像谈崩了。"

"你还笑得出来。"另一名禁卫说，"人是咱们放进去的，回头大人问起来，还得找咱俩算账。"

"就说拦不住啊，人家是北临世子，又是三品大员，咱们小小禁卫怎么拦得住？"

两名禁卫嘴上说着害怕，为了一耳朵热闹愣是没挪地方。

"动静真大啊。"

"我赌时大人不敢下死手，不然早就把世子两刀砍出来了。"

谢停舟侧耳听着，将沈妤一条腿屈着压在她胸前："他们猜错了，不知道我的阿妤好狠的心呢，竟敢往那儿踹。"

沈妤羞于这个姿势："你赶紧放开。"

"哪能事事都顺着你呢？"谢停舟慢条斯理道。

"你再不放，我就不让着你了。"沈妤警告道。

谢停舟笑起来："我倒要看看，你不让着我是什么样的。"

说罢先下手为强，抓住她的腰将她猛地翻了个身，握住她的手别在身后。沈妤臂上的伤口疼得厉害，把头埋在枕头里咬紧了牙关也没敢开口喊疼。

谢停舟却发现了异常。她的身体在微微颤抖，是疼痛难忍的模样。谢停舟赶忙放开她，将她翻回来抱着，紧张道："怎么了？弄疼你了？哪儿疼？"

沈妤闭着眼将额头抵在他肩上："没事，刚刚拧了一下，已经好了。"

"我看看。"谢停舟抓住她的手臂，一下翻开来，整个人顿时不动了。

沈妤知道瞒不住了，跟鹌鹑似的，脑袋抵在他颈窝里一动不动。

"我说呢。"谢停舟冷哼了一声，"这几日不出宫是为了什么，敢情是伤了我的人，不敢见我是吧？"

沈妤嗫嚅道："什么叫伤了你的人？明明伤的是我自己。"

"你不是我的人？"谢停舟反问。

他起身点了灯，将灯放在窗口，这样影子便映不上去了。

"你自己给我看还是我来检查？"他站回床边。

沈妤眨了下眼，慢腾腾地将左手递过去："已经包扎好了。"

"今日换药了吗？"

"换了。"

谢停舟端详她片刻，显然不太相信："我看看。"

纱布解开，屋内的气氛又压抑了几分，沈妤感觉到呼吸都显得有些困难了。

"药和纱布呢？"

沈妤指了指旁边的柜子。谢停舟一言不发，专注地替她换药。

沈妤有心缓和气氛："你这脸色，一会儿这样出去，戏都不用演了。"

见谢停舟不搭理她，沈妤又说："其实这是我自己划的。"

谢停舟动作顿住了，抬起眼皮扫了她一眼。

沈妤低声道："我好像看见我哥了。"

谢停舟心思转得飞快："昨晚的刺客？"

若不是怀疑是她哥，她定然也不会拿刀子往自己身上划。

"嗯。"沈妤点头说，"其中一个武功走势很像我哥，但是身形比我哥瘦一些，所以一开始我没能认出来。"

"没有找到尸体，是有这个可能。"谢停舟边包扎伤口边说。

"我从前不敢往这个方向想，因为我觉得我哥要是活着，他一定会来找我的。"

沈妤又说："你问我跑去了哪儿，我出宫让陆掌柜帮我打听了。"

谢停舟道："明日我让兮风安排下去。"

沈妤稍做思量："可以派人盯着太傅府，我哥喜欢俞家小姐，他有可能会去看她的。"

"嗯。"谢停舟包好了伤口，指腹轻轻在纱布上摸了摸，轻声说，"又要留一道疤了。"

"你会介意吗？我身上好多疤呢。"沈妤小心翼翼地问。

谢停舟吐了口气，从后抱着她，轻轻托着她的手臂："每次看见你受伤，我的心情就很不好，心情一旦不好，我就想杀人。"

"那怎么办？我哄哄你？"

谢停舟敛下眼皮看她："怎么哄？"

沈妤四下看了看，值房歇息的地方简陋得很，什么也没有，身边的贵重之物只有那把引凤了，可她舍不得拿来哄他。谢停舟看着她的动作笑了。多么聪明，又多么傻的姑娘，以为哄人只能是把自己觉得最好的东西送人，却不知她自己才是最好的。

"我还没想好。"沈妤听见了他的笑，"要不……你还是先跟我说要是杀人的话你准备杀谁吧。"

谢停舟还真就顺着她，认真思索了少顷，似是在挑让谁先死，片刻后说："江寂。"

沈妤回头："那就不哄了，直接杀吧。"

谢停舟从后贴着她的鬓角："我不能待太久，得走了。"

"嗯。"沈妤有些依依不舍。

那气息，那味道，还有那身后滚烫得让人在夏夜里有些发热的怀抱，都让人不舍。

"明日，最晚后日，你必须得出宫一趟，宅子已经替你找好了，太大了不合适，两进小院，就在青石街的永庆巷里，最尽头那一家，比较安静，绿药和二丫都已经搬过去等你了。"

谢停舟走到门口，回头看了眼，说："时大人不送送我？"

沈妤跳下床，跑过去往他身上一扑。谢停舟被她的力道撞得后退了一下，"哐"一声撞上门，唇上柔软的触感一闪而过。他笑着低头，轻声细语："吾妻力大如牛，好生威武啊。"

谢停舟在她的瞪眼中打开了门，迎着禁卫的注视淡定地离开。

"看见世子唇上的伤了吗？"一人抬了抬下巴。

另一人说："很显然，霸王硬上弓。"

"那你说成是没成？"

"当然是——"

话音未落，房内传出沈妤的声音。

"你们两个，过来。"

盛京这两日断断续续下了场雨，巷子里的石板路被踩得老旧，凹凸不平，月亮就在夜色中被困在那一汪水洼里。

一灰衣男子走在巷子里，头戴斗笠，手提药包，走到了家门口却没停下，而是在巷子尽头一拐，拐进了另一条巷子里。他隐匿在暗处，听见细微的声音时，出招如电直袭来人。眼看就要碰到来人的面门，看见对方的脸，沈昭脸色一变，刀锋偏过，险险擦着对方的鬓角而去，刮掉了几丝头发。

"你怎么不知道躲？！"沈昭惊怒交加。

他今夜没有蒙面，沈妤呆呆地看着沈昭的脸，两行眼泪就这样猝不及防地滚落下来。

"哥……"

她想扑上去，又怕眼前的一切只是幻境，她一动就会碎了。

沈昭叹了口气："进屋说吧。"

他转身折回方才经过的房门，进门前警惕地四下观察了一番，确认无人才开门进去。沈妤紧跟在后面，听见房中有人说话。

"是主子吗？"

"嗯。"沈昭抬声回了一声，又对沈妤说，"是孔青，宫里那夜他受了伤，当时我们分开走，他前两日才回来。"

"去那屋等我。"沈昭指了个房间，进屋后放了药。出来便看见沈妤垂着头站在门口，手臂时不时抬起，一下，一下，默默地抹着眼泪。小丫头还是那样，疼也不知道开口，哭也不知道出声，只会默默地流眼泪，把难受一个人憋在心里。

沈昭心中酸涩，说："阿妤，过来哥哥这里。"

他张开了手臂。沈妤嘴一扁，忍着哽咽，慢慢地走过去。沈昭环住了她的后背，仰头望了望那一轮明月。月圆人难圆，爹不在了，这世上就只剩他们兄妹相依为命。

是他这个哥哥做得不好。

娘离世前，他答应照顾好妹妹，却让她习了武，成日在北风凛冽的边关风吹日晒。爹离世前，他下药让近卫带她走，她却义无反顾地跑回来，要与他们并肩作战。她才十七啊，他丢下她那样久，让她独自在这兵荒马乱中踽踽而行。

"是哥对不起你。"沈昭哽咽道。

他忍了，却没忍住，眼泪从脸颊滑落进她的发丝里。

沈妤摇头："你活着就好，我只要你活着。"

她并不难过，她满腔都是庆幸和重逢的欣喜，却总也忍不住泪。沈昭任由她的眼泪洇湿了衣裳，像从前那样哄着她拍她的后背。

等她不再抽噎了，沈昭才放开她，拇指抹过她的眼角，笑了笑说："怎么还是这么爱哭。"

"现在很少哭了。"沈妤擦干了眼泪，"只有去看爹的时候容易哭。"

沈昭揉了揉她的头发："长高了些。"

沈妤忽然想起来："哥，你是不是去给爹扫墓了？"

沈昭进屋倒茶："嗯，去了。"

他苦笑了一下："苟活于世，原本无脸见他，可是——"

"不是的。"沈妤打断他，认真道，"爹一定希望你好好活着，平平淡淡就好。"

沈昭将茶递给她："那你呢？既然知道爹希望我们平平淡淡就好，又为什么要去冒那样的险？"

沈妤抿了抿唇："没你想的那么危险。"

"还不危险？"沈昭沉着脸说，"你以身犯险，深入虎穴到底想要干什么？"

"我想查清燕凉关战败背后的真相，还父亲和十万将士一个公道。"

"这是我该干的事，你一个小丫头插什么手。"沈昭说。

沈妤道："我也是爹的女儿。"

"你还敢顶嘴？"

沈妤缩了缩脖子，小心翼翼地说："哥，就快结束了。"

"梁建方和葛良吉这两个替死鬼已经死了，可他们背后的人还活得好好的。"沈昭目光锐利，"我得杀了同绪帝。"

沈妤说："这事恐怕和我们预想的有出入，我原先也以为是因为爹功高盖主，同绪帝卸磨杀驴，后来发现其实不然，这里头的水太深了。"

沈昭静静地看着她。还不到一年的光景，她成长得这样快，提刀能战武将，谋算能比文臣。他心中是欣慰的，却也觉得心疼。

沈妤说了许久才讲清楚来龙去脉，沈昭皱着眉给她倒了杯水。

"你有没有想过，若是同绪帝执意包庇太子呢？"

"那我会亲自动手。"沈妤说，"还有就是……"

她忽然愣住了。

沈昭看她："是什么？"

"糟了。"沈妤唰一下起身，"我忘了还有个人。"

"谁？"

"是北临世子。"沈妤赶忙跑出院子，冲着黑暗的巷子小声问，"你还在吗？喂？"

"我还以为你已经忘了还有我这么一个人。"

谢停舟从黑暗里走出来，低头靠近了她的脸，问："怎么哭成了这样？眼睛都肿了。"

他伸手欲抚，沈妤当即向后退了一步躲开，眼角往后面瞟了瞟提醒他。

谢停舟笑了，看向她身后不远处站着的沈昭："沈将军，久仰。"

"北临世子，久仰大名。"

沈妤干笑："那就，那就不用我多做介绍了。"

沈昭抬手："世子请。"

谢停舟斜睨了沈妤一眼，走过去："沈将军放心，周围都已清干净，不会有人偷听。"

"世子好手段。"

"过奖。"

沈妤的目光在两人身上转来转去，总觉得气氛有些微妙。

"你看什么？"沈昭先问。

沈妤说："你们俩，怎么有一种天雷勾动地火的感觉。"

谢停舟眼神复杂："你跟谁学的这词？李霁风还是裴淳礼？"

"不是这么用的吗？"沈妤呆呆地问，"我的意思是你们俩有一点……"

"那叫针尖对麦芒。"谢停舟提醒她。

沈妤"哦"了一声，见沈昭认真地看着自己，赶忙说："哥，当初世子带兵营救燕凉关，同绪帝将他招入京中为质子，我是跟着他一同进京的，想借由他来查明真相，在他身边做了一段时间的近卫。"

沈昭注意到了沈妤一口一个"他"，完全没有下属的自觉，也没有半分尊敬之意，倒像是关系颇为亲密。他心思微微一动："你同世子的关系……似乎很亲近？"

沈妤："其实一般。"

谢停舟："这是自然。"

两人异口同声，沈妤眼睛一闭，在桌下踩了一下谢停舟的脚。

沈昭转头问："你踩我干什么？"

沈妤愣住："啊？"

她弯腰看了眼桌下，抬起头说："你把腿伸那么远干吗？"

沈昭打量着她："我先问你踩我干什么？"

谢停舟幸灾乐祸地看着沈妤，唇角轻浮地勾着一抹笑。

"哦。"沈妤说，"我就是想把腿伸展一下，谁知道踩到你了。"

谢停舟笑说："撒谎的时候，眼睛别滴溜溜转。"

"这丫头从小就这样。"沈昭对谢停舟说，"一心虚那眼珠子就动个不停，你……"他止住了话头，只因自己也察觉出来不对。

沈昭轻咳了一声："这段日子承蒙世子对阿妤多番照顾，往后有用得上沈昭的地方，尽管提。"

"往后……"谢停舟拖长了调子，看着沈妤说，"自然是有事要提的。"

只有沈妤懂他的眼神和意有所指。沈昭倒是愣了一下。正常人不都会婉拒，说举手之劳何足挂齿吗，怎么落他谢停舟头上便这么不客气。

"先，先说正事吧。"沈妤心虚地转移话题，"今日刑部尚书徐义山呈报御前，宣平侯一力担下罪责，说全是他一人所为。"

"狗皇帝信了吗？"沈昭心中对同绪帝还颇有微词。

沈妤说："应该是没有相信，如果他想要包庇宣平侯背后的人，大可就此结案，可他对徐义山下了死令，必须彻查，揪出背后的人。"

沈昭紧皱着眉："宣平侯咬死不开口，答案不是已经很明显了吗？太子是他的外甥，除了太子还有谁能让他维护至此？"

"恐怕同绪帝是起了废太子的心思。"沈妤沉重道，"现如今他需要一个合理的废太子的理由。"

"可宣平侯不给这个理由，难道还有别的法子？"

沈妤说："储君乃一国之本，以正国本，现如今和从前不一样了，这个时候任何一点风吹草动都能引起大浪，将死之人，胆子也大了，从前不敢不愿做的事，兴许也愿放手一搏。

"但同绪帝已是强弩之末，只要宣平侯不攀扯上太子，太子熬到同绪帝骑天后继位，宣平侯便还有一线生机，兴许这也是宣平侯咬死不开口的理由。"

"先喝口水润润喉。"谢停舟倒了茶递给她，"夜里少喝些冷茶。"

沈妤"嗯"了声，抿了两口便放下。

两人这样地默契，不像是上下属，也不像寻常友人。沈昭看在眼里，目光逐渐深了去。

"要想个办法让宣平侯开口才行。"沈妤说。

沈昭被拽回了思绪："重刑之下，不怕他不招。"

"他身上有世袭的爵位，刑部不敢用刑。"沈妤脸色阴沉。

谢停舟指尖有一下没一下地拨着茶盏："你们不觉得奇怪吗？"

两人同时看过去。

谢停舟道："有几处不太合理的地方，被我们都忽略了，前后矛盾的不止一处，一开始的剿匪，剿匪未成后你押送人回京途中，没有遇到半点阻碍，你也说过，或许是对方在故意等着他们进京，总不能是宣平侯自己盼着他们进京来指认自己吧。"

沈妤点头："我起初也是这么想的。"

谢停舟指尖在桌上一点："还有一个多余的人，仇万，一开始他们是奔着灭口去的，最后却让仇万去说服鬼雄，你不觉得这一步多此一举吗？"

"你这么一说，好像是这样。"沈妤和谢停舟对视上，"可证据确凿，官粮私卖的人的确是宣平侯。"

谢停舟缓缓皱起眉："似乎是有一个人在随着局势的变化，不停地改变动向，兵来将挡，水来土掩，每次都不落于下风。"

"太子有这样的谋算吗？"

沈昭插话："哪个皇子没几个幕僚？说不定背后有高人指点。"

沈妤想来想去，总觉得事情不对劲，却又一时理不出头绪来。

谈至夜深，沈昭送两人到门口。沈妤扒拉着门依依不舍："哥，我就住在青石街的永庆巷尽头那一家，你有事就去那里找我，绿药会想办法通知我的。"

"绿药的办法就是我。"谢停舟淡淡道，"沈将军大可直接联系我。"

沈昭道："我已不是将军了，世子直呼我名便好。"

"那沈兄也不用称我世子，如阿妤一般喊我停舟便是。"谢停舟说。

沈昭点了点头，又瞬间皱了眉。阿妤？停舟？他们平日就是这样直呼其名的？

"走了，哥。"沈妤摆了摆手，一步三回头。

"嗯，去吧。"

沈昭站在院门口，看着两人行走间隔了五六尺的距离，又不似相当亲近的模样。怪了，沈昭狐疑地关上了院门。

拐过巷子口，谢停舟斜看了沈妤一眼："你很怕你哥？"

"很明显吗？"沈妤问。

"离我八尺远，恨不得贴到墙上去，明不明显，你自己心里没点数吗？"谢停舟轻哼了一声。

沈妤从他的哼声中听出了不满，回头看了一眼，确认沈昭没跟上来，这才挪过去，捏住了谢停舟藏在袖下的手指，嗫嚅着说："我哥还不知道我们的关系。"

"我们是什么关系？"谢停舟故意问。

沈妤偏着头看他，又不知怎么启齿。他这是故意的，故意这么问，沈妤心里这么想，手上就松了。

谢停舟反手将她的手攥进掌心里，语气不善地问："我见不得人？"

沈妤为难道："我哥会骂死我的，他从前跟我说姑娘家要矜持一点，不要像我这样总是大大咧咧。"

"你还不够矜持吗？"谢停舟似是怨怼，"我捧星星捧月亮地宠着，到如今都没能娶进门，再矜持是让我熬上十年八年？"

沈妤忍不住笑了，拍了拍他的手臂安抚道："如今不是时候嘛，我找机会和他说，况且……"

"况且什么？"

"况且成婚也不能如此仓促。"沈妤有些脸皮薄。

谢停舟眼神温柔了去："我当然舍不得委屈了你，我已让父王在北临做准备。"

他停下脚步，让沈妤面对着自己，语气无比认真："阿妤，等事情一了，我带你回北临，我们在北临成亲，我已经等不及了。

"你不会绣嫁衣，我已经让人着手准备，八十个绣娘，等我们回北临，嫁衣应该就绣好了，我要给你最好的。

"如今你大哥回来了，你再不是孤身一人，他会背你出阁，我会从他手中接过你，我不要王位了，我们在北临建一个院子，一起住在那里，你想去哪儿玩了，我就陪着你。"

沈妤微仰着头看他。他说了好多，听起来都那样美好，可是，他回得去吗？卧榻之侧，岂容他人酣睡？

北临是悬于君王头顶的利刃，谢停舟就是约束北临的刀鞘。君王将他放在眼皮子底下，不论坐龙椅的人换成了谁，这把刀却一直存在。谢停舟那样懂她，仅一个眼神便看出了她心中的忧思。

"不要怕。"谢停舟在月下拥着她，在耳边细语，"若我要走，谁也拦不住我，大不了拼个鱼死网破，别怕，我会带你回家。"

沈妤靠在他肩上，望着洒落的一地清晖。她一直避免去思考预兆梦里谢停舟的结局，却在同绪帝大限将至时一次又一次地陷入梦魇。她梦见他满身是血地站在宫门内，伸着手，离宫门一步之遥，却最终也没能走出那座牢笼。沈妤闭上眼，猛地打了个寒战，收紧了拥住他的手臂。

谢停舟亲吻着她的鬓角，一遍又一遍地安慰："不怕，阿妤不怕，有我在。"

今日三法司聚在大理寺一起议事，徐义山和曹弘从大理寺出来，已是黄昏。

"你看看他们的态度。"曹弘厉声说，"大理寺这是想和稀泥，把担子全甩在咱们刑部头上，这案子不论审出个什么结果都是无功，他们这是想把大理寺摘出去，到时候不论出了什么事都落在咱们头上。"

徐义山不疾不徐："这样也好，至少能证明大理寺没和他们勾结，咱们审起案子来也能放开手，不会受人掣肘。"

"可这案子已经拖了快一个月！"曹弘急道，"陛下给的最后期限就剩下半个月，最近三日，那宣平侯总共就吐出两个字，就是要水，他这是打定主意什么都不说，跟咱们死磕到底了。"

"宣平侯的爵位还没除，咱们连刑都不能上，刑部夹在中间，真是里外难做人。"

徐义山长长叹了口气："我去呈报御前，看陛下怎么说吧。"

二人刚进宫。宫门口驶来一辆华丽的马车，二人看那车檐上吊着的牌子，便知道来人是齐王，于是一同退到边上让行，齐王的马车却在两人跟前停了下来。

李延昌掀着车帘："二位大人这是准备进宫面圣？"

两人作揖行礼，徐义山道："正是，齐王请先行。"

"嗯。"李延昌刚放下帘子，却又掀开来，"那宣平侯还没招吗？"

刑部案宗，未结案前不能外传，徐义山自然不会开口。

李延昌了然一笑："我见徐大人愁眉不展，应该是在为此事烦恼吧？我倒是有个想法，不知道两位大人愿不愿听。"

徐义山思索片刻，这事到如今全无进展，听听也无妨，采不采纳在他。

"下官洗耳恭听。"

李延昌道："其实大家都心照不宣，能让宣平侯一力维护的人是谁，毕竟是血亲，不过……"

李延昌顿了顿，继续说："谁说宣平侯只有那一个血亲呢？不是还有个更亲的吗？"

徐义山和曹弘对视一眼，却见李延昌已放下帘子走了。曹弘道："大人，我看这法子可行，虽说要犯不允许探监，但纯粹是死马当活马医，不如让小侯爷去狱中见上一面。"

"审案无所不用其极，威胁这法子早用过了。"徐义山眼里忧思深重。

"不是威胁。"曹弘说，"让他们父子亲自见一面，宣平侯看到他那宝贝儿子，兴许就软化了呢。"

徐义山叹道："那便试试吧。"

马车驶出很远，驾车人才低声问："王爷，那两个人能听进去吗？"

马车在宫巷的尽头拐了个弯，李延昌掀起帘子看了眼，正好看到徐义山和曹弘掉头离开的背影。

"若是没听进去，这会儿那两人就该跟着进宫了。"

"着实不易。"驾车人说，"刑部被徐义山防得跟铁桶似的，看牢的全是他的亲信，根本递不进去话。"

"宣平侯看到了裴淳礼，就该知道他那张嘴不能闭得太死了。"李延昌漫不经心地说，"倒要多谢阿南这个好兄弟了。"

驾车人显得有些兴奋："王爷的宏图霸业指日可待。"

"混账！"李延昌斥道，"这是什么地方！"

驾车人低下头："属下有错。"

李延昌走出马车："你在此候着，不用跟进去了。"

"是。"

宫中的丫鬟内侍都需要生得体面，驾车人脸上一条贯穿的刀疤，这样的样貌，根本不敢在御前露脸。

李延昌去向同绪帝请了安，出来正准备离宫，却瞧见走来的时雨。李延昌停下脚步等了片刻："时大人。"

沈妤："见过王爷。"

李延昌半眯着眼，阴柔的脸上闪过一丝笑意："看时大人这身打扮，是下值了。"

"多谢王爷关心，下官正准备回家。"沈妤一本正经地回复。

"那正好。"李延昌笑着说，"本王也要出宫，不如送你一程。"

沈妤静静地看着李延昌，片刻后说："好啊，那就多谢齐王。"

无事献殷勤非奸即盗，况且沈妤笃定李延昌有话要说。夏季炎热，沈妤坐在靠近门口的位置，还掀开了一边的帘子。马车驶出皇城，沈妤才放下帘子开口。

"齐王殿下就不怕旁人以为你我过从甚密吗？"

"你方才在宫里开了帘子，不就是希望大家这么认为吗？"李延昌说。

沈妤道："齐王不也默许了卑职的行为？"

"是啊。"李延昌笑了笑，倾身靠近，轻浮地说，"就是要密些才好，我觉得我们还能更密，你认为呢？"

沈妤眉目淡然："说正事吧，齐王。"

李延昌"啧啧"了两声："这就是正事啊。"

话音刚落，就见她准备下车。

"等等。"李延昌收了方才轻佻的模样，"上次在猎场我谈的条件，你考虑得怎么样了？"

沈妤靠着车壁："我考虑过了，我如今是陛下跟前的红人，齐王殿下的诚意，怕是不够吧。"

"你现在是盛京新贵，可一朝天子一朝臣。"李延昌威胁地说，"这新贵，还能贵几时呢？"

"就算要找下家，应当也是太子吧。"

李延昌笑出了声，笑够了才说："你成日在陛下跟前走动，得到的消息比起本王只多不少，现如今是个什么情况，你还看不明白吗？"

沈妤道："宣平侯没开口一日，太子就稳坐东宫之位一日。"

"不能吧？"李延昌道，"君心难测啊。"

沈妤垂着头眸若有所思："听齐王这么笃定，你要靠什么把他拉下来？或者说，你要怎么让宣平侯开口呢？"

李延昌说："这你就不用管了，你只说肯不肯。"

"那就要看齐王开得起什么样的条件了。"

李延昌那张阴柔的脸上透着邪气："我有的，自然有你一份，你若是要本王卧榻的另一侧，我也是肯的。"

"停车。"沈妤淡淡道，临出马车前，她回头说，"你得抓紧时间了。"

李延昌心生警惕："为何？"

沈妤斜睨着李延昌："你没闻出来吗？陛下寝殿的熏香更浓了。"

沈妤在闹市跳下了马车，看着马车消失，转身拐进了一条巷子。

李延昌道："今日进宫，寝殿的熏香确实又浓了，但还是盖不住药味，应该是太医又加大了药量。"

"王爷，这女人的话，可信吗？"刀疤脸问。

李延昌不复方才的轻浮，眼中满是阴戾："本王捏着她的命脉，不能全信也不能不信。"

"你去替我办件事。"李延昌说。

刀疤脸道："王爷请吩咐。"

"派人盯紧北临王府，我倒要看看他们是不是真的闹翻了。"

刀疤脸："是。"

刑部大牢固若金汤，宣平侯躺在坚硬的木板床上，目光涣散地盯着墙发呆。墙面很脏，刑部大牢存在了数百年，几番修葺加固，还是留下了前人的痕迹。有没被刮干净的遗书，还有牢犯抠秃的墙皮，甚至还有血迹。

脚步声停在了牢门口，宣平侯毫无反应。他知道每日都会走上这么个流程，狱卒会来问他要不要开口。等了半天，也没听到熟悉的说辞，倒是听见了一阵细小的抽噎声。

宣平侯听着那声音，忽然一愣："阿南？"

翻身起来，骤然跌跌撞撞地扑到门边："你怎么来了？！"

"爹。"裴淳礼放声大哭。

裴淳礼没想到会看见这样狼狈的父亲，从小父亲就像天，可这天塌了，塌得那样突然，让他措手不及到不知下一步该怎么走。宣平侯握住他的手："爹没事，你怎么瘦了这么多？"

裴淳礼擦着眼泪："爹，到底发生了什么？他们都说爹是燕凉关一案的主谋，是你害死了那么多将士。"

"你信吗？"宣平侯问。

"我不信。"裴淳礼泣声道，"你教我不要弄脏自己，我不信。"

宣平侯泪流不止："那就不要信。"

至少在儿子心里，他还是干净的，宣平侯在心里说。

"刑狱不让探视，你是怎么进来的？"宣平侯问。

裴淳礼抹了把泪："是徐大人让我来的。"

宣平侯心思一动，徐义山定然是想让裴淳礼来说服自己早日招认，可他一旦招认，他的日子就不多了。

"这地方不吉利，你看了爹就回去吧。"宣平侯说。

裴淳礼又哭起来："我好不容易才进来的，哦对了，齐王让我带句话。"

宣平侯的手微微抖了抖，急忙问："他说什么？"

"他说太子愚昧，让你不要再包庇他了。"裴淳礼说，"齐王说会想办法保下你，也不会让咱们家塌掉。"

宣平侯愣了愣，目光闪烁了几下，如脱力般腿一软。

裴淳礼手臂穿过栏杆急忙扶住他："爹，你没事吧？"

"没，没什么。"宣平侯目光呆滞，半晌才将目光定在裴淳礼脸上，"阿南，回去吧。"

裴淳礼道:"爹,那你什么时候能回家?"

"应该……应该快了吧。"宣平侯闪烁其词。

裴淳礼高兴地点头:"那,那我先回去,我在家等着你,以后我定然听你的,好好读书。"

宣平侯拍了拍他的手:"嗯,去吧。"

裴淳礼松开手,却被宣平侯忽然拉住。

"阿南,你……你记得要好好吃饭,好好读书。"

裴淳礼点了点头,心里觉得似乎不对劲:"爹……"

"等爹出来,检查你功课。"

裴淳礼笑起来,含着泪点头:"好。"

看着裴淳礼的背影消失,宣平侯缓缓后退,最终坐了硬板床上。

"好啊,好谋算啊,哈哈哈哈哈哈。"

宣平侯笑得前俯后仰:"真是好谋算啊,连我都被算在了里面。"

狱卒听了半晌,看宣平侯的样子隐隐有要疯癫的模样。

"笑什么呢?该开口了吧。"

宣平侯笑得浑身无力,苍老的笑声在牢房中回荡,笑到最后仰起头,却是满面的泪光。

"招,我招,拿,拿纸笔来。"

裴淳礼走出大牢,觉得脸上掉了几滴水,他抬起头看着天。

"下雨了。"

"下雨了。"沈妤趴在窗户上说。

谢停舟替她伸手关上了窗户,温声说:"该睡了。"

在这所不起眼的房子,听着窗外唰唰的雨声越来越密集,他们和衣而卧,同榻而眠,紧贴在一起的是最为契合的灵魂,谢停舟在黑暗中看见了她睁着双眼。

"睡不着吗?"谢停舟低声询问。

沈妤缓缓点了点头,她有些害怕睡觉了,近日一入眠,梦里全是谢停舟带血的身影。

谢停舟面颊贴着她:"最近你总是梦魇,有时还会喊我的名字,梦见了什么?"

沈妤偏过头埋进他怀里:"梦到了燕凉关。"

这是止住话题的最佳方式,燕凉关是她埋在灵魂里永远无法释怀的痛。谢停舟果然止住了话题,在她鬓角一吻:"睡吧,梦魇了我叫醒你。"

沈妤听话地闭上眼,却在雨声中听见了一个不属于夜晚的脚步声。

"嘘。"谢停舟抬手竖在唇边,悄声无息地下了床,抓起了刀架上的引凤。

脚步声越来越近,最终停在了门口,在闪电的照射下落在门上一个影子。

"阿妤。"门外的人问,"睡了吗?"

谢停舟一愣,扭头看见沈妤已经如弹射般从床上慌张地爬起来。

"是我哥，怎么办？"她无声地问。

谢停舟走过去，低声说："你哥早晚要知道，你继续睡，其他的交给我。"

"我哥会揍你的。"

"拱了他家的白菜，被揍一顿也没什么。"谢停舟让她躺下，放下了床帐。

沈昭把耳朵贴在窗上，他似乎听见了有人说话的声音，却又被雷声炸得不大确定。

"阿妤？"沈昭又喊了一声。

心说怪了，从前打雷就睡不着，今夜雷都快劈脑袋上了，怎么还睡得这样沉？沈妤确实是怕打雷，但那是以前的事，孤身一人存活于世，总得学着坚强起来。沈昭没听见回音，正准备离开，门却突然开了。

一个一身寝衣，一个头戴斗笠，两人便在闪电的强光中四目相对。沈昭仿佛被定住了，又在"噼嚓"一声惊雷中被震清醒。

"阿妤呢？"沈昭脸色铁青。

"睡了。"谢停舟平静地说，"她近日睡眠不佳，我们去别处谈。"

沈昭紧紧攥着拳头，仿佛下一刻那拳头就要落到谢停舟的脸上。谢停舟回手关上了房门，朝着一旁的厢房走去。他进屋后点上了灯，转身道："大哥……"

耳边已有风声袭来，谢停舟明明能躲开，但他硬生生受下了这一拳，被沈昭一拳打得偏了头。这力道着实不小，谢停舟耳鸣了片刻。

沈昭又一把揪起他的领子，一字一顿道："谢，昀，你当我沈家无人，欺负到我妹妹头上来了，你竟敢，你竟敢……"

他手抖得厉害，反手又是一拳打在谢停舟的下颌上。谢停舟嘴里冒出了血腥味："我不为自己辩解。"

他说："我爱阿妤。"

"你爱她？"沈昭勃然大怒，"你爱她就该尊重她，却这样与她无媒苟合，你这算哪门子狗屁的爱！"

"这词用得未免太过了。"谢停舟不悦地扯开抓着自己领口的手，"大哥骂我可以，但——"

"你闭嘴！"沈昭扔了斗笠，怒道，"你没资格喊我大哥。"

谢停舟继续道："大哥骂我可以，但别轻看了你妹妹，方才那个词用在她和我身上，就是看轻了她。"

沈昭喝道："你若是没有轻看她，今夜又怎会在她房中？"

"是我情难自禁，看不到她就不踏实。"谢停舟认真道，"但我也尊重她，她虽已答应过我的求娶，我也在岳父坟前发过誓会护她一辈子，但没有正式拜堂成亲前，我不会越过雷池。"

听他这么说，沈昭的愤怒淡了一点，但也只是那么一点而已。

"我说呢。"他冷笑道，"那日便发现有些不对，你告诉我，是不是你以报仇为要挟逼迫她？"

"她是那种会受人胁迫的人吗？"谢停舟反问。

沈昭气得来回踱步，一腔怒火却无处发泄，抬脚便踹翻了一把椅子。

"你休想！"他阴沉地看向谢停舟，"你休想轻易从我手中娶走我妹妹。"

谢停舟知道，要和沈昭谈，算计人心这一套是决计不能用的，要凭的就是一颗真心。

"我从没想过轻易。"他平静地说，"娶她从来不容易，大哥不知道我一路走来付出了多少，没关系，往后总会看见的，其实今夜挨了拳头，我是高兴的，说明你疼她，这世上又多了一个疼她的人。"

沈昭怒气攻心，这会儿气得脑门发疼，他拉了把椅子坐下来："她根本没睡，即便是睡了，这么大动静也该醒了吧，是她自知做错了事，不敢来见我吧？"

谢停舟说："我没有觉得她做错了什么，也不是她不来，而是我不让她来，大哥在气头上，有什么气尽可冲着我撒，我谢停舟照单全收，但阿妤不行。"

谢停舟看着院中的积水，轻声道："她一路走来太苦了，我一点委屈也不想让她受，你要是见了她，兴许又是一顿好骂，她不会同你顶嘴，但她会很难受，你是她非常重要的人，任何一句话对她来说都重若千钧，包括责骂。"

沈昭心中的气缓和了些，听谢停舟说她一路走来有多苦，他何尝不是心痛不已。

谢停舟扶起倒在地上的椅子，又捡起斗笠，说："对我来说，她是我谢停舟此生唯一的妻，但你对我来说，只是她的兄长而已，我不会让任何人伤害她。"

他淡淡地看过去："包，括，你。"

沈昭从谢停舟的眼中看出了危险的警示，那是猛禽护崽的神情，是谢停舟要将沈妤纳入自己的羽翼之下的决心。沈昭出奇地没有生出怒气："谢停舟，日子还长。"

他指着自己的眼睛："我会盯着你。"

沈昭要走，谢停舟提着灯笼送他离开。

雨下得很大，廊下溅了不少雨。谢停舟身上罩着宽松的袍子走在前头，沈昭在后面看着，心想那风姿当真是绝世而独立，这世上怕是再找不到这般人物了。可是……反正谁都配不上我家阿妤。

谢停舟送完沈昭回来，在房门前吹灭风灯，将灯笼搁在了门口。走进房中，看见了坐在榻上发呆的沈妤。

见谢停舟进来，沈妤问："我哥走了吗？"

"嗯，走了。"

谢停舟的袍子上溅了雨，他脱下袍子，重新换了一身，走到沈妤跟前："怎么吓成了这样？都说了有我在，没事的。"

"你们打架了吗？我哥揍你了是不是？伤着没？"沈妤一连问了好几个问题，起身去点灯。

谢停舟伸手拦了一下，倏忽间又改变了主意。

窗外风雨依旧，房中亮起了温暖昏黄的灯。沈妤抬起烛台看他，见他面颊瘀青，唇角都还带着血，顿时倒吸了一口凉气。

"我哥怎么下这么重的手？！"

"没关系的。"谢停舟看着她，如蛱蝶扑翅般轻轻地眨了下眼，"这是我应该受的，他气我们还未拜堂成亲便同榻而眠，不合规矩。"

沈妤着急地到处翻着柜子找药，回了句："那也该好好说，怎么能下这么重的手呢。"

谢停舟看她忙得像个陀螺，在屋子里转来转去，觉得这一顿打受得挺值。

"大哥是正人君子，自然无法接受这样的事，况且是发生在你身上，而我是卑鄙小人，为了能时常看见你才出此下策，他不理解也是正常。"

沈妤放下药，拉着他坐到桌边："你别妄自菲薄，你又未曾强迫于我，错也是我们两人的错。"

"若是早日成亲，大哥兴许就不会如此生气了。"谢停舟轻轻地说。

他握住她的手，被沈妤挣脱开。

"你别动，我给你擦药呢，不然明天起来不知道肿成什么样子。"

"若是丑了，你嫌弃我吗？"谢停舟问。

沈妤说："你先别说话。"

两人离得很近，沈妤净了手，在指尖蘸了点药膏，一点一点涂在他被打伤的脸上。

"嘶——"谢停舟轻轻吸气。

"弄疼了吗？"沈妤凑上去轻轻吹着，心疼得紧，"他打你，你打不过就喊我呀。"

"那我和你哥打起来，你帮谁？"

沈妤想了想："你又打不过他，我难不成还帮着他打你吗？我肯定是帮你拦着他呀。"

谢停舟心中舒坦："那往后就拜托你了，世子妃。"

第一次听他叫自己世子妃沈妤还会脸红，如今早就已经习惯了。

她擦好了药直起身，拿帕子擦干净手指，说："你是不是故意让我心疼你？"

"也不是故意。"谢停舟轻声说，"我也不想挨这顿打，可是我不挨打，你就要挨骂了，总得让大哥撒了这口气。"

"嗯……"谢停舟一副委屈巴巴的样子，"或许是小时候摔了无人安慰，便觉得被人心疼的感觉真好。"

沈妤又被他捅了一刀，明知道他有故意的成分，但心知他幼时没人疼说的也是事实，立时心头泛酸。

"身上还有没有别的伤？"

"没……"谢停舟话锋一转，"没注意，当时在想别的事。"

沈妤道："那你脱了，给我看看。"

谢停舟注视着她的眼睛："真脱吗？"

沈妤叉起腰："你别一副我好像要对你霸王硬上弓的样子。"

"可是我手臂有些疼，不如……"他看着她，"你来帮我？"

沈妤也不和他废话，两只手扯开他的领子，露出健硕紧实的胸膛。满眼春色，沈妤不由得红了脸。屋外却忽然响起了急匆匆的脚步，原以为是沈昭去而复返，听着脚步声又更轻。

"主子。"

沈妤赶忙替谢停舟拉好了衣裳，走过去开门："怎么了？"

"宫里来人了。"绿药紧张地说，"有位公公来传旨，说宫里有事，陛下宣你进宫。"

"我知道了。"沈妤关上门，对谢停舟说，"我得进宫一趟。"

谢停舟不复之前的浪荡样，他沉着脸："同绪帝这个时候宣你进宫，是宫里发生了什么？"

"现在还不清楚。"沈妤走到屏风后换上蟒袍。

出来后对谢停舟说："你就歇在这里，睡醒了再走。"

"你不说我也不会走。"那床榻上有她的味道，能让他一夜好眠。

谢停舟撑伞送她出门，又交代一番。

"若有急事，让顺寿给我传话。"他正了正她的领口，说，"去吧。"

一道雪亮的闪电突然撕破了黑夜中的云层，紧接着，轰隆隆的雷声响彻云霄，仿佛就炸在这座屹立数百年的禁宫之上。

含章殿殿门紧闭，徐义山连夜进宫呈报要事，此刻正在含章殿中。李晋承步履匆匆，同绪帝没传他，他也不敢擅自往里进，问立在门口的沈妤："父皇大半夜宣我，可是他身体抱恙？"

"太子殿下，这里是含章殿。"沈妤提醒。

含章殿是同绪帝的御书房，专门批阅奏折和处理政务的地方。李晋承刚松了一口气，紧接着心又吊了起来："你跟我通口气，到底是什么事？我心里好有个底。"

沈妤平淡道："刑部的徐尚书在里面。"

李晋承心一沉，在门口来回踱了会儿步，忽然开口问："都虞候，这深夜进宫面圣，是不是宣平侯招出了什么消息？"

这一声都虞候，给足了沈妤面子，看样子是要和她套近乎的意思。

沈妤注视着李晋承的脸："下官只管保护陛下安危，对案件并无了解。"

李晋承似乎是不信，端详她一番，正准备开口，殿门便开了。徐义山走出来："太子殿下，陛下让您进殿。"

"好，这就来。"李晋承整理了一番衣冠，确认无恙后忐忑进殿。

刚一进门，一个琉璃盏便飞了过来，却因力道不足，飞至半空就落了地上。

"逆子！"同绪帝目怒如火。

"父皇息怒。"李晋承腿一软跪在地上，"父皇千万保重龙体。"

同绪帝剧烈喘息着，哼哧声如破烂的风箱："你，你巴不得朕早日归天，大周便能落入你手，任你为所欲为！"

李晋承呆住："父皇，儿臣不知父皇为何如此生气，若儿臣有做得不好的地方，父皇尽管责骂，千万不要伤了龙体。"

同绪帝苍老的眼中含着愤怒："你当朕真是昏聩到无可救药吗？"

李晋承说："儿臣不明白父皇的意思，还请父皇明示。"

"你的行宫，行宫内的那些姬妾，如何得来的？"同绪帝问。

李晋承的脸色顿时变得煞白："儿臣，儿臣……"

同绪帝问："李晋承，你知道朕给你起晋承二字是什么意思吗？"

李晋承深深磕了个头："儿臣知道，晋其位承其业，父皇对儿臣寄予厚望。"

"你贪图享乐，沉迷美色，结党营私，这一桩桩一件件，你德不配位，朕若是把大周的江山交给你，那我就是愧对先祖。"

同绪帝顺手捡起手边一个东西又砸过去，李晋承没敢躲。砚台实打实砸在他头上，他咬着牙受了，很快一股鲜血便从额头流了下来。

"父皇。"李晋承哭泣道，"儿臣知错了。"

同绪帝怒不可遏："葛良吉生前就指认过你，挪用修河堤的款项，朕按下不发，就是想着你还未烂到根子上，没想到你……"

同绪帝已气得说不出话来，缓了片刻后说："没想到你竟然和宣平侯勾结，掏空了西南粮仓。"

李晋承霍然抬起头："父皇，儿臣冤枉，儿臣根本没动过西南粮仓。"

同绪帝冷笑："燕凉关战事一起，你们担心形迹败露，竟把主意打到了军粮头上，朕是该欣慰？朕的好儿子啊，一个梁建方，一个葛良吉，都是你的替罪羊！"

"父皇。"李晋承膝行过去，抱住同绪帝的腿，"此案定有隐情，儿臣没干过这样的事。"

"哗啦"一声，同绪帝挥掉了桌上的东西。

"你不要告诉朕，这些全是他宣平侯一人所为。"

"儿臣，儿臣确实从户部拿了银子。"李晋承悲切道，"偷粮运粮一事儿臣当真是闻所未闻，请父皇信我。"

同绪帝一脚踹在李晋承胸口，他身体羸弱不堪，提不起力，却还是将太子踹得倒在地上。"唰"的一下，同绪帝抓起桌上的供词劈头盖脸扔在了李晋承脸上。

"你给朕仔细瞧好了！"

李晋承慌乱地抓起那薄薄的几张纸，飞快地扫视，越往后看，他脸色越发苍白。额头上流下的血已经在脸上凝固了，看上去更加可怖。

"不对，这不对。"李晋承快速翻动着供词，"这是栽赃！是栽赃啊！"

他看向同绪帝："父皇，这是有人想让儿臣死。"

"不是有人想让你死。"同绪帝厉声说，"是你想让大周亡！宣平侯是你舅舅，为了让你坐稳太子位，他在背后替你使了多少力你当朕不知吗？"

"他宣平侯在狱中苦熬一月都没开口，就是为了保住你，若不是裴淳礼的劝说，朕就要被你蒙在鼓里。"

李晋承完全不能接受这样的事实，他泪流满面道："儿臣做过的儿臣认，没做过的儿臣就是死也不会认。"

"那你便以死明志！"同绪帝气得口无遮拦。

他的声音仿佛又苍老了几岁："朕，愧对先祖，愧对大周，大周不能交在你这样的人手里。"

"父皇！"李晋承大惊失色，"儿臣，求父皇给儿臣一个机会，儿臣真的没做过啊。"

"机会。"同绪帝道，"朕要是给了你机会，那大周的机会又从何而来，千万流民的机会又在哪儿？"

"白纸黑字，容不得你狡辩。"同绪帝说，"来人！"

沈妤步入殿中："臣在。"

"即刻将李晋承押入宗人府，不得擅自出入，待结案后论罪。"

"是。"

"来人，拟诏。"

同绪帝剧烈咳嗽起来，帕子上立刻沾了一抹血迹。

他扔在一旁，撑着一口气道："拟废太子诏书。

"朕承先祖弘业，于维以治安天下。太子晋承不法祖德，不遵朕训，专擅威权，鸠聚党羽，惟肆……惟肆……

"噗——"

一口鲜血从同绪帝口中喷涌而出，飞溅在了诏书之上。

天亮了，却仍是黑云压顶，如同散不去的阴霾，笼罩着这座繁华的都城。教坊司开了门，看见叩门的人一身蟒袍，连忙恭恭敬敬地说："哟，是大人您哪，今日来得怎么这样早，这天儿还早着呢？咱们里头——"

"我找人。"沈妤打断他的话。

"还是找扶窈啊？她……"

沈妤拿刀鞘将人往旁边一拨，径直跨入了教坊司。宣平侯被捕这月余，她曾来教坊司找过扶窈几次。谢停舟说得没错，扶窈看似不靠谱，但葛良吉确实没有选错人，她几番威逼利诱，也没能将账本藏匿的地点问出来。

可她多番复盘下来，发现自己似乎忽略了一点——账本可能根本不在某个地方，虽然大局已定，太子已无法翻身，找到账本不过是锦上添花。但她仍想要拨开迷雾，让所有的秘密都重见天日，让十万将士得以瞑目。

扶窈奉了茶，跪坐在一旁："大人来了也有六七次了。"

沈妤端起茶盏："你怎知这不是最后一次。"

"大人那夜救我，扶窈感激不尽。"扶窈笑了笑，"但是葛家数条人命都系在账本上，我不能冒险。"

沈妤紧紧盯着她："皇上已经下令圈禁太子，如今对你们的威胁已解，账本对你来说已无作用。"

扶窈似是稍愣了一下。

"如何？"沈妤问。

扶窈手微微一抖，手中取炭的火箸就撞在了风炉上，"叮"的一声脆响。

"大人。"扶窈说，"您知道我爹为何偏偏将账册交给了我吗？"

沈妤看着她，并没有问。扶窈搭着袖子，夹起一块炭放入风炉中："因为我是最没有骨气，也最怕死的，我爹太了解自己的孩子，我姐姐她心怀仁义，或许心一软，她便甘愿为正义而赴死。"

"可是我不同。"扶窈看着沈妤，"我想活着，哪怕是如今这样贱如蝼蚁，我也想活。"

沈妤道："若太子定罪，账本你给吗？"

扶窈："不给，威胁不能完全消除，我不会给。"

得到这番答复，沈妤其实并不意外。但这次，她只是将茶一饮而尽，轻放案台，甚至不再看扶窈，目光反倒投向风炉中的火光，说出来的话却是与之相悖的寒凉，令人背脊一僵。

"我猜，这么重要的东西，你应该会藏在自己能掌控的地方，而你和扶萦的房间我之前就找过，没有找到账本。"

接着沈妤缓缓抽出刀，在桌布上擦了两下。

"既然不是地方，那便只能是人，所以你应当是将账册交给了什么可信的人，一旦你出事，账本便会大白于天下，因而觉得我不敢贸然动手，是吧？"

扶窈只觉呼吸一窒，案下的手抓得死紧。她不知沈妤是如何知晓，但她知诸多次威逼利诱，唯有此刻，沈妤是真的动了杀心。见她慌了神色，沈妤歪头笑道："原想放你条生路，但我现在改主意了，反正拿到账本也是为了公之于众，只要我杀了你，替你藏账本的那个人，会直接帮我达成目的，我无须多此一举。"

她握在手中的刀刃，被火映着红芒，仿佛不见血光不能归鞘。

扶窈知道自己装不下去了，她害怕得头打摆子般，挣扎着退缩求饶："别杀我，大人，求你别杀我，杀了我，你就拿不到账本了。"

沈妤见状，转手翻刀，敛起目光。

她想，她的誓言就要达成了。

沈妤走出教坊司，外面骤雨方歇，空气中还带着潮气，连呼吸都感觉逼仄。

"驭——"

四喜停下马车，从车辕上跳下来，眼神朝马车一瞟示意道："大人，快上车吧。"

自三福死后，四喜一家就被接到了庄子上，沈妤回京后又将他招了回来，如今替沈妤当马夫，顺带办点小差事还是行的。沈妤立马反应过来，四下看了一眼，上车飞快地掀帘进去了。车帘虽盖得严严实实，但矮几下置了冰盆，一点也不显闷热。

"你怎么来了？"沈妤在他身旁坐下，闻到他身上惯有的松香味，很是舒心。

"明知故问。"

他来还能为什么，想她，接她，不放心她，仅此而已。

"看你的样子，是成了？"

沈妤凝神正色道："嗯，但账本不在她身边，她写了一封信给我。"

谢停舟拿过信快速扫了一遍："建州？快马加鞭往返也得半月，能赶得上同绪帝给李晋承下罪吗？"

"赶不上也没关系。"沈妤说，"反正事情已定，李晋承罪责难逃，这不过是压垮他的另一块石头罢了。"

谢停舟收了信，说："那我让兮风跑一趟。"

"可是……"沈妤有些犹豫，"兮风走了，谁来保护你？"

谢停舟说："无碍的，又不止他一个近卫，况且还有那么多暗卫。"

沈妤还是不放心："可是，可是兮风一直是跟着你的。"

"我们进京那段时间，他不也是没跟着我吗。"谢停舟忽然想起来，"对了，那段时间是你保护我，那未来半月，我的安全就托付给时大人了。"

"可是我白天要在宫里当值呢。"

"那就晚上。"

"这个事。"沈妤顿了顿，"你估计得先问过我哥的拳头。"

谢停舟只觉得颧骨上的伤隐隐作痛："……不用问了。"

"怎么？"

谢停舟不悦道："你哥早晨已经将东西搬过来了，看样子是要住在府上对我严防死守。"

沈妤想笑又不敢笑，她是想和哥哥住在一块儿的，毕竟从小到大那么多年，都是这么过来的。

谢停舟看她脸上一抽一抽地想要笑，叹了口气："阿妤。"

沈妤被他喊得背脊一麻，谢停舟已将头靠进了她的颈窝里，喃喃地说："怎么办哪？我何时才能娶你？"

世子撒娇，这谁顶得住？

那封废太子诏书一下，朝堂剧变。谢停舟脸上虽伤了，却是照常上朝，但凡有同僚问起来，他便坦言说偷香窃玉被人家哥哥揍了。这两日不论是朝堂还是宫中，气氛都压抑得厉害，言官们不敢在这个节骨眼上找事，因而也不敢弹劾谢停舟。储位空虚，朝臣们忙着上折子，同绪帝案头堆了两堆，一堆是拥趸秦王李昭年，另一堆是上奏请立齐王为太子的折子。

从前与皇位遥不可及的齐王李延昌，似乎在前太子李晋承出局后，也有了一争高下的能力。同绪帝双目凹陷，形同枯槁，却依旧伏在案头。这个无能的帝王，宵衣旰食，在站他的最后一班岗，似乎是要印证鞠躬尽瘁这个词。

"陛下。"德福上前劝说，"该歇息了。"

同绪帝"嗯"了一声，转头看了一眼天色，说："掌灯吧。"

宫女进殿，含章殿内燃起了灯。同绪帝看了片刻，眼睛便开始花了，怎么也瞧不清上头的字。

他仰头靠在龙椅里，半晌才开口："时雨呢？唤她进来。"

德福："是。"

沈妤进入殿中："陛下。"

"过来些。"

"是。"沈妤走近了些，迎上了同绪帝浑浊的目光。

"是生得不错。"同绪帝看了半晌才说。

沈妤表情并无变化，心中却因这莫名其妙的一句开始忐忑。

同绪帝说："你来替朕读奏折吧。"

沈妤一惊，单膝跪下："陛下……"

德福同样大惊失色，却没敢开口。

"起来。"同绪帝道，"朕没让你跪。"

沈妤起身道："臣乃殿前司禁卫，不敢妄涉朝政。"

同绪帝悠悠道："朕的眼睛不行了，但朕看人不用眼睛，你替朕读折子。"

沈妤和德福都听明白了，这句话是信任的意思。德福暗自心惊，这荣宠，当真是前无古人。若非同绪帝已近日暮，沈妤何愁他日不能位极人臣。

可惜啊。可惜从来都是一朝天子一朝臣，谁知道新帝继位后又是怎样一番光景呢。就连德福他自己，都要开始想办法另谋前程了。沈妤上前，瞧见桌上盏中盛着的不是茶，微黄的水中浸着的是参片。

已经到这种地步了吗？她想。

沈妤要读奏折，德福赶忙退出了含章殿，殿内响起了字正腔圆的读奏折的声音。同绪帝闭着眼，总在沈妤读完一本奏章之后再做朱批。他半合着眸，似是要睡着一般。他想起了和沈仲安的最后一次促膝长谈，那是燕凉关起战事的前几日。

他说："你成日同我夸你闺女，你闺女这样好，不如给我做儿媳，也算全了咱们一场君臣之义。"

"那不成。"沈仲安当即否决，他说，"我那丫头，野得很，就不爱被拘在盛京，她那性子要是进了宫，不得给你闹个天翻地覆。"

"都是你惯出来的啊。"同绪帝喝着茶，"你交给我，我来替你管束。"

"你哪个儿子合适？"沈仲安问，"成气候的都成亲了，我女儿可不做侧妃。"

同绪帝想了许久，确实没找到人选，没成亲的那几个，怕是配不上那个漂亮的小丫头。

沈仲安爽朗一笑："不成吧，别想咯，没娘的孩子，是要宠着些，又是个女孩儿，随她去吧。"

"仲安哪。"同绪帝忽然道，"我虽虚长你十来岁，却没你看得开，我被大周束缚住啦，困住了自己，如今我身体一日不如一日，肯定要走在你前头的。"

话题霎时变得沉重起来。

沈仲安道："陛下说这话——"

同绪帝打断他："我生在皇家，骨肉亲情淡泊，兄弟情谊许是杀人刀，唯你一人了，唯有你一人，我才能好好和你说上些话。"

同绪帝在他面前都没有自称是朕。

"我撑不住了，若哪日我先走一步，你替我把大周的江山看住。"他如是说。

可是，那个他愿为之托付江山的人，却早走他一步，死在了他儿子的手里。大周的最后一根国柱，倒在了燕凉关凛冽的风雪中。泪水从皱褶的眼角浸出来，又没入了斑白的鬓中。他不知自己是在哭逝去的友人，还是在哭摇摇欲坠的江山。

"陛下，这封是礼部呈上来的折子。"沈妤顿住了。

同绪帝问："怎么不继续读了？"

沈妤道："前太子……不，李晋承写了一封罪己书，夹在其中。"

同绪帝睁开眼："给朕吧。"

他偷偷拿袖子擦了擦眼角，之前眼中隐约的软弱消失不见。

同绪帝坐了起来，接过那封罪己书："烛台给朕。"

沈妤拿过烛台，那洋洋洒洒几千字的罪己书在同绪帝手中燃了起来。他在火光中看着沈妤，又仿佛透过她看着另一个人。

同绪帝喃喃道："这是朕，给沈仲安的第一个交代。"

或许是同绪帝担心自己心软，抑或是真的已经失望透顶，那封几千字的罪己书，同绪帝一个字也没有看。就这样在那只苍老的手中燃尽，似连火苗的温度也无法察觉。这都不重要了。

禁宫最高的地方叫降紫阁，寓意天降祥瑞，紫气东来。降紫阁楼高九丈九，站在高处，盛京的全貌便能映入眼帘。沈妤站在楼上，心中却丝毫没有尘埃落定的感觉。她想父亲了，想燕凉关了。可她站得这样高了，却还是望不到燕凉关，甚至连哪一座府邸是沈府她都分不清。

"北临王府在那儿。"黑暗中忽然有人出声。

"什么人？！"沈妤厉声一喝，按上了腰间的引凤。

她在此站了这么久，竟然没有察觉到有人。那暗处响起一阵窸窣声，一个人影从围栏边的吴王靠上坐直了身体。

沈妤定睛一看，立刻躬身行礼："王爷。"

"免礼。"李昭年起身走来，随风而来一阵淡淡的酒气。

"在那边。"他抬手指着一个方向，说，"那里就是北临王府。"

沈妤知道李昭年知晓她是女儿身，但从来未曾借此要挟过，甚至从未有过相谈，见面仅仅是例行行礼。

"你是不是想要出宫去？"李昭年问。

沈妤道："回王爷，卑职并无此意。"

李昭年似乎并不在意她的回答，看着她笑了笑，撑着栏杆探出头去。降紫阁上涌着风，将他的头发吹得漫天飞舞。

"我也想飞出去。"他望着远方说，"我曾想过，若我没有生在皇家就好了，可宦游四海，也可巡游览胜。"

"可后来一想，若没生在皇家，我便会生于乱世，兴许连饱腹都成困难，你瞧，这世上所有人都是进退两难。"

他够得太远，沈妤生怕他摔下去，提醒道："王爷，此处风大，还是回去歇息的好。"

李昭年似乎是真的有些喝醉了，回头看她的眼神有些茫然："哦，本王无事。"

沈妤想了想，转身准备下楼去叫人。

"别去。"李昭年说，"我不跳。"

他坐回了吴王靠上，看着沈妤说："要变天了，你快些走吧，走得越远越好。"

沈妤心中"咯噔"一声，不知李昭年是不是意有所指。储君未立，如今秦王李昭年和齐王李延昌分庭抗礼。李昭年分明于皇位没有想法，却被众人硬生生推向那个位置。新旧轮替的常见戏码便是党同伐异，反攻倒算。或许他已预见到了之后的厮杀。

"时雨。"李昭年轻轻喊了一声。

沈妤："卑职在。"

李昭年看着远处："这片山河，太重了，兴还是亡，皆有定数，你……你们……不要被卷进这漩涡里来。"

沈妤轻轻地吸了一口气，她确信了，李昭年是在让她保命。不论是不是酒后吐真言，她也应当为这样的提醒而感激。她想起了那晚她潜入宫中，听到同绪帝说的话，他说昭年仁德，若是生在太平年，定能成为一个好皇帝。可这样一个清风明月般的人，却生错了地方。

沈妤道："王爷呢？王爷不走吗？"

"我走不掉。"李昭年笑着说，"我生在皇家，自出生便是身不由己，我已身在漩涡，出不去了。"

李昭年一拂袖，吴王靠上的酒壶落在了地上，他起身下楼，走到台阶前回头："要记得本王的话啊。"

沈妤在降紫阁上坐着，她想起了方才李昭年所指的方向，她在那个方向看到了北临王府。她去信北临已近一月了，却迟迟没有动静，也没有任何回音，不知北临王收到她的信没有，该不会被谢停舟给截了吧？她马上又打消了这个念头，若信被谢停舟所截，应当就不是现在这般风平浪静，指不定要发多大的火了。

沈妤在降紫阁上坐了一夜，天光大亮才从楼上下来。宫巷里来来往往的宫人，忙得不可开交，在沈妤经过时纷纷退至一旁行礼。

"虞候大人。"

"嗯。"沈妤看了一眼，"这么多东西，是在送什么？"

她身为殿前司都虞候，禁宫安危便是己命，因而任何动向都需要留意。

内宦道："回大人，过几日便是万寿节了，这些都是为万寿宴备下的。"

"万寿节了啊。"沈妤喃喃道。

原来已经快万寿节了，毫无疑问，这应该是同绪帝的最后一次万寿宴。怪不得地方官都已陆续进京，她这些日子都给忙忘了。

压抑了半月的禁宫在万寿宴那日热闹了起来。同绪帝着了冕服，衬得他比每夜灯下伏案时要精神许多。

"开宴吧。"同绪帝脸上似有喜色，沈妤知道那是因为什么，昨夜他刚拟定了储君的人选。

殿中韶乐响起，内宦和宫女开始传菜。

"你瞧时雨。"李霁风说，"立在父皇跟前，确实颇有几分气势。"

谢停舟举着杯盏抬眼望去，沈妤的目光刚好扫过来，她只在他身上停留了一瞬，又很快移开了去。半个时辰后，沈妤换班去净房，刚从净房走出，便伸出一只手，将她捞进了一旁的杂房。沈妤没躲，因为她在酒气中闻到了谢停舟身上的味道，只压低了声音道："你太胡来了。"

"我太想你了。"谢停舟盯着她的眼，"你已经三日没出宫了。"

沈妤解释："万寿宴要排值，宫中布防也要做调整，忙不过来，今夜便能回去了。"

"回去也没用。"谢停舟忽然顿住，听见门外有人经过，等人走远了才继续说，"回去也有你哥盯着，连根手指都碰不着。"

沈妤踮脚在他耳边低声道："任重道远呢，要说服我哥可不容易。"

耳郭被她若有似无的气息吹得发麻，谢停舟侧头，在她鬓角亲了下。他不敢放任自己吻她，怕她等会儿出去被人察觉出异常。沈妤还要当值，不能离开太久，她先离开，谢停舟过了约莫半炷香的时间才回到宴席上。

宴席进行到一半，同绪帝便已有些精神不济。钟磬嗡地响了一声，那声绵长的余音还没消，席间百官已静了下来，均是望向龙座翘首以待。同绪帝便在那声余音中开口："宣旨吧。"

"是，陛下。"德福取出一道明黄的圣旨。

百官跪了一片，他们伏在地上，已经预见到了这道诏书意味着大周要立下下一任储君。所有人的心都提了起来，不知道秦王和齐王，谁才能成为这天下共主。

哗啦——房中摆件碎了一地。

齐王还不解气，抓住博古架想要一把掀翻没能成功，抬手抓起一个瓷瓶便砸在了地上。屋内屋外跪了一地的侍从和丫鬟。

"滚！都给本王滚！"齐王又是一个瓷器扔出去，丝毫不在乎价值。丫鬟小厮庆幸地退出去，谁也不敢再靠近书房。李延昌气得脑中发蒙，眼前一阵明一阵暗，他撑在桌案上的双臂都在微微发抖。

"为什么？"他咬牙道，"为什么？"

他抬手挥翻了笔架："本王哪里比不过他李昭年？啊？你说，哪里比不过？！"

刀疤脸立在一旁不敢开口。

"老四成日只会舞文弄墨，他懂怎么治国吗？为什么我样样比旁人优秀，他却从不曾看我一眼？！"

哐啷——

"我的诗文不够出挑吗？可他说什么？说我急功近利，易受其乱。

"我的武艺不比其他皇子好吗？可他说帝王是要驭人而非提刀。"

"我怎么做他都不满意。"李延昌咬牙切齿，"他偏心老大，偏心老四，就连李霁风那个废物都是他的心尖肉。"

"那我呢？我算什么？"

李延昌跌跌撞撞上前，紧紧盯着刀疤脸："甘巩，你跟了我那么多年，你说，我是真的不如他们吗？"

甘巩道："王爷，胜负未定，咱们布局多年，不就是要争一个赢吗？"

李延昌微微愣了一下，忽然笑了起来："是啊，他不给我，我便自己去争，可是……"

他的笑容又敛了下来："可是我是真的想要得到他的肯定。"

李延昌缓缓跌坐在地上，衣冠已经乱了。

"我是真把他当父皇来敬来爱啊。"他又是哭又是笑。

"我不想这样的。"他喃喃自语，"我不想这样的，都是你们逼我的。"

那双通红的眼睛逐渐凌厉起来："既然他这般对我，就不要怪我，甘巩，按计划行事吧。"

甘巩眼里闪着兴奋："是，王爷。"

几匹骏马穿梭在街巷，转过街角风驰电掣般地朝着北临王府的方向掠去。

兮风在王府门前跳下马："世子在院中吗？"

"不在。"门房说。

兮风翻身又上了马，他知道世子在哪里。

"这几日李晋承又连续上了好几道罪己书，但同绪帝没看。"沈妤先给沈昭倒了茶，第二杯才递给谢停舟。

"除了前几日是他亲自烧的，后面都是让德福直接烧掉。"

"他是铁了心了。"沈昭道，"倒省下我们不少事，阿妤，事情一了，你跟我走。"

沈妤不动声色地偷瞟了谢停舟一眼。

"看他做什么？"她的动作没逃过沈昭的眼睛，"你是我妹妹，又不是他北临王府的人。"

沈妤没敢接话，不论说什么总得得罪一个人。谢停舟品着茶，脸上那一副处变不惊的表情看得沈昭不爽。

沈昭说："我就直说了，他是出不了盛京的，别管换成谁坐上那龙椅，谢停舟都出不去，你总不会跟他耗在这里吧？"

"哥。"沈妤终于忍不住开口。

"这话是不中听，但也是事实。"沈昭说，"你看看谁敢放他回去？"

"主子。"院外突然响起兮风的声音。谢停舟起身走到门口，兮风刚好从院外奔进来。

"是账本，属下带账本回来了。"兮风喘着气，从胸口掏出一油纸包裹过的账本呈上去。

他这半月日夜兼程赶往建州，来回跑死了三匹马。天气炎热，他如今身上还泛着汗酸味，呈了账本便退后，没敢靠前。

"你下去吧，这半月辛苦了。"谢停舟说。

兮风："殿下还是快看看吧。"

谢停舟眉心微微蹙了蹙，翻开账册，沈妤走上前来。翻看了几页，他合了账本递给一旁的沈妤。今日日头晒人得厉害，他微眯了眼，倏忽间却阴恻恻地笑了起来。

"藏得可真深,有人把我们耍得团团转,拿我们当刀子耍呢。"

兮风从他眼中看到了危险的气息,那眼神与白羽和苍看到猎物时的眼神如出一辙。那眼神太过凌厉,兮风已许久不曾从谢停舟眼中见过了,他低下头不敢再看,只听见风声和沈妤翻动着账本的声音。

"怎么回事?"沈昭问道。

沈妤捏紧了账本。错了,都错了。是从哪儿开始错的呢?她仔细回想。

——宣平侯。谁都没有想到众所周知的太子党,李晋承的亲舅舅,居然会临阵倒戈,将罪名扣在了李晋承头上。

沈妤合上账本,沉声说:"我要立刻进宫一趟。"

"我的马就在门口。"兮风说。

沈妤点了下头,对谢停舟说:"最迟明日一早,我会回来。"

谢停舟细心叮嘱:"带上刀,切记小心。"

宣辉殿阒然无声,内宦和宫女都跪在地上,额头紧紧贴着地面。夜已经深了,同绪帝靠在榻间翻看着账本。这一次,他却没有如往常一般发怒,好似已经习惯了接受各种突如其来的消息。

"咳咳。"同绪帝咳嗽着,饮了茶,又继续看,直至翻到了最后一页才缓缓合上。

"朕……"

他开了口,却似乎不知该说些什么,只是垂着头问:"你说,朕是不是一个失败的皇帝?"

沈妤没有回答,他又说:"至少朕是一个失败的父亲,朕的儿子们,好哇。"

同绪帝笑了起来:"一个比一个好,咳咳咳……今日礼部呈上来的折子还没看吧?"

"是。"沈妤道,"福公公,劳烦去取一下。"

德福:"是。"

"罢了。"同绪帝强撑着起身,"朕自己去。"

沈妤跟着同绪帝穿过宫廊,同绪帝停在了御书房前。她进殿拿了折子,同绪帝打开,却是愣了一下:"今日,今日晋承没呈罪己书?"

"没有。"

同绪帝颔首:"那就先……"

"报——"

一名禁军飞奔而至,跪在了巍峨的宫殿之前。

"陛下!前太子李晋承,在宗人府,自尽了!"

铛——沉寂了数年的丧钟敲响了第一声,如同一记重锤砸在同绪帝头上。

铛——同绪帝呆滞地望向宗人府的方向,在那一声又一声的丧钟里逐渐脱了力。

他抬头望着遥遥的宫墙,无声地往后退了一步,仿佛这是一座吃人的牢笼。这座牢笼吞食他的情感,吞食了他的子女们,让他坐在高台上,需要成为一个真正的孤家寡人。可他退不出去，他只能往更深处去。

"晋，晋承啊……"

他颤抖着呢喃出了一个名字，然后在又一声丧钟里，笔直地倒了下去。

"陛下！"

"陛下！宣太医——"

沈妤终是没能按原计划出宫，前太子的死，如同压垮同绪帝的最后一根稻草。同绪帝陷入了昏迷，汤药喂不进去，太医院一筹莫展，宫中乱作了一团。同绪帝倒下得太突然了，没来得及将李晋承提出宗人府，甚至没来得及下令捉拿背后的主使。几位皇子守在宣辉殿外，外头跪了一片官员，谁也没有离开，沈妤随蒋安带着禁军牢牢守住了宣辉殿。

"陛下啊——"有大臣在殿外哭泣。

"陛下仍在，如此哭号成何体统！"是首辅江元青的声音。

近几月首辅江元青虽因病退居不涉朝政，但他宦海沉浮数十载，朝堂势力盘根错节，虽已至迟暮，但余威犹在。

"太子殿下，诸位王爷。"江元青道，"老臣有一事相商。"

"快给阁老看座。"李延昌说。

江元青看了他一眼，落座后道："陛下已昏睡两日，也罢朝了两日，政务堆积如山，许多事悬而未决，案头还有票拟等着批红，老臣以为如此拖下去实在不妥。"

他说话时看着李昭年，因而李昭年回了一句："阁老可有良策？"

江元青本就是为解困境而来，说道："幸而陛下在万寿宴上已立储君，老臣以为陛下病中应由太子监国。"

李昭年看着宣辉殿的大门，若有所思。

江元青问："殿下可是有疑虑？"

李昭年道："不瞒阁老，我退居多年，于政务一事早已生疏，父皇倒下得太突然，本宫尚未做好准备。"

江元青微微颔首，心中对太子的直言不讳又赞扬了几分："太子殿下不必忧心，储君坐镇，内阁佐政，有什么事摊开来商议便是。"

"那就劳烦阁老了，病中还得为大周殚精竭虑。"李昭年说。

江元青说："殿下万不要客气，辅佐殿下本就是老臣之责。"

李延昌看着江元青。江元青本就是李昭年一派，从前也是激进派，曾上过改立储君的折子，数次上奏未果，他便歇了这心。转而成为了保守派，坚守危言危行，独立不回，后来在朝堂上也甚少与人起争议，甚至后来病后退居，直至易储才重新出山。

"阁老。"李延昌忽然开口，"本王有一事颇为疑惑。"

江元青道："王爷但说无妨。"

李延昌说："父皇晕厥那夜，只有两人在近前侍奉，一人是伺候父皇多年的内侍德福，一人是殿前司都虞候时雨，本王稍稍打听了一下，都虞候当夜本不当值，是在入夜后才进的宫，她进宫不久，父皇便晕厥过去了，有些奇怪啊。"

"没什么好奇怪的。"一直默默无言的李霁风插嘴道,"父皇陛闻噩耗,急火攻心,这是太医给出的诊断。"

李延昌看向李霁风:"九弟误会了,我说的奇怪是她大半夜进宫所为何事。"

所有人都沉默了下来。

"传时雨过来。"江元青说。

时雨本就在宣辉殿,几步路就到。沈妤行礼:"拜见太子殿下、王爷,拜见大人。"

江元青并未唤其起身:"时雨,陛下晕厥那夜,你半夜入宫所为何事?"

沈妤镇定道:"陛下交托给臣的差事有了结果,连夜进宫呈报。"

"什么差事?"李延昌问。

沈妤抬起头看过去:"恕时雨无礼,此事只能呈报陛下。"

"你不说是什么差事,本王怎么知道你的话是真是假?"李延昌说,"父皇倒下得蹊跷,据我所知可不仅仅是进宫复命这么简单。"

"那王爷说是什么?"

李延昌冷冷道:"据德福所说,你私下面圣,紧接着父皇便倒下了,当时只有你和德福在御前,你离父皇最近,在其中做了什么手脚也未可知。"

沈妤面不改色:"既只有我和福公公在御前,那怎能听信他一人之言,本官还可以说是福公公做了什么手脚呢。"

"是这个道理嘛。"李霁风吊儿郎当地说,"七哥,你还记得小时候你和六哥打架,当时就你们两人,六哥说是你先动的手,你却说是六哥,这事都过了十几年了,到现在也没个确切的结果。"

"你!"李延昌憋着气,盯着时雨,却忽然笑了起来。

一股寒气从沈妤背脊蹿起,她从李延昌的笑容中看到了深深的恶意。

李延昌起身朝沈妤走来,李昭年见势不对,沉声问:"齐王想干什么?"

李延昌眼中冒着精光,忽然拔出一旁侍卫的刀。唰的一下,发冠应声而碎,一头青丝如瀑泻下,衬得面庞更加秀丽。

房中响起了抽气和杯盏摔落的声音。李霁风手中的茶盏倾斜,倒了一身也没有反应。他心道原来如此,怪不得谢停舟宝贝成这样。他目光扫过众人,所有人几乎都和他一般失态,只有李昭年,却沉默地盯着地面,看来早就知晓。

沈妤从始至终都没有躲,她在一头如瀑的发丝中看着李延昌。

李延昌冷笑:"诸位知道她是谁吗?"

李昭年微微抬起了眼帘。

李延昌缓缓道:"这位,可是已故将军沈仲安之女,沈、妤!"

"说!你女扮男装潜入宫中有何阴谋?"李延昌步步紧逼,"你在猎场救下废太子,因而高升,我看,这说不定就是你和李晋承联合起来做的局!"

沈妤的脸上毫无惊慌之色,她只是静静地看着李霁风。

李霁风在连番的震惊中冷静下来,才发现她一直盯着自己。她盯我干什么呢?我能做什么?李霁风脑中忽然灵光一闪,朝一旁的内侍使了个眼色,内侍靠近,他侧头耳语了一句，又望向了殿中的沈妤，这次她已经垂下了眼。

"真是女子！"

"沈将军之女沈妤不是已经死了吗？"

"这可是欺君之罪。"

沈妤在这纷乱的议论中沉默着，李延昌在这个时机选择揭穿她，太微妙了。她脑中飞速运转，李延昌捏着她是女子这个把柄却引而不发，一直尝试着拉拢她。如今明显是李延昌改主意了，她在李延昌心中已是个弃子。

李延昌不再尝试拉拢她，定然有个契机，是什么呢？

"你百口莫辩吧？"李延昌道，"来人，沈妤罪犯欺君，即刻杖毙！"

"这殿中，似乎还轮不到齐王来发号施令。"李昭年冷冷道。

李延昌轻蔑地哼了一声："四哥是想包庇她？"

李昭年不接他的话："沈妤乃父皇钦点的殿前司都虞候，如今父皇未醒，一切还等父皇醒来再做定夺。"

"太子殿下所言甚是。"江元青说，"况且她虽是女子却胜过大多男儿，所谋为何还当查明再说。"

李霁风起身："既然如此，那你们聊着，本王去如个厕。"

李霁风走出宣辉殿，沿着长廊越走越快，去的却并不是恭房的方向。他一路策马到了北临王府，三步并作两步地冲进去，正好看到谢停舟大步从青朴居冲了出来。李霁风心道他的暗线传消息还真快，他这一路跑来都快跑断气了，幸亏呀，幸亏他当时读懂了沈妤的眼神，险险赶上了。

李霁风上前一拦："你不能去。"

"让开！"谢停舟盯着他。

李霁风气喘吁吁，心想自己这是图什么呢？

"是时雨，哦不，是沈妤让我来的，你平日那么聪明，如今怎么犯傻了呢？齐王就是想让你去，你到底懂不懂？！"

谢停舟当然懂，他知道只要他一有动作，齐王就能把沈妤欺君罔上的罪名和他联系起来，就变成了北临意图谋反。

李霁风再接再厉："他就是想逼你出来。"

"我让你让开。"谢停舟说。

李霁风气得跳脚："你是听不懂我的话吗？"

"我不进宫。"谢停舟沉稳道，"我去见两个人。"

李霁风松了口气，这才觉得适才跑得胸口都疼了，他揉了揉胸口："我跟你说，方才在殿上，沈妤淡定得很，李延昌揭穿她之后，她根本没做任何反驳，想必心里已经有了谋划，她那么聪明，你别太心急。"

谢停舟垂着眼帘，低声道："我知道，她一直在成长，我不会拖她的后腿。"

李霁风颔首："有什么需要帮忙的地方，都是兄弟，你尽管提，不过……"

他拖着调子："不过我就是个闲王，也起不了什么作用。"

谢停舟抬起眼皮看他："如今确实有要你帮忙的地方。"

"什么？"

"别再在我面前演戏，我看着累。"谢停舟说罢，转身便走了。

李霁风站在原地，过了一会儿才笑了下，看着谢停舟的背影说："那不是演习惯了吗，这可是宫里的生存之道啊，喂！"

谢停舟应声回头，微抬了下眉示意他有话直说。

"都是戏子，大哥不说二哥，你戏还不如我好呢。"李霁风笑着说。

谢停舟唇角轻轻扯了一下，未置一词便走了。

沈妤没有被关在刑部或都察院，而是收押在了大理寺。这不是她第一次进入大理寺了，进京时为了指认葛良吉，她也在此留宿过。硬板床上的干草受潮的味道有些难闻，她靠墙坐着，将头埋在手臂上。她知道自己不会死，所以她不怕，但是她很慌，得在短时间内理出头绪来。

不知过了多久，像是有心灵感应一般，她突然抬起头，看见了站在牢门口的谢停舟。两人隔着丛棘相望，过了片刻，谢停舟才侧头向一旁的狱吏示意。狱吏打开门，提醒道："世子殿下，就半个时辰。"

"有劳。"谢停舟说。

他跨入牢房，走上前垂眸看着沈妤："怕不怕？"

沈妤望着他，原本是不怕的，可人就是那般奇怪，无人问津时什么都能扛，一旦有人疼了，便学会了软弱。

"有一点。"她伸手揪着他的手指，被谢停舟攥入手中。

"别担心。"谢停舟安慰道，"我不会让你有事的。"

留给两人的时间不多，他们都不是只顾儿女情长不顾全大局的人。

沈妤道："禁军押我出宫与大理寺交接，找宫女搜过我的身，幸亏我没有把账本放在身上，宫里的值房肯定也搜过了。"

"同绪帝看过了吗？"谢停舟问。

"看过。"沈妤说，"看完之后他要找李晋承的罪己书，但是那日礼部没有呈上，接着李晋承的死讯传来，他没有来得及下任何命令便昏厥了，李晋承连续送了十五日罪己书都没有得到同绪帝的任何回应，不再继续写应该就是存了死志。"

谢停舟蹙着眉："你没有直接呈上账本是对的，现如今两党相争，两人势均力敌，太子压不住李延昌，此刻不论拿出什么都会是两党相争，太子会让人捏住把柄说他排除异己，只能等同绪帝醒来了。"

沈妤抓紧了谢停舟的手："我怕他醒不过来，或者说有人不让他醒来。"

谢停舟看着她，示意她继续说。

"李延昌多次想要拉拢我都没有成功，为何却在今日刻意揭穿我？"

谢停舟："他想让我动起来。"

"不对。"沈妤说，"你在此刻动起来对他并没有任何好处，他首先要解决的人并不是你，又怎么会在此刻把你拉进来，我认为我们演的这出决裂的戏已经有了成效。"

是啊，谢停舟茅塞顿开。他们平日隐藏得也算深，沈妤坐上都虞候这个位置之后便从未踏足过北临王府，谢停舟到她宅子上也是深夜前去，应该无人知晓。

"我想了很久。"沈妤继续说，"他引而不发如此之久，却选择在这个时候揭穿我，是因为我在他眼中已经成了弃子。"

谢停舟一点就透："他有了更好的人选。"

两人对上视线，口中同时吐出一个名字："蒋安。"

蒋安是禁军都指挥使，禁军负责皇宫巡防要务，沈妤一除，整个皇宫都在蒋安的掌控之中。李延昌想做什么？他们已经从对方的眼中得到了相同的猜测。

"李延昌想要逼宫。"谢停舟说出了答案。

沈妤颔首道："德福也是他的人，他向李延昌指认我，说我当夜进宫意图不轨，如今德福在陛下跟前伺候，蒋安把持着禁中，这是将同绪帝的命脉都抓在手中，恐怕他们会对陛下和太子不利。"

"他应该不会急着杀同绪帝。"谢停舟说，"他想要一个合理登上那个位置的理由。"

理由和方式都太多了，比如立诏易储，比如储君暴毙。如果能胁迫同绪帝易储，名正言顺地坐上九五至尊之位，谁又会想做乱臣贼子呢？

沈妤沉默地盯着晃动的烛火："太子死得冤枉，修建行宫用不了那么大一笔银子，我之前脑中也曾闪过疑惑，又见他行事铺张奢靡，以为是他耽于享乐挥霍了，现在想来，会不会是用来收买官员了？"

谢停舟却并没有接话，盯着虚空的某一处有些愣神。

"停舟？"沈妤喊了他一声。

"嗯。"谢停舟侧首看她一眼，"或许我们该往深了想。"

"想什么？"

谢停舟道："贿赂官员不可怕，可怕的是养私兵。"

沈妤一听这话，霎时心下一凛。

"把持了禁军和大内等同于拿住了同绪帝，但并非万全之策，京里一出乱子，各地藩王和驻军皆可上京勤王，他手里若没有实打实的兵权，怎么敢妄动，不过这也仅仅是我的猜测而已。"

谢停舟说："若是让我来做这个局，定然是手里有兵权才敢有所动作。"

沈妤越想越觉得这想法可信："户部的银子，还有粮草，这些足够豢养私兵了，说不定鬼雄他们运走的粮草根本就没有卖，而是运往各地养兵。"

谢停舟目色越来越凉："你还记得鬼雄他们运粮到何处吗？"

"只记得其中一两个地方。"沈妤道，"不过家里书房有一份备用的供词，上面应该记载详细了，你是准备派人去查探？"

"不一定来得及。"谢停舟突然笑了笑，"李延昌这样精于谋算，却没用在正途上。"

沈妤稍做思量："你不能调动青云卫。"

谢停舟看她一眼："你是我肚子里的蛔虫吗？"

沈妤此刻没工夫和他玩笑，严肃地说："假设他真有私兵，你若是调动了青云卫，各地驻军就不是上京勤王，而是围剿北临了，因为在他们眼中青云卫远比私兵更可怕。"

"我知道了。"谢停舟勾唇，"所以我说他精于谋算，若青云卫动了，岂不是成就了他这出祸水东引的好戏？"

"可宫里怎么办？"

谢停舟道："如今我想要进宫估计——"

"你不能进宫。"沈妤紧紧抓住谢停舟的手，打断他。

"怎么了？"

沈妤想起了重复过无数次的那个梦魇，他倒下的地方，正是宫门之内。谢停舟凑近，抵着她的额头，说："我知道你在担心什么，我不进宫，让李霁风去。"

沈妤点了点头："你在外面要小心，还有我哥……"

谢停舟截住她的话："你哥那里我已经去过了，不用担心，他不会妄动。"

说起来简单，之前见面时却是险些打起来。

"时间差不多，我得走了。"谢停舟说。

沈妤："好。"

话虽是这样说，可谢停舟一低头，却看见她拽着自己的衣角不肯撒手。那一拽对谢停舟来说重如千钧，让他抬不起腿离开。

"阿妤。"谢停舟捏着她的手轻哄，"不会有事的。"

沈妤缓缓松开手指："你一定要小心。"

"嗯，好好吃饭，好好睡觉。"谢停舟摸了摸她的脸，走出大牢，没敢回头，怕看见她眼巴巴望着的眼神。

"木板床太硬，换了，干草有味道，她不喜欢。"谢停舟对狱吏说。

狱吏连忙道："殿下放心，左大人已经提前吩咐过了，明早大理寺门一开就能送进来。"

"左宗？"谢停舟想了想，却忽然笑了起来。

狱吏道："殿下？"

"无事。"谢停舟望着远处，"不过是想起来一件有趣的事情。"

当初大理寺派人提沈妤去问话，领头的便是左宗，当时谢停舟给了他一个下马威，左宗一直未曾有所表示，却在这个风云骤起，所有人都忙着站队的时刻向他示好。

有趣。谢停舟伫立在牢门口，半回首道："她在，你在，她要是出任何问题，你便提头来见，明白吗？"

"明白，明白。"狱吏连忙说，"殿下放心，左大人也是如此交代的。"

谢停舟走出了大理寺，一边想着沈妤，一边想着如何破局。如今外面乱成这样，她在牢里反倒让他更安心。夜风闷热潮湿，隐隐有暴雨欲来的趋势。今岁夏季多雨，特别是南方，有的地方恐要遭洪涝，真是很难找到太平的地方了。

"殿下。"

谢停舟："嗯。"

兮风掀开了车帘，低声说："德福死了。"

谢停舟靠着车壁半合上眼，半晌才道："办得不错，是太子下令？"

德福指认沈妤，这种会咬人的奴才自然是不能再留。

"是。"兮风说，"我们没留下痕迹，尝膳太监在给皇帝试药的时候被毒死了，太子大怒，当场便杖毙了德福。"

谢停舟慢悠悠地说："李昭年只是无心争斗，并不是傻子，这么好的机会除掉德福，他自然不会放过。"

"那皇帝身边就能安插进咱们的人了。"

"安插不了。"谢停舟道，"李昭年只会在同绪帝身边放他自己的人，不过他似友非敌，不用在意。"

兮风道："那先回去休息吧，殿下跑了一日了。"

谢停舟身体很疲惫，但脑中却异常清醒。

"哦对了。"兮风又说，"长留来报，说裴淳礼在王府等了半日了，他想见时雨。"

谢停舟食指点着膝盖："你找人问问阿妤，她若是想见便让她见，省得她关在里面无聊，容易胡思乱想。"

李延昌气冲冲地走出宣辉殿，在门口遇上了都指挥使蒋安。

蒋安额首行礼："参见王爷。"

李延昌看他一眼："嗯，指挥使辛苦。"

两人并未有过多交流，走远了李延昌才说："我看德福这事就是他李昭年贼喊捉贼，趁机除掉德福。"

随同的近侍道："少了个德福也没事，至少蒋大人还是咱们的人。"

李延昌"嗯"了一声："南方下雨，行军慢了。"

"赶得上的。"近侍说。

李昭年伫立在宣辉殿门口，望着李延昌离开的方向："他以为我想争，却不知我是被人推着坐到了这个位置。"

"殿下去歇息吧。"侍卫劝说道，"陛下跟前的人全部换了一遍，应该能放心了。"

李昭年道："替我在殿内铺榻吧，我仍旧歇在这里，我得守着父皇，这禁宫之中，到处都是吃人不吐骨头的怪物，都披着人皮，谁又看得清呢。"

牢房里重新布置过，换了干净的棉褥。牢里虽透气不怎么好，但有三尺厚的墙隔着外面的烈日，里面倒是分外凉爽。狱吏送了些书来，沈妤也无心去看，躺在床上想东想西。

"阿雨。"

沈妤愣了愣，抬起头来，诧异道："裴淳礼？"

裴淳礼这些日子瘦了好多，原先脸上还有些胖胖的，如今瘦下来棱角分明，倒是有些男子汉的样子了。

沈妤没有过去，坐在床沿问："你来这里干什么啊？"

裴淳礼脸上的表情很是复杂，他呆呆地看了沈妤片刻，喃喃道："相识那么久，我都不知道你是女子。"

沈妤没接话，裴淳礼又道："你是不是很恨我？"

"没有，与你无关。"沈妤说。

裴淳礼的眼泪掉了下来，他将额头磕在牢门上，说："我……我没有朋友了，我爹害了那么多人，我没资格做你的朋友。"

沈妤深吸了一口气："那是上一辈人的事，你没有参与其中，我不会怪你。"

"那你还当我是朋友吗？"

裴淳礼期盼地看着沈妤，在她良久的沉默中，眼中的星火渐渐地灭了。

"我知道。"他说，"你过不去这个坎儿，我也是，如果把我换到你的位置，我可能连对方的上下三代都想杀，你对我，已经是手下留情了。"

他吸了吸鼻子，抓住栏杆，缓缓地跪了下去："我替我爹跪的，我没脸去见沈将军，劳烦你代他受了吧。"

裴淳礼深深地伏了下去，额头触及地面，一下，两下，三下。地面滴落了几滴眼泪，洇开了斑驳的几块。

沈妤哽咽："裴淳礼……"

"你喊我声阿南行吗？"裴淳礼的额头已经红了，他说，"已经没有人能叫我阿南了。"

沈妤喉咙泛酸，起身走过去："阿南，我们背负着父辈的血海深仇，我不怪你，但我看到你便会想起你父亲，想起燕凉关的尸山血海，这道坎可能会随着时间慢慢淡化，也可能永远都垮不过去。"

沈妤顿了顿："但不论怎样，你是我沈妤十七岁那一年最好的朋友。"

裴淳礼紧咬着牙关，他忍不住泪，出口的话都断断续续："你是我……这辈子……最，最珍惜的朋友。"

友谊，一个终结在了十七岁，一个将让其继续一生，他们终于在这里走上了分岔路。

"不悔相识。"沈妤眼里含着泪。

裴淳礼笑着，眼泪却扑簌簌往下掉。

他点了点头："不悔相识。"

不悔相识，已是对这段友情最大的肯定。不论今后如何，曾经的把酒言欢终将成为对方记忆中的一角，这便够了。

闷了半日的天，豆大的雨点终于在日落时分砸了下来。马蹄踏着四溅的水花飞奔进了皇宫。半个时辰后，宣辉殿偏殿灯火通明，内阁首辅江元青应诏进宫。李昭年对江元青十分尊敬，亲自将他迎进偏殿。

"半夜劳烦阁老入宫，是有要事相商。"

江元青恪守君臣之礼，伸手请李昭年先行："殿下不必如此客气，可是陛下醒了？"

李昭年严肃道："方才接到急报，北临王病危。"

"什么？！"江元青震惊道，"消息属实？"

李昭年道："属实，想必北临世子也已接到消息，明日天一亮便会进宫，因而本宫才这么晚请阁老来商议。"

宫娥奉了茶便退了下去，江元青落座，认真思考着："北临王病危，这是想让世子回北临啊。"

"父皇如今还没有醒来的征兆。"李昭年说，"本宫是想，父子有亲，君臣有义，北临王病危，北临世子若是请回封地，那本宫便全一回君臣之义。"

"不可！"江元青大呼出声，"此事老臣与陛下商议过，北临之前虽无反心，但也不得不防，况且此刻陛下未醒，北临王却在这个节骨眼病了，实属异常。"

李昭年道："阁老多虑了，急报半月前便从北临发来，那时父皇还未陷入昏迷，北临王总不会是未卜先知，所以应当只是凑巧。"

江元青还是摇头："听老臣一劝，殿下切莫太过仁善。"

李昭年听出这话的弦外之音了，江元青已经说得相当委婉，说难听一点便是老好人。他根基不稳，在政事上怎么拗得过这些肱股老臣，再继续坚持己见无非是对峙不下而已。

"阁老言之有理。"李昭年退了一步，"不过还有一事。"

"殿下请讲。"

李昭年道："想必阁老也知道昨日有人在父皇的药里下毒，我已杖毙了德福，他在临死前说了一事。

"父皇早就知道沈妤是女儿身，也是父皇故意将其放在身边，因而欺君之罪断然不能成立。"

江元青对沈仲安也颇为敬服，微微颔首道："大理寺不会刑讯她，待陛下醒来求证之后便能释其出狱。"

"本宫有另外的想法。"李昭年言辞恳切，"宫里已经出了一个德福，难保不会再出现第二个，如今禁军由蒋安一人统领，本宫担心……"

李昭年没把话说完，剩下的让江元青自己去想。

"殿下是想将沈妤放出来，制衡蒋安？"江元青问。

"本宫信得过她，父皇也信得过她，明日定有不少人反对此事，希望阁老能站在我这边。"

太子言辞恳切，态度谦逊，方才江元青已经驳过他一回，再行拒绝恐伤君臣之情。于是心下思索了一番，太子所言不无道理，君王之道本就是制衡，况且沈妤跟在陛下身边已有不少时日，若是要对陛下不利，应当早就动手了。如果让蒋安一家独大，恐成肘腋之患。

"也罢。"江元青说，"既有太子作保，那便让她出来吧。"

谢停舟次日一早进宫。他也是于昨夜才收到北临来的消息，父王病重召他速回北临。谢停舟想了一夜，他要走，但也要带沈妤一起走，她如今在狱中也好办。换个死尸进去，再一把火将大理寺狱烧了，神不知鬼不觉，就算有人怀疑，也找不到切实的证据。现如今的问题，就是李昭年和那群大臣肯不肯放他走了。

雨小了，谢停舟没有撑伞，步入宣辉殿前的大门，却在抬眼时倏然顿住了。沈妤立在檐下，从小黄门手中拿过伞，撑着杏黄色的伞朝谢停舟走来。谢停舟也仅仅是顿了那么一下又往前走去。

沈妤："卑职替殿下撑伞。"

他很高，沈妤将伞举得高高的，却稍稍低着头，在旁人看不见的地方低声说："太子放我出来，内阁允了，他们不会放你走，但是你别急，我有办法。"

谢停舟没有接话，沈妤微抬起头，看见他下颌线绷得很紧。

沈妤急道："你千万不能冲动。"

谢停舟"嗯"了一声让她放心。

同绪帝昏迷的这几日，太子和内阁大臣都是在偏殿议事。谢停舟进了偏殿，殿门便紧闭了，沈妤回到正殿门口守着，听见偏殿隐约传来一阵争论不休的声音。沈妤望着茫茫的雨帘子，想到谢停舟一个在里面孤身奋战便觉得难过，而更让人难以接受的是，任凭他如何奋战，结果已定，他们不会放他走。

藩王非诏不得入京，而一旦进京，想拿到那封离京的诏书有多难她很清楚。偏殿的门开了，谢停舟走在最前面，内阁大臣陆陆续续走出来。经过沈妤时，谢停舟的脚步放慢了些，两人在交错间四目相对。只匆匆一眼，沈妤从他的眼中看到了些许的无力。可他离去的背影依旧挺直，似乎任何事情都压不倒他，只有沈妤知道，他此刻最需要的，兴许只是她的一个拥抱而已。

"本宫尽力了。"

沈妤扭头，看见身侧站着的李昭年，他也在望着众人离开的方向。

"他们根本就不懂。"李昭年悠悠地说，"他们想要圈养一只奋力忍住饥饿的猛虎，总有一日，会被那只猛虎所吞食。"

"他不是猛虎。"沈妤说。

李昭年侧过头看她："那他是什么？"

沈妤望着天空："他是鹰，他只是想要飞出去而已。"

李昭年笑起来："那他和我很像，我也想飞出去。"

"多谢殿下放我出来。"

李昭年道："不用客气，你我相互利用，你想要出来，我需要你替我稳住局势。"

李昭年说罢便转身离开，走了几步，他又突然停了下来："你为何会选择将账本交给我？"

"因为你说过的那句话。"沈妤说，"你说这片山河太重了，说明你曾试图扛起过它。"

李昭年笑得有些无力："蚍蜉撼树罢了。"

他知道自己扛不起这片山河，后来在老子和庄子的书里得到了答案。天道无为，并非不为，而是无所不为，顺应自然，是非成败皆是欲的另一种形式。这江山要亡，他便让它亡，道路坑坑洼洼，总有其他人会来修修补补，何必强留李氏权柄？他心中的想法，太过离经叛道，不为世道所容，他无人可诉，连枕边人都不能提。

"我现在动不了老七。"他语气无力。

沈妤说："我明白。"

"沈妤。"

沈妤："殿下。"

李昭年并没有在看她，不知道他在看什么："若我不是皇子，若没有谢停舟，我定奉你为知己。"

沈妤回他："若我们能离开此地，若他日能在江湖相遇，我们便是知己。"

一场雨下过之后，万里无云，天边月在杯中铺就了一段月色。谢停舟举杯晃了晃，那月便碎成了星。

长留蹲在廊下，低声说："殿下心情不好，肯定是想回北临了。"

兮风看他一眼："你怎么知道？"

"要不就是想时雨。"长留笃定地说，"肯定就这两样，可惜时雨不在。"

"往后得改口叫沈姑娘了。"兮风提醒。

"可是我不习惯呀。"长留苦恼道，"我说她怎么那么有钱，原来是洛州陆氏的小姐，早知道就替我的小龟龟问她多要两个缸子了。"

兮风懒得搭理他，却见檐下整理毛发的白羽突然眼神锐利地盯着一个方向，紧接着展翅冲天而起，又猛地一头扎了下去。沈妤伸臂架住白羽，她手臂上没绑臂缚，白羽已经放轻了力道，却还是将她的手臂抓得有些疼。

"怎么重了？"沈妤摸着白羽的羽毛，"是不是最近吃得太好了？"

她跨入院中，白羽又在她臂间展翅，躲到檐下去了。

兮风："沈姑娘。"

沈妤颔首打招呼。

院中石桌旁的身影顿了一下，却没有回头。

长留："你可算来了，再不来……唔。"

兮风一手捂住他的嘴，一手揽着他脖子将他拖走了。

院中只剩下两人。

沈妤走到谢停舟身后，伸手从背后拥住了他。谢停舟抓住了她的手臂，在她怀里闭上眼，他没有落泪。这个男人似乎坚强到了可怖的地步，他将软弱全收在身体里，只在她面前时才允许自己有片刻的泄露。

"我主动出兵燕凉关，是不想生灵涂炭；我进京为质，是因我想全了这君臣之义。"

"我知道。"沈妤说。

谢停舟转过身，用力地抱住了她的腰，将脸紧贴着她的身体。他低声道："北临从无反心，却成了君王彻夜难眠的刺，阿妤，他们在逼我，他们在逼我反。"

沈妤抱紧了他，说："没事的，一定能回家。"

她不要他鱼死网破，她要他平平安安地离开。

谢停舟喝了不少，沈妤将他扶上床榻，指尖在他眉间轻轻摸了摸，谢停舟闭上眼，却捉住了她的手指。

"又要走吗？"

"嗯。"沈妤轻声说，"宫中局势不稳，我得在旁守着。"

"再陪我待一会儿，就一会儿。"谢停舟拉着她伏在自己胸口，手指在她发丝上划过去。

沈妤侧脸贴在他胸前，说："王爷不会有事的，你不要太担心。"

"嗯。"谢停舟觉得自己是如此无力，他在进退维谷间彷徨不已。

沈妤慢慢地说："我小的时候一哭，我爹就会哄我，给我唱一首歌，每次唱歌我就不哭了，其实是因为他嗓音粗，五音也不全，每次给我唱歌都很要人命，我是不想听才不哭的，他却以为我喜欢他唱歌。"

"怎么唱的？"谢停舟的声音很轻。

沈妤想了想："我记不清歌词了，因为他自己好像也记不清，每次唱的都不一样，不过我记得调子，我哼给你听吧。"

她哼的歌很好听，很柔软，像是把他放在心里熨帖地保存。谢停舟就在她的哼歌声中安静踏实地睡了。沈妤起身，抽出了被他握在手中的衣角，他的手指动了动，似乎是在寻找着什么，最终还是被困意打败，安静地睡了。

沈妤根基没有蒋安深，追随她的人不到两成，均是平日对蒋安有些意见的人。沈妤不能在宫外久待，李昭年给了她一个时辰，她必须得速去速回。出府上了马车，沈妤又回了一趟家中，和沈昭打了个照面。

"这是洛州来的信。"沈妤将信放在了桌上，"你看看吧。"

沈昭拆开来看："外祖母病了？"

"嗯。"沈妤点头，"是陆掌柜传过来的信，哥，如今我走不开，洛州那里只能你去了。"

沈昭犹豫："可是放你一个人在宫中，我怎么能放心？"

沈妤笑了笑："咱们重逢之前，我一直都是这么过来的，不是好好的吗？放心，谢停舟还在呢，他会护着我。"

沈昭冷哼："他到底是外人，有我护你这么尽心？"

"这不是没办法的事嘛。"沈妤拉着他的袖子摇晃，"哥，哥，大哥……"

"别晃。"沈昭瞪了她一眼，"少用这招，大了就不可爱了。"

沈妤撇了撇嘴："我知道你是舍不得俞小姐。"

"没有的事。"沈昭否认。

沈妤看向门口："俞小姐？"

沈昭唰一下站起来，回头看见门口空无一人才知有诈。

"胆子大了啊，敢逗你哥。"

沈妤脑袋被他戳得晃了晃，收了笑容，正色道："俞太傅因废太子被革职未尝不是一件好事，如今正值多事之秋，避开风口浪尖才是正确的选择，哥你放心，我会替你看顾俞小姐，况且太子是个仁善之人，不会为难他们的。"

沈昭颔首："我知道。"

"外祖母那儿，你替我好生说说，让她千万不要生阿妤的气。"

"外祖母不会的，她最疼你了。"沈昭说。

时间差不多，沈妤该走了，她起身道："今晚和俞姐姐道个别，明日一早你便出发吧，近来多雨，路不好走，一路上切记小心，记得带上孔青。"

沈昭摸了摸她的头："哥哥去看过外祖母就回来找你。"

"嗯。"沈妤点头说，"也不一定，说不定我这边很快就结束，我就去找你。"

沈妤离开院子，四喜驾着马车将她送到离宫门百来米远的地方。

"你进来。"

四喜闻言钻进了马车："主子有什么吩咐？"

沈妤道："明日你盯着我哥出城，确认他离开之后，你再去替我办一件事。"

"主子吩咐。"四喜说。

四喜聪明，沈妤说了一遍他便明白了，点头说："我记住了。"

宣辉殿日日夜夜都亮着烛火，李昭年守在这里寸步不离，已经多日没有离开过宣辉殿。

同绪帝皇后早逝，后来娶过一名继后也是不到两年就去了，之后再没立过皇后，后宫事宜皆由贵妃操持。先前有同绪帝的妃嫔来宣辉殿哭闹过，被太子送走之后便没敢再来。

寝殿一角铺了张榻，李昭年这几日都是在这榻上歇息的。他躺在榻上，望着殿顶的梁木，似乎也已随着大周朝的气数走向了腐朽。他还没完全坐上这个皇位，可他已经开始觉得累了，他不懂为什么这样一个压得人喘不过气来的位置，会有那么多人舍命去抢。

李昭年渐渐地睡着了，又在睡梦中听到了急促的喘息声。

"陛下，陛下……"

李昭年突然惊醒，听见宫女慌乱地说："陛下似乎是不行了。"

"胡言乱语！"李昭年翻下榻，冲到龙榻旁边，看见同绪帝胸口剧烈起伏着，喉咙发出的声音如同抽风箱一般。

"传太医！"

李昭年赶忙将同绪帝扶起来，拍着他的后背，可同绪帝却丝毫没见好转。

"沈妤。"李昭年扬声，"沈妤！"

沈妤推门而入："殿下怎么了？"

李昭年隐忍道："父皇似乎不行了。"

沈妤快步上前，观察了一番："似乎是喘不上气。"

她犹豫了片刻，把握好力道抬手在同绪帝后心击了一掌。

"哇——"

同绪帝猛地吐出一口黑血。

"父皇！"李昭年大喊。

同绪帝的呼吸却在这一吐之后缓和了下来，甚至渐渐睁开了浑浊的眼。

李昭年低头一看，那黑血中还夹杂着凝结的血块，适才同绪帝应当是被那血块堵住了呼吸。

"父皇。"李昭年颤声说。

同绪帝浑浊的眼神渐渐聚焦："昭年。"

他缓缓抬起手，李昭年立马抓住："父皇，儿臣在这里。"

"朕有话要说，你……你屏退左右。"

李昭年吩咐："你们都退下。"

"是。"沈妤带着内宦和宫女退出寝殿。

李昭年红着眼说："儿臣已经宣了太医，父皇会没事的。"

同绪帝气若游丝，虚弱得连摇头都做不到。

"昭年，你大哥晋承的尸首……"同绪帝眼角流下泪来。

同绪帝想起了李晋承说过的话，他说不是他做的他死也不认，当时他对李晋承说："那你便以死明志。"

李晋承接连上了十五封罪己书，他一封也没有看，因为怕自己会心软。

到底是亲生骨肉啊，他虽身为帝王，也同样会软弱。

他没有想到真的不是李晋承做的，更没有想到李晋承真的会以死明志。

"父皇放心。"李昭年说，"大哥的遗体已经妥善安置，只是父皇昏睡不醒，该以何种规制下葬儿臣拿不准，大臣们争论了几日也没议出个结果。"

同绪帝看着他，眼泪直流："按……按皇子规制……下皇陵。"

李昭年："是。"

"朕不行了。"

"父皇会长命百岁。"李昭年落下了眼泪。他们彼此心照不宣，都知道这只是一句空话而已。

同绪帝瘦骨嶙峋的手忽然抓住了李昭年："不要放他走。"

李昭年道："父皇是指……"

"谢停舟。"同绪帝急喘了几声，"不能放他走。"

"可是。"李昭年说，"父皇昏睡的时候，传来了北临王病危的消息，说是已经熬不了多少时日，内阁不主张放世子回北临，可是这几日京中传出些不好的风声。"

殿外内宦禀报："太子殿下，太医到了。"

"父皇，先让太医——"

"不。"同绪帝喘息着打断他，"你先说。"

李昭年不敢耽误太医诊治，只好长话短说："京中盛传北临王忠君爱国，北临世子为了征战沙场导致一身伤病，百姓传言……"

李昭年不敢说，怕刺激得同绪帝急火攻心。

同绪帝眼中已尽是了然："是不是说北临功高震主，说朕忌惮北临？"

李昭年见同绪帝如此淡定，于是大胆直言："百姓口口相传，说北临救下燕凉关百姓，让其免于生灵涂炭，如今北临王重病在身，世子却不能在床前尽孝，北临王和世子为大周殚精竭虑数十载，却落得个父子最后一面都见不了的下场。"

"还有不少百姓和学生在宫门外长跪不起，恳求放世子回北临，父皇。"李昭年试着劝说，"儿臣以为，便放世子回去吧。"

"不可。"同绪帝半合着眸，说，"北临是利刃，这刀能斩外敌，也能捅向自己人，他是束缚北临的刀鞘，你……你必须将他拿在手里，不能让刀口对着自己。"

同绪帝又咳了几声，帕子抹过嘴角都是血迹："让，让沈妤进来，朕有话要交代。"

"父皇还是先让太医看诊吧。"李昭年劝说，"儿臣不放心。"

同绪帝应了，太医鱼贯而入进殿会诊。院使收回诊脉的手，说："陛下，老臣与几位太医商议斟酌后再定方子。"

同绪帝无力地动了动手指，李昭年随着太医一同出门，却见众太医在殿门口纷纷跪下。

李昭年早有预料："开不了方子了吗？"

院使垂首道："太子殿下，臣等无能为力，只能开些汤药吊着，陛下已呈油尽灯枯之势，恐怕……恐怕……"

李昭年望着黑夜："还有多久？"

院使额角浸汗："微臣断不准，不过应是不出，不出五日。"

"去开方子吧。"李昭年听着众人离开的脚步，转头看向沈妤，"父皇要见你。"

沈妤进入寝殿，李昭年并没有跟进来。

"陛下。"

方才同绪帝含了参片提神，精神略微好了一点，他把眼皮睁开了些，看着沈妤："朕与仲安是故友，你，你过来些。"

沈妤走到龙榻前，同绪帝定睛看了她片刻，脸上浮现起淡淡的笑容。

"你眼睛像你母亲，但鼻子像沈仲安，够英气，这是你爹同朕说的，朕是没看出来。"

同绪帝似乎是想笑，张口却是一阵咳嗽声。

"其实我性子更像我爹一些。"沈妤说着，在一旁的椅子上自顾自坐了下来。

"是。"同绪帝说，"朕看出来了，朕虽大他十多岁，却将他视为挚友。"

沈妤想起了梦中，父兄在燕凉关一战中大败，明明人人喊打，可同绪帝却还是没有对沈家下罪，甚至还给她赐婚。曾经她以为是多功高震主，是同绪帝借刀杀人之后赐婚抚慰未亡人，如今看来，那是帝王心中残存的情谊。可见事非亲见，切莫乱疑。

"我竟然从没有听我爹提起过。"沈妤轻声说。

"表面上我们是君臣。"同绪帝说道，"私下我们是挚友，我们曾经秉烛夜话，要肃清这天下，还百姓一个国泰民安。"

"他沈仲安做到了，是他一路披荆斩棘替朕镇守边关，可朕……却没有做到。"

同绪帝的声音里已经带着哽咽："年轻的时候谁没有过意气风发？朕登基时，也想干一番大事业，却处处受到掣肘，朕愧对先祖，也愧对你父亲。"

不知他想到了什么，眼中的水光渐渐退去，眼神变得凌厉起来："可是朕是皇帝！朕是皇帝啊！有些事，朕不得不做。"

他猛然抓住了沈妤的手："你明白吗？"

同绪帝手背上青筋毕现，他抓着沈妤的手在颤抖："我愧对你爹，已经欠他一次了，也不在乎这第二次，下了黄泉，朕自会去向他道歉。"

一种不祥的预感突然涌上了沈妤心头，她眉心微微一皱，同绪帝已然开口："朕可以放谢停舟离开。"

沈妤脑中如同炸响了一声惊雷，她看着同绪帝，尽量保持镇定："陛下同臣说这样的话，微臣不懂是什么意思？"

"这天底下就没有不透风的墙。"同绪帝说，"有些东西能藏，但看一个人的眼神，藏不住。"

那些人都被沈妤伪装的男儿身给蒙蔽住了，可同绪帝一早就清楚她是女儿身，他懂得一个男人看女人的眼神。他是个智慧睿智的帝王，只可惜生不逢时。

"朕坐在这个位置，必须顾全大局。"同绪帝停顿了一下说，"不论北临有无反心，朕都不得不防。"

沈妤定了定心神："陛下刚才说要放世子离开。"

"是。"同绪帝说，"朕可以放他走，但是，你必须要留下来做这把刀鞘，替朕约束住他，约束住北临。"

沈妤心口一缩，强自镇定道："陛下太看得起臣了，臣断然没有重要到那样的地步。"

与帝王谈条件无异于与虎谋皮，她知道自己既不能答应得太干脆，也不能将姿态端得太高。

同绪帝看着她说："你太过谦了，沈妤，朕不妨告诉你，你和谢停舟，朕只能放走一个，让你和他一起，无异于是让北临如虎添翼。"

"微臣除了这一身武功还过得去，不知道还有什么令人忌惮的地方。"

"将才难求啊。"同绪帝目光精锐，"你跟着仲安多年，难道就没有耳濡目染个一星半点儿？朕要你留在这里，太子性子太过温和，朕需要你这样的人来辅佐他，有你在的一天，北临便能臣服一日。"

他坐在那个高位十九年，那个位置赋予了他俯瞰万民的权力，他在那个位置上学会了如何看人，将他们看得太透彻。

"你选一个吧，让谢停舟离开，还是留下。"

宣辉殿的门开了。沈妤走出来，手中握着明黄的圣旨，跨过门槛时，她被绊了一下，在李昭年扶住她之前站直了身体。她的身体很重很沉，原计划就是要送他回家，可真正做到的这一日，才知道抉择是如此让人难受。他终于可以回家了，条件是换成自己被困在这里。

"公公，去北临王府传圣旨吧。"她说。

李昭年看着她，看见她的眼神从出殿时的彷徨逐渐变为破碎，再到一切都消失不见，眼眶在发红，却仍是一如往常地坚定，好似刚才的一切都只是他的错觉。

北临王府灯火通明。下人们来来往往，忠伯忙着吩咐下人收拾东西。就在刚才宫里来传旨，准许北临世子即日离京，回北临给老王爷侍疾。

"慢点儿慢点儿，这东西可磕碰不得。"

"哎。"忠伯自言自语道，"原以为少说要住上个好些年，运了这么多世子常用的物件过来，谁知道又要搬回去。"

长留蹲在他的脚边，拿棍子拦着蚂蚁的路："爷爷，那时雨呢？她不和我们一起回北临吗？"

他叫惯了时雨，总改不过来口。忠伯叹了口气："这话你可不能当着殿下的面说，戳他的心窝子。"

"我知道。"长留不高兴地说，"可是我挺舍不得时雨的。"

忠伯说："她对人实在，对身边的人都好。"

长留小鸡啄米般点头："嗯，她对人可好可好了，她送我老值钱的缸子，又偷偷给过我好几次零用钱，还经常给我点心吃。"

他想起什么，又补了一句："虽然有一次是下了药的。"

忠伯擦了擦眼睛："总有来日的，熬过现在这个坎，总能相见。"

长留扁了嘴有些想哭，用力忍住了。

谢停舟听着来来往往收拾东西的声音，只觉得头疼得厉害。他已经在椅子里坐了很久，倾着身子，垂眸看着手中的圣旨。盼了许久的东西，如今拿在手中，却觉得不那么重要了。她不在，那他回北临又有何意义？手指一松，圣旨落在地上散开，上面的字迹凌乱轻浮，显然是同绪帝醒来所写，盖着皇帝的御印。

谢停舟起身便往外走，走到院中，兮风当即冲上来。

"殿下，宫门没开，您进不去。"

谢停舟的呼吸微微颤抖着："我有办法。"

他往前跨出一步，兮风错身挡在他面前："就算能进，属下也不能让您进去。"

同绪帝醒来，该是要向齐王动手的时候了，宫中一旦生变，步步皆是万分凶险，他不能让世子冒险进宫。更何况现在离开这个将要乱起来的是非之地是最好的选择，不会被任何一方牵扯其中。

"你要拦我？"谢停舟一字一顿，气势逼人。

兮风被那扑面而来的气势压住，膝盖发软，却仍旧一步也不肯挪动。

"殿下，咱们先行离京再做打算，在京中处处都受约束，我们也放不开，况且沈姑娘武功高强，她在宫中想要自保应该不成问题。"

话音刚落，只听"唰"的一声，兮风只觉得脖子一凉，一垂眸，眼睛便被刀上的反光刺了一下。

谢停舟幽幽地说："今日谁也别想拦我。"

兮风咬牙："兮风是殿下亲自挑的近卫，近卫以主子的安危为己命，今日便是死在殿下刀下，我也甘愿。"

"哟。"院门口忽然响起了李霁风吊儿郎当的声音，"大晚上说什么死不死的，怪吓人的。"

谢停舟看过去。

"别管我。"李霁风说，"先解决你们的窝里斗，本王就当看热闹了。"

他手里夹着一个棕黄色的信封，故意一晃一晃的，若不是处处都点着灯，还不容易看清。

谢停舟目色一凛然，收了刀快步走过去："是她的信？"

"嗯"李霁风说，"不然大晚上的我不睡觉跑来干什么？哎哎哎——"

手里的信被谢停舟抢了，顺道还反手将刀拍在他胸口。李霁风拎着刀生怕割到自己，一把塞给兮风，追在谢停舟身后念叨："谢昀你不地道吧，我可是大晚上的来送信，你连杯茶也——"

门"哐"一声在他面前关上，险些拍到脸。

李霁风心有余悸地摸了摸鼻子："这待客之道，啧，算了，今日不和你计较。"

他走到院中的石凳上坐下，回头看了眼窗上映照的人影，眼中调笑收敛。兄弟一场，终是到了分别的时候了。谢停舟展开了那封信，熟悉的字迹，却略微有些潦草，看得出来写的时候有些心急。他想到了她在灯下奋笔疾书的样子，会微微垂着头，脖颈的线条拉伸着，眼神专注认真，或许唇角还带着温柔的笑意。

谢停舟将信按在了胸口，呼吸之间是抽搐的疼。

"阿妤……阿妤……"他喃喃着她的名字，仰起头，眼泪顺着下颌滴落在了信纸上。

天上又落起了雨，马车首尾相继，一眼望不到头。

兮风劝说："殿下，下雨了，回马车上去吧。"

谢停舟的发已经湿了，他坐在马上，回望盛京的方向。去路迢迢，归期遥遥。原以为北临是家，原来她在何处，何处才是家。长留坐在车辕上偏着头看去，盛京被笼罩在一片晨雾之中，什么也瞧不见，可他仿佛知道世子在看什么。

忠伯拿了披风出来："快入秋了，你给殿下送去。"

"我不去。"长留说。

"嘿。"忠伯道，"你这孩子，怎么不知道心疼人呢，世子殿下正难过着呢。"

长留抱着胳膊说："可是我也好难过，我不想去，我要一个人难过一会儿。"

忠伯戳了一下他的头："你懂什么？"

"走吧。"谢停舟收回目光，叮嘱兮风，"走慢些，她在信中说她七日内定然赶上来，我们去青州等她。"

兮风："是。"

"还有。"谢停舟又说，"沿路给她留下人了吗？"

兮风没有立刻回答，只是看着谢停舟。

谢停舟便侧头看他："嗯？"

"留了，京里也留了人手。"

兮风停顿的那一下不为别的，只因为世子从昨夜到现在，已经叮嘱过他数遍了。对感情木讷如兮风，竟也从世子一遍又一遍的重复中感受到了极大的悲伤。

李昭年抬目眺望，隔着雨帘子，能看见降紫阁顶上坐着的人影，痴痴地望着城门的方向。这真是一座吃人的牢笼，在外面的人拼了命地想要挤进来，被困在里面的人又拼了命地想要逃脱出去。

"虞候在那里待了多久了？"李昭年问。

内宦头也不敢抬地回道："回太子殿下，从昨儿个半夜坐到了现在呢，要不要奴才去请虞候过来？"

"不必。"李昭年说，"你送把伞过去，等她回来的时候别叫她淋着雨。"

内宦道："是，奴才这就去。"

"对了。"李昭年停下离开的脚步，"不用说是本宫吩咐的。"

李昭年抬步跨了宣辉殿中，他刚在龙榻旁坐下，同绪帝便睁开了眼。

"父皇醒了。"李昭年赶忙吩咐宫女端来温好的汤药，亲自伺候同绪帝服下。

同绪帝已经吃不进任何东西了，全靠汤水吊着命。他知道自己时日无多，得趁着最后这几日，解决掉最大的一个隐患。

"谢昀他，走了？"同绪帝问。

"是。"李昭年说，"早上锦衣卫的听记来报过，城门一开世子便出城去了。"

"沈妤呢？"

李昭年将汤药碗递给一旁的宫女，说："在降紫阁上。"

"倒是和你有些相像。"同绪帝道，"你心情不好时，也喜欢在上面待着。"

"那儿看得远。"李昭年停顿了须臾，欲言又止，"父皇……"

同绪帝微微抬手制止："不用劝朕，你是不是觉得朕太过无情？"

李昭年垂首："儿臣不敢。"

"最是无情帝王家，昭年啊。"同绪帝看着他，眼中露出难得的慈爱，"你人过心软了，看淡了世事，可你偏就见不得这人间疾苦。"

"儿臣知道。"李昭年低声说，"这不是一个帝王应当具备的资质。"

同绪帝说："朕知道你的性子最是心软不过，你幼时见宫女罚跪都会心软，若此番一切顺利，朕宾天之日，便是你放沈妤离京之时吧？"

李昭年不敢撒谎，张了张口却无话可说，他的父亲将他看得太透彻了。

同绪帝道："你不用想了，朕已留下遗诏，此令十年之内不能改。"

李昭年终于忍不住了："父皇就没有想过吗？她现在是能牵制住谢停舟，可这世上何时缺过薄幸人，一年、两年之后呢，那个人还能记得她吗？又何必为了一个无法确定的未来将她半生就葬送在这里？"

同绪帝静静地审视着他，见他胸口起伏，面色发红，便道："看来你也并非全然软弱，只是未曾触及令你激动之事罢了，那朕便放心了。"

同绪帝靠着引枕闭上眼："让沈妤进来吧，该布局了。"

内宦去喊人，沈妤撑着伞回来，走上台阶看见了伫立在檐下的李昭。李昭年胸口起伏着，像是有什么话要说。

"殿下。"

"开弓没有回头箭，你准备好了吗？"李昭年问。

沈妤点了点头："准备好了。"

雨停了，太阳又冒出头来。议了半日，李昭年和沈妤刚步出宣辉殿，便见大理寺少卿左宗飞奔而至。

"殿下。"左宗奔上前道，"宣平侯不见了。"

李昭年神色一肃："他不是关在你们大理寺吗？如何不见的？"

左宗说："自宣平侯被移交到大理寺之后，每日几乎不言，除了要水便是睡觉，今早狱卒去轮班，才发现牢中睡着的根本不是宣平侯，人具体是什么时候被调包走的也无人察觉。"

左宗跪下："是臣失察，请太子殿下责罚。"

"先起来，现如今不是追责的时候，还有更重要的事要做。"李昭年看向沈妤。

沈妤问："狱卒扣下了吗？"

左宗说："全扣下了，这些日子所有轮值的人都扣在大理寺。"

"那便先扣着。"沈妤说。

"宣平侯府我也派人去过了。"

"他不会回宣平侯府，去了也没用。"

李昭年吩咐："你先回大理寺。"

左宗一走，李昭年当即道："他们开始动了，恐怕我们得加快进度。"

"再等半日。"沈妤看着李昭年，"就半日，行吗？"

李昭年与她的眼睛一对上便移开了目光："你怕谢停舟走得还不够远，京中一乱，八方城池都要封禁，担心他回不去北临，是吗？"

沈妤垂下眼帘："嗯。"

"你何必为他做到如此地步？"李昭年略抬高了声音。

沈妤轻声道："从前的沈妤不是这样的，我刚进京时许多事都不懂，只凭着一股子孤勇往前冲。"

她想起了从前，那时她远没有现在的谋划，频频露出破绽。偷看信件被当场捉住，进宫被堵……早在很久之前，他对她的纵容就远超过寻常近卫。她以为他是一路相伴的感激，昨夜她将一点一滴翻出来仔细回想，原来他动心远比她知道的要早很多。她昨夜一直在想，若她没有在这场生死攸关的动乱中胜出，他会不会如他们之前所说的那样终身不娶？其实她有些后悔曾对他说过那样的话，如果没有她的相伴，这漫长的后半生他该如何呢？

她希望能有另一个人代替她陪着他，她只要在他心里占一个小小的位置就好。

"是他教会我成长。"沈妤红着眼说，"没有谢停舟，就没有如今的沈妤。"

"罢了。"李昭年说，"就半日，不能再多了。"

沈妤行礼："多谢殿下。"

天色暗了又明，禁军在卯时换了轮值，守在宣辉殿外的都是沈妤的人。同绪帝担心让齐王一人进宫会令他心生警惕，于是将诸皇子一同召入宫中侍疾。同绪帝一一见过诸皇子，将李延昌留到了最后。

"延昌。"同绪帝问，"你知道朕为何将你留下来吗？"

李延昌恭敬道："儿臣知道。"

"你知道？"同绪帝半眯着眼。

"是。"李延昌微弓着身子，"父皇是想给儿臣一个机会。"

同绪帝面无表情："朕……从没想过背后的人竟然会是你。"

李延昌面上微微带笑："儿臣也没想到竟会走到今天这样的地步。"

他慢悠悠地说："父皇，父子一场，儿臣原想求个圆满，让您安心入土的。"

同绪帝胸口起伏了几下："逆子！"

"哈哈哈……"李延昌放声大笑，"父皇的逆子颇多，不缺儿臣一个，李晋承死了，你若是能将皇位顺顺当当传给我，咱们原本不用陷入如此尴尬的父子对峙境地。"

同绪帝盯死了李延昌："宣平侯一直是你的人。"

"这是当然。"李延昌笑着说，"若不是他，葛良吉又怎能为我所用？你也没多少时日了，做儿子的，承蒙父皇教育，便让你做一回明白人。"

李延昌踱步在大殿之中："该从何处说起呢？啧，宣平侯是我那个好大哥的舅舅，他理应是太子党，葛良吉和梁建方这些人为他办事，便以为自己也成了太子党，他们这些人活该下地狱，若没有贪欲，又怎会落入陷阱？"

李延昌垂眸看着同绪帝，眼中闪烁着隐约的疯狂："你还没死呢，他们就开始拥护太子，你知不知道，这朝堂上有多少人盼着你早死？"

同绪帝气喘如牛："包括你！"

"父皇可是冤枉我了。"李延昌装作无辜地说，"其实我是生怕您醒不过来呢，若您不醒来，这个位置我就得自己抢，乱臣贼子，多不好听啊。"

李延昌将一张明黄色的空白诏书扔在同绪帝脸上："现在好了，写吧，我敬爱的父皇。"

"你……嚯……嚯……"同绪帝紧紧捏着诏书，"你休想！"

李延昌问："你是不是在拖延时间？还在等南大营的大军进京勤王呢？"

李延昌扔下一块令牌："你派锦衣卫指挥使出京调兵勤王，可他都没能走出皇宫，便被禁军截杀在承天门内，别做梦了。"

"沈妤拿下他！"同绪帝大喊一声。

耳畔风声一过，刀已架在了李延昌的脖子上。一击得手，沈妤却微微皱了皱眉。李延昌根本就没有试图反抗，这不正常，难不成他已有二手的准备？

容不得她细想，李延昌已开口："好功夫，时，哦不，沈大人才对，就你一个人吗？"

窸窸窣窣，殿中陆陆续续钻出数名藏在暗处的人。李延昌扫视一周："这殿太大了就是这点不好，竟然能藏这么多人。"

沈妤将刀往前逼近威胁，李延昌往后仰了仰头："真不知该说你们蠢还是我蠢，我敢孤身一人进来是蠢，但你们以为我只有这一招更是蠢，蠢得不相上下。"

"少废话。"沈妤道，"我知道蒋安是你的人。"

李延昌自负道："既然知道蒋安听命于我，便知道如今整个禁宫都在本王的掌控之中。"

"我杀了你，蒋安就会成为无主之人，难不成他还能自己坐上那个位置？"沈妤说道。

李延昌脸色一变，只是须臾又平静下来："那你不妨看看外面。"

大殿厚重的大门轰然开启，沈妤押着李延昌走到门口看去，猝然变了脸色。

"你疯了李延昌！"沈妤怒喊道。

殿外台阶下跪着几排人，每个人的脖子上都架着一把刀。那茫茫的一片人海，除了皇子、妃子，还有李昭年的太子妃和尚在襁褓中的孩子。李昭年用力地闭了闭眼："你威胁不了我。"

"那就先杀一个。"李延昌扬声说，"那就从左往右吧。"

"唰"的一下人头落地，鲜血溅了尺高。尖叫声和哭喊声顿时响成一片，求饶声也不绝于耳。沈妤握刀的手都在颤抖，将李延昌的脖颈划出了一道细微的血口。

"仔细着点，沈大人。"李延昌提醒道，"我的人头落地的同时，下面数十人的人头也会随我一起落地，我死不足惜，我得不到的东西，谁也别想得到。"

沈妤气得发抖，疯子！视人命如草芥，甚至视自己的命也如草芥，他根本就不怕死，死亡威胁不了他。

这是沈妤此刻的想法。他们都算错了，李延昌不要命，他只要赢，便是他坐不上这个位置，他也要搅乱了这天下，不让任何人坐上去。

李延昌无视脖子上的刀刃，看着台阶之下："下一个是谁呢？让我想一想，要不就从小到大来吧。"

太子妃当即抱紧了怀中的孩子，哭喊道："殿下，殿下！救救宣儿，救救他，他还这么小啊。"

李昭年紧紧闭上双眼，那是他的骨肉……

"殿下！"

太子妃哭倒在地，怀中的孩子已经被人夺走，高举在头顶。

"想好了吗？"李延昌笑得疯狂，侧眸看着沈妤，"刀在你手中，有本事你试试看啊？"

一声鹰唳从风里传来，直击沈妤心里，沈妤猛地抬头望去。

是白羽！那谢停舟呢？他为什么没有走？密集的马蹄声从宫门口传来。紧接着那翼展六尺的海东青从空中猛地一头扎了下来，滑翔于策马之人的一侧。来人在广场中间勒马，骏马嘶鸣了一声，前蹄重重落下。

李延昌眯着眼，咬牙切齿道："谢，停，舟，你是怎么进来的？"

"是我放他进来的。"禁军统领蒋安目光冷肃，"既然回来了，正好放他进来一网打尽，若是让他回北临调兵反倒后患无穷。"

蒋安自得知沈妤是女子后，他便要重新审视她和谢停舟之间的关系。他原本没有想到谢停舟会回来，好不容易才逃出牢笼，竟然为了个女人自己送上门来，倒让他有些瞧不上了。

沈妤看着谢停舟，气得心口发疼："你为什么没走？！"

谢停舟扫视了一圈，说："先解决了眼前的事，回头我再向你认错。"

李延昌冷笑道："来都来了，你以为你们还能走得了吗？"

"你是不是忘了你脖子上还有把刀？"沈妤逼紧了他脖子上的刀刃。

李延昌脸上带着笑："本王赌你不敢动手，你试试看，是小皇孙的头好砍，还是本王的头好砍。"

那挟持着皇孙的禁军将孩子提着，还没他手上的刀长，婴儿哭得嗓子都哑了。太子妃一直在哭，李昭年则侧开脸不敢看。

"她是心软。"谢停舟缓缓抬弓，瞄准了李延昌，"但我不同。"

蒋安一抬手，只听得脚步声和唰唰声，禁军将广场团团围住，纷纷拔出了刀。谢停舟眯着眼，弓挡住了他的一只眼，他抬起眼皮看向沈妤。

他们望着彼此。在这无声的对视中，他们似乎看懂了对方的言语。谢停舟隐在弓后的唇角勾了勾，他知道她懂了。

"应该是……"沈妤在李延昌耳边，一字一顿道，"你的头比较好砍。"

变故便是在这一刻生出的。弓弦绷出了嘎嘎的声响。

铮——手指松开一瞬间，李延昌脖子上的刀也离开了。他脖子上一凉，目光下意识追随着刀刃离开的方向看过去。那刀锋本就似血，此刻带着一串飞溅的血珠被沈妤一掷而出，打着旋儿朝禁军而去。李延昌震惊地捂住了喉咙，温热的血液从指缝中流出来。

"怎么……怎么……"有血从他的嘴里冒出来。

李延昌活不了，沈妤那一刀切得极有技巧，既不会让李延昌即刻死去，但是大罗神仙也休想将他的脖子缝回来。她要让他看着自己的血液从他的身体中流失，让他慢慢感受死亡一点一点逼近。谢停舟的羽箭撕开了风，在风中旋转着，如电般朝着挟持皇孙的禁军疾射而去。

嗤——

羽箭刺穿了挟持皇孙的禁军的身体，紧随其后的，是那把色泽鲜红的引凤，在空中旋转而来削掉了禁军的脑袋。禁军沉重地向后一倒，手中的婴儿被高高扔了起来，沈妤将身法提到了极致，这是她此生跑得最快的时候。

她踩着一人的肩膀跃了起来，在半空中将婴儿接了个满怀，又一把握住了带血的引凤。蟒袍在空中猎猎翻飞，落地的一刹那，她的呼吸都还是紧的。这一切都发生得太快了，没有任何语言交流的默契让所有人都始料未及。他们两人谁都没有停下来，谢停舟拈弓搭箭一气呵成，三支羽箭瞬间射入禁卫的后心。沈妤出刀迅疾，顷刻间取下最近一名禁军的首级。

"抱好了。"沈妤一把将哭闹不止的皇孙塞给太子妃，将她往宣辉殿的方向推，"躲那边去。"

场面乱了起来，皇子妃子们纷纷朝着宣辉殿跑，那是他们的生路。

"拿下他们！"蒋安顾不得李延昌，当即大喊道，"北临世子伙同都虞候沈妤，刺杀皇子并意图弑君，谁能取下他二人首级，我赏黄金百两！"

沈妤环视一圈，见重重禁军警惕地围了上来，慢慢地收缩着包围圈，她除了往宣辉殿退别无去路。可她还有谢停舟，中间隔着禁军。数千人一眼望不到头，便是车轮战也能将他们困死在此处。谢停舟看向沈妤，他已经准备踩着尸山血海走到她身边去，他缓缓抽出挂在马上的一惊霜。

沉寂已久的利刃在主人的手中泛着银光，似乎已在为之后的大开杀戒感到兴奋不已。

"谢停舟！"蒋安怒目圆睁，"你没有武功尽失？！隐藏得真好啊，但是没关系，今日就让你粉身碎骨。"

谢停舟抬眼看去："李延昌已活不了，你还不束手就擒？"

"你当老子傻吗？我已经反了，这个时候束手就擒就是死路一条，我先宰了你再说。"蒋安狰狞着脸。

"禁军听令！"蒋安直指太子妃，"给我把她怀里的孩子抢过来，我有大用，其余人等，格杀勿论！"

沈妤知道蒋安打的什么主意了。李延昌活不了了，蒋安如今骑虎难下，投降必死无疑，倒不如富贵险中求，去博一个更高更险的前程。他想血洗皇宫，把罪名推给谢停舟和北临，然后再扶持襁褓中的皇孙上位，而他正好做个在背后把持朝政的摄政王。

沈妤看向宫门，那里大门紧闭，外面还没有动静传来。怎么还不到？她在心里想着。

"去门口！"沈妤对谢停舟大喊着，挥刀往谢停舟的方向杀过去。

她将禁军之中所有能调用的人手都调去守宣辉殿了，此刻两帮人马已经厮杀在了一起。宣辉殿门前的禁军护着诸皇子和妃子，死守着台阶，不让另外的禁军攻上来。从前并肩作战的兄弟，如今却到举刀相向、你死我亡的地步。喊杀声沸反盈天，沈妤且战且退，终于和谢停舟并肩站在了一起。无数的禁军在他们面前倒下，地上已没有了落脚的地方。血迹沿着广场地面金砖的缝隙蔓延，在这皇宫之中织就了一张猩红色的网。

太勇了！都是在战场里上浸过敌军血的人，哪是常年守卫皇宫里的禁军能比的？那就是两尊神挡杀神、佛挡杀佛的杀神！禁军被杀怕了，生怕下一个倒下的就是自己，踟蹰着不敢上前。

两人终于得以喘息，沈妤侧头看了谢停舟一眼，问："你回来干什么？"

"接你呀。"谢停舟太久没提剑了，杀了太久，他喘着气说，"我一个人回去怎么成亲？"

沈妤后背抵着他："都说了我七日便会追上去。"

"是吗？"谢停舟冷哼了一声，"这个时候还敢拿这样的话来搪塞我。"

"再坚持一会儿。"谢停舟握住了她的手，"我爹派了三千青云卫来接我们回北临，兮风已去接应了，应该快到了。"

两人的手上都是鲜血，握在一起十分黏腻，但谁也没有松手。沈妤道："我也有援兵。"

"你哪来的援兵？"谢停舟问。

蒋安见禁卫止步不前，不禁大喊道："上啊！给老子上！去！去调弓箭手来，我要将他们射成刺猬。"

李延昌早就滑坐在地上，靠着墙，看着眼前混乱的一切。没有永远的盟友，蒋安在这个时候抛弃了他。没有人理他，他的人还没有杀上来，上面的人更不会救他。他的脖子在飙血，他按不住，精神随着血液的流失被抽空。他看着眼前的一切，知道自己活不成了。

谢停舟不在他的计划之内，沈妤的反应也不在他的计划之内，他太自负太轻敌了。那可是谢停舟和沈妤啊。仅仅是临近胜利前的一丁点松懈，便能让他们抓住破绽和机会。

"怎么……怎么……还没到？"他喃喃说了一句。

突然，地面开始震动起来，越来越近，马蹄声也越来越响。沈妤盯着地面的血洼，在震动中泛开了涟漪。沈妤心中一喜："是援兵，萧川来了！"

但她提着一口气，不敢松懈，紧紧盯着宫门的方向。

轰——宫门被撞击着，发出沉闷的响声。

蒋安脸色一变："快！不能让他们走！"

禁军再次压了上来，两人背水一战，谁拦着他们出宫的道路，谁就得死！

轰——轰——轰——接连的撞击声响起，随着最后一声轰鸣，宫门开了。

"大人！"萧川在马上喊，"属下来迟。"

在他身后伫立的是随沈妤去过齐昌剿匪的儿郎们。沈妤回望巍峨的大殿，能看见追随她的禁军兄弟，她不能丢下他们。萧川当即喊道："大人不用担心，五城兵马司的人马上就到，宣平侯已经去调私兵回京了，咱们得快点去！晚了就会被堵住去路。"

沈妤再看了一眼大殿，似乎能看见李昭年望着宫门的方向。他抬起了手，手背朝外拨了拨，这是让她快走的意思。

沈妤一咬牙："我们走！"

谢停舟打了一声呼哨，一匹骏马疾驰而至。他翻身上马，捞起沈妤放置身前，策马朝着城门狂奔而去。

"来一半人，给老子追！"蒋安追了上去，"宣平侯封了城门，他们休想逃脱！必须杀了他们。"

百姓早因变动闭门躲避，他们一路畅通无阻。

"不好！城门没开。"

萧川遥遥看见了封闭的城门，而身后就是追击而来的禁军。

"大人，要不要去北门？"萧川勒马问。

沈妤回头看了眼："估计所有城门都已经关闭了，只有硬闯。"

前路被堵死，后有追兵，这是一场硬仗。沈妤已拔出了腰间的引凤，准备死战到底。沉重的城门突然间发出了声响，朝着两边缓缓打开。

"怎么回事？"萧川震惊道。

"阿妤——"

沈妤循声豁然望去，看见裴淳礼立在城墙上，扶着墙垛看着她。

"门开了，快走！"裴淳礼喊道。

他手里拎着一块东西，是他从宣平侯那里偷来的令牌。他不再是那个什么也不懂的单纯的孩子，父亲教会了他做一个正直的人，所以他选择站在了父亲的对立面。

"裴淳礼……"沈妤喃喃说出了他的名字。

谢停舟当机立断，策马扬鞭奔向城门。

众人迅速出城。

"关门！"裴淳礼举着令牌下令，城门轰隆隆关闭，将蒋安的人马堵在了城中。

"该死的！"蒋安勒马，"宣平侯的废物儿子，坏老子好事。"

"指挥使，"一名禁军问，"现在怎么办？"

蒋安道："砸，给老子砸了城门。"

裴淳礼奔向另一头，此次一别，或许再无相见之日，他想要再看一眼他最为珍惜的朋友。

"阿妤，阿妤。"裴淳礼呢喃着沈妤的名字，扶着墙垛张望着，终于在人群中看见了沈妤。

"沈妤——"他扬声喊她。

沈妤在马上回头，看见裴淳礼迎着长风望着自己。裴淳礼含泪漾开一个笑容，深吸一口气大喊道："对不起！"

"没关系，没关系的。"沈妤的眼眶红了，"这不是你的错。"

裴淳礼点了点头，明明她声音不大，他却似乎明白她在说什么，她是真的不怪他。

他抬手放在嘴边，喊着："阿妤，这样算不算是还了你一些？"

"你不欠我什么。"

裴淳礼："那咱们以后还能不能再做朋友？"

"能！"沈妤大喊，"你永远是我的朋友！"

裴淳礼开心地笑着："快走！快走吧！我爹就快回——"

噗——随着那声箭矢没入身体的声音，裴淳礼的声音戛然而止。

沈妤惊恐地睁大了眼，脸色在顷刻间变得苍白无比。裴淳礼低头看了一眼，胸口穿出了半截带血的箭头。他提不起气来大喊了，只能张着嘴小声地说："快走，快走啊……"

"阿南——！"

沈妤撕心裂肺地哭喊。她挣扎着想从谢停舟的身前翻下去，却被他紧紧地搂在怀里。谢停舟伸手捂住了她的双眼，不忍让她再看。沈妤拉下了他的手，看裴淳礼撑着墙垛前倾着。

"快走……

"快走……"

他的身体终于失去了平衡，从高耸的城墙上栽了下来，风鼓动起了他的袍子，似乎想将他带去哪里。

"裴淳礼——！"

沈妤哭得撕心裂肺，她被谢停舟紧紧压在胸前，迎着猎猎长风，朝着家的方向奔去。谢停舟紧紧抱着她，回望盛京，这个他曾想要逃脱的地方。

今日，他们狼狈离去，来日，他们终将回到这里。

用敌人的头颅来血祭。

宣辉殿外的广场尸骸已堆积成山，风里飘着浓浓的血腥气，可厮杀还在继续。皇子妃子们均已躲进了殿内，不敢吵着病中的同绪帝，只能躲在角落里隐忍地哭泣。李延昌的视线已经开始模糊了，看不清远处，但他听得见杀声。李霁风在他身旁蹲了下来："七哥。"

李延昌的血快要流尽了，喉咙里发出嗄嗄的漏风声："救……救我……"

"你终于怕死了。"李霁风笑了起来，"我还以为你真的不怕死呢。"

李延昌原本是不怕死的，但他在血液和时间的流逝中慢慢品到了死亡的味道，他看到没有来生，只有无尽的黑暗，于是他开始怕了。沈妤的目的达到了，要把他的痛苦无限拉长。

"你机关算尽，得到的就是今日的结果。"李霁风看了眼他的脖子，啧啧叹了两声，"这一刀可真是利落啊，我都没想到她当时真敢下手。"

禁军死守住台阶，不让反叛的禁军攻上来，可他们在人数上还占着下风。反叛的禁军在渐渐收缩着包围圈。

"杀——"副指挥使杀红了眼，"马上就要赢了！"

李昭年没有退进宣辉殿，他要让自己清楚地记得今日。他想要在腥风中想明白这一切到底是为了什么？又值不值得？不知是谁搭了弓，一支箭矢朝着李昭年射来。眼看就要击中，却在半空中被砍断成两截。

李昭年："九弟你……"

"为了活命罢了。"李霁风丢开了从地上捡来的刀。

李昭年只是微怔了片刻，眼中又尽是释然。这宫里的所有人都戴着面具，帝王、妃子，甚至是内宦和宫女，他们人前人后两副面孔，一副是自己，一副是为了活命。

李霁风摸出帕子擦手，问："四哥怎么不躲里面去？"

李昭年侧眸看了一眼李霁风："又能躲去哪里？"

"你好像一点也不担心。"

李昭年望着宫门的方向："我相信她。"

"可她已经走了。"李霁风提醒道。

"但她给所有人都留了生路。"李昭年说，"再等等。"

在那震天的喊杀声中，李霁风隐隐听到了行军的声音。

"副指挥使！"一禁军大喊道，"五城兵马司的人来了！"

"什么？"副指挥使心下一凉，架开一名禁军的刀之后急急退后，"不行，退！"

"退不了了，已经杀进来了！"

"蒋安呢？他丢下咱们跑了？穷寇莫追他不懂这个道理吗？"副指挥使呸了一口血沫。

"兄弟们，再扛一阵，等宣平侯的大军进京，咱们就是头功！"

禁军死伤两千余人，又被蒋安分走了一半人手，根本挡不住援兵。禁军齐齐往宫门口退，却又被五城兵马司的人压了回来。

"这就是她的后手？"李霁风微微笑了笑，"可惜来晚了些。"

李昭年道："不晚，是战线拉早了，父皇下令拿下老七远超计划，原本的计划是巳时一刻，拿下李延昌蒋安反叛，五城兵马司的人刚好能赶到将反叛的禁军围杀在宫门内，只是在父皇那里出了第一个变数。"

"那就是父皇当时被老七气得受不了了呗。"李霁风说。

李昭年叹了口气："第二个变数在我，我没有安排好后宫女眷和其余的兄弟，让人拿捏住了人质，拖了她的后腿。"

李霁风略一思索："那第三个变数就是谢停舟了。"

"嗯。"李昭年说，"她挟持着李延昌，如果能再僵持一阵，五城兵马司的人或许也能赶到。"

"可她没有算准谢停舟会回来，甘愿为她以命相搏。"李昭年目光深远，"这是她的变数，也是我们的变数，这世上本就没有万全之策，只有殊死一搏。"

李霁风环抱着胳膊，大敌当前依旧是那副闲散的模样："她原本可以不急着杀李延昌，可以再拖一拖的。"

"为了谢停舟。"李昭年低声说，"她怕援兵一到，谢停舟就走不了了。"

五城兵马司的人很快便将禁军的残兵团团围住，指挥戚平策马奔至殿前翻身下马："殿下，末将救驾来迟，望殿下恕罪。"

李昭年望着血流成河的广场："交给你了，戚指挥。"

"是！末将领命。"戚平转过身，"五城兵马皆听我号令！诛杀反叛禁军，杀无赦！"

李霁风说："我们进去吧，看看父皇。"

李昭年当先跨入大门，对缩在一角的皇子和宫眷说："都回去吧，回自己宫里去。"

殿内的人退得只剩下他们兄弟二人和同绪帝。李昭年跪在龙榻前，轻声唤道："父皇。"

同绪帝渐渐睁开了眼："解决了吗？"

"五城兵马司已经控制住了局面。"

"老七呢？"

李昭年和李霁风对视了一眼，说："他意图谋害儿臣，被诛杀在门口。"

同绪帝："沈妤……"

"外面还需要她。"李昭年没有看着父亲的眼睛，他撒谎了。无论是隐去诛杀李延昌的人，还是对同绪帝撒谎，他想要保下她。

"那就好，还在就好。"同绪帝伸手，抓住了李昭年和李霁风的手，"朕，将你的兄弟们，还有这个烂摊子，交与你了。"

李昭年红着眼："父皇放心，儿臣定然尽力而为。"

同绪帝微微颔首，看着李昭年说："别让，别让江山断送在你手里，千万，千万不要啊……"

李昭年感觉到抓着他的手松开了。他抬起头，看见同绪帝睁着眼，那眼中毫无生气，盛着他一生未尽的抱负和不甘。

丧钟长鸣，哀号齐吹。同绪帝在位一十九年，在兵戈之声中结束了他的一生。

谢停舟出城后不久便碰到了前来接应的青云卫，加上萧川的人马有近万人之多，大军一路往北疾行。沈妤哭了很久，在颠簸的马背上、被谢停舟用披风裹着，在他的怀中哭着睡着，又在颠簸中醒来。她很难受，浑身上下如同被硬生生撕裂一般，从皮肉痛至骨血。她想起了幼时将她扛在肩上的父亲，想起了一起浴血奋战的将士们，想起了曾经把酒言欢的裴淳礼。

"去年我们在花楼私下确定往后终身吃喝玩乐，简而言之不就是私订终身吗？

"我给你带了好东西，明早我来接你，带你去个好玩的地方。

"阿妤，快跑，快跑啊……"

为什么一个个都要离她而去？沈妤呜咽出声，脑中无数次回闪的全是裴淳礼从城墙上跌落的画面。

谢停舟现在才发现她醒来，抱紧了她，贴在她耳边低声说："不哭，还有我，还有我，阿妤。"

沈妤侧过头，将脸埋进他的颈窝里，将自己全部交给了他，也将自己的软弱尽数展现给他。

天快要黑了，行军的速度慢了下来。策马狂奔的结果便是跑得浑身发热，等速度慢了下来，谢停舟却发现她身上的温度并没有降下来。拼死厮杀一场，难免受伤，一路奔袭只粗略处理了伤处，未来得及妥善包扎，想必是受伤引发的高热，但她沿路从未吭过一声，就好似已完全不知道痛。

谢停舟摸了摸她的额头，沈妤把头偏了偏，让额头贴着他微凉的掌心蹭了蹭，这样能让她感觉好受一些。谢停舟回望了一眼，队伍一眼望不到头，他们已经奔袭了一百多里，但这个距离仍旧不够安全。

"兮风。"谢停舟喊道。

兮风策马靠近："殿下。"

谢停舟垂眸看着沈妤："停下休整半个——"

"不行！"沈妤打断他的话。

谢停舟沉声说："你的伤口需要妥善处理，否则——"

沈妤打断他，说："必须连夜赶路，南大营的士兵上京勤王了。"

"你安排的？"

沈妤点了点头："一旦盛京的警报解除，他们便会追击而来，我们不能停下，否则会被拦截在途中。"

谢停舟知道她说的是对的，但是他又担心她的身体，而且身上带血的衣裳干了之后发硬，穿在身上很难受，他想让她好受些，可惜没有条件。谢停舟解开了水囊，哄着她喝了一些。他只能尽量快些赶路，到了安全的地方让她歇息。

皇宫内挂起了白幡，连灯笼都换成了白色。李昭年站在大殿前的台阶上，等一会儿还要进去给同绪帝守灵。

"报——"

士兵奔至台阶前下马，单膝跪地道："殿下，据探子来报，蒋安和宣平侯的队伍在城外碰上之后便一同追击谢停舟去了。"

"怎么可能？"李昭年疑惑道。

"回禀殿下，是谢停舟出城时射杀了裴淳礼，宣平侯大怒，追过去了。"

"不可能。"李霁风说，"沈妤和裴淳礼交好，他不可能杀他。"

士兵也不确定了："说是裴淳礼拦了二人的路。"

李霁风当即道："那就更不可能了，裴淳礼放他们都来不及，怎么可能会拦路？"

李昭年分析："多半是蒋安射杀了裴淳礼，担心宣平侯迁怒，便只好栽赃给谢停舟。"

"如今怎么办？"李霁风问，"宣平侯发觉追不上，照样会围宫。"

他打量着李昭年，纳闷道："你怎么一点也不着急的样子？"

李昭年平静道："宣平侯哪儿也去不了，他一旦回头，就更没有机会再靠近盛京，南大营会堵住他。"

李霁风问："锦衣卫的都指挥使不是被截在宫门内了吗？谁去南大营调兵？"

"那是障眼法。"李昭年说，"沈妤早就料到了人会被截住，单派一个指挥使太冒险了，其实一共派了十二人。"

"可兵符只有一个，就算人到了南大营，怎么调兵？"

李昭年道："兵符是只有一个，但圣旨可以有很多张。"

李霁风将事件在脑中前后过了一遍。五城兵马负责营救宫中，从南大营调兵拦截宣平侯，如果不是中间出了差池，这将是一个非常完美的计划。

"真是个可怕的女人。"李霁风说。

李昭年看了他一眼："她才十八。"

"是啊，才十八便已有这样的谋划。"李霁风感叹道，"若再给她几年时间成长，该有多可怕，怪不得父皇不让她走，要将她留给你。"

夜已深了，大军渡了河，终于可以停下来休整一番。无论人马都已疲惫不堪，除了放哨的士兵，所有人都睡得横七竖八。树底下搭了帐篷，所有人自觉地离帐篷丈远。

兮风烧了水送进去，又送去了干净的衣裳，然后在火堆旁坐下来。火堆旁还有沈昭和长留，他在路上碰到了青云卫，才知道谢停舟也要回北临。当时他便反应过来，沈妤是想将所有人都送出京，独自留下来面对一切。沈昭在火堆旁焦急地踱步，长留的目光随着他转来转去，忍不住说："沈将军您能别转了吗？晃得我眼都花了。"

沈昭看了他一眼，继续来回走，几次想要冲进帐篷，又退了回来。沈妤病了，军中就她一个女子，都没个人伺候。他现在想到谢停舟要帮她沐浴穿衣他就感觉脚下踩了针板，站都站不住。可除了谢停舟，已没有更好的人选了。

"你觉不觉得沈将军有些像常衡将军？"长留说。

兮风看向长留："怎么说？"

长留又看了几眼沈昭，认真道："常夫人生孩子时候，常衡将军也是这么在门口转悠的，简直一模一样。"

兮风笑出了声，又立马收敛了笑容，低着头往火堆里添了根柴。沈昭将二人的话听得一清二楚，在火堆旁坐下来。他问兮风："你方才送水进去的时候，我妹妹怎么样？"

"瞧不着。"兮风说，"我也不敢瞧。"

沈昭没话说了。

他们和忠伯等人分开走的，行军路上条件艰苦，帐篷里没有床榻，地上铺了干草，用布又铺了两层。沈妤擦拭了身体和头发，换了一身干净的衣裳舒服了很多。她背上有道连她自己都没发觉的伤，幸亏伤口不大，谢停舟替她上了药，担心她睡觉压到伤口，让她趴在自己胸口睡。

可是沈妤睡不着。她趴在谢停舟的胸口，睁着眼盯着帐篷被风吹动的布料出神。

谢停舟抱着她，抚摸着她的头发："睡一会儿吗？"

"我睡不着。"沈妤轻声说。

谢停舟很担心她。她目睹了裴淳礼的死亡，怕她将过错归咎于自己，陷入自责中走不出来。

谢停舟亲吻她的鬓角："快点好起来，我们一起回家。"

"你不该回来的。"沈妤轻声说，"太危险了，我真的有办法脱身。"

这里环境简陋，但抱着她谢停舟心里很踏实："龙潭虎穴我去得，刀山火海我也去得，只要有你在就行。"

沈妤抬起手摸他的脸。他定然是在离京之后连夜奔袭而来，下巴上已生了胡碴。

她轻轻地抚摸着，说："我小时候也喜欢这样摸我爹的胡碴。"

谢停舟笑起来："那你都摸了，是不是要管我叫爹才行？"

"你想得美。"她收回手。

谢停舟握着她的手又按回自己脸上："给你摸，不用叫爹。"

四下静谧，沈妤渐渐有了困意，还不忘提醒他："我们不能停下太久，他们会追上来的。"

谢停舟只觉得心疼，将她拉到如此境地，生病还在担忧行军。

"我知道。"他一下一下顺着她的头发安抚，"天一亮就出发，还有两个时辰，你睡一会儿。"

"你也睡。"

"嗯。"

谢停舟侧头咳嗽了两声，沈妤立即抬起头来："你……"

"没事，喉咙痒而已。"她还没问出口，又被谢停舟扣着脑袋按在了胸膛上。

怀中的人呼吸渐渐平稳下来，谢停舟轻轻将她挪开趴着睡，自己则掀帘出了帐篷。兮风听闻动静，抬眼就看见世子步子飞快地绕过帐篷，往林子深处去了。

兮风顿觉不妙，起身跟上去："我去看看。"

长留想跟，被他一句"你就在这儿盯着帐篷"摁在那里。谢停舟觉得走得够远了，扶着树"哇"一下吐了出来，他忍了很久，怕吵到她睡不着，等她睡熟才敢出来。听见身后的脚步声，他微微侧头，胸口还在喘，说："无碍。"

兮风走近，没闻着血腥味儿才把心落回实处，幸亏没吐血："余大夫随行，还是让他来给世子看看吧。"

谢停舟喘了几声，说："嗯，让他过来，不要惊动旁人。"

兮风明白旁人指谁，还不是怕让人知道了传入沈姑娘耳中。沈昭见谢停舟一离开，赶忙跑去帐篷里看沈妤，见她睡得正香，身上干干净净的，不像他们出城时浑身是血的狼狈。可见谢停舟将她照顾得很好，这才放下心。长留一步一步地跟着，等在帐篷外面，兮风离开的时候让他守好帐篷，他就得守好，但是这是人家的亲哥哥，他也不好拦着不让看。

沈昭没片刻就出来，两人又坐回了火堆旁。长留心里不踏实，之前世子匆匆走了，接着是兮风，后来又看见余大夫也悄悄往那边去了，他就猜测是世子的身体出了问题。

沈昭见他眉头紧锁地盯着一个方向，转头看了一眼："你看什么？"

长留只是单纯，但他不蠢，余大夫都是悄悄过去，那就是不想闹出动静。

于是脑子一转说："我在看兮风拉屎怎么还不回来？"

沈昭忍不住想翻白眼，抱着胳膊靠着树闭上了眼。余大夫还从没在这样的环境中诊过脉。穿林而过的是风声，隐约还能听见野兽的呼叫号。余大夫屏气凝神，诊完脉后又问了谢停舟一些问题，而后神情凝重地说："我早就说过，世子不能再拿剑了，前几月进宫回来就发了一次病，如今才刚刚养回来，又战了这么一场，如今——"

"会死吗？"谢停舟打断他。

"这……"

"会死吗？"谢停舟又问。

余大夫道："这一战，毒素又扩散了，但暂且没有性命之忧，只是切莫再动武了，殿下听我一句劝，殿下身体里的两种毒素都是剧毒，好不容易达成平衡，动一分便乱一分，若真到了——"

"我知道了。"谢停舟盯着林间射下的月光，"你回去休息吧。"

余大夫说："幸亏带着世子常服用的药，稍后我煎了给世子服下。"

"交给我吧。"兮风说，"我去煎。"

余大夫点头走了，谢停舟稍后也往回走。

兮风跟随在谢停舟身侧："余大夫的话殿下也听见了，殿下真的不能再动武了。"

谢停舟侧头扫了他一眼："你何时这么啰唆了？"

兮风有苦难言："殿下是北临的主心骨，我当然担心。"

"我知道了。"谢停舟说，"别告诉她。"

林地背风的地方起了炉灶，七万大军在此暂歇。火星子被风吹得四溅，蒋安坐在火堆旁，看着歇下来的士兵，说："侯爷，咱们不该再追了，应该先进京把禁宫控制在我们手里再说。"

宣平侯双目呆滞地盯着篝火："上京干什么？"

"上京拿下太子和皇孙呀。"蒋安有些激动，"如今宫里到底是个什么情况还不清楚，晚一分局势就会大变，侯爷要趁早才是啊。"

宣平侯喃喃道："我的儿子死了，我的两个儿子都死了，我绝后了，要那个位置还有什么用？"

蒋安乍一听没察觉什么，细品之下发觉不对。两个儿子？都死了？

宣平侯边哭边笑："他想要银子，我给他；他想要皇位，我也帮他。"

蒋安听得心惊肉跳，难不成李延昌竟是宣平侯的儿子？宣平侯忽然转头朝他看来，那眼神看得蒋安犯怵。

"你不知道吧。"宣平侯幽幽地说，"是同绪帝抢了我的女人，我便让他替我养儿子，哈哈哈哈哈哈。"

蒋安不知道宣平侯怎么会想同他说这些，就算是李延昌已死，他和宣平侯的关系还万没有到互诉衷肠的地步。

"侯爷。"蒋安劝说道，"侯爷还不到天命之年，正值盛年，若是坐上了九五至尊的位置，何愁今后不会子孙满堂。"

见宣平侯目不转睛地盯着自己，蒋安心下犯怵："侯……侯爷？"

宣平侯似是回过神来："对，你说得对。"

"拿下他！"宣平侯忽然大喝。

场面在顷刻间急转直下，蒋安才起身一半，便半蹲着被两把刀交叉架住了脖子。

他一动也不敢动，抬起两只手："侯爷，这是什么意思？"

"什么意思？"宣平侯起身走到他面前，"我问你，在宫里，是不是你故意让他们杀了齐王？"

"侯爷这是说的什么话。"蒋安急道，"是沈妤，齐王进殿之后被沈妤挟持，是我用后宫女眷和皇孙要挟，可那沈妤油盐不进，根本不给任何谈条件的机会。"

宣平侯眯着眼："那我儿裴淳礼呢？"

不论刀在不在脖子上，蒋安都不敢说实话："我已经同侯爷说过，是谢停舟！他出不了城便射杀了小侯爷，等我赶到的时候已经晚了。"

话音刚落，宣平侯照着蒋安的脸就是一刀鞘打过去，打得蒋安眼冒金星。

蒋安甩了甩头，声泪俱下道："我和侯爷同进退，侯爷怎么能不信我呢？"

"我儿阿南和沈妤交好，他偷了我的令牌就是想放沈妤离开，我儿最是心慈，他送她走都来不及，又怎么会闭门不让她走？"

"我……"蒋安百口莫辩，"我都和侯爷说了，我到的时候已经晚了，这也是我的推测。"

宣平侯直起身，脚步踉跄地走到营帐门口，背对着众人抬起了手："杀！"

蒋安："侯——"

他的身体还僵硬着，头已经落到了地上。

一名士兵走上前来："侯爷，余下的禁军已经全部被我们控制住了，他们所有人都说不是蒋安动的手，但箭确实是从人群里射出去的，谁动的手没人注意。"

"都不重要了。"宣平侯摆了摆手，"那就都杀了吧。"

"是。"

宣平侯跌跌撞撞扑进营帐中，老泪纵横地抚摸着营帐中的棺木。

"儿啊，下面没人伺候，爹先送蒋安和禁军下去给你当牛做马，你在下面做土皇帝。

"你喜欢沈妤是吗？想让她陪你玩是不是？等爹抓到了沈妤，就送她下来给你陪葬。

"你切莫觉得孤单，若是孤单了，就到爹梦里来，爹陪你聊天。"

宣平侯恸哭着抱住了棺木，大喊道："阿南，我的儿啊，是爹错了，是爹错了！

"爹错了啊……"

宣辉殿前的广场已清扫过，之前堆积成山的尸体都被处理掉。反叛禁军的尸骸运至城外成堆焚烧，死守宣辉殿的禁军家人可前来认领尸首和抚恤金，如无人认领的，会被妥善安葬。广场地面用水冲洗了一遍又一遍，可那些缝隙里仍然残留着血迹。空气里艾草的味道掩盖住了血腥味，宫女在燃烧苍术和艾叶以防止疫病。李霁风在李昭年身侧坐了下来，两人并肩坐在殿前，看着广场上来来往往的宫女和内宦。

"这座吃人的牢笼把所有人都变成了怪物。"李昭年疲惫地说。

李霁风轻轻笑了笑："不是还有你不忘初心吗？"

李昭年叹了口气："多少人想要挤进这万人坑，被啃到只剩白骨也不愿离开。"

"可也有人拼了命想要离开。"李霁风说，"咱们兄弟从前聊不来，我嫌你太死板，你嫌我不学无术，谁也瞧不上谁，没想到最后会是我们坐在这里。"

李昭年表情木然，问："你习武多少年了？"

"十二年。"李霁风向后撑着地面，散漫地说，"我母妃死的时候，告诉我要学会自保，她说这座皇城里聪明的人容易死，可怎么办，我就是聪明绝顶啊。"

"十二年，真不容易。"李昭年轻声说。

又静了许久，李昭年突然开口："你藏锋敛锷这么多年，不会仅仅是为了自保，谁都没有将你看穿，你才是藏得最深的那个。"

"有啊，怎么没有？谢停舟和沈妤。"李霁风说。

李昭年道："他们自是不同的，天生的强者，绝非池中之物。"

李霁风笑道："你现在看清了吗？"

李昭年心里疲惫极了："你若是想要这个皇位，你就拿去，我可以写下禅位诏书，保我妻儿平安。"

"我要这个皇位做什么？"李霁风说，"这江山摇摇欲坠，那破烂位置谁爱坐谁坐，反正我不坐。"

"那你要什么？"李昭年皱着眉问。

李霁风站了起来，垂眸看着他说："李昭年，你不得不承认你救不了世人，我也不行，但这世上总得有人站出来扛住这片山河。"

李昭年错愕了一下，仰头看着李霁风。李霁风看向远处，眼里涌动着光："他谢停舟收敛锋芒只为成就忠君之心，可最后得到的是什么？谁会相信他不会反呢？他交出兵权是死，不交也是死。但他退步不前却是万民之难，必须得有人或是有一个契机推着他往前走。"

李昭年看向广场："你是指……"

"没错。"李霁风已经猜到了他想说什么，"父皇担心他反，但我却巴不得他反，我原想在这次动乱中杀了沈妤。"

"你！"李昭年一下站了起来。

李霁风看了他一眼："杀了沈妤，谢停舟必反。四哥，咱们如今之所以能够和谐共处，只因我们目的相同，我们都不想坐这个位置，但我们都盼着天下太平。"

"可谢停舟一反就是天下大乱。"李昭年神情凝肃，"结果便是民不聊生。"

"现在难道不是民不聊生吗？饿死的百姓一年比一年多。"李霁风轻蔑地说，"破而后立，这个道理，你不会不懂吧？"

"自古以来哪次改朝换代不是血流成河？大周推翻了暴虐的前朝是不是血流成河？不也是被人骂作乱臣贼子吗？可大周换来了百姓近两百多年的太平日子。"李霁风激动道。

"但巨木会腐朽，近百年大周一代不如一代，这个时候需要另一根巨木将这片山河撑起来，百姓等了百年才等来了谢停舟这个契机。"李霁风一字一顿道。

"他不能退！这乱臣贼子，必须由他谢停舟来做！"

李昭年仓皇地往后退了一步，原以为他的想法就已经足够离经叛道，但他此刻不得不承认，李霁风的想法更甚。但李霁风说得没错，破而后立，方能新生。

"你将这皇位交给他，他会坐吗？他不会。"李霁风笑着说，"但他现在已经没有退路了，除了反，他别无选择。"

大军就这样行进了两日，途中一直没有发现追兵的痕迹，白羽放出去放哨回来也没一点警示。谢停舟摸着白羽的毛发，喂食了些东西便让它自己去玩。

"已离京三百里，这样跑下去不行，大家都需要休息，否则之后如果追兵跟上来，咱们没有作战的能力，今日便在此扎营休整吧。"

兮风下去安排了，沈妤身体已经恢复了，自乘一骑和谢停舟并行。

"萧川还没有回来。"沈妤有些担忧。

萧川从前在萧家军中做的就是斥候，负责查探敌情，昨日他点了一拨人分三小队前去探查追兵，到今晚还没有回来。萧川警惕性强，别的沈妤不担心，就担心他在路上遭到伏击。

大军扎营安顿，挖炉灶生火做饭。今日路过一城，派人乔装进城采购了不少东西，也得知了同绪帝驾崩的消息，太子李昭年将在半月后行继位大典。

今晚终于不用啃干粮，大家可以吃顿热乎饭了。长留蹲在火堆旁啃鸡腿啃得满嘴油，边啃边说："这逃命逃得可真不错，还有鸡腿吃，得亏时雨，不对，得亏咱们未来世子妃有钱，遍地都是铺子。"

兮风端着牛肉汤："你以为谁都有鸡腿吃？"

长留嘿嘿笑，刚想说自己还在长身体，突然神色一变。

"风哥你听。"长留竖着耳朵，鸡腿都不吃了，"好像有人。"

他又侧耳听了片刻，除了风声，还有些细微的声音。

"真有人，在往这边靠近。"长留又道，"不行，我得看看。"

长留三两下蹿上了一棵最高的树，果真看着一队人马摸黑朝着营地靠近。

"风哥，有人来了。"他小声说。

兮风瞬间警惕，刚准备警示，又听长留道："等等。"

"世子，世子妃。"长留飞快地往营地跑，嘴里喊着，"是萧川他们回来了。"

沈妤的重点全放在后一句萧川回来了上面，完全没注意到前一句世子妃，她飞快地走出帐篷。谢停舟看了一眼长留，经过长留身旁时说了句："帐里的鸡腿，赏你了。"

长留乐呵呵，这声世子妃喊得真是值。萧川几人浑身狼狈，回来就端着热汤狼吞虎咽。沈妤坐在了篝火旁看着他："你们遇到了追兵？"

"没。"萧川囫囵道，"遇到了流民，差点把老子裤子给扒了。"

说完见谢停舟看了自己一眼，赶忙收起那副兵痞子的样，严肃道："大人，属下一路查探，发现了追兵的踪迹，他们扎过营的地方全是禁军的尸体，还有蒋安被砍了头挂在了树上，其余让野狗啃得只剩骨头了。"

萧川咽下最后一口汤："现场除了禁军没有别的尸体，我怀疑是蒋安和宣平侯起了内讧，宣平侯设计把蒋安的人全杀了。"

沈妤盯着火："可惜我没能亲手杀了他。"

谢停舟站在她身侧，他知道她想到了裴淳礼的死，于是手指搭在她后颈轻轻捏了捏表示安慰。

"你继续说。"他示意萧川。

"哎，是。"萧川不隶属谢停舟管辖，但他觉得这人气势逼人，总让人不自觉矮上一头。

"后来我们又循着他们撤离的踪迹追过去查探，宣平侯的六万人和南大营的人撞上打起来了，不过打得不算激烈，宣平侯边打边撤，往潞州方向逃窜。"

"潞州是端庆王的封地。"谢停舟说了一句。

沈妤抬起头看他："这样正好给我们争取了时间。"

"嗯。"谢停舟也垂眸看她，手却没有移开，"宣平侯边打边退应该是为了保存实力，南大营没有后备辎重，求一个速战速决，宣平侯只需要拖延时间就行了。"

两人动作亲昵，其余人只敢听却不敢看，要么垂着头，要么盯着火。除了长留直勾勾盯着，被兮风一把按下了脑袋。

"端庆王的封地有多少兵力？"沈妤问。

谢停舟道："三万，或许更多。"

"那宣平侯是想打下端庆王的封地，自立为王吗？"

沈昭也听闻消息走了过来。

"我看不然。"谢停舟收回手，在她身旁坐下，"他敢往潞州退，不怕陷入前后夹击的境地，说明他笃定潞州是安全的，看来他和端庆王早有勾结，说不定替他训练私兵也有端庆王一份。"

沈妤也盯着火，恨不得将二人架在火上烤："那六万兵，可都是用老百姓的税银和大周的粮仓养起来的。"

谢停舟道："现在形势于我们也并非全无好处，不论是哪一方都面临着两面的敌人，宣平侯要应付朝廷的兵，还得提防北临，朝廷和我们也是一样面临双面夹击，互相牵制。"

"大周已经没钱了。"沈妤说，"户部没银子支撑打仗。"

萧川点头："那咱们可以过一段时间的安稳日子了。"

他说完这话，却见那三人的眉头都没松开。

"大人这是在忧心什么？"萧川问。

沈妤看向沈昭，沈昭接话道："我担心燕凉关。"

萧川没底气地问："去年世子不是已经将西厥人赶走了吗？"

沈昭轻叹了一声："安稳不了，去年是打走了西厥人，他们今年说不定又会卷土重来，西厥人靠游牧为生，冬日草场养不活人，如今大周动乱，入冬前西厥人恐怕会趁着这个时机洗劫边境，抢夺钱财和入冬的口粮。"

沈昭常年驻守燕凉关，他说的多半没错。

"该死的西厥人。"萧川气急大骂。

沈妤起身："你跟我来，我有话要问你。"

萧川起身跟上去，长留看着两人走远，随即看向谢停舟："殿下你不去吗？"

谢停舟横了长留一眼："我有这么黏人？"

长留抿了抿唇，小声说："有的，不知道谁，这几日离不得人，人家时雨走开一会儿就到处找人。"

谢停舟没听清："你嘀咕什么呢？"

"没。"长留大声说，"我是说咱们世子妃离不得世子，走远了会想世子的。"

"世子妃？"沈昭说，"还没成亲呢。"

"将军不要注意这些细节嘛，早晚的事，我提前喊着。"长留说。

谢停舟不想搭理他了，侧头瞧着沈妤和萧川在一棵树边停了下来。

长留拐了拐兮风："你看你看，眼珠子都黏上去了。"

谢停舟头也不回："我听见了，兮风，给我堵了他的嘴。"

"大人找我有事？"萧川停在沈妤跟前。

"嗯。"沈妤道，"这两日你辛苦了。"

"应该的嘛。"萧川笑说，"斥侯不就是干这事的吗。"

沈妤问道："我很好奇，你为什么没有留在盛京，五城兵马司的人是你去调的，也是你最先到，留下来保护太子你就是首功，何愁往后不能平步青云？却偏偏选择跟我走。"

萧川一听就急了："大人这是怀疑我的动机？"

"并没有。"沈妤淡定道，"若是怀疑你，就不会让你去打探消息，既然往后要同行，我们不妨把话敞开来聊。"

萧川跑看两天也累了，他蹲下来。

"既然大人这样讲，那我就实话实说，五城兵马司是干什么的？巡捕盗贼，疏理街道沟渠，抓捕囚犯，禁火，全都是些杂事，让我一辈子在京城里那样过，那我这人就废了。

"我是从战场上下来的，那地方我还想回去，况且我也不想再效命那样的朝廷。咱们这次追随大人而来的兵都是自愿的，都是和咱们一起去过齐昌的兵。

"大人一路看到了什么，我们也就看到了什么，那破朝廷谁愿意效忠谁去，咱们大好儿郎不是为了给他们通官沟或者给那些达官显贵找猫找狗而生的。"

"大人是不是觉得我说得冠冕堂皇？"萧川抬头看了眼沈妤，接着说，"那我再说透一点，世子有兵你有钱，何愁不能平了这乱世？"

萧川没等沈妤说话，直接单膝跪在地上。

"快看快看。"远处的长留戳了戳兮风，"怎么还跪上了呢？不行不行，我得过去偷听。"

兮风都没来得及按住他，长留就跟泥鳅一样滑溜走了。

"大人。"萧川抬起头，"萧川愿追随大人，大人说干什么，我萧川绝无二话。"

沈妤微皱着眉："你先起来。"

萧川起身："我萧川倾慕强者，世子和大人都是这样的人，世子有青云卫，我萧川过去排不上号熬不出头。"

沈妤淡淡笑了一笑："你很坦诚。"

萧川挠了挠后脑勺："是大人说的要敞开来说。"

"行。"沈妤颔首道，"往后大家同进退，我有饭吃，便饿不着你们。"

萧川憨厚一笑："大人说笑了，跟着您都能饿死，那这世上没活人了。"

长留飞一般跑回去："重要消息。"

谢停舟正拿着棍子和沈昭在地上画图分析局势，闻言回了句："什么？"

长留一脸凝重："姓萧的说倾慕我们世子妃。"

"什么？"沈昭惊呼。

与此同时，谢停舟手里的棍子断成了两截。他抬起眼皮看长留："你确定原话是这么说的？"

长留挠挠头："他说他倾慕强者，世子妃和世子都是这样的人。"

"塞上。"谢停舟抬手一指，"明天午饭前我不想听到他说话。"

长留被兮风捂着嘴咿咿呀呀拖走了，那头谈完，沈妤和谢停舟回帐子。

谢停舟替她掀了帘："收获了一员大将？"

"怎么了？"沈妤与他玩笑道，"他没有选你，选择追随我，世子殿下很受挫吧？"

这几日一路奔波，两人根本没时间好好亲昵，她这样半仰着脸，让谢停舟想吻她了。

"那倒没有。"谢停舟的目光从她的眼，到鼻，再到唇，如有实质地在她脸上摩挲。

他微微俯身，轻声地说："是我先追随你的，他要来也得先排队，排在我谢停舟之后的，都没戏。"

沈妤被他看得脸颊发热，脑子里却想着正事："他们之后的安排，还要劳你帮忙。"

"你说。"谢停舟有求必应。

沈妤斟酌道："我不能带他们去洛州，恐怕要让萧川带兵随你回北临。"

谢停舟心中的旖旎顿时被这句话给清得一干二净。

他直起身，脸上的笑意没了："你要去哪儿？"

沈妤看他表情一变，赶忙劝说："我已许久没有回过洛州看外祖母了，现在能留给我们喘息休整的时间不多，待到战事一起便更没有机会了，我想先回去看看她。

"况且往年我每年都要去看账的，下面人多，难保没有起歪心思的，我怕有人欺我外祖母年事已高。"

谢停舟松了口气，颔首道："是该回去一趟，我也该去，但如今……"

"我明白。"沈妤的眼睛亮晶晶的，"其他的之后再说。"

谢停舟将她鬓角的一缕发丝拨回耳后："你先去洛州，我回北临看过情况之后，便去洛州接你。"

沈妤点了点头："想去散步吗？"

"好。"

立秋后夜晚已经开始下凉，谢停舟拿了披风，牵着她走出帐篷。兮风要跟，被谢停舟挡了，只有白羽双翅一展，飞到他们前面去了。驻扎通常都会选择靠近水源的地方，林子旁就临着小河，月色在水面散碎成了星子。谢停舟牵着她沿着河边走："你不能带那么多人去洛州，但至少得带一部分，带上千余人，不用进城，在洛州找个地方驻扎下来，我们在京中闹了那样大的动静，万一州府对陆氏不利，也好有个照应。"

沈妤说："目标太大反而行动不便，我们要赶路，这一路过去我想低调行事，如果确定是李昭年登基，就不用担心州府衙门的问题，李昭年不是那样的人。"

谢停舟放慢了脚步："你和他才相识多久，就如此信任他？"

沈妤侧头看他，月色不够明朗，看不清他脸上是不是有醋意。

"其实在白山猎场，他就已经知道我是女子了，但是他没有揭穿我，也没有以此做要挟，我相信他的人品。"

"他是个心慈的人。"谢停舟道，"但心慈手软可压不住那帮结党的老臣。"

"不是还有个江元青吗？有他的辅佐，户部主事就是李昭年的人，先把大周的命脉握在自己手里。"

说起户部主事，谢停舟便想起了江敛之。自葛良吉被斩，户部便一直是由江敛之主事，他年纪轻轻就坐上户部侍郎的位置已是越制，资历不够已不能再往上走了，但如今户部是他主事，形同尚书。

"我有一事觉得奇怪。"谢停舟道。

沈妤说："什么事？"

谢停舟停了下来，与沈妤面对面而立："我对这个人的敌意，远超出了我自己的想象，就好像……"

他没有找出合适的词。

"好像什么？"沈妤认真地看着他。

谢停舟灵光一闪："就好像他曾从我手中抢走了你，我恨不能将他碎尸万段。"

沈妤脸上一僵，她从未和谢停舟提及她梦到的那些事。没等她回答，谢停舟看着她，认真地说："从前我管不着，但今生往后的无尽岁月，你都是我的。"

洛州与北临不在一个方向。翌日天亮便出发，行军至晌午，就到了分别的时候。早晨沈妤和萧川已经聊过，萧川死活都要随她去洛州，沈妤对他说若他也跟着走了，那五千兵马就成了无主的兵，谁去约束他们？萧川还是被说服了，最终的结果是萧川带五千兵马随谢停舟去北临，谢停舟另拨十个身手好的一路护送沈妤去洛州。那十余人马已经走远了，风里扬着马蹄踏起的黄沙。谢停舟长长凝望她离开的方向，此去洛州路遥，一来一回又得两三月。

"殿下，咱们走吧。"兮风说，"姑娘已经走远了。"

谢停舟没有说话，半晌才轻轻拍了拍肩上的白羽，说："去吧。"

白羽振翅而起，追随着沈妤离开的方向而去。沈妤听见了白羽的清唳，扬鞭时抬头看了一眼。她明白他的心思，是在让白羽再送她一程。

"驾——"

沈妤一马当先，在飞沙中朝着洛州而去。

官道上行着一辆马车，一只素手搭上窗口，看了一眼天色，催促赶马车的车夫。

"再快些。"

"快不了啦。"车夫道，"这马得跑得动才行。"

丫鬟放了帘子，小声说："我看他就是故意的，按日算钱他巴不得跑上个十年半载。"

那位小姐脸上些微有些心焦，但仍旧保持着闺秀的仪态："等入了城，明日再换车赶路吧。"

丫鬟说："照这个速度今日都入不了城了。"

十余人策马而行，都戴着挡风沙的幂篱。

"吁。"沈昭勒马放缓了速度，"前面就是平城了，快马加鞭赶在天黑之前可以进城，今晚找个客栈留宿。"

沈妤摘下幂篱抖了抖上面的沙："从前这条路没这么难走。"

沈昭面色肃然："秋日本就荒凉，流民吃不上饭，把沿路的草根都啃尽了，路自然难走，走吧。"

众人继续赶路，拐过了山坳走上一条直道，老远便看见一辆马车停在路边，近了之后隐约听见一男一女在争论不休。沈昭在经过时侧目扫了一眼，又奔出了约莫一里地，他突然勒马。

沈妤停顿不及，跑出几丈远才掉头回来："哥，怎么了？"

沈昭似乎是愣在了那里，脸上除了疑惑还有难以置信。他当即掉转马头，朝着来路奔去。沈妤一头雾水，连喊了沈昭几声都毫无反应，只好跟了上去。所幸他们并没有跑出很远，沈昭返回时路边的争吵还没有结束。这个年头不太平，流寇山贼四起，马夫和丫鬟对突然而至的人心生警惕，停下来不吵了，盯着赶来的人。沈昭一身衣裳裹了灰，又戴着幂篱，马背一侧还挂着刀，突然之间停在路边，任谁都会警惕。

丫鬟还以为遇到了匪徒，刚想往马车上挪，便听见那人不太确定地喊了一声："莺儿？"

马车内的人闻声一震，连忙掀开了帘子，虽戴着幂篱看不见面容，但她的眼睛顿时就红了，又极力强忍着。沈昭一把掀了幂篱，沉声问："你怎么在这里？这路上到处都是流民匪寇，你又跑出来干什么？"

俞晚秋吸了吸鼻子，挤了个笑容，说："我去平城探亲。"

沈昭看了一圈："你的随从呢？家里怎么没派人护送？"

莺儿刚想说话，俞晚秋便抢先一步说："路上遇到流寇走散了，好在马上就到平城了。"

沈昭见她脸色憔悴，不敢想路上吃了多少苦，那车夫看着就贼眉鼠眼，不是她家里的车夫。

"你们方才在吵什么？"

莺儿愤然道："说好了的价钱，他走到这里不走了，非让我们加价才肯送我们进城，哪有这样的人？"

车夫见来人不好惹，连忙赔笑说："如今生意不好做，给的价钱确实只能走到这儿。"

沈昭沉着脸扫过车夫，车夫顿时吓得一激灵。

"真没，真没坑人。"

沈昭扯着缰绳靠近马车，朝俞晚秋伸手："上来，我带你们进城。"

他握住俞晚秋的手，另一手扶着腰一带，便将人提上了马放在身前。沈妤早就跟上了，停在不远处看着，见状上前道："你是俞小姐的丫鬟吧？我带你一程。"

骑马比马车快上许多，天黑之前便入了城，投宿在一家客栈中。

沈妤梳洗完毕去了沈昭房中。

"俞小姐你准备怎么安排？"

沈昭的头发还湿着，说："我问过她和她的丫鬟了，明日将她送到亲戚家，咱们就继续去洛州。"

"你一根筋吗？"

"怎么了？"沈昭不解。

"她要是真要去亲戚家，入城便能去，为何还跟着我们投宿客栈？"沈妤在他对面坐下来，"还有，你看见她的包袱了吗？"

"看见了。"沈昭说。

沈妤真是头大："她说她遇到了流寇，和家仆走散了，马车都没了她还能带着行李，依我看，她多半又是偷偷跑出来的，你最好去问一问。"

沈昭心想，如果不是探亲，那她又能干什么呢？难道是他离开了她追来找自己？可是那日他们明明已经做了道别。男子到底不如女子细心，于兵法上他还能推演，但于女子心思上真是一窍不通。这些年接触得最多的女子，偏生就是个大大咧咧有什么说什么的性子，他哪知道女子的心思还能七弯八绕。

"我去问问她。"沈昭起身。

"别问她。"沈妤说，"她既同你说走亲戚，就是想瞒着你，你最好去问她那个丫鬟。"

沈妤回到房中，过了很久，她都准备睡了，沈昭来敲她的门。

门口的沈昭看上去很颓丧："聊聊？"

沈妤下巴一指，沈昭看过去，顿时笑了。桌上早就备了酒，从前两兄妹想要交心的时候，便会准备上一壶酒，边喝边聊。

"去房顶？"

"嗯。"沈妤笑着轻点了下头。

她拎起酒壶，沈昭拿了酒杯，两人悄无声息地翻上了房顶。

"有问题吧？"

"嗯。"沈昭伸着杯子让她倒酒，"她被俞家赶出来了。"

沈妤"嗯"了一声，只需要做一个倾听者。

沈昭仰头饮尽，继续道："她早就被赶出来了，我……我竟然一直不知道，每次送她回俞府后门，她都是等我离开了再去她租住的院子。"

沈昭低下头，两滴眼泪无声地落了下来。

"是不是因为她总出来找你？"沈妤猜想。

沈昭点了点头："她家不像咱们家就那么几口人，俞家是世家，重门风。"

　　俞家单是姑娘家就有四五个，她去年去燕凉关，俞太傅便大怒一场，回京之后又频频出门，俞太傅便让人跟着她，然后发现了沈昭的踪迹。俞太傅让她同沈昭断干净，她不同意，便被赶出了家门。家中人原以为让她出去吃吃苦她便会回头，结果她住在外头不回去，沈昭一离京，她又跟了上来。在道旁相遇时她想到自己如今一无所有，已不是从前的金枝玉叶了，拉不下脸，便撒谎说自己去平城探亲。

　　沈昭将杯子伸过去，沈妤又替他倒满了一杯。

　　"阿妤。"沈昭突然喊她。

　　"嗯？"

　　沈昭侧头看她："去年出征前，你说你做了一个梦，梦应验了吗？"

　　沈妤缓缓吐出胸口的气："应验了一半，梦里我没有去燕凉关，你走了，爹也走了，只剩下我一个人，除了你如今还活着，其他的没有区别。"

　　沈昭沉默了许久："那我死了之后，你呢？"

　　"我？"沈妤笑着饮了酒，"我被赐婚嫁给了江敛之，三年后溺死在江府的小湖中。"

　　沈昭呼吸隐忍地喘息了几下，心痛得厉害："那晚秋呢？"

　　"我成婚的时候，她来给我添妆了，到我死的时候，她也没有嫁人。"

　　沈昭抹了把脸："我要带她回洛州。"

　　"你要是不带，我也要带，顺便同她一起在路上骂你。"沈妤将酒壶递过去。

　　沈昭笑了，脸上挂着泪别开了脸。

　　他欠的人太多了。

　　兄妹二人并未喝多，次日一早便出发前往洛州。俞晚秋从未骑马赶过路，原本计划沈妤先行，沈昭买一辆马车带着俞晚秋主仆二人稍后跟来，俞晚秋担心拖住他们的行程，硬是不同意，便由沈昭带着赶路。路上跑了三天没喊过苦，到了第四天沈昭才发现她走路不对劲，丫鬟说她骑马将大腿都磨破了，却硬是没喊疼。

　　身娇肉贵的世家小姐，哪吃过这样的苦。沈昭想停下让她休息她便以不去洛州相要挟，近一个月的路程，俞晚秋硬是挺下来了，就连沈妤都对她有些佩服。

　　洛州是大城，这里是陆氏的发家地，还有商道和船舶港口。这里不似沿途的难民遍野，而是歌舞升平，河上的画舫上都是一掷千金的公子哥儿，醉生梦死，哪知道外面的人过的什么日子？

　　陆老太太知道他们要来，早早地派了人在官道上等他们。老太太站在门口，由一群丫鬟簇拥着。

　　看着奔来的马匹，陆老太太向前走了两步，含泪道："阿妤，昭儿，总算来了。"

　　沈妤眼眶发热，真要算起来，她已经快四年没有见过外祖母了。沈妤老远就看见了老太太，还有她身侧泪眼汪汪的红翘，奔近了翻身下马，一把甩开了缰绳。

　　"外祖母。"

　　"阿妤啊。"陆老太太想下台阶走近些看她，差点一脚踏空，被冲过来的沈妤扶住。祖孙俩执手相看，老太太早已老泪纵横，沈妤眼眶通红，但门口人太多，她忍着没落泪。

"回来就好，回来就好。"陆老太太上上下下将她打量了个遍，说，"怎么瘦了这么多？"

"是我长高，抽条了。"沈妤踩上去和外祖母站在同一级台阶上，果真比老太太高出了半个头。

陆老太太又哭又笑的："是长高了不少。"

沈昭抱了俞晚秋下马，环着胳膊看着祖孙俩寒暄。

"哎。"沈昭道，"敢情我就值个名儿，喊我一声就算啦？老太太您这也太偏心了吧？"

陆老太太笑起来，朝他伸手。沈昭放下胳膊走了过去，知道自己个儿高，在陆老太太跟前主动弯下腰来，将脑袋凑过去让她摸。陆老太太摸着他的头，看见他消瘦的肩膀，又忍不住哭了起来。

身旁一人劝说："娘，大夫说您身体不好，情绪切莫太过激动。"

开口的是陆老太太从族中过继过来的儿子，虽不是亲生的，但在名分上算是沈妤的舅舅陆仕。他身旁站着一名妇人，还有一名青年男子，男子便是陆仕的儿子陆嘉衡。

沈妤一一打过招呼："舅舅，舅母，表哥。"

"哎。"舅妈张氏应了一声，拿手绢擦着眼角根本没有一滴的眼泪，"姐儿总算回来了，老太太是日也盼，夜也盼，总算把人给盼来了。"

陆嘉衡拱手："表妹和表兄一路受累了。"

俞晚秋看着眼前一家子其乐融融，感觉自己处在一个不上不下的境地，既插不上嘴，身份也尴尬。这些场面是她一路上想的，甚至想了更多，只是真正站在了这里，却有些后悔跟来了。沈昭像是察觉了什么，回头见俞晚秋停步不前，便觉自己不够细心。

"晚秋。"他走去执了她的手，牵到老太太跟前来，"外祖母，这位是，是……"

他有些不知该如何称呼才算得当，说太近怕俞晚秋觉得自己轻薄，说远了又怕旁人轻慢于她。

"是我嫂嫂。"沈妤接了他的话，撒了个善意的谎言，"他们在京城已行过简易的礼了，回洛州还要外祖母给操持一场，免得委屈了我嫂嫂。"

俞晚秋的脸霎时就红了，但心中对沈妤是感激的，她的身份便没那么尴尬。老太太慈眉善目，笑呵呵地打量了一番俞晚秋，边笑边连声说好，又拉着俞晚秋的手，在她手背上拍了拍才交给沈昭。

沈妤扶着陆老太太："外祖母，外头风大，先进屋吧。"

"瞧我。"陆老太太说，"高兴得都忘了。"

陆老太太今年已七十多了，事实上身体还算不错，前些日子是真病了一场，沈妤那时在京中正愁没想出办法支走沈昭，洛州的信就到了，算是及时雨，这么长的时间，病也大好了。

沈妤挽扶着陆老太太走在前头，走了片刻老太太才想起来，回头说："你们就不用跟着了，阿妤和昭儿夫妇奔波一路，还要歇息片刻，晚间再接风洗尘。"

饶是沈昭，也因那声"夫妇"红了脸，他看了眼身旁的俞晚秋，只见她微低着头，耳朵已经通红。

"我，我……"他欲言又止。

俞晚秋微微侧抬了头看他，小声说："我知道的。"

陆老太太在门口等了一上午，沈妤挽扶着陆老太太回院休息。陆府太大了，比京城的北临王府还大上一些，后院还圈着一个小山头，亭台楼阁应有尽有。陆老太太扯着沈妤闲聊了一阵，问东问西，从北临王府问到北临世子。

"听说他身体不大好，是不是真的？"

沈妤道："也不是特别不好吧，不发病的时候平日里是看不出来的。"

"那就好，那就好。"陆老太太放心地靠回引枕上，"那当是不影响生养。"

"哎哟，一不小心就把心里话说出来了。"陆老太太拍了下自己的头，"瞧我，老了，这脑子是越来越不行了。"

"外祖母。"沈妤一脸无语地拖长了音调。

陆老太太早年行商那会儿，也是随着伙计们走南闯北，思想自然不受寻常闺阁妇人所限，万事都看得开。

"那先不说你了，说说你哥。"陆老太太又道，"那你嫂子呢？我看着是个可人儿的姑娘，生得也漂亮，当是配得上咱们家昭儿的，家世如何倒是无所谓，咱们家不攀权附贵，也不缺那银子花。"

"我哥算是高攀呢。"沈妤煞有其事地说，"嫂子是俞太傅家的嫡出小姐。"

陆老太太一想："俞家是大世家啊。"

"没错。"沈妤点头。

"那送进宫当皇妃都是成的。"

"就是嘛。"沈妤说，"我哥一个武将，常年不着家，哪个千金小姐愿意随他东奔西走，而且那时全都以为我哥没了，俞小姐千里迢迢从盛京去燕凉关找人找了几个月。"

"还有……"

沈妤专挑好的说，把俞晚秋夸得天花乱坠，祖孙俩絮絮叨叨聊了一阵，陆老太太困了，说着说着便睡着了。沈妤轻手轻脚地放下帐子，刚跨出门便被沈昭一把拽到了旁边。

"外祖母不是让你们去歇息吗？"沈妤诧异地问。

沈昭一脸无奈："你那样说，丫鬟将我和俞小姐安排到了一个院子，我……"

"那不是更好吗？"

"好什么？"沈昭将她拉着走远，压低了声音训斥道，"你这样是污了她名节。"

沈妤白了他一眼："你当真是个武夫。"

"此话怎讲？"

沈妤微昂着头："那我问你，若我不这样说，你准备怎么说？"

沈昭一本正经道："就说我与她情投意合，想请外祖母做主。"

沈妤真想给沈昭一棒槌敲醒他："你若是这样说，往后她难在府中抬起头了。"

沈昭是真不懂这些内宅里的弯弯绕绕："什么意思？"

"无媒无聘随你千里迢迢来洛州，那就是与你私奔，旁人会怎么看她？"

沈昭一想，喝道："他们敢！"

"当着你的面不敢，那背地里呢？"

沈昭沉默了，不得不说是她说的这个道理。

沈妤拍了拍他的胳膊："我方才在里头可是对我嫂子一顿乱夸，明日你得请我喝酒。"

沈昭知道她这样做的用意，他若娶了俞晚秋，往后俞晚秋是要在府上同老太太一块儿的，沈妤替她打好了关系，留个好印象做垫底，往后才更好相处。

"阿妤。"沈昭看着她。

"阿什么妤，你快回去吧。"沈妤催促，"俞姐姐刚到府中，一切都还不熟悉，她心思敏感着呢，你这样跑出来她会多想的。"

沈昭表情严肃："我没接触过什么女子，不懂她们的心思，哥哥若是有什么地方做得不好，或是因为旁人而忽视了你，你就告诉我。"

"知道了。"沈妤冲她眨了下眼，"你别忘了请我喝酒便好。"

沈昭颔首离开，走到月洞门时回头看了一眼，只看见沈妤挺直的背影，他突然之间就有些难过了。跟在他屁股后头跑的小丫头长成了大姑娘，不需要他这个哥哥照看着，能够高飞了。

沈妤往自己的院子走，心想沈昭确实没接触过什么女子，不懂也实属正常。

不对。她脚下步子一顿，那为什么谢停舟就懂得那么多？

难不成……

"红翘！"沈妤扬声喊道，"笔墨伺候，我要写信。"

近卫们得了谢停舟的令，一路护送几乎是寸步不离，到了陆府也是轮流换值守院。红翘和丫鬟备了水，沈妤好好梳洗了一番，见一旁摆着的女装，拿起来又搁了下去。

"收起来吧。"沈妤吩咐，"换男装。"

红翘一愣，从前小姐虽常穿男装，但从前一旦回了洛州还是会换回女装的。沈妤坐在镜子前，红翘在身后用帕子替她沾着头发上的水。

"你近一年还好？"沈妤从镜子中看红翘。

红翘红着眼眶："好，老太太爱屋及乌，待奴婢很好，小姐和绿药在外面吃苦了。"

沈妤说："我走得急没来得及带上她，不过已经提前知会过她，这会儿她应该已经在来洛州的路上了。"

陆宅已经许久没有这般热闹过了，大家张罗着给他们接风洗尘。老太太还没跨进门，便察觉到了气氛的不同寻常，下人们一个个低头不语，厅中也未有寒暄的热闹声。

厅内摆了五桌，陆老太太进门时，才坐了不到三桌。陆老太太的脸色顿时就沉了。

沈妤瞬间了然，扶着老太太落座。

"三房和五房去喊了吗？"陆老太太问。

丫鬟忙回："请过了，三房太太说头疼，五房也说头疼。"

陆老太太冷笑："那倒是疼到一块儿去了。"

张氏道："母亲，儿媳听说三房头疼便去看过了，可是……"

"有话直说。"

"是。"张氏道，"姐儿在京中的事，如今已传到洛州了，我瞧着他们估摸是怕京中发难被连累……"

啪——

陆老太太一巴掌拍在桌上，声音不大，却吓得下头无人敢开口。

"银子没少分，这会儿怕被连累了。"

"祖母别生气。"沈妤抚着陆老太太的后背。

好好一顿接风洗尘宴就这么毁了，一屋子人噤若寒蝉，只敢埋头吃饭，连筷子都不敢碰着碗。

月已升，沈妤哄着陆老太太睡下了。沈昭靠着廊子等她，见沈妤出来，他扬了扬手中的马鞭。

"天还早，出去跑一场？"

"行啊。"沈妤说。

两人骑马出了洛州城，一出城便加快了速度，将灯火阑珊全抛在身后。

马蹄迎着风，在月夜下狂奔。沈妤胯下是她的奔宵，自让红翘快马加鞭到洛州调粮之后便一直留在了此处。夜晚渐凉，但兄妹儿都跑得满头大汗，许久没有如此畅快地赛过了。

沈妤在从前赛马的终点勒马，回头看着落后一步的沈昭："你的马不如我的，这局算我输。"

沈昭笑道："你这马得多拉出去跑一跑了，才超我半个身位。"

沈妤下马，摸了摸奔宵："养得这一身肥膘。"

沈昭先上了山岗，在一块石头上坐下，扔给她一个酒囊。

"今日你也看见了。"

"嗯。"沈妤点了点头，"我们的到来似乎让这个地方不太安宁呢。"

沈昭侧头看她："那你之后准备怎么办？"

沈妤却没有接话，望着月下那两匹踱步的马。她想起了谢停舟，分别一月，不知道他此刻到了北临没有，这一路又有没有遇到危险。

"哎，丫头。"沈昭手肘碰了她一下。

沈妤回神，说："我管他们做什么？我是来看望外祖母的，又不是看望他们，我停留不了太久，这段时间他们不惹我，这日子便照样过，若是敢动什么歪心思，就别怪我不顾念那点浅薄的亲情。"

沈昭揉了揉她的脑袋："我妹妹这么能干。"

"别揉。"沈妤理了理头发，"头发都乱了。"

"本来就让风吹得跟鸡窝似的，我给你理理还嫌弃。"沈昭笑着收回了手，看着远处，脸上的笑容渐渐淡了。

"天冷了。"他说。

沈妤知道沈昭突然让她出城赛上一场，一定有他的用意。

"你想说什么？"

沈昭思索了片刻："我想将后背交给你。"

不等沈妤开口，他继续说："天凉下来，西厥人很有可能向边境发起进攻，沿线的燕凉关、荆门关、掖城，都有可能成为他们进攻的目标。"

沈妤隐约猜想到沈昭想做什么了，但她没有开口。

"我在那里输得一败涂地，我想从跌倒的地方爬起来。"

"但你没有兵。"沈妤说。

"我没有。"沈昭确信道，"但燕凉关有，那里如今有四万守备军。"

沈妤紧紧地抿了一下唇："我恨那个地方，我在那里失去了爹，失去了和我并肩作战的将士，凭什么我们还得替他们守城？"

沈昭的声音很平静："今年伤愈之后，我去过燕凉关，老百姓在城外给爹立了衣冠冢，你不知道的是，在爹的衣冠冢旁边，还有六十多个一同建造的墓。"

沈妤一脸疑惑地看着他，静静地等候下文。

沈昭说："那都是在那场战役中，想要来替我们开城门的守备军和寻常百姓，我在那里听说了他们的事迹，他们拿着锄头扁担就上了，死了一批又有人补上去，直到六十多具尸体将通道堵死，他们也没能打开门。

"老百姓并非什么都不懂，他们分得清是非善恶，城守死了，梁建方死了，葛良吉、李延昌，还有牵涉在这个案子中的其他官员也一并落马，还剩下个宣平侯。"

沈昭长叹了一口气："我们终将除去他，但你不能被仇恨蒙蔽了眼，将他们的过错转嫁到百姓身上，百姓们尽过力了。"

"我没有。"沈妤反驳道。

"那你为这个冬日的燕凉关担忧过吗？"沈昭问。

沈妤道："燕凉关是大周的土地，守护边关是朝廷该操心的事，不是我的责任。"

"阿妤，我不是这个意思，不是让你去替他们守边关，我只是让你认清自己的变化。"

沈昭搭上了她的肩："哥哥是在告诉你，这不是百姓的错，也不是你的错，我知道你在想什么，你恨他们，也恨自己，恨自己为什么没能救下其他人，所以你在逃避着那个地方，你看似平静，可你在惩人的同时也在自惩，用这样的方式宣泄你的愤怒。"

沈妤："我……"

"让我来说。"沈昭道，"我们重逢太晚，我没有看出来，是谢停舟，他知道在这件事情上他劝不了你，所以让能和你感同身受的我来说。”

沈妤愣住了，谢停舟从未和她提及过这个问题。自他赠予引凤之后，他便再也没有阻挡过她的路，他只是在背后默默地支持。沈昭又说：“你收纳了萧川和士兵，又将齐昌的山匪也留下备用，是想厚积薄发，用他们去完成你的目标，可你的目标到底是什么？你想清楚了吗？”

沈妤皱着眉：“还有个漏网之鱼，宣平侯。”

“你下得去手吗？”沈昭问。

沈妤皱着眉想了想：“下得去，我欠裴淳礼是我欠，但宣平侯欠着十万将士的命，这不是我说一笔勾销就能作罢的事。”

“阿南他……”沈妤顿住了，说不下去了。

“那咱们来聊一聊之后，做完这些，你准备干什么？”

沈妤老实说：“不知道，我还没想好。”

沈昭笑了，看着精明能干的丫头，也有可爱的一面，他又想去揉她的头发，又怕这丫头对他炸毛。

“那你慢慢想，还有时间，大胆地往前走，谢停舟纵着你，你想做什么他都依，我可不一样，如果你走错了路，我会揪着你的辫子把你给揪回来。”

“别老操心我，你还是操心操心你自己吧。”

沈妤走前拿马鞭在他肩上敲了敲，调笑道：“嫂子这会儿在家估计都望眼欲穿了。”

她这么一提，沈昭便觉头大，苦恼回去以后如何共处一室。事实上，后来沈昭也不记得自己是怎么躺到床上去的。他只觉得当时那么义正词严地指责谢停舟，而今他和谢停舟又有什么两样呢？原来大家都是如此，喜欢便想要靠近彼此，他也并没有比谢停舟正直高尚到哪儿去。

距沈妤和谢停舟离京多时，朝堂上百官争论多日都不可休止。

“如今正是我们该迎面出击的时候，否则等他们扩编招兵壮大起来，更是难敌。”

“我倒是持相反的意见，现如今宣平侯和北临各据一方，相互牵制，依我看反倒是给了我们喘息的机会。”

“喘息？”一大臣冷笑，“我们喘息别人就不喘息了？等大家都歇好了，大周要面临的就是两匹吃饱喝足的豺狼！”

“你说得倒是简单，一张口就是打仗，打仗不要粮不要银子吗？”

主战派和主和派争得面红耳赤，吵得李昭年脑仁都疼了。

李昭年揉了揉眉心：“行了。”

“军粮和银子那是户部的事，你兵部操什么心？该不会是你故意想让他们得以喘息吧？”

“你含血喷人！我兵部不需要操心士兵的口粮吗？”

“朕说行了！”李昭年猛地一拍龙椅扶手。

殿中顿时安静了下来，众臣皆垂首不语。李昭年喘息了一下：“江爱卿，你来说。”

江敛之出列："陛下，臣清算过户部库银，所剩无几。"

"所剩无几到底是多少？总得有个数吧。"

江敛之侧头看了一眼，开口的是内阁次辅柳丞。江元青高坐内阁首辅的位置，先帝病逝后江元青也跟着病倒，但首辅的位置依然无人能撼动，江家在文人中的地位无出其右。柳丞和江元青本就不对付，加之江家又出了个江寂，而柳丞只有一个不成器的儿子柳裕，心里就更是不平衡了，屡次在朝堂上针对江敛之。

江敛之习以为常，淡定道："户部是管银子的，却不是生银子的，年初春蒐、剿匪，还有万寿宴，耗银共计八十七万两，五城兵马救驾，南大营动兵，加之先帝丧礼，此处又是一百三十四万两，国库所剩的银子，支撑到明年的春耕都成问题。"

柳丞冷哼一声："宣平侯府抄家，我就不信只有那么点银子。"

"阁老好大的口气。"江敛之微微笑了笑，"近三十万两银子，在阁老眼中也只是一点。"

柳丞大怒："你明知我不是这个意思，宣平侯联合葛良吉贪了多少，怎可能只抄到那么些银子？"

"抄家是由大理寺和都察院一同执行的，户部只管记账入库，阁老问下官，不如去问别人。"

"你——"柳丞一时间说不出话来，他无心得罪大理寺和都察院。

"那北临王府呢？北临世子和都虞侯沈妤叛逃，按理就该抄了王府。"

"沈妤护驾有功，叛逃这理由怕是不能成立吧。"

江敛之脸上终于浮现出些许怒色："阁老若是要看账，只要陛下点了头，随时都可以，现在不如回到之前出兵与否的问题。"

兵部尚书文宏远出列："陛下，依臣之见，不如坐山观虎斗，北临和宣平侯斗个你死我活，正是我们休养生息的时候，如今还有更大的一个难题。"

李昭年道："爱卿但说无妨。"

文宏远道："如今最大的问题在于，入冬前西厥人恐怕又会发起一场突袭，如今内忧外患齐聚，这个冬怕是不好过，如今国库空虚，抄了宣平侯府起不了太大作用，北临世子与沈妤叛逃与否诸位同僚各执己见，但抄了北临王府和沈府说不定可解燃眉之急。"

下了朝，李昭年乘坐步辇回宣辉殿。这个地方住过无数位帝王，看上去是那样沉重。

"去传燕王进宫。"

李霁风奉召前来，进殿便看见颓然坐在椅中的李昭年。

"陛下召臣弟前来，可有要事？"

李昭年定定地看了他半晌，忽然说："你果真是这皇宫里最聪明的人。"

李霁风不明所以："何出此言？"

"今日在殿上，有人让朕抄北临王府，半数以上大臣表示赞同。"

李霁风走过去坐在李昭年旁边："陛下和他们好一番争执吧？最终结果如何？"

李昭年没有正面回答："我被迫坐上了这个位置，终于体会到了父皇的难处，帝王并非随心所欲，反之，受到的牵制更多，成日都是堆积如山的折子，要银子的就占了不少，治国如治家，这家真不好当。"

李霁风已明白了暗藏的答案，抄家势在必行，任谁也无法阻止，不仅仅是李昭年根基不稳受众臣胁迫，还有形势所逼，非抄不可。

"你说我要是真的抄了北临王府，她，他们，会如何看我？"李昭年问。

李霁风笑道："估计在背后骂你白眼狼吧。"

李昭年也跟着笑了笑："是啊，她拼了命地护我，我却要抄了他们的府。"

"恐怕不止。"

李昭年转过头："什么意思？"

李霁风道："臣弟还需要你下一道旨。"

厅中丝竹绵绵，一人斜在榻上，手里拿着扇子随着乐声打着节拍。那扇子很小，被一双大掌拿着显得有些突兀。一阵脚步声越来越近，然后停在了门口。

谢光宗随意瞟了一眼，慢悠悠地说："哟，回来啦。"

谢停舟缓缓走近："我听说你病得起不来，都快死了。"

北临王谢光宗换了个姿势："就是啊，说起来也忒奇怪了，本来起不来，结果他自己又好了，真是天命所归。"

谢光宗捡了粒花生米往上一抛，还没落到嘴里，只见袖子一过，花生米落到了地上。

"嘿。"谢光宗翻身坐了起来，"你一回来就找你老爹不痛快，听个曲儿吃个花生米你都要管。"

谢停舟在一旁落座，搭在扶手上的手轻轻一动，弹琴奏曲的乐师顿时停了下来。

"他是北临王还是我是北临王？"谢光宗叫嚣道，"给我继续弹。"

乐师进退两难，看看北临王，又看看世子。

"都下去吧。"谢停舟吩咐道。

谢光宗哼了一声，上下打量他一番，说："我还以为你被那帮狗撵得狼狈，看着还精神着嘛。"

"我也以为你快不行了。"

"嘿嘿。"谢光宗笑了一声，"好小子，还是对你这个爹有些孝心，回来了正好，你就当我死了，把我手里这担子接过去，我出去游山玩水。"

谢停舟扫他一眼："谁给你出的主意？"

"你就珍惜吧。"谢光宗抬手拍了拍谢停舟的肩膀，"若没有我那聪明儿媳，你哪来的合理的理由离开盛京？如今我再来个死遁，北临不能无主，谁还敢让北临王进京为质？"

谢停舟怔了一下："阿妤？你们何时联系上的？"

谢光宗道："这你就不用管了，赶紧把儿媳妇接过来成亲，然后我挑个好日子去死，你替我简单发个丧，我就能出去游山玩水了。"

谢光宗已经开始畅想起来："有个那么有钱的儿媳妇，往后我游山玩水去哪儿都饿不死，这日子不要太快活了。"

说罢，谢光宗看向谢停舟："怎么这个眼神看着我？"

丫鬟奉茶上来，谢停舟端起了茶盏："北临不缺银子。"

北临是封地，自给自足，不用向朝廷交纳税银，也不受盛京管制，自有一套自己的办事方式。

"你这小子。"谢光宗在他肩上拍了一巴掌，"还真当你爹图他们陆氏的银子把你给卖了？"

端到唇边的茶被谢光宗冷不丁这么一拍，一下子洒了大半在谢停舟的袍子上。谢停舟吐了口气看他，还没来得及开口，谢光宗便道："不行啊你，这么拍一下就洒，虚了不是？回头找大夫来给你瞧瞧。"

"不必。"谢停舟说，"你既无碍，明日我便动身去洛州提亲。"

"提亲？"谢光宗将跷起的腿放了下来，得意地说，"你就好好感谢你老爹吧，聘礼这会子都在路上了，六千青云卫押送，怎么样，够排面儿吧？"

谢停舟一惊，问："什么时候的事？"

谢光宗算了下时间："约莫半月前就出发了，想来再过些时日便要到洛州了。"

"太仓促了。"谢停舟道。

"放心吧，委屈不了你媳妇儿，一百六十抬，只比皇后低一个规制。"

谢停舟问："她凭什么比皇后低？"

这个问题问得谢光宗愣了一下才反应过来，故意说："这倒是啊，我那儿媳妇那么能干，皇后有什么做不得的，那要不，再添二十抬，当作送她进京为后的贺礼？皇帝不是还没立后吗。"

谢停舟："……"

真不愧是亲爹，专往心窝子上戳。谢光宗赢了一局，正高兴着呢，说："我可是把压箱底的宝贝都送出去了。"

谢停舟上下打量着他："这和我印象中一毛不拔的老爹大相径庭，是不是病坏了？"

"有你这么说你爹的吗？"谢光宗冷笑，"我何时一毛不拔了？"

其实北临王与洛州陆氏的交集远不止于此。那是早些年遇着灾害的时候，地里收成不好，老百姓吃不上饭，次年春耕都没法下种。于是北临王便同洛州陆氏借了银子和粮食，条件是在商路上行个方便。那会子北临王节衣缩食，王府用度减半，为啥？为了养兵，因而得了个铁公鸡的称号。谢停舟同谢光宗又聊了几句，出门时兮风在门边候着，长留已不知跑到哪里去了。

"殿下，我问过了，没您的信。"

谢停舟"嗯"了一声。

兮风又接着说："洛州比北临近不了多少，想来姑娘也没到几日，您不用急。"

"我急了吗？"谢停舟神色如常。

兮风但笑不语，也不知方才是谁，一进门就让他去问有没有信，这会儿又不承认了。

谢停舟看着兮风："你笑什么？"

兮风忙收了笑容："没笑什么，回家了高兴。"

有了之前沈妤做的铺垫，陆老夫人对俞晚秋很是喜欢，又因重阳节在即，婚期就定在了重阳节后三日。让她从陆府发嫁，绕城一圈还是嫁入陆府，走个形式。

近日，洛州街上庆祝重阳节，氛围热闹得紧，连花灯也摆出来了。俞晚秋是养在深闺中的金枝玉叶，甚少参加这样的节日，沈昭便带她出门凑一凑热闹。街上人头攒动，车马都行不了，只能步行。

沈妤一个人走在街上，她原本是同沈昭和俞晚秋一同出的门，溜达了没多远便觉得自己真是个棒槌，人家两人出来，她来凑什么热闹，于是便分头走了。

沈妤朝着另一边走，看到糖人摊子停了下来。做糖人的师傅手艺不错，做出来的东西惟妙惟肖。

沈妤来了兴致，问："师傅，能做人像吗？"

"能啊。"师傅问，"小公子是要做谁？你自己吗？"

沈妤自回洛州之后，一直没有换回女装，回来第一日红翘便备了女装，她却鬼使神差地没有穿。

"不是。"沈妤道，"做另一个人。"

师傅说："那你得给我画出来才行。"

沈妤提起笔，想着谢停舟那张能与山川比姿色的脸，在纸上落笔。她画工不怎么样，勾勒出来的人物只有三四分相似，浪费了两张纸都不甚满意。

师傅歪头看去，不解道："好俊的公子，小公子有何不满意？"

沈妤笑着说："我笔下容色不及他万一。"

"喔？"师傅笑道，"这位公子是你何人？"

"是我心上人。"沈妤毫不掩饰地说。

沈妤道："温柔而强大，生得，生得……"

她迟疑下笔，可眉眼处总不得要领。刚想废弃再来，一只修长有力的手覆了上来，带动着她定了模样。沈妤呆住了，是熟悉的气息。她转头，不敢置信地揉了揉眼，眼前的人却还没有消失，还仿佛盛了满眼星光地看着自己。

"你怎么来了？"除了疑惑还有震惊。

其实她刚就发现周围有好些女子驻足在糖人摊旁，缘是她没往后瞧。她没说错，谢停舟这张脸和浑身的气度就是风华绝代。

河边垂柳的叶子已经发黄，河面漂着不少落叶。这边人烟稀少，沈妤几乎是被他拖到这边来的。

谢停舟低下头贪婪地看她的脸，低声说："我想你想疯了，一路快马加鞭，把其他人丢在后面，只带了兮风和长留，只盼着早一刻见到你也好。"

沈妤感觉自己被一团温暖柔软的棉花包裹呵护着，心中的喜悦都快要溢出来了："那你怎么跑到街上来了？"

谢停舟道："你说呢？你们府上的门房说你出去了，我又上街来找。"

"你来得好早。"沈妤说。

分别时说好来接她，沈妤以为要等秋末或初冬，没想到竟然这么快。

谢停舟笑了："我来提亲，嫁吗？"

"聘礼呢？"沈妤故意问。

谢停舟握住她的手按在自己胸口："我，北临，都是你的，这样的聘礼和诚意够不够？"

沈妤感受到了掌心下疯狂跳动的胸腔，那样近，那样有力，仿佛紧贴着她的手掌。原来他也会紧张，沈妤在心中想。那跳动仿佛会传染一般，随着她手臂蔓延，让她也开始紧张起来。

因为她体会到了他不羁下隐藏的郑重和认真，看似随意地吐出的一句话，他已经紧张得心脏都快要跳出来。沈妤心酸了，她勾起了笑容："如果是来提亲，那你就是来晚了，我等了你好久呀。"

谢停舟在她那声尾调里恍了心神，又被那句话填满了心。她总能读懂他的忐忑，然后一点一点替他抚平。

"来晚了那就是我的错。"谢停舟说，"但我改不了了，因为我这辈子就提这一次亲。"

"那要是我不嫁呢？"

谢停舟哑然："那就把你绑回去，押着拜堂，押着入洞房。"

沈妤心里软软的，在昏黄的光里注视着他的脸，一边是喧嚣的街，一边是冰冷的溪。

真的晚了好久，恍若相隔两世。谢停舟靠着树干，在背着光的地方抱着她，同她讲这一路的事。

"我一路疾行，才赶在洛州边境追上了青云卫。"

"青云卫也来了？这样擅自动兵不会有问题吗？"沈妤侧抬起头问。

谢停舟贴着她的鬓角："盛京无暇顾及，如今世道不平，盗匪肆虐，若聘礼被抢了，我还如何娶你？我爹想得不够周到，单送聘礼上门礼数不够，要娶陆老夫人的宝贝外孙女，我总该亲自来拜会她老人家才够诚意。"

"我外祖母为人和善，很好说话的，你不用紧张。"沈妤说。

"我爹已同我说过了，他们很多年前便通过信件，我记得同绪十五年北临灾荒，银子和粮食都还是找你祖母借的。"

沈妤讶然："竟还有这样的渊源。"

"嗯。"谢停舟揽着她说，"我爹说他从前就想撺掇着陆老夫人嫁个孙女去北临，只可惜陆老夫人没有孙女。"

谢光宗的话原是这样的："我从前就想着拐个陆氏的孙女来给你当媳妇儿，这样就不用愁银子愁粮了，可惜陆老夫人那儿子都是过继的，还没孙女，只能算了。"

彼时谢停舟问："那你怎么没想到还有个外孙女？"

谢光宗搓了搓手："我想过啊，我那时想着成日在军营里混的姑娘，虽然是五大三粗有些配不上你，但反过来一想，反正好看不好看在你眼里都一个样，那还不如让你牺牲一下。"

谢停舟面无表情："结果呢？"

"结果就是不了了之。"谢光宗一收方才的吊儿郎当，说，"那时沈仲安手握重兵，若是和北临联姻就是强强联手，盛京的那些人怎么可能坐得住？我只要提出这个想法他们都得说北临狼子野心，只好打消了这个念头。"

命运似乎是绕了一个圈，又回到了原点。谢光宗叹道："没想到你的婚事一拖就拖了这么久，谁也瞧不上，我就琢磨着你是想找个仙女呢？正愁着呢，幸好忠伯来信说了这事。"

"忠伯在信中如何说的？"谢停舟心中好奇。

谢光宗道："就说是个女的，我想了想退而求其次吧，是个女的也行，总比绝后好吧。"

谢停舟当然不会将他那不着调的老爹的话告诉沈妤。

他牵了她的手："走吧，我送你回去。"

人群渐渐散了，两人沿着稀稀落落的街道往回走。陆府的围墙很长，两人在漆黑的角落停下，远看大门的廊下点着灯笼。谢停舟第一次上门，没有还没拜访主人家就住进宅子的道理。

"就送你到这里了，我看着你进门。"谢停舟说。

两人的手都没有松开。

"那你住哪儿？"

"客栈。"谢停舟打趣道，"不然住你家？"

沈妤问："哪个客栈？"

"鹤楼。"

沈妤笑了："那还真是我家的。"

这里太黑了，谢停舟看不清她，但他知道她笑了，他喜欢看她笑，所以低头靠近了些。

"我知道，肥水不流外人田，我带了三十人进城，包下了楼。"

"世子爷财大气粗嘛。"沈妤调侃。

谢停舟眉眼柔和："总不能让你外祖母觉得北临很穷，舍不得把你嫁过去。"

梆子声隐约从远处传来，催促着两人时间已经不早了。

"去吧。"谢停舟轻轻松了手，"我明日一早上门提亲。"

沈妤点了点头，手上慢慢放开，却在最后捏住了他的一根手指尖不放。月亮终于从云里钻出来了，他在月色下看清了她的眉眼。那双眸子亮晶晶的，含着不舍，含着情。那只手终于是松开了，沈妤倒退着走，一边冲他挥了挥手："你快回去吧。"

谢停舟颔首，看着她走了几步又回头，几步又回头……谢停舟深深地望着，心被融成了水。

"阿妤。"他突然开口。

沈妤回头："嗯？还有事吗？"

"嗯，有话忘了同你说。"

"你说吧。"沈妤远远看着。

见他不开口，估计是什么悄悄话，于是又朝他走了过来。谢停舟弯起了唇角，看她一步步走近，在离她一臂之遥时抓住了她的手臂，将她拖进了更黑暗的地方。

"啊——"

她下意识惊呼了一声，下一瞬已贴上了他的唇。松木香浓了，呼吸也重了。她被包围在里面，他们在黑暗中交错着接了一个长长的吻。

沈妤："你——"

"没忍住，抱歉。"谢停舟在喘息，鼻尖抵着她，"原不想在洛州的地界如此孟浪，可你不该那样招我。"

沈妤被他吻得雾气迷蒙："我怎么招你了？"

谢停舟没有直接回答，只说："你那样看我，我忍不住。"

"难道怪我吗？"

"怪我。"谢停舟说，"怪我定力不够。"

他的目光从脸颊落到了她的衣裳上面，问出了一个早就好奇的问题。

"为何已经回了洛州，却不换回女装？"

沈妤抬着眼看他，认真地说："我想等你来了再穿给你看。"

这眼神，谢停舟在心中喟叹，再待下去，他就走不了了。

"那你明日穿给我看。"谢停舟温柔地说

之前缺失的那一块似乎被那一吻给填满了，沈妤连走路都轻快了些，上台阶时几乎都是蹦跶上去的。

还是个十八岁的小丫头呢，谢停舟心想。他看见她站在门口回头，手背朝外摆了摆，那是催促他赶紧回去的意思。谢停舟看着她进门，转身离开了。

沈妤跨入大门，往里走了几步才觉得不对劲，蓦地停下了脚步，原地回头。

沈昭环着胳膊："这是谁家舍不得回家的野姑娘回来了？"

沈妤想了想走过去："你看见了？"

"没看见。"沈昭不自然地说，"一步三回头，有什么好看的。"

沈妤默了默："非礼勿视你不知道吗？"

"那是大街上，我的大小姐，你好歹注意点。"

沈昭见沈妤迟迟不归，原本是准备出去找她的，谁知出门就撞到两人在巷子里难舍难分。他几乎是逃命一般跑回来的，跑回来又想丢人的又不是他，他躲什么呢？

"他怎么来了？"沈昭问。

沈妤跟着他往里走，说："他来提亲。"

"提亲！"沈昭抬高了声音，"你才十八，没必要这么着急嫁人，家里又不是养不起你。"

沈妤知道沈昭是舍不得她，难得没和他犟嘴，只说："好多姑娘十四岁就嫁了，我十八不算早。"

沈昭拿眼横她："那是穷人家，穷人家早嫁少一口人吃饭，富人家心疼闺女的巴不得多留上几年，就拿你嫂子来说，她大你一岁多，也是如今近二十才婚配。"

"那是你耽误了人家。"

沈昭："……"

沈昭吸了口气，手指点着她："我算是看出来了，就这么着急嫁给谢停舟。"

"哥。"沈妤拖长了调子喊了一声，"汉书中说女子年十五以上不嫁，要交五倍的税呢，国语里也说'女子年十七不嫁者父母有罪，欲人民繁息也'。"

"撒娇没用。"沈昭歪着头看了她一会儿，"你还专门去翻书找理由嫁人？"

沈妤连忙摇头："不是不是，我没有。"

"那是为何？"

沈妤抿了抿唇："是梦里，梦里梦见的。"

沈昭明白了，她在那个梦里嫁过人，那又是谁对她说过这样的话，用这些大道理逼着她去嫁人呢？答案显而易见。沈妤见他沉下了脸，于是拉了拉他的袖子："哥。"

"没事。"沈昭看着她笑起来，"哥不是不让你嫁人，就是舍不得你。"

"我知道。"

沈昭伸手想去揉她的头发，最终却只是屈起指节在她额头上轻磕了一下。

"早在他不顾安危掉头去盛京找你，我便认可了他，想来将你交给他，也受不了委屈，但是老太太那一关他得自己去过。"

"外祖母都和北临王通过信了，还互送了礼。"

"什么？！我怎么不知道？！"

"你小声些。"沈妤提醒，"我也是后来才知道的。"

沈昭竟无言以对。

　　昨日谢停舟便让人上门递了拜帖，沈妤还算是知道得最晚的。陆老夫人给足了面子，亲自在门口迎这位后生晚辈。帖子上说了巳时上门，陆老太太辰时末便在门口等着了，陆仕和张氏站在稍后面。

等了不一会儿，浩浩荡荡一行人从街口走来，两列青云卫一眼望不到头。

"来了来了。"门房激动地说。

陆老夫人已好奇得不行，却仍端着架子没探头张望。张氏悄悄往前挪了挪，看见外头的阵仗，倒吸了一口气："这排场……"

本以为领头的那人骑着高头大马，看样貌是年轻，也算俊俏，就是正主了。不料那人打马而过，在门口翻身下马，朝众人颔首便立在了一边。紧接着一辆马车在门口停了下来，车辕上的少年打帘。

"世子，到了。"长留说。那人微躬着身从马车里出来，抬起头的瞬间，众人都愣了愣。

陆老夫人呆愣了一下，问一旁的沈昭："这，这是北临世子？"

"没错。"沈昭说。

陆老夫人攥紧了手："怎么和我瞧见的画像不大一样呢？"

沈昭问："您瞧过画像？"

"是啊。"陆老夫人说，"北临王让人送来的呢，我瞧着画像上的人身材魁梧，还蓄着美髯呢。"

沈昭险些笑出来："恐怕是送错了吧。"

"你不信回头我给你瞧瞧。"言罢谢停舟已走上前来。

他拱手道："老夫人，晚辈谢停舟，初次见面，多有叨扰。"

"是个懂礼的。"陆老夫人悄声道。

又掐了一把沈昭的胳膊，清了清嗓子，说："世子大驾光临，有失远迎。"

谢停舟抬起头，环视了一圈，没看见沈妤的身影。

"肯定是找阿妤呢。"陆老夫人又掐了沈昭一下，双唇微动悄悄地说。

沈昭扶着老太太，接连被掐了两下，赶忙说："进屋再说吧，都是自己人。"

按理说，自己亲自上门提亲是不合礼数的，但两人本就情投意合，纳彩、问名、纳吉等都可以省了，此次随行的还有两名礼官，负责其余事宜。聘礼一抬一抬地往里抬，陆府门口围了里三层外三层，看热闹的百姓被青云卫拦在外围。箱笼从上午抬到了中午，用完午饭才抬了一半。

陆老夫人对谢停舟赞不绝口，许久没碰过酒的，今日竟也沾了一杯，吃到后来便开始抹泪，说可惜阿妤和昭儿他娘没瞧着今日的情形，两个孩子都要成家了。一顿饭欢欢喜喜开场，又抽抽搭搭收场。

陆老夫人知道二人许久未见，给两人留了时间。

"你摸摸。"谢停舟伸出手。

到底是在陆府，沈妤不敢那么大胆，一下变得异常端庄守礼，两手交握在腰间，看着正派得很。换作往常，早就摸上去了。

"我的手在抖。"谢停舟又说。沈妤四下看了一眼，下人们不知何时已经退到了院门口。她飞快地在他手上握了一把，只感觉他手心在冒汗："怎么这么多汗？"

谢停舟道："紧张，怕表现得不够好，让外祖母不喜。"

沈妤没想到泰山崩于前而色不变的谢停舟，对着陆老太太也能紧张成这样，刚要把手缩回来，却被谢停舟握住了。沈妤皱眉训斥："你放开。"

谢停舟面不改色道："老夫人已答应将你许给我，聘礼都抬进了门，我的世子妃，我连摸个手都摸不得了？"

"有人在呢。"沈妤小声说。

谢停舟朝门口看了眼，目光所及的地方，丫鬟全低下了头。

"好了。"他说，然后定定地看着她的脸。

这不是他第一次看她着女装，在教坊司曾见过一次。她其实生了一双过分明媚的眸子，但又未施粉黛，如今着了一身月白色长裙，明艳叫那素静压得恰如其分。这季节秋菊开得正好，缀在她月白色的裙摆边，半分尘埃也不染。

"你一直盯着我做什么？"沈妤叫他看得不自在。

她以为哪里有问题，抬手想正一正鬓间的钗，被谢停舟握住了手。

"以后都这么穿吧，真好看。"

沈妤抿着唇笑："穿成这样出行不方便。"

谢停舟说："那往后在家穿给我看。"

家，日子过得真快，他们就快要有自己的家了。

"我——"

"咳咳。"门口传来两声刻意的咳嗽。

沈妤倏一下缩回手，装作若无其事。

"别装了。"沈昭走了进来，"我都看见了。"

沈妤无力道："你怎么总看见？"

"我怎么知道？"沈昭说，"你应该想想为什么总被我撞见。"

"那你就不能装看不见给对方留几分颜面嘛，你在街上牵嫂子的手，我都是自个儿躲开的。"

沈昭不好意思地摸了摸鼻子，又刻意地清了清嗓子，谢停舟在一旁看着兄妹二人斗嘴。

北临王子息旺盛，他有不少兄弟姐妹，却从没感受过这样的同胞手足情。

"大哥。"谢停舟道。

沈昭不自在地愣了一下，随即点了点头："我来给你们送东西。"

"什么东西？"沈妤好奇道。

"北临世子的画像。"沈昭将手里的画像展开。

沈妤当即笑了出来："这是谁？"

沈昭拎着画，对谢停舟说："北临王送来的世子画像，我瞧着是不是送错了，送成了你哪个兄弟的画像。"

"没有送错。"谢停舟道，"我未曾有哪个兄弟生成这番模样，家父行事不太按常理出牌，给老夫人添麻烦了。"

来时北临王得意扬扬地告诉他，说他特意给他的画像稍稍润了润色，让他更讨人喜欢些，没承想却是这么个润色法。北临王常年混迹于军营，喜欢虎背熊腰的汉子，总觉得谢停舟的身形不够魁梧，因而画像上的汉子画得有些粗犷。

沈妤心想，怪不得呢，怪不得外祖母之前同她说，他那个样貌，你姑且忍忍吧，性子最重要。彼时她还以为外祖母是说谢停舟生得招蜂引蝶，没想到谢停舟在外祖母眼中竟是这番模样。

谢停舟伸手接过："此画销毁便是，回头我让画师画一幅我与阿妤的合像，再送过来给陆老夫人。"

"行。"沈昭颔首，"那我就先走了。"

"兄长留步。"谢停舟道，"有件事想与你共商。"

能让沈昭共商的事，绝不是北临的内务，要么事关沈妤，要么就是和打仗有关。

"那，去亭子里谈吧。"沈昭说

亭中石凳上铺了软垫，丫鬟奉了茶便退得远远的，三人共坐一桌。

谢停舟凝思片刻道："有件事想请你帮忙，我想在你婚宴过后即刻带阿妤回北临。"

"这事我办不了。"沈昭不满道。

沈妤也愣了一下："为什么这么急？"

谢停舟从袖中拿出一张叠好的纸放在石桌上，沈昭当即拿过来打开看，越看脸色越黑。

"海捕文书？你从哪里得来的？"

"海捕文书？"沈妤一把拿了过来。

谢停舟认真地看她一眼，目光移向沈昭，说："李昭年发了海捕文书，我来洛州的路上碰巧截下，但也拖延不了太久，文书已发，事已成定局，不出几日洛州州府就会收到消息，所以我想早些带阿妤回北临。"

前都虞候沈妤，慢侮天地，悖道逆理……不足以书其恶。天下昭然，所共闻见。今略举大端，以喻使民。

后附沈妤的基本信息与外貌特征。沈妤将每一个字都认真看完，正好来了一阵风，海捕文书被吹落在地，但谁都没有去捡。谢停舟时刻留意着她，她虽面上毫无波澜，但呼吸却重了两分。他在桌下握住了她的手，无声安慰。沈昭气不打一处来，握紧了拳头："皇家没一个好东西，你在盛京替他拼了命，回头他一纸文书将你定为乱臣贼子，简直忘恩负义，早知道就让他死在李延昌手里。"

"宣平侯犯上作乱他们不发，北临也不发。"沈昭看了眼谢停舟说，"我不是针对你，只是就事论事。"

他接着说："我算是看明白了，宣平侯和北临都有兵，他们腾不出兵力和财力来解决这两头，但盛京的事闹那么大，总得有人来背这个锅，单是蒋安的死也难平众怒，便把罪名扣在你头上，挑你这个软柿子来捏。"

沈妤眼眶通红，谢停舟欲言又止。

沈昭担忧道："阿妤？"

沈妤无声地摇了摇头，示意自己没事。

谢停舟迟疑片刻，最终看向沈昭："可否回避片刻？"

沈昭义愤填膺，原本还想再说几句，想一想还是算了，说多了也怕火上浇油。

"那你好生劝一劝她。"

沈昭一离开，谢停舟便拉着沈妤面向自己："是不是感觉被辜负了？"

沈妤摇了摇头："我没事。"

谢停舟捧了她的脸："我知道你受了委屈，可以反抗，也可以打回去，但不要气自己。"

沈妤咬了咬下唇，顺势靠在谢停舟肩上哼唧了一声，是委屈出来的。沈昭远远看着，揉了把胸口，心里说不上是什么滋味。这丫头都多久没同他这样撒过娇了？小时候被凶了被骂了，或是摔了练功累了，总会对着他和爹这样撒娇。如今他心里既欣慰又难受，难受的是她似乎不那么需要自己了，欣慰的是她在谢停舟面前仍旧能做个孩子。

谢停舟梳理着她的发，一边安慰道："我记得你同我说你做事向来不求回报，既不求回报，便不用指望旁人以心相待。"

"你现在别和我讲大道理。"沈妤嘟囔道，"我还气着呢。"

谢停舟笑了，道理她懂，但她这是心里憋着气想发泄一下。

"那要不，我们打回去？给你出出气？"谢停舟问。

沈妤想了想："那不就真成乱臣贼子了。"

"怕什么？有我呢。"

沈妤的毛被捋顺了，坐直了身体："我不是怕他们，只是一打仗，老百姓又有苦头吃了。"

谢停舟给她斟了杯茶："如今你作何打算？"

沈妤沉吟片刻："我觉得不太对劲，李昭年不该是这样的人。"

"你很信任他。"

沈妤道："一个人的性子是很难在短时间内做出改变的，他做不出这样激进的事，只有两种可能，一是他受朝臣压制，这海捕文书不得不发，二是受人胁迫。"

况且沈妤觉得奇怪的是，对她下了海捕文书，却没有动洛州陆氏，这就很微妙了。

谢停舟难得没有吃醋，想了想："我想到了一个人。"

"李霁风。"沈妤看着他，说出了他心中所想的那个名字。

在京中的时候，李霁风对他二人并未表现出任何敌意，反之还帮了些忙，甚至还替沈妤给谢停舟送过信。

"我不想用恶意揣测他，但李霁风这个人。"沈妤说，"我看不透。"

谢停舟起身站在亭边："从前我以为他只喜欢享乐，如今也看不透他的喜好了，没有欲望的人，是很可怕的。"

"你不就没有？"

"我？"谢停舟回头看她，轻笑道，"我有啊，我的欲望，深沉着呢。"

他调子拖得又慢又长，暗藏蛊惑。沈妤定了定心神，看向远处的沈昭，扬声喊了声"哥"。

沈昭走过来，拍了拍她的肩："如今恢复得这么快。"

又对谢停舟说："换作从前，起码气上好几天。"

"说正事。"沈妤瞪他一眼,"洛州我不能留了,海捕文书的事外祖母迟早都会知道,我晚些主动和她说,免得到时候惊到她老人家,家中就靠你了。"

"没问题。"沈昭颔首,"但我留不了太久。"

"和嫂子说了吗?"

提起俞晚秋,他眼角泛红,喉咙有些发酸。

"晚秋似乎早预料到了一般,昨晚便对我说'世子来接阿妤,我知你们用不了多久就会离开,我也知你志向远大,若将你拘在这一方宅中,便是废了你,那也不是我所认识的沈昭。所以,成婚后,你只管去,家中一切有我,外祖母跟前,我替你尽孝'。"

沈昭只觉何德何能,能娶她为妻。沈妤上前抱了抱他,她也知嫂子有多好,好到让人心疼。

刚走进院子,便听见陆老夫人笑得乐不可支,又听见了长留的声音。

"说什么呢?"谢停舟开口,走近了向陆老夫人问安。

长留道:"陆老夫人喜欢我说话,说要给我一块金砖!"

点了点头又摇了摇头:"但我还是不要了,我拿来也没用。"

"那就让外祖母赏你个缸子,养你的小乌龟。"沈妤对陆老夫人说。

长留眼睛亮了一下,看了看谢停舟没敢收。

"外祖母,我有些话想单独和您说。"沈妤道。

陆老夫人颔首,伸出手让她扶着起身进屋。门一关,沈妤当即跪了下来。

"哎哟,你这是干什么?"老夫人惊道,"快起来,地上凉。"

沈妤不起身,看着陆老夫人说:"阿妤不孝,不能在外祖母跟前尽孝。"

陆老夫人叹了口气,拉着她起来:"哪有外孙女需要陪在外祖母跟前尽孝的?女儿家终究要嫁人,外祖母跟前有人,不妨事的。"

回来还不到一个月,原以为能再待些时日,没想到又要走了。

"朝廷发了海捕文书缉拿我,不出几日便会传到洛州了,我不能在此久留,否则会给洛州带来麻烦。"

沈妤盯着陆老夫人的手背,骨瘦嶙峋,皱纹交错,被岁月磨砺得苍老而沉重。

"准备何时走?"陆老夫人心中不舍,却尽量不显露出来。

"待哥哥大婚之后,次日就走。"

沈妤扶着她坐下来,陆老夫人道:"经此一事,往后安宁的日子不多了,我瞧着谢昀那孩子是个有担当有魄力的,但他是世子,是往后的北临王,你既选择了这条路,要面临的事情,你真的清楚吗?"

沈妤乖巧地点头:"我清楚,我与他共进退。"

陆老夫人叹息道:"你不清楚,不论他是世子还是北临王,都不可能只有一个妻妾,大周三百年,你听说过哪个王侯只娶一个妻的?"

"他不会。"沈妤肯定地说。

陆老夫人无奈地摇头:"如今是如今,往后是往后。"

"若真有那一日，我休了他便是。"

"你这丫头。"陆老夫人哭笑不得，爱怜地摸了摸她的头发，"好孩子。"

接着便哽咽了，路遥车疾，再见不知是何日，也不知她这把老骨头能不能撑到那时候。

沈妤如幼时一般伏在外祖母膝上，轻轻地说："我不怕将来，我只怕没有放手一搏。"

梦中她拘在江府的方寸天地，被伤病和身份消磨了斗志，此次她做了不同的选择，搏出了一条虽不完美，但无愧于心的路。未知前路，前路便有无限可能。

外头突然热闹了起来，还夹杂着几声狗吠。

"是大黄。"沈妤眼睛一亮，"绿药他们到了，外祖母，我扶您出去吧。"

"我就不去了。"陆老太太摇头说，"你去吧，我歇一歇。"

沈妤扶老太太躺下才出了房门，便见大黄围着谢停舟团团转，尾巴都摇出了残影。

"狗腿子。"沈妤斥了一声。

大黄听见熟悉的声音，扭头看了半晌，确认之后朝她跑来，蹦跶着就要往她身上扑。

谢停舟："大黄。"

声音不大，好多人都没注意，大黄却一下蔫了下来，收回前腿，只在沈妤的裙摆边蹭了蹭。

绿药泪眼汪汪，沈妤看她一眼："怎么瘦了？一路上吃苦了吧？"

"没有呢。"二丫站在一旁说。

"没事，瘦了更好看了。"沈妤在绿药后背拍了拍，安慰道。

绿药一抹泪："真的吗？"

"嗯。"沈妤说，转而看向站在后面一直没开口的四喜，"辛苦你了，带着两个丫头赶路，不容易吧？"

"都是奴才该做的。"四喜笑着说，"幸好把人给您带回来了。"

沈妤颔首，说："你跟我来。"

她看了一眼谢停舟，谢停舟会意跟上，三人进了偏厅。

沈妤和谢停舟在主位上落座，问："你离开盛京时有没有发生什么事？"

"是有些事。"四喜斟酌了一下语言，"您和世子离开盛京之后，盛京便封城了，那几日百姓都不敢出门，我们也不敢出去，过了好几日陆续有人出门，我才出门去探听消息。"

"世子。"四喜说，"北临王府的下人听说世子离开了盛京，好些人便席卷了钱财，将王府的库房都撬了。"

"库房被他们搬空了？"沈妤问。

四喜道："没有，我听说好像是大理寺卿阻止了这事儿，王府的人全被收押了。"

沈妤看向谢停舟："大理寺卿这是在帮忙还是在找事？"

"是左宗。"谢停舟道，"原大理寺卿在宣平侯一事中受了牵连，如今的大理寺卿是左宗，你在大理寺被关押的时候，他曾向我示好，可我们如今离开了盛京，他到底怎么想的，谁也说不准。"

"那只能暂且搁置在一边，你继续说。"

四喜点了点头："后来我们就混出城了，只是……只是听说朝廷发了海捕文书，老百姓也都知道了，我们原本是混在难民堆里慢慢走的，听说这事之后便快马加鞭赶来了。"

"你来晚了。"沈妤说。

"晚了？"四喜睁大眼。

沈妤"嗯"了一声："我已经知道这件事了，两日后就离开洛州，绿药和二丫留下，你随我去北临。"

四喜闻言一喜，眼神也亮了几分。

贴身丫鬟都没让跟，却让他随行，那就是完完全全当他是心腹了。

"是！"四喜声儿都大了几分，"主子说去哪儿，四喜就去哪儿。"

九月十二，陆府大喜，陆府张灯结彩，大开宴席。给百姓的流水席摆了百桌，迎亲的队伍在街上光是撒铜钱都撒了上千两银子。

陆府宾客满院，灯火通明。陆老夫人坐在主桌，乐得合不拢嘴，望着沈昭来来往往地迎客敬酒。廊子里突然进来一个人，神色略显慌张，跑到陆老夫人身后躬身耳语了几句。陆老夫人笑容依旧，起身对宾客说："诸位吃好喝好，我去去就来。"

沈妤坐在女宾席，过了许久也不见陆老夫人回来。又等了一阵，一名丫鬟走过来："小姐，老夫人让您去一趟祠堂。"

沈妤心中纳闷，起身前往，在院门口碰上了从男宾席过来的谢停舟。

"你怎么也来了？"

谢停舟说："陆老夫人让人叫我前来。"

两人都带着疑惑走进祠堂，见平日里紧闭的祠堂中门此刻却大开着，心中的疑惑就更浓了。祠堂中门一般是关闭不开的，平日打扫上香之类的，都是走旁边的边门或者后门，除非是有很重要或隆重的事情要处理的时候，才会中门大开。陆老夫人背对着中门站在香案前，三揖之后将香插入香炉中，然后转过身看着谢停舟。

"跪下。"

沈妤讶异道："外祖母？"

谢停舟并未言语，在沈妤说话时已撩袍跪下了。

陆老夫人又看向沈妤："你也跪下。"

沈妤不敢多言，膝窝一弯跪下去，背脊挺得笔直。

陆老夫人的目光流连在两人身上，说："海捕文书已到洛州州府衙门了。"

沈妤心中一惊，想起来今日陆府的宴席，并未看见洛州知府。陆氏本家在洛州，行商来往密集，州府衙门里的官也跟着赚得盆满钵满，算起来，洛州知府与陆氏算是有些钱财上的交情的。

沈妤抬头望着陆老夫人："我们连夜就走，不会拖累陆府。"

"傻孩子。"陆老夫人眼眶微红，"外祖母何曾怕被你连累，若能护着你，便是用这把老骨头和他们拼了又如何？"

眼泪霎时便将沈妤的眼眶装满了。谢停舟侧头看着她，祠堂之内他不能有任何逾矩的行动，只能看着她无声地给予安慰。陆老夫人朝两人走了两步："洛州知府和我有些浅薄的交情，他差人来报信，意思已经很明白了，想让你们赶紧离开洛州，他最多能拖到明天早上。"

沈妤问道："他是不是借此要挟，向您要了什么好处？若他敢威胁您，我杀了他。"

"放心。"陆老夫人拍了拍她的手说，"他什么都没有提，我估计他是想讨个人情。"

沈妤稍做思量，谢停舟只带了三十人进城，六千青云卫就屯在城外隐在深山中，但洛州知府不可能没有收到任何消息。如今时局紧张，他也绝不会相信谢停舟敢只带这么些人就前来，所以洛州知府处在了一个两难的境地。身为洛州知府，他应讨伐沈妤，但他又忌惮北临，不敢有所动作。况且如今盛京、北临、洛州已形成了三足鼎立之势，三方互相牵制，谁也说不准最后的赢家是谁。洛州知府是谁也不想得罪，想在中间当个墙头草。

"我明白了。"沈妤点了点头。

陆老夫人看着跪在面前的两人，侧身让开，说："你们两个，给祖宗磕个头，也给你外祖父和娘亲磕个头吧。"

谢停舟眸光一动之间，眼中已尽是了然。恭恭敬敬地磕完三个头，两人抬起头，便听见了门口的脚步声。沈昭和俞晚秋并行而来，身上还穿着大红的喜服，沈昭手中端了一个托盘，走上前道："外祖母。"

陆老夫人微微颔首："今日你二人在祖宗面前磕了头，便是得了祖宗的认可，往后定要夫妻齐心，恩爱和睦。"

说到最后，陆老夫人的声音都在颤抖："谢停舟，我将我家阿妤，交与你了。"

谢停舟对着陆老夫人郑重地磕头："外祖母请放心，我必以性命护她。"

陆老夫人拿起托盘中的两枚玉佩，交给两人一人一枚。

"阿妤啊。"陆老夫人抹掉眼角的泪，"时间仓促，外祖母不能给你一个最大的婚礼，待你下次回洛州，外祖母给你补上。"

沈妤连连点头，泪眼迷蒙间看不清外祖母，她用力眨掉眼中的泪。

谢停舟神情肃然："您请放心，今日缺的，来日我都会给她补上。"

"都起来吧。"陆老夫人朝上抬了抬手，"你们连夜就走，我让人送你们出城。"

沈妤起身，盯着陆老夫人看了一会儿，又看向沈昭。

"别用这种眼神看我。"沈昭连忙说，"咱们过不了多久就见了，哭哭啼啼像什么样子？"

沈妤隔着眼泪瞪了他一眼，惹得沈昭一阵笑。沈昭扯了袖子想像从前一样给她擦了，手刚抬起来，余光瞟到了谢停舟看来的目光。

"行行行。"沈昭收回手，"往后是你媳妇了，你自己哄。"

俞晚秋轻轻扯了扯他的袖子，柔声说："阿妤，世子，一路平安。"

谢停舟："多谢。"

他在袖下悄悄握住了沈妤的手，在她掌心抚慰地捏了捏。前院宾朋满座，觥筹交错，陆府的后门却悄悄开了，火把照亮了巷子。兮风立在门口，长留坐在马车上，怀里还抱着一个新得的缸子，马车周围还有三十青云卫。

绿药哭得打嗝，小声问："为什么不能带我？"

沈妤道："往后要在军中多有不便，等我安顿下来再派人来接你们，我嫂嫂刚到陆府，人生地不熟的，你要替我护着她。"

"我保证……"绿药"嗝"了一声，"我保证会保护好她的。"

"我们走吧。"谢停舟拿了披风搭在她肩上。

沈妤看向台阶上的陆老夫人："我走了。"

"哎，去吧。"陆老夫人点头说。

"我很快就回来看您，您要等我。"

陆老夫人笑起来："等你，一定等你，等着我们阿妤回来。"

沈妤翻身上马，目光一一扫过门前的所有人，最后和陆老夫人对上视线。

"驾——"

沈妤一夹马腹，一跃向前。队伍潮水般地离去，回首之际，陆府的灯火已消失在了尘烟里。

"世子，世子妃。"兮风大步走来，踩得干草嚓嚓作响。

他们离开洛州已有十来日，一开始兮风还不大习惯这个新的称呼，如今已喊得分外顺口了。

谢停舟颔首："坐。"

兮风解下刀撇在一边，在火堆旁坐下来："沿路没有发现什么异常，留在洛州的人也赶上来了，洛州知府没有为难陆氏。"

沈妤笑着说："他们把陆氏当成自己的钱袋子，谁会为难自己的钱袋子呢。"

"只是他还下令封城，进出洛州的民众都需登记或出具路引，如今已不让流民进出洛州了。"兮风说。

流民多了容易乱，打架偷窃的事情就越多，一不小心还会引发暴乱。往年衙门放进去的难民都是陆氏在救济，知府为求政绩，自然愿意捡这个便宜，只是今年情况不比往年，能勉强揭过就揭过，不乱才是上策，洛州知府多半也是惶恐不安。

谢停舟微垂的眼敛去了半片火光，他说："再将斥候的侦查范围扩大十里。"

兮风一下没明白过来，却还是说："是。"

沈妤侧头看谢停舟："洛州知府将我们放出来是不想惹麻烦，依他这样的性子，必定会上书盛京撇清关系。"

"还不止。"谢停舟漫不经心地拨弄了一下火堆，"他怕各地前往讨伐，恐怕已将我们离开洛州的消息四处传播，好将战线引离洛州。"

兮风懂了，点了点头说："我稍后便去安排。"

心思深的人擅长洞察人心，经历算计的人也更精于算计，这两样谢停舟都占了，他的心思比寻常人更加缜密，他们很难跟上他的节奏。只有世子妃，两人好像一个眼神就能洞悉对方所想。兮风想着，目光也不由落在沈妤身上，直到他察觉到了一道不善的目光，连忙垂下头来。谢停舟的占有欲非同一般，并且日渐攀升，特别是在那夜从祠堂出来之后。兮风想得胆战心惊，方才那一瞬，他仿佛被猎豹衔住了后颈。

谢停舟收回视线，话锋一转："长留呢？还没回来？"

长留和几名青云卫进城探听消息去了，越临近冬日天黑得越早，此刻天已擦黑了，人却还没有回来，就怕在城里遇到什么麻烦。

兮风道："殿下不用担心，他多半是贪玩儿忘了时辰。"

"你派人去接一接。"谢停舟说。

兮风喊人过来吩咐了几句。

谢停舟听完，眸光一斜，看见沈妤将两只手伸在火边取暖，伸手将她的手握进掌心里："手怎么这么凉？"

"天冷了。"沈妤恹恹地说。

兮风不敢抬头，最好能把耳朵也捂住。

"往年也是这样凉？"谢停舟轻轻摩挲着，用掌心最暖的地方压着她最冰冷的指尖。

他的手也不是很热，只有掌心是暖的。

谢停舟见她皱着眉，问："皱眉做什么？嫌我的手不够暖？"

"不是。"沈妤摇头，想了想说，"天冷了，又要饿死冻死好多人。"

谢停舟没有接话，表情还是一派云淡风轻，但眼中已有了愁云。

谢停舟："兮风。"

兮风原本准备偷偷遁走，起身起了一半，还是半蹲着的姿势，结果却被喊住。

"明日一早你让人进城买个汤婆子。"谢停舟说。

兮风连忙应声，准备离开，又听见一阵嬉闹声，是长留回来了。

长留下马跑过来，兴高采烈地喊了两人："世子，世子妃。"

谢停舟没有看他，问："探听到什么了？"

"嗯，有的。"长留道，"如今满城的人都知道盛京发了海捕文书，我在茶楼听了半天，老百姓倒是还好，也没一边倒向盛京，还有不少人夸咱们世子妃呢。"

"都夸了些什么？"谢停舟来了兴致。

长留打开了话匣子："说咱们世子妃巾帼不让须眉，那是能上战场杀外敌的，说她是大周的第一位女武官，又是剿匪，又是护驾。"

"还有呢？"

"没啦。"长留眨了眼说，"然后茶馆里的人就吵起来了，另一边的人说根本不是护驾，是篡位不成才逃离京城的，给我气死了，原想上去揍他们一顿，又担心暴露行踪，只好等他们离开的时候在巷子里将他们套上麻袋揍了一顿。"

谢停舟说："那你倒是聪明呢。"

长留听出了言外之意，垂下头说："也，也不算很聪明。"

谢停舟闲闲地看着长留："让你去探听消息，你就去听这些热闹了？"

长留赶忙摆手："不是不是，还有别的，据说各地已开始集结，特别是山匪，如今在大肆招人，说是要抱团来讨伐咱们呢。"

长留不高兴地"哼"了一声，愤愤然道："我看他们自己才是应该被讨伐的对象。"

"正是因为这样，他们才要来讨伐。"沈妤面上无笑，"一旦他们讨伐成功，便能从山匪转而成为正义之师，或许还能正式收编进军中，自此洗白。"

长留长长地"哦"了一声："他们打得好主意，我们才不会给他们这样的机会。"

谢停舟神色淡淡的，心里却不如表面这么轻松："报完了？"

长留眨眼："报完啦。"

"那跪着吧，一个时辰。"

长留不知所以然，却还是慢慢跪了下来，仰着头问："为，为什么呀？"

谢停舟并不搭理他，牵了沈妤起身。

长留膝行了几步，袍子在地上磨得唰唰响："世子妃……"

沈妤头回了一半，被谢停舟掰回去。

他回头道："是看世子妃心软好拿捏？求她也没用，好好跪着，跪满一个时辰再起来。"

"不是。"长留缩着脖子，"是我给世子妃带了东西回来，还没给她呢。"

谢停舟问："什么东西？"

长留从怀里掏出一个油纸包，无辜地说："是凤梨酥，您不是说世子妃爱吃吗？"

他拍了拍油纸，庆幸地说："幸好没压坏。"

谢停舟顿了顿，才抬了抬下巴："拿过来。"

长留跪着往前走，谢停舟皱了皱眉："腿断了？不知道站起来送？"

"哎，好。"长留麻溜地爬起来，走过去将油纸包递给世子，低着头盯着地面也不敢说话。

视线里的脚不见了，脚步声也渐渐远去。长留这才抬起头来，已不见世子和世子妃的踪影，便扭头看着兮风："那殿下是什么意思呢？我是接着跪还是不跪呢？还有为啥要罚我跪呀？"

兮风敲了下他的头："让你去探听消息，不是让你出去玩儿的，世子还担心你出事，让我派人去接你，结果你倒好，进城打架去了。"

长留瘪着嘴："咱们世子妃天下第一好，我就听不得他们说她不好。"

"不用跪了。"兮风说，"殿下让你起来送，就是不必跪的意思，得亏你小子机灵，知道哄世子妃就是哄殿下。"

"才不是呢。"长留不满道，"我是真想起来要给世子妃买凤梨酥的，况且我也不知道世子会罚我跪。"

他们此行是要赶路回北临，因而一路都是疾行，马车是用来混淆视听的，出城之后便走了另一条路。然而再周密，也还是如长留所探听到的消息般，他们在过一处山形险峻的夹道时，遇到了千人大寨偷袭，想要抓了他们向朝廷投诚讨赏。好在不是正规军，沈妤一手擒贼先擒王，打得山匪军心涣散，溃不成军，逃跑了不少人。

"我们活捉了一些逃兵，该怎么处理，还请世子示下。"

这些人活捉回来，起不了什么作用，反倒要负担他们的口粮。

谢停舟皱眉："吸纳的流民放走，其余山匪就地斩杀。"

参将吸了口气，却没敢说什么。沈妤注意到了，她替谢停舟解释道："若全部放走，这些还会继续落草为寇，并且会带动其他的流民，数量庞大了恐成大患，今日杀鸡儆猴，让流民自己掂量清楚，是要命，还是想去做山匪。"

参将点头："末将受教了，那末将稍后就去整兵，后面的路上恐怕还会遇到今日这样的情况。"

参将以前没和沈妤接触过，只听传言说她以女子之身拨弄朝堂，还诛杀了李延昌，便心想这是个狠角色。

这些日子以来看着她除了模样比寻常姑娘漂亮些，也没见有什么特别。直到今日这一仗，他才不得不承认，沈妤绝非寻常女子可比。怪不得呢，世子殿下这么多年也没挑中个世子妃，原是想找个独一无二的。

兮风把马扎往前挪了挪，身体正好挡住参将的视线。参将愣了一下，兮风在他肩上拍了拍。

"等等。"沈妤有件事想说，她看着谢停舟，"我们分开走吧，你带青云卫回北临，我自己绕道过去。"

"不行。"谢停舟一口否决。

这一战其实并不是非打不可，但他选择了进攻，就是向所有人表明了北临的态度。沈妤，是他谢停舟举全北临之力也要护着的人，也等于是和盛京对峙。

沈妤冷静道："我们这样下去不行，今日这一战是赢了，但是回去的路上还会有这样的情况出现，除了乌合之众还有可能会有正规军，会试图一步步削弱我们，任青云卫再强，六千人现下也只剩五千人了不是吗？他们也无法挡住一波又一波的偷袭和攻击，就算我们每一仗都赢，也会在一次次的对战中被消耗，像大树一样被蝼蚁蚕食掉。"

这个道理谢停舟何尝不知道，那些人想拿下他或是沈妤向朝廷邀功请赏，只能在他们兵力最弱的时候。也就是他们在回北临的途中，一旦回到北临，他身后就是十万青云卫，像今日这样的小股势力根本就不敢向他们动手。如今朝廷讨伐的是沈妤，她想以己之身将战火引离大部队。

一旦她落单，那些小股势力就会蜂拥而至，拿下她向朝廷邀功。

"我不会同意的。"谢停舟冷声说，"你趁早打消了这个念头，你要是敢自己跑，结局我还没有想好，但你可以试试看。"

沈妤的路让他堵死了，这里人多，她也不好和他谈及私事。这事不了了之，却在青云卫第二次遭遇突袭之后得以实施。青云卫是赢了，但正如沈妤所说，每一次遭遇敌袭都是在削弱他们，照这样下去，他们真的会被蚕食到不堪一击，不过谢停舟不可能让她单独行动。最终决定青云卫化整为零，分拨成小队乔装回北临，而沈妤和谢停舟则带着近卫乔装成走镖人单独上路。这样一来，一直留意大军动向的人根本不会把注意力放到小拨人马上。

谢停舟坐着任沈妤帮他改变装扮，谢停舟这张脸生得太扎眼了，想让人不注意到，很难。

乔装这种事沈妤已经很擅长了，她站在他面前，谢停舟仰着脸，目光在她脸上来回逡巡。

那眼神是爱抚，带着贪婪和狂野的占有欲。沈妤被他沉甸甸的眼神看得动作都慢了，轻斥道："你闭上眼。"

谢停舟听话地闭了眼，手却慢慢搭上了她的腰间，用手量了一下她的腰的粗细。

"在洛州养起来的肉，又没了。"

沈妤轻笑："楚腰卫鬓，这可是大周如今的风气。"

"我不喜欢。"谢停舟说。

"那你喜欢什么？"

谢停舟睁开了眼，注视着她："我只喜欢我家世子妃。"

沈妤脸上的笑容很温柔，接下来的话却实在残忍。她打量了一番他的脸，说："本想亲亲你，奖励一番，可你现在太丑了，亲不下去。"

谢停舟急了，问："有镜子吗？"

沈妤递给他一块小小的镜子，谢停舟从镜中看了自己一眼，差点没认出来，当即将镜子反过来一扣，自己都没眼看。沈妤忍着笑："你忍忍嘛，我不喜欢别人总是看你，这样就没人看了。"

"这样更多。"谢停舟咬牙切齿地说，"简直奇丑无比。"

"没想到世子殿下也爱美。"

谢停舟哼笑："你好歹弄得正常一点，丑得扎眼。"

沈妤将给他贴得过分高耸的眉骨撕下一块，又稍稍做了些调整，勉强能让他满意。

谢停舟起身："坐下。"

"干吗？"

"我也不喜欢旁人看你。"谢停舟说。

沈妤在他身前坐了，仰起头问："你要怎么给我——"

谢停舟强势地将她困在身前，低头吻住了她的唇。这个吻并不激烈，但很长，长到外面的兮风顶着掉脑袋的危险在外面咳嗽了几声催促。

长留眨巴眼看着兮风："风哥，你嗓子不舒服吗？"

兮风看了他一眼，硬着头皮道："殿下，天不早了。"

谢停舟离开了沈妤的唇，鼻尖相抵，呼吸交缠着缓了缓，侧头说："知道了。"

谢停舟根本就不会乔装，还是沈妤自己收拾了一番，不像从前那样涂黑了事，这次几乎看不出她原本的模样，只和本人有三四分相似。

两人走出帐篷。

长留看了看两人，呆愣地问："世子？世子妃？"

沈妤点了下头："出发吧。"

他们此行规划的路线是从雍州绕道至平州回北临。前两日他们刚过了江州，再快马加鞭些时日，便能到雍州了。一行人走得不慢，跑了五六日，已经临近雍州了。自进入雍州境内，越往深处走，心情越是沉重。长留前后跑了一圈，拉着缰绳靠近了沈妤，问："世子妃，为什么这些地荒着都没人种呢？我明明在路上看到了好多流民呢。"

沈妤没有说话，只是轻轻叹了口气。

谢停舟面色冷然，说："苛政猛于虎，或许在流民眼中，逃荒都比种地强。"

"怎么能比种地强呢？"长留不明白，"种地至少能养活自己呀。"

兮风揉了把长留的脑袋："苛捐杂税太重了，交了税就吃不上饭，还要累死累活干一年，谁乐意呢？"

"哼。"长留气愤不已，"这雍州的知府也太坏了。"

兮风"啧"了一声摇了摇头，没继续解释。天色渐渐黑了下来，这里前不着村后不着店，只能在外露宿。况且以他们如今的身份，就算有城也不好进。

一名探路的近卫策马从前头跑回来："世子，天快黑了，咱们就在前面露宿吗？"

"再赶十里路吧。"谢停舟说。

等队伍停下来，天已经黑透了，近卫熟练地烧柴生火，围成了一圈，又留了人在附近放哨。

众人刚停下没多久，放哨的近卫便跑了回来，靠近了马车。

"世子，世子妃，又一批人马在朝这边靠近，看火把的数量人还不少，大约二十来人。"

车帘掀开了一点，谢停舟道："二十来人不足为惧，先不必动作，见机行事。"

众近卫飞快地吃完了东西，一个个都打起了两百分的精神，注意着来路的动静。马蹄声和车轮的轧轧声渐渐近了，中间还夹着一个大嗓门。

"还真有人，我就说要赶快点赶快点，你非不听，看吧，咱们之前休息的地方都被人给占了。"

沈妤听这声音似曾相识，脑中搜寻了一圈也没有想起来，于是掀开帘子看去。

谢停舟紧贴着她，看了片刻便道："是你的老熟人。"

谢停舟那句话纯粹是带着酸意。来人不算熟，但是也相处过一些时日，并且这人还帮沈妤办过事。正是去年护送他们进京，又向沈妤表白过的万通镖局大小姐贺雪卉。当初贺雪卉护送二人上京，在盛京城外那晚知道了两人的身份，后来沈妤又托贺雪卉去接绿药回京。

"怎么办？"沈妤问，"恐怕要暴露行踪了。"

谢停舟看着她："你照镜子了吗？"

沈妤摸了摸脸，这才想起来他们做了乔装。镖局的人没有靠得太近，离了十来米的距离，警惕地看着篝火旁的众人。看得出来这群人训练有素，一个个腰间都别着兵器，在他们到来时眼神都没挪动一分。

"咱们换个地方。"一名镖师拉了拉贺雪卉。

"这里地方大，若是诸位不嫌弃，可以在旁边露宿，咱们互不打扰。"

一众镖师循声望去，声音是从马车上传来的。紧接着马车上下来一名身材颀长的男子，他朝着马车伸出手，将掀帘出来的女子从车上抱下来。女子梳着妇人髻，看情形两人应是夫妻，而方才出声的正是那名女子。

两人看上去相当般配，都是风姿卓然。贺雪卉正在心中赞叹着，结果两人一转身，吓得她差点从马上摔下来。丑。是真丑，两口子丑得不相上下。贺雪卉打量了一番，只见之前还随时准备拔刀的护卫们都松懈了下来，有的拿水，有的开始啃干粮。

"你看他们的镖旗，他们也是走镖的，这么多人还是个大镖局。"贺雪卉小声道，"天下镖师是一家，安全。"

走镖人属于是道上混的，有一套自己的规矩，若是破了这规矩，在道上就混不走。她身侧的人名叫段长信，是一名镖师，也是贺雪卉父亲的大徒弟。

"晋昌镖局？"段长信看了一眼镖旗，道，"是北临的镖局。"

"北临？北临我熟啊。"贺雪卉下马，"我和你们北临世子，还有世子的好友沈妤可是老熟人了。"

长留默不作声地看了眼沈妤，沈妤饶有兴致地走到火堆旁坐下："是吗？怎么个熟法？"

贺雪卉大大咧咧地跟着坐下："我可是第一个知道他们两人有一腿的人。"

"胡说，明明是我们先听到的。"一名镖师说。

"烧你的火去。"贺雪卉回头啐了一句，又道，"你们这是押镖去北临？"

"你们呢？"沈妤反问。

贺雪卉道："我们去雍州。"

沈妤点了点头："这条路你们似乎很熟。"

"走镖人嘛，哪条路都得熟。"贺雪卉说。

沈妤思索了片刻，问："我们也是初次跑这条线，雍州这地界不大太平。"

"已经算好的了。"贺雪卉解下腰间的水囊喝了一口，继续说，"雍州境内流民是多，但是土匪少呀，比起跑其他地方的镖已经好多了，特别是先帝死了之后，宣平侯在潞州称王，各处的山匪都起来了，还有好些打着讨伐的旗号招兵买马，也想要分一杯羹。"

"据我所知信州那屁大点的地方，都有两个自封的王了。"贺雪卉说着笑了起来，"所以那边的镖我们都不接了，太乱了。"

贺雪卉看着火堆旁的人，突然"咦"一声，刚想靠近些看，便听见了刀出鞘的声音。

她又将屁股落了回去，说："你有点像我认识的一个人。"

沈妤："谁？"

"就是都虞候沈妤。"

沈妤险些没坐稳，她都弄成这样了，贺雪卉还能认出来。

贺雪卉又道："但是又不太像，她生得可俊了，没你这么丑。"

沈妤："……"

一时不知是在骂她还是在夸她。贺雪卉仰头看了一眼夜空，叹了口气说："我当时情窦初开，没想到她竟是女子，唉。"

两人又闲聊了一阵，贺雪卉回自己扎营那边睡觉去了。沈妤上了马车，谢停舟已脱了外袍斜躺着，掀开了被子一角让她进来。沈妤脱掉了外衣，钻进他睡得暖和的被窝里，马车不大，两人只能紧贴在一起，谢停舟甚至都不能完全躺下。

谢停舟揽着她："你没告诉她你是谁？"

"告诉她也毫无用处，还是警惕些好。"沈妤靠在他颈窝里，说，"我有一个想法。"

谢停舟半合着眼："你说。"

"他们很熟悉大周的地形，什么地方可以扎营，什么地方有小股势力，甚至比我们还要清楚，如今三足鼎立的平衡不会维持多久，迟早会被打破，动兵是必然，我们需要一个非常熟悉大周路线的人，一个对往后辎重运送的线路有帮助的人。"

谢停舟默了片刻："你该不会是想让贺雪卉来替我们跑辎重吧？"

沈妤摇头说："她还不值得完全信任，辎重是不可能交给她的，但她熟悉路，我们的押运官只熟悉北边的战场，她能带着运粮官去深入大周，提前熟悉规划辎重线路。"

谢停舟赞同地点了点头，垂下眸子看了她一眼："聪明，熄灯。"

沈妤探出上半身，揭开灯罩吹灭了灯，又窝回了谢停舟怀中。

"此事明日再考虑，现下安心睡吧。"谢停舟抚着沈妤的发，低声哄着。

这是在途中买的马车，为了不打眼，质量不算太好，稍微动作还会有轻微响声。可闻着谢停舟身上的松香，即使在这逼仄的空间，沈妤也觉得安心。

翌日两帮人马结伴上路，在第三日清晨到达了雍州。如果执意住在城外，反倒惹人怀疑，倒不如借由贺雪卉他们掩人耳目，于是当夜留宿在了客栈。他们前脚刚安顿下来，衙门后脚就来了人送信。

谢停舟展开信件快速扫过，又递给沈妤："雍州知府章敬廉请我们去他府上做客。"

沈妤看着信说："照面都还没打，他又是怎么认出我们的？你与他从前有交情？"

"没有，去年带兵也未曾从雍州经过。"谢停舟目色微凉，"这个问题，恐怕得见了章敬廉才能知道了。"

"你准备去赴宴吗？"沈妤已经将信看完了。

谢停舟接过来，又大致扫了一遍说："是我们。"

说罢在灯上引燃了信，火苗快燎到了指尖他才松手，地上只剩下灰白色的灰烬。

谢停舟道："雍州境内有两千驻军，就算吃空额的情况严重，少说也有一千多，拿下我们这些人，足够了，章敬廉既没有调兵，只派了个衙役来传信，说明他没有逼迫的意思。"

"去吗？"沈妤问。

"为什么不去？"谢停舟看着她，说，"看看他想要干什么。"

章敬廉将宴席设在了自己的府上。出乎意料的是，章府并不大，只是一个两进的院落，放在平民里也算不上大户人家。进门一道影壁，绕过影壁进入庭院，便是正房和旁边两侧的厢房，后头便是灶房，一眼就看了个干净。布局也简单，院子里栽了几株花草，只是这个时节已经不开了，对于一个正四品的地方官员来说，着实寒碜了些。

他们今日来赴宴，均以真面目示人。

"世子，请上坐。"章敬廉有些激动。

他才五十多岁，看着却比本身的年纪要苍老许多，头发花白了大半。谢停舟落座，章敬廉亲自给他斟了酒。今日沈妤依旧穿了女装，并未做过多修饰，章敬廉心思一转："这位便是虞候吧。"

章敬廉心想，曾经先帝跟前的大红人，在盛京也算是个能呼风唤雨的人物了，没想到却不是想象中那般五大三粗。

"那是从前的称谓，如今我已不是虞候，章大人不必如此客气，我自己来吧。"沈妤接过了酒壶悄悄检查了一遍，才向谢停舟递了个眼神。

谢停舟道："章大人也入座吧。"

章敬廉坐下说："世子屈尊降临寒舍，只有薄酒淡菜，请勿介意。"

谢停舟淡笑道："今日本就不为用饭而来，面谈才是要事。"

见他如此直接，章敬廉点头道："想必世子应当是想知晓我如何得知两位入境的，不瞒您说，光州知府集结了人手，想在境内拦下世子的人马。"

从洛州回北临，最近的路线便是途经光州。他如此一说，沈妤和谢停舟都明白了。光州的路程比雍州要近不少，如果他们走的是那条路，早就已经兵戎相见了，消息定然会传到雍州来。

章敬廉恐怕就是以此猜测他们会从雍州绕道。章敬廉继续说："如今其他地方兵荒马乱，难民全往雍州涌，进出的大拨人马不多，我早已派人在城门留意，今日终于等来了世子。"

谢停舟刚想开口，余光瞥见沈妤端着杯子要饮，伸手压在她的手腕上，低声说："不可空饮，先吃些东西垫垫底。"

他这样的态度让章敬廉不得不重新审视沈妤的身份。谢停舟好似知道心中所想一般，淡淡道："内子空腹饮酒容易腹痛，章大人见笑了。"

章敬廉被这消息击得震惊不已，赶忙又不动声色地换了个称谓："倒是我怠慢了，世子妃与世子连日奔波，天气渐冷，当备些热汤给世子妃暖身。"

说罢又吩咐丫鬟去准备。

"谈正事吧。"谢停舟道，"我不会在雍州境内停留，明日便会离开，大人有什么事不妨直说。"

章敬廉沉吟不语，片刻之后像是终于鼓起了勇气，起身对谢停舟深深揖了下去。

"章大人这是作何？"

章敬廉肃然道："章敬廉在此恳求殿下，救我雍州百姓。"

谢停舟面不改色："雍州隶属大周，章大人想要救民，不如去求盛京。"

章敬廉说起来心绪便不稳："敢问世子与世子妃进入雍州境内之后，沿路看到最多的是什么？"

沈妤道："流民和荒地。"

"没错。"章敬廉沉声道，"苛税已收到了同绪二十一年，先帝薨于同绪十九年，如今新帝登基，但赋税还是照样要收，朝廷和老百姓都是寅吃卯粮，谁还能种得起地？我曾上书多次，朝廷也不管，每年下派来的巡按御史还要捞一笔银子再走，这是根本不给人活路呀。我已到了含饴弄孙的年纪，本想着这官不做也罢，可我……"

章敬廉满面愤然："可是我又想到了老百姓，若是再换个贪官污吏过来，这日子还怎么过？"

"世子殿下，世子妃。"章敬廉不等二人反应，忽然提袍跪了下来。

"章大人这是做什么？"谢停舟说。

章敬廉固执不起："这一跪是我替百姓而跪，雍州愿归附北临，由北临辖制。"

谢停舟与沈妤对视了一眼，说："我无意于此，章大人先起来说。"

章敬廉起身："殿下无意，可别人会相信吗？不论是不是世子的意愿，北临已成势，只有一种结果，那便是你死我亡，世子想要藏锋已经不可能了。"

不论谢停舟有无想法，此刻对着章敬廉，在摸清虚实之前，他都不可能张口应下。

谢停舟慢悠悠地说："那依章大人所见，我应当如何做呢？不如大人指点一二。"

章敬廉早就考虑过这个问题，将心中所想脱口而出："指点万不敢当，如今世道风雨飘摇，各地匪患遽起，自立为王者不在少数，趁此机会，世子可以下发檄文，以剿灭各路匪患为由收纳各州。"

"章大人说得轻巧，打仗不是张口那般简单，盛京自顾不暇，在这个时候不会给北临提供任何军费，战线拉得太长，单由北临支撑不起如此大的军需用度。"

章敬廉将目光投向了沈妤，口开得有些艰难："如今，如今陆氏的银库，怕是比国库都充盈吧。"

沈妤淡笑："章大人想让陆氏承担起用兵的粮饷。"

章敬廉老脸红了，深知这和盘剥商户没有什么差别，还是硬着头皮道："我耳闻陆氏年年都在救济难民，扬汤止沸，不如去薪；溃痈虽痛，胜于养毒。年年都是这样的支出只平其表难断沉疴，不如釜底抽薪，一劳永逸。"

谢停舟一笑："章大人想要归附北临，想得未免太过简单了些，雍州与北临之间还隔着一个平州。"

"世子为何不反过来一想？"章敬廉说，"应当说平州被北临和雍州困夹于其中，已是囊中之物。"

谢停舟依旧是泰然自若，沈妤却是变了变脸色。

"世子，世子妃。"章敬廉说起来满面荣光，似乎人都年轻了几分。

"我出身寒门，虚度光阴五十余载，自记事起看到的就是贪官横行民不聊生，国泰民安的盛世只在史书上见过，可我在世子身上看到了转机，北临自给自足，境内百姓安居乐业，若这样的盛况能够覆盖大周这片土地，该是怎样一番令人心驰神往的光景。"

谈话一直持续到了傍晚，章敬廉留二人用过晚饭才离开。天气冷，街上行走的人已经少了，万家灯火亮了起来，却只有萧条的景象。两人走在街道上，兮风和长留远远地跟着。

"你怎么想？"沈妤问。

谢停舟想了片刻，说："幸好他站在我们这一边，否则我会想杀了他。"

沈妤站定："依你看，他是当真如他的名字一般廉洁，还是装给我们看的？"

这样的情况不在少数，特别是巡按御史下地方监察时，贪官污吏会给自己找一所简陋的宅子，以此表现出自己的清正廉洁。谢停舟笑着看她："他的袍子下摆都洗得发白了，还有西厢房偷看我们的那个孩子，应该是章敬廉的孙子，出门时我瞧见他拖出一个旧盒子找东西，显然他们是长居，不是临时找来做戏的宅子。"

路上正好有行人经过，沈妤随手拦了一个，询问知府的宅子在哪儿，那人指的就是他们来的方向。

"倒是难得。"谢停舟说，"他是德佑年间的三甲进士，经历了三朝皇帝，说起这个人，几月前上朝时我听说过他的名字，年年考绩都是末等，却稳坐雍州知府的位置。"

沈妤道："先帝是个清醒人，他清楚下面那帮巡按御史是靠什么校考的功绩，谁给的银子多，谁的背景深，谁就是优。"

这种事情已成风气，也是大周沉疴的一部分。食肆的屋檐下有难民在此乞讨，小二站在门口焦急地驱赶着。

"走开走开，别挡着我们做生意。"

蓬头垢面的妇人抱着奄奄一息的孩童，乞求道："爷，给口饭吃吧，求求你了，孩子快饿死了。"

小二叉着腰："州府衙门每天都在接济，你不去那儿领馒头，跑这里来要饭。"

"我们娘俩挤不过，三天能抢到一顿就不错了，爷行行好吧。"

小二心地倒是不坏，说："我不是什么爷，也是给人做工赚口饭吃，这样，你去旁边巷子里等着，厨房的剩菜我去看看能不能替你找一点。"

谢停舟一个示意，长留上前拦住母子二人，给了一小块碎银子。

妇人摇头："不要，不要，这位公子，给口饭吃给个馒头就行。"

长留不解，蹲下身说："你瞧，这是银子，可以买好多个馒头呢。"

妇人还是一个劲摇头说不要。

沈妤耐心解释："给银子她留不住，流民之间会互相争抢，还不如馒头能吃上一顿饱饭。"

"怎么能这样呢。"长留不忿道，"同是天涯沦落人。"

"吃不饱饭的时候，谁还管得上这些。"

沈妤从前每年都会在洛州和燕凉关之间来回。见过了太多这样的事，原本应该练就了铁石心肠，可见得越多，心却越发软了，当真见不得人间疾苦。

"那我给你买包子，肉包子。"长留一溜烟跑了。

谢停舟牵了沈妤的手往前走，说："死在路上的流民不计其数，她已算是幸运了。"

言罢侧头看沈妤，却见她闷闷不乐。

"别想了，你救不了那么多人，别把这样的重担压在自己身上。"

谢停舟脚步顿了顿，在她面前蹲下，说："上来。"

天色越黑，路上的人越加稀少，许多门户早就闭了，只剩屋檐下和穷巷里挤在一块儿取暖的难民。兮风在后面不远不近地跟着，把握在有突发事件能赶得上的距离。沈妤趴在谢停舟肩上，两只手绕过颈交叠在他胸前。

"宣平侯占了潞州，潞州境内陆氏的铺子全被洗劫一空，虽然没有动摇根基，但是损失也不小。"

"他要动兵自然要银子和粮草。"谢停舟说，"这是对我的挑衅，也是对你的挑衅，这账得算清楚，让他还。"

沈妤"嗯"了一声："宣平侯要还，西厥人也要还，我要打得他们十年之内再也不敢踏入大周的边境。"

谢停舟侧头看她："世子妃好威武。"

沈妤被他背着，高出他一截，垂眸睨着他："你今日才知道？"

谢停舟笑说："早就知道，为夫身体羸弱，必得找个世子妃这样的妻来护着我。"

"你就装吧。"沈妤在他肩上拍了下，"骗我武功尽失的事情我还没和你算账呢。"

谢停舟隐在阴影里的笑容淡了下去："饶了我吧，都过了这么久了。"

"那毒呢？"沈妤问，"我还没凑齐药材。"

"尽量不动武就没事。"谢停舟温柔地说，"放心，我会陪你长命百岁。"

怕她在这个问题上纠缠，谢停舟转移话题："镯子什么时候带来的？"

她手腕上戴着镯子，谢停舟一低头就能看见。那是谢停舟母亲的镯子，从盛京逃离的时候并没有带在身上。沈妤贴着他的面颊说："我怕磕坏了平时没敢戴，在盛京交给绿药了，她替我带到了洛州。"

谢停舟心中一阵湿软。价值千金的金银玉器她不屑一顾，几钱银子的手镯她却视若珍宝，只因是他送的母亲的遗物。沈妤把手伸远了看："好看吗？"

谢停舟脸上勾起一抹温和的笑容："好看得要命。"

沈妤被逗笑了，贴着他的鬓角依赖般地蹭了蹭。她晚上饮了不少酒，呼吸间带着清冽的酒气。

谢停舟把头往旁不适地侧了侧，说："别对着脖子，痒。"

沈妤起了坏心思，他不让干什么她就偏要，还故意对着谢停舟的耳朵呼气。谢停舟作势要扔她下去，她牢牢搂着他的脖子，双腿把他的腰夹得死紧："背都背了还想将我放下来，得看本世子妃高兴。"

谢停舟又托住了她，低声道："好，背你，背到一百岁。"

一百岁太长了，长到似乎望不到尽头一般，但单是畅想，便足以让人心生向往。

可是，须得先问一问，这乱世它许吗？

"在想什么？"谢停舟见她半天不说话，便问。

沈妤垂下眼眸，轻声唤他："停舟。"

"嗯？"谢停舟的脚步停了下来，回头看她。

沈妤就在这明月清风中偏着头吻上他的唇，然后在分开的间隙说："咱们生一个孩子，在一切平定之后。"

她说完这话，方又觉得太主动又害羞，把脸埋在他的肩上不说话了。谢停舟久久未动，在陌生的地方，在阒然的街道，陡然生出一种这里便是家的感觉。逃命原是艰难的，但他因她而满足。

长留给那对母子送完包子追上来，看到的便是这样的场景。世子背着世子妃站在长街中央，一言不发，一动不动，好似僵住了一般。

"他们这是魔怔了？"长留问。

兮风想捂长留的嘴都没来得及，他之前看到的那幅画终于被这声音所惊扰，开始缓缓动了起来。

过了片刻，沈妤说："我们明日不走了。"

"你知道我想做什么？"谢停舟问。

沈妤点头道："章敬廉愿意归附，这是一个好时机，哪怕为了避免他后悔，我们也得在这里埋些有用处的东西。"

次日中午，城门口架起了粥棚。消息一传出，城内城外的难民蜂拥而至。章敬廉在衙门听说了这个消息，没有说什么，只是在当日去客栈拜访了二人，又在之后的十来天接连去了数次。

具体谈话内容旁人不得而知，章敬廉有位幕僚，在衙门里挂了个吏目的职，这日又从城外的粥棚回来。

吏目说："粥都施了十日了，这分明是他们笼络人心的好时机，却没有向百姓透露姓名，这是什么想法我还没能看明白。"

章敬廉饮着茶，说："如此做法既是在收拢民心，也是在敲打我，让我只能站在他们这边。

"雍州得了他们的资助，立场就不能再变了，这是他们埋下的引线，如今瞧着不起眼，等到引线埋得够多了，届时一起燃起来，能将大周掀个底朝天，民贵君轻，太多人不懂得这个道理了。"

吏目点了点头，问："世子可有和大人商议过此事？"

"世子如果一路快马加鞭，此刻应该要讨平州了吧。"

吏目讶异道："他们已离开雍州了？可是大人不是上午还去了一趟他们留宿的客栈吗？"

章敬廉笑了："早就走了，除了施粥的第一日，后面都是留下的人手在安排，光州的人马没堵到人，自然会猜测他们从雍州绕道，世子做这样的安排，就是为了以防其他人会去平州围追堵截，雍州施粥的消息传出去，他们多半以为世子还在雍州境内，估计会在雍州和平州边境拦截，其实人都快过平州入北临了。"

吏目不得不叹服："好算计呀。"

"是啊。"章敬廉放下了笔,"世子文韬武略,真是英雄出少年。"

平州当得起一个平字,境内大半都是一马平川。离北临越来越近,长留的心都快飞起来了,打马奔在前面。之前还一路跟沈妤絮絮叨叨,说北临的风土人情,说北临有多好多好,后来沈妤身体不适,谢停舟不让他吵着沈妤,他已憋了两日了。

"世子,世子妃。"长留在前面兴奋地喊着,"是咱们的青云卫。"

谢停舟抬眼望去,低矮的山坡上站了一群人,着黑甲,乌沉沉的一片。

他与青云卫在洛州分散之后,便约定在北临与平洲交界处集结。

长留又喊道:"不对呀,咋好像人多了呢?"

队伍停了下来,看不清虚实不敢往前,万一有人冒充青云卫引他入笼,那便不好办了。谢停舟打了声哨,放白羽出去巡视。白羽刚振翅而起,青云卫突然从中间分开,一匹骏马奔驰而出,马上坐了位蓄着胡须的中年男子。

"瞧什么?"马上的人声音洪亮,"是你老爹亲自来给你迎儿媳妇了。"

"是王爷来了!"长留欢快地说,一扬鞭子跑了过去。

谢停舟再次下令前进,倒是不慌不忙的,脸上也没见什么喜色。

双方人马汇集,一万青云卫乌泱泱跪了下去,齐声山呼:"世子。"

谢停舟手一抬,青云卫齐齐起身,青甲声整齐划一。谢光宗左右张望,也没瞧见个女的或者长得像女人的,扫过众人,然后盯着谢停舟身后马上的人瞧。这人面容挺陌生,该不会就是沈妤吧?

谢光宗摸了摸胡子想:这人长得像个真男人,他谢停舟莫不是瞎了?

"不是他。"谢停舟好似已知道了他的想法,无语凝噎,手一指后面的马车,"在马车上睡着,不过此刻应该被吵醒了,你不是见过画像吗?"

谢光宗拉着马缰靠近,小声说:"我还以为陆老夫人和我一样,画像将人稍稍美化了那么一下。"

"你那是稍稍?"谢停舟看了他一眼。

"不是稍稍,根本不是稍稍。"长留在一边接话,"老夫人还同我说吓得做了好几个晚上的噩梦呢。"

陆老夫人还给自己做了好些天的心理建设,心想阿妤喜欢就好,外貌不重要,会疼人就行。

谢光宗大声道:"那怎么可能?那画像是多么勇猛无双。"

谢停舟无奈地摇了摇头:"除了身高像我,五分像你,三分像猿。"

"你这什么品位?"谢光宗说。

谢停舟微蹙着眉:"我还忘了问你,还有两分像常衡是怎么回事?"

常衡是谢停舟的副将,人都快四十了,像常衡就有些离谱了。

谢光宗道:"我觉得常衡生得威武,是咱们青云卫里最精神的小伙,想来这样的风姿应该能震慑住陆老夫人了。"

"那胡子呢?"

"那叫美髯。"谢光宗捋了捋自己的胡须问，"你不觉得你老爹的美髯很不错吗？"

谢停舟深吸了口气又吐出来，不想再和他多言，免得气坏自己。父子相处这么些年，他已习惯了王爷这副德行，有时还是不免被气得噎上两回。谢停舟翻身下马，上马车掀开了帘子。

只见沈妤端端正正跪坐在中间，脸色显得有些紧张。

"醒了，睡得好吗？"

沈妤不回答，又整理了下自己的头发，问他："我这样还行吗？"

"行，漂亮得要命。"谢停舟回头看了眼在马上探头张望的谢光宗，钻进去放下了帘子。

"怎么紧张成这样？"

"你还说我呢。"沈妤说，"你见我外祖母的时候不也是紧张得满身是汗？"

谢停舟摸了摸她的额头，没摸着汗，倒是比他强上一些。

"还疼吗？"

沈妤蹙眉说："你不问不疼，我紧张得都忘了，你一问又想起来了。"

沈妤月事晚了七八日，赶在前两日来了。她月事向来不准，许是连月来奔波劳碌的原因，这次来势汹汹，疼得她脸色发白。除了生病的时候，谢停舟还从未见过她这般精神萎靡的样子，路上找了个大夫来看，只说这病没法治，只能慢慢调养。

谢停舟又替她整理了头发，一边说："回去再找个大夫来瞧瞧。"

谢光宗等得急了，一个劲在外头干咳。

"走吧，再不下去，我爹该咳死了。"谢停舟掀帘下了马车，回身将沈妤从马车上接下来。

谢光宗原本前倾的身体瞬间坐得笔直，谢光宗其实也紧张，只不过身为长辈，初次见面想留个好印象，得把架子端稳当了。

"沈妤见过王爷。"沈妤今日着的是女装，因而行的是女子的福礼。

谢光宗清了清嗓子："不必多礼，你一路奔波，辛苦了。"

他上下打量着沈妤，脑子里冒出的第一个词是：漂亮。和画像有七八分像，又比画像更灵动，特别是这双眼，画像画不出如此灵动的风姿，看来陆老夫人比他要诚实很多。

谢停舟往侧旁迈了一步，刚好挡住谢光宗的视线。

谢光宗刚想开骂，想起自己好不容易端起的架子不能就此毁于一旦。

于是说："还须得几日才能到王都，不过进了北临境内就不用赶路了，慢慢走就是，待到了王都再给你接风洗尘。"

沈妤又福了福，由谢停舟扶着上了马车。谢光宗原本还有好些问题要问，可是左等右等也不见他下来，便招呼长留过来。

"我问你啊长留，那是你们世子妃？"

"是啊。"长留点头，"世子自己带回来的，这还能有错吗？"

谢光宗摸了摸胡子："不是说是个能上马杀敌的女子吗？我瞧着怎么娇滴滴的，

风一吹就能倒下。"

长留也不明白，今日世子妃瞧着是有些奇怪，便老实说："她平日其实也不是这样的，真能上马杀敌的。"

长留心想只管多夸世子妃，便略微夸张了些："我们在路上遇到山匪的时候，世子妃一刀一个呢，一刀就能把人劈成两半。"

长留边说边比画："就这样，咔嚓——就两半了。"

谢光宗打了个寒战，心想这样的媳妇寻常人还真消受不起，看着柔柔弱弱，动不动就咔嚓劈人。

也只有谢停舟这样性格冷僻，不走常路的人才不信这个邪了。

他"哦"了一声，又问："你们比我预计的时间晚了，怎么回事？路上遇到麻烦了。"

"才不是，那是因为世子妃在路上病了。"

"什么病？"

长留想了想，摇头说："不清楚，就是肚子一直疼，疼了好些天呢。"

谢光宗点了点头，大致猜到了。他后院充盈，有侧妃还有侍妾，一月三十天里有二十八天都有侍妾借肚子疼喊他去她们屋里。

"然后你们就停下了？"

长留说："世子想在县城停留几日等世子妃好了再上路的，世子妃不同意，然后我们就放慢了速度。"

"这小子。"谢光宗啐了一声，"有媳妇就连危险都不顾了。"

长留替谢停舟辩驳："世子不做没把握的事。"

进入北临境内就安全了，任谁也不敢妄动。晚间大军驻扎，他们在驿站歇下。谢停舟安顿好沈妤之后，到了谢光宗房中。

"爹。"

谢光宗把盘起的腿放下来："来了。"

"等了我们几日了？"

"谁乐意等你？"谢光宗眼睛往房顶上看，"两日，你们再不来我就带人走了。"

谢停舟"嗯"了一声，不咸不淡地说："下次撒谎最好让那上万青云卫统一口风，虽然人多了实施起来不太容易，但也不比当面被人拆穿丢人。"

"嘿。"谢光宗一拍腿，"知道拆穿丢人，你还非要拆穿我。"

谢停舟终于笑了下，在谢光宗对面坐了下来，翻过茶碗给谢光宗斟了杯茶。

谢光宗摆手："不喝了不喝了，年纪大了晚上喝了茶睡不着。"

谢停舟似乎从来没有从谢光宗身上感受过年纪大这个词。

而今细看，谢光宗两鬓已有了些许白发。

谢停舟道："父王从王都过来，一路辛苦了。"

谢光宗猛地倾身，吓了谢停舟一跳，身体往后仰，躲开了谢光宗伸来摸他额头的手。

"你躲什么？"谢光宗说，"我就摸摸你烧糊涂了没有，这可不是我儿子能说出来的话。"

两父子凑在一起，真是温馨不过半刻。

谢光宗想起了从前。他子嗣不少，早在有谢停舟之前就做过了很多次父亲，因而谢停舟的到来对他来说并没有多少惊喜，有的只是意外罢了。他常年征战在外，对子嗣疏于管教，子女都是由他们的母亲和先生教养。谢停舟是个意外的孩子，意外努力，意外知道自己想要什么。事实上他的体格更为肖似他母亲，并不如谢光宗这般魁梧健硕，因而他从前根本没想到他能策马征战。

他是最不像谢光宗，又最像谢光宗的一个儿子。

谢光宗看着眼前的谢停舟，他将他从小村带回来时，还是个瘦巴巴的婴儿，如今已能扛起整个北临了。

"路上没遇到什么麻烦吗？"

谢停舟说："在江州境内遇到了集结的流寇，青云卫损失算是惨重，不是早已飞鸽传信回王都了吗。"

谢光宗道："我当然知道，我是问后面。"

谢停舟饮了口茶，说："你大军压境，平州的驻军怎么敢动，沿途顺利。"

谢光宗哼哼了两声："知道你老爹的好了吧？"

"你好像很急。"谢停舟说。

谢光宗不自然地摸了摸下巴："这个嘛，我已向盛京发了急递，上书你即将继任北临王的消息。"

谢停舟动作一顿，对这个结果早有预料，倒不算太意外。

谢光宗又说："顺便把你迎娶正妃的消息一并传了，但是后面的摊子，你得自己收拾。"

迎娶朝廷要讨伐的沈妤为北临王妃，这是在向盛京正式宣战。

恐怕有很多人要彻底坐不住了。

消息传进盛京，确实有许多人坐不住了。朝堂上言官慷慨激昂，怒斥北临的狼子野心，斥其与盛京公开叫板，藐视圣听。又就出兵讨伐北临与否吵得不可开交，这几日奉天殿的房顶都快被掀翻了。下了朝，李昭年与李霁风在宣辉殿中手谈。

先帝驾崩，李昭年继位，号永宁，要明年才改年号为永宁元年，如今还是同绪十九年。

"你昨日不该与他们在朝堂上争吵。"永宁帝李昭年落了一子。

李霁风坐得吊儿郎当："看不下去了，那帮人除了在朝堂上耍耍嘴皮子，成天嚷嚷着出兵，真让他们上战场，他们连刀都提不起来。"

昨日李霁风在上朝时出言讥讽了一番言官，结果今日朝议的中心就换成了李霁风自己。言官们将矛头对准了李霁风，向永宁帝谏言，谏来谏去毛病不少，但又不大。李霁风抬眼看了下李昭年："那些罪名不足为惧，真正的大罪他们不知道，也没讲出来。"

"什么？"

"左右朝政啊。"李霁风说得再自然不过，"他们不知道咱们兄弟俩背地里聊的是什么。"

李昭年手中的子半晌没落，似在沉思，李霁风也不催促，捻着手心里的棋子耐心等待。

"嗒"的一声，李昭年终于再落一子："我看明白了。"

"皇兄看明白什么了？"李霁风抬起眼眸看他。

李昭年目不转睛地看着李霁风，缓缓道："你所谓的救世之心，不过是想要拨弄天下的棋盘而已，以彰显你的能力。"

李霁风闻言并不生气，棋子精准地落在了一处："该你了。"

李昭年盯着棋盘看了半晌，将手中所剩的棋子放回棋盒中。

"这是死局，我输了。"

"不是还没下完吗。"李霁风笑道，"还有几口气在，皇兄不继续了吗？"

"继续也是苟延残喘，不如——"李昭年倏地停住了，目光对上李霁风似笑非笑的脸。

"我来替皇兄把话说完，苟延残喘，不如再开一局。"李霁风手指在棋盘上点了几下。

"皇兄说我想拨弄天下的棋盘，可这天下已经是个死局，皇兄不也说不如重下一局吗？咱们不如一同把这棋盘拨得再乱些，方知不是机遇呢。"

李霁风走了，李昭年仍然坐在残局前，连天色变暗，内宦进殿点灯也毫无察觉。

不知过了多久，内宦在殿外敲门。

"陛下，皇后娘娘来了。"

李昭年如被惊醒，这才从棋盘上回过神："让她进来吧。"

皇后是楚氏的女儿，楚氏乃四大世家之一。为了避免外戚专政，李昭年登基之后将后位空置了月余，但架不住百官谏言，月前才将皇后扶上后位。

皇后进殿后行了礼："陛下。"

"你来了。"李昭年看她一眼，又将视线移回了棋盘上。

皇后是世家楚氏女，立在离他不远的地方，并不打扰。

李昭年看了许久，忽然问："你来替朕看看这残局。"

皇后就近坐了下来，看了片刻说："臣妾棋艺不精，但这似乎已经是一个死局。"

"是死局吗？"李昭年喃喃道。

皇后道："只是一局而已，重下一局便是，陛下切勿忧心。"

说罢伸手去收棋子，却被李昭年一把握住了手。

"陛下。"皇后疑惑不解地看着他。

李昭年松了手，盯着棋盘呼吸渐渐急促了起来。

"哐啷——"

棋盘被他一把扫落在地，吓得皇后连忙跪在地上。

李昭年盯着皇后："你说，朕当的这是个什么皇帝？朝堂不是朕的朝堂，朕前受重臣掣肘，后有皇弟干政，朕自从坐上了这个位置，有任何一样是朕能选择的吗？"

"哈。"李昭年嘲讽地笑了一声，"连一日三餐都不能由朕来做决定，喜欢的菜色多吃几顿，便有谏官上言不能让人窥伺朕的喜好，可那只是道菜而已啊，这叫什么皇帝？不过是个傀儡罢了。"

李昭年素来温和，皇后从未见他发过这样的脾气，于是壮着胆子握住了他的手。

"陛下。"皇后温柔地说，"臣妾心知陛下无心争权，可如今已坐上了九五至尊的位置，若想活得自由些，便只能把权柄握在自己手中，才能有话语权，否则只能继续做傀儡。"

李昭年垂着头："做秦王的时候，是此生最自在的日子。"

皇后轻声道："是啊，都想做个闲王，所以燕王不争不抢，因为他知道亡国之君是什么样的下场。"

李昭年怦然一震，目露精光地看着皇后。这番话振聋发聩，直击靶心。

李昭年大梦初醒的同时，又不得不审视说出这番话的人。是有人教唆皇后这样说吗？他们竟然已经把手伸到了他的枕边人这里。可这番话出现的时机刚刚好，在他发怒时这样顺理成章地讲出来。

"陛下。"皇后赶忙请罪，"臣妾失言，望陛下恕罪。"

李昭年摆了摆手："你回吧。"

李昭年听见了殿门开合的声音，他想起了从前。

小时候以为父皇是天，坐上那个位置便无所不能。他从小心思就较常人更敏锐，随着日渐长大，他逐渐从父皇身上看到了各种各样的逼不得已和无能为力。也明白了天下至尊为何自称为"孤"，如今，他也感受到了同样的痛苦。周遭之人，谁也不能信，连枕边人都要开始怀疑了。

皇后已远离了宣辉殿。

"你告诉父亲，该说的本宫已经说了，能不能想通是陛下的事了。"

宫女回道："大人说只要提及亡国之君，陛下想到史书上那几位，定然会想通。"

江敛之同样在书房中坐了许久。谢停舟在继任典礼之后便要迎娶正妃，这消息几日前便已传到了盛京，算起来，大婚的吉日就在几日之后。桌案上摆着一幅画像，画像上的人眉眼温和，唇角挂着清浅的笑意。

他又想起了沈妤，那双看人时锋利的、压迫十足的眼。这根本不是同一个人，他到底在执着什么？

"来人，拿火盆。"

盛京天凉了，他要火盆下人也没询问什么，以为他冷，飞快端了火盆进来。江敛之提起画走过去，手一松，画像落在了火盆上。一块燃烧的黑斑不断扩大，他的手也越攥越紧。

突然，他一把将画像从火盆中抢出来，上面还燃着火，他就这样用手去灭，手忙脚乱间踢翻了火盆。

火盆中的灰尘弥漫开来，呛得他忍不住咳嗽起来，却还是紧紧抓着被从中间烧成了两截的画像。

高进闻声来查看，顿时吓得六神无主，赶紧唤人进来收拾满地狼藉，又让丫鬟拿了烫伤药来。

江敛之搭着手让丫鬟上药，对高进说："你替我备一份礼，送去北临。"

高进心中惊骇："什么礼？"

"新婚贺礼。"江敛之问，"少夫人从前喜欢什么？"

"少夫人？"高进愣住。

江敛之反应过来，垂着头想了片刻，说："库房里的那个玉枕、琉璃妆盒、玉兰鎏金立瓶……"

他一连说了许多，都是梦中他们卧房中的摆件，几乎将整个房中的东西都说了出来。

"就这些了。"江敛之摆了摆手，"去办吧。"

高进欲言又止，还是硬着头皮问："这些不是少爷让我们搜集起来成亲用的吗？"

"没人会成亲了。"江敛之颓然道，"找人快马加鞭送去北临，别磕坏了。"

早在谢停舟从北临离开之前就已经开始准备大婚的事宜，忠伯从盛京回北临只比谢停舟晚了几日，回来正好赶上操持大婚。对于迎娶王妃，这准备到底还是仓促了些。

北临王府张灯结彩，宾客盈门，内院都能听到外面的喧闹声。沈妤已梳妆完毕，她坐在房中，头饰很沉，盖上盖头之后只能看到脚下的方寸。屋子里左右各立了四名侍女，等着谢停舟来上门迎亲。

花轿将绕过半个王都，再重新回到北临王府。

"我现在还是一团乱，到底是按洛州的礼还是按咱们北临的礼啊？"

"入乡随俗，应当是按咱们北临的礼吧？"

"可是按北临的礼，谁来背王妃上花轿呢？"

"是啊，我怎么没想到这个。"

沈妤还没完全适应这个新的称呼，好一阵才反应过来是指自己，听着外头的交谈声，紧张地搅了搅手指，外面忽然传来一阵兴奋的喧哗声。

"背王妃上轿子的人来了。"

沈妤想掀开盖头看一看到底是谁，被侍女制止。

"王妃，盖头得等王爷来掀，否则不吉利的。"

脚步声和喧哗声都近了，又在门口齐齐住声。沈妤从垂着的盖头缝隙看见了一双沾了泥点的靴子。来人拉住她的手搭在自己肩上，沈妤见无人制止，便顺从地趴在了来人的肩上。那人的肩膀很宽，背着她一晃一晃的，身上还带着点汗味。她立刻打消了这是谢停舟的想法，况且新郎来背新娘也不合规矩。

走了一段，背她的人停下了脚步："背你这么久，哥哥都不知道喊一声？"

沈妤一听这声音，心里就止不住地狂跳。想要掀开盖头，又硬生生忍住。她不要任何的不完美和不吉利，她要和谢停舟长长久久。

"你怎么来了？"沈妤的声音带着些微的哭腔。

沈昭背着她又重新迈开了步子："哥哥说了要背你出嫁，怎么能食言呢，要怪就怪谢停舟，他竟没告诉我你们回来便要大婚，害我连日没命地跑，总算赶上了，靴子都没来得及换。"

沈昭察觉到后颈滴落了一滴水珠，接着便听到了丫头吸鼻子的声音。

"又哭。"沈昭原本还想说些心里话，又心觉太过煽情，估计这丫头会哭得更凶，便算了。

沈昭将她往上颠了颠："抓紧了，哥赶时间，再不出去就要误了吉时了。"

沈昭的步子陡然快了起来，沈妤搂紧了他的脖子，心想父亲不在，但哥哥来了，如今也能算作圆满。沈昭送她上了花轿，抬头看向马上的谢停舟。谢停舟冲他颔首，便是在无声中向他做出了承诺。

八抬大轿起轿，唢呐鞭炮齐响。花轿在王都穿行而过，街上人头攒动，万人空巷，绕了一圈又重新回到了北临王府。轿帘被踢开，一根红绸递了过来。她看见了那只熟悉的、骨节分明的手，此生她将与他携手同行，直至生命的尽头。

外面依旧热闹得紧，沈妤坐在榻上，难得心中如此平静的时候。

外面响起了脚步声。

"哎哟，王爷，外头还有客呢。"

谢停舟跨入新房，却又顿住了脚步，站在门口看着她。沈妤明明听见了熟悉的脚步声，却迟迟不见他来掀盖头，忍不住捏着盖头一角想要掀开偷瞧。

"别动。"谢停舟走过去，"我来。"

他从侍女捧着的托盘里取了玉如意，深吸了一口气之后，缓缓挑开了盖头。她今日上了妆，衬得面容越发明艳。谢停舟这般怔怔地看了很久，久到沈妤都开始怀疑今日的妆容是不是太浓了，有些奇怪。

刚想伸手摸脸，被谢停舟擒住了手。

"停舟？"沈妤疑惑地瞧着他。

谢停舟一眨不眨地注视着她："该叫我什么？"

"王爷？"

谢停舟笑了，俯身靠近她："王爷谁都能叫，夫君却只有你能叫。"

沈妤抿了抿唇："夫君。"

两人离得很近，谢停舟目光灼灼。侍女早就退下去了，北临王的洞房，可不是谁都敢来闹的。

院子里安静极了，隐约听见前院还热闹着。沈妤想着今日成亲，两人是不是该说点什么。

"我……"

谢停舟绷得太久的那根弦毫无预兆地断掉了，那是束缚野兽的绳索。唇齿贴在了一起，他手里攥了一把烫人的火。这火燃得比从前的每一次都要凶，燃尽了衣衫，燃热了床帐。谢停舟在梦里肖想过无数次大婚之夜，都不如此时此刻。

他不想错过她的每一分表情。发丝被薄汗贴上了脸，谢停舟拨她的发丝去吻她，看见了她眼角的潮湿。沈妤的脸颊埋进了被褥里，在这寒夜里被他浸透了。

雕花窗棂的影子被日照投在了墙上，沈妤终于挣扎着醒来了。迷糊地望着床帐回想，有些悔不当初，只觉得比打了一仗还累。沈妤轻轻拉开了环在她身上的手，准备从谢停舟身上翻过去起床梳洗。

刚爬到一半，又被谢停舟扯着胳膊捞回来，压在了自个儿身上，囫囵着说："还早，再睡会儿。"

谢停舟也累得狠了，天快亮才躺下，睡了还不到两个时辰。但沈妤还是懂规矩的，新妇要早起给长辈请安敬茶，她还要起床梳妆，再不起就晚了。

"我得起来了。"沈妤在他怀里挣了挣。

谢停舟不放："起来干什么？"

"要起来给公婆敬茶。"

谢停舟没说话，像是又睡熟了，但手臂箍得很紧。沈妤又挣了一下，谢停舟干脆翻了个身将她半压在下面，埋在她颈间囫囵着说话："我们没这个规矩，我爹说不定自己都还没起来。"

沈妤本就没睡好，这下彻底放弃了，又睡了过去。又过了一阵，外头檐下响起了好一阵扑腾声，彻底将谢停舟吵醒了。见沈妤还在睡，谢停舟起身后又替她拉好了被子，披上外袍拉开了房门："吵什么？"

白羽在檐下扑腾着翅膀，瞧着脾气不小。兮风一早就来了，没敢靠近，见谢停舟起来才敢上前。

谢停舟揉着后颈，外袍松垮地散着。眼眸半睁，脖颈间余红未褪，整个人身上都透露着一种餍足后的松弛和慵懒。兮风仅看了一眼便不敢再看，垂下眼说："兴许是饿着了。"

海东青是猎鹰中的王者，身上还留有些野性，回北临后犹如脱缰的野马，前几日飞出去野了几日才回来。回来时爪子和喙上都还沾着血和肉渣，不知道去哪儿捕猎去了。

谢停舟便拿链子束住它，让它收一收性子。今日起得晚，没人来喂它，它不乐意了。

"去拿些松鸡肉来。"

谢停舟走上前，白羽当即跳到他手臂上，谢停舟解开脚链的时候听见它发出不爽的咕咕咕的声音。

"饿了？没人来喂你？我倒是第一次吃饱。"

说罢闲散地笑了起来，侧头唤人："来人。"

站在远处的侍女赶忙上前，不敢直视，直垂着头静候吩咐。谢停舟指背抚摸着白羽的羽毛安抚，吩咐道："早饭备些清淡的，粥清一些，王妃不爱喝稠粥，小菜备着，等她醒了再下锅，衣服不要熏香，前日熏的衣裳她不喜欢。"

说罢手臂一抬，让白羽跳到了栏杆上，转身走到门口，又想起什么来半回首，目光扫过一干侍女。

侍女们将头压得更低了，谢停舟道："院子里不必留这么多人，留两个就行了，这些侍女不熟悉她的喜好，你派人去洛州把她那两个贴身伺候的丫头接过来，还有大黄。"

"是。"兮风问，"是绿药和二丫吧？那红翘呢？"

谢停舟默了默："算了，等她醒了问过她再说。"

兮风应声退下，谢停舟回到了房中。便见沈妤趴在枕头上，侧着脸面向着这边，半睁着眼。

"还是吵醒了。"谢停舟坐到床沿，指腹从她的眉骨划下来，停留在耳垂上轻捻。

"起来用饭吗？"

沈妤摇了摇头，嘟囔道："疼。"

"哪儿疼？"谢停舟好笑地问。

沈妤动了动肩膀说："哪儿都疼。"

"那我给你揉揉。"谢停舟揉捏着她的后颈，看着她因舒坦而餍足的表情，又将目光落在她的耳垂上。

这一揉，沈妤到中午才吃上所谓的早膳，累得眼睛都睁不开。谢停舟说不用请安就是真的不用，老王爷自己都是个随性的性子，最烦那些繁文缛节，让人将给新妇的礼送过去了事。

王府的议事厅坐了不少人，都是王府的幕僚和下面的官员。大婚耽搁了不少事，王爷新婚燕尔，下面的人也不敢拿烦心事来叨扰，熬过了七日才开始议事，许多政务都等着谢停舟拍板。

忙了一上午，幕僚和官员都被请去偏厅用饭，谢停舟出了议事厅，准备回院去和沈妤一同用饭。

长留在门口坐着掏了好一会儿蚂蚁，见了谢停舟连忙上前："王爷，您回去找王妃呀？"

谢停舟看他一眼，意思是明知故问，长留道："王妃让我跟您说午饭不一起用了，她去校场了。"

谢停舟停下脚步："去校场了？什么时候？"

"一早就去了呢。"长留说。

谢停舟颔首："知道了。"

走了几步又问："带大氅了吗？"

"没有。"长留这回机灵了，"那我这就让人准备，我给王妃送过去。"

萧川和士兵自从从盛京来到北临之后，一直是在校场练兵。王都东西南北四大校场都是青云卫，他们被安排在人稍少的南校场。这些日子萧川又奉命征兵，多了一万多的新兵，如今的南校场人满为患。萧川不好直接和谢停舟提扩建校场的事，只能把沈妤请来商议。

"这帮新兵真的不好管。"萧川蹲在地上，嘴里啃着个白面馒头，"北临的人体格和咱们南边的还真不一样，不知道都是吃什么长大的，一个个的五大三粗，性子也野。"

今日天气很冷，一张口就能哈出白气，但日头还行，太阳底下还是能晒得人眯眼。沈妤站在树荫下，远远望着那一帮不受管教的新兵蛋子。萧川是在跟她抱怨，沈妤一直听着，她知道萧川不容易，前几月她不是在洛州就是在路上，这边的事她鞭长莫及，都交给了萧川。

"有多少新兵？"沈妤问。

"一万两千，加上咱们本来的五千人，一万七了。"

沈妤垂眸看着啃馒头的萧川："没带过这么多兵吧？"

萧川抬起头："没带过。"

男儿志在四方，他对沈妤感激，知道这是沈妤在磨炼他，给他机会。这样的机会旁人求都求不来，没在军营里混个十来年，立下军功，根本不可能有这样的机会。

"带兵嘛，就得磨。"沈妤说，"得把棱角给他们磨平了，留下血性。"

"怎么磨？"萧川问。

他比沈妤还大好几岁，但是他比不过人家，这点他心服口服。

沈妤微微笑了笑："你当初在营里，你爹是怎么磨你的？"

萧川若有所思，似乎明白了点。

沈妤叹道："本就不容易，慢慢来。"

萧川咽下了最后一口馒头后起身，侧头看了沈妤一眼。她今日穿着女装，身上披着长留送来的白狐袭，身材娇小，皮肤是健康的白，容貌放在盛京的贵女中也十分出挑，但是放在军营里却显得有些格格不入。

那帮兵痞子时不时偷偷把目光扫向这边来，毕竟是王妃，又不敢明着看。萧川欲言又止，有些话又不好开口，硬生生咽了回去。

"韩将军在校场吧？"沈妤问。

"啊在。"萧川愣了一下才说。

沈妤道："我去找他说说扩建校场的事，你忙你的去。"

她虽是北临王妃，但是军营里的事，还是该按着规矩来，下面统筹好了再呈报上去。萧川在树下坐了一阵，算着时间差不多了，让人通知练兵。通报下去了，到了集结的时间，校场上站得稀稀拉拉，不时有人慢条斯理地走过来，在人群里找自己的位置。

萧川不慌不忙地看着，离集结时间都过了两刻，人还没有到齐。萧川走上了点将台："报人数！"

下面报了人数，还差了三百多人没到。这样的情况不止一次了，萧川知道那帮人在哪儿。

"去将那些人给我拖出来！起不来的就用冷水给我泼醒。"

三百多人被带上了校场，许多都是刚被从被窝里揪起来的，吊儿郎当地站着，还有的衣服都湿透了。

站没有站相，兵没有兵样，看得萧川心头窝火。

"所有人！围着校场跑十圈，迟到的十五，被我揪出来的二十！"

校场上顿时响起一阵不满的哀号。其中一个全身湿透的喊道："凭什么？咱们来参军是想去杀敌的，成日里除了跑就是扛沙袋，有个屁用。"

那帮兵痞子本也窝着气，也在下面跟着附和。有个刺儿头待不住了，他本就不怎么瞧得上萧川，趁着人多壮胆，把心里那点不忿都发泄出来。

"萧总兵，咱们来投军是冲着青云卫来的，谁知道来了是干这个，兄弟们心里有意见也是正常的。"

"青云卫？"萧川指着另一头青云卫训练的场地说，"看看人家，再看看你们自己的样子配不配！青云卫每日负重跑三十里，你们跑十里都喊累，还敢跟我提青云卫。"

"那怎么着呢？"刺儿头说，"人家是王爷带出来的兵，那咱们呢？"

萧川："我们怎么了？"

那刺儿头道："萧将军自己追随个女人不怕笑话，但别拉着弟兄们跟着一起丢人，咱们要追随世子上战场，不是跟着个女人学花拳绣腿。"

旁边的人拉了他一下，刺儿头知道自己张口一个女人闭口一个女人指的是王妃，也觉得过了，但又拉不下脸来，总归自己说的也是事实。

"瞧不上女人是吧？"萧川冷声道，"这里哪个不是娘生娘养的，给老子站出来！"

下面没一人出列，但闹哄哄的，里头有个人说："这哪能一样？娘生娘养也不是说咱们就得听命于一个女人。"

"是啊。"

"就是。"

下面的人仗着人多势众，说话也越来越难听："萧总兵自己在女人跟前软了腿，别拉上咱们一起。"

"你在人身上得了什么好处，乐意追在后面舔，咱们不乐意。"

萧川怒不可遏："谁？谁说的，给老子站出来！"

下面嗡嗡一阵，却没一个人上前，竟还有人仗着人多发现不了，偷偷说了句："敢做还不让人说了。"

萧川听到过不少人在背后说长道短，说他萧川是个软骨头，听命于一个女人。又说两个人指定背后有一腿，放着京中好好的官不做，跟着个女人大老远地从盛京跑到北临来。

他听得，但这话不能传到谢停舟的耳朵里。他之前对沈妤欲言又止就是想说这事，又不好开口。

沈妤和韩季武说完校场扩建的事情，出来就碰上了这一场骚乱。韩季武听得脸色铁青，沈妤倒是淡定，侧头对韩季武说："韩将军忙去吧。"

沈妤朝着那边走去，随着她的走近，那帮兵也发现了她，众人的声音渐渐歇了，正牌的北临王妃，背后说人闲话就罢了，没人敢当面讲。

校场上安静异常，只有另一边的青云卫训练的声音。沈妤缓缓走上了点将台，看见萧川脸颊涨红喘着粗气。

"王妃。"萧川道。

沈妤微微颔首，并没有斥责。任谁被这样指着鼻子骂都会生气，她理解萧川。

沈妤在点将台上站定，平淡的目光扫过众人，淡淡道："今日我本人在这里，有什么意见和不满一并说了，咱们挨个来解决。"

场下鸦雀无声，方才还振振有词的兵痞子们，此刻却都成了鹌鹑。沈妤淡笑了一声："怎么？方才还一个个振振有词，此刻却说不出话了？说呀。"

下面终于有人忍不住了，说："您是王妃，咱们哪儿敢说什么，保不齐说错话脑袋就掉了。"

"方才说得挺好，你们脑袋也还稳稳地挂在脖子上。"

沈妤在点将台上踱着步："都不说那就我来讲，瞧不上我嘛，没事，今日这事儿好解决，都是当兵的，谁的拳头硬谁了算。"

那刺儿头道："您如今是北临王妃，谁敢跟您真的动手，不怕青云卫过来踩平咱们吗。"

"不敢动手？"沈妤声音倏地冷了，"不敢动手却只敢动口，怎么？学了君子动口不动手那套用到军营里来了？一群大男人围在一块儿嚼舌根子，倒是比我在盛京见到的后宅妇人还要健谈，我今日算是开了眼了。"

这话说得不好听，说得众人面红耳赤，将一帮新兵蛋子的脸都给踩到了泥浆里。都是年轻气盛的兵，被一个女人指着鼻子骂，面子上过不去，这下坐不住了。

下面的人开始交头接耳，声音吵得跟菜市场似的。韩季武在一边看着，心想这事儿不行，王爷将王妃护得跟眼珠子似的，这事儿要是从旁人口中传到王爷那里，他都得顺带被罚。

他刚想去找谢停舟，便看见谢停舟和常衡走来。

"王爷，这……"韩季武琢磨着怎么开口。

常衡看了片刻，说："新兵蛋子嘛，哪儿都有刺儿头，要不要……"

谢停舟抬手制止，只远远看着，是没准备管这事的意思。沈妤被晒得微眯了眼："商量了半日，商量出个结果了吗？别婆婆妈妈的。"

下面的人说："王妃想跟咱们单挑，但刀剑无眼，要是伤着了怎么算？"

"怎么算？"沈妤笑了，"算他倒霉，我不逞兵器之利，你们用什么刀我用什么刀。"

沈妤卸下腰间的引凤，扔给萧川，望着众人："今日谁要是能从我沈妤的刀下过，往后你在军中我喊你一声爷，我这五千兵马任你差使，但要是不能，那就给我把嘴闭紧了！"

下面人群又嗡嗡响了一阵，一个汉子跳上了台子："我来！"

"好！"沈妤赞许地看他一眼，先不论有几斤几两，胆识是有的，来从军不能缺这个。

"兵器自选。"

汉子选了兵器："该王妃了。"

沈妤右脚往旁边一滑，两只修长纤细的手从狐裘中探出，摆了个起势。

场下哗然。

"不是吧，这是徒手跟他打的意思吗？"

"连兵器都不用？未免太自负了点吧。"

汉子诧异道："王妃不选兵器吗？"

沈妤不跟他废话："小心了！"

话音刚落，沈妤唇角一勾，以迅雷不及掩耳之势握拳朝那汉子袭去。汉子横刀去挡，沈妤一掌拍在对方手臂上。那人只觉那一掌劈得手臂发麻，刀险些脱手，力道说大不大，但用劲很巧。汉子被打毛了，刚还顾忌着对打的是王妃，这下使出了全力，劈头一刀砍过去，场下"哗"的一声。就见那身披白色狐裘的女子如鸿雁般一掠而起，一脚踩在兵器架上在空中翻了一圈，足尖在刀身上一点，凌空一脚扫向了汉子的脑袋。汉子连忙拿左臂去挡，手臂一疼，还没来得及反应，刀就被卸了，胸口又挨了一脚。汉子往后退了好几步，最终还是没站稳跌在地上。

沈妤已稳稳地落地。那汉子倒在地上也没反应过来，不过才几招，怎么输的都没看清。

沈妤颠了颠手里的刀试了试手感，看向鸦雀无声的众人："还有人吗？"

青云卫那边练完了兵，能休息了。刚才练兵时就听见了这边的骚乱，都想着看热闹，这会儿纷纷往这边涌。去年一个小子在燕凉关单挑青云卫，末了还将青云卫嘲讽了一番，好些人虽没亲眼见过，但多少也听说过，没承想后来那小子竟成了他们的王妃。好些没见过的人听闻后觉得夸大其词，今日正好能看个热闹。场下有不少人跃跃欲试，又有几个不信邪，非要上去比试一番。

"王妃下手比去年又利落多了啊。"常衡站在谢停舟身侧道，"也不羞辱人了，速战速决，不愧是王妃，这性子沉稳了不少嘛。"

谢停舟不接话，看着点将台上那只白鸟轻盈地扑腾。叫好声、嘘声四起，他只是静静地看着。那是他的鸾鸟，无人能征服，但她甘愿为他收了翅膀，依靠在他的臂弯里。没人知道她藏在锋锐下面的是什么，除了他。单是这样一想，谢停舟便满心欢愉了。

又一帮在另一边广场练兵的青云卫也跑过来。一士兵边走边撸袖子说："听说那帮新兵在单挑，我也去凑个热闹，哥哥去给他们上一课。"

另一人说："听说是王妃在收拾那帮新兵蛋子呢。"

"啊？"士兵一愣，又将袖子放了下去，"那还打什么，看热闹去。"

那人是去年在燕凉关和沈妤过过招的屠四，当时被打得颜面扫地。

点将台上又被打下来好几个不信邪的新兵。

屠四看得扬扬得意："我好歹在王妃手下过了一百招，这些个歪瓜裂枣也敢上去和王妃打擂，不自量力。"

有人笑说："你那一百招是王妃手下留情，就别拿出来显摆了。"

"老子就显摆。"屠四道，"有本事你去过个一百招试试，不过……王妃今日打得有点躁啊。"

谢停舟同样也发现了，沈妤打得很不耐烦，能在十招之内拿下的绝不多出一招，那眉头还轻轻地蹙起来。接连的车轮战下来，沈妤也有些微喘。一脚踢掉对方的武器，刀架在了那名士兵的脖子上，脚下缓缓逼近。士兵被这气势吓怕了，往后退了一步。

沈妤将刀狠狠往地面一掷，钢刀钉在了地上，晃动间闪着寒光。

沈妤冷冷扫过众人："服了吗？"

众人不言。

屠四哈哈一笑，声如洪钟："服了，王妃，咱们青云卫心服口服。"

那帮新兵蛋子哪有不服的本事，有的说服了，拉不下脸来承认的也不敢多言。

沈妤抬高声音："既然服了，闹剧就此结束，往后要是还有不服气的尽可来试，但下一次，我不会手下留情。"

沈妤走过萧川身旁："你跟我来。"

萧川颔首，对着一众新兵道："还看什么！我之前怎么安排的就怎么来，跑起来！"

他加快了脚步追上沈妤："王妃，今儿这事是我不对。"

沈妤停下脚步："你有什么问题？"

萧川想了想："是我没管好兵，早知道打一架他们就服，就换我上了，用不着王妃受累。"

"他们的不服是冲着我来的。"沈妤说，"你出手没用，但你今日确实有一点做得不够。"

萧川："请王妃指示。"

沈妤道："新兵入营，该给他们先立立规矩，军纪是首要的事，纪律是指挥和战斗能够发挥作用的最根本保障。"

萧川受教，连连点头，又见沈妤蹙着眉，便道："王妃可是身体不适？"

"没有。"沈妤说，"你忙去吧，辛苦了。"

萧川刚走，谢停舟就走到她面前，垂眸看着她。

"心情不好还是身体不舒服？"

沈妤抬眸扫他一眼，不高兴地说："腰还酸。"

谢停舟刚弯起唇角，便被她瞪了一眼。四周的士兵都散开训练去了，谢停舟回头看了一眼，发现没什么人注意到这边，干脆直接将她打横抱了起来。

沈妤一惊，低声斥责道："你放我下来。"

谢停舟泰然自若地抱着她离开校场，一路将她抱上了马车。

"你怎么不骑马过来？"沈妤问。

南校场离王都有些距离，策马也得跑上小半个时辰，马车太慢了。

"专程来接你的，腰还酸吗？"谢停舟的手在她腰上不轻不重地揉捏着。

沈妤日日都去校场，谢停舟有公务要办，不能日日都去，要晚上才见着人。他正是耽溺在她身上的时候，比从前还要黏人，今日拘她在王府，把公务也搬到书房来办了。

"大哥他们脚程快，算起来此刻应该过平州了。"

沈昭在大婚次日就回了洛州，正好和兮风派去接丫鬟的人一道。算起来，沈昭也还是新婚燕尔，专程为了沈妤大婚赶来，又舍不得把新媳妇扔家里，得快马加鞭赶回去。

谢停舟说完，半晌没听见回音，抬起头看见她埋头在案上认真算着什么："算什么呢？"

"别打岔。"沈妤头也不抬，一手拿笔，算完才抬起头问，"你刚才说什么？"

谢停舟下巴指了指。

"哦。"沈妤在账本上敲了敲，"我在算下一季那五千兵马和新兵的军需。"

谢停舟拿起账本看了看，这账算得很漂亮，果真是在大周第一商贾之家浸染出来的。谢停舟在一旁看她算，忽听得门外一阵急促的脚步。若是无事，下人们是不敢走这么急的。

"王爷，王妃。"

谢停舟侧头："何事？"

侍女在门外说："有人上门送礼，说是给王爷和王妃的新婚贺礼，是从盛京来的。"

沈妤也惊讶了片刻："确定是盛京送来的？"

盛京已无亲朋好友，她想不出还有谁会送礼来。

"会不会是燕王送来的？"

谢停舟和李霁风是至交好友，但如今的形势，也说不准了："去看看。"

谢停舟和沈妤出了王府，王府门前停了几辆马车，还有一帮送礼的人也等在门口。领头的小胡子看见人浩浩荡荡从大门出来，赶忙赔着笑上前："见过王爷、王妃，小的是从盛京来送新婚贺礼的。"

"是哪家府上？"谢停舟问。

小胡子这才想起来，拿出帖子双手奉上："小的是江阁老府上的人，替我家少爷户部侍郎江大人来送礼的。"

谢停舟伸出的手又垂了下去，侧头看着沈妤。沈妤也是一头雾水："我不知道。"

小胡子捧着帖子说："这车上的东西，全是侍郎大人送给王妃的新婚贺礼。"

在场的其他人不知内幕，还以为两人曾同朝为官关系不错，但沈妤和谢停舟却清楚得很。

沈妤看见谢停舟的下颌紧了紧，又缓缓松开。

谢停舟语调微冷："既是给本王王妃的贺礼，那这礼我们收下了。"

沈妤刚想说话，谢停舟轻轻捏了捏她的手，喊了一声："长留。"

"哎。"长留蹦跶上前来。

谢停舟道："这天冷不冷？"

长留愣了一下："当然冷了，我的小乌龟都给冻坏了，前几日一动不动，我还以为要死了呢，结果——"

长留一开口那张嘴就闭不上了。

谢停舟打断他："那去拿火油来，主子我给你点个篝火。"

"好啊。"长留应了一声，转身就跑。

送礼的小胡子一听，觉得不大对，又不敢直言相问。

兮风拿刀柄挑开了马车，往里瞧了一眼："怎么都用油纸包着？包这么严实干什么？"

小胡子道："都是些木质的稀罕物件儿，还有些绸缎，怕路上受潮，所以都包起来了。"

兮风颔首，打了个手势，王府侍卫上前来搬东西。箱子不少，侍卫两人一箱抬下来，兮风站在一旁也没点数，反正一会儿都是要烧的，点了也没用。小胡子又捧出一个小匣子："王妃，这是我家大人叮嘱过要亲自交给您的东西，都是您从前喜欢的物件儿。"

匣子缓缓打开，谢停舟脸色顿时一变，一手将沈妤一揽，抽出身旁侍卫的刀。

只听"啊"的一声，小胡子抓着自己的手腕惨叫起来。

那只手从手腕处齐根断裂，可地上掉落的断手有两只，一只新鲜带血，一只乌黑，还有一个空空的匣子。

侍卫"唰"一下齐齐拔刀，顷刻间便将所有送礼的人全都制住。

小胡子疼得连连惨叫："王爷饶命，王爷饶命。"

谢停舟冷冷看着那人："江寂让你来送断手？"

小胡子顾不得疼痛，看到匣子里的东西也呆了："不是，不是，这里头怎么会是只断手？明明是……"

"是什么？"

小胡子疼得几近抽搐："是，是王妃的贴身之物。"

谢停舟眼中闪着危险，刀尖在小胡子脖子上抵出了血。

"再，说，一，遍。"谢停舟一字一顿。

小胡子喘息道："是首饰，是王妃在闺中的首饰？"

"你胡说！"沈妤怒道，"我何时给过他首饰。"

"小的只是送礼的，真的不知道。"

"打开。"沈妤冷声，"将所有箱子都打开。"

第一口箱子打开，侍卫便愣住了，紧接着第二口第三口……整整十几口箱子，装的都是同样的东西。

谢停舟心知有异，放开沈妤让她站在原位，独自走近了看。视线从一口口箱子扫过，一字未提，却忽然提刀。刀光闪过，一名送礼的小厮捂着脖子倒地。

沈妤抬脚上前。

谢停舟："站那儿，别过来。"

这话根本不能制止沈妤，这些箱子里到底是什么，她得自己看个明白。随着她走近，箱子里的东西也显露出来——是人，死人。

江敛之给她送来了十几具尸体。

"全部收押，审！"谢停舟冷声道。

送礼的所有人都被押入牢中，下面负责审讯的人手段了得，不到半个时辰，兮风和长留就拿到了供词送过来。谢停舟刚沐浴过，他在砍那小胡子的手时身上溅了点血。

兮风递了供词，简单说明了一番情况："他们所有人都一口咬定不知情，东西在装车的时候就是封好的，他们只负责运送，只有陈广，就是被王爷砍了手的那个，他说他偷偷看过那个小匣子，里边确实装了首饰，是一根簪子、一柄木梳，还有一把小木剑。"

其他的物件沈妤没什么印象，但是小木剑她却印象深刻，是小时候沈昭为了哄她开心给她做的。

之前回沈府搬东西那次她还特地找过，当时没能找到，却不知怎么会落到江敛之手中。

谢停舟看完了供词，侧头便见沈妤垂眸沉思："怎么了？"

"我没送过他那些东西。"沈妤道，"簪子和木梳我不清楚，但是小木剑确实是我的东西。"

谢停舟将供词搁在桌上："这事不难猜，东西在途中被调包了。"

"王爷为何如此确定？"长留不解。

谢停舟斜睨着他，是看白痴的眼神："盛京到北临路途遥远，要是装箱的时候运的就是死人，到北临都该烂成骨架了。"

长留恍然大悟："对哦。"

"正是，尸体都让封阳验过了，死了不到两日。"兮风咬牙说，"应当都是杀的咱们北临境内的人。"

谢停舟一动不动："调包到底是江寂找人做的，还是别的人，这还说不准。"

"那那些人怎么处理？"

谢停舟终于抬起头："留下那个断手的，其余一个不留，让他回去给江寂报个信，找人跟着他，别让他死在路上，务必让人活着回到盛京。"

长留听得懵懵懂懂："可是王爷，那东西不是被调包的嘛，江寂是被人坑了吧。"

谢停舟没搭理他，吩咐他们退下。

屋子里四个人，也只有长留瞧不明白了。不论尸体是不是江寂送的，就算他送的是正经贺礼，但送发簪木梳这种贴身的东西，怎么都像是在挑衅。

而谢停舟是最见不得被人挑衅的。

人出去了，谢停舟歪在椅子里看着沈妤："你的东西怎么落到了他手里？"

沈妤打量了一番谢停舟的表情，不爽的、压抑的，想发火，又忍着。

"你怀疑我？"

"我敢吗？"谢停舟倾身，手肘撑着桌案，"那东西到底是怎么到他手里的，你得想一想，那人决计不是自己人。"

"我想了。"沈妤侧眸，"东西是从沈府流出去的。"

"人多眼杂，能动你东西的人不少。"谢停舟说。

沈妤看着他："那小木剑是我的心爱之物，知道这事的人不多。"

"有人选了？"

沈妤直接说出了一个名字："沈嫣。"

谢停舟又坐了回去："你忘了一个更关键的人。"

沈妤说："是谁？"

谢停舟蛊惑地看着她："你过来些我就告诉你。"

沈妤倾身靠近，等着听答案。谢停舟撑着桌案，在她探究的目光里垂首堵住了她的唇。

谢停舟身体里藏着火，亲得很凶很野，他没闭眼，眼神里全是侵略。

"是我呀。"他在接吻的间隙喘息着对她说，"东西是谁拿的并不重要，关键是我生气了，你得哄，而江寂此人，我要他死。"

炙热的鼻息互缠，沈妤想要说话，又被他亲得失了言语。案几在谢停舟压过去时不小心推翻了，哐啷一声。长留在檐下缩了缩脖子，自言自语道："完了，王爷发了好大的脾气，他会不会打王妃呀？不行，我得去告诉爷爷，让他来劝一劝。"

赴守燕关

"真冷啊。"门口的侍卫搓着手,张口哈出来的全是白气。

"是啊,这天儿也忒奇怪了,今年怎么还不下雪?"

今年的天气不对劲,春夏时期连日都是雨,南方好些地方都遭了灾,收成不好,导致难民骤增。

而今到了冬日,天一天比一天冷,但就是没有下雪的迹象。

王府的池子里都结了冰。长留更是不敢把小乌龟带出来,生怕一个不留神就被冻成了冰。

侍卫送走了来议事的将领,刚准备关门,隐约听见了一阵马蹄。

走出大门探头一看,一骑骏马奔驰而来,还没到门口就开始大喊:"急报!八百里加急!快去请王爷!"

那人到了门前,几乎是滚下的马背。人一下马,那马也跟着倒了,浑身冒着热气,在地上抽搐着。

侍卫检查确认了腰牌,不敢耽搁,赶忙冲进去找人。

来人水都来不及喝,说话也颤抖着:"王爷,西厥人卷土重来,在日前突袭了赤河的营地,萧家军败了!"

"你再说一遍。"谢停舟倾身,"不是燕凉关,而是赤河?"

"没错,博达带人突袭了赤河。"

谢停舟眉眼间压着阴云:"他们不攻守备薄弱的燕凉关,却选择了去啃萧家军这块硬骨头,为了什么?"

不容细想,谢停舟转身朝外走:"随我去大营说,把诸位将领全叫来。"

外面的天已经黑了,风刮得呼呼的,兮风追上来给谢停舟披大氅。

谢停舟翻身上马:"告诉王妃不必等我,让她先睡。"

说罢一人一鹰,策行而去。兮风喊了侍卫来交代了事,上马也追了出去。

大营中一派肃然,韩季武道:"盛京比咱们北临近,按理说收到消息也比咱们早,有朝廷出兵的消息吗?"

无人回答这个问题,表明还没人收到消息。各将领围坐其中,谢停舟坐在上首,面无表情,烛光却将他的面色衬得森然。

"赤河战损如何?"

送信人说:"死伤超五千人。"

四下响起了吸气的声音。五千损伤不是小打小闹了,赤河边境线上的驻军一共不到五万人,一战就折损了一成。谢停舟看了送信人一眼又垂下了眼。

赤河并非一条河,而是一个地名,赤河以西是成片的大漠,关内也是种不出地的黄沙。关内人烟稀少,西厥的铁勒各部和葛逻禄时常在边境滋扰。此次却由西厥首领博达亲自带兵,他举全军之力去突袭一个抢夺不到粮食的地方,为了什么?

谢停舟正沉思着,常衡欲言又止。

"说吧。"谢停舟分明没有任何人,却好像能洞悉周围的所有动静。

常衡道:"听说王妃从前常年待在边关,与博达也有过交手,对大周西边的防线相当熟悉,不如请王妃来一同商议,兴许王妃能看出点什么。"

谢停舟没有回答,过了片刻才抬起头:"她……"

"王爷,王妃和萧总兵到了。"士兵在营帐外通报。

常衡一喜:"说曹操曹操到,王妃来得正是时候。"

士兵掀了帐帘,沈妤走了进来,身后跟着萧川。

"王妃。"常衡道,"您……"

"咳咳。"韩季武故意咳嗽了一声。

便见谢停舟起身,摘下了身上的大氅披在沈妤身上。

"天这么冷,大氅都不知道披,院子里的丫头怎么办的事?"

"无碍,是我走得急。"沈妤其实不怎么冷,一路策马过来都跑热了。

但大氅上全是谢停舟的气息,还有他的关心,她舍不得拒绝。

"先说正事吧,我带了萧川过来。"沈妤拢好了大氅,看了一圈找到了送急报的士兵,"你与他说一说情况。"

"是。"士兵将情况大致与萧川说了一遍。

萧川垂着头:"我爹怎么样?"

士兵不知道萧川的家世,不知道他指的是谁。

"萧老将军,是我爹。"萧川抬起头说。

士兵道:"萧老将军没事,不过你哥受了伤。"

萧川的肩膀松懈了下来:"哦,那没事了,他受伤关我啥事。"

就算好奇其中的故事,此刻也没有人有工夫去探究。沈妤看着军帐正中的沙盘,这上头没有大周以西沿线的分布。不过舆图早就准备好了,在帅案上摊开。

"关于赤河,你来说吧。"沈妤对萧川道。

萧川点了点头:"萧家军在此驻守了上百年,西厥士兵想要入关就得先越过荒无人烟的大漠,这边行军困难,博达从前从未以主力进攻过这个地方。"

"或许诸位将军会疑惑,这样一个鸟不拉屎的地方为什么还要用四万多人驻守,大周以西的防线近六百里,萧家军负责了连绵两百余里的荒漠,因为这里没有天堑,也没有燕凉关那样的城墙,西厥人想要入关是困难,但并不是完全做不到,如果以小股军力潜入是可行的，所以需要大量的兵力来做巡防。"

韩季武看向沈妤："王妃，是这样的，燕凉关守备军去年才重建，才三万余人，博达不攻防守更为薄弱的燕凉关，却选择了去攻打萧家军的驻地，咱们还没想明白是什么原因，还请王妃赐教。"

沈妤注视着地图："赤河与燕凉关同在以西的沿线上，再往北就是北临，可以说燕凉关的战况与赤河的战况息息相关，为什么去年青云卫都赶到了燕凉关，而离得最近的萧家军却没能去支援，就是因为十部里有两部在燕凉关开战的同时对赤河发动了突袭。"

韩季武若有所思地点头："那也就是说，如果博达要进攻燕凉关，就会对赤河发起攻击来牵制兵力。"

"没错。"萧川也对此表示肯定，"历来如此，一开战就是两边都开战。"

"可是不对呀。"常衡道，"燕凉关这次并没有遭到进攻。"

萧川说："这我就想不明白了，西厥人入冬前主要是为了抢夺入冬的粮食，赤河穷得鸟蛋都没一个，他们打赤河干什么？"

沈妤盯着舆图仔细思考着。为什么呢？为什么抢夺粮食不攻打富庶的燕凉关，却要去攻打赤河？她也在思考着这个问题。博达改变策略了，这是她此刻的想法。博达就是要人看不透他，才能够出其不意。

"莫非是他们准备从赤河入境？"

常衡问题一出口，当即就被谢停舟否决了："从赤河入境消耗太大，大漠里军备跟不上，而且方才他没有和你说清楚，博达打完一仗就退了，没有深入。"

这下就更令人费解了。爹，博达，这两个人在沈妤脑中交互转动。

"我记得去年你在离开燕凉关之前制定了加固城防的方案，对吧？"沈妤有些不确定地问谢停舟。

当时她把精力都放在了复仇上，没有注意这些细节，只是大概有个印象。

谢停舟点了点头。

"这事我知道。"沉默许久的兮风终于开口说话了，"当时银子还是咱们北临垫付的，后来朝廷有了点银子才把这个窟窿补上，也就导致了后面没银子剿匪，剿匪拖了很久。"

沈妤道："加固了城墙，又增加了驻军，那燕凉关就不如去年好攻了，可是没了沈家军顶在前面，再坚固的城墙也支撑不了多久。"

可他们为什么不攻呢？常衡百思不得其解："所以他们选择去攻打赤河？可是他们图什么呢？"

沈妤突然抬起头来，被这一句话点醒。

"博达不会做无意义的事，他们必有所图。"

"他们一定会攻打燕凉关。"谢停舟缓缓道，"但他们似乎在等，不论是在等什么，契机也好，粮草也好，燕凉关他们一定会攻。"

因为如果不从燕凉关抢夺到粮食，那么动兵只会让西厥人雪上加霜，他们图的就是粮草。

沈妤说:"先攻打赤河,是在等那个契机的闲余先卸掉右膀右臂。"

所以他们此次图谋的或许更多,比如占下燕凉关,甚至是深入大周。

议事到月上中天,终于散了。谢停舟和沈妤回去时共乘一骑,两人同披着一件大氅,后背与前胸紧紧相贴。谢停舟一直没有开口,他策马走得很慢,心里已经预感到了沈妤有话要说,他在等着她开口。

"我要去燕凉关。"

不是说想去,而是要去,她已经下定了决心。谢停舟搂着她,半晌没有说话。

燕凉关是沈妤经久不散的噩梦之地。哪怕到了如今,谢停舟在夜里仍然能听见她因梦魇缠身而变得急促的喘息,触碰到她因恐惧和痛苦而溢出的眼泪。

她在阳光下坚不可摧,却在夜里一碰就碎。谢停舟的强大和温柔修补不了他的爱人。

梦魇一日不除,她一日不能完整。谢停舟想要留下她,又想放她去。

他在这样的两难中煎熬着,杀伐决断此刻都成了空谈,他只是一名丈夫。

"必须去吗?"谢停舟问。

马蹄声不疾不徐。沈妤稍稍侧了侧头,依旧不能看见他的表情,她又回过了头去。

"你想跑马吗?"她问。

没等谢停舟回答,沈妤又道:"咱们赛一场,看谁先到家,怎么样?"

谢停舟思索片刻:"赌注呢?"

"就赌我去不去燕凉关。"沈妤说罢打了声哨。

奔宵靠近,她跃上去,谢停舟还在解大氅:"把大氅披……"

她在月下对他狡黠一笑,奔宵已一马当先冲了出去,把她的声音扬在风里。

"大氅碍事,你自己披着——"

谢停舟一笑,扬起马鞭追了上去。空中响起一声鹰唳,白羽冲天而起,双翼划过蓝黑色的苍穹,在夜幕中冲向前去。

沈妤低伏在马背上。北临的夜风很冷很急,与燕凉关有几分相似。某一瞬间,她似乎回溯时光到达了那里。马蹄踏在成片的尸骸上,溅起的是血水,它们漫过马蹄,如同在每一次梦魇中一样,都想要将她拖进去。寒风呼啸在耳际,身后的马蹄声又将她拽了回来。

她回头看了一眼,谢停舟紧追其后,从相距半个马身到并驾齐驱。他们在马上对望,已接近了城门。

城墙上的卫兵已看见了并驾齐驱的两人和头顶的苍鹰:"开门!王爷和王妃回来了!"

双骑并行着穿城而过,王府已近在眼前。谢停舟侧头深深看了她一眼,胯下的马渐渐慢了下来。

沈妤在王府门前勒马,马蹄扬起在寒风中,发出了一声嘶鸣,稳稳地停下了。

"你赢了。"谢停舟驭着马缓缓踱步过去。

沈妤看着他不知该说些什么，她明白了谢停舟的意思。他用这样的方式代替了他的回答，下决定何其艰难，但他终究是做了。

谢停舟翻下了马，朝着她伸出双手："冷吗？我抱你进去。"

沈妤俯身撞进他怀里，紧紧搂住了他的脖子。

出乎意料的，他们今夜什么都没有做。沈妤坐在临窗的矮榻上，趴在窗前，头发披散在身后。

谢停舟沐浴出来，在身后将她抱了个满怀。夜风有些凉，摸着她手都冷了，谢停舟伸手就要去关窗："怎么不关窗？"

沈妤按住了他的手："别关，我在看。"

"看什么？"

"家呀。"

谢停舟的呼吸就在她耳畔，两人一同望向窗外。

沈妤轻轻地说："从前我把燕凉关当成家，后来，那里成了我噩梦开始的地方，我害怕靠近那个地方。

"那一战之后，在燕凉关的每一日我都会陷入噩梦，我以为我能随着时间走出来，可我走不出来，我哥说，从哪里跌倒就要从哪里爬起来，这一点我很赞同。我要战胜自己的恐惧。"

谢停舟抱着她，在她身上的清香中轻轻闭上了眼："我的阿妤是天底下最勇敢的女子。"

沈妤笑了一下，腻歪地在他怀里蹭了蹭。他的怀抱是全天下最能让她感到安心的地方，但是哪怕她每一夜都躺在他怀里，她依然会偶尔陷入噩梦中。

"我爹是死在大周人的阴谋里，也是死在西厥人的刀下，我不能只把刀对准大周的祸患而忘了外敌，我平等地恨他们所有人，所有害死我爹和十万将士的人，都应该得到惩罚。"

谢停舟感受到了藏在她平静言语下的激动，环住她的手臂轻抚着。

"我不能陪你去。"他这样说，"那条路你要自己走一段。"

"我知道。"沈妤说，"你要在此守着北边的防线。"

大周的北面是北戎人，几年前的那一场恶战谢停舟受了伤，双方都大伤元气。之后双方进入了较为平静的阶段，只是偶尔的滋扰，但外敌不能不防，他们需要时刻保持警惕。

青云卫是北戎和大周之间的一道铜墙铁壁，而大雪是第二道。

每年进入隆冬，大雪封山之后，北戎人越不过那道山岭，北边才能算作完全安全，战事才能完全消停。

这是北临最寒冷，也是最为祥和的时刻。

谢停舟"嗯"了一声："今年的雪来晚了。"

这雪拖住了他的脚步，让他想随她飞也飞不出去。谢停舟道："我分拨两万青云卫随你去燕凉关。"

"不行。"沈妤当即拒绝,"北临还没有下雪,防线一旦薄弱,若是北戎人趁此机会发起突袭,北临将会非常被动,甚至陷入险境。"

谢停舟也深知这一点。若是在百年前大周国富民强的时候,全境兵马超六十万,而今北临依旧坚如磐石,而边境各地却在一步步被削弱,全部加起来,还不到百年前的一半兵力。

这该死的雪,为什么还不下下来?

沈妤道:"我带萧川和五千兵马走,再从新兵中挑出些能用的人一道,其余还没练好的兵就不带了,你在北临替我练兵,这样加起来约莫能有一万,加上燕凉关的守备军,至少能抵抗一些时日。"

"好,你等着我。"谢停舟抱紧了她,"下了雪我就来。"

"嗯。"沈妤回头,谢停舟低头,两人就这样深深地接了一个吻,又在寒风中拥抱着取暖,享受着离别前最后的安宁。

翌日,王府人来人往,文职和武职都在不停地出入议事厅,商议出兵、辎重等事宜。

"可以让万通镖局的人动起来了。"谢停舟说,"我与王妃之前在路上已和他们协商过,贺雪卉会带负责辎重的运粮官深入熟悉线路,好安排之后的辎重路线。"

沈妤忽然问萧川:"兵马都点好了吗?"

"点好了。"萧川说,"新兵里挑出了五千人,这五千人不会比燕凉关组建的新守备军差,其余的新兵听说是去打西厥人也要跟,我没让。"

沈妤颔首:"嗯,没练过的新兵上不了战场,这五千人去燕凉关我也只会让他们负责后勤。"

谢停舟侧头道:"大军行军走西北沿线,宣平侯在南边,此刻成为不了你的阻碍,萧川带一队斥候小队轻装先行,我让长留跟着你去,他别的不精,跑腿是快的……"

谢停舟几乎把所有他能够想到的都说了。沈妤在穿甲,那是老王爷之前特地让北临最好的军匠给她打的铁甲,用的最好的材料,比寻常士兵的铁甲更轻巧更坚硬,适合女子。

谢停舟没有上前帮忙,在一边看着她。沈妤穿甲时也不忘絮叨:"若北临真起了战事,你在后方压阵就行,北临有将领,上前线拼杀他们扛得住,你不要逞能。"

谢停舟曾想过派一名副将跟随她,但他心里也清楚,不清楚地形和战线的副将派过去也没用,与士兵没有默契,打起仗来也费劲。

"还有,天冷了,地龙该烧起来了,我记得去年你就特别怕冷,马车里一直都点着炉子。"

沈妤说完,没听见回应,回头就见谢停舟目光笔直地看着她:"听见没有呀?"

"嗯,听见了。"谢停舟说。

沈妤走过去,把最后需要扣上的甲交给他:"帮我扣上。"

谢停舟垂着眸,修竹般的手指替她把甲戴好了,又仔细地正了正。离别总是沉重的，沈妤想让气氛轻松些。

"咱们是不是搞反了呀？"沈妤笑着说，"都是妻子等着丈夫出征回家，要不你叫我夫君吧。"

谢停舟总算有了些精神，抬了抬眼皮回应她："那夫君可要小心，别扔下我一人啊。"

沈妤得了趣，笑得狡黠，踮起脚想去亲他。可谢停舟太高了，他只要不低头她就够不到。

谢停舟垂眸睨着她，在她放弃把脚落回去时一把扣住了她的腰，把人摁着亲吻。

"阿妤。"谢停舟的声音在颤抖，"等着我。"

他啄吻了她一下，又说："一定要等着我，大雪封山我就来。"

天还没有亮。王都城外燃着熊熊的火把，几乎点亮了半边天。中央架起了柴火，斩杀牛羊来祭牙旗和战鼓。士兵的脚步整齐划一，已经开始出发。奔宵的蹄子刨着地面，仿佛已经知道它们即将朝它出生的地方而去。

沈妤翻身上马，垂眸深深地看着谢停舟。她还想再吻他。她把爱藏在能一眼瞧见的温柔里，谢停舟看懂了，也翻身上马。所有人都心照不宣地离了很远，看着他们的王爷打马送王妃出城。

他要送她十里。那段路走得很快，很快就到了，天亮了起来。

谢停舟在晨光中轻轻碰了碰她的脸颊，笑着说："等我。"

那一人一骑追随着大军而去。白羽振翅而起，又在晨光中替谢停舟给她送行。

他总是在送她远行，看着她越飞越高。

十里送别千里迎，他总会追上去的，一如当初。

燕凉关外风沙依旧。

"大人，朝廷的援兵什么时候才能到？"

上任不到一年的燕凉关内的甘州城新任州府在风里眯着眼："快了。"

他不能说出实情，他到现在都没有收到朝廷派援兵的消息。

这个必然的结果其实不难猜。去年燕凉关受到了重创，大周内部内乱不休，原本还能指望北临，可如今北临和朝廷的关系十分微妙，恐怕也是匀不出兵力来营救燕凉关。

"大人！"有士兵喘着气，在城墙下兴奋地喊，"有援兵！在北门。"

曹光进一震。北门，北方，难道是北临来人了？他连忙下了城墙，随着士兵上了北门的城墙。

城墙外面就两个人，一个十五六岁的毛头小子，嘴里咬着一根肉干，正抬头望着城墙，见了人就挥了挥手，另一个是个二十出头的瘦弱男子。

"援兵呢？"曹光进问。

士兵指着城下的小子说："他说大军还在后面，大约半日就到了，他是来送信的。"

曹光进道："放篓子下去，让他把信放上来。"

如今战局紧张，一个外人都不敢往城里放，万一泄露了布防就是大事。

信很快拿了上来，曹光进飞快地看完，说："放他进来。"

长留和四喜骑着马进城，看见走下城墙的曹光进，问："你就是曹大人？"

"正是。"曹光进面色肃然，"里面谈。"

"我不和你谈。"长留道，"一切等咱们王妃到了再和你谈。"

曹光进道："王爷没有来？"

长留说："那是自然，我们王爷得守着北边的防线，哪儿走得开呀。"

"那此次王妃带了多少人？"

长留伸出一根手指："一万。"

曹光进急道："一万哪能击退西厥狗贼？"

长留不太喜欢眼前这个人，他们千里迢迢来增援，瞧着曹光进倒有些瞧不上的样子，便说："有什么之后再说，有饭吗？我都饿死了。"

沈妤带兵在离燕凉关五里的地方扎营，只身带着萧川进城。曹光进将二人迎进城里，正好是晚饭时分，便备了薄酒小菜招待。

"王妃见谅，如今的时局，我不能立刻放你的兵马进城。"

沈妤理解，毕竟如今的时局，是敌是友谁也说不准。

她瞧着这个曹光进倒是个警惕的，不像是废物。

"曹大人，如今情况如何？"

曹光进道："西厥人在三日前发起了进攻，我们兵力不足不敢出城，只能守着打，他们带了投石机，咱们折损了不少人，城墙也在修补中，只是这三日他们没有再发起进攻，不知道是不是粮草不足。"

"不对。"沈妤道，"如果粮草不足，他们只会打快攻，在尽可能短的时间内攻下城来。"

曹光进听她如此一分析，不由打量起眼前的这个人来。眼前这人是沈仲安的女儿，先帝钦点的都虞候，如今的北临王妃。身材娇小，明眸皓齿，除了英气逼人的眉眼，从她身上实在是找不出任何将才的影子。

曹光进刚调任不到一年，从前去盛京述职的时候也见过沈仲安与沈昭，两位将军是何等英武。不是曹光进瞧不起女人，而是他从未见过能在战场上起到大作用的女人，在后头烧个火做个饭还成。但方才听她对军情的判断，倒是让人刮目相看，曹光进态度也较之前更为恭敬起来。

"王妃言之有理。"曹光进道，"那依王妃之见，他们到底在图谋什么？"

沈妤淡淡一笑："我刚到燕凉关，单凭一点细枝末节的消息就让我分析出他们所谋为何，曹大人未免太高看我了。"

曹光进汗颜："是我操之过急了，我这也是急出来的，西厥人不知道什么时候就会再次发起进攻，就算防守下来了也是大消耗。"

沈妤说："我来之前和王爷分析过局势，猜测之前他们进攻赤河，是想要卸掉燕凉关的支援。"

曹光进也分析过历年的战报："可是据我的了解，从前他们进攻燕凉关时，不是会同时进攻赤河牵制吗？又何必多此一举？"

"那今年为什么没有？"沈妤反问。

曹光进被问得一怔："王妃可是问住我了，还望不吝赐教。"

沈妤眉心微蹙："我怀疑，他们此举是为了抽调在赤河与萧家军对战的兵力，全力进攻燕凉关。"

"什么？！"曹光进霍地起身，"这不可能啊，那万一萧家军赶来支援，那他们不是更难打？"

沈妤喝了口茶，说："所以他们才会先打赤河，造成他们要从赤河入境的假象，萧家军在如此重压之下，之后就算没有遭到进攻，也不敢擅自抽调兵力前来增援，燕凉关就陷入了孤立无援的境地。"

曹光进如遭雷击，又跌坐回了椅子上，脑子半天都无法转动。

"曹大人此刻倒也不必如此惊慌。"沈妤淡定地搁了茶盏，"我们还有时间缓冲。"

曹光进急道："不慌不行，万一他们再一次发起进攻，咱们靠什么来挡？"

"再次进攻是必然的。"沈妤认真地说，"但我们还没有到绝境。"

适才那一通分析，曹光进已心服口服，猜测这多半是王妃出征前和王爷的谋算。

沈妤继续道："他们为何在三日前进攻之后又退兵？"

"这我如何得知。"曹光进说，"我之前还以为西厥人在等后备辎重，但是经王妃分析，又觉得不对。"

沈妤道："或许他们在等什么契机，但具体是什么契机，我还瞧不明白。"

事实上沈妤并非完全不明白，她有一个非常疯狂的猜测。当初宣平侯与李延昌既能为了一己之私害死十万将士，如今同样能为了一己之私与西厥人里应外合。

但她此刻不能说，内外受困扰的消息会扰乱军心。

"如今我们只能死守，守到援兵来。"沈妤说。

曹光进心想，既然王妃在此，北临王不可能将她独自放在这里，迟早会赶来增援，心下也稍定几分。

"王妃放心，因着去年的战事，朝廷为了避免重蹈覆辙，粮草不由西南粮仓供应了，现在甘州城内的粮仓储备非常充足，就算朝廷没有粮草补给，也能让我们支撑月余。"

沈妤颔首："西厥人多半也是冲着这粮仓来的。"

议完事，曹光进留沈妤几人在城中留宿，沈妤拒绝，曹光进又将几人送到城门口。

"王妃见谅。"曹光进直言不讳，"下官感激王妃千里增援，但王妃也知道，那一纸海捕文书早就传遍了大江南北，这……名不正言不顺，没有盛京的调令，守备军的调动我不能交给王妃。"

沈妤翻身上马，垂眸看着曹光进："若我说我没瞧得上你那点兵权，你怕是不信，但是事实就是如此。"

沈妤掉转马头，又回头看了一眼曹光进："忘了提醒曹大人，距上一次进攻已过了三日，不出两日，西厥人必会再次发起攻击，大人抓紧时间安排人手挖壕沟吧。"

曹光进背脊忽地蹿起了凉意。还想再问些细节，沈妤已扬鞭走了，身后跟着随行而来的几人。

还没到营地，沈妤就放慢速度："都听见了？"

萧川点头："这个曹光进，一面想让咱们帮忙，一面又怕盛京追责，还不想得罪人，天底下哪有那么好的事？难不成还打着让咱们的兵马听他号令的主意？"

沈妤哼笑了一声："这是个人精，态度强硬，却把姿态放得极低。"

"还好王妃料事如神。"萧川说，"若不是拖延了几日，等他抓心挠肝着急的时候再来，我保证他没有今日的好态度。"

沈妤带领一万大军日夜兼程，在西厥人进攻前便到了境内，却没有在第一时间支援，因为她料定了燕凉关加固后的城墙和守备军能扛下西厥人的第一波进攻。换作从前，沈妤绝对会在第一时间投入战场，是谢停舟手把手教会她如何拿捏人心。攻城莫如攻心，若不让曹光进感到孤立无援，他就绝对不会有雪中送炭的情谊和今日的好态度，之后的两军交会，也容易生出矛盾。

沈妤回头看了眼长留和四喜："你们呢？怎么样？"

长留懵懂单纯，看着就容易让人放下戒心，而四喜看似瘦弱萎靡，实则人贼精，两人一起打听些消息再好不过。长留打马往前蹿了蹿："王妃，我们打听过了，这个曹光进到燕凉关这一年，确实是干了些实事。"

"新官上任三把火嘛。"沈妤悠悠地说，"这把火还没燃尽呢。"

"老百姓对他的评价都不错，看来是个好官。"长留说。

沈妤笑了笑："天真了不是？那你知不知道曹光进一共有多少房小妾？"

长留被问住了："不是打听他为官如何吗？我没事打听这个干吗？"

"你来说。"沈妤示意四喜。

"是。"四喜道，"这个曹光进，一共有十三房小妾，单是到甘州这一年就抬了两个进门，最小的一个才十七。"

"啊？"长留的脸一下就垮了，"他都那把年纪了，都能给人当爹了。"

"知道了吧？"沈妤拿马鞭轻轻敲了下长留的脑袋，"不能光看别人摆出来给你看的东西。"

"大人的世界也太复杂了。"长留嘟囔道，"做人就不能简单些吗？"

沈妤道："你们信不信，曹光进这个人，要是击退了西厥人，他能反过来把刀口对准咱们，拿了我去向盛京邀功。"

燕凉关的风有它自己的声音，千百年来，这里埋下忠骨数十万，风里全是吹不散的遗憾。

沈妤走在茫茫黄土上，身后是巍峨的城墙，云层压得太低了，让人喘不过气来。

她知道自己在做梦。

沙沙——沙沙——

脚步声逐渐变成踩到泥浆的咕叽咕叽声，沈妤低头看去，黄土被血水浸泡，渐渐踩出了些许松软的感觉。

"爹。"沈妤平静地喊着土坡上的人。

沈仲安回过头来："来啦，上来。"

沈妤踩着血水浸透的黄沙走了上去，刚站上去，她就被眼前的景象夺去了呼吸。

哪怕在梦里梦外看过无数次相同的场景，她仍旧无法对眼前的一切感到平静。她迫切地想要寻找一个怀抱，带着她逃离梦魇的怀抱。可是一转头，沈仲安也消失在了风里。

"爹——！"沈妤大喊着，在一望无际的尸骸中搜寻着沈仲安的尸体。

"阿妤……阿妤……"

幽幽的呼唤从尸山下传来。沈妤连滚带爬地扑过去，徒手搬开一具具尸体。她拼命地翻着，那声音越来越近，可是也越来越不像沈仲安的声音。她没有察觉，在离声音越来越近时逐渐感觉到了兴奋，快了，就快要找到了。最后一具尸体搬开，她看见了躺在底下的那张脸。

那是沈仲安的脸，双目圆睁，脸上挂着诡异的笑容，沈妤瞬间跌坐下去。

忽然，周遭的一切都变了，冰冷的潮水从地底下飞快地冒出来，四周的苍茫变作了亭台楼阁。水没到了鼻下，沈妤在水中奋力地挣扎着扑腾着，想要抓住一样东西。她在冰冷的湖水中抓住了一只温热的手，希望来临之际，手的主人回过头来，冷漠地挣开了她的手。沈妤猛然从床榻上坐了起来，她喘息着用双手捂住了自己的脸。

来到燕凉关的第一日她就做梦了，她已经许久没做过如此诡异可怕的梦，她又一次感受到了死亡。谢停舟的温暖像一座山，镇压着她的梦魇。哪怕不可避免地再次陷入梦境，他也能很快地将她拽回来。

掌心湿透了，不知是眼泪还是冷汗。沈妤拿出已不带任何谢停舟气息的大氅裹在身上，又拉上被子盖在上面，然后睁着眼不睡了。长留听到帐子里头平静下来，回到了隔壁的帐篷，从包袱里翻出了纸和笔。

四喜早就被吵醒了，问他："王妃做噩梦，你怎么不叫醒她？站帐子外头听个什么劲？"

长留没理他，在灯下认真记录着。四喜又问："你大半夜写字干什么？"

"你不懂，这是出发前王爷交代的，王妃夜里睡得不好，做噩梦了得记下来。"长留一边说一边落笔。

这里面有问题，但是四喜不敢问了，这不是他能管的事。主子对他很慷慨，他跟着沈妤办事，一家几口人都得到了妥善的安置。跟的时间越久他越明白一个道理，不该管的事情别管。

四喜拉上被子翻了个身，朝着帐子睡了。

次日天一亮，曹光进派的人到了。

萧川大马金刀地坐在帐中："姓曹的这是什么个意思？请我们进城又不自己来。"

沈妤拿着帖子："敌人都打到头上来了，他还有工夫跟我玩这点小心思。"

与此同时，曹光进在房中来回踱步。

"这个沈妤，说话说一半，只说挖壕沟却不说怎么挖、挖多宽。"

"那大人。"下面的人问，"还挖吗？"

"挖！"曹光进停下脚步，"先挖着，把斥候放出去看着，如果有敌袭就赶紧让人退回来，这人怎么还请不来？"

"大人要是亲自去请，恐怕好请一些，毕竟是北临王妃。"

"你懂什么？"曹光进斥骂道，"昨日的一会儿我算是发现了，她虽然是个女人，但不好拿捏。"

另一边帐中的沈妤说："他要是自己来请，显得太迫切，有求于我，后面就只能任我开条件，我昨日让他挖壕沟就是这个意思。"

萧川道："那我们去吗？"

"去。"沈妤把帖子随手丢在桌上，"但不能去得那么早，得先磨一磨他，此刻的按兵不动是为了之后的布兵更顺利，咱们心里再急也得等，这一点要是马虎了，真打起来，守备军是听他的还是听我的？"

萧川点头："咱们急，他肯定比我们更急。"

沈妤侧头："传我令，午时整兵，未时出发进甘州城。"

"不等了？"萧川傻眼了，"方才不是还说不急吗？"

"放心吧。"沈妤说，"他应该等不了午时。"

沈妤料想得不错，她急，曹光进比她更急，巳时便亲自来请人。谁有求于人，谁先低了头，就等于把主动权交托出去。一万大军进城，还不用沈妤安排，便各自分开做起了事。挖壕沟的挖壕沟，整军备的整军备，有条不紊。

曹光进在城墙上看着，显然沈妤早就做好了布局，就等着他低头。昨夜她说她不稀罕兵权，她是想让他求着她去领兵。人心这一局里他败了，不论他内心服不服气，这个时候他都得低头。之后再想要心机，也得掂量掂量自己有没有那个能力去斗。

就在燕凉关忙着做交战前的准备的时候，官道上几匹骏马，带着一道圣旨奔向了燕凉关内的甘州府。

这几日沈妤的兵马休息够了，午后投入战备。屋里子坐了好些人，曹光进听着参将的来报皱起了眉。

"那壕沟就挖了四尺宽？"似是不信，曹光进又问了一句，"就四尺？！"

参将道："四尺还差些呢。"

"四尺宽的壕沟顶个屁用。"曹光进忍不住骂出了脏话，"他们到底在倒腾个什么？"

参将道："我看那些兵吊儿郎当的，挖了没一会儿就躺下晒太阳，太阳刚落山就扛着铁锹和锄头回去了。"

"那沈妤也没说什么？"曹光进问。

"没说，还说将士们干得不错呢，就在城墙上巡视了一番，还和萧川拿弓箭在那儿比谁射得远。"

"这个沈妤！"曹光进气得一拍桌子，"被她给骗了，我听她分析战况，还以为是个有能耐的，想来都是转述的北临王的话。"

"大人。"有人试探着说，"我看直接将人赶出城去算了。"

"恐怕是请神容易送神难，没个由头怎么赶人出去。"曹光进说。

一人说："我觉得怕是有什么计谋吧，沈妤好歹是先帝钦点的都虞候，要是没点手段，怎么在盛京那个吃人不吐骨头的地方生存下来。"

"那不是当时还有个谢停舟坐镇吗？她一个女人懂什么？"

"可若是没点本事，北临王能放心她一个人带兵过来？"

一群人七嘴八舌，各执一词。

曹光进道："先不管他们，还是按咱们之前的部署来，如果沈妤的兵敢揽事，你速来报。"

第二日照旧是挖壕沟和晒太阳，到了午后，曹光进坐不住了，匆匆上了城墙。今日日头不错，在寒风中晒得人暖洋洋的。曹光进看见沈妤什么也没干，坐在石阶上和萧川说话。

"王妃。"曹光进上前道，"王妃前日说不出两日西厥人必会再一次发起进攻，可此刻都已申时了，西厥人怎么还没来？"

沈妤抬起头："不来岂不是更好吗？听大人的意思，似乎盼着西厥人来攻城似的。"

曹光进一时语塞："这……这和王妃之前所说的可不一样。"

"我也只是猜测而已。"沈妤笑了笑起身，"况且这不是一日还没到嘛，天都还没黑呢，急什么？"

"事关军情，不可儿戏！"曹光进有些愤怒，"王妃这两日安排人在外面挖壕沟，那壕沟能起什么作用？万一西厥人真的攻城，谁担得起这个责任！"

"我担！"沈妤盯着曹光进，"不如我们来打个赌，若我挡住了今夜这一波攻城，你和你的兵马听我号令，若我挡不住，你绑了我送盛京，敢不敢赌？"

男人哪听得了"敢不敢"，曹光进心想，若她真有本事能战，那他也不亏。

"一言为定！"

"一言为定！"

曹光进拂袖走下城墙，脚步却倏然一顿，陡然想起方才沈妤说的今日的攻击。他回过头，看见她仍在和萧川说话。她为何如此笃定今日西厥人一定会攻城？还确定是今夜？

萧川道："斥候探过了，早上西厥营地就在整兵。"

"斥候摸得太靠前了，太冒险，之后就不要压那么近了。"沈妤蹲下来，看着地上摊开的地图。

"斥候探到那么远的地方，他们要么是没警戒，要么是故意让我们知道他们要动兵，以我对博达的了解，他是个谨慎且狡诈的人。"

萧川道："出其不意方能制胜，他故意透露给我们知道？这……不太合理吧。"

"听着是不合理。"沈妤说,"但早上就开始整兵,现在还没有攻过来,所以我猜测,他们应该会选择在入夜后进攻。"

萧川想着,想到腿都蹲麻了,换了个姿势:"他们在吊着咱们,让咱们从早晨就提心吊胆,一直吊到晚上以为能松口气休息,他们再趁这个时间进攻,再打个出其不意。"

沈妤丢掉手中的石子站了起来,手搭凉棚看向远方:"这个博达和上一任西厥的首领风格大不相同,我没和他多交过手,但是从我爹口中听说过,他老爹胡都古擅长猛攻,而博达结合了大周人的兵法,更喜欢打伏击和偷袭。"

萧川的腿麻得跟针扎似的,他定定地站着:"那咱们不能跟他们拖,咱们的兵守了大半天了,得休息好准备晚上的硬战。"

沈妤点头:"让守备军来换班,我们的人下去休息,天黑之后来轮替,注意换班的时候动静小些。"

萧川点头,飞快地跑下了城墙。夜幕在天空中张开了大口,将整片地面吞食。

曹光进辗转反侧,一边又不想相信沈妤的判断,一边又害怕真叫她说中了。曹光进刚合上眼,便听见风里隐约传来一阵喧闹声。他飞快地起身开门,便听见了外面的鼓声和士兵的嘶吼。

"敌袭——!西厥人来了——!"

曹光进大惊失色,飞快地穿上了外袍,走出大门,来来往往是边跑边带甲的守备军。城墙上已燃起了烽火,接着远处的烽火台也燃了起来。曹光进挤着来往的士兵冲上城楼,趴在女墙垛间想要看看外面什么情况,刚伸出头去就被人一把抓住后领拽了回来。

紧接着一支箭矢穿过了他刚才趴过的地方。曹光进吓得六神无主,抬起头才发现他已经被人扔在地上。

站在他面前的正是沈妤。沈妤半弯着腰靠在女墙后面,看也没看曹光进一眼,随手拉住一个士兵,指着曹光进说:"把他给我拖下去,别让他在这里碍事。"

曹光进被士兵半勒半抱地拖到了登城梯口,回头时看见沈妤抬起了手。

"灭——!"

数道声音紧随而来:"灭!"

城墙上的火把几乎是在同时熄灭了,城墙上陷入了一片黑暗,士兵安静下来,变得无声无息。

沈妤背靠着女墙,过了一会儿,头顶的箭雨也停了,城外响起了车轮推动的声音。

"大周人都是怂包,打都不敢跟我们打,我们攻过去。"

"怂包!孬兵!有本事下来打呀!"

城内的守备军听得怒火中烧,曹光进被拦住不让上去,他拉着那个拖他下来的士兵说:"她到底打的什么主意?怎么不打?西厥人都快到城墙下了。"

沈妤带来的人却出奇地安静。她早就打过招呼,阵前骂阵就是为了让他们沉不住气,谁要是敢意气用事,一律按军规处置。萧川从旁边摸过来,在沈妤身旁蹲下:"他们带了飞桥，准备得可真充足。"

"那就不枉咱们挖了两天的沟。"

沈妤说着，在女墙垛间探出了头。城墙上很黑，下面的人看不见上面的情况，但西厥人要前进，必须得照明。六七架飞桥往前推进，车轮碾在地上发出咕噜咕噜的声响。

沈妤紧紧盯着下面的情况，缓缓抬起了手。飞桥推进到了壕沟的边缘，前面扛着盾牌的西厥人率先察觉到了不对："这壕沟怎么这么窄？老子都能跳过去。"

后面带兵的将领听出了不对劲："不好！恐怕有诈！退回来。"

但是他说得晚了，一部分西厥士兵已经跃过了壕沟，手里抡着抓钩，准备再接近些就往城墙上甩。

"放——！"沈妤抬起的手落下了。

她看也不看，戴上头盔飞快地奔下了城墙。霎时，流星般的火箭密密麻麻地从城墙上倾泻下来，没有朝着人射，而是射向了壕沟和飞桥。壕沟和飞桥轰一下燃了起来，如一条火龙朝两边迅速延伸，在城墙前铺开了一道烈烈的火墙。瞬间将西厥人的阵型切成了两半。

轰——

城门忽然间开了。一骑骏马如流星般冲出了城门，它朝气蓬勃地奔在最前方，目中映照着熊熊的火光。

马上的人拎着一把长刀，开口却是女子清脆的声音。

"将士们！杀光他们！"

士兵："杀光他们！冲啊——！"

后面的骑兵蜂拥而至，马蹄踏在地面犹如雷声。西厥被冲散的士兵慌了，前后的士兵跃不过那道火墙，后面的弓箭手在火光中看不清人，混乱中根本不敢乱放。厮杀声持续了许久，声音渐渐小了，欢呼声又响了起来。一匹呼哧着的骏马奔入城中，朝着曹光进奔去，一点也没有停下的迹象。

曹光进想躲，又不知被什么绊住了脚，一屁股跌坐在地上。沈妤在曹光进面前勒马，奔宵的前蹄几乎都要踏到他的脸上。沈妤的胸口还在剧烈地起伏着，她摘下了头盔，甩了甩头发，垂眸道："怎么还不将你们家大人扶起来？"

参将和士兵将曹光进扶了起来，曹光进整个还处在震惊和惊吓之中。

沈妤挂在马身上的刀还滴着血，奔宵浑身冒着热气，沈妤抚了抚它的马鬃，看着曹光进道："我的事办完了，西厥人已退兵，外面的战场换你的人去打扫。"

她脸颊泛着红光，不知是拼杀的还是被火光映红的，整个人散发着非同一般迷人的光彩。

她策马走了几步，又忽然想起什么，回过头来："曹大人还记得咱们的约定吗？"

曹光进回过神来："记，记得。"

沈妤道："我不要你的兵权，我只要你的这些人听命于我，等打败了西厥人，你照旧做你的官。"

曹光进想起了之前自己说过的话，十分汗颜。他身后站着的是数千守备军，准备在沈妤战败时顶上城墙的守备军，却没承想这一仗赢得这般漂亮。曹光进不得不服："自然是听王妃调派。"

奔宵在火光中来回踱着步子，沈妤安抚着它，扬声问："你们想赢吗？"

守备军在之前的守城战中大败，被西厥人压着打，根本不敢出城门。而今天他们看着援军将西厥人的队伍切成了两截，把上千西厥人用火墙关着打。他们虽没能上战场，但是听着外面的厮杀声就早已热血沸腾。他们不是孬兵，他们只是需要一个带着他们打胜仗的将领。

"想——！我们想赢！"

"我们想赢！"

沈妤环视一圈，目光坚定："那往后就听我号令。"

沈妤上了城墙，看着下面的士兵清扫战场，遇到还在动的西厥人就补上一刀。萧川被沈妤留在上面观察战况，没能下去杀一场，看着都手痒。沈妤将手里的刀扔给士兵，又从士兵手中接了自己的引凤。

"王妃的刀是把好刀，怎么不用自己的？"萧川刚才就想问了，可当时沈妤拿了刀就走了，他都没来得及问。

沈妤摸着引凤："我怕给我砍坏了。"

萧川一时无言："……你那削铁如泥的宝刀，还怕坏？"

沈妤懒得回答他这个问题："我回去睡了，累了，你也早点回去休息，明早我有安排。"

长留一直等在门口，在台阶上坐得手脚都冷了。这是曹光进分派给他们的城中闲置的院子，一个两进式的院子。城门口的厮杀和欢呼声早就传到了这里，看见长街尽头有人打马而来，长留一下站了起来。

"王妃，王妃。"长留喊着。

沈妤在门前下马，将头盔丢给长留，靠近了才看见他哭丧着脸。

"干什么？"

"害怕。"长留垮着脸说，"王爷让我跟着王妃，你又不让我去。"

沈妤笑了起来，她手上沾着血，没去拍长留的脑袋，抬脚往里走："有什么吃的？我饿了。"

"好像还有馒头和烧饼。"

"啧。"沈妤停下脚步，"刚打了胜仗就让我吃馒头？"

她手一指："你骑奔宵去曹光进的府上，弄些好的来，咱们在院子里烤肉吃。"

一说到吃的长留就高兴，放下头盔就蹦跶着跑了。四喜早就烧好了沐浴的水，沈妤洗漱完毕，院子里的炉子上已经飘着香味。见沈妤出来，长留高兴地说："那个曹大头让人给送了好些吃的，猪牛羊肉都有，王妃快过来吃。"

沈妤在烤炉旁坐下，脑中复盘着今日的一战。她又想起了沈昭，他明明说了要来燕凉关，可开战已经多日，他还是没到。不知道是不是洛州出了什么事，或是在路上被什么事给绊住了脚。

曹光进分的院子没有书房，萧川是外男，不好进入沈妤院中，便在檐下顶着寒风谈事。

"你昨夜没睡好？"沈妤问。

萧川眼下挂着黑眼圈："激动得我大半夜没睡着。"

沈妤脸上没有笑容："昨日伤亡如何？"

萧川汇报了伤亡情况，在可控的范围之内，又说："杀了两千多个西厥人，壕沟里还有一些，多半是想逃出去被烧死的。"

他话锋一转："王妃是不是要着手部署后面的计划了？"

"你有想法吗？"沈妤抬起头看他。

萧川挠了挠头，不太好意思说的样子，怕在沈妤面前献丑。

沈妤道："军务上有什么说什么，我一个人哪能纵观全局。"

萧川抹了把脸："那我就直说了，我在城墙上看得清楚，昨夜西厥肯定没有调派全部兵力，最多不过两万人，这根本就不是他们的总攻。

"昨夜只是佯攻，只是伤亡多半在他们的意料之外，说不定这样的佯攻还会出现很多次，但是咱们一次也不能掉以轻心，因为数次的佯攻中，说不定就夹着一次总攻。"

萧川说的和沈妤想的相差无几。

但她让萧川来说自然有她的目的，萧川自跟她带兵去齐昌之后，一直是在听她的调派。时间一长，沈妤的聪明和强大让他生出了盲从的心态，不爱思考，只等调派。但沈妤需要的是一个将领，一个能够独当一面的将领。

"分析得很有道理。"沈妤不吝夸赞。

萧川受到了鼓励，这么大一个男人，在这样的夸赞中竟有些不好意思。

"后面的布局你有想法吗？"

萧川道："昨夜的办法只能用一次，再用肯定是不行了。"

"西厥人说不定也和你抱着相同的想法。"沈妤提醒他。

萧川想了想，忽然眼睛一亮："王妃是指……还是壕沟？"

话音刚落，长留就跑了进来："那个曹大头派人来请王妃和萧哥哥去衙门议事。"

沈妤："知道了。"

随即看着萧川："衙门里的那些人是人是鬼我们不知道，所以……"

"我明白。"萧川说，"我们想以少胜多，本来就得靠策略打个出其不意，下一步计划谁也不能透露。"

沈妤点头："派人继续挖壕沟，我们去衙门。"

两人的嘴都紧，衙门议事也是闷葫芦，不管谁问都是下一步战术还未想好，再反问对方，问得对方一愣一愣的，一个时辰就这么耗费了。曹光进不傻，知道两人这是信不过他，再议下去也议不出什么结果。

正待将两人送出门，忽然进来一人，俯身在他耳边耳语了几句。

曹光进脸色一变，赶忙起身说："请王妃在此稍待，我出去迎个人。"

看着曹光进匆匆离开，萧川侧头说："不知道是什么大人物，把他给吓成这样。"

厅内的守备军将领也是议论纷纷，沈妤支着头若有所思，她在想之后的战术，并没有注意到，四周的议论声都停了。手肘被人冷不丁碰了一下，沈妤听见萧川骂了句脏话。

沈妤抬眸看去，门口站着一个男子，一身鸦青色的袍子，面如冠玉，表情温和。

这样的长相很容易让人心生亲近之感，但沈妤眼中却全是警惕。门口的人也在看她，笔直地伫立在门口，一点也没有移动的意思。曹光进不知道这位大人怎么就忽然停下了，试探着说："江大人，还请里面上坐。"

江敛之这才收回了目光，抬步往前。厅中的上首就两个位置，之前沈妤坐了一个，曹光进坐了一个。

江敛之官职远在曹光进之上，自然坐的是曹光进之前的位置。

"快快快，给江大人上茶。"曹光进吩咐丫鬟。

又介绍道："这位是北临王妃，曾与江大人同朝为官，想必……"

椅子嘎吱了一声，沈妤站了起来，径直朝着门口走去，身后跟着萧川。

曹光进愣了一下，这也太不给面子了。

曹光进赔笑："江大人，下官……"

话还没说完，江敛之也站了起来，和煦道："路途奔波，有些累了，回头再来宣读圣旨。"

"圣，圣旨？"曹光进紧张道，"不知陛下有何旨意？"

江敛之不答，抬脚走了。厅内一下走了两尊神，众人议论纷纷，都在猜测那圣旨里头是什么旨意。

曹光进一屁股坐到了椅子上，下面的将领道："看样子北临王妃和江侍郎合不来。"

"岂止是合不来，我看倒像是有仇的样子。"

"我可是听说北临王曾带人围过江府。"

"大人。"一人问，"他一个户部主事，怎么会跑到咱们边陲来？"

曹光进正为这事头疼，江敛之来也没说来干什么，椅子都没坐热就走了。沈妤那是被盛京下了海捕文书的通缉犯，他如今将人奉为座上宾，城里他说了算，等战事一过，这事能抹过去。

可是忽然又来了个江敛之，还带着圣旨，这日子也太不好过了。

关外的风又大了，呼呼的风声穿梭在密密麻麻的营帐之间。

营帐内很暖，一个西厥将领喝着羊奶："他们还在挖壕沟，真当我们是傻的吗？还想用同一招。"

博达坐在铺了毛毡的地上，碗中的羊奶一滴未动。他沉默不语，思考着对方这样做的用意。他曾败在过那个人手里，就在去年的燕凉关，被人偷袭了南营。起初博达以为是沈昭，过了很久才知道那是个女人，是沈昭的妹妹，沈仲安的女儿。

这是他的奇耻大辱。昨夜他没有亲自带兵，因为他们根本就没有指望在这个时候一举攻下燕凉关，可他们还是败了。两千余人的伤亡虽没有到伤及根本的地步，但他们的飞桥损失了一半，短时间内，军匠赶制不出来那么多的飞桥，若之后大周人再挖壕沟，他们将被卡在外围。

或许，这就是他们继续挖壕沟的用意，为了拖住他们。博达仰头喝干净了碗里的羊奶，把碗扔在一边。

"从明天开始，每天派兵去城下骂阵。"

一将领道："他们肯定不会出城。"

"不管他们出不出城。"博达的眼神如鹰隼一般精锐，"先扰乱他们的节奏，我们还有非常多的时间。"

天更冷了，这是要下雪的迹象。沈妤口中哈着白气，手指一松，箭矢带着风射向了远处。

士兵跑过去，在地面插了个小旗子标记。

"你尽全力能射多远？"沈妤问萧川。

"我试试。"萧川手里握着一把更大的弓，寻常人拉不开，他臂力了得，试了试手感，一箭射到了比小旗子远上更多的地方。

沈妤赞道："好臂力。"

萧川不好意思地说："脑子不够用，还好有一身蛮力。"

沈妤看着远处插上的第二面小旗，问："射到原点你有多大把握。"

萧川又拿起了弓，这次没射到原点："如果是西北风，距离还要更近一些。"

沈妤点了点头，听见有脚步声靠近，转过头去，顿时皱了皱眉。

江敛之走近："虞候。"

沈妤转身面向他："江大人应该称呼我为北临王妃。"

江敛之的眉梢微不可察地皱了皱："我有要事与你相商。"

他看了一眼萧川，是让他离开的意思。沈妤没发话，萧川便一动不动。从盛京"叛逃"时，他就决定不再听命于任何朝廷中人，他的主子只有一个，那就是沈妤。其实沈妤正好也有事情要找江敛之，她向萧川递了个眼神，萧川便抱着刀离开，经过江敛之时目光在他脸上停留，直至擦身而过。

江敛之对这样无声的警告视若无睹，等人走远之后看向关外的旷野。

"我离京之前，送贺礼的人回来了，谢昀想带给我的信也已收到。"他是指杀到只剩一人回去报信的警告。

沈妤想谈的正是这件事。如果贺礼是被人调包，那背后一定还藏着一个不怀好意的人，或许是针对江敛之，或许是针对沈妤。沈妤淡淡道："江大人送了那么大一份厚礼，北临只好以同样的厚礼回报。"

江敛之被风吹得微眯着眼："你们分明知道贺礼已经被人调包，这一份回礼，我收得很冤。"

"不冤。"沈妤说，"我与你并无交情，本就不该送这份礼。"

江敛之知晓，她这是想完完全全地和他撇清关系，可仔细想来，大梦归来，他们确实本无干系。

江敛之道："尸体并非我所送，我并无恶意，送的都是些家用的物件。"

"这还叫没有恶意？"沈妤侧着头，"江敛之，你归还簪子发梳，是想让旁人以为你我之间有什么？"

"我并非——"

"不要急着否认。"沈妤打断他，"我不信以你的头脑，没有想到这一层。"

江敛之很聪明，聪明到在夺位之争中独善其身，不论谁登上皇位，他都能稳稳坐在原来的位置。这样精于算计的人，怎么可能会没想到这一层。江敛之默了，他无法辩解，或许他彼时没有想过，但他内心隐隐有着那样的恶意。就好像能和她有些牵扯便好，只要不是陌生人，随便什么牵扯都可以。

沈妤不再看他："不论你来燕凉关做什么，你我井水不犯河水。"

江敛之道："恐怕不行。"

话音未落，沈妤已把刀架在了他的脖子上。不远处江敛之的护卫见状想要上前营救，刀刚出鞘几寸就被萧川用刀鞘拍了回去："兄弟，提醒你一声，我主子脾气不大好，管不了的事别管，当心引火烧身。"

沈妤看着江敛之说："这里是燕凉关，不是盛京，杀不杀你，我乱臣贼子的名头都无法改变，你若是敢坏我的事，我就割下你的脑袋。"

江敛之面不改色，垂眸扫了一眼脖子上锋利的刀："我奉皇命而来。"

他缓缓吐出两个字："议，和。"

沈妤脸色当即一变："是谁的提议？"

"皇后娘娘本家兄长，如今的国舅。"江敛之问，"现在，能把刀放下了吗？"

沈妤的节奏被打乱了，她把引凤插回刀鞘中："李昭年为何会派你来？"

江敛之毫不避讳："我自请前来议和。"

大周尚未战败，就算是大军压境，也远没有到不可一战的地步，此刻提出议和，便是自认处于下风，由着对方开条件，沈妤绝对不会允许这样的事情发生。江敛之看着思索中的沈妤，突然问："他们将你定为乱臣贼子，你却还想着替他们镇守边关，是不是对所有人，你都可以以德报怨，原谅他们？"

这一问问得没头没尾，沈妤懒得回答他。她不是在以德报怨，她是在为父亲，为将士们报仇雪恨，是在战胜盘踞在她身体中的梦魇。

沈妤道："议和我不会同意。"

"这也是我自请而来的理由。"江敛之注视着她，"如果你有时间，我想和你谈一谈这件事。"

长留在院子门口来来回回地走，这里能看见沈妤和江敛之在谈事。他可是清楚地记得姓江的掳走王妃一事，这姓江的就是对王妃图谋不轨。待江敛之终于站了起来，起身告辞，经过门口时长留还不轻不重地哼了一声表示不满。等人走出院子，长留当即跑了过去："王妃，那个姓江的，我哼了那么大一声，他是聋的吗？他竟然还对我点头，他是看不出我讨厌他吗？"

沈妤笑了："屋子里有点心，去吃了消消气。"

长留一听吃的就什么都忘了，萧川这才道："王妃，这姓江的打的什么主意？"

萧川被长留念叨了半天，耳朵都起了茧子，竟然也不自觉跟着长留喊姓江的。

沈妤站了起来："朝廷里也不太平，议和派斗赢了，江寂若不自请前来，议和的事情就会成定局。"

萧川皱着眉道："那也就是说，姓江的本意也不想议和，只能占了使臣这个位置，到时谈不谈得拢全凭他说了算，这样就能让议和派的人打算落空。"

沈妤沉默了片刻："你找个人盯着江敛之，若他有任何异动，速来报我。"

萧川点了点头："他身边那个侍卫功夫还行，之前王妃拿刀架着他脖子的时候，那侍卫还想动手来着。"

"他的随从叫高进，刀法还不错。"

萧川也没问她为何知道得这么清楚。

"对了。"沈妤又道，"之前你射箭的最远处，往后退五米，若是西北风来，你有把握能射到那个地方吗？"

萧川略一思忖："没试过，但应该是行的，王妃是准备在那里挖沟？还是用火油？"

"先不急。"沈妤也还没打定主意，沟是要挖的，早晚的问题，"再看看，一会儿随我去点一遍军备。"

不多时，曹光进派人来请二人赴宴。今日江敛之到来，曹光进在府中设宴款待，但是单请江敛之，又怕怠慢了沈妤，主要是他谁都惹不起，也谁都不想惹。这就是墙头草的坏处，未成定局之前，他不想站队，就得两头都哄着。样子还是要做一做的，曹光进料想沈妤多半也不会来，谁知到了用饭的时间，沈妤和萧川竟然来了。曹光进一时间不知该如何是好，生怕稍后用饭时话不投机闹起来。

"王妃、萧总兵这边请。"管家在前方引路，"今日我家大人将宴席设在了水榭上，水榭对面便是戏台，二位可边饮酒边听戏。"

萧川是个直脾气："你们家大人倒是很会享受嘛。"

这话管家不知该如何接，干笑着提醒："当心台阶。"

穿过月洞门，水榭便在不远处。却见丫鬟鱼贯而出，捧着托盘，将摆好的宴席又从水榭中撤了出来。

管家茫然不解，说了句"二位稍待"，便上前询问。管家片刻便回来，引着两人往另一处去。

"好好的换地方干什么？"萧川嘴里咬着一根不知从哪儿扯来的草。

管家忙道："萧总兵见谅，是江大人吩咐换个地方，听说江大人的发妻就是在湖中溺死的，导致江大人至今对……"

"胡诌的吧。"萧川嘲讽道，"他江寂不是没娶亲嘛，哪来的发妻？"

后面的，沈妤什么也听不清了，只觉得一盆冷水当头浇下来，冷得她浑身打着战。

"王妃，王妃？"

"嗯？"沈妤不知自己在萧川的第几声呼唤中才回过神。

萧川的表情有些诧异："王妃脸色不大好，是不是身体不适？"

沈妤尽力平复着呼吸，还是觉得冷汗一层又一层地往外冒。

"无事，只是忽然想起来还有些事未曾安排。"沈妤定了定心神，"劳烦告诉你家大人，今日的宴席我就不参加了。"

沈妤转身便走，萧川也不做停留："跟你家大人说我也不去了。"

沈妤和萧川的马还没来得及牵进马厩，沈妤上马时踩了几下没能踩上去，还是萧川将她扶上了马背。

萧川不放心，策马在一旁跟着，见她愣愣地盯着前方，眼神飘忽。

"咦？"长留正在吃面条，"王妃你们怎么回来了？"

沈妤目光呆滞地越过他，一头钻进房中。见情况不对，长留放下碗，冲到门口，萧川也正往里进。

"王妃她怎么了？"长留问，"不是去赴宴吗？是不是曹光进和那个姓江的欺负她了？"

萧川也还没有弄清楚情况："我哪知道？我们刚到王妃就说要回来。"

萧川略一回想："好像是……"

"等一等。"长留跑进屋，把笔和纸拿出来，将纸往墙上一拍。

"你说，我写。"

萧川哭笑不得："你这是干什么？"

长留表情肃然："我得记下来，回头报给王爷。"

"……"萧川无言了片刻。

"你快说呀。"长留拿着笔着急地催促，"我墨都快干了。"

萧川将当时情形大致说了一番，长留奋笔疾书，写完才说。

"我知道了。"

"你知道什么？"

长留吹了吹纸上的墨："走之前王爷叮嘱过我呢，王妃怕水，从前也落水过，多半是听说姓江的不知道哪来的媳妇溺死了，给吓到了。"

听着倒是有些道理，但萧川觉得放在沈妤身上又不大合理，却又理不清到底是哪儿不对。

他盯着门看了片刻，说："你守着你主子，我去巡防，有事让人来找我。"

沈妤坐在房中，已经许久没有改变过姿势。外面的天已经黑透了，房中没有点灯，漆黑一片。

外面响起了很轻的脚步声，有人点起了风灯。随着风灯的移动，张牙舞爪的树影在墙上绕了一大圈，她的梦魇竟奇异地一同汇集到了燕凉关。如果她可以梦到那些离奇的事情，那江敛之呢？是不是也同样可以？起初大梦归来，她以为这是命运对她的馈赠，直到惨剧再次发生，她逐渐明白有些轨迹非她一人之力能够改变。

命运从来不对人怜悯，走的还是老路。那些和预兆不同的轨迹，一定有一只手在背后拨弄着。

江敛之写给谢停舟的求援信，还有他在城墙上说的那番莫名其妙的话，这些都有了合理的解释。她一直忽略了江敛之这个人，或许应该说，是醒来之后江敛之的第一个举动误导了她。江敛之并不喜欢她，若他真是梦里那个江敛之，又怎么可能会上门提亲。

那他到底知道哪些呢？沈妤的头很疼，脑中也乱糟糟一片。

她希望谢停舟此刻能在她身边，那她就什么也不用想。谢停舟是她的避难所、她的安乐窝，是暗夜的灯，是她绝渡中停靠的孤舟。此时此刻，江敛之带着人敲响了院门，去开门的是四喜。

"哟，是江大人哪。"四喜扶着门框，嘴上恭敬，却没有要放人进门的意思，"江大人大晚上来此，不知是有什么事？"

"听说王妃身体不适，我带了大夫过来。"

江敛之身后跟着侍卫和一个背着药箱的老大夫。

老大夫闻言拱手上前："我是城里回春堂的大夫，曹大人府上平素都是我在看诊。"

四喜为人圆滑，笑着点了点头："那肯定医术了得，不过，咱们王妃没病呀，用不着看，天儿不早了，外头冷，江大人还是回吧。"

江敛之也是听曹府的管家说沈妤走的时候脸色很不好，管家说她多半是身体不舒服。

现在一想，那管家也是个人精，多半是沈妤不想和他一同用饭临时找借口走掉，但是管家不敢直言，便找了个理由搪塞。

"你同他说那么多干什么？"长留从里头跑出来，"直接打发出去。"

"你。"长留理直气壮地朝着巷子尽头一指，"走。"

"竖子无礼。"江敛之身后的随从高进握住了刀。

江敛之抬手制止，正待开口，目光越过二人中间的空隙看见了走来的人。

长留循声回头："王妃，您怎么出来了，这里不用你，我能打发掉他们。"

沈妤微微笑了笑："知道你可以，你们俩去休息吧，我出去一趟。"

"可是……那，那我去拿大氅。"长留边跑边唠叨，"晚上风好大呢，王爷说了，王妃要是病了，他就拿我的小乌龟炖汤喝，王爷怕是分不清甲鱼和乌龟，乌龟汤肯定不好喝。"

沈妤站在门口等了片刻，披上大氅，看了江敛之一眼，随即出了门，朝着城门口走去。

江敛之从她眼中收到了信号。

"不必跟了。"他对高进道。

高进不放心："大人……"

"不必跟。"这次的语气比前一声更为严肃。

此刻正是战时，又是寒冷的冬日，虽还没下雪，但已不比下雪暖和，街上没有什么行人。城墙上还有士兵在巡逻，两人先后上了城墙，走到了无人的一边。沈妤不开口，江敛之便没有说话。他静静地看着她站在女墙边消瘦挺拔的背影，手心微微冒出了汗，却不知这样的忐忑从何而来。

"你送去北临的，都是些什么贺礼？"

江敛之被她问得怔了怔："家用物件罢了。"

沈妤没有回头："还记得都是些什么吗？"

若不记得，又怎能让人一件一件收集齐？她走后的那些年，江敛之曾在两人的卧房中走了一遍又一遍，一次次摸过那些食案、书案、屏风、镜台……想要透过那些东西摸到光阴中的亡妻。

"记得。"江敛之的目光深远了起来，一件件说出那些东西的名字。

沈妤闭了闭眼，此时此刻，她终于能够完全确定，原来，他们皆为梦中人。

"我听曹府的管家说，你的亡妻是溺死在湖中。"

江敛之瞬间被这句话扎得千疮百孔，只因这句话出自她口中。

"……是。"他艰难道。

沈妤依旧没有回头："江大人尚未娶妻，又哪来的亡妻？"

江敛之凝了凝神，这一刻，他心中生出了某种猜测。

还未细思，沈妤却已转过身来，在火光中对他笑了笑："跟我说一说她吧，她是个什么样的人？"

江敛之眸光微动，似陷入了美梦中："她……她温柔、善良、恭顺，对谁都很温和，从不对下人发火，她会提着灯笼站在门口等我。"

"还有呢？"

"她曾是家中的掌中宝，却遭逢变故，她的身体很不好，每日都要喝药，身上总有淡淡的药味，我不喜，她便熏香。"

沈妤在这答案中感到了自伤，似乎在他的描述中将那短暂且潮湿的一生再次经历了一遍。

"还有吗？"

"她……"江敛之倏然停住了，他在脑中反复地搜索，却很难再找到关于她的只言片语。

"没有了吗？"沈妤看着他，"你似乎对你口中的发妻并不了解。"

江敛之肉眼可见地慌了，他皱着眉。明明有那样多的画面，他明明在夜里可以将那些事一遍又一遍地回想，可为何总结下来却只有这样寥寥的几句？

"我……"

"她是溺水而亡，你看见了吗？"

"看见了。"江敛之的声音微微颤抖。

沈妤目不转睛地注视着他的表情："那你没有救她吗？"

江敛之："我……"

沈妤朝他走近，江敛之逐渐在她的眼中看到了火光和自己，可那眼神却那样陌生。

"你为什么不救她？

"看着她在你眼前死去是什么样的感觉？

"她死了，你应该很痛快、很高兴吧？"

江敛之如遭雷击，在她一句又一句的逼问中不由自主地后退。

"你不了解她，不爱她，可以眼睁睁看着她死，可是为什么？"沈妤眼中闪动着奇异的光，"你为什么还要去向她提亲呢？是想将她像梦中一样，再次拉进万劫不复的深渊吗？"

江敛之瞬间瞪大了双眼，却只有那么片刻，眸光便重归于淡然。早就料到的结果，他并不蠢，他早在细枝末节中寻到了答案。她的梦，她不顾一切奔去燕凉关，她大变的性情，她对他莫名的敌意……令他惊讶的，是她会这样干脆地捅破这层窗户纸。江敛之突然就笑了，连他自己都不知道是苦笑还是讽刺。

沈妤静静地看着他发疯。

江敛之的笑容渐渐淡下来："既然你知道我同你一样，你不恨我吗，不想杀了我吗？"

"想过。"沈妤毫不避讳地说，"最初恨不得将你碎尸万段，但梦醒后，便觉得人生可贵。退一万步说，那场噩梦中，推我下水的不是你，对我来说你根本不重要，不值得我浪费时间，你选择救她而不是救我，不过随心而为，若你和停舟一同落水，我也会毫不犹豫地救他，根本不会看你一眼。"

江敛之被这样的话给伤到了。

"不是的。"江敛之急切地说，"不是，我是想救你的，但我没有看清水里的人是你，她们和我说清漓和丫鬟落水了，我真的没有想到是你，若我知道是你……"

"你这话是拿来搪塞我还是欺骗你自己？"沈妤替他说完了后半句，"不论你有没有看清，你也一样会选择救她。"

江敛之愣住了，一时间竟不知该如何反驳。

沈妤冷笑："被人当面拆穿是什么感觉？"

江敛之咬了咬牙，沈妤既敢把话挑明，表明她根本没有在怕，怕的人应该是他江敛之。

沈妤又说："不妨让我来猜一猜那个噩梦的后续，是不是你的那位青梅竹马并没有如你从前想象的那般美好，美梦破碎之后，你忽然就想起了那个死在湖底的女人？"

江敛之的脸因激动和窘迫而涨红，一言不发地盯着沈妤。

"哦。"沈妤笑了起来，"看来被我说中了呢。"

"你还真是……"江敛之自嘲地笑了笑，"半点脸面也不给人留。"

"你也一样。"沈妤说，"你卑劣、贪婪、自私，这没什么，人生来本就不完美，但你摆出的那副自以为是的深情真的很让人感到恶心和不适。"

江敛之脖子上的青筋都暴了起来。两人沉默地对视，或许可以说是沉默地对峙。最终，还是江敛之先移开了眼。江敛之内心很清楚，其实沈妤说得没错，不论他有没有看清楚，他救上来的人只会是林清漓。

就好像她问的那个问题一样，她死了，他是不是很开心？其实他并没有开心，他只是短暂地为此惋惜过，而后便觉得轻松。可这样的轻松并没能伴随他多久，他续弦了朝中同僚之女，林清漓照旧为妾，可生活逐渐脱离了他的掌控。

林清漓善妒，后院被闹得不得安宁。他逐渐怀念起从前的平静，这个时候才想起了那个拎着风灯站在门口等候的身影。

沈妤撑着墙垛跳了上去，江敛之下意识伸手，却又收了回来。

他碰她，应该会让她感到恶心和不适吧。

沈妤坐在城墙上："话既已挑明，再遮掩也怪没意思的，你若不想谈，大可现在就走，若是留下来，那便好好聊一聊。"

江敛之脚下动了动，到底是没有离开。

沈妤问："宣平侯和李延昌豢养私兵，梦中为何没有反？"

江敛之思索片刻，说："因为谢停舟，他向先帝明忠心，先帝用他诛杀李延昌，又被先帝以谋害皇子为由围杀于承天门。"

沈妤曾龟缩于后宅，江敛之亦从不向她提起朝堂之事，她只是隐约记得从丫鬟口中听到过惋惜。

"后悔了吗？"江敛之问她，"皇家的人本就是这样无情，先帝卸磨杀驴，杀了谢停舟，如今的李昭年也一样，你护他坐上那个位置，得到的不过是一纸缉拿文书。"

见沈妤不言，江敛之接着说："燕凉关一案的罪魁祸首是宣平侯和李延昌，你的武功是被谁废的，应该也不用我多说了吧？"

曾经迫切想要知晓的答案，真正知晓的一刻，似乎也不那么重要了。

"你什么时候醒的？"沈妤问。

江敛之觉得今夜这一场谈话让他累极了，在石阶上坐了下来："自裁后。"

沈妤怔了一下，万万没有想到是这样的答案。

"为什么？"

"西厥和北戎打进了关内，大周没了，我自裁家中。"

沈妤颔首："以你的才学，投敌应该可以得到赏识吧？"

江敛之愣了一下："在你眼里我就那样卑劣？"

"不是吗？"沈妤反问。

江敛之薄唇抿成了一条直线，说："你说得没错，我这个人其实卑劣贪婪又自私，这都是我江敛之，可我万没有到投敌的地步，否则当初也不会写信给谢停舟让他去燕凉关。

"我承认，我曾经想过让一切成真，顺着那场梦的轨迹，那样我就能再次娶到你，可我还是写了那封信，因为……"

江敛之垂下了头："你忘记说一点，除了那些缺点，我还软弱，可我生在世家，家族重担下我必须完美，必须披着一层皮，却忘了我其实背负不了那么沉重的东西。"

江敛之决定破罐子破摔一般，将自己的一切剖析在人前。随即他目光笔直地看向沈妤："但我确信我真的喜欢你。"

沈妤皱眉："你不觉得这个时候说出这样的话，很不合适吗？"

"那你想怎样？"江敛之仰着头问她，"杀了我吗？来呀，我本就不在乎。"

他长吐了一口气，将手撑在身后，第一次放开身上的枷锁，坐得如此随心所欲。

沈妤忽然就没有了继续聊下去的欲望，她从墙垛上跳了下来，抬脚准备下楼。

江敛之一愣："等等。"

沈妤不停，江敛之便追了上去："我此刻就在这里，你真的不想报仇吗？"

沈妤停下脚步，却没有回头："你别太把自己当回事，江敛之，你不喜欢我并没有错，救自己心爱的人也没有错，我方才仔细想过，竟找不出杀你的理由，若你当初没有写信给谢停舟，这个理由还足够我杀了你，可你偏偏写了。"

"那一切对我来说只是一个梦魇。"沈妤望向前方，"如今，我的梦已经醒了。"

这一席话振聋发聩，江敛之蒙住了。

对她来说只是一个梦魇，那他呢？他也只是她梦魇中一个微不足道的过客，梦醒之后，她甚至不愿在他身上浪费一丁点时间。江敛之突然觉得不甘心，他们曾被命运纠缠在一起，如今她早就在那一场无疾而终的缘分中走远了，只有他一个人还被困在那个梦境中。

那他现在该怎么办？他之后该做什么？江敛之找不到方向了。

那人的脚步没有缓上一丁点，已抬脚下了城墙。沿途的火把拉长了她的身影，挺拔，坚韧，夜风卷起了她的衣摆和发丝，灵动，飘逸。他在水中没有握住她的手，于是她将他丢在了梦魇里永远不会回头。

可他是真的喜欢她啊，江敛之落下了眼泪。

"沈妤……"

他忽然往前追了几步，趴在城墙上怒喊着她的名字："沈妤！你回来，还没有结束，一切都没有结束，你回来！"

回应他的只有夜风，江敛之似乎在这一刻明白了，他有幸得到那场梦，又在一切未发生时醒来的意义。

或许并不是为了弥补遗憾，而是为了将他的痛苦再拉长一生。沈妤，她真的很擅长诛心。沈妤抛掉了重负，步子随之轻快了起来。长留还等在小院的门口，看见长街尽头行来的身影，急忙从台阶上站了起来。

"王妃你终于回来了，要下雪了呢。"

沈妤抬起头，脸颊上落下了零星的冰凉触感。

"是啊，要下雪了，他就快来了。"

数百里之外的赤河，风里夹着更浓厚的雪意。

"将军，下雪了。"

沈昭坐在黄土上，手里提着一个酒囊，烧刀子让他的身体暖和了起来，他抬手指向前方。

"翻过那个山丘，就是萧家军的营地了。"

他的身后是密密麻麻的人，去年燕凉关留下的残兵全都汇集于此，他们将在又一年的风雪中一雪前耻。北临已经下起了雪，大雪封山之后，北戎人不会再越过那座延绵的山脉，他们将进入休战期。

而青云卫即将整兵前行，踏雪前行对他们来说已不陌生。

屋内安静而温暖，窗台上的雪被屋子里的暖意给蒸化了，在墙上画出了蜿蜒的痕迹。谢停舟站在檐下伸手接了些雪，捻了捻冰冷的指尖。信已去了两封，或许是在路上，或许回信已经在途中。

马靴踩在雪地里咯吱咯吱，士兵跑得气喘吁吁，跳过门槛冲门口的长留点了点头便冲了进去。

"王妃，狗……呸……西厥人又来骂阵了。"

沈妤扔掉了手中的树枝，用脚踩乱了地上的线路图："走，去看看。"

萧川手压着腰侧的刀："他们都吠了三天了，也不嫌累，还来！"

"又不是同一批人。"沈妤说，"他们人多，轮换着来。"

三日前那场雪来势汹汹，整整下了一日一夜。城墙上的雪已经被清扫干净，站在城墙上往关外望去，入眼是茫茫雪色。

"大周的孬种们，有种出来战一场。"

"他们不敢，都是缩头乌龟。"

"软蛋怎么可能出城，指不定还得回去吃奶呢。"

下面一阵污言秽语，骂得一句比一句难听。

"一群杂碎。"萧川盯着西厥士兵，"躲得老远，箭都射不到。"

沈妤哈了口白气："他们又不是傻子，怎么可能站到射程之内。"

她扫视了一圈，见城墙上的士兵一个个脸色铁青。两日前她下了军令，对方骂阵就听着，不能骂回去，士兵们早就忍得受不了了。

"想骂回去？"沈妤问。

一士兵道："我这辈子还没被人这么骂过，西厥人欺人太甚。"

沈妤说："憋也憋得差不多了，那想骂就骂吧。"

将士们不懂沈妤的用意，但这一口气憋了三日，管它什么用意，骂爽了就行，一朝得了令就跟困兽出笼似的，骂得嗓门都比西厥人的大，有的都从女墙间探出了头去。

这几日早把想骂的词儿在脑子里过了许多遍，骂起来一个比一个顺溜，骂得西厥人都插不上话。

领头的西厥将领气得络腮胡都在抖："都给老子骂回去！骂不赢？怎么可能骂不赢？"

萧川撑着城墙笑得不行："行啊王妃，这一招真不错，也不用次次都骂回去，骂赢一场就算赢。"

"骂得不错。"萧川拍了拍一名士兵的肩膀。

士兵得了夸赞，骂得更起劲了。骂阵在削弱敌军士气的同时，也能振奋自己人的士气，还能让对方沉不住气。西厥士兵已没有方才那般气定神闲了，一个个揪紧了缰绳，胯下的马都跟着躁动起来。

"心痒了？"沈妤侧头看了眼萧川。

萧川揉着胸口说："这波西厥兵要是吃下来，应该很爽。"

沈妤丢给他一个腰牌："那就去吧。"

"啊？"萧川愣住了，"真去啊？"

"去，怎么不去。"沈妤朝着在城下叫嚣骂阵的西厥士兵抬了抬下巴，"我们忍了三日，他们笃定我们不会出城迎敌，你就带兵出去给他们看看，他们要是跑了，那算我们小胜，要是不跑……"

沈妤看向萧川："这就是你的第一场胜仗。"

萧川听得兴奋起来，眼睛已经在沈妤的话里燃起了火光，他已经许久没有上过战场了。

他将腰牌往腰间一别，眼神冷峻："是！王妃等着我的好消息！"

城门轰隆隆开启，骑兵踏着铁蹄冲出城去。

"他们竟然出来了。"西厥士兵喊道，"将军，咱们退吧。"

"退个怂！"领头人呸了口唾沫，"被大周的孬种骂回大营，老子丢不起这个人。"

一名士兵劝说："没有大将军的命令，我们不能打。"

领头人已经被骂得上了头："等我赢下这场仗，回去就庆功。"

萧川一马当先，却没有直扑西厥人的面门，而是在半途中停了下来，与西厥兵的领头人遥遥相望。

"看！"西厥士兵兴奋地喊，"他们不敢过来，大周人都是孬种，他们也害怕。"

西厥的士气似乎在这一刻振奋了起来，但他们没有意识到这并不是好事。

"给老子杀，杀杀杀！"领头人嘶喊道。

萧川在奔腾而来的马蹄声中定住了目光，他的身体中燃烧着澎湃不休的战意。他是将领，萧家人天生就该拼杀在战场，而不是在盛京的官沟中清理污秽，也不是在权贵的蔑视中卑躬屈膝。

雪色中涌来的人们，他要踏着他们的鲜血，在先辈们战过的地方赢下这一场。

这一战，必胜！

萧川凯旋，盔甲上染着血，此生从没有过此刻的畅快。他扔开了马缰和头盔，单膝跪在了沈妤的面前。

"王妃！幸不辱命！"

将士们都在欢呼，比起前几日在忐忑中赢下的那一场，这一战更加振奋人心。萧川知道这是沈妤给他的机会，她明明可以自己带兵出城，但她把功劳让给他，这是有心磨炼他。

"起来吧。"沈妤道,"你如今是正儿八经的将领,不要动不动就跪。"

萧川笑了起来,沾血的脸上咧开了一口白牙。他偏了偏头,看见一名少年在房顶上一路蹦跶过来。

城门口挤满了士兵,都没个落脚的地方,长留在上面干着急,手里扬着一样东西喊:"哥哥们对不起了。"

说罢脚一点,踩着几人的肩头跃了过来,踩着石阶上了城墙。

"王妃,有信!一封是咱们北临的信使送来的,还有两封不知道谁写的。"

沈妤接了,拿着信走到了城墙拐角处,拆开了北临来的那封信件。萧川和长留懂事,没有跟上去。

长留也被今日的胜仗鼓舞到了:"萧哥哥这一仗打得真漂亮。"

萧川要伸手去薅他的脖颈,被长留灵巧地躲开:"你身上全是西厥人的血,脏死了。"

信纸在寒风中发出细微的声响,沈妤捏着信仔细地读。谢停舟的信不长,寥寥几句以慰相思。

沈妤很快就看完了,又翻来覆去地读了好几遍,才小心地叠好揣在了胸口,又依次拆开了另外的两封信件。

萧川正在逗着长留玩,转头见沈妤沉着脸走来。

"王妃,可是有要事?"

沈妤说:"我去曹光进府上,你随我一起。"

看沈妤表情萧川就知道是有急事,疾行间就卸了甲,又接过士兵递来的帕子擦了把脸。

曹光进在府上就听说他们又打了一场胜仗,两人不请自来,他去迎人时沈妤和萧川已经入了院中。

"王妃,来找下官可是有事?"

"不找你。"沈妤道,"我找江敛之。"

江敛之奉诏前来,受邀住在曹光进府中。那日江敛之宣读了圣旨,他为议和而来。

曹光进对议和喜闻乐见,只要不打仗,他这个官就能坐得稳,不论谈下的是个什么条件,都是朝廷的事,也不用他出。可他旁敲侧击,江敛之都没有要前去议和的迹象,只说时机未到,只是这时机说到底,还是江敛之自己说了算。

曹光进道:"可不巧,江大人病了。"

"带路。"沈妤说,"我有事找他。"

三人前去江敛之院中,途中曹光进说起江敛之的病。

"江大人为国为民,燕凉关的战事让江大人夜不能寐,前几日在城墙上坐了一夜,正巧那夜初雪,早晨士兵找过去的时候都成了雪人,险些冻成了冰块,就此一病不起,大夫日日来诊,用的也是最好的药材,可这病情总也不见起色。"

说起这个曹光进便忧心得很,江敛之是朝中重臣,又是议和使臣,要是死在了他府上,这罪名他可担待不起。沈妤或许知道答案,抬脚入了院。房中传来一连串的咳嗽，曹光进听得眉间的皱纹又深了几分。

丫鬟道："大人，王妃和曹大人还有萧总兵来看您了。"

江敛之拿帕子捂唇咳嗽了一番，喘息了两下说："江某病卧难起，恐将病气过给王妃，便请几位在外间说吧。"

说完，便已听见房门被人推开的声音，沈妤径直绕过了屏风。

"我收到了盛京的消息，李昭年突发重疾陷入昏迷，一直没能醒来。"

江敛之眼中的讶异一闪而过，说："你告诉我这些，是想要我做些什么？"

言罢又是一连串的咳嗽。

沈妤严肃道："你出发之前，李昭年身体如何？"

江敛之默了片刻，喉间痒得厉害。

她询问他远在千里之外的永宁帝身体如何，却没有对他这个病人询问半句。

"我离开盛京之前，永宁帝身体康健，不太可能突发重疾陷入昏迷，但也不排除我这样的情况。"

病来如山倒，他寻不到生的意义，便无求生之心，汤药都是倒掉的，原本的风寒自然愈发严重。

丫鬟端了椅子进来，沈妤几人落座。

沈妤抬手挡了丫鬟奉茶，说："你说议和的提议源自皇后本家，李昭年在朝中是否颇受外戚掣肘？"

江敛之颔首："没错。"

曹光进听着沈妤一口一个李昭年，毫不避讳直呼永宁帝大名，几次想开口都没找着机会。

沈妤想了想："不会突发重疾，那被人谋害的可能性有多大？"

曹光进骇然："哎呀，这可如何了得。"

沈妤看他一眼，曹光进赶忙闭上了嘴。

江敛之用帕子压了压唇，虚弱地说："很大，或许你还不清楚，永宁帝不仅仅是受外戚掣肘，还有燕王。"

"李霁风？"

江敛之颔首："若是他，还真有这个可能。"

沈妤思索着，边说："此人我至今也没能看明白。"

萧川每个字都能听懂，却又不知道他们到底在谈什么，忍不住插嘴道·"可是燕王不是个闲王吗？全盛京都知道。"

萧川说得委婉，所谓闲王，不过就是不学无术一无所成的纨绔。

沈妤看他一眼："这才是李霁风的厉害之处，所有人都以为他是不学无术的纨绔，可我试探过，他身怀武艺，功夫还不弱。"

"什么？"萧川震惊道，"他……不错是个什么水准？"

"不比你功夫弱。"沈妤说。

萧川："……"

萧川觉得自己被伤害了，一个他眼中的纨绔功夫都不比他差。

沈妤也不避讳，直说道："如果他只是为了保命，做一个真正的废物，远比一个假废物要更安全，说他藏锋敛锷只是为了明哲保身，这我是不信的，令我不解的是，若他要出手为何要等到现在？我们离京的时候，分明是他最好的时机。"

江敛之的双眸如同浸在了墨里，他看着沈妤："我在京时，燕王与永宁帝交好，时常入宫，永宁帝也曾在言官弹劾燕王时直言相护。"

江敛之压抑咳嗽压抑得久了，几句说完反倒是咳得更厉害。

丫鬟都被支了出去，曹光进左看右看，只好自己端了水奉给江敛之。

"大人先缓缓。"

江敛之润了喉咙，继续说："江某有些拙见，若王妃愿意听，我可略说一二。"

沈妤道："江大人请讲。"

江敛之看向曹光进："曹大人劳烦去替我问一问今日的药。"

曹光进哪能听不明白，这是有些话不想让他听。

他倒也并没有想知道，知道得越多命越短，他官场浸淫数十载，靠的就是个独善其身，能不牵扯进去的就不牵扯。

待曹光进出去带上房门，江敛之这才道："事实上，如今朝堂势力分为三股，一为永宁帝拥趸，二为以楚氏为首的外戚，四大世家唇齿相依，江氏历来是世家之首，楚氏为末，但自永宁帝上位之后，四大世家的平衡便被打破了，楚氏想要靠乘着永宁帝这一股风一家独大，对其他世家多番打压。

"再来说其三，其三为在皇权更迭时期落于下风的旧臣，他们原先拥趸先太子，先太子败后，他们得不到重用，但朝廷缺人，于是这一帮旧臣仍然在朝为官，虽官职不高，但也不失为一股不小的势力。"

萧川没听明白："可是，都是些芝麻小官，能起什么作用？"

江敛之解释道："便如建造宫殿，地砖不如梁柱起眼，但地砖，它可以铺满整个大殿。"

他这么一说，萧川就明白过来了。

江敛之道："而据我所知，这股不起眼的势力，曾想要投靠燕王，但似乎并没有达成共识。"

语毕，但见沈妤正看着自己。

沈妤在审视眼前的人。她先前曾对江敛之说他并不了解他的亡妻，事实她此刻不得不承认，她也同样不了解江敛之。江敛之好说歹说姑且算得上曾同他祖父一样位极人臣，这样的人心思之深眼光之毒辣，可见一斑，说是拙见未免太过谦了。江敛之是天生的谋士，幸亏他此生没有争权夺利之心，否则，这样的人断然留不得。

沈妤收回目光："你的意思是，此次李昭年的昏迷，必是这三股势力在作祟。"

江敛之颔首："不妨一一排除，天下攘攘，皆为利往，何人能从中获利，那何人就有嫌疑。"

沈妤心下思忖了一番："拥护永宁帝的人暂时可以排除，可如今李昭年正值盛年，正是楚氏借乘东风扶摇直上的时候，楚氏要对他下手也有些牵强。"

"不对。"江敛之摇头说，"你不在盛京，许多事情不了解，永宁帝曾三次驳回立后的折子，看来永宁帝和皇后并非一条心呢。"

沈妤看着江敛之："李昭年早就想到了外戚专权会重演，但他无力改变，当初先帝给楚氏赐婚的时候，并没有料到最终会是李昭年坐上这个位置，楚氏是先帝赐给李昭年的保命符，眼下却让他受制于人。"

江敛之道："李昭年对局势洞若观火，但他这样的人，只适合做谋士，而不能镇江山，我们不妨做更为大胆的猜测，永宁帝至今只有一个子嗣，为皇后所出。"

沈妤心下骇然，若楚氏想要扶襁褓中的皇子上位，那李昭年便成了废子。

"只能说造化弄人。"江敛之说道。他看着紧闭的窗，不知是在替李昭年感叹，还是在替他自己。

萧川听得一知半解，心想怪不得手无缚鸡之力的文臣却能拨弄朝堂，他感觉自己听懂了，又觉得没完全懂。

江敛之捏了帕子掩唇片刻，说："燕王既能在夺嫡中博出一条路，说明他没那么好拿捏，这是他和楚氏之间的博弈。"

沈妤不关心朝局，但她在意朝局会对他们如今的局势造成的影响。既已分析出了局势，那她就能提前有个准备。

话聊完了，沈妤起身告辞。

"王妃留步。"江敛之忽然开口。

沈妤看出他有话要单独说，侧头对萧川道："你去外面等我。"

房中只剩下江敛之和沈妤，屋内点着炭炉，很暖，但江敛之脸色苍白，嘴唇都还是乌青的，雪夜中冻了一晚还没有恢复过来。江敛之微微笑了笑："我没有想到，我们如今还能这样谈话。"

"你有什么话要说？"

"坐吧。"江敛之盯着她的眼睛，"我想说，燕凉关困局若能解，之后你和谢昀要遭受的就是内困，我略有些自己的见解，希望可以帮到你们。"

沈妤没有落座："为什么？"

"不为什么。"江敛之移开眼，"或许是将自己融入局势之中，会让我感觉自己还活着。恕我直言，你们要除内乱、谋天下，依我之见，须得以众击寡，以治击乱。"

沈妤眯了眯眼，威势逼人："谁和你说我们要谋天下了？"

江敛之不为所动："就算你们并无此意，但你们已经被推上了这条路，李昭年镇不住江山，若没有一个人站上去，则会内乱不休，而你们已经走在了平乱的路上。"

沈妤抿紧了唇。

江敛之笑道："你不会天真地以为，待你们平息了内乱，还有其他人能稳稳地坐在那个位置上吧？天下谁人能服？你们已经做出选择，你做不到袖手旁观任天下大乱，所以沈妤，你已经没有别的路可以走了。"

沈妤从没有想过那一层，或者说，她在避免想到那一层。

江敛之："如果——"

"如果你的见解还是关于谋策，我不想听。"江敛之刚一开口便被沈妤打断，"若你有什么高见能破燕凉关困局，我倒是乐意请教。"

"也罢。"江敛之清了清嗓子，"于兵法上我帮不上忙，但你若撑不住了想要议和，我愿尽绵薄之力。"

"我不会让那样的事情发生。"

房门一开一合，窜进了一股冷风，又被屏风挡住了。

江敛之盯着沈妤离去的方向出神，许久，他自嘲地笑了笑。直到此刻，他自己都没能想明白他为什么要对她说那些话，与她分析局势。

沈妤走入院中，萧川即刻跟上来："王妃，永宁帝昏迷，会不会……"

"这正是我担心的。"沈妤说，"朝局变动，我担心我们腹背受敌。"

萧川低骂了一句，问："不是还有一封信吗？也是盛京的事？"

沈妤摇头："是我哥的家书。"

萧川面露喜色："沈将军要来了吗？我正好有兵法上的事想向他请教。"

沈妤道："回去再说。"

这两日更冷了，长留和四喜也没闲着，收拾了间屋子出来，又摆了桌椅，给沈妤平日议事用。

说是家书，但沈妤也没藏着，直接拿出来给萧川看。萧川看完，将信叠好递给沈妤，疑惑道："沈将军在信中说他去赤河，他不来燕凉关吗？去赤河干什么？"

这一连串的问题沈妤也没有答案。

"是啊。"沈妤喃喃道，"他去赤河做什么呢？"

萧川想了想："沈将军会不会是想去赤河借兵？我觉得没戏，我爹我最了解，他不可能会向外借兵。"

"不对，不会是这样。"沈妤搭在膝上的手指一下一下敲着。

明明受困的是燕凉关，那沈昭去赤河的用意是什么？沈昭不会做多余的事，他一定是为了营救燕凉关。但她不认为沈昭会去借兵，他守边境的时间比沈妤更长，是沈仲安手把手带出来的将领。他一定是有了谋算，沈妤心想。

萧川挠头："这也太难猜了，沈将军为什么不直接写出来？还要让人猜。"

沈妤不疾不徐："他应该是担心信件在途中出问题，不便在信中提及，是什么呢？"

沈妤将信翻来覆去看了许多遍，火也烤了，醋水也沾了，还是没有任何头绪。

这里是赤河大营，外围是黄土和稻草混在一起夯实的土墙，四周是高耸的望楼，将军帐设在大营的正中央。这里地广人稀，物资匮乏，黄土中种不出粮食，是个鸟不拉屎的地方。

坐在椅子上的男人看着沈昭虎视眈眈，男人是萧川的兄长萧河，左臂上还缠着纱布，他在之前与西厥的一战中伤得不轻，过去这么长时间还没能完全恢复。沈昭没有在看他，而是看向了坐在正中央上座的人，那才是能做出决策的人。

"萧将军。"沈昭说，"晚辈知道萧将军如今信不过我，但不妨听一听我的见解。"

"燕凉关与赤河同处于西北边境线上，萧将军与我沈家军共同抗击西厥人多年，可谓是兄弟兵，萧将军定然明白唇亡齿寒的道理，一旦燕凉关失守，这道防线就破了。"

萧长风十分清楚，如今的燕凉关有多难，他沉默片刻："我自然明白这个道理，但我们兵力有限，匀不出多余的兵力去增援，我们要是动了兵，西厥人就有可能选择从赤河进入大周，我们总不能带着兵跟着西厥人的脚步在边境线上来回地围追堵截，谁都耗不起，只有确认西厥不会再次对赤河发起进攻，我们才能支援燕凉关。"

"晚辈明白萧将军的顾虑。"沈昭手中的热茶都快捧凉了，也没有喝上一口。

他说："但燕凉关等不起。"

萧长风沉吟须臾："你父亲是个人物，教出来两名将才，你妹妹刚在燕凉关两胜西厥人，有能耐，她是北临王妃，只要北临进入休战期，谢停舟一定会带兵增援，她只要熬过眼前的困境，一切都能迎刃而解。"

沈昭硬挺的脸上表情严肃："可是她熬不过，前两次的小胜是西厥人在试水，根本不算是真正的战役，燕凉关三万多守备军，其中一万都是今年招的是新兵，根本不具备作战能力。"

"那你想怎么样？"萧河问。

萧河对沈昭多有不满，同出将门，沈昭的名号和军功比他高得多，就显得他有多么不起眼，他从前时常生出既生瑜何生亮的感觉。

沈昭这才看了萧河一眼，又移开视线："西厥大军压境，此次出动全部兵力，他们想谋的不是燕凉关，不是从前抢夺粮食那么简单，否则他们早就发起总攻了，不可能一直拖到现在。"

他沉了声音："我觉得，他们这次恐怕是想占下燕凉关和关内的土地，让甘州成为他们永久的粮仓。"

萧长风还没开口，萧河便道："这一切只是你的猜测而已。"

"确实是我的猜测。"沈昭说，"我只是在分析局势，你可信也可不信，但有一点，仗是一定要打的。"

萧河被沈昭堵了一嘴，心生不快，冷哼了一声："你说得这样振振有词，是有办法了吧？"

沈昭道："西厥全境的兵力都屯在了燕凉关，他们一直不进攻是在等一个机会，但在我看来，他们等错了，恰好给了我们机会。"

萧长风目光精锐："什么机会？"

"深入西厥腹地的机会！"

"不行！"萧河站了起来，"爹，咱们——"

萧长风抬手打断，这想法太过匪夷所思，萧长风陷入了沉思："沈昭，你有没有想过，我们要是进入了西厥腹地，边境线就更加不堪一击，如果他们选择从赤河进入大周，你告诉我，谁来挡？"

"那就让他们不敢这么做。"

沈昭眼中寒芒毕显："一旦我们进入西厥腹地，博达不会放着家不管，他必定会回援，我们压过去，除了博达的大军，没人能撕开我们这道防线，所以后方的赤河根本不需要大军的驻守。"

"简直异想天开！"萧河讥讽道，"你这个哥哥当得好，这样燕凉关的困境是解了，那我们的兵怎么办？博达一旦回援，我们就会被困死在西厥腹地。"

沈昭轻飘飘地瞟了他一眼："那若是我妹妹在博达撤兵时带兵追击呢？"

萧河愣了一下，一时没想到这一层。他转头看向萧长风，想说点什么，又见萧长风正低头沉思，便没敢开口打断。

沈昭道："西北沿线的全部兵力加起来，与博达的兵力悬殊并不大，只是因为战线被拉得太长才被分散，我们这些年打得太被动了，他们进犯我们迎敌，这里也要防那里也要防，却从未想要集中兵力从根本上解决问题。"

萧河毫不退让地与他争执："深入西厥腹地的打法和我们现在的打法可不一样，调兵、粮草、军备消耗要大得多，哪样不花银子？你爹名头大，哪年的经费不是先紧着你们拨，剩下的才轮到咱们，朝廷拨下来的军费根本就不够，我爹年年都在往里贴银子，庄子都卖没了，萧家军的难处你知道个屁！"

萧河说激动了，说话也没轻没重，急忙看了萧长风一眼。

"谁没有难处？"沈昭冷讽道，"不妨告诉你，自同绪十三年起，沈家军缺的粮饷都是我妹拿嫁妆来贴补，同绪十三年她才多少岁？那时她才十一！"

萧河一时语塞，将手里的臂缚往地上一扔："咱们这守的什么破边境！"

"萧河！"萧长风厉声呵斥。

萧河心里憋着一股火没处发泄，掀帘子出了军帐。

帐子里静了片刻。

沈昭道："我知道萧将军和我爹是一样的策略，就是严防死守，尽量缩小损失，这些年大周民不聊生，没有经费给我们深入，我临行前已与洛州陆氏商议过，今年的军费由陆氏承担，口粮和赶制的冬衣已经在路上，拨给赤河四万件。"

萧长风看了沈昭一眼："你是想用这个来收买我们？若我不答应呢？"

"不论此次我们能不能结盟，冬衣照样送，这是我外祖母听了赤河的境况后送给将军的礼物，与我无关。"

话都说到这份上了，再废话也毫无意义。沈昭静静地等着，过了一会儿，他似乎已经在等待中知晓了答案，仰头喝掉了杯中冷茶。

又过了许久，萧长风抬起头来："你说的这计划可行，但是风险太大，我不能让将士们跟着你冒这个险。"

沈昭从萧长风的态度已经猜到他不会答应，他说："大周日渐衰颓，西厥成为大周的隐患已经数十年，并且它在一日一日地壮大，他们对大周的土地虎视眈眈。这个地方埋骨的将士已经够多了，何不一举进攻，至少能换十年太平。"

"十年。"沈昭一字一句道，"十年，能给我们多长喘息的时间，到时候兵强马壮，外敌岂敢再来进犯。"

"年轻人。"萧长风沉声道，"你想得太简单了，我们对西厥腹地的地形并不了解，而西厥人却对他们的地盘非常熟悉，这一点，你怎么破？"

"我并不能保证能破。"沈昭实话实说，"但眼下萧将军还有别的更好的办法吗？或者我们可以等，等北临的增援，若是等到了就是皆大欢喜，若是等不到，那就等西厥人踏平了燕凉关进入腹地，而我们不得不放弃赤河前去增援，到时候燕凉关城破人亡，可就没有现在两边加起来的八万兵力了。"

沈昭见萧长风不言，又道："萧将军，我妹妹是北临王妃，燕凉关不是她的责任，她在盛京清除乱党，得到的是一纸缉拿文书，但她没有退。燕凉关有难，她照样千里奔袭前来支援，说得不好听一点，她一个女子，跟爷们儿一样把脑袋拴在裤腰带上为的是什么不用我多说，咱们男人别到头来连个女子都不如。"

沈昭想起沈妤，眼眶倏地红了，他微抬起头："自古以来谁能百战百胜？谁不是在搏？她敢拿命去搏，我们却要缩在营地里，我和我妹妹都是我爹带出来的，我们同出一脉，她愿意拼，我这个做哥哥的自然不会退缩。"

沈昭起身道："萧将军的疑虑我理解，也不强求，明日我会带着我的兵离开，多有叨扰，晚辈告辞。"

沈昭对着萧长风恭敬行礼，转身头也不回地走了。

冷气从门帘的缝隙呼啸进来，萧长风望着晃动的门帘，许久都没有再动。

曹光进在城门口下了轿子，往临时设的议事厅那边走。地上的雪被踩实后冻住了，他步子踩得急，肥胖臃肿的身体摇摇晃晃，还是一屁股就摔到了地上。

刚被人扶起来就指着士兵骂："雪都不知道铲一铲，要是摔着王妃你们谁担待得起？还不快派人来铲雪！"

说完又急匆匆往前去，走近了就喊："王妃，王妃，不好了，出大事了。"

接近议事厅，门口的长留侧身挡住了曹光进："你找我们王妃什么事？"

曹光进知道这小子，说话没大没小的，但沈妤很惯着他，沈妤都不管，曹光进自然不敢逾越。

"我找王妃有急事。"

"里头也是急事呢。"长留说。

长留身后的门开了，沈妤从里面走出来："什么事？"

曹光进忙说："王妃，江大人持诏前来议和，可这和还没议呢，江大人突然就说要回盛京，下官拦不住他，王妃您去劝一劝吧。"

曹光进怕江敛之死在他府上，但他更怕西厥人突然打进来。他担心的是江敛之要是走了，谁去出面议和？江敛之回不回盛京对沈妤来说没甚影响，只是前一日江敛之还了无生气，一副四大皆空想要遁入空门的模样，怎么会临时想要回京呢？

"我知道了。"沈妤颔首说。

曹光进："那……"

沈妤说："曹大人先回，江大人乃朝廷命官，自由之身，我管不了他。"

曹光进急得直想跺脚，见沈妤一副事不关己的模样，只好转身走了。

沈妤往回走了两步，又在门口停下，思索了片刻，还是掉头朝着曹光进府上去。曹府门口已然停着一辆马车，丫鬟跑进跑出拿东西，尽量将马车铺得让人舒适。看见沈妤，丫鬟纷纷让到一边，蹲身行礼。

沈妤刚走入江敛之院中便听见曹光进的声音。

"路途遥远，大人身体还未康复，不如再等等，等大人身体好些了再走。"

江敛之的声音仍旧虚弱："无妨，路上养病也是一样。"

"可是……"

曹光进还想再劝，江敛之已看见进门的沈妤："曹大人先回吧，我与王妃有话要说。"

自看见马车沈妤便知道江敛之是准备即刻动身，他已换好了衣裳，身上裹着厚厚的披风，脸色依旧苍白，虚弱得仿佛下一刻就要晕过去一样。

"我原以为你不会来。"江敛之说，"我留有一封信，已在信件中说明情况，你如今既已来了，我便直言相告，能比信中所写更为清楚。"

沈妤问："你如此急匆匆离开，是不是盛京出了什么事？"

江敛之缓缓点头，将一封信递给沈妤。

沈妤一边看信，一边听着江敛之说："永宁帝醒了，恐怕是给你探听消息的人刚离开盛京他就醒了，但他的情况很不好，太医束手无策，外戚逼迫永宁帝立储。"

"李昭年妥协了吗？"

"妥协，亦没有妥协。"江敛之说，"他立了燕王，为皇太弟。"

"什么？"沈妤抬起头，惊讶地说，"他膝下有子，外戚不可能同意。"

李昭年身在禁宫，一切膳食都是尚膳监在负责，这么重要的位置，当然放的是他自己的人。没有人能在中间操纵，除了……除了他身边最亲近的人。沈妤无法想象此刻的李昭年该是多么绝望，他是个内心干净的人，被推上那个位置之后，身边所有的人都被权势蒙蔽了双眼，变成了眼中只有利益和权势的怪物。

江敛之从容道："正是如此，他们下毒本就是奔着要永宁帝的命去，没承想他却醒了过来，于是只能威逼其立储，永宁帝，实在是个聪明人，只是不那么幸运。"

沈妤皱起眉："那朝堂如今是什么状况？"

"朝堂分为两派，外戚一派支持襁褓中的皇储，一派支持李霁风，余下人静观其变。"

江敛之又道："阁老备棺上书，在朝堂上怒斥外戚一派，之后一病不起。"

沈妤知道江敛之为何突然要离开了，江元青是他的祖父，如今阁老病重，他这个嫡孙的确该回去。

江敛之相当敏锐，已猜到她所想为何了："你的猜想没错，其一，祖父病重，我该回，其二。"

他停了片刻，认真注视着沈妤："我回去，可以替你稳住局势。"

沈妤没有把惊讶表现在脸上，只是审视地看着江敛之："我不信任你。"

江敛之笑起来，他早就知道这个答案："无妨的，不论你信不信，我都会去做我要做的事，你若是担心我回去搅弄风云，现在大可杀了我，死在你手里，我也算死得其所。"

沈妤将信纸摁在桌上。

江敛之又道："既然你不准备杀我，那我得走了，晚一分时局都有可能会有变化。"

沈妤没有接话，他便起身，高进忙上前搀扶，走到门口，江敛之停了下来，回头看了一眼，却只看见沈妤的半张侧脸。

江敛之抬脚走了出去。

他想了很多，从那夜开始他便一直在想。如果说梦中那个沈妤死在了冰湖里，那如今的江敛之也死在了燕凉关那夜的大雪中。活着与死了对他来说似乎并无差别，他在这世上成了一个可有可无的人。

可来这人世一遭，总得留下些什么，证明自己存在过。思来想去，旁人的想法于他来说犹如浮萍，他希望能记住他的人，只有沈妤一个。他之于她只是过客，他得很努力很努力，才能让她记住他。

他要让她记住他。

宣辉殿里弥漫着浓浓的药气。

李昭年躺在龙榻上，仰面望着高高的帐顶："皇祖父和父皇，都是死在这张龙榻上。"

他的脚边跪着内宦，李霁风坐在椅子上，椅子离榻很近，为了能听清李昭年虚弱的言语。

"太医会治好皇兄的。"李霁风说。

李昭年似乎是笑了一下:"我在鬼门关走了一遭,醒来发现,这里比地狱还要可怕。"

他的枕边人对他举起了刀子,奔着要他的命,半点也没留情。李昭年想起了他和皇后成亲的那日,那时的皇后还不是皇后,他也还是个皇子,手中没有权势。同绪帝给他指婚,将世家最末的楚氏嫡女指给他,为的是岳丈家能成为他的靠山,好在同绪帝宾天之后,让不争不抢的他不至于死在其他皇子手里。

皇室为繁衍子息,历来早成婚,那年他才十五。掀开盖头的时候,十四岁的楚氏对十五岁的李昭年笑了,她很漂亮,脸上有一对小梨涡,眼睛干净澄澈。那时他想,这就是要与我共度余生的人了,他会爱她,尊重她,对她好。李昭年努力过,除了爱她,其余的他都做到了。可正是这个他曾许诺与之共度一生的人,将毒药下在了他的膳食中。

李昭年脸色苍白:"霁风……"

李霁风凑近了一些:"皇兄。"

李昭年看着他:"我死了之后,他们一定不会放过你,我护不住你了,剩下的事,只有换你来做了。"

"皇兄不会死。"李霁风看着李昭年,又说了一遍,"再撑一撑,你不会死。"

李霁风曾有过很多兄弟,也死过很多兄弟,他甚至亲眼看着李延昌在他面前断气也不为所动。

可他现在看着虚弱的李昭年,却觉得胸口堵了一块石头。

李昭年轻轻眨了眨眼:"我活不了多久了,苟延残喘罢了,边境……边境……沈妤……"

"你昏迷的时候,她在燕凉关打了胜仗,她很厉害。"李霁风说。

李昭年笑了起来:"我早就知道,我早就知道她可以。"

他笑了一会儿,又收了笑容:"谢停舟呢?"

李霁风停了片刻,说:"还没有收到他前往燕凉关的消息。"

"那,那沈妤……"李昭年挣扎着想要起来,被李霁风轻轻摁住了。

"你要相信沈妤,相信谢停舟。"李霁风说。

李昭年躺着喘息:"你帮我……拟旨。"

李霁风已经猜想到李昭年的意图:"南大营是盛京最后的一道防线,大周境内还有一个宣平侯。"

宣平侯到现在都还没有动兵,他们还没有猜到他的意图,若是南大营去燕凉关支援,盛京将成为别人的囊中之物。

李昭年面露颓丧:"明明父皇在位时还好好的,为什么,到我手里就成了现在的模样?"

他这话说得有些天真,但李霁风并没有挑明。

李霁风劝说道："燕凉关战败，是大周走向灭亡的关键，这不怪你，我们都无法力挽狂澜。"

李昭年累了，身体非常虚弱。他闭上眼想着，或许他会成为大周最后一个皇帝，也是最短命的皇帝。

李霁风又靠近了些，听见了李昭年平稳却微弱的呼吸。

他起身把床帐放下来，在龙榻旁立了片刻，抬脚离开了。

青云卫的黑甲连绵在雪地里，一眼望不到边际。全军整齐有序，除了风声和行军踏在雪中的声音，几乎听不到有人的言语。谢停舟此次带兵八万，两万轻骑先行，余下重骑和步兵压后。他们日夜兼程，已离开北临两百余里，正朝着燕凉关进发。

兮风递上了水："王爷，喝口热水吧。"

谢停舟身体抱恙，到了冬日更加虚弱，随军的余大夫叮嘱过，饮食切忌生冷。天太冷了，他们在行军途中，想要喝口热的不容易，得骑兵跑在前面，烧好水，他们赶上去水也差不多好了。

谢停舟马都没下，接了水，喝了两口便接连咳嗽了几声，等缓和过来，将碗里的水喝完递给兮风。

韩季武见状，说："王爷，要不停下来歇一歇吧。"

"不必。"谢停舟道，"继续行军。"

此次韩季武随军，将常衡留在了北临，又留下两万青云卫作为北临守备。

谢停舟总觉心中不踏实，西北传来的军报他看过，沈妤小胜，西厥在兵力上有压倒性的优势，却迟迟没有发起总攻，似乎是在等着什么。韩季武早向谢停舟提议过，他可以率兵先去燕凉关，谢停舟就不必疾行，随后面的重骑和步兵再去也不迟。但这个提议当时便被谢停舟驳了，谢停舟让他之后不必再提。

韩季武担忧地看着谢停舟，目光一转和旁边的兮风对上。

兮风会意，当即道："王爷，天马上就黑了，轻骑这样跑也受不了，还是停一停吧。"

谢停舟犹豫了片刻，还是点了点头。

韩季武即刻下令："全军休整，停止行军！"

临时营地很快搭起帐篷，谢停舟坐在帐子里，兮风端来热水，拧好帕子递给他。

谢停舟擦了脸，把冻僵的手浸在温热的水中。

"白羽还没有回来？"

"还没有。"兮风说，"它在往北飞，兴许是冬日不好打猎。"

谢停舟眉头紧锁，擦干手，兮风端着水盆出去了。帘子刚落下来，谢停舟便听见外面一阵轻微的骚乱，紧接着兮风在外面大喊了一声。

"王爷！是白羽！"

谢停舟听闻不对，当即掀帘出去，兮风刚从地上抱起白羽。

"王爷……"

"进来！"谢停舟抬手撑着帘子，"喊大夫。"

兮风抱着白羽飞快地冲了进去，将它放在了搭好的简易的榻上，又解下白羽腿上绑着的信递给谢停舟。

谢停舟一手在白羽起伏的身体上安抚着，飞快地扫过那封简短的信，随即手停了下来。

谢停舟面色沉重，有那么一瞬，他脸上显出了茫然和不安。

"王爷？"

谢停舟把信递给他，沉声道："北戎……"

他吐了一口气，很快定下心神："北戎人越过了雪山，北临遭遇突袭。"

他此刻终于明白了西厥人在等待的是什么。

他们在等这一场冬雪。冬雪之后大雪封山，北临和北戎将进入休战期，谢停舟会带着他的兵前去燕凉关增援，去迎回他的王妃。而此刻，就是北临战力最薄弱的时期，北戎人可以如入无人之地，直取北临。

谢停舟和沈妤乃至大周都将陷入腹背受敌，西厥和北戎勾结起来，他们站在了同一战线，想在大周内乱不休的时刻瓜分掉这块肥肉。

谢停舟握紧了拳头。

"阿妤。"他在心里喊了一声她的名字，这个无数次带给他安宁的名字，此刻却如尖刀扎进他心里。

他若在此刻继续前进，等于放弃了北临和北临的数十万百姓，将士们的家人和孩子都还在那里。

可若是他掉头回北临，他不敢想，他不敢想会是什么样的结果。

燕凉关风雪大盛，刮得门窗都在嘎吱作响。

沈妤睡得并不安稳。自从到了燕凉关她便噩梦连连，没有一日能够一觉睡到天亮。梦里的燕凉关依旧是风雪肆虐，她已经逐渐习惯了与噩梦为伴，能在梦中淡然地看着眼前的场景。但这一次有所不同，她听见了脚步声，似乎是有人要前来和她同观这一场梦境。

"王妃！"

沈妤被这一声吵醒，翻坐起来才发现梦中的脚步声源自现实。

她下床穿上外衣，拉开门，长留朝她跑过来。

"发生了什么？"沈妤问。

长留刚想开口，两人却同时侧头望向了城门的方向。

鸣鼓和号角声齐响，这不是一般的敌袭。

"西厥人来了。"

沈妤飞快地穿衣戴甲，一边叮嘱长留："我去城门，后面可能没工夫交代了，你在此等着，若城门失守，你骑上快马，带着四喜往北走，不要在这里停留。"

长留一听沈妤这副交代后事的语气就哭了出来："不会的，王妃，王爷会来的，他一定是在路上了。”

沈妤朝他笑了笑：“我知道。”

长留跟着追出去：“我不会走的，王爷会来的。”

沈妤停下脚步，伸手在他肩上拍了拍：“听话。”

她翻身上马，马蹄声在风雪中被随风送来的警示声给掩盖了。

士兵从被窝里爬起来，在街巷间奔走，去往的是同一个方向。沈妤上城墙时好像风停了一瞬，还没有来得及观察敌情，“轰”的一声，城墙似乎轻轻震颤了一下，沉重的巨石砸在了城墙上。

“是投石机！”士兵大喊着，在飞溅的碎石间奔走而来。

“王妃，西厥人发起了总攻！”

沈妤望向关外，连绵的火把点亮了半边天，一直延伸至远方，直至消失在了苍茫的风雪里。

西厥人等待的时机终于来了，西厥士兵十余万，兵力上的悬殊单看着就已足够骇人。

但沈妤不能退缩，甚至连一点害怕的神色都不能有。

沈妤定了定心神，问：“狼烟点了吗？”

“萧将军已下令点了。”士兵道，“可是……”

沈妤知道可是什么，风雪太大，十里之外的烽火台未必能看见这边的烽火。

况且，点燃烽火，此刻又能等来谁的增援呢？

赤河的萧家军不会来，南大营的兵也不会来。她知道自己不能把希望放在别人身上，他们如今能做的就是死守，尽量把时间拖延到最长，等待着北临的救援。

巨石接连砸在城墙上，燕凉关的城墙在去年底做过加固，厚度由原来的十五米扩增到了二十五米。只是这厚达二十五米的城墙，仍然在投石机的攻击下被砸出了凹陷，砖块和碎石哗啦啦四溅。

沈妤站到了萧川身旁，扶着女墙道：“他们竟然带了攻城锤和壕桥，不能让他们靠近，能压多久就压多久。”

萧川面色严肃，盯着往前推进的西厥大军，笃定地说：“他们还带了吕公车，看来并没有发现我们的意图。”

城外挖了壕沟，这次是正经壕沟，但时间紧迫，他们日夜赶工，也只挖到了两米深三米宽。没有引水，壕沟里插的全是削尖的木桩。但他们也没指望靠不宽的壕沟就能挡住西厥人的进攻。

沈妤和萧川一同望着远处，投石机将巨石抛上了天空，在他们的眼中逐渐变大，然后轰然砸在墙头。

沈妤手掌下的女墙在微微震颤，她皱着眉：“风雪太大了。”

萧川背靠着墙擦拭他手中的弓箭：“足够了！”

博达骑在马上，他看不清墙上的人，风雪吹着他头上的发辫，他目光锐利。

副将骑马在侧：“头领，他们竟然还想用壕沟拦住我们，如果他们能在到达的第一天就好好挖沟，或许还能挖得更宽，但他们浪费了太多的时间。"

博达不敢轻敌，他现在的对手是将他和他的父亲压了二十余年的沈仲安的女儿。

沈仲安铸就了西北防线上的铜墙铁壁，博达父子花了二十多年的时间，才突破了这道防线。

而今，沈仲安年轻的女儿又将这道防线扛了起来。

"前进！"博达一字一句道，"我们要越过燕凉关，拿下关内富饶的土地给我的人民，我们再也不用担心冬天没有粮食。"

投石机压在后方，士兵压着吕公车和攻城锤往前推进。

沈妤和萧川死死地盯着前方，萧川在风雪中架起了弓。萧川额头上冒起了汗珠，他在投石机的重击中分神，散乱的心神无论怎么努力也凝聚不起来。西厥人的攻城锤和吕公车即将到达他用弓箭划过的那条线，萧川的内心仍在紧张，如果一击不中，他们的盾兵就会惊觉，会拦住后面的所有弓箭。

那他们的部署就白费了。

肩上搭上了一只手，带着一点重量轻轻往下压。萧川在余光中看到了沈妤柔弱却坚定的侧脸，内心突然奇迹般地安定了下来。

博达内心有一种不太好的预感，但他现在还不明白那是什么。

"停下！"博达开口道，"我有一种不祥的预感。"

副将安静地等候着，他的头领对战争有着非同一般的敏锐度，带着他们到达过从前从未到过的高度，他相信博达的判断力。

"他们怎么停下了？"萧川放下弓，"该不会是被他们发现了吧？"

沈妤没有说话，过了片刻，西厥大军重新动了起来，继续前进。

沈妤微微松了一口气。

沉重的攻城锤继续前进，萧川锐利的眼眸贴在了弓弦后。

博达看着远方的城墙道："应该是我想多了，还没有到他们弓箭的射程之内。"

话音刚落，木板咔嚓一声脆响，攻城锤的前轮陷了下去，可吕公车太高，一下失衡便栽了下去。

惨叫声响起，走在吕公车前的西厥士兵被压在了下面。

士兵大喊道："该死的！这里还有壕沟！"

与其说是壕沟，不如说是水沟，沟并不宽，还不到一米，但攻城锤的整个前轮都陷了下去。

"快！抬起来！"

士兵跳下了沟，想要用肩膀扛起攻城锤，落地时脚下一片松软，还隐约闻到了一股不一样的味道。

"不好！有火油！"

数日之前输掉的第一场仗，西厥士兵被壕沟和火油围杀的画面仍旧历历在目，他们还记得曾经的伙伴在火焰和厮杀中的惨叫声。士兵们顿时慌乱了起来，有的已经准备从沟里爬上来。

副将骑马上前："不许退！快把车扛起来继续前进，这里不在他们的射程中，不用——"

"倏——"

破空声响起，一支利箭扎了地面，壕沟轰地燃了起来，壕沟里的士兵顿时被烧成了火人。

遥远的城墙上响起了欢呼声。

萧川放下弓箭，摸了把胸口："吓死老子了。"

沈妤拍了拍他的肩膀："能拖住一时是一时。"

那火直烧副将面门，马被惊得高高抬起了前蹄。

"后退！"副将一边控制住马一边骂，"头领，是陷阱！"

博达命令道："推雪，灭火！"

副将制住了马，回到博达身旁："头领，他们竟然还用同一招。"

"兵不厌诈。"博达说，"我只是没有想到他们军中竟然有臂力如此了得的人。"

雪被铲着盖向烈火，起初毫无作用，但沟不宽，火势渐渐被压制了下来。

士兵清点伤亡，烧伤的士兵有几十个，不过九牛一毛，但攻城锤的前轮已经被烧毁。

"他们是想拖住我们的脚步。"

西厥前进的脚步确实被拖了下来，士兵抬起攻城锤并挖土填平沟，军匠赶工修理。

副将道："头领，他们是在等北临王的增援。"

"北临王来不了。"博达笃定道，"呼延陀会拖住他的脚步。"

"可是如果北临王放弃了北临呢？"

博达在这个疑问中沉默一会儿："那呼延陀可以从北临进入大周，他们会腹背受敌，不论北临王选择去哪里，他一定得做出选择，必须抛弃掉一方。"

副将道："希望他会回北临。"

博达也是这样想的，如果谢停舟选择回北临，那他们会率先进入大周，之后和北戎谈分配，他们就处于上风。天还没有亮，此刻是给守备军喘息的时间，同样也是西厥人休息的时间。

修好攻城锤，他们会重新进攻。

沈妤回望北方，那里是她的第二个家，那里有她的爱人。下雪之后北方才会进入休战期，可博达为什么偏偏要等到休战期才发起进攻？他等的不可能是谢停舟，那会是什么呢？

谢停舟是否也和她一样遇到了困境？他会来吗？或者说，他能来吗？

军帐中大夫在给白羽治伤，此次白羽身上的伤并不严重，一侧的翅膀被抓掉了一块羽毛，伤口比较浅，军医说之所以会裁下来，是因为它在和其他鹰隼的搏斗中突出重围，并毫不停歇地接连飞行了几百里。它是万鹰之王，在与其他鹰隼的战斗中从未落过下风，此次应该是遭到了鹰隼的围攻。

帐中还有其他人，谢停舟目不转睛地盯着白羽。他给了自己一些时间，待军医治疗完毕，他必须做出抉择。此刻谢停舟必须让自己冷静下来，想出对他们来说最好、也最为有利的对策。

军医看完了伤，问题不大，简单说了一番便退出了军帐。

谢停舟用手抚摸着白羽的羽毛，万鹰之王，哪怕受伤也毫不逊色，那双鹰目盯住了帐子里的其他人，仿佛和他们一样也在等一个答案。

谢停舟停下手起身，轻轻地说了一句话，兮风和韩季武当时还没能反应过来。

待理清了那句话，韩季武大惊失色："王爷！"

谢停舟抬手止住他的话头，淡淡道："整军吧。"

韩季武喉咙微哽："可是……"

谢停舟："这是军令！"

兮风从谢停舟这句话中听出了些许疲惫，他喉咙哽了一下，在白羽的目光中垂下了头。

"是不是觉得我太冷血了？"谢停舟看着虚空中的某一处。

兮风低声道："王爷有自己的难处，将士们都明白。"

谢停舟朝他摆了摆手，低头将脸埋进了掌心里。谁也看不见他的表情，但白羽看见自己的主人弯了背脊，也垂下了肩膀。

天亮了起来，燕凉关的风雪并没有停，青云卫已经奔袭在了路上。而燕凉关这边，西厥人也休整好了装备重新发起了进攻，前方的步兵已经进入了射程范围内。

可两军之间军力悬殊，西厥靠着人墙战术也将大周逼得喘不过气来，他们扛不了多久了。

这里是北临王都。

几日前，谢停舟带大军离开王都一路向西前往燕凉关，北戎人却在休战期越过了雪山，向王都发起了进攻，这是自历代北临王镇守北方边境以来从未发生过的事。

常衡带领两万青云卫奋力迎敌，但北戎攻势凶猛，双方兵力悬殊，他们一路退到王都，还是让他们攻到了城门下。

"轰——"

又是一声猛烈的撞击，铁桦木的城门发出了一声轻微的咔嚓声，士兵看见粗大的门闩上出现了一丝裂痕。

"将军，城门要破了！"

常衡咬紧牙关，顶不住了，他心里很清楚。扛了几日已是万幸，北戎人太多了，他们扛到现在是为了给王都的百姓争取尽可能多的时间撤离。

"搬东西来！"常衡大喊道，"把桌椅、床凳都搬来塞满大街。"

用桌椅板凳挡在城门口，若城破，他们将以火焚路，令其不得前进。

这是常衡阻拦北戎人的最后的办法，是没有办法的办法。常衡知道王爷前去营救燕凉关了，他们将没有援兵，将士们若能多撑一刻，百姓就能撤走得更多，逃得更远。

马蹄声踏在街道上。

"让他们退回来！"马上的人喊道。

常衡回头，看见老王爷骑在马上，手中握着那把曾横扫北方战场的长枪。

"是老王爷！""老王爷！"

四周响起了将士们的声音。

谢光宗迎风一笑："加什么老字？都把我给叫老了。"

常衡赶忙上前："王爷不是带百姓撤走了吗？怎么能再回来？"

盛年时的谢光宗曾是令北戎闻风丧胆的存在，后来他的儿子承袭了他的衣钵。谢停舟青出于蓝，在战术上比他更为灵活，但谢光宗最不服的就是一个老字。谢光宗在马背上压低了身体看着常衡，他的目光依旧压迫力十足。

"北戎是我的手下败将，我不会退，百姓已撤离，老子今日就和他们战一场！"

青云卫："誓死追随王爷杀敌！"

"城门要破了，都退回来！"谢光宗命令道。

青云卫堵住了街道，在他们的前方，当先的马上是绝不退缩的前一任北临王。

谢光宗镇守北方数十年，戎马一生，早将宁死不屈淬炼进了骨血，他不会退，他会战至最后一刻。

轰——

城门遭到撞车的再次撞击，王都的街道很静，青云卫的所有将士都没有发出声音。

轰——

他们目光坚定，盯着前方。

轰——

谢光宗缓缓举起了手中的长枪，直指城门。

"将士们！随我，战一场——！"

轰——

城门轰然倒下，在地面砸出一声巨响。谢光宗一马当先，在猎猎北风中冲上前去。老王爷发鬓掺白，岁月的痕迹爬上了他的脸，却没能侵蚀掉他那双含着凌烈刀锋的眼。他将北边的防线扛了半生，心愿是游历山河，但只要有外敌进犯，他便还会站在这里。

兵刃撞击出了声响，城门的街道上杀声震天。青云卫如一堵墙挡在这里，在交锋中让北戎人看到了他们的锋芒。密密麻麻的北戎人从城门口冲进来，又在城门口倒下，青云卫也在倒下。

北戎人如浪潮一般不停地往前涌，但城门和街道都不够宽，不能将青云卫包围，只能从正面出击，城外还有源源不断的北戎士兵。

谢光宗手中的长枪刺穿了无数个北戎人的身体，常衡挥刀拼杀，砍翻了一个又一个上前的敌军。回首之际，常衡看见北戎人砍断了谢光宗的马腿，谢光宗滚落在地。

"王爷！"常衡想要冲过去。

谢光宗往旁边一滚，北戎人的弯刀砍在了他方才倒下的地方。

"后面！"谢光宗大喊一声。

一把刀擦着常衡的鬓角而过，常衡回头，看见那刀插中了他身后的北戎人的脑袋。

"哈哈。"谢光宗大笑一声，边打边说，"老子要你救，管好你自个儿吧。"

笑声激荡直上云霄，青云卫在谢光宗的笑声中，杀得脸上竟然露出了笑容。

"爽！"常衡砍掉了一个北戎人的手臂。

城门口的通道堆叠起了如小山包一般的尸体，北戎人的尸体压着青云卫的尸体，青云卫又压着北戎人。青云卫在奋战中后退，他们都知道此战必输，但他们都想要再多杀一个北戎人。

谢光宗猛地架住了一个北戎人的弯刀，他感受到了对方的力量，双臂被压得下沉。那人年轻，魁梧，拥有强健的体魄，那是北戎单于的儿子。

曾经的战神老了，他挡不住年轻的北戎将领。

谢光宗在混战中肩上被砍了一刀，身上也多处负伤，但他感觉不到疼痛，还在奋力杀敌。

常衡摸到了谢光宗身侧，与他一同抗击，他不能让老王爷战死在这里。

"老王爷。"

谢光宗听到熟悉的声音，还没有来得及回头，常衡便将他往后一推，飞快地塞给后面的青云卫。

在剧烈的喘息声里说："你们两个带老王爷走！"

常衡和余下的青云卫拦住了北戎人的去路，他听见了马蹄渐渐远去的声音。

"杀敌！"常衡嘶吼着挥刀。

马蹄声远去，渐渐又近了。

"回来干什么？！"常衡骂完，却突然感觉到了不对。

马蹄声越来越近，如雷声轰鸣。

"是援兵！"青云卫大喊着。

黑甲骑兵从街道铺过来，密集的铁蹄踏得地面微微震颤。凛冽的北风将谢停舟身上的大氅吹得呼呼作响，他在长街中央勒马，隔着交战的人群与北戎的首领对望。

"呼、延、陀！"谢停舟一字一顿。

呼延陀在马上笑了起来："好久不见，谢停舟。"

他们曾是北边战场上的劲敌，呼延陀的父亲曾败在谢光宗的手上，而他的儿子呼延陀也曾败在谢停舟手中。

呼延陀笑得格外邪性："你竟然回来了，那燕凉关，要破了吧？"

谢停舟脸上终于出现了裂痕。

"大周人果然很无情。"呼延陀说，"你放弃了你的妻子，将她抛在了西北边境，听说你的妻子很美，让我来猜一猜博达会怎么对她，战败的女人永远都不如男人幸运，她们想死也死不了，会沦为众人可欺的牲畜，他们会撕碎她的衣裳，然后……"

"唰——"谢停舟抽出了刀，跃马向前。他知道呼延陀是在故意激怒他，但他忍不了。呼延陀是想在北临失去青云卫这个护盾时从这里打入大周，但他没有想到谢停舟会留下两万人。谢停舟回来增援，那呼延陀的此次进攻就算失败了，再战也只能是消耗。

"撤退！"呼延陀盯着他说。

他策马带着北戎士兵后退。

"青云卫，随我追击！"韩季武在马上高声说。

他们在回来的路上就拟定好了战术，左右翼已从东西两门绕过去包抄。

街道一片狼藉，雪浸成了红色，石板路已经被血水浸透了。常衡停下来才觉得浑身已经脱力，一屁股坐在街道旁的石阶上。谢光宗策马而来，下马就对着常衡的脑袋敲了一下，敲得头盔"铛"的一声。

"你敢让人带走我？瞧清楚了吗？我是你老王爷！"

常衡摘下头盔："您要不是老王爷，我还不带这样。"

谢停舟看见了谢光宗破掉的甲，命军医上前包扎，谢光宗还想逞能，可看谢停舟脸上的表情，又没敢开口。谢停舟走上了城墙，近卫们一个也没敢跟上去。

常衡抓住一名近卫："青云卫回来了多少？"

近卫道："七万八千人。"

"七万八千……"常衡喃喃重复了一遍，又说，"兮风没回来。"

"兮风带两千轻骑去燕凉关了。"近卫说。

"两千轻骑够个屁！"谢光宗坐在边上龇牙咧嘴地让军医看伤，"西厥有十多万，那两千人能干什么？"

常衡抬头看了眼城墙，又抹了把脸。

谢光宗看了他一眼："哎哟哟哟哟，得了吧，猫尿都出来了，你哭什么？"

"是我没用，还要让王爷回来增援。"常衡眼窝子浅，是个五大三粗却爱掉眼泪的汉子。

谢光宗道："少往自个儿身上揽责任，两万人，换我年轻的时候这仗都打不了。"

常衡满手的血，抹眼泪抹成了大花脸："那王妃那里可怎么办？"

谢光宗沉默了，过了半晌才说："希望燕凉关能撑久一点吧，这里速战速决，把北戎人打回去再去救儿媳妇。"

谢停舟在城墙上的风里眯起了眼。那两千人投入战场作用不大，但他奢希望于兮风能将她平安带回来，谢停舟在兮风临行前下令，她一定不会弃城而逃，若有必要，哪怕打晕她，也要把她带回来。

燕凉关的战火断断续续打了三日，这三日西厥一次又一次地进攻，都被他们惊险地挡下来。

西厥兵力消耗的同时，城内的守备军也在被消耗。西厥人从正面攻不进来，便想用步兵推进，挖松城墙下的地基，意图用投石机硬生生砸穿一道城墙。这个计划没有成功，但投石机的攻击一直在持续，补墙的速度根本比不上投石机砸墙的速度，这样持续下去，城墙总有被砸穿的一天。

"百姓的撤离情况如何？"沈妤问。

沈妤满身狼藉，在她面前站着的曹光进仍旧衣着光鲜。

"已经在陆续撤离。"曹光进又听见了投石机砸在城墙上的声音，他担忧道，"不知道这样下去能撑多久？"

"你只管组织百姓有序撤离，不要让人趁乱盗窃抢劫。"

曹光进点头："那，那我就先下去了。"

城门口这里太险了，轰隆隆的一声又一声能把人的心都震穿，曹光进一刻也不想待。沈妤回到城墙下的临时议事厅，她太疲惫了，坐在板凳上靠着墙闭目小憩。长留来给沈妤和萧川送饭，在议事厅找到沈妤时她偏着头睡着了，脸上有些脏，眼下乌青一片，瞧着异常疲惫。

长留没有吵醒她，看见屋子里的炭盆灭了，便去找了炭点起来，把食盒抱在怀里生怕凉了。要是王爷看到了该多心疼呀，长留红了眼，王爷让他跟来的时候叮嘱他好好照顾王妃，他却没能照顾好。

沈妤在投石机的声音中都能睡着，却被一阵轻微啜泣声吵醒了。她看见长留盯着炭盆，眼泪扑簌簌地往下掉。

"长留？"

长留胡乱地擦拭着眼睛，把怀里尚留余温的食盒递给沈妤："王妃，快吃吧，等会儿就凉了。"

"你吃了吗？"沈妤温声问。

长留含着眼泪点头，沈妤打开食盒吃了起来。这两日长留和四喜帮着百姓撤离，曹光进安排给沈妤的丫鬟也被沈妤要求跟着家人撤离了，到了饭点时，四喜烧饭，长留送饭。

今年的状况要比去年好很多，至少城中有足够的粮食，朝廷没有拨银，但关内的陆氏在源源不断往边境送粮食和军备，银子雪花一般地往外流。

"你哭，是不是因为害怕了？"

长留忙不迭地摇头："我不怕。"

沈妤说："怕也没事，你还是个孩子。"

"那王妃呢？"长留红着眼问，"王妃比我大不了多少。"

"我比你知道的要大个三四岁吧。"

长留听不懂这话是什么意思："王爷怎么还不来呀？都下雪这么久了。"

沈妤半垂下眸："他应该是被什么事绊住了脚，他会来的，长留。"

"啊？"长留看着她。

沈妤顿了顿："我有几封信，不放心交给别人，你明日带着四喜出发去替我送信吧。"

长留没有一口答应，也没有说话，他只是定定地看着沈妤，心里有一个可怕的猜测，猜测那信到底是什么。

"我不走。"长留过了很久才说，"可以让四喜送，我得听王爷的，在这里照顾王妃，我们一起等王爷来。"

沈妤喉咙酸涩了一下，故作严肃道："他让你都听我的，你听不听？"

"听。"长留说，"但是我不傻，你是想把我支走。"

"你不想回去看你的小乌龟吗？"

"想的。"长留低着头说，"我要和王妃一起回去看小乌龟。"

长留说着又流下眼泪："如果城真的破了，我就背上王妃走，我轻功很好的，没人能追得上我。"

沈妤轻轻叹了口气，侧耳听着外面的炮火声。她如今终于明白当初为何不论她如何阻拦，父亲都执意要战——那是他刻在骨子里的军魂。

将士们的身体里都燃烧着一把火，这把火不灭，他们便不退。如今，她也不会退，因为她的身体中流着沈仲安的血："我不能走，将士不能弃城而逃，但是长留，你还小。"

长留只是摇头："我帮着疏散百姓，可是好多百姓也不走，这里常年都在打仗，他们为什么不搬到其他地方去住呢？"

"因为这里是他们的家。"沈妤缓缓道，"如果不是万不得已，谁都不舍得离开故土，他们在这里有饭吃有地种，到了其他地方就成了流民，在路上都不一定能活下来，大家都只是为了活着。"

"也有人不这么想。"长留嘟囔道。

沈妤侧头："嗯？"

"曹大头呀。"长留说，"曹光进已经在收拾行囊了，我看见他后院停着好些马车，这是准备弃城逃走。"

百姓可以撤离，但曹光进不能逃，他身为父母官，若他先逃了，百姓必然心生恐惧，恐怕会引起暴乱。

沈妤把食盒给长留，她还要去安排人盯着曹光进，不能让他跑了。

外面的风雪刮得路都看不见。

韩季武下了马，进帐时将头盔扔在了地上："王爷，呼延陀欺软怕硬，根本不和我们打正面。"

这接连的几仗韩季武都打得很憋屈，他们追上去北戎人就后撤，一旦不再继续追击，北戎又带着小股轻骑骚扰，和他们打起了游击。

谢停舟眼眸幽深："他们是想拖住我们，给博达留下充足的时间破城。"

韩季武和常衡对视了一眼，他们都不敢询问燕凉关的情况，唯恐提及王妃让王爷伤神。

营帐里很暖，韩季武身上和眉毛上的雪都化成了水，他伸手抹了把脸说："我们拖不起，必须速战速决，得想个法子才行。"

军帐中灯油又添了一回，还没有商量出个对策来。谢停舟冬日身体欠佳，之前又接连奔波了几日，余大夫说身体状况不太好，需要休养。常衡和韩季武不想扰了他休息，退出了军帐回到自己的帐子。

不一会儿，便听见一阵马蹄声，出去一看，只见谢停舟身披大氅带着近卫策马顶着风雪出了大营。

"王爷。"常衡追着喊了一声，声音被淹没在风雪中，谢停舟根本没有回头。

"这么大的雪，王爷还要回王府去吗？"常衡担忧道。

韩季武表情沉重："王爷在营里睡不着，估计回王府能好些吧。"

毕竟那里是王爷和王妃的家。

常衡："王爷表面瞧着没什么，但我听近卫们说他这几日饭都吃不下，晚上也睡不着，有人半夜还看见王爷在院子里来回地走，不敢想如果王妃出事，王爷会怎么样。"

两人都沉默了，谢停舟做了他身为北临王应做的决定，而不论他做什么样的决定，都会被人诟病。不论是放弃自己的妻子还是放弃百姓，都会被人说冷血无情。

翌日一早，将领和幕僚都在议事厅中。

"兮风带着青云卫在去往燕凉关的途中遭到了宣平侯的阻击，人数悬殊没办法打正面，只能带着两千青云卫躲进山里，想要绕过去，幸亏南大营及时赶到，拖住了宣平侯。"

常衡骂道："这个宣平侯，我说他歇了这么久是为了什么，原来是搁这儿等着，不过朝廷怎么又突然动兵了？"

一幕僚道："此次还要多亏户部侍郎江寂。"

韩季武道："先生请赐教。"

幕僚道："赐教不敢当，江寂本是前去燕凉关议和，永宁帝在京中病重，阁老江元青备棺上书之后也一病不起，据说江寂马不停蹄从燕凉关赶回盛京，只见到了阁老最后一面，当日江寂便进宫向永宁帝跪请出兵宣平侯。"

"那就是江阁老在临终前将任务交给了江寂。"

幕僚摸了摸胡子："阁老临终前与他谈了什么这就不得而知了。"

常衡略微一想："可朝廷不是一直哭穷没银子吗？"

幕僚说："江家世代为官，随大周屹立数百年，所积攒下的财富不容小觑，江寂请求以江家积攒了数代的财富作为南大营动兵的军费，他身先士卒，其余官员岂敢在天子近前置身事外，自然是一人动而众人随，贪官污吏何其多，养活南大营足矣。"

房中有人吸气，没想到江家也这么有钱。

幕僚又道："这江寂也算是个人物，江家有人对此不满，据说是三房的老爷，那人当夜便在家中暴毙，都知道是谁做的，但没有证据便拿江寂无可奈何，此乃杀鸡儆猴，后面便无人敢再反对了。"

常衡点了点头："狠人。"

那幕僚说："能在朝堂上混得风生水起，手段自然不一般。"

常衡看向一直未曾发言的谢停舟："王爷，这样看来，江寂倒是帮了咱们一个忙？可是我听说当初在盛京，王爷还和他势不两立。"

"哎。"幕僚道，"尚且不能过早下结论，燕凉关破对朝廷同样没有好处，江寂打的什么算盘，咱们静观其变。"

韩季武看着谢停舟："当务之急是尽快击退北戎，昨夜我与常衡商议了一宿，有个办法姑且可以一试。"

"但说无妨。"谢停舟道。

韩季武点了点头，在桌上铺开了舆图。谢停舟手肘支在扶手上，食指在鼻梁上轻磨着，看着舆图若有所思。他没有打断韩季武，听众人对此战术争论不休。

"王爷，您怎么看？"常衡问。

谢停舟收回手坐直："可以一试，但有些地方，我想要做出改动。"

萧川在千里之外的燕凉关跑下了城墙，接过士兵手里的帕子擦脸。帕子擦在脸上还是热的，在风里冷得太快，擦到脖子就能冻得人一个激灵。

"幸好是下雪天。"萧川抬起胳膊闻了闻，对沈妤说，"要是大热天打仗，我站这儿就能把你臭死。"

沈妤笑了笑："我小时候想跟着我爹进军营，我爹说那你得先试试你能不能受得了，然后他把我扔进了士兵的帐子，那味道当时就把我吓出来了。"

沈妤摇了摇头，想起来都心有余悸。

萧川手一撑，跳上一旁的木栅栏："那后来呢？"

"后来……"沈妤悠悠地说，"他当时笑我，我脾气很倔性子又要强，他不笑还好，一笑我必须和他死磕。"

萧川笑道："你赢了？"

沈妤笑着摇头："我没赢，但是他输在了父亲二字上，我非要去适应军帐的味道，然后被臭晕过去了，他没办法，才让我进了营。"

萧川笑得前俯后仰，险些从架子上摔下去，连忙抓住栏杆，一旁的士兵笑得更欢了，拿萧川开起了玩笑。

"萧总兵，你这身体不行啊。"

"就是，这才守了多少日怎么就腿软了？"

"滚一边儿去。"萧川弯腰抓了一坨雪扔过去，"你萧爷我硬着呢。"

士兵大笑着跑了，这着实不像在战争中的紧张，大部分人都很放松，大家学会了苦中作乐，如果没有外面投石机偶尔的砸墙声就更好了。

沈妤侧耳听了听，说："攻势变弱了。"

萧川点了点头："今早开始就变弱了，咱们比他们想象中要难啃，估计琢磨着怎么进行下次进攻呢，不过缓一缓也好，王爷被拖在了北边的战场，我们只能继续撑。"

沈妤在两日前收到军报，歇了几年的北边战场再次爆发了战事，北戎险些将北临王都捅穿，幸好谢停舟带兵回援。沈妤知道谢停舟做了最正确的选择，只是她的负担更重了，要争取顶住尽可能长的时间。

"哎？"萧川话锋一转，"王妃，你说博达打的是个什么主意？剑走偏锋吗？"

沈仲安最先教给沈妤的并不是兵法，而是训练她身为将领时应当有怎样的敏锐度。战场上瞬息万变，一丁点细小的变化和决策都会影响整个局势。西厥突然减缓了攻势，沈妤觉得这里头有问题。

"我想在今夜探西厥营地。"沈妤说。

"不行。"萧川当即否决，"你是主将，不能以身涉险，你觉得这里面有问题，那我去，我本身就是斥候出身。"

沈妤还在犹豫，夜探营地不论对谁来说都是冒险，她不想将萧川推至险境，但他的话确实有道理。她功夫比萧川扎实，但若是面对十万大军，功夫再好也是白搭。

萧川已经替她下了决定："天一黑我就出发，卯时前一定回来。"

沈妤思索片刻："不要探太近，看看情况就回来。"

城墙外围的羊马墙一侧挖有地道，能容一个人通过，入夜后萧川将带着另外两名斥候从地道出去。

西厥的营地设在四里地外，萧川和斥候在雪夜里摸了很久，还没有到达西厥的营地。

"总兵，不太对，已经走出四里了。"一斥候说。

夜晚太冷，冻得萧川手指都麻了，他咬了咬牙："他们可能换地方扎营了，再探两里。"

几人继续前进，终于在一处天然小斜坡的背风处发现了西厥的营地。

萧川匍匐在雪地中，幸好雪已经停了，视线没有受阻，他们在高处能大致看见西厥营地的全貌。

"他们的营帐数好像不对。"萧川道，"比咱们之前探过的少了一半。"

萧川打了个斥候之间沟通的手势。

斥候一把抓住萧川，低声道："王妃叮嘱过不能探太近。"

"我感觉不对劲，我得搞清楚情况，将在外，君命有所不受，王妃不在这儿，老子最大。"萧川说罢，慢慢朝着西厥营地摸去。

天空中的暗蓝色渐渐褪去，东方天际浮起一片鱼肚白，卯时已经到了，沈妤站在城墙上担忧地望着西边。

萧川和斥候还没有回来，如果在西厥营地暴露，能活着回来的可能极低，她该亲自去的。

时间慢慢过去，天已经完全亮了起来，沈妤的心结结实实地沉了下去。

忽然，城墙下响起一声大喊："王妃！萧总兵回来了！"

萧川已经累得说不出话了，被士兵搀扶着进了议事厅，坐椅子上都不舒坦，直接躺在了地上。

听见脚步声，萧川偏头看去，看见沈妤走了进来。

"王妃。"萧川想要起身。

"躺着吧。"沈妤进屋坐下，"喊军医过来。"

"没事。"萧川喘息着说，"就是累的，没伤着。"

"什么情况？"

萧川坐了起来："西厥换了地方扎营，我以为是在四里地外，足足摸了八里，他们把营地往后退了四里地，营地里根本没有十万人。"

沈妤蹙着眉："之前大军压境，确实是十万人没错。"

"但他们减缓了攻势，紧接着拔营撤退。"萧川严肃道，"我按照营帐和土灶估算了一下，他们带走了六万人，这六万人去了哪儿？"

沈妤说："去年西厥南营曾想要绕道从另一边偷袭。"

"我就是从那边过来的。"萧川咽了咽干涩的嘴，说，"我和另外两名斥候被西厥人发现了，我们偷了他们的马，被他们追赶了一路，有个兄弟还中了一箭，不过没有性命之忧，扯远了，我们是从南边绕回来的，那边没有西厥大军。"

沈妤走到门口让士兵端热奶进来，对萧川道："他们前几日打得很急，恨不得立刻把城打下来，却又忽然延缓了攻势。"

萧川看着沈妤，并没有接话。他跟了沈妤这么久，自认对沈妤的习惯比较熟悉。沈妤在分析局势的时候，其实也是她自己在梳理头绪。

"如果只剩下四万人，那我们可以打，但是如果是他们在诱敌呢。

"或者……他们的后方遇到了什么麻烦，比如辎重线跟不上，抑或是内乱。"

"得试探试探。"沈妤道，"我——"

话音戛然而止，因为外面又响起了擂鼓的警示声。

萧川一骨碌从地上爬起来。

"来得正好。"沈妤飞快地戴甲，"我点一队轻骑出城，如果不能从正门返回，你到南门接应我。"

萧川道："是！"

沈妤提起头盔，飞快地走了。

青云卫正在追击北戎士兵，马蹄在雪地里扬起一阵又一阵白色的雾。青云卫改变了战术，不再急于取胜，变得极有耐心，和北戎人一样打起了小股的游击。其实这样对北戎来说很被动，因为青云卫背靠北临粮仓，而北戎的辎重线太长，负担不起这么长时间的消耗。

谢停舟想要用同样的方法耗死他们，呼延陀心想。

青云卫终于放弃了追击，北戎骑兵又往前跑了一段。

"停！"呼延陀下令，"休息。"

北戎士兵停了下来，副将骑马在呼延陀身侧："哈哈，青云卫被我们像遛狗一样遛来遛去。"

呼延陀脸上已经没有了当日遇到谢停舟时的淡定。事实上情况没有改变，依旧是他们跑，青云卫在追。但一旦谢停舟改变战术，落在下风的反而变成了北戎。

耗嘛，看谁耗不起。

呼延陀解下水囊喝了一口："谢停舟是不准备去燕凉关了，准备和我们死磕，他真是狠得下心。"

副将道："大周人会娶很多个老婆，谢停舟根本不在乎，死了他还可以再娶。"

呼延陀的眼中忧思深重，他看了一眼方向："我们往东，今夜在东边扎营，你现在放猎隼传信。"

"谢停舟那只海东青太厉害了。"副将说，"折了我们三只猎隼，幸好那只海东青现在受了伤不能巡视预警，北边的天空就属于我们的鹰。"

猎隼飞向天空，北戎士兵朝着东方前进。

沈妤带着一队轻骑进城，这次他们折损了十几名士兵，但是收获不小。

"吁。"沈妤翻下马背，扬声喊道，"萧川！"

萧川跑过来，盔甲在他身上发出沉闷的声响："王妃，我瞧见了。"

沈妤气喘吁吁："西厥人不和我们打正面，他们后方肯定没有援兵，博达也不在，他一定是带着人走了。"

萧川接过沈妤的头盔，又递过帕子："那咱们就要改变战术了。"

沈妤点头，擦了擦头上的汗："我猜测他们后方遇到了什么问题，让博达不得不后退。"

萧川说："博达带走了六万人，那他们后方遇到的问题肯定不小。"

沈妤很急，她迫切地想要知道答案，因为局势的变化太快了，他们似乎又有了一线生机。

萧川很高兴："眼下的情况对咱们来说是最好的，只要安心等着北临来就行。"

他话锋一转："不知道青云卫什么时候才能解决北边的战场。"

"我们不能一直指望北临的增援。"沈妤说，"要随时做好没有援兵的准备，此刻恐怕是西厥最薄弱的时候，如果我们没有抓住这个时机，等博达解决了后方的问题后再来，万一青云卫还是没能到，那我们再无机会。"

萧川也知道这个理："那就干他们！他们不打正面说明他们怕，王妃，你带兵压阵，我带人去后方捅他们屁股去。"

沈妤看了萧川一眼，萧川不好意思地摸了摸鼻子。

"我再想想。"沈妤说。

她总觉得似乎错过了一个非常重要的信息，她必须得想起来。沈妤甲都没卸，在议事厅中来回走着。忽然，她脑中灵光一闪，出门上马一气呵成，不到片刻就回到了院子。

"王……"长留招呼都没来得及打，就看见沈妤一阵风似的冲了进去，"……妃。"

沈昭的信，那封信！沈妤把信从枕头下翻出来，将信来回看了几遍，又回到了议事厅。

"博达在后方遇到了突袭。"沈妤激动地说，"是赤河的萧家军。"

萧川还是蒙的，不知道王妃哪来的这样的猜测。

沈妤飞快地说："这几日没有任何消息从赤河传来，你我都猜错了。"

他们没有收到赤河的消息，以为是赤河不能向他们发起增援才切断了联系。

"但不是这样的，如果我哥是为了借兵，在没有借到兵的情况下他一定会来燕凉关，可是他没有来，因为他说服你爹深入了西厥腹地。"

"这不可能？"萧川说，"我最了解我爹，他是保守打法。"

沈妤语气中带着些许兴奋："我不知道我哥如何说服了萧将军，但是我敢肯定他们一定深入了，博达撤走了六万人，边境线上能对他造成这样大的威胁的，除了我们，只有萧家军。"

"可是……"萧川仍有疑虑，"沈将军为何不在信中告诉你他的计划。"

"他早就告诉我了。"沈妤道，"只是我刚刚才明白过来。"

沈昭在信中这样说："你我同出一脉，哥哥不能去燕凉关，我会与西厥奋战，把他们打回老家，希望你能理解哥哥的选择。"

他在信中表明了他不会来，但他要把他们打回老家，沈昭确实做到了，让博达不得不调兵回援。他希望沈妤理解他的选择，是因为他们同出一脉，都是沈仲安手把手教出来的，他知道她能在局势中判断出他的意图并分析出最优的战术。

"打回去。"沈妤肃然道，"我们要把他们打回去。"

边境线上又下起了雪，甘州城内的街道上燃起了密密麻麻的火把，雪片子还没靠近便被火把烘烤化了。

许多尚未撤离的百姓都还没有睡，趴在窗上看着守备军往城门涌去。守备军在整兵，今夜他们要夜袭西厥营地。谁也没有说话，但他们每个人的眼中都燃着熊熊的火，他们被压着打了太久，如今终于到了反击的时刻。

西厥人还在沉睡中，他们在前一日攻城时遭遇了突袭，被对方冲乱了阵型。博达不在，余下的西厥士兵由之前的副将带领，昨日他们所有人都没有料到大周人敢从城里出来，这一波打得着实出人意料。

副将坐在营帐里，与几名士兵围炉座谈。耳边是外面风雪大作的声音，他想着眼下有两条路摆在他面前，明日拔营后撤与博达会合，一举击溃深入西厥腹地的萧家军，或者准备下一次进攻。

"我早就觉得不该兵分两路。"一人说，"但头领不听，他想用我们压制住大周的守备军，太贪心了。"

另一人道："谁知道那些缩头乌龟竟然敢出来，不过还好，他们只是小队作战，我们明早继续攻城，就算攻不下城来，也要把他们压制住。"

"对，谢停舟在北边战场被拖住了，我们有大把的时间。"

副将一直没有说话，他们只在昨日被打压了士气，此刻进攻并不是好选择。他缓缓闭上了眼，隐约中感觉到了不对劲。忽然，他俯身将耳朵紧紧贴在地面，隐约感觉到了从远处传来的震动。

下一刻，他听见了望楼上士兵的大喊。

"是敌袭——！"

"不好了。"副将喊道，"大周人来了，赶快迎敌！"

西厥士兵从被窝里被吵醒，还没有完全清醒便听到了马蹄踏在雪地中的震动。

擂响的战鼓由远及近，震得天都在轰鸣。

西厥人冲出营帐，只看见浪潮般的骑兵和步兵涌入了营地。

夜幕中的王都很静，这两日没有下雪，院中的石板路被清理了出来。

苍匍匐在谢停舟脚边，眼睛半耷拉着，任由白羽站在它的背上。

忽然，苍抬起头，撑起前爪盯着门口。不一会儿，微微敞开的门缝挤进来一只狗头。那狗盯着苍看了一会儿，确认安全后磨蹭过去，围着谢停舟闻了闻。大黄还不太习惯谢停舟身上兵戈的味道，这是他第一次闻到，确认了之后，又乖巧地趴回了他的脚边。

谢停舟垂眸看了一眼大黄，将一惊霜插回剑鞘，手中擦剑的布条一扔，大黄立即跑出去叼回来，讨好般地疯狂摇动着尾巴。谢停舟笑了笑，摸了摸大黄的头，起身回到卧房中。

卧榻空置，夜里怎么睡都是冷的。自她出征以后，家里就冷清了下来，入夜之后更显寂寥。谢停舟手指摸过她枕过的枕头，目光深邃，不知在想些什么。这枕头其实她枕过的次数不多，夜里她睡的都是谢停舟的臂弯，枕的也是谢停舟的胸膛。

他起身放下床帐，将白布条一圈一圈缠上了手腕。

"等我回来。"这话不知是对谁说。

骏马驰骋出城的一刻，海东青也振翅而起。

呼延陀的帐中围坐着将领，正在喝着羊奶。两军交战时期，羊奶是很奢侈的东西。这里是呼延陀设在边岭的临时营地，他们在下雪之前就越过边岭，之后便一直在换地方扎营。为了牵动北边的战场，他分设了几个营地，这里驻扎了近两万北戎士兵。

"我们必须要改变打法，不能继续在这里和谢停舟兜圈子。"呼延陀听着外面呼呼的北风，看着不停晃动的帐子说。

副将道："既然不能再打游击，不如打伏击，青云卫不是喜欢追吗？那就把他们引到我们的包围圈里打伏击。"

呼延陀捧着碗，没有否认，也没有立即肯定这个战术。他的对手是谢停舟，他曾经在很长的一段时间里，都生活在谢停舟的阴影之下。呼延陀明白自己的对手是多么强劲，所以他必须很小心，非常谨慎地去猜测谢停舟的想法和战术。

"谢停舟只会缩在后方指挥。"一名将领说，"他早在几年前就失去了作战的能力，一个上不了战场的将领，就是个废物。"

呼延陀看了对方一眼："我曾几次败在你口中的废物手上，他在十五岁时就战胜了我。"

将领嘴唇动了动，不敢接话了。中间的火堆越来越小，呼延陀用弯刀掏了掏，火势又盛了起来。

"西北边境在战火之中，我不信凭他们这对夫妻能够把大周守下来，只要我们和博达任意打出一个缺口，大周就是我们的。"

将领在呼延陀雄心壮志的发言中振奋了起来："我觉得我们不用害怕，谢停舟早就不是以前的谢停舟，那一年我们遭到重创被他打回了北戎，但是谢停舟也身受重伤，他在后方指挥，根本没有办法及时兼顾战场上的变化。”

“对，我们可以抓住他这个弱点，打变化战，他们以为我们在逃窜，但是我们其实是在设陷阱。”

“可以。”呼延陀肯定道，他拿刀尖指着地图，“明天你带一万五千人埋伏在这里，我带五千人去诱敌。”

商议好细节，几名将领在呼延陀的帐子里睡了。晨起大军移动，营地里只剩下留守的五千人。一名将领走出营帐，迎风打了个亮哨，等了片刻，也没有听见自己的猎隼飞回来的声音。他又打了一声，呼延陀便从营帐中掀了帘子出来。

“怎么了？”

将领说：“阿古不知道飞到哪里去了，还没有回来。”

猎隼是北戎人放在天上的眼睛，谢停舟吸取了北戎人的优点，驯服了北戎人都难以驯服的海东青。呼延陀向着天空吹了一声哨子，他肩上的猎隼立刻飞了出去。这一次，他的猎隼也迟迟没有回来，几人站在营帐门口安静地等候。

呼延陀张开手掌，让风从指缝中穿过。

“今晚，最迟明天会有暴风雪。”他说，“我们必须在今天吞掉他们的人马。”

“立刻清点伤亡。”

沈妤摘下头盔，下马查看奔宵身上的伤。之前在战斗中被砍了一下，幸好上了铁甲，褡裢被砍坏了，其他都还好。这一场夜袭打得是真漂亮，幸亏他们反应及时，在白天的突袭之后接连就是夜袭，根本没有给西厥人考虑和更改作战计划的时间。

萧川踩着雪跑过来，喘着气说：“他们逃走的时候放走了马厩里的马，还烧了粮草，不过还没有烧光，我派人运回来。”

沈妤望着西厥人逃跑的方向想了想，说：“你立刻清点伤亡，我们继续带兵追击，他们跑不远，抓十个活口带路，分开问，谁说出的撤退路线和其他人不一致就砍一个，我看看谁敢撒谎。”

“还有。”沈妤飞快安排着，“打扫战场的事情让曹光进来做，让人盯着他别让他中饱私囊，每人再备五日的干粮，一个时辰之后出发，我们要急行军了。”

下雪前云层压得很低，北戎身后是身披黑甲的青云卫，对他们紧追不舍。他们东逃西窜，不停地变换着逃跑的方向，看似杂乱无章，其实每当路线偏移之后他们都会做调整，始终在朝着一个方向前进。那里已经埋伏了他们的士兵，他们只需要将身后大约一万青云卫引入埋伏，就能吃掉这一波。

一万人的伤亡对任何一方来说，都是大损元气，等于突破僵持拿下优势。

呼延陀死死盯着前方，在他们的头顶是几只翱翔的猎隼。

“快到了。”一旁的将领说。

呼延陀在马上回头看了一眼，又看向前方雪天相接的地方，后面的箭矢簌簌落在雪地里。呼延陀耳边全是自己的喘息声，战马也累得直喘气。

"就在前面。"呼延陀指着前方说。

离他们埋伏的地方越来越近，后面的追兵却忽然停了下来。呼延陀逐渐察觉到了不对劲，他闻到了被风送来的血腥气。

"停！"呼延陀猛地勒马，鹰隼从空中落了下来，眼神锐利地盯着前方。

他打了一声长哨，鹰隼不情愿地在命令中起飞，却在还没飞入高空时，云层中猛然俯冲下来一只海东青，在空中抓住一只猎隼猛力撕扯。猎隼发出了凄厉的惨叫，三只猎隼和一只海东青在空中搏斗在了一起，羽毛扑簌簌从空中落下来。

"撤！"呼延陀大喊着，"朝西北方撤！"

他已经看出那是谢停舟的海东青，没有任何人的驯鹰能越过它成为空中的霸主。谢停舟的海东青出现在前方，而前方埋伏的地方毫无动静，只能说明他们的战术出现了问题。

或许是被全歼，或许已经逃离。而他现在也只有一条路可以走，就是朝着西北方逃。

与此同时，那只叫阿古的猎隼已经被白羽撕掉了半边翅膀，它在空中维持不住平衡，一头栽进了雪地里。呼延陀亡命地往前奔，他在寒风和汗流浃背中思考着到底是哪里出现了问题，是他们中间出现了叛徒？

北戎人在夹击中逃向了西北方。

呼——呼——

呼延陀喘息着，前方的骑兵却猛然勒马，后面的来不及停下，差点撞在了一起。

谢停舟坐在马上，他看着不像是来打仗的，他没有戴甲，袖口利落地束起，衣摆和高束的发丝被风鼓动飞扬。

在他的身后，是安静的、沉寂的、蓄势待发的青云卫。

眼神交会之间，仿佛有火光在闪烁。这一刻，呼延陀终于知道是哪里出现了问题。谢停舟并不知道他埋伏在了哪里，但呼延陀的行为告诉了他，他无数次地改变方向恰好给谢停舟指明了方向。不是呼延陀自己选择来到这里，而是谢停舟让他选择了这里。谢停舟只需要让人堵住其他方向，呼延陀就一定会自己撞到他的刀口上。

呼延陀扶着腰间的刀，死死盯着谢停舟："没想到你还能亲自上战场，你还拿得起武器吗？"

谢停舟缓慢地拔出了那把许久未曾见过血的剑。

"不劳费心，或许你并不知道。"剑身在刀鞘中摩擦出声音。

谢停舟就在这声音里，带着笑说："它想喝你的血，已经很久了。"

青云卫如同一块巨大的黑色岩石，在苍茫雪色中和北戎大军狠狠地撞在了一起。

顷刻之间，天地间杀声四起。

呼延陀的对手是谢停舟，兵刃相接之时，他才意识到自己轻敌了。他是谢停舟，是重伤之后仍旧能将他追击百余里的人。但他也在招式中发现了谢停舟的不足，谢停舟内里虚浮，撑不了多久。

呼延陀看出来了，弯刀横切而过，挡开谢停舟的剑，他在马上邪气地一笑，忽然掉转马头朝着另一个方向奔去。谢停舟紧随其后，在马上撞着风追去。谢停舟伏在马背上，紧盯着前方马上的背影，碍事的大氅已被他扔了，衣角被风吹得飘向后方。

他要杀了呼延陀，不论是为了战局，还是因为呼延陀曾经在口头上对沈妤的侮辱，他都不会放过这个人。风在他耳畔呼啸，谢停舟抬起了马背一侧挂着的弓，对准了前方人的后心。

呼延陀跑出了汗，他能听见身后紧追不舍的马蹄。他胯下是北戎最好的战马，但根本拉不开距离，他知道谢停舟中过毒，他的身体支撑不了长时间的奔波，只要他拖住时间，最后的赢家就会是他。留得青山在，不怕没柴烧，呼延陀认为谢停舟显然不明白这个道理。谢停舟竟敢脱离大军追来，他要活活拖死谢停舟。

咻——

箭矢穿过风带起破空声。

呼延陀拉了一下缰绳，马偏移了一点方向，利箭落空。呼延陀心中暗自窃喜，又一支利箭接踵而至，他只来得及歪了下身子，箭矢擦着他的手臂射过，在他的手臂上带出了一道血光。

呼延陀低骂了一声。他狠狠拉了一下马缰，马头骤然转了一个方向。他放慢了速度，在谢停舟接近时一撑马背，猛地朝着谢停舟扑了过去。

马蹄踏过了石马河的冰面，一阵心悸陡然袭来，沈妤猛然勒住了缰绳。

"王妃？"萧川掉转马头绕了回来，"怎么了？"

沈妤回望北方，在那一阵剧烈的心悸和隐约的不安中愣怔了许久，然后摇了摇头说："没事，我们继续走。"

谢停舟被呼延陀带着翻下马背，一同摔在雪地上。他在落地前用腿顶住了呼延陀的身体，在摔倒的同时将呼延陀顶了出去。呼延陀在雪里滚了一下，迅速做出反应，下意识用弯刀勾住地面，却感觉雪下的东西比泥土更加坚硬。他五指撑在雪里，四下张望间，已经判断出这里是哪里。

他们竟跑到了冰面上，谢停舟已经站了起来，呼延陀脚下用力一踩，冲上去。剑刃撞上了刀锋，又迅速分开，接连又是无数次的碰撞。都是高手，他们在这几招的交手间已大致探出了对方的底细。

寒风裹挟着兵刃相接的"噼啪"声。呼延陀当胸挨了一脚，在倒下时拽住了谢停舟的腿。

雪很厚，这一下摔得并不疼。谢停舟快速地在雪里滚了一圈，借着腰力翻身而起。

呼延陀知道谢停舟为什么不戴甲了。他的力道已经大不如前，盔甲对他来说成了累赘。

如果换作从前，刚才谢停舟踹的那一脚已经足够他受的。

呼延陀半眯着眼笑了起来："你杀不了我。"

呼延陀嘴上这样说，但他并没有十足的把握，削弱后的谢停舟依然是令人望而却步的高手。呼延陀如果想要快速地战胜他，需要从身心双面进攻，他需要击溃谢停舟的心理防线，让他抛弃掉现在的沉稳。

"还是着急了吧？"呼延陀带着恶意地笑，"会不会有点太晚了？你现在去，也救不了——"

呼延陀猛然后撤，谢停舟的剑刃带着风声削过了呼延陀的面门，险些削掉了他的鼻子。下一招紧随而至，呼延陀架住了谢停舟的剑，他能感受到谢停舟浓烈的杀意。

谢停舟眸底遍布寒意，一字一顿道："你的话，太多了。"

哐——

刀剑相碰又分开，他们在见招拆招间对话。

呼延陀在用力时咬牙切齿："我先杀了你，如果运气好，或许博达愿意把你的妻子送给我。"

谢停舟没有回答他，反倒在拼杀间露出了一个令人毛骨悚然的笑容。呼延陀背脊发寒，他觉得谢停舟或许已经疯了，但他出招又那样冷静。

呼延陀继续道："谢停舟，你必须承认你已经不是从前的你了。"

谢停舟划开了他的刀刃，一惊霜带起的是疾风般的破空声。

"你也不是。"谢停舟轻蔑道，"以前你只用刀，从不靠嘴出招。"

呼延陀狞笑着撞上去，他的力道比谢停舟要强，他想要在力道上压制住谢停舟。两人撞在了一起，在贴近的距离间听见了彼此急促的呼吸。

谢停舟知道自己力道不如呼延陀，但他没有退，而是在微微卸力时趁其不备猛然发力。呼延陀的弯刀刮着一惊霜的剑身滑开，发出了刺耳的声音，呼延陀就在这短暂的时间里拔出了后腰的匕首。

他脸上的笑容更加狰狞了，带着一种胜利前的快感。谢停舟后退了一步，他侧头看了一眼被匕首划开的手臂。天太冷了，疼痛来得非常迟缓。但呼延陀再一次低估了谢停舟，谢停舟就在呼延陀庆幸的短暂松懈里再次提剑迎了上去，将他刚才吃的亏捞了回来。

在两人贴近时，呼延陀被谢停舟一个肘击击中了颧骨。谢停舟喉咙里已经有了血腥气，他不能再拖了。他硬生生咽下了喉咙里的血，出招比刚才更加迅捷。

呼延陀是狼，它们是凶猛、残暴、贪婪、罪恶的象征。而谢停舟是鹰，它自由、勇猛、热血，还有不达目的誓不罢休的狠劲。而谢停舟的狠劲，他也要用来取呼延陀的首级。

云层压得更低了，风在传递着暴风雪即将到来的消息。暴风雪一旦来临，他们将在道路被掩盖和无边的雪色中失去方向。韩季武策马驰骋在战场上，眼睛不停地在混乱的战场上搜寻着谢停舟的身影。

他们前些日子一直在和北戎人打游击，看似被北戎牵着鼻子走。事实上，他们已经在东奔西跑间摸遍了北方战场的情况。北戎人不会在带着他们遛圈时把他们带到自己的营地，只要青云卫撑得够紧，不论他们怎么遛，他们下意识避开的地方，一定是他们扎营的方向。韩季武负责东北方向的北戎人，其实开战远比呼延陀知道的要更早。

天还没亮就开始厮杀，打得异常激烈，他刚将胜利的局势稳住就连忙赶了过来。

"王爷呢？"韩季武一把抓住一名青云卫问。

青云卫一脸茫然，四下看了一遍："之前还在。"

"之前是多久？"

"开战前。"

"开战这都多久了！"韩季武浑身都是汗和血，急得火烧眉毛。

韩季武又拉了好几个青云卫询问，终于有个人说王爷和呼延陀打起来了，后面就不知道了。战场的雪地被踩得乱七八糟，四面八方都是脚印，根本瞧不出是从哪个方向离开的。韩季武策马在雪地里奔走，终于看见了远处在天际盘旋的海东青。白羽身后的两只猎隼紧追不舍，但白羽似乎很急，只是偶尔停下来撕开猎隼的围攻，并没有想要和它们周旋。

它在朝着一个方向去。

韩季武急忙打马，扬声道："一二队听令，随我向北！"

急风卷起雪片贴地飞行，贴在谢停舟的袍摆边打着旋儿。谢停舟和呼延陀的兵器在打斗中掉了，他们剩下了肉搏。呼延陀掐住了谢停舟的脖子，将他按在了雪地中，他手上死死地用力，想要掐断谢停舟的脖子。谢停舟死死掰住呼延陀的手指，却在下一刻直接松手，一拳打在了呼延陀的太阳穴上。

呼延陀蒙了片刻，手上的力道控制不住地松了。谢停舟抓住了这个机会，脚下一勾，局势在瞬间逆转过来。

韩季武没命地在雪地里狂奔，他已经看到了酣战中的两人。

"驾——"

呼延陀的膝盖在方才的搏斗中被谢停舟一脚踹碎了，他靠着一条腿受力，脖子已经被身后的谢停舟死死勒住了。谢停舟勾着他的脖子从身后一脚踹弯了呼延陀的腿，让他跪在了地上。

他微微俯身，阴狠地说："想勒死我？来呀，让我看看你的能耐。"

呼延陀大张着嘴，用力喘着微弱的气，脸已经涨成了紫红色。他的手指陷进了谢停舟的手臂，死死抠住想要借此换取喘息。谢停舟用脚挑起了雪中的剑，横在呼延陀脖子上时抬眸看了一眼，远处的黑甲奔涌而至。

"再见。"他低声说。

鲜血骤然喷溅在雪中，韩季武从马背上翻了下来，跌跌撞撞地往前走了几步，然后便停了下来。呼延陀的身体"啪"一下拍在了雪里，脖子还在往外喷血。白羽抓着猎隼俯冲下来，将它丢在了呼延陀无头的尸体上。

谢停舟直起了身，他的脸上带着一抹绮丽的殷红，不知是谁的血。他的双眸锐利地盯着韩季武，在喘息声中将手中呼延陀带血的头颅扔了出去。断头在雪地里滚了一圈，血液铺散成点点红梅，呼延陀的脑袋就在红梅中大睁着双眼盯着苍穹。

谢停舟幽幽开口："拔营，向西。"

两千青云卫精骑立到甘州时，只见那膘肥体壮的知府曹光进，一脸谄媚地相迎。

"请问王爷现在何处？我好亲自去迎一迎。"

兮风下马："王爷身在北临统筹北方战场，我奉王爷之命来接王妃。"

兮风亮出腰牌，曹光进刚伸出手想接，兮风已收回手，将腰牌重新挂回腰上。

"请问王妃现在何处？"

曹光进搓了搓手："王妃她……"

"风哥——"

兮风只见一个人影快如闪电，直接朝他扑过来。

曹光进面色略微有些尴尬。

兮风扯开长留："王妃呢？我要见王妃。"

长留红着眼："王妃走了，她带兵去西厥人的地盘了。"

"什么？！"兮风大惊失色，"何时的事情？"

"已经两天了。"长留道，"王妃让我在这里，盯着他。"

长留指了指一旁的曹光进，曹光进这下更尴尬了。曹光进知道沈妤把长留和四喜留下的用意，为了看着他不让他跑，现在西厥人走了，他也根本不用跑。

"风哥你来了真是太好了。"长留带着哭腔说，"你让青云卫的哥哥们接我的活，我得去找王妃。"

兮风半晌没有说话，看着城门内的一切。大军拔营深入西厥，战火停止之后，躲去关内的百姓又开始陆陆续续迁移回来。百姓自发协助余下驻守的守备军一起修补城墙，看上去一切都是那样有条不紊。

青云卫进城安顿，暂时将城防的任务接了下来。

长留说不清楚战事的发展，还好四喜机灵。

"王妃发现了西厥大军的变动之后，便对余下的西厥士兵发起了进攻，她在进攻之中发现了西厥的弊端，认为这是一次绝佳的机会，于是——"

"什么弊端？"兮风打断了四喜。

四喜："我也是听王妃说，那西厥大军就像狼群，博达是头狼，当他们在头狼的带领之下凝聚起来时，战力会加倍，一旦失了头狼，余下士兵如同散沙。"

兮风默了默："那就与北戎相似，他们都是信奉狼的民族。"

四喜点了点头：所以博达带兵离开之后，西厥士兵士气大减，王妃让萧将军打前锋，自己则率领右翼出击，这个……战术上的东西我说不清，总之西厥退了。"

"嗯嗯。"长留用力点头，"他们没有猜到王妃敢进攻，都没来得及拔营，是打完直接跑的，这几日曹光进还在组织百姓去西厥营地搬东西呢，西厥人走的时候烧了粮草，但是没烧完。"

兮风愁眉不展："穷寇莫追，既然已经击退，为何还要深入？"

四喜说："王妃说博达撤兵是因为萧家军进了西厥腹地，如果王妃不去的话，沈将军和萧家军就会被困死。"

兮风若有所思地看着西厥领地的方向："这一仗不好打啊。"

确实难打。

大雪，西厥腹地。

天时地利人和已除去了两样，只剩下人和了。沈妤策马跑在前面，回头时看见西厥人又近了一些。

"驾——"

奔宵在催促下目光直视着前方，它是燕凉关最好的战马配出来的崽，是沈仲安送给沈妤的礼物。它横行边境数年，没有马能跑过它。但奔宵似乎并不适应更靠西北方的寒冷天气，寒冷让它的动作变得迟缓，似乎变得和其他战马没啥区别，西厥的普通战马也能渐渐和它拉近距离。

西厥副将大喊道："杀，抓住那个女的！活的最好，死的也行。"

沈妤带着一千多人在雪地里狂奔，身后是追击的西厥士兵。

西厥士兵大喊道："竟然敢来偷袭，不要让他们活着回去。"

西厥士兵如同打了鸡血一般追红了眼，仿佛胜利近在眼前。

沈妤伏低身子在马背上回头，又望前方。萧川匍匐在雪中，浑身冻得几乎就要僵硬。但他们都没有动，贴着地面有一层薄薄的白气，那是密密麻麻的兵匍匐在雪中的呼吸。

马蹄声越来越密集了。萧川握紧了手中的刀，撑在地面的手掌已经鼓起了青筋。

沈妤在马上笑了起来，忽然抬手打了个手势。方才四下奔逃的人忽然变得极其一致，队伍整齐地从中间劈成了两半，朝着不同的方向奔去。副将追得上了头，脑中有极其短暂的时间闪过"这是陷阱"的想法，但很快又被上涌的血液冲昏了头脑。

"起！"

不知从何处传来一声大喊，雪地中埋伏的人瞬间暴起，绊马绳上装置的薄刃瞬间卷掉了西厥战马的腿。

马失前蹄栽倒在地上，后面的士兵躲避不及，铁蹄踏过了同伴的身体。

"杀！"

萧川一刀砍下去，飞溅的血液浇上了他的盔甲。这拨西厥人从燕凉关撤离之后就一直在跑，一旦会合他们就会成为博达的助力。沈妤不允许这样的事情发生，必须在他们会合之前歼灭这批人。

他们对西厥地形的不熟悉，会影响辎重的运输，所以沈妤不会和西厥长线作战，他们要打的是快攻。为此她和萧川商量了很长的时间，最终决定诱敌。但想要诱导一批逃命的士兵并不容易，沈妤在被大雪覆盖的草场绕了一天，制造出他们在雪中和大军失散迷路的假象。

对于西厥副将来说，这太诱人了。

他带兵从前线逃回来，本就不好和博达交代，这是上天给他的机会。只要能拿下沈妤或杀了沈妤，他会成为西厥的英雄。西厥副将最终还是没能摆脱掉这样的诱惑，这个诱惑把他带进了坑里。副将狠狠地呆住了，好半天耳畔没有一点声音，直到四周的杀声重新涌入耳朵，他才慌乱地提起了刀下令。

"后退！后退！是陷阱。"

沈妤怎么可能给他后退的机会，早就带人拦在了后路上。她砍掉了一个西厥人的手臂，在马上老远就看见萧川杀得正兴起。

"西厥狗！"萧川从西厥人的身体里拔出刀，兴奋地说，"知道你爷爷我的厉害了吧！"

风雪来了，天地间一片苍茫，这是从北方涌来的寒潮。

自北向西的官道上，一辆马车在缓缓行进。车门和车窗盖得严严实实，仿佛一丝风都透不进去，马车四周都是骑在骏马之上身披蓑衣的侍卫。雪天的路并不好走，但所有人都没有想要停下来。

常衡拉着马缰靠近了马车，轻轻喊了一声，生怕吵到车上的人。

"余大夫，余大夫？"

马车门打开，然后里面的人掀了帘子出来，又将门严严实实地盖好。

"王爷怎么样了？"常衡赶忙问。

余大夫顶着风雪，一旁的侍卫赶忙替他撑起了伞。

"王爷高热不退，余毒攻心，十分凶险。"余大夫说。

常衡急得眼睛都红了："都怪我，是我没警醒，看王爷一切如常，以为没问题，早该在北临就劝住王爷，不让他西行。"

余大夫摇头："劝不住的，王爷忧心王妃安危，在北临时便吃睡不好，那日从战场回来他不让我把脉，我就猜到他知道自己身体出问题了。"

那日谢停舟追击数十里也非要杀了呼延陀，是因为北戎的头狼一旦死亡，在他们推举出新的头狼之前，狼群会成为一盘散沙。

谢停舟要的就是这样的结果。呼延陀死了，死之前北戎就已经被青云卫重创。

谢停舟给韩季武留下三万人，加上沈妤新兵营的一万多士兵一同清扫北戎残兵，也是给新兵营一次锻炼的机会。谢停舟看似无恙地带兵出发，却在离开王都后没多远就从马上栽了下来，之后便一病不起。

养了好几年的身体，单在这一年之中就死战了两次，余大夫也只能边治疗边摇头。

常衡道："兮风和长留都不在身边，王爷全都派去了王妃那里，他身边缺个贴身照顾的人。"

"这倒不用担心。"余大夫说，"有我守着王爷，近卫再进来轮值，不成问题。"

余大夫说完，看着常衡指了指自己的眼睛下面。

"怎么了，余大夫？"常衡没反应过来。

余大夫道："常将军切莫心急，此时此刻哭也没有用。"

常衡在脸上一摸，果然摸到了一手水。他是老王爷眼中最俊最壮实的北临汉子，也是最爱掉眼泪的汉子。

"我这是……"常衡拼命找着借口，"我眼睛喜欢迎风流泪，这叫风流眼。"

余大夫也没有拆穿，重新回到马车里，却见谢停舟已睁开了眼。

"王爷。"余大夫惊喜出声。

谢停舟没有反应，他的脑子还没有从混沌中完全苏醒过来，仅仅只是睁开了眼。谢停舟身体烧得很难受，五脏六腑都在痛，但他知道他还有好些事没有做完。余大夫把指尖搓热了，搭在了谢停舟的手腕上凝神诊脉。谢停舟的眼睛终于动了一下，他眨了眨眼，盯着马车顶张了张口，却没有发出任何声音。

余大夫说："王爷莫急，先前喂药吐了多次，恐是伤了喉咙，先喝口水吧。"

谢停舟喝了水，缓了片刻，声音沙哑地问："这是什么地方？"

余大夫赶忙道："已出北临，到朔州境内了。"

谢停舟稍怔了片刻，想要起身却没能成功。

"王爷别动。"余大夫劝说道，"王爷这一次病得比以往任何一次都要凶险，王爷已昏迷五日了。"

"五日……"谢停舟喃喃地重复了一声，呼吸喘得急了些。

五日的时间太长，能让西北沿线的战况发生翻天覆地的变化。

余大夫担心他急火攻心，急忙解释道："大军早就在路上了，此次老王爷亲自带兵先行，说是替您去接王妃，我们在后方不必着急，王爷必须得在路上养好身体，否则到时王妃见了怕是要怪罪我们。"

余大夫知道现在提谁都没用，提王妃是最有效的。堂堂北临王，万军之中依旧面不改色，却是个惧内的，谢停舟想起了沈妤离开前恶狠狠的表情。

他在和呼延陀的搏斗中身中两刀，现在又余毒扩散。她要是知道了，估计会发脾气。

更重要的是，谢停舟怕看到她哭。

余大夫见谢停舟的表情有所松动，于是趁热打铁："我们边走边养病，王妃这些日子忙于战事想必也累了，到时我们到了燕凉关，王妃也需要人照顾，王爷还是早些养好身体才是。"

"燕凉关战况如何了？"谢停舟虚弱地问。

余大夫道："王妃又打了胜仗，具体情况我让常将军和王爷说，王爷先把药喝了。"

这一次谢停舟的病症实在是来势汹汹。确如余大夫所说，比之前任何一次都要凶险。

中间一度喂不进去药，就算喂进去了，不出片刻工夫就会吐出来。余大夫也没办法，只能不停地喂，又不停地吐，能吞下一点是一点。好几次烧得最厉害的时候，余大夫都担心他醒不过来。按理说以谢停舟的脉象，断然不会在此刻醒来，必是靠着极强的意志力努力让自己清醒。这样并不是好事，谢停舟的身体需要得到充分的休息。

谢停舟喝了药，没有躺下，而是靠着枕头尽力压制着喉咙恶心反胃的感觉。余大夫出去叫常衡，常衡进马车前脱下了蓑衣，免得将寒气带进去，马车里一下子显得拥挤起来。

常衡跪坐在矮榻边："余大夫说王爷需要休息，那我简单向王爷呈报一下两边的战况，先说燕凉关吧，西厥战损极大，西厥内部出现了动乱，博达带兵回去了，留下人继续攻城，王妃抓住机会反攻，又打了胜仗。"

谢停舟眸子云遮雾罩，轻轻说："然后呢？"

"然后……"常衡下意识瞟了一眼余大夫，继续说，"兮风已经到了边境，能把王妃换下来休息休息，等老王爷到了燕凉关，一切都迎刃而解了。"

常衡怕谢停舟抓着燕凉关的情况问，仓促转移话题。

"哦还有，北临也传来了急递，季武又和剩下的北戎人打了一仗，呼延陀的死让他们元气大伤，有四万余人朝北戎方向逃窜，季武没有追击。"

谢停舟闭了闭眼，说："不追击是正确的选择。"

"其他……就没别的事了。"常衡道，"总之一切顺利，王妃也很安全，王爷只需要养好身体，等着见王妃就行了。"

谢停舟实在累，不过是强打精神听完，心一松便又陷入了昏睡。

常衡离开马车，侍卫递上蓑衣，他接了放在马背上。

"常将军怎么热成这样？"余大夫问，"莫不是身体不适？"

"我是心里不适。"常衡揉着胸口，朝马车看了一眼说，"我刚才没露馅儿吧？"

余大夫摇了摇头。

常衡叹了口气："怎么办，我从没对王爷撒过谎，这第一次撒谎就是这样的弥天大谎，王爷要是知道了非扒了我的皮不可。"

"王爷要是真能起来扒你的皮，那就好咯。"

常衡说："余大夫你这话可不对，能不能盼着我点好。"

余大夫避着风："我是盼着王爷能赶紧好起来，唉，这事一点马虎不得，王爷要是知道王妃深入了西厥，我怕他急火攻心。"

这一场风雪来得遽然，盛京已多年未曾下过这样的大雪。

李霁风跨入宣辉殿。

"陛下，燕王到了。"宫女躬身退开，端起铜盆。

李霁风略扫过一眼，看见盆中的帕子上沾着不少黑血。自中毒之后李昭年的身体每况愈下，极其畏寒，殿中单是炭炉就立了好几个。李霁风除去大氅，在李昭年身边坐了下来。

"你来了。"李昭年躺在躺椅上,身上盖着厚厚的狐皮褥子。

李昭年瘦得厉害,从前虽不说风流倜傥,却也是清新俊逸,如今双颊和眼眶都深深凹陷进去。

李霁风看着他每况愈下的身体,一时不知该说些什么。有些人终其一生都在追求的,是李昭年不屑一顾的这个位置,可他坐在这个位置上如同行走于刀尖。

这个地方并不适合李昭年。

李霁风回神:"皇兄今日感觉如何?"

"日日都一样。"李昭年虚弱地说,"也不知这日子,要熬到什么时候。"

李霁风沉默须臾:"北临的战事已经结束,北戎失了未来的王,相信未来十年,北戎人都不敢再翻越那座大山。"

"没有了呼延陀,还会有其他部族。"李昭年缓缓地说,"战争不会停止,因为人贪婪成性。"

李霁风从李昭年的话语中感受到了他内心浓浓的失望。

所有人都对他有所图谋,众叛亲离,到头来身边只剩下李霁风这个从前与他并不亲近的弟弟。

"今日的朝堂,不平静吧?"李昭年问。

李昭年缠绵病榻,每日清醒的时间也没有几个时辰,数日才去上一次朝,平日李霁风以皇太弟的身份监国。

李霁风道:"皇兄那道立皇太弟的圣旨,可是把我推到了风口浪尖上,楚氏可没少在背后动手脚。"

楚氏下毒谋害,李昭年却拿不出证据。楚氏为了推襁褓中李昭年的嫡子上位,对李昭年下毒,却没承想李昭年醒来后的一道诏书彻底粉碎了他们的计划。他们不会就此止步,最好的办法是李霁风身亡,这些日子李霁风已遭遇了数次暗杀,最险的一次刺客差点把刀架在他的脖子上,若不是他的一身功夫,或许楚氏已经成功了。

"阁老去了。"李昭年说,"幸好江寂顶了上来,算是稳住了局势。"

李霁风掸了掸袍子:"江寂有些手段,但他在朝中的影响力远不如江阁老,如今也是举步维艰。"

李昭年痛苦地压了压额头,说:"太乱了,这天下太乱了。"

"你若是将历朝末年的史书都翻出来看一看,便不觉得乱了,史书上已是美化过的。"李霁风说。

李昭年盯着紧闭的窗户看了片刻,忽然说:"开开窗,让我瞧一瞧这场雪吧,下一场我未必看得见了。"

他是个皇帝,却做得这样窝囊。每当他想要开窗,内宦和宫女便会跪一地,说御医说了陛下见不得风,边叩头边喊饶命。他不要他们的命,他只是想看一场雪而已,竟也这样难。

李霁风略顿了片刻,起身去开窗。

窗外大雪纷飞,李昭年探着头,仍旧瞧不见遥遥的宫墙,或许只有死,他才能飞离这个地方。

寒风灌了进来,李昭年以帕掩唇咳嗽了几声,李霁风立即伸手关窗。

"皇兄保重身体。"

"会的。"李昭年收回目光,"我还想再见她一面。"

"皇兄想见谁?"李霁风一时没反应过来,"让人去传便是。"

话落,他没有听见李昭年的回答,回头时见李昭年已闭上了眼。

谢停舟这一次昏睡持续了一日,醒来时他们还未出朔州。昨夜听说前方官道垮塌,难以前行,衙门已经在抢修,队伍只好停在路途中,找了个驿站暂时安顿下来。

朔州紧邻北临,前几年遇灾和匪患都是北临搭的手,知府对其感激万分,是以大军途经朔州时畅通无阻。

常衡跪在廊子里,哭得一把鼻涕一把泪。

余大夫好长时间才出来,低声说:"王爷让你进去。"

常衡点头:"那我,那我就说实话了。"

"不说实话还能怎么办?"余大夫道,"王爷心思敏于常人,瞒不住便不要瞒了。"

常衡起身进门,又跪在了房中:"王爷。"

驿站条件不怎么样,炭炉都还是近卫自己搬来的。

谢停舟好半晌没说话,半躺在床上,手里捧着汤婆子,冷白手背上青筋很明显。

"说吧。"

"是。"常衡抹了把脸,"但是王爷千万别动怒,关于燕凉关的战况,前面部分我没撒谎,王妃是在反攻时打了胜仗,但是,但是王妃又追击逃兵进了西厥境内。"

谢停舟闭了闭眼,昨日他醒来时神智尚未清明,听说沈妤没事,他便安心睡了。可是再次醒来,再回想起常衡的话,很容易便分析出了不对劲的地方。常衡之前被喊来时死活不承认,谢停舟急得差点晕厥过去。

"她追击残兵,是几日前的事?"谢停舟问。

"从收到的急递来看,已经……"常衡有点不敢看谢停舟的脸,"已经十来日了。"

常衡又立马补充道:"眼下官道被阻,说不定王妃早就回到了燕凉关,只不过急递送不进来而已,况且,况且老王爷已经带兵去了,王妃定然会没事的。"

说罢又哭了起来:"王爷罚我吧,怎么罚都行,我撒谎是怕王爷着急。"

谢停舟听得烦闷又无言,摆了摆手:"起来吧。"

"我不起。"常衡说。

"要我来扶你?"

常衡"噌"一下站起来,想要将功补过:"王爷,我让人去看看官道修得怎么样了。"

营地中正在清点人数,沈妤和萧川前后来击,打散了西厥追兵,狠狠出了之前被压在城里挨打的恶气。

西厥兵死伤不小，剩下的残兵四处逃窜，沈妤没让追，而是带着人直捣黄龙，吃下了西厥扎营的查日松营地。

沈妤与萧川正商讨，帐子外吵吵闹闹的。

她盯着地图想了想，突然侧头喊道："带几个西厥俘虏进来。"

外面的士兵应了声"是"，不消片刻便抓了七八个西厥俘虏进来，他们双臂纷纷被绑在身后。士兵在俘虏的腿弯上一踢，让他们整整齐齐地跪在地上。

"阴险的大周人，呸！"

"只会阴谋诡计，有本事和我们正面打！"

"还嘴硬。"沈妤起身走过去，"兵不厌诈的道理都不懂，只会一味往前冲，牲畜也会。"

西厥俘虏还在叫嚣："你放屁，我呸——"

尾音都还没断，就被萧川一刀鞘拍在嘴上，顿时拍掉了两颗牙，那人瞬间肿起来的嘴上满是鲜血。

萧川轻轻晃了晃刀鞘："好好说话。"

那人顿时狠狠喘了口气："我宁死不屈。"

"哦。"萧川吊儿郎当道，"既然你这么想死就拖出去一刀了结，我们不虐待俘虏，主打一个有求必应。"

沈妤险些笑出来，西厥俘虏立刻被拖出去，还在边蹬腿边号叫。外面的叫声戛然而止，帐内的西厥俘虏在对视间不约而同地瑟缩了一下。

"还有谁想死的？"萧川的刀一一指过西厥士兵，"想死就赶紧说，你们还能结伴上路。"

西厥俘虏一个个闭口不言。

"这就对了嘛。"萧川往马扎上一坐，"我对你们有求必应，你们也对我有求必应，这才叫礼尚往来，皆大欢喜不好吗？"

萧川说："我问你们，博达在哪儿？谁先说，好酒好菜招待，还放你们回去，我萧川不说谎。"

西厥俘虏左右对视，很显然有的人内心已经开始动摇。

"我们……"

"别说！"一名西厥俘虏大声训斥，"不要相信他们，大周人阴险狡诈，说了他们照样会杀了我们，如果说了，头领也不会放过我们！"

萧川威逼利诱："不说你必死，说了还有机会，你们不想见自己的家人吗？"

一众俘虏均不说话。

萧川把刀架在一个西厥俘虏脖子上："真不说？"

俘虏咬紧牙关闭上双眼。

萧川目光看向沈妤，沈妤对他微微摇头，说："都带下去吧，关起来。"

"你不杀我们？"之前领头的俘虏问，"为什么不杀我们？"

沈妤垂眸看着几人：“我敬你们算条汉子，我不杀俘虏。”

萧川皱眉：“王妃，西厥狗杀了咱们多少人，不能放过他们。”

“带下去。”沈妤的命令不容置疑。

萧川胸口喘着气，却也没有再说。

帐子里烘得人面颊发热，脑子也开始懈怠起来。

沈妤披上大氅：“我出去走走，清醒清醒。”

沈妤掀起帘子出去了，萧川用拇指将腰间的刀抵开半寸又收回，如此反复几次，终是没忍住出帐追上去。

“王妃。”

沈妤在雪地里回头：“什么事？”

萧川道：“这些人不杀留下只会浪费粮食。”

沈妤不接话，只说：“我们必须撤兵了。”

“为什么？”萧川抬高了声音，“为什么突然要撤兵？”

沈妤踩着雪走得很慢：“西厥人不开口，我们没有向导，再继续深入将会在雪地里迷失方向，太冒险了。”

“可我们都已经打到这里来了，还占下了查日松营地。”萧川越说越激动，“我们连胜几场，正是将士们士气大涨的时候，就应该乘胜追击。”

沈妤停下看着萧川，语气变得严肃起来：“打仗不光是靠士气，天时地利人和我们缺二，打到现在已经是上天庇佑了，运气不可能永远站在我们这一边。”

萧川不服：“我们从没打得这么深入，现在博达腹背受敌，我们不能白白放弃这个机会。”

“有勇无谋！”沈妤厉声道，“你有没有想过，后续辎重线跟不上，我们能走到现在已经是最好的结果了。”

萧川：“可是……”

“没有可是。”沈妤看着他，“查日松我们守不了，一旦我们攻下查日松的消息传到博达那里，如果博达回撤，将会对我们造成巨大威胁，明日必须拔营回燕凉关。”

“我不服。”萧川大声道，“王妃一意孤行，这会错失一次大好机会。”

“不服？那就等你当上主将再说。”

沈妤头也不回地走了。

萧川盯着她的背影看了一会儿，忽然摘下刀一把丢在地上，人往雪地里一躺，仰天大吼。大军次日拔营回燕凉关，能带走的粮草都带走，带不走的战马放掉。

沈妤遵守了她的承诺，不杀西厥俘虏，但大军离开的时候也没给他们松绑。西厥士兵听着大军撤离，等到四周确实没了声音，这才互相背靠着解开了绳索。

士兵揉着被绑得发疼的肩膀：“这沈妤还真不杀俘虏。”

“哼，妇人之仁。”士兵抖开绳子，“女人就是女人，真正的将领不会给敌人重来的机会。”

“现在我们要怎么办？”

之前带兵的副将死了，这帮西厥士兵缺了主心骨，又推举出来个领头的。

"我们不能回家，西厥的汉子不做逃兵，我们要去头领的营地。"

一士兵道："大周人狡诈得很，会不会故意放我们回去，然后在后面跟着？"

"应该不会，我昨晚听到姓萧的和那个女人吵架了，谢停舟的女人害怕了，要回燕凉关，姓萧的不同意，两人吵得很厉害。"

好几个关押得近的士兵都听见了，凑在一起把两人吵架的内容大致复述了一遍。

"看来姓萧的对谢停舟的女人并不服。"

"大周人和我们不一样，我们看军功，他们看身份，一个大男人在女人手底下做事，肯定不服。"

斥候踩着雪跑来："王妃，萧将军。"

萧川抬了抬下巴："怎么样？"

斥候蹲下来："他们还没动，不知道是警惕还是别的。"

萧川看向沈妤："王妃，怎么办？这帮人不蠢呢。"

"等着就行。"沈妤说，"他们营地的食物只够他们扛过今晚，明天就会断粮，越晚出发，他们饿死在路上的可能就越大。"

"我不杀那几个人，是因为他们有些骨气，有这样的人在，其他人就不会逃，他们一定会回营地。"

"还是王妃厉害。"萧川笑道，"要不是带俘虏进来之前王妃提醒我，我还没想到这一招。"

沈妤斜了萧川一眼："别拍马屁。"

萧川笑着摸了摸下巴，他下巴上的胡子已经长起来了："我萧川从不撒谎。"

"哦。"沈妤起身，"那你昨晚的戏多半是发自内心。"

"那肯定不能。"

沈妤留给他一个背影，背对着他摆了摆手。

望楼上的士兵搓着手，看见下面有人经过，伸手打了个手势示意没情况。沈昭点了点头，捏着一封军报进了帐子。

"来了。"萧长风赤裸着上身坐在营帐里，军医正在给他的后背上药。

萧长风在上一战中受了伤，背上被砍出一道三寸长的口子。

沈昭看着萧长风遍布疤痕的后背，想起了沈仲安，沈仲安的身上也差不多，浑身上下难找出块好皮。

沈昭和萧家军进入西厥腹地之后，想要占下这里的营地很容易。博达的大军压在了燕凉关，营地里并没有多少士兵。这里背靠赤河，进可继续深入，退可迅速撤离。

当日沈昭决定带兵离开时，萧长风终于松了口，决定带萧家军深入西厥腹地。萧家军太久没有痛痛快快地打过一场了，他们这些年守在赤河，面对的都是西厥部落的游击队伍，时不时掏对方几下，骚扰了或者抢了东西就走。这里地贫物瘠，驻守在这里吃力不讨好，回京述职时还会被户部那帮蛀虫嘲笑，说他们萧家军吃着老百姓的粮，年年都和西厥人在边境玩躲猫猫，刀怕是都锈了。

要一百万军饷能拨八十万就算万幸，萧长风只能忍气吞声。幸好沈仲安时常接济，燕凉关但凡有点余粮，都是送去赤河，萧家军急需一场胜仗来证明自己。他们已经和博达对阵了两次，博达的兵力在他们之上，他们没办法打正面，所以学的是西厥人的套路，和他们打游击，不打正面消耗，小股骚扰让博达东跑西跑。

虽然时间是拖住了，但双方都没有讨到什么好处。

"早该这么打了。"萧河在一边说，"博达擅长进攻，但不擅长防守，我们就跟他们打快攻，打完就跑。"

"有军报。"沈昭扬了扬手里的军报，先递给萧长风看。

萧长风看完，又递给萧河，说："你和你妹妹果真都是沈仲安教出来的，用同一个脑子。"

沈昭笑了笑："那丫头心思比我活泛些。"

萧河接过急报查看，不由瞥了一眼沈昭，说："你妹胆子可真不小。"

"是吧。"萧长风看了眼萧河，"要是没嫁给谢停舟，我倒是想讨来给你做媳妇儿，可惜人家北临王捷足先登了。"

"爹。"萧河尴尬地看了眼沈昭，"人家哥哥还在，就别胡扯了行吗？"

萧河之前对沈昭很是看不惯，不过这段时间下来，稍稍缓和了那么一点，也仅限于不给对方使绊子罢了。

萧长风大笑，扯痛了后背的伤口："不过确实，没有北临王也轮不到你，你弟弟还跟在她身边呢。"

萧河既窘迫又尴尬，赶忙转移话题："说正事吧，沈……北临王妃带兵在燕凉关击退西厥，又拔掉了他们后撤的营地，后面的情况就不知道了，假设博达腹背受敌，但我们和王妃互通消息的渠道太慢了。"

"就拿这封军报来说，这上面说是十二月十七的事，消息回到燕凉关再绕一大圈过来，眼下都廿三了，我们根本不知道那边的情况，也就无法发起前后夹攻。"

"是啊。"萧长风收了笑容，"博达卡在了中间，将我们前后互通消息的线路切断了，现在等于大家都在盲打，凭感觉打，博达却可以选择进攻我们任何一方，并且我们还不知道，也就没有办法及时增援。"

沈昭盯着炉火若有所思，他手上的冻疮被烤热了，痒得难受，只好捏了捏拳头缓解。

"这确实是个难题。"

萧河说："要不继续打快攻，把博达牵制在我们这条战线上，让他们无暇顾及后方，北临王妃正好可以在后方打个措手不及。"

"不行。"

"不行。"

萧长风和沈昭异口同声。

萧河的提议被两人同时否决，一时也不好说话了。

萧长风看向他:"儿子,我来告诉你为什么,你方才说的办法是建立在我们能互通消息的基础上,正面我们是绝对打不过的,前几次是博达在试探我们的兵力,一旦他确认之后就会对我们发起进攻,况且,博达这两天消停了,他也知道我们双方消息不互通,一定会在这个时候想办法把我们一口吃下来。"

博达就是这样想的,他抓雪搓了把脸,让自己彻底清醒了。

"天一黑就动身。"博达下令。

西厥士兵在黑夜里前行,他们熟悉线路,朝着被萧家军占领的营地而去。夜里有风雪,目力最好的士兵在望楼上也看不远。

直到听到了行军的声音,大喊敌袭时,西厥人已经摸到了百米开外。

营地中发出了一声闷响,巨石在地上砸出了一个巨坑。当萧长风和沈昭看见巨石从天而降时,终于意识到自己估算错误了。博达之前不是在试探他们的兵力,而是在等待时机。

轰——

巨石再一次从天而降,直直砸在了营地中央,巨石周围倒着哀号的士兵,有的甚至没有来得及痛呼,就已被巨石压成了肉泥。漫天带火的箭雨在大雪纷飞中落了下来,营地的帐篷被点着,顿时火光大盛。

这里是他们临时占下的西厥营地,没有燕凉关厚达几丈的城墙作为抵挡。

"快!整军——!"

萧长风掀了帐子出来,翻身上马,把头盔往头上一盖。

"摆鹤翼阵!沈昭左翼,萧河右翼!"

骑兵率先从两翼冲了出去,战鼓在黑夜里擂动了起来,雪片卷着军旗翻飞。两军互冲厮杀,刀兵相交,发出铮铮的鸣响。兵戈声、厮杀声、马蹄声交织在一起,回荡在整个战场上。

鲜血将雪染成了红色,尸体遍地。厮杀声持续响了两个时辰,风雪渐渐小了,萧长风退回营地暂歇。

"挡不住,挡不住了。"萧河喘息着说,"没想到博达会带攻城的利器。"

萧长风咬牙切齿:"他这是打急了,想要迅速把我们打下来,营地他也不准备要了。"

他话锋一转:"沈昭呢?"

萧河举目四望:"还没回来。"

"让他回来!"萧长风大喊道,"博达他们带的巨石有限,先让沈昭回来,让盾兵和弓箭手顶上!"

话音刚落,一士兵冲了进来:"不好了萧将军,西厥的援兵来了,看样子有两万人之多。"

萧长风被这消息震得回不来神,紧接着沈昭也策马从营地侧门冲了进来。

沈昭还没下马便喊:"必须撤,不能再扛,他们的援兵来了。"

萧长风心里一沉："沈妤打退了西厥没有乘胜追击？竟然让他们来增援？这怎么可能？！"

萧河低骂了一声："女人，就是胆子小。"

沈昭想反驳，但他现在没办法解释。他也想不通沈妤为什么没有继续追击，这不是她的性格。但不论怎样，他确实判断失误，或者说和沈妤缺少默契，在消息传递不通的情况下没有明白对方的意图。

现在西厥的援兵来了，他们这一仗输了。

"现在管不了那么多了，整兵后退，我们可以往赤河退。"

其实如果往赤河退，也算解了燕凉关被兵临城下的危机，虽然今夜的损失确实有些重，但至少燕凉关没有破城。

萧长风沉声道："盾兵和弓箭手先压住火力，我们只能边打边退，萧河，你——"

萧长风蓦地停下，扭头望向战场的方向。沈昭和萧河也一同扭头望去，脸上均露出了既诧异又震惊的神情。

因为他们都听见了西厥遭遇敌袭的号角。

萧长风没缓过神："沈妤也追上来了？"

风里又传来了发起进攻的号角，这是沈妤的信号。沈昭脸都白了，博达本就带了七万人，加上刚才的两万援兵，足足九万人。他们这里三万多加沈妤的三万，总共也不过六万多，兵力上就差了好几成，就算是前后夹击也难打。

沈昭说："不行，得通知她赶紧撤。"

萧河气得跺脚，看着沈昭说："我们现在是把鸡蛋放在一个篮子里，被你们害惨了。"

"萧河！"萧长风厉声呵斥。

萧河狠狠瞪了沈昭一眼，按着腰间的刀快步跑了。萧长风踩着马镫准备上马，又见一士兵激动地冲了进来。

"将军！将军！西厥自己人跟自己人打起来了！"

"什么！"萧长风脚下一滑，差点儿栽下来，沈昭连忙伸手一扶。

"说清楚！"

士兵咽了下干涸的喉咙，喘着气飞快地说："刚才的西厥援兵，冲上去就跟西厥人打起来了，我们也不知道怎么回事。"

"不对，不对不对。"沈昭飞快思索，焦虑地在原地徘徊。

沈昭忽然抬起头，兴奋地大喊："我知道了！"

这接连而来的消息如闷雷般炸在每个人头上，不光是萧长风和沈昭没有反应过来，就连博达和西厥士兵也没有反应过来。

前来会合的士兵忽然就对他们拔刀相向，相同盔甲的士兵厮杀在了一起，西厥大军顿时陷入了混乱之中。起初西厥士兵还以为是援兵倒戈，不过很快就发现了不对劲。

"是大周人！"

"大周人穿着我们的盔甲！"

可是发现也没用，都穿着一样的铠甲，哪分得清哪些是自己人，哪些又是大周人。

西厥士兵顿时乱了阵脚。一名士兵一刀砍在另一名身穿西厥铠甲的士兵身上。

被砍的士兵捂着伤："你瞎了吗？我是自己人！"

西厥士兵慌乱地转过刀对准另一个人，正准备砍，对方开口了——

"是自己人。"

西厥士兵顿了顿。

那人朝他靠近，忽然大喊一声："去你的自己人，西厥人去死。"

一刀挥过去，西厥士兵毫无防备地倒了下去。博达紧咬着牙关，在马上看着这一场混乱，目光所及间都是身披西厥铠甲的士兵。

但他很快发现了异常。

"不要看甲！看刀，大周人的武器不一样！"

这一声警示很快在军中传开，西厥士兵找到了辨别自己人的办法。沈妤用手抚摸着奔宵的马鬃，安抚着这躁动不安、想要一战的马匹。

她侧头看向立于马上的萧川："被发现了。"

萧川即刻领会沈妤的意思，高举起手中的旗，大喊道："卸甲——！"

守备军在混战中撤掉了身上的甲，里面竟还有一层自己的甲。

将西厥的铠甲套在外层是为了杀一个出其不意，既然已经被发现，铠甲就显得累赘，脱掉之后行动更加便捷。

"杀了西厥人！""杀！"

沈妤将博达的西厥大军当成了磨刀石，让她手中的守备军在数次的战斗中磨出了精锐的锋芒。

守备军可以沉稳蛰伏，这是他们在之前和西厥的骂阵和攻城战里领会到的要旨。他们可以不出鞘，但他们出鞘必见血，这是他们在之后的战争中得到的磨砺。真正意义上来说，这是他们第一次和博达的正面交锋。萧川将旗子紧紧别在了腰间，提着刀跃马冲向了西厥大军。

"杀——！"

博达在乱军之中发现了高立于马上的沈妤。她没有动，但博达感受到了她疾射而来的目光。博达策马朝着沈妤冲过去，距离越来越近，沈妤依旧没动。隔着那么远的距离，博达在被火映红的苍穹之下，竟看清了沈妤目光中的狠戾与嘲讽。

博达胸腔满是怒火，这个女人用兵与他遇到的所有对手都不同，她有着男人没有的细腻，也更为狡诈。

"沈妤！"

"博达。"沈妤隔着重重士兵紧盯着他。

她缓缓说："我来取你的命。"

引凤的刀刃划着刀鞘，露出了暗藏已久的锋芒。这把来自爱人的刀，今夜她要用它取了博达的命，这是属于沈妤和谢停舟共同的荣誉。

"驾——"

奔宵终于得令放开了铁蹄，在乱雪飞舞中紧盯着博达胯下的战马迎了上去，它和它的主人一样英勇。

沈妤和博达越来越近，他们死死盯着对方，都没有停下。

刺啦——

刀锋在战马错身之际猛烈相撞，划出了刺耳的声音。

沈妤掉转马头，又朝着博达冲了上去。

"快撤，快趁现在撤。"萧河还在营地中大喊着。

"撤个屁！"沈昭翻身上马，"那不是西厥援兵，那是我妹！"

沈昭手中的长枪直指西厥人的面门："变阵！摆锋矢阵！"

士兵在火光中挥舞着旗帜，萧家军张开的双翼合了起来，前锋张开呈箭头形状，直冲向西厥大军。骑兵狠狠撞在了西厥大军的脸上，将西厥大军从中间撕开了一道巨大的口子。

这才是真正的前后夹击，西厥的阵型被打乱了，博达在和沈妤混战间下令让步兵后撤。

西厥步兵往后撤回，骑兵顶上前去。

萧家军已经杀到了脸上，投石机再也起不了作用，现在靠的就是兵法和阵型。萧河被彻底打脸了，可他连着愧的时间都没有，就得再次投身战场。

"该死的。"

萧河在长枪刺穿一个西厥人的同时，骑行战马的马蹄也被砍断了。他从马背上滚了下来，长枪卡在了西厥人的骨头里，拔出时动作滞后了一瞬。战场上瞬息即是生死，又一个西厥士兵的刀朝着他落了下来。那一瞬萧河竟忘了呼吸，在须臾间嗅到了死亡的味道。

刺啦，断手带着刀飞了出去。

萧川在萧河面前勒马："哟，怎么摔地上了？来，我拉你起来。"

看着俯身朝自己伸出的手，萧河还没能从愣怔中缓过神来，不确定地看着马上的人。他们太久没见了，眼前的人锋芒毕露，和他记忆中的萧川太不一样。萧川刚要伸手去抓，那只手又缩了回去，好像在逗他一般。

萧河："萧川你！"

萧川一刀砍在上来偷袭的西厥人身上，咬牙道："你准备在这儿躺到大战结束，那你最好躺着装死，不过你得先求老天保佑不会被马蹄踩死。"

萧川说完不再理会他，再次投入了厮杀中。

"我不想杀女人。"博达咬牙，狠戾地说，"但你坏了我太多的事，沈妤，你必须死。"

"那就要看你有没有那个本事！"沈妤挥出引凤，夹带着凌厉的风声。

博达快速出刀，每一次刀锋的撞击都会在刀刃上砍出豁口。博达有着非同常人的力道，沈妤毕竟是女子，在力道上欠缺很多。每一次都是在咬牙接下博达的猛攻，每一刀都震得她手臂发麻。

虎口刺痛，似乎已经撕开了口子。东方依稀显出了晨光，远方隐约有雷声传来，在风里沉重地轰鸣。

博达对自己的地盘非常了解。这不是雷声，这是密集的铁蹄踏在地面的声音。他手上使了狠劲，同时也听见了自己的刀裂开的声音。

"撤！"博达果断下令。

铁蹄声更近了，那是从北临吹来的烈风。

西厥士兵朝着更西边逃窜，青云卫踩着第一缕曙光踏上了这片狼藉的土地。

黑甲在天际铺开成一条线，宛如一道厚重的城墙奔袭而来，瞬间加入了战场。一匹烈马朝着营地门口疾驰而来，在萧长风面前停下。谢光宗摘下了头盔，掺白的发丝间冒着热气。

"萧将军。"

萧长风拱手道："北临王。"

"哎。"谢光宗抬手，"如今的北临王是我儿子，喊我声老谢便是。"

萧长风哪敢冒犯："多谢老王爷千里增援。"

谢光宗回头看了一眼战场："看来我来晚了，没有我的增援你们也能打赢这场仗。"

战场上西厥残兵正在四处逃窜。

萧河杀上了头，冲到营地门口大声说："王爷，爹，西厥退了，我们要不要乘胜追击？"

谢光宗看了萧河一眼，并没有开口。

萧长风说："穷寇莫追，越往西越危险，先清扫战场。"

"我儿媳妇呢？"谢光宗忽然问。

谢光宗没有看见沈妤，目光所及之处均是一片狼藉，这是战争带来的破坏力。

萧长风大喊："萧川——"

萧川正奔走于战场，四处搜寻着沈妤的身影。他没有看到沈妤，甚至没有看到她的爱马奔宵。他骑着马奔走了一圈，又下马开始翻找着尸体，一边默念不要让他找到。

她那样好的功夫，不会躺在这里。萧川的心紧紧揪在了一起，听见士兵来传话，说萧将军在找他，他也没有抬头，依旧在翻找着。不一会儿，士兵又把话传回萧长风这里。

"萧将军还在战场找人。"

"找谁？"谢光宗心一沉，接着便听到了士兵的下一句。

"萧将军在找王妃，还……还没找到。"

谢光宗一个字没说，掉转马头朝着战场跑去，一边让青云卫继续搜寻。

日头升到了斜上方，萧川被硬拽回了营地。营地的营帐被烧掉了不少，士兵又重新搭起了帐子。

谢光宗和萧长风坐在上首，下面是萧川和萧河。谁都没有开口，直到士兵再次来报，没有找到沈妤，也没有找到沈昭和博达。

"坏了。"谢光宗说。

他儿子把自己的宝贝疙瘩放在了燕凉关，要是没把人找回来，谢停舟多半也回不去了。

萧河扫过众人，小声说出了自己心中的猜想："该不会是，被俘虏了吧。"

话音刚落，谢光宗锐利的目光便扫过萧河的脸。老王爷的目光带着战场上锤炼出来的压迫感，萧河在他沉重的目光里咽了咽口水，垂下了眼。俘虏，这个词是一种侮辱，他们都不敢朝这个方向想。

以沈妤的性子，她不会让自己成为俘虏受人凌辱，她甚至会自裁。

谢光宗道："我已派山所有斥候，循着西厥撤离的路线寻找。"

萧川"噌"一下站起来："我也去。"

"站住！"萧长风看着已经迈出两步的萧川，说，"你留下呈报守备军前些日子的战况。"

看着老王爷和萧河出了营帐，萧川再也按捺不住，大吼："战报早发出来了，你明明知道这一切都是沈妤的谋划才大获全胜，为什么要拦着我去找她？"

萧长风看着眼前急疯了的儿子，到底有些心软："从北临到燕凉关，你们数月相处，你现下这般，是否想过人言可畏啊？"

好不容易打了场胜仗，萧长风却只觉得疲劳无比，他叹了口气："何况多的是人找她，不缺你一个，你现在太激动了，能带给她的不是帮助，反而是麻烦。"

此话一出，萧川原想反驳，可心头酸涩，萦绕更多的是委屈。像回到了幼时，被误解却无力自辩，他垂下头，看着眼泪一滴一滴砸进了雪里。

他强忍哭腔，不让自己显露芥蒂："爹，我知道您一直瞧不上我，我兵法没有大哥厉害，功夫没他好，他是嫡子我是庶子。就因为我是个庶子，不配承袭您的衣钵，所以您将我扔在盛京给那帮达官贵人掏粪找狗。"

"是王妃。"萧川哽咽了一下，"是她给了我机会，不嫌我笨，手把手教我，愿意给我机会磨炼。"

他仰起脸看着萧长风，带着眼泪笑了："她做了原本是爹您该做的事。

"所以我得感恩啊，如果我不去找她，我萧川就真的是猪狗不如了。"

来燕凉关的消息早几日就已经传过来了，这几日曹光进一直在安排人手清理甘州往北官道上的积雪，务必让谢停舟的马车走得顺当些。兮风坐在马上，远远看着官道尽头行来的马车，摁住青云卫不动，自己打马迎了上去。

队伍前面的人是常衡，他看见兮风也挺高兴。两人在交错时伸手碰了下臂缚，就当是交接了，谢停舟之后还是由他们近卫负责。

"王爷。"

谢停舟挑开了一点帘子，看见兮风骑马跟在马车一侧："王妃在哪儿？"

兮风道："王妃和沈将军去了赤河，没想到王爷到得这样早，我这就传信让王妃回来。"

谢停舟微微皱眉："不用了，我们直接转头去赤河。"

"这不太好吧。"兮风打量了一番谢停舟的脸色，说，"王爷这脸色，王妃看见怕是要动怒，再奔波去赤河，您这不是自己送上门挨骂吗？王妃耽搁不了几日，不如您趁这几日先养着。"

谢停舟顿了顿，什么也没说，将帘子放了下来。

天上没有鹰隼的踪迹，白羽在一日前就在往西边飞，它喜欢西厥人的地盘，那边有很多雷鸟和松鸡。马车沿着官道进了甘州城，曹光进早早就在门口等候，结果人都没见着，马车径直从他脸旁过去了。

谢停舟来之前，四喜重新把小院布置过，屋内铺了氍毹，置了暖炉，却仍旧显得有些简陋。

谢停舟进门时便沉了脸，进屋后关上门，谁也不敢去打扰。

四喜紧张得手脚都不知该往哪儿放。

"风哥。"四喜年纪也不大，也随着长留喊风哥，"王爷是不是对我的布置不满意？"

兮风拍了拍他的肩膀："不干你事，王爷这是心疼王妃了。"

谢停舟坐在简陋的房间里久久说不出话来，确实心疼。出来几个月，她就住在这个屋子里，这里的条件和摆设比不上北临和盛京的王府一星半点儿。

"掌灯。"

兮风听见谢停舟的声音，连忙让人进屋掌灯，知道谢停舟有话要问，便立在一旁没出去。

谢停舟放下了床帐，在桌旁落座："坐下说。"

放床帐是他这几个月养成的一个不太好的习惯，他不喜欢看空床，那会时刻提醒他沈妤不在身边，他烦透了这种感觉。

兮风坐在了下边："王爷让我从哪里开始说？"

"王妃去赤河干什么？"谢停舟问。

兮风端正坐着，说："边线战事十来日前就已结束，经此一战萧家军损失惨重，此次萧家军私自动兵，朝廷不会拨银子下来，战士们战后的抚恤金要安排好，还有开春之后的军饷也要先做预算，这银子是要从陆氏出的。"

谢停舟想了想："军饷不能总让陆氏来填补，不管王妃有多少银子那都是她的私房，你派人传信去赤河，抚恤金和军饷走北临的账。"

兮风点了点头："是，我稍后就派人去传信。"

"还有。"兮风话锋一转，"老王爷此刻仍旧率兵在西厥腹地清扫余孽，博达失踪之后，西厥有几部有想要归附的意思，想和王爷谈。"

谢停舟淡淡道："先放着，我眼下没空处置他们，长留呢？"

"这孩子在外头跑疯了，成日跟着老王爷到处跑，我这就让人把他叫回来。"

谢停舟颔首，暂时没什么话要问，兮风便退下了，出门时看见曹光进等在门口。

"风侍卫，风侍卫。"曹光进不敢喊得太大声，见兮风看过来，连忙抬手打招呼。

"王爷刚到甘州，我在寒舍设宴，给王爷接风洗尘。"

"劳曹大人费心。"兮风道，"不过王爷一路奔波，此刻已然休息，且现在战事要紧，也不用大力铺张，你看呢？"

曹光进哪敢说不行，忙不迭应下，曹光进如今已经看清了局势，他之前需要沈妤帮他守城，一开始心里打的主意其实是利用。可他没想到的是，守备军的兵权一旦交出去就拿不回来了。那些在战场上打出了血性的兵，不可能再听他的调派，都唯沈妤和萧川马首是瞻，如今根本没把曹光进放在眼里。

曹光进这棵墙头草没当好，此刻除了上谢停舟和沈妤这条船，已经没别的出路了。

这对夫妻真是没一个好相与的。

谢停舟临睡前写了一封信交给兮风，让他派人快马加鞭送去赤河，信使策马出了甘州城，出城绕了一圈天亮就回来了。

一早，余大夫进屋给谢停舟诊脉，兮风出去叮嘱人送药，回来看见檐下坐着个人。

"回来了。"

檐下的人抬起头，露出长留那张稚气未脱的脸，他一开口就是哭腔。

"风哥。"

兮风急忙扫了眼房门，一把拉起长留走到了院外："王爷是要找你问话的，一会儿别给我摆出这副表情。"

长留知道，可他忍不住，眼泪哗啦啦就落下来："我没有找到王妃，我到处都找遍了，我找不到她。"

兮风一言未发，沉着脸，眼睛也有些红了。

"老王爷还在带青云卫的哥哥们挨着找。"长留哭着说，"王妃要是还……王妃她怎么还不回来？"

谢光宗带着青云卫地毯式搜索，几乎将西厥的地翻过来。他不是在找他的儿媳，他是在找他儿子的命，沈妤要是不在了，这个坎谢停舟无论如何都过不去。十几日了，随着时间的推移，希望越发渺茫，但谁都没有放弃。

兮风搂过长留的脑袋，在他后脑勺揉了揉："王妃一定会回来的，别哭了，当心一会儿王爷看出来。"

长留赶紧吸了吸鼻子，飞快地在手臂上蹭干净了眼泪，但双眼还是红的。

长留跨进门时，谢停舟正在喝药。

他抬起眼皮，目光自下而上扫到长留脸上："眼睛红的，谁欺负你了？"

"风哥刚才凶我了。"长留说。

这事谢停舟没准备管："你跟着我爹在外面跑什么？"

长留揪着手："我……西厥好多野味，我跟着猎野雪鸡呢。"

谢停舟仰头喝药，搁下碗问："猎着了吗？"

"猎着了，又吃掉了。"

谢停舟冷笑："我让你跟着王妃，你给我跑去西厥猎雪鸡？"

长留低着头，拿脚尖踢着氆氇上的花纹，没敢接话。

谢停舟道："我让你办的事呢？"

长留抬起头，愣了一下才反应过来，王妃的事他都记着呢，这些日子又掏出来看了好几遍，早就倒背如流了。

"王妃到燕凉关之后就总是做噩梦，她有时叫爹，有时叫王爷名字。"

谢停舟眸色柔和了许多："还有呢？"

长留说："没了，就叫爹和王爷，没叫别人了。"

"……"谢停舟耐着性子，"我是问你还有别的事吗？"

"哦。"长留摸了摸后脑勺，"有的，那个大周的钱掌柜总喜欢跑来找王妃，他还想来蹭饭，我守着没让他进门。"

江敛之任职户部，在长留眼里就跟钱掌柜差不多。长留叽叽喳喳说了半天，沈妤失踪的事还真就让他掰扯过去了，谢停舟半点没疑心。天暗下来，再过半个时辰，城门就不让进出了。

长留飞快地往包袱里装着馍馍，一天三个，估算着能在路上吃上个六七天，他还要去找沈妤。装好馍馍，捆上之后往肩上一背，刚跨出院子，却倏地顿住了脚步。

谢停舟刚到院中散步，他和沈妤一样，这几个月一直睡眠不佳，却没承想会撞上长留。

"王……王爷。"

廊下的灯笼映着雪，将长留的影子晃得忽高忽低。

谢停舟看他一眼："大半夜来偷东西吃？"

长留："呃……是。"

"以后让厨房做便是。"谢停舟没有再看他，只是在雪中踱步，"阿妤说你还在长身体，容易饿。"

沈妤对人素来都是好的，还很喜欢爱屋及乌，谢停舟身边的人包括忠伯，她都很关照。

长留还记得在北临的时候，一名近卫家中老母生病，沈妤让四喜从自己账上划了银子送去近卫家中。

她真的是很好很好的人啊，长留心想。

"嗯，知道了。"长留喉咙哽了一下，倏忽间眼眶又红了。

幸好天暗，这个距离谢停舟瞧不见。

"那王爷，我回去睡觉了。"

长留沿着廊子挪到了门口，心里松了口气，眼看一脚就要跨出门，身后忽然响起了谢停舟的声音——

"你背上背的什么？"

院子里，近卫跪了一地，长留抽抽搭搭地跪在最前面。

谢停舟站在檐下，脸色几乎白得透明，却仍旧强撑着站着。

"好！好得很！你们所有人都知道，一个个都瞒着我。"

他喘着气，胸口已经闷到疼痛。

长留哭得眼睛通红，却一个字也不敢讲。

谢停舟身体猛晃了晃，兮风以手撑地起身冲过去，却在还没靠近谢停舟时被他抬手一挡。

"备马。"

兮风："王爷……"

"本王让你备马！"谢停舟冷声呵斥。

兮风咬了咬牙，转身跑向马厩。

站在一旁的余大夫连忙劝阻："王爷，老王爷已经带人在找了，您如今……"

"别对本王说什么保重身体。"谢停舟的声音很轻，"她要是回不来，我保重身体给谁看？"

城门已经关了，但谢停舟要出关，谁也不敢拦。月明星稀，谢停舟在关口回头，依稀能看见城墙上被战火燎过的痕迹。这是她守下的城，她却没能如约将自己带回来。

关外是一望无际的雪原，谢停舟却没有再往前去。他不知道该往何处，该去向哪里才能找回他的爱人。

"驾——"

骏马终于奔了出去，夜风卷着大氅，那大氅随着他的主人一同栽进了雪地里。谢停舟曾觉得自己是一个多余的人，他曾是王府的外来客，后来他成了那里的主人。他已经记不清先王妃的脸，曾经拼尽全力想要得到的东西，到头来是一杯毒药。

可是后来，他得到了沈妤。谢停舟在梦里看见了沈妤，似乎回到了还在王府的时候。她精神好的时候，早上会很早就起来练功，谢停舟要多睡片刻，每次醒来都会看见她坐在脚踏上，趴在床沿看他的脸。

然后他会对她笑，只要伸出手她就会将脸颊凑上来，轻轻蹭在他的掌心里。有时他们会相视一笑，有时会在晨曦中拥吻，有时他会缠着她再睡一个回笼觉。

"阿妤……"

谢停舟的声音轻到几乎听不到。

"快回来。

"回到我身边来。"

沈妤捧着他的手，将脸颊贴上去，轻声说："我在呢，一直都在。"

谢停舟似乎能在梦中感受到她肌肤的触感，他指尖轻轻动了动，却不如记忆中那般滑腻。

眼前的一切似乎在瞬息中变了样，她满身是血，脸颊上都是血液凝固成的痂。

她张开口喊他："停舟。"

口中就涌出了鲜血。

"快，拿九针来！"余大夫大声道。

余大夫接过银针，看向一旁的人，说："王妃还请暂避片刻。"

沈妤固执地摇着头，目光紧紧注视着床榻上的谢停舟。

她方才握着他的手喊了一声他的名字，他忽然就开始吐血。乌血已经浸湿了半边枕头，谢停舟的唇角还在往外涌着血。沈妤死死咬着下唇，任凭眼泪无声地从脸颊滚落下去，也没有发出任何声音。

直到余大夫收针吐了口气，沈妤才在口中尝到了一丝血腥味，忽然觉得浑身的力气都被抽走了，方才不知是靠什么支撑她在这里站到现在。

一刻，事实上，只晚了一刻。沈妤在与青云卫会合后借了马便往燕凉关赶，可惜还是晚了一步。谢停舟前脚晕厥被抬回小院，沈妤后脚便敲开了城门。

谢停舟昏睡不醒，沈妤也不眠不休地跟着熬。余大夫说王妃时常同王爷多说说话，兴许王爷能早些醒来。

沈妤深以为然，可每次她同谢停舟说话，他便会表现出极其痛苦的样子，呼吸也会变得急促。

他在昏厥中似乎不想听到她的声音，但他总在迷糊中将她的名字一遍又一遍放在口中呢喃。

谢停舟做了一个梦，他梦到了沈妤。可她似乎不认识那个沈妤，她太温柔，过得太委屈，眼中总有化不开的愁云。谢停舟极力想要逃离那个梦境，因为在那个梦境中，他们毫无交集。

然后，他成功了，谢停舟睁开了眼。似乎只是小睡了一会儿，谢停舟盯着眼前的沈妤，一时不知是不是又坠入了另一个梦境。沈妤眼睛一眨不眨地盯着他的脸，不敢喊他，怕自己一开口，他又昏睡过去。

谢停舟盯着沈妤，慢慢将手掌翻过来，轻轻摊开。眼前的人低下了头，偏着头将脸颊贴在他的掌心里。

这一刻，谢停舟终于确定她真的回来了。

谢停舟没有清醒多久，昏睡过去之前死死拽着沈妤不肯放手，看着沈妤拿帕子将两人的手绑在一起才肯合眼。对于睡着的人来说，几日稍纵即逝，可对于醒着的人来说，每时每刻都在煎熬。

沈妤也累了，爬上床贴在他身边睡着了，醒来时对上了谢停舟的眼，也不知他是什么时候醒的。两人都没有喊下人，就这样抱着，谢停舟听她絮絮叨叨地说一路上的经历。

博达撤离时，沈昭追了上去，沈妤不能放沈昭一个人前去涉险，带着一队人奋起直追。但普通的战马跟不上他们的脚步，其他人很快就被甩在了后面，失去了他们的踪迹。

博达深知以他一人之力无法战胜沈妤和沈昭，但他熟悉地形并加以利用，将二人引到一处极薄的冰面上。沈妤对水的恐惧还没有消失，冰面极大限制了她的战斗力，好在兄妹俩齐心，最终还是联手杀了博达。

沈妤说得太简单，但谢停舟知道生死一线的战斗远比她轻描淡写的描述要凶险太多。她显然是在避重就轻，故意略去那些能让他心口揪紧的凶险，不过好在她已经平安回到他身边。

沈妤回想起了当时的场景，寒风带着风雪贴着冰面刮向远方，冰面很薄，一低头就能看见深不见底的冰河。破裂的冰纹从博达的刀下延展而开，沈妤只来得及看见沈昭大喊着奔来，便坠入了冰河里。如期的下沉并没有出现，她在水中仰头看向水面时，望见的是沈昭奋不顾身跳入水中，拼命朝她游来的画面。

沈昭抓住了她的手腕，将她带了上去。他说阿妤不怕，哥哥抓住你了，有哥哥在，我不会让你沉下去。其实那时沈昭颤抖的嗓音里，透露出的恐惧远比沈妤更多。她想，有那样多的人视她如珍宝，会奋不顾身地救她，不会再让她沉下去。

她不会再坠入那个噩梦了。

谢停舟抚了抚她的发，问："还有吗？"

沈妤想了想，继续说："冰面碎了之后，我们只能随着碎冰往下游漂，靠岸之后才找方向回来，西厥人十分排外，对大周人很警惕甚至敌视，我们在路上问路，西厥百姓有的会自动避开，有的甚至会拿铁锹追赶。"

沈妤和沈昭两人身负武艺，但也不好对寻常百姓动手。奔宵在他们落水时跑丢了，西厥地广人稀，得不到马匹和帮助就只能靠一双腿走回来，因而耽搁了不少时间。

沈昭身上还带着伤，他们害怕迷路，就只能一直朝着一个方向走，路上打点野味充饥。后来沈妤看见了捕食的白羽，确切地说是白羽看见了她，之后便是白羽带青云卫赶来，沈妤拿了马连夜赶回来，却还是晚了些。

沈妤又问了北边的战事，他们靠在一起絮絮叨叨了许久，天都还没有见亮，沈妤又睡着了。

"阿妤。"

沈妤转头望去，她再一次看到了沈仲安。

山坡上风大，沈仲安迎风立在那里，被风卷起的发丝已经掺了些白。

"愣着干什么？过来呀。"沈仲安催促她。

"哦，来了。"沈妤连忙走过去，却在那座山坡前停下了。

这是困扰她无数次的梦境，她知道站上这座山坡之后能看见的是什么，心里没来由地开始害怕起来。

沈仲安回过头，朝晖落在他的侧脸，他朝着沈妤伸手："不怕，来，到爹这里来。"

沈妤缓缓迈开了步子，朝着山坡走去。踏出脚的一刹那，冰雪从她脚底化开，朝着山坡上蔓延，积雪消融后露出了绿色的草地。当她真正站上去时，望见的是干净的草野，绿色的草野推开了冰雪，还在朝着天际延伸……延伸……

眼前不再是尸横遍野，而是骏马奔驰的草场。绿草在风里伏低了身体，沈仲安拉着沈妤在山岗上坐了下来，他们望着远方，第一次在梦中感受到了温馨和静谧。

沈仲安抬手指向远方："你的马蹄踏过的土地，都将长出绿草。"

他摸了摸沈妤的头："我的丫头已经找到了自己的路，你走得比爹想的要好太多太多，朝着你自己的路走，你能走得比你想象中还要远。"

沈妤怏怏地垂下眼："可是我没能救下你和将士们。"

"你只是个人。"沈仲安道，"你已经送走了那十万冤魂，爹为你骄傲，你娘也为你骄傲。"

沈妤看着他，眨了眨眼："娘？"

沈仲安看向一边，眼神温和地笑了。沈妤顺着他的目光望去，在远方看见了一个模糊的人影。

她自幼丧母，不记得母亲是什么样子了，但看到那个人影的一瞬，沈妤能确定那就是母亲。

沈仲安起身，拍了拍袍子："我得走了。"

沈妤顷刻间慌乱了起来："别走，爹，你别走。"

"你娘等我太久了。"沈仲安在晨曦中对她笑了起来，"我们要去很远的地方，以后，就不来看你了。"

"爹！"沈妤往前追了几步，却感觉有一双大手死死揽住了她的腰，不再让她往前。

沈仲安越走越远。终于，那两个人影并肩站在了一起，朝着她挥手。

而另一边，将士们也踩着草野，朝着远方离去。

"阿妤。"谢停舟轻唤了一声，怀里的人并没有动。

灯油快要燃尽了，屋子里的灯火变得很暗。

谢停舟借着昏暗的光，看见了她眼角的眼泪，正准备叫醒她，又见她唇边绽开了笑容。那一定是一个感人至深的美梦，于是他抹掉了她眼角的泪。沈妤却在这时候睁开了眼，她似乎并不清醒，眼中还蒙着一层薄薄的水汽。

"停舟。"她喃喃开口。

谢停舟拨开她鬓角的发丝："我在。"

"我爹，我爹……"沈妤忽然就哭了出来，"他说他以后……都不来看我了。"

谢停舟不知道她到底做了什么梦，能让她一时欢喜，一时又哭成这样。沈妤在他怀里抽噎，哭得肝肠寸断，仿佛要把所有的悲伤和痛苦都宣泄出来，自此以后再也不让它们拖住她的脚步。

到底还是个小姑娘。谢停舟在心里叹气，却没有劝阻，而是由着她发泄，只是揉着她的后背，告诉她他一直在这里。

天亮后余大夫来替谢停舟诊脉。

谢停舟的病情没什么起色，这是沉疴，不是一日两日就能养好的。谢停舟服了药又睡过去，沈妤跟着余大夫出去，掩上了房门。

两人走到另一边檐下，沈妤这才开口："余大夫辛苦了。"

余大夫受宠若惊，赶忙拱手："不敢，在其位谋其职，医治王爷的身体本就是我的任务。"

沈妤道："还是要谢的，我不在他身边，余大夫替我看顾辛苦。"

沈妤半夜哭了很久，现在眼睛都还是红肿的，余大夫只当她是忧心谢停舟的身体，看了一眼便不敢冒犯，低着头回话。

"王爷这病要慢慢养，急不来，王妃请放宽心，余当竭尽全力。"

沈妤望着枯树下的积雪："我该早点回来的。"

余大夫从她的语气中听出来自责，忙劝说道："王妃切莫自责，王爷这一路上本就是强撑，听到王妃失踪的消息，只是再也撑不住了而已，并非王妃的过错。"

沈妤皱着眉："有什么需要注意的地方，余大夫直接告诉我便是，我也好仔细着。"

家中有下人，近卫们也是伺候惯了的，不缺人手，但沈妤还是自己知道了更放心。

余大夫大致将需要注意的事说了便退下，提着药箱走出院门，旁边廊子里忽然窜出来一个人拦在他面前。

余大夫拍着胸口："吓我一跳，沈将军这是来找王妃？"

"不。"沈昭沉着脸说，"我就找你。"

这一年过得好像特别长。谢停舟身体不好，不宜奔波劳碌，况且眼下也没有什么紧急的事，又近年关，便干脆在甘州住了下来。

这几日谢停舟已经能下床了，青云卫最好的军匠做了躺椅，就置在窗边，上面铺了厚厚的褥子，有时谢停舟能躺在上面晒晒冬日的暖阳。

谢停舟是闲下来了，沈妤每日都还有战后军务要处理。

丫鬟捧着衣裳站在门口没敢擅自往里进，将衣裳交给兮风，兮风又把东西拿进去。

谢停舟在躺椅上看书，见兮风进来，看了眼他手中的东西，问："是王妃的甲？"

"是。"兮风应声，"丫鬟洗好送来的。"

"给我吧。"

谢停舟搁下书，拿起沈妤的甲铺在膝上，开始一点点检查。很久之前，他们还没成亲的时候，他也是这样从衣裳来看她有没有受伤，如今也能从盔甲看出兵戈的痕迹。甲上有一些刀痕，背甲还被砍得凹陷进去，不过幸好没有破，多亏是老王爷用了最好的料子和最好军匠打造出来的甲。

谢停舟看得止不住心疼，把甲放在膝上缓了缓。沈妤处理完军务回来，跨入房中看见这样的场景，心里顿时咯噔一声。

完蛋，她忘记了一件非常重要的事情。

"甲而已，没什么好看的。"沈妤走过去，拿起甲就要往箱子里塞。

谢停舟看着她的背影："甲而已，看看又怎么了？"

沈妤关好了箱子，回头说："这不是怕你心疼我吗？"

谢停舟斜了她一眼："你还知道我会心疼？"

沈妤走近蹲在他身旁，手指在他胸口点了点："这句话原封不动还给你。"

谢停舟淡笑起来："牙尖嘴利。"

"再过几日就过年了。"沈妤忽然道，"这里一点年味都没有。"

"和在盛京的王府一样。"谢停舟望向窗外。

去年过年，盛京的王府也是这样冷清，他们在盛京的王府吃了两碗沈妤煮的面条，那时谁也没有想到，他们会成为彼此无法分割的一部分。

"长留喜欢折腾。"沈妤站起来说，"我让他和四喜去布置，他指定高兴。"

谢停舟看着沈妤跑出去，掀开毯子起身，又从箱子里将那副甲取了出来。

沈妤没一会儿就安排好了，长留和四喜还是小孩儿心性，拿了银子跑得飞快。

兮风又送了药过来，沈妤端药进屋，进门时扫了谢停舟一眼，见他腿上又放着那身甲。

"你怎么又翻出来了？"

沈妤把药托盘放在桌上，端起碗试了试温度，还有些烫。谢停舟没有回答她，屋子里太安静了，沈妤总算察觉到了一丝异样。她转过头，看见谢停舟眸光半敛着，窗外透入的光将他的脸色衬得煞白。

沈妤咽了咽口水，心虚地走过去将甲拿了起来，又重新放进了箱子里。转身时看见谢停舟起身朝她走来，垂下的手中捏着一张薄薄的纸。

沈妤的心顿时揪了起来，还是让他看见了。

谢停舟走近她："还有这个。"

沈妤看着他递过来的东西，一时没敢伸手接。

谢停舟就这样一言不发地注视着她的脸，直到她缓缓抬起手，他指尖一松，那张前后都写满字的信纸擦过她的手指飘落了下去。

"沈妤。"谢停舟说，"你好狠的心。"

寝屋的帘子掀起又落下，沈妤还站在那里。她捡起了地上的信纸，恨自己当初怎么想得那么周全。她并非无坚不摧战无不胜，所以事先就想过这一战有输的可能。沈妤怕战败没能给他留下话所以写了遗书，也怕遗书被损坏，所以学齐昌的土匪，将遗书用蜡小心地封在了甲胄的夹层里。

回来之后，沈妤完全忘记了这件事，直到之前看见谢停舟拿着甲查看才想起来，于是趁他没发现赶紧将甲收进了箱子。

只是还是没能逃过他的眼睛。

谢停舟方才喊她全名，是真的生气，也是真伤了心。看到爱人的遗言，没什么比这更让人难受的了，沈妤设身处地想了一下，若是让她看到谢停舟的遗言，她定然也受不了。

桌上的药还没有喝，再放就凉了。

沈妤端了药进去，坐在床边小声说："先把药喝了，好不好？"

谢停舟侧卧在榻上，背对着她，没有开口也没有动。沈妤端着药等了一会儿，见他打定主意不理自己，于是端着药出门往厨房去，准备热一热，正好趁着这段时间想一想等下要怎么哄他才行。

谢停舟听见了关门的声音，慢慢睁开了眼，眼底一片猩红。战士们出征前都会给家人留下话，她想过自己有可能战死沙场，所以给他留了遗书。她一定是在每一个日光照耀的地方故作坚强，不肯在士兵面前露出一丝胆怯，却又在无人的夜里真实地恐惧过。所以那张信纸上的笔迹轻重不一，一定是她想到了什么又重新添上去，怕有话没能对他说完。

谢停舟的心狠狠地痛了。

沈妤热好了药端回房中，谢停舟仍旧保持着之前的姿势没有动。

"喝药吧。"沈妤戳了戳谢停舟的背脊，"喝药吧，喝药吧。"

谢停舟仍旧毫无反应。

"你要是不喝，一会儿凉了我又得重新热，刚才把手都烫了。"

谢停舟微微动了动："少来骗我。"

"是真的。"沈妤可怜巴巴地说，"不信你看，真烫了。"

话音刚落，谢停舟翻了个身，抓了她的手来瞧，一只手看完又去看另一只，手上哪有什么烫伤。

谢停舟脸色更黑了，扔开她的手，又翻身躺了回去。

沈妤又去戳他的背脊，这次谢停舟彻底不理人了。沈妤爬上床紧贴着他的后背，伸手从背后抱住了他，谢停舟这回是真生气，抓住她的手想要拉开，可摸到她手上的茧子，心又软了下来。别人家的姑娘养在深闺十指不沾阳春水，他的王妃却要把命悬在刀上。

谢停舟攥着她的手，心里的那点火灭了，随之而来的是更多的心疼。

"阿妤。"他开口即哽咽，这让沈妤异常心慌。

谢停舟声音无力："我有时候觉得，这世上谁也留不住你，你若是想走，便不会为任何人停留。"

那封遗书让谢停舟痛到无力，仿佛她已经时刻准备好离他而去。

"你要报仇，便一往无前，谁也拦不住你，你要杀博达，便能千里追击，若你哪一日要离开我，我应该也留不住你。"

"我不会离开你。"沈妤埋头在他的后背上，他瘦了不少，额头抵到了清晰的脊骨。

她说："这世上只有死别能让我们分离。"

这是谢停舟最为害怕的东西，也是沈妤此刻最害怕的。她清楚地记得站在床边看他吐血，看他徘徊于鬼门关时的心情。在那一刻，她其实曾后悔过，后悔为什么没能放慢脚步，多陪一陪他，若他就那样走了，她恐怕也活不下去。

谢停舟想说死别也不能将我们分离，她若没能回来，上天入地他都会随她去。可是她回来了，现在站在悬崖边的换成他自己，他就再也说不出那样的话了。如果他不在，他希望她能好好活着，替他活着，但一定不要忘了他。沈妤此刻没有想到那么多，她只是不想再让他难过了。

"我现在想停下了，就在你身边哪儿也不去，一直陪着你。"

她的复仇已经走向了终结，只剩下一个宣平侯不足为惧，她是该好好为自己活了。

谢停舟翻了个身，伸手将她揽了过来，嘴唇贴在她额头上蹭了蹭："这是你说的。"

"嗯。"沈妤肯定地回答。

"我要将你绑起来，捆在身边，让你哪儿也去不了。"谢停舟的话有些孩子气，但语气又那样认真，"就在我身边，哪儿也不去。"

"好。"沈妤把两只手递到他面前,"你绑呀。"

谢停舟把她的手推开了,沈妤撑起手臂看他,谢停舟立刻侧开了脸。

沈妤又将他的脸掰了回来,看着他发红的眼眶说:"谢停舟,你怎么这么娇啊?"

"闭嘴。"谢停舟冷声。

"本来就是,你看你眼睛都红了。"沈妤指尖划过他的眼角。

"停舟,停舟……"沈妤呢喃般地喊他。

谢停舟不想再听她这样喊得他心口发软,扣住她的后颈将她压了下来,让她没有机会再开口。他服了太久的药,唇舌间有散不去的药味,勾缠着她的唇齿。

沈妤在他的吻里发出了轻短的喘息。

"你在生病。"

"我可以。"

"你不要命了。"

"我有分寸。"谢停舟固执地说。

执着的人得到了回报,帐幔垂落下来,逼仄的空间顿时变得潮热。

　　小小的院子布置起来，总算有了些年味。这里不像王府那样庭院深深，一眼就能望到头，沈昭没费力就看到了檐下的谢停舟。

　　他披着墨色大氅，衬得皮肤透白，沈昭走过去左右看了看，问："阿妤呢？"

　　"不巧，她刚走不久，青云卫找到了奔宵，她去看看有没有问题，大哥要是不急就留下等一等。"

　　谢停舟手里拿着剪子，院中的那株枯树原来是株蜡梅，这几日终于开出了花，沈妤昨晚就说香，谢停舟准备剪几枝插在卧房里。

　　沈昭面无表情："她出去了正好，我有事找你。"

　　"稍等。"谢停舟挑着剪了两枝，抬手，"大哥里面坐。"

　　丫鬟要来接他手中的花，谢停舟避开没让人碰，吩咐丫鬟看茶，自己亲手插瓶。

　　"大哥找我可是有要事？"

　　沈昭沉着脸，半晌没说话。

　　来找谢停舟之前，想了很久，这原本是他们夫妻之间的事情，他不该插手，但是爹娘都不在，只有他这个做哥哥的替她撑腰了。

　　"你往后有什么打算？"

　　谢停舟知道沈昭来不只是为了问这个问题，还是认真作答："我与阿妤商量过，开春之后讨伐宣平侯。"

　　"这是公事。"沈昭说，"我是问你，对阿妤，你有什么打算。"

　　谢停舟略感诧异："她是我妻，我的打算自然是陪在她身边。"

　　沈昭冷笑："你活着的时候陪在她身边，你要是死了呢？她怎么办？"

　　谢停舟的脸色顿时变了，沈昭提及了一个谢停舟和沈妤都不想去触碰的话题。

　　"你别想理由搪塞我，余大夫在我的逼问下什么都说了。"

　　沈昭想起来就气："你明知道自己身体如何还要去招惹她，你替她想过吗？"

　　谢停舟盯着那两枝蜡梅，没有开口。

　　沈昭道："你怎么敢？怎么舍得？她过得这样苦，你还要让她提心吊胆。"

　　"我为何不敢？"谢停舟没有继续沉默，他笃定地说，"我不甘心把她交给任何人，若我能有十五年光阴，我便给她十五年的幸福。"

沈昭大怒："十五年之后呢？你抛下她一走了之，她还年轻，她后面的日子要怎么过？"

"怎么过？"谢停舟指尖触着蜡梅上的残雪，眼眸很深，"相信我，我比任何人都希望能永远陪在她身边，并且愿为此而付出任何代价，我会给她足够多的爱，让她想到我时不是伤痛，而是不曾觉得遗憾。"

沈昭怔怔地望着立在窗边的谢停舟，那背影何其萧瑟，他忽然明白了，将她留在身边，他比任何人都要煎熬，也比任何人都要忧心她的将来。面对谢停舟那样的笃定，沈昭不知还能再说什么。

他沉默地坐了良久，又沉默地起身离开。

谢停舟以沉默相送，返回时又看见了一枝极好的蜡梅。

丫鬟见他驻足，忙上前问："王爷，要剪子吗？"

谢停舟盯着看了许久："不了，已经有两枝了。"

他不喜形单影只，就连蜡梅也想要双数。丫鬟退下，谢停舟抬脚欲走，却又停了下来，立了片刻后径直走向了柱子。沈妤后背抵着柱子，死死咬着下唇，垂着头，地上已晕开了点点斑驳。

眼前出现了一双靴子，沈妤知道是谁。

谢停舟抬起她的下巴，轻轻抚过她的脸，低头在雪中和她接了一个绵长的吻。

他尝到了眼泪的味道，在啄吻的间隙说："我想陪着你，长命百岁。"

沈昭要赶回洛州陪俞晚秋和老太太过年，没有久留，连夜就走了。战后要休整，人和马都需要歇息，他们刚拿下甘州，暂时没有离开，开春后的春耕也要开始筹备，还要在这里停留一段时间。小院住不下那么多人，谢停舟重新置了一处宅子，离他们住的地方不远，让其他人住在那儿，他和沈妤却没搬过去。

大家挤在一起过了一个热闹的年。闲暇的时间不多，年后没几日就要开始筹备春耕事宜。

幕僚从北临赶来，谢停舟病情好了一些，在新院的厅中和幕僚议事，几名幕僚你一言我一语。

"前几日雍州知府章敬廉来信，说流民入册已经安排妥当，只是这个冬天又冻死了不少人，光靠接济实在是杯水车薪。"

"眼下马上春耕，时间要抓紧了，在春耕前就要将北临、甘州、雍州等地土地重新清丈、核实，作为征收田赋依据，这数目上肯定和往年上报的大有出入，多出来的可安置流民。"

"这办法可行，可地划出去了，流民也无银种地，民间借贷的话，一年种到头，银子还是落在放虎皮钱的人头上，百姓照样吃不饱。"

厅中又沉默了下来，一幕僚侧头看了一眼上座的沈妤，在谢停舟的眼神扫来之前，赶紧移开了眼。

沈妤如今换回了女装，议事时都陪在谢停舟身边，但甚少开口。

幕僚壮着胆子试探："陆氏银庄……"

谢停舟倏地看过去，幕僚赶紧止住了话头，没敢再往下说，王妃的银子，这主意可打不得。

"由官府给民间借贷，分二、五月贷款贷粮。"谢停舟道，"每半年取利二分，分别随夏秋两税归还。"

谢停舟既开口那就是拍板，无人敢再质疑。

"王爷。"幕僚说，"青州知府覃誉找雍州借粮一事，也得赶紧拿定个主意。"

另一幕僚道："雍州归附北临，给青州敲响了警钟，覃誉向雍州借粮，实则是向北临借粮，青州本就卡在雍州和北临中间这个尴尬的位置，据说覃誉接连上了几道折子也毫无音信。"

一人笑了笑："那定然是没有音信的，户部拿不出银子，江敛之当个两手空空的钱掌柜，南大营动兵还要世家自己贴钱，这事放在历朝历代都是个笑话。"

"是啊，盛京那帮人斗得你死我活，根本无暇顾及百姓，也是给了我们可乘之机。"幕僚看向谢停舟，"王爷，青州知府此番借粮，这哪是找雍州借粮，分明是看到西北沿线战局大胜，局势倒向北临这边，借由借粮一事朝北临靠拢，这事应是不应，还请王爷给个准话。"

"应。"谢停舟说，"就算不为拉拢，也为百姓。"

这事说得容易，张口一个"应"字，出去的却是实打实的雪花银，北临再给自足，承担了战后和春耕，多少也有些捉襟见肘，之后每一笔开销都得紧着来。

事情还很多，议定一事又得换下一事。

幕僚又道："宣平侯虽说没有自立为王，但已等同野王无疑了，南方多地都有效仿，我前几日听到一件好笑的事，据说信州下辖的福安县有个山头，两千山匪下山砍了福安令，占县为王，还在城中大肆封赏，两千来个土匪乱七八糟封了一千多个，连守城的士兵都封了个大司马当，完全是胡来。"

听完，厅中众人也都忍不住笑。

就连谢停舟也勾了个极淡的笑容，侧头看向沈妤。见她脸上笑容明媚，眸光潋滟，似乎察觉到他的目光，正好转头朝他这边看来。隔着茶桌，谢停舟将自己的茶盏往沈妤那边移了些，收回手时在宽大的袖子遮挡之下，偷偷拉了拉沈妤的手指。

"王爷。"幕僚完全没有察觉自己打扰到了对方，"去年您与王妃在雍州赈济一事已然传开，加之北临和燕凉关一役，民间呼声大振。"

另一幕僚也兴致勃勃："如今形势一片大好，我们当借此机会出兵宣平侯，剿灭南方各地匪患，为之后拿下盛京打下基础。"

谢停舟收回目光："此事我已同王妃商议过，春耕之前不兴兵事。"

幕僚忍不住说："可是……"

"民为贵，社稷次之，君为轻。"谢停舟平静地道，"让百姓先把地种下去，今年才能少饿死人。"

此言一出，幕僚当即羞愧低头，不敢再说其他。

幕僚多少有些急功近利了，但谢停舟和沈妤从未改变过他们的初衷。他们要的，原本就不是九五至尊的位置，那个位置只是他们荡平沉疴的踏脚石。

议完事，谢停舟和沈妤还要回他们自己的院子。地方离得不远，每次他们都是步行而来，又步行回去，近卫跟在后面，没敢离得太近。两人并行，看似走得近，袖摆相互轻擦，实则袖子下面十指紧扣。

天已经暗了，路上没什么行人，一个人影分明从街口走过来，看见两人后又转身走了。

谢停舟忽然问："你最近，有没有发现萧川有些奇怪？"

沈妤想了想："没有吧，这些天除了议事，都没怎么看见他，不知道他在忙什么。"

谢停舟看着街口若有所思："守备军你准备让他带？"

"你有没有意见？"沈妤转头看着他。

"短期可以。"谢停舟说，"但日子长了不行，萧长风手里有兵，再把守备军交给萧川的话，你懂的，所以你得给他找个合适的位置。"

从沈妤个人来讲，她信任萧川，但是谢停舟的提醒不无道理。

沈妤说："我现在终于明白为什么先帝忌惮北临了。"

谢停舟颔首："手握兵权本就是令人忌惮的事，历朝历代没有哪个皇帝能够安枕。"他顿了顿，"过两日萧长风要过来谈军饷和抚恤，你让他和我谈。"

"就你逞能。"沈妤说，"北临的银库都要被你掏空了，之后得节衣缩食，你就勒紧裤腰带过日子吧。"

"节衣缩食？这绝无可能。"谢停舟薄笑，"你也太小看我了，家底掏空了可还有王妃养我。"

沈妤斜睨了他一眼："我养你就行，军饷花我的银子就不行了？"

谢停舟目视前方："绝对不行，你的银子只能用来养我，旁的男人一概不行。"

瞧他那副理直气壮的样子，沈妤忍不住笑出声来。

"行，养你，你说怎么养？"

谢停舟垂眸看着她："我想吃王妃煮的面条。"

沈妤在袖子里挠了挠他的手心："真好养。"

"也不尽然。"谢停舟低头，凑在她耳边说了一句什么。

他唇角带笑，沈妤却抬起头狠狠瞪了他一眼，谢停舟脸上的笑容更盛了。

几日后，萧长风和萧河从赤河来到甘州，和谢停舟谈军饷的事。萧川从院外进来，正好碰见出门的萧河。

"好了？"

"爹和王爷还有事要谈，我不方便听。"萧河走近，两人并排站在一起，萧河发现萧川比他还高上一点。

萧川斜靠着柱子："老头儿愿意谈，说明他已经选好了，他怎么会答应？"

将军倒戈，那是要被写在史书上骂的，萧长风一直是一个比较迂腐的人，想必内心经过了极大的斗争。

萧河说："前年燕凉关吃了败仗，让爹寒了心，朝廷救不了百姓养不活兵，他怕什么时候把自己的兵也断送在黄沙里，人总是要学会权衡。"

萧川点了点头："你跟在他身边，辛苦了。"

这话像个兄长说的，但是萧河其实比萧川还大几岁。现在面对萧川，萧河不知道为什么，总觉得似乎低了一等。他是嫡子，身份上就要比萧川尊贵，他靠着战功慢慢往上爬的时候，萧川还只是个斥候，后来萧川被赶回盛京进了五城兵马司混日子，他的优越感就更强了。

可是现在，那所谓的优越感全没了。

萧河问："你不回来了？"

"回哪儿去？"萧川笑道，"去赤河给你们继续做斥候？赤河从来就没有我的位置，我的位置在王爷和王妃这儿。"

"你也算是跟了个好主子，你现在是王妃跟前的红人。"

话不投机半句多。

"少在这儿阴阳怪气。"萧川看着萧河说，"听着烦，从小就烦你这性子，我红人怎么了，那是老子自己拿命挣下的前程，我敢跟着王妃打仗，你敢吗？"

一句话就把萧河问住了，他确实不敢，他还在内心嘲讽过萧川，连带着嘲讽沈妤。萧川说完转身要走，门却在这时开了，谢停舟和萧长风走了出来。

谢停舟看了眼萧川："我正找你，你送完两位将军就进来。"

萧川的心提了起来，他素来是向王妃汇报，谢停舟没单独找过他，该不会是之前和王妃走太近，这会儿来找他秋后算账吧？萧川送完人，怀着忐忑进去行礼，谢停舟直接让他起来。

"近日你在躲着王妃？"谢停舟歪在椅子里看他，"你躲什么？"

萧川心里咯噔了一下："回王爷，我没躲，也没什么。"

谢停舟收回目光："你这样子倒像是故意让我认为有什么。"

萧川连忙跪下，如实回答："是我爹，我爹说……让我注意些。"

谢停舟拿起册子翻了翻："她眼下还没发觉，从前什么样还是什么样。"

"可是王爷，我看见王爷对王妃……"

萧川没好意思说下去，因为前几日不小心看到个事儿，王妃不过多看了一名士兵两眼，王爷扭头便走了。这醋性，萧川都不好意思说出口。

谢停舟想起来了，唇角微挑了下："夫妻情趣罢了。"

原来是这样，萧川一个皮糙肉厚的大男人竟然红了脸。人家夫妻情趣就喜欢一个生气一个哄，他跟着瞎操什么闲心。谢停舟有足够的自信，沈妤看了他，眼中便再装不下旁人。

他只是喜欢看她小紧张地跟他解释，表现出很在意他的样子。沈妤不是个爱说情话的人，可能是因为谢停舟从小受到的关注太少，他喜欢去一遍又一遍，通过一些细枝末节的事情确认她的感情。

他们了解对方，但都乐在其中。

春耕要议，春耕之后的兴兵也要议，还有已被收入囊中的四州之后的政务如何安排，这些都得提上日程。不能光让州府拿银子，银子有没有花到实处去，还要安排巡按督查。

到事情筹备得差不多，天气也见暖。谢停舟和沈妤难得有了闲暇，一个坐在屋子里咬牙切齿地绣香囊，一个在书桌后气定神闲地看书。看她气恼地碎碎念，实在可爱得紧，谢停舟起身走过去，从她身后把人捞在怀里，转头从缝隙望向窗外。

"天暖了。"

天暖了意味着春耕时分，他们将要离开。他们在这里度过了一段非常安逸的日子，房子很小，一眼就能看见对方。若是往后住进了那座巨大的牢笼，便再难有眼下这样温馨的时刻。

"守备军都是你带出来的，再叫守备军已经不合适，得改个名字。"谢停舟说。

沈妤放下针线："那该叫什么？他们都是新兵，并入青云卫的话资历还不够。"

"不并入青云卫，我起了个名字。"谢停舟在她耳边说，"凤、甲、军，他们都是你的兵。"

"可……"

刚开口，谢停舟仿佛已知道她想说什么，直接打断："兵是你的，你是我的。"

他话锋一转："春后兴兵，你不要带兵了，让常衡和萧川先行拔营，有常衡压制着萧川也好，宣平侯不足为惧，不用你去，我亲自去。"

"我哥就快到了。"沈妤说得有些忧心。

他们年后收到了沈昭的来信，俞晚秋有了身孕，如今已显怀了。之前沈昭在战场上，俞晚秋为了不让他分心便没提，沈昭也是回了洛州才知晓。可沈昭不能一直在家里陪俞晚秋，春后兴兵，他不想再让沈妤在战场上奔波了，打仗是男人的事，他这个做哥哥的要一肩挑。

俞晚秋对此十分支持，但沈昭总觉得对她还是愧疚，只盼战争早日结束，他要赶在她生产前回去陪她。

谢停舟安慰道："别担心，宣平侯不足为惧，这场仗打不了多久。"

外头檐下长留和四喜叽叽喳喳聊天，说到激动处嗓门也大了。

"不知道我的小乌龟长大些没有。"

四喜道："你总惦记你的小乌龟，王妃不是给了你一对兔子吗？"

长留说起这个就不高兴："我原本是准备养肥拿来吃的，烤的最香了，结果那兔子肥是肥了，却只肥肚子，一窝生了十几个，兔子窝都装不下了。"

萧川从外头进来，正好听到这句："那不正好？这么多兔子，养大了给哥哥们下酒吃。"

长留瞪他："那是别人家的孩子，你也下得去口。"

"你昨日吃的烤野鸭也是别人家的孩子。"

长留："……"

沈妤听着笑了，谢停舟下巴搁在她肩上，摸着沈妤的肚子问："有动静了吗？"

沈妤侧头斜他一眼："有没有动静你不知道？"

她也有些忧心，都这么长时间了，肚子都没动静，也叫大夫来瞧过，大夫说她体寒，是较常人更难受孕些，但不是大问题，稍做调养就好。体寒是两次落水加在战场上落下的病根，所以谢停舟也不让她带兵了。耳垂上忽然疼了一下，沈妤往旁边躲了躲，谢停舟又凑上来咬她，在她耳边呢喃。

"看来夫君我，得再卖力些了。"

化雪是这一年里最冷的时候，比下雪还要冷上几分。宣辉殿殿门紧闭，殿中用帘子隔开，大臣们在外面议事，李昭年强打精神听上一些。

"春耕的银子已经凑好拨下去，熬过去，等到秋收，国库就充盈了。"

"不能吧。"江敛之淡淡道，"赋税征收到了同绪二十一年，先帝于去年驾崩，但多征的粮税和商税，总不能说罢就罢，想要国库充盈，怕是不能。"

如今江元青故去，再也无人压内阁次辅柳丞一头。

柳丞慢声说："先不论国库是否充盈，眼下棘手的事情不止一件，各部已有两月发不出俸禄了。"

柳丞看着江敛之，江敛之并不接话，假装没有听见。

文宏远咳嗽了一声："还有兵部——"

"今日到底是来议事还是专程来找我要银子的？"江敛之打断，"户部的账就摆在那儿，诸位大人大可一看，若觉得我这个主事做不好，随便换谁来坐这个位置，我江寂都认。"

众人顿时不言，从前户部是人挤破头都想要的肥差，但现在搁谁手里都是个受气的，各部都是讨债鬼，天天去户部要银子，可国库空虚，哪能拨得出来。

江敛之见提到这个问题众人又不说话了，不由心里冷笑，说："而今永宁元年，百废待兴，各位大人还是议一议各部的事吧，户部能配合的自然配合。"

都是空话，没银子就办不了事，江家不是洛州陆氏，要想江家再自掏腰包，那是不可能的事。

李昭年在帘后听见自己的年号，不由笑了笑。不会再有永宁二年了，莫说他熬不到那个时候，便是单凭谢停舟现在的势如破竹，朝廷也撑不到那个时候。

几位大臣都不说话，李霁风便转了话题。

"听说西厥各部向谢昀投诚了。"

柳丞忙说："博达死后西厥人心涣散，西厥各部想要归附，谢停舟晾了他们一段日子，据说眼下已大致谈妥开通商路，目前只建立了'粮马互市'。"

"以粮易马。"江敛之说，"西厥以战马交换粮食，谢停舟这是以此牵制，遏制西厥再次建立骑兵。"

有些事听上去简单，但究其源头便能察觉谢停舟的可怕、城府之深，西厥就算知道谢停舟的用意，也无法拒绝。

宫女和内宦正在清理檐下滴水的冰挂，以防化冰时落下来砸到人。

一内宦捧着一样东西跑来。

门口的总管太监呵斥："陛下和太子殿下正在里面和诸位大臣议事，慌慌张张成何体统！"

内宦连忙跪下，大声道："陛下，有急报。"

李霁风抖了抖袖子："呈上来。"

内宦呈上急报，李霁风看完，脸上并无表情，递给其他几人传阅。

众人看完一脸绝望。

"在此之前，渭王封地旁相邻两个州府都已向谢停舟投诚，近日渭王妄想分一杯羹，宴请谢停舟合谋，未料到，竟被谢停舟一剑斩杀。"

现下大周领地尽数已落入谢停舟手中，打到盛京，是迟早的事了。这是把悬在众人头顶的利刃，随时都会斩下来。他们仿佛已经从冰消的噼啪声中闻到了亡国的气息。毕竟哪个男人不爱权势？不爱那个至高无上的位置呢？

可他们不知，那从来不是谢停舟所愿。渭王不知死活想用爱女联姻，甚至不惜以万员兵力作陪，只为谋一个侧妃之位，以求谢停舟荣登大宝，她能生下子嗣，从此共享百世富贵。却没想到，那杯渭王以为的合谋酒，成了他的黄泉引。

"谢停舟！"渭王临死前垂死挣扎，"明明可以不费一兵一卒就取下渭州，你却要硬取，看来你根本没把将士们的性命放在眼里，为了个女人就让将士给你卖命，他们跟错了人，你不配取这天下。"

谢停舟笑了起来："你现在才想要攻心，晚了，我让你做个明白鬼，你们都错了，天下于我而言固然重要，只因我的阿妤身处其中，她不愿见生灵涂炭。不是我想要这天下，而是我为她平这天下，你居然天真地以为我会用我身边的位置来换天下太平。

"我身边的人，只能是沈妤，其他人，不配。"

渭王呆呆地看着谢停舟，仿佛从未想过会是这样的。

所以说，这世上只有沈妤能读懂谢停舟。他是曾心系天下，但命悬一线时，脑子里想的都是沈妤，那时他便明白了，天下固然重要，但没了沈妤，便什么都不再重要。

鲜血在甄甄上溅出大片，厅中尖叫声不断。谢停舟在这嘈杂中嫌恶地掸了掸沾血的袍子，指尖却沾上了点血。

兮风赶紧收刀递上帕子。

谢停舟缓缓擦拭着手指，目光一斜扫向角落里尖叫的歌舞伶人，所有人都在他凌厉的目光里闭上了嘴。

兮风听着外面的声音，说："外面开始动手了。"

谢停舟扔下帕子："不杀鸡儆猴，什么阿猫阿狗都敢来和我谈条件。"

他们后面要取数州，若谁都同渭王一样想来分一杯羹，他身边没那么多位置。今日一事之后，大家都得掂量着来，要么归附，要么被吞。谢停舟需要找个人来立威，渭王是运气不好，成了第一个刀下鬼。

谢停舟回到院中，长留赶忙把小乌龟塞进衣服里，站起来。

"王爷。"

沈妤惯着他，见他天天念叨小乌龟，于是托信使从北临给他把小乌龟带了过来，长留天天抱着睡觉都不撒手。

谢停舟颔首，见卧房亮着灯："王妃醒了吗？"

"醒了。"长留说，"不过说是没胃口，现在都还没吃东西呢。"

"你让厨房做了送来。"谢停舟抬脚准备进房，低头看了眼自己身上沾血的袍子，转身进了浴房。

沈妤早就醒了，睡了一天也睡不着了，躺在床上病恹恹的不想动。

季节交替易生病症，前两日沈妤一时兴起和长留跑了场马，跑湿了后背。当时她没放在心上，之前在战场趴雪地里照样生龙活虎，只是没承想这次却病了，喝了两日的药还在咳嗽。

谢停舟沐浴后进屋，走到床前就着灯火看她的脸，又伸手摸了摸："怎么不吃饭？"

"没胃口。"

谢停舟刮了下她发红的鼻尖："小模样怪可怜的，还逞能吗？"

沈妤带着鼻音，不服输地说："我是如鹰般的女子。"

"是。"谢停舟笑了，哄着她说，"小鹰该起来用饭了。"

沈妤慢慢坐起来，谢停舟背对着她换袍子，衣裳落下，身上的疤也露出来。这几月谢停舟总算养出些肉，看着不那么消瘦。沈妤指尖在他腰间的疤痕上描摹了一下，谢停舟一把抓住她的手，回头警告："别招我。"

"我还病着呢。"沈妤恹恹地说。

谢停舟捏了把她的下巴晃了晃："知道自己病着，那就乖些。"

丫鬟鱼贯而入，在临窗的小几上摆上饭菜。

"有些闷。"沈妤说，"开窗吧。"

丫鬟看了眼谢停舟，见他没有反对，才支开了窗。

"天开始热了。"谢停舟把粥摆在沈妤面前，"若能在立秋前解决掉宣平侯最好。"

沈妤喝了口粥，忽然侧耳听着窗外："外面怎么那么吵？"

"在收尾。"

沈妤愣了下："你杀了渭王？"

谢停舟说："我想和他好好谈，奈何他不识抬举。"

"我说呢，怎么赴宴回来就去浴房。"

谢停舟手臂支着小几靠近："这么放心我，万一是因为别的呢？"

"别的？"沈妤拿着筷子想了想，"宴席上美酒美人，怕是'西施醉舞娇无力，笑倚东窗白玉床'吧，那回来是得好好洗洗。"

谢停舟展臂:"要不要检查检查?"

"都洗过了还怎么检查。"沈妤往他碗里夹菜。

"美酒没喝,美人没有,更没有白玉床。"谢停舟说,"不过听说渭王的小女生得国色天香,但没见着。"

"听着怪可惜的。"沈妤瞧着他,"你杀了人家老爹,这还怎么博美人一笑?"

这眼神,半挑着眼皮瞧他的勾人模样太少见了。

谢停舟看得喉咙发紧,一把将她捞过来,险些碰翻了小几:"牙尖嘴利,我看你精神头不错,身体好了?"

"没好。"沈妤手臂抵在谢停舟胸口,"你别乱来。"

谢停舟没放她坐回去,把粥端过来看着她吃得一口不剩才放人。

外面的厮杀声响到半夜,谢停舟辰时才起来,院外早就等了一群人,要呈报昨夜战报。

谈完事,沈妤也起来了,今日精神头好了些,只是仍旧鼻塞,说话还瓮声瓮气的。

沈妤拿起下面呈上来的渭王府账册翻看了一会儿。

"渭王家财万贯,王爷的腰包又要鼓起来了。"

谢停舟偏头靠过去看,就着她的手翻着看了几页:"鼓不了,都是搜刮的民脂民膏,取之于民用之于民,就用在渭州,明日让先生们商议个章程出来。"

"好手段。"沈妤说,"这下渭州百姓要死心塌地跟着你了。"

"我只想让你死心塌地跟着我。"谢停舟垂眸看着沈妤。

沈妤不接这话茬,继续说正事:"其他州府的百姓怕是要坐不住了,若有人在此刻振臂一呼,州府也压不住。"

"乱是一时的。"谢停舟道,"于我们有利。"

下人在院中来来往往,院子里到处都是泥脚印。

江夫人嫌恶地避让着:"哎呀呀,怎么搞的?弄得到处都是泥。"

她抬头张望:"敛之,敛之啊。"

江敛之走过去:"母亲。"

江夫人一脸忧心:"好好的湖,你把它填了干什么?"

"不喜欢。"江敛之问,"母亲找我有事吗?"

江夫人点头,看见下人担着泥来连忙往旁边又避开了些:"过来说,敛之啊,我听说林家姑娘又来信了是不是?"

"母亲到底想问什么?"

江夫人道:"去年新帝登基大赦天下,林家也得以释放,你要是当真喜欢林家丫头,带回家做个妾室,娘也不拦着,但是正室还是要找好人家的姑娘。"

江敛之看着江夫人:"什么才算好人家?"

"自然是家世好性子温和。"江夫人脱口而出。

江敛之想起了沈妤,梦中,她也曾性子温和,却因家世不好受婆母嫌弃,如今家世好，性子却不那么温和了。江敛之无心再同江夫人多言："知道了，母亲，儿子告退。"

"哎……"江夫人话还没说完，江敛之已抬脚离开。

林清漓去年就因大赦天下被释放，给他来了好几封信。江敛之自然知道她是什么意思，却一封未回，他已然不愿与她再有瓜葛。林父授他学识，这情他早就还了。

高进从外面回来："大人。"

"什么消息？"

高进道："谢停舟杀了渭王。"

江敛之停下脚步："渭州那边什么情况？"

"据说谢停舟把渭王的银库都抄了，换成赈济粮发放给百姓，渭州百姓对其感恩戴德，其他州府的百姓都盼着北临王赶快打过去。"

江敛之望着远处："好手段啊，这下真是从乱臣贼子变成了正义之师，还不费半点银子。"

他话锋一转："我书信一封，快马加鞭派人送去渭州，交给……"

江敛之顿了顿。

高进接话："交给北临王吗？"

"交给沈妤。"江敛之笑起来，"谢停舟如今春风得意，我不喜欢看他太高兴。"

信送到渭州已是七八日后，沈妤看完信觉得纳闷，信中所书都是要和谢停舟商议的事情，却不知怎么送到了她手里。沈妤拿着信穿过院子去前厅，正好看见两名妇人带着一群姑娘出来。

两名妇人从未见过沈妤，但单看这衣着和气度，就猜到她是谁。

"参见王妃。"前面的妇人连忙跪下，后面跟着跪了一地。

沈妤看了眼后面跪着的那群姑娘："这是干什么？"

两名妇人对望了一眼："奴婢是左长使府中下人，随大人来给王爷送礼。"

沈妤颔首，原来是来给谢停舟送女人的。

那些姑娘全都跪伏着，单看体态就颇为年轻，偶有几个壮着胆子抬头看沈妤，眼里除了惊慌和好奇就是艳羡。沈妤抬脚往里走，走了几步，突然停了下来。

她转头垂眸望着脚边的人："你，抬起头来。"

跪伏在地上的姑娘不敢抬头，被妇人在胳膊上狠狠一拧，这才抬头。沈妤眸光半敛，看着这张脸，既熟悉又陌生，未承想见面却是这样的场景。梦中能狠心推她入水的人，现下跪在她脚边连头也不敢抬。

"叫什么？"

"回，回王妃，民女林清漓。"

沈妤问："王爷没收？"

妇人赔笑："回王妃的话，王爷说王妃不喜吵闹，让奴婢把人带回去。"

"这些人准备如何处置？"

"通常是卖到花楼，若王妃有看得上的，留下做个端茶递水的丫头也行。"

沈妤默了默，望着院中的树荫许久都没有开口。

"都带走吧。"

对于林清漓，她已无仇可报了，若没有那场梦，她也不会与谢停舟有关系了。

命运有它自己的安排。妇人刚要带人走，林清漓却朝着沈妤扑了过来。

"求王妃救我。"

沈妤没有躲开，她站在原地，任由林清漓跪伏着抓住了她的衣摆。

林清漓声泪俱下："我非家奴，求王妃救救我，我不想被卖到花楼。"

那两名妇人都是人牙子，听了吓得心惊胆战，上前死命掰扯着林清漓的手指，边咬牙切齿地骂着。

"天杀的贱婢，王妃的衣裳你也敢用你的脏手碰，没得惊了王妃的銮驾，污了王妃的袍子，你十条贱命都不够赔的。"

"我并非家奴，王妃！我是被他们拐来的。"林清漓挣扎着不撒手，把眼前的人当作了救命草。

"你让我救你？"沈妤仿佛听到了什么可笑的事，"你认识我吗？"

林清漓拼命点头："认识，您是北临王妃。"

"那我认识你吗？"

林清漓摇头。

"既不相识，那我为何要救你？"

林清漓稍愣了一下："王妃是菩萨心肠。"

"这是我听过最可笑的话了。"沈妤俯身看着林清漓的眼睛，"我这双手沾过成百上千人的血，若是菩萨心肠，我早就死透了。"

"王妃。"林清漓哭诉道，"王妃心慈，不会见死不救的。"

见死不救，可梦中的她可正是因为有人见死不救，才沦落到葬身湖底。

"我心慈，但我不手软。"沈妤直起身冷冷地看着她，"放手！"

妇人见王妃收了笑容，赶忙继续掰林清漓的手指，这次用了狠劲，就算掰残了只能贱卖也势必要拉开。

院中的吵闹声惊动了厅中的人，谢停舟出来时正好看见刚被拉开的女人又挣脱束缚朝着沈妤扑过去。沈妤腕上突然一紧，被人拽着往后退了半步。"扑通"一声，林清漓被一脚踹到了院中，还没爬起来就咳了一口血。

"没事吧？"谢停舟半揽着沈妤上下打量。

沈妤摇头："没事，你别动武。"

"我知道。"谢停舟扫了眼院中，眼神冷寂，"什么人都敢往王妃跟前带，这一院子人都是吃素的？"

院中下人跪了一地，左长史吓出一身冷汗。他本是渭王手下的左长史，渭王死了，他没受牵连已是万幸。今日原本是来送礼保个平安，没承想却惊扰了王妃。

左长史赶紧冲身后的人摆手："还不赶紧把这贱人的嘴堵了拖下去！"

又跪在地上头也不敢抬："今日惊扰了王妃，我回去立即让人备下厚礼，给王妃赔罪。"

谢停舟一句话也没说，揽着沈妤往里走，跨进门才侧头问："这么盯着我做什么？"

沈妤抿着唇笑："那一脚，俊极了。"

被人无条件护着的感觉真好。

谢停舟睨她："有奖励吗？"

"有。"沈妤掏出一封信拍在他胸口，"有人给你的信。"

沈妤绕过桌子，从窗口看见外面的人已经被拖走，下人在清扫地上的血迹。

"那个姓林的我不管，其他的姑娘若是良家就让人放了，还有人牙子也要处置，否则拐带良家就成了风气，纵容不得。"

谢停舟刚拆开信还没看，闻言抬头："你和那个人有仇？"

"略有一点吧，不算什么大事，她曾推我落水。"沈妤轻描淡写道。

谢停舟略一思忖，想起来了，他们回京路上落水，沈妤曾和他说过，她怕水只因落过水。

"那简单，再把她扔水里就行了。"

"她似乎也不会泅水。"

谢停舟抬着眼皮："她推我王妃下水的时候，可曾想过你不会泅水？"

"那是……"沈妤不知该怎么和他说那场噩梦，不过对她来说其实也不甚重要了。

谢停舟道："这事你别管，我来处理。"

"先搁一搁，说正事。"沈妤说，"你先看信吧，我已经看过了。"

谢停舟看到陌生的字迹，于是先看了落款，看见江敛之的名字便问："他写信给我，怎么会送到你手里？"

"不知道呀。"沈妤想了想，"可能是怕递不到你手里，或者怕你直接扔了吧。"

谢停舟眼神浮动片刻，冷笑道："你把男人想得太简单了。"

沈妤不明白，谢停舟已低头看信："李昭年要下旨赏萧家。"

沈妤道："李昭年病得上不了朝，到底是朝中的谁要赏萧家，还说不准，他一个皇帝自己都做不了主，挺可悲的。"

"这是离间计。"谢停舟看完信搁在一边，"如若萧家接旨，那就确定了是站在朝廷的一边。"

"你猜他们会怎么选？"沈妤撑着下巴看他。

谢停舟对着她的眸子，心轻轻痒了一下，招手让她过来，拉着她坐在了自己腿上。

"你先替我回信。"谢停舟拿笔塞在她手里。

沈妤回头看他："为何要我回？"

谢停舟掰正她的脑袋，下巴搁在她肩上，轻声说："因为为夫手酸，我念，你写。"

沈妤铺好信纸："说吧。"

沈妤的字很特别，不是今下女子间风行的细腻规整的篆书，而是落笔流畅，行云流水的行书，笔触间颇有几分潇洒之意。

沈妤边听边写，不时问他："这样对吗？"

"嗯，很好。"谢停舟在她看不见的地方面带笑意。

江寂故意把信送到沈妤手里，想要用这种幼稚的方法来气他，也不多长长脑子。人是他谢停舟的，心是他谢停舟的，他江寂有什么？想气他？他搂着沈妤让她代笔就能把江寂气个半死，更别提两人私下是什么样子。

沈妤完全不知道两个男人之间的暗自较劲，写完晾干了墨渍准备装信封里。

"等等。"谢停舟制止，提笔在最下方添了一句，意思是身体欠佳由妻代笔。

沈妤看了差点笑出来："有必要吗？"

"很有必要。"谢停舟说，"万一他不知道是我的意思呢？"

"都是用的你语气。"沈妤指着一处说，"这里还写了本王。"

谢停舟不管，淡定地折好信。不论年岁几何，少年气不能息。男人那点好胜心作祟，他必须赢，不仅要赢，最好能直接气死江寂。

"你真幼稚。"沈妤哭笑不得，忽然想起来一件事，"对了，林清漓是江敛之的恩师之女，两人青梅竹马。"

"林清漓是谁？"

"刚才你一脚踢飞的那个。"

谢停舟想了想，说："那你再替我添一句，就说我将他的青梅踢到吐血，又随意发卖了。"

沈妤看着他："谢停舟！"

谢停舟将惧内贯彻到底："好吧，这句不加。"

萧家军战后在赤河过了个好年。有银子确实是大爷，粮不再是霉粮，面也是细白面。

眼下天热起来了，一眼望去关外热气腾腾。萧长风坐在土房里，土房比大帐要清凉许多。

"爹。"萧河走进来。

萧长风抬了抬下巴："坐下喝碗绿豆汤解暑。"

萧河端起绿豆汤喝了一大口，把那点燥气都压下来："封赏的公公已经到了。"

封赏就是看他们的态度，受赏意味着仍旧是大周的将领。

谢停舟和沈妤如今风头太盛了，盛京在害怕。他们除了想拉拢萧家军，也想用这样的方式告诉百姓此番抵抗外敌，朝廷也有一份，不仅仅是谢停舟和沈妤的功劳。

这算盘，打得真是精。

萧长风颔首，问萧河："你怎么看？"

萧河打量着萧长风的表情，却看不出什么来，只好说："朝廷无兵，除了南大营，便再无人能压我们萧家军一头了。"

萧长风盯着萧河许久未开口，盯得萧河低下头。

萧长风道："你嘴里吃着北临和陆氏给的粮饷，却想领朝廷的职，便宜都叫你占尽了，你当他谢停舟和沈妤是能任人拿捏的，能由着你这样欺负？"

萧河看着碗里的绿豆汤无地自容，往年军中能吃饱饭就不错了，夏日哪能有绿豆汤解暑，这都是沈妤在北临拨出的军饷之外从私账另添的，她在军中待过，知道将士们的苦。

这汤萧河是无论如何喝不下去了。

萧长风起身走到门口："这点你不如萧川，他认了主就不会变。"

萧河自幼压萧川一头，从来都是萧川不如他，最是听不得这样的话。想开口想辩驳，又自觉没那个底气。说实话，萧长风对萧河还是多少有些偏心，毕竟是嫡子。

他回头道："现在北临势不可挡，盛京身处险境才想到了我们，一旦盛京危机解除，他们会忘了咱们曾和北临联手吗？那帮文官最是狡诈，他们会秋后算账过河拆桥，到时候我们的兵马照样吃不饱，你怎么就不懂这个道理呢？"

萧河咽了咽口水："是儿子思虑不周。"

萧长风望着烈日下的土地："封赏的消息，王爷和王妃知道的时间只早不晚，但他们一直没有来信，也没有做任何警示，已经表明了他们的态度。"

"什么意思？"萧河不懂。

萧长风回头看他一眼："他们根本就不担心，或者说他们已经笃定了只有一个结果。"

"可是……"萧河犹豫了片刻，"封赏的公公已经到了，那我们该怎么办？"

萧川远在千里之外的渭州，早就听说了封赏的公公去了赤河的消息，却一直没有消息传来，这封赏接是没接，也无人知晓。萧川等在廊子下，准备等幕僚先生们议完事后再去找沈妤。

白羽在檐下的栏杆上跳来跳去，对长留怀中的乌龟虎视眈眈。

长留护得跟亲儿子似的，一口一个白哥喊得勤，妄图让白羽卖个面子。

"你跟它说没用。"萧川蹲在长留身边，"你把白羽喂饱了它就会放过你的龟儿子。"

"你怎么骂人呢？"长留抱着乌龟转了个方向背对着萧川。

萧川乐了："哥哥这是给你出主意呢，得把白羽先喂饱了。"

"没用的。"长留说，"白哥是想和它们玩。"

白羽叫了一声，萧川回头看见沈妤出来，随即起身行礼："王妃。"

"我出来透透气。"沈妤看着萧川，"有事找我？"

萧川点头："是。"

沈妤道："这里没外人，就在这里说吧。"

萧川道："封赏的公公早就到了赤河，迟迟没有消息传来，我担心……我是想去赤河一趟。"

"你想去游说萧长风？"沈妤问。

"有这个想法。"萧川迟疑道，"不过我爹向来固执，等闲不能左右他的想法，能不能起作用还不知道，我只能尽力一试。"

沈妤侧头看了眼萧川："你这几日睡不好吧？"

萧川眼下挂着大大的黑眼圈，不太好意思地揉了揉后脑勺，没敢说假话："辗转难眠，说茶饭不思夸张了，就是吃不好睡不好。"

他这几日提心吊胆的，他毕竟出身萧氏，萧长风的选择和他息息相关，就怕结果不尽如人意，让他和主子生了嫌隙。

沈妤不紧不慢道："你不用去赤河，对你，我还有其他安排。"

"但凭王妃吩咐。"

沈妤说："我要你率兵拿下潞州，活捉宣平侯。"

萧川讶异地看着沈妤，半晌才回神："王妃肯信我？"

眼下萧家军态度未明，若萧家军倒戈朝廷，身为萧家人的萧川便不再可靠。可是在这样的情况下，沈妤竟还愿意让他领兵，萧川心口狠狠震了一下。

"疑人不用，用人不疑。"沈妤摸了摸白羽的毛，"我们曾并肩作战，你虽姓萧，但我眼里你与他们不同。"

"王妃，王妃。"长留小声喊着，指了指沈妤身后。

沈妤回头见萧川的表情，不由笑了："你和常衡待久了，怎么学他动不动就掉眼泪？"

"没掉。"萧川吸了吸鼻子，却还是忍不住红了眼。

士为知己者死，萧川一个大男人，也不由为这样难得的信任热泪盈眶。

他吸了口气，忽然提袍单膝跪地："末将愿为王妃而战！"

这是一名将领的承诺。

"萧川。"沈妤看着他，认真道，"别这样看轻你自己，你是为天下人而战。"

廊子下的风都是热的，沈妤看着萧川离去的背影，脸上带了笑。

她朝白羽招了招手，白羽张了张翅膀想跳到她胳膊上来，刚起跳就被一只大手搂了回去。

谢停舟站在沈妤身后，悠悠地说："萧家这一代，总算还有个铁铮铮的汉子。"

"我总算没有看错人。"

沈妤收回视线，看见白羽闹脾气地扑腾着翅膀。

谢停舟抬手接了白羽在手臂上掂了掂，说："沉了不少，今日起断了它的肉，让白羽自己出去捕猎。"

天热白羽也犯懒，都不爱出去捕猎，眼下都吃胖了。

长留在檐下应声。

谢停舟打了声哨，刚遭受了无妄之灾的白羽展翅飞向天空，又被烈日烫回了屋檐下，目光不太高兴地盯着谢停舟。他们停在渭州，沈昭不日就将带着萧川和常衡去潞州攻打宣平侯。

沈妤道："辎重先行，动一次兵，就要耗费数万军饷。"

谢停舟站在沈妤身侧："好在各州春耕顺利，若无旱灾，今年当是个丰收年，该花的要花。"

"赤河迟迟没有消息，你怎么看？"沈妤侧头看着他。

谢停舟垂眸注视着她的眼睛："没有消息就是好消息，眼下最急的应该是盛京的那帮人。"

"你和先生们商议好了吗？"

"嗯。"谢停舟道，"眼下还缺一样东西。"

沈妤："什么？"

"破笼之刃。"谢停舟揽着她看向远处，"我要天下英豪齐聚，助你我齐破樊笼。"

谢停舟眼下最需要的不再是兵，他需要人才。铁蹄踏过之处百废待兴，需要合适的人来治理。大周最初的衰落就是从最底下的官员开始腐烂，他们不能重蹈覆辙，必须把数州百姓的生计交托在合适的人手里。可是谢停舟虽福泽万民、众望所归，但说到底还是谋朝篡位，如今投奔而来者多是贪利之人，可用者少之又少。

武将手握刀刃，但文人手中的笔同样是杀人的刀刃，一个诛身，一个诛心。

要想师出有名，谢停舟需要挑起文人间的风浪，让自己和大周的皇帝站在同等的位置上抗衡。

殿外的惨叫声响了许久，到最后了无声息。

楚皇后来时宫人正在清理血迹，水泼在地面，血水就顺着水流蔓延，一直流到了楚皇后脚边。

"皇后娘娘饶命。"宫人登时跪了一地。

楚皇后往后退了两步，让嬷嬷掩着小皇子的双眼，问："发生了何事？"

李昭年素来性情温和，从未有过杖毙下人的情况发生，今日一事也不知为何。

宫人跪伏在地上，一个字也不敢说。自李昭年病后，楚皇后也憔悴了许多，李昭年不入后宫，小皇子就成了他唯一的子嗣。但李昭年疏远她也是不争的事实。见宫人不答，楚皇后心中了然，宣辉殿都是李昭年和李霁风的人，防她防得彻底。内宦在门外通报，说皇后娘娘来了，里边没有反应，内宦便对着皇后笑了笑，过了片刻再报。

楚皇后被拦在门外已不是第一次了，她已许久未曾见过李昭年，于是今日特地带着小皇子来。

楚皇后抱着小皇子在殿门口跪下来，温声道："叫父皇。"

小皇子去年这个时候还在襁褓中，如今已能走路了。他奶声奶气，吐字不清，呀呀叫了一声，事实上根本就听不清喊的什么。李昭年睁开眼，听见小皇子在外面咿咿呀呀的声音，终究是心软了，侧头对身边的人说了一句。宫女开门后楚皇后便准备往里进，见了宫女身后的人却是一愣。

"太子。"

李霁风颔首："臣弟见过皇嫂，皇兄想见一见小皇子，皇嫂将孩子交给宫人便是。"

小皇子见了生人害怕，哭闹不止，抓着嬷嬷不肯撒手，楚皇后便呵斥说那是你父皇。

殿门都关上了，仍旧传出小皇子的哭闹声。楚皇后心中失落，但依旧保持端庄。她悔不当初，她知道李昭年多半已经知晓是她下的毒，所以才对她百般疏离。留下她或许是因为皇子还小，抑或是因为迫于外戚压力，总而言之，潜邸的夫妻之情早已随着那杯毒酒烟消云散。

李霁风略一领首便往台阶下走，楚后忙道："太子。"

李霁风停步抬头看去。

楚皇后问："不知今日陛下为何发了这样大的火。"

李霁风一笑："那必然是有人触及了他的逆鳞，不过是杖毙了几个嚼舌根的宫人罢了，须知性子再温和的人，被逼到绝境也会奋起反击。"

李霁风抖了抖袖子走了。

这几日朝堂上沸沸扬扬，只因盛京不太平，不时有学子闹事，甚至打架斗殴。

李霁风穿着常服走进梁园，此处是文人会面的雅集，今日却吵闹得有些过分。

李霁风进来时看见了临着栏杆的江敛之："不介意拼个座吧？"

江敛之回头："请。"

两人心照不宣，都没有暴露对方的身份。

李霁风落座，转头望向人群："江兄心系民生，也来查看这几日京中闹什么吧？"

"看热闹罢了。"江敛之斟了杯茶，"请用茶。"

在场都是文人雅士，却吵得不可开交。

"谢停舟和沈妤的狼子野心如今已昭然若揭，他们要坏我大周百年基业，简直天理难容。"

"何为天理？"一学子愤慨道，"天理孰能救国？你们抱残守缺故步自封，实则是不求上进，简直迂腐！"

"你口中的上进就是谋朝篡位。"

"我口中之上进乃是救国救民，好过你这张嘴在这里放狗屁。"

两人吵得面红耳赤，越靠越近，唾沫星子都飞溅到对方脸上去，却谁也不愿后退，非要争个高下输赢。

"你乃文人，张口却粗俗至极。"

"你乃文人，讲话却狗屁不通。"

"你！你粗鄙不堪，简直枉为读书人。"

"你有辱斯文，你……"

眼看两人就要动上手，其他人连忙将两人拉开。

"我看诸位也吵不出个结果，不如听我一言。"那人身上穿着洗得发灰的袍子，言行间颇有几分气度。

"与其在这里争论不休，不如想一想诸位能为你们口中的救世做些什么，诸位皆是学识渊博者，寒窗苦读想必不是为了逞一时口舌之快。"

众人安静下来。

一学子道："先帝在位时一片祥和安泰，如今大周四分五裂，实乃万民之难。"

"你只看见了先帝在位时盛京的歌舞升平，不见民间饿殍遍野。"

"就是，要是祥和，沈将军也不会死了，若没有燕凉关战败，何来之后的墙倾楫摧？"

有的学子想到此处，不由哭了起来："大厦将倾，大厦将倾啊！"

"诸位身处大厦之下，何不振臂而起？"

"你我文人，与兵抗衡岂非螳臂当车？"

"诸位可还记得去年，国子监学子撞死宫门，文人有文人的气节。"

那灰袍学子站了起来，哈哈一声笑道："樊篱已毁，你我儿郎自有该去的地方，我不管后人如何评我，今我崔杨便以身殉道，不求名垂千古，但求能为天下太平添一分力。"

灰袍学子朝众人拱了拱手："今我前去渭州，诸位，后会有期。"

说罢，在众人的呆愣中施施然离去。渭州是哪儿？是如今谢停舟和沈妤的地盘。

这人是要投奔二人而去。

李霁风喝完将茶碗倒扣在桌上："谢停舟招兵买马的手段着实不一般。"

但这并没有出乎李霁风的意料，历来的动乱不是源于民愤便是起于文人，同样的事谢停舟不是没干过，当初拿士子作刀逼迫先帝，怕是也有他的手笔。文人讲求气节，用威逼利诱那一套行不通，今日之风一起，想必心怀天下或是想要有一番抱负之人，也会将渭州纳入选择了。

李霁风起身欲走，却听见一名学子一番慷慨陈词，竟是在怒斥当今太子幽闭皇帝把持朝政。

李霁风又坐了回来："我冤得很哪，一年前我也曾认为我运筹帷幄，走上那条路才知这朝堂四分五裂，谁也把持不了。"

江敛之看了他一眼，低声说："殿下猜一猜，这些学生里，有多少会转投谢停舟？"

"我哪知道？"李霁风轻哼一声，"我都快成亡国太子了。"

"殿下不派兵来抓人？"

"哎。"李霁风叹了口气，"我呢，还是想回到从前做烂泥的日子，这些事我压根儿懒得管。"

谢停舟和沈妤忙得脚不沾地，只因各路有识之士齐聚渭州，有的为谋前程，有的为天下忧心，也不乏不学无术浑水摸鱼之人，想趁此机会混口饭吃。

各州自下而上办事人才的甄选是个大问题。

"章敬廉此人可用，放在雍州做知府有些大材小用了。"

兮风进门："王爷，又有人来送礼。"

"让人直接入册搬入库房。"谢停舟道。

送礼谢停舟从来都是照收不误，那都是从贪官身上剐下来的，之后要用在百姓身上的银子。

那些送礼的，多是想借此求个一官半职。

兮风迟疑道："拿人手短，会不会……"

谢停舟侧眸："我留他们一命便是恩典，你问他们这恩典要是不要。"

兮风不再有疑，颔首离开。

烈日烤得人大汗淋漓，军帐前立了无数将士——是沈妤从守备军里抬起来的凤甲军。

沈昭正在责罚一名带头践踏农田的千总，缘是他们一路行军至潞州边境，在此扎营，今日有几户农户来营前哭闹，一问才得知，大军过境时有士兵踏了人家的农田。

让沈昭头疼的是，沈妤带出来的兵性子还真是跟她一样野。

千总不仅不服，还愤愤不平道："不就是块地吗，我把他们损失的收成补上就是了。"

沈昭失望道："你口中轻飘飘的一块地，是多少人一年的口粮？而且军饷都是按人头算的，总不能让士兵饿着肚子打仗，到头来这银子还不是得王爷和王妃补。"

那千总呆了呆。

"况且近年灾荒，能吃到掺了糠的窝头都难得，但咱们是大白馒头，你知道这有多不容易吗？那是后方的人从口粮里匀出来的！王爷和王妃在后方吃的照样是馒头，你见过哪个主子能做到这样的？"

"我……"

"少废话，现在你告诉我你服是不服？"

千总咬了咬牙："我服。"

"服就行，三十军棍。"沈昭道，"来人，把踩踏农田的一队人叫过来，看着他们的头儿受罚。"

千总在烈日下被除了甲，周围都是踩踏农田的那一队人，看着军棍一下又一下落在千总身上。

凤甲军算是一步登天的兵，从从未上过战场的甘州守备军，到一跃成为驱除西厥，目前还没吃过败仗的凤甲军，这是多大的荣耀。荣耀和恩宠够了，底下的人就容易飘，所以要恩威并施。那帮兵蛋子站青云卫面前也敢扬扬得意，沈昭要是不收一收他们的性子，军纪就乱了，因此是要好好敲打敲打。

军棍一下又一下落在千总身上，后面的士兵一言不发，有的甚至别开了脸。

沈昭看了一会儿，余光看见萧川站在不远处，似有话要说，便走过去："看不下去了？"

萧川扫了那头一眼："确实欠收拾，将军，我还有别的事。"

两人走进营帐，萧川抬起下巴指了指："抓了个人。"

那人回头，四五十岁的年纪，脸涂得很黑，穿着一身打补丁的衣裳。

"哪儿来的难民？"沈昭问。

萧川笑道："这可不是一般的难民。"

萧川示意，士兵当即上前泼了那人一脸水，然后就着他的补丁袍子一抹，露出一张白胖干干净净的脸来。

"将军，你见过这么白白胖胖干干净净的难民吗？"

沈昭围着那人转了一圈打量，那人想往后缩却被士兵牢牢压制着。

萧川道："这人可不简单，人家是大名鼎鼎的潞王。"

沈昭看向萧川："宣平侯封城禁止出入，他是怎么逃出来的？"

萧川在潞王背上踹了一脚："咱们将军问你话呢。"

潞王被踹得倒在地上，应该是被抓来的路上就挨揍过，抱着头喊"别打我"。

沈昭大马金刀一坐："你要么好好说，要么我严刑逼供。"

潞王是个怂包，一吓就什么都说了。当初宣平侯明面上扶持太子，实则暗地支持老七李延昌，潞王把地方借给宣平侯养私兵，不论太子和老七之中的谁上位，他都是功臣。可谁知这两人都命丧黄泉，宣平侯也因两个儿子的死无心皇位。

潞王和宣平侯是一根绳上的蚂蚱，但夫妻还大难临头各自飞，更何况是受利益驱使才走到一块的人。

如今大军兵临城下，潞王断然没有和宣平侯共患难的想法，于是在封城时带着财宝偷偷从密道逃脱，谁知被抓了个正着。

沈昭若有所思："既然他是从暗道爬出来的，那暗道我们可以加以利用。"

萧川颔首："先派人进去打探城中情况，我总觉得潞州城装不下宣平侯的七万兵马。"

说干就干，当日便派人从暗道潜入潞州城。

潞州和渭州相距六百里，行军需半月以上，但快马加鞭十里一驿只需三日。

日头晒得地面发烫，长留跟在沈妤身边撑着伞。他们刚视察过渭州粮仓，粮食充足，就算和宣平侯打拉锯战也能支撑。但勤兵苦的是百姓，这也是他们急于攻下潞州的原因。

若能在年内让一切尘埃落定，那明年便能着手整治各州。

富国，强兵，取士。他们如今已经走在了这条路上。

沈妤仿佛已经想象到国泰民安，粟米满仓的盛况。

"富者有弥望之田，贫者无立锥之地"的情况便将不复存在。

长留捅了捅四喜的胳膊，小声说："王妃好像很高兴呢。"

"打好你的伞，别让王妃晒着了。"

四喜推了长留一下，面色却有些忧心，觉得王妃今日脸色不大好，不知道是不是晒出了暑热，回府后忙安排人上解暑的瓜果。

沈妤伏在案头算账，旁边搁着算盘。勤兵劳民伤财，哪怕是有北临和陆氏这样的巨贾作为支撑，每一分银子也得精打细算。

"王妃，先吃瓜解解暑吧。"四喜说。

沈妤头也没抬："把长留叫进来，你和他分着吃，给我留一块就行。"

长留嘴馋，兴高采烈地跑进来，坐在小板凳上吃得满嘴都是汁："这瓜真甜，王妃，你怎么不吃呢？"

"我先算完。"沈妤拨弄着算盘，"你们吃吧。"

渭州的粮仓除去供应动兵的粮饷，还能余下一小部分，可用于战后补贴。

桌上的茶水已经干了，四喜拎起茶壶发现里面也是空的，出门去喊丫鬟上茶。丫鬟端着茶进屋，四喜先用银针试过才让奉上。杯子里满上了茶水，沈妤伸手去端，刚碰上茶盏，便听长留大喊了一声。

"王妃小心！"

沈妤蓦地抬头,见长留扔了瓜疾冲而来。她下意识一掌拍在桌沿,椅子往后一仰,躲过了眼前的寒光,却见丫鬟袖子一甩,白色的烟雾扑面而来。

沈妤赶忙侧身掩住口鼻。

在这须臾间,长留已经和那名丫鬟交上了手,一边大喊:"有刺客!快来人!"

四喜冲上前,从后面抱住了女刺客的腰。那刺客身手了得,一边和长留交手,还能抽空反手一刀扎在四喜肩上。近卫冲了进来,书房一阵噼里啪啦乱响,刺客终于被制服,以防自尽被近卫卸掉了下巴,压在地上还在拼命挣扎。

数百里之外的潞州大营形势也同样紧张。

"怎么样?"沈昭问。

进城探听消息的士兵刚回来,身上还穿着老百姓的衣裳:"将军,城里根本没有七万兵马。"

"有多少?"

士兵大概摸出个数:"最多不超过四万,我们打听过了,宣平侯从盛京逃到潞州的路上就损失了不少人,后来听说咱们出兵,又跑了好多人。"

沈昭沉吟片刻:"现在城里的情况怎么样?"

"乱得很。"士兵说,"老百姓想出逃,宣平侯不准,砍了几个带头闹着让开城门的,现在城内百姓门都不敢出。"

常衡骂道:"宣平侯这龟孙可太不是个东西了。"

沈昭撑着膝想了想:"咱们耗得起,城内百姓未必耗得起,若是这样僵持下去,熬到城中断粮,易子而食的事古来也不是没发生过。"

"那就干他们。"常衡暴躁地说,"打强攻,四万人怕个逑,把城墙给他推平了。"

沈昭还在思考。

"将军,你看这样行不行。"萧川说,"如果太多人混进城容易暴露,但进个两三百人还是不成问题,我带人进去摸一摸哪个城门守卫最薄弱,常将军带人攻城,我借机开其他门。"

"主意是好主意。"沈昭道,"可万一你没能成功呢,我们在外面无所谓,你们这两三百人就得葬在里头。"

"要想成功牺牲是必然的嘛。"萧川无所谓地说。

沈昭严词拒绝:"阿妤好不容易带出来你这么个将领,我要是把你扔进城,她得找我一哭二闹三上吊。"

萧川摸着汗涔涔的后颈笑了。

近卫将院子围得水泄不通,院子里跪了一地人。

酷暑加上压抑的气氛令众人大气都不敢喘。

谢停舟沉着脸坐在床沿,余大夫正在给床上昏睡的沈妤把脉。当时院子里的动静闹得很大,谢停舟收到消息赶来时沈妤还好生生站着,平静地跟他说没事,结果话说完人就栽了下去。

余大夫把着脉，狐疑地"嘶"了一声，又换了只手。

谢停舟满腹的怒火和担忧，起身走到门口望着跪了满院的人。

"刺客是怎么招进府？又是怎么安排到院子里的？包括所有丫鬟小厮的上下三代，挨个儿给本王查清楚！

"还有那名刺客，要是撬不开她的嘴，就给我扒了她的皮。"

谢停舟垂眸看了眼坐在门槛上的长留，他受的伤不重，不肯去医治，一直坐在这里等着沈妤醒来。

"王爷。"里间的余大夫忽然喊了一声。

谢停舟快步走进去，却见余大夫一脸喜色，提起袍子就跪了下来。

"恭喜王爷。"

谢停舟已经从余大夫的表情预料到了什么。

余大夫道："王妃已有了身孕。"

"你确定？"谢停舟呼吸有些不稳。

"确定。"余大夫道，"我虽不擅女科，但把个脉还是不成问题的，恭喜王爷。"

谢停舟长长地吐了口气，掀开床帐看着沈妤昏睡的脸："那她怎么还不醒来？"

余大夫说："那刺客用了迷药，王妃虽躲开却还是多少吸了一点，不过王妃身体强健，那点药量对身体并无影响，恐是近日操劳，多睡片刻也无妨。"

余大夫不擅女科，一服安胎药改了又改，最后还是派人去请城中的大夫前来一起斟酌。

院中跪着的人被清干净，长留包扎了伤口仍旧坐在门口等着，任谁也叫不走。谢停舟坐在床边，握着沈妤的手放在唇边亲了亲，视线却没移开她的脸。分明是狂喜，奈何怎么也笑不出来，反倒是有了泪目的冲动。沈妤睡了整整三个时辰才醒来，睁眼便见谢停舟一眨不眨盯着自己。

"是不是吓坏了？"沈妤问。

谢停舟摇头，将她的手抵在唇边不言。

沈妤依稀记得晕过去之前的情形："四喜和长留没事吧？"

"四喜没有性命之忧，长留轻伤。"

沈妤点了点头，有些失落地抬起手看着自己的掌心："我动作慢了，反应大不如前，否则今日长留和四喜不至于此。"

谢停舟握住她的手："醒来就在担心他们俩，你怎么不问问我？"

沈妤笑着看他："那你怎么样？"

"我开心得快疯了。"

沈妤一愣。

谢停舟红着眼说："我要当爹了。"

这下沈妤彻底愣住了，盯着他半晌没反应过来。

"你肚子里有个小东西，反应慢些是正常的。"谢停舟俯身靠在她肩上，之后半晌没有说话。

沈妤摸着他的头正准备开口，肩上却有了湿意。

"我要当爹了。"谢停舟哑声说，"是我们的孩子。"

他将手移到她仍旧平坦的小腹上，侧身睡在她身旁，定定地看着她的侧脸，亲了一下过了一会儿忍不住又亲一下。

"要给外祖母写信，还有大哥。"

"还有爹。"沈妤补充。

"找不到他人。"谢停舟说，"消息放出去他自己就回来了。"

沈妤笑着靠进他怀里。

那刺客当真是死也没能撬开嘴，但左右只有那么些人，不是盛京的就是宣平侯派来的。

"我将府内所有人都严查过一遍，那名刺客不是府上的丫鬟，原来的丫鬟被她杀了藏在柴房。"

兮风汇报完，等着谢停舟的指示。

"命近卫封死院子，择两名可靠的婢女，其余人等非令胆敢靠近，直接拿下。"

兮风领命退下，出门时来到长留身边，蹲下道："哭什么哭？这点小伤就哭成这样还怎么当近卫？"

"才不是。"长留摇头。

兮风指了指里间："王妃让你进去。"

长留起身拍了拍袍子，还是之前的那一身，进去之后一言不发先往地上一跪。

"跪着干什么？"沈妤问。

长留哽咽着说："我没保护好王妃，该罚。"

谢停舟扫了长留一眼："在外头坐半天，琢磨出什么来了吗？"

"嗯。"长留点头，"以后我一定好好练功，再也不因为轻功好就自大偷懒了，功夫好了才能保护王妃。"

"还算不傻。"谢停舟指尖敲着腿，"起来吧，王妃说幸亏有你和四喜在，该赏。"

长留鼻头还是通红的："我不要赏。"

"那你要什么？"

长留盯着床榻上沈妤的肚子："我要好好练武，等小世子出生，我就陪他玩儿。"

"你想得倒好。"谢停舟不禁笑起来，"别把小世子带坏了。"

长留抿了抿唇："才不会。"

"去休息吧。"沈妤说，"替我去看看四喜，拨个丫鬟过去，缺什么直接取。"

余大夫进门，身后还跟着从城中找来的擅女科的大夫。

大夫诊过脉，言王妃身体康健，腹中胎儿也安稳。

"余大夫留步。"沈妤喊住准备离开的余大夫，"我有些话想问问余大夫。"

余大夫垂头道："王妃故意支开王爷，是想问王爷的病情吧。"

"没错。"沈妤说，"如今四味药材已集齐三味，我想问你，只有三味药材，对药效的影响大吗？"

"这……"余大夫犹豫不决。

"你但说无妨。"

余大夫道："那我便直言，缺的是最关键的一味，如今所集齐的三味，不过是那一味的辅料罢了。"

沈妤心中一沉，余大夫连忙补充。

"不过王妃放心，照王爷如今的身体，只要不再动武，日子还长。"

"还长是多长？"沈妤看着他。

余大夫在沈妤的目光中胆战心惊："不出意外……当是十年有余。"

沈妤沉默下来。

十年。

十年后他们的孩子不过九岁，十年于他们而言太短了，他说想要陪她长命百岁。

"王妃切莫激动。"余大夫赶忙劝说。

沈妤缓缓颔首，内心压抑着安慰自己："我们还有很长的时间，十年，十年总能找到药材的。"

对上余大夫犹豫的眼神，沈妤心中又是一紧。

"用药太晚有影响吗？"

余大夫踟蹰不言。

沈妤已经从他的沉默中知晓了答案："没事，你下去吧。"

天气异常闷热潮湿，檐下燕飞得很低，是暴雨的前兆。

议事的大臣抹着汗："谢停舟的人马已经在潞州和裴氏逆党打起来，此刻是我们的机会。"

"什么机会？"

"可调南大营前去，趁两军酣战之际偷袭，坐收渔翁之利。"

另一大臣连忙摆手："这不成，南大营是盛京的最后一道防线，如若谢停舟攻打过来，只有南大营能保护盛京。"

"我看不如遣人前去游说。"

"荒唐！可笑！大军已压到了潞州，半壁江山都被谢停舟踩过来，又岂会因游说而止步。"

盛京处境危险，朝廷要银子没银子，要兵没兵，仿佛当初燕凉关战败，大周便被抽掉了最后一根国柱。任他们如何努力，也不过只能撑起一把风雨飘摇的伞，兴许哪日的风一吹，大周便要随风散去。

投石机轰然砸在城墙上，碎石飞溅。

"嚯。"常衡大喝一声，"好家伙，西厥狗造的这玩意儿还真厉害。"

沈昭略微得意："我妹妹可是在这东西的猛攻下把燕凉关守得固若金汤。"

"王妃自然不是一般人。"常衡嘿嘿笑了。

投石机是从西厥人手中缴获，如今拿来对付紧闭城门的宣平侯再好不过。沈昭遥遥盯着远处的城墙，巨石一块又一块砸在城墙上，也不见城墙上有士兵行走，沈昭不由心中纳闷。

"裴庆既不开门受降，又不奋起抵抗，城墙上也未布兵，到底是打的什么主意？"

常衡道："狗东西老奸巨猾，不会是怕了吧？"

话音刚落，便听见士兵的声音："来人了！"

两人抬眼望去，果然看见城墙上陆陆续续上了人。

常衡当即下令："弓箭手给我上！"

箭雨簌簌朝着城墙上疾射而去，风里传来了接连的惨叫声。沈昭竖耳一听，里面似乎还夹杂着女人的哭号。

不对。

"停手！"沈昭大声下令，"都给我停下！"

箭雨停了下来，哭号声愈发清晰。

前方的士兵飞快地跑回来："将军，城墙上不是士兵，全是老百姓。"

常衡策马上前："该死的裴庆，竟然抓老百姓上城墙挡箭。"

若他们继续攻城，宣平侯分毫未损，死的是被掳上城墙的百姓，青云卫和凤甲军会被扣上滥杀无辜的骂名。宣平侯此举实在歹毒，可如若他们停止进攻，宣平侯此计便成功了。

常衡焦躁不安地来回踱步："裴庆此举必失民心。"

"他压根就不在乎民心。"沈昭说。

如若在乎民心，就不会封城把百姓困在城里，宣平侯扣下百姓是为了拿他们当人质，若没有了百姓，他们大军攻城便能放手一战。

"眼下该怎么办？"常衡问。

沈昭脸色阴沉："容我再想一想。"

两军陷入僵持，不一会儿，又有士兵来报，说宣平侯上了城墙，直言要见他们将军。

沈昭驭马立在阵前，遥望潞州城墙。城墙上立着一排百姓，男女老少皆有，在烈日下瑟瑟发抖。

宣平侯站在中间，双臂撑着城墙大喊道："沈昭！你们自诩仁义之兵，我今日便给你一个选择，你妹妹沈妤杀了我的儿子，我另一个儿子也因她而死，你让她来见我，她愿偿命，潞州我拱手相让！"

"放屁！"常衡大骂道，"就你也配见咱们王妃，你连给王爷和王妃提鞋都不配。"

宣平侯目露精光："你们不是心系百姓吗？那就让我看看到底是不是空口白话，我每隔一个时辰就杀一个人，两日之后沈妤要是还不到，我就一个时辰杀两个，四日不到便再加倍，城里多的是百姓。"

宣平侯说罢提刀一砍，身边最近的妇女惨叫一声倒地。

"这是第一个！"宣平侯大声道。

"裴庆狗贼！"常衡咬牙大骂，"你有种下来跟老子战一场，欺负弱小算什么本事！"

那一排百姓仍旧伫立在城头，每过一个时辰宣平侯便下令杀掉一个。

天色渐暗，沈昭捏着写好的战报犹豫不决。按理每日都须传战报至渭州，但如今的情况要是传到沈妤耳中，依她的性子必然要前来，沈昭不想让她涉险。

这一战并非不能打，只是要想一个损失最小的打法，若真惹急了宣平侯，他在城中大肆屠杀的话，便失了他们救国救民的初衷。

帐子闷热，帐帘大敞着，沈昭听见脚步声，一抬眼便见萧川大步走来。当看见他那一身粗布衣裳，沈昭便知萧川已拿定了主意。萧川之前提过的混入城中里应外合的办法，成了他们眼下最好的选择。

萧川大马金刀往帐子里一坐："将军，赏口酒呗。"

沈昭一言不发，摸出酒囊扔过去。

萧川仰头灌下一大口，起身道："我走了，子时在南门接应。"

"萧川！"沈昭开口，却不知下一句该说什么。

萧川背着身笑嘻嘻地摆手："等我回来庆功，可得让王爷王妃给我涨俸禄，要是回不来……"

他停下脚步，收了笑容："回不来就回不来吧，要是回不来，就替我刻个碑，就写'此生无悔入军营，来生还做子弟兵'。"

城墙上每个时辰杀一个百姓，离城门最近的百姓都往别处逃，生怕杀完了前面的就轮到自己。

消息一传十、十传百，百姓纷纷朝城中心逃离，大晚上街道上仍旧灯火通明，全是推挤的百姓。

"往北门去，去北门。"年轻力壮的汉子自发组织百姓撤离。

人太多了，到处都是哭喊声和推挤的叫骂声。

"别挤，踩到人了！"

"哎哟我的孩子。"

汉子一把揪住一个往前推挤的男人的领子："再乱挤，我就把你丢到城门口去。"

老百姓一股脑往北门涌去。

可北门大门紧闭，士兵牢牢把守着城门。

"放我们出去。"

一石惊起千层浪，人群随着这声呼喊爆发了。

"放我们出去！"

"开门！"

"我们不想死在这里！"

守城的士兵被推挤到城门口，百姓还在大喊着往前挤。

"别他娘的再往前了，再往前我们就不客气了。"士兵唰一下拔刀。

"杀人了！"人群里有人大喊道。

守城的士兵眼看压不住百姓，急得大喊道："快去通报侯爷，北门乱了，马上派兵过来。"

宣平侯坐在王府中，听见外面喧嚣不止。

"侯爷，北门暴乱，百姓和咱们守城的士兵打起来了。"

宣平侯老眼泛着血丝："调兵过去，谁敢带头暴乱，直接杀。"

北面沸反盈天，南门却异常安静。有的士兵在城墙下靠着打盹儿，有的在闲聊。

"幸亏没把咱们派到北门去。"

"在哪个门都一样，谢停舟迟早打进来，多活两日少活两日的差别罢了。"

"我还没娶过媳妇儿。"

"俺家中还有老娘勒。"

两人同时叹了口气。

"你是咋跑来从军的咧？"

"家里的地被乡绅占了，兄弟饿死了两个，俺娘让我去投军，说投军有饭吃，我哪知道该投哪里，唉……"

士兵仰起头："要是能回去见见我娘就好了。"

萧川隐没在黑暗里，原本握在手中的匕首插回了后腰，他朝身后的人打了个手势，后面的人再往后传。

地面隐隐有了动静。

聊天的士兵停了下来，竖起耳朵仔细听："啥声音？"

士兵贴上城墙："好像有人。"

士兵脸色一变，转身正准备大喊，一根绳子悄无声息地勒上了他的脖子。

"想回去看你老娘就闭嘴。"那人贴在他耳边说。

城墙上的士兵却突然大喊："青云卫！青云卫混进城里了！"

萧川骂了句脏话："老子是凤甲军！"

萧川要的就是一个时间差，宣平侯的人都被引向北门，前来救援的时间便会拉长。

他一把推开士兵拎着刀就上了城墙，双方片刻间就交上了手。

"拿人开门！"萧川边杀边大喊着。

宣平侯站在屋檐下，看见士兵策马奔来："侯爷！南门，南门打起来了！"

"什么？！"宣平侯往前迈了一步，"快！把北门的兵调一部分去南门。"

南门杀声四起，厚重的城门被慢慢吊了起来，马蹄声由远及近，从长街尽头涌来，那是宣平侯调派来的援兵。

"撑住！"萧川提刀大喊。

只要再撑片刻，片刻就行。萧川的前方是赶来的敌军，城门洞开的后方是奔涌而来的援军。

宣平侯翻身上马。

"侯爷！"士兵大喊，"来不及了，南门破了！"

宣平侯勒马停在了原地。

第一批轻骑如飞梭般冲入城门，迎着城内的火光冲了过去。

萧川用肩死死抵着城门，一口吐掉嘴里的血，仰头大喊——

"大捷——！"

一场急雨来了又去，天气也没凉快多少。正是秋收时节，各地丰收的喜报雪花片子般地往渭州飞。

长留坐在屋檐下，四喜坐在他旁边。四喜身上的伤幸亏不重，刺客那一刀扎在了他的肩骨上，伤口不深。长留摸着乌龟的背，想着王妃肚子里的小世子不知道是什么样。

"听说小孩儿生下来都跟猴子似的，不知道到时候王妃生出来的孩子，能有小乌龟这么可爱吗？"

四喜无言地看了长留一眼："这话你可别让王爷听见，否则当心王爷药哑了你。"

"为什么？"长留不解。

四喜正待解释，抬眼看见一个人从院门口大步走来，忙欣喜地推了长留一把。

"快去报王爷王妃，沈将军回来了。"

沈昭跑得浑身淌汗，脸上是掩不住的笑意，边走边卸甲，丫鬟跟在旁边接他扔来的甲。

他战后便接到谢停舟的来信，说他要当舅舅了。沈昭自然是喜不自胜，这一年喜事连连，又要当爹又要当舅舅，拿上大捷的军报便往渭州赶，整整跑了两天，马都换了三匹。

刚走到门口，门被人从里面拉开。

沈昭看着门口的谢停舟问："阿妤呢？"

"在里面。"谢停舟说。

沈昭准备侧身往里走，刚跨出脚就被谢停舟牢牢挡住。

"你干吗？"沈昭诧异道。

谢停舟微皱着眉："你就准备这样去见她？"

沈昭低头打量了自己一番，除了风尘仆仆，也没见有什么问题："不行？"

谢停舟道："她近来对气味很敏感，你先闻闻自己。"

沈昭抬起胳膊闻了闻："没味儿啊。"

丫鬟抱着铠甲在一旁掩着嘴笑。

沈昭又闻了下，还是闻不出味道，干脆一把将长留拉过来，勾着他的脖子问："长留，我身上什么味儿？"

长留痛苦地捏着鼻子："沈将军，你掉粪坑啦？"

久入茅室不闻其臭，沈昭人在军营，终日与满身汗味的士兵为伍，加之接连疾行了两日，那身上的味道熏得长留直掉眼泪。他沐浴之后换了一身衣裳，才进屋看沈妤。

"这么香。"沈昭跨入房中，"我妹夫呢？"

沈妤说："有先生来找，他过去了，快吃吧，饿瘦了，嫂嫂得怪我。"

桌上摆着饭菜，沈妤料想沈昭这一路奔波没好好吃上饭，趁他沐浴时便让下人准备妥当。

沈昭是真饿，路上只哨了几个馒头，咧嘴笑了笑便提筷吃了起来，一手把大捷的军报压在桌上。

"这是送给我外甥的礼物。"

烈日落在窗上，在地上也雕上了花窗。沈妤拿起捷报看完，来龙去脉写得一清二楚。

"这次萧川立了大功。"沈昭说。

"他的身体没事吧？"沈妤叠好捷报，让人送去给谢停舟。

沈昭咽下饭菜："真是个硬汉子，肋骨断了三根，身中两刀愣是没吭一声，打完仗回去才倒下，不过你也别担心，军医看过了，说他身子骨强健，恢复起来也快。"

沈妤点了点头："军中条件有限，让他先退到后方来养伤吧。"

"好。"沈昭肚子填了个三分饱便放下筷子，"给我看看。"

"看什么？"

沈昭下巴指了指她的肚子："还能看什么？看我外甥。"

沈妤摊开袖子大方给他看："还小呢，还看不出来。"

那腰还是细得跟从前一样，不过瞧着腰带系得宽松了些。

沈昭一时又想起了俞晚秋，他从洛州离开的时候，俞晚秋肚子都显怀了。

行军途中日子过得又快又慢，算着日子，过不了多久便要生产了。家信来得勤，一月两封雷打不动，俞晚秋会和他说家中趣事，还会在信中说肚子有多大，一时有蹴鞠那么大了，再隔两次又有西瓜大了。

他每次都拿着信想，蹴鞠有多大？西瓜有多大？

沈妤看出来了："算算日子，嫂子也快生产了，你先休息一日，明日出发去洛州定然能赶上。"

沈昭看她一眼，严肃道："取下潞州便是盛京了。"

"急不来的。"沈妤给沈昭倒酒，"战后要休整，至盛京怕是得冬日了，赤河大军不动，便只南大营守盛京，我们兵力相差三倍，盛京已是囊中之物。"

沈昭看着沈妤，只觉欣慰："爹要是看到你如今的样子，不知该有多高兴。"

"爹看得见。"沈妤望着门外的烈日说，"他看得见的。"

虽然他再也没有出现在自己的梦里。

沈昭颔首，继续吃饭，过了一阵才说："对了，我们攻城时宣平侯裴庆在潞王府自焚，人是拉出来了，不过看样子也熬不了多久，他还吊着一口气，说是想见你。这事我原本没准备和你说，这人不见也罢，但……"

沈昭顿了顿，看向她："你应该是想见的吧？"

"嗯。"沈妤说，"因为阿南，我也得见一见他。"

沈妤有孕在身，按民间的说法是不到三月胎还没有坐稳。

渭州至潞州六百里，马车硬是走了半月。潞州城的城墙上还留有战后的痕迹，但城内已清扫干净，街上百姓来来往往，可见沈昭治下甚严，已尽量将战损降到最低。

马车停在王府门口，那潞王府的牌匾已被人摘下来，砍成了两块靠在门边。

长留跳下马车，先撑好了伞才说："王爷王妃，到了。"

谢停舟下车，回身时沈妤已钻出了马车，搭上他手臂时被他揽着腰抱下来。

青云卫上前道："王爷，王妃，逆贼裴庆就关在王府，原本是关在地牢，但他伤得不轻，大夫说关在地牢未必能熬到王妃前来。"

谢停舟颔首："带路吧。"

宣平侯被关在一个小院中，由青云卫把守。

沈妤刚走到门口便被一股味道熏得掩住了口鼻。

青云卫当即一跪："王爷恕罪，天热，他那一身烧伤——"

沈妤抬手打断，命人将窗户全打开，侧头看着谢停舟："你在外面等我。"

宣平侯躺在榻上，他的身上布满了烧伤的痕迹。焦黑和暗红混杂在一起，若不是仅剩的半张完好的脸，根本看不出这是那个曾在盛京叱咤风云、手握重兵的宣平侯。

天气炎热，伤口持续溃烂，房间里都是难闻的恶臭。听见脚步声，宣平侯转了转眼珠，看见了他苟延残喘也要等候的人。

"沈，沈妤！"宣平侯声音嘶哑，喉咙也在那场大火中被熏坏。

沈妤没有落座，而是站在离床榻四五米远的地方。

"听说你想见我，你我本不必相见，因为阿南，我觉得我应该见一见你。"

"嚯——嚯——"宣平侯痛苦地喘着气，"你不配提他，你……你，你亲手杀了他的亲兄弟，又害死了他，你怎配提他？"

"那你配吗？"沈妤淡淡反问，"你做尽坏事，致使燕凉关十万将士埋骨，各地流民遍野，这都有你一份，你身上背负数十万条人命。"

沈妤语气骤然严肃起来："你自问，你配提他吗？！"

宣平侯目光呆滞地望着帐顶，他是在城破时便该死去的人。或者更早，在李延昌身亡，在裴淳礼从盛京的城墙上坠下时，他便该死了。机关算尽，他在这世上再无亲人，也再无留恋之处。

"阿南，阿南……"宣平侯喃喃道。

"他曾对我说，他不相信你是坏人。"沈妤缓缓道，"他说你告诉他做人要干干净净，哪怕一事无成也行，可你脏了自己，让你和他背道而驰，是你害了他！"

"我没有！我没有！"

宣平侯大喊，脸上的烧伤因狰狞而绷裂，血水和脓水混杂在一起流出来。

"他虽无凌云志,但他清如白云。"沈妤不由哽咽,"他是这世上最干净的人,却有一个最为肮脏的父亲。"

宣平侯张了张口,发出的却只剩喘音。是啊,是他害了他,他是那样干净的孩子。他嘴上不愿松口,内心却早已承认这个事实。若非无颜见他,他早就自绝身亡;若非无颜见他,他也不用把自己烧成他认不出的模样。

"沈妤!"宣平侯急喘如牛,"你说,我这副样子,阿南还认不认识我?"

沈妤:"认识的。"

宣平侯眼角渗出了眼泪,滑到烧伤的皮肤上针扎灼烧般地疼,但他脸上没有任何表情。

"我还在想,我没脸见他,烧得人不人鬼不鬼,下去之后,他也就认不出我这个爹了。"

宣平侯用那双几乎烧焦的手扒着床沿:"你说,他会怪我吗?"

沈妤的眼睛红了:"他肯定会怪你,但他生性纯良,你是他爹,你若潜心悔过,他定然会原谅你。"

"那就好,那就好。"宣平侯点着头。

颈间烧伤的皮肤因他的动作裂开,鲜血从皲裂的口子渗了出来。

但宣平侯似乎一点也没察觉到痛:"我求你一件事。"

"你说。"

"待我死了,你将我葬在他旁边。"宣平侯笑了起来,脸上那样狰狞,眼神却出奇地温和。

"小时候有人笑他是没娘的孩子,他就哭,我让他打回去……他也不知道打,他这个傻孩子,若没我这个爹护着,我怕下面有人欺负他呀。"

沈妤再憋不住眼泪,侧头时眼泪沾湿了衣裳。

她的挚友阿南,本就是那样善良的人。

"我怕……"宣平侯说,"我想死,又怕死,我死了,谁给他烧纸呢,沈妤……沈妤……"

"我知道。"沈妤说,"我不会让他在下面饿着肚子。"

"那就好,那就好……"

沈妤走出房间,身后房中突然传来一声大喊。

"阿南,爹来啦!"

哐当——

房中再无声息,青云卫进屋察看,宣平侯摔在地上,他用帐子勒死了自己。

潞州城外有座崇润山,山林茂密,树冠相连遮住了烈日,只在地上投下斑驳的光影。

沈妤在半山腰的地方停下,站在这里,能看到山下的整片红枫还有整个潞州城。

沈妤转身放下香烛纸钱,在一座坟茔前坐了下来。坟前有烧过的纸钱灰,听说潞州封城前，宣平侯每日都让人上山来给裴淳礼烧纸钱，他自己却自裴淳礼下葬之后，再也没来看过一次。

"你爹倒是给你找了个好地方。"沈妤用手擦了擦墓碑，"这里山清水秀，来世你定能投生做一个翩翩公子。"

她捻了捻指尖，没沾上什么灰，可见时常有人清扫。但宣平侯死了，以后便无人再来替裴淳礼扫墓。

"你别担心。"沈妤轻声说，"有我呢，我让人给你添土种花，日日给你烧纸钱，不会让你在下面饿着。"

沈妤慢慢撕开了纸钱，一边和他絮絮叨叨，好像那个人就坐在她身旁。他们并排坐在山腰，吹着晚风，望着霞光，一起猜测明日又是一日艳阳。

"你说你要是还在该有多好？有我护着你，你照旧做你的纨绔，吃喝玩乐不务正业也没人敢说你。

"你可以在盛京横着走，谁要是欺负你，你就告诉我，我派兵围了他的府。

"我已有身孕，也不知是男孩还是女孩，不过男女都好，你要是还在，我就让孩子认你当干爹，但是……"

沈妤眼中模糊起来，喉咙哽咽："但是你别教孩子上花楼，不然，不然我就……"

想到这里，眼泪便夺眶而出，她终是没能忍住，在裴淳礼矮小的坟茔前大哭起来。一连数句，却全终止在那一句句"你要是还在"。可这世上没有那么多"要是"和"如果"。斯人已逝，消失在风里的人永远都不会再回来。

谢停舟走上前，蹲下身将恸哭不止的沈妤抱进怀里，轻柔地抚摸着她的后背安抚。天色已经暗了下来，纸钱在坟前燃尽，香烛还点着。

"我得走了。"沈妤起身，摸了摸冰冷的墓碑，"待孩子大些，我们再来看你，干爹还是要喊的。"

她随着谢停舟离开，走了几步又回头。

看见香烛在风里摆动着，像是那个干净的少年在对她挥手道别。

各地秋收之后，流民渐少。但冰冻三尺非一日之寒，想靠几城的丰收便改变天下现状简直是天方夜谭。

今冬只能比往年少饿死冻死些人。

"谢停舟的大军所到之处便开仓赈济，他倒是打得好算盘，开的是朝廷的粮仓，全的却是他的名。"

天凉了，说话间哈出的都是白汽，只是还未落雪，一年竟过得这样快。

内阁大臣拢着袖子："所以我早说赈济要趁早。"

大理寺卿左宗道："朝廷的粮仓粮食储备有限，今秋几州收成都不好，赈济的大头，其实还是从其他州运调过来。"

"左大人这是在替乱党说话。"

左宗道："我只是讲事实，与其在这里争论不休，不如想想之后该怎么办，谢停舟的大军已经在路上，不日便会兵临盛京。"

文宏远说："就算他兵临盛京，我文宏远绝不做那投诚的国贼。攻城莫如攻心，我看谢停舟此人极难下手，我们便攻其软肋。

"他当初敢为沈妤折返盛京，沈妤便是他的软肋。"

"不好办。"柳丞道，"听说之前曾有刺客前去行刺，未曾得手，虽是不入流的办法，但对待逆贼不用讲什么道义，只是……他们定然加强防备，这一法行不通了。"

众人沉默片刻。

文宏远忽然道："沈仲安实为忠烈之士，却生出了那样一双儿女，不知他在泉下是何想法。"

他这样一说，柳丞忽然心生一计："有了！我有一计。"

文宏远瞬息坐直："速速讲来。"

柳丞道："沈仲安的墓地尚在盛京城外，不如借此要挟沈妤，谅她——。"

"不可！"左宗猝然出声打断，"忠烈之躯，岂容亵渎，有些人莫要为了达成目的连自己的底线都丢了。"

柳丞再欲开口，却见文宏远颔首道："此言在理，若行此计，必遭口诛笔伐，得不偿失。"

柳丞接连被驳回，面上挂不住，破罐子破摔道："那你们说还有什么办法？"

文宏远凝神思索，半晌，他道："发一封帖子吧，就说，我们要议和。"

几人脸色同时一变，不等众人开口，文宏远接着说："敌我兵力悬殊，既是议和，他们便不可率军前来，城下和谈，我们再伺机而动。"

大军在离盛京八十里处扎营。

屯兵十万却并未进攻，已在此驻扎了三日。

"王爷。"兮风在帐外道，"盛京有帖子传来，是给王妃的。"

"拿进来。"谢停舟放下药碗。

又到冬日，冬日他的身体便会难熬，如今沈妤有孕在身，他不敢急她不敢气她，虽知药效微乎其微，却还是日日当着她的面用药让她放心。

兮风呈上信，谢停舟先看了才递给沈妤，指尖在桌上轻磕了两下："盛京要求议和，但要求由你做使臣，另言有三问要问一问忠烈之后。"

沈妤闲闲地看信，看完随手一扔："朝中不乏当世大儒，哪位学识不在我之上？既是议和，便应由使臣去，我不信他们真有什么问题理不清，想要来问我。"

"若真是议和，早在兵临盛京前朝廷便该派出使臣。"谢停舟目光落在她扔掉的信纸上，"与其说求教，不如说质问，估计是他们想借此杀一杀我们的锐气吧。"

兮风抿唇："此举实在阴毒，分明是奸计，却说成是求和，若我们应下，再动兵便显得不讲道理。"

谢停舟下颌紧绷了一下："此帖不应。"

"恐怕不行。"沈妤当即道，"他们要的就是这个效果，若我们若不应，他们必然借此宣扬我们心虚，既问心无愧，为何不去？"

谢停舟想了想说："我去，你有孕在身，夫代妻行理所应当，他们挑不出毛病。"

沈妤笑了笑："他们既发帖邀约言有三问，恐怕这三问就不是冲着你来的，你去了也没有用，这是针对我设的局。"

"放心。"沈妤握住谢停舟的手，"我岂是那么好欺负的？他们想在天下人面前抨击我，让我们的师出有名变成无名，可在我看来，这反倒是他们送给我们的机会。"

这是一个自陈的机会，一个向天下人开口的机会。

况且……

沈妤狡黠一笑，她还有一招没使出来呢，看他们怎么接。

永宁元年的第一场冬雪落了下来。

宫女掀起帐帘，看见昏睡多日的永宁帝竟睁开了眼，当即惊喜道："陛下醒了，快去传太医。"

李昭年盯着帐顶，脑中尚未清明，他似乎做了一个很长的梦，感觉自己已经睡了很久很久。

"我昏睡了多久？"李昭年问。

宫女跪在龙榻旁说："陛下已睡了五日了。"

李昭年病情愈发严重，昏睡的时间比清醒的时间要长得多。

本已是行将就木，连太医都说能撑到如今，全倚仗陛下毅力惊人。

"外面如何了？"

宫女如实回答："北临应下邀约，今日沈……北临王妃将于今日在城外与朝臣议和。"

宫女想起方才脱口而出的那个沈字，额上便直冒冷汗。几月前有宫女提及北临王妃沈妤，遭陛下询问，那名宫女为讨陛下欢心，直言沈妤是乱臣贼子，应当千刀万剐以儆效尤。

当时永宁帝脸上毫无表情，只是淡淡地点了点头，然后下令将其杖毙。宫女内宦都拿不准永宁帝是什么想法，但自此再也无人敢在永宁帝面前提及沈妤，便是永宁帝开口询问，也恭敬称一声北临王妃。

"下雪了吗？"李昭年望向紧闭的窗户。

宫女道："回陛下，今日正是初雪，比去年早了许多呢。"

李昭年脸上浮起淡淡的笑容："没想到，竟能有幸，再观一场冬雪。"

天地一片素白，远山已看不清眉目。

谢停舟替沈妤系好了氅衣，指尖仍停留在上面："别走得太近。"

"我知道。"沈妤点头，笑了笑，"放心。"

谢停舟的手落了下来，顺势在她手心捏了捏，指背从她凸起的小腹上划过，轻声说："听话。"

盛京城墙高耸，被掩在一片雪雾中，似耸入了云端。

文武百官立于城墙之上，探首朝着远处张望。

"来人了。"

来人撑伞独行于雪中，走得很慢，最终停在了城门前的交界处。伞沿微微一扬，露出一张清素如莲的脸，眉眼间却浸染着傲人的霜雪意。

"是沈妤。"城墙上有人说道，"遭了，此计无效。"

他们用的是迂回战术，下帖邀的是沈妤，原以为谢停舟定会代为前往，谁知来的竟真是沈妤。

沈妤冲着城墙上的众人行礼，行的是君子礼："沈妤今日特来赴诸君邀约。"

众人相视一眼，从前沈妤在京中从未以女装示人，今日着女装，怕就是向天下人示弱。

"沈妤。"柳丞朗声道，"谢停舟为何不来？"

沈妤一笑："诸君邀的是我，怎可让他人代为前往，岂非目中无人。"

柳丞一噎，顿了顿说："我有一事百思不得其解，今日和谈前，有三问，想要替这天下人问一问你。"

"先生请讲。"

柳丞道："一问皇恩浩荡，为何你承天恩却要做那乱党？二问你因何乱这天下？三问沈将军在天有灵，当如何看你？"

落雪茫茫瞧不清远景，雪地刺目，沈妤微眯着眼。

"我非乱党，我只是正义的反抗者，先生问我因何乱这天下，本就生于乱世，我未行之事，答不上来，至于第三问。"

沈妤抬起头："家父如何看我，当由家父来回答，不如先生下去，替我问上一问。"

城墙上顿时哄然一片。

"狂悖小儿！"柳丞指着下面大骂道，"沈仲安忠肝义胆，怎生出你这么个不仁不义的东西！"

谢停舟立在远处的车辕上，兮风在侧旁撑伞遮住了风雪。

"这个柳丞。"谢停舟缓缓道，"回头替我拔了他的舌头。"

兮风抿了抿唇，没应声。

"既是议和，当请使臣谈拢条件签订协议，先生何须如此激动出口伤人？"沈妤平淡道，"难不成，今日的议和竟是鸿、门、宴？"

城上众人脸色一变。

沈妤道："我也有问题想要问一问诸君，不知诸君可知今年饿死冻死的百姓有多少？"

城墙上当即有人大喊："若非你挑起战乱，又岂会有那么多百姓家宅被夷、家破人亡？"

沈妤笑道："这第一问你们既然答不上来，那便由我替你们来答。甘、雍、青、平四州，今年饿死冻死的百姓是往年的一半，四州接纳其他州的流民十万余众。"

城墙上有学子大骂道："你顾左右而言他，眼下我们论的是叛贼。"

"错！"沈妤大声道，"今日我与你们论的是天下民生！"

"你一介女流，竟敢张口闭口天下道义，简直滑天下之大稽。"

"哦？"沈妤道，"既然你认为我一介女流不能谈，那不如身为男儿的你来告诉我何为天下民生？"

那人被她这一反问给问得愣了一下。

不等人回答，沈妤又道："我一介女流，不懂你们这些人口中的大道理，我心中的民生是百姓有衣穿，有饭吃，天日昭昭，我沈家十万忠魂埋骨燕凉关，是为奸人所害，奸佞横行民不聊生。

"我振臂而起为的就是民生，曾有万千人以己之身燃起星火，却未能一把火荡平沉疴，我不过是走了他们走过的路。"

一学子道："黎庶之安，乃众贤之力，要想百姓有衣穿有饭吃便要齐心，如今外患已除却内乱不休，你与谢停舟何不俯首称臣，以还天下太平？"

沈妤问："外患是我们除的，朝廷又做了什么？如今却想要坐享其成。"

"天下为公，何分你我？你岂能懂其中道理？"

"我不懂什么。"沈妤说，"但我知我做了什么。"

寒风四起，张口时吸入的都是透骨的寒气。

沈妤咳嗽了两声，扶着肚子说："你们说我勤兵劳民伤财，但铁蹄所过之处贪官尽除，长出的是粟米万顷，你们在这皇城之中又做了什么？"

那两声咳嗽随风走远，谢停舟闻声皱了皱眉。沈妤突然抬手，顺着寒风忽然掀开了大氅，露出了她凸起的小腹。

"糟糕！"柳丞撑着墙垛，"她竟有孕在身。"

其他人也都沉了脸。

"沈妤狡诈，竟只口不提她怀有身孕，今日之事传出去，世人便会说我们欺负妇孺。"

柳丞握紧拳头在城墙上一捶："喊谢停舟，让他来！"

不等他们开口，便有马车奔驰而来。谢停舟走下马车，狐裘一展将沈妤罩了个彻底。

"靠着我。"他轻声说，抱起沈妤将她放进马车。

而后立在车辕上抬眼朝城墙上看去，眸中全是薄霜般的冷意。

"还废什么话，大周已是日薄西山，今日我要破城，谁敢拦我！"

城墙上的众人俱是一惊，如果说适才沈妤还愿意讲理，那眼下谢停舟是一句废话也不想讲。

"谢昀！"柳丞大喝一声，"今日你若强行攻城，你便是千古罪人！"

"千古罪人。"谢停舟望着城墙冷笑，"你当我在乎吗？"

柳丞气结："你……"

谢停舟冷冷道："流芳百世如何？遗臭万年又如何？史书既是写给后人看的，是非功过，那就让后人去管。"

轰隆隆——

似乎整个地面都在震颤。众人抬眼望去，只见雪中延绵而来的是黑压压的士兵。

谢停舟迎着风雪眯起了眼，声音回荡在风雪间："君子无道则隐，有道则出，这乱世要我，我便出世。"

他抬手指向城门。

"给我，破了它！"

身后的青云卫整齐划一。

萧川立在马上拔刀，大喝一声："随我破城！"

城墙上顿时响起了骂声和奔走的嘈杂声，投石机轧着积雪往前，萧川策马往前跑了几步，却面露惊讶地停了下来。

他在马上回头："王爷……"

谢停舟皱眉望着城门，却见城墙上的人全部回头，安静了下来。

厚重的城门缓缓朝两侧打开，一人身着单薄的白色里衣，没有戴冠，乌发随意披散在身后。

他踏着风雪缓缓行来。

"谢停舟——"

李霁风高声道："我乃大周太子！今我去冠除袍，自贬白衣，前来——迎你——！"

风雪似乎在此刻静止了下来，所有人都望着雪中那白色的身影。渐渐地，城墙上的众人意识到了什么。他们的太子，去冠除袍，亲自开门受降。先是隐隐的啜泣声，接着便是号啕大哭。

"亡国了，亡国了啊！"

"繁华尽落，荣光全失！"

"誓不做亡国臣！"

所有的哭声都被卷入了风雪中，它们会随风而逝，但今日，将在史书上画下重重的一笔。

没有战火，没有奔逃的宫人，大家各司其职，仿佛一切都没有什么改变。

宫女往炭炉中添了些炭，然后跪坐在一旁。李昭年今日瞧着精神不错，宫女替他梳洗张罗了半日，他望着镜中那张消瘦憔悴的脸仍是不满意，命人放下了帘子。

殿门开启的声音响起，李昭年侧头望去，看见一个模糊的身影从门口走来。

人影逐渐清晰，隔着帘子依稀看见了故人的轮廓。

"你来了。"

"嗯。"

外面下着雪，沈妤进殿时带来了一身寒意，殿中很暖，她脱下氅衣递给了一旁的宫女。

沈妤在龙榻旁坐了下来，李昭年的视线穿过帘子落在了她的腹部："几个月了？"

沈妤轻轻把手盖上去："四个多月了。"

"时间过得真快呀。"李昭年表情温和，眼中隐隐带着笑意。

"是很快。"沈妤问，"你现在身体如何？"

"今日精神极佳。"李昭年笑说，"许是因为要见故人。"

他的声音疲惫不堪，连说话时都在微喘，却不肯在她面前示弱。李昭年微微挪了挪，从帐帘狭小的缝隙里看她的脸。来人眉眼间脱了些稚气，比从前更好看了，但好看从来都不算她的优点，她还有很多令人敬佩的地方。

"沈妤。"李昭年看着她的身影，"我当初并非——"

"我知道的。"沈妤轻声打断，"身在其位，本就是身不由己。"

沈妤望着帘子，只能隐约看见榻上形销骨立的人影。时光走得太快，带走了那个温润如玉、清风明月般的李昭年，徒留一具残躯。

李昭年弯唇笑了起来，眼眶渐渐发红："若有来生，定当奉你为知己。"

"你似乎对我说过类似的话。"沈妤说。

"对，仿佛已经是上辈子的事了。"李昭年问，"外面雪大吗？"

"挺大的。"沈妤说，"京中没乱，衙门仍旧在派人清扫积雪。"

李昭年点了点头："不知史书会如何评我，大周的最后一位皇帝，也是最——"

"肯定不是这样的。"沈妤打断他，想了想说，"应该是……永宁帝博览全书，博古通今、擅诗文、通音律、精书画，旁通佛老，胸有浩然之气，怀装半个人间。"

李昭年温柔地笑起来："听上去倒还不错，我便厚颜，将它留作我的碑文吧。"

殿中静了下来，沈妤侧头望向窗口，心中郁结不已。一路行来，不断有人离开，她似乎一直在和不同的人做着告别，唯一令人欣慰的是，身边的那个人还在。

李昭年的目光从她的脸滑了下去，落在她搭在腿上的手上。那只手就挨在榻边，那样近。

他静静地看着，慢慢地伸出手，指尖就要触上去，却止步在了帐帘，然后指尖又慢慢蜷缩了起来。

"我近日时常做梦。"

听见李昭年的声音，沈妤回头看他："梦见了什么？"

李昭年笑着说："都是些天马行空的梦，好些已经记不清了，只记得我有一个家，在一座山脚下，庭前有一片飞燕草，每到春夏相接，便能花开满地。"

随着他的描述，沈妤也跟着笑起来，心生向往："那一定很美。"

"嗯，秋有友人来访，春有喜鹊长鸣。"

"那冬日呢？"

"冬日我便独自看雪。"李昭年喉咙哽了哽，说，"回去吧，他该等急了。"

沈妤侧眸看他，忽然伸手想要拉开帐帘再看一看。她向太医询问过李昭年的病情，药石罔医，能拖到现在已是奇迹，今日一别，即是永别了吧。

李昭年没有制止，她若想看他如今油尽灯枯的模样，他不会阻止，但他还是想让她记得从前的那个李昭年。他只是静静看着，看着她抬起了手，又放下去。

"你……"沈妤迟疑道，"还有遗憾和所求吗？"

"遗憾和所求都太多，若让我选一样。"

李昭年顿了顿："如果可能，还请留下我儿一命吧，天高海阔，送他去哪里都好，农夫、小厮、铁匠……只要别做李氏子孙。生在这宫墙之内，已是他的不幸，就让他……让他平平淡淡过一生吧。"

沈妤点了点头："好，我答应你，还有吗？"

李昭年定定地看着帐帘后的人影："没有了。"

沈妤喉咙和眼眶酸涩，艰难起身，披上狐裘便要离开。

李昭年看着她走到门口，忽然撑着床榻，倾身抓住了帐子，却始终没有掀开。

"阿妤。"

沈妤停步回头，看见了抖动的帐帘。

李昭年温柔地笑了："有幸相识，我也算……不枉此生。"

"嗯，我也一样。"沈妤回以他一个笑容，也不知他能不能看得见。

她飞快转身，在落泪前踏出大殿。风雪依旧，宫女撑伞为沈妤送行。

宣辉殿前的广场曾被鲜血与尸首铺了满地，如今又是一片银白。

"王妃，王妃。"

一名宫女踩着雪疾步追来，是方才在殿中伺候李昭年的宫女。

沈妤停下脚步："何事？"

宫女跪在雪地里，双手捧着一个巴掌大的锦盒说："陛下有礼物送给王妃，是给王妃腹中孩子的礼物，请王妃务必收下。"

沈妤伸手接了过来。

正准备打开，宫女又道："陛下说，请王妃出宫之后再看。"

沈妤握紧了手中的锦盒，望了一眼宣辉殿紧闭的大门。宫女目送沈妤离开后折返，刚跨入殿中，便惊喜地睁大了眼。

"陛下，您能起身了？"

不过片刻，她便意识到了这是什么。李昭年坐在床沿，身上已穿戴妥当，乌发用一根木簪高高竖起。

"陛下，要戴冠吗？"宫女问。

"我已不是陛下了。"

那个称谓是桎梏，是将他束在这牢笼中的枷锁，如今卸下那个冠冕，他一身轻松。

李昭年摆手，笑着说："拿我的氅衣来，我想出去走走。"

宣辉殿的大门大大地敞开，风雪被卷到门口，落在地上眨眼就消失不见。李昭年伸手接住落雪，他在雪中抬起了头，任由雪片抚过他的眉眼。

"去降紫阁。"他有些高兴地说，"那里能看到整个盛京，我年少时常在那里看雪。"

他拂开撑伞的宫女，搭着内宦的手臂在雪中缓缓前行，每一步踩在雪中，都是嚓嚓声，陡然觉得竟那样悦耳。

沈妤跨出第一重宫门，望见了等在门口的谢停舟。

他朝她走来，从宫女手中接过伞，将沈妤往怀中揽了揽，低头问："冷吗？"

沈妤摇头："奇怪，今年这个冬似乎不怎么冷，我们走一走吧。"

谢停舟将她拢进自己的大氅，只露出一个脑袋："走。"

地上留下了两串脚印，降紫阁的栏杆上沾染了风雪。内宦放下帘子，李昭年又让人打开。他扶着栏杆倾身，任长风吹过他的身体，他还想再看一看她，再看一看这方天地。

不知五年十年之后，是否政通人和？是否歌舞升平？天地间一片素白，回望此生，诸多遗憾。沈妤问他可还有心愿，他骗她说没了。他此生，甚至没有勇敢地握住过她的手。

"你手里的是什么？"谢停舟的目光扫过沈妤手中的锦盒。

"不知道。"沈妤紧握着，"是李昭年送给我们孩子的礼物，他说出宫再打开。"

谢停舟看向前方："宫门到了。"

长风鼓起了李昭年的袖子，将天地与风雪灌入，几乎融进他的身体。

李昭年望着一片浩然天地，喃喃道："我仍有三愿。

"一愿天下太平。

"二愿海晏河清。

"三愿你岁岁常安，与君……来生再见。"

他忽然松开了握住栏杆的手，身体迎着风雪而去。风声飒飒呼啸在耳际，他闭上眼想，不知乘着这风，能否飞到宫墙外面去。

沈妤在宫门前站定，缓缓打开了锦盒，她陡然回望向宣辉殿的方向，在风雪中听到了丧钟的声音。

锦盒摊开在她手里，那里头，装着他们缺的最后一味药材。

"跪——！叩——！

"大行皇帝遗诏，朕以凉德承嗣丕基，然朕躬欠安，难承先祖遗志，今有北临王谢昀，驱外敌清内患……

"起灵——！"

哭声四起，丧钟齐鸣。

风雪已经停了，一轮艳阳挂在天空。李霁风在盛京的城门口自贬为白身，大开城门迎谢停舟入京，他便不再是大周的太子，也无权再送李昭年一程。

他转头看向一旁的沈妤，问："可要观遗容？"

沈妤眼眶发红，但自李昭年驾崩，她都没有掉过一滴眼泪。

或许是送走过太多的人，她已经将离别当成了习惯。

"不了吧。"沈妤轻声说，"上次见面还隔着帘子，他不想让我看，便不看了吧。"

只要不看，他依旧是她记忆中风姿俊逸的模样。

"可怜生在帝王家。"李霁风抬头望向长空。

"他喜诗文，好孔孟，来生只要不生在皇家，便能云游于天地，逍遥于红尘。"

沈妤缓缓点头："在皇陵前种一片飞燕草吧，每到春夏相接，便能花开满地，他定然喜欢。"

日影西斜，殿中一片静谧，偶有嗒嗒的落子声，或是……

"哎——等等，我下错地方了。"

李霁风飞快地捡起棋子，重新下在了另一个地方，然后抬手："该你了。"

谢停舟面色不豫地盯着他看了片刻，李霁风不禁道："你看着我干什么？"

谢停舟不言。

"真的，我没装。"李霁风又道，"我如今真没装，我下棋还真就是这水准，始终不得其法，这是我唯一的缺点了，我说让你媳妇来陪我下两局你又不肯，小气。"

谢停舟抬手便又将他刚才落的子给堵死。

李霁风看了看棋盘，又抬头看看谢停舟，如此几番之后，说："再来一局。"

谢停舟摊了摊手，李霁风身旁的内侍赶忙递上银票，不忘低声对李霁风说了句："公子，还剩最后一张了。"

"看你家公子我杀回来。"李霁风把袖子往上撸了撸，飞快地收拾棋子，一边抱怨。

"如今天下尽在你掌中，你竟好意思赢我的银子，你缺那一点儿？"

"缺。"谢停舟面不改色，手里捻着一张银票，"这一张能养活多少人，你清楚吗？"

"反正养不活我。"李霁风说，"来来来。"

"你今后有什么打算？"谢停舟指间捻着一枚黑子问。

李霁风懒懒散散地倚在氍毹上，鞋都没穿，只着了白袜，臂下压着个引枕。

"我平生一愿就是做个逍遥自在的闲王，你天生劳碌命，劳心劳力的事你做，你随便给我封个什么王当当就行。"

谢停舟没说什么，只抬眸看了李霁风一眼。

李霁风摸了摸鼻子，退而求其次："或者封个侯也行，我也没那么挑，然后每月给我拨个万把银子来花花，显得你皇恩浩荡。"

"嗒"的一声，谢停舟落下一子："你算盘打得不错。"

"嘿嘿。"李霁风厚着脸皮笑道，"我方才就说棋艺是我唯一的缺点，那算账必然是我的优点了。"

"那不要脸是你的缺点还是优点？"谢停舟问。

李霁风放下棋子："谢昀你这就没意思了啊，我可是开门受降的前朝太子，此等奇耻大辱，不值每月万把两银子？这可是我的脸面。"

谢停舟微微弯了弯唇，目光扫过李霁风的脸："你的脸面哪值那么多钱？"

李霁风掰着手指："我来给你算算这账，当初我要不开门受降，你是不是得硬攻？打仗要钱吧？动不动就是几十万上百万两银子，还有那城墙，你那投石机压过来，要是砸坏了城墙，是不是得花银子修？是不是又得几十万两？我这都还没算完呢。"

"我乐意。"谢停舟说，"我乐意砸坏了城墙自己花银子修。"

李霁风没辙了，谢停舟早摸准了他的性子，对付他这样的泼皮，自然是比他更泼才行。

"我不管。"李霁风一把摁住谢停舟的手，"你养我，养定了。"

"我不是你爹。"

"我可是你兄弟，比亲兄弟都亲。"李霁风大声道，"你要真想当爹，我也不是不能喊，谁银子多谁是爹。"

"大可不必。"谢停舟忽然伸手从旁边拿了个东西，扔进李霁风怀里。

那东西单看像是帕子，李霁风拿起来展开才知道是道旨，看罢嘿嘿笑了。

"我就知道，好兄弟。"

距李昭年驾崩已过了月余，眼看又到了年关。

李霁风收好东西，问："你迟迟不登基，可是想等到年后？"

李霁风受降当日有朝臣当场自尽，但那股风散得很快，当时立誓不做亡国臣的某些大臣如今已在正常上朝了。朝堂大洗牌，这世上再无什么四大世家，无人敢再提自己手握重权。

如今朝堂已大致步入正轨，隔日一朝，谢停舟坐的是皇帝的位置，却一直未将登基之事提上日程。朝臣们提了几次国不可一日无君，但谢停舟却仍旧没有任何表态。

"不过倒有一人。"李霁风突然说，"江寂是你的人吧？"

"不是。"谢停舟果断道。

李霁风满脸怀疑："我一直觉得我瞧不清这人，无党无派，又似游离其间，啧。"

李霁风摇了摇："看不清。"

盛京城外，一辆牛车缓慢走在官道上。赶车的是个精神矍铄的老人，腰间挂着一只酒囊，车后还坐着一个清俊的年轻人。沿路上有许多人在朝着盛京的方向去，唯独这二人逆向而行。

"为什么这么多人去盛京？"那年轻人问。

"这都是开战之前往外跑的人。"老人说，"都以为盛京要乱了，大家都往外跑，嘿，谁能想到这江山竟然就这样平平静静地换了个主人。"

"这不。"老人抬了抬下巴，"近年关，又全跑回来了不是。"

年轻人拢着披风看着沿路的行人和马车，喃喃道："是啊，谁能想到呢？"

老人回头看那年轻人一眼，气质出众，看着就不是一般人。

不由好奇道："我看你气质非凡，肯定不是出自寻常人家，你独自南下，怎么不带家丁随从呢？"

"老人家您看走了眼。"年轻人抖了抖身上的衣裳，"我只是个寻常的读书人，否则又怎会穿成这样。"

老人扫过他那一身质料寻常的衣裳："那你这个时候南下干什么？"

"云游。"年轻人说，"或许走到何处便停下来歇一歇，找个书院当个夫子，或是给人写信赚银钱再上路。"

老人点了点头："只是眼下这天冷得很呢，这一去路远千里，你怎么不等开春了再走呢？"

江敛之回头望去，依稀能看见盛京高耸入云的城墙。江敛之仿佛看到了一把火。这把由谢停舟和沈妤点起的火，会一直燃，燃掉百年积雪，将盛京的春带至远方。

江敛之笑了笑："你看见了吗？凛冬已过，春来了。"

大殿中的众臣噤若寒蝉，如今这位坐在龙椅上的新主子心思深沉，让人难以捉摸，手段也是雷厉风行。

掌朝不过两月，便已着手修律典、改赋税、开科举、兴水利……大刀阔斧，整个朝堂都被翻了一面。

下朝后，谢停舟出宫去接沈妤。自永宁帝去后，沈妤虽面上无恙，也没掉过眼泪，但瞧着时常情绪低落。她在这世上能视为知己和挚友的人都走了，难免心中郁结。

谢停舟忧心不已，时常送她去和俞晚秋聊一聊。

马车行驶在街道上，兮风策马跟在一侧："王爷，朝臣日日跪请您登基称帝，您为何一直拒绝？"

几乎所有人都认为谢停舟是冲着九五至尊那个位置去，可当前路平坦，已毫无阻拦时，他却止步在了那个龙椅前。

"我愿扛起这片山河，却不愿它成为我的桎梏。"

谢停舟看着来往的百姓说："当皇帝就有太多的不能为，亦有太多不愿为而必为之。"

这天下无人懂他，唯有沈妤，她从未问过他这个问题。沈府修葺一新，丫鬟卸了环佩，走路时刻意放轻了步子，生怕吵到了里面的主子。

"在这里住得还习惯吗？"

"习惯。"俞晚秋笑着说，"怎么会不习惯。"

沈妤逗弄着摇床里的婴儿，婴儿张着嘴，嘴角流着口涎。

俞晚秋用帕子轻轻沾着口水："开始长牙了，最近总爱流口水。"

"真可爱。"沈妤捏着他肉嘟嘟的小手轻轻晃了晃，说，"要不是我身子不便，就由我起棺送父亲去和母亲团聚了，哥哥也能在家陪你和孩子。"

"你哥是兄长，这些事本就是该他做的。"

俞晚秋看着沈妤凸起的腹部，问："有八个月了吧？"

"没呢。"沈妤把手搁在肚子上，"才七个月。"

俞晚秋讶然道："瞧着怎么这么大，长得真好。"

"我吃得多。"

一旁的孩童道："舅母，宣儿和姑姑吃得一样多。"

"没错。"沈妤笑着揉了揉李宣的脑袋。

李宣是李昭年的独子，李昭年临走前一杯鸩酒送走了楚皇后，只剩下独子李宣托付给沈妤，请她将孩子送得远远的。沈妤想给孩子找一户好人家，李宣暂时留在宫中由原来的嬷嬷照料，后来沈妤发现那嬷嬷连个幼童也不放过，成日打骂，孩子肚子都吃不饱。

　　这样一个孩子，又能送到哪里去呢？送给谁养都不放心，沈妤便将李宣留在自己身边养。

　　她将李昭年视为知己，便让李宣称她一声姑姑。

　　丫鬟在门外叩门，说王爷下朝后来接王妃了，沈妤起身告辞，走出院子将手放在了谢停舟的掌心里。

　　这一年入春早，新年刚过，积雪便已开始消融。

　　马车行在街道上，两侧是来来往往的百姓，街边的铺子门口还挂着新年的红灯笼。来往行人遇见相识的人，会相互道一声新年好。

　　谢停舟牵着沈妤走在寂静的宫道上。深深浅浅的脚印在雪地里延绵成了一条线，他们静静地走着，任衣袖里灌满了风。

　　这座皇城见证了数朝的兴衰，历史的风飒飒吹了数千年，无数人前赴后继，只为山海依旧，四海清平。

　　他们走在时间的长河里，留下的是史书中的一笔又一笔。

　　沈妤想起了同绪十七年的冬日，他们在战火中遇见了彼此。

　　一同走过冬雪，踏过春风，要在山花烂漫的季节里热烈地相爱。

　　"阿妤。"

　　沈妤侧过头，浮云忽然散开，谢停舟笑若春风。

　　"我爱你。"

正文完

643

绵绵度岁

（一）

茶楼中座无虚席，只因这茶楼里的说书先生一口巧舌能言善道，讲出来的故事也极为有趣。

说书人手中醒木一敲，茶楼里顿时安静了下来。

"各位看官，今日我就来说一说当年驱外敌除内患，又于四年前功成身退的北临王和北临王妃。"

楼中听书人发出了嘘声。

"北临王和王妃的故事连三岁小儿都知道，换个新鲜的说说。"

"就是。"

说书的老儿捋了捋胡子："我今日要讲的可不是大家听过的，而是一些不为人知的故事。"

众人顿时竖起了耳朵："什么个不为人知的故事？"

"八年前北临王与王妃掌朝，却于四年前隐退，让贤于当今圣上，诸位可知为何？

"此事还得从当年那一仗说起，北临王在那一仗中负伤，导致身体每况愈下，实在是难以为继，诸位只知当年北临王与北戎人的那一仗赢得漂亮，却不知制胜的关键，今日老儿我就来讲一讲。

"话说这日两军对垒，战鼓擂动，喊杀声震天。一方是身穿黑色盔甲的青云卫，彼时北临王手持一惊霜，他身姿高大威猛，剑眉入鬓，目光如电，一声怒吼便能让敌人胆寒……"

众人听得津津有味。

二楼的栏杆上趴着个粉雕玉琢的小公子，七八岁的模样，生得跟个白面团子似的。在他身旁还有一个年岁相仿的小公子，若是细看下来，便能发现两人的眉眼生得极为相似。

"他们的盾牌如同城墙一般，他们的长刀如同猛虎一般，所过之处，敌人纷纷倒地……"

说书的老头儿说得慷慨激昂，听众不时发出震惊的感叹声。

小公子撑着下巴听着，忍不住打了个哈欠："胡说八道。"

他转头看着另一个孩童，问："哥，你说他们是不是胡说八道？"

那男童没理他，小公子便又回头，原来他身后还有一人，看上去十来岁的模样。

"宣哥，你说他们是不是胡说八道？"

被喊作宣哥的少年温和地笑了笑："确实与我们知道的有些出入。"

小公子满意地点头："我就说嘛，让位给舅舅分明是因为爹贪玩和懒，他身体早就好了。"

"战场上，刀枪相交，血水横流。只见北临王挥刀而起，一剑横砍在北戎士兵的身上……"

说书的老头顿了顿，慢悠悠地端起茶喝了一口。

下面的人伸长了脖子："然后呢？然后怎么样了？"

说书的老头清了清嗓子："那北戎士兵当场一声惨叫，身体被北临王一刀切成了两半，倒地时上半身还在地上爬行……"

堂下看客听得热血沸腾，仿佛置身于战场，亲眼见到北临王挥刀杀敌的场景。

楼上的小公子翻了个白眼，忍不住加大了声音："简直是胡编乱造，驴唇不对马嘴。"

楼下说书老儿正歇气，四下安静得很，冷不丁听见这么一句，立时抬头望去，见是个孩童便摆了摆手。

"小孩儿莫要胡闹，回家找你爹娘去。"

那小公子最烦被人称作小孩，当即一拍栏杆："分明是你胡言乱语，我……北临王才不是你说的这样。"

"哦？"老头儿来了兴致，"那你来说说，北临王是什么样？"

身旁的男童拽了拽那小公子的袖子，小公子手臂一抬挣脱开，大声说："北临王弱不禁风，走路走远了要王妃牵，不然就不走，吃虾要王妃剥，不然就不吃，连鱼也要王妃剔刺，才没有你说的那般威武。"

堂下顿时哄堂大笑。

老头儿抚着胡子说："北临王要是知道在你们眼中竟是这般弱不禁风，不知会做何感想。"

楼下又是一阵哄笑，显然俱是不信。

气得小公子拉住一旁的孩童说："哥哥，你告诉他们，是不是我说的这样？"

"你说了他们也不会听，不用管他们怎么说。"另一个小公子显然更为沉稳。

说书老头儿又笑了起来："小老儿我继续讲，小娃娃，莫再胡言乱语啦。"

小公子叉着腰，气得胸口起伏，这一听更不得了，抓了桌上的一把剑，撑着栏杆就要往下跳。刚翻过栏杆，脖子后忽然一紧，被人抓着后领悬空拎起，两条腿在空中不住乱蹬。待回头看清了拎他的人，孩童当即止住挣扎，跟条鱼干儿似的挂在来人的手中。

谢停舟把娃拎高，对上他的眼："人还没剑高，就敢拔剑砍人了？"

"爹爹胡说。"小公子被拎得缩起了脖子，不忘反驳道，"我已经比剑高好多了。"

谢停舟放下谢瑜："爹平时怎么教你的？"

谢瑜在谢停舟面前就跟换了个人似的，站得规规矩矩："爹叫我要听娘的话。"

"然后呢？"谢停舟睨着她。

谢瑜道："娘教我不爽就干！"

谢停舟噎了噎，回头看向身后的人，眼神中带着询问。沈妤无辜地眨了眨眼，抬头看着头顶的横梁，一条横梁看了半晌，仿佛能看出朵花儿来。

"娘说的不对吗？"谢瑜仰着头问。

谢停舟骑虎难下，无奈道："你娘说的肯定是对的，但这个不爽就干它肯定有个条件。"

"什么条件？"

"得比你爹高，至少得比你娘高。"谢停舟一本正经地胡说八道。

谢瑜仰起头，爹委实太高，她这辈子怕是长不到这么高了，要是真长这么高，怕是嫁不出去。

不过比娘高的话，再过个十年应该可以。

谢停舟在谢瑜头顶拍了拍，又看向一旁的谢瑾。

"怎么不看着你妹妹？"

谢瑾道："妹妹比娘还野，看不住。"

谢停舟："……你娘温柔可人，不野。"

"这是舅舅说的。"谢瑾认真道。

谢停舟叹服，回头时已不见沈妤人影。

"宣儿。"

"姑父。"李宣走上前来。

谢停舟俯身在他耳畔耳语了一句，李宣当即笑了起来："我知道了，姑父。"

谢停舟抬脚就要走，冷不丁被谢瑜一把抱住了腿："爹你要去哪儿？"

"我和你娘去临兖岛见个故人。"谢停舟说。

"我也要去，你老带娘出去玩，都不带我们。"

谢停舟一把拎开谢瑜："等你长大了嫁人，让你夫君带你去。"

谢瑜不撒手，衣袖被谢瑾扯了扯。

"妹妹，别缠着爹爹了，我们和宣哥去沂安。"

街上走着一串人，一名男子身后跟着三个孩童，长得个顶个的俊，引得无数行人侧目，只是前面的男子脸色略黑。沈妤等在马车前，见谢停舟带着孩子气势汹汹地走来，忍不住问："怎么了？"

"他拿捏我。"谢停舟抿紧唇。

"谁拿捏你？"

谢停舟手指往旁边一指，指的正是谢瑾，然后一掀帘子就上了马车。

三个娃并排站在一块儿，忍着笑又不敢笑，沈妤指了指谢瑾，跟着上了马车。

"瑾儿怎么拿捏你了？"

谢停舟背靠着车壁，环抱着胳膊："他说他们要去沂安。"

沈妤心里"咯噔"一声："呃……去沂安干什么？"

谢停舟睁开眼："你说呢？"

谢停舟忽然伸手，一把将人拽了过来，压在车壁上。

"江寂他是不是有病？三月一封信，五月又是一封，谁稀罕他给孩子捎的礼物，谁又管他在沂安还是在何处，他怎么不去地府？"

江敛之云游四海，每到一地便会来信一封，讲一讲当地的风土人情，再给几个孩子捎些小玩意儿。

偏偏几个孩子挺喜欢他，气得谢停舟后悔当年没把他斩了。通常这种时候，只要顺着谢停舟的毛摸，片刻就能摸顺。

沈妤伸头，在他唇角轻轻啄了一下："那就不让孩子们去沂安就是了。"

谢停舟微眯了眼："不去沂安让他们去哪儿？"

"跟我们一起去临兖岛呀。"沈妤理所当然地说。

谢停舟默了默，好不容易抽出时间甩掉这几个孩子，过一过二人世界，当真就被个八岁孩童拿捏住了？

那不可能。谢停舟掀开帘子朝外看了眼，见几个孩子围在一块儿窃窃私语，显然是在计划什么阴谋诡计。要是连几个娃娃都斗不过，他也不是谢停舟了。

"兮风。"

兮风上前："主子。"

谢停舟撑着窗沿，幽幽地说："再去备辆马车，把少爷和小姐带上。"

谢瑜顿时开心得直跺脚，凑到谢瑾耳旁说："还是哥哥有办法。"

正好错过了谢停舟放下帘子前微微勾起的笑容。

马车沿着官道一路北上。谢瑜掀开前面的车帘看了一眼，见父亲母亲的马车就在前面，又把脑袋缩了回来。

"好无聊。"

谢瑾看他："是你说要随父亲母亲去临兖岛的。"

"那我也不知道这一路这样无聊呀。"谢瑜撑着下巴，"这都走了三天了，爹和娘这一路车都不下，车上有什么好玩的？"

谢瑾稚嫩的眉梢微微一抬，脑中迅速转了一圈，忽然掀开帘子："停车。"

车夫握着缰绳说："少爷，还没到地方呢，主子说没到地方不让停。"

谢瑾作势要往下跳，车夫连忙勒马："哎哟哟，小主子要是摔坏了，回头我可得领顿鞭子。"

谢瑾飞快地跳下马车，跑到前面一下掀开了马车的帘子，顿时站在了那里，然后回头看向谢瑜。

"怎么了哥？"谢瑜不明所以。

谢瑾指了指："你自己来看。"

马车里哪有人，分明就是个空车。

"又让爹给骗了。"谢瑜一跺脚，"大骗子爹爹，哼，不让跟就不让跟，我们找江叔去。"

谢瑜指着前方："走，去沂安。"

李宣一把握住了谢瑜的手："好像不太对。"

这一路分明是在往北走，而沂安是在南方，三个娃就这样被忽悠着朝着反方向走了三日。

游船顺流而下，江风拂面。

"这样没事吧？"沈妤担心地问。

谢停舟手搭栏杆，把沈妤锁在怀里："有近卫在，不用担心。"

沈妤转过身："小瑜儿铁定恨死你了。"

"她和你一样好哄。"谢停舟笑得跟狐狸似的，"回头给她带个东西，她就什么都忘了，照样爹爹爹爹喊得比谁都勤。"

夜里江上的风很凉爽，此去顺流而下，过十五六日便能途经沂安，再行个十来日，便能到临兖岛了。

李霁风两年前忽然看破红尘，说要出家为僧，兜兜转转挑了个地方便是临兖岛。

不过这已经不是他第一次喊着要出家为僧了。七年前第一次想出家的时候因为要剃头影响他的风姿而放弃；五年前又因不能吃肉还要挑水而放弃；两年前去了临兖岛，这次倒是坚持了很久，一待就是两年。

谢停舟和沈妤此去临兖岛正是去看一看李霁风到底过的是什么神仙日子。

（二）

沈妤这一觉睡到了晌午，彼时睁眼，船已靠岸，身边的位置也早已没了余温。

丫鬟备了水，捧着衣衫等候在侧多时。一问才知，船一早便到了陵安，而陵安郡守派的人在渡口接迎，想邀他们去府中宴席一叙。

"主子见您还在睡梦之中便先行了一步，走前吩咐奴婢，等您醒了再护送您去陵安郡守的府上。"

既已明确目的地，沈妤梳洗一番后便动身进了陵安城。

上一次来陵安还是在六年前，一晃都过去这么久了。马车行驶在陵安城的街道上，沈妤掀起帘子往外看。街边小贩在卖力叫卖，来往行人熙熙攘攘，可见其繁荣。近卫策马随在侧，不时观察来往行人，以免有歹人混迹其中。马车走得不快，近卫回头时看见一个穿得脏兮兮的小男孩跟在后面，都走出了两条街，那男孩还没跟丢。

那男孩浑身都脏兮兮的，头发也乱七八糟。

近卫朝后面的人示意了一下，后面的近卫掏了把铜板出来。

"小乞丐，拿去买包子吃，别跟了。"

小乞丐摇了摇头："我不是乞丐，我不要钱。"

"那你要什么？"近卫问。

小乞丐伸出脏兮兮的手指朝前边一指："我要见马车里的那个姐姐。"

近卫脸色一变："那是咱们家夫人，可不是谁都能见的，快走！"

小乞丐不想走，但又看见了高大的侍卫腰间的刀，逼不得已停了下来。

在郡守府中用过饭，他们才知原来是误会一场。沈昭得了块好玉，做了几块玉佩，两块给自己的孩子，另外三块给谢瑾谢瑜还有李宣。谢停舟和沈妤这一年多以来居无定所，一直都在路上走走停停，沈昭知道他们会途经陵安，便把玉佩送到了陵安，让陵安郡守转交。

郡守生怕错过，已在港口等了半月，总算是把人给等到了。谢停舟只是途经陵安，不欲在此多做停留，宴后便带着沈妤离开。回到港口，近卫又发现了之前的那个小乞丐，正混迹在人群中，看见马车上下来了人，眼睛顿时一亮，挤开人群就朝着这边冲过来。

近卫眼疾手快，一把拽了小乞丐的衣领将其拎了起来。

"小子，想干吗呢？"

眼看那漂亮的姐姐就要上船，小乞丐顿时急了，一边着急地大喊，一边拼命挣扎着。

"姐姐，姐姐，你放开我，救命呀！打人啦！"

沈妤已经踏上了船，隐约听见了孩童的哭喊，回头看见近卫提着个拼命挣扎的小孩。

"去问问怎么回事。"沈妤说。

丫鬟下船问过，回来说那小乞丐从他们下船就跟着，一路跟到了郡守府，又从郡守府跟到了港口。

"是哪家走丢的小孩吧。"沈妤猜测，让丫鬟去把人带过来问一问。

小乞丐被带上船，一身脏兮兮地站在沈妤面前，伸手想去拉她的手，被近卫的刀鞘一拦。

"小子，别动手。"

小乞丐害怕地往后退了一点，仰着头看着她："姐姐，我见过你。"

近卫警告道："这是我们夫人，别乱喊。"

沈妤抬手制止，蹲下来问："你在哪里见过我？"

"在梦里。"小乞丐认真地说。

在场众人顿时哄笑。

兮风敲了敲小乞丐的脑袋："这么小就知道哄人，幸好咱们主子不在，一会儿主子来了可不能再乱讲。"

小乞丐不为所动，注视着沈妤："我没骗人，是真的。"

他又挠了挠乱蓬蓬的头发，眼神中带着疑惑："不过姐姐在梦里不穿这样的衣裳。"

"那我穿哪样的？"沈妤好笑地问。

小乞丐指着兮风："穿他这样的，头发高高地束起来。"

方才还哄笑的众人顿时收了笑，谨慎地看着小乞丐，兮风的手已经下意识按住了腰间的刀。他们做近卫的，必须时刻保持警惕，只要不是完全掌握的状态，便要做好随时拔刀的准备，而眼前的男孩正是在他未知的范围内。

沈妤也愣了一下。

算起来，她已经快九年没有穿过男装了，而眼前的男童看上去不过五六岁，他又是怎么见过她穿男装的样子呢？

"在你梦里，我是什么样的？"沈妤耐心询问。

小乞丐想了想："在梦里，你不会动，你站着，也不眨眼睛。"

兮风略一思索："这孩子该不会是见过夫人的画像，以为是在梦里吧？"

小乞丐眼睛一亮："就是画像，不过真的是在梦里，我没撒谎。"

沈妤看着小乞丐身上的料子倒是不错，不像是流浪的乞儿，多半是哪家走丢的孩子。

"你告诉我，你家在哪里？"

"在陵安城东，我爹是员外。"

"那你是走丢的吗？"

小乞丐摇头："我是自己偷偷跑出来的，我家后院有个狗洞，我每天都从那里钻出来，到码头等你。"

看样子，要么是这孩子知道他们会经过此处，要么就全部是胡编乱造。

沈妤问道："你怎么知道我会在这里？"

"我梦见的，梦里的哥哥告诉我的，他让我在这里等你。"

"又是梦。"沈妤笑了起来，"那你告诉我，你梦里都梦见了些什么？"

小乞丐说："梦里有个哥哥，他有一幅画，画上画的是你。"

"那个哥哥长什么样？"

小乞丐仰着头想："他很高，很爱笑，笑起来眼睛弯弯的，哦，他的耳朵上有一颗痣，就在这里。"

小乞丐伸手在自己耳朵上一指，却见眼前的漂亮姐姐脸色已经沉了下来。

"还有呢？"沈妤的声音开始发颤。

裴淳礼爱笑，笑起来眼睛弯弯，耳垂上正好有一颗小痣。

小乞丐说："哥哥说如果我帮他办好事情，他就帮我治好我奶奶，我奶奶病了，一直不见好。"

"他让你帮他办什么事？"

"哥哥让我告诉你，他已经在下面帮他爹爹还完了债，现在想要去投胎了，但是又怕投胎之后找不到你，所以他一直等一直等。"

沈妤倏然捂住了嘴，眼泪滚落下来，漫过了手背。

"他还说了什么？"

"哥哥说他准备投生在陵安，让姐姐十八年后记得来找他。"

沈妤泣不成声，眼前一片模糊，听见小乞丐问："你会来找他的吧？十八年后。"

"不。"沈妤摇头，一把握住小乞丐的双肩。

"你告诉他，我不会去找他，你让他来找我，让他来做我的孩子，这一世，换我护他。"

当晚沈妤便和谢停舟说起了这件事，谢停舟本不信鬼神之说，但他知沈妤意难平，所以也难得大度地同意了。

虽然他私心更想再要个如沈妤一般的女儿，可第二天，那个叫阿禧的小乞丐又出现了。

"又来传消息？"谢停舟揉着后颈走过去，"姓裴的又来托梦了？"

阿禧点头："哥哥说他不来了。"

谢停舟揉着后颈的手一停，垂眸睨着阿禧："为什么？"

阿禧说："他说他不想管姓谢的东西叫爹。"

阿禧仰着头天真地问："叔叔，姓谢的东西是谁？"

"……"

谢停舟："你管我夫人叫姐姐，管我叫叔叔？"

阿禧害怕地往后退了两步："哥哥说要懂礼数。"

近卫憋笑，憋得脸颊都快抽搐了，才见主子的下颌动了动。

"他还说了什么？"

"还让我给姓谢的带个话。"

谢停舟转着手上的扳指："说吧。"

阿禧想了想："哥哥说他就不来了，还有一个原因是也不知道姓谢的行不行，万一不行那他岂不是得等个十年八年。"

阿禧看着面前的人脸越来越黑，害怕得说话的声音越来越小："我也不懂什么意思。"

谢停舟不怒反笑，很好，这风格，很裴淳礼，甭管死活都喜欢踩在他的雷区上蹦跶。是笃定他已经死了拿他没办法是吧。

谢停舟脸上勾出个阴恻恻的笑容。

"兮风。"

"主子。"

谢停舟侧头："去找几个道士。"

"这……"兮风诧异道，"找道士做什么？"

"捉鬼。"谢停舟俯身盯着阿禧的眼睛，"告诉你那个傻哥哥，让他躲好了，别被我抓到。"

"可是。"阿禧忍不住说，"哥哥已经投生去啦。"

谢停舟："……"

陵安城东有户姓薛的人家，离刘员外家的宅子不远，是做布料生意起的家，在陵安城里有几家铺子。

虽算不上大富大贵，倒也是衣食无忧。薛老爷名叫薛世，娶了五房小妾，一共生了十一个女儿。本以为命中无子，谁知到了四十岁这一年，年近四十的正房又有了身孕，大夫都说看薛夫人的身形应该还是个女孩儿，可生下来却是个大胖小子。

薛世乐得找不着北，在府中大摆满月宴，又是给庙宇捐香火，又是散财施粥。

薛府内张灯结彩，宾朋满座。薛世来来回回地招呼宾客，乐得合不拢嘴。下人又来报，说是陵安郡守带来了贵客，忙带着下人出门相迎。随郡守来的是一对夫妇，两人均是气度不凡，薛世就没见过生得这么好看的人。再看郡守对那两位的态度，便知那两人不是一般人。

沈妤和谢停舟已在陵安停留了月余。

那日阿禧离开之后沈妤大哭一场，随后便着人去查近日陵安有哪些妇人刚有身孕或是刚生产。

这一查，还真是刚好有一家的时间能对上号，正是薛府。

薛世引贵客进门，便见一丫鬟急匆匆跑来。

"老爷，不好了，小少爷从刚才开始就一直哭，怎么都哄不好，哭得都快……都快断气了。"

薛世一听，顾不得其他，赶忙往里走。只听婴儿号啕大哭，已经哭得抽噎打嗝了。一群人围着薛家小少爷手忙脚乱，什么方法都使尽了，就是哄不好。

沈妤站在廊前，深深地吸了口气，这才上前。

"我能抱抱他吗？"

话一出口，她的眼睛便已经红了。薛世还没来得及回答，看见孩子偏着头，伸出的手正是向着那位贵客的方向。沈妤小心地接过婴儿，他抱起来那样软，那样脆弱，乌黑的眼珠子滴溜溜地看着她，顿时就不哭了，还在抽噎着。

众人大喜，一顿乱夸。

"这可真是是缘分。"

"这孩子打小就聪明，知道贵客来了，这是报喜呢。"

沈妤抱着孩子，眼泪终于止不住哗啦啦落了下来。婴儿伸出手，想要去摸一摸她的脸却够不着，嘴一扁又要开始哭。她便俯身，把脸凑近，让他软乎乎的小手贴上来。

"哎哟。"丫鬟笑道，"这么小就知道喜欢漂亮姐姐了。"

沈妤哽咽，这或许就是阿南啊。是她的挚友，是她最好的玩伴，哪怕变了一个人，他们依然亲近彼此。谢停舟上前看着沈妤怀里的婴儿，还真是和裴淳礼一个蠢样，不由坏笑着勾了勾唇。

不是不想喊他爹吗？以为换个人家就能逃掉了？

怎么还这么天真？

"薛老爷。"谢停舟道。

薛老爷连忙拱手："不敢不敢，我姓薛单名世，贵客有事还请吩咐。"

谢停舟扫了眼沈妤怀中的婴儿，说："我观此子有福，愿收他为义子，你可有异议？"

别说薛世，就是郡守都跟着一惊，赶忙拽薛世的袖子。

"快快快，还不快谢恩。"郡守一时口快，幸好无人发觉。

心道这馅饼怎么就砸到薛世头上了呢，这可是北临王，能成为北临王的义子，那是八辈子都修不来的福气。这干爹不白当，出手很是大方，铺子十家，白银万两。

"起名了吗？"

薛世忙回道："起了，我专程请了一位大师给犬子起名。"

"叫什么？"谢停舟问道。

薛世道："单名一个南字。"

沈妤抬起头，和谢停舟对上视线，眼中诧异明显。

"看来还真是位大师。"

"大师就在府中。"薛世吩咐下人去请。

不消片刻，拱门处行来一人，一身素白僧衣，宽袍大袖，行走时步履无声，但看年纪不过二十出头。

走到近前，僧人双手合十："阿弥陀佛，贫僧法号玄净，请问何人寻我？"

谢停舟扫了眼玄净："大师给他起名为南，可有寓意？"

"有。"玄净颔首，"这是他前世名。"

薛世的脸颊抽了抽："呵呵，大师真爱说笑。"

"出家人不打诳语。"玄净道，"此子名南，可保一世平安。"

沈妤看向那个孩子，他已经睡着了，或许他会记得从前，或许不记得，但那都不重要了，她只愿他这一世平平安安。总会见的不是吗？离开的人有了牵挂，他们就会回来，他们会再次相遇。

游船破水顺江而行。

玄净立在船头，江风鼓动起他宽袖和衣摆。玄净从临兖岛而来，与他们方向一致，便一同前行。

他转头看向沈妤："夫人与今日那婴孩有缘。"

"何缘？"

玄净："既是前世缘，亦是今世缘。"

谢停舟紧咬后槽牙，他还真是非常想要断了玄净口中的缘呢。

（三）

潭江的尽头是永泉港。这里帆樯林立，船来船往，装卸货物的工人忙碌地来回穿梭，岸边的商贩们则扯着嗓子高声叫卖着自己的商品，吸引着过往行人的注意。

游船停在港口，玄净告辞之后下船。

长留站在甲板上问："他不是也去临兖岛吗？怎么不跟咱们一起？"

长留是在途中与他们会合的，他办完了差事便到沂安港等着，在中途上了船。

兮风坐在栏杆边上："说是城里还有户人家需要他上门祈福。"

长留若有所思地点了点头："就是赚点银子嘛，好多和尚都这样。"

"这个可不一样。"兮风歪过身子，小声说，"这位师傅和王爷对弈，下得那是有来有回。"

"那可真够厉害的。"长留感叹道。

"还有更厉害的。"兮风说，"他前一日莫名对一名舵工道喜，那舵工第二日就收到消息，说是家中夫人有了身孕。"

长留听得津津有味："然后呢？"

"然后那名舵工就投河自尽了。"

长留睁大眼："为什么？"

兮风淡定道："因为那舵工行船已经三个月没回家了。"

长留望着那僧人远去的背影想了片刻："风哥，我们在港口停多久？"

"两个时辰，采购好东西就去临兖岛。"

"不等那和尚了？"

"不等。"

话音刚落，便听风声飒飒，船下数道惊呼声齐响。一个身影几个腾跃间便朝着那白袍的僧人追了出去，对后面兮风的呼喊充耳不闻。

长留追了一段，落地时呼吸丝毫不见乱。

"大师，大师等等我。"

玄净步子不停："敢问施主有何事？"

长留与他并排："我有些问题想要向大师求教。"

"求教不敢当，施主问便是。"

"是这样的。"长留不太好意思地说，"我养了几只龟，都养了快十来年了，就是不产崽，这可怎么办才好？大师能不能帮我算一算，它们是不是命中无子呀？"

玄净眉毛抽了抽，显然没有料到竟然是这样的问题："抱歉，贫僧并不精于此道。"

玄净合掌一揖："施主，贫僧到了，请回吧。"

长留略带失望地看了一眼，前面是一座气派的府邸，想必就是玄净要上门祈福的地方了。

谢停舟没有在临兖岛找到李霁风。临兖岛不大，岛上只有一座寺庙，寺中有十来名僧人，都说没有见过一个叫李霁风的人，寺中僧人说只有两位师叔不在。所以游船离港几个时辰之后，又回到了永泉港，找了家客栈安顿下来。

"多半又是受不得寺庙清苦，跑了。"谢停舟说。

"可是他不是在信中说这一次已经确定遁入空门了吗？"

谢停舟侧头看了一眼沈妤："他的话你也信？"

"主子。"兮风在外头敲了敲门，"驿站有信来，是萧将军的信。"

"拿进来。"

兮风呈上信没有离开，等着主子看完信后吩咐。

沈妤快速看信，前面愁眉不展，看着看着眉头舒展开来。

"写了什么？"谢停舟问。

沈妤捏着信："坏消息是信、泰二州遭遇旱灾，不过朝廷已拨了赈济银，好消息是，萧川的夫人又给他生了个大胖小子。"

兮风也跟着笑起来："亏得长留不在这儿，他现在一丁点儿都听不得谁家又生了孩子，听到又得抱着他的乌龟哭上一场，跟个断子绝孙的老财主似的。"

"都二十出头了。"谢停舟看着兮风，"你就没教一教他？成日和男人还有乌龟混在一起。"

兮风为难道："这，这也不能怪我。"

说罢瞟了谢停舟一眼，心道要不是当初您给长留屋里塞女人，他也不会吓得现在见了女人就躲了。

"他不让我教。"兮风说，"他自个儿买了些乱七八糟的书来看，说是要将乌龟不孕之症钻研透彻，前两日我还见他在看一本母猪的产后护理，他说这东西互通。"

谢停舟无言片刻，问："他人呢？"

"跑了，多半又去找兽医取经去了吧。"

谢停舟略一颔首，视线不经意从窗户扫过，楼下街道上熙熙攘攘的情景映入眼帘。

刚收回视线，又觉不对劲地朝下看去。实在是那人在人群中太过显眼，一身素白僧衣，手中掐着一串佛珠，步子不急不缓。那人身侧跟着一个锦衣公子，那公子手中握着一把折扇，骚包得很。

两人行走间你一句我一句，玄净不时露出无奈的表情，但还是在和那人说话，看样子是熟识。

巧了，谢停舟与那锦衣公子也是熟识，这不是他们在找的李霁风又是谁？

"你走的这段日子我查过了。"李霁风不时用折扇隔开靠近玄净的行人，"你法号的意思是空虚，既然你空虚，师弟我无趣，不如我们结个伴行走江湖，这样大家都不无聊了。"

玄净冷冷淡淡地说："玄净为虚无，非空虚，太素之前，幽清玄净。"

"文绉绉的。"李霁风拨了拨自己的头发，"差不多一个意思，我既已抛却过往的功名利禄，那就是连同我的惊才绝艳还有那满腹经纶也一同抛弃，我现在，就是一个普普通通的人，你也不用高看我一等，唯独这俊颜，受之父母，不敢悔伤也。"

玄净停下脚步，盯着李霁风看了半响，几次启唇，最终还是什么都没说，转身要走。

"师兄，师兄你别走呀。"李霁风跟上去。

"你未落发为僧，我们还算不上师兄弟。"

"师傅已经说了许我带发修行，师兄——哎——师兄。"

行人摩肩接踵，李霁风几步没跟上就被挤散。

一转头，人怔了一怔："哟，这不是我那个几年未见的抠门兄弟吗？"

永泉临海，是如今最大的港口，出海两个时辰便能到达临兖岛。李霁风确实受不得寺庙的清苦，在永泉置了所宅子。为了表明他遁入空门的决心，府中一个丫鬟也没有，找的是清一色的男丁。

"怎么样？我这儿还成吧？"李霁风问。

谢停舟站在亭中，捻了些鱼食撒下去，水中的锦鲤顿时翻滚着抢食。

"你准备在这里定下来？"

李霁风坐在栏杆上，大剌剌架着腿："再看吧，得看我师兄怎么说，他要是想云游四海，我就和他换个地方。"

谢停舟看李霁风的眼神有些深沉。

"你这样瞧着我干什么？"李霁风问。

谢停舟不言。

李霁风便斜了谢停舟一眼："我知道我丰神俊朗，俊美非常。"

"你要脸吗？"谢停舟有一种想立刻离开永泉的冲动。

这地方有李霁风这个脸皮比城墙还厚的东西，能让他一辈子都不想再踏足。

"你是被什么脏东西附身了吗？大师就在府上，让他给你驱驱邪。"

李霁风一笑："没办法，皇权束缚了我，如今的这个我才是真正的我。"

"玄净受得了你？"谢停舟问。

李霁风抖了抖袖子："我师兄是高人，承受能力自然非常人能比。"

"你当真是准备遁入空门了？"谢停舟打量着李霁风束得规规矩矩的头发，"这不像你。"

李霁风左右看了看："你怎么看出来的？"

"不巧。"谢停舟慢条斯理道，"我是你那抠门的便宜兄弟，对你颇有些了解。"

谢停舟目光朝李霁风身后带了一眼，动作飞快，转瞬即逝，唇角勾起了笑容。若是李霁风细看，定能发觉他亲爱的兄弟定然在使什么坏心眼，但他此刻沉浸在了自己的世界里。

李霁风敲着手中的折扇："实话实说，我颇为欣赏我师兄这等高人，想着若是遁入空门，岂不是可以与师兄拉近关系？"

"唔。"谢停舟淡淡回了一声表示自己在听。

李霁风一脸凝重："但我又想，繁华浮世多好玩啊，花楼娘子多漂亮，可惜师兄太古板。"

"哦。"谢停舟道，"所以你想把你师兄拉出空门，带他破戒啊？"

李霁风一脸"果然是我兄弟"的表情。

但下一刻话锋一转，指着谢停舟："你可别胡说，我们是出家人。"

"出家人不打诳语。"谢停舟手指往天上一指，"佛祖看得见的，你想好再说话，你这是造孽。"

李霁风对佛祖还是有几分敬畏之心，一下泄了气："好吧好吧，我就是偶尔想想。"

谢停舟笑了笑，李霁风刚想说话，忽听身后一声东西碎裂的声音，回头只见一盆兰花被碰翻在地上，远处长廊还有一个奔逃的白色身影。

李霁风呆呆地看着那身影消失在拱门后，转头再看向谢停舟时觉得脖子都生了锈。

"你真是我亲兄弟！"

"不谢。"谢停舟幽幽地说，"你师兄非寻常人，怕是早就看出端倪，只不过未曾向你点明罢了。"

李霁风听得心中也喜："那是不是代表他心知肚明，正有此意。"

谢停舟拿起帕子擦手，转头就给李霁风泼了盆冷水。

"也有可能是不想和你撕破脸。"

李霁风脸上的笑容还没绽开，就这样卡在了脸上，他起身理了理袍子追出去，还不忘回头指着谢停舟说。

"损友。"

然后追着玄净而去。

谢停舟笑着站在原地，看见沈妤朝他走来："你做了什么？"

谢停舟拦腰将她抱起："我看上了李霁风的宅子，刚想办法把人骗走，咱们在这里，住上一段时间。"

"好。"

谢停舟如愿得了个可以扎小鬏鬏的闺女，那一年，收到了李霁风的来信，还是与他师兄有关。小鬏鬏能走路时，他们带着孩子又去了一趟陵安。

薛南已经三岁多，长得特别讨人喜欢，唯独看见谢停舟没一副好脸色，张口闭口都是直呼大名，一口一个谢昀，一声干爹也不肯喊。问他为什么偏就不喜欢谢停舟，他傻乎乎的也说不出个所以然来。

小鬏鬏七岁那年，李霁风托人送来了一幅画像。画中是两名长相俊美的男子，一人手中捏着一把扇子笑得春风得意，另一人笑容极淡，手上仍旧握着一串佛珠，但一头黑发已长到了后腰。

漫长一生，在史书上不过留下寥寥几笔。

同绪十九年，北临王谢停舟与北临王妃沈妤合力驱外敌清内患。

永宁元年，永宁帝留诏禅位于北临王谢昀，然北临王未登位，此后四年执掌朝政，后传位于建宁帝。

建宁二十七年，建宁帝传位于元嘉帝。

元嘉二十一年，北临王与王妃于睡梦中离世，合葬于燕凉关。

他们的故事从这里开始，又在这里结束，要生生世世守护着这片故土。

此意昭昭

母妃曾告诉他，这偌大的皇宫，是天底下所有人趋之若鹜，挤破头都想要进来的地方。

她说昭年，你生来便要比别人更高贵。

可他并不喜欢这里。宫里的人都有着三副面孔，他们会在上位者脚下卑躬屈膝，在和他们一样的人面前左右逢源，又对比他们出身更低的人嗤之以鼻。别人口中偌大的皇宫，在他眼中不过是囚困的方寸之地。

夜里，这座皇城会嚎叫，会呜咽。从始至终，他都想要逃离这里。

降紫阁高九十九尺，是禁宫中最高的地方。可即便在天气最好的时候抬目眺望，也望不到盛京的城墙，他注定会在此囚困一生。风更大了，云层朝着太阳压过来，像是骤雨来临前的征兆。李昭年步下降紫阁，朝着崇文阁去。崇文阁的门大敞着，还未行至门前，看守崇文阁的内监便迎上前来。

"奴婢见过王爷。"

李昭年摆了摆手，便听内监说了句："都虞候此刻也在里头。"

李昭年转眸看向内监。

内监忙道："回禀王爷，陛下下了口谕，允许都虞候来此看书。"

崇文阁藏书万千，是除了降紫阁外，他在禁宫之中最喜欢的地方，一个能让他看得更远，一个能让他在书海中遨游万里。只是他没有想到，她也会来看书。

"里面只有她一人？"

"是他一个人没错。"内监回道。

李昭年往前的脚步一滞，而后停了下来。旁人不知都虞候时雨是女儿身，但李昭年却是知晓的，他熟读《礼记》，明知男女有别而故意为之，实非君子之举。李昭年抬脚欲先行离开，便听脚步声匆匆而来。

沈妤跨过门槛，站在门口朝他行礼："卑职参见秦王殿下。"

李昭年掌心朝上，轻轻一抬，示意她免礼，目光落在她手中的半卷书册上。

"你也来看书？"

"闲来无事打发时间。"沈妤将手背到身后，侧身让到一旁，"王爷请。"

已经打了照面，再走便显得刻意，李昭年步入崇文阁，却没听见跟上来的脚步，他立在书架前，抬手拨弄着书册，耳边传来外间两人交谈的声音。

"这书册我可否带走？"

"大人，不是奴婢不让，而是没有这样的规矩，奴婢做不了主呀，不如您在此处看完再走？"

"算了。"沈妤说。

鬼使神差般，李昭年忽然开口："进来看吧。"

沈妤踌躇片刻，抬脚步入崇文阁。崇文阁很大，藏书万卷，但越往里走，光线便越是昏暗，看书的地方设在靠窗的位置，光线极佳。两人一人占据一侧，中间隔着一排书架，互不打扰，房中只余二人翻动书册的声音。

李昭年看完一册，抬起头，目光越过书架的空隙，正好落在另一侧的那人身上。日光快要被乌云遮尽，仅剩的余晖落在她身上，那样亮，她身上带着他未尽的少年气，有着他可望而不可即的孤勇。

见她蹙眉，似是有什么不懂的地方，提笔在一侧纸上记录。

李昭年便问："可是遇到了难处？"

片刻，书架上响起了窸窣声，一张纸条从缝隙中塞过来。

"此处，的确有些令人费解。"

李昭年接过来，纸上的内容令他诧异，并非他以为的兵法之道，而是德治与仁政。

"你为何想要看这样的书？"

"友人所荐。"沈妤说。

李昭年刚想开口问她是不是谢停舟，话到嘴边又咽了下去。崇文阁中响起李昭年清润的嗓音，儒家仁政思想非三言两语能够说清，李昭年拣了些重要的与她说，从轻徭薄赋，讲到施行德教。

两盏茶的时间过去，崇文阁内静了下来，窗外却响起了唰唰的雨声。

李昭年起身离开，转过长廊停下来："给都虞候留把伞，不必提起本王。"

雨似乎在此刻又大了一些，带来了秋的凉意。

"醒醒，李昭年，老师要来了。"

李昭年猛然惊醒，像是大梦一场，室内的空调吹在他的后背，和梦里盛京的那个冬日一样寒冷。

见他表情异常，前排同学问："你怎么了？"

李昭年转头看向窗外，喃喃道："做了一个奇怪的梦。"

"什么梦？"同学继续追问，"美梦还是噩梦？"

他没有回答，梦中有悲有喜，醒来竟让他一时分不清到底是美梦还是噩梦，唯独清晰地记得梦中她坐在窗前被日光浸润的柔软发丝，还有从降紫阁一跃而下时的如释重负。

李昭年趴回桌上，听见铃声响起，班主任走了进来，教室里瞬间安静下来。

"今天，我们班来了一位新同学，请这位同学来自我介绍一下。"

"大家好，我叫沈妤……"

李昭年猛然抬头。讲台上的少女面容青涩稚嫩，马尾高高束起，额间几缕碎发轻扬，明眸中散着明亮的光。

现实和梦境似乎悄然重合。

等沈妤自我介绍完，班主任指着李昭年旁边的位置，对沈妤说："你就坐那里吧。"

直到少女的书包落在桌上，蹭到李昭年的袖子，他才回过神来。

"你好，同学。"沈妤说。

李昭年笑起来："你好，我叫李昭年。"

沈妤问："下课后一起去食堂吗？"

李昭年仿佛听见有人在某个时空，曾那样无奈且遗憾地说过一句："若有来生，定当奉你为知己。"

"好啊。"他笑起来，轻快地回道。

九月时节，日头依旧高悬，却已敛去了盛夏的骄纵，风驱散了夏日的余温，在下课铃声中悄然拂过操场，穿过林荫道，撞着少年少女们稚嫩的脸庞。她如梦中一般意气风发，步子飞快。迎着烈日，撞开了风，踏出梦境，迈过了时空，匆匆和他擦肩奔向前方。白色衬衫在她身后灌满了风，马尾在身后张扬飞舞，像一只展翅欲飞的云雀。

不，不是云雀。她从来都不平凡。

她应是一只泊着风，踏着月的鸢鸟。

那只鸢鸟忽然停住，回过头看着他，脸上的笑容如春日般灿烂。

遗憾，在此刻随风散尽。

全文完

图书在版编目（CIP）数据

引凤归：全2册 / 之知著 . -- 南京：江苏凤凰文
艺出版社，2025. 5. -- ISBN 978-7-5594-9201-2

Ⅰ . I247.5

中国国家版本馆 CIP 数据核字第 2024JK8916 号

引凤归：全 2 册

之知　著

责任编辑　项雷达

特约编辑　胡湘宁　刘心怡

装帧设计　沐　沐

封面插画　昏　晓

责任印制　杨　丹

出版发行　江苏凤凰文艺出版社

　　　　　南京市中央路 165 号，邮编：210009

网　　址　http://www.jswenyi.com

印　　刷　天津鑫旭阳印刷有限公司

开　　本　680 毫米 × 970 毫米　1/16

印　　张　42

字　　数　920 千字

版　　次　2025 年 5 月第 1 版

印　　次　2025 年 5 月第 1 次印刷

书　　号　ISBN 978-7-5594-9201-2

定　　价　69.80 元（全 2 册）

江苏凤凰文艺版图书凡印刷、装订错误，可向出版社调换，联系电话 025-83280257